MIRA®

Der Preis dieses Bandes versteht sich einschließlich
der gesetzlichen Mehrwertsteuer.

Umwelthinweis:
Dieses Buch wurde auf chlor- und säurefreiem Papier gedruckt.

Die Donovans

MIRA®

MIRA® TASCHENBUCH
Band 95010
1. Auflage: 2009

MIRA® TASCHENBÜCHER
erscheinen in der Cora Verlag GmbH & Co. KG,
Valentinskamp 24, 20350 Hamburg

Aus dem Amerikanischen von Sonja Sajlo-Lucich

erschienen bei: Silhouette Books, Toronto
Published by arrangement with
HARLEQUIN ENTERPRISES II B.V./S.àr.l.

Konzeption/Reihengestaltung: fredebold&partner gmbh, Köln
Umschlaggestaltung: pecher und soiron, Köln
Redaktion: Claudia Wuttke
Titelabbildung: Mauritius GmbH, Mittenwald (Tisch) /
Corbis GmbH, Düsseldorf (Paar)
Satz: Buch-Werkstatt GmbH, Bad Aibling
Druck und Bindearbeiten: CPI – Ebner & Spiegel, Ulm
Printed in Germany
ISBN 978-3-89941-614-5

www.mira-taschenbuch.de

Nora Roberts

Die gefährliche Verlockung

Roman

Aus dem Amerikanischen von
Sonja Sajlo-Lucich

MIRA®

PROLOG

In der Nacht, in der sie geboren wurde, fiel der Hexenbaum. Mit ihrem ersten Atemzug nahm sie den Geschmack in sich auf – den Geschmack von Macht. Und von Bitterkeit. Mit ihrer Geburt war ein weiteres Glied in die Kette eingefügt worden, die seit Jahrhunderten bestand. Eine Kette, oftmals verbrämt mit dem Glanz von Legenden und Mythen, doch kratzte man an der Oberfläche, entdeckte man darunter nichts als die Kraft der Wahrheit.

Es gab andere Orte, andere Welten, in denen der erste Schrei des Babys gefeiert wurde. Weit jenseits der überwältigenden Küste von Monterey, wo die kraftvollen Schreie durch das alte Steinhaus hallten, wurde die Ankunft des neuen Lebens freudig begrüßt. An geheimen Orten, an denen Magie und Zauberei gediehen und in Ehren gehalten wurden – in den dunkelgrünen Hügeln von Irland, in den tiefen Höhlen von Wales, an der felsigen Küste von Britannien.

Und der Baum knorrig und krumm, war ein stilles Opfer.

Denn durch seinen Tod und durch die freiwillig ertragenen Schmerzen einer Mutter war eine neue Hexe geboren worden.

Auch wenn sie die Wahl hatte – ein Geschenk konnte schließlich auch abgelehnt werden –, so würden diese Kräfte doch stets zu dem Kind und zu der Frau, zu der es heranwachsen würde, gehören, so wie die Farbe der Augen oder des Haars.

Noch war sie nur ein Baby, die Augen trübe, die kleinen Fäuste geballt, selbst als ihr Vater glücklich lachte und ihr den ersten Kuss auf die Stirn gab.

Ihre Mutter weinte, als sie das Baby an die Brust legte. Weinte vor Glück und aus Trauer. Denn sie wusste bereits, dass sie nur dieses eine Kind haben würde, dieses eine Zeichen der Liebe zwischen ihr und ihrem Mann.

Sie hatte gesucht, und sie hatte gefunden.

Und während sie ihr Kind leise wiegte, wusste sie, dass es viel zu lehren gab, viele Fehler, die gemacht würden. Sie wusste auch, dass eines Tages ihre Tochter ebenso wie sie suchen würde. Nach Liebe.

Sie hoffte, dass ihr Kind von all den Dingen, die sie ihm beibringen würde, die eine wesentliche Wahrheit verstehen würde.

Dass die wahre Magie im Herzen wohnt.

1. KAPITEL

An der Stelle, wo der Hexenbaum einst seine Äste gen Himmel gereckt hatte, stand jetzt eine Gedenktafel. Die Leute von Monterey und Carmel ehrten die Natur. Touristen kamen oft vorbei und lasen die Worte auf der Tafel, oder sie betrachteten einfach die uralten Bäume und die zerklüftete Küste, an der die Seelöwen sich von der Sonne wärmen ließen.

Anwohner, die sich noch an den Baum erinnern konnten, erwähnten oft, dass er in der Nacht umstürzte, in der Morgana Donovan geboren wurde.

Manche waren überzeugt, es sei ein Zeichen gewesen, andere zuckten nur gleichgültig die Schultern und nannten es Zufall. Den meisten erschien es auf jeden Fall ungewöhnlich. Einig waren sich alle, dass die Geburt einer selbst ernannten Hexe – nur einen Steinwurf von dem berüchtigten Baum entfernt – dem Ort ein besonderes Flair verlieh.

Nash Kirkland amüsierte diese Tatsache, er fand sie interessant. Immerhin verbrachte er einen großen Teil seiner Zeit damit, übernatürliche Phänomene zu studieren. Es war höchst faszinierend, sich mit Vampiren, Werwölfen und anderen Kreaturen der Nacht seinen Lebensunterhalt zu verdienen.

Er würde es gar nicht anders wollen.

Allerdings bedeutete das nicht, dass er an Kobolde und Gnomen glaubte. An Hexen übrigens auch nicht. Männer verwandelten sich nicht in Werwölfe, nur weil Vollmond war, Tote wandelten nicht umher, und Frauen flogen auch nicht auf Besenstielen durch die Nacht. Außer natürlich im Märchen oder auf der Kinoleinwand.

Dort war einfach alles möglich, wie er nur allzu gerne anerkannte.

Er war ein vernünftiger Mann, der um den Wert von Illusionen und die Wichtigkeit fantasievoller Unterhaltung wusste. Und er war Träumer genug, um in Anlehnung an Märchen und Aberglauben Gestalten zu erschaffen, mit denen er das Publikum begeisterte.

Seit nunmehr sieben Jahren kannte jeder Horrorfilm-Fan seinen Namen, seit seinem ersten und auf Anhieb erfolgreichen Drehbuch für „Shape Shifter“.

Tatsache war, dass es Nash Kirkland einfach ungeheuren Spaß machte, wenn seine Fantasien auf der Leinwand lebendig wurden. Er genoss es, sich in das kleine Kino an der Ecke zu setzen, bewaffnet mit einer Riesentüte Popcorn und einem Pappbecher Cola, die unterdrückten Entsetzensschreie zu hören und das erschreckte Zusammenzucken seines Sitznachbarn mitzuerleben.

Und es befriedigte ihn ungemein, dass jeder Zuschauer, der für eine Eintrittskarte bezahlt hatte, auch etwas für sein Geld bekam.

Er recherchierte immer sehr sorgfältig. Für das Drehbuch von „Midnight Blood“ war er eine Woche lang in Rumänien gewesen. Er hatte einen Mann interviewt, der von sich behauptete, der letzte lebende Abkömmling von Wlad, dem Pfähler, zu sein. Leider konnte der Nachfahre von Graf Dracula weder mit langen Eckzähnen auftrumpfen noch sich in eine Fledermaus verwandeln, dafür aber verfügte er über einen schier unerschöpflichen Schatz an Vampirlegenden.

Es waren diese Erzählungen aus dem Volk, die Nash inspirierten. Daraus spann er dann seine eigene Geschichte.

Er wusste, dass die meisten ihn für ziemlich seltsam hielten. Aber das machte ihm nichts aus. Als er jetzt in den Seventeen Mile Drive einbog, war er überzeugt, ein ganz normaler Mensch zu sein, der mit beiden Beinen fest auf dem Boden stand. Zumindest nach kalifornischem Standard. Es ließ sich ganz gut davon leben, Menschen zu unterhalten und ihnen Gänsehaut zu bereiten. Er hatte seinen Platz in der Gesellschaft gefunden. Er holte die Geister aus dem Keller und verlieh ihnen auf der Leinwand in Technicolor Gestalt, wobei er die ganze Sache meist mit einer Prise Sex und viel hintergründigem Humor würzte.

Nash Kirkland schaffte es, den schwarzen Mann zum Leben zu erwecken. Er war es, der aus dem sanften Dr. Jekyll den hinterlistigen Mr. Hyde machte, er ließ den Fluch der Pharaonen real werden. Und das alles, indem er Worte auf ein Blatt Papier schrieb. Vielleicht war er deshalb zum Zyniker geworden. Sicher, diese Geschichten machten ihm unendlichen Spaß, aber er wusste auch, dass sie nur genau das waren – Geschichten.

Er hatte noch Millionen davon in seinem Kopf herumschwirren. Das war sein Kapital. Um eine gute Geschichte war er nie verlegen.

Er hoffte, dass Morgana Donovan, Montereys Lieblingshexe, ihm dabei helfen würde, die nächste Geschichte Gestalt annehmen zu lassen. In den letzten Wochen, während er Kisten und Kartons in seinem neuen Heim ausgepackt, sich am Golfspiel versucht, als hoffnungslosen Fall wieder aufgegeben und einfach nur den Ausblick von seiner Terrasse genossen hatte, war in ihm das Gefühl gewachsen, dass seine nächste Geschichte von einer Hexe handeln müsse. Falls es so etwas wie Schicksal gab, dann war es diesmal sehr gnädig mit ihm gewesen. Es hatte ihn nur eine kurze Autofahrt von einer wahren Expertin entfernt neue Wurzeln schlagen lassen.

Er pfiff die Melodie aus dem Radio mit und überlegte, wie sie wohl aussehen mochte. Ob sie einen Turban trug und viel klimperndes Gold? Oder vielleicht ganz in wallende schwarze Tücher gekleidet war? Vielleicht war sie auch eine von diesen New-Age-Fanatikern und verstand sich als Medium für die Weisheiten versunkener Welten.

Wie auch immer, er hatte nichts gegen all das einzuwenden. Diese ganzen Verrückten gaben dem Leben ein bisschen Farbe.

Er hatte ganz bewusst vorab keine Informationen über die Hexe eingeholt. Er wollte sich seine eigene Meinung bilden, seiner Fantasie nicht von vornherein Fesseln auferlegen. Er wusste nur, dass Morgana Donovan vor achtundzwanzig Jahren hier in Monterey geboren wurde und einen gut gehenden Laden betrieb, der Menschen bediente, die sich für Kristalle und Kräuter interessierten.

Er bewunderte sie dafür, dass sie in ihrer Heimatstadt geblieben war. Selbst erst weniger als einen Monat in Monterey, fragte er sich, wie er überhaupt je irgendwo anders hatte leben können. Er grinste unwillkürlich. Der Himmel wusste, er hatte schon fast überall gelebt. Er konnte nur seinem Schicksal danken, dass es ihn mit einer Vorstellungsgabe gesegnet hatte, die es ihm ermöglichte, aus dem Großstadtdschungel Los Angeles an dieses wunderschöne Fleckchen Erde hier im Norden Kaliforniens umzusiedeln.

Es war gerade mal Anfang März, aber das Wetter war so angenehm, dass er seinen Jaguar bereits mit offenem Verdeck fahren konnte. Eine frische Brise zauste ihm durch das dunkelblonde Haar, und es roch nach frisch gemähtem Gras. Und nach Meer.

Der Himmel war wolkenlos und strahlend blau, der Wagen

schnurrte wie eine kraftvolle, elegante Katze, er hatte sich gerade aus einer Beziehung gelöst, die immer schneller bergab gegangen war, und ein neues Projekt lag vor ihm. Was Nash anging, so war das Leben im Moment einfach perfekt.

Er erblickte den Laden, genau, wie man es ihm beschrieben hatte: an einer Straßenecke, flankiert von einer Boutique und einem Restaurant. Offensichtlich herrschte genügend Betrieb, denn er brauchte eine ganze Weile, bis er einen Parkplatz gefunden hatte, und das ein ziemliches Stück entfernt. Es machte ihm nichts aus, dass er laufen musste. Auf dem Weg kam ihm eine Gruppe Touristen entgegen, die darüber debattierten, wohin sie zum Lunch gehen sollten, eine bleistiftdünne Frau in lachsroter Seide, die zwei Afghanen an der Leine führte, und ein Geschäftsmann, der mit seinem Handy telefonierte.

Nash liebte Kalifornien.

Vor dem Laden blieb er stehen und las den Namenszug auf dem Schaufenster. „WICCA“ stand dort, mehr nicht. Er lächelte in sich hinein. Das alte englische Wort für „Hexe“. Automatisch fielen ihm alte, buckelige Frauen ein, die durch Dörfer reisten, Beschwörungen murmelten und Warzen wegzauberten.

Szene außen, Tag, dachte er. Düsterer, wolkenverhangener Himmel, Wind mit Sturmböen. In einem kleinen, heruntergekommenen Dorf. Zerfallene Zäune und geschlossene Fensterläden. Eine kleine, runzlige Frau huscht über einen Feldweg, einen offensichtlich schweren, großen Korb am Arm, mit einem Tuch abgedeckt. Ein riesiger schwarzer Rabe stößt einen Schrei aus, lässt sich flügelschlagend auf einem Zaunpfosten nieder. Vogel und Frau starren einander einen Moment lang an. Aus der Ferne ertönt ein lang gezogener, verzweifelter Schrei.

Das Bild verschwand, als jemand aus dem Laden kam und Nash leicht anrempelte. Eine leise Stimme murmelte eine Entschuldigung.

Nash nickte nur. Eigentlich ganz gut, dass dieser Jemand ihn unterbrochen hatte. Es war nie gut, ohne den Experten zu weit mit der Geschichte vorzupreschen. Im Moment hatte er nur vor, sich ihre Waren anzusehen.

Die Auslagen im Schaufenster waren beeindruckend und bewiesen einen Hang zu dramatischer Eleganz, wie er feststellte. Dunkelblauer Samt ergoss sich wie fließendes Wasser über verschieden hohe und breite Ständer mit Kristallen, die in der Sonne funkelten wie Edelsteine. Rosé und aquamarinblau, andere glasklar, wiederum andere purpurrot oder fast schwarz, angehäuft und geformt zu Zauberstäben, kleinen Burgen oder surrealistischen Städtchen.

Nash wippte auf den Absätzen und schürzte die Lippen. Er konnte sich gut vorstellen, dass die Auslage die Leute faszinierte – die Farben, die Formen, das Glitzern. Die Tatsache, dass tatsächlich jemand daran glaubte, einem Stück Stein würden geheimnisvolle Kräfte innewohnen, war nur ein weiterer Grund, um sich über das menschliche Wesen zu wundern. Aber hübsch war es auf jeden Fall.

Vielleicht bewahrte sie ja die Kessel im hinteren Teil des Ladens auf.

Er gluckste bei der Vorstellung, warf noch einen Blick auf das Schaufenster und öffnete die Ladentür. Vielleicht würde er ja etwas für sich selbst kaufen. Einen Briefbeschwerer vielleicht oder einen Sonnenfänger, einen Kristall, den man an die Decke vors Fenster hängte, damit er das Farbprisma auf die Zimmerwände warf. Ja, vielleicht würde er das tun – wenn sie keine Wolfszähne oder Drachenschuppen vorrätig hatte.

Der Laden war zum Bersten voll. Selbst schuld, dachte er bei sich. Das kam davon, wenn man am Samstagvormittag vorbeischaute. Aber immerhin würde ihm das erlauben, sich in Ruhe umzusehen und herauszufinden, wie eine Hexe im zwanzigsten Jahrhundert ein Geschäft führte.

Die Auslagen im Laden waren genauso aufwändig dekoriert wie im Schaufenster. Verschiedene Steine, manche aufgeschnitten und mit einem kristallenen Innenleben, schmückten die Regale, daneben ausgefallen geformte kleine Fläschchen mit farbigen Etiketten. Nash war regelrecht enttäuscht, als er sah, dass es sich dabei um Badeessenzen aus Kräutern handelte. Er hatte stark gehofft, wenigstens einen Liebestrank darunter zu finden.

Überall Kräuter- und Pflanzenpotpourris, verschiedene Teemischungen, Duftkerzen und Kristalle in allen Formen und Farben. Interessanter Schmuck war in einer Glasvitrine ausgestellt. Kunstwerke, Bilder, Statuen, Skulpturen, alles so geschickt präsentiert, dass dieser Laden eigentlich als Galerie bezeichnet werden müsste.

Da das Ungewöhnliche Nash schon immer gefesselt hatte, wandte er sich einer Tischlampe aus gehämmertem Zinn zu – ein Drache mit ausgebreiteten Flügeln und leuchtend roten Augen.

Und dann sah er sie. Ein Blick genügte, und er war sicher, dass so eine moderne Hexe aussehen musste. Die ernst aussehende Blondine war mit zwei Kunden beschäftigt, die sich wohl für die verschiedenen Kristalle auf dem Tisch interessierten. Ihre grazile Gestalt steckte in einem hautengen schwarzen Overall, lange Ohrringe baumelten ihr bis auf die Schultern, und an jedem ihrer Finger, die in tödlich wirkenden, rot lackierten Nägeln ausliefen, trug sie einen Ring.

„Interessant, nicht wahr?"

„Hm?" Bei der rauchigen Stimme drehte Nash sich um. Und vergaß die moderne Hexe drüben am anderen Ende des Ladens augenblicklich. Stattdessen ertrank er fast in einem Paar kobaltblauer Augen. „Wie bitte?"

„Der Drache." Sie fuhr mit den Fingern über das Zinn. „Ich habe mich gerade gefragt, ob ich ihn mit nach Hause nehmen soll." Sie lächelte, und Nash sah, dass ihre Lippen voll und weich und ohne Lippenstift waren. „Mögen Sie Drachen?"

„Ich bin verrückt nach ihnen", entschied er schlagfertig. „Kaufen Sie hier oft etwas?"

„Ständig." Sie schob sich das Haar zurück. Es war schwarz wie die Nacht und fiel ihr in sanften Wellen bis auf die Hüften. Nash versuchte sich Stück für Stück ein Bild von ihr zu machen. Die Haut, weiß schimmernd wie Elfenbein, passte hervorragend zu dem dunklen Haar. Die großen Augen blickten klar und waren von dichten Wimpern umrandet, die Nase gerade und zierlich. Sie war fast genauso groß wie er und dazu gertenschlank. Das schlichte blaue Kleid, das sie trug, zeugte von Stil und sicherem Geschmack und brachte die fraulichen Rundungen bestens zur Geltung.

Etwas an ihr war … verwirrend, gestand er sich ein, auch wenn er nicht hätte sagen können, was genau es war. Dazu war er viel zu sehr damit beschäftigt zu genießen, was er sah.

Wieder verzog sie die Lippen zu einem Lächeln. Ein wissendes wie auch amüsiertes Lächeln. „Waren Sie schon öfter hier im ‚Wicca'?"

„Nein, aber ich muss sagen, es gibt tolle Sachen hier."

„Interessieren Sie sich für Kristalle?“

„Ich könnte mich vielleicht dafür erwärmen.“ Er nahm einen großen Amethyst zur Hand. „Leider bin ich in Geologie in der Schule durchgefallen.“

„Ich glaube nicht, dass man hier Noten verteilt.“ Sie deutete auf den Stein, den er hielt. „Wenn Sie mit Ihrem inneren Selbst in Kontakt treten wollen, müssen Sie den Stein in die linke Hand nehmen.“

„So?“ Er tat ihr den Gefallen, aber er sagte ihr nicht, dass er nichts fühlte – außer der Freude zu beobachten, wie der Saum ihres Kleides ihre Knie umspielte. „Also, wenn Sie sozusagen eine Stammkundin hier sind, könnten Sie mich ja vielleicht der Hexe vorstellen.“

Mit einer hochgezogenen Augenbraue folgte sie seinem Blick zu der zierlichen Blondine, die gerade etwas für ihre Kunden einpackte. „Sie suchen eine Hexe?“

„So könnte man es wohl sagen, ja.“

Ihre wunderbaren blauen Augen richteten sich wieder auf Nash. „Sie sehen nicht aus wie ein Mann, der einen Liebeszauber nötig hat.“

Er grinste. „Danke. Aber um genau zu sein … ich benötige Informationen. Ich schreibe Filmdrehbücher, und ich habe vor, eine Geschichte über Hexen in den neunziger Jahren zu schreiben. Sie wissen schon, Geheimbünde, Sex, Opferdarbringungen … solche Sachen.“

„Ah.“ Als sie den Kopf neigte, blinkten durchsichtige Kristalltropfen an ihren Ohren auf. „Junge Frauen, die unter wolkenverhangenem Himmel nackt auf einer Lichtung tanzen und dann Liebestränke bei Vollmond brauen, um ihre ahnungslosen Opfer zu verführen.“

„Ja, so was in der Art.“ Er lehnte sich ein wenig näher zu ihr und stellte fest, dass sie kühl und frisch roch wie ein Wald bei Mondlicht. „Ist diese Morgana wirklich davon überzeugt, dass sie eine Hexe ist?“

„Sie weiß, was sie ist, Mr. …?“

„Kirkland. Nash Kirkland.“

Ihr Lachen klang tief und ehrlich erfreut. „Aber natürlich. Ich kenne und schätze Ihre Arbeit. Am besten hat mir ‚Midnight Blood‘ gefallen. Sie haben Ihren Vampir mit einer Menge Esprit und Einfühlungsvermögen ausgestattet, ohne die Tradition zu verletzen.“

„Selbst für Untote gibt es mehr als Friedhofserde und Sargdeckel."

„Ja, wahrscheinlich. Und eine Hexe rührt nicht nur Zaubertränke in ihrem Kessel."

„Genau. Deshalb will ich ja auch ein Interview mit ihr. Sie muss eine äußerst intelligente Lady sein, um das Ganze durchzuziehen."

„Durchziehen?", wiederholte sie, während sie sich bückte, um eine große weiße Katze aufzuheben, die um ihre Beine strich.

„Ja, immerhin genießt sie einen ausgezeichneten Ruf. Ich habe in L. A. von ihr gehört. Die Leute erzählen seltsame Geschichten."

„Das glaube ich gern." Sie streichelte der Katze über den Kopf. Nash sah sich jetzt von zwei Augenpaaren gefangen – einem kobaltblauen und einem bernsteinfarbenen. „Aber Sie selbst glauben nicht an diese Kraft, oder?"

„Ich glaube, dass ich eine verdammt gute Story daraus machen kann." Er legte all seinen Charme in sein Lächeln. „Also? Legen Sie ein gutes Wort bei der Hexe für mich ein?"

Sie musterte ihn genauer. Ein Zyniker, entschied sie. Noch dazu einer, der sich seiner selbst viel zu sicher war. Bisher schien das Leben Nash Kirkland auf Rosen gebettet zu haben. Nun, es wurde Zeit, dass er ein paar Dornen zu spüren bekam.

„Das wird nicht nötig sein." Sie streckte ihm ihre Hand hin, eine schlanke Hand mit langen Fingern, nur ein einzelner silberner Ring als Schmuck. Er nahm die dargebotene Hand automatisch und stieß unwillkürlich die Luft aus, als ihm ein elektrischer Schlag durch den Arm zuckte. Sie lächelte nur.

„Sie haben Ihre Hexe bereits gefunden."

Statische Elektrizität, sagte Nash sich einen Moment später, während Morgana die Frage eines Kunden beantwortete. Schließlich hielt sie die Katze und hatte die ganze Zeit das Fell gestreichelt – daher der Schlag.

Trotzdem spreizte er unauffällig die Finger und ballte sie wieder zur Faust.

Ihre Hexe, hatte sie gesagt. Er war sich nicht ganz sicher, ob ihm dieses Pronomen gefiel. Es machte die Dinge ein wenig zu … zu intim. Nicht, dass sie nicht umwerfend aussah. Aber wie sie ihn angelächelt hatte, als er zusammengezuckt war, machte ihn nervös. Jetzt wusste er auch, was an ihr so verwirrend war.

Macht. Oh nein, nicht diese Art von Macht, versicherte er sich selbst, während er zusah, wie sie getrocknete Kräuter bündelte. Es war die Macht, die manchen schönen Frauen einfach angeboren zu sein schien – eine ursprüngliche Sexualität und ein geradezu erschreckendes Selbstbewusstsein. Er hatte sich nie für den Typ Mann gehalten, der durch die Willenskraft einer Frau eingeschüchtert wurde, allerdings musste er sich eingestehen, dass anschmiegsame, nachgiebige Frauen wesentlich weniger anstrengend waren.

Nun, wie auch immer. Sein Interesse an ihr war beruflicher Natur. Nicht nur, wie er in Gedanken anfügte. Ein Mann müsste schon jahrelang im Grab liegen, um Morgana Donovan anzusehen und seine Gedanken auf einer rein professionellen Ebene halten zu können. Aber Nash war ziemlich sicher, dass er Job und Privates voneinander trennen konnte.

Er wartete, bis sie mit dem Kunden fertig war, setzte ein zerknirschtes Lächeln auf und ging zu ihr an die Kasse. „Ich frage mich, ob Sie wohl eine geeignete Beschwörung parat haben, die mich wieder aus dem Fettnäpfchen herausholt."

„Ich denke, das schaffen Sie auch allein." Normalerweise hätte sie ihn längst sich selbst überlassen, aber es musste einen Grund geben, weshalb sie ihn am anderen Ende des Ladens erspäht und sich von ihm angezogen gefühlt hatte. Morgana glaubte nicht an Zufälle. Außerdem, ein Mann mit so sanften braunen Augen konnte kein kompletter Idiot sein. „Ich fürchte, Sie kommen zu einer unpassenden Zeit, Nash. Wir haben heute hier sehr viel Betrieb."

„Sie machen um sechs Uhr zu. Vielleicht könnte ich dann zurückkommen? Ich lade Sie zu einem Drink ein. Oder zum Dinner?"

Ihr erster Impuls war abzulehnen. Sie hätte es vorgezogen, erst zu meditieren oder ihre Kristallkugel zu befragen. Doch bevor sie etwas sagen konnte, sprang die weiße Katze leichtfüßig auf den Tresen. Nash streckte die Hand aus und kraulte das Tier hinter den Ohren. Und anstatt auszuweichen oder beleidigt zu fauchen, wie es sonst bei Fremden ihre Art war, begann die weiße Katze zu schnurren und schmiegte sich an Nashs Hand. Ihre bernsteinfarbenen Augen wurden zu schmalen Schlitzen, aus denen sie Morgana unverwandt anstarrte.

„Luna scheint mit Ihnen einverstanden zu sein", murmelte Morgana. „Na schön, sechs Uhr also." Die Katze schnurrte lauter. „Dann werde ich entscheiden, was ich mit Ihnen mache."

„Bestens." Nash strich Luna noch einmal über den Rücken und verließ den Laden.

Mit gerunzelter Stirn sah Morgana auf die Katze hinab. „Ich kann nur hoffen, dass du weißt, was du tust."

Luna verlagerte ihr nicht unerhebliches Gewicht und begann sich seelenruhig zu putzen.

Morgana blieb danach keine Zeit, noch länger über Nash nachzudenken. Sicher, da sie mit ihrer impulsiveren Seite eigentlich immer im Clinch lag, hätte sie eine ruhige Stunde vorgezogen, in der sie ihre Vorgehensweise genau hätte überlegen können. Tatsache jedoch war, dass die Ladentür kaum stillstand und die vielen Kunden ihre ganze Aufmerksamkeit beanspruchten. So beruhigte sie sich mit dem Gedanken, dass ihr ein vorwitziger Geschichtenerzähler mit treuen Hundeaugen wohl kaum Schwierigkeiten machen würde.

„Puh." Mindy, die vollbusige Blondine, die Nash so bewundert hatte, ließ sich hinter der Theke auf einen Hocker fallen. „Seit Weihnachten waren nicht mehr so viele Leute auf einmal im Laden." Sie zog einen Kaugummistreifen aus der Hosentasche und grinste. „Hast du vielleicht eine Geldformel gemurmelt?"

Morgana baute ein kleines Schloss aus Glassteinen zusammen, bevor sie antwortete. „Die Sterne stehen günstig fürs Geschäft. Außerdem ist die neue Schaufensterdekoration einfach umwerfend." Sie lächelte. „Geh nach Hause, Mindy. Ich räum auf und schließ ab."

„Das musst du mir nicht zweimal sagen." Sie glitt vom Hocker und streckte sich ausgiebig. Dann hob sie die Augenbrauen. „Oh Mann, schau dir das an. Groß, gebräunt und unheimlich appetitlich anzusehen."

Morgana folgte Mindys Blick und erkannte Nash draußen auf der Straße vor dem Schaufenster. Diesmal hatte er mehr Glück mit einem Parkplatz gehabt und stieg direkt vor dem Laden aus seinem Wagen.

„Immer mit der Ruhe, Mädchen." Morgana lachte leise. „Männer wie der da brechen Herzen, ohne auch nur einen Gedanken daran zu verschwenden."

„Ach, das ist okay. Mein Herz war schon seit Tagen nicht mehr gebrochen. Sehen wir uns das doch mal genauer an ..." Innerhalb von Sekundenbruchteilen hatte Mindy eine genaue Einschätzung parat. „Knapp eins neunzig, achtzig wunderbar muskulöse Kilo. Der lässige Typ, vielleicht ein bisschen zu intellektuell. Ist gerne im Freien, übertreibt es aber nicht. Ein paar sonnengebleichte Strähnchen, die Haut in genau dem richtigen Braunton. Gute Gesichtsknochen, wird also im Alter nicht einfallen. Augen wie ein junger Hund, und dann dieser Wahnsinnsmund ..."

„Glücklicherweise weiß ich, dass du mehr von Männern hältst als von jungen Hunden."

Kichernd frischte Mindy mit den Fingern ihre Frisur auf. „Oh ja, allerdings. Ich kenne den Unterschied." Als die Tür aufging, stellte Mindy sich in Pose. „Hallo, Sie Hübscher. Sie wollen also ein bisschen Magie erleben?"

Immer bereit, einer freundlichen Frau entgegenzukommen, schenkte Nash ihr ein fröhliches Grinsen. „Was können Sie denn empfehlen?"

„Nun jaaa ..." Das Wort hörte sich an wie Lunas Schnurren.

„Mindy, Mr. Kirkland ist kein Kunde." Morganas Stimme klang sanft und amüsiert. Es gab nur wenig, das unterhaltender war als Mindys Flirts mit attraktiven Männern. „Wir haben einen Termin."

„Vielleicht beim nächsten Mal", sagte Nash zu Mindy.

„Wann immer Sie wollen", hauchte Mindy, warf Nash einen letzten verführerischen Blick zu und verschwand zur Tür hinaus.

„Ich wette, sie jagt die Umsatzzahlen nach oben", meinte Nash grinsend.

„Ja, genauso wie den Blutdruck aller männlichen Kunden. Wie ist es um Ihren bestellt?"

Das Grinsen wurde sofort breiter. „Haben Sie zufällig eine Sauerstoffmaske da?"

„Tut mir leid, der Sauerstoff ist gerade ausgegangen." Sie legte ihre Hand auf seinen Arm. „Warum setzen Sie sich nicht ein paar Minuten? Ich muss noch ... Mist!"

„Wie bitte?"

„Ich hätte das ‚Geschlossen'-Schild schneller anbringen sollen", murmelte Morgana, dann lächelte sie, als die Tür geöffnet wurde. „Hallo, Mrs. Littleton."

„Morgana." Die Frau, die jetzt in den Laden strömte, stieß einen erleichterten Seufzer aus.

Nash schätzte sie auf irgendwo zwischen sechzig und siebzig, und „strömen" war die richtige Beschreibung. Die alte Dame war gebaut wie ein Kreuzfahrtschiff, mit massivem Bug. Bunte Schals umflatterten sie wie wehende Fahnen. Ihr Haar war leuchtend rot gefärbt und krauste sich um ein rundes Gesicht, kräftiges Smaragdgrün umrandete die Augen, während der Mund in tiefem Korallenrot erstrahlte. Sie streckte beide Hände vor – zahlreiche Ringe schmückten die Finger – und griff nach Morgana.

„Ich habe es nicht früher geschafft. Ich musste erst noch einen jungen Polizisten schelten, der mir doch tatsächlich einen Strafzettel geben wollte. Man stelle sich vor, der Junge ist noch nicht einmal alt genug, dass ihm ein Bart wächst, aber er will mir etwas von Verkehrsregeln erzählen", brummelte sie empört. „Ich hoffe, Sie haben noch eine Minute Zeit für mich?"

„Aber natürlich." Morgana konnte nichts dagegen tun, sie mochte die alte Dame einfach.

„Ach, Sie sind ein Schatz. Sie ist doch ein Schatz, nicht wahr?", wandte sich Mrs. Littleton an Nash.

„Dem kann ich nur zustimmen."

Mrs. Littleton strahlte. Unter dem Klimpern von vielen Ketten und Armreifen wandte sie sich ihm jetzt ganz zu. „Sie sind Schütze, nicht wahr?"

„Äh …" Rasch berichtigte Nash in Gedanken sein Geburtsdatum, um der alten Dame einen Gefallen zu tun. „Stimmt. Woher wussten Sie das?"

Sie atmete schwer aus, und ihr ausladender Busen hob und senkte sich. „Mit aller Bescheidenheit darf ich von mir behaupten, eine ausgezeichnete Menschenkennerin zu sein. Ich werde Sie wirklich nur einen Moment von Ihrer Verabredung abhalten."

„Es ist keine Verabredung", berichtigte Morgana. „Also, Mrs. Littleton, was kann ich für Sie tun?"

„Ach, es handelt sich nur um einen winzigen Gefallen." Mrs.

Littletons Augen begannen zu funkeln, und Morgana unterdrückte gerade noch einen Seufzer. „Es geht um meine Großnichte. Bald ist doch der Abschlussball, und da ist dieser süße Junge in ihrem Geometriekurs …“

Dieses Mal würde sie hart bleiben, schwor Morgana sich. Hart wie Stein. Sie nahm Mrs. Littleton beim Arm und zog sie ein Stück von Nash weg. „Ich habe Ihnen bereits erklärt, dass ich das nicht mache.“

Mrs. Littleton klimperte mit den falschen Wimpern. „Ich weiß, dass Sie so etwas normalerweise“, sie zog das Wort lang, „nicht machen. Aber in diesem Fall ist es wirklich etwas ganz Besonderes.“

„Das ist es immer.“ Sie warf Nash, der unauffällig näher gekommen war, einen argwöhnischen Blick zu und zog Mrs. Littleton noch weiter in den Laden hinein. „Ich bin sicher, Ihre Nichte ist ein ganz entzückendes Mädchen, aber eine Verabredung für ihren Abschlussball zu arrangieren wäre leichtfertig – solche Dinge haben immer Nachwirkungen. Nein“, fügte sie sofort an, als Mrs. Littleton protestieren wollte. „So etwas zu arrangieren bedeutet, etwas zu verändern, das nicht verändert werden sollte. Es könnte ihr ganzes Leben beeinflussen.“

„Es ist doch nur dieser eine Abend.“

„Wenn man das Schicksal für einen Moment verändert, ist es durchaus möglich, dass Jahrhunderte einen anderen Gang nehmen.“ Bei Mrs. Littletons enttäuschtem Gesicht kam Morgana sich mies und schäbig wie ein Geizkragen vor, der einem hungernden Mann ein Stück Brot verweigerte. „Ich weiß, wie sehr Sie sich eine besondere Nacht für Ihre Nichte wünschen, aber man darf nicht mit dem Schicksal spielen.“

„Sie ist doch so schüchtern“, seufzte Mrs. Littleton. Ihr Gehör war noch scharf genug, der Hauch von Schwäche in Morganas Stimme war ihr nicht entgangen. „Und sie denkt, sie sei nicht hübsch genug. Aber sie ist hübsch. Sehen Sie nur.“ Bevor Morgana etwas erwidern konnte, hatte Mrs. Littleton bereits ein Foto ihrer Nichte hervorgezogen.

Sie wollte sich das Foto nicht ansehen, und doch senkte sie die Augen auf das Konterfei des hübschen Teenagers. Dieser melancholische Blick gab ihr dann den Rest.

Drachenblut und Höllenfeuer! Morgana fluchte still. Warum nur musste sie bei den ersten zarten Gefühlen junger Menschen immer schwach werden! „Ich kann aber für nichts garantieren, nur vorschlagen."

„Oh, das würde schon genügen." Mrs. Littleton holte ein weiteres Bild hervor, offensichtlich aus dem Jahrbuch der Highschool herausgeschnitten. „Das ist Matthew. Ein hübscher Name, nicht wahr? Matthew Brody und Jessie Littleton. Sie fangen doch bald an, oder? Der Ball ist am ersten Samstag im Mai."

„Wenn es so sein soll, wird es auch geschehen." Morgana ließ die beiden Fotos in ihrer Tasche verschwinden.

„Ach, Sie sind einfach wunderbar." Strahlend küsste Mrs. Littleton Morgana auf die Wange. „Jetzt will ich Sie aber nicht weiter aufhalten. Ich komme am Montag wieder vorbei."

„Ein schönes Wochenende." Verärgert über sich selbst, sah Morgana Mrs. Littleton nach.

„Hätte sie Ihnen nicht ein Silberstück dafür geben müssen?"

Beim Klang von Nashs Stimme wandte Morgana den Kopf. Ihre Augen blitzten wütend. „Ich bereichere mich nicht durch die Macht."

Er zuckte nur die Schultern und kam auf sie zu. „Ich sage es wirklich nicht gern, aber die alte Dame hat Sie nach allen Regeln der Kunst um den Finger gewickelt."

Ein Hauch von Rot überzog ihre Wangen. Wenn sie etwas mehr hasste als schwach zu werden, dann war es schwach werden vor Zeugen. „Darüber bin ich mir im Klaren."

Er hob die Hand und rieb mit dem Daumen den Lippenstift von ihrer Wange, den Mrs. Littletons Kuss dort hinterlassen hatte. „Ich dachte immer, Hexen seien knallhart. Aber da habe ich mich wohl getäuscht."

„Ich habe nun mal eine Schwäche für Exzentriker und gute Seelen. Und Sie sind kein Schütze."

Nur unwillig sah er ein, dass es keine Notwendigkeit mehr gab, ihre Wange zu berühren. Ihre Haut fühlte sich weich und kühl an wie Seide. „Bin ich nicht? Was denn dann?"

„Zwilling."

Er zog eine Augenbraue hoch und steckte die Hände in die Hosentaschen. „Gut geraten."

Dass er sich unwohl fühlte, versöhnte sie ein wenig. „Mit Raten hat das nicht viel zu tun. Aber da Sie nett genug waren, Mrs. Littletons Gefühle nicht zu verletzen, werde ich meinen Ärger nicht an Ihnen auslassen. Warum kommen Sie nicht mit nach hinten durch? Ich werde uns einen Tee brauen." Als sie sein Gesicht sah, musste sie lachen. „Na schön, ich kann Ihnen auch ein Glas Wein anbieten, wenn Ihnen das lieber ist."

„Ja, das ist besser."

Er folgte ihr durch die Tür hinter dem Verkaufstresen in einen Raum, der als Lager, Büro und Küche diente. Obwohl nicht groß, schien der Raum doch nicht überladen. An zwei Wänden waren Regale angebracht, auf denen sich Kisten und Bücher stapelten. Auf einem Schreibtisch aus Kirschholz stand eine Messinglampe in Form einer Meerjungfrau, ein Telefon, ein Stapel Unterlagen, beschwert mit einem Glasstein, in dem sich das Licht brach, wartete darauf, bearbeitet zu werden.

Dahinter stand ein kleiner Kühlschrank, ein Zwei-Platten-Kocher und ein kleiner Bistro-Tisch mit zwei Stühlen. Auf der Fensterbank des großen Fensters wuchsen in Tontöpfen verschiedene Kräuter. Nash roch ... er war sich nicht sicher ... Salbei vielleicht ... und Oregano. Und Lavendel. Auf jeden Fall duftete es angenehm.

Morgana nahm zwei durchsichtige Kelche von dem Regal über der Spüle. „Setzen Sie sich. Ich kann Ihnen zwar nicht sehr viel Zeit widmen, aber zumindest können Sie es sich gemütlich machen." Sie nahm eine Flasche mit einem langen Hals aus dem Kühlschrank und füllte die Gläser mit einer goldenen Flüssigkeit.

„Kein Etikett?"

„Es ist mein eigenes Rezept." Lächelnd nippte sie an ihrem Kelch. „Keine Angst, es ist kein einziges Molchauge drin."

Eigentlich hatte er lachen sollen, aber die Art, wie sie ihn über den Rand ihres Glases hinweg musterte, machte ihn irgendwie unruhig. Aber er hatte noch nie eine Herausforderung abgelehnt. Also trank er einen Schluck. Der Wein war kühl, nur leicht süß und ungemein samtig. „Schmeckt gut."

„Danke." Sie nahm auf dem anderen Stuhl Platz. „Ich habe noch nicht entschieden, ob ich Ihnen helfen werde oder nicht. Aber Ihr

Handwerk interessiert mich, vor allem, da Sie doch jetzt vorhaben, meines als Thema zu bearbeiten."

„Sie mögen also Filme, Morgana." Das war immerhin ein erster Schritt.

„Unter anderem. Mir gefallen die verschiedenen Ausdrucksmöglichkeiten menschlicher Vorstellungskraft."

„Dann …"

„Aber", unterbrach sie ihn, „ich bin mir nicht sicher, ob ich meine persönliche Geschichte in Hollywood sehen will."

„Darüber können wir ja reden." Er lächelte, und erneut überkam sie das Gefühl, dass er eine Energie ausstrahlte, die man nicht außer Acht lassen durfte. Während sie noch darüber nachdachte, sprang Luna auf den Tisch. Nash bemerkte, dass die Katze einen runden Kristall an einem Halsband trug. „Sehen Sie, Morgana, ich maße mir hier kein Urteil an. Ich will nicht die Welt verändern, ich will nur einen Film machen."

„Warum ausgerechnet Horror und Okkultismus?"

„Warum?" Er zuckte die Schultern. Er fühlte sich nie wohl dabei, wenn die Leute ihn aufforderten, es zu analysieren. „Ich weiß es nicht. Vielleicht, weil ich will, dass die Leute den lausigen Tag im Büro vergessen, sobald sie den ersten Schreckensschrei gehört haben." Seine Augen funkelten humorvoll. „Oder vielleicht deshalb, weil ich zum ersten Mal bei einem Mädchen weitergekommen bin, als sie mir bei Carpenters ‚Halloween' im Kino fast auf den Schoß kroch."

Morgana nahm noch einen Schluck Wein und überlegte. Vielleicht, aber auch nur vielleicht, lag hinter dieser selbstzufriedenen Fassade doch eine empfindsame Seele. Talent war da ganz sicher, und auch ein gewisser Charme war nicht zu leugnen. Es störte sie, dass sie sich … irgendwie von ihm gedrängt fühlte. Dazu gedrängt zuzustimmen.

Nun, sie würde genau das tun, was sie wollte. Und wenn sie Nein sagte, dann hieß das auch nein. Aber erst würde sie das noch genauer ausloten.

„Erzählen Sie mir etwas von Ihrer Story."

Nash witterte seine Chance und legte los. „Ich habe noch keine Story. Keine richtige zumindest. Und genau da kommen Sie ins Bild.

Ich habe gern eine fundierte Basis. Natürlich kann ich viele Informationen aus Büchern bekommen", er hob seine Hände, „und ich habe auch schon einiges gesammelt, schließlich überschneiden sich viele Gebiete des Okkulten. Aber ich will den persönlichen Blickwinkel. Ich will wissen, wie Sie zur Magie, zur Hexerei gekommen sind. Nehmen Sie an Zeremonien teil? Welche Insignien bevorzugen Sie?"

Morgana strich nachdenklich mit dem Finger über den Rand ihres Kelches. „Ich fürchte, Sie beginnen mit einem falschen Eindruck. Bei Ihnen hört sich das so an, als wäre ich einem Verein beigetreten."

„Bund, Club, Verein ... eine Gruppe Gleichgesinnter."

„Ich gehöre keinem Bund an. Ich ziehe es vor, allein zu arbeiten."

Interessiert beugte er sich vor. „Und wieso?"

„Es gibt Gruppen, die ernst zu nehmen sind, andere sind es nicht. Dann gibt es auch noch solche, die sich an Dingen versuchen, die besser unter Verschluss gehalten werden sollten."

„Schwarze Magie."

„Nennen Sie es, wie Sie wollen."

„Und Sie sind eine gute, eine weiße Hexe."

„Sie lieben es, alles zu etikettieren, nicht wahr?" Mit einer ungeduldigen Bewegung nahm sie ihr Weinglas auf. Es machte ihr nichts aus, über ihre Kräfte zu reden, aber sie erwartete, dass man ihr mit Respekt begegnete. „Wir alle werden mit bestimmten Kräften geboren, Nash. Ihr Talent ist es, unterhaltsame Geschichten zu erzählen. Und auf Frauen zu wirken." Sie lächelte leicht. „Ich bin sicher, Sie wissen um diese Kräfte und benutzen sie. So wie ich meine einsetze."

„Was sind Ihre Kräfte?"

Sie ließ sich Zeit. Setzte das Glas ab, blickte auf und sah ihm direkt in die Augen. Unter diesem Blick kam er sich vor wie ein Trottel, weil er überhaupt gefragt hatte. Da war sie, die Macht – eine Macht, die einen Mann in die Knie zwingen konnte.

„Sie würden gern eine kleine Demonstration sehen, nicht wahr?" Ein leichter Anflug von Ungeduld lag in ihrer Stimme.

Er schaffte es irgendwie, Luft zu holen und das abzuschütteln, was ihn überkommen hatte. Eine Art Trance – wenn er denn an so etwas wie Trance glauben würde. „Mit Vergnügen." Es konnte sein, dass er sich hier auf dünnes Eis begab, aber ihn ritt der Teufel.

Ärger trieb einen Hauch Rot in ihr Gesicht, dass ihre Wangen schimmerten wie ein Pfirsich. „Was hatten Sie sich denn vorgestellt? Blitze, die aus Fingern schießen? Soll ich den Wind beschwören oder den Mond vom Himmel fallen lassen?"

„Die Entscheidung überlasse ich ganz Ihnen."

Der Mann hat wirklich Nerven!, dachte sie, als sie sich erhob. Die Kraft rauschte heiß durch ihre Adern. Es würde ihm nur recht geschehen, wenn sie …

„Morgana."

Sie wirbelte herum, Zorn versprühend. Mit Mühe zwang sie sich dazu, sich zu entspannen.

„Ana."

Nash hätte nicht sagen können, weshalb er das Gefühl hatte, gerade ganz knapp einer Katastrophe entkommen zu sein. Er wusste nur, dass er für einen Moment so von Morgana gefangen gewesen war, dass er noch nicht einmal ein Erdbeben bemerkt hätte. Sie hatte ihn in ihren Bann gezogen, und jetzt konnte er nur ein wenig benommen auf die schlanke blonde Frau starren, die in der Tür aufgetaucht war.

Sie war sehr hübsch und, obwohl einen Kopf kleiner als Morgana, strahlte sie eine seltsame, ruhige Kraft aus. Ihre Augen waren von einem sanften Grau, ihr Blick lag jetzt unverwandt auf Morgana. Sie trug einen Karton unter dem Arm, voll mit blühenden Kräuterpflanzen.

„Du hattest das Schild nicht aufgehängt, deshalb bin ich vorne reingekommen."

„Lass mich dir den Karton abnehmen." Die beiden Frauen tauschten Botschaften aus, Nash wusste es, auch ohne ein Wort zu hören. „Ana, das ist Nash Kirkland. Nash, meine Cousine Anastasia."

„Entschuldigt, wenn ich euch störe." Ihre Stimme war ebenso sanft und beruhigend wie ihr Blick.

„Nein, du störst nicht", sagte Morgana, während Nash sich erhob. „Wir sind sowieso fertig."

„Wir haben gerade angefangen", verbesserte er. „Aber wir können später weitermachen. War nett, Sie kennenzulernen", sagte er zu

Anastasia. Dann lächelte er Morgana an und steckte ihr eine Haarsträhne hinters Ohr. „Bis zum nächsten Mal also."

Morgana nahm einen der kleinen Töpfe aus dem Karton. „Ein Geschenk." Sie versah ihn mit ihrem nettesten Lächeln und dem Topf. „Wicken. Sie symbolisieren den Aufbruch."

Er konnte nicht widerstehen. Er beugte sich über den Karton hinweg zu Morgana und berührte flüchtig mit den Lippen ihren Mund. „Einfach nur so." Damit ging er hinaus.

Und entgegen aller Vorsätze musste Morgana lächeln.

Anastasia ließ sich mit einem Seufzer auf einem Stuhl nieder. „Willst du darüber reden?"

„Da gibt es nichts zu reden. Er ist ein charmantes Ärgernis. Ein Autor mit den stereotypen Ansichten über Hexen."

„Ah, der Nash Kirkland also." Anastasia griff nach Morganas Kelch und trank einen Schluck Wein. „Der, der diesen blutrünstigen Film gemacht hat, in den du und Sebastian mich geschleift haben. Diesen Film, nach dem ich tagelang nicht richtig schlafen konnte."

„Eigentlich war ja der Film doch ziemlich intelligent gemacht."

„Hm." Anastasia nahm noch einen Schluck. „Und blutrünstig. Aber du hattest ja schon immer eine Vorliebe für so was."

„Das Studium des Bösen ist eine unterhaltsame Art, das Gute zu bestätigen." Morgana runzelte die Stirn. „Leider muss ich zugeben, dass Nash Kirkland dabei ausgezeichnete Arbeit leistet."

„Mag sein. Ich sehe mir trotzdem lieber die Marx Brothers an." Anastasia stand auf und begutachtete die Kräuter auf der Fensterbank. „Die Spannung war nicht zu ignorieren. Du sahst aus, als wolltest du ihn jeden Moment in eine hässliche Kröte verwandeln."

Die Vorstellung amüsierte Morgana. „Die Versuchung war groß. Seine Selbstgefälligkeit hat mich gereizt."

„Du lässt dich viel zu leicht reizen. Hattest du nicht gesagt, du würdest an deiner Selbstbeherrschung arbeiten?"

Mit einer tiefen Falte auf der Stirn nahm Morgana Nashs Glas hoch. „Er ist doch heil und auf zwei Beinen hier herausgegangen, oder nicht?" Sie nippte an dem Glas und merkte sofort, dass es ein Fehler gewesen war. Er hatte zu viel von sich selbst in diesem Wein zurückgelassen.

Ein mächtiger Mann, dachte sie und stellte den Kelch wieder ab.

Trotz des charmanten Lächelns und des lässigen Auftretens.

Sie wünschte, sie hätte die Blumen, die sie ihm gegeben hatte, mit einem Spruch belegt, aber dann verwarf sie den Gedanken sofort wieder. Vielleicht trieb sie irgendetwas zueinander, aber sie würde damit umgehen. Damit und mit Nash Kirkland, und zwar ohne Magie.

2. KAPITEL

Schon immer hatte Morgana die ruhigen Sonntagnachmittage genossen. Das war ihr Tag, um sich zu verwöhnen. Vom ersten Atemzug an hatte sie den Wert des Verwöhnens geschätzt. Nicht, dass sie Arbeit mied. Sie hatte viel Zeit und Mühe in ihren Laden investiert, damit alles glatt und auch Gewinn bringend lief – und zwar ohne ihre besonderen Fähigkeiten einzusetzen. Aber sie war der festen Überzeugung, dass man nach anstrengender Arbeit ein unverbrüchliches Recht auf Entspannung hatte.

Im Gegensatz zu den meisten Geschäftsinhabern zerbrach Morgana sich nicht den Kopf über Buchhaltung, Inventar und Umsatzzahlen. Sie tat einfach das, was sie für nötig hielt, und stellte sicher, dass sie es auch richtig und gut tat. Sobald die Ladentür hinter ihr zufiel, und sei es auch nur für eine kurze Lunchpause, vergaß sie jeden Gedanken an Arbeit. Es erstaunte sie immer wieder, dass es Menschen gab, die an einem wunderbaren, sonnigen Tag in einem Zimmer saßen und über Zahlen brüteten. Dafür hatte sie einen Buchhalter.

Eine Haushälterin hatte sie nicht. Weil es ihr nicht behagte, wenn jemand in ihren persönlichen Sachen herumschnüffelte. Sie, und nur sie allein, kümmerte sich um diese Dinge. Ihr Garten war riesig, und wenn sie auch nicht den gleichen fantastischen grünen Daumen wie Cousine Anastasia hatte, so pflegte sie alle Pflanzen doch selbst. Sie fand den Zyklus von Pflanzen, Gießen, Unkrautjäten und Ernten erfüllend.

Sie kniete gerade in einem Beet, in dem Kräuter und Frühlingsblumen im hellen Sonnenlicht gediehen. Ein Hauch von Rosmarin und Anis, von Hyazinthen und Jasmin lag in der Luft. Musik drang durch die offenen Fenster des Hauses herüber, der helle Flötenklang eines traditionellen irischen Volksliedes, in den sich das Gurgeln und Rauschen eines kleinen Wasserfalls mischte, der über den Felsen knapp hundert Meter hinter ihr fiel.

Es war einer dieser wunderbaren, perfekten Tage, mit einem hellblauen Himmel, einer strahlenden Sonne und einer leichten Frühlingsbrise, die den Duft des Wassers und die Aromen der Wildblumen mit sich trug. Hinter der niedrigen Mauer und der schützenden

Baumreihe, die ihr Grundstück umgaben, konnte Morgana ab und zu ein vorbeifahrendes Auto hören.

Luna lag nicht weit entfernt in der Sonne, die Augen zu schmalen Schlitzen zusammengezogen. Ihre Schwanzspitze zuckte, wenn ein Vogel in Sichtweite kam. Wäre Morgana nicht hier, hätte sie sich vielleicht einen kleinen Imbiss ergattert. Trotz ihres Umfangs war sie schnell wie ein Blitz. Aber ihre Herrin hatte strenge Ansichten über derartige Angewohnheiten.

Als der Hund angelaufen kam und seinen Kopf in Morganas Schoß legte, gab Luna einen abfälligen Ton von sich und schloss die Augen ganz. Hunde hatten eben keinen Stolz.

Mit sich und der Welt zufrieden, kraulte Morgana dem Hund das Fell und betrachtete ihr Kräuterbeet. Vielleicht würde sie ein paar Halme und Stiele ernten. Ihr ging das Engelwurz-Balsam aus, und vom Ysop-Puder hatte sie auch nicht mehr viel vorrätig. Heute Nacht, beschloss sie. Wenn der Mond schien. Solche Dinge tat man am besten im Mondlicht.

Aber vorerst würde sie einfach nur die Sonne genießen, die Wärme auf der Haut fühlen. Wann immer sie hier saß, fühlte sie die Schönheit dieses Ortes. Ihres Geburtsortes. Sie war durch viele Länder gereist, hatte viele magische Plätze besucht, aber hier war es, wo sie hingehörte.

Denn hier würde sie Liebe finden und Kinder gebären. Dieses Wissen besaß sie schon seit langem. Aber das würde noch warten können. Morgana schloss die Augen. Sie war zufrieden mit ihrem Leben, so wie es war. Und wenn der richtige Zeitpunkt gekommen war, um andere Wege einzuschlagen, dann würde sie die Zügel in der Hand behalten, dazu war sie fest entschlossen.

Als der Hund aufsprang und ein leises Knurren hören ließ, brauchte Morgana sich nicht umzudrehen. Sie hatte gewusst, dass er kommen würde. Dazu hatte sie keine Kristallkugel und keinen Zauberspiegel nötig. Sie musste auch kein Seher sein – das war mehr das Gebiet ihres Cousins Sebastian. Nein, es reichte völlig aus, Frau zu sein, um Gewissheit zu haben.

Sie saß lächelnd da, während der Hund drohend bellte. Sie würde abwarten, wie Nash Kirkland mit dieser Situation fertig wurde. Mal sehen, ob Nash so souverän und selbstgefällig tun würde wie bisher.

Wie reagierte ein Mann am besten, wenn die Frau, die er besuchen wollte, bewacht wurde von einem ... er war sicher, dass es sich nicht um einen Wolf handelte, aber dieses Tier sah wirklich aus wie einer. Außerdem war er überzeugt, dass dieses kräftige silberfarbene Vieh ihm auf den kleinsten Wink seiner Herrin an die Kehle springen würde.

Nash räusperte sich und zuckte erschreckt zusammen, als etwas um seine Beine strich. Luna. Nun, immerhin einer hatte beschlossen, ihn freundlich zu empfangen. „Schöner Hund, den Sie da haben", setzte er vorsichtig an. „Ein schöner, großer Hund."

Sie ließ sich dazu herab, ihn über die Schulter anzuschauen. „Eine kleine Sonntagsspazierfahrt?"

„So ungefähr."

Der Hund hatte zu bellen aufgehört und ließ ein tiefes, gefährliches Knurren hören. Nash fühlte einen einzelnen Schweißtropfen über seinen Rücken rinnen, als das riesige Muskelpaket mit dem Furcht einflößenden, gebleckten Gebiss auf ihn zukam und an seinen Schuhen schnüffelte. „Ich ... äh ..."

Dann hob der Hund den Kopf, und Nash sah in ein Paar dunkelblauer Augen, die wie Edelsteine in dem silbernen Fell glänzten. „Gott, bist du eine Schönheit", entfuhr es ihm unwillkürlich. Er hielt dem Tier die Hand hin und hoffte inständig, dass der Hund sie ihn behalten lassen würde. Sie wurde ausgiebig beschnüffelt und dann kurz geleckt.

Mit geschürzten Lippen hatte Morgana die Szene beobachtet. Pan würde keiner Fliege etwas zu Leide tun, aber er war auch nicht gerade dafür bekannt, dass er sich so schnell mit jemandem anfreundete. „Sie können gut mit Tieren umgehen, wie ich sehe."

Nash hatte sich bereits vorgebeugt, um dem großen Tier kräftig das Fell zu kraulen. Als Kind hatte er sich immer einen Hund gewünscht. Es überraschte ihn, dass diese Sehnsucht eines kleinen Jungen nie ganz versiegt war. „Tiere spüren eben sofort, dass ich im Grunde meines Herzens immer noch ein kleiner Junge bin. Was für eine Rasse ist das?"

„Pan?" Ihr Lächeln war geheimnisvoll. „Sagen wir einfach, er ist ein Donovan. Was kann ich für Sie tun, Nash?"

Er sah zu ihr hin. Sie saß im Sonnenlicht, das lange Haar unter einem breitkrempigen Strohhut versteckt. Ihre Jeans saßen eng, das T-Shirt war viel zu weit. Da sie bei der Gartenarbeit nie Handschuhe trug, waren ihre Hände mit schwarzer Erde verkrustet. Sie war barfuß. Himmel, er wäre nie auf den Gedanken gekommen, dass bloße Füße sexy sein könnten. Bis zu diesem Moment.

„Außer zuzulassen, dass Sie mich anstarren." Sie sagte es leichthin, amüsiert, und er grinste entschuldigend.

„Sorry, ich habe meinen Gedanken einfach freien Lauf gelassen."

Sie sah es nicht als Beleidigung an, wenn man sie begehrenswert fand. „Fangen Sie doch einfach damit an, wie Sie mich gefunden haben."

„Das war nun wirklich nicht schwierig. Immerhin haben Sie einen gewissen Ruf." Er kam zu ihr und setzte sich zu ihr ins Gras. „Ich bin zum Dinner in das Restaurant neben Ihrem Laden gegangen und habe ein Gespräch mit der Kellnerin angefangen."

„Das glaube ich Ihnen sofort."

Er griff nach dem Amulett, das sie trug, und besah es sich genauer. Ein interessantes Stück, ein Halbmond mit einer Inschrift in ... Griechisch? Arabisch? Er war kein Gelehrter. „Nun, auf jeden Fall war sie eine wahre Quelle an Informationen. Gleichzeitig fasziniert und eingeschüchtert. Wirken Sie eigentlich auf viele Leute so?"

„Auf fast alle." Und mittlerweile fand sie es sehr vergnüglich. „Hat sie Ihnen erzählt, dass ich bei Vollmond auf meinem Besenstiel durch die Lüfte reite?"

„So ähnlich." Er ließ das Amulett aus den Fingern gleiten. „Ich finde es immer wieder interessant, welche Faszination das Übernatürliche auf normal intelligente Leute ausübt."

„Verdienen Sie sich nicht genau damit Ihren Lebensunterhalt, Nash?"

„Stimmt. Und da wir schon beim Thema sind ... Ich glaube, Sie und ich haben auf dem falschen Fuß angefangen. Was halten Sie von einem sauberen Schnitt und einem Neuanfang?"

Es war schwer, einem attraktiven Mann an einem sonnigen Tag böse zu sein. „Nun, was schlagen Sie mir denn jetzt vor?" Etwa eine Versöhnungsszene auf der grünen Wiese?

Er hielt es für angebrachter, das Gespräch sozusagen durch die

Hintertür auf das Thema zu bringen, das ihn interessierte. „Sie kennen sich gut mit Blumen und Pflanzen aus, nicht wahr?"

„Etwas." Sie setzte Zitronenmelisse aus einem Topf in die Erde.

„Vielleicht könnten Sie mir sagen, was bei mir alles wächst und was ich noch dazusetzen sollte."

„Heuern Sie eine Gartenbaufirma an." Sie entspannte sich und lächelte. „Ich kann es mir ja mal ansehen."

„Das wäre nett." Er wischte ihr einen Schmutzfleck vom Kinn. „Morgana, Sie könnten mir wirklich sehr bei meinem Drehbuch helfen. Sich Informationen aus Büchern zu holen ist kein Problem – das kann jeder. Aber ich suche nach einem anderen Ansatz, nach etwas Persönlicherem. Und ich …"

„Was ist?"

„Sie haben Sterne in den Augen", murmelte er. „Kleine goldene Sterne … wie Sonnenschein auf einem nachtblauen Meer. Aber es ist unmöglich, Sonnenstrahlen um Mitternacht zu sehen."

„Man kann alles, wenn man weiß, wie es geht." Diese unglaublichen, schönen Augen hielten seinen Blick gefangen. Er hätte ihn nicht abwenden können, und wenn es ihn seine Seele gekostet hätte. „Sagen Sie mir, was Sie wollen, Nash."

„Ich will den Leuten ein paar vergnügliche Stunden bereiten. Wissen, dass sie alle Probleme, die Realität, den Alltag, einfach alles für zwei Stunden abschütteln können, wenn sie in meine Welt treten. Eine gute Story ist wie eine Tür, durch die man gehen kann, wann immer man das Bedürfnis hat. Und wenn sie einmal dir gehört hat, wird sie dir immer gehören."

Er hielt inne, verlegen und verwirrt. Dieses Philosophieren war überhaupt nicht seine Art, es passte nicht zu dem Image des lässigen Drehbuchautors. Er hatte gewieften Interviewern gegenübergesessen, die ihn stundenlang mit Fragen bombardiert hatten, ohne dass er je eine so simple und ehrliche Antwort gegeben hätte.

„Und natürlich will ich so viel Geld wie möglich verdienen", setzte er gelassen hinzu, aber das selbstzufriedene Grinsen wollte nicht so recht gelingen.

„Ich sehe nicht ein, warum das eine das andere ausschließen sollte. In meiner Familie hat es über viele Generationen immer sehr begabte Geschichtenerzähler gegeben, bis hin zu meiner Mutter. Wir wissen um den Wert von Geschichten."

Vielleicht war das der Grund, weshalb sie ihn nicht von Anfang an abgelehnt hatte. Sie respektierte das, was er tat. Denn es lag auch ihr im Blut.

„Also gut." Als sie sich vorbeugte, fühlte er es wie einen Schlag in den Magen, etwas, das weit über ihre Schönheit hinausging. „Falls ich mich dazu entschließe, Ihnen zu helfen, werde ich es Ihnen verbieten, den kleinsten gemeinsamen Nenner zu suchen. Es wird keine buckelige, zahnlose Alte geben, die kichernd ihren Hexentrank braut."

Er lächelte. „Versuchen Sie es."

„Seien Sie vorsichtig damit, wen und was Sie herausfordern, Nash", murmelte sie. „Kommen Sie mit ins Haus", sagte sie und erhob sich. „Ich habe Durst."

Da er nicht mehr befürchtete, dass ihr Wachhund ihn zerfleischen würde, nahm er sich Zeit, um ihr Haus zu bewundern. Natürlich hatte er gewusst, dass die Häuser entlang der Monterey-Halbinsel alle einzigartig waren. Schließlich hatte er selbst eines gekauft. Aber Morgana hatte ihrem Heim eine ganz besondere Note verliehen.

Ein dreigeschossiges Haus aus Stein, mit Türmchen und Zinnen, passend für eine Hexe, dachte er. Aber weder war es düster noch unheimlich. Hohe Fenster ließen das Sonnenlicht herein, an den Wänden rankten sich blühende Pflanzen empor bis zu den schmiedeeisernen Balkongittern. Elfen und Nixen waren in die Fassade gemeißelt, Fantasiefiguren dienten als Wasserspeier auf dem Dach.

Innen, Nacht. Im höchsten Turm des alten Hauses am Meer sitzt eine wunderschöne junge Hexe in einem Kreis aus Kerzen. Im Raum ist es dämmrig, das Licht der Kerzen wirft flackernde Schatten auf die Gesichter der Statuen. Überall silberne Kelche, eine klare Kristallkugel. Die Hexe trägt ein zartes weißes Gewand, offen bis zur Hüfte. Ein Amulett schwingt zwischen ihren Brüsten. Ein tiefes Summen erfüllt den Raum, während die Hexe zwei Fotografien hoch in die Luft hält.

Die Kerzen flackern auf, als ein Wind anhebt. Die Hexe murmelt vor sich hin, setzt zu einem Singsang an. Uralte Worte, tief in der Kehle gesprochen. Sie hält die Fotos an die Flamme …

Nein, streichen.

Sie … ja, sie benetzt die beiden Fotos mit einer leuchtenden Flüssigkeit aus einer blauen Schale. Rauch steigt zischend auf. Das Summen wird lauter, intensiver. Die Hexe wiegt sich im Takt, während sie die Fotos mit den Vorderseiten aufeinander in eine silberne Schale legt. Ein geheimnisvolles Lächeln umspielt ihre Lippen, als die beiden Fotos miteinander verschmelzen …

Ausblenden.

Ja, die Szene gefiel ihm. Aber sicher konnte sie noch einige Details hinzufügen, ein bisschen mehr Farbe hineinbringen.

Morgana war zufrieden, dass er schwieg. Sie führte ihn um das Haus herum und zu einer Terrasse, die wie ein Pentagramm angelegt war. Am höchsten Punkt der Terrasse stand die Bronzestatue einer Frau. In einem kleinen Springbrunnen zu ihren Füßen gurgelte Wasser.

„Wer ist sie?", fragte Nash.

„Sie hat viele Namen." Morgana nahm eine Schöpfkelle, trank von dem klaren Wasser und goss den Rest zu Füßen der Göttin auf die Erde. Ohne ein weiteres Wort überquerte sie die Terrasse und trat in eine helle, blitzsaubere Küche. Sie blieb in der Mitte des Raumes stehen und fragte unvermittelt: „Glauben Sie an einen Schöpfer?"

Die Frage überraschte ihn. „Ja, ich denke schon." Er folgte ihr unruhig. „Diese … Ihre Zauberkräfte … ist das eine religiöse Angelegenheit?"

Lächelnd griff sie nach einer Karaffe mit Limonade. „Das Leben an sich ist eine religiöse Angelegenheit. Aber keine Sorge, Nash", sie füllte zwei Gläser, „ich beabsichtige nicht, Sie zu missionieren." Sie ließ Eiswürfel in die Gläser fallen. „Sie sollten sich bei dem Gedanken nicht so unwohl fühlen. Ihre Geschichten handeln alle von Gut und Böse. Und die Menschen treffen ihre Wahl."

„Und Sie? Haben Sie Ihre Wahl getroffen?"

Sie reichte ihm eines der Gläser, drehte sich um und ging unter einem Bogen zur Küche hinaus. „Man könnte sagen, ich versuche meine weniger sympathischen Eigenschaften unter Kontrolle zu halten." Sie warf ihm einen Blick über die Schulter zu. „Leider funktioniert es nicht immer."

Während sie sprach, führte sie ihn einen breiten Korridor entlang. Die Wände waren mit ausgeblichenen Wandteppichen behangen, die Szenen aus Mythen und Sagen darstellten.

Sie entschied sich für den Raum, den ihre Großmutter immer das „Zeichenzimmer" genannt hatte. Die Wände waren in einem warmen Rosa gehalten, der antike Teppich, der auf dem Boden aus breiten Kastaniendielen lag, griff den Farbton auf. In dem großen offenen Kamin lagen säuberlich gestapelte Scheite, vorbereitet für ein warmes Feuer, wenn der Frühlingsabend kühler wurde.

Doch im Moment spielte eine laue Brise mit den langen Vorhängen der Verandatür und brachte die Düfte und Aromen des Gartens ins Haus.

Wie in ihrem Laden, so fanden sich auch hier überall Kristalle und Skulpturen. Zauberer aus Zinn, Elfen aus Bronze, Drachen aus Porzellan.

„Hübsch." Er strich mit den Fingerspitzen über die Saiten einer goldenen Laute und entlockte ihr damit einen warmen, sanften Ton. „Spielen Sie?"

„Wenn mir danach ist." Sie sah ihm belustigt zu, wie er den Raum unter die Lupe nahm. Seine ehrliche Neugier schmeichelte ihr. Er hob einen silbernen Kelch auf und roch daran. „Das riecht wie …"

„Höllenschwefel?", schlug sie vor und warf ihm einen amüsierten Blick zu.

Er setzte den Kelch wieder ab und nahm einen dünnen Amethyststab mit eingearbeiteten Silberornamenten zur Hand. „Ein Zauberstab?"

„Natürlich, was sonst. Überlegen Sie gut, was Sie sich wünschen." Sie nahm ihm den Stab vorsichtig aus den Händen.

Er zuckte nur die Schultern und drehte sich um, wodurch ihm entging, wie der Stab zu glühen begann, als Morgana ihn berührte und weglegte. „Ich habe selbst eine Menge solcher Sachen gesammelt. Vielleicht wollen Sie es sich ja mal ansehen." Er beugte sich über eine Glaskugel und sah nur sein eigenes Spiegelbild. „Gerade letzte Woche habe ich auf einer Auktion eine Schamanenmaske erstanden und einen – wie nennt man es noch? – Zauberspiegel. Sieht ganz so aus, als hätten wir doch einige Dinge gemeinsam."

„Den gleichen Geschmack in Kunstgegenständen."

„Und in Literatur." Er las die Buchrücken auf dem Regal. „Lovecraft, Bradbury, Stephen King, Hunter Brown ... He, ist das etwa ...?" Er zog ein Buch heraus und schlug es ehrfürchtig auf. „Die Erstausgabe von Bram Stokers ‚Dracula'." Er sah zu ihr hinüber. „Wenn ich Ihnen meinen rechten Arm biete, würden Sie es mir überlassen?"

„Vielleicht komme ich auf Ihr Angebot zurück."

„Ich habe mir immer gewünscht, dass er ‚Midnight Blood' gutheißen würde." Während er das Buch zurück ins Regal stellte, fiel sein Blick auf ein anderes. „‚Die vier goldenen Bälle' und ‚Der Elfenkönig'." Er fuhr mit dem Finger über den schmalen Buchrücken. „‚Rufe den Wind'. Sie haben die gesamte Werkausgabe." Neid regte sich in ihm. „Und als Erstveröffentlichung."

„Sie lesen Bryna?"

„Soll das ein Witz sein?" Ihm war, als würde er einen alten Freund wiedersehen. Er musste es berühren, studieren, ja, sogar riechen. „Ich habe alles von ihr gelesen, mindestens ein Dutzend Mal. Jeder, der behauptet, das seien Geschichten für Kinder, weiß nicht, wovon er redet. Da werden Poesie und Magie und moralische Wertvorstellungen auf einzigartige Weise miteinander verwoben. Und die Illustrationen sind einfach hinreißend. Ich würde alles dafür geben, um ein Original zu bekommen, aber sie verkauft nicht."

Interessiert neigte Morgana den Kopf. „Haben Sie denn gefragt?"

„Gefragt? Ich habe ihren Agenten regelrecht angefleht, immer wieder. Leider ohne den geringsten Erfolg. Sie lebt irgendwo in Irland in einem alten Schloss. Wahrscheinlich beklebt sie das alte Gemäuer mit ihren Zeichnungen. Ich wünschte ..." Er brach ab, als Morgana leise lachte.

„Um genau zu sein, sie bewahrt sie in einem dicken Ordner auf. Für die Enkelkinder, die sie sich wünscht."

„Donovan." Es dämmerte Nash. „Bryna Donovan. Sie ist Ihre Mutter."

„Ja, und sie wird begeistert sein zu hören, wie sehr Ihnen ihre Arbeit gefällt." Sie hob ihr Glas. „Von Geschichtenerzähler zu Geschichtenerzähler. Meine Eltern haben immer wieder hier in diesem Haus gelebt. Meine Mutter hat ihr erstes veröffentlichtes Buch hier geschrieben, während sie mit mir schwanger war. Sie behauptet steif und fest, ich hätte darauf bestanden, dass sie die Geschichte niederschreibt."

„Glaubt Ihre Mutter, dass Sie eine Hexe sind?"

„Das sollten Sie sie selbst fragen, wenn Sie die Gelegenheit dazu haben."

„Sie weichen mir schon wieder aus." Er schlenderte zur Couch und ließ sich neben ihr nieder. Es war unmöglich, sich nicht wohl zu fühlen in der Gesellschaft einer Frau, die die gleichen Dinge liebte wie er. „Drücken wir es mal anders aus. Hat Ihre Familie Probleme mit Ihren Interessen?"

Es gefiel ihr, dass er so entspannt war. Die langen Beine ausgestreckt, der Körper völlig gelöst, so als würde er sich hier ganz zu Hause fühlen. „Meine Familie hat immer die Notwendigkeit akzeptiert und verstanden, dass man seine Energie auf ein individuelles Ziel richten muss. Hatten Ihre Eltern Schwierigkeiten mit Ihren Interessen?"

„Ich habe sie nie gekannt. Meine Eltern."

„Das tut mir leid." Das spöttische Funkeln in ihren Augen verschwand und machte augenblicklich ehrlichem Mitgefühl Platz. Ihre Familie war immer der Mittelpunkt ihres Lebens gewesen. Sie konnte sich nicht vorstellen, ohne sie zu leben.

„War nicht weiter schlimm." Aber er stand auf, unruhig geworden, auch durch die tröstende Hand, die sie ihm auf die Schulter gelegt hatte. Er hatte einen weiten Weg zurückgelegt, zu weit, als dass er Mitleid brauchen konnte. „Mich interessiert die Reaktion Ihrer Familie. Ich meine, wie fühlen sich Eltern, wenn sie herausfinden, dass ihr Kind Zaubersprüche murmelt? Haben Sie schon als Kind mit dem Zauberstab herumgefuchtelt?"

Das Mitgefühl löste sich schlagartig auf. „Herumgefuchtelt?", wiederholte sie mit zusammengekniffenen Augen.

„Ich überlege, ob ich einen Prolog vorschieben soll. Wie die Hauptperson zur Zauberei gekommen ist. Ihre geheimnisvollen Wurzeln und Kräfte – so in dem Stil."

Er marschierte im Raum auf und ab, ohne recht auf sie zu achten. Er lief immer auf und ab, wenn er nachdachte, nahm Eindrücke und Ansichten in sich auf. „Vielleicht wird sie ja ständig von dem Nachbarsjungen gehänselt, und dann verwandelt sie ihn in eine Kröte."

Er war so in seine Gedanken verstrickt, dass er nicht bemerkte, wie Morganas Miene hart wurde. „Oder vielleicht begegnet sie einer geheimnisvollen Frau, die ihr diese Kräfte verleiht. Ja, ich denke, das gefällt mir." Er spielte mit Ideen, verschiedenen Fäden, die zu einem Ganzen verwebt werden könnten. „Ich bin mir nur noch nicht sicher, von welcher Warte aus ich es angehen will. Am besten ist es wohl, wenn Sie mir alles von Anfang an erzählen, wie Sie dazu gekommen sind, was Sie dazu bewogen hat. Vielleicht auch, dass Sie ein Buch gelesen haben – was auch immer. Und dann kann ich es so hindrehen, dass daraus eine Story wird."

Sie würde sich wirklich zusammenreißen müssen. Als sie sprach, klang ihre Stimme sehr sanft. Etwas schwang darin mit, das ihn genau in der Mitte des Teppichs stehen bleiben ließ. „Ich wurde mit Elfenblut geboren. Ich bin eine Hexe aus altem Geschlecht, dessen Ursprung bis zu Finn, dem Kelten, zurückreicht. Meine Kräfte sind ein Geschenk, das von Generation zu Generation weitervererbt wird. Wenn ich einen würdigen Mann finde, werden wir Kinder haben, und diese Kinder werden die Kräfte von mir erben."

Er nickte beeindruckt. „Das ist toll." Na schön, sie wollte also nicht mit der Wahrheit herausrücken. Auch gut. Er würde mitmachen. Diese Idee mit dem Elfenblut hatte Potenzial. Großes Potenzial. „Und wann ist Ihnen zum ersten Mal klar geworden, dass Sie eine Hexe sind?"

Sein leicht spöttischer Ton versetzte ihrem eisern unter Kontrolle gehaltenen Temperament einen Hieb. Der Raum bebte, während sie sich zu zügeln versuchte. Nash riss sie vom Sofa hoch und zog sie unter den Türrahmen, so schnell, dass ihr keine Zeit blieb, sich zu wehren. Das Beben stoppte.

„Nur eine kleine Erschütterung", sagte er, hielt sie aber noch immer fest in seinen Armen. „Während des letzten großen Erdbebens war ich in San Francisco." Weil er sich wie ein Idiot vorkam, setzte er ein zerknirschtes Lächeln auf. „Seither kann ich bei keinem noch so kleinen Beben ruhig bleiben."

So, er hielt das also für ein natürliches Erdbeben. Umso besser. Denn es gab absolut keinen Grund, die Beherrschung zu verlieren oder zu erwarten, dass er ihr glaubte. Und es war irgendwie süß, wie er losgestürzt war, um sie zu beschützen. „Sie könnten ja auch in den Mittleren Westen ziehen."

„Da gibt's Tornados." Da er nun schon mal hier war und sie in den Armen hielt, konnte er die Situation genauso gut genießen. Er strich mit der Hand über ihren Rücken, und es gefiel ihm, dass sie sich dieser Berührung entgegenwölbte. Wie eine Katze.

Morgana legte den Kopf zurück. Ärger und Wut waren Zeitverschwendung, wenn ihr Herz mit solcher Heftigkeit reagierte. Vielleicht war es unvernünftig, einander so in Versuchung zu führen. Aber Vernunft war eben nicht alles. „Die Ostküste?"

„Schneestürme." Er zog sie enger an sich heran. Für einen kurzen Augenblick nahm er wahr, wie perfekt ihre Körper zueinander passten.

„Und der Süden?" Sie legte die Arme um seinen Nacken und blickte ihn unverwandt unter dichten Wimpern hervor an.

„Hurrikans." Er tippte ihren Sonnenhut an, sodass er ihr vom Kopf fiel und das lange Haar sich wie Seide über seine Finger ergoss. „Katastrophen gibt es überall. Da kann man auch gleich da bleiben, wo man ist, und es an Ort und Stelle mit ihnen aufnehmen."

„Mit mir kannst du es nie aufnehmen, Nash." Sie strich flüchtig mit ihren Lippen über seinen Mund. „Aber du darfst es gerne versuchen."

Er küsste sie zuversichtlich und von sich selbst überzeugt. Schließlich betrachtete er schöne Frauen nicht als Katastrophe.

Vielleicht hätte er es besser tun sollen.

Es brachte ihn mehr ins Wanken als jedes Erdbeben, es war machtvoller als jeder Sturm. Die Erde bebte nicht, und kein Sturm heulte, aber als ihre Lippen sich willig für ihn öffneten, wusste er, dass er von einer unwiderstehlichen Kraft davongerissen wurde, für die es keinen Namen gab.

Sie schmiegte sich an ihn, weich und warm wie geschmolzenes Wachs. Würde er an solche Dinge glauben, hätte er behauptet, sie sei für ihn geschaffen worden. Er ließ seine Hände unter ihr weites T-Shirt gleiten, um die seidige Haut ihres Rückens zu streicheln, drückte sie fester an sich, einfach nur um sicher zu sein, dass sie echt war und er nicht träumte.

Er konnte die Realität schmecken, und doch lag in diesem Kuss etwas von einer träumerischen Fantasie. Ihr Mund war nachgiebig und weich wie Seide, und ihre Arme lagen wie samtene Bänder um seinen Hals.

Ein Ton schwang durch die Luft, sie murmelte etwas, etwas, das er nicht verstand. Doch er spürte die Überraschung in diesem Flüstern, vielleicht sogar ein wenig Angst, und dann endete es in einem Seufzer.

Sie war eine Frau, die den Geschmack und den Körper eines Mannes genoss. Man hatte ihr nicht beigebracht, sich zu schämen, wenn sie sich körperlichen Freuden hingab, mit dem richtigen Mann zur richtigen Zeit. Sie fürchtete sich nicht vor ihrer eigenen Sinnlichkeit, im Gegenteil, sie respektierte sie, zelebrierte sie, genoss sie.

Und doch, jetzt, zum ersten Mal verspürte sie so etwas wie Furcht vor einem Mann.

Ein Kuss war immer Ausdruck eines schlichten Bedürfnisses. Doch an diesem Kuss war nichts Schlichtes. Wie hätte er es sein können, wenn sie von Erregung und Beklommenheit zugleich erfüllt war?

Sie wollte glauben, diese Kraft ginge von ihr aus. Sie trüge die Verantwortung für den Strudel von Gefühlen, in dem sie beide versanken. So etwas konnte schnell und leicht heraufbeschworen werden, fast automatisch.

Aber die Angst ließ sich nicht ignorieren, und sie wusste, diese Angst war aus dem Wissen entstanden, dass hier Mächte im Spiel waren, die sie nicht kontrollieren konnte.

Um einen Bann zu brechen, musste man vorsichtig vorgehen. Und man musste etwas tun.

Bewusst langsam machte sie sich aus der Umarmung frei. Auf keinen Fall durfte Nash erkennen, welche Macht er über sie hatte. Sie legte die Hand um ihr Amulett und fühlte sich wieder sicherer.

Nash dagegen fühlte sich, als wäre er der einzige Überlebende eines Zugunglücks. Abrupt steckte er die Hände in die Tasche, um nicht wieder Morgana zu packen und an sich heranzuziehen. Ab und an spielte er eigentlich ganz gerne mit dem Feuer – aber dann wollte er auch sicher sein, dass er derjenige war, der das Streichholz anzündete. Er wusste ganz genau, wer bei diesem kleinen Experiment die Zügel in der Hand gehalten hatte – und das war nicht er gewesen.

„Hast du eigentlich auch mit Hypnose zu tun?“, fragte er sie.

Mir geht's gut, versicherte Morgana sich, alles in bester Ordnung. Sie setzte sich wieder auf das Sofa, aber es kostete sie Mühe, ein Lächeln auf ihre Lippen zu zaubern. „Habe ich dich etwa erstarren lassen, Nash?"

Aufgewühlt ging er zum Fenster. „Ich will nur sicher sein, dass dieser Kuss meine Idee war."

Sie hob den Kopf und reckte die Schultern. Der Stolz war ihrem Wesen ebenso eigen wie die uralten Kräfte. „Du kannst so viele Ideen haben, wie du willst. Ich brauche keine Magie, damit ein Mann mich begehrt." Sie fuhr mit den Fingerspitzen über ihre Lippen und spürte die Hitze, die er dort zurückgelassen hatte. „Und wenn ich beschließe, dass ich dich will, würdest du nur zu gern einwilligen, glaub mir."

Er zweifelte nicht daran, und das wiederum kratzte an seinem Stolz. „Hätte ich die gleichen Worte zu dir gesagt, würdest du mich einen Chauvinisten und überheblichen Egoisten nennen."

Geschmeidig griff sie nach ihrem Glas. „Die Wahrheit hat weder mit Sex noch mit Ego zu tun." Die weiße Katze sprang lautlos auf die Lehne des Sofas, und Morgana streichelte Luna, ohne ihren Blick von Nash zu wenden. „Falls du nicht bereit bist, das Risiko einzugehen, sollten wir unsere ... kreative Partnerschaft vielleicht in diesem Moment abbrechen."

„Du glaubst also, ich hätte Angst vor dir?" Das Absurde an dieser Vorstellung versetzte ihn in bessere Laune. „Keine Sorge, so leicht bin ich nicht zu beeindrucken."

„Ich bin erleichtert, das zu hören. Ich möchte schließlich nicht, dass du dir wie der Liebessklave einer durchtriebenen Frau vorkommst."

Er biss die Zähne zusammen. „Wenn wir zusammenarbeiten wollen, sollten wir vorher allerdings ein paar Regeln aufstellen."

Er musste verrückt sein. Vor fünf Minuten hatte er eine umwerfende, unglaublich sexy und schöne Frau in den Armen gehalten, und jetzt überlegte er sich, wie er sie davon abhalten konnte, ihn zu verführen.

„Nein." Morgana dachte nach. „Mit Regeln bin ich noch nie sehr gut gewesen. Du wirst das Wagnis einfach eingehen müssen. Aber ich mache dir einen Vorschlag. Ich werde dich nicht in kompromittierende Situationen locken, wenn du versprichst, dir deine abfälligen kleinen Bemerkungen über die Hexerei zu verkneifen." Sie fuhr sich durch das lange Haar. „Es irritiert mich. Und wenn ich irritiert bin, tue ich manchmal Dinge, die ich hinterher bereue."

„Ich muss aber Fragen stellen."

„Dann lerne es, die Antworten zu akzeptieren." Ruhig und entschieden erhob sie sich. „Ich lüge nicht – zumindest höchst selten. Ich kann noch nicht sagen, warum ich beschlossen habe, dir von mir zu erzählen. Du hast irgendetwas an dir. Sicherlich hat es auch mit dem Geschichtenerzähler in dir zu tun. Du hast eine starke Aura, und du suchst nach etwas Wesentlichem, auch wenn du ein Zyniker bist. Zudem hast du großes Talent. Vielleicht liegt es daran, dass die, die mir am nächsten stehen, dich akzeptiert haben."

„Als da wären?"

„Anastasia. Luna und Pan. Sie alle sind ausgezeichnete Menschenkenner."

Tja, da hatte er also den Test bei einer Cousine, einer Katze und einem Hund bestanden. „Ist Anastasia auch eine Hexe?"

Morgana zuckte mit keiner Wimper. „Wir reden hier über mich und die Magie im Allgemeinen. Anas Geschichte geht nur sie etwas an."

„Na schön. Wann fangen wir an?"

Wir haben doch schon angefangen, dachte sie und hätte fast geseufzt. „Ich arbeite nicht an Sonntagen. Komm morgen Abend vorbei, um neun."

„Nicht um Mitternacht? Entschuldigung", setzte er sofort hastig hinzu. „Macht der Gewohnheit. Ich würde gern ein Aufnahmegerät mitbringen. Geht das?"

„Sicher."

„Sonst noch etwas?"

„Fledermauszungen und Eisenhut." Sie lächelte. „Entschuldigung, Macht der Gewohnheit."

Er lachte und hauchte einen züchtigen Kuss auf ihre Wange. „Ich mag deinen Stil, Morgana."

„Wir werden sehen."

Sie wartete bis Sonnenuntergang, dann zog sie eine dünne weiße Robe über. Es ist immer besser, wenn man vorgewarnt ist, sagte sie sich. Sie hatte lange mit sich gekämpft und schließlich kapituliert. Es gefiel ihr nicht, sich eingestehen zu müssen, dass Nash wichtig genug war, um sich Sorgen zu machen. Aber da es nun einmal so war, konnte sie genauso gut sehen, was sie erwartete.

Sie stieg zu dem Zimmer im Turm auf, errichtete den Schutzkreis, zündete die Kerzen an. Der Geruch von Sandelholz und Kräutern breitete sich aus. Sie kniete sich in die Mitte des Kreises und hob die Arme.

„Feuer, Wasser, Erde und Wind, Kräfte, die ewig und unsterblich sind. Ich bitte euch, lasst mich sehen, um den rechten Weg zu gehen."

Die Macht floss in sie, kühl und klar. Sie hob die Kristallkugel mit beiden Händen. Die Flammen der Kerzen spiegelten sich in dem klaren Glas. Morgana schaute konzentriert auf die Kugel.

Rauch. Licht. Schatten.

Die Kugel begann sich zu trüben, und dann, als hätte ein unsichtbarer Wind den Nebel vertrieben, erschien ein Bild im Innern.

Die Zypressenlichtung. Die alten mystischen Bäume ließen nur einzelne Strahlen des Mondlichts auf den weichen Waldboden fallen. Sie roch den Wind, hörte ihn, und aus der Ferne erklang das Rauschen des Meeres.

Kerzenlicht. Im Raum. In der Kugel.

Sie selbst. Im Raum. In der Kugel.

Sie trug die weiße Zeremonienrobe, zusammengehalten von einem Gürtel aus Kristallen. Ihr Haar war offen, ihre Füße bloß. Das Feuer hatte sie entzündet, durch ihres Willens Kraft. Es brannte kühl und lautlos wie der Mondschein. Es war eine feierliche Nacht.

Eine Eule schrie. Sie drehte sich um und sah die weißen Flügel durch das Dunkel der Nacht gleiten. Sie folgte der Eule mit dem Blick, bis der Vogel in der Dunkelheit verschwunden war. Dann sah sie ihn.

Er trat langsam unter dem Stamm einer Zypresse hervor, auf die Lichtung. In seinem Blick konnte sie sich selbst erkennen.

Verlangen. Sehnsucht. Schicksal.

Im Kreis streckte Morgana die Arme nach ihm aus und zog Nash zu sich, in ihre Umarmung.

Ein Aufschrei hallte an den Wänden des Turms wider. Morgana

warf eine Hand in die Höhe, die Kerzen erloschen. Sie hatte sich selbst betrogen.

Sie blieb, wo sie war, zornig auf sich selbst. Sie wäre besser dran gewesen, wenn sie es nicht gewusst hätte.

Wenige Meilen entfernt schreckte Nash aus dem Schlaf hoch. Er war auf der Couch vor dem Fernseher eingeschlafen, jetzt flimmerte nur noch Schnee über den Bildschirm. Er rieb sich mit beiden Händen über das Gesicht und setzte sich gerädert auf.

Was für ein Traum! So lebendig, so real, dass einige sehr empfindliche Teile seines Körpers wehtaten.

Selbst schuld, schalt er sich und nahm gähnend eine Hand voll Popcorn aus der Schüssel, die auf dem Couchtisch stand.

Er hatte sich nicht darum bemüht, Morgana aus seinem Kopf zu vertreiben. Und so saß er nun hier und fantasierte sich etwas über Hexerei und Zaubersprüche zusammen. Irgend so ein Hexentanz im Wald. Wenn er sich sah, wie er ihr eine weiße Seidenrobe auszog und sie auf einer Lichtung auf dem weichen Waldboden liebte, konnte er nur sich selbst die Schuld geben.

Er schüttelte sich leicht und nahm einen Schluck von dem abgestandenen Bier. Trotzdem war es seltsam … Er hätte schwören mögen, den Duft von Kerzenwachs zu riechen.

3. KAPITEL

Morgana war nicht gerade bester Laune, als sie am Montagabend die Auffahrt zu ihrem Haus hinauffuhr. Eine Lieferung war irgendwo auf der Strecke geblieben, es hatte sie eine volle Stunde gekostet, um sie überhaupt aufzuspüren. Sie war versucht gewesen, sich der Sache auf ihre Art anzunehmen – nichts ärgerte sie mehr als Unzuverlässigkeit –, aber sie wusste auch, dass solche Unternehmungen oft noch mehr Komplikationen einbrachten.

So aber hatte sie wertvolle Zeit verloren. Sie hatte sich auf einen ruhigen Spaziergang gefreut, um ihren Kopf wieder freizubekommen – und ja, verflucht, sie musste ihre Nerven beruhigen, damit sie Nash gegenübertreten konnte. Es hatte wohl nicht sollen sein.

Sie stellte den Motor ab und starrte düster auf das schwere chromblitzende Motorrad, das vor der Haustür geparkt war.

Sebastian. Der hatte ihr jetzt noch gefehlt. Wieso konnte sie jetzt nicht allein sein?

Luna sprang aus dem Wagen, lief auf das Motorrad zu und rieb sich an dem Reifen der schweren Harley.

„Natürlich." Angewidert schlug Morgana die Wagentür zu. „Hauptsache, es ist ein Mann."

Luna stieß einen Laut aus, der sehr unhöflich klang, und stolzierte zum Haus. Pan kam ihnen aus dem Haus entgegen, um sie zu begrüßen. Während Luna hineinging, ließ Morgana sich Zeit, um den Hund mit dem verständnisvollen Blick ausgiebig zu kraulen. Von drinnen erklang Musik von Beethoven.

Sie fand Sebastian genau so vor, wie sie es erwartet hatte – bequem auf dem Sofa ausgestreckt, die Füße mit den Motorradstiefeln lässig auf den Couchtisch gelegt, die Augen halb geschlossen und ein Weinglas in der Hand. Bei seinem Lächeln wäre jede Frau dahingeschmolzen, es stellte etwas Unglaubliches mit diesem dunklen, wie gemeißelt schönen Gesicht an, mit den vollen sinnlichen Lippen, den graublauen Augen, die so wach und wissend dreinblickten.

Träge hob er die Hand mit den langen schlanken Fingern zu einem uralten Gruß. „Morgana, meine einzige wahre Liebe."

Er hat schon immer viel zu gut ausgesehen, schon als Junge,

dachte Morgana. „Cousin. Fühl dich ganz wie zu Hause."

„Danke, mein Herz." Er prostete ihr zu. „Der Wein ist köstlich. Deiner oder Anas?"

„Meiner."

„Gratulation." Er erhob sich, geschmeidig wie ein Tänzer. Es irritierte sie immer, dass sie zu ihm hochschauen musste. Er war gut einen Kopf größer als sie. „Hier." Er hielt ihr das Glas hin. „Du siehst aus, als könntest du etwas Entspannung gebrauchen."

„Es war ein schlechter Tag."

Er grinste. „Ich weiß."

Sie hätte gern einen Schluck getrunken, aber sie biss die Zähne zusammen. „Du weißt, wie sehr ich es hasse, wenn du in meinen Gedanken herumstocherst."

„Das war gar nicht nötig." Er hob die Hände und spreizte die Finger wie zu einem Friedensangebot. An seinem kleinen Finger blitzte ein goldener Filigranring mit einem Amethyst auf. „Du sendest Signale aus. Du weißt doch, wie laut du wirst, wenn du wütend bist." Da sie nicht von dem Wein trank, nahm er das Glas zurück. „Mein Herz, wir haben uns seit Lichtmess nicht mehr gesehen." Seine Augen lachten sie an. „Hast du mich wenigstens vermisst?"

Sie gab es nur äußerst ungern zu, aber ja, sie hatte ihn vermisst. Ganz gleich, wie sehr und wie oft Sebastian sie auch ärgerte – das hatte er schon getan, als sie noch in der Wiege gelegen hatte –, sie mochte ihn. Deshalb musste sie aber noch lange nicht zu schnell zu freundlich zu ihm sein.

„Ich war sehr beschäftigt."

„Ja, das habe ich gehört." Er stupste sie ans Kinn, weil er wusste, wie sehr sie das aufbrachte. „Erzähl mir von Nash Kirkland."

Die Wut schoss wie Pfeile aus ihren Augen. „Verdammt, Sebastian. Nimm gefälligst deine telepathischen Griffel aus meinem Kopf!"

„He, ich habe nichts dergleichen getan." Er schaffte es tatsächlich, ehrlich beleidigt auszusehen. „Ich bin Seher, kein Voyeur. Ana hat es mir gesagt."

„Oh." Sie schmollte einen Moment. „Entschuldige." Sie wusste, dass Sebastian, seit er reifer geworden war und immer bessere Kontrolle über die Macht erlangt hatte, nur noch sehr selten in die privaten Gedanken anderer Menschen eindrang. Nur dann, wenn er es für absolut unerlässlich hielt. „Nun … da gibt es nichts zu erzählen. Er ist Autor."

„Das weiß ich auch. Ich habe schließlich alle seine Filme gesehen. Und was will er von dir?"

„Informationen. Er will eine echte Hexengeschichte schreiben."

„Aber er will doch hoffentlich nicht mit der Hexe Geschichte schreiben, oder?"

Sie unterdrückte das Kichern. „Sei nicht so ungehobelt, Sebastian."

„Ich mache mir doch nur Gedanken um meine kleine Cousine."

„Das brauchst du nicht." Sie zog an einer Haarsträhne, die sich über den Kragen seines Hemdes kringelte. „Ich kann auf mich selbst aufpassen. Außerdem wird er bald hier auftauchen, also …"

„Gut. Dann bleibt dir genügend Zeit, mir etwas zu essen anzubieten." Er legte freundschaftlich einen Arm um ihre Schultern. Sie würde ihn schon in Rauch aufgehen lassen müssen, bevor er sich die Gelegenheit entgehen ließ, den Schriftsteller kennenzulernen. „Ich habe übrigens am Wochenende mit meinen Eltern gesprochen."

„Am Telefon?"

Er riss entsetzt die Augen auf. „Ehrlich, Morgana, weißt du eigentlich, was so ein Anruf auf den alten Kontinent kostet? Sie ziehen dir das letzte Hemd aus."

Lachend ließ sie ihren Arm um seine Taille gleiten. „Na schön. Ich werde dir ein Dinner spendieren, und du kannst mich auf den neusten Stand bringen."

Sie konnte ihm nicht lange böse sein. Hatte es nie gekonnt. Er gehörte schließlich zur Familie. Wenn man anders als andere war, war die Familie oft das Einzige, auf das man sich verlassen konnte.

Sie aßen zusammen in der Küche, während er ihr die letzten Neuigkeiten über ihre Eltern, ihre Tanten und Onkel berichtete. Nachdem eine Stunde vergangen war, war sie völlig entspannt.

„Es ist Jahre her, seit ich Irland im Mondschein gesehen habe", murmelte Morgana.

„Fahr hin. Du weißt, wie sehr sich alle über deinen Besuch freuen würden."

„Vielleicht werde ich das auch. Und dann natürlich zur Sommersonnenwende."

„Wir sollten alle fahren. Du, Anastasia und ich."

„Vielleicht." Mit einem Seufzer schob sie ihren Teller beiseite. „Aber im Sommer ist Hochsaison, da läuft das Geschäft am besten."

„Es war deine Wahl, dich selbstständig zu machen." Sie hatte den größten Teil ihres Koteletts auf ihrem Teller übrig gelassen, Sebastian stach mit der Gabel hinein und nahm es sich.

„Mir gefällt es. Ich treffe viele Leute, auch wenn einige ziemlich seltsam sind."

Er schenkte ihre Gläser nach. „Zum Beispiel?"

Sie stützte sich lächelnd auf ihre Ellbogen. „Da war dieser wirklich lästige Typ. Wochenlang kam er jeden Tag vorbei und behauptete, er würde mich aus einem früheren Leben kennen."

„Wie plump."

„Genau. Glücklicherweise habe ich ihn vorher nie getroffen, in keinem Leben. Eines Abends kam er hereingestürmt und machte einen sehr heftigen, sehr feuchten Annäherungsversuch."

„Hm." Natürlich wusste Sebastian, dass seine kleine Cousine auf sich selbst aufpassen konnte, trotzdem ärgerte er sich über diesen Pseudo-New-Ager. „Was hast du getan?"

„Ich habe ihn in den Magen geboxt und vors Schienbein getreten." Sie zuckte die Schultern, als Sebastian hell auflachte.

„Dein Stil gefällt mir, Morgana. Doch, wirklich. Du hast ihn nicht in eine Kröte verwandelt?"

Würdevoll hob sie den Kopf. „Du weißt, dass ich so etwas nicht tue."

„Und was war mit Jimmy Pakipsky?"

„Das war etwas anderes – ich war erst dreizehn." Sie konnte sich das Grinsen nicht verkneifen. „Außerdem habe ich ihn sofort wieder in den grässlichen kleinen Jungen zurückverwandelt, der er war."

„Aber auch nur, weil Ana sich für ihn eingesetzt hat." Sebastian wedelte kauend mit einer Gabel. „Und du hast ihm die Warzen gelassen."

„Das war das Mindeste, um mich an ihm zu rächen." Sie lehnte sich vor und drückte Sebastians Finger. „Wirklich, Sebastian, ich habe dich vermisst. Du warst diesmal sehr lange fort."

Er griff ihre Hand. „Ich habe dich auch vermisst. Und Anastasia."

Sie spürte etwas. Das Band zwischen ihnen war zu alt und zu tief, als dass sie es nicht hätte spüren können. „Was ist los, mein Lieber?"

„Nichts, was wir ändern könnten." Er küsste ihre Finger, dann gab er ihre Hand frei. Er hatte nicht vorgehabt, daran zu denken. Er war nicht achtsam genug gewesen, seine Cousine hatte es gefühlt. „Hast du irgendwas mit Sahne zum Nachtisch da?"

Sie schüttelte nur den Kopf. Sie hatte die Trauer deutlich gemerkt. Auch wenn er erfahren genug war, um es jetzt vor ihr abzublocken, sie würde es nicht einfach vorbeiziehen lassen. „Dieser Fall, an dem du arbeitest … der kleine Junge, der entführt worden ist."

Der Schmerz kam plötzlich und scharf wie ein Messer. Er verdrängte ihn. „Sie haben es nicht rechtzeitig geschafft. Die Polizei in San Francisco hat alles ihr Mögliche getan, aber die Entführer haben Panik bekommen. Der Junge war erst acht."

„Das tut mir leid." Trauer lag schwer in der Luft, seine und ihre. Sie stand auf und setzte sich auf seinen Schoß. „Oh Sebastian, es tut mir so leid. Es muss für dich sehr schwer sein."

„Belaste dich nicht damit." Auf der Suche nach Trost rieb er seine Wange an ihrem Haar. Weil sie die Last mit ihm trug, wurde sie etwas leichter. „Es frisst dich innerlich auf, wenn du daran denkst. Verdammt, ich war so nah dran. Und dann passiert so etwas. Man fragt sich, wofür man diese Gabe bekommen hat, wenn man doch nichts ändern kann."

„Du hast viel geändert." Sie nahm sein Gesicht in ihre Hände, Tränen standen in ihren Augen. „Ich kann es nicht zählen, wie oft du etwas geändert hast. Dieses Mal hat es eben nicht sollen sein."

„Es tut weh."

„Ich weiß." Sie strich ihm über das Haar. „Ich bin froh, dass du zu mir gekommen bist."

Er drückte sie noch einmal fest, dann hielt er sie von sich ab. „Hör zu, ich bin hergekommen, um ein warmes Essen abzustauben und mit dir zu lachen, nicht, um schlechte Laune zu verbreiten. Tut mir leid."

„Sei kein Idiot."

Sie sagte es so scharf, dass er lachen musste. „Einverstanden. Wenn du mich unbedingt aufmuntern willst, wie wäre es dann mit Nachtisch?"

Sie pflanzte einen herzhaften Kuss auf seine Stirn. „Eis mit heißer Schokoladensoße?"

„Du bist eine Frau nach meinem Geschmack."

Morgana erhob sich, und da sie Sebastians Appetit kannte, holte sie eine große Schüssel aus dem Schrank. Sie durfte nicht mehr über den Fall reden, das könnte ihm helfen. Er würde noch eine Zeit lang damit zu kämpfen haben, und dann müsste er weitermachen. Weil es keine andere Möglichkeit gab.

Sie richtete ihre Gedanken auf das Radio im Wohnzimmer und stellte einen Rocksender ein.

„Besser." Sebastian legte die Füße auf den freien Stuhl neben ihm. „Also? Willst du mir erzählen, warum du diesem Kirkland bei seinen Nachforschungen hilfst?"

„Ich finde es interessant." Sie erhitzte die Schokoladensoße auf konventionelle Art. In der Mikrowelle.

„Du meinst, er interessiert dich."

„Ein wenig, ja." Sie gab einen Berg von Vanilleeis in die Schüssel. „Er glaubt nicht an Übersinnliches, er macht lediglich Filme darüber. Ich habe kein Problem damit." Nachdenklich leckte sie sich einen Klecks Eiscreme vom Daumen. „Mit den Filmen, meine ich. Sie sind gut. Was nun seine Einstellung und sein Gehabe betrifft ... vielleicht muss ich daran etwas ändern, wenn wir zusammenarbeiten sollen."

„Du begibst dich bei vollem Bewusstsein auf gefährliches Gebiet, Cousinchen."

„Sebastian, das Leben an sich ist gefährliches Gebiet." Sie ließ die heiße Schokosoße über das Eis fließen. „Da sollte man sich wenigstens etwas Spaß gönnen." Um den Nachtisch abzurunden, gab sie frisch geschlagene Sahne auf die Bergkuppe und setzte die Schüssel dann schwungvoll auf den Tisch.

„Keine Nüsse?"

Sie drückte ihm einen Löffel in die Hand. „Ich mag keine Nüsse, und wir teilen uns die Portion." Sie setzte sich und kratzte Eiscreme auf ihren Löffel. „Dir wird er wahrscheinlich sogar gefallen. Nash, meine ich. Er besitzt diese lässige Arroganz, die Männer für so männlich halten." Wobei sie nicht ganz unrecht haben, gestand sie sich widerwillig ein. „Er hat eine unerschöpfliche Fantasie, kann mit Tieren umgehen – Luna und Pan haben sehr positiv auf ihn reagiert. Außerdem ist er ein Fan von Mutters Büchern, hat Humor und ist intelligent. Und er fährt einen schnittigen Wagen."

„Hört sich an, als seist du hin und weg."

Fast hätte sie sich verschluckt. „Du musst nicht gleich beleidigend werden. Nur weil ich ihn interessant finde, heißt das nicht, dass ich – wie du es so erbärmlich ausdrückst – hin und weg bin."

Sie schmollt, stellte Sebastian zufrieden fest. Es war immer sehr viel einfacher, etwas von ihr zu erfahren, wenn sie wütend war. „Und? Hast du nachgesehen?"

„Natürlich habe ich nachgesehen", fauchte sie. „Nur als Vorsichtsmaßnahme."

„Du hast nachgesehen, weil du nervös bist."

„Unsinn!" Trotzdem begannen ihre Finger wie von selbst auf der Tischplatte zu trommeln. „Er ist schließlich nur ein Mann."

„Und du bist eine Frau, trotz deiner Gabe. Soll ich dir erklären, was passiert, wenn ein Mann und eine Frau zusammenkommen?"

Sie ballte eine Faust, um ihre Finger davon abzuhalten, etwas Drastischeres zu tun als nur zu trommeln. „Ich bin aufgeklärt worden, vielen Dank. Sollte ich ihn zum Liebhaber nehmen, so ist das allein meine Sache."

Immerhin hatte er sie so weit gebracht, dass sie keinen Appetit mehr auf das Eis hatte. Gut, so blieb mehr für ihn. „Das Problem ist nur, dass dabei immer das Risiko besteht, sich auch in einen Liebhaber zu verlieben. Sei bitte vorsichtig, Morgana."

„Ich kenne den Unterschied zwischen Lust und Liebe", entgegnete sie pikiert.

Unter dem Tisch hob Pan den Kopf und bellte leise.

„Wenn man vom Teufel spricht ..."

Morgana erhob sich und warf Sebastian einen warnenden Blick zu. „Benimm dich. Das meine ich ernst."

„Keine Sorge. Geh schon und mach auf." Einen Augenblick später klingelte es an der Tür. Vergnügt vor sich hin grinsend, sah er

Morgana nach, die erhobenen Hauptes zur Haustür stolzierte.

Mist, dachte Morgana gleich darauf, als sie die Tür aufzog, Nash sieht aber auch zu süß aus. Sein Haar war vom Wind zerzaust, ein alter Lederrucksack hing über seiner Schulter, und seine ausgewaschene Jeans hatte einen großen Riss am Knie.

„Hi. Ich glaube, ich bin zu früh."

„Ist schon in Ordnung. Komm rein und setz dich, ich muss mich erst noch um ... die Unordnung in der Küche kümmern."

„Redet man so über seinen Cousin?" Sebastian kam den Gang entlanggeschlendert, die bereits erheblich geleerte Eisschüssel in der Hand. „Hallo." Er nickte Nash freundlich zu. „Sie müssen Kirkland sein."

Morgana kniff die Augen zusammen, aber ihre Stimme blieb höflich. „Nash, das ist mein Cousin Sebastian. Er wollte sich gerade verabschieden."

„Oh, ich habe noch ein paar Minuten. Ihre Arbeit gefällt mir."

„Danke. Kenne ich Sie nicht?" Nash musterte Sebastian durchdringend. „Der Telepath, nicht wahr?"

Sebastian zog einen Mundwinkel hoch. „Ertappt."

„Ich habe ein paar Ihrer Fälle verfolgt. Selbst einige der hartgesottenen Cops mussten Ihnen zugestehen, dass der Yuppie-Mörder in Seattle nur mit Ihrer Hilfe gefasst werden konnte. Vielleicht würden Sie mir ja ..."

„Sebastian redet nicht gern übers Geschäft", mischte Morgana sich ein. Sie sah mit stahlharten Augen zu ihm hin. „Nicht wahr, Cousin?"

„Um ehrlich zu sein ..." Ein Energiestoß durchzuckte ihn, als sie ihm die Eisschüssel aus der Hand nahm.

„Es war wirklich nett, dass du vorbeigeschaut hast. Meld dich mal wieder."

Er gab nach. So blieb noch Zeit, um bei Anastasia vorbeizuschauen und mit ihr Morganas Lage ausführlicher zu bereden. „Pass auf dich auf, mein Herz." Er küsste sie innig und drückte sie an sich, bis er merkte, wie Nashs Gedanken sich mehr und mehr verdüsterten. „Alles Gute. Bis bald, Morgana."

Morgana schob ihn zur Tür hinaus und lauschte, bis das Motorgeräusch der Harley sich entfernte. Dann drehte sie sich schwungvoll zu Nash um. „Möchtest du vielleicht einen Tee?“

Er hatte die Stirn gerunzelt und die Hände fest in die Taschen gesteckt. „Ich hätte lieber Kaffee.“ Er folgte ihr in die Küche. „Was für ein Cousin ist er?“

„Sebastian? Ein recht dreister.“

„Nein, ich meinte …“ Er brach ab, als er in der Küche die Überreste eines gemütlichen Dinners für zwei bemerkte. „Ist er ein Cousin ersten Grades oder ist er angeheiratet?“

Sie stellte einen altmodischen Kupferkessel auf den Herd und lud das Geschirr in eine hypermoderne Spülmaschine. „Unsere Väter sind Brüder.“ Als sie Nashs erleichterten Blick erhaschte, hätte sie fast aufgelacht. „In diesem Leben“, konnte sie sich nicht verkneifen hinzuzufügen und beobachtete seine Reaktion.

„In diesem … Ah ja, natürlich.“ Er stellte den Rucksack ab. „Du glaubst also an Wiedergeburt?“

„Glauben?“, wiederholte sie in spöttischem Tonfall. „Nun, ja, der Ausdruck muss wohl reichen. Auf jeden Fall … Sebastians Vater, meiner und Anas wurden in Irland geboren. Drillinge.“

„Ernsthaft?“ Er lehnte sich mit der Hüfte an den Küchentisch, während sie eine kleine Dose öffnete und Tee abmaß.

„Sie heirateten drei Schwestern. Auch Drillinge“, fuhr sie fort. „Ein ungewöhnliches Arrangement, könnte man sagen, aber sie haben einander erkannt. Und ihr Schicksal.“ Sie sah sich lächelnd zu ihm um, während sie die kleine Teekanne beiseite stellte. „Das Schicksal hatte ihnen bestimmt, jeweils nur ein einziges Kind zu haben, was natürlich eine gewisse Enttäuschung war. Zwischen den sechsen gibt es eine so große Menge an Liebe, sie hätten sie nur zu gern auf eine ganze Schar von Kindern verteilt. Aber es hat nicht sollen sein.“

Sie stellte eine Kanne mit Kaffee auf das silberne Tablett, neben die zierlichen Porzellantassen. Zuckertopf und Milchkännchen hatten die Form von breit grinsenden Totenschädeln.

„Ich nehme das.“ Als er das Tablett anhob, sah er skeptisch auf Zucker und Milch. „Alte Familienerbstücke?“

„Gerade neu erstanden. Ich dachte mir, du würdest sie lustig finden.“

Sie ging voraus in das Zeichenzimmer, wo Luna sich bereits auf dem Sofa zusammengerollt hatte. Morgana setzte sich neben die Katze und bedeutete Nash, das Tablett auf den Tisch zu stellen.

Er sah zu, wie sie behutsam den heißen Tee in die Tassen einschenkte und die gruseligen Behälter nahm, um Milch und Zucker hinzuzugeben.

„Ich wette, an Halloween ist dein Einfallsreichtum unschlagbar, oder?"

Sie reichte ihm seine Tasse. „Die Kinder kommen von überall her, um von der Hexe etwas Süßes zu bekommen oder um zu versuchen, ihr etwas Saures zu verpassen." Und weil sie Kinder liebte, wartete sie mit ihrer eigenen Zeremonie am Abend vor Allerheiligen, bis auch wirklich jeder seinen Anteil an Süßigkeiten bekommen hatte. „Ich glaube, manche sind regelrecht enttäuscht, dass ich keinen spitzen Hut trage und mit dem Besen durch die Lüfte reite."

„Die meisten Menschen haben zwei Bilder vor Augen, wenn sie sich eine Hexe vorstellen: die buckelige Alte mit der krummen Nase, die giftige Äpfel verteilt, oder die strahlende Schönheit im glitzernden Kleid und mit einem Zauberstab in Sternform, die dir sagt, dass es keinen schöneren Ort als Zuhause gibt."

„Ich fürchte nur, ich passe wohl in keine dieser beiden Kategorien."

„Und genau deshalb bist du das, was ich brauche." Er stellte seine Tasse ab und kramte in seinem Rucksack. „Ist das okay?", fragte er und stellte den Kassettenrecorder auf den Tisch.

„Ja, sicher."

Er drückte den Aufnahmeknopf und kramte wieder. „Ich bin tagelang auf Bücherjagd gewesen, in Büchereien und Buchläden." Er zog ein dünnes Taschenbuch hervor. „Was hältst du hiervon?"

Mit einer hochgezogenen Augenbraue las Morgana den Titel. „‚Ruhm, Reichtum und Romantik, Kerzenrituale für jeden Zweck'." Sie warf das Buch zurück auf seinen Schoß. „Hoffentlich hast du nicht viel dafür ausgegeben."

„Sieben Dollar. Kann ich steuerlich absetzen. Du machst so was also nicht?"

Geduld, ermahnte sie sich, streifte ihre Schuhe ab und zog die Beine unter. Der kurze rote Rock, den sie trug, rutschte an ihren Oberschenkeln hoch. „Flackernde Kerzen und gemurmelte Beschwörungen. Glaubst du wirklich, jeder Laie kann zaubern, indem er ein Buch liest?"

„Irgendwie muss man es ja lernen."

Mit einem abfälligen Schnauben griff sie erneut nach dem Buch und schlug es auf. „Wie man Eifersucht erweckt", las sie laut vor. „Wie man sich die Liebe eines anderen sichert. Wie man reich wird." Sie klappte es zu. „Denk doch mal nach, Nash. Und sei dankbar, dass es nicht bei jedem funktioniert. Das Geld ist im Moment knapp, die Rechnungen stapeln sich. Du würdest ja wirklich gern dieses neue Auto haben, aber dein Kredit ist restlos ausgelastet. Also zündest du ein paar Kerzen an und wünschst dir was. Vielleicht tanzt du ja auch noch ein bisschen herum, nackt natürlich, das wirkt effektvoller. Abrakadabra." Sie spreizte die Finger beider Hände. „Und dann liegt ein Scheck über zehntausend Dollar im Briefkasten. Das Problem ist nur, deine Großmutter, die du abgöttisch geliebt hast, musste plötzlich sterben, damit sie dir dieses Geld hinterlassen konnte."

„Ich verstehe. Man muss also vorsichtig sein, wie man sich ausdrückt."

Sie warf den Kopf zurück. „Handlungen ziehen immer Konsequenzen nach sich. Du wünschst dir, dein Mann wäre ein bisschen romantischer? Bumm, plötzlich ist er zärtlich wie Don Juan – mit jeder einzelnen Frau in der Stadt." Sie schnaubte. „Magie ist nichts für Laien, die weder vorbereitet noch verantwortungsbewusst sind. Und man kann Zaubern ganz bestimmt nicht aus einem armseligen Buch lernen."

„Okay." Ihre Argumentation beeindruckte ihn. „Du hast mich überzeugt. Aber was ich sagen wollte, ist, dass ich dieses Buch für sieben Dollar in einem normalen Buchladen kaufen konnte. Die Leute interessiert das."

„Die Menschen waren immer an Magie interessiert. Es gab Zeiten, da führte das Interesse dazu, dass man Hexen ertränkte oder verbrannte." Sie nippte an ihrem Tee. „Heute sind wir ein wenig zivilisierter."

„Das ist es ja", stimmte er zu. „Genau deshalb will ich eine Story von heute erzählen. Die modernen Zeiten mit Handy, Mikrowelle, Fax und Voice Mail. Trotzdem fasziniert die Magie die Menschen immer noch. Es gibt da verschiedene Richtungen, die ich einschlagen könnte. Da wären zum Beispiel die Verrückten, die in Vollmondnächten Tieropfer darbringen ...“

„Aber nicht mit mir.“

„Das dachte ich mir. Das wäre sowieso zu einfach ... äh, zu vulgär. Eigentlich dachte ich mehr an eine vergnügliche Version, vielleicht gewürzt mit ein bisschen Romantik.“ Luna sprang auf seinen Schoß, und er streichelte sie automatisch. „Ich will mich auf diese Frau konzentrieren, diese umwerfend aussehende Frau, die eben etwas mehr kann. Wie geht sie mit Männern um, mit dem Job, mit ... ich weiß nicht ... wie erledigt sie ihre Einkäufe? Im Supermarkt? Sie wird andere Hexen kennen. Worüber reden sie miteinander? Worüber lachen sie? Wann hast du eigentlich beschlossen, dass du eine Hexe bist?“

„Wahrscheinlich, als ich über meiner Wiege schwebte.“ Morgana beobachtete ihn genau und sah ein Lächeln in seinen Augen aufblitzen.

„Genau so etwas will ich.“ Er lehnte sich zurück, und Luna streckte sich genüsslich auf seinen Knien aus. „Deine Mutter muss einen Schock bekommen haben, als sie es feststellte.“

„Sie war vorbereitet.“ Als sie sich ein wenig umsetzte, streifte ihr Knie seinen Oberschenkel. Die Hitze, die ihn durchzuckte, hatte nichts mit Magie zu tun. Das war reine Chemie. „Ich sagte dir bereits, dass ich als Hexe geboren wurde.“

„Richtig.“ Sein Tonfall ließ sie schwer durchatmen. „Und? Hat es dich gestört? Ich meine, weil du geglaubt hast, du seist anders.“

„Ich wusste, dass ich anders war“, berichtigte sie. „Natürlich. Als Kind ist es schwer, die Kräfte zu kontrollieren. Heftige Gefühle können oft dazu führen, dass ein Kind die Kontrolle verliert, so ähnlich wie bei einer erwachsenen Frau, die bei einem bestimmten Mann die Kontrolle über ihre Vernunft verliert.“

Er hätte zu gern ihr Haar berührt, aber er hielt sich zurück. „Passiert das häufiger? Das mit dem unerwarteten Kontrollverlust?“

Sie erinnerte sich an den Kuss, an seinen Mund auf ihrem. „Nicht mehr so oft wie früher. Ich bin reifer geworden. Ich habe schon immer ein Problem mit meiner Beherrschung gehabt, und manchmal tue ich Dinge, die ich hinterher bereue. Aber eines vergisst eine verantwortungsbewusste Hexe nie: ‚Auf dass keiner zu

Schaden komme'", zitierte sie. „Die Macht darf nicht dazu benutzt werden, um andere zu verletzen."

„Du bist also eine ernst zu nehmende und verantwortungsvolle Hexe. Und du verhängst Liebeszauber für deine Kunden."

Ihr Kinn schoss vor. „Mit Sicherheit nicht."

„Du hast die Fotos genommen – die Nichte dieser alten Dame und der Schwarm aus dem Geometriekurs."

Hat er das unbedingt mitbekommen müssen?, dachte Morgana missmutig. „Sie hat mir ja nicht wirklich die Wahl gelassen, oder?" Und weil sie peinlich berührt war, setzte sie die zierliche Tasse viel heftiger ab als nötig. „Außerdem, nur weil ich die Fotos an mich genommen habe, heißt das nicht, dass ich sie auch mit Mondstaub bestreuen werde."

„Ah, so wird das also gemacht?"

„Ja, aber …" Sie brach ab und biss sich auf die Zunge. „Du machst dich lustig über mich. Warum stellst du Fragen, wenn du nicht bereit bist, die Antworten zu glauben?"

„Ich muss nicht alles glauben, um interessiert zu sein." Und interessiert war er, sehr sogar. Er rückte näher an sie heran. „Also hast du nichts wegen des Abschlussballs unternommen?"

„Das habe ich nicht gesagt." Sie schmollte sehr reizvoll, und er gab dem Drang nach und spielte mit ihrem Haar. „Ich habe nur einen kleinen Stolperstein entfernt. Alles andere wäre grobe Einmischung."

„Welchen Stolperstein?" Er hatte keine Ahnung, was Mondstaub war, aber er stellte sich vor, dass er riechen würde wie ihr Haar.

„Das Mädchen ist schrecklich schüchtern. Also habe ich ihrem Selbstbewusstsein einen kleinen Schubs gegeben. Alles andere liegt jetzt bei ihr."

Ihr Hals war wunderschön, schlank und lang und elegant. Er fragte sich, wie es wohl sein mochte, daran zu knabbern. Eine Stunde vielleicht, oder auch zwei … Denk ans Geschäft, ermahnte er sich.

„So arbeitest du also? Du verteilst Anreize?"

Sie wandte den Kopf und sah ihm direkt in die Augen. „Das hängt von der Situation ab."

„Ich habe viel gelesen. Hexen wurden jahrhundertelang als weise Frauen angesehen. Sie brauten Tränke, konnten Ereignisse voraussehen, heilten Kranke."

„Mein Gebiet ist weder das Heilen noch das Sehen."

„Sondern?"

„Magie." Ob es nun aus Stolz oder Ärger war, sie wusste es nicht. Aber sie sandte ein Donnergrollen über den Himmel.

Nash sah zum Fenster. „Hört sich an, als würde sich ein Gewitter zusammenbrauen."

„Möglich. Warum beantworte ich nicht deine Fragen, damit du trocken nach Hause kommst?"

Sie wollte, dass er verschwand. Sie wusste, was sie in der Kristallkugel gesehen hatte. Mit Vorsicht und Fingerspitzengefühl konnten solche Dinge manchmal verhindert werden. Doch was immer auch geschehen mochte, sie wollte nicht, dass die Dinge sich so rasant entwickelten. Die Art, wie er sie berührte, seine schlanken Finger in ihrem Haar, ließen kleine Flammen der Angst in ihr züngeln.

Und das machte sie maßlos wütend.

„Ich habe keine Eile." Er fragte sich, ob er wieder ein so überirdisches Gefühl erfahren würde, wenn er das Risiko einginge und sie nochmals küssen würde. „Ein bisschen Regen macht mir nichts aus."

„Es wird ein Guss werden", murmelte sie. Dafür würde sie schon sorgen. „Einige deiner Bücher können vielleicht hilfreich sein", setzte sie an. „Geschichtliche Fakten, die aufgezeichnet wurden, eine Beschreibung der wesentlichen Rituale …" Sie tippte mit dem Zeigefinger auf das dünne Taschenbuch. „Aber das da ganz bestimmt nicht. Es gibt bestimmte … allgemeine Zutaten und Rahmenbedingungen."

„Friedhofserde?"

Stöhnend schlug sie die Augen zur Decke auf. „Also bitte."

„Komm schon, Morgana, du musst zugeben, es macht visuell wirklich was her." Er legte seine Hand auf ihre, wollte, dass sie sah, was er sah. „Stell dir vor … Außen, Nacht. Unsere schöne Heldin watet durch aufsteigenden Nebel, Schatten von Grabsteinen um sie herum. Eine Eule schreit. Aus der Ferne ertönt das lang gezogene Heulen eines Hundes. Nahaufnahme – ein schönes Gesicht, weiß wie Porzellan, umrahmt von einer weiten, dunklen Kapuze. Die Heldin bleibt vor einem frisch ausgehobenen Grab stehen, nimmt eine Hand voll Erde und gibt sie in einen magischen Beutel. Lautes Donnergrollen, Ausblenden …"

Sie gab sich alle Mühe, nicht beleidigt zu sein. Man stelle sich vor – sie mitten in der Nacht auf einem Friedhof! „Nash, ich versuche wirklich, mir immer wieder klarzumachen, dass es dir um Unterhaltung geht und du dir daher auch eine gewisse künstlerische Freiheit nehmen kannst."

Er küsste ihre Fingerspitzen. Musste es einfach tun. „Du verbringst also keine Zeit auf Friedhöfen?"

Sie unterdrückte ihren Ärger – und das Verlangen. „Ich werde akzeptieren, dass du mir nicht abnimmst, was ich bin. Aber ich werde es niemals tolerieren, dass du dich über mich lustig machst."

„He, werd doch nicht gleich so heftig!" Er strich ihr das Haar von den Schultern und massierte leicht ihren Nacken. „Ich muss zugeben, dass ich sonst etwas feinfühliger vorgehe. Immerhin habe ich elf Stunden Interviewmaterial mit einem verrückten Rumänen aufgenommen, der schwor, ein Vampir zu sein. Ich musste die ganze Zeit ein Kreuz um den Hals tragen, ganz zu schweigen von dem Knoblauch." Nash zog eine Grimasse. „Was ich damit sagen will, ist, dass ich überhaupt kein Problem damit hatte. Ich habe ihm einfach den Gefallen getan, es hingenommen und dafür eine unbezahlbare Flut an Anekdoten und Hinweisen bekommen. Aber bei dir …"

„Bei mir geht es nicht, ich verstehe." Sie tat ihr Bestes, um zu ignorieren, dass er gedankenverloren mit einem Finger über ihren bloßen Arm strich.

„Dir kann ich es einfach nicht abnehmen, Morgana. Du bist eine intelligente, starke Frau. Du hast Stil, Geschmack … mal ganz davon abgesehen, dass du wunderbar riechst. Ich kann nicht so tun, als würde ich glauben, dass du selbst davon überzeugt bist."

Sie merkte, wie ihr Blut zu kochen begann. Sie würde, konnte es nicht zulassen, dass er sie zur gleichen Zeit wütend machte und verführte. „Ist es das, was du willst? So tun?"

„Wenn eine neunzigjährige Frau mir vollkommen ernst erzählt, dass ihr Verlobter 1922 als Werwolf erschossen wurde, dann werde ich sie auf keinen Fall eine Lügnerin nennen. Ich denke mir dann, dass sie entweder eine verdammt gute Geschichtenerzählerin ist oder dass sie es selbst glaubt. Mit beiden Möglichkeiten kann ich leben. Damit habe ich nicht das geringste Problem."

„Solange du Material für deine Filme bekommst."

„Das ist mein Beruf. Illusionen. Und es tut niemandem weh."

„Oh, ich bin sicher, dass es das nicht tut. Vor allem dir nicht. Du drehst dich um und gehst, trinkst ein Bier mit deinen Freunden und lachst über den Irren, den du gerade interviewt hast." Ihre Augen blitzten. „Ich warne dich, Nash, wenn du es bei mir genauso machst, wirst du Warzen auf der Zunge bekommen."

Da er sah, dass sie wirklich wütend war, verkniff er sich das Grinsen. „Ich will damit sagen, dass du über genügend Kenntnisse und Fantasie verfügst, und das ist genau das, wonach ich suche. Ich kann mir vorstellen, dass der Ruf als Hexe die Umsatzzahlen in deinem Laden um einen guten Prozentsatz anhebt, und es ist ja auch großartige Werbung. Aber bei mir brauchst du dieses Spiel nicht zu spielen."

„Du glaubst also, ich gebe nur vor, eine Hexe zu sein, um die Verkaufszahlen zu steigern?" Sie stand auf und trat von ihm weg, weil sie fürchtete, ihm etwas anzutun, wenn sie zu nahe bei ihm blieb.

„Ich … He!" Er zuckte zusammen, als Luna ihre Krallen schmerzhaft in seine Schenkel schlug.

Morgana und ihre Katze tauschten einen zustimmenden Blick aus. „Du sitzt in meinem Haus, auf meinem Sofa und nennst mich tatsächlich einen Scharlatan, eine Lügnerin und eine Betrügerin. Was bildest du dir eigentlich ein, du gottverdammter Zyniker."

„Aber nein." Er löste Lunas Krallen aus seinem Bein und stand ebenfalls auf. „So meine ich das nicht. Ich wollte nur sagen, dass du mir gegenüber offen sein kannst."

„Offen also." Sie schritt unruhig im Raum auf und ab, bemühte sich um Beherrschung. Auf der einen Seite verführte er sie mühelos, ohne dass sie etwas dazu tat, auf der anderen Seite machte er abfällige Bemerkungen über sie. Dieser ungläubige Trottel konnte von Glück sagen, dass sie ihm nicht Eselsohren anhexte. Mit einem tückischen Lächeln drehte sie sich zu ihm um. „Du willst also, dass ich offen zu dir bin?"

Das Lächeln beruhigte ihn, aber nur wenig. Er hatte wirklich befürchtet, sie würde ihm etwas an den Kopf werfen. „Ich will nur, dass du weißt, du kannst dich bei mir entspannen. Du gibst mir die Fakten, ich kümmere mich um die Fiktion."

„Entspannen." Sie nickte. „Gute Idee. Wir beide sollten uns entspannen." Ihre Augen funkelten, als sie auf ihn zutrat. „Sollen wir ein Feuer im Kamin anzünden? Nichts hilft besser zum Entspannen als ein gemütliches kleines Feuer."

„Wunderbarer Vorschlag." Und ein sehr verführerischer. „Ich werde mich direkt daranmachen."

„Bemühe dich nicht." Sie legte eine Hand auf seinen Arm und hielt ihn zurück. „Du erlaubst?"

Sie drehte sich zum Kamin und streckte beide Arme aus. Sie spürte das klare, reine Wissen durch ihr Blut fließen. Es war eine uralte Gabe, eine der ersten, die beherrscht wurden, und eine der letzten, die mit dem Alter schwanden. Ihre Augen und ihr Geist konzentrierten sich auf das Holz im Kamin. Im nächsten Moment schlugen Flammen hoch, Rauch quoll auf, Scheite knackten. Sie ließ die Arme sinken und drehte sich wieder zu ihm.

Es war das reine Entzücken. Nicht nur war er kreideweiß geworden, ihm stand auch der Mund offen.

„Besser so?", fragte sie zuckersüß.

Er setzte sich – auf die Katze. Luna fauchte erbost auf und trippelte hochmütig davon, trotz der gemurmelten Entschuldigung. „Ich glaube ..."

„Du siehst aus, als könntest du einen Drink gebrauchen." Sie kam in Fahrt. Sie hob eine Hand, und die Karaffe schwebte vom Sideboard durch den Raum auf sie zu. „Brandy?"

„Nein ... danke." Er atmete tief durch.

„Ich genehmige mir einen." Sie schnippte mit den Fingern, und ein Cognacschwenker kam herübergeschwebt, blieb mitten in der Luft vor ihr hängen, während sie einschenkte. Es war Angeberei, das wusste sie, aber es machte ihr diebischen Spaß. „Willst du wirklich nichts trinken?"

„Nein, wirklich nicht."

Sie schickte die Karaffe durchs Zimmer zurück zum Sideboard. Das Glas klirrte ganz leise, als es auf das Holz auftraf. „Wo waren wir stehen geblieben?"

Halluzinationen, dachte er. Hypnose. Er öffnete vorsichtig den Mund, aber nur ein unverständliches Stottern kam heraus. Morgana lächelte immer noch, zufrieden wie eine Katze, die den Milchtopf ausgeschleckt hatte.

Spezialeffekte. Technische Tricks. Das war ihm plötzlich so klar, dass er über seine eigene Dummheit lachte.

„Da ist doch irgendwo ein Draht, oder?" Er stand auf und sah nach. „Toller Trick. Für einen Moment hattest du mich fast so weit."

„Wirklich?", murmelte sie zweideutig.

Er hob die Karaffe an, studierte die Kommode, suchte nach Haken und Ösen, fand jedoch nur Kristall und edles Holz. Mit einem Schulterzucken ging er zum Kamin und kniete sich hin. Er nahm an, dass da in der Feuerstelle irgendwo eine Gasdüse angebracht war, die mit einer Fernbedienung in Gang gesetzt werden konnte.

Die Inspiration kam so plötzlich und klar, dass er mit einem Satz aufsprang.

„Wie wär's damit? Also, da kommt dieser Mann in die Stadt. Er ist Wissenschaftler, und er fühlt sich sofort zu ihr hingezogen. Aber es macht ihn verrückt, weil sie Dinge tut, für die er unbedingt eine logische Erklärung sucht." Sein Verstand machte einen großen Sprung vor. „Er schleicht ihr heimlich nach, zu einem ihrer Rituale. Warst du schon mal bei so was?"

Sie vertrieb ihren Ärger, und seltsamerweise blieb nichts anderes als Humor übrig. „Natürlich. Jede Hexe nimmt daran teil."

„Großartig. Du kannst mir dann die ganzen Insider-Informationen geben. Er sieht also, wie sie zaubert. Sie lässt etwas durch die Luft schweben, vielleicht. Oder das mit dem Feuer, das war auch gut. Ja, ein Lagerfeuer, und sie zündet es ohne Streichhölzer an. Aber er weiß immer noch nicht, ob es echt ist oder nur ein Trick. Das Publikum weiß es auch nicht."

Sie trank den Brandy und genoss die Wärme, die er durch ihre Adern schickte. Wutanfälle waren immer so anstrengend. „Und die Aussage dieser Geschichte?"

„Nun, neben ein paar spannenden und unheimlichen Szenen soll es vor allem darum gehen, wie dieser normale sachliche Mann mit der Tatsache umgeht, dass er sich in eine Hexe verliebt hat."

Morgana starrte in ihr Glas. „Man kann auch fragen, ob die Hexe damit umgehen kann, dass sie sich in diesen normalen Mann verliebt hat."

„Und dafür brauche ich dich. Nicht nur vom Blickwinkel der

Hexe aus, sondern auch von dem der Frau." Er fühlte sich wieder in bester Verfassung und strich über ihr Knie. „Jetzt lass uns über Zaubersprüche reden."

Sie stellte das Glas beiseite und lachte. „Also schön. Betreiben wir ein bisschen Zauberei."

4. KAPITEL

Nash war nicht einsam. Wie hätte er das auch sein können, wenn er den ganzen Tag über Büchern gesessen und seinen Verstand und seine Welt mit Fakten und Fantasiebildern gefüllt hatte? Schon in der Kindheit hatte er gelernt, sich allein zu beschäftigen, und war zufrieden damit gewesen. Was als Notwendigkeit begonnen hatte, war zu einem Lebensstil geworden.

Die Zeit, die er bei seiner Großmutter oder seiner Tante oder bei verschiedenen Pflegeeltern verbracht hatte, hatte ihn gelehrt, dass er wesentlich besser dran war, wenn er sich seine Unterhaltung selbst ersann, als wenn er bei den Erwachsenen um Ablenkung gebeten hätte. Denn die erwachsene Art von Ablenkung für ihn hatte hauptsächlich aus der Erledigung von Pflichten, Strafpredigten, Hausarrest oder – im Falle seiner Großmutter – aus einer schlagkräftigen Rückhand bestanden.

Da er weder viele Spielzeuge noch viele Freunde zum Spielen gehabt hatte, hatte er seinen Geist zu einem besonders ausgefeilten Spielzeug gemacht, auf eine Weise, die ihm nun bei seiner Arbeit zugute kam.

Oft dachte er, dass er dadurch einen enormen Vorteil gegenüber den Kindern gehabt hatte, die mehr materielle Dinge vorweisen konnten als er. Denn kein Erwachsener hatte ihm das wegnehmen können. Und seine Fantasie musste auch nicht zurückbleiben, wenn es mal wieder Zeit gewesen war, in einem anderen Haus unterzukommen. Sie begleitet ihn immer und überall hin, wie ein guter Freund.

Heute konnte er sich alles kaufen, was er begehrte, und er gab auch bereitwillig zu, dass es da einige faszinierende Spielzeuge für Erwachsene gab. Aber noch immer gab es für ihn kaum eine schönere Beschäftigung, als seiner Fantasie freien Lauf zu lassen.

Er konnte sich stundenlang aus der realen Welt und von realen Leuten zurückziehen. Das hieß nicht, dass er allein war. Nicht mit all den Figuren und Ereignissen, die sich in seinem Kopf abspielten. Und wenn er von Zeit zu Zeit eine Phase hatte, wo er von Party zu Party zog, dann tat er das, um Kontakte zu pflegen, und als Ausgleich für die vielen Stunden, in denen er nur seine eigene Gesellschaft hatte.

Aber einsam? Nein, das war absurd.

Er hatte einen Freundeskreis, er allein hatte die absolute Kontrolle über sein Leben. Er allein traf die Wahl, ob er bleiben oder gehen wollte. Dass er dieses riesige Haus für sich allein hatte, begeisterte ihn. Er konnte essen, wann er wollte, schlief, wenn er müde war, konnte seine Sachen da liegen lassen, wo es ihm passte. Die meisten Leute, mit denen er zu tun hatte, waren entweder unglücklich verheiratet, hatten gerade eine hässliche Scheidung hinter sich oder verwendeten viel Zeit und Mühe darauf, über ihre jeweiligen Partner zu lamentieren.

Nicht so Nash Kirkland.

Er war ein freier Mann. Ein Junggeselle ohne Sorgen. Ein einsamer Wolf, aber glücklich und zufrieden. Unabhängig und weit weg von klebrigen Beziehungen.

Die Möglichkeit, mit dem Laptop auf der Terrasse zu arbeiten, den Sonnenschein und die frische Luft zu genießen, während das Wasser im Hintergrund rauschte, machte ihn glücklich. In Gedanken mit einer Story zu spielen, wann und wie lange es ihm beliebte, ohne an feste Arbeitszeiten oder Firmenpolitik oder eine Frau denken zu müssen, die darauf wartete, dass er endlich ihr seine Aufmerksamkeit schenkte anstatt seiner Fantasiewelt.

Hörte sich das etwa wie das Jammern eines einsamen Mannes an?

Er wusste, dass er weder für einen konventionellen Job noch für eine konventionelle Beziehung geschaffen war. Seine Großmutter hatte ihm oft genug gesagt, dass aus ihm nie etwas Anständiges werden würde. Sie hatte auch mehr als einmal wiederholt, dass keine anständige Frau mit einem Funken Verstand ihn würde haben wollen.

Nash bezweifelte, dass diese strenge und unnachgiebige Frau das Schreiben von okkulten Geschichten als etwas „Anständiges" akzeptiert hätte. Würde sie noch leben, hätte sie wahrscheinlich nur geschnaubt und dann moniert, dass er mit dreiunddreißig immer noch nicht verheiratet war.

Doch er hatte den anderen Weg zumindest versucht. Sein kurzes Gastspiel als Angestellter einer Versicherungsgesellschaft hatte ihm endgültig bewiesen, dass er nicht für den Achtstundentag im Büro geschaffen war. Und seine letzte Beziehung ... nun, da hatte sich gezeigt, dass er den Anforderungen einer Frau an eine dauerhafte Beziehung einfach nicht genügte.

DeeDee Driscol. Eine fröhliche, lebenslustige Frau mit einem wunderbar weiblichen Körper und einem herzlichen Lächeln. Wie hatte sie es noch beim endgültigen Bruch so verächtlich ausgedrückt? „Du bist nichts weiter als ein egoistischer, unreifer kleiner Junge und gefühlsmäßig völlig zurückgeblieben. In deiner grenzenlosen Fantasie bildest du dir ein, weil du gut im Bett bist, kannst du dir außerhalb des Betts jegliches Verantwortungsgefühl ersparen. Du spielst lieber mit deinen Monstern, als dass du dich mit einer erwachsenen Beziehung zwischen Mann und Frau auseinandersetzt."

Sie hatte noch viel mehr gesagt, aber das war mehr oder weniger die Kernaussage gewesen. Er konnte es ihr noch nicht einmal verübeln, dass sie ihm seine Verantwortungslosigkeit an den Kopf geschleudert hatte. Oder den Marmoraschenbecher. Er hatte sie enttäuscht. Er war nicht, wie sie gehofft hatte, aus dem Holz geschnitzt, aus dem Ehemänner sind. So sehr sie sich während der sechs Monate auch bemüht hatte, ihn zurechtzubiegen, es hatte einfach nicht gereicht bei ihm.

Also heiratete DeeDee jetzt ihren Kieferchirurgen. Nash konnte sich das Grinsen nicht verkneifen, wenn er daran dachte, was ein entzündeter Weisheitszahn so alles nach sich ziehen konnte.

Besser du als ich, wünschte er dem unbekannten Zahnarzt Glück. Wenn er daran dachte, dass DeeDee jetzt bald in den Hafen der Ehe einlaufen würde, machte ihn das ganz bestimmt nicht einsam.

Er war frei, konnte gehen und kommen, wann er wollte, war ungebunden und damit rundum zufrieden.

Warum also strich er rastlos durch dieses große Haus, als wäre er der letzte Mensch auf Erden? Was noch viel bedenklicher war – warum griff er immer wieder zum Telefon, bestimmt schon ein Dutzend Mal, um Morgana anzurufen?

Dabei war heute nicht ihr gemeinsamer Arbeitsabend. Sie war sehr entschieden gewesen und hatte ihm nur zwei Abende die Woche gewährt. Nachdem sie die anfänglichen Stolpersteine aus dem Weg geräumt hatten, waren sie gut voran- und miteinander zurechtgekommen. Wenigstens, solange er sich mit seinen sarkastischen Bemerkungen zurückhielt.

Sie hatte Sinn für Humor und ein ausgezeichnetes Verständnis für Dramatik – genau das, was er sich für seine Story vorstellte. Man konnte es auch weiß Gott kein Opfer nennen, wenn er ein paar Stunden in der Woche in ihrer Gesellschaft zubrachte. Zwar bestand sie immer noch darauf, eine Hexe zu sein, aber das machte die ganze Sache eigentlich nur interessanter. Er war sogar eher enttäuscht, dass sie ihn nicht noch einmal mit diesen Spezialeffekten überrascht hatte.

Er war stolz auf sich. Er hatte außergewöhnliche Selbstbeherrschung gezeigt und die Finger von ihr gelassen. Nun, dass er ab und zu ihre Hand berührte oder mit ihrem Haar spielte, zählte schließlich nicht. Nicht, wenn er diesem verführerischen vollen Mund widerstanden hatte, diesem langen schlanken Hals, diesen wunderbar festen Brüsten …

Nash unterbrach hastig diesen Gedankengang. Er wünschte sich, er könnte etwas anderes treten als nur die Seite seines Sofas.

Es war normal, eine Frau zu begehren. Es bereitete ihm sogar äußerstes Vergnügen, sich vorzustellen, wie es sein würde, wenn sie zusammen zwischen den zerknüllten Laken lagen. Aber wie seine Gedanken immer wieder, Tag und Nacht, nur noch um Morgana kreisten, ihm das Arbeiten unmöglich machten, das nahm Züge einer Besessenheit an.

Es war höchste Zeit, dass er das irgendwie in den Griff bekam.

Und doch wollte er jetzt nichts anderes tun, als sie anrufen, ihre Stimme hören, sie sehen, ein wenig Zeit mit ihr verbringen.

Verflucht, er war nicht einsam! Zumindest war er es nicht gewesen, bis zu dem Zeitpunkt, da er beschlossen hatte, den Computer auszuschalten und seinen müden Geist mit einem Spaziergang am Strand zu beleben. All diese Leute, die er gesehen hatte – die Familien, die Paare, all diese kleinen Grüppchen, die ihr Zusammengehörigkeitsgefühl für jedermann sichtbar zur Schau trugen. Und er war allein gewesen, hatte der Sonne zugesehen, wie sie am Horizont im Wasser versank, und sich nach etwas gesehnt, von dem er sicher war, dass er es eigentlich gar nicht wollte. Etwas, mit dem er gar nichts anzufangen wüsste, wenn er es denn hätte.

Manche Menschen waren eben nicht für ein Familienleben gemacht. Nash wusste das aus eigener Erfahrung. Er hatte schon vor langer Zeit beschlossen, diesen Fehler zu vermeiden und einem namen- und gesichtslosen Kind das Unglück zu ersparen, mit einem lausigen Vater belastet zu sein.

Aber so allein dazustehen und den Familien zuzusehen hatte ihn rastlos gemacht, hatte das Haus, zu dem er zurückgekommen war, zu groß und zu leer erscheinen lassen. Es hatte ihn dazu gebracht, sich zu wünschen, Morgana wäre bei ihm. Sie hätten zusammen den Strand entlangschlendern können, Hand in Hand, die Füße im Wasser. Oder sie hätten auf einem der alten Baumstämme sitzen können, Arm in Arm, und gemeinsam die ersten Sterne aufgehen sehen.

Mit einem gemurmelten Fluch gab er nach, riss den Hörer vom Telefon und wählte ihre Nummer. Er lächelte schon, als ihre Stimme erklang, aber gleich darauf wurde ihm klar, dass er nur den Anrufbeantworter hörte.

Er überlegte, ob er eine Nachricht hinterlassen sollte, legte dann aber auf. Was hätte er auch sagen sollen? „Ich wollte nur mit dir reden. Ich muss dich sehen. Ich denke immerzu an dich."

Er schüttelte den Kopf über sich selbst und begann wieder im Raum auf und ab zu tigern. Wertvolle antike Masken starrten ihn von den Wänden an, in dekorativ aufgestellten Schatullen schimmerten edelsteinbesetzte Messer auf Samtunterlagen. Um ein Ventil für seine Frustration zu finden, hob er eine Voodoo-Puppe auf und stach mit einer Nadel direkt in das Herz.

„Mal sehen, wie dir das gefällt, Winzling!"

Er warf die Puppe achtlos beiseite, steckte die Hände in die Hosentaschen und beschloss, dass er besser etwas unternehmen sollte.

Ach, zum Teufel, er konnte doch genauso gut ins Kino gehen.

„Heute bist du an der Reihe mit den Tickets", sagte Morgana zu Sebastian. „Ich sorge für das Popcorn, und Ana darf den Film aussuchen."

Sebastian runzelte die Stirn, während sie die Straße entlanggingen. „Ich hab doch das letzte Mal die Tickets bezahlt."

„Nein, hast du nicht."

Anastasia schüttelte lächelnd den Kopf, als er sich um Zustimmung heischend zu ihr drehte. „Ich habe sie gekauft", bestätigte sie. „Du versuchst dich nur wieder herauszuwinden."

Beleidigt blieb er mitten auf der Straße stehen. „Winden? Was für ein hässliches Wort. Ich kann mich genau erinnern …“

„Du erinnerst dich nur an Dinge, an die du dich erinnern willst“, unterbrach Anastasia ihn ungerührt und hakte sich bei ihm ein. „Gib’s auf, Cousin, ich werde nicht auf meine Wahl verzichten.“

Er murmelte etwas in sich hinein und ging weiter, Ana an einem Arm, Morgana am anderen. Er wollte unbedingt diesen neuen Film mit Arnold Schwarzenegger sehen, aber er befürchtete, Ana würde sich für die seichte romantische Komödie in Kino zwei entscheiden. Eigentlich hatte er nichts gegen Komödien, aber er hatte gehört, dass Arnie sich diesmal selbst übertroffen hatte und die Erde vor bösen Außerirdischen, die dazu noch jede Gestalt annehmen konnten, retten musste.

„Sei nicht eingeschnappt“, warf Morgana leichthin ein. „Das nächste Mal darfst du wählen.“

Ihr gefiel das Abkommen, das sie getroffen hatten. Wann immer sie Lust und Zeit hatten, gingen Cousin und Cousinen ins Kino. Jahre des Streits, hitziger Debatten und ruinierter Abende hatten zu dem jetzigen Arrangement geführt. Sicher, es hatte auch seine Schwächen, aber zumindest vermieden sie so eine Diskussion an der Kinokasse.

„Es ist nicht gerade fair, wenn du versuchst, mich zu beeinflussen“, tadelte Ana, als sie merkte, dass Sebastian sich in ihre Gedanken schleichen wollte.

„Ich möchte ja nur mein Geld nicht verschwenden.“ Resigniert sah er auf die Schlange, die sich vor der Kinokasse bildete. Seine Laune hob sich erheblich, als er den Mann sah, der von der anderen Seite auf das Kino zuschlenderte. „Da schau her. So ein Zufall!“

Morgana hatte Nash längst erblickt und wusste nicht, ob sie verärgert oder erfreut sein sollte. Während ihrer Arbeitstreffen hatte sie es bisher immer geschafft, Ruhe zu bewahren und ausgeglichen und gelassen zu bleiben. Eine stolze Leistung, dachte sie jetzt, wenn man bedachte, dass es vor erotischer Spannung zwischen ihnen nur so knisterte.

Das schaffst du schon, beruhigte sie sich und begrüßte Nash mit einem freundlichen Lächeln. „Kleine Verschnaufpause?“

Seine düstere Stimmung verflog bei ihrem Anblick augenblicklich. Sie sah aus wie ein Engel der Finsternis, das lange dunkle Haar floss ihr über Schultern und Rücken, das kurze rote Kleid schmiegte sich wie eine zweite Haut um ihre verführerischen Kurven. „So ungefähr. Ich lenke mich gern mit dem Film eines anderen ab, wenn ich an meinem eigenen arbeite." Auch wenn es ihm schwerfiel, den Blick von Morgana zu wenden, so sah er doch zu Ana und Sebastian. „Hi."

„Nett, Sie wiederzusehen." Ana trat einen Schritt vor. „Seltsam, das letzte Mal, als wir drei ins Kino gegangen sind, haben wir ‚Play Dead' von Ihnen gesehen. Der Film war gut."

„Sie muss es ja wissen", warf Sebastian schmunzelnd ein. „Sie hat sich die ganze Zeit die Augen zugehalten."

„Das ist das höchste Kompliment überhaupt." Nash rückte mit ihnen in der Schlange auf. „Was werdet ihr euch heute ansehen?"

Anastasia warf Sebastian einen abschätzenden Blick zu, während er sein Portemonnaie hervorzog. „Den Film mit Schwarzenegger."

„Wirklich?" Nash wusste zwar nicht, warum Sebastian so breit in sich hineingrinste, aber er lächelte Morgana an. „Den wollte ich mir auch ansehen."

Nash glaubte ganz fest, dass ihm das Glück hold war, als Morgana sich neben ihn setzte. Es war unwichtig, dass er den Film schon gesehen hatte, er hätte ihn wahrscheinlich sowieso aus dem laufenden Angebot gewählt.

Als die Lichter im Kinosaal heruntergedreht wurden, lächelte Morgana ihn an. Nash wünschte sich, der Film hätte Überlänge.

Normalerweise trat Nash in dem Moment von der Realität in die Fantasiewelt, wenn das erste Bild auf der Leinwand erschien. Er liebte es, sich von der Action mitreißen zu lassen, wobei es nicht darauf ankam, ob er den Film zum ersten oder zum zwanzigsten Mal sah. In einem Film fühlte er sich immer zu Hause. Aber heute Abend konnte er dem Abenteuer auf der Leinwand nur mit großer Mühe folgen.

Er war sich der Frau neben ihm zu sehr bewusst, als dass er die Realität hätte ausschalten können.

Kinos hatten immer ihren eigenen Geruch. Es roch nach Popcorn und Kunststoff, nach verschütteter Cola und Limonade. Nash mochte diesen Geruch – doch heute nahm er ausschließlich Morganas Parfüm wahr.

Für ihn hatte es noch nie Sinn gemacht, dass die Klimaanlage im Kino immer bis zum Anschlag aufgedreht war, sodass es eigentlich viel zu kalt war, um zwei Stunden still zu sitzen. Heute jedoch spürte er nur die Hitze, die Morganas Haut neben ihm ausstrahlte.

Leider suchte sie nicht angsterfüllt an seiner Schulter Schutz, als der Kampf zwischen Held und Eroberern zu einem Gemetzel wurde – wie er sich erhofft hatte –, stattdessen haftete ihr Blick unverwandt auf der Leinwand, und ab und zu nahm sie eine Hand voll Popcorn aus der großen Papiertüte, die zwischen ihnen herumgereicht wurde.

Aber an einer Stelle zog sie scharf den Atem ein und stützte den Arm auf die Lehne zwischen ihnen. Galant legte Nash seine Hand auf ihre. Sie sah ihn nicht an, aber sie drehte ihre Hand und verschränkte ihre Finger mit den seinen.

Sie konnte nichts dagegen tun. Schließlich war sie nicht aus Stein, sondern eine Frau aus Fleisch und Blut, die den Mann neben sich ausgesprochen attraktiv fand. Und süß. Es hatte unleugbar etwas Charmantes, in einem dunklen Kino zu sitzen und Händchen zu halten.

Und was sollte es schon schaden?

Sie war auf der Hut, wenn sie allein waren, achtete darauf, dass die Dinge nicht aus dem Ruder liefen oder in eine Richtung, die sie nicht bestimmt hatte. Allerdings hatte sie ihn auch gar nicht abwehren müssen, erinnerte sie sich leicht verstimmt. Er hatte in letzter Zeit keinen weiteren Versuch gemacht, sie zu umarmen, zu küssen oder in irgendeiner Weise zu verführen.

Wenn man einmal davon absah, dass er sie ständig berührte, auf diese harmlose, ja fast gedankenverlorene Art. Die Art, die sie sich stundenlang unruhig im Bett wälzen ließ, nachdem er längst gegangen war.

Das ist allein mein Problem, schalt sie sich und versuchte das sehnsüchtige Ziehen zu ignorieren, das sie durchfuhr, als Nash jetzt mit seinem Daumen über ihren Daumenballen streichelte.

Trotzdem machte ihr die Arbeit mit ihm Spaß. Nicht nur, weil er ein angenehmer, geistreicher Gesellschafter war, sondern auch, weil ihr so die Möglichkeit geboten wurde, mit ihren eigenen Worten zu erklären, was sie war.

Sie wusste, dass er ihr nicht eines davon glaubte.

Was aber unwichtig ist, sagte sie sich und verlor den Faden im Film vollends, als Nashs Arm den ihren berührte. Er musste ihr nicht glauben, um ihr Wissen in eine gute Story einzuarbeiten. Trotzdem war sie enttäuscht, irgendwo ganz tief in ihrem Inneren. Es wäre schön gewesen, wenn er ihr glauben und sie respektieren würde.

Nachdem die Erde gerettet war und die Lichter wieder aufflammten, zog sie ihre Hand zurück. Morgana war einfach nicht darauf aus, sich Sebastians frotzelnde Bemerkungen anhören zu müssen.

„Exzellente Wahl, Ana, das muss man dir lassen", sagte Sebastian.

„Sag mir das, wenn mein Puls wieder normal ist."

Er legte den Arm um ihre Schultern, während sie zum Ausgang strebten. „Angst gehabt?"

„Natürlich nicht." Dieses Mal weigerte sie sich, es zuzugeben. „Diesen Wahnsinnskörper fast zwei Stunden lang entblößt zu sehen würde den Puls jeder Frau in die Höhe treiben."

Sie traten in die helle Lobby. „Pizza", schlug Sebastian vor und schaute zu Nash. „Haben Sie auch Lust?"

„Auf Pizza habe ich immer Lust."

„Gut." Sebastian hielt die Tür auf, und sie traten hinaus in die Nacht. „Sie übernehmen die Rechnung."

Was für ein Trio, dachte Nash, als sie zu viert am Tisch saßen und Pizza-Stücke verschlangen. Sie stritten sich über alles, angefangen dabei, welche Pizza man bestellen sollte, bis hin zu der Frage, welches außerirdische Dahinscheiden am effektvollsten im Film gewesen war. Vor allem Morgana und Sebastian liebten es, sich gegenseitig zu widersprechen, während Ana immer wieder die Rolle des Schiedsrichters zufiel. Dabei war offensichtlich, wie tief das Band der Zuneigung zwischen den dreien ging, trotz des Frotzelns und Nörgelns.

Als Morgana einen von Sebastians Kommentaren mit „Sei kein Idiot, mein Lieber" bedachte, war Nash klar, dass „Idiot" und „mein Lieber" voller Wohlwollen gleich gemeint waren. Und während er zuhörte, musste er gegen den gleichen schmerzhaften Stich ankämpfen, den er schon am Nachmittag am Strand gespürt hatte.

Sie alle waren Einzelkinder gewesen, so wie er. Doch sie waren nicht – wie er – allein gewesen. Sie scheinen wie durch ein unsichtbares Band miteinander verbunden.

Anastasia wandte sich ihm zu. Etwas flackerte in ihren Augen auf, etwas, das ihn so sehr an Mitgefühl denken ließ, dass er sich beschämt fühlte. Dann war der Ausdruck aus ihrem Blick wieder verschwunden, und sie war nichts weiter als eine hübsche Frau mit einem herzlichen Lächeln.

„Sie sind nicht absichtlich so unhöflich", sagte sie leichthin. „Sie können einfach nicht anders."

„Unhöflich?" Morgana hielt nun ihr Glas hoch und schwenkte den dunkelroten Wein. „Es hat nichts mit Unhöflichkeit zu tun, wenn man Sebastians Charakterschwächen aufzeigt. Immerhin sind sie so offensichtlich, dass jeder es sofort mitbekommt." Sie schlug ihm auf die Finger, als er nach dem letzten Stück Pizza griff. „Seht ihr? Er war schon immer gierig."

Er grinste. „Ich lasse nur manchmal gerne fünf gerade sein."

„Du bist eingebildet und unbeherrscht." Sie grinste zurück und kaute genüsslich an einem großen Stück Pizza.

„Alles gelogen." Er gab sich mit seinem Wein zufrieden und lehnte sich in den Stuhl zurück. „Ich bin sogar ausgesprochen ausgeglichen. Du bist doch diejenige, die immer Schwierigkeiten damit hatte, ihr Temperament zu zügeln. Stimmt doch, Ana, oder?"

„Ehrlich gesagt, ihr beide ..."

„Aber sie ist dem nie entwachsen", unterbrach Sebastian. „Wenn sie als Kind ihren Willen nicht hat durchsetzen können, hat sie einen Wutanfall bekommen und geschrien und getobt wie eine Wahnsinnige. Oder sie hat sich in eine Ecke zurückgezogen und geschmollt. Selbstbeherrschung war nie ihre starke Seite."

„Ich sage es ja nur ungern", setzte Ana an, „aber meist warst du es, der sie zum Schreien und Toben gebracht hat."

Sebastian fühlte sich keineswegs schuldig. „Dazu brauchte es ja nicht viel." Er blinzelte Morgana zu. „Es ist heute noch leicht."

„Ich hätte dich damals nie von der Decke herunterlassen sollen."

Nash wollte gerade sein Glas an den Mund führen, hielt jedoch inne. „Wie bitte?"

„Ein ausgesprochen gemeiner Streich", erklärte Sebastian. Selbst heute noch ärgerte es ihn, dass seine Cousine ihm eins ausgewischt hatte.

„Du hattest es verdient." Morgana sah in den dunklen Wein. „Ich kann eigentlich immer noch nicht sagen, dass ich dir dafür verziehen hätte."

Ana stimmte ihr zu. „Das war wirklich schäbig von dir, Sebastian."

Da er überstimmt war, zeigte Sebastian sich reumütig. Wenn er sich bemühte, konnte er in der Erinnerung sogar etwas Lustiges entdecken. „He, ich war elf. Kleinen Jungen ist es gestattet, schäbig zu sein. Das gehört dazu. Außerdem war es ja keine echte Schlange."

Morgana schnaubte beleidigt. „Sie sah aber echt aus."

Amüsiert beugte Sebastian sich vor, um Nash die Geschichte zu erzählen. „Wir waren damals alle zur Walpurgisnacht bei Tante Bryna und Onkel Matthew. Zugegeben, ich habe eigentlich immer nach einer Möglichkeit gesucht, um dieses Gör hier", er blickte zu Morgana, „irgendwie zu ärgern. Und ich wusste, dass sie höllische Angst vor Schlangen hatte."

„Das sieht dir ähnlich, eine kleine Schwäche schamlos auszunutzen", murmelte Morgana.

„Ja, weil sie nämlich sonst überhaupt keine Angst kannte, eben nur bei Schlangen." Sebastians Augen funkelten belustigt. „Und da Jungs nun mal eben Jungs sind, habe ich eine Gummischlange mitten auf ihr Bett fallen lassen – während Morgana darin lag, natürlich."

Nash konnte sein Grinsen gerade noch zu einem gekünstelten Husten umändern, als er Morganas kritischen Blick auf sich gerichtet sah. „Das scheint mir doch gar nicht so schlimm zu sein. Eine Gummischlange …"

„Er hat sie aber zischeln und züngeln lassen." Auch Ana biss sich auf die Zunge, um nicht zu lachen.

Sebastian seufzte theatralisch. „Es hat mich Wochen gekostet, bis ich den Zauberspruch richtig hingekriegt habe. Zauberei war nie meine Stärke, deshalb war es eigentlich auch ein ziemlich schwacher Versuch, aber", er sah lachend zu Morgana hin, „es hat gereicht. Morgana war jedenfalls sehr beeindruckt."

Nash hatte nichts dazu zu sagen. Bisher hatte er gedacht, er säße mit drei relativ vernünftigen Menschen an einem Tisch. Dem war scheinbar doch nicht so. Er war wohl der Einzige, der rational dachte.

„Na ja", nahm Morgana die Erzählung auf, „nachdem ich mit dem Schreien aufgehört hatte und mir klar geworden war, was für ein erbärmlicher Spruch es war, habe ich Sebastian an die Decke geschickt, kopfüber, und habe ihn dort hängen lassen." Sie sah zu ihrem Cousin. „Wie lange, meinst du, war das wohl?", flötete sie zuckersüß und sehr zufrieden mit sich.

„Zwei endlose Stunden."

Sie lächelte. „Du würdest immer noch da oben baumeln, wenn meine Mutter nicht gekommen wäre."

„Und den restlichen Sommer habt ihr beide versucht, euch gegenseitig auszustechen", fügte Ana hinzu, „und habt ständig mit euren Eltern Ärger gehabt."

Sebastian und Morgana lachten einander an. Dann warf Morgana einen Blick auf Nash. „Möchtest du noch ein Glas Wein?"

„Nein, ich muss fahren." Sie nahmen ihn auf den Arm, das wurde ihm mit einem Schlag klar. Also lächelte er Morgana an. Es machte ihm nichts aus, im Gegenteil, kleine Anekdoten waren gut für seine Story. „Ihr habt euch also als Kinder oft gegenseitig solche ... Streiche gespielt?"

„Es ist schwer, sich mit normalen Spielen zufriedenzugeben, wenn man gewisse Kräfte hat."

„Was immer wir auch gespielt haben, du hast gemogelt", hielt Sebastian Morgana vor.

„Natürlich!" Ganz und gar nicht beleidigt, überließ sie ihm ihr Stück Pizza. „Ich gewinne eben gern. Aber es wird spät." Sie erhob sich und küsste Cousin und Cousine auf die Wange. „Warum fährst du mich nicht nach Hause, Nash?"

„Gern." Genau das hatte er sich erhofft.

„Vorsicht, Kirkland", warnte Sebastian träge. „Sie liebt es, mit dem Feuer zu spielen."

„Das habe ich auch schon bemerkt." Nash nahm Morgana bei der Hand und ging mit ihr hinaus.

Anastasia stützte seufzend ihr Kinn in die Hand. „Bei den ganzen Funken, die hier herumgeflogen sind, wundert es mich, dass nicht längst das Restaurant abgebrannt ist."

„Die Flammen werden schon noch früh genug lodern." Sebastians Augen waren dunkel und starr geworden. „Ob sie es will oder nicht."

Alarmiert legte Ana sofort ihre Hand auf seine. „Wird es ihr gut gehen?"

Er sah es nicht so deutlich, wie er es gern gehabt hätte. Bei der Familie war es immer schwieriger, und vor allem mit Morgana. „Sie wird ein paar blaue Flecke abbekommen." Und es tat ihm ehrlich leid für sie. Dann wurde sein Blick klar, und das lässige Lächeln stand wieder auf seinem Gesicht. „Aber sie wird's überstehen. Wie sie selbst gesagt hat – sie gewinnt gerne."

Morgana allerdings dachte im Moment überhaupt nicht an Schlachten oder Siege, sondern daran, wie kühl und samten der Abendwind über ihre Wangen strich. Den Kopf zurückgelegt, sah sie zum sternenübersäten Himmel auf, an dem ein sichelförmiger Mond hing.

Es war so schön und leicht zu genießen. Der schnittige Wagen mit dem offenen Verdeck, die Luft, die die Würze des Meeres in sich trug. Es war auch leicht, sich an der Gesellschaft des Mannes zu freuen, der den Wagen mit lässiger Sicherheit lenkte und nach den Geheimnissen der Nacht duftete.

Sie wandte leicht den Kopf und studierte sein Profil. Wie gern hätte sie mit den Fingern über das markante Gesicht gestrichen, hätte die Konturen des Kinns nachgezogen, die Weichheit der Lippen gefühlt. Oh ja, sie hätte es sehr gern getan.

Also, warum zögerte sie dann? Sie war nie leichtfertig mit sexuellen Beziehungen umgegangen und hatte auch ganz sicher nicht in jedem Mann einen potenziellen Liebhaber gesehen. Und doch verspürte sie bei diesem Mann das tiefe Verlangen, sich ihm hinzugeben. Sie hatte gesehen, dass es über kurz oder lang passieren würde.

Darin lag die Antwort. Sie würde immer dagegen rebellieren, eine Marionette des Schicksals zu sein.

Aber wenn sie ihn selbst wählte, wenn sie die Zügel führte, dann war das doch etwas anderes, als wenn sie vom Schicksal gelenkt wurde, oder? Denn schließlich war sie ihre eigene Herrin.

„Warum bist du heute Abend in die Stadt gekommen?", fragte sie ihn.

„Ich war unruhig und konnte zu Hause nichts mit mir anfangen.“

Sie kannte das Gefühl. Es geschah ihr nicht oft, aber wenn, dann fand sie es unerträglich. „Kommst du gut mit dem Drehbuch voran?“

„Recht gut sogar. In ein paar Tagen müsste ich so weit sein, dass ich meinem Agenten den ersten Entwurf schicken kann.“ Er sah zu ihr hinüber und wünschte im gleichen Augenblick, er hätte es nicht getan. Sie war so schön, so verführerisch, mit dem Wind in ihren Haaren und dem Mondschein auf ihrem Gesicht, dass er gar nicht wieder wegschauen wollte. Was nicht unbedingt klug war, wenn man am Steuer saß. „Du warst mir eine große Hilfe.“

„Heißt das, du brauchst mich nicht mehr?“

„Nein, Morgana. Ich ...“ Er bremste und fluchte leise, weil er an ihrer Auffahrt vorbeigefahren war. Er setzte zurück und bog ab, um dann mit laufendem Motor vor ihrer Haustür zu halten. Schweigend sah er zum Haus hinauf.

Sollte sie ihn hereinbitten, würde er mit ihr gehen. Musste mit ihr gehen. Irgendetwas geschah heute Abend. Seit dem Moment, als er sich umgedreht und ihr in die Augen geschaut hatte, hatte er das beunruhigende Gefühl, als wäre ihm eine Rolle in einer Geschichte zugedacht worden, die jemand anders geschrieben hatte und deren Ende noch offen war.

„Du bist wirklich sehr ruhelos“, murmelte sie. „Völlig untypisch für dich.“ Sie beugte sich vor und drehte den Schlüssel, um den Motor abzustellen. Ohne das sanfte Schnurren des Motors dröhnte die plötzliche Stille in seinen Ohren. Ihre Körper streiften einander, eine kurze, unbeabsichtigte Berührung nur, aber sein Blut jagte wie brodelnde Lava durch seinen Körper. „Weißt du, was ich meistens mache, wenn ich unruhig bin?“

Sie hatte leise gesprochen, ihre Stimme floss wie Balsam über seine Haut. Er sah in ihre Augen, in denen sich der Mond spiegelte, und stellte fest, dass seine Hände sich wie von selbst nach ihr ausstreckten.

„Was?“

Sie zog sich zurück, entglitt seinen Händen wie ein Geist. Sie stieg aus und kam um den Wagen herum, beugte das Gesicht vor, bis ihre Lippen sich fast berührten. „Ich gehe spazieren.“ Sie richtete sich wieder auf und bot ihm ihre Hand. „Komm mit mir. Ich zeige dir einen magischen Ort."

Er hätte ablehnen können. Aber der Mann, der diese dargebotene Hand nicht genommen hätte, musste noch geboren werden.

Sie gingen über den Rasen, entfernten sich vom Haus und traten in die mystischen Schatten und die flüsternde Stille des Zypressenhains. Das Mondlicht zeichnete unheimliche Schattenrisse von Ästen und Zweigen auf den Waldboden. Eine leichte Brise spielte mit den Blättern und ließ ihn an die Laute in Morganas Zeichenzimmer denken.

Ihre Hand lag warm und fest in seiner, während sie ohne Eile, aber zielbewusst voranschritt. Nash ließ sich führen, er konnte nichts dagegen tun.

„Ich liebe die Nacht." Sie atmete tief die würzige Luft ein. „Den Geruch und den Geschmack. Manchmal, wenn ich nachts aufwache, komme ich hierher."

Er hörte das Rauschen von Wasser, das von einem Felsen fiel. Rhythmisch, stark, unablässig. Und aus unerklärlichen Gründen begann sein Herz schneller und kräftiger zu schlagen.

Irgendetwas passierte hier.

„Die Bäume." Seine Stimme klang fremd in seinen Ohren. „Ich habe mich in sie verliebt."

Sie hielt an und musterte ihn sehr aufmerksam. „Wirklich?"

„Letztes Jahr habe ich hier Urlaub gemacht. Ich brauchte eine Pause, wollte der Tretmühle entfliehen. Die Bäume haben es mir angetan." Er legte eine Hand an die raue Rinde eines schiefen Stammes. „Eigentlich war ich nie der Naturtyp. Ich habe immer in Städten gelebt oder in direkter Stadtnähe. Aber ich wusste, dass ich irgendwo leben musste, wo ich aus meinem Fenster schauen und diese Bäume sehen kann."

„Manchmal kehren wir dahin zurück, wohin wir gehören." Sie ging wieder weiter, der dichte Waldboden verschluckte ihre Schritte. „Es gibt uralte Gemeinschaften, die Bäume wie diese verehren." Sie lächelte. „Ich meine, es genügt, wenn man sie liebt, sie für ihr Alter respektiert, ihre Schönheit, ihre Ausdauer ..." Sie hielt wieder an und drehte sich zu ihm. „Hier. Das ist das Zentrum, das Herz. Die reinste und schönste Magie kommt immer aus dem Herzen."

Er hätte nicht sagen können, wieso er verstand. Oder warum er ihre Worte glaubte. Vielleicht lag es am Mond oder am Moment. Alles, was er wusste, war, dass er etwas spürte. Ein Schauer rann über seine Haut, etwas klickte in seinem Kopf. Und irgendwo ganz tief in seiner Erinnerung wusste er, dass er bereits hier gewesen war. Mit ihr.

Er hob eine Hand und berührte ihr Gesicht, strich mit den Fingerspitzen über ihre Wange. Sie bewegte sich nicht, weder vorwärts noch rückwärts, sah ihn nur an. Wartete.

„Ich weiß nicht, ob mir gefällt, was hier gerade mit mir geschieht."

„Was meinst du?"

„Dich." Unfähig zu widerstehen, legte er auch die andere Hand an ihr Gesicht und hielt es warm mit seinen Händen umfasst. „Ich träume von dir. Selbst mitten am Tag träume ich von dir. Ich kann es nicht abstellen, nichts dagegen tun, es passiert einfach."

Sie legte ihre Finger um seine Handgelenke, fühlte den kräftigen Schlag seines Pulses. „Ist das so schlimm?"

„Ich weiß es nicht. Normalerweise bin ich wirklich gut, wenn es darum geht, Komplikationen zu vermeiden, Morgana. Und ich will nicht, dass sich das ändert."

„Dann werden wir es unkompliziert halten."

Er wusste nicht, ob er sich bewegt hatte oder sie. Aber plötzlich lag sie in seinen Armen, und sein Mund trank von ihrem. Kein Traum war so bewegend.

Ihre Zunge spielte mit seiner, feuerte ihn an, tiefer in die warme Höhle vorzudringen. Sie hieß ihn mit einem leisen Stöhnen willkommen, das sein Blut zum Sieden brachte.

Wie hatte sie nur denken können, ihr bliebe eine Wahl, sie hätte die Kontrolle behalten können? Was sie einander gaben, war so alt wie die Zeit, so frisch wie der junge Frühling.

Ach, wäre es doch nur reine Lust, dachte sie, während ihr Verstand mit den Empfindungen kämpfte. Doch auch wenn ihr Körper vor Lust bebte, so wusste sie doch, dass es sehr viel mehr war.

Nicht ein Mal in all den Jahren als Frau hatte sie ihr Herz verschenkt. Sie hatte nicht darauf achten müssen, denn die Gefahr hatte nie bestanden. Doch jetzt, hier, mit dem leuchtenden Mond am Himmel und den stillen alten Bäumen als Zeugen, schenkte sie es ihm.

Ihre Arme schlangen sich fester um seinen Nacken, als es ihr schmerzhaft bewusst wurde. Sein Name kam über ihre Lippen, ein

Hauch nur. In diesem Moment erkannte sie, warum sie ihn hierher hatte bringen müssen. Wo sonst hätte sie ihm besser ein solches Geschenk machen können als hier, an ihrem geheimsten und liebsten Platz?

Für einen Moment noch hielt sie ihn ganz fest, ließ ihren Körper aufnehmen, was er ihr geben konnte, und wünschte sich, sie könnte ihr Versprechen halten und ihre Beziehung unkompliziert lassen.

Aber ab jetzt würde nichts mehr einfach sein. Für keinen von ihnen beiden. Jetzt konnte sie nur noch die übrige Zeit dazu nutzen, um sie beide vorzubereiten auf das, was unabänderlich kommen würde.

Als sie sich zurückziehen wollte, hielt er sie fest, ergriff erneut Besitz von ihrem Mund, während in seinem Kopf alles durcheinanderwirbelte.

„Nash." Sie rieb ihre Wange zärtlich an seiner. „Es kann jetzt noch nicht sein."

Ihre leisen Worte hallten wie Donner in seinen Ohren. Er verspürte den Drang, sie auf den Boden zu zerren, sie jetzt und hier zu nehmen, ihr zu beweisen, dass sie unrecht hatte. Es musste jetzt sein. Es würde jetzt sein. Die Welle der Gewalt, die ihn durchfuhr, erschreckte ihn. Angewidert von sich selbst, lockerte er seinen Griff, als er erkannte, dass seine Finger sich in ihre Arme gegraben hatten.

„Entschuldige." Er ließ seine Arme sinken. „Habe ich dir wehgetan?"

„Nein." Gerührt nahm sie seine Hand und küsste seine Fingerspitzen. „Natürlich nicht. Mach dir keine Sorgen."

Er hatte allen Grund, sich Sorgen zu machen. Er war nie anders als zärtlich zu einer Frau gewesen. Es gab bestimmt einige, die von ihm behaupten würden, dass er achtlos mit ihren Gefühlen umgegangen war, und sollte das stimmen, so tat es ihm leid. Aber nicht eine würde ihm vorwerfen können, dass er in körperlicher Hinsicht achtlos gewesen wäre. Und doch hätte er sie fast hier auf den Boden gezogen und sich genommen, was er so verzweifelt brauchte, ohne auch nur einen Augenblick daran zu denken, ob sie ihre Zustimmung gegeben hätte oder nicht.

Erschüttert steckte er die Hände in die Hosentaschen. „Ich hatte recht. Mir gefällt nicht, was hier passiert. Das ist das zweite Mal, dass ich dich küsse, und das zweite Mal, dass ich das Gefühl hatte, ich müsste es tun. So wie ich atmen oder essen oder schlafen muss."

Sie würde sehr vorsichtig vorgehen müssen. „Zuneigung ist genauso lebenswichtig."

Er bezweifelte das, vor allem, da er den größten Teil seines Lebens ohne ausgekommen war. Er musterte sie eingehend und schüttelte den Kopf. „Weißt du, Schätzchen, wenn ich dir glauben würde, dass du eine Hexe bist, würde ich jetzt behaupten, du hast mich verzaubert."

Das Ausmaß des Schmerzes überraschte sie. Weniger seine Worte, sondern der Abstand, den diese Worte zwischen ihnen schufen. Sie konnte sich nicht daran erinnern, dass ein Mann sie je verletzt hätte. Vielleicht war es das, was Liebe ausmachte. Bis jetzt hatte sie es nicht nötig gehabt, ihr Herz zu schützen, aber von jetzt an würde sie auf der Hut sein.

„Dann ist es ja gut, dass du mir nicht glaubst. Es war nur ein Kuss, Nash." Sie lächelte und hoffte, dass der Schatten der Bäume die Traurigkeit in ihren Augen verbergen würde. „Von einem Kuss ist nichts zu befürchten." Da kannst du ganz beruhigt sein.

„Ich will dich." Seine Stimme klang rau, und seine Hände in den Hosentaschen hatten sich verkrampft. In die Leidenschaft hatte sich Hilflosigkeit geschlichen. Vielleicht rührte diese plötzliche Gewaltbereitschaft daher. „Das könnte gefährlich werden."

Sie zweifelte nicht daran. „Wenn die Zeit kommt, werden wir es herausfinden. Aber jetzt bin ich müde. Ich werde zum Haus zurückgehen."

Als sie diesmal durch den Hain ging, bot sie ihm nicht ihre Hand.

5. KAPITEL

Es war jetzt über fünf Jahre her, dass Morgana die Tür des „Wicca“ zum ersten Mal aufgeschlossen hatte, bevor Nash Kirkland auf der Suche nach einer Hexe durch eben diese Tür gekommen war. Dass ihr Laden so gut ging, beruhte auf Morganas Auswahl von faszinierenden Waren, ihrer Bereitschaft, endlos viele Stunden Arbeit zu investieren und dem reinen Spaß, den sie dabei hatte, zu kaufen und zu verkaufen.

Da ihre Familie schon immer finanziellen Erfolg hatte verbuchen können, hätte sie sich die Zeit mit müßigem Nichtstun vertreiben und von den Einnahmen verschiedener Treuhandfonds leben können. Die Entscheidung, den Weg als Geschäftsfrau einzuschlagen, war ihr leichtgefallen. Sie war ehrgeizig, und ihr Stolz gebot ihr, ihren Lebensunterhalt selbst zu verdienen.

Morgana hatte einen Laden eröffnet, weil ihr das erlaubte, sich mit den Dingen zu umgeben, die sie liebte und an denen sie Spaß hatte. Außerdem hatte sie festgestellt, wie zufrieden es sie machte, diese Dinge auch an andere weiterzugeben.

Einen eigenen Laden zu haben hatte eindeutige Vorteile. Es gab einem das Gefühl, etwas erreicht zu haben, der schlichte Stolz, dass einem etwas gehörte. Und dann waren da noch all die verschiedenen Menschen, die man traf.

Aber es gab natürlich auch eine andere Seite der Medaille. Wenn man einen gewissen Sinn für Verantwortung besaß, konnte man nicht einfach die Tür abschließen und die Rollläden herunterlassen, nur weil man lieber allein sein wollte.

Unter all den Gaben, die Morgana mitbekommen hatte, war auch ein sehr ausgeprägtes Verantwortungsgefühl.

Im Moment wünschte sie sich, ihre Eltern hätten zugelassen, dass aus ihr eine leichtfertige, ichbezogene Person, die jeder Laune nachgab, geworden wäre. Wenn sie sie nicht so gut erzogen hätten, dann hätte sie jetzt die Tür verriegelt, wäre in ihren Wagen gesprungen und ziellos durch die Gegend gefahren, bis diese miserable Laune endlich verschwunden wäre.

Sie war nicht daran gewöhnt, sich so rastlos zu fühlen. Und erst recht gefiel ihr die Vorstellung nicht, diese düstere Stimmung könnte von einem Mann hervorgerufen worden sein. Solange sie sich erinnern konnte, war Morgana immer und mit jedem Vertreter des männlichen Geschlechts fertig geworden. Das war auch eine Gabe. Ganz gleich, ob mit ihrem Vater, mit ihren Onkeln und sogar mit Sebastian, obwohl es bei ihm etwas mehr Anstrengung gekostet hatte.

Als Teenager hatte sie schnell begriffen, wie man mit Jungen umgehen musste. Was zu tun war, wenn sie interessiert war, was, wenn sie kein Interesse hatte. Als die Jahre vergingen und sie zur Frau wurde, war es einfach gewesen, diese Regeln auf erwachsene Männer zu übertragen.

Ihre Sexualität war ihr immer eine Quelle der Freude gewesen. Sie wusste auch, dass dies eine andere Art von Macht war. Ihre Beziehungen zu Männern, ob nun freundschaftlich oder romantisch, waren immer reibungslos und gut verlaufen.

Bis jetzt. Bis Nash aufgetaucht war.

Wann hat das eingesetzt? Wann habe ich den Boden unter den Füßen verloren?, fragte sie sich, während sie eine Flasche mit Ginseng-Badezusatz für eine Kundin einpackte. Als sie ihrem Impuls nachgegeben hatte und durch den Laden zu ihm gegangen war? Als sie sich von ihrer Neugier hatte hinreißen lassen, ihn zu küssen?

Vielleicht war es auch erst gestern geschehen, weil sie es erlaubt hatte, sich ganz von ihren Gefühlen leiten zu lassen. Ihn zu der magischen Lichtung im Zypressenhain mitzunehmen.

Sie hatte noch nie einen Mann dorthin geführt. Und sie würde auch nie wieder einen anderen Mann dorthin führen.

Immerhin konnte sie es auf die Nacht und den Ort schieben, wenn sie jetzt glaubte, verliebt zu sein.

Sie wollte einfach nicht akzeptieren, dass ihr so etwas so schnell passieren konnte. Oder sie so hilflos zurückließ, dass sie keine Wahl hatte.

Also würde sie sich verweigern und der Sache ein Ende setzen.

Fast hörte sie das Lachen der Geister. Sie ahnte, dass das unmöglich sein würde. Mit einem stillen Seufzer ging sie zu einem anderen Kunden, um ihn zu beraten.

Den ganzen Morgen über war wenig, aber stetiger Betrieb. Morgana hätte nicht sagen können, was ihr lieber war – wenn einige Neugierige sich umsahen oder wenn sie mit Luna allein im Laden war.

„Und überhaupt, eigentlich bist du an der ganzen Sache schuld." Morgana stützte die Ellbogen auf den Tresen und beugte sich herab, bis sie der Katze direkt in die Augen sehen konnte. „Wenn du nicht so freundlich zu ihm gewesen wärst, hätte ich mich nicht täuschen lassen und gedacht, dass er harmlos ist."

Luna zuckte nur mit der Schwanzspitze und blickte weise drein.

„Dabei ist er alles andere als harmlos", fuhr Morgana fort. „Und jetzt ist es zu spät. Ja, sicher", sagte sie, als Luna blinzelte, „natürlich könnte ich ihm sagen, dass unsere Abmachung nicht mehr gilt. Ich könnte mir Ausreden einfallen lassen, warum ich mich nicht mehr mit ihm treffen kann. Wenn ich ein Feigling wäre." Sie legte ihre Stirn an den Kopf der Katze. „Ich bin aber kein Feigling." Luna hob die Tatze und berührte Morganas Wange. „Du brauchst dich gar nicht einzuschmeicheln. Wenn das noch schlimmer wird, trägst du die Verantwortung."

Morgana sah auf, als die Türglocke anschlug, und lächelte erleichtert, als sie Mindy erblickte. „Hi, ist es schon zwei?"

„Ja, fast." Mindy stellte ihre Handtasche hinter den Tresen und kraulte Luna kurz die Ohren. „Und? Wie läuft's, was macht der Umsatz?"

„So weit, so gut."

„Ich sehe, du hast den großen Rosenquarzblock verkauft."

„Ja, an ein junges Paar aus Boston. Er kommt in ein gutes Heim. Ich habe ihn nach hinten gebracht, um ihn für den Transport einzupacken."

„Soll ich das machen?"

„Nein, im Moment kann ich eine Pause vom Verkauf gebrauchen. Kümmere du dich um den Laden, ich gehe nach hinten."

„Klar. Du siehst heute irgendwie niedergeschlagen aus, Morgana."

Sie hob eine Augenbraue. „Wirklich?"

„Und wie. Lass Madame Mindy mal sehen." Sie griff Morganas Hand und unterzog die Handfläche einer genauen Musterung. „Aha. Kein Zweifel. Es gibt Probleme mit einem Mann."

Trotz der erschreckenden Tatsache, dass Mindy den Nagel auf den Kopf getroffen hatte, musste Morgana grinsen. „Ich zweifle deine Expertise im Handlesen ja nur ungern an, Madame Mindy, aber bei dir geht es doch immer um einen Mann."

„Ich nutze eben jede Chance. Du würdest dich wundern, wie viele Leute mir ihre Hand unter die Nase halten, nur weil ich für eine Hexe arbeite."

Neugierig geworden, legte Morgana den Kopf schief. „Wirklich?"

„Die meisten sind zu nervös, um dich selbst anzusprechen, ich dagegen bin ungefährlich. Sie denken wahrscheinlich, dass ich etwas bei dir gelernt habe, aber es ist nicht genug, dass sie sich Sorgen machen müssten."

Zum ersten Mal seit langen Stunden fühlte Morgana ein Lachen in sich aufsteigen. „Ich verstehe. Ich fürchte, sie wären alle fürchterlich enttäuscht, wenn sie erführen, dass ich nicht aus der Hand lese."

„Also, ich werde es ihnen nicht verraten." Mindy prüfte ihr Make-up in einem Handspiegel. „Aber dir kann ich sagen, dass man kein Seher sein muss, um einen großen blonden Mann mit einem knackigen Hintern und treuen Hundeaugen zu erkennen." Sie zupfte eine Locke in die Stirn und sah dann zu Morgana. „Er beunruhigt dich?"

„Nein, nichts, mit dem ich nicht fertig werden würde."

„Sie sind ja so einfach zu handhaben, nicht wahr?" Mindy legte den Spiegel ab. „Bis sie anfangen, einem etwas zu bedeuten." Sie grinste Morgana an. „Nur ein Wort von dir, und ich räume dir dieses Problem aus dem Weg."

Amüsiert tätschelte Morgana Mindys Wange. „Danke, aber ich werde mich selbst darum kümmern."

Mit wesentlich besserer Laune ging Morgana ins Hinterzimmer. Warum machte sie sich überhaupt so viele Gedanken? Sie konnte damit fertig werden. Sie würde damit fertig werden! Schließlich kannte sie Nash nicht einmal gut genug, als dass er ihr etwas bedeuten würde.

Es gab genug, womit er sich beschäftigen konnte. Das sagte er sich immer wieder, während er auf dem Sofa lag, Stapel von Büchern um sich herum und eines aufgeschlagen auf dem Schoß.

Auf dem Fernseher flimmerte eine der vielen belanglosen Seifenopern über den Bildschirm, eine Dose Cola stand auf dem Tisch, für den Fall, dass er plötzlich durstig wurde. Der Computer im Arbeitszimmer beschwerte sich über die fehlende Aufmerksamkeit, Nash konnte ihn regelrecht jammern hören.

Es war nicht so, als würde er nicht arbeiten. Nash riss gedankenverloren ein Blatt vom Notizblock und begann es zu falten. Sicher, er hatte fast den ganzen Vormittag auf der Couch gelegen und Löcher in die Luft gestarrt. Aber er dachte nach. Vielleicht war er in der Story bei einem Punkt angelangt, wo er feststeckte, aber es war nicht so, als hätte er eine Schreibblockade. Nein, er brauchte nur Zeit, um das Ganze ein wenig wirken zu lassen.

Er knickte das Blatt ein letztes Mal, dann sandte er den Papierflieger durch den Raum und ahmte die typischen Geräusche eines Flugzeugs nach. Der Flieger schwankte und landete, die Nase voran, auf dem Stapel anderer Modelle, der sich bereits auf dem Fußboden angesammelt hatte.

„Sabotage", stieß Nash hervor. „Da hat ein Spion seine Hand im Spiel." Er riss ein weiteres Blatt ab und versuchte sich am nächsten Flieger, während seine Gedanken wanderten.

Innen, Tag. Der große Hangar ist leer. Durch die Oberlichter fällt trübes Tageslicht auf einen silbernen Kampfjet. Schritte sind zu hören, hallen wider. Sie kommen näher, klingen vertraut. Weibliche Schritte, Pfennigabsätze auf Betonboden. Eine Frau schlüpft durch das offene Tor, tritt aus dem Licht in den Schatten. Ein Hut verdeckt ihr Gesicht, aber man sieht den Körper, in rotem Leder. Lange schlanke Beine bewegen sich über den Hangarboden. In einer Hand hält sie einen schwarzen Lederkoffer.

Sie blickt sich um, geht dann auf den Jet zu. Der Lederrock rutscht hoch, als sie in das Cockpit klettert, gibt den Blick auf einen Oberschenkel frei. Ihre Bewegungen drücken Entschlossenheit und Erfahrung aus, wie sie in den Pilotensitz steigt, wie sie den Koffer aufschnappen lässt.

Im Koffer kommt eine kleine, aber verheerende Bombe zum Vorschein, die sie unter der Konsole anbringt. Sie lacht, leise, lasziv. Die Kamera schwenkt auf ihr Gesicht.

Morgana.

Fluchend warf Nash das Papierflugzeug in die Luft. Es stürzte sofort ab. Was machte er hier eigentlich? Er träumte vor sich hin und erging sich in erbärmlich schlechtem Symbolismus.

Er hatte zu arbeiten, oder etwa nicht?

Fest entschlossen, genau das jetzt auch zu tun, richtete er sich auf und sandte ein paar Bücher zu Boden. Er griff nach der Fernbedienung, schaltete den Fernseher aus und drückte den Knopf des Kassettenrecorders, um das Band mit den Interviews ablaufen zu lassen.

Es dauerte keine fünf Sekunden, bis ihm klar wurde, dass das ein Fehler war. Er war nicht in der Verfassung, um Morganas Stimme zu hören.

Er erhob sich und warf einen Stapel Bücher um, stieg über sie. Er dachte nach, ja. Er dachte, dass er unbedingt aus diesem Haus herausmusste. Und er wusste ganz genau, wohin er gehen würde.

Schließlich war es seine Entscheidung, versicherte er sich, als er nach den Autoschlüsseln griff. Wenn es einen juckte, dann musste man sich eben kratzen.

Morganas Laune hatte sich so weit gebessert, dass sie sogar die Melodie im Radio mitsummen konnte. Genau das brauchte sie jetzt. Eine Tasse Kamillentee zur Beruhigung, eine Stunde Alleinsein und angenehme, konstruktive Arbeit. Nachdem sie den Rosenquarzblock sorgfältig verpackt hatte, hatte sie sich ihre Inventarliste vorgenommen. Und sie hätte auch den ganzen Nachmittag damit verbracht, wäre sie nicht gestört worden.

Hätte sie besser Acht gegeben, wäre sie vielleicht darauf vorbereitet gewesen, als Nash die Tür aufriss. Aber jetzt machte es auch keinen Unterschied mehr, denn er marschierte auf ihren Schreibtisch zu, riss sie an den Armen hoch und pflanzte einen langen, festen Kuss auf ihren überraschten Mund.

„Das", sagte er befriedigt, als er endlich Luft holen musste, „war meine Idee."

Ihre Nerven vibrierten, und Morgana schaffte es nur, ein kleines Nicken zu Stande zu bringen. „Ich verstehe."

Er ließ seine Hände zu ihren Hüften gleiten und hielt sie fest. „Mir hat es gefallen. Er ließ keinen Zweifel an seiner Entschlossenheit."

„Wie schön für dich." Sie sah über ihre Schulter und erblickte Mindy, die mit einem wissenden Lächeln im Türrahmen stand. „Ich komme schon zurecht, Mindy."

„Oh, da bin ich ganz sicher." Sie blinzelte Morgana zu und schloss die Tür.

„Also?" Morgana bemühte sich um Fassung und legte die Hände an seine Brust, um ihn von sich zu schieben. Sie weigerte sich zu registrieren, dass ihr Puls hämmerte und ihre Knie weich waren. Auf diese Art konnte man nicht die Oberhand behalten. „Gibt es noch etwas?"

„Da gibt es sogar noch sehr viel." Ohne ihren Blick freizugeben, drängte er sie gegen den Schreibtisch. „Wann sollen wir damit anfangen?"

Sie musste lächeln. „Ich denke, das kann man wirklich direkt und geradeheraus nennen."

„Nenn es, wie du willst." Da sie hohe Absätze trug, brauchte Nash den Kopf nur vorzuschieben, um an ihrer vollen Unterlippe zu knabbern. „Ich will dich, Morgana. Ich weiß, ich werde nicht mehr klar denken können, solange ich nicht ein paar Nächte mit dir verbracht habe. Ausgiebige, lange Nächte."

Das Vibrieren wurde stärker und breitete sich aus. Sie klammerte die Finger um die Kante der Schreibtischplatte, um das Gleichgewicht halten zu können, aber ihre Stimme klang tief und sicher. „Ich würde behaupten, dass du nie wieder klar denken wirst, nachdem du mit mir geschlafen hast. Überleg dir also ganz genau, worauf du dich da einlässt."

Er griff an ihr Kinn und strich mit seinen Lippen über ihren Mund. „Das Risiko gehe ich ein."

Ihr stockte für einen Moment der Atem, ehe sie sich wieder unter Kontrolle hatte. „Mag sein. Aber ich muss mir überlegen, ob ich es eingehen will."

Seine Lippen an ihrem Mund verzogen sich zu einem Lächeln. „Leb doch einfach gefährlich."

„Das tue ich." Für einen kurzen Moment lang gestattete sie sich zu genießen, was er ihr bot. „Was würdest du sagen, wenn ich behauptete, es sei noch nicht die richtige Zeit? Und dass wir beide es dann wissen werden, wenn die Zeit reif dafür ist."

„Ich würde sagen, du versuchst dich herauszureden."

„Du würdest dich irren." Sie presste die Wange an seine. „Glaube mir, es wäre ein Irrtum."

„Zum Teufel mit dem Timing. Komm mit mir nach Hause, Morgana."

Sie seufzte leise, als sie sich von ihm zurückzog. „Das werde ich." Sie schüttelte den Kopf, als sie sah, wie seine Augen dunkler wurden. „Um dir zu helfen, um mit dir zu arbeiten. Aber nicht, um mit dir zu schlafen. Nicht heute."

Er lächelte und zupfte zärtlich an ihrem Ohrläppchen. „Das gibt mir immerhin die Chance, deine Meinung zu ändern."

Ihr Blick war ruhig, fast traurig, als sie von ihm wegtrat. „Vielleicht wirst du deine Meinung ändern, bevor unsere Abmachung erfüllt ist. Ich werde Mindy Bescheid sagen, dass sie für den Rest des Tages den Laden übernehmen soll."

Sie bestand darauf, mit ihrem eigenen Wagen zu fahren. Luna lag auf dem Beifahrersitz zusammengerollt, während sie ihm folgte. Zwei Stunden, mehr nicht. Diese Zeit hatte sie ihm zugestanden. Und bevor sie ging, würde sie dafür sorgen, dass sein Verstand wieder klar arbeitete.

Sein Haus gefiel ihr, der verwilderte Garten, der förmlich nach einem Gärtner flehte, die Stuckverzierungen über den hohen Bogenfenstern, die roten Ziegel auf dem Dach. Es lag näher beim Meer als ihr Haus, deshalb war das Rauschen des Wassers viel intensiver zu hören, wie Musik. An der Seite standen zwei Zypressen, die sich zueinander beugten, wie zwei Liebende, die zueinander strebten.

Es passt zu ihm, dachte sie, als sie aus ihrem Wagen stieg und über das Gras ging, das knöchelhoch stand. „Wie lange wohnst du schon hier?", fragte sie Nash.

„Erst zwei Monate. Ich muss unbedingt einen Rasenmäher kaufen."

„Ja, das solltest du wirklich." Nicht mehr lange, und er würde eine Sense brauchen. „Du bist faul." Sie fühlte mit den Narzissen, die sich bemühten, ihre Blüten aus dem Unkraut herauszurecken. Sie ging zur Haustür, Luna folgte ihr mit königlicher Haltung.

„Ich brauche eben den richtigen Anstoß", sagte er, als er die Haustür für sie öffnete. „Bisher habe ich in Miets- und Eigentumswohnungen gelebt. Das hier ist mein erstes eigenes Haus."

Sie sah sich in der hohen Halle mit den weißen Wänden um, bemerkte das warme dunkle Holz der Treppe, die sich ins Obergeschoss wand, die offene Galerie, die um die Halle lief. „Du hast gut gewählt. Wo arbeitest du?“

„Eigentlich überall.“

„Hm.“ Sie steckte den Kopf durch den ersten Türbogen. Ein geräumiges Wohnzimmer, die Fenster ohne Vorhänge, der Boden kahl ohne Teppiche. Anzeichen, dass dieser Mann erst noch entscheiden muss, ob er sich wirklich hier niederlassen will, dachte sie.

Die Möbel passten nicht zusammen, und überall lagen Bücher, Notizen und Kleider herum, gebrauchtes Geschirr, längst vergessen. Die Regale an der Wand waren mit weiteren Büchern und Trödel vollgestopft. Sie musste sofort an ihre eigene Krimskrams-Sammlung denken, kleine Dinge, die ihr Freude bereiteten, sie beruhigten, ihr die Zeit vertrieben.

Ihr fielen die exquisiten antiken Masken auf, die an einer Wand hingen, daneben ein ausgezeichneter Druck mit Nymphen von Maxfield Parrish und ein Filmplakat von „Shape Shifter“. Ein kleiner silberner Sarg stand neben dem Oscar, den er gewonnen hatte. Beide hätten gründlich abgestaubt gehört. Mit geschürzten Lippen nahm sie die Voodoo-Puppe hoch, in deren Herz noch immer die Nadel steckte.

„Jemand, den ich kenne?“

Er grinste. Er war sehr zufrieden, sie hier zu haben, und zu gewöhnt an seine Unordnung, als dass es ihm peinlich gewesen wäre. „Meistens geht es um einen Produzenten, manchmal auch einen Politiker. Einmal war es auch dieser kleinkarierte Steuerbeamte. Übrigens, was ich dir sagen wollte …“, sein Blick glitt über ihr kurzes, eng anliegendes Seidenkleid, „… du hast einen großartigen Geschmack.“

„Ich bin froh, dass es dir gefällt.“ Amüsiert legte sie die unglückliche Puppe beiseite und nahm ein Deck Tarot-Karten zur Hand. „Legst du sie?“

„Nein. Jemand hat sie mir geschenkt. Angeblich sollen sie Houdini gehört haben.“

Sie ließ die Karten über den Daumen rennen, fühlte ein schwaches Vibrieren der alten Kraft. „Wenn du wissen willst, woher sie kommen, solltest du Sebastian fragen. Er kann es dir sagen. Komm.“

Sie hielt ihm das Kartendeck entgegen. „Misch sie und heb ab."

Nur allzu willig tat er, wie ihm geheißen. „Werden wir jetzt spielen?"

Sie lächelte nur und nahm die Karten zurück. „Da die Sitzgelegenheiten hier alle anderweitig benutzt werden, lassen wir uns am besten auf dem Boden nieder." Sie kniete sich hin, warf das lange Haar zurück und bedeutete ihm, sich zu ihr zu gesellen. Dann legte sie ein Keltisches Kreuz. „Irgendetwas beschäftigt dich", sagte sie. „Aber deine Kreativität ist weder versiegt noch blockiert. Veränderungen kündigen sich an." Sie hob den Blick, ihre Augen waren von jenem verwirrenden irischen Blau, das jeden vernünftigen Mann dazu bringen konnte, alles bedingungslos zu glauben. „Womöglich die größten in deinem Leben, und es wird nicht leicht sein, sie zu akzeptieren." Es waren nicht mehr die Karten, aus denen sie las, sondern das blasse Licht des Sehers, das so viel heller in Sebastian schien. „Du musst dir vergegenwärtigen, dass manche Dinge mit dem Blut weitergegeben werden, andere werden schwächer oder fallen ganz weg. Wir sind nicht immer so wie die Menschen, die uns gemacht haben." Ihr Blick wurde sanft, als sie ihre Hand auf seine legte. „Und du bist nicht so allein, wie du denkst. Das warst du nie."

Diesmal gelang es ihm nicht, einen Scherz darüber zu machen. Dafür war es zu nah an der Wahrheit. Um dem Thema auszuweichen, küsste er ihre Fingerspitzen. „Ich habe dich nicht hergebracht, damit du mir aus den Karten liest."

„Ich weiß, warum du mich hergebeten hast, aber es wird nicht passieren. Noch nicht." Traurig und enttäuscht zog sie ihre Hand zurück. „Ich wollte dir nicht die Zukunft weissagen, ich wollte dir ein Geschenk machen." Sie sammelte die Karten ein. „Wenn ich kann, werde ich dir helfen. Erzähl mir, wo das Problem mit deiner Story liegt."

„Außer der Tatsache, dass ich ständig an nichts anderes als an dich denke, wenn ich mich doch auf meine Arbeit konzentrieren sollte?"

„Ja." Sie schlug die Beine lässig unter. „Außer dieser Tatsache."

„Ich denke, es liegt am Motiv. An Cassandra. So habe ich sie genannt. Ist sie eine Hexe, weil es ihr um Macht geht, weil sie die Dinge ändern will? Sucht sie nach Rache oder nach Liebe? Oder einfach nur nach einem leichten Ausweg?"

„Wieso sollte es einer dieser Gründe sein? Warum kann es

nicht darum gehen, ob sie die Gabe annimmt, die ihr mitgegeben wurde?"

„Das wäre zu einfach."

Morgana schüttelte den Kopf. „Das ist es nie. Es ist viel einfacher, so zu sein wie die anderen. Als ich ein kleines Mädchen war, verboten viele Mütter ihren Kindern, mit mir zu spielen. Ich hätte einen schlechten Einfluss. Ich wäre zu seltsam. Anders. Es tat mir damals weh, nicht dazuzugehören."

Er nickte verstehend. „Ich war immer ‚der Neue', nie lang genug an einem Ort, um akzeptiert zu werden. Irgendjemand hatte immer das Bedürfnis, dem Neuen eine blutige Nase zu verpassen, frag mich nicht, warum das so ist. Wenn man ständig umherzieht, wird man eigen. Man versagt in der Schule und wünscht sich nur noch wegzukommen ..." Verärgert über sich selbst, brach er ab. „Auf jeden Fall, Cassandra ..."

„Wie bist du damit fertig geworden?" Sie hatte Anastasia gehabt, Sebastian, ihre Familie – und die Gewissheit, dazuzugehören.

Mit einem Schulterzucken nahm er ihr Amulett und betrachtete es. „Man rennt davon. Auf die sichere Art. Man zieht sich zurück in Bücher, in Filme oder einfach nur in die eigene Fantasie. Sobald ich alt genug war, suchte ich mir einen Job als Filmvorführer. So konnte ich alle Filme sehen und wurde sogar noch dafür bezahlt." Als er die traurigen Erinnerungen beiseiteschob, klärte sich sein Blick. „Ich liebe Filme, ich kann einfach nicht anders."

Sie lächelte. „Und jetzt wirst du dafür bezahlt, dass du sie dir ausdenkst."

„Die ideale Art, einer Leidenschaft zu frönen. Falls ich denn diese eine Story je zu Ende bringen sollte." Er griff eine Strähne ihres Haars und wickelte sie sich um das Handgelenk. „Was ich brauche, ist Inspiration", murmelte er und zog sie zu sich heran, um sie zu küssen.

„Was du viel dringender brauchst", berichtigte sie ihn, „ist Konzentration."

„Aber ich bin doch konzentriert. Du willst doch nicht dafür verantwortlich sein, dass ein kreatives Genie eingeht, oder?"

„Nein, das nicht." Es war an der Zeit, dass er erfuhr, auf was er sich einließ. Vielleicht würde das seinen Geist auch offener machen für seine Story. „Inspiration also", sagte sie und schlang die Arme um seinen Nacken. „Kommt sofort."

Als sie ihre Lippen auf seinen Mund presste, ließ sie sie beide zwanzig Zentimeter über dem Boden schweben. Er war viel zu vertieft in den Kuss, als dass er es bemerkt hätte. Und während sie sich an ihn schmiegte, verlor Morgana sich in der Hitze des Moments. Als der Kuss schließlich endete, hingen sie auf halber Höhe zur Decke.

„Ich denke, wir sollten besser aufhören."

Er knabberte an ihrem Hals. „Warum denn?"

Sie sah betont nach unten. „Ich habe vergessen, dich zu fragen, ob du Höhenangst hast."

Morgana wünschte, sie hätte sein Gesicht fotografieren können, als er ihrem Blick folgte. Die aufgerissenen Augen, der offen stehende Mund. Die Reihe rauer Flüche, die folgte, war eine andere Sache. Vorsichtig setzte sie sie beide wieder auf den Boden.

Nashs Knie gaben nach, bevor er das Gleichgewicht wiedergefunden hatte. Weiß wie ein Laken, griff er sie hart bei den Schultern. „Wie, zum Teufel, hast du das gemacht?"

„Ein Kindertrick. Nun, sagen wir, der Trick einer ganz bestimmten Art von Kind." Sie streichelte ihm verständnisvoll die Wange. „Erinnerst du dich an die Geschichte mit dem Jungen, der ständig ‚Wolf' schrie? Eines Tages war da wirklich ein Wolf. Du spielst seit Jahren mit dem ... sagen wir, Paranormalen. Dieses Mal hast du dir aber eine echte Hexe eingehandelt."

Sehr langsam und sehr überzeugt schüttelte er den Kopf, aber seine Finger auf ihrer Schulter zitterten. „Das ist absoluter Unsinn."

Sie stieß einen herzhaften Seufzer aus. Morgana fand Gefallen daran, Nash ihre Kräfte zu demonstrieren. „Also gut. Lass mich nachdenken ... etwas Einfaches, aber Effektvolles ..." Sie schloss die Augen und hob die Arme.

Für einen Augenblick war sie einfach nur eine Frau. Eine schöne Frau, die mitten in seinem unordentlichen Wohnzimmer stand. Dann veränderte sie sich. Gott, er sah, wie sie sich veränderte. Ihre Schönheit wurde noch intensiver. Ein Trick mit dem Licht, sagte er sich. Die Art, wie sie lächelte, diese vollen, geschwungenen Lippen, die Wimpern, die Schatten auf ihre Wangen warfen, das lange Haar, das bis auf ihre Hüften herabfiel.

Und dann plötzlich begann ihr Haar sich zu bewegen. Sacht zuerst, wie durch eine leichte Brise. Dann wehte es um ihr Gesicht, stärker, und schließlich flatterte es hinter ihrem Kopf, wie von einem starken Sturm zurückgerissen. Ihm fiel sofort der Vergleich mit einer Nixe ein, die als Galionsfigur am Bug eines alten Segelschiffs stand.

Aber da war kein Wind. Und doch fühlte er ihn kühl an seiner Haut. Er hörte das Heulen, hier mitten im Raum. Und er hörte den seltsamen Laut, der sich seiner Kehle entrang.

Sie stand sehr gerade und sehr still. Ein schwaches goldenes Licht hüllte sie ein, als sie einen leisen Singsang anstimmte. Und während die Sonne durch die hohen Fenster fiel, begann es im Raum zu schneien. Weiche Schneeflocken fielen von der Decke, wirbelten um seinen Kopf, schmolzen auf seiner Haut, während er fassungslos nach Luft schnappte, vor Schock erstarrt.

„Schluss damit", sagte er rau und ließ sich auf einen Sessel fallen. „Hör auf mit dem Zauber, ich weiß nicht, was ich denken soll."

Morgana ließ die Arme sinken und öffnete die Augen. Der Miniatur-Schneesturm hörte auf, als hätte es ihn nie gegeben. Der Wind erstarb.

Wie sie erwartet hatte, sah Nash sie an, als wären ihr plötzlich drei Köpfe gewachsen. „Das war vielleicht ein bisschen übertrieben", gestand sie ein.

„Ich … du …" Er versuchte Kontrolle über seine Zunge zu erlangen. „Was, zum Teufel, hast du getan?"

„Eine sehr einfache Beschwörung der Elemente." Er war nicht mehr so blass, aber seine Augen waren immer noch viel zu groß in dem Gesicht. „Ich wollte dich nicht erschrecken."

„Du erschreckst mich nicht, du verblüffst mich." Er schüttelte sich wie ein nasser Hund und befahl seinem Verstand, wieder zu funktionieren. Wenn er wirklich gesehen hatte, was er glaubte gesehen zu haben, musste es dafür einen Grund geben. Es war völlig unmöglich, dass sie vorher in sein Haus eingedrungen war, um solche Tricks vorzubereiten.

Aber irgendwie musste sie es geschafft haben.

Er stieß sich aus dem Sessel ab und begann das Zimmer abzusuchen. Vielleicht waren seine Bewegungen ein bisschen kantig, vielleicht fehlte seinem Körper die übliche lässige Geschmeidigkeit, aber er bewegte sich. „Na schön, Schätzchen, wie hast du das gemacht? Es war wirklich gut. Beeindruckend. Besser als in jedem meiner Filme, ehrlich. Ich bin immer für einen Scherz zu haben, aber jetzt würde ich den Trick gerne erklärt bekommen."

„Nash." Ihre Stimme war ruhig und zwingend. „Sieh mich an."

Er drehte sich zu ihr um. Er sah sie an. Und wusste es. Auch wenn es nicht möglich war, wenn es gegen jede Logik ging, er wusste es. Sehr langsam atmete er aus. „Mein Gott, es ist wahr, oder?"

„Ja. Möchtest du dich setzen?"

„Nein." Aber er ließ sich auf dem Couchtisch nieder. „Alle Geschichten, die du mir erzählt hast. Nichts davon ist erfunden."

„Stimmt. Ich wurde als Hexe geboren, wie meine Mutter, wie mein Vater, wie die Mutter meiner Mutter und ihre Mutter. Es geht Generationen zurück." Sie lächelte. „Aber ich reite nicht auf Besenstielen, höchstens zum Spaß. Und ich belege keine schönen jungen Prinzessinnen mit einem Fluch oder reiche ihnen vergiftete Äpfel."

Das war doch alles gar nicht möglich. Oder? „Zeig mir noch etwas anderes."

Der Ausdruck von Ungeduld huschte über ihr Gesicht. „Ich bin kein Zirkuspferd."

„Mach irgendwas", drängte er erneut. „Kannst du verschwinden, oder ..."

„Nash, bitte."

Er stand schon wieder. „Nein, ehrlich, ich versuche dir zu helfen. Vielleicht könntest du ja ..." Ein Buch flog aus dem Bücherregal und ihm an den Kopf. Mit einem leisen Aufschrei zuckte er zusammen. „Ist ja schon gut, vergiss es." Seine Stimme klang resigniert.

„Nash, das hier ist keine Varieté-Show", sagte sie verstimmt. „Ich habe es nur so deutlich demonstriert, weil du so begriffsstutzig bist. Du weigerst dich, es zu glauben, und da sich anscheinend eine Art Beziehung zwischen uns entwickelt, würde ich es vorziehen, dass du mir glaubst." Sie strich ihr Kleid glatt. „Und nun, da du es tust, können wir uns Zeit nehmen und alles noch einmal genau überdenken, bevor wir weitermachen."

„Weitermachen", wiederholte er. „Vielleicht sollte der nächste Schritt sein, dass wir darüber reden."

„Nicht jetzt." Er hat sich bereits einen Schritt zurückgezogen, ohne dass er es weiß, dachte sie.

„Himmelherrgott nochmal, Morgana. Du kannst mir das nicht so einfach vor die Füße werfen und dann in aller Seelenruhe hier herausstolzieren. Du bist eine Hexe!"

„Genau." Sie warf ihr Haar zurück. „Ich denke, das haben wir jetzt geklärt."

Endlich begann sein Verstand wieder zu arbeiten. „Ich habe mindestens eine Million Fragen."

Sie nahm ihre Handtasche. „Wovon du mir bereits mehrere gestellt hast. Hör dir die Bänder an. Alle Antworten, die ich dir gegeben habe, sind wahr."

„Ich will mir keine Bänder anhören, ich will mit dir reden."

„Im Moment ist nur wichtig, was ich will." Sie holte einen Smaragdanhänger an einer silbernen Kette aus ihrer Tasche hervor. Sie hätte wissen müssen, dass es einen Grund gab, warum sie den Anhänger heute Morgen in ihre Tasche hatte gleiten lassen. „Hier." Sie trat vor und legte ihm die Kette um den Hals.

„Danke, aber ich halte eigentlich nicht sehr viel von Schmuck."

„Sieh es als einen Talisman an." Sie küsste ihn auf beide Wangen.

Misstrauisch sah er darauf herab. „Als was für eine Art von Talisman?"

„Er klärt die Gedanken, fördert die Kreativität und … siehst du den kleinen violetten Stein über dem Smaragd?"

„Ja."

„Amethyst." Ihre Lippen verzogen sich zu einem Lächeln, während sie ihn küsste. „Ein Schutz gegen Hexerei." Die Katze folgte ihr, als sie zur Bogentür ging. „Schlaf ein wenig, Nash. Dein Geist ist müde. Wenn du aufwachst, wirst du arbeiten können. Und wenn die Zeit reif ist, wirst du mich finden." Damit war sie zur Tür hinaus.

Mit gerunzelter Stirn studierte Nash den grünen Stein. Klares Denken. Das konnte er wirklich gut gebrauchen. Im Moment waren seine Gedanken so klar wie dichter Nebel.

Er rieb mit dem Daumen über den kleinen Amethysten. Schutz gegen Hexerei. Er war ziemlich sicher, dass auch das nichts schaden konnte.

6. KAPITEL

Was er jetzt tun musste, war denken, nicht schlafen. Obwohl er sich fragte, wie ein Mensch überhaupt denken sollte, nach dem, was in der letzten Viertelstunde passiert war. Ausnahmslos jeder der Parapsychologen, mit denen er in den letzten Jahren zu tun gehabt hatte, würde sich darum reißen, auch nur einen Teil von dem zu sehen zu bekommen, was Morgana ihm gezeigt hatte.

Aber wäre nicht der erste vernünftige Schritt, zu widerlegen, was er gesehen hatte?

Er ging ins Wohnzimmer zurück und starrte an die Decke. Er konnte nicht leugnen, dass er es gesehen hatte, dass er etwas gefühlt hatte. Aber vielleicht konnte er ja eine logische Erklärung finden.

Als Erstes nahm er seine bevorzugte Denkstellung ein – er legte sich aufs Sofa. Hypnose. Der Gedanke, dass er so leicht in Hypnose zu versetzen sein könnte, gefiel ihm nicht, aber es war eine Möglichkeit. Eine Möglichkeit, die sehr viel einfacher zu akzeptieren war.

Falls er aber keine andere logische Begründung finden sollte, musste er die einzige Erklärung in Betracht ziehen, die übrig blieb: dass Morgana genau das war, was sie immer behauptet hatte.

Eine Hexe von Geburt an, in deren Adern Elfenblut floss.

Nash streifte sich die Schuhe von den Füßen und versuchte nachzudenken. Seine Gedanken drehten sich nur um Morgana – wie sie aussah, wie sie schmeckte, wie sie roch, wie sie dagestanden und die Arme emporgehoben hatte, das Licht in ihren Augen …

Das gleiche Licht, wie er sich jetzt erinnerte, das auch in ihre Augen getreten war, als sie den Trick mit der Karaffe gemacht hatte.

Trick, das war das wesentliche Wort. Es war vernünftiger anzunehmen, dass es sich um Tricks handelte. Er müsste nur einen Weg finden, um sie logisch zu erklären. Aber wie schaffte es eine Frau, einen achtzig Kilo schweren Mann in der Luft schweben zu lassen?

Telekinese? Nash war schon immer der Ansicht gewesen, dass das eine durchaus denkbare Möglichkeit war. Durch seine Nachforschungen für „The Dark Gift" war er zu der Meinung gelangt, dass es tatsächlich Menschen gab, die mit Hilfe ihres Willens Gegenstände bewegen konnten. Wissenschaftler hatten ausführliche Studien zu dem Thema betrieben, von Büchern oder Bildern, die durch den Raum flogen. Anscheinend hatten besonders junge Mädchen diese Gabe. Und aus Mädchen wurden Frauen. Morgana war mit Sicherheit eine Frau.

Vielleicht konnte er ja ... Er unterbrach seinen Gedankengang, als er feststellte, dass er genauso wie der fiktive Jonathan McGillis in seinem Drehbuch reagierte. War es das, was Morgana wollte?

Hör dir die Bänder an, hatte sie gesagt. Also schön, dann würde er das eben tun.

Morganas rauchige Stimme ertönte aus dem Lautsprecher des kleinen Aufnahmegeräts.

„Es ist nicht unbedingt nötig, einem Bund anzugehören, um eine Hexe zu sein, nicht mehr, als es nötig ist, Mitglied in einem Männerclub zu sein, um ein Mann zu sein. Manche finden die Zugehörigkeit zu einer Gruppe befriedigend, beruhigend, andere wünschen sich einfach den sozialen Aspekt." Seide raschelte, als sie sich bewegte. „Was ist mit dir, Nash? Bist du ein Vereinsmensch?"

„Himmel bewahre. Vereine haben normalerweise Regeln, die irgendein anderer gemacht hat. Und sie lieben es, Aufgaben zu verteilen."

Ihr Lachen klang durch den Raum. „Auch bei uns gibt es jene, die es vorziehen, allein und auf ihre eigene Weise zu arbeiten. Aber die Geschichte der Bünde reicht weit zurück. Meine Urgroßmutter zum Beispiel war die Hohe Priesterin ihres Bundes in Irland, und ihre Tochter nach ihr. Ein Sabbat-Kelch, ein Zeremonienzepter und noch einige andere Dinge wurden mir weitervererbt. Vielleicht ist dir der Zeremonienteller an der Wand in der Diele aufgefallen. Der stammt noch aus der Zeit vor den großen Verbrennungen."

„Verbrennungen?"

„Ja, die Zeit der Hexenverfolgungen. Es begann im vierzehnten Jahrhundert und dauerte dreihundert Jahre. Die Geschichte zeigt, dass die Menschen eigentlich immer ein Feindbild brauchen. Wahrscheinlich war die Reihe damals an uns."

Sie sprach, er stellte Fragen, aber Nash hatte Schwierigkeiten, sich auf die Worte zu konzentrieren. Ihre Stimme allein war zu verführerisch. Es war eine Stimme, gemacht für das Mondlicht, für Geheimnisse, für heiße Versprechen um Mitternacht. Wenn er die Augen schloss, konnte er fast glauben, sie säße neben ihm auf der Couch, die Beine untergeschlagen, ihr Atem warm an seiner Wange.

Und mit einem Lächeln auf den Lippen schlief er ein.

Als er wieder erwachte, waren fast zwei Stunden vergangen. Erschlagen rieb er sich über das Gesicht und die müden Augen. Und fluchte leise, weil sein Hals steif war, als er sich aufsetzte.

Kein Wunder, dass er so fest geschlafen hatte. Seit Tagen hatte er immer wieder nur ein wenig gedöst. Automatisch griff er nach der Flasche mit warmem Mineralwasser, um einen Schluck zu trinken.

Vielleicht war alles ja nur ein Traum gewesen. Aber ... Seine Finger schlossen sich um den Anhänger auf seiner Brust. Das hatte sie ihm gegeben, und der schwache Duft ihres Parfums hing immer noch im Raum.

Alles klar, beschloss er. Er würde damit aufhören, ständig an seinem eigenen Verstand zu zweifeln. Sie hatte getan, was sie getan hatte. Und er hatte gesehen, was er gesehen hatte.

Vielleicht war es ja gar nicht so kompliziert. Man musste nur seine Gedanken neu ordnen und das Neue akzeptieren. Vor nicht allzu langer Zeit hatten die Menschen auch geglaubt, dass Weltraumflüge reine Fantasie seien. Andererseits hatte man vor ein paar Jahrhunderten die Hexerei ohne Fragen akzeptiert.

Vielleicht hatte Realität immer etwas mit dem Jahrhundert zu tun, in dem man lebte. Diese Überlegung gab seinem Verstand einen Ruck.

Er nahm noch einen Schluck Wasser und verzog das Gesicht. Er hatte eigentlich gar keinen Durst. Sondern Hunger. Er kam um vor Hunger.

Wichtiger als sein Magen war jedoch sein Geist. Die gesamte Geschichte schien sich auf einmal zu entwickeln. Er konnte alles sehen, klar und deutlich, zum ersten Mal. Eine Welle der Aufregung überkam ihn, wie jedes Mal, wenn eine Story plötzlich vor ihm lag. Er sprang auf und lief in die Küche.

Er würde sich ein Riesensandwich zubereiten, sich den stärksten Kaffee der Welt aufbrühen, und dann würde er sich an die Arbeit machen.

Morgana saß auf Anastasias Terrasse, bewunderte den blühenden Garten ihrer Cousine und trank ein Glas eisgekühlten Julep-Tee.

Von dieser Stelle am Pescadaro Point hatte man eine wunderbare Aussicht auf die tiefblaue Carmel Bay und die Boote, die sanft in der leichten Frühlingsbrise auf dem Wasser schaukelten.

Weitab von der üblichen Touristenroute, geschützt durch Bäume und Büsche, war hier nicht ein einziges Auto zu hören, nur die Laute der Vögel und Insekten, das Rauschen des Wassers und des Winds.

Sie konnte gut verstehen, warum Anastasia hier lebte. Hier gab es die Stille und Abgeschiedenheit, nach der ihre Cousine sich so sehnte. Oh, da war schon eine gewisse Dramatik, dort, wo Land und Wasser aufeinandertrafen, die alten knorrigen Bäume, die hohen Schreie der Möwen. Aber es lag auch Frieden in den alten Mauern, die das Anwesen umgaben. Efeu rankte sich um das Haus, exotische Blüten und duftende Kräuter wuchsen üppig in den Rabatten, um die Ana sich so liebevoll kümmerte.

Wann immer Morgana hierherkam, fühlte sie sich wohl. Und sie kam immer hierher, wenn ihr Herz Kummer hatte. Dieser Ort, so dachte sie jetzt, ist wie Anastasia, lieblich, sanft, ohne Arg und Tücke.

„Frisch aus dem Ofen", verkündete Ana, als sie mit einem Tablett durch die Flügeltüren trat.

„Oh, Ana, Schokoladenbaisers! Meine Lieblingsplätzchen, köstlich!"

Lachend setzte Ana das Tablett ab. „Heute Morgen verspürte ich irgendwie den Drang zu backen. Jetzt weiß ich, warum."

Genüsslich biss Morgana in ein Baiser. „Ana, du bist ein Schatz."

Ana setzte sich so, dass sie ihren Garten und die Bucht überblicken konnte. „Ich bin überrascht, dich um diese Zeit hier zu sehen."

„Ich gönne mir eine ausgiebige Lunchpause. Mindy hat alles unter Kontrolle."

„Und wie steht es mit dir?"

„Habe ich denn nicht immer alles unter Kontrolle?"

Ana legte eine Hand auf Morganas. Bevor Morgana ihre Trauer abblocken konnte, hatte Ana die kleinen Wellen schon gespürt. „Ich fühle doch, wie aufgewühlt du bist. Dafür stehen wir uns zu nah."

„Natürlich fühlst du es. Genauso wie ich nicht anders konnte, als herzukommen, obwohl mir bewusst war, dass ich dich mit meinen Problemen belasten würde."

„Ich möchte helfen."

„Nun, du bist doch Kräuterspezialistin", sagte Morgana leichthin. „Wie wär's mit ein wenig Helleborus niger?"

Ana lächelte. Helleborus, besser bekannt als Christrose, stand in dem Ruf, Wahnsinn zu heilen. „Fürchtest du um deinen Verstand, Liebes?"

„Das ist das Wenigste." Achselzuckend griff sie nach einem weiteren Keks. „Ich könnte natürlich auch den bequemsten Weg gehen und einen Trank aus Rosen- und Engelwurzessenzen mixen, mit einer Prise Ginseng, und das Ganze großzügig mit Mondstaub bestreuen."

„Ein Liebestrank?" Ana nahm sich ebenfalls ein Gebäckstück. „Für jemanden, den ich kenne?"

„Für Nash natürlich."

„Natürlich. Das heißt also, es läuft nicht so gut?"

Eine dünne Falte erschien zwischen Morganas Augenbrauen. „Ich habe keine Ahnung, wie es läuft. Ich weiß, dass ich mir wünsche, ich wäre nicht so übertrieben ehrlich. Dabei ist es doch eine wirklich simple Angelegenheit, einen Mann an sich zu binden."

„Aber nicht sehr befriedigend."

„Richtig", gab Morgana zu. „Also muss ich wohl den gewöhnlichen Weg gehen." Während sie an ihrem Tee nippte, betrachtete sie die Boote, deren Segel sich im Wind blähten. Frei wie der Wind – so hatte sie sich immer gefühlt. Und jetzt, obwohl sie sich für nichts verpflichtet hatte, fühlte sie sich wie gefesselt.

„Um ehrlich zu sein, Ana, ich habe mir nie viel Gedanken darum gemacht, wie es wohl wäre, wenn ein Mann sich in mich verlieben würde. Das Problem ist nur, dass diesmal mein Herz beteiligt ist."

Bei dieser Art von Schmerz konnte auch Ana nicht viel tun, um ihrer Cousine Trost und Hilfe zu spenden. „Hast du es ihm gesagt?"

Der Stich in ihrem Herzen kam schnell und überraschend. Morgana schloss die Augen. „Ich kann ihm nichts sagen, solange ich selbst nicht weiß, wie es um mich steht. Also warte ich ab."

„Liebe ist wie Luft. Man kann ohne sie nicht leben."

„Aber reicht das auch?" Das war die Frage, die sie in den Tagen, seit sie von Nash weggegangen war, am meisten beschäftigt hatte.

„Woher wissen wir, dass das genug ist?"

„Wenn wir glücklich sind."

Ana hatte wahrscheinlich recht, aber war das überhaupt zu verwirklichen? „Glaubst du, wir sind zu verwöhnt, Ana?"

„Verwöhnt? Wie meinst du das?"

„Nun ... in Bezug auf unsere Erwartungen." Morgana hob hilflos die Hände. „Unsere Eltern, deine, meine, Sebastians. Da ist so viel Liebe, Unterstützung, Verständnis, Respekt. Die Freude zu lieben, und die Großzügigkeit. So ist es nicht für jeden Menschen."

„Ich glaube nicht, dass das Wissen, wie tief und allumfassend Liebe sein kann, etwas mit Verwöhntheit zu tun hat."

„Aber würde es nicht ausreichen, sich mit dem Vergänglichen zu begnügen? Mit Zuneigung und Leidenschaft?" Sie runzelte die Stirn und beobachtete versonnen eine Biene, die eine Akeleiblüte umwarb. „Ich glaube, es könnte genügen."

„Für manche mag das so sein. Du musst dir darüber klar werden, ob es dir reicht."

Morgana erhob sich gereizt. „Es ist so aufreibend und anstrengend. Ich verabscheue es, wenn ich nicht die Zügel in der Hand halte."

Ein Lächeln spielte um Anas Lippen. „Das glaube ich dir gern. Seit ich mich erinnern kann, hast du immer alles bestimmt, allein durch die Kraft deiner Persönlichkeit."

Morgana warf ihr einen scharfen Seitenblick zu. „Aha, du meinst also, ich sei schon immer ein rücksichtsloser Rüpel gewesen."

„Aber nein. Sebastian war der Rüpel." Ana gab sich alle Mühe, die richtigen Worte zu finden. „Sagen wir ... du hattest einen starken Willen."

Weit davon entfernt, besänftigt zu sein, beugte sich Morgana über eine Pfingstrose, um an ihr zu riechen. „Das sollte ich wohl als Kompliment ansehen. Aber ein starker Wille hilft mir im Moment nicht." Zusammen gingen sie über den schmalen Steinpfad, der durch Blumenbeete und Rankengewächse führte. „Ich habe ihn seit über einer Woche nicht mehr gesehen, Ana." Sie unterbrach sich. „Himmel, ich höre mich an wie ein weinerliches Gör."

Ana musste lachen und drückte Morganas Arm. „Nein, du hörst dich an wie eine ungeduldige Frau."

„Nun ... ich bin ungeduldig", gab sie zu. „Dabei war ich darauf vorbereitet, ihm aus dem Weg zu gehen, falls es nötig werden sollte. Aber es war nicht nötig.“ Sie lächelte Ana zerknirscht an. „Das setzt meinem Stolz zu.“

„Hast du ihn angerufen?“

„Nein.“ Morgana verzog schmollend die Lippen. „Zuerst rief ich nicht an, weil ich es für das Beste hielt, uns beiden ein wenig Zeit zu geben. Und dann …“ Sie hatte immer über sich selbst lachen können, und das tat sie jetzt auch. „Dann habe ich nicht angerufen, weil ich so wütend war, dass er nicht einen Versuch gemacht hat, meine Tür einzurennen. Sicher, er hat ein paarmal angerufen, hat Fragen abgefeuert, etwas Unverständliches gemurmelt und dann mit einem Brummen wieder aufgelegt.“ Sie steckte die Hände in die Taschen ihres Rocks. „Ich kann richtig sehen, wie die Rädchen sich in seinem Kopf drehen.“

„Also arbeitet er. Ich kann mir vorstellen, dass ein Autor ziemlich tief in seine Geschichte versinkt, wenn er schreibt. So ist das eben.“

„Ana“, hielt Morgana ihr geduldig vor, „du solltest dem Verlauf des Programms folgen. Tröste und bemitleide mich gefälligst, anstatt dir Ausreden für ihn einfallen zu lassen.“

Pflichtschuldig unterdrückte Ana das Grinsen und sah betreten drein. „Entschuldige, ich weiß nicht, was über mich gekommen ist.“

„Dein weiches Herz. Mal wieder.“ Morgana küsste sie auf die Wangen. „Aber ich vergebe dir.“

Ein zitronengelber Schmetterling flatterte vorbei. Ana streckte abwesend die Hand aus, und der Falter setzte sich vorsichtig auf ihre Handfläche. Sie blieb stehen und streichelte die zerbrechlichen Flügel. „Warum erzählst du mir nicht, was du vorhast, nachdem dieser so von sich selbst in Anspruch genommene Autor dich so unendlich wütend macht?“

Mit einem Achselzucken strich Morgana über die herabhängenden Blüten einer Glyzinie. „Ich glaube, ich werde für ein paar Wochen nach Irland fahren.“

Ana entließ den Schmetterling mit den besten Wünschen, dann drehte sie sich zu ihrer Cousine. „Gute Reise. Aber ich möchte dich daran erinnern, dass Weglaufen keine Probleme löst, sondern sie nur aufschiebt.“

„Genau deshalb habe ich ja auch noch nicht gepackt.“ Morgana seufzte. „Ana, als ich weggegangen bin, da glaubte er mir endlich, dass ich bin, was ich bin. Ich wollte ihm Zeit lassen, um sich damit anzufreunden."

Das ist also der Knackpunkt, dachte Ana. Sie legte ihren Arm um Morganas Taille. „Es dauert vielleicht länger als ein paar Tage, bis er das verdaut hat", sagte sie vorsichtig. „Vielleicht wird er es nie akzeptieren können."

„Ich weiß." Morgana sah über das Meer zum Horizont. Niemand konnte wissen, was dahinter lag. „Ana, noch vor dem Morgen werden wir uns lieben. Dieses eine weiß ich. Was ich nicht weiß, ist, ob die heutige Nacht mir Glück oder Unglück beschert."

Nash war in Hochstimmung. Nie zuvor hatte er eine Story so schnell, so reibungslos und so klar zu Papier gebracht. Die kurze Abhandlung, die er in einer einzigen Nacht geschrieben hatte, lag bereits bei seinem Agenten auf dem Schreibtisch. Über den Verkauf des Drehbuchs machte er sich überhaupt keine Sorgen – denn sein Agent hatte ihm bereits äußerst zufrieden am Telefon mitgeteilt, dass das mit Sicherheit kein Problem werden würde. Tatsache war, dass Nash zum ersten Mal in seiner Karriere weder an Verkauf, Produktion noch Dreharbeiten dachte.

Er war zu sehr von der Story ausgefüllt.

Er schrieb unablässig. Um drei Uhr morgens sprang er aus dem Bett, um sich an den Computer zu setzen, schlürfte Kaffee, während die Geschichte in seinem Kopf summte wie ein Schwarm wild gewordener Hummeln. Er aß, was ihm gerade in die Finger kam, schlief, wenn seine Augen partout nicht länger offen bleiben wollten, und lebte in seiner eigenen Vorstellungswelt.

Wenn er träumte, dann in surrealistischen Szenen, die ihm erotische Bilder von Morgana und ihm zeigten, wie sie zusammen in die fiktive Welt eintauchten, die er erschaffen hatte.

Beim Aufwachen sehnte er sich so nach ihr, dass es manchmal fast unerträglich war. Dann fühlte er sich wieder gedrängt, die Aufgabe zu beenden, durch die sie überhaupt erst zueinander gefunden hatten.

Manchmal glaubte er, ihre Stimme zu hören.

Die Zeit ist noch nicht reif.

Aber er spürte, dass die Zeit bald kommen würde.

Klingelte das Telefon, ignorierte er es, und nur wenige der Anrufe, die vom Anrufbeantworter gespeichert wurden, erwiderte er. Wenn er das Bedürfnis nach frischer Luft hatte, setzte er sich mit dem Laptop auf die Terrasse. Wäre es möglich gewesen, den Laptop mit unter die Dusche zu nehmen, so hätte er auch das getan.

Und schließlich zog er Blatt für Blatt das vollendete Werk aus seinem Drucker. Ein paar Änderungen hier, ein paar Umformulierungen da, dachte er, als er mit dem Bleistift Anmerkungen an den Rand schrieb. Aber während er las, war er sich sicher. Sicher, dass er nie bessere Arbeit geleistet hatte.

Und nie hatte er ein Projekt in so kurzer Zeit vollendet. Seit er sich hingesetzt und angefangen hatte, waren nur zehn Tage vergangen. Er mochte dreißig oder vierzig Stunden in diesen zehn Tagen geschlafen haben, aber er war kein bisschen erschöpft.

Im Gegenteil, er fühlte sich in Bestform.

Er sammelte die Papiere ein und suchte nach einem Umschlag. Bücher, Notizblätter, gebrauchtes Geschirr fielen scheppernd durcheinander.

Jetzt beherrschte ihn nur noch ein Gedanke: Er musste das Drehbuch zu Morgana bringen. Sie hatte ihn inspiriert, und sie würde die Erste sein, die es zu lesen bekam.

Er förderte einen zerknitterten braunen Umschlag zu Tage, über und über bedeckt mit Kritzeleien und Stichwörtern. Er ließ den Ausdruck hineingleiten und verließ sein Arbeitszimmer.

Glücklicherweise erhaschte er rechtzeitig sein Spiegelbild in der Eingangshalle.

Das Haar stand ihm in alle Richtungen ab, und in seinem Gesicht prangte ein recht ansehnlicher Bart. Was ihn zu der Überlegung veranlasste, während er sich mit einer Hand nachdenklich über den Wildwuchs rieb, ob er sich nicht einen richtigen Vollbart stehen lassen sollte. So stand er also da, einen großen Umschlag in der Hand – und trug nichts anderes als Morganas Talisman und rote Boxershorts.

Wahrscheinlich war es besser, wenn er sich die Zeit nahm und sich wusch und anzog.

Knapp dreißig Minuten später rannte er wieder die Treppe hinunter, diesmal züchtig in Jeans und dunkelblauem Sweatshirt. Selbst er musste zugeben, dass der Anblick seines Heims ihm einen Schock versetzt hatte. Es sah aus, als hätte eine Kompanie besonders wilder Soldaten hier gehaust, bevor sie überstürzt abgezogen waren.

Er konnte von Glück sagen, dass er überhaupt etwas zum Anziehen gefunden hatte, das nicht getragen, zerknittert oder achtlos unters Bett geschoben worden war. Nicht ein sauberes Handtuch war mehr aufzutreiben gewesen, also hatte er sich mit mehreren Waschlappen abtrocknen müssen. Immerhin hatte er Rasierer, Kamm und ein passendes Paar Schuhe finden können, also war doch alles gar nicht so schlimm.

Allerdings dauerte es noch fünfzehn frustrierende Minuten, bis er schließlich seinen Autoschlüssel gefunden hatte. Der Himmel allein wusste, wie er auf das zweite Regal im Kühlschrank neben einen verfaulten Pfirsich gekommen war, aber da lag er. Als er nach dem Schlüssel griff, fiel Nash auf, dass der Kühlschrank, abgesehen von dem traurigen Pfirsich und einer schlecht riechenden, offenen Milchtüte, leer war.

Nun, darum würde er sich später kümmern können.

Erst als der Wagen ansprang und mit dem Motor auch die Armaturenbeleuchtung, bemerkte Nash, dass es schon fast Mitternacht war. Er zögerte, überlegte sich, ob er sie nicht vielleicht erst anrufen und mit seinem Besuch bis zum Morgen warten sollte.

Ach, zum Teufel, sagte er sich und schoss pfeilschnell aus der Ausfahrt.

Er wollte sie jetzt.

Nur wenige Meilen entfernt zog Morgana zur gleichen Zeit die Tür hinter sich ins Schloss. Sie trat hinaus in die Nacht, silbrig erleuchtet vom Mondschein. Die weiße Zeremonienrobe, an der Hüfte von einem Kristallgürtel zusammengehalten, flatterte hinter ihr her, als sie sich vom Haus entfernte. An ihrem Arm hing ein Korb, in dem alle Zutaten waren, die sie brauchen würde, um die Frühjahrs-Tagundnachtgleiche zu beobachten.

Es war eine Nacht, um zu feiern, eine Nacht der Freude und des Dankes. Der Frühling brachte Erneuerung. Aber Morganas Augen waren dunkel und blickten besorgt. In dieser Nacht, in der Tag und

Nacht sich glichen, würde sich ihr Leben ändern.

Sie wusste es, auch wenn sie die Kugel nicht noch einmal befragt hatte. Warum auch, wenn ihr Herz es ihr bereits gesagt hatte?

Es war so schwer, es zu akzeptieren, dass sie beinah im Haus geblieben wäre. Es wäre eine Herausforderung für das Schicksal. Oder das Verhalten eines Feiglings. Also würde sie mit dem Ritual fortfahren, so wie sie und andere es schon seit ewigen Zeiten taten.

Er würde kommen, wenn es an der Zeit für ihn war. Und sie würde es akzeptieren.

Schatten huschten über den Rasen, als sie den kleinen Hain ansteuerte. Der Frühling lag in der Luft. Die Nachtblumen, die Meeresbrise, der Geruch von Erde, die sie in den Beeten umgegraben hatte.

Der Wind rauschte sanft durch die Bäume, streichelte die Blätter, liebkoste die Äste. Leise Musik erklang, die nur bestimmte Ohren hören konnten. Das Lied der Elfen, das Lied, das älter war als die Menschheit.

Sie war nicht allein hier in dem schattigen Hain, über dem die Sterne funkelten.

Als sie dem magischen Ort näher kam, hob sich ihre Stimmung, und die Wolken, die ihre Augen verhangen hatten, klärten sich. Mit geschlossenen Lidern, die Hände vor sich haltend, blieb sie einen Moment lang stehen, um die Düfte und die Schönheit der Nacht vollkommen in sich aufzunehmen.

Auch mit geschlossenen Augen konnte sie den weißen Mond sehen, das silbrige Licht, das er so großzügig über die Bäume ergoss, und durch die Bäume auf sie. Die Kraft, die in ihr zu erblühen begann, war so klar und so lieblich wie das Mondlicht.

Sie öffnete den Korb und entnahm ihm ein weißes Tuch mit einer silbernen Borte, das schon seit Generationen ihrer Familie gehörte. Einige behaupteten, es sei ein Geschenk an Merlin, von dem jungen König, den er so geliebt hatte. Sie breitete es auf dem Boden aus und kniete sich darauf.

Ein rundes Brot, eine kleine Flasche mit Wein, Kerzen, das Hexenmesser mit dem gewundenen Griff, Zeremonienkelch und -teller, ein Kranz, gewebt aus Gardenienblüten. Andere Blüten – Akelei, Kapuzinerkresse, Zweige von Rosmarin und Thymian. Zusammen mit Rosenblättern streute sie diese auf das Tuch.

Sie erhob sich und beschrieb den Kreis. Sie spürte die Macht in ihren Fingerspitzen pochen, wärmer und drängender jetzt. Als der Kreis sich geschlossen hatte, stellte sie um den Rand Kerzen auf, schneeweiß. Vierzehn im Ganzen, um die Tage des ab- und zunehmenden Mondes zu symbolisieren. Langsam schritt sie die Reihe ab, mit ausgestreckter Hand, und eine nach der anderen flammten die Kerzen auf. Morgana stand in der Mitte des Lichtkreises, löste den Verschluss des Gürtels. Er fiel zu Boden wie ein Flammenseil. Dann zog sie die Arme aus der zarten Robe, die an ihr herabglitt wie schmelzender Schnee.

Das Kerzenlicht warf goldene Schatten auf ihre Haut, als sie mit dem uralten Tanz begann.

Um fünf vor zwölf fuhr Nash vor Morganas Haus vor. Als er bemerkte, dass alles dunkel und still war, fluchte er leise.

Also würde er sie wecken müssen. Wie viel Schlaf brauchte eine Hexe überhaupt? Er grinste in sich hinein. Er würde sie fragen.

Denn sie war auch eine Frau. Und Frauen, das wusste er, hatten die Tendenz, äußerst unangenehm zu reagieren, wenn man mitten in der Nacht vor ihrer Haustür auftauchte und ihren Schlaf störte. Es würde nichts schaden, wenn er etwas hätte, das diese Tür leichter öffnen würde.

Bester Laune klemmte er sich den Umschlag unter den Arm und begann ihr Blumenbeet zu räubern. Er bezweifelte, dass es ihr überhaupt auffallen würde, dass er ein paar Blumen stibitzt hatte. Schließlich wuchsen hier Hunderte. Durch den Duft der Blüten beflügelt, ließ er sich mitreißen, bis sein Arm überquoll von Tulpen, Wicken, Narzissen und Goldlack.

Überaus zufrieden mit sich selbst, schlenderte er zu ihrer Haustür. Pan bellte zweimal, noch bevor Nash klopfen konnte. Aber kein Licht ging an, weder bei der gebellten Begrüßung noch bei Nashs anschließendem lautstarken Hämmern.

Er sah auf die Auffahrt, vergewisserte sich, dass ihr Auto dastand, und hämmerte erneut an die Tür. Wahrscheinlich schläft sie wie ein Stein, sagte er sich und spürte die ersten Anzeichen von Frustration. Irgendetwas ging in ihm vor, da war ein Drängen in ihm, das sich nicht aufschieben ließ. Er musste sie sehen, und zwar heute Nacht.

So leicht ließ er sich aber nicht entmutigen. Er legte den Umschlag auf den Treppenabsatz und fasste an den Türknauf. Pan bellte wieder, aber für Nash hörte sich das eher amüsiert denn verärgert an. Da die Tür verschlossen war, ging Nash zielstrebig um das Haus herum. Er würde schon einen Weg ins Haus finden. Und zu ihr, bevor die Nacht vorüber war.

Mit schnellen Schritten marschierte er voran, doch irgendwo zwischen Vordertür und hinterer Terrasse fühlte er sich veranlasst, zu dem Hain zu blicken.

Dahin musste er gehen. Er wusste es mit Gewissheit.

Obwohl sein Verstand ihm sagte, dass es absolut unsinnig war, im Dunkeln und allein durch den Wald zu stapfen, folgte er seinem Herzen.

Vielleicht waren es die Schatten oder auch das leise Wimmern des Windes, was ihn dazu veranlasste, sich leise voranzubewegen. Irgendwie schien es ihm plötzlich fast wie Blasphemie, unnötig Lärm zu machen. Irgendetwas lag heute Nacht in der Luft, und es war unerträglich betörend.

Mit jedem seiner Schritte rauschte das Blut lauter in seinen Ohren.

Dann sah er in einiger Entfernung einen weißen Schimmer. Er wollte rufen, doch ein Rascheln über seinem Kopf ließ ihn aufblicken. Dort oben, auf einem Ast der Zypressen, saß eine weiße Eule. Während Nash noch hinaufschaute, stieß der Vogel geräuschlos in die Lüfte und flog tiefer in die Mitte des Hains hinein.

Nashs Puls raste, sein Herz trommelte hart gegen seine Rippen. Er wusste, dass, selbst wenn er sich umdrehte und wegging, er unweigerlich zu dieser Mitte hingezogen werden würde.

Also ging er weiter.

Da war sie. Sie kniete auf einem weißen Tuch. Das Mondlicht ergoss sich über sie wie silberner Wein. Er wollte ihren Namen rufen, doch ihr Anblick inmitten des Kerzenkreises, mit Blumen in ihrem Haar, glitzernden Steinen um ihre Taille, lähmte seine Zunge.

Verborgen im Schatten, sah er zu, wie sie über den Flammen der schneeweißen Kerzen kleine goldene Funken erzeugte. Und dann stand sie in wunderbarer Nacktheit in der Mitte der Flammen. Als sie zu tanzen begann, stockte ihm der Atem.

Er erinnerte sich an seinen Traum, so lebhaft wurden die Bilder, dass Fantasie und Realität zu einem machtvollen Bild verschmolzen, Morgana tanzend in der Mitte. Der Duft der Blumen war so betäubend, dass ihm fast schwindlig wurde. Für einen Moment verschwamm das Bild, er schüttelte den Kopf und versuchte, ganz genau hinzusehen.

Die Szenerie hatte sich verändert. Morgana kniete jetzt und trank aus einem silbernen Kelch, während die Flammen der Kerzen hoch aufflackerten. Er sah den goldenen Schimmer auf ihrer Haut, hörte ihre Stimme, die leise rezitierte, und es schien, als einten sich hundert andere in diesem Gesang.

Einen Augenblick lang war der Hain von einem sanften Strahlen erhellt. Anders als Licht, anders als Schatten. Es pulsierte und funkelte wie das Blitzen einer blanken Schwertscheide in der Sonne. Er konnte die Wärme auf seinem Gesicht fühlen.

Dann wurden die Flammen wieder klein, der Gesang verebbte, bis es ganz still wurde.

Sie stand langsam auf, zog sich nun die weiße Robe über, band den Gürtel um.

Die Eule, der große weiße Vogel, den er über seiner Faszination für die Frau vergessen hatte, stieß zwei Schreie aus und verschwand hoch oben am Himmel hinter einer Wolke.

Morgana drehte sich um, hielt den Atem am. Nash trat aus dem Schatten auf die Lichtung, sein Herz hämmerte in seiner Brust. Er war so überwältigt von dem, was er gesehen hatte, dass er Angst hatte, sich zu verlieren.

Einen Moment lang zögerte sie. Von irgendwoher flüsterte es eine Warnung. Die heutige Nacht würde ihr Freuden bringen. Mehr, als sie je geahnt hätte. Und der Preis dafür würde Schmerz sein. Mehr, als sie sich gewünscht hätte.

Dann lächelte sie und trat aus dem Kreis.

7. KAPITEL

Wie eine Lawine überfielen Nash Tausende von Gedanken. Tausende von Gefühlen überschwemmten sein Herz. Als Morgana auf ihn zukam, die weiße Robe schimmernd wie Mondstaub, verschmolzen all diese Gedanken und Gefühle zu einem Einzigen. Zu ihr.

Er wollte etwas sagen, irgendetwas, das ihr erklären würde, wie er sich im Moment fühlte. Aber seine Kehle war wie zugeschnürt. Er wusste, dies hier war mehr als das bloße Verlangen eines Mannes nach einer Frau. Was immer ihn da durchfuhr, lag so weit außerhalb seiner Erfahrung, dass er es nicht mit Worten fassen konnte.

Er wusste nur, dass es hier, an diesem magischen Platz, in diesem verzauberten Moment, nur diese eine Frau gab. Und eine leise Stimme, die aus seinem Herzen kam, flüsterte ihm zu, dass es immer nur diese eine Frau gegeben und er sein ganzes Leben auf sie gewartet hatte.

Morgana blieb stehen, eine Hand graziös in die Luft gestreckt. Es würde nur einen Schritt brauchen, und sie läge in seinen Armen. Er würde nicht vor ihr zurückweichen. Und sie fürchtete, dass sie längst jenen Punkt hinter sich gelassen hatte, an dem sie noch hätte umkehren können.

Ihr Blick hielt den seinen fest. Er sieht wie betäubt aus, dachte sie, und sie konnte es ihm nicht verübeln. Wenn er auch nur einen Bruchteil des Verlangens und der Ängste spürte, die sie fühlte, hatte er jedes Recht dazu.

Es würde nicht einfach für sie beide werden, das wusste sie. Nach der heutigen Nacht wäre das Band zwischen ihnen unweigerlich gewoben. Und was immer sie auch entscheiden mochten, dieses Band würde bestehen bleiben.

Sie strich mit den Fingern über den Blumenstrauß, den er immer noch im Arm hielt, und fragte sich, ob ihm klar war, dass er ihr mit seiner Wahl der Blumen Liebe, Leidenschaft, Treue und Hoffnung bot.

„Blumen, die im Mondlicht gepflückt werden, tragen den Zauber und die Geheimnisse der Nacht."

Er hatte den Strauß völlig vergessen. Als würde er aus einem Traum aufwachen, sah er auf die Blumen herab. „Ich habe sie aus deinem Garten stibitzt."

Morganas Lippen verzogen sich zu einem wunderschönen Lächeln. Natürlich kannte er die Sprache der Blumen nicht, aber seine Hand war geführt worden. „Das macht ihren Duft nicht weniger lieblich und das Geschenk nicht weniger liebenswert." Sie berührte seine Wange. „Du wusstest, wo du mich finden konntest."

„Ich … ja." Er dachte daran, wie zielsicher er auf den Hain zugestrebt war. „Ja, ich wusste es."

„Warum bist du gekommen?"

„Ich wollte …" Er erinnerte sich an die Hektik, in der er aus dem Haus gestürmt war, seine Ungeduld, sie zu sehen. Aber es war sehr viel einfacher als das. „Ich brauchte dich."

Zum ersten Mal senkte sie den Blick. Sie konnte seine Bedürftigkeit spüren, die Wärme, die er ausstrahlte, verlockte sie. Wenn sie der Versuchung nachgab, würde sie so fest an ihn gebunden, dass kein Zauberspruch sie je wieder befreien könnte.

Ihre Macht war keine absolute Macht. Ihre Wünsche wurden nicht immer erhört. Wenn sie ihn heute Nacht in ihre Arme nahm, hieß das, alles zu riskieren. Sogar ihre Kraft, auf eigenen Füßen zu stehen.

Bis heute Nacht war die Freiheit immer ihr höchstes Gut gewesen.

Sie blickte auf und verzichtete auf dieses Gut.

„Was ich dir heute Nacht gebe, gebe ich dir aus freien Stücken. Was ich von dir nehmen werde, nehme ich ohne Bedauern." Ihre Augen glänzten vor Visionen, die er nicht sehen konnte. „Denke daran. Komm mit mir." Sie nahm ihn bei der Hand und zog ihn in den Lichtkreis.

In dem Augenblick, in dem er durch die Flammen trat, fühlte er die Veränderung. Die Luft hier war reiner, der Duft intensiver, sogar die Sterne schienen näher zu sein. Er konnte die silbernen Streifen des Mondlichts durch die Bäume fallen sehen.

Aber sie war dieselbe, ihre Hand lag fest und warm in seiner.

„Was für ein Ort ist das hier?" Instinktiv flüsterte er, nicht aus Angst, sondern aus Ehrfurcht. Seine Worte hallten leise nach, vermischten sich mit dem Klang der Harfe, der die Luft erfüllte.

„Er braucht keinen Namen." Sie ließ seine Hand los. „Magie hat viele Formen", sagte sie und löste den Gürtel. „Wir werden hier unsere eigene erschaffen." Sie lächelte. „Auf dass keiner zu Schaden komme."

Sie ließ den Kristallgürtel auf die weiße Robe gleiten und empfing Nash bereitwillig in ihren Armen.

Ihre Lippen waren warm und weich. Er schmeckte den Wein, von dem sie getrunken hatte, und ihren eigenen, viel intensiveren Duft. Er fragte sich, wie ein Mann ohne diesen wunderbaren, trunken machenden Geschmack überleben konnte. Alles in seinem Kopf begann sich zu drehen, als sie ihn anspornte, den Kuss zu vertiefen, von ihren Lippen zu trinken.

Mit einem Aufstöhnen, das aus seinem tiefsten Innern zu kommen schien, presste er sie an sich, zerdrückte die Blumen, die ihren betörenden Duft ausströmten.

Hinter ihren geschlossenen Lidern konnte Morgana die Kerzen flackern sehen, sah den Schatten, den sie und Nash auf den Waldboden warfen. Sie hörte das Rauschen des Windes in den Bäumen, die Nachtmusik, die ihre eigene Magie besaß.

Das, was sie fühlte, war so viel realer. Dieser tiefe Brunnen von Emotionen war gefüllt mit Gefühlen für ihn, wie er nie zuvor gefüllt gewesen war. Und als sie Nash ihr Herz zum zweiten Mal schenkte, quoll dieser Brunnen über, wurde zu einem ruhigen, stetigen Strom. So hatte sie noch nie für einen Mann empfunden.

Einen Moment lang fürchtete sie, sie würde darin ertrinken, die Angst jagte ihr einen Schauer durch den Körper. Murmelnd zog Nash sie fester an sich. Ob es Leidenschaft oder das Verlangen nach Trost war, wusste Morgana nicht, aber sie beruhigte sich wieder. Und akzeptierte.

Er kämpfte gegen das Tier in sich an, das forderte, sie schnell zu nehmen, die unerträgliche Begierde zu befriedigen. Nie, niemals zuvor, hatte er ein solches Verlangen verspürt, für nichts, für niemanden, so wie jetzt für Morgana hier in diesem Lichtkreis. Sein Instinkt sagte ihm, dass sie sein Drängen willkommen heißen würde, auf seine verzehrende Leidenschaft reagieren würde. Aber das wäre nicht richtig. Nicht hier. Nicht jetzt.

Ebenso groß wie seine Begierde war der Wunsch, Morgana Lust zu bereiten.

Er strich mit einer Fingerspitze über ihre Wange, ihre vollen Lippen, ihr Kinn, die schlanke Linie ihres Halses hinunter.

Hexe oder Normalsterbliche, sie war sein, um zu lieben und zu ehren. Es war vorausbestimmt, dass es hier geschehen würde, umgeben von den alten Bäumen, von dem matten, flackernden Licht. Von Magie.

Ihr Blick veränderte sich, wie der einer Frau, die von Leidenschaft erfüllt war. Er beobachtete es, während sein Finger träge zu ihrer Schulter weiterglitt, über ihren Arm, dann wieder zurück. Ihr Atem kam unregelmäßig durch halb geöffnete Lippen.

Genauso zart und leicht strich er über ihre Brüste. Ihr Atem wurde zu einem Stöhnen, doch noch immer machte er keine Anstalten, sie zu besitzen, liebkoste nur weiter die sanften Rundungen, die harten Knospen.

Sie konnte sich nicht bewegen. Wenn die Höllenhunde aus dem Wald hervorgestürzt wären, mit geifernden Mäulern, sie wäre genauso stehen geblieben, wie sie jetzt stand, mit vor Verlangen zitterndem Körper, den Blick hilflos auf sein Gesicht gerichtet. Wusste er es? Wusste er, mit welchem Bann seine exquisite Zärtlichkeit sie belegte?

Es gab nur noch ihn für sie. Sie sah nur noch sein Gesicht, fühlte nur noch seine Hände. Mit jedem Atemzug wurde sie von ihm erfüllt.

Mit den Fingern folgte er der Linie ihres Körpers, an den Seiten hinab zu ihrer Taille, über ihren Rücken, und sie erschauerte. Er wunderte sich, warum er es für nötig gehalten hatte, ihr etwas zu erklären, wenn seine Berührungen doch so viel mehr ausdrückten als jedes Wort.

Ihr Körper war ein Festbankett aus schlanken Kurven, seidiger Haut, festen Muskeln. Aber er verspürte nicht mehr den Drang, einfach nur zu nehmen. Wie viel besser war es doch, zu kosten, zu erfahren, zu verführen. Was brauchte ein Mann mehr, als dass die Haut einer Frau unter seiner Berührung zu glühen begann?

Nash streichelte Morganas Oberschenkel, verharrte kurz bei ihrem Zentrum der Lust und fand sie bereit für ihn.

Als ihre Knie nachgaben, hielt er sie fest und legte sie vorsichtig auf das Tuch, damit seine Lippen den gleichen Weg gehen konnten wie seine Hände.

Süße, völlige Hingabe. Lang andauerndes, ahnungsvolles Entzücken. Nur der Mond sah zu, während sie einander das schönste und wertvollste aller Geschenke machten. Der exotische Duft der Blumen, achtlos zu Boden gefallen, mischte sich in den betörenden Geruch der Nacht.

Selbst als die Leidenschaft beider drängender wurde, sie ineinander verschlungen auf dem seidigen Blumenbett rollten, war da keine Eile. Von irgendwo ertönte wieder der Schrei der Eule, und die Flammen schossen wie Lanzen in die Höhe. Schlossen die Liebenden ein, schlossen die restliche Welt aus.

Ihr Körper wurde von Schauern gepackt, doch diese hatten nichts mehr mit Angst oder Nervosität zu tun. Morgana schlang die Arme um Nash, als er in sie eindrang. Er sah, wie ihre Lider flatterten, sah die Sterne in ihren Augen, die heller strahlten als die Sterne am Himmel. Er senkte seinen Mund auf ihren herab, als sie sich gemeinsam in dem Tanz bewegten, der älter und mächtiger war als jeder andere.

Sie fühlte die Schönheit, die Magie, die stärker war als alles, was sie je hätte heraufbeschwören können. Sie hörte, wie Nash ihren Namen rief, und bog sich ihm entgegen, ließ ihren Körper davonfliegen in dem letzten erlösenden Aufbäumen.

Als Nash erschöpft sein Gesicht in ihrem Haar barg, sah sie über sich eine Sternschnuppe aufblitzen, hell wie ein Flammenschweif am samtenen Firmament.

Sie kann nicht genug von mir bekommen, dachte Nash verträumt. Sie waren ins Haus zurückgegangen und in Morganas Bett. Während der Nacht hatten sie sich immer wieder geliebt, waren eingeschlafen, hatten sich wieder geliebt, bis der Mond verblasst war. Jetzt stand die Sonne am Himmel, ein helles Licht hinter geschlossenen Lidern, und Morgana knabberte an Nashs Ohr.

Er lächelte vor sich hin, während er langsam aus diesem angenehmen Dämmerzustand auftauchte. Ihr Kopf lag warm auf seiner Brust, und die Art, wie sie an seinem Hals und Ohr knabberte, verriet ihm, dass sie nicht abgeneigt war, das Liebesspiel der Nacht noch einmal zu wiederholen. Nur zu gern wollte er ihr zu Gefallen sein. Er hob seine Hand, um ihr über das Haar zu streichen, hielt dann aber mitten in der Luft an.

Wie war es möglich, dass er ihre Zunge an seinem Ohr spürte, während ihr Kopf auf seiner Brust lag? Aus anatomischer Sicht war das nicht machbar. Allerdings ... er hatte sie Dinge tun sehen, die mit den einfachen Gesetzen der realen Welt auch nicht viel gemein hatten. Obwohl noch im Halbschlaf, begann seine lebhafte Vorstellungskraft Blüten zu treiben.

Wenn er jetzt die Augen öffnete, würde er dann etwas sehen, das ihn schreiend hinaus in die Nacht rennen ließ?

Tag, erinnerte er sich selbst, es ist Tag. Aber darum ging es hier eigentlich nicht.

Langsam, ganz langsam ließ er seine Hand sinken, bis er ihr Haar an seinen Fingern fühlte. Weich, seiden ... aber, Himmel, die Kopfform hatte sich verändert. Sie ... sie hatte sich in etwas anderes verwandelt, in eine ...

Er stieß einen unterdrückten Schrei aus, sein Herz schlug einen rasenden Trommelwirbel. Er riss die Augen auf.

Die Katze lag auf seiner Brust und starrte ihn aus bernsteinfarbenen Augen selbstgefällig an. Pan stand mit den Vorderläufen auf dem Bett, und bevor Nash noch etwas sagen konnte, leckte er ihn noch einmal am Ohr.

„Ach du meine Güte!" Nash wartete darauf, dass sein Verstand sich klärte und sein Puls sich beruhigte. Luna erhob sich, streckte sich genüsslich und blickte ihm direkt in die Augen. Ihr Schnurren hörte sich fast an wie ein vergnügtes Kichern.

„Na schön, es ist euch gelungen." Er kraulte beiden Tieren den Kopf.

Pan betrachtete das offensichtlich als Aufforderung und sprang mit einem Satz aufs Bett – leider direkt auf Nashs empfindlichstes Körperteil. Mit einem „Uff" schnellte er hoch und warf dabei die Katze von seiner Brust auf Pan.

Für einen Moment war die Situation mehr als gespannt, mit Gefauche und Geknurre, aber Nash kümmerte es im Moment nicht, ob gleich Fellfetzen fliegen würden, er rang nach Atem.

„Na, spielst du mit den Tieren?"

Morgana stand in der Tür, mit einem dampfenden Becher in der Hand. Sobald sie sie sahen, beruhigten sich die Tiere. Luna ließ sich auf dem Kissen nieder und begann sich zu putzen, Pan setzte sich mit wedelndem Schwanz auf Nashs Beine.

„Meine Hausgenossen scheinen dich zu mögen."

„Oh ja, wir sind eine große, glückliche Familie."

Mit dem Kaffeebecher in der Hand kam Morgana zum Bett. Sie war bereits angezogen, trug ein rotes Kleid mit Perlenstickerei am Ausschnitt. Zusammengehalten wurde dieses knappe sexy Ding durch Häkchen, die über die gesamte Vorderseite vom Ausschnitt bis zum Saum verliefen. Nash fragte sich, wie lange es wohl dauern mochte, bis er jeden einzelnen Haken geöffnet hatte, oder ob er es mit einem einzigen Ruck versuchen sollte.

„Ist das etwa Kaffee?"

Morgana setzte sich auf den Bettrand und schnüffelte an der Tasse. „Riecht ganz danach."

Grinsend spielte er mit einer Strähne ihres Haars. „Das ist wirklich unglaublich lieb von dir."

Sie riss erstaunt die Augen auf. „Was meinst du? Oh, du bildest dir ein, dass ich aufgestanden bin und frischen Kaffee gebrüht habe und ihn dir auch noch ans Bett bringe, weil du so unwiderstehlich bist?"

Zurechtgestutzt warf er einen sehnsüchtigen Blick auf die Tasse. „Nun, ich …"

„In diesem Fall", unterbrach sie ihn, „hast du sogar recht."

„Danke." Er nahm den Becher entgegen und sah sie an, während er trank. Was Kaffee betraf, so war er wahrlich kein Feinschmecker, konnte es sich gar nicht erlauben, wählerisch zu sein, bei der schwarzen Brühe, die er sich selbst zubereitete, aber dieser Kaffee hier musste der beste der Welt sein. „Morgana, sag mal … wie unwiderstehlich bin ich denn nun eigentlich?"

Sie lachte und schob seine Hand mit der Tasse ein wenig beiseite, damit sie ihn küssen konnte. „Es wird genügen, Nash." Viel mehr als das, dachte sie und küsste ihn noch mal, dann zog sie sich widerstrebend zurück. „Ich muss zur Arbeit."

„Heute?" Er legte eine Hand an ihren Nacken und zog sie wieder näher zu sich heran. „Heute ist ein Feiertag, wusstest du das nicht?"

„Heute?"

„Sicher." Sie duftet wie die Nacht, dachte er. Wie Blumen, die nur im Mondlicht erblühen. „Heute ist der nationale ‚Love-In'-Tag. Ein Tribut an die Sechzigerjahre. Dieser Tag wird gefeiert, indem man …"

„Ich kann's mir vorstellen. Sehr einfallsreich." Sie biss ihn leicht in die Unterlippe. „Aber ich habe einen Laden zu führen."

„Wie unpatriotisch, Morgana. Ich bin entsetzt, dass du an diesem wichtigen Tag arbeiten willst."

„Trink deinen Kaffee." Sie stand auf, bevor er sie dazu brachte, ihre Meinung zu ändern. „In der Küche ist etwas zu essen, falls du Lust auf Frühstück hast."

„Du hättest mich aufwecken sollen." Er hielt ihre Hand fest.

„Ich dachte mir, du könntest Schlaf gebrauchen, und außerdem wollte ich dir keine Gelegenheit geben, mich noch mehr abzulenken."

Er knabberte an ihren Fingerspitzen, ohne sie aus den Augen zu lassen. „Ich würde aber gern sehr viel Zeit darauf verwenden, dich abzulenken."

Ihre Knie wurden weich. „Ich werde dir später Gelegenheit dazu geben."

„Wir könnten zusammen essen."

„Könnten wir, ja." Ihr Blut begann schneller zu pulsieren, doch sie brachte es nicht über sich, die Hand zurückzuziehen.

„Warum hole ich uns nicht etwas und komme heute Abend vorbei?" Er küsste die Innenfläche ihrer Hand. „Halb acht?"

„Ja, in Ordnung. Lässt du Pan bitte raus, wenn du gehst?"

„Sicher." Jetzt biss er sie zärtlich ins Handgelenk und trieb ihren Herzschlag damit in schwindelnde Höhen. „Ach, Morgana … eines noch."

Ihr Körper verlangte so sehr nach ihm. „Nash, ich kann wirklich nicht …"

„Keine Sorge, ich werde deine Frisur nicht durcheinanderbringen." Doch er bemerkte ihre Unruhe, und es gefiel ihm ungemein. „Es wird mir in den nächsten Stunden viel mehr Spaß machen, mir auszumalen, was ich später alles tun werde. Letzte Nacht habe ich etwas auf deiner Türschwelle liegen lassen. Ich hatte gehofft, du wirst die Zeit finden, es zu lesen."

„Etwa dein Drehbuch? Du bist fertig?"

„Ja, so weit schon ... denke ich. Nur noch ein paar Feinarbeiten. Ich würde gern deine Meinung hören. Die Meinung einer Expertin."

„Dann werde ich zusehen, dass ich eine parat habe." Sie beugte sich zu ihm und küsste ihn noch einmal. „Bye."

„Bis heute Abend." Den Kaffeebecher in der Hand, lehnte er sich zurück. Plötzlich fluchte er. „Mein Wagen parkt direkt hinter deinem. Lass mich eben eine Hose überziehen, dann ..."

Sie stand schon an der Tür und lachte. „Nash, also wirklich." Und damit war sie verschwunden.

„Ja, wirklich", sagte Nash zu dem dösenden Pan. „Ich nehme an, sie wird selbst damit fertig."

So hatte er also Zeit und Muße, seinen Kaffee zu schlürfen und sich im Zimmer umzusehen. Erst jetzt hatte er Gelegenheit zu studieren, mit welchen Dingen Morgana sich in dem privatesten ihrer Räume umgab.

Ein dramatischer Raum, so wie seine Besitzerin. Hier zeigte es sich in den leuchtenden Farben, die sie gewählt hatte. Türkis für die Wände, Smaragdgrün für die Bettdecke, die irgendwann in der Nacht zu Boden geglitten war. Darauf abgestimmt waren die langen Vorhänge an den Fenstern, die beide Farben widerspiegelten. Eine Chaiselongue unter dem Fenster in leuchtendem Saphirblau, mit Kissen in Granatrot, Amethystviolett und Bernsteingelb, darüber eine Messinglampe, geformt wie die Blüte einer Prunkwinde. Das Bett selbst war ein Traum, ein See aus zerwühlten Laken, eingefasst von geschnitztem Kopf- und Fußteil.

Fasziniert versuchte Nash aufzustehen. Pan lag noch immer auf seinen Beinen, aber nach ein paar freundlichen Stupsern rollte der Hund sich gehorsam zur Seite, um dann in der Mitte des Bettes selig weiterzuschlafen. Nackt, in einer Hand den Kaffee, begann Nash im Zimmer umherzugehen.

Da gab es auch eine zierliche Spiegelkommode mit einem gepolsterten Hocker davor, etwas, das Nash immer als ausgesprochen weiblich empfunden hatte. Er konnte sich lebhaft vorstellen, wie Morgana hier saß und die silberne Bürste durch ihr Haar zog. Oder Creme und Lotion aus einem der vielen Flakons und Tiegel, die im Sonnenlicht schimmerten, auf Gesicht und Haut auftrug.

Unfähig, seiner Neugier zu widerstehen, nahm er einen Kristallflakon auf, zog den Stöpsel heraus und schnupperte vorsichtig daran. Im gleichen Moment schien es ihm, als sei Morgana im Raum. Das also war die Magie und der Zauber einer Frau.

Zögernd verschloss er das Fläschchen wieder und stellte es ab. Verdammt, er wollte nicht den ganzen Tag auf sie warten müssen. Er wollte nicht einmal eine Stunde warten.

Langsam, Kirkland, ermahnte er sich. Sie war nicht einmal fünf Minuten weg. Er benahm sich ja wie ein Mann, der von einer Frau besessen war. Oder verzaubert.

Dieser Gedanke ließ einen nagenden Zweifel aufkeimen. Er runzelte die Stirn, dann schob er den Gedanken beiseite. Nein, er stand unter keinem Bann. Er wusste ganz genau, was er tat, und hatte volle Verantwortung für jeden seiner Schritte. Es war nur, weil der Raum so viel von ihren persönlichen Dingen enthielt, deshalb spürte er das Verlangen.

Er rührte mit einem Finger in einer Schale mit kleinen bunten Kristallen. Wenn er sich wie ein Besessener vorkam, dann deshalb, weil sie nicht war wie andere Frauen. Und da er sich mit dem Übernatürlichen beschäftigte, war es nur normal, dass er mehr an sie dachte, als je an eine andere zuvor. Morgana war der lebende Beweis, dass das Außergewöhnliche inmitten einer gewöhnlichen Welt existierte.

Sie war eine unglaubliche Liebhaberin. Großzügig, offen, ungemein empfindsam. Sie hatte Witz und Humor und Verstand und einen wunderbaren Körper. Diese Kombination allein würde einen Mann in die Knie zwingen. Wenn man noch ihre besondere Gabe hinzuzählte, war sie einfach unwiderstehlich.

Und sie hatte ihm bei seiner Story geholfen. Je länger Nash darüber nachdachte, desto sicherer war er sich, dass es die beste Arbeit war, die er je abgeliefert hatte.

Aber was, wenn es ihr nicht gefiel? Wenn sie es hasste? Der Gedanke hüpfte durch seinen Kopf wie eine hässliche Kröte und ließ ihn nachdenklich vor sich hin starren. Nur weil sie das Bett miteinander geteilt hatten und noch etwas anderes, für das ihm keine Bezeichnung einfiel, hieß das noch lange nicht, dass Morgana seine Arbeit verstand und zu würdigen wusste.

Wie, zum Teufel, war er bloß darauf verfallen, ihr sein Drehbuch zum Lesen zu geben, bevor er daran gefeilt hatte?

Na bravo, dachte er angewidert von sich selbst und riss seine Jeans vom Stuhl. Jetzt konnte er sich die nächsten Stunden Sorgen darüber machen. Und während er ins Bad ging, um zu duschen, fragte er sich, wie er sich so tief mit einer Frau hatte einlassen können, die ihn in so vielen Dingen zum Wahnsinn trieb.

8. KAPITEL

Erst vier Stunden später hatte Morgana Zeit für eine Tasse Tee und ein paar Minuten für sich allein. Kunden, Anrufe und neue Lieferungen hatten sie in Atem gehalten, sodass sie bisher nur einen Blick auf die ersten beiden Seiten von Nashs Drehbuch hatte werfen können.

Allerdings – was sie bisher gelesen hatte, ließ sie auf jede neue Störung ziemlich unwirsch reagieren. Jetzt jedoch setzte sie den Kessel auf und knabberte an grünen Trauben. Mindy war im Laden und bediente zwei junge Studenten. Da es sich um männliche Studenten handelte, war Morgana zuversichtlich, dass Mindy allein zurechtkam.

Mit einem leisen Seufzer brühte sie sich eine Tasse Tee, nahm das Drehbuch zur Hand und ließ sich auf einem Stuhl nieder.

Eine Stunde später war der Tee kalt geworden, sie hatte ihn völlig vergessen. Begeistert blätterte sie zu Seite eins zurück und begann noch einmal von vorn zu lesen. Brillant, dachte sie voller Stolz auf den Mann, den sie liebte. Er hatte etwas unglaublich Tiefes, Komplexes, Mitreißendes geschaffen.

Talent. Sie hatte gewusst, dass er talentiert war. Seine Filme hatten sie immer fasziniert, aber sie hatte nie zuvor ein Drehbuch gelesen.

Sie hatte eigentlich erwartet, dass es nur eine Art Gerüst sein würde, das der Regisseur, die Schauspieler, die Techniker dann mit Leben füllten. Aber das hier war so lebendig, fast konnte man vergessen, dass es sich um Worte auf dem Papier handelte. Sie konnte es sehen, es hören und fühlen.

Es würde der Film des Jahrzehnts werden.

Es verwunderte sie, dass der Mann, dessen jungenhaften Charme sie kennengelernt hatte, der manchmal recht flegelhaft auftrat und übertrieben von sich eingenommen war, so etwas in sich trug. Aber hatte sie nicht gestern Nacht auch erstaunt die nie versiegende Quelle der Zärtlichkeit in ihm erkannt?

Sie legte das Drehbuch ab und lehnte sich in den Stuhl zurück. Und da hatte sie sich immer für so clever gehalten. Welche Überraschungen hielt Nash Kirkland noch für sie bereit?

Die Inspiration war über Nash gekommen, und er hatte noch nie eine gute Idee so einfach ungenutzt vorüberziehen lassen.

Das schlechte Gewissen hatte sich gemeldet, als er am Morgen die Hintertür von Morganas Haus nicht verschlossen hatte, aber er beruhigte sich damit, dass mit ihrem Ruf und dem großen Wolfshund, der auf dem Anwesen patrouillierte, es niemand wagen würde einzubrechen. Außerdem hatte sie wahrscheinlich sowieso irgendeinen schützenden Bann über das Haus verhängt.

Es wird perfekt werden, sagte er sich, als er einen großen Strauß Blumen – diesmal gekauft – in die Vase stellte. Irgendwie schienen diese Blumen ein Eigenleben zu haben, sie wollten sich einfach nicht hübsch arrangieren lassen. Das Bouquet wirkte, als hätte ein Zehnjähriger es achtlos in ein zu kleines Glas gestopft. Also holte er drei Vasen und teilte den Strauß auf. Als er endlich fertig war, war er sehr froh, sich nie für eine Karriere als Bühnendekorateur entschieden zu haben.

Auf jeden Fall rochen die Blumen gut.

Ein Blick auf seine Uhr sagte ihm, dass die Zeit knapp wurde. Er kniete sich vor den Kamin und entfachte ein Feuer. Natürlich brauchte er ein wenig mehr Zeit dazu als Morgana, und obwohl die Temperaturen keine zusätzliche Wärme nötig machten, so ging es ihm doch vor allem um den Effekt.

Als die Flammen fröhlich an den Scheiten leckten, richtete er sich zufrieden auf und überblickte die kleine Szenerie, die er mit viel Sorgfalt geschaffen hatte. Der Tisch war für zwei gedeckt, mit einem weißen Tischtuch, das er in der Kommode in Morganas Esszimmer gefunden hatte. Obwohl das Esszimmer mit der hohen Decke und dem riesigen Kamin Potenzial hatte, hatte er sich für das Zeichenzimmer entschieden. Die Atmosphäre war hier intimer.

Das Geschirr war natürlich auch von Morgana, ebenso wie das Silberbesteck und die kristallenen Champagnerflöten. Er hatte sogar die lachsfarbenen Damastservietten zu akkuraten Dreiecken gefaltet.

Perfekt, entschied er. Und fluchte gleich darauf.

Musik. Wie hatte er nur die Musik vergessen können! Und Kerzen! Er spurtete zur Stereoanlage und sah hektisch die CD-Sammlung durch. Im Moment war ihm eigentlich mehr nach den Rolling

Stones, er entschied sich aber für Chopin. Das war sicherlich passender. Schnell die CD eingelegt, dann machte er sich auf die Suche nach Kerzen.

Zehn Minuten später flackerten über ein Dutzend im Raum, dufteten nach Vanille, Jasmin und Sandelholz.

Nash hatte gerade noch Zeit, sich still für seine Anstrengungen zu gratulieren, als er Morganas Wagen vorfahren hörte. Er kam sogar noch vor Pan an der Haustür an.

Draußen zog Morgana erstaunt eine Augenbraue in die Höhe, als sie Nashs Auto erblickte. Dass er über eine halbe Stunde zu früh war, störte sie nicht. Nicht im Geringsten. Sie lächelte, als sie auf die Haustür zuging, das Drehbuch unter einem Arm, eine Flasche Champagner unter dem anderen.

Er riss die Tür auf und zog sie in seine Arme zu einem langen, genießerischen Kuss. Pan wollte ebenfalls gebührend begrüßt werden und versuchte, sich zwischen die beiden zu drängen.

„Hi", sagte Nash schließlich, als er Morganas Mund freigab.

„Hallo." Sie reichte Nash Umschlag und Flasche, damit sie sich ausgiebig Pan widmen konnte, bevor sie die Tür schloss. „Du bist zu früh hier."

„Ich weiß." Er las das Etikett der Flasche. „Feiern wir?"

„Ich denke, das sollten wir. Eigentlich ist es ein kleines Geschenk für dich, um dir zu gratulieren. Aber ich hatte gehofft, du würdest es mit mir teilen."

„Aber gern. Wofür wird mir denn gratuliert?"

Sie deutete mit dem Kopf auf den Umschlag in seiner Hand. „Dafür. Deine Story."

Der Knoten, den er den ganzen Tag über im Magen verspürte hatte, löste sich endlich auf. „Es hat dir also gefallen."

„Nein. Ich liebe es. Wenn ich erst meine Schuhe ausgezogen und mich gesetzt habe, werde ich dir auch erklären, warum."

„Komm mit hier hinein." Er klemmte Flasche und Umschlag unter einen Arm und legte den anderen um ihre Schulter. „Wie war dein Tag?"

„So weit ganz gut. Ich denke darüber nach, wie ich Mindy dazu bringen kann, an zwei Tagen länger zu arbeiten. Wir sind nämlich …" Ihre Stimme erstarb, als sie in das Zeichenzimmer trat.

Das Kerzenlicht schimmerte mystisch und romantisch, brach sich in Silber und Kristall, warf alle Farben des Spektrums zurück. Der Raum war erfüllt vom Duft der Kerzen und der Blumen und den klagenden Tönen einer Violine. Das Feuer warf warme Schatten.

Es geschah nicht oft, dass Morgana aus der Fassung geriet. Jetzt brannten Tränen in ihren Augen, Tränen, die von einem Gefühl herrührten, so klar und rein, dass sie es kaum ertragen konnte. In ihrem ganzen Leben hatte sie noch nie so tief empfunden.

Sie sah ihn an, und das flackernde Licht warf tausend Sterne auf ihre Augen. „Das hast du für mich getan?"

Nun selbst ein wenig verlegen, strich Nash ihr mit den Fingerknöcheln leicht über die Wange. „Das müssen wohl Wichtel gewesen sein."

Mit einem Lächeln auf den Lippen hauchte sie einen Kuss auf seinen Mund. „Ich mag Wichtel sehr, sehr gerne."

Er drehte sich zu ihr und zog sie an sich. „Und was hältst du von Drehbuchautoren?"

Sie schlang die Arme um seine Hüften. „Ich beginne sie zu mögen."

„Das ist gut." Ihm fiel auf, dass er die Hände zu voll hatte, um ihr einen richtigen Kuss geben zu können. „Warum lege ich dieses Zeug nicht erst einmal ab und öffne den Champagner?"

„Eine großartige Idee. Lass uns anstoßen." Mit einem Seufzer streifte sie die Schuhe von den Füßen, während Nash rasch zum Eiskübel ging und die Flasche, die dort schon bereitstand, herauszog. Er drehte beide Flaschen zu Morgana, um ihr zu zeigen, dass sie tatsächlich die gleiche Marke gewählt hatten.

„Telepathie?"

Lächelnd kam sie auf ihn zu. „Alles ist möglich."

Er warf den Umschlag beiseite, zog die eisgekühlte Flasche heraus und steckte die andere hinein, um dann den Champagner zu entkorken und zwei Gläser zu füllen. Ein helles Klingen ertönte, als er mit ihr anstieß. „Auf die Magie."

„Immer", stimmte sie zu und nippte. Sie nahm ihn bei der Hand und führte ihn zur Couch, wo sie sich aneinanderkuscheln und das Feuer betrachten konnten. „Also, was hast du denn den ganzen Tag gemacht? Außer Wichtel bestellen."

„Ich wollte dir meine galante Seite zeigen."

Lachend küsste sie ihn leicht. „Ich mag alle Seiten an dir."

Mit sich und der Welt zufrieden, legte Nash die Füße auf den Couchtisch. „Also, zuerst habe ich sehr viel Zeit darauf verwandt, diese Blumen so hinzukriegen, dass sie wie in den Filmen aussehen."

Sie sah zu den Vasen. „Es sei dir zugestanden, dass deine Talente sich nicht unbedingt auf das Arrangieren von Blumen beziehen. Ich liebe sie."

Er spielte mit ihrem Ohrring. „Außerdem habe ich noch ein paar Kleinigkeiten am Drehbuch geändert. Dann habe ich an dich gedacht. Ach ja, mein sehr aufgeregter Agent hat angerufen. Und dann habe ich wieder an dich gedacht."

Sie lachte und lehnte ihren Kopf an seine Schulter. „Hört sich an, als hättest du einen äußerst produktiven Tag hinter dir. Weshalb war dein Agent so aufgeregt?"

„Sieht aus, als hätte er bereits einen sehr interessierten Produzenten an der Hand."

Begeisterung schimmerte in Morganas Augen, als sie sich wieder aufsetzte. Sie war sehr glücklich über Nashs Erfolg. „Dein Drehbuch."

„Genau." Es war schon komisch ... nein, es war wunderbar, dass jemand anders sich für ihn und mit ihm freute. „Ich hatte ihm nur die Abhandlung geschickt, aber ich scheine wohl eine Glückssträhne zu haben. Sieht aus, als sei der Deal bereits perfekt. Ich werde das Drehbuch noch überarbeiten und es ihm dann zuschicken."

„Das ist keine Glückssträhne." Sie prostete ihm zu. „Das ist Magie. Sie ist hier." Sie legte einen Finger an seine Schläfe. „Und da." Jetzt lag ihre Hand auf seinem Herzen. „Oder woher auch immer Fantasie kommen mag."

Zum ersten Mal in seinem Erwachsenenleben hatte Nash das Gefühl, gleich rot zu werden. Also küsste er sie lieber. „Danke. Ohne dich hätte ich das nie geschafft."

„Ich widerspreche dir ungern, daher werde ich es auch nicht tun."

Er spielte mit ihrem Zopf. Es war ein wunderbares Gefühl, am Ende eines Tages einfach mit jemandem, der einem etwas bedeutete, zusammenzusitzen und zu reden. „Warum gönnst du meinem Ego nicht ein paar Streicheleinheiten und sagst mir, was dir besonders gut an der Story gefallen hat?"

„Dein Ego ist auch so schon groß genug, aber ich werde es dir trotzdem erzählen ... Alle deine Filme haben eine klare Struktur. Selbst wenn das Blut spritzt und etwas Unheimliches am Fenster kratzt, dann ist da trotzdem eine Qualität, die weit über das Gruselige, den Schrecken hinausgeht. Und hier – obwohl sicher einige Herzrasen bekommen werden bei der Friedhofsszene und dieser Szene auf dem Speicher – gehst du noch einen Schritt weiter." Sie sah ihn direkt an. „Es ist nicht nur einfach eine Geschichte über Hexen und Hexerei, über Gut und Böse, sondern über das Menschsein an sich. Darüber, dass man den Glauben an Wunder behält und seinem Herzen folgen muss. Es ist irgendwie ... ein Fest, ein Zelebrieren des Andersseins, selbst wenn es schwer ist. Und am Schluss, auch wenn es Schrecken und Schmerzen und Herzeleid gibt, so bleibt da immer die Liebe. Und das ist es doch, was wir alle wollen."

„Es macht dir nichts aus, dass ich Cassandra Friedhofserde für ihre Zaubersprüche benutzen lasse? Oder dass sie murmelnd in ihrem Kessel rührt?"

„Künstlerische Freiheit", erwiderte sie mit einer hochgezogenen Augenbraue. „Ich habe beschlossen, mich nicht an deiner Kreativität aufzureiben. Selbst als sie ihre Seele an den Teufel verkauft, um Jonathan zu retten."

Mit einem Achselzucken trank er den letzten Rest aus seinem Glas. „Wenn Cassandra die gute Macht verkörpert, wäre es schlecht für die Geschichte, wenn sie nicht wenigstens ein anständiges Match mit den Kräften des Bösen hätte. Es gibt auch in Horrorfilmen einige grundlegende Regeln, an die man sich halten sollte."

„Der Kampf des ultimativen Guten gegen das ultimative Böse?"

„Das ist eine Regel. Der Unschuldige muss leiden", fügte er hinzu. „Dann kommt der Übergang, der Unschuldige muss Blut vergießen."

„Das muss etwas mit der Männlichkeit als solcher zu tun haben", kommentierte sie trocken und sah ihn mit einem spöttischen Blick an.

„Oder mit der Weiblichkeit. Ich bin kein Chauvinist. Und zu guter Letzt muss das Gute, wenn auch nach vielen Opfern, triumphieren. Ach ja, und noch etwas. Meine Lieblingsregel, übrigens." Er strich mit einem Finger über ihren Hals. „Das Publikum muss sich am Schluss fragen, ob das Böse nun wirklich besiegt ist oder nicht."

Sie schürzte die Lippen. „Wir wissen doch alle, dass das Böse immer einen Weg findet."

„Genau." Er grinste. „So wie wir uns auch alle hin und wieder fragen, ob sich da nicht vielleicht doch etwas nachts im Schrank versteckt, das darauf aus ist, uns anzufallen. Wenn das Licht gelöscht ist, in der Dunkelheit." Er knabberte an ihrem Ohrläppchen. „Oder was wirklich da draußen vor dem Kellerfenster die Sträucher bewegt, ob es vielleicht nur darauf wartet, uns nachzuschleichen, uns anzuspringen, sobald wir …"

Als die Türklingel anschlug, zuckte Morgana zusammen. Nash lachte auf, und sie fluchte.

„Ich gehe und mache auf", bot er an.

„Ja, tu das."

Sie schüttelte sich leicht und sah ihm nach. Er war gut, wirklich gut. Er hatte sie doch glatt gehabt, sie, die es eigentlich besser wissen müsste. Sie wusste immer noch nicht, ob sie ihm vergeben sollte oder nicht, als er mit einem großen, dünnen Mann zurück ins Zimmer kam. Der Mann trug ein weißes Jackett, auf dessen Brusttasche in roten Buchstaben „Chez Maurice" aufgestickt war.

„Stellen Sie alles hier auf den Tisch, Maurice."

„Der Name ist George, Sir", berichtigte der Mann mit abgeklärter Stimme.

„Auch gut." Nash blinzelte Morgana zu. „Tragen Sie es einfach auf."

„Ich fürchte, es wird einige Minuten dauern."

„Wir haben keine Eile."

„Die Mousse sollte kühl gestellt werden, Sir", merkte George an. Nash fiel auf, dass der Mann sprach, als hätte er eine permanente Entschuldigung auf den Lippen.

„Ich bringe sie in die Küche." Morgana nahm die Kühlbox und verschwand in der Küche. Unterwegs hörte sie noch, wie George sich befangen dafür entschuldigte, dass der Radicchio ausgegangen sei und man deshalb mit Endivien habe vorlieb nehmen müssen.

„Er lebt für das gute Essen", erklärte Nash, als Morgana wenig später zurückkam. „Es treibt ihm die Tränen in die Augen, wenn er sieht, wie achtlos manche der jungen Lieferanten mit den gefüllten Champignons umgehen. Sie drücken ihnen die Köpfe ein."

„Du meine Güte, wie entsetzlich!"

„Genau das habe ich ihm auch gesagt. Woraufhin seine Laune sich erheblich gebessert hat. Aber vielleicht lag es ja auch am Trinkgeld."

„Also, was hat George uns denn aufgetischt?" Sie ging zum Tisch. „Endiviensalat."

„Der Radicchio ..."

„Ich weiß, war aus. Hm, Hummerschwänze."

„À la Maurice."

„Selbstverständlich." Sie lächelte Nash über die Schulter zu. „Gibt es überhaupt einen Maurice?"

„George teilte mir mit höchstem Bedauern mit, dass der arme Maurice vor drei Jahren verschied. Aber sein Geist lebt weiter."

Sie lachte, setzte sich und begann das Essen zu genießen. „Das ist eine sehr eigenwillige Art, einen Imbiss zu besorgen."

„Ich hatte zuerst an gegrillte Hähnchen gedacht, aber hiermit standen die Chancen besser, dich bleibend zu beeindrucken."

„Allerdings." Sie tunkte ein Stück Hummer in die zerlassene Butter und genoss den Bissen. „Du hast eine wunderbare Kulisse geschaffen", sagte sie. „Danke, Nash, für diesen schönen Abend."

„Jederzeit." Um genau zu sein, er hoffte, dass es noch viele solcher Gelegenheiten geben würde, viele solcher Kulissen. Und nur sie beide als Protagonisten ...

Er schob den Gedanken schnell beiseite und schalt sich dafür, dass er mit solch ernsthaften Dingen spielte, solch dauerhaften Dingen. Um die Stimmung aufzuheitern, goss er Champagner nach.

„Morgana?"

„Ja?"

„Ich wollte dich etwas fragen." Er führte ihre Hand an seine Lippen und fand ihre Haut sehr viel verlockender als das Essen. „Wird Mrs. Littletons Nichte auf den Abschlussball gehen?"

Erst blinzelte sie verdutzt, dann lachte sie hell auf. „Nash, du bist ja ein Romantiker!"

„Nur neugierig." Ihr zweifelnder Blick ließ ihn grinsen. „Okay, ich geb's zu, auch ich liebe Happy Ends, wie jeder andere. Also, hat sie ihren Schwarm bekommen?“

Morgana biss ein Stück vom Hummer ab. „Zumindest sieht es so aus, als hätte sie genügend Mut gefunden, um Matthew zu fragen, ob er mit ihr hingehen will.“

„Sehr gut. Und?“

„Ich habe das nur von Mrs. Littleton aus zweiter Hand, es muss also nicht unbedingt alles stimmen. Laut Aussage von Mrs. Littleton ist er rot geworden, hat rumgestottert, sich die Nickelbrille höher auf die Nase geschoben und ‚warum nicht‘ geantwortet.“

Ernst hob Nash sein Glas. „Auf Jessie und Matthew.“

Morgana stieß mit ihm an. „Auf die erste Liebe. Sie ist immer die schönste.“

Er war da nicht sicher, hatte er diese Erfahrung doch bisher erfolgreich vermieden. „Was ist eigentlich aus deiner Highschool-Liebe geworden?“

„Wieso nimmst du an, ich hätte eine gehabt?“

„Hat das nicht jeder?“

Sie hob nur fragend eine Augenbraue. „Um ehrlich zu sein, ja, da war dieser Junge. Er hieß Joe und war in der Basketballmannschaft.“

„Ah, ein Athlet also.“

„Ich fürchte, Joe war nur Ersatzspieler. Aber er war groß, und das war damals sehr wichtig für mich, weil ich alle Jungs aus meiner Klasse überragte. Wir sind im letzten Jahr zusammen gewesen.“ Sie nippte an ihrem Champagner. „Und haben fürchterlich oft in seinem Auto geknutscht.“

„Solche Sachen stelle ich mir gern bildlich vor.“ Er grinste. „Erzähl ruhig weiter, ich sehe es vor mir. Außen. Nacht. Der Wagen steht mit abgestelltem Motor auf einer einsamen Straße. Die beiden Teenager umarmen und küssen sich leidenschaftlich. Aus dem Radio erklingt …“

„Ich glaube, es war ‚Hotel California‘“, erinnerte sie sich.

„Sehr schön. Also. Die letzten Gitarrenriffs verklingen, und … Was dann?“

„Ich fürchte, das war es dann auch. Er fing im Herbst in Berkeley an, und ich ging nach Radcliffe. Körpergröße und ein hübscher Mund waren leider nicht genug, um mein Herz über eine Distanz von dreitausend Meilen bei der Stange zu halten.“

Nash stieß einen tiefen Seufzer für alle Männer dieser Welt aus. „Flatterhaft, wie eben nur Frauen sein können …“

„Ich denke, Joe hat sich erstaunlich gut erholt. Er hat eine Diplomandin in Wirtschaft geheiratet und ist nach St. Louis gezogen. Soviel ich gehört habe, sollen sie mittlerweile drei Fünftel eines eigenen Basketballteams produziert haben.“

„Der gute alte Joe.“

Diesmal war es Morgana, die die Gläser nachfüllte. „Und bei dir?“

„Ich habe nie Basketball gespielt.“

„Ich meinte die Teenagerliebe.“

„Ach so.“ Er lehnte sich entspannt zurück und genoss den Moment. Das Feuer knisterte in seinem Rücken, die Frau lächelte ihn durch das Kerzenlicht an, der Champagner war ihm angenehm zu Kopf gestiegen. „Sie hieß Vicki – mit i – und war Cheerleader.“

„Und weiter?“

„Ich habe sie zwei Monate lang angehimmelt, bevor ich meinen ganzen Mut zusammengenommen und sie eingeladen habe, mit mir auszugehen. Ich war nämlich sehr schüchtern.“

„Erzähl mir etwas, das ich auch glauben kann.“

„Nein, wirklich. Ich bin mitten im Jahr auf eine andere Schule gekommen. Die Gruppen und Cliquen bestanden längst, und es gab kaum eine Möglichkeit, da aufgenommen zu werden. Und da du der Außenseiter bist, hast du Zeit, zu beobachten und dir Dinge auszumalen.“

Sie spürte Mitleid in sich aufkeimen, aber sie war nicht sicher, ob er es wollte. „Also hast du deine Zeit damit angefüllt, Vicki mit i zu beobachten.“

„Oh ja, und ich hatte sehr viel Zeit. Als ich sie zum ersten Mal diesen Luftsprung machen sah, war es um mich geschehen. Ich war verliebt.“ Er musterte Morgana fragend. „Du warst nicht zufällig Cheerleader?“

„Nein, tut mir leid.“

„Schade aber auch. Ich kriege nämlich heute noch weiche Knie, wenn ich einen Luftsprung sehe. Nun, auf jeden Fall … irgendwann habe ich mich überwunden und sie ins Kino eingeladen. ‚Freitag, der 13.‘. Der Film, nicht der Tag. Und während sich auf der Leinwand das Gemetzel abspielte, habe ich die ersten vorsichtigen Annäherungsversuche bei ihr gemacht. Vicki war keineswegs abgeneigt. Danach traten wir für den Rest des Schuljahrs als Pärchen auf. Allerdings hat sie mich dann für diesen Motorradkerl mit einer schweren Maschine und einem Tattoo sitzen lassen."

„Gemeines Luder."

Mit einem Achselzucken steckte er sich ein Stück Hummer in den Mund. „Sie ist mit ihm durchgebrannt. Ich habe gehört, sie sollen damals in einem Wohnwagen in der Nähe von El Paso gelebt haben. Geschieht ihr recht. So, wie sie mir mein Herz gebrochen hat."

Morgana neigte den Kopf zur Seite und musterte ihn aus halb geschlossenen Augen. „Ich habe den Eindruck, es ist längst wieder geheilt."

„Nur teilweise." Er sprach nicht gern über seine Vergangenheit, mit niemandem. Um abzulenken, stand er auf und legte andere Musik auf. Etwas Langsames. Gershwin. Er kam an den Tisch zurück und zog sie bei der Hand hoch. „Ich möchte dich halten", sagte er einfach.

Morgana schmiegte sich in seine Arme und ließ sich von ihm führen. Zuerst standen sie nur da und wiegten sich langsam zur Musik, seine Arme um ihre Hüfte, ihre Arme um seinen Nacken, ihre Blicke miteinander verschmolzen. Dann schob er sie sanft vor, und ihre Körper bewegten sich wie eine Einheit im Takt der Musik.

Er fragte sich, ob er immer so an sie denken würde – im Kerzenlicht. Die helle irische Haut schimmerte durchsichtig wie das feine Porzellan, die Haare, schwarz wie die Nacht vor den Fenstern, schienen wie übersät mit Tausenden von Sternen. Auch in Morganas Augen standen Sterne, wie leuchtende Punkte in dem dunklen Blau.

Der erste Kuss war sanft, ein stilles Treffen der Lippen, mit dem Versprechen, dass mehr kommen würde. Ein Versprechen, das alles verhieß, was man sich wünschen konnte. Nash fühlte den leichten Rausch des Champagners, als er den Kopf senkte und von Morganas Lippen trank, wie von den Blütenblättern einer Rose.

Ihre Finger streichelten seinen Nacken, reizten, neckten, liebkosten. Ein Stöhnen entrang sich ihrer Kehle, sie schmiegte sich an ihn, als er den Kuss vertiefte. Sie hielt die Augen offen, um jede kleinste Bewegung sehen zu können.

Er strich ihr über den Rücken, erfreut und erregt über ihre sofortige Reaktion. Er öffnete ihr Haar, kämmte mit den Fingern den geflochtenen Zopf auseinander, um die prachtvolle Mähne fühlen zu können. Er hörte, wie sie nach Luft schnappte, als er ihren Kopf zurückbeugte und hungrig ihren Mund suchte.

Sie schmeckte die Gefahr, die freudige Ekstase und die verzweifelte Sehnsucht. Die Kombination raubte ihr den Verstand, machte sie trunken wie schwerer Wein. Sie fühlte seine Muskeln unter ihren Fingern, hart vor Anspannung, und erschauerte aus Angst und Vorfreude bei dem Gedanken, was passieren mochte, wenn diese gezügelte Kraft freigelassen würde.

Verlangen zeigte sich in vielen Formen. Heute Nacht, das wusste sie, würde die Leidenschaft nichts von der geduldigen, ehrfürchtigen Anbetung haben wie beim letzten Mal. Heute Nacht würden Flammen auflodern und alles verzehren.

Irgendetwas brach. Er konnte das Reißen der Ketten hören, die seine Beherrschung bisher zusammengehalten hatten. Sein Körper schmerzte vor Verlangen und Begierde. Noch während er Morgana küsste, hob er sie hoch.

Sie hätte nie geglaubt, dass sie sich so mitreißen lassen würde. Bisher hatte sie noch in keiner Situation die Beherrschung verloren. Doch diesmal hatte sie sich geirrt. Als Nash mit ihr auf dem Arm den Raum verließ und die Treppe hinaufstieg, folgte sie ihm willig mit Geist und Körper. Fiebrig glitt sie mit ihren Lippen über sein Gesicht, seinen Hals und wieder zurück zu dem festen Mund.

Nash hielt keinen Moment inne, bemerkte nicht einmal, dass Morgana die Kerzen und die Musik mit nach oben gebracht hatte. Das Bett strahlte verlockend, und er ließ sich mit ihr darauf fallen.

Ungeduldige Hände, hungrige Münder, Worte, geflüstert in fiebriger Sehnsucht. Nash konnte nicht genug bekommen. Nichts konnte dieses drängende Verlangen schnell genug befriedigen. Er wusste, Morgana folgte ihm, aber er wollte sie weiter treiben, schneller und höher, bis es nichts mehr gab außer sengender Hitze und wütendem Sturm.

Sie konnte nicht mehr atmen. Die Luft war zu dick und zu heiß. So heiß, dass sie sich wunderte, warum sie nicht längst in Flammen aufgegangen war. Sie griff nach ihm, wollte ihn bitten, einen Moment innezuhalten, damit sie wieder zu Verstand kommen konnte. Doch da lag sein Mund wieder auf ihrem, und der Wunsch nach Vernunft schwand.

Mit irrsinniger Gier riss Nash die Verschlüsse ihres Kleides auf. Die Haken sprangen durch die Luft, der Stoff fiel zur Seite und gab feine schwarze Spitze frei. Mit einem Stoßseufzer riss er auch das zarte Gewebe fort, die letzte Barriere für seine Hände, bevor er Morganas Brüste umschließen konnte.

Sie schrie auf, nicht aus Angst oder Schmerz, sondern vor Entzücken, als sein gieriger Mund über ihre Haut fuhr.

Er war hemmungslos, skrupellos und zügellos. Wie ein Messer schnitt die Begierde in seinen Körper und durchtrennte jegliche Fesseln der Zivilisation. Und Morgana ergab sich nicht, sondern forderte, ebenso hemmungslos wie er. Sie nahm und drängte, sie lockte und reizte.

Sie wälzten sich auf dem Bett, versunken in ihr leidenschaftliches Ringen. Zitternde Hände rissen an Stoff, suchten nach heißem, schweißfeuchtem Fleisch. Namen, geflüstert wie andächtige Gebete, die in lustvolles Stöhnen übergingen.

Nash presste sie in die Matratze, verschränkte seine Finger mit den ihren. Er wusste, er würde sterben, wenn er sie jetzt nicht nahm, morgen nahm, an Tausenden von Morgen nahm. Schwer atmend hielt er sie fest, lang genug, dass ihre Blicke sich begegneten. War das eine Herausforderung, die er in ihren Augen sah? Oder Triumph?

Dann drang er in sie ein, und ihr Körper bog sich ihm entgegen, um ihn zu empfangen.

Tempo. Kraft. Grandiosität. Gemeinsam rasten sie schwindelnden Höhen entgegen, mit einer Energie, die aus dem Begehren gespeist wurde. Er presste den Mund fordernd auf ihre Lippen, sie schlang die Arme um ihn, kratzte mit den Nägeln über seinen Rücken.

Er fühlte, wie ihr Körper sich unter ihm aufbäumte, hörte ihren Lustschrei, und dann sah und hörte er nichts mehr, als er ihr auf den Gipfel folgte.

Es dauerte lange, bis Nash den Weg zurück in die Wirklichkeit fand. Er rollte auf die Seite, damit Morgana besser atmen konnte. Sie lag auf dem Bauch, wie hingegossen auf dem Bett. Immer noch nach

Atem ringend, starrte er in die Dunkelheit und ging in Gedanken das durch, was gerade zwischen ihnen passiert war. Er wusste nicht, ob er abgestoßen oder überglücklich sein sollte.

Er hatte ... nun, er hatte sie überfallen, das war wohl der passende Ausdruck. Auf jeden Fall hatte er sich nicht einen Deut um Behutsamkeit gekümmert. Wie viel Spaß auch immer es ihm bisher gemacht hatte, mit einer Frau zu schlafen, noch nie war er derart rasend vor Leidenschaft gewesen. Es hatte seine Reize. Aber er hatte keine Ahnung, wie Morgana darüber dachte, die Kleider vom Leib gerissen zu bekommen.

Nash legte vorsichtig eine Hand auf ihre Schulter. Sie zuckte zusammen. Erschrocken zog er sofort die Hand zurück. „Morgana, ist alles in Ordnung mit dir?"

Sie gab einen Laut von sich, ein Ton irgendwo zwischen einem Wimmern und einem Stöhnen. Angst durchfuhr ihn, sie könnte weinen. Wirklich gut gemacht, Kirkland, dachte er wütend auf sich selbst. Dann versuchte er es noch einmal. „Liebling, Morgana, es tut mir leid ..."

Er brach ab, wusste nicht, was er sagen sollte. Langsam drehte sie den Kopf, hob kraftlos eine Hand, um sich das Haar aus dem Gesicht zu streichen.

„Sagtest du etwas?"

„Ich wollte nur ... Bist du in Ordnung?"

Sie seufzte, ein lang gezogenes Brummen, das ihn nur noch unsicherer machte. „In Ordnung?" Sie sprach die Worte aus, als müsse sie sie neu überdenken. „Nein, ich glaube nicht. Frage mich noch mal, wenn ich wieder genügend Energie habe, um mich zu bewegen." Sie ließ die Hand über die zerwühlten Laken gleiten, bis sie bei seiner ankam. „Du denn?"

„Was?"

„Bist du in Ordnung?"

„Ich war schließlich nicht derjenige von uns, der überfallen wurde."

Ein träges Lächeln erschien langsam auf ihrem Gesicht. „So? Ich dachte, ich hätte eigentlich ziemlich gute Arbeit geleistet." Sie streckte sich und stellte erfreut fest, dass ihr Körper schon fast wieder funktionierte. „Gib mir ein Weilchen, dann versuch ich's noch mal."

Langsam setzte die Erleichterung ein. „Du bist also nicht böse?"

„Sehe ich etwa aus, als sei ich böse?"

Er dachte ernsthaft darüber nach. Sie sah aus wie eine Katze, die ein ganzes Fass Sahne leer geschleckt hatte. Er merkte nicht einmal, dass er zu grinsen begonnen hatte. „Nein, eigentlich nicht."

„Du bist wohl sehr stolz auf dich, was?"

„Vielleicht." Er griff nach ihr, um sie näher zu sich heranzuziehen, aber seine Finger verfingen sich in dem, was von ihrem BH noch übrig war. „Und du? Bist du stolz auf dich?"

Sie wunderte sich, wieso dieses breite Grinsen sein Gesicht nicht längst zerrissen hatte. Er betrachtete sie, und man sah ihm an, dass er am liebsten eine fröhliche Melodie gepfiffen hätte, während er die zerfetzte Spitze um seinen Finger kreisen ließ. Morgana setzte sich auf ihre Knie.

„Weißt du was, Nash?"

„Nein. Was?"

„Ich werde dir dieses dumme Grinsen aus dem Gesicht wischen."

„Tatsächlich? Wie denn?"

Sie warf ihr Haar zurück und setzte sich rittlings auf ihn. „Sieh mich an."

9. KAPITEL

Was Nash anging, so war das Leben eigentlich ziemlich angenehm. Tagsüber verbrachte er seine Zeit mit einer Arbeit, die er liebte, und er wurde auch noch sehr gut dafür bezahlt. Er war gesund, hatte ein neues Haus, alles lief gut. Am besten jedoch war diese unglaubliche Affäre mit dieser faszinierenden Frau. Eine Frau, zu der er – wie er in den letzten Wochen festgestellt hatte – sich nicht nur stark hingezogen fühlte, sondern die er auch als echte Freundin betrachtete.

Nash hatte erfahren müssen, dass eine Geliebte, mit der man außerhalb des Betts keinen Spaß haben konnte, nicht sehr erfüllend war, weil der Geist sich immer noch nach etwas sehnte. In Morgana hatte er eine Frau gefunden, mit der man lachen, reden, streiten und vor allem schlafen konnte, und das alles mit einem Gefühl der Vertrautheit, das er so noch nie erfahren hatte.

Eine Vertrautheit, von der er gar nicht gewusst hatte, wie sehr er sie sich wünschte. Manchmal vergaß er sogar, dass Morgana mehr als eine einfache Frau war.

Nachdem er jetzt sein morgendliches Pensum an Liegestützen erledigt hatte, dachte er über die letzten Tage nach, die sie gemeinsam verbracht hatten.

Sie waren nach Big Sur hinausgefahren, um von einem Aussichtspunkt die überwältigende Szenerie von Hügel, Meer und rauen Klippen zu betrachten. Der Wind hatte an ihren Haaren gezerrt, und wie Touristen hatten sie Fotos mit ihrer Kamera gemacht und mit seiner Videokamera gefilmt.

Obwohl Nash sich ziemlich dumm vorgekommen war, hatte er – als sie nicht hinsah – ein paar Kiesel aufgehoben und sie in seiner Tasche verschwinden lassen. Als Andenken an diesen Tag.

Er war hinter ihr hergestiefelt, als sie sämtliche Geschäfte in Carmel durchwühlt hatte, und hatte mit gutmütiger Resignation die Pakete geschleppt, die sie ihm in den Arm drückte.

Lunch auf der Terrasse eines hübschen Bistros, umgeben von Blumen. Picknicks bei Sonnenuntergang, einen Arm um sie gelegt, ihren Kopf an seiner Schulter, während der große rote Feuerball in den blauen Fluten versank. Sanfte Küsse in der Abenddämmerung. Unbeschwertes Gelächter. Viel sagende Blicke an überfüllten Plätzen.

Es war fast so, als würde er um sie werben.

Mit einem Stöhnen rollte Nash sich auf den Rücken und lockerte seine verspannten Arme. Werben? Nein, damit hatte das überhaupt nichts zu tun. Ganz bestimmt nicht. Es war einfach nur so, dass sie gerne zusammen waren. Sehr gerne. Aber das war keine Werbung. Werbung hatte den unguten Beigeschmack, dass es zu einer Hochzeit führen würde.

Und die Ehe, so hatte Nash schon vor langem entschieden, war eine Erfahrung, auf die er gänzlich verzichten wollte.

Ein leiser Zweifel beschlich ihn, als er aufstand. Hatte er sich vielleicht so verhalten, dass er Morgana Grund zu der Annahme gegeben hatte, das, was sie zusammen hatten, könnte eventuell zu etwas … nun, Endgültigem führen? Bei DeeDee hatte er von Anfang an gesagt, was Sache war, und trotzdem hatte sie sich eingebildet, sie könne seine Meinung ändern.

Aber bei Morgana hatte er überhaupt nichts gesagt. Er war zu beschäftigt damit gewesen, sich nach ihr zu sehnen, als dass er noch vernünftig gedacht hätte.

Er wollte sie nicht verletzen. Sie war ihm zu wichtig, sie bedeutete ihm zu viel. Sie …

Immer schön langsam, Kirkland, warnte er sich alarmiert. Sicher, sie war ihm wichtig, er mochte sie sehr. Aber das hieß nicht, dass er jetzt anfangen würde, über Liebe zu fantasieren. Auch Liebe stand in dem unerfreulichen Ruf, zu einer Hochzeit zu führen.

Mit gerunzelter Stirn stand er regungslos in dem Raum, den er mit Hanteln und Geräten zu einem Trainingsraum eingerichtet hatte. Ohne es zu merken, rann ihm ein Schweißtropfen die Schläfe herab. Na schön, er machte sich was aus ihr. Wahrscheinlich mehr, als er sich je aus einem Menschen gemacht hatte. Aber bis zu einer Hochzeitskutsche und Flitterwochen war es noch ein langer Weg.

Er rieb sich mit der Hand über die linke Brustseite, da, wo sein Herz saß. Warum musste er so oft an sie denken? Bisher hatte es keine Frau gegeben, die sich wie Morgana in seinen Alltag geschlichen hatte. Manchmal, wenn er etwas tat, hielt er mitten in der Bewegung inne und überlegte, was sie jetzt gerade wohl tun mochte. Es war mittlerweile so schlimm geworden, dass er nicht richtig schlafen konnte, wenn sie nicht neben ihm lag. Und wenn er dann morgens erwachte, begann er den Tag mit einem nagenden Gefühl von Enttäuschung.

Ein schlechtes Zeichen, dachte er und griff nach dem Handtuch, um sich das Gesicht abzutrocknen. Das Zeichen dafür, dass er längst einen Schlussstrich hätte ziehen müssen. Warum waren keine Alarmsirenen losgegangen? Keine kleine Stimme in seinem Hinterkopf, die warnende Worte gemurmelt hatte?

Anstatt sich vorsichtig zurückzuziehen, war er mit voller Wucht vorgeprescht.

Aber noch war er glücklicherweise nicht über die Klippe gestürzt. Nein, nicht Nash Kirkland. Er holte tief Luft und warf das Handtuch beiseite. Es war einfach nur das Neue, das ihn reizte. Sicher würden die Gefühle, die Morgana in ihm erweckte, bald vergehen.

Als er sich unter die Dusche stellte, versicherte er sich – wie jeder Abhängige –, dass er alles unter Kontrolle hatte. Er konnte jederzeit aufhören.

Trotzdem konnte sein Verstand es nicht lassen, weiter über dieses Problem nachzudenken. Vielleicht hatte er alles unter Kontrolle, aber was war mit Morgana? Steckte sie schon zu tief drin? Wenn sie ebensolche Gefühle hatte wie er, könnte sie vielleicht ja schon an … ja, an was denken? Ein Heim am Stadtrand? Handtücher mit Monogramm? Einen Traktorrasenmäher?

Während das kühle Wasser auf sein Gesicht prasselte, musste er grinsen. Und da behauptete er von sich, kein Chauvinist zu sein. Er sorgte sich, weil Morgana vielleicht Hoffnungen auf Ehe und Familie hegte, nur weil sie eine Frau war. Lächerlich. Sie war genauso wenig daran interessiert wie er, den tödlichen Sprung von der Klippe zu machen.

Seine Fantasie begann zu arbeiten.

Innen. Tag. Überall im Zimmer ist Spielzeug verteilt, der Wäschekorb quillt über, schmutzige Kleidung liegt verstreut herum. In einem Laufstall schreit ein kleines Kind. Der Held tritt auf, eine dicke Aktentasche in seiner Hand. Er trägt einen dunklen Anzug und eine überkorrekte Krawatte, sorgenvolle Linien auf seinem Gesicht. Ein Mann, der sich den ganzen Tag mit den Problemen anderer hat beschäftigen müssen und jetzt nach Hause kommt.

„Schatz“, ruft er, „ich bin zu Hause.“

Das Baby schreit weiter und rüttelt an den Gitterstäben. Resigniert stellt der Held die Tasche ab und nimmt das Kind auf den Arm. Die Windel ist so nass und schwer, dass sie durchhängt.

„Schon wieder zu spät.“ Die Ehefrau schlurft herein. Ihr Haar steht wirr um ihr Gesicht, das ärgerlich verzogen ist, die Lippen sind nur ein schmaler Strich. Sie trägt einen Bademantel, der bessere Tage gesehen hat, an den Füßen abgetragene Hausschuhe. Während der Held das Baby mit der nassen Windel auf dem Arm hält, beginnt die Ehefrau mit ihrer Litanei über sein Versagen, die defekte Waschmaschine, das verstopfte Waschbecken und endet schließlich mit dem Paukenschlag, dass sie schwanger ist. Schon wieder.

Gerade als die Szene, die er sich da vorstellte, sein schlechtes Gewissen zu beruhigen begann, drängte sich ein anderes Bild auf.

Nach Hause kommen. Geruch nach Blumen und Meer liegt in der Luft. Der Held lächelt, weil er fast da ist, wo er sein will. An dem Platz, nach dem er sich sehnt. Einen Strauß Tulpen in der Hand, geht er auf die Haustür zu. Sie wird geöffnet, bevor er sie erreicht.

Da steht sie. Das Haar zu einem langen Pferdeschwanz gebunden, lächelt sie ihn an. Ein hübsches dunkelhaariges Baby sitzt auf ihrem Arm, lacht glücklich und streckt die pummeligen Ärmchen aus. Er nimmt das Kind, reibt die Nase an der weichen Wange, nimmt den Duft von Babypuder und das dezente Parfüm seiner Frau wahr.

„Du hast uns gefehlt“, sagt sie und hebt ihr Gesicht, damit er sie küssen kann.

Nash blinzelte. Viel energischer als nötig, drehte er das Wasser ab.

Es stand wirklich schlimm um ihn. Aber da er wusste, dass diese zweite Szene mehr dem Reich der Fantasie entstammte als alles andere, was er je zu Papier gebracht hatte, hatte er immer noch alles unter Kontrolle.

Als er aus der Dusche stieg, fragte er sich, wie lange es wohl noch dauern würde, bis Morgana endlich hier war.

Morgana drückte das Gaspedal herunter und legte sich in die Kurve. Es war ein gutes Gefühl – nein, ein großartiges Gefühl –, so auf der von Bäumen beschatteten Allee dahinzubrausen und die Meeresbrise in den Haaren zu spüren. Das Großartige daran war, dass sie auf dem Weg zu jemandem war, der ihr Leben verändert hatte.

Sie war auch ohne Nash zufrieden gewesen. Und sie wäre es auch weiterhin gewesen, wenn sie ihn nicht getroffen hätte. Aber sie hatte ihn getroffen, und nichts würde mehr so sein wie zuvor.

Sie fragte sich, ob er wusste, was es ihr bedeutete, dass er sie so akzeptierte, wie sie war. Sie bezweifelte das. Sie selbst hatte es ja nicht gewusst, bis es geschehen war. Nash hatte die Angewohnheit, die Dinge von einem ziemlich verschrobenen Winkel her zu betrachten und das Amüsante darin zu sehen. Wahrscheinlich betrachtete er auch ihre Gabe als eine Art Streich, der der Wissenschaft gespielt wurde. Vielleicht war es ja sogar so.

Wichtig war nur, dass er es wusste und es akzeptierte. Er sah sie ja auch nicht so an, als würde er erwarten, dass ihr jederzeit ein zweiter Kopf auf der Schulter wachsen würde. Im Gegenteil, er sah sie an, wie ein Mann eine Frau ansah.

Es war so einfach, in ihn verliebt zu sein. Obwohl sie sich nie als Romantikerin betrachtet hatte, hatte sie die Bücher, die Lieder, die Liebesgedichte plötzlich zu schätzen gelernt. Es war wahr, was man sagte: Die Luft roch frischer, die Blumen süßer, wenn man verliebt war.

Sie strich über die Rose, die neben ihr auf dem Beifahrersitz lag, und roch an den samtenen Blütenblättern. So sah auch ihre Welt aus – eine Knospe, die dabei war, sich zu voller Schönheit zu entfalten.

Sie fühlte sich wie berauscht, wenn sie darüber nachdachte. Aber ihre Gedanken gehörten ihr, ihr allein. Bis sie entschied, sie mit jemandem zu teilen. Früher oder später würde sie sie mit Nash teilen müssen.

Sie wusste nicht, wie lange es dauerte, bis es kompliziert wurde. Aber im Moment wollte sie einfach nichts anderes tun, als ihr Glück jeden einzelnen Moment voll auszukosten.

Sie lächelte, als sie vor seinem Haus vorfuhr. Sie hatte ein paar Überraschungen für Nash, nicht zuletzt ihr Plan, was sie an diesem lauen Samstagabend zusammen machen würden. Sie griff nach der Tasche auf dem Rücksitz, und Pan legte ihr seinen Kopf auf die Schulter.

„Ihr beide benehmt euch, verstanden?“, sagte sie zu Pan und Luna. „Wenn nicht, bringe ich euch wieder nach Hause, dann könnt ihr bis Montag allein bleiben.“

Als sie ausstieg, fühlte Morgana ein seltsames Flattern, wie ein Vorhang, der sich über ihren Geist legte. Sie stand da, eine Hand an der Tür, horchte auf den Wind. Die Luft wurde schwerer, düsterer. Ihr war, als wäre sie aus dem Sonnenlicht in den Schatten getreten. Schatten, in denen Geheimnisse auf sie warteten, die gelöst werden mussten. Sie strengte sich an, um durch diesen Nebel sehen zu können, doch der Dunst war zu trüb, ließ nur hier und da eine Andeutung aufblitzen.

Obwohl sie weder Sebastians Gabe des Sehens besaß noch Anastasias Gabe des Empfindens, verstand sie.

Veränderungen kündigten sich an. Schon bald. Und Morgana verstand auch, dass das nicht die Veränderungen waren, die sie sich wünschte.

Sie schüttelte die düstere Stimmung ab und ging weiter. Das Morgen kann immer geändert werden, erinnerte sie sich. Vor allem, wenn man sich auf das Jetzt konzentrierte. Und „Jetzt" bedeutete erst einmal Nash, daher war sie bereit, dafür zu kämpfen.

Er öffnete die Tür, bevor sie angekommen war, und strahlte sie an. „Hi, Baby."

„Hi." Da sie die Tasche in der einen Hand trug, schlang sie nur einen Arm um seinen Nacken und schmiegte sich an ihn, um ihn zu küssen. „Weißt du eigentlich, wie ich mich fühle?"

„Klar." Er ließ seine Hände über ihren Rücken gleiten. „Du fühlst dich großartig."

Sie lachte und schob alle Zweifel beiseite. „Da hast du völlig recht." Spontan gab sie ihm die Rose.

„Für mich?" Er war nicht sicher, wie ein Mann zu reagieren hatte, wenn eine Frau ihm eine Rose überreichte.

„Nur für dich." Sie küsste ihn noch einmal, während Luna besitzergreifend ins Haus stolzierte. „Hättest du vielleicht Lust darauf", ihr Mund wanderte verführerisch zu seinem Ohr, ihre Finger lagen auf seiner Brust, „einen richtig dekadenten Abend zu verbringen?"

Sein Blut pumpte schneller durch seine Adern, und in seinen Ohren begann es zu rauschen. „Wann fangen wir an?"

„Nun", sie rieb sich aufreizend an ihm, „warum unnütz Zeit verschwenden?"

„Himmel, ich liebe provozierende Frauen."

„Das ist gut. Ich habe nämlich große Pläne mit dir ... Baby." Sie knabberte an seiner Unterlippe. „Es wird sicher Stunden dauern."

Er bezweifelte ernsthaft, je wieder Luft holen zu können. „Sollen wir hier anfangen und uns langsam nach drinnen vorarbeiten?"

„Mhm." Sie griff an seinen Hosenbund und zog ihn mit sich ins Haus. Pan trottete hinter ihnen her, wohl wissend, dass er von keinem der beiden Aufmerksamkeit erwarten konnte. Also machte er sich auf, das Haus zu erkunden. „Was ich mit dir vorhabe, können wir nicht hier draußen tun. Komm mit." Morgana warf Nash einen verführerischen Blick über die Schulter zu und begann die Treppe hinaufzusteigen.

„Das musst du mir nicht zweimal sagen."

Oben angekommen, versuchte er sie zu fangen. Sie zierte sich ein bisschen, aber nur ein ganz kleines bisschen, und ließ sich von ihm in die Arme ziehen. Glitt mit einem wohligen Seufzer in den Kuss hinein, wie man in eine warme Badewanne sank. Heiß und prickelnd. Doch als er sich an ihrem Reißverschluss zu schaffen machte, zog sie sich zurück.

„Morgana ..."

Sie schüttelte nur den Kopf und schlenderte zum Schlafzimmer.

„Ich habe etwas für dich mitgebracht, Nash." Sie ging zu ihrer Tasche und zog einen schwarzen Spitzenhauch hervor. Achtlos warf sie das Negligee aufs Bett. Nash sah darauf, sah zu ihr, wieder auf diesen Traum von Spitze. Er konnte sich genau vorstellen, wie sie darin aussehen würde.

Er konnte sich außerdem ganz genau vorstellen, wie er es ihr ausziehen würde.

Seine Fingerspitzen begannen zu kribbeln.

„Ich habe auf dem Weg hierher angehalten und ein paar ... Dinge abgeholt."

Ohne den Blick von ihr zu wenden, legte er die Rose auf die Kommode. „Bis jetzt gefällt es mir."

„Oh, es wird noch besser." Sie zog etwas aus der Tasche und reichte es Nash.

Mit gerunzelter Stirn blickte er auf die Videokassette. „Filme für Erwachsene?"

„Lies den Titel."

Amüsiert drehte er die Box um. Und stieß einen Freudenschrei aus. „Wow! ‚The Crawling Eye'!" Ein breites Grinsen erschien auf seinem Gesicht.

„Einverstanden?"

„Mehr als das – das ist großartig. Ein Klassiker. Den habe ich schon seit Jahren nicht mehr gesehen."

„Da ist noch mehr." Sie nahm die Tasche und kippte sie aus. Neben Wäsche und Kosmetiktasche fielen drei weitere Videobänder aufs Bett. Nash schnappte sie sich aufgeregt wie ein Kind unter dem Weihnachtsbaum.

„‚Ein Werwolf in London', ‚Nightmare on Elm Street', ‚Dracula'. Wunderbar." Lachend hob er sie hoch. „Was für eine Frau! Das heißt also, du willst den ganzen Abend Horrorfilme anschauen?"

„Nun, mit längeren Pausen dazwischen."

Diesmal ließ er sich nicht mehr davon abhalten, ihren Reißverschluss mit einem Ruck blitzschnell herunterzuziehen. „Ich sag dir was ... warum fangen wir nicht mit einer Eröffnungsszene an?"

Sie lachte, als sie sich zusammen auf das Bett fallen ließen. „Ich liebe gute Einführungen."

Nash konnte sich kein perfekteres Wochenende vorstellen. Bis in den frühen Morgen sahen sie sich die Filme an – unter anderem. Sie schliefen bis zum Mittag und gönnten sich Frühstück im Bett.

Er konnte sich auch keine perfektere Frau vorstellen. Morgana war nicht nur schön, intelligent und sexy, sie wusste auch die Feinheiten eines Filmes wie „The Crawling Eye" zu würdigen.

Es machte ihm gar nichts aus, dass sie ihn Sonntagnachmittag zur Arbeit antrieb. Sie werkelten zusammen im Garten, und Rasenmähen, Unkrautrupfen und Pflanzen bekam plötzlich eine völlig neue Bedeutung für ihn, als er sie da im Gras sitzen sah, mit einem seiner T-Shirts und einer alten Jeans, die sie – weil sie ihr viel zu weit war – mit einer einfachen Kordel festgezurrt hatte.

Was ihn unwillkürlich auf den Gedanken brachte, wie es wohl sein mochte, wenn sie immer hier wäre. In seiner Reichweite.

Das Unkrautjäten, das ihm aufgetragen worden war, vergaß er darüber völlig. Er kraulte Pans Kopf und betrachtete Morgana gedankenversunken.

Sie summte. Er kannte die Melodie nicht, sie hörte sich fremdartig an. Wahrscheinlich irgendein altes Hexenlied, von Generation zu Generation weitergegeben. Morgana war wirklich zauberhaft. Auch ohne ihre Gabe wäre sie sicher zauberhaft gewesen.

Ihr Haar steckte unter einer zerschlissenen Baseballkappe. Sie war ungeschminkt. Seine Jeans waren so weit, dass sie an den Hüften ausbeulten. Und doch sah Morgana verführerisch und erotisch aus. Ob in schwarzer Spitze oder in ausgewaschenen Jeans, sie strahlte Sinnlichkeit aus wie die Sonne das Licht.

Und was wichtiger war – ihr Gesicht zeugte von einer Reinheit, einem Selbstbewusstsein, das er einfach absolut unwiderstehlich fand.

Er konnte sie sich gut vorstellen, wie sie dort kniete, auf diesem Platz, in einem Jahr, in zehn Jahren. Und immer noch sein Blut in Wallung brachte.

Du lieber Himmel! Seine Hand glitt schlaff vom Kopf des Hundes herab. Er hatte sich in sie verliebt. So richtig. Mit voller Wucht. Er war völlig gefangen von dem erschreckenden, unheimlichen Wort mit L.

Was, zum Teufel, sollte er jetzt tun?

Alles unter Kontrolle, ja?, dachte er verächtlich. Er konnte sich jederzeit zurückziehen, ja? So ein Quatsch!

Er erhob sich mit wackeligen Beinen. Das Stahlband, das seinen Magen zusammenschnürte, war reine Angst. Um sie beide.

Morgana sah zu ihm herüber, zog den Schirm der Kappe herunter, damit die Sonne sie nicht blendete. „Ist etwas?"

„Nein. Nein, ich … ich gehe nur schnell rein und hole uns etwas Kaltes zu trinken."

Fast rannte er ins rettende Haus und ließ Morgana verwundert zurück.

Feigling. Trottel. Schwächling. Auf dem Weg in die Küche verfluchte er sich selbst. Er füllte ein Glas mit Wasser und stürzte es hinunter. Vielleicht lag es nur an der Sonne. Oder an zu wenig Schlaf. Oder einer überaktiven Libido.

Langsam setzte er das Glas ab. Ja, sicher, klar doch. Es war Liebe.

Hereinspaziert, Herrschaften, treten Sie näher. Kommen Sie heran, sehen Sie zu, wie ein normaler, vernünftiger Mann sich durch die Liebe zu einer Frau in ein zitterndes, wimmerndes Nervenbündel verwandelt.

Er beugte sich über das Waschbecken und spritzte sich Wasser ins Gesicht. Er hatte keine Ahnung, wie es passiert war, aber er würde damit fertig werden müssen. So wie er das sah, gab es keinen Fluchtweg. Aber schließlich war er ein erwachsener Mann. Also würde er Reife zeigen und sich dem stellen.

Vielleicht sollte er es ihr einfach sagen. Geradeheraus.

Morgana, ich bin verrückt nach dir.

Er stieß den Atem aus und spritzte mehr Wasser. Zu schwach, zu nichts sagend.

Morgana, mir ist bewusst geworden, dass das, was ich für dich fühle, mehr ist als nur Anziehungskraft. Ja, mehr als Zuneigung.

Noch mehr Wasser. Viel zu pompös. Hörte sich einfach blöd an.

Morgana, ich liebe dich.

Simpel. Direkt. Und so verdammt Angst einflößend.

Nun, er war doch auf Angsteinflößen spezialisiert, oder? Er müsste eigentlich in der Lage sein, das durchzuziehen. Er reckte die Schultern, wappnete sich und schickte sich an, die Küche zu verlassen, als das Telefon klingelte.

Das Schrillen ließ ihn fast aus der Haut fahren.

„Ganz ruhig“, murmelte er.

„Nash?“ Morgana stand im Eingang, ihre Augen drückten Neugier und Sorge aus. „Bist du in Ordnung?“

„Wer? Ich? Ja, sicher, alles bestens.“ Er fuhr sich nervös durchs Haar. „Und du? Alles in Ordnung mit dir?“

„Ja, natürlich“, sagte sie gedehnt. „Willst du nicht ans Telefon gehen?“

„Telefon?“ Mit leerem Blick starrte er auf den Apparat an der Wand, während seine Gedanken in tausend verschiedene Richtungen gingen. „Ja … klar.“

„Ich kümmere mich in der Zwischenzeit um die Limonade, während du telefonierst.“ Mit gerunzelter Stirn ging sie zum Kühlschrank.

Nash hatte gar nicht gemerkt, wie feucht seine Handflächen geworden waren, bis er den Hörer abnahm. Mit einem entschuldigenden Lächeln wischte er sich die freie Hand an der Jeans ab.

„Hallo."

Das Lächeln verschwand von einem Moment auf den anderen. Mit der Limonadenflasche in der Hand, blieb Morgana erstaunt beim Kühlschrank stehen.

So hatte sie ihn noch nie gesehen. Kalt. Eiskalt. Seine Augen wirkten starr, gefrorener Raureif auf Samt. Selbst als er sich jetzt gegen den Tresen lehnte, war jeder einzelne seiner Muskeln gespannt.

Morgana fühlte, wie ihr ein Schauer über den Rücken rann. Sie hatte gewusst, dass er gefährlich sein konnte, und der Mann da vor ihr zeigte nicht mehr nur die Andeutung von jungenhaftem Charme und gutmütigem Humor. Wie eine von Nashs Fantasiefiguren, war dieser Mann hier hart und skrupellos.

Wer immer da am anderen Ende des Telefons war, musste dankbar sein für die räumliche Entfernung.

„Leeanne." Er sprach den Namen frostig und völlig tonlos aus. Die Stimme, die da so unbeschwert an sein Ohr drang, ließ ihn mit den Zähnen knirschen. Alte Erinnerungen, alte Verletzungen kamen an die Oberfläche. Er ließ die Frau reden, bis er sicher war, sich unter Kontrolle zu haben. „Hör mit dem Geschwätz auf, Leeanne. Wie viel?"

Er hörte sich das Schmeicheln, das Klagen, sogar die Vorwürfe an. Er trug schließlich die Verantwortung für alles, so wurde er erinnert. Seine Verpflichtungen. Seine Familie.

„Nein, es kümmert mich überhaupt nicht. Es ist nicht meine Schuld, dass du dich wieder an einen Versager gehängt hast." Seine Lippen verzogen sich zu einem sarkastischen Lächeln. „Ja, sicher, war eben Pech. Also, wie viel?", wiederholte er seine Frage. Als er die Summe vernahm, zuckte er mit keiner Wimper. „Wohin soll ich es schicken?" Er zog eine Schublade auf und kramte nach Papier und Bleistift. „Ja, habe ich. Morgen." Er schob Block und Stift angewidert fort. „Ich sagte doch, dass ich es mache. Also hör endlich auf. Ich habe schließlich einige Dinge zu erledigen. Ja, sicher."

Er hängte ein und wollte gerade die endlose Reihe Flüche loswerden, die er auf der Zunge liegen hatte, als er Morgana erblickte. Er hatte sie völlig vergessen. Als sie etwas sagen wollte, schüttelte er den Kopf.

„Ich gehe spazieren", knurrte er und schlug die Tür hinter sich zu.

Vorsichtig setzte Morgana endlich die Flasche ab. Wer immer da angerufen hatte, hatte mehr getan, als ihn nur zu verärgern. Da war mehr in seinen Augen gewesen als Wut. Sie hatte die Traurigkeit gesehen, den Schmerz. Deshalb widerstand sie ihrem ersten Impuls, ihm nachzugehen. Es war besser, ihn ein paar Minuten allein zu lassen.

Mit langen Schritten marschierte Nash über das frisch gemähte Gras, ohne die Blumen zu bemerken, die, befreit vom Unkraut, ihre Blüten der Sonne entgegenreckten. Automatisch ging er auf die Felsen zu, die sein Grundstück von der Bucht abgrenzten.

Das war ein weiterer Grund gewesen, warum er dieses Fleckchen ausgesucht hatte. Die Kombination von Wildheit und Ruhe.

Es passte zu ihm. Gedankenversunken stopfte er die Hände in die Hosentaschen. Oberflächlich betrachtet machte er den Eindruck eines ungezwungenen, lockeren Mannes. Diese Eigenschaften hatte er durchaus auch. Aber manchmal, vielleicht sogar oft, flammte eine gewisse Härte und Skrupellosigkeit in ihm auf.

Er ließ sich auf einem Felsblock nieder und starrte hinaus aufs Wasser. Er würde die Möwen, die Wellen und die Boote beobachten. Und er würde warten, bis er sich genug beruhigt hatte, um wieder der ungezwungene Mann zu sein.

Dem Himmel sei Dank, dachte er, als er tief die Luft einzog. Dass er Morgana nichts von seinen Gefühlen gesagt hatte. Nur ein Anruf aus seiner Vergangenheit war nötig gewesen, um ihn daran zu erinnern, dass in seinem Leben kein Platz für Liebe war.

Er hätte es ihr wirklich gesagt. Er hätte sich von seinem Impuls hinreißen lassen und ihr gesagt, dass er sie liebte. Vielleicht – sehr wahrscheinlich sogar – hätte er von gemeinsamen Plänen zu sprechen begonnen.

Und dann hätte er es ruiniert. Unweigerlich. Beziehungen kaputtzumachen war ihm vererbt worden.

Leeanne. Er lachte bitter auf. Nun, er würde ihr das Geld schicken, und sie würde wieder aus seinem Leben verschwinden. Bis zum nächsten Mal. Bis das Geld wieder knapp wurde.

So würde es immer wieder sein. Für den Rest seines Lebens.

„Es ist wunderschön hier", sagte Morgana leise hinter ihm.

Er zuckte nicht zusammen, er seufzte nur. Er hätte damit rechnen müssen, dass sie ihm folgen würde. Wahrscheinlich erwartete sie auch eine Erklärung.

Wie kreativ sollte er sein? Sollte er ihr sagen, Leeanne sei eine alte Flamme, jemand, der sich aber nicht so einfach beiseiteschieben ließ? Vielleicht könnte er ja auch eine amüsante Geschichte von der Ehefrau eines Mafia-Bosses erfinden, mit der er angeblich eine kurze, hitzige Affäre gehabt hätte. Das war doch ganz spannend.

Oder er könnte die Geschichte einer Witwe erfinden, die Frau seines besten Freundes, die ihn ab und zu um eine Finanzspritze bat.

Zum Teufel, er konnte ihr alles Mögliche erzählen. Nur nicht die bittere Wahrheit.

Sie setzte sich neben ihn auf den Felsen. Und verlangte nichts. Sagte nichts. Fragte nichts. Sie sah nur über die Bucht hinaus, so wie er. Wartete.

Er hatte das schier unerträgliche Bedürfnis, seinen Kopf an ihre Brust zu betten. Sie einfach zu halten, bis seine hilflose Wut sich aufgelöst hatte.

Er wusste auch, dass sie, wie viel Einfallsreichtum er auch beweisen mochte, ihm nichts anderes glauben würde als die Wahrheit.

„Es gefällt mir hier“, sagte er, als das Schweigen sich endlos dehnte. „In L.A. sah ich von meiner Eigentumswohnung aus auf eine andere Eigentumswohnung. Mir war gar nicht klar, wie eingezwängt ich war, bis ich hierherzog.“

„Jeder fühlt sich manchmal eingezwängt.“ Sie legte eine Hand auf seinen Oberschenkel. „Wenn ich dieses Gefühl habe, gehe ich nach Irland. Laufe über einsame Strände. Dabei denke ich an all die Menschen, die vor mir schon dort gelaufen sind und die nach mir dort laufen werden. Dann wird mir wieder bewusst, dass nichts ewig währt. Ganz gleich, wie schlimm oder wie gut es ist, alles geht vorbei und erreicht eine andere Ebene.“

„Alles ändert sich, aber nichts vergeht“, murmelte er.

Sie lächelte leise. „Ja, das fasst es perfekt zusammen.“ Sie nahm sein Gesicht in beide Hände, ihre Augen waren sanft und klar, und in ihrer Stimme lag Trost. „Rede mit mir, Nash. Vielleicht kann ich nicht helfen, aber ich kann zuhören.“

„Es gibt nichts zu sagen.“

Etwas flackerte in ihren Augen auf, Nash verfluchte sich augenblicklich, als er erkannte, dass es Verletztheit war. „Im Bett bin ich dir also willkommen, aber nicht in deinen Gedanken."

„Verdammt, das eine hat mit dem anderen überhaupt nichts zu tun." Er ließ sich von niemandem drängen, über seine Vergangenheit zu reden, eine Vergangenheit, die er so tief wie möglich begraben hatte.

„Ich verstehe." Morgana ließ die Hände sinken. Für einen Moment war sie versucht, ihm mit einem einfachen Zauberspruch zu helfen, der ihm Ruhe und Frieden bringen würde. Aber das wäre nicht richtig. Magie zu benutzen, um Gefühle zu ändern, würde nur sie beide verletzen. „Also gut. Ich werde die restlichen Stiefmütterchen einpflanzen."

Sie stand auf. Kein Vorwurf, keine hitzigen Worte. Er hätte das dieser kühlen Akzeptanz vorgezogen. Als sie den ersten Schritt machte, griff er nach ihrer Hand. Sie sah den Kampf, den er mit sich focht, auf seinem Gesicht, aber sie schwieg.

„Leeanne ist meine Mutter."

10. KAPITEL

Seine Mutter. Da Morgana den Schmerz in Nashs Augen sah, verbarg sie ihr Erschrecken vor ihm. Sie dachte daran, wie kalt seine Stimme geworden war, als er mit Leeanne gesprochen hatte, wie hart seine Miene gewesen war. Und doch war die Frau am anderen Ende seine Mutter gewesen.

Wie konnte ein Mann nur solche Abneigung und Feindseligkeit gegenüber der Frau empfinden, die ihm das Leben geschenkt hatte?

Aber der Mann war Nash. Morgana dachte an die tiefe Liebe, die sie für ihre Familie empfand, während sie ihn musterte.

Verletzt. Ja, in seinem Gesicht und seiner Stimme war nicht nur Wut gewesen, sondern auch Verletztheit. War jetzt immer noch da, nachdem all die Schichten von Selbstbewusstsein und Lässigkeit verschwunden waren. Ihr Herz tat ihr weh, aber sie wusste, das würde Nashs Schmerz nicht lindern. Sie wünschte, sie hätte Anastasias Gabe und könnte etwas von diesem Schmerz für ihn ertragen.

Nein, sie war keine Empathin, aber sie konnte ihm Unterstützung bieten. Und Liebe. „Erzähl mir."

Wo sollte er beginnen? Wie sollte er ihr erklären, was er sich selbst nicht erklären konnte? Er sah auf Morganas und seine Hand, ihre ineinander verschränkten Finger. Morgana bot ihm Hilfe und Verständnis, wo er doch immer geglaubt hatte, er würde es nie brauchen.

All die Gefühle, die er nie hatte äußern wollen, strömten aus ihm heraus.

„Wahrscheinlich muss man bei meiner Großmutter anfangen. Sie war ...", er suchte nach einer taktvollen Beschreibung, „... nun, sie wich nie vom Pfad ab. Und erwartete von jedem anderen Menschen, ebenso zu sein wie sie und auf diesem engen Pfad zu bleiben. Müsste ich ein Adjektiv finden, so würde ich ‚intolerant' wählen. Ihr Mann starb, da war Leeanne ungefähr zehn. Mein Großvater hatte eine eigene Versicherungsgesellschaft, also stand meine Großmutter finanziell recht gut da. Trotzdem kratzte sie jeden Penny zusammen. Sie gehörte zu den Menschen, die es einfach nicht in sich tragen, das Leben zu genießen."

Er verfiel in Schweigen, sah den Möwen nach, die über das Wasser glitten. Morgana blieb still und wartete.

„Vielleicht klingt das nach einer traurigen Geschichte. Die Witwe, die plötzlich mit zwei kleinen Mädchen allein ist. Bis man erfährt, dass meine Großmutter es genoss, das Kommando zu haben. Als Witwe Kirkland hatte sie bei niemandem mehr Rechenschaft abzulegen. Ich kann mir bestens vorstellen, wie streng sie mit den Mädchen war. Sie hat Frömmigkeit und Sex über ihren Häuptern geschwungen wie ein Schwert. Bei Leeanne hat es nichts genützt. Sie wurde schwanger, mit siebzehn, und hatte nicht die leiseste Ahnung, wer der Vater sein könnte."

Er sagte es unbeteiligt, mit einem Achselzucken, aber Morgana sah hinter die Fassade. „Hältst du ihr das vor?"

„Nein. Ich mache ihr keinen Vorwurf, nicht für das. Die alte Dame muss ihr neun Monate lang das Leben zur Hölle gemacht haben. Je nachdem, von wem man die Geschichte hört, ist es entweder das arme junge Mädchen, das für einen einzigen Fehltritt endlos bestraft wird, oder es ist die Heilige, die ihre sündige Tochter aufnimmt und dafür endlos leiden muss. Ich habe da meine eigene Meinung. Wir haben hier zwei egoistische Frauen, die sich einen Dreck um andere kümmerten."

„Sie war gerade mal siebzehn, Nash", warf Morgana leise ein.

Wut zeichnete harte, unnachgiebige Linien um seinen Mund. „Ach, deshalb ist es in Ordnung? Es ist also okay, dass sie mit siebzehn durch so viele Betten gehüpft ist, dass sie nicht einmal weiß, wer als Vater infrage kommt? Weil sie siebzehn ist, ist es in Ordnung, dass sie zwei Tage nach der Niederkunft verschwindet, mich bei dieser verbitterten alten Frau zurücklässt und sich geschlagene sechsundzwanzig Jahre nicht meldet? Dass sie sich nie um mich gekümmert hat, nie für mich interessiert hat?"

Die Qual, die in seiner Stimme mitschwang, zerriss ihr das Herz. Sie wollte ihn an sich ziehen, ihn halten, bis das Schlimmste vorbei wäre. Doch als sie die Arme nach ihm ausstreckte, wich er zurück.

„Ich muss mich bewegen."

Sie traf ihre Entscheidung schnell. Entweder konnte sie ihn allein gehen und versuchen lassen, den Schmerz zu verarbeiten. Oder sie konnte die Pein mit ihm teilen. Bevor er noch drei Schritte gemacht hatte, war sie an seiner Seite und nahm seine Hand.

„Es tut mir so leid, Nash."

Er schüttelte heftig den Kopf. Die Luft war süß und mild, aber sie brannte in seiner Kehle wie Schwefel. „Nein, mir tut es leid. Es gibt keinen Grund, die Vergangenheit an dir auszulassen."

Sie berührte seine Wange. „Ich kann schon damit umgehen."

Aber er wusste nicht, ob er es konnte. Er hatte noch nie mit jemandem darüber gesprochen. Nie. Es laut auszusprechen hinterließ einen bitteren, ekeligen Geschmack in seinem Mund. Er fürchtete, er würde ihn nie wieder loswerden.

Er atmete tief durch und setzte erneut an. „Ich blieb bei meiner Großmutter, bis ich fünf war. Meine Tante Carolyn hatte geheiratet. Er war in der Armee, Berufssoldat. Während der nächsten Jahre zog ich mit ihnen herum, von Stützpunkt zu Stützpunkt. Er war ein sturer Mistkerl, einer, der mich nur tolerierte, weil Carolyn weinte und hysterische Szenen machte, wenn er, mal wieder betrunken, drohte, mich wegzuschicken."

Morgana konnte es sich nur zu gut vorstellen: der kleine Junge, von jedem beherrscht, aber von niemandem gewollt. „Du hast es gehasst."

„Ja. Ich glaube, das trifft es ziemlich genau. Damals wusste ich zwar nicht, warum, aber ich hasste es. Wenn ich heute darüber nachdenke, ist mir klar, dass Carolyn auf ihre Art genauso labil war wie Leeanne. In der einen Minute benahm sie sich wie eine Glucke, in der anderen ignorierte sie mich völlig. Bei ihr klappte es mit dem Schwangerwerden nicht. Dann, als ich ungefähr acht oder neun war, erwartete sie endlich ein Kind. Also wurde ich zu meiner Großmutter zurückgeschickt. Carolyn brauchte ja kein Ersatzkind mehr, sie hatte jetzt ihr eigenes."

Morgana spürte, wie ihr Tränen der Wut in die Augen traten, als sie sich das unschuldige, hilflose Kind vorstellte, hin- und hergeschoben zwischen Menschen, die nichts von der Liebe wussten.

„Sie hat mich nie als Mensch, als Person angesehen. Ich war nur ein Fehler. Das war das Schlimmste daran", sagte er mehr zu sich selbst. „Sie hat es immer wieder betont, damit es auch ganz bestimmt hängen bleibt. Jeder Atemzug, den ich tat, jeder einzelne Herzschlag war nur deshalb möglich, weil ein ehrloses, unmoralisches, dummes Mädchen einen Fehler gemacht hatte."

„Nein“, sagte Morgana entsetzt. „Sie hatte unrecht.“

„Ja, vielleicht. Aber solche Sachen bleiben einem für den Rest des Lebens. Ich musste mir viel über den Sündenfall anhören, über die heimtückischen Gelüste des schwachen Fleisches. Ich war faul, widerspenstig und böse – ihr bevorzugter Ausdruck.“ Er lächelte Morgana grimmig an. „Aber mehr erwartete sie auch nicht, so, wie ich empfangen wurde.“

„Sie war eine schreckliche Frau“, sagte Morgana mit Inbrunst. Namenlose Wut stieg in ihr auf, fast verlor sie die Beherrschung. „Sie hatte dich nicht verdient.“

„Oh, bei Letzterem würde sie auf jeden Fall mit dir übereinstimmen. Sie hat mir sehr deutlich gemacht, dass ich dankbar sein müsse, weil sie mir Essen und ein Dach über dem Kopf bot. Aber Dankbarkeit war das Letzte, was ich verspürte. Ich rannte weg. Oft. Mit zwölf holte mich dann das System ein. Ich kam zu Pflegeeltern.“

Er bewegte unruhig die Schultern, ein Zeichen für den inneren Tumult, der in ihm tobte. Er lief hin und her, seine Schritte wurden ausholender, je mehr ihn die Erinnerung plagte.

„Manche waren ganz okay. Die, die dich wirklich wollten. Andere warteten nur auf den Scheck, den du ihnen jeden Monat einbrachtest. Aber manchmal konnte man Glück haben und in einem richtigen Zuhause landen. Ein Weihnachten habe ich bei einer richtigen Familie verbracht, den Hendersons.“ Seine Stimme veränderte sich, wurde weicher, voller Staunen. „Sie waren großartig, behandelten mich genauso wie ihre eigenen Kinder. Immer lag der Duft von gebackenen Keksen in der Luft. Sie hatten einen Weihnachtsbaum, mit Geschenken darunter, schön verpackt mit Schleifen und allem. Am Kamin hingen die Socken für den Weihnachtsmann. Es hat mich umgehauen, als ich einen entdeckte, auf dem mein Name stand. Sie haben mir ein Fahrrad geschenkt“, sagte er leise. „Mr. Henderson hatte es gebraucht gekauft und im Keller repariert. Er hat es rot angestrichen, knallrot, wie ein Feuerwehrauto, und hat die Chromteile poliert, bis sie wieder blitzten und blinkten. Er hat viel Zeit darauf verwendet, dieses Fahrrad zu etwas Besonderem zu machen. Und er hat mir gezeigt, wie man Baseballkarten in die Speichen klemmt.“

Er sah Morgana zerknirscht an, sodass sie den Kopf zur Seite neigte. „Ja, und?“

„Nun, es war ein wirklich tolles Fahrrad, aber … ich konnte nicht fahren. Ich hatte nie ein Rad besessen. Da stand ich nun, zwölf Jahre alt, und dieses Fahrrad hätte genauso gut ein Wildschwein sein können."

Morgana kam sofort zu seiner Verteidigung. „Aber deshalb muss man sich doch nicht schämen."

Nash warf ihr einen vernichtenden Blick zu. „Du warst auch nie ein zwölf Jahre alter Junge. Es ist ziemlich schwierig, den Übergang vom Kind zum Manne zu schaffen, wenn du nicht einmal ein Zweirad lenken kannst. Also habe ich es nur angehimmelt und erfand Ausreden, um mich nicht draufsetzen zu müssen. Da waren Hausaufgaben, die ich zu machen hatte. Ich hatte mir den Knöchel verstaucht. Oder es sah nach Regen aus. Ich bildete mir ein, ziemlich clever zu sein, aber Mrs. Henderson durchschaute mich. Eines Morgens stand sie in aller Herrgottsfrühe auf, bevor die anderen wach waren, und ging mit mir nach draußen. Sie hat es mir beigebracht. Hat den Rücksitz mit einer Hand gehalten, rannte nebenher. Brachte mich zum Lachen, wenn ich auf die Nase fiel. Und als ich die erste wackelige Fahrt allein über den Bürgersteig machte, hat sie gejubelt und ist auf und ab gehüpft vor Freude."

Tränen brannten in ihrer Kehle. „Es müssen wunderbare Menschen gewesen sein."

„Ja, das waren sie. Ich hatte sechs Monate bei ihnen. Wahrscheinlich die besten sechs Monate meines Lebens." Er schüttelte die Erinnerungen ab und erzählte weiter. „Aber jedes Mal, wenn ich mich zu wohl fühlte, ruckte meine Großmutter mit der Kette und holte mich zurück. Ich begann die Tage bis zu meinem achtzehnten Geburtstag zu zählen, wenn niemand mir mehr würde sagen können, wo und wie ich zu leben hatte. Wenn ich erst einmal frei war, würde ich es auch für immer bleiben. Keinen Tag länger wollte ich wie ein Gefangener leben."

„Was hast du dann getan?"

„Nun, ich musste was zu essen haben, also habe ich es mit einem festen Job versucht." Er sah sie an, und diesmal stand eine Andeutung von Humor in seinen Augen. „Eine Weile habe ich Versicherungen verkauft."

Zum ersten Mal, seit Nash mit seiner Geschichte begonnen hatte, lächelte Morgana. „Das kann ich mir beim besten Willen nicht vorstellen."

„Ich auch nicht, daher dauerte es nicht lange. Wahrscheinlich muss ich der alten Dame sogar dankbar sein, sie hat mich auf die Karriere als Schriftsteller gebracht. Sie hat mich jedes Mal den Kochlöffel spüren lassen, wenn sie mich beim Schreiben erwischt hat."

„Wie bitte?" Morgana war nicht sicher, ob sie richtig verstanden hatte. „Sie hat dich geschlagen, weil du geschrieben hast?"

„Nun, sie hatte anscheinend Schwierigkeiten damit, die moralische Gesinnung in Vampirjägern zu erkennen", sagte er trocken. „Da es also offensichtlich das war, was sie am meisten ärgerte, machte ich natürlich weiter. Ich zog nach L.A., ergatterte einen Hilfsjob bei einer Firma für Spezialeffekte. Ich traf die richtigen Leute, und schließlich gelang es mir, ‚Shape Shifter' zu verkaufen. Meine Großmutter starb, während der Film in Produktion ging. Ich war nicht auf ihrer Beerdigung."

„Wenn du von mir einen Vorwurf erwartest, muss ich dich leider enttäuschen."

„Ich weiß nicht, was ich erwarte." Nash blieb unter einer Zypresse stehen und drehte sich zu Morgana. „Ich war sechsundzwanzig, als der Film veröffentlicht wurde. Es war ... nun, wir sind mit der Einstellung rangegangen: Wenn es ein Flop wird, dann ist eben ein weiterer Flop produziert worden. Aber es war ein Riesenerfolg. Plötzlich war ich ganz oben. Mein nächstes Drehbuch wurde mir fast aus den Händen gerissen, ich wurde für den Golden Globe nominiert. Und dann kamen die Anrufe. Erst meine Tante. Sie musste ein paar Rechnungen bezahlen. Ihr Mann hatte es nie weiter als bis zum Sergeant gebracht. Und dann waren da ja ihre drei Kinder, die aufs College sollten. Dann kam Leeanne."

„Sie rief dich also an."

Er rieb sich mit beiden Händen übers Gesicht, wünschte sich, er könnte damit auch die Qual, die Feindseligkeit wegwischen. „Nein. Sie tauchte eines Tages auf meiner Türschwelle auf. Wenn es nicht so krank gewesen wäre, hätte ich fast darüber lachen können. Diese Fremde, aufgetakelt wie eine Barbiepuppe, stand also vor meiner Tür und erzählte mir, sie sei meine Mutter. Das Schlimmste daran war, dass ich mich in ihr wiedererkannte. Sie rasselte die traurige Geschichte ihres Lebens herunter, und am liebsten hätte ich ihr die Tür vor der Nase zugeschlagen. Verriegelt. Ich musste mir anhören, ich sei ihr etwas schuldig, weil ich ihr Leben ruiniert hätte. Sie war zum zweiten Mal geschieden und völlig mittellos. Also stellte ich ihr einen Scheck aus."

Erschöpft ließ er sich an dem Stamm der Zypresse herabgleiten, bis er auf dem weichen Grasboden saß. Die Sonne ging langsam unter, die Schatten wurden länger. Morgana kniete sich neben ihn.

„Warum hast du ihr Geld gegeben, Nash?"

„Das war es doch, was sie wollte. Ich hatte auch nichts anderes für sie. Die erste Summe reichte immerhin fast ein Jahr. Dazwischen bekam ich Anrufe von meiner Tante, meinen Cousins." Er schlug sich mit der geballten Faust auf den Oberschenkel. „Monate vergehen, du bildest dir ein, du hast eigentlich ein ganz bequemes Leben. Aber sie lassen dich nicht vergessen, woher du kommst. Wenn der Preis dafür ab und zu ein paar tausend Dollar beträgt, ist das doch gar kein so schlechter Deal."

Morganas Augen blitzten. „Sie haben kein Recht, nicht das geringste, Stücke aus dir herauszureißen. Sie haben keinen Skrupel, dich für ihre Zwecke zu benutzen."

„Ich hab doch genug Geld."

„Ich rede nicht von Geld, ich rede von dir."

Sein Blick wurde starr. „Sie erinnern mich daran, wer und was ich bin."

„Sie kennen dich nicht einmal", erwiderte sie wütend.

„Das stimmt, und ich kenne sie nicht. Aber das bedeutet nichts. Du weißt doch, wie das mit Vermächtnissen ist, Morgana. Was mit dem Blut weitervererbt wird. Dein Erbe ist die Magie, meines die Selbstsucht."

Sie schüttelte den Kopf. „Was immer wir auch vererbt bekommen, wir haben die Wahl, ob wir es benutzen oder nicht. Du bist nicht wie die Leute, von denen du zufällig abstammst."

Er griff sie hart bei den Schultern. „Du ahnst ja nicht, wie sehr ich wie sie bin. Ich habe meine Wahl getroffen. Ich habe mit dem Wegrennen aufgehört, weil mir bewusst wurde, dass man damit nicht weit kommt. Aber ich weiß, wer ich bin. Und dieser Mensch kommt am besten allein zurecht. In meiner Zukunft gibt es keine Familie wie die Hendersons, Morgana. Weil ich sie nicht will. Ab und zu stelle ich einen Scheck aus, damit habe ich dann wieder Ruhe, ich selbst zu sein. So will ich es haben. Keine Verpflichtungen, keine Bindungen, keine festen Zusagen."

Sie würde ihm nicht widersprechen, nicht jetzt, wenn die Qual so deutlich zu spüren war. Später würde sie ihm beweisen, wie sehr er sich irrte. Der Mann, der sie da hielt, war zärtlich, großzügig, gütig – Erfahrungen, die ihm nie zuteil geworden waren. Eigenschaften, die er in sich selbst gefunden hatte.

Aber sie konnte ihm etwas geben. Wenn auch nur für kurze Zeit. „Du brauchst mir nicht zu sagen, wer du bist, Nash." Sanft strich sie ihm das Haar aus dem Gesicht. „Ich weiß es bereits. Ich werde um nichts bitten, was du mir nicht geben kannst. Und es gibt nichts, was du geben willst und ich nicht annehmen würde." Sie nahm ihr Amulett, schloss seine Hand darum und legte ihre darüber. Ihre Augen blickten tief in die seinen. „Das ist ein Schwur."

Er fühlte das Metall in seiner Hand warm werden. Verdutzt starrte er darauf herab, sah das Licht, das zu pulsieren begann. „Ich …"

„Ein Schwur", wiederholte sie. „Einer, den ich nicht brechen kann. Es gibt etwas, von dem ich unbedingt möchte, dass du es annimmst, etwas, das ich dir geben kann. Wirst du mir vertrauen?"

Etwas kam über ihn. Wie eine Wolke, die sich über die sengende Sonne schob und die grelle Hitze linderte. Seine Muskeln entspannten sich, seine Augen wurden angenehm schwer. Wie aus weiter Ferne hörte er sich ihren Namen murmeln, dann versank er in tiefen Schlaf.

Als er erwachte, schien die Sonne warm und hell. Vögel sangen, er hörte Wasser über Steine murmeln. Verwirrt setzte er sich auf.

Er lag auf einer großen Wiese, inmitten von wilden Blumen und tanzenden Schmetterlingen. Nur wenige Meter entfernt hielt ein Reh auf seinem Gang durch die Wiese an und betrachtete ihn mit großen braunen Augen. Bienen summten, und der Wind raschelte durch das hohe Gras.

Mit einem erstaunten Lachen rieb er über das Kinn, erwartete, dort einen Bart zu finden wie den von Rip van Winkle. Aber es gab keinen Bart, und er fühlte sich auch nicht wie ein alter Mann. Im Gegenteil, er fühlte sich unglaublich gut. Er stand auf und schaute sich sprachlos um. Endlose Weite, Blumen überall und Gras, das sich im Wind wiegte. Über ihm hing ein tiefblauer Himmel, wolkenlos.

Irgendetwas rührte sich in ihm, so sanft, wie der Wind das Gras bewegte. Stille Heiterkeit. Er hatte Frieden mit sich und der Welt geschlossen.

Er hörte die Musik. Die herzzerreißend schönen Klänge einer Harfe. Ein Lächeln spielte um seine Lippen, als er durch das hohe Gras watete und der Musik langsam folgte.

Er fand Morgana am Ufer des Baches. Die Sonne spiegelte sich im Wasser, das über glatte bunte Kiesel, wie Edelsteine, dahinfloss. Ihr weißes Kleid lag ausgebreitet um ihre Knie im Gras, ihr Gesicht wurde von einem Sonnenhut beschattet, der keck auf eine Seite gezogen war. Auf ihrem Schoß hielt sie eine kleine goldene Laute. Ihre Finger glitten über die Saiten, entlockten ihnen die wunderbaren Klänge, die durch die Luft schwebten. Er fühlt sich von der Schönheit des Moments magisch angezogen.

Morgana drehte den Kopf, um Nash anzulächeln, und spielte weiter.

„Was machst du?", fragte er sie.

„Ich warte auf dich. Hast du gut geruht?"

Er ging neben ihr in die Hocke, dann legte er zögernd eine Hand auf ihre Schulter. Sie war real, er konnte die Wärme ihrer Haut durch die Seide spüren. „Morgana?"

Sie lachte ihn mit den Augen an. „Nash?"

„Wo sind wir?"

Sie strich die Laute, Musik brandete auf, breitete die Schwingen aus wie ein Vogel und flog davon. „In Träumen", sagte sie. „In deinen und meinen Träumen." Sie legte das Instrument beiseite und nahm Nashs Hand. „Wenn du hier sein möchtest, können wir noch eine Weile bleiben. Wenn du woanders sein möchtest, dann gehen wir dorthin."

Bei ihr hörte sich das so einfach an. „Warum?"

„Weil du es brauchst." Sie führte seine Hand an ihre Lippen. „Und weil ich dich liebe."

Er spürte keine Panik aufkommen. Ihre Worte fanden ganz leicht den Weg in sein Herz, ließen ihn lächeln. „Ist das hier real?"

Sie rieb seine Hand an ihrer Wange, dann küsste sie seine Fingerspitzen. „Wenn du es möchtest." Ihre Zähne knabberten behutsam an seiner Haut, weckten das Verlangen. „Wenn du mich möchtest."

Er nahm ihr den Hut ab, warf ihn zu Boden, und ihr Haar ergoss sich über ihre Schultern und ihren Rücken. „Bin ich verhext, Morgana?"

„Nicht mehr als ich." Sie nahm sein Gesicht in ihre Hände, zog seinen Kopf zu sich heran. „Ich will nur dich", murmelte sie an seinen Lippen. „Liebe mich hier, Nash, als wäre es das erste Mal, das letzte Mal, das einzige Mal."

Wie hätte er widerstehen können? Wenn es ein Traum war … so sei es. Wichtig war nur, dass ihre Arme ihn willkommen hießen, ihre Lippen ihn lockten.

Sie war alles, was ein Mann sich wünschen konnte. Süß und seidig schmiegte sie sich an ihn. Ihr Körper war weich und nachgiebig, als er sie sanft ins Gras drückte.

Hier gab es keine Zeit, und er hatte Muße, die kleinen Dinge zu genießen. Wie samten ihr Haar sich in seinen Händen anfühlte. Wie süß ihre Lippen schmeckten. Der Duft ihrer Haut. Sie bog sich ihm entgegen, eine Fantasie aus Seide und Düften und Verlockung. Ihr stiller Seufzer versüßte die Luft.

Er kann nicht wissen, wie einfach es gewesen ist, dachte Morgana, als seine Lippen von den ihren tranken. So verschieden sie auch waren, ihre Träume waren die gleichen. Für diese eine Stunde, oder auch zwei, waren sie nur füreinander da, konnten den Frieden teilen, in den sie sie beide eingehüllt hatte.

Als er den Kopf hob, lächelte sie zu ihm auf. Seine Augen wurden dunkel, und er zog mit einem Finger die Konturen ihres Antlitzes nach. „Ich will, dass es real ist", sagte er.

„Das kann es sein. Wenn du es wirklich willst. Was immer du von hier mitnimmst, was immer du dir für uns wünschst, ist möglich."

Wieder küsste er sie. Und dieser Kuss war echt, so wie auch das Gefühl, das ihn durchflutete, als sich ihre Lippen willig für ihn öffneten.

Als er eine Hand auf ihr Herz legte, spürte er den festen, schnellen Schlag.

Langsam, weil er den Moment verlängern wollte, knöpfte er die kleinen runden Knöpfe auf, die das Oberteil ihres Kleides zusammenhielten. Darunter war nur warme, weiche Haut. Fasziniert erkundete er sie, und Morganas Atem beschleunigte sich.

Satin und Seide. Die Farbe von Sahne.

Nashs Blick glitt zu ihrem Gesicht, während seine Finger weiter forschten. Leicht strich er mit den Lippen über die sanften Rundungen ihrer Brüste.

Honig und Rosenblätter.

Mit trägen Küssen liebkoste und reizte er sie, führte sie bis an den Punkt, wo Schmerz und Entzücken sich treffen. Er zog sie mit sich, trieb sie beide still und geduldig bis an den Rand des Wahnsinns. Ihre Finger verkrallten sich in seinem Haar. Und dann fühlte er, wie ihr Körper sich anspannte und aufbäumte, um danach zu erschlaffen. Als er den Kopf hob, sah sie ihn mit verklärten Augen an, schockiert und glücklich zugleich.

„Wie …?“ Sie erschauerte erneut, bewegt von diesem heftigen, unerwarteten Gipfelsturm.

„Magie.“ Er bedeckte ihren Körper mit heißen Küssen. „Komm, ich zeige es dir.“

Nash führte Morgana an Orte, wo sie noch nie gewesen war. Ihrer beider Seufzer vermischten sich, ihre Körper verschmolzen miteinander. Jedes Mal, wenn ihre Münder sich fanden, wurde das Band zwischen ihnen stärker. Besitzergreifend, fordernd glitt feuchte Haut über feuchte Haut, Hände, die suchten und fanden, Lippen, die erforschten und neckten. Als Nash in Morgana eindrang, empfing sie ihn freudig, kam ihm entgegen. Mit verschränkten Fingern ließen sie sich von dem Taumel jenseits der Grenzen der Vernunft mitreißen.

Als sie den Schauer in seinem Körper fühlte, als seine Muskeln schlaff wurden, legte er den Kopf auf ihre Brust. Er lauschte ihrem Herzschlag und schloss die Augen. Die Welt jenseits von Morgana begann wieder in sein Bewusstsein zu dringen. Die warme Sonne auf seinem Rücken, der Gesang der Vögel, der Duft der wilden Blumen am Ufer des murmelnden Baches.

Unter ihm seufzte sie und strich mit einer Hand über sein Haar. Sie hatte ihm Frieden gegeben und Freude empfunden. Aber sie hatte ihre eigene Regel gebrochen, weil sie seine Gefühle beeinflusst hatte, weil sie auf seine Innenwelt eingewirkt hatte.

Vielleicht war das ein Fehler gewesen, aber sie bereute es keine einzige Sekunde.

„Morgana ...“

Das raue Flüstern brachte ein Lächeln auf ihre Lippen. „Schlaf jetzt“, sagte sie nur.

Im Dunkeln griff Nash nach Morgana, doch der Platz an seiner Seite war leer. Schlaftrunken öffnete er die Augen. Er lag im Bett, seinem eigenen Bett, und die Morgendämmerung kroch langsam ins Haus.

„Morgana?“ Er wusste nicht, warum er ihren Namen aussprach, wenn sie ja doch nicht hier war.

Ein Traum? Er schob die Bettdecke beiseite und schwang die Beine aus dem Bett. Hatte er geträumt? Wenn es wirklich nur ein Traum gewesen war, so gab es nichts auf der Welt, das realer, lebendiger, wichtiger war.

Um einen klaren Kopf zu bekommen, ging er zum Fenster und atmete die kühle Luft ein.

Sie hatten sich geliebt – unglaublich geliebt –, auf einer Wiese neben einem Bach.

Nein, das war unmöglich. Er lehnte sich auf die Fensterbank und sog die Luft ein. Das Letzte, an das er eine klare Erinnerung hatte, war, wie sie im Gras unter der Zypresse gesessen und geredet hatten. Über ...

Er zuckte zurück. Er hatte ihr alles gesagt. Die ganze abstoßende Geschichte seiner Familie war aus ihm herausgesprudelt. Warum, zum Teufel, hatte er das getan? Nervös begann er im Zimmer auf und ab zu laufen.

Dieser verfluchte Anruf. Aber dann erinnerte er sich auch wieder, dass gerade dieser Anruf ihn davon abgehalten hatte, einen noch größeren Fehler zu begehen und ihr seine Liebe zu gestehen. Im letzten Moment hatte er diesen fatalen Gefühlsausbruch noch verhindern können.

Es wäre schlimmer gewesen, hätte er Morgana gesagt, dass er sie liebte – viel schlimmer, als die Vergangenheit vor ihr aufzudecken. So würde sie sich zumindest keinen falschen Hoffnungen hingeben, was ihre Beziehung zueinander betraf.

Nun, wie auch immer, es war geschehen und konnte nicht mehr

rückgängig gemacht werden. Er würde mit der Tatsache leben müssen, auch wenn es ihm unsäglich peinlich war.

Aber danach … nachdem sie im Garten gesessen hatten. War er eingeschlafen?

Der Traum. War es denn wirklich ein Traum gewesen? Die Bilder waren so klar. Fast konnte er den Duft der Blumen riechen. Und ganz bestimmt konnte er sich daran erinnern, dass ihr Körper wie Wachs unter seinen Händen geschmolzen war. Ebenso wie der Gedanke ganz klar war, dass alles, was er bisher in seinem Leben getan hatte, unweigerlich zu diesem Moment geführt hatte. Der Moment, in dem er mit der Frau, die er liebte, im Gras lag und Frieden in sich fühlte, weil er zu einem anderen Menschen gehörte.

Einbildung. Alles nur Einbildung, versicherte er sich, als Panik einzusetzen begann. Er war einfach unter dem Baum eingeschlafen. Das war alles. Aber wie, zum Teufel, war er in sein Bett gekommen? Mitten in der Nacht, allein?

Morgana hatte es getan. Da seine Knie unsicher wurden, setzte er sich auf das Bett. Alles hatte sie getan. Und dann war sie gegangen.

Das würde er ihr nicht so einfach durchgehen lassen. Er wollte sich erheben, ließ sich wieder fallen.

Er erinnerte sich an das Gefühl des Friedens, der Ruhe, das ihn erfüllt hatte. Daran, wie die Sonne ihm ins Gesicht geschienen hatte. Wie er durchs hohe Gras gegangen war und sie erblickt hatte, lächelnd die Laute spielend.

Und als er sie nach dem Warum gefragt hatte, hatte sie geantwortet, weil …

Weil sie ihn liebte.

Alles in seinem Kopf begann sich zu drehen, Nash stützte ihn mit beiden Händen. Vielleicht hatte er sich das wirklich nur alles eingebildet. Alles. Einschließlich Morgana. Vielleicht war er ja auch in L.A., in seiner Wohnung, und war gerade vom Traum des Jahrhunderts aufgewacht.

Schließlich glaubte er nicht an Hexen und Zauberei. Mit zitternden Fingern griff er sich an die Brust. Da war er, der Anhänger, den sie ihm gegeben hatte.

Morgana war echt, und sie liebte ihn. Das Schlimmste daran war, dass er sie genauso liebte.

Aber das wollte er nicht. Es war verrückt. Aber er liebte sie. So sehr, dass nicht eine Stunde verging, in der er nicht an sie dachte. In der er sich nicht nach ihr sehnte. In der er nicht hoffte, dass es vielleicht, nur vielleicht, doch funktionieren könnte.

Und das war der unvernünftigste Gedanke in dieser ganzen unvernünftigen Angelegenheit. Langsam, aber sicher wuchs ihm die Sache über den Kopf.

Er musste alles noch einmal ganz genau überdenken, Schritt für Schritt. Müde und ausgelaugt legte er sich zurück und starrte in die Dunkelheit.

Vernarrt. Das war es, was er war. Und von Vernarrtheit bis zu Liebe war noch ein weiter Weg. Ein weiter, sicherer Weg. Sie war schließlich eine sehr beeindruckende Frau. Ein Mann konnte sein ganzes Leben sehr glücklich mit einer beeindruckenden Frau verbringen. Er würde jeden Morgen mit einem Lächeln auf den Lippen aufwachen, in dem Bewusstsein, dass sie ihm gehörte.

Nash begann seine Fantasie weiterzuspinnen. Und unterbrach sich sofort wieder.

Was, zum Teufel, machte er sich da für Gedanken?

Vielleicht wäre es das Beste, wenn er sich einen kleinen Urlaub gönnte. Einen Kurztrip, um Abstand von Morgana zu gewinnen.

Wenn er das überhaupt konnte.

Er verspürte nagenden Zweifel.

Wieso wusste er, bevor er überhaupt noch den Versuch unternommen hatte, dass es ihm nicht gelingen würde? Warum fühlte er sich plötzlich gebunden?

Weil es nichts mit Vernarrtheit zu tun hatte, gestand er sich ein. Das kam noch nicht einmal in die Nähe von dem, was er fühlte. Es war das große Wort mit „L" am Anfang. Und „Lust" war es nicht. Er war von der Klippe gesprungen. Er hatte sich verliebt.

Morgana hatte ihn dazu gebracht, dass er sich in sie verliebt hatte.

Bei diesem Gedanken schoss er hoch. Sie hatte ihn dazu gebracht. Sie war eine Hexe. Warum war ihm das nicht schon vorher aufgefallen? Sie brauchte schließlich nur mit den Fingern zu schnippen, irgendeinen Spruch zu murmeln, und schon würde er den Boden zu ihren Füßen küssen.

Ein Teil von ihm verurteilte diese Vorstellung als völlig absurd. Aber ein anderer Teil, der Teil, der aus Angst und Selbstzweifeln erwachsen war, hielt an dieser Idee fest. Und je länger er überlegte, desto düsterer wurden seine Gedanken.

Am Morgen, so sagte er sich, würde er einiges mit der Hexe klarstellen. Und danach würde er hier zusammenpacken. Nash Kirkland würde haargenau das tun, was er wollte: die Kontrolle bewahren.

11. KAPITEL

Es war schon ein etwas seltsames Gefühl, am Montagmorgen den Laden nicht aufzuschließen. Aber nicht nur Morganas erschöpfter Körper brauchte Erholung, sondern auch ihr Geist. Ein Anruf bei Mindy verscheuchte ihr schlechtes Gewissen. Mindy würde einspringen und den Laden am Mittag aufmachen.

Der freie Tag an sich war nicht das Schlimme, aber Morgana hätte sich lieber etwas Zeit genommen, wenn sie sich besser fühlte. Jetzt ging sie nach unten, in einen Bademantel eingewickelt. Ihr war schwindlig und auch ein wenig übel. Die Nacht ohne Schlaf machte ihr zu schaffen.

Die Würfel waren gefallen. Die Dinge waren ihr aus der Hand genommen worden.

Mit einem schweren Seufzer ging Morgana in die Küche, um sich einen Tee zuzubereiten. Eigentlich hatten sie nie wirklich in ihrer Hand gelegen. Wenn man die Macht besaß und so gewöhnt daran war, mit ihr umzugehen, vergaß man leicht, dass es Dinge gab, die einen viel größeren, viel mächtigeren Einfluss besaßen.

Eine Hand auf ihren Magen gepresst, ging sie zum Fenster. Lag da wirklich ein Gewitter in der Luft, oder waren es nur ihre eigenen, unausgegorenen Gedanken? Luna tappte herein und rieb sich an Morganas Beinen. Doch als sie die seltsame Stimmung ihrer Herrin spürte, stolzierte sie wieder davon.

Morgana hatte sich nicht verlieben wollen. Und ganz bestimmt hatte sie nicht gewollt, dass diese Gefühlslawine auf sie herabstürzte und sie mitriss. Sie hatte nicht gewollt, dass sich ihr Leben so veränderte. Aber es war passiert.

Selbstverständlich gab es immer eine Wahl. Sie hatte ihre getroffen.

Es würde nicht einfach werden. Die wichtigen Dinge im Leben waren nie einfach.

Mit schweren Gliedern ging sie zum Herd zurück, auf dem das Wasser im Kessel kochte. Sie hatte kaum eine Tasse vollgegossen, als sie die Haustür gehen hörte.

„Morgana!“

Resigniert schüttete sie zwei weitere Tassen auf, als Cousin und

Cousine auch schon in die Küche kamen.

„Da, siehst du, ich habe es dir doch gesagt.“ Anastasia warf Sebastian einen Blick zu und eilte zu Morgana. „Sie fühlt sich nicht wohl.“

Morgana begrüßte sie mit einem Kuss auf die Wange. „Ich bin in Ordnung.“

„Da hörst du's. Ich habe gesagt, dass sie in Ordnung ist.“ Sebastian fischte sich einen Keks aus der Dose. „Nur äußerst schlecht gelaunt. Deine Signale sind so laut und deutlich, dass sie mich sogar unsanft aus dem Bett geworfen haben.“

„Tut mir leid.“ Sie reichte ihm die Tasse. „Wahrscheinlich wollte ich einfach nicht allein sein.“

„Dir geht es nicht gut“, wiederholte Ana entschlossen, aber bevor sie weiter nachforschen konnte, trat Morgana einen Schritt von ihr zurück.

„Ich hatte eine schlaflose Nacht, und jetzt zahle ich eben den Preis dafür.“

Sebastian nippte an seinem Tee. Morganas bleiche Wangen und die trüben Augen waren ihm nicht entgangen. Außerdem hatte er etwas wahrgenommen, ein kurzes Flackern von etwas, das Morgana unbedingt verheimlichen wollte. Geduldig und immer bereit, es mit Morgana auf ein Messen der Willenskraft ankommen zu lassen, lehnte er sich in den Stuhl zurück. „Es gibt also Ärger im Paradies, was?“

Seine Bemerkung war Anstoß genug, dass ihre Augen aufblitzten. „Ich kann mich selbst um meine Probleme kümmern, vielen Dank.“

„Reize sie nicht noch, Sebastian.“ Ana legte eine Hand auf seine Schulter. „Hast du dich mit Nash gestritten, Morgana?“

„Nein.“ Sie setzte sich, einfach, weil sie nicht mehr die Kraft hatte zu stehen. „Das nicht. Aber es ist Nash, der mir Sorgen macht. Ich habe gestern ein paar Dinge über ihn erfahren. Über seine Familie.“

Und da sie ihnen so sehr vertraute, wie sie sie liebte, berichtete Morgana ihnen alles, angefangen von Leeannes Anruf bis zu dem Moment unter dem Baum. Was danach passiert war, behielt sie für sich. Das ging nur sie und Nash etwas an.

„Der arme Junge“, murmelte Anastasia. „Es muss schrecklich sein, sich ungewollt und ungeliebt zu fühlen.“

„Und unfähig zu lieben“, fügte Morgana an. „Wer könnte es ihm verübeln, dass er Angst hat, seinen Gefühlen zu vertrauen?“

„Du tust das.“

Ihr Blick schoss hoch, in Richtung Sebastian. Es hatte keinen Sinn, ihn dafür zu verfluchen, dass er hellsichtig war. „Nein, nicht wirklich verübeln. Es tut weh, und es macht mich traurig, aber ich nehme es ihm nicht übel. Ich weiß nur nicht, wie man einen Menschen lieben soll, der nicht zurücklieben kann oder will.“

„Er braucht Zeit“, sagte Ana.

„Ich weiß. Ich versuche herauszufinden, wie viel Zeit er braucht. Ich habe einen Schwur geleistet – nicht mehr zu verlangen, als er bereit ist zu geben.“ Ihre Stimme klang belegt. „Ich werde diesen Schwur nicht brechen.“

Sie ließ ihr Schutzschild ein wenig sinken. Schnell wie der Blitz packte Sebastian ihre Hand. Er sah, und was er sah, ließ seine Finger schlaff werden. „Mein Gott, Morgana, du bist schwanger.“

Wütend über seine Einmischung und darüber, dass sie es zugelassen hatte, sprang sie auf. Doch noch bevor sie mit ihrer Tirade loslegen konnte, sah sie die Sorge und das Mitgefühl in seinen Augen. „Verdammt, Sebastian. Frauen legen Wert darauf, diese Ankündigung selbst zu machen.“

„Setz dich“, ordnete er an. Wenn Ana nicht abgewinkt hätte, hätte er Morgana zum Stuhl getragen.

„Seit wann?“, wollte Ana wissen.

„Seit der Tagundnachtgleiche.“ Morgana seufzte. „Aber ich weiß es erst seit ein paar Tagen. Ich bin selbst noch ganz verwirrt von all dem Neuen.“

„Wie fühlst du dich?“ Bevor Morgana antworten konnte, hatte Ana eine Hand auf ihren Bauch gelegt. „Darf ich?“ Den Blick fest auf Morganas Augen gerichtet, spürte Ana das Leben im Leib ihrer Cousine. „Dir geht es prächtig. Euch beiden.“

„Einfach nur ein bisschen schlapp heute Morgen.“ Morgana legte ihre Hand auf Anas. „Ich möchte nicht, dass du dir Sorgen machst.“

„Ich finde trotzdem, du solltest dich setzen. Oder besser hinlegen, bis du wieder Farbe im Gesicht hast.“ Sebastian sah beide mit vorwurfsvoll gerunzelter Stirn an. Die Vorstellung, dass seine Lieblingscousine, sein bevorzugter Sparringspartner, so schwach und dazu schwanger war, beunruhigte ihn.

Mit einem kleinen Lachen beugte Morgana sich zu ihm und küsste ihn auf die Wange. „Willst du jetzt wie eine Glucke über mich wachen, Cousin?“ Sie küsste ihn noch einmal. „Das hoffe ich doch.“

„Natürlich. Wenn der Rest der Familie in Irland ist, bleiben ja nur Ana und ich, um auf dich aufzupassen. Außerdem bin ich der Älteste von uns. Deshalb will ich wissen, wie es um Kirklands Absichten bestellt ist.“

Ana grinste ihn über den Rand ihrer Tasse an. „Himmel, Sebastian, was für eine vorsintflutliche Einstellung! Hast du vor, ihn einem Verhör zu unterziehen? Was willst du ihm denn sagen?“

„Ich finde diese Situation keineswegs so erheiternd wie du. Also, lasst uns ein paar Dinge klarstellen, ja? Morgana, willst du schwanger sein?“

„Ich bin schwanger.“

Mit sanftem Druck nahm er ihre Hand, bis sie ihn anblickte. „Du weißt, was ich meine.“

Natürlich wusste sie das. „Ich hatte ja selbst erst ein paar Tage, um darüber nachzudenken. Aber mir ist bewusst geworden, dass ich nicht ändern kann, was geschehen ist. Ich habe Vorkehrungen gegen eine Schwangerschaft getroffen, aber das Schicksal hat diese Tatsache ignoriert. Ich habe in mein Herz hineingehört, und ich glaube, dass es mir vorbestimmt war, das Kind zu empfangen. Dieses Kind, mit diesem Mann und zu diesem Zeitpunkt. Ganz gleich, was ich auch fühle, wie nervös und besorgt ich auch bin, an diesem Glauben lässt sich nicht rütteln. Also, ja. Ja, ich will diese Schwangerschaft.“

Sebastian nickte befriedigt. „Und Nash? Wie denkt er darüber?“ Er wartete gar nicht ab, bis sie antwortete. Er brauchte nur einen Sekundenbruchteil, und er hatte gesehen. „Was, in Finns Namen, soll das heißen?“, donnerte er los. „Du hast es ihm noch gar nicht gesagt?“

Mit ihrem Blick hätte sie zehn Männer in die Knie zwingen können. „Bleib aus meinem Kopf raus, Cousin, oder ich verwandle dich in eine schleimige Schnecke.“

Sebastian zeigte sich wenig beeindruckt. „Beantworte einfach meine Frage."

„Ich bin doch selbst gerade erst zu einer Entscheidung gekommen." Morgana warf ihr Haar zurück und stand auf. „Und nach gestern konnte ich ihn nicht mit dieser Nachricht überrumpeln."

„Er hat ein Recht darauf, es zu erfahren", mischte Ana sich leise ein.

„Also gut." Morganas Temperament wollte mit ihr durchgehen, sie ballte die Fäuste, um es zu zügeln. „Ich werde es Nash sagen. Aber dann, wenn ich es für richtig halte. Glaubt ihr etwa, ich will ihn auf diese Weise an mich binden?" Entsetzt stellte sie fest, dass ihr eine Träne über die Wange lief. Unwirsch wischte sie sie fort.

„Das ist eine Entscheidung, die er allein treffen muss." Allerdings hatte Sebastian bereits beschlossen, dass, sollte Nash die falsche Wahl treffen, es ihm unglaubliches Vergnügen bereiten würde, dem Mann sämtliche Knochen im Leib zu brechen – auf die konventionelle Art.

„Sebastian hat recht, Morgana." Mitfühlend, aber entschlossen, nahm Ana Morgana in die Arme. „Diese Entscheidung steht ihm zu, so wie es dir zustand, deine zu treffen. Aber er kann sie nicht fällen, wenn er nicht einmal weiß, dass er eine Wahl zu treffen hat."

„Ich weiß." Trost suchend legte Morgana den Kopf an Anas Schulter. „Ich werde noch heute zu ihm gehen und es ihm sagen."

Sebastian stellte sich dazu und streichelte Morgana übers Haar. „Wir werden in der Nähe sein."

Immerhin raffte sie genügend Energie zusammen zu lächeln. „Aber bitte nicht zu nah."

Nash wälzte sich im Bett und stöhnte ins Kissen. Träume. So viele Bilder. Sie blitzten in seinem Kopf auf wie bunte Filmszenen.

Morgana. Immer wieder Morgana. Lächelnd, verlockend, wie sie ihm das Unglaubliche versprach, das Wundervolle. Wie sie ihn sich stark und eins mit sich und voller Hoffnung fühlen ließ.

Seine Großmutter, die Augen blitzend vor Wut, wie sie ihm eins mit dem Kochlöffel überzog. Wie sie ihm immer wieder sagte, wie nutzlos und minderwertig er war und dass sie ihn nicht wollte.

Er auf einem leuchtend roten Fahrrad, wie er durch den Vorort fuhr, den Wind in den Haaren. Das Geräusch, das die Baseballkarten in den Speichen machten, wenn die Räder sich drehten.

Leeanne, die vor ihm stand, mit ausgestreckter Hand, und ihn daran erinnerte, dass er ihr etwas schuldig war. Schuldig war, schuldig war …

Morgana, wild kichernd, während sie auf einem Besenstiel über die dunklen Wasser der Bucht flog.

Er selbst, in einem Kessel, seine Großmutter, die mit ihrem verdammten Kochlöffel wild rührte. Und Morganas Stimme – oder war es die Stimme seiner Mutter? –, das irrsinnige Kichern …

Er setzte sich mit einem Ruck auf. Sein Atem ging unruhig. Er blinzelte gegen das einfallende Sonnenlicht und rieb sich mit zitternden Händen über das Gesicht.

Na bravo. Das war wirklich gut. Jetzt verlor er auch noch seinen Verstand, zusätzlich zu all dem, was er schon verloren hatte.

Hatte Morgana das mit ihm gemacht? Hatte sie sich irgendwie in seinen Kopf geschlichen, damit er dachte, was sie wollte? Nun, sie würde herausfinden, dass sie damit nicht durchkam.

Nash rappelte sich auf und stolperte in Richtung Bad. Er würde jetzt erst einmal duschen, und sobald er sich wieder zusammengerissen hatte, würde er mit dieser umwerfend attraktiven Hexe ein ernstes Wörtchen reden.

Während Nash unter der Dusche stand, fuhr Morgana vor seinem Haus vor. Sie hatte Luna zu Hause gelassen, was die Katze mit einem beleidigten Schwanzzucken und einem verächtlichen Miauen bedacht hatte. Mit einem Seufzer nahm Morgana sich vor, nachher zum Fisherman's Wharf zu fahren und ein kleines Mahl aus Meeresfrüchten zu besorgen, um sich wieder in Lunas Herz einzuschmeicheln.

Im Moment jedoch musste sie sich vor allem um ihr eigenes Herz kümmern.

Sie bog den Rückspiegel zu sich und betrachtete forschend ihr Gesicht. Mit einem angewiderten Laut lehnte sie sich zurück. Wie hatte sie sich nur einbilden können, Sorgenfalten ließen sich mit simplen Kosmetika ausradieren wie Bleistiftstriche?

Sie presste die Lippen zusammen und sah zu Nashs Haus auf. So sollte er sie nicht sehen. Sie würde ihm diese Neuigkeit nicht mitteilen, wenn sie so verletzlich und demütig aussah.

Er hatte schon genug Leute, die an ihm zerrten.

Sie erinnerte sich daran, wie sie anfangs geglaubt hatte, er sei ein Mann, der keine Sorgen kannte. Vielleicht war er das auch während gewisser Phasen. Zumindest schien er sich selbst davon überzeugt zu haben. Aber wenn Nash ein Anrecht auf seine Maske hatte, dann stand ihr dieses Recht ebenso zu wie ihm.

Sie atmete tief durch, um sich zu beruhigen. Dann begann sie einen leisen Singsang. Die Schatten unter ihren Augen verschwanden, Farbe trat wieder in ihre Wangen. Als sie aus dem Wagen ausstieg, waren alle Anzeichen der schlaflosen Nacht verschwunden. Falls ihr Herz zu schnell schlagen sollte, würde sie damit umgehen, wenn es so weit war. Aber sie würde Nash nicht sehen lassen, dass sie unglücklich verliebt und voller Angst war.

Als sie an seine Tür klopfte, lag ein unbeschwertes Lächeln auf ihren Lippen. Trotzdem spürte sie den Knoten im Magen.

Fluchend und auf einem Bein balancierend, zog Nash seine Jeans an. „Moment, ich komme ja schon." Barfuß und mit bloßem Oberkörper stapfte er die Treppe hinunter. Dass es ein Besucher wagte, ihn vor der ersten Tasse Kaffee zu stören, hellte seine Laune nicht gerade auf. Dieser Tag verlief definitiv nicht nach seinem Geschmack. „Was ist?", verlangte er unfreundlich zu wissen, als er die Tür aufriss. Im gleichen Augenblick erstarrte er.

Morgana sah frisch und schön aus wie der Morgen. Sexy und verführerisch wie die Nacht. Nash wunderte sich, dass seine vom Duschen noch feuchte Haut nicht anfing zu dampfen.

„Hi." Sie beugte sich vor und streifte seine Lippen mit ihren. „Habe ich dich aus der Dusche geholt?"

„Ja, so ungefähr. Wieso bist du nicht im Laden? Was machst du hier?"

„Ich nehme mir heute einen Tag frei." Sie schlenderte ins Haus, zwang sich dazu, ihre Stimme natürlich und ihre Muskeln locker zu halten. „Hast du gut geschlafen?"

„Das solltest du doch am besten wissen." Weil sie ihn so überrascht ansah, wurde er noch ärgerlicher. „Was hast du mit mir gemacht, Morgana?"

„Mit dir gemacht? Ich habe überhaupt nichts mit dir gemacht."

Sie bemühte sich, das Lächeln aufrechtzuerhalten. „Du siehst aus, als könntest du dringend Kaffee gebrauchen. Ich werde dir einen aufbrühen."

Er griff sie beim Arm, bevor sie in die Küche gehen konnte. „Das mache ich selbst."

Sie sah die Wut in seinen Augen und nickte langsam. „Wie du möchtest. Soll ich vielleicht in einer Stunde noch mal wiederkommen?"

„Nein. Wir werden das jetzt klären." Als er vor ihr durch den Korridor schritt, sah sie mit der unguten Vorahnung einer herannahenden Katastrophe auf seinen Rücken. Klären. Warum hörte sich das so nach „beenden" an?

Sie wollte ihm in die Küche folgen, doch ihr Mut verließ sie. Sie bog ins Wohnzimmer ein und setzte sich auf den Rand eines Stuhls. Nash brauchte seinen Kaffee, und sie brauchte einen ruhigen Moment, um sich zu sammeln.

Sie hatte nicht damit gerechnet, ihn so kühl und distanziert anzutreffen. So wütend. So hatte er gestern ausgesehen, bei seinem Gespräch mit Leeanne. Auch hatte sie nicht geahnt, dass es so wehtun würde.

Sie erhob sich und wanderte unruhig durch den Raum, eine Hand auf ihren Leib gelegt, wo ein neues Leben zu wachsen begonnen hatte. Sie würde dieses Leben beschützen. Unter allen Umständen.

Als Nash ins Wohnzimmer zurückkam, eine dampfende Tasse in der Hand, stand Morgana am Fenster. Sie schaute gedankenverloren und ... ja, traurig hinaus. Wenn er es nicht besser wüsste, würde er sagen, sie sah verletzt aus, sogar verletzlich.

Aber er wusste es ja besser. Eine Hexe konnte man wohl kaum verletzen.

„Deine Pflanzen brauchen dringend Wasser", sagte sie zu ihm. „Es reicht nämlich nicht, sie nur in die Erde zu setzen." Wieder die Hand auf ihrem Bauch. „Sie brauchen auch sehr viel Liebe und Pflege."

Er trank vom Kaffee und verbrannte sich die Zunge. Der Schmerz verdrängte das plötzliche Bedürfnis, zu ihr zu gehen und sie in die Arme zu nehmen, um die Trauer aus ihrer Stimme zu verscheuchen.

„Ich bin nicht in der Stimmung, um über Pflanzen zu reden."

„Nein." Sie wandte sich um, und die Zeichen von Trauer waren verschwunden. „Das sehe ich. Und worüber möchtest du reden, Nash?"

„Ich will die Wahrheit hören. Alles."

Sie bedachte ihn mit einem kleinen amüsierten Lächeln. „Wo soll ich anfangen?"

„Spiel keine Spielchen mit mir, Morgana. Ich habe die Nase voll davon." Angespannt marschierte er im Raum auf und ab. Sein Kopf schoss hoch. Wäre Morgana weniger mutig gewesen, hätte sein Blick gereicht, um sie den Rückzug antreten zu lassen. „Diese ganze Angelegenheit war ein Riesenspaß für dich, nicht wahr? Von dem Moment an, als ich deinen Laden betreten habe, hast du dir gedacht, dass ich genau der richtige Kandidat bin." Gott, es tat weh. Wenn er daran dachte, was er gefühlt hatte, was er sich gewünscht hatte … „Meine Einstellung gegenüber deinen … Talenten hat dich irritiert. Deshalb hast du beschlossen, es mir heimzuzahlen."

Ihr Herz schlug schneller, aber ihre Stimme blieb fest. „Warum sagst du mir nicht, was genau du eigentlich meinst? Wenn du behaupten willst, dass ich dir gezeigt habe, was ich bin, so kann ich das nicht abstreiten. Aber ich werde mich deswegen nicht schuldig fühlen."

Er stellte den Becher so hart auf den Tisch, dass der Kaffee über den Rand schwappte. Das Gefühl, betrogen worden zu sein, war so übermächtig, dass es alles andere erstickte. Verflucht, er liebte sie. Sie hatte ihn dazu gebracht. Und jetzt, da er von ihr eine Erklärung verlangte, stand sie einfach da, schön und anmutig.

„Ich will wissen, was du mir angetan hast. Und dann will ich, dass du es wieder zurücknimmst."

„Ich sagte dir doch schon, ich habe nichts …"

„Sieh mir in die Augen, Morgana." Fast wie in Panik griff er sie bei den Armen. „Sieh mir in die Augen und sage mir, dass du nicht irgendeinen Spruch oder einen Bann über mich gelegt hast, um so zu fühlen."

„Was heißt ‚so'?"

„Verdammt, ich habe mich in dich verliebt. Nicht eine Stunde vergeht, in der ich dich nicht will. Ich kann kein Jahr mehr vorausplanen, zehn Jahre, ohne dich nicht an meiner Seite zu sehen."

Ihr Herz floss über. „Nash ..."

Er wich zurück, als sie die Hand hob, um sie an seine Wange zu legen. Perplex ließ sie sie wieder sinken. „Wie hast du es gemacht?", verlangte er zu wissen. „Wie hast du dich in meinen Kopf geschlichen, um mir solche Gedanken einzuflößen? Gedanken an Heirat und Familie. Was soll das? Macht es dir Spaß, mit einem Normalsterblichen herumzuspielen, bis du seiner müde wirst?"

„Auch ich bin sterblich, genau wie du", erwiderte sie fest. „Ich esse und schlafe, ich blute, wenn ich mich schneide. Ich werde älter. Und ich fühle."

„Du bist nicht wie ich." Er spie die Worte aus.

Morgana merkte, wie ihr Zauberspruch sich langsam auflöste und ihre Wangen alle Farbe verloren. „Du hast recht, ich bin anders, und es gibt keinen Weg, das zu ändern. Wenn das für dich zu schwierig zu akzeptieren ist, dann sollte ich besser gehen."

„Du wirst nicht so einfach aus diesem Haus hinausspazieren und mich hier zurücklassen. Bring das in Ordnung." Er schüttelte sie unsanft. „Löse den Bann."

Jetzt lagen auch wieder die Schatten unter ihren Augen. „Welchen Bann?"

„Den, mit dem du mich belegt hast. Du hast mich dazu gebracht, dir Dinge zu erzählen, die ich noch niemandem erzählt habe. Du hast mich völlig bloßgestellt. Kannst du dir nicht denken, dass ich dir nie von meiner Familie erzählt hätte, wenn ich bei klarem Verstand gewesen wäre?" Er ließ sie los und wandte sich ab, bevor er etwas Drastischeres tun würde. „Du hast das ganz bestimmt mit irgendeinem Trick aus mir herausgelockt, so wie du für alles andere Tricks benutzt hast. Du hast meine Gefühle schamlos ausgenutzt."

„Ich habe deine Gefühle nie benutzt", setzte sie wütend an, dann brach sie ab und wurde noch blasser.

Seine Lippen wurden dünn, als er ihre Miene sah. „Ach, tatsächlich?"

„Zugegeben, gestern habe ich sie benutzt. Nach dem Anruf deiner Mutter, nachdem du mir alles erzählt hattest, wollte ich dir ein wenig Seelenfrieden geben."

„Also war es ein Zauberspruch."

Obwohl Morgana herausfordernd ihr Kinn hob, schwankte Nash. Sie sah so verdammt zerbrechlich aus. Wie Glas, das bei der kleinsten Berührung zersplittern würde.

„Ich habe meinen Verstand von meinen Gefühlen leiten lassen. Falls das falsch gewesen sein sollte, und so sieht es ja wohl aus, möchte ich mich dafür entschuldigen. Ich wollte dich nicht manipulieren."

„Oh ja, sicher. ‚Sorry, Nash, dass ich dich auf den Arm genommen habe.'" Er steckte die Hände in die Taschen. „Und was ist mit dem Rest?"

Morgana fuhr mit zitternden Fingern durch ihr Haar. „Welcher Rest?"

„Willst du mir allen Ernstes erzählen, du hättest da nichts gedreht? Nicht meine Gefühle manipuliert? Dass ich mir einbilde, in dich verliebt zu sein? Dass ich den Rest meines Lebens mit dir teilen will? Sogar an Kinder denke?" Weil er es sich nach wie vor wünschte, wurde er noch wütender. „Ich weiß ganz genau, dass diese Ideen nicht von mir stammen. Niemals!"

Der Schmerz ging tief. Aber er befreite auch etwas. Nashs Wut war nichts im Vergleich zu dem, was in Morgana zu brodeln begann. Doch sie beherrschte sich, während sie Nash von oben bis unten musterte.

„Willst du damit andeuten, ich hätte dich mit Magie an mich gebunden? Ich hätte meine Gabe dazu benutzt, um dich in mich verliebt zu machen?"

„Genau das behaupte ich."

Morgana ließ die Beherrschung fahren. Farbe schoss ihr in die Wangen, ihre Augen funkelten wie helle Flammen. Die Macht und die Kraft, die sie mit sich brachte, erfüllten sie. „Du hirnloser Esel."

Beleidigt wollte er zurückschnauzen. Doch nur ein hektisches „Iah" ertönte. Mit aufgerissenen Augen versuchte er es noch einmal, während Morgana durch den Raum wirbelte.

„Du glaubst also, du stündest unter einem Bann, ja?" Ihre Wut ließ Bücher durch den Raum fliegen wie kleine Geschosse. Nash duckte sich und versuchte auszuweichen, aber es gelang ihm nicht bei allen. Als ein Buch ihn genau auf den Nasenrücken traf, fluchte er laut. Ihm war schwindlig, aber immerhin hatte er seine eigene Stimme zurück.

„Hör zu, Baby …"

„Nein, du hörst mir zu, Baby", benutzte sie verächtlich dasselbe Wort. Sie war in Fahrt gekommen und stapelte sämtliche Möbel auf einen großen Haufen. „Bildest du dir wirklich ein, ich würde meine Gabe dafür verschwenden, einen arroganten, eingebildeten Idioten wie dich zu becircen? Nenne mir auch nur einen Grund, warum ich dich nicht sofort in die miese Schlange verwandeln sollte, die du bist!"

Mit zusammengekniffenen Augen kam Nash auf sie zu. „Das reicht! Da mache ich nicht mit."

„Dann pass mal auf!" Mit einer einzigen Drehung ihrer Hand warf sie ihn hoch in die Luft und durch den Raum und ließ ihn hart auf einen Stuhl fallen. Er wollte aufstehen, überlegte sich dann aber, dass es wohl besser wäre, erst einmal wieder Luft zu bekommen.

Um noch mehr Dampf abzulassen, sandte sie das Geschirr in der Küche aus den Regalen auf den Boden. Ergeben lauschte Nash auf das Klirren, als Teller und Tassen zersprangen. „Du solltest besser Acht geben, ehe du eine Hexe verärgerst, Nash." Die Scheite im Kamin begannen zu knistern und zu knacken, hohe Flammen züngelten auf. „Du kannst schließlich nie wissen, was eine so unehrenhafte, kalkulierende und skrupellose Person, wie ich es offensichtlich deiner Meinung nach bin, tun wird, wenn sie wütend ist, oder?"

„Also gut, Morgana." Er versuchte wieder aufzustehen, aber sie schickte ihn mit einem Wink zurück auf den Stuhl, so hart, dass seine Zähne klapperten.

„Komm mir nicht nahe. Nicht jetzt. Nie wieder." Morganas Atem ging schwer, obwohl sie versuchte, sich zu beruhigen. „Ich schwöre, ich verwandle dich in etwas, das auf vier Beinen läuft und nachts den Mond anheult, schneller, als du es dir vorstellen kannst."

Nash stieß hart die Luft aus den Lungen. Er glaubte nicht, dass Morgana das wirklich tun würde. Und es war immer besser, sich dem Kampf zu stellen, als den Schwanz einzuziehen. Sein Wohnzimmer lag in Trümmern. Zur Hölle, sein ganzes Leben lag in Trümmern. Sie würden sich damit auseinandersetzen müssen.

„Hör endlich auf, Morgana." Seine Stimme klang erstaunlich ruhig und fest. „Das bringt doch nichts."

Die Wut floss aus ihr heraus, ließ sie leer und ausgebrannt und elend zurück. „Du hast recht, das tut es nicht. Mein Temperament, wie auch meine Gefühle, trüben manchmal eben meine Vernunft. Nein." Sie winkte mit der Hand. „Bleib, wo du bist. Ich kann mir noch nicht trauen."

Als sie sich abwandte, ging das Feuer aus, der Wind legte sich. Heimlich stieß Nash einen Seufzer aus. Das Gewitter, so schien es, war vorüber.

Er irrte sich gewaltig.

„Du willst also nicht in mich verliebt sein."

Etwas schwang in ihrer Stimme mit, das ihn die Stirn runzeln ließ. Er hätte gern ihr Gesicht gesehen, aber sie stand am Fenster, den steifen Rücken ihm zugewandt. „Ich will in niemanden verliebt sein", sagte er langsam und zwang sich dazu, es zu glauben. „Nimm es bitte nicht persönlich."

„Nicht persönlich", wiederholte sie.

„Sieh mal, Morgana, ich bin nicht der Typ für so was. Mir gefiel mein Leben so, wie es war."

„Wie es war, bevor du mich kennenlerntest."

So, wie sie es sagte, hatte er das Gefühl, als würde etwas Schleimiges sich durch hohes Gras schlängeln. Er sah an sich herab, um sicherzugehen, dass nicht er es war. „Es hat nichts mit dir zu tun, es liegt allein an mir. Und ich ... Verdammt, ich werde nicht hier sitzen und mich entschuldigen, weil es mir nicht gefällt, verzaubert worden zu sein!" Er stand mit unsicheren Beinen auf. „Du bist eine sehr schöne Frau, und ..."

„Oh, bitte. Du brauchst dich nicht anzustrengen, um mir den Abschied leichter zu machen." Die Worte brannten in ihrer Kehle.

Nash fühlte sich, als hätte sie ihm eine Lanze ins Herz getrieben. Sie weinte. Tränen strömten aus ihren Augen und rannen ihr über die bleichen Wangen. Und es gab nichts, absolut nichts, was er im Moment lieber getan hätte, als sie in seine Arme zu ziehen und ihr diese Tränen wegzuküssen.

„Morgana, bitte nicht. Ich wollte doch nie ..." Was er noch hatte sagen wollen, blieb ihm in der Kehle stecken, als er vor eine Wand lief. Er konnte sie nicht sehen, aber sie war da, stand zwischen ihnen, hart wie Beton. „Hör auf damit!" Panik und Selbstverachtung ließ seine Stimme laut werden, als er mit der Faust gegen die Mauer schlug. „Das ist keine Antwort."

Morgana blutete das Herz. „Im Moment muss es reichen, bis mir eine bessere einfällt." Sie wollte ihn hassen, weil er sie dazu gebracht hatte, sich so zu erniedrigen. Während die Tränen weiter liefen, faltete sie beide Hände auf ihren Leib. Sie hatte mehr zu beschützen als nur sich selbst.

Nash legte seine Hände, denen keine solche Macht innewohnte, an die unsichtbare Mauer. Seltsam, plötzlich erschien es ihm, als sei er derjenige, der ausgeschlossen worden war, nicht Morgana. „Ich kann nicht mit ansehen, wie du weinst."

„Du wirst es müssen. Für einen Moment noch. Keine Angst, die Tränen einer Hexe sind genau wie die jeder Frau. Ein Zeichen von Schwäche und absolut nutzlos." Morgana versuchte sich zu beruhigen und blinzelte, bis sie wieder klar sehen konnte. „Du willst also deine Freiheit, Nash?"

Hätte er gekonnt, er hätte sich einen Weg zu ihr getreten und geboxt. „Verdammt, merkst du denn nicht, dass ich nicht weiß, was ich will?"

„Was immer es auch ist, es liegt nicht an mir. Oder an dem, was wir zusammen geschaffen haben. Ich habe dir versprochen, dass ich nie um mehr bitten würde, als du mir zu geben bereit bist. Ich breche nie mein Wort."

Er verspürte eine neue Art von Angst. Panik, weil das, was er wollte, ihm durch die Finger glitt. „Lass mich zu dir."

„Würdest du an mich wie an eine Frau denken, würde ich dich durchlassen." Sie drehte sich um und legte ihrerseits eine Hand an die Mauer. „Denkst du, nur weil ich bin, was ich bin, wünsche ich mir nicht, geliebt zu werden, wie jede Frau sich wünscht, von einem Mann geliebt zu werden?"

Nash schob und drückte auf der anderen Seite der Wand. „Bau endlich dieses verdammte Ding ab."

Es war alles, was sie hatte – eine bedauernswerte Verteidigung. „Es war ein Missverständnis, Nash. Niemand trägt die Schuld daran, dass ich dich so sehr liebe."

„Morgana, bitte ..."

Sie schüttelte den Kopf und sah ihn an, nahm sein Gesicht in sich auf, in ihr Herz, wo sie es bewahren wollte. „Vielleicht weil ich dich so liebe, habe ich dich irgendwie mitgerissen. Ich weiß es nicht. Woher auch, ich war nie zuvor verliebt. Aber ich schwöre dir, es geschah nicht absichtlich, es sollte niemandem Schaden zufügen."

Wütend auf sich selbst, weil die Tränen wieder zu fließen begannen, trat Morgana zurück. Stand für einen Moment stolz und mächtig.

„Ich werde dir dieses schenken, und du kannst mir vertrauen." Sie schloss die Augen und hob die Arme. „Welche Macht ich auch über dich habe, in diesem Moment sei sie gebrochen. Welche Gefühle auch immer ich in dir durch meine Macht heraufbeschworen habe, beschwöre ich jetzt, dich zu verlassen. Du bist frei von mir, und von allem, was wir geschaffen haben. So sei es."

Sie schlug die Lider auf, die Augen voll mit neuen Tränen. „Du bist mehr, als du denkst", sagte sie leise. „Weniger, als du sein könntest."

Das Herz schlug ihm bis zum Hals. „Morgana, bitte, geh nicht so."

Sie lächelte. „Oh, ich denke, ich habe das Recht auf einen dramatischen Abgang, meinst du nicht auch?" Obwohl sie einige Meter von ihm entfernt stand, meinte er, ihre Lippen auf seinem Mund zu spüren. „Leb wohl, Nash."

Und damit war sie verschwunden.

12. KAPITEL

Nash war sicher, dass er verrückt wurde. Tag für Tag strich er unruhig durchs Haus. Nacht für Nacht wälzte er sich schlaflos im Bett. Morgana hatte doch gesagt, dass er frei von ihr sei, oder? Also, warum war er es dann nicht?

Warum konnte er nicht aufhören, an sie zu denken, sich nach ihr zu sehnen? Warum stand ihm ständig das Bild vor Augen, wie sie ausgesehen hatte, verletzt, mit Tränen auf den Wangen?

Er versuchte sich einzureden, dass sie den Bann nicht aufgehoben hatte. Aber er wusste, dass das nicht stimmte.

Nach einer Woche gab er auf und fuhr zu ihrem Haus. Es war leer. Er ging zum Laden und wurde von einer sehr kühlen, sehr unfreundlichen Mindy empfangen. Morgana sei fort, war alles, was sie ihm sagte. Wohin sie gegangen war oder wann sie zurückkommen würde, sagte sie nicht.

Er sollte erleichtert sein. Das sagte er sich immer wieder. Verbissen schob er die Gedanken an Morgana beiseite und nahm sein altes Leben wieder auf.

Doch als er einen Spaziergang am Strand machte, stellte er sich plötzlich vor, wie es sein würde – mit ihr an seiner Seite, ein Kind, das fröhlich vor ihnen herlief.

Diese Vorstellung bewirkte, dass er für ein paar Tage nach L.A. fuhr.

Er wollte glauben, dass es ihm hier besser ging, dass das Tempo, der Lärm, die vielen Menschen ihn ablenken würden. Er ging mit seinem Agenten zum Lunch und besprach die Besetzung für den Film. Er besuchte Bars und Clubs und lauschte der Musik und dem Gelächter. Die Frage stellte sich ihm, ob er nicht vielleicht einen Fehler gemacht hatte, in den Norden zu ziehen. Vielleicht war er ja ein Stadtmensch, der es brauchte, von Ablenkungen umgeben zu sein.

Aber schon nach drei Tagen sehnte er sich nach seinem Heim, nach dem Rascheln des Windes und dem Rauschen des Meeres. Und nach Morgana.

Er fuhr zum Laden zurück und unterzog Mindy einem Verhör, so grob, dass die anwesenden Kunden zurückwichen, tuschelten. Mindy gab keinen Millimeter nach.

Mit den Nerven völlig am Ende, parkte er seinen Wagen vor Morganas Haus. Es war jetzt fast einen Monat her, und er beruhigte sich mit dem Gedanken, dass sie ja irgendwann zurückkommen musste. Schließlich war hier ihr Zuhause, hier hatte sie ihr Geschäft.

Verflucht, er war hier, er wartete auf sie.

Als die Sonne unterging, legte Nash erschöpft den Kopf auf das Lenkrad. Das war genau das, was er tat, gestand er sich endlich ein. Er wartete auf sie. Und nicht, um ein vernünftiges Gespräch mit ihr zu führen, wie er sich all die Wochen eingeredet hatte.

Er wartete darauf, dass er sie anflehen konnte, sie anbetteln durfte, versprechen durfte, kämpfen konnte. Egal. Alles, was nötig war, um die Sache endlich wieder in Ordnung zu bringen. Um Morgana wieder in die Mitte seines Lebens zurückzuholen.

Er schloss die Finger um den Stein, den er immer noch trug, und fragte sich, ob er sie wohl einfach mit seinem Willen zurückbringen konnte. Einen Versuch war es wert. Immerhin besser, als eine Anzeige in den einschlägigen Rubriken aufzugeben, dachte er grimmig. Er schloss die Augen und konzentrierte sich auf sie.

„Verdammt, ich weiß, dass du mich hören kannst, wenn du es willst. Ich werde nicht zulassen, dass du mich so abblockst. Nein, du wirst das nicht tun. Nur weil ich mich wie ein Idiot benommen habe, ist das kein Grund …"

Er spürte eine Präsenz, öffnete vorsichtig die Augen, drehte den Kopf und – sah direkt in Sebastians grinsendes Gesicht.

„Na, halten wir etwa eine kleine Amateur-Séance?"

Ohne nachzudenken stieß Nash die Autotür auf und packte Sebastian beim Hemd. „Wo ist sie?", brüllte er. „Du weißt es, und du wirst es mir sagen."

Sebastians Augen wurden gefährlich dunkel. „Vorsicht, Freund. Ich warte schon seit Wochen darauf, es mit dir von Mann zu Mann zu klären."

Die Idee einer anständigen Prügelei übte einen immensen Reiz auf Nash aus. „Na, dann sollten wir doch am besten …"

„Benehmt euch", erklang da gebieterisch Anastasias Stimme. „Beide." Mit ihren schlanken Händen schob sie die beiden Männer auseinander. „Ich bin sicher, euch würde es enormen Spaß machen, euch gegenseitig die Nase blutig zu schlagen, aber nicht, solange ich dabei bin, da könnt ihr sicher sein."

Nash ließ die Arme sinken und ballte die Fäuste. „Ich will wissen, wo sie ist."

Mit einem gleichgültigen Schulterzucken lehnte Sebastian sich an die Motorhaube. „Was du willst, hat hier nicht unbedingt viel Gewicht." Er legte einen Fuß über den anderen. „Du siehst ziemlich mitgenommen aus, Nash." Was ihn sehr befriedigte. „Was ist, nagt das schlechte Gewissen an dir?"

„Sebastian." Tadel und Verständnis lagen in Anas Stimme. „Sei nicht so gemein. Siehst du nicht, dass er unglücklich ist?" Sie legte ihre Hand auf seinen Arm. „Und dass er sie liebt?"

Sebastian lachte trocken und hart auf. „Lass dich nicht von diesem treuen Hundeblick einlullen, Ana."

Ana warf Sebastian einen ungeduldigen Blick zu. „Dann sieh doch selbst."

Zögernd tat er es. Er umklammerte Nashs Schulter, seine Augen wurden dunkel, und dann lachte er auf, bevor Nash die Hand ärgerlich abschütteln konnte. „Bei allem, was heilig ist, ihn hat's tatsächlich erwischt." Er schüttelte den Kopf. „Warum, um alles in der Welt, hast du dann ein solches Durcheinander angestellt? Wozu der ganze Wirbel, willst du einen Film über dich selbst drehen?"

„Ich muss mich hier nicht erklären", murmelte Nash. Er rieb sich die Schulter, weil sie sich anfühlte, als hätte er dort einen Sonnenbrand. „Was ich zu sagen habe, werde ich Morgana sagen."

Sebastian wurde nachgiebiger, aber er sah keinen Grund, es Nash zu leicht zu machen. „Sie ist der Meinung, dass du deine Chance bereits gehabt hast, um zu sagen, was du zu sagen hast. Und ich glaube nicht, dass sie in der Verfassung ist, um sich deine ungeheuerlichen Anschuldigungen noch einmal anzuhören."

„Verfassung?" Nashs Herz wurde kalt wie Eis. „Ist sie etwa krank?" Wieder ging er Sebastian an den Kragen, aber er hatte keine Kraft mehr in den Händen. „Was stimmt nicht mit ihr?"

Cousin und Cousine tauschten einen Blick, so kurz, so schnell, dass Nash es nicht bemerkte.

„Sie ist nicht krank", hob Ana an und bemühte sich, nicht wütend auf Morgana zu sein, weil diese Nash nichts von dem Baby gesagt hatte. „Eigentlich geht es ihr sogar sehr gut. Sebastian bezog sich darauf, was beim letzten Mal zwischen euch passiert ist."

Nash ließ los. Als er endlich wieder atmen konnte, nickte er. „Okay, ihr wollt also, dass ich bettle. Dann werde ich betteln. Ich muss sie sehen. Wenn sie mich immer noch aus ihrem Leben streichen will, nachdem ich vor ihr gekrochen bin, dann werde ich eben damit leben müssen."

„Sie ist in Irland", teilte Ana ihm mit. „Bei unserer Familie in Europa." Ihr Lächeln war wunderschön. „Hast du einen gültigen Pass?"

Morgana war froh, dass sie gekommen war. Die irische Luft beruhigte sie, die samtene Brise über den Hügeln genauso wie der wütende Wind, der über den Kanal peitschte.

Auch wenn sie wusste, dass sie bald wieder zurückkehren und ihr Leben aufnehmen musste, war sie doch sehr dankbar für diese Wochen.

Und für ihre Familie.

Sie saß am Fenster im Zimmer ihrer Mutter und fühlte sich beschützt und geborgen. Sie spürte die Sonne auf ihrem Gesicht, diese helle, sanfte Sonne, die Irland so eigen war. Wenn sie durch das Rautenglasfenster blickte, konnte sie die zerklüfteten Klippen sehen, die steil auf den Strand fielen. Und der Strand, schmal und felsig, streckte sich den Wellen entgegen. Wenn Morgana sich ein wenig drehte, blickte sie auf den terrassenförmig angelegten saftig grünen Rasen, der mit leuchtenden Blumen gesprenkelt war.

Ihre Mutter saß am anderen Ende des Raumes und zeichnete. Dieses Ritual half ihr, Bildern und Gedanken freien Lauf zu lassen. Es war ein schöner, behaglicher Moment, der Morgana an ihre Kindheit erinnerte. Ihre Mutter hatte sich in all den Jahren kaum verändert.

Ihr Haar war immer noch dicht und dunkel wie das ihrer Tochter, obwohl es sich nur schulterlang um ihr Gesicht schmiegte. Ihre Haut war weich und glatt. Die kobaltblauen Augen blickten oft verträumt, aber sie sahen genauso klar wie die ihrer Tochter.

Als Morgana sie betrachtete, wurde sie von einer Welle der Liebe überflutet. „Du bist so schön, Mutter."

Bryna sah auf und lächelte. „Ich werde nicht widersprechen. Weil es so guttut, es von der erwachsenen Tochter zu hören. Weißt du eigentlich, wie schön es ist, dich hier bei uns zu haben, Liebes?"

Morgana zog ein Knie an und schlang die Arme darum. „Ich weiß, wie gut es mir tut. Und wie dankbar ich euch bin, dass ihr mir nicht all die Fragen gestellt habt, von denen ich weiß, dass ihr sie stellen wollt."

„Das solltest du auch. Ich hätte deinem Vater fast die Stimme stehlen müssen, damit er dich nicht ins Verhör nimmt." Ihr Blick wurde sanft. „Er vergöttert dich."

„Ich weiß." Morgana fühlte schon wieder Tränen aufsteigen und versuchte, sie fortzublinzeln. „Tut mir leid. Meine Launen." Mit einem Kopfschütteln erhob sie sich. „Ich scheine einfach nicht in der Lage zu sein, sie unter Kontrolle zu halten."

„Liebes." Bryna streckte ihrer Tochter die Hände entgegen, wartete, bis Morgana den Raum durchquert hatte. „Du weißt doch, du kannst mir alles erzählen, was dich bedrückt. Alles. Wenn du möchtest."

„Mutter." Auf der Suche nach Trost ließ Morgana sich zu ihren Knien nieder und legte den Kopf in den Schoß ihrer Mutter. Sie lächelte schwach, als sie die Hand spürte, die ihr über das Haar streichelte. „Mir ist klar geworden, wie glücklich ich mich schätzen darf, dass ich dich habe, euch beide. Dass ihr mich liebt, mich wollt, euch um mein Wohlergehen sorgt. Ich habe dir nie gesagt, wie dankbar ich dafür bin."

Verwirrt legte Bryna die Arme um ihre Tochter und wiegte sie leicht. „Aber dafür sind Familien doch da."

„Aber nicht alle Familien sind so." Morgana hob den Kopf und schaute ihre Mutter an.

„Dann wissen sie nicht, dass ihnen etwas Wunderbares entgeht. Was bedrückt dich, Morgana?"

Sie nahm die Hand ihrer Mutter. „Ich habe darüber nachgedacht, wie es sein muss, wenn man nicht geliebt oder gewollt ist. Wenn man von Kindheit an gesagt bekommt, dass man nur ein Fehler ist, eine Last, nur geduldet, weil das Pflichtgefühl es vorschreibt. Kann irgendetwas überhaupt kälter sein?"

„Nein. Nichts ist kälter als ein Leben ohne Liebe." Brynas Ton wurde sanft. „Bist du verliebt?"

Morgana musste nicht antworten. „Er ist so verletzt worden. Er hat nie das erfahren, was du, was ihr alle mir gegeben habt. Doch trotz allem hat er einen wunderbaren Mann aus sich gemacht. Du würdest ihn mögen." Sie schmiegte ihre Wange in die Hand ihrer Mutter. „Er ist lustig und süß. Er hat so viel Fantasie, ist immer bereit, neue Ideen auszuprobieren. Aber da ist ein Teil in ihm, den er verschlossen hält. Das hat er nicht selbst getan, das wurde ihm angetan. Selbst mit meinen Kräften gelingt es mir nicht, dieses Schloss zu öffnen." Sie setzte sich auf die Fersen. „Er will mich nicht lieben, und ich … will und kann nicht nehmen, was er nicht bereit ist zu geben."

„Nein." Brynas Herz schmerzte, als sie ihre Tochter anblickte. „Dafür bist du zu stark, zu stolz und zu weise. Aber Menschen ändern sich, Morgana. Mit der Zeit …"

„Mir bleibt keine Zeit. Zu Weihnachten werde ich sein Kind gebären."

All die tröstenden Worte, die Bryna hatte sagen wollen, lösten sich auf. Nur noch der Gedanke, dass ihr Baby ein Baby haben würde, beherrschte sie. „Geht es dir gut?", brachte sie heraus.

Morgana lächelte, erfreut, dass dies die erste Frage gewesen war. „Ja."

„Bist du sicher?"

„Absolut sicher."

„Ach, Liebes." Bryna stand auf und umarmte ihre Tochter. „Mein kleines Mädchen."

„Schon lange bin ich kein kleines Mädchen mehr."

Sie lachten zusammen, dann trat Bryna zurück.

„Ich bin glücklich für dich. Und traurig zugleich."

„Ich weiß. Ich will dieses Kind. Glaube mir, kein Kind ist je so sehr gewollt worden. Nicht nur, weil das alles sein könnte, was mir von dem Vater bleibt, sondern auch um seiner selbst willen."

„Und wie fühlst du dich?"

„Seltsam", gab Morgana bereitwillig zu. „Stark im einen Moment, und im nächsten voller Angst und schwach. Keine Übelkeit, nur manchmal etwas schwindlig."

Bryna nickte. „Du sagst, der Vater sei ein guter Mann?"

„Ja, das ist er."

„Dann war er einfach nur überrascht, unvorbereitet, als du es ihm gesagt hast." Ihr fiel auf, dass Morgana den Blick abwandte. „Morgana, schon als Kind hast du es vermieden, mich anzuschauen, wenn du etwas verheimlichen wolltest."

Bei dem tadelnden Ton krümmte Morgana sich ein wenig. „Er weiß nichts von dem Kind. Bitte, nicht", flehte sie, bevor Bryna ansetzen konnte. „Ich wollte es ihm ja sagen, aber dazu ist es nie gekommen. Ich weiß, es ist falsch, es ihn nicht wissen zu lassen. Aber es wäre genauso falsch gewesen, ihn dadurch an mich zu binden. Ich habe eine Wahl getroffen."

„Die falsche."

Morgana hob das Kinn. „Es ist meine Wahl, ganz gleich, ob falsch oder nicht. Ich bitte dich nicht um deine Zustimmung, aber ich bitte dich um Respekt. Und ich möchte dich bitten, es noch niemandem zu sagen, auch nicht Vater."

„Was soll Vater nicht gesagt werden?", wollte Matthew wissen, als er ins Zimmer kam, gefolgt von dem Wolfshund, der Pans Vater war.

„Ach, wir Mädels haben nur miteinander geschwatzt", lenkte Morgana elegant ab und küsste ihn auf die Wange. „Hallo, Hübscher."

Er gab ihr einen leichten Nasenstüber. „Ich weiß doch genau, wenn meine Frauen mir etwas verschweigen."

„Aber es wird nicht nachgesehen", sagte Morgana sofort, weil sie wusste, dass Matthew fast so gut im Gedankenlesen war wie ihr Cousin Sebastian. „Also, wo sind die anderen?"

Er war nicht zufrieden. Aber geduldig. Wenn sie es ihm nicht sagen wollte, würde er eben später nachsehen. Schließlich war er ihr Vater.

„Douglas und Maureen sind in der Küche und streiten sich darüber, was zum Lunch zubereitet werden soll, und Camilla seift Padrick gerade beim Rommee ein. Er ist keineswegs guter Laune." Matthew grinste hinterhältig. „Er beschuldigt sie, die Karten verhext zu haben."

Bryna schaffte es zu lächeln. „Und? Hat sie?"

„Natürlich, das weißt du doch." Matthew streichelte dem Wolfshund über das silberne Fell. „Deine Schwester schummelt doch immer beim Kartenspiel."

Bryna lächelte mild. „Dein Bruder ist einfach ein schlechter Verlierer."

Morgana hakte sich lachend bei beiden ein. „Es ist mir ein Rätsel, dass ihr sechs hier in diesem Haus zusammenlebt und bisher der Blitz noch nicht eingeschlagen ist. Lasst uns nach unten gehen und noch ein bisschen mehr Ärger machen."

Es gab nichts Vergleichbares, was die Stimmung so heben konnte wie ein Familienessen mit den Donovans. Das war genau das, was Morgana jetzt brauchte. Dem liebevollen Necken und Frotzeln zwischen Geschwistern und Ehepartnern zuzusehen war besser als ein Besuch im besten Zirkus.

Morgana wusste, dass die sechs nicht immer gut miteinander auskamen. Aber sie wusste auch, dass, ganz gleich, welche Reibereien es gegeben hatte, sie alle wie Sonne und Licht zusammengehörten, wenn eine Familienkrise sich abzeichnete.

Sie hatte nicht vor, der Auslöser für eine Krise zu sein. Sie wollte nur eine gewisse Zeit mit ihnen verbringen.

Sie mochten jeweils Drillinge sein, aber es gab kaum Ähnlichkeiten zwischen den Geschwistern. Ihr Vater war hoch gewachsen und schlank, mit einer wallenden grauen Mähne, stahlblauen Augen und einer würdevollen Haltung. Padrick, Anastasias Vater, war nicht größer als Morgana, mit dem massiven Körperbau eines Berufsboxers und dem Herzen eines Clowns. Douglas war fast zwei Meter groß, hatte bereits die meisten seiner Haare verloren und trug die tiefen Geheimratsecken mit Eleganz. Sein Hobby war es, sich exzentrisch zu geben. Im Moment trug er eine Lupe um den Hals, um alles und jeden dadurch anzusehen, wann immer es ihm gefiel. Den Hut mit dem Hirschgeweih hatte er nur abgesetzt, weil seine Frau Camilla sich standhaft geweigert hatte, so mit ihm an einem Tisch zu sitzen.

Camilla, allgemein als das Nesthäkchen betrachtet, war rund und mollig und hübsch, aber sie hatte einen eisernen Willen. Was das Exzentrische betraf, so stand sie ihrem Mann in nichts nach. Gerade heute Morgen hatte sie sich die Haare orange gefärbt, und eine Adlerfeder baumelte lang von ihrem Ohrläppchen.

Maureen, das begabteste Medium, das Morgana jemals kennengelernt hatte, war groß und solide gebaut und hatte ein volles, herrlich ansteckendes Lachen, das die Grundmauern bis in ihre Festen erschüttern konnte.

Wenn man noch Morganas sanfte Mutter und ihren würdevollen Vater hinzuzählte, ergaben die sechs einen bunt gemischten Haufen. Alle Hexen und Zauberer. Und während Morgana dem Geplänkel zuhörte, schwappte eine Welle der Liebe über sie.

„Deine Katze ist wieder an meinen Vorhängen hochgeklettert“, teilte Camilla Maureen mit und wedelte vorwurfsvoll mit der Gabel.

„Na und?“ Maureen zuckte unbeteiligt die Schultern. „Sie jagt Mäuse. Das tun Katzen.“

Camillas Locken flogen. „Du weißt genau, dass nicht eine Maus mehr im Haus ist. Douglas hat sie verbannt.“

„Und hat wieder mal nur halbe Arbeit geleistet“, murmelte Matthew.

„Das Einzige, was hier halb ist, ist der Apfelkuchen. Der ist nur halb durchgebacken.“ Sofort verteidigte Camilla ihren Mann.

„Aye, den hat Douglas ja auch gemacht“, mischte Padrick sich grinsend ein, milderte aber sofort ab: „Ich mag meine Äpfel gern knackig.“

„Das ist ein neues Rezept.“ Douglas starrte mit einem riesigen Auge durch die Lupe. „Das ist gesund.“

„Die Katze“, betonte Camilla, weil sie wusste, dass ihr sonst die Kontrolle über das Gespräch entgleiten würde.

„Aber die Katze ist doch gesund, nicht wahr?“ Padrick blinzelte Maureen belustigt zu, und sie kicherte voller Zustimmung.

„Es kümmert mich keinen Deut, ob die Katze gesund ist oder nicht“, setzte Camilla an, kam aber nicht weit.

„Nanana.“ Douglas tätschelte ihre mollige Hand. „Wir wollen doch keine kranke Katze im Haus, oder? Dann wird Maureen eben einen schönen Trank brauen, der die Katze sofort wieder gesund macht.“

„Die Katze ist nicht krank.“ Man hörte Camilla an, wie sehr sie sich beherrschte. „Um Himmels willen, Douglas, hör doch zu.“

Jetzt war er beleidigt. „Also, wenn die Katze gar nicht krank ist, dann sehe ich nicht, wo das Problem liegt. Morgana, Mädchen, du isst ja deinen Kuchen gar nicht. Magst du mein Rezept etwa nicht?“

Ja, weil sie ständig grinsen musste. „Er ist köstlich, Onkel Douglas, wirklich. Ich hebe ihn mir für später auf." Sie sprang auf und ging um den Tisch herum, um jedem Einzelnen von ihnen einen herzhaften Kuss zu geben. „Ich liebe euch alle."

„Morgana, wohin gehst du?", rief Bryna ihr nach, als sie den Raum verließ.

„Ich mache einen Spaziergang am Strand. Einen sehr langen Spaziergang."

Douglas schaute nachdenklich in sein Glas. „Das Mädchen benimmt sich seltsam." Und da das Essen fast vorüber war, setzte er den Hirschgeweihhut wieder auf. „Meint ihr nicht auch?"

Nash fühlte sich irgendwie komisch. Vielleicht lag es daran, dass er seit zwei Tagen nicht mehr geschlafen hatte. Seit zwanzig Stunden war er ununterbrochen unterwegs, in Flugzeugen, Zügen, Taxis und Bussen. Deshalb wahrscheinlich dieser tranceartige Zustand. Er war von der West- zur Ostküste geflogen, war in New York in eine andere Maschine umgestiegen und über den Atlantik geflogen. Dann hatte er den Zug von Dublin genommen und schließlich mit viel Hektik einen Wagen gesucht, mit dem er jetzt die letzten Meilen von Waterford zum Schloss Donovan zurücklegte.

Er wusste, dass es wichtig war, auf der richtigen Seite der Straße zu bleiben. Oder besser gesagt, auf der falschen. Allerdings fragte er sich, was das für einen Unterschied machen würde. Denn dieser schmale Feldweg voller Schlaglöcher, den er jetzt entlangrumpelte und auf dem sowieso kein Platz für zwei Autos war, konnte kaum als Straße bezeichnet werden.

Das Auto, das er für volle zwölfhundert Dollar erstanden hatte – niemand sollte behaupten, die Iren hätten keinen Geschäftssinn! –, drohte mit jedem weiteren Schlagloch auseinanderzubrechen. Das Provisorium von einem Auspuff lag bereits irgendwo weiter hinten auf der Straße, dementsprechend laut röhrte der Wagen. Laut genug, um Tote aufzuwecken.

Es war ja nicht so, als besäße dieses Land keine Schönheit, mit den hohen Klippen und den saftigen grünen Wiesen. Es ging nur darum, dass er Angst hatte, diesen letzten steilen Anstieg zu Fuß machen zu müssen, nur mit dem Lenkrad in der Hand.

Das hier waren die Knockmealdown Mountains. Er wusste das

nur, weil der schlitzohrige Autohändler, der ihm dieses Wrack verkauft hatte, sich auch die Wegbeschreibung sehr gut hatte bezahlen lassen: „Die Berge im Westen, der St.-George-Kanal im Osten, und Sie tauchen rechtzeitig zur Teestunde bei den Donovans auf."

Nash glaubte mittlerweile eher daran, dass er vor der Teestunde noch im Matsch versinken und nie wieder herausfinden würde.

„Sollte ich das hier überleben", murmelte er verbissen vor sich hin, „sollte ich das überleben und sie finden, drehe ich ihr den Hals um. Ganz langsam", fügte er düster hinzu, „damit sie auch merkt, wie ernst es mir ist." Danach würde er sie an ein abgeschiedenes Plätzchen tragen und sie eine Woche lang lieben. Dann würde er eine Woche lang schlafen und von vorn beginnen.

Falls er das hier überlebte.

Der Wagen stotterte und bockte und rüttelte ihn durch. Er fragte sich ernsthaft, ob noch alle inneren Organe an ihrem Platz saßen. Mit zusammengebissenen Zähnen fluchte er herzhaft und drohte dem Wagen, ihn zu zerlegen, wenn er die Anhöhe nicht schaffte.

Und dann stand ihm der Mund offen, und er trat mit aller Kraft auf die Bremse. Immerhin verlangsamte das die Schussfahrt. Er nahm den Gestank von schmorendem Gummi nicht wahr, sah auch nicht den Rauch, der seitlich aus der Motorhaube quoll, er hatte nur Augen für das Schloss.

Er hatte kein richtiges Schloss erwartet, doch das hier war eines. Hoch auf den Klippen, direkt über dem Meer. Grauer Stein schimmerte in der Sonne, Türme reckten sich in den perlmuttfarbenen Himmel. Auf dem höchsten wehte eine weiße Flagge. Verdutzt bemerkte Nash, dass es sich um ein Pentagramm handelte.

Er blinzelte, doch das Bild blieb, ein Bild wie aus einem seiner Filme. Wäre ein Ritter in Rüstung auf einem Pferd über die Zugbrücke geprescht – bei Gott, da war wirklich eine Zugbrücke –, hätte er nicht einmal mit der Wimper gezuckt.

Er begann zu lachen, vor Entzücken, Ehrfurcht und Verblüffung. Schwungvoll trat er das Gaspedal durch – und landete im Graben, weil die Lenkung versagte.

Er benutzte jedes Schimpfwort, das er je gehört hatte, als er aus dem ausstieg, was von dem Wagen noch übrig war. Dann trat er wütend gegen den Kotflügel und sah zu, wie die verrostete Stoßstange mit lautem Klirren abfiel.

Er beschattete die Augen mit der Hand und schaute zum Schloss hoch. So wie es aussah, hatte er gute drei Meilen Fußmarsch vor sich. Resigniert holte er seinen Seesack vom Rücksitz und begann zu laufen.

Als er den Reiter auf dem weißen Pferd über die Zugbrücke traben sah, musste er sich entscheiden, ob er nun halluzinierte oder ob das echt war. Zwar trug der Reiter keine Rüstung, aber es überraschte Nash auch nicht, dass ein Falke auf dem lederbespannten Unterarm des Reiters saß.

Matthew warf einen Blick auf den fremden Mann, der sich da Schritt für Schritt die Straße hinaufquälte, und schüttelte launisch den Kopf. „Aye, Ulysses, zu schade. Der gibt nicht einmal ein anständiges Mahl für dich ab." Der Falke blinzelte zustimmend.

Auf den ersten Blick sah Matthew nur einen heruntergekommenen, unrasierten Mann mit tiefen Ringen unter den Augen, auf dessen Stirn sich eine Beule bildete und von dessen Schläfe ein Blutrinnsal tropfte. Da er gesehen hatte, wie der arme Simpel in den Graben gefahren war, fühlte er sich verpflichtet zu helfen.

Er zog die Zügel an und blieb vor Nash stehen. Hochmütig sah er vom Pferd auf ihn herab. „Sie haben sich verirrt, guter Mann?"

„Nein, ich weiß genau, wohin ich will." Nash streckte den Arm aus und deutete auf das Schloss.

Matthew hob eine Augenbraue. „Nach Schloss Donovan? Wissen Sie denn nicht, dass es da von Hexen und Zauberern nur so wimmelt?"

„Doch. Ich muss trotzdem dorthin."

Matthew setzte sich bequemer in den Sattel, um den Mann einer genaueren Musterung zu unterziehen. Vielleicht sah er ein wenig verwahrlost aus, aber er war kein Stadtstreicher. Da lagen Schatten unter seinen Augen, aber der Blick verriet eiserne Entschlossenheit. „Entschuldigen Sie meine Offenheit", fuhr Matthew fort, „aber Sie scheinen mir im Moment in keiner Verfassung zu sein, um sich mit Hexen anzulegen."

„Nur mit einer", presste Nash zwischen den Zähnen hervor.

„Aha. Wissen Sie eigentlich, dass Sie bluten?"

„Wo?" Nash hob eine Hand und schaute angewidert auf seine

blutverschmierten Finger. „Das passt. Wahrscheinlich hatte sie das Auto verflucht."

„Und über wen genau sprechen Sie?"

„Morgana. Morgana Donovan." Nash wischte sich das Blut an der Jeans ab. „Ich habe einen langen Weg hinter mir, um sie endlich in die Finger zu bekommen."

„Achten Sie darauf, was Sie sagen", warf Matthew ruhig ein. „Sie reden immerhin von meiner Tochter."

Müde, ausgelaugt und völlig am Ende, starrte Nash in die schiefergrauen Augen. Vielleicht würde er sich gleich als Käfer wiederfinden, aber das war ihm jetzt egal. „Mein Name ist Kirkland, Mr. Donovan. Ich bin hier, um Ihre Tochter zu holen. So einfach ist das."

„So?" Amüsiert legte Matthew den Kopf zur Seite. „Nun dann … Kommen Sie, steigen Sie auf. Dann werden wir ja sehen, was passiert." Er schickte den Falken mit einem Ruck in die Lüfte und streckte Nash die behandschuhte Hand entgegen. „Freut mich, Sie kennenzulernen, Mr. Kirkland."

Nash schwang sich auf das Pferd. „Ganz meinerseits."

Zu Pferde dauerte das letzte Stück der Reise gar nicht so lange – vor allem, da Matthew in vollem Galopp voranpreschte. Im selben Moment, als sie auf dem Innenhof einritten, kam ihnen eine große dunkelhaarige Frau aus dem Haus entgegengerannt.

Mit zusammengebissenen Zähnen sprang Nash vom Pferd und eilte auf sie zu. „Du wirst mir eine Menge Fragen beantworten müssen, Schätzchen. Du hast dein Haar abgeschnitten. Was, zum Teufel, willst du eigentlich …" Er verstummte abrupt, als er näher gekommen war und erkannte, dass die Frau ihn mit amüsierten Augen musterte. „Ich dachte, Sie wären … Entschuldigen Sie, das ist mir sehr unangenehm."

„Aber nein, ich fühle mich geschmeichelt." Lachend sah Bryna zu ihrem Mann. „Matthew, was hast du uns denn da mitgebracht?"

„Einen jungen Mann, der in den Graben gefahren ist und behauptet, Morgana haben zu wollen."

Brynas Blick wurde scharf und durchdringend, als sie einen Schritt auf Nash zutat. „Und? Stimmt das? Sie wollen meine Tochter haben?"

„Ich … Ja, Ma'am."

Ein Lächeln huschte über ihre Lippen. „Sie hat Sie unglücklich gemacht?"

„Ja ... Nein." Er seufzte schwer. „Das habe ich selbst übernommen. Bitte, ist sie da?"

„Kommen Sie herein." Bryna nahm ihn beim Arm. „Ich werde mich um Ihren Kopf kümmern, dann können Sie zu ihr."

„Wenn Sie vielleicht ..." Wieder brach er ab, als ein riesiges Auge an der Türschwelle erschien. Douglas ließ seine Lupe los und trat aus dem Schatten.

„Wer, zum Teufel, ist das?"

„Ein Freund von Morgana", klärte Bryna ihn auf und schob Nash ins Haus.

„Ah. Lassen Sie es sich von mir sagen, junger Mann." Er schlug Nash herzhaft auf die Schultern. „Das Mädchen benimmt sich seltsam."

Der kalte Wind fegte Morgana über das Gesicht und fand einen Weg durch die dichten Maschen des schweren Wollpullovers. Er war reinigend, und er heilte. In wenigen Tagen würde sie so weit sein, dass sie wieder zurückfahren und sich der Realität stellen konnte.

Mit einem Seufzer ließ sie sich auf einem Felsen nieder. Hier, in der Abgeschiedenheit, mit sich allein, konnte sie es zugeben: Sie würde nie geheilt werden. Sie würde nie wieder ein Ganzes sein. Aber das Leben ging weiter, sie würde ein gutes Leben für sich und das Kind aufbauen, weil sie stark war und ihren Stolz hatte. Aber etwas würde ihr immer fehlen.

Sie hatte sich ausgeweint, und sie hatte das Selbstmitleid überwunden. Irland hatte ihr dabei geholfen. Sie hatte herkommen müssen, auf diesem Strand spazieren gehen und sich daran erinnern müssen, dass nichts ewig währte, ganz gleich, wie schmerzlich es auch sein mochte.

Außer der Liebe.

Sie schlug den Rückweg ein. Sie würde sich einen Tee aufbrühen, vielleicht würde sie auch Camillas Tarotkarten legen oder sich eine von Padricks lebendigen Geschichten anhören. Dann würde sie tun, was sie schon lange hätte tun sollen: ihnen von dem Baby erzählen.

Sie wusste, dass ihre Familie hinter ihr stehen und sie immer unterstützen würde.

Ihr tat es unendlich leid, dass Nash eine solche Einheit nie erfahren würde.

Sie spürte ihn, bevor sie ihn sah. Aber sie glaubte, ihr Verstand würde ihr einen Streich spielen. Sehr, sehr langsam, mit rasendem Puls, drehte sie sich um.

Er kam den Strand herunter, mit großen, eiligen Schritten. Die Gischt benetzte sein Haar, die feinen Wassertropfen funkelten. Auf seinem Gesicht stand ein Zweitagebart, und an seiner Schläfe klebte ein weißer Verband. Der Ausdruck in seinen Augen allerdings ließ sie einen Schritt zurückweichen.

Es war diese Bewegung, die ihn erstarren ließ.

Sie sah so ... Wie sie ihn ansah. Ihre Augen waren trocken, keine Tränen, die ihn in Stücke zerrissen. Aber dieses Glitzern ... Als hätte sie Angst vor ihm. Wie viel einfacher wäre es doch gewesen, wenn sie sich auf ihn gestürzt und ihn mit Zähnen und Klauen bearbeitet hätte.

„Morgana."

Ihr war schwindlig, sie presste eine Hand auf das wohl behütete Geheimnis in ihrem Leib. „Was ist mit dir passiert? Bist du verletzt?"

„Das?" Er fuhr automatisch mit den Fingern über den Verband. „Das ist nichts. Wirklich. Mein Wagen ist unter mir auseinandergefallen. Deine Mutter hat das gemacht. Den Verband, meine ich."

„Meine Mutter?" Ihr Blick glitt unstet zum Schloss hinüber. „Du hast meine Mutter getroffen?"

„Und den Rest der Familie auch." Er lächelte kurz. „Sie sind wirklich ... außergewöhnlich. Um genau zu sein, ich bin im Graben gelandet, einige Meilen vom Schloss entfernt. So habe ich deinen Vater kennengelernt." Er wusste, dass er plapperte, aber er konnte nicht aufhören. „Und dann saß ich auch schon in der Küche und musste Tee trinken und ... Verdammt, Morgana, ich wusste doch nicht, wo du warst. Eigentlich hätte ich es wissen können. Du hast mir gesagt, dass du nach Irland kommst, um am Strand spazieren zu gehen. Ich hätte es wissen müssen. Ich hätte viele Dinge wissen müssen."

Sie musste sich an dem Felsen festhalten. Sie hatte schreckliche Angst, noch eine neue Erfahrung durchmachen zu müssen – in Ohnmacht fallen. „Du hast eine weite Reise unternommen", sagte sie belegt.

„Ich wäre früher hier gewesen, aber … He!" Er sprang vor, als sie schwankte. Erschrocken stellte er fest, wie zerbrechlich sie sich in seinen Armen anfühlte.

Aber sie hatte noch genug Kraft, um ihn wegzustoßen. „Nein, lass mich."

Nash ignorierte ihren Protest und zog sie eng an sich, barg sein Gesicht in ihrem Haar. Er sog ihren Duft ein wie die Luft zum Atmen. „Himmel, Morgana, gewähre mir nur eine Minute. Lass mich dich halten. Bitte, nur diesen winzigen, kleinen Moment."

Sie schüttelte den Kopf, doch ihre Arme, ihre verräterischen Arme, hatten sich bereits um seinen Nacken geschlungen. Morganas Stöhnen war kein Laut des Protests, sondern der Sehnsucht, als Nash seinen Mund fest auf ihren presste. Er versank in ihr wie ein völlig ausgedörrter Mensch in einem kühlen Teich.

„Sag jetzt nichts", murmelte er und überschüttete ihr Gesicht mit tausend kleinen Küssen. „Sag nichts, bis ich dir nicht erklärt habe …"

Sie erinnerte sich an seine letzten Worte und versuchte, sich frei zu machen. „Nash, das kann ich nicht noch einmal durchmachen. Ich werde es nicht erlauben, dass du mir so etwas noch einmal antust."

„Nein." Er griff ihre Handgelenke, sein Blick schien sie zu durchbohren. „Diesmal gibt es keine Mauern, Morgana. Von beiden Seiten nicht. Versprich es."

Sie öffnete den Mund, um zu protestieren, aber etwas in Nashs Blick ließ sie machtlos werden. „Na schön", sagte sie knapp. „Ich will mich setzen."

„Gut." Er ließ sie los, weil er es für besser hielt, sie nicht zu berühren, während er versuchen wollte, einen Weg aus dem Chaos, das er veranstaltet hatte, herauszufinden. Als sie da auf dem Felsen saß, fiel ihm ein, dass er ernsthaft Gelüste verspürt hatte, sie umzubringen.

„Ganz gleich, wie schlimm die Dinge auch standen – du hättest nicht weglaufen dürfen."

Sie riss die Augen auf und funkelte ihn an. „Ich?"

„Ja, du", knurrte er. „Vielleicht habe ich mich wie ein Idiot benommen, aber das ist kein Grund, mich so leiden zu lassen. Als ich wieder zur Vernunft kam, warst du einfach nicht mehr da."

„Aha, es ist also alles meine Schuld, was?"

„Dass ich in den letzten Wochen fast verrückt geworden bin? Ja!" Er stieß zischend den Atem aus. „Alles andere, der Rest, ist auf meinem Mist gewachsen." Er wagte sein Glück und legte seine Hand an ihre Wange. „Es tut mir leid."

Sie wandte den Kopf ab, sonst hätte sie geweint. „Ich kann deine Entschuldigung nicht akzeptieren, solange ich nicht weiß, für was sie gilt."

„Ich wusste doch, dass du mich vor dir kriechen sehen willst", sagte er angewidert. „Also gut. Ich entschuldige mich für all die idiotischen Dinge, die ich gesagt habe."

Ein ganz schwaches Lächeln erschien auf ihren Lippen. „Für alle?"

Mit seiner Geduld am Ende, riss er sie an den Armen hoch. „Verdammt, sieh mich an", fluchte er. „Ich will, dass du mich ansiehst, wenn ich dir sage, dass ich dich liebe. Dass mir klar ist, dass es überhaupt nichts mit Zaubersprüchen und Beschwörungen zu tun hat. Nie damit zu tun hatte. Hier geht es allein um dich – und um mich."

Als sie stumm die Augen schloss, stieg Panik in ihm auf. „Morgana, sperr mich nicht aus. Ich weiß, was ich dir angetan habe, ich weiß, wie dumm ich war. Ich hatte Angst. Höllische Angst. Bitte." Er nahm ihr Gesicht in seine Hände. „Öffne die Augen und sieh mich an." Als sie es tat, seufzte er erleichtert. Er konnte erkennen, dass es noch nicht zu spät war. „Für mich ist es das erste Mal", sagte er leise. „Ich muss dich um Verzeihung bitten, für die Dinge, die ich gesagt habe. Ich habe es nicht so gemeint, ich habe das nur getan, um dich abzuschrecken. Aber darum geht es nicht. Ich habe sie gesagt."

„Ich verstehe, was es heißt, Angst zu haben." Sie fasste seine Handgelenke. „Wenn du um Verzeihung bittest, so sei sie dir gewährt. Sie muss dir nicht verwehrt bleiben."

„Einfach so?" Er küsste sie auf die Braue, auf die Wange. „Du willst mich nicht für ein paar Jahre in eine Flunder oder so was verwandeln?"

„Nein, nicht beim ersten Fehler." Sie zog sich von ihm zurück, wünschte, es gäbe eine freundliche, sonnige Wiese, über die sie gehen könnten. „Du hast eine lange Reise hinter dir, du musst müde sein. Warum gehen wir nicht hinein? Es ist fast Teezeit."

„Morgana." Er hielt sie fest. „Ich sagte, ich liebe dich. Das habe ich noch zu keinem Menschen gesagt. Das erste Mal war es schwer, aber ich denke, es wird mit jedem Mal einfacher werden."

Sie wandte den Kopf ab. Ihre Mutter hätte es als das erkannt, was es war – ein Ausweichen. Nash sah darin die Ablehnung.

„Du hast gesagt, du liebst mich, Morgana." Seine Stimme klang gepresst.

„Ja, das sagte ich, ich weiß." Sie blickte ihn an. „Ich tue es noch immer."

Er zog sie an sich und legte seine Stirn an ihre. „Ich hatte keine Ahnung, was für ein gutes Gefühl es ist, jemanden zu lieben und zurückgeliebt zu werden. Das ist ein guter Ansatzpunkt, Morgana. Ich weiß, ich bin nicht gerade der Traummann, und sicherlich werde ich auch einiges falsch machen. Ich bin nicht daran gewöhnt, dass jemand zu mir gehört. Oder für jemanden da zu sein. Aber ich werde mein Bestes geben. Das ist ein Versprechen."

Sie stand ganz ruhig. „Was meinst du damit?"

Er trat zurück, war wieder schrecklich nervös und steckte die Hände in die Taschen. „Ich frage dich, ob du mich heiraten willst. Glaube ich zumindest."

„Du glaubst es?"

Er fluchte. „Hör zu, ich will, dass wir heiraten. Vielleicht ist das nicht die richtige Art, einen Antrag zu machen. Wenn du also lieber warten willst, bis ich die Bühne vorbereitet habe und mit einem Ring in einem Samtkästchen vor dir knie – einverstanden. Es ist nur ... ich liebe dich so sehr, und deshalb wollte ich es dir sagen."

„Ich brauche keine Bühne, Nash. Ich wünschte, es wäre so einfach."

Er ballte die Fäuste. „Du willst mich nicht heiraten."

„Ich will mein Leben mit dir teilen. Oh ja, das will ich. Aber du würdest nicht nur mich bekommen."

Für einen Moment war er verwirrt. „Du meinst deine Familie und das ... nun, Donovan-Erbe. Baby, du bist alles, was ich will, und noch viel mehr. Die Tatsache, dass die Frau, die ich liebe, eine Hexe ist, macht es nur noch ein bisschen interessanter."

Gerührt legte sie die Hand an seine Wange. „Nash, du bist perfekt, absolut perfekt für mich. Aber nicht nur damit würdest du leben müssen." Sie blickte ihm gerade in die Augen. „Ich trage dein Kind unter meinem Herzen."

Alle Farbe wich aus seinem Gesicht. „Wie bitte?"

Sie brauchte es nicht zu wiederholen. Sie sah ihn zurücktaumeln und auf den Felsen fallen, wo sie vorhin gesessen hatte.

Er musste nach Luft schnappen, bevor er sprechen konnte. „Ein Baby? Du bist schwanger? Du bekommst ein Kind?"

Nur äußerlich ruhig, nickte sie. „Das fasst es wohl zusammen, ja." Sie ließ ihm Zeit, um etwas zu sagen, doch als er schwieg, fuhr sie fort: „Du hast deutlich zum Ausdruck gebracht, dass du keine Familie wolltest, und da die Sachlage sich geändert hatte, wollte ich ..."

„Du wusstest es." Er schluckte. „An dem Tag, dem letzten Tag, da wusstest du es. Du warst gekommen, um es mir zu sagen."

„Ja."

Mit weichen Knien erhob er sich, um zum Wasser zu gehen. Er sah sie wieder vor sich, wie verletzlich sie damals ausgesehen hatte, hörte die Worte, die er ihr entgegengeschleudert hatte. War es da ein Wunder, dass sie verschwunden war und ihr Geheimnis für sich behalten hatte?

„Du denkst, ich will das Kind nicht?"

Morgana befeuchtete ihre Lippen. „Ich erkenne, dass du Zweifel hast. Das war nicht geplant, von keinem von uns beiden." Sie unterbrach sich entsetzt. „Ich habe es nicht geplant."

Er schwang sie zu sich herum, seine Augen glühten. „Ich mache nur sehr selten zweimal den gleichen Fehler. Und mit dir ganz bestimmt nicht. Wann?"

Sie legte eine Hand auf ihren Leib. „Vor Weihnachten. Das Kind ist in jener ersten Nacht empfangen worden, während der Tagundnachtgleiche."

„Weihnachten also", wiederholte er. Und dachte an ein rotes Fahrrad, an frisch gebackene Kekse, Lachen und eine Familie, die fast seine geworden wäre. Jetzt bot sie ihm das – eine eigene Familie. Etwas, das er nie gehabt hatte, wonach er sich immer gesehnt hatte.

„Du sagtest, ich sei frei“, meinte er vorsichtig. „Frei von dir und dem, was wir geschaffen haben. Damit meintest du das Baby.“

Ihre Augen wurden dunkel, und ihre Stimme klang fest. „Dieses Kind wird geliebt, es ist gewollt. Ein Kind ist nie ein Fehler, sondern immer ein Geschenk. Ich will es lieber für mich allein haben, bevor es auch nur einen Moment in seinem Leben daran zweifeln muss, dass es geliebt wird.“

Er wusste nicht, ob er ein Wort über die Lippen bringen konnte, aber als er es tat, kamen diese Worte direkt aus seinem Herzen. „Ich will das Baby. Und dich. Und alles, was wir zusammen erschaffen. Ich will das, wie ich noch nie in meinem Leben etwas gewollt habe.“

Durch einen Tränenschleier blickte sie ihn an. „Alles, was du tun musst, ist fragen.“

Er kam zu ihr, legte seine Hand auf ihre, die auf ihrem Leib ruhte. „Gib mir eine Chance“, war alles, was er sagte.

Sie lächelte, als sein Mund ihrem entgegenstrebte. „Wir haben lange auf dich gewartet.“

„Ich werde Vater.“ Er sprach es langsam aus, wie einen Test. Dann jubelte er laut auf und schwang Morgana lachend auf seine Arme. „Wir haben zusammen ein Baby gemacht.“

Sie schlang die Arme um seinen Nacken und fiel in sein Lachen ein. „Ja.“

„Wir sind eine Familie.“

„Ja.“

Er küsste sie lang und ausgiebig, bevor er zu laufen begann. „Wenn es uns mit dem ersten gut gelingt, dann können wir es doch noch öfter probieren, oder? Was meinst du, Morgana?“

„Auf jeden Fall. Wohin gehen wir eigentlich?“

„Ich bringe dich zurück und zu Bett. Zusammen mit mir.“

„Hört sich wunderbar an. Aber du brauchst mich nicht den ganzen Weg zu tragen.“

„Und ob. Von jetzt an werde ich dich jeden Tag auf Händen tragen. Du bekommst ein Kind von mir. Mein Baby. Ich kann es genau vor mir sehen … Innen. Ein sonniger Raum mit hellblauen Wänden …“

„Gelb.“

„Na schön, hellgelben Wänden also. Unter dem Fenster eine antike Wiege, ein lustiges Mobile schwebt darüber. Man hört ein Glucksen aus der Wiege, und eine kleine pummelige Hand greift nach dem …“ Er brach ab und blieb stehen. „Oh Mann.“

„Was ist denn?“

„Mir ist gerade klar geworden … Wie stehen die Chancen? Ich meine, wie wahrscheinlich ist es, dass das Baby … du weißt schon … deine Talente erbt?“

Lächelnd wickelte sie sich eine Haarsträhne von ihm um den Finger. „Du meinst, dass das Baby eine Hexe wird? Die Chance ist groß, würde ich sagen. Die Gene der Donovans sind ziemlich stark.“ Lachend knabberte sie an seinem Hals. „Aber sie wird bestimmt deine Augen haben.“

„Ja.“ Er schritt wieder aus und stellte fest, dass er glücklich vor sich hin grinste. „Ich wette, sie hat meine Augen.“

– ENDE –

Nora Roberts

Die Spur des Kidnappers

Roman

Aus dem Amerikanischen von
Sonja Sajlo-Lucich

MIRA®

PROLOG

Schon früh verstand er, welche Macht er besaß. Was durch seine Adern floss und ihn ausmachte, musste ihm nicht erklärt werden. Und niemand brauchte ihm zu sagen, dass dies eine Gabe war, die nicht jeder besaß.

Er konnte sehen.

Die Visionen waren keineswegs immer angenehm, doch wenn sie kamen – noch als er ein kleines Kind war, das kaum laufen konnte –, akzeptierte er sie mit der gleichen Selbstverständlichkeit, mit der er auch akzeptierte, dass morgens die Sonne aufging.

Oft würde sich seine Mutter vor ihn hinknien, ihr Gesicht dem seinen ganz nahe, und ihre Augen würden in seinen suchen. In der unermesslichen Liebe, die sie für ihn empfand, war auch die Hoffnung enthalten, dass er dieses Geschenk immer akzeptieren würde. Und dass er nie dadurch verletzt werden würde.

Obwohl sie es besser wusste.

Wer bist du?

Er konnte ihre Gedanken so deutlich hören, als hätte sie sie laut ausgesprochen.

Wer wirst du sein?

Das waren Fragen, die er nicht beantworten konnte. Schon da begriff er, dass es schwieriger war, in sich selbst hineinzusehen als in andere. Er merkte, wie schwierig es war, sich selbst zu kennen.

Während die Jahre vergingen und er heranwuchs, hielt die Gabe ihn nicht davon ab, zu toben und zu rennen und seinen Cousinen Streiche zu spielen. Er liebte Eiscreme an einem heißen Sommertag, lachte lauthals über die Cartoons am Samstagvormittag im Fernsehen.

Er war ein normaler, quicklebendiger Junge mit den üblichen Flausen im Kopf und einem bemerkenswert hübschen Gesicht mit geradezu hypnotischen graublauen Augen und einem Mund, der gern lächelte.

Er durchlief alle Phasen des Heranwachsens, die Jungen durchmachten. Die abgeschürften Ellbogen und Knie, die Trotzphasen und Rebellionen, große und kleine, das erste Herzklopfen, weil ein hübsches Mädchen ihn angelächelt hatte. Wie alle Kinder wurde er erwachsen und verließ das Elternhaus, um auf eigenen Füßen zu stehen.

So wie er heranwuchs, wuchs auch die Macht in ihm.

Er empfand sein Leben als wohl geordnet und angenehm.

Und er akzeptierte, wie er es schon immer getan hatte, dass er ein Hexenmeister war.

1. KAPITEL

Sie hatte von einem Mann geträumt, der von ihr träumte. Aber er schlief nicht. Sie konnte ihn sehen, wie er vor einem großen, dunklen Fenster stand, die Arme in die Seiten gestützt. Das Bild von ihm war so deutlich, ganz und gar nicht wie ein verschwommenes Traumbild.

Seine Augen … sie waren tief, unergründlich. Grau, dachte sie, und drehte sich im Schlaf. Nein, nicht wirklich. Da war auch eine Andeutung von Blau. Die Farbe erinnerte sie an raue Klippen, die steil ins Meer fielen, und im nächsten Moment musste sie an die Wasseroberfläche eines stillen Sees denken.

Seltsam, sie konnte sein Gesicht nicht sehen. Und doch wusste sie, dass es angespannt und ernst war. Aber sie sah seine Augen, diese faszinierenden, beunruhigenden Augen …

Sie wusste, dass er an sie dachte. Nicht nur an sie dachte, nein, er konnte sie sehen. So als würde sie von der anderen Seite auf dieses Fenster, auf ihn zugehen. Und sie hatte das Gefühl, würde sie die Hand ausstrecken und an das Fenster legen, würden ihre Finger durch das Glas hindurchgleiten und seine finden.

Wenn sie es wollte.

Stattdessen wälzte sie sich im Bett und murmelte im Schlaf. Selbst wenn sie schlief, konnte Mel Sutherland sich nicht mit Unlogik abfinden. Im Leben gab es Regeln, grundlegende Regeln. Sie gehörte zu den Menschen, die überzeugt waren, dass man besser zurechtkam, wenn man diese Regeln einhielt.

Also streckte sie die Hand nicht aus, weder um das Glas zu berühren noch den Mann dahinter.

Ein Kissen fiel zu Boden, als sie sich weiter unruhig bewegte. Sie verdrängte den Traum, und er verblasste.

Erleichtert und irgendwie auch enttäuscht, fiel sie in einen traumlosen Schlaf.

Einige Stunden später, die nächtliche Vision tief in ihrem Unterbewusstsein verschlossen, schlug Mel bei dem lauten Schrillen des Mickymausweckers neben ihrem Bett die Augen auf. Eine geübte Handbewegung, und das Geräusch verstummte. Es bestand keine

Gefahr, dass sie sich wieder unter die Decke verkriechen und weiterschlafen würde. Mels Verstand war ebenso diszipliniert wie ihr Körper.

Sie setzte sich auf und gähnte ausgiebig, fuhr sich mit den Fingern durch das vom Schlaf wirre, dunkelblonde Haar. Ihre Augen, von einem satten Moosgrün – eine Farbe, die sie von einem Vater geerbt hatte, an den sie sich kaum erinnern konnte –, blickten nur einen Moment trübe. Dann klärte sich ihr Blick, und sie nahm die zerwühlten Laken wahr.

Was für eine Nacht, dachte sie und befreite ihre Beine. Aber das war ja kein Wunder, nicht bei dem, was ihr heute bevorstand. Sie atmete einmal tief durch, riss dann mit einem Ruck ihre Shorts vom Boden hoch und zog sie über. In dem T-Shirt, in dem sie auch geschlafen hatte, trat sie fünf Minuten später in die milde Morgenluft hinaus und machte sich daran, ihr Drei-Meilen-Tagespensum im Jogging zu absolvieren.

Sie hauchte einen Kuss auf ihre Fingerspitzen und legte diese Finger auf die Haustür. Weil es ihr Heim war. Ihr eigenes. Selbst nach vier Jahren betrachtete sie es nicht als Selbstverständlichkeit.

Nichts Pompöses, dachte sie, während sie Dehnübungen machte. Nur ein kleines Haus, flankiert von einem Waschsalon und einer kleinen Buchhaltungsfirma, die ums Überleben kämpfte. Aber sie brauchte auch nichts Pompöses.

Mel ignorierte den anerkennenden Pfiff aus einem vorbeifahrenden Wagen. Der Fahrer betrachtete ausgiebig ihre langen, muskulösen Beine. Sie joggte nicht, um besser auszusehen, sondern weil regelmäßiges Training Körper und Geist stählte. Ein Privatdetektiv, der entweder das eine oder das andere vernachlässigte, hielt sich nicht lange im Geschäft. Mel hatte vor, noch sehr, sehr lange zu bestehen.

Sie ließ es langsam angehen, verfiel in einen lockeren Trab, lauschte auf das rhythmische Tappen ihrer Sportschuhe auf dem Bürgersteig und genoss das erste Morgenlicht. Es war August, ein wunderbarer Sommertag kündigte sich an. Sie dachte daran, wie unerträglich heiß es in Los Angeles werden würde, aber hier in Monterey war es angenehm warm, wie im Frühling. Ganz gleich, welche Jahreszeit der Kalender anzeigte, die Luft war immer frisch wie eine Rosenknospe.

Noch war es früh, es herrschte kaum Verkehr. Außerdem war es sowieso höchst unwahrscheinlich, hier in der Stadtmitte einem anderen Jogger zu begegnen. Am Strand wäre das sicher anders, aber Mel lief lieber allein.

Langsam wurden ihre Muskeln warm. Der erste dünne Schweißfilm bildete sich auf der Haut. Sie beschleunigte das Tempo, fiel in ihren gewohnten Rhythmus, der schon so selbstverständlich war wie Atmen.

Für die erste Meile verbannte sie bewusst alles Denken, konzentrierte sich nur auf das Wahrnehmen. Ein Wagen mit einem defekten Auspuff donnerte an ihr vorbei, zögerte nur andeutungsweise an dem Stopp-Zeichen.

Ein 82er Plymouth Sedan, dunkelblau. Fahrertür eingedellt, Nummernschild: Kalifornien, ACR 2289.

Es ging darum, den Geist geschärft zu halten.

Im Park lag jemand im Gras. Gerade als Mel vorbeilief, setzte er sich auf, streckte sich und schaltete das Kofferradio neben sich ein.

Ein Student, der per Anhalter durchs Land trampt, entschied sie, während ihr Blick noch über den Rucksack glitt. Blau, die amerikanische Flagge auf der Seite aufgenäht … Haarfarbe braun … und dieser Song … wie hieß er noch?

Bruce Springsteen. „Cover Me."

Sah süß aus, der Junge. Mit einem leisen Lächeln lief Mel um die Straßenecke.

Der Geruch von frisch gebackenem Brot, der aus der kleinen Bäckerei strömte, stieg ihr in die Nase. Dieses wunderbare Guten-Morgen-Aroma. Und der Duft von Rosen aus den Vorgärten.

Sie sog den Blumenduft tief ein. Aber bevor sie zugeben würde, dass sie eine Schwäche für Rosen hatte, würde sie sich eher die Zunge abbeißen. Die Blätter der Bäume raschelten leicht in der sanften Brise, und wenn sie sich konzentrierte, konnte sie sogar das Meer riechen.

Es war gut. So gut, sich stark und bewusst und allein zu fühlen. Es war gut, diese Straßen zu kennen und zu wissen, dass sie hierhergehörte. Dass sie hier bleiben konnte. Dass es keinen mitternächtlichen Aufbruch in dem zerbeulten Kombi mehr geben würde, nur weil ihre Mutter mal wieder von einer ihrer Launen gepackt worden war.

Zeit, weiterzufahren, Mary Ellen. Zeit, dass wir hier wegkommen. Ich habe das Gefühl, dass wir es mal im Norden versuchen sollten.

Und so würden sie sich also aufmachen, sie und die Mutter, die sie anbetete. Die Mutter, die immer mehr Kind geblieben war als das kleine Mädchen, das sich auf dem Beifahrersitz zusammenrollte. Die Scheinwerfer würden sich durch die Nacht fressen, bis zu einem neuen Ort, einer neuen Schule, neuen Menschen.

Doch es dauerte nie lange. Nie lange genug, um dazuzugehören. Nur die Straße, die war wie ein Zuhause. Schon bald würde ihre Mutter wieder das verspüren, was sie „Kribbeln in den Beinen" nannte. Und dann würden sie wieder weiterziehen.

Warum hatte es immer den Anschein gehabt, als würden sie vor etwas wegrennen, nicht zu etwas Bestimmtem hinfahren?

Nun, das war vorbei. Alice Sutherland war jetzt stolze Besitzerin eines gemütlichen kleinen Wohnwagens – in sechsundzwanzig Monaten würde Mel ihn endlich abbezahlt haben – und glücklich wie im siebten Himmel. So konnte Alice von Bundesstaat zu Bundesstaat weiterziehen und von Abenteuer zu Abenteuer.

Was nun Mel anging – sie konnte endlich bleiben. Zugegeben, in L.A. hatte es nicht geklappt. Aber sie hatte einen Vorgeschmack von dem bekommen, was es hieß dazuzugehören. Sie hatte zwei sehr frustrierende und sehr lehrreiche Jahre beim Police Department von Los Angeles zugebracht. Zwei Jahre, die ihr bewiesen hatten, dass Polizeiarbeit genau das Richtige für sie war, auch wenn Protokolle für falsches Parken ausstellen und Formulare ausfüllen nicht gerade das Gelbe vom Ei gewesen waren. Dennoch hatte sie die geeignete Tätigkeit gefunden.

Also war sie gen Norden gezogen und hatte „Sutherland Investigations" eröffnet. Schön, sie hatte Unmassen von Formularen ausfüllen müssen, aber es waren ihre Formulare gewesen.

Mel war bei der Hälfte ihres morgendlichen Laufs angekommen und kehrte um. Wie immer erfüllte sie ein Gefühl der Befriedigung, dass ihr Körper ihr so gut gehorchte. Das war nicht immer so gewesen. Als Kind viel zu groß, zu mager und zu schlaksig, hatte sie dauernd aufgeschürfte Knie und Ellbogen gehabt. Aber jetzt war sie achtundzwanzig und besaß absolute Kontrolle über ihren Körper. Jawohl. Sie hatte es auch nie als enttäuschend empfunden, dass sie keine üppigen Rundungen entwickelt hatte. Schlank und rank war effektiver. Und die langen Beine, die ihr früher Spitznamen wie „Bohnenstange“ und „Streichholz“ eingebracht hatten, waren jetzt durchtrainiert, muskulös und – wie sie sich selbst bescheiden eingestand – durchaus einen zweiten Blick wert.

Genau in diesem Augenblick hörte sie das Weinen eines Babys. Irgendwo aus einem offenen Fenster des Apartmenthauses neben ihr. Ihre Stimmung sank auf den Nullpunkt. Erinnerungen wurden wach.

Das Baby. Roses Baby. Der süße, pummelige David mit den roten Wangen.

Mel lief weiter. Das Laufen war wie ein Reflex, der auch allein funktionierte. Aber ihre Gedanken wanderten. Bilder tauchten vor ihr auf.

Rose, die nette, freundliche, leicht unscheinbare Rose mit ihrem krausen roten Haar und dem offenen Lächeln. Mel, von Natur aus eher reserviert, hatte sich ihrem Charme nicht entziehen und die angebotene Freundschaft nicht ablehnen können.

Rose arbeitete als Bedienung in dem kleinen italienischen Restaurant, zwei Blocks von Mels Büro entfernt. Es war so leicht gewesen, bei einem Cappuccino oder über einem Teller Spaghetti ein kleines Gespräch anzufangen, vor allem, da Rose den größten Teil des Redens übernahm.

Mel erinnerte sich noch gut daran, wie sie Rose bewundert hatte, die volle Tabletts jonglierte, obwohl ihr runder Bauch fast die kleine Servierschürze sprengte. Noch besser erinnerte sie sich daran, wie Rose ihr erzählt hatte, wie überglücklich ihr Mann Stan und sie waren und wie sehr sie sich auf ihr erstes Kind freuten.

Als David dann vor acht Monaten zur Welt gekommen war, hatte sie Rose im Krankenhaus besucht. Als sie durch die Glasscheibe die Babys in ihren Bettchen auf der Kinderstation gesehen hatte, war ihr klar geworden, warum Menschen alle möglichen Opfer brachten, um Kinder zu haben.

Sie waren so perfekt. So niedlich und wunderschön.

Als sie gegangen war, war sie glücklich für Rose und Stan. Und einsamer als je zuvor in ihrem Leben.

Sie hatte es sich zur Gewohnheit gemacht, bei den jungen Eltern vorbeizuschauen, immer ein kleines Spielzeug für David dabei. Als Vorwand. Um mit dem Kleinen eine Stunde spielen zu können. Sie hatte sich in David verliebt, mehr als nur ein wenig. Also war es ihr auch nicht peinlich gewesen, seinen ersten Zahn zu bewundern oder jubelnd zu bestaunen, dass er zu krabbeln anfing.

Und dann, vor zwei Monaten, war dieser Anruf gekommen. Von einer völlig aufgelösten Rose.

„Er ist weg. Er ist weg. Er ist weg."

Mel legte die kurze Strecke von ihrem Büro zur Wohnung der Merricks in Rekordzeit zurück. Die Polizei war schon dort. Rose und Stan saßen auf dem Sofa, hielten einander umfasst wie zwei verlorene Seelen. Beide in Tränen aufgelöst.

David war verschwunden. Aus seinem Laufstall entführt, in dem er auf dem kleinen Rasenstück vor der Wohnung im Parterre geschlafen hatte.

Mittlerweile waren zwei Monate vergangen, und der Laufstall war noch immer leer.

Alles, was Mel gelernt hatte, alle Erfahrung und alle geschulten Instinkte hatten nicht geholfen, David zu seinen Eltern zurückzubringen.

Nun wollte Rose einen anderen Weg beschreiten. Etwas so Absurdes versuchen, dass Mel gelacht hätte, wäre da nicht der entschlossene Ausdruck in Roses sonst so sanften Augen gewesen. Rose war es gleichgültig, was Stan sagte, was die Polizei sagte, was Mel sagte. Sie würde alles versuchen, um ihr Kind zurückzubekommen.

Selbst wenn das hieß, sich an einen Menschen mit übernatürlichen Kräften zu wenden.

Während sie zusammen in dem alten, abgeschmirgelten MG über die Küstenstraße dahinbrausten, wollte Mel ein letztes Mal an Roses Vernunft appellieren.

„Rose ..."

„Gib dir keine Mühe. Du wirst es mir nicht ausreden." Obwohl Rose leise sprach, klang ihre Stimme stahlhart. Eine Eigenschaft, die erst in den letzten Monaten zu Tage getreten war. „Das hat Stan schon versucht."

„Weil wir dich mögen, Rose. Wir wollen beide nicht, dass du dich in etwas verrennst und noch mehr verletzt wirst."

Sie war erst dreiundzwanzig, aber Rose fühlte sich so alt wie das Meer, das dort tief unter ihnen wogte, und so hart wie die Klippen, die steil herabfielen. „Verletzt? Nichts kann mich noch verletzen. Ich weiß, dass du es nur gut meinst, Mel, und ich weiß auch, dass es viel von dir verlangt ist, heute mit mir dorthin zu gehen …"

„Das ist es nicht."

„Doch, das ist es." Roses Augen, diese fröhlichen, lachenden Augen, blickten traurig und waren voll von einer Angst, die scheinbar nie wieder vergehen wollte. „Ich weiß, du hältst es für unsinnig, und vielleicht ist es sogar beleidigend für dich, weil du alles tust, um David zu finden. Aber ich muss es versuchen. Ich muss jede sich bietende Möglichkeit ergreifen."

Mel schwieg, denn sie schämte sich dafür, dass sie tatsächlich beleidigt war. Sie war ausgebildet, trainiert und erfahren, und hier saßen sie und fuhren die Küste entlang, um irgendeinen Scharlatan aufzusuchen.

Aber man hatte ja auch nicht ihr Kind entführt. Sie war nicht diejenige, die jeden Tag vor einem leeren Kinderbett stehen musste.

„Wir werden David finden, Rose." Mel nahm die Hand vom Lenkrad und drückte Roses eiskalte Finger. „Das schwöre ich."

Statt einer Antwort nickte Rose nur unmerklich und blickte hinaus aufs Meer und über die rauen Klippen. Wenn ihr Baby nicht bald gefunden wurde, würde es sehr einfach sein, den letzten Schritt über diese Klippen zu nehmen und der Welt ein für alle Mal den Rücken zu kehren. Einzutauchen in die Unendlichkeit des Meeres.

Er wusste, dass sie kamen. Das hatte nichts mit seiner Macht zu tun. Die Frau mit der zitternden Stimme hatte ihre Ankunft bereits gestern telefonisch angekündigt. Hatte ihn angefleht. War das nicht genau der Grund, weshalb er sich eine Geheimnummer hatte geben lassen? Hatte er nicht deshalb einen Anrufbeantworter, falls jemand sich tatsächlich die Mühe machen sollte, seine Telefonnummer herauszufinden?

Aber nein, er hatte den Hörer abgenommen. Weil ihn etwas dazu gedrängt hatte. Weil er gewusst hatte, dass er es tun musste. Also wusste er von ihrer Ankunft und stellte sich darauf ein, eine Absage zu erteilen, ganz gleich, worum sie ihn bitten würde.

Verdammt, er war so müde. Er war gerade erst zurückgekommen. Nach drei schrecklichen Wochen in Chicago, wo es der Polizei mit seiner Hilfe gelungen war, den Mann dingfest zu machen, den die Presse mit dem Namen „South Side Schlitzer“ belegt hatte.

Er hatte Dinge gesehen, die er nie wieder sehen wollte.

Sebastian stellte sich an das große Fenster, das den Blick freigab auf den weiten Rasen, einen farbenfrohen Steingarten und die Klippen, die steil ins Meer hinabfielen.

Ihm gefiel dieser Ausblick, er hatte etwas Dramatisches an sich. Die gefährliche Tiefe, das tosende Wasser, ja sogar das schwarze Band der Straße, die sich durch die felsige Landschaft schlängelte. Ein Symbol für die Entschlossenheit des Menschen, voranzuschreiten, weiterzukommen.

Am meisten jedoch gefiel ihm die Abgeschiedenheit, die ihm die nötige Distanz verschaffte. Distanz zu Eindringlingen. Nicht nur räumlich gesehen, sondern auch jene, die in seine Gedanken eindringen wollten.

Aber irgendjemandem war es gelungen, diese Distanz zu überbrücken. Irgendjemand war bereits eingedrungen. Und er fragte sich immer noch, was das wohl zu bedeuten hatte.

Er hatte geträumt letzte Nacht. In seinem Traum hatte er genau hier gestanden. Auf der anderen Seite des Fensters war eine Frau gewesen. Eine Frau, nach der er sich verzehrt hatte.

Aber er war so müde gewesen, so leer und ausgebrannt, dass er nicht die Konzentration aufgebracht hatte. Und dann hatte sie sich aufgelöst und war verschwunden.

Wogegen er überhaupt nichts einzuwenden hatte. Im Moment wollte er nichts anderes als schlafen. Ein paar faule Tage verbringen, sich um seine Pferde kümmern, den liegen gebliebenen Papierkram aufarbeiten und das Leben seiner Cousinen ein bisschen durcheinanderbringen.

Seine Familie fehlte ihm. Es war Ewigkeiten her, seit er das letzte Mal in Irland gewesen war, um seine Eltern, seine Tanten und Onkel zu besuchen. Seine beiden Cousinen lebten nur ein paar Meilen die Küstenstraße hinunter, aber es schien Jahre, nicht Wochen her zu sein, seit er sie gesehen hatte.

Morgana wurde immer runder. Die Schwangerschaft bekam ihr. Sebastian grinste. Ob sie wohl ahnte, dass sie Zwillinge erwartete?

Anastasia wusste es bestimmt. Sie wusste alles über Heilkunst und traditionelle Medizin. Aber sie würde nichts sagen, es sei denn, Morgana fragte sie direkt.

Er wollte sie sehen. Beide. Jetzt. Sebastian verspürte Lust, Zeit mit seinem Schwager zu verbringen, obwohl er wusste, dass Nash gerade mal wieder bis über beide Ohren in der Arbeit an seinem neuen Drehbuch steckte. Also, er könnte sich einfach auf sein Motorrad schwingen, nach Monterey fahren und in die Vertrautheit seiner Familie eintauchen. Die beiden Frauen, die gerade auf dem Weg zu ihm waren, mit ihren Bitten um Hilfe und ihren Ängsten, wollte er um jeden Preis vermeiden.

Aber er würde es nicht tun.

Er war durchaus kein uneigennütziger Mensch, hatte das auch nie von sich behauptet. Aber er verstand die Verantwortung, die ihm mit der Gabe übertragen worden war.

Man konnte nicht zu jedem Ja sagen. Falls man das tat, würde man langsam, aber sicher verrückt werden. Dann gab es Fälle, da sagte man Ja, aber der Pfad war blockiert. Das war Schicksal. Und es gab Fälle, da wollte man ablehnen, unbedingt, aus Gründen, die einem selbst nicht so ganz klar waren. Und gleichzeitig wusste man, dass es völlig gleichgültig war, was man selbst wollte.

Das war auch Schicksal.

Er hatte das ungute Gefühl, dass dieser Fall hier einer von denen war, wo seine eigenen Wünsche nicht die geringste Rolle spielten.

Er hörte den Wagen, der sich den Hügel hinaufquälte, bevor er ihn sah. Fast hätte er gelächelt. Sebastian hatte sein Haus bewusst hoch und abgelegen gebaut, der schmale Weg zu seinem Heim wirkte nicht sehr einladend. Selbst ein Seher hatte das Recht auf Privatsphäre.

Er erblickte den Wagen, ein grauer Punkt auf der Straße, und seufzte. Da waren sie also. Je schneller er sie wieder loswurde, desto besser.

Er verließ sein Schlafzimmer und stieg die Treppen hinab. Ein großer Mann, fast zwei Meter, mit schmalen Hüften und breiten

Schultern. Das schwarze Haar dramatisch aus der Stirn gekämmt, dunkle Locken, die sich über den Kragen seines Jeanshemdes kringelten. Er hatte, wie er hoffte, eine höfliche, aber abweisende Miene aufgesetzt. Das markante Gesicht, ein Erbe seiner keltischen Vorfahren, war tief gebräunt.

Mit seiner schlanken Hand, an deren einem Finger ein Amethystring aufblitzte, fuhr Sebastian über das glatte hölzerne Geländer der Treppe. Ebenso wie die Sonne liebte er auch Strukturen, weiche und raue. Die letzten beiden Stufen übersprang er leichtfüßig.

Bis das Auto am Haus angekommen war und Mel das erste Erstaunen über die exzentrische, fließende Architektur des Hauses verarbeitet hatte, stand Sebastian auf der Veranda.

Das Haus wirkte, als hätte ein Kind eine Hand voll Bauklötze genommen und sie einfach hingeworfen, sodass sie wie zufällig zu einem faszinierenden Gebilde gefallen waren. Dieser Vergleich drängte sich Mel auf, als sie aus dem Wagen stieg und der Duft von Blumen, Pferden und des Meeres sie übermannte.

Sebastian ließ seinen Blick kurz und mit dem leisesten Hauch eines Stirnrunzelns über Mel wandern, dann wandte er sich Rose zu. „Mrs. Merrick?"

„Ja, Mr. Donovan." Rose spürte den dicken Kloß in ihrer Kehle aufsteigen, der sich in ein Schluchzen verwandeln wollte. „Es ist sehr liebenswürdig von Ihnen, mir Ihre Zeit zu gewähren."

„Ich weiß nicht, ob es liebenswürdig ist oder nicht." Er hakte die Daumen in die Gürtelschlaufen seiner Jeans und musterte die beiden Frauen. Rose Merrick trug ein einfaches, akkurates blaues Kleid. Man konnte sehen, dass sie abgenommen hatte. Sie hatte sich offensichtlich Mühe mit ihrem Make-up gegeben, aber das würde sicher nicht lange halten, wenn man bedachte, dass ihr Tränen in den Augen standen.

Er wehrte sich gegen die Welle des Mitgefühls, die ihn überkam.

Die andere Frau hatte keinen großen Wert auf ihre Erscheinung gelegt. Was sie umso interessanter machte. Wie Sebastian selbst, so trug auch sie Jeans und Stiefel, beides weit davon entfernt, neu zu sein. Das T-Shirt musste einmal von einem leuchtenden Rot gewesen sein, jetzt war es verblasst und ausgewaschen. Kein Schmuck, kein Make-up. Aber dafür eine Einstellung, die ganz deutlich zu spüren war. Eine negative Einstellung.

Aha, du bist also die Harte. Er suchte nach ihrem Namen und wurde von einem Strudel von Gedanken mitgerissen, der ihm sagte, dass sie gefühlsmäßig genauso aufgewühlt war wie Rose Merrick.

Großartig.

Rose kam auf ihn zu. Sebastian wollte zurückweichen, unbeteiligt bleiben, aber er hatte den Kampf schon verloren. Sie versuchte die Tränen zurückzuhalten, diese Tränen, von denen er wusste, dass ihr Herz sie weinte.

Nichts auf der Welt machte einen Mann so schwach wie eine mutige Frau.

„Mr. Donovan, ich will nicht zu viel Ihrer Zeit rauben, ich möchte nur …"

Mel stand an Roses Seite, als deren Stimme erstarb. Der Blick, den sie Sebastian zuwarf, war alles andere als freundlich. „Werden Sie uns hineinbitten, oder müssen wir hier …?"

Jetzt war es an Mel, den Satz nicht zu Ende zu sprechen. Aber nicht Tränen hatten ihre Stimme erstickt, sondern der Schock.

Seine Augen. An mehr konnte sie nicht denken. Dachte es so klar und so laut, dass Sebastian den Widerhall dieser Worte in seinem Kopf hören musste.

Lächerlich, schalt sie sich und mühte sich um Fassung. Irgendein dummer Traum, und sie vermischte Realität und Traum. Es war nur, weil er so unglaublich schöne Augen hatte. Beunruhigend schöne Augen.

Sebastian musterte sie einen Moment länger, doch er drang nicht tiefer als bis zu ihrem Gesicht, obwohl er neugierig war. Eigentlich war sie ziemlich attraktiv, selbst im grellen Sonnenlicht. Vielleicht lag es an dem trotzigen Ausdruck in den grünen Augen, der ihn so faszinierte. Oder an dem herausfordernd vorgereckten Kinn mit dem sexy kleinen Grübchen. Ja, attraktiv war das richtige Wort. Auch wenn ihr Haar kürzer war als seines und vermuten ließ, dass sie mit der Küchenschere selbst Hand angelegt hatte.

Er wandte sich ab und schenkte Rose ein kleines Lächeln. „Natürlich. Bitte, kommen Sie herein." Mit Rose an der Hand ging er ins Haus und überließ es Mel, ihnen zu folgen.

Was sie tat. Es hätte ihn sicherlich amüsiert zu sehen, wie unsicher sie die Verandastufen emporstieg und erstaunt in den geräumigen Raum mit den großen Oberlichtern und der offenen Galerie trat. Sie wünschte sich, sie wäre nicht so überwältigt von diesem warmen honigfarbenen Ton der Wände, der das Licht so weich und sinnlich wirken ließ. Am anderen Ende des Raumes stand eine überlange Couch, in tiefem Königsblau, zu der Sebastian Rose jetzt über einen riesigen Teppich in zarten Pastellfarben führte.

Alles war blitzblank, aber die Ordnung wirkte nicht pedantisch. Moderne Skulpturen aus Marmor, Holz und Bronze waren dekorativ zwischen den mit Sicherheit sehr wertvollen antiken Möbeln aufgestellt. Alles hatte Übergröße, was bewirkte, dass der Raum trotz seiner riesigen Maße gemütlich wirkte.

Hier und da lagen und standen Kristalle, manche so groß, dass ein Mann allein sie nicht würde heben können, andere klein genug, um in die Hand eines Kindes zu passen. Mel fand das Blinken und Blitzen faszinierend, die Anordnung zu mittelalterlich anmutenden Städten und kleinen Gebirgen bezaubernd.

Ihr wurde bewusst, dass Sebastian sie mit einem geduldig-amüsierten Funkeln in den Augen ansah. „Hübsch haben Sie's hier", sagte sie mit einem Achselzucken.

Jetzt verzogen sich auch seine Lippen zu einem Lächeln. „Danke. Setzen Sie sich doch."

Die Couch mochte vielleicht eine Sonderanfertigung sein und Überlänge haben, aber Mel setzte sich auf einen der einzelnen Sessel auf der anderen Seite des mit reichen Schnitzereien verzierten Couchtisches.

Sebastian ließ seinen Blick noch einen Moment auf ihr ruhen, dann wandte er sich an Rose. „Darf ich Ihnen einen Kaffee anbieten, Mrs. Merrick? Oder vielleicht etwas Kühles?"

„Nein. Nein, danke, bitte machen Sie sich keine Umstände. Ich weiß, wir behelligen Sie. Aber ich habe von Ihnen gelesen. Und meine Nachbarin, Mrs. Ott, hat erzählt, wie Sie im letzten Jahr der Polizei geholfen haben, den Jungen zu finden. Den, der ausgerissen war."

„Joe Cougar." Sebastian setzte sich neben Rose. „Ja, er wollte nach San Francisco, um seinen Eltern eins auszuwischen. Wahrscheinlich muss das so sein, wenn man jung ist."

„Aber er war fünfzehn.“ Roses Stimme brach. Sie presste die Lippen zusammen und rang um Fassung. „Ich … ich will nicht sagen, dass seine Eltern keine Angst um ihn gehabt haben, aber er war fünfzehn. Mein David ist nur ein Baby. Er schlief in seinem Laufstall.“ Sie sah Sebastian flehend an. „Ich bin nur kurz hineingegangen, weil das Telefon läutete, er stand doch direkt neben der Tür. Es war nicht so, als hätte ich ihn auf der Straße allein gelassen. Er war neben der Tür. Ich war nur eine Minute weg …“

„Rose.“ Obwohl sie es vorgezogen hätte, auf Abstand zu Sebastian zu bleiben, ging Mel sofort zu ihrer Freundin. „Es ist nicht deine Schuld. Jeder weiß das.“

„Ich habe ihn allein gelassen“, widersprach Rose leise. „Ich habe nicht auf mein Baby aufgepasst, und nun ist er verschwunden.“

„Mrs. Merrick, Rose … Sind Sie eine schlechte Mutter?“ Sebastian stellte diese Frage beiläufig und sah das schockierte Entsetzen in Roses Augen. Und die Wut in Mels.

„Nein! Nein, ich liebe David! Ich würde alles für ihn tun, er ist mein Ein und Alles. Ich …“

„Wenn das so ist, dann hören Sie auch damit auf, sich Vorwürfe zu machen.“ Er nahm ihre Hand und hielt sie so sanft und mitfühlend, dass die drohenden Tränen verschwanden. „Es ist nicht Ihre Schuld. Dass Sie sich das einreden wollen, hilft nicht dabei, David zu finden.“

Er hatte genau die richtigen Worte gewählt. Mels Wut verpuffte mit einem Schlag.

„Also werden Sie mir helfen?“, murmelte Rose. „Die Polizei sucht schon lange. Und Mel tut alles, was in ihrer Macht steht. Aber David ist immer noch nicht wieder zu Hause.“

Mel also. Ein interessanter Name für eine große schlanke Blondine mit mürrischem Gesicht.

„Wir werden David finden.“ Aufgeregt sprang Mel auf. „Wir haben Spuren, schwache zwar nur, aber …“

„Wir?“, unterbrach Sebastian sie. Ein Bild drängte sich ihm auf, ganz kurz nur – wie sie eine Pistole mit beiden Händen hielt und zielte, die Augen kalt wie grünes Eis. „Sind Sie bei der Polizei, Miss …?“

„Sutherland. Ich bin Privatdetektivin.“ Sie spie ihm die Worte förmlich entgegen. „Sollten Sie so etwas nicht wissen?"

„Mel ...", mischte sich Rose warnend ein.

„Ist schon in Ordnung." Sebastian tätschelte beruhigend Roses Hand. „Ich kann sehen, oder ich kann fragen. Bei Fremden ist es eigentlich höflicher zu fragen, meinen Sie nicht auch?"

„Sicher." Mit einem abfälligen Schnauben ließ Mel sich wieder auf den Sessel fallen.

„Ihre Freundin ist eine Zynikerin", bemerkte Sebastian. „Ein wenig Zynismus kann manchmal ganz amüsant sein, aber manchmal auch sehr plump." Er bereitete sich innerlich darauf vor, Rose eine Absage zu geben. Er konnte sich einfach nicht noch einmal einem solchen Trauma aussetzen.

Mel war es, die alles änderte. Wahrscheinlich genau die Rolle, die ihr zugedacht war, wie er annahm.

„Ich würde einen Menschen nicht als Zyniker bezeichnen, weil er einen Scharlatan erkennt, der als barmherziger Samariter daherkommt." Ihre Augen sprühten Funken, als sie sich vorlehnte. „Diese ganze Geschichte mit dem Sehen ist genauso falsch wie ein Magier in einem billigen Varieté, der auf der Bühne Kaninchen aus seinem Zylinder zieht."

Sebastian zog eine Augenbraue in die Höhe, das einzige Anzeichen von Ärger. „Ist dem so, ja?"

„Täuschung bleibt Täuschung, Mr. Donovan. Hier geht es um das Leben eines Babys, und ich werde nicht zulassen, dass Sie das benutzen, um sich mit Ihrem Hokuspokus in Szene zu setzen und in die Schlagzeilen zu kommen." Mel stand auf, zitternd vor unterdrückter Wut. „Entschuldige, Rose, aber mir liegt zu viel an dir und an David. Ich werde nicht dastehen und zusehen, wie dieser Typ dich über den Tisch zieht."

„Er ist mein Baby." Die Tränen, gegen die Rose gekämpft hatte, ließen sich nicht mehr aufhalten. „Ich muss wissen, wo er ist. Muss wissen, ob es ihm gut geht oder ob er Angst hat." Sie schlug die Hände vors Gesicht. „Er hat noch nicht einmal seinen Lieblingsteddy bei sich."

Mel verfluchte sich selbst, verfluchte ihr Temperament, verfluchte Sebastian Donovan und die Welt im Allgemeinen. Aber als sie neben Rose in die Hocke ging und deren Hand nahm, war ihre Stimme sanft und leise. „Es tut mir leid, Liebes. Ich weiß, wie viel Angst du hast. Ich habe auch Angst. Wenn du möchtest, dass Mr. Donovan …“, fast erstickte sie an dem Wort, „… hilft, dann wird er helfen.“ Sie sah mit trotzigem, wütendem Gesicht zu Sebastian. „Das werden Sie doch, oder?“

„Ja.“ Er nickte langsam und ließ dem Schicksal seinen Lauf. „Ja, ich werde helfen.“

Es gelang ihm, Rose zu überreden, etwas Wasser zu trinken und sich zu beruhigen. Während Mel mit grimmiger Miene zum Fenster hinausstarrte, holte Rose einen kleinen gelben Plüschteddy aus ihrer Tasche hervor.

„Das ist Davids Lieblingsspielzeug. Und das hier …“, sie zog ein Foto aus ihrer Brieftasche, „… ist David. Ich dachte … Mrs. Ott meinte, Sie würden irgendetwas brauchen.“

„Es hilft, ja.“ Er nahm den Teddy in die Hand und spürte augenblicklich das Ziehen in seinem Magen. Roses Angst, ihre Trauer. Das würde er ertragen müssen. Und noch mehr. Aber er betrachtete das Foto nicht. Noch nicht. „Lassen Sie mir die Sachen da. Ich melde mich.“ Er half ihr aufzustehen. „Sie haben mein Wort. Ich werde tun, was ich tun kann.“

„Ich weiß nicht, wie ich Ihnen danken soll. Jetzt habe ich etwas, worauf ich hoffen kann. Stan und ich, wir haben etwas Geld gespart, und …“

„Darüber reden wir später.“

„Rose, warte doch im Wagen auf mich“, warf Mel leise ein. Allerdings konnte Sebastian sehen, dass sie alles andere als ruhig war. „Ich werde Mr. Donovan die Fakten berichten, die ich kenne. Das hilft ihm vielleicht auch weiter.“

„Ja, sicher.“ Die Andeutung eines Lächelns huschte über Roses Gesicht. „Danke.“

Mel wartete, bis Rose außer Hörweite war, dann legte sie los. „Wie viel, glauben Sie, können Sie aus ihr herausquetschen für diese Show? Sie arbeitet als Kellnerin, ihr Mann ist Automechaniker.“

Er lehnte sich lässig an den Türrahmen. „Miss Sutherland, haben Sie den Eindruck, ich benötigte Geld?“

Sie schnaubte. „Nein, ich bin sicher, Sie haben es bündelweise.

Für Sie ist das alles nur ein Spiel."

Seine Finger legten sich mit eisernem Griff um ihren Arm. „Das ist kein Spiel." In seiner tiefen Stimme schwang mühsam kontrollierte Wut mit. „Was ich habe, was ich bin, ist kein Spiel. Und Kleinkinder aus Laufställen zu entführen ist auch kein Spiel."

„Ich werde nicht zulassen, dass man Rose noch mehr verletzt."

„In diesem Punkt sind wir uns also einig. Wenn Sie so wenig von mir halten, warum haben Sie sie hergebracht?"

„Weil sie nun einmal meine Freundin ist. Und weil sie mich darum gebeten hat."

Er akzeptierte ihre Begründung mit einem knappen Nicken. Loyalität war auch etwas, das er von ihr ausströmen fühlte. „Meine Geheimnummer – die haben also Sie ausfindig gemacht?"

Sie verzog abfällig die Lippen. „So etwas gehört zu meinem Job."

„Und? Sind Sie gut in Ihrem Job?"

„Darauf können Sie Gift nehmen."

„Sehr schön. Denn ich bin auch gut in dem, was ich tue. Wir werden also zusammenarbeiten."

„Wie kommen Sie auf die Idee?"

„Weil Ihnen an diesem Fall liegt. Und sollte auch nur die geringste Möglichkeit bestehen, dass ich tatsächlich das bin, was von mir behauptet wird, werden Sie es nicht wagen, es zu ignorieren."

Sie spürte die Hitze, die von seinen Fingern ausging. Wie Feuer schien sie sich durch ihre Haut zu brennen, bis auf die Knochen. Ihr wurde bewusst, dass sie Angst hatte. Nicht in körperlicher Hinsicht. Nein, es ging tiefer. Sie hatte Angst, weil sie noch nie eine solche Macht gespürt hatte.

„Ich arbeite allein."

„Ich auch", erwiderte er ruhig. „In der Regel. Aber für jede Regel gibt es eine Ausnahme. Deshalb werden wir beide hier eine Ausnahme machen." Er tauchte ein, schnell und gewandt wie eine Schlange. Nur ein kleines Ding wollte er finden, um es ihr unter die Nase zu reiben. Sobald er es gefunden hatte, lächelte er. „Ich melde mich. Schon bald, Mary Ellen."

Er genoss es zu sehen, wie sie den Mund aufklappte, die Augen zusammenkniff und angestrengt nachdachte, ob Rose während des

Gesprächs vielleicht ihren vollen Namen benutzt hatte. Aber sie erinnerte sich nicht, war sich nicht sicher. Verwirrt zog sie mit einem Ruck ihren Arm zurück.

„Verschwenden Sie nicht meine Zeit, Donovan. Und nennen Sie mich gefälligst nicht so.“ Sie warf den Kopf in den Nacken und stolzierte zu ihrem Wagen.

Vielleicht konnte sie keine Gedanken lesen, aber sie wusste, dass er hinter ihrem Rücken grinste.

2. KAPITEL

Sebastian stand noch lange auf der Veranda und sah dem kleinen Wagen nach. Er war amüsiert und gleichzeitig irritiert über die wütenden Funken, die Mel in der Luft zurückgelassen hatte.

Viel Willenskraft, dachte er. Und überschäumende Energie. Ein friedfertiger Mann würde sich bei einer solchen Frau völlig verausgaben. Sebastian betrachtete sich als friedfertigen Mann. Nicht, dass es ihn nicht reizte, sie ein wenig zu provozieren. So wie ein kleiner Junge in glühenden Kohlen herumstocherte, um zu sehen, ob er nicht eine Flamme zum Lodern bringen könnte.

Manchmal lohnte sich eben das Risiko, sich die Finger zu verbrennen.

Aber im Moment war er einfach nur müde. Zu müde, um so etwas genießen zu können. Schon jetzt war er wütend auf sich, weil er sich hatte einwickeln lassen. Das war nur geschehen, weil die beiden Frauen zusammen aufgetreten waren. Die eine so voller Angst und verzweifelter Hoffnung, die andere vor Wut schäumend und mit verächtlichem Unglauben. Er hätte sowohl mit der einen wie auch mit der anderen fertig werden können, aber vor dieser Kombination hatte er kapitulieren müssen.

Also würde er sehen. Obwohl er sich selbst eine lange Pause versprochen hatte, bevor er den nächsten Fall übernahm. Und er würde beten, dass er mit dem, was er sehen würde, leben konnte.

Aber erst einmal würde er sich Zeit nehmen, einen langen, faulen Morgen, um seinem erschöpften Geist und seiner zerrissenen Seele die Chance zu heilen zu gönnen.

Hinter dem Haus lag eine Weide, mit einem niedrigen, weiß gestrichenen Stall. Als er jetzt näher kam, hörte er schon das Wiehern und musste unwillkürlich lächeln.

Da waren sie, der kraftvolle schwarze Hengst und die stolze weiße Stute. Beide standen so still, dass sie wie Statuen wirkten, eine aus Ebenholz und eine aus schimmerndem Alabaster. Dann schlug die Stute mit dem langen Schwanz und kam zum Zaun gelaufen.

Beide hätten ohne Schwierigkeiten über den Zaun springen können. Sie hatten es mehr als einmal getan – mit ihm im Sattel. Aber zwischen ihnen herrschte Vertrauen. Das Einverständnis, dass dieser Zaun nicht Käfig, sondern Zuhause bedeutete.

„Hallo, Schönheit." Sebastian streichelte den langen, schlanken Hals. „Hast du aufgepasst, dass dein Mann nicht über die Stränge schlägt, Psyche?"

Sie schnaubte sanft in seine Handfläche. In ihren dunklen Augen sah er die Freude – und etwas, das er als Humor interpretierte. Sie wieherte leise, als er sich über den Zaun schwang. Dann stand sie ruhig da, während er über ihre Flanken und ihren gewölbten Bauch streichelte.

„Nur noch wenige Wochen", murmelte er. Fast konnte er das neue Leben fühlen, das in ihr heranwuchs. Er musste an Morgana denken, obwohl seiner Cousine der Vergleich mit einer tragenden Stute wohl kaum gefallen hätte. Selbst nicht mit einer solch prächtigen Araberstute, wie Psyche es war.

„Hat Ana dich gut versorgt?" Er legte seine Wange an den Hals des Pferdes und spürte die Ruhe, die von ihm ausging. „Aber natürlich hat sie das."

Er sprach mit dem Tier, ließ ihm die Aufmerksamkeit zuteil werden, die sie beide während seiner Abwesenheit so vermisst hatten. Dann drehte er sich zu dem Hengst um, der aufmerksam und abwartend, mit hoch erhobenem Kopf, ein wenig entfernt stand.

„Und du, Eros, hast du dich anständig um deine Liebste gekümmert?"

Sobald er seinen Namen hörte, stieg der Hengst mit den Vorderläufen in die Luft und stieß einen stolzen Laut aus. Lachend ging Sebastian zu dem Pferd.

„Du hast mich vermisst, gib's zu, du wunderbare Kreatur." Immer noch lachend, schlug Sebastian dem Tier auf die Flanke und schickte Eros damit einmal in wildem Galopp um die eingezäunte Koppel. Als der Hengst zur zweiten Runde ansetzte, griff Sebastian mit der Hand in die wehende Mähne und schwang sich auf den Rücken des Hengstes, um ihm zu geben, wonach sie beide sich sehnten – einen schnellen, wilden Ritt.

Mit nachsichtigem – und hoheitsvollem – Blick sah Psyche regungslos zu, wie Reiter und Pferd zum Sprung ansetzten und über den Zaun flogen. Wie eine Mutter kleinen Jungen beim Toben zusah.

Am Nachmittag fühlte Sebastian sich bereits besser. Die innere Leere, die er aus Chicago mitgebracht hatte, wurde langsam wieder aufgefüllt. Doch noch immer mied er den kleinen gelben Teddybären, der verlassen auf dem großen Sofa saß. Und das Foto hatte er sich auch noch nicht angesehen.

In der Bibliothek mit der vertäfelten Decke und den Bücherregalen, die die Wände bedeckten, setzte er sich an den massiven Mahagonischreibtisch und sah ein paar Unterlagen durch. Sebastian war immer an mindestens fünf bis zehn Geschäften beteiligt, entweder als Eigner oder größter Teilhaber. Es waren eigentlich mehr Hobbys – Immobilien, Import-Export, Zeitschriften, eine Flusskrebs-Farm in Mississippi, die ihn amüsiert hatte. Sein neuestes Steckenpferd war eine Baseballmannschaft in Nebraska, die in der zweiten Liga spielte.

Er war clever genug, um einen ordentlichen Profit aus seinen Projekten herauszuschlagen, vernünftig genug, um Experten mit den alltäglichen Aufgaben zu betrauen, und exzentrisch genug, um aus einem Impuls heraus zu kaufen oder verkaufen.

Sebastian genoss die Dinge, die mit Geld zu erwerben waren, und oft verbrauchte er die Gewinne auf recht freizügige Weise. Aber er war in Reichtum aufgewachsen, und die Summen, die andere jubeln machen würden, bedeuteten ihm kaum mehr als Zahlen auf dem Papier. Es war simple Mathematik, Minus und Plus, ein kurzweiliges Spiel.

Bis zum Sonnenuntergang vertrieb er sich die Zeit mit Arbeit, Lesen und dem Einstudieren eines neuen Zauberspruchs, den er unbedingt perfektionieren wollte. Magie war Cousine Morganas Spezialität. Nie würde er nur annähernd an ihre Fähigkeiten heranreichen, aber sein Sportsgeist ließ es ihn immer wieder versuchen.

Sicher, er konnte Feuer entzünden – das war das Erste, was jede Hexe und jeder Zauberer lernte, und das Letzte, was verlernt wurde. Er konnte Dinge mit der Kraft seiner Gedanken bewegen, auch das war eine der grundlegenden Fähigkeiten. Aber außer dem und ein paar anderen Tricks – da schlich sich wieder Mel in seine Gedanken –, nein, er war kein Zauberer. Seine Gabe war die des Sehens.

Ähnlich wie ein erstklassiger Schauspieler sich danach sehnte, tanzen und singen zu können, sehnte Sebastian sich danach, Zaubersprüche wirksam zu machen.

Nach zwei erfolglosen Stunden gab er angewidert auf. Er bereitete sich ein exquisites Mahl zu, legte eine CD mit irischen Balladen auf und entkorkte eine Dreihundert-Dollar-Flasche Wein mit der gleichen Lässigkeit, mit der ein anderer Mann eine Dose Bier öffnen würde.

Er legte sich in den Whirlpool und entspannte mit geschlossenen Augen. In seidenen Schlafshorts betrachtete er die Sonne, die blutrot am Horizont versank. Wartete darauf, dass die Nacht hereinbrechen würde.

Es ließ sich nicht länger aufschieben.

Zögernd ging Sebastian wieder nach unten. Statt das Licht einzuschalten, entzündete er Kerzen. Er brauchte diese typischen Stimmungsmacher nicht, aber es lag ein gewisser Trost, eine Geborgenheit in der Tradition.

Der Duft von Sandelholz und Vanille breitete sich aus, erinnerte ihn an das Zimmer seiner Mutter, drüben in Schloss Donovan. Dieses Aroma beruhigte ihn jedes Mal. Das flackernde, dämmrige Licht hieß die Macht willkommen.

Sebastian blieb einen Augenblick vor dem Sofa stehen. Mit einem Seufzer, wie ein Mann, der sich auf eine schwere Arbeit vorbereitete, nahm er das Foto von David Merrick auf.

Es war ein glückliches, hübsches Gesicht, eines, das Sebastian automatisch zum Lächeln gebracht hätte, wäre er nicht auf andere Dinge konzentriert. Worte formten sich in seinem Kopf, uralte, geheimnisvolle Worte. Als er sich sicher sein konnte, legte er das Foto beiseite und hob den Teddybären hoch.

„Na gut, David“, murmelte er, „lass mich sehen.“

Es gab keinen Blitz, weder im Raum noch in seinen Gedanken. Obwohl das manchmal passieren konnte. Er glitt einfach hinein. Seine Augen veränderten sich, die Farbe wechselte zu rauch-, dann zu schiefergrau, schließlich wurden sie dunkel wie Gewitterwolken. Starr richteten sie sich auf einen Punkt jenseits des Raums, jenseits von Wänden, jenseits der Nacht.

Bilder. Szenen, die sich in seinem Kopf formten und wieder auflösten. Das Kinderspielzeug in der Hand, musste er sich erst durch den Wall von Trauer und Angst arbeiten. Ohne die Konzentration zu verlieren, ließ er die Visionen der weinenden Mutter, den Teddy an sich gedrückt, zurück, die des Vaters, der mit leerem Blick daneben stand und seine Frau hielt.

Diese Gefühle waren stark. Angst, Wut, Verzweiflung. Aber noch stärker war die Liebe. Doch auch sie blendete er aus, als er tiefer ging.

Er sah. Mit den Augen des Kindes.

Ein hübsches Gesicht, Roses Gesicht, das sich über das Bettchen beugte. Ein Lächeln, sanfte Worte, zärtliche Hände. Liebe. Dann ein anderes Gesicht, das eines Mannes, jung, freundlich. Unbeholfene Hände, rau, mit Schwielen. Aber auch hier die Liebe, anders als bei der Mutter, aber genauso stark. Ehrfurcht und Erstaunen lag darin enthalten. Und … Sebastian verzog die Lippen zu einem Lächeln. Der Wunsch, das Warten darauf, endlich Fangen im Garten spielen zu können.

Die Bilder verflüchtigten sich, machten Platz für andere. Weinen in der Nacht, formlose Ängste, vertrieben von starken Händen und beruhigenden Worten. Hunger, gesättigt von süßer Muttermilch. Freude an Farben, Formen und Geräuschen, an der Wärme der Sonne.

Gesund und robust. Ein Körper, der die erstaunlichen Riesenschritte des Wachstums im ersten Jahr durchlebt.

Der erste Schmerz. Überraschend, erschreckend, in Kiefer und Gaumen. Der Trost, auf dem Arm gehalten und gewiegt zu werden, das leise Summen der Mutter zu hören.

Noch ein Gesicht, freundlich, eine andere Art von Liebe. Mary Ellen, die den gelben Teddybären tanzen lässt. Lachen, glückliches Quietschen, als vorsichtige Hände ihn hoch in die Luft halten, ein weicher Mund, der laute, kitzelnde Küsse auf seinen Bauchnabel presst.

Schlaf. Leichte Träume. Sonnenlicht, sanft wie ein Kuss. Frieden. Absoluter Frieden.

Dann die Störung. Verwirrung. Die Lungen, die sich mit Luft füllen, um zu schreien. Die fremde Hand, die sich auf den Mund legt, um den Schrei zu ersticken. Der unbekannte Geruch. Das Gesicht, nur kurz gesehen …

Sebastian strengte sich an, um dieses Gesicht in Erinnerung zu behalten.

Weggetragen werden, viel zu fest gehalten, in ein Auto auf die Rückbank gelegt. Im Auto riecht es nach Essensresten und verschüttetem Kaffee und dem Schweiß eines Mannes.

Sebastian sah es, fühlte es, während ein Bild in das nächste überging. Es entstanden immer größere Lücken, als die Angst und die Tränen des Kindes ihn in einen erschöpften Schlaf sinken ließen.

Aber er hatte gesehen. Und er wusste, wo er anfangen musste.

Um Punkt zehn schloss Morgana den Laden auf. Luna, die große weiße Katze, schlüpfte an ihr vorbei und ließ sich mitten im Raum nieder, um sich ausgiebig zu pflegen. Morgana ging sofort hinter den Tresen und überprüfte die Kasse. Dabei stieß sie mit dem Bauch an die Glasvitrine, und sie lächelte in sich hinein.

Sie wurde immer ausladender, und sie liebte es. Liebte die Vorstellung, dass sie das Leben in sich trug, das sie und Nash zusammen geschaffen hatten. Sie konnte es kaum abwarten, bis das Kind endlich kam.

Gerade heute Morgen hatte ihr Mann zärtliche Küsse auf die beeindruckende Rundung gepresst, dann war er zurückgezuckt, die Augen groß vor ehrfürchtigem Erstaunen.

„Morgana, das ist ein Fuß!“ Er hatte die Hand über die kleine Erhöhung gelegt. „Ich kann praktisch die Zehen zählen!“

Solange es fünf sind, dachte sie jetzt und lächelte, als die Glöckchen an der Tür anschlugen.

„Sebastian!“ Freudig streckte sie ihm beide Arme entgegen. „Du bist zurück.“

„Ja, seit zwei Tagen.“ Er nahm ihre Hände, küsste sie herzhaft und hielt sie dann von sich ab, um sie zu betrachten. „Himmel, du wirst immer runder!“

„Ja, ist das nicht wunderbar?“ Sie strich zufrieden über ihren Leib.

Die Schwangerschaft hatte ihrer Sinnlichkeit keinen Abbruch getan. Wenn überhaupt, dann hatte sie sie eher noch verstärkt. Morgana strahlte von innen heraus. Das lange schwarze Haar fiel ihr über den Rücken und über ein auffallend rotes Kleid, das den Blick auf Aufsehen erregende Beine freiließ.

„Ich brauche dich gar nicht zu fragen, ob es dir gut geht“, meinte

Sebastian. „Man sieht es dir deutlich an."

„Dann kann ich ja dich fragen. Ich habe schon gehört, dass du in Chicago aufgeräumt hast." Sagte es und lächelte dabei, aber in ihrem Blick lag Sorge. „War es schwierig?"

„Ja. Aber es ist erledigt." Bevor er mehr erzählen konnte, schlenderten drei Kunden in den Laden, um sich Kristalle und Kräuter und Skulpturen anzusehen. „Du arbeitest doch hoffentlich nicht allein?"

„Nein. Mindy muss jede Minute kommen."

„Mindy ist schon da." Morganas Assistentin, in einem weißen, eng anliegenden Overall, kam zur Tür herein. Mit einem verführerischen Lächeln begrüßte sie Sebastian. „Hallo, Hübscher."

„Hi, Schönheit."

Anstatt den Laden zu verlassen oder sich ins Hinterzimmer zurückzuziehen, wie es sonst seine Art war, wenn die Kunden kamen, schlenderte er zwischen den Regalen hindurch, hob Kristalle auf und roch an Kerzen. Morgana nutzte die erste Pause, um sich zu ihm zu gesellen.

„Auf der Suche nach ein bisschen Magie?"

Er runzelte die Stirn, eine klare Glaskugel in der Hand. „Ich brauche keine Hilfsmittel, um zu sehen."

Morgana konnte es sich einfach nicht verkneifen. „Hast du wieder Probleme mit einer Zauberformel, Liebster?"

Obwohl die Kugel ihn faszinierte, stellte Sebastian sie ab. Diese Befriedigung gönnte er Morgana nicht. „Das mit den Sprüchen überlasse ich dir."

„Ach, würdest du es doch nur." Sie nahm die Kugel und drückte sie Sebastian in die Hand. Sie kannte ihren Cousin einfach zu gut. „Hier, ein Geschenk. Es gibt nichts Besseres als natürliches Glas, um schlechte Schwingungen auszumerzen."

Er ließ die glatte Kugel über die Handfläche rollen. „Sag mal … jemand, der ein Geschäft hat, hört doch bestimmt eine Menge über das, was in der Stadt so vor sich geht, oder?"

„Mehr oder weniger, ja. Warum?"

„Was weißt du über ‚Sutherland Investigations'?"

„Sutherland?", wiederholte sie und dachte nach. „Ist das nicht eine Detektei?"

„Scheint so."

„Ich glaube ... Mindy, hat dein Freund nicht mit ‚Sutherland Investigations' zu tun?"

Mindy sah nur kurz auf, weil sie gerade einen Kunden bediente. „Welcher Freund?"

„Der mit dem intelligenten Gesicht. Versicherungen."

„Ach, du meinst Gary." Mindy strahlte ihren Kunden an. „Ich hoffe, Sie werden viel Spaß damit haben. Besuchen Sie uns mal wieder. Gary ist ein Exfreund", sagte sie in Morganas Richtung. „Hat zu stark geklammert. Sutherland hat Aufträge für die Versicherung übernommen, bei der er arbeitet. Gary sagte, sie sei gut."

„Sie?" Morgana lächelte Sebastian wissend an. „Ach so."

„Da gibt's kein ‚Ach so'." Er versetzte ihr einen Nasenstüber. „Ich habe jemandem meine Hilfe zugesagt, und Sutherland ist mit beteiligt. Du brauchst gar nicht so zu grinsen."

„Hm. Ist sie hübsch?"

„Nein", sagte er ernsthaft.

„Also hässlich?"

„Nein. Sie ist ... ungewöhnlich."

„Das sind die Besten. Und wobei hilfst du?"

„Ein Entführungsfall." Seine Miene wurde ernst. „Ein Baby."

„Oh." Unwillkürlich legte sie schützend die Hände auf ihren Leib. „Das ist schrecklich. Das Baby ... ist es ...? Du weißt schon ..."

„Er lebt, und ihm geht es gut."

„Gott sei Dank!" Erleichtert schloss sie für einen Moment die Augen. Dabei fiel es ihr ein. „Etwa das Baby, das vor ungefähr zwei Monaten aus seinem Laufstall im Garten verschwand?"

„Genau."

Sie nahm seine Hand in ihre. „Du wirst ihn finden, Sebastian. Bald."

Er nickte. „Davon gehe ich aus."

Zur gleichen Zeit stellte Mel gerade eine Rechnung an „Underwriter's Insurance" aus. Sie hatte einen Honorarvertrag mit der Gesellschaft, ein Monatseinkommen, das ihr sozusagen Brot und Butter garantierte. Allerdings hatten sich in den letzten Monaten einige Spesen angehäuft. Außerdem verspürte sie immer noch den abheilenden Bluterguss an ihrer linken Schulter, den ihr ein Mann eingebracht hatte, der, mit angeblichem Bandscheibenvorfall krankgeschrieben, seiner Wut freien Lauf gelassen hatte, weil sie ihn fotografierte, wie er einen platten Reifen an seinem Wagen wechselte.

Übrigens ein Reifen, bei dem sie auf diskrete Weise selbst dafür gesorgt hatte, dass er Luft abließ.

Wenn doch alles nur so einfach wäre.

David. Sie konnte einfach nicht aufhören, an David zu denken. Sie wusste es besser, war darauf trainiert worden. Persönliche Beteiligung an einem Fall machte alles nur schlimmer. Bisher hatte sich diese Regel eindeutig bestätigt.

Sie hatte die ganze Nachbarschaft durchgekämmt, alle Leute befragt, die die gleichen Antworten vorher schon der Polizei gegeben hatten. Herausgekommen waren drei verschiedene Beschreibungen eines in der Nachbarschaft unbekannten Wagens und vier verschiedene Schilderungen einer „verdächtigen Person" – genau wie im Polizeibericht.

Bei dem Ausdruck „verdächtige Person" musste sie grinsen. Das hörte sich so nach Kriminalroman an. Dabei hatte sie erfahren müssen, dass die Realität lange nicht so spannend war. Detektivarbeit bestand hauptsächlich aus einer Unmenge Papierkram, endlosen langweiligen Stunden auf Beobachtungsposten, unzähligen Anrufen, Reden mit Leuten, die nicht mit einem reden wollten. Oder die schlimmere Variante – Leute, die zu viel redeten und nichts zu sagen hatten.

Nur ab und zu ergab sich eine kleine Abwechslung, wenn ein Hundert-Kilo-Kerl einen in den Schwitzkasten nahm, weil er stinkwütend wegen der Fotos war.

Mel hätte mit nichts und niemandem auf der Welt tauschen mögen.

Aber was nützte es, wenn man den Job liebte, mit dem man sich den Lebensunterhalt verdiente, was nützte all das Training und all die Ausbildung, wenn sie noch nicht einmal einer Freundin helfen konnte? Es hatte nicht so viele Freunde in ihrem Leben gegeben, als dass sie Rose und Stan als selbstverständlich hinnehmen würde. Allein dadurch, dass es sie gab, hatten sie ihr etwas geschenkt. Sie hatten David mit ihr geteilt, ihr eine Verbindung zu einem richtigen Familienleben gegeben. Familie. Etwas, das Mel nie wirklich gehabt hatte.

Sie würde über glühende Kohlen gehen, um David zurückzuholen.

Mel schob die Rechnungsunterlagen achtlos beiseite und griff nach der Akte, die seit zwei Monaten auf ihrem Schreibtisch lag. „David Merrick" stand in fein säuberlichen Lettern darauf, und der Aktenordner war erbärmlich dünn. Mel strich bedrückt über den schwarzen Aktendeckel.

Alle seine Daten waren da, Größe, Gewicht, Haar- und Augenfarbe. Mel kannte seine Blutgruppe und wusste von dem kleinen Grübchen an der linken Seite seines Mundes.

Aber die Akte sagte nichts darüber aus, wie sich dieses Grübchen vertiefte, wenn er lachte. Konnte den wunderbaren Klang des Lachens nicht beschreiben, konnte nicht wiedergeben, was für ein herrliches Gefühl es war, wenn er seine nassen Küsse verteilte, das lustige Quietschen, wenn man ihn in die Luft warf und wieder auffing.

Sie wusste, wie leer sie sich fühlte, wie traurig und besorgt. Und konnte sich vorstellen, dass das, was Rose fühlte, jede Stunde an jedem Tag, tausendmal stärker sein musste.

Mel schlug den Aktendeckel auf und nahm das Foto zur Hand. David, mit sechs Monaten, nur wenige Tage vor der Entführung aufgenommen. Er lachte breit und glücklich in die Kamera, den gelben Teddybären, den Mel ihm an dem Tag geschenkt hatte, als er nach der Geburt aus dem Krankenhaus nach Hause gekommen war, fest an sich gedrückt. Der zarte Flaum auf seinem Kopf war schon dichter geworden, zeigte die schimmernde Farbe reifer Erdbeeren.

„Wir finden dich, mein Kleiner. Wir finden dich ganz sicher und bringen dich wieder nach Hause."

Hastig legte sie das Foto ab. Musste es tun, wenn sie eine professionelle Einstellung bewahren wollte. Dass sie sich über seinem Foto grämte, half nicht weiter. Genauso wenig, wie es half, einen angeblich übersinnlichen Telepathen mit dem Aussehen eines Piraten und unheimlichen Augen anzuheuern.

Oh, wie dieser Mann sie irritierte. Durch und durch, von den Zehenspitzen bis zu den Haarwurzeln. Dieses Lächeln. Nicht wirklich herablassend, aber auch nicht wirklich freundlich. Am liebsten hätte sie es ihm mit der Faust aus dem Gesicht gewischt.

Und dann seine Stimme, ruhig, tief, mit der leisen Andeutung eines irischen Akzents. Sie knirschte mit den Zähnen. Da schwang so viel Überheblichkeit mit. Außer, wie sie zugab, als er mit Rose gesprochen hatte. Da hatte diese Stimme sanft und geduldig und verständnisvoll geklungen.

Aber nur, um sie einzulullen, ermahnte Mel sich, als sie über den Stapel Telefonbücher stieg, um sich etwas Kaltes zu trinken aus dem Kühlschrank zu holen. Er hatte kein Recht, falsche Hoffnungen in Rose zu erwecken.

David würde gefunden werden, aber mit logischen, rationalen Mitteln. Durch sorgfältige Polizeiarbeit und Nachforschungen, nicht durch ein durchgeknalltes Medium mit Sechshundert-Dollar-Stiefeln!

Mel hatte sich nun endgültig in Rage gedacht und wirbelte herum, gerade als diese Sechshundert-Dollar-Stiefel über die Schwelle traten.

Sie sagte keinen Ton, trank nur aus der Limonadenflasche, während ihre Augen grüne Blitze aussendeten. Sebastian schloss die Tür hinter sich, auf der „Sutherland Investigations" stand, und sah sich lässig um.

Was Büros anging, so hatte er schon schlimmere gesehen. Allerdings auch bessere. Der Schreibtisch war aus Armeebeständen, graues Metall, funktionell, aber wenig ästhetisch. Zwei Aktenschränke, ebenfalls aus grauem Metall, bedeckten eine Wand. Zwei Stühle, die schon bessere Tage erlebt hatten, flankierten einen kleinen Tisch, über und über mit Brandflecken von Zigaretten verunziert, auf dem sich verstaubte Zeitschriften stapelten.

An einer Wand hing ein wunderschönes Aquarell der Monterey Bay, irgendwie völlig unpassend in diesem Raum, in dem es seltsamerweise wie eine Frühlingswiese roch. Sebastian erhaschte einen Blick in das anliegende Zimmer und erkannte es als eine winzige und unglaublich unordentliche Küche.

Er konnte nicht widerstehen. Die Hände in den Hosentaschen, lächelte er Mel an. „Hübsch haben Sie's hier."

Mel nahm noch einen Schluck, bevor sie die Flasche absetzte. „Was wollen Sie, Donovan?"

„Haben Sie vielleicht noch eine Limonade für mich?"

Sie zögerte, dann zuckte sie die Achseln und stieg noch einmal über die Telefonbücher zum Kühlschrank. „Ich kann mir nicht vorstellen, dass Sie wegen einer Limonade von Ihrem Hügel herabgestiegen sind."

„Aber ich lehne einen Drink nur selten ab." Er nahm die Flasche entgegen und drehte den Verschluss auf, während er Mel ausgiebig musterte, angefangen bei den engen Jeans, über die abgeschabten Stiefel, dann hinauf zu dem trotzig vorgeschobenen Kinn mit dem faszinierenden kleinen Grübchen in der Mitte, höher zu den argwöhnischen grünen Augen. „Sie sehen wirklich sehr anziehend aus heute Morgen, Mary Ellen."

„Sie sollen mich nicht so nennen." Sie wollte eigentlich entschieden klingen, stattdessen kamen die Worte gepresst zwischen den Zähnen hervor.

„Es ist ein so hübsch altmodischer Name." Er neigte provozierend den Kopf. „Aber ich denke, Mel passt besser zu Ihnen."

„Was wollen Sie, Donovan?", wiederholte sie ihre Frage.

„David Merrick finden."

Fast hätte sie sich täuschen lassen. Seine Worte klangen so ernst, so aufrichtig, dass sie ihre Abwehrhaltung fast aufgegeben hätte. Im letzten Moment hielt sie sich zurück. Sie lehnte sich an die Schreibtischkante und betrachtete ihn durchdringend.

„Wir sind allein, Donovan, also können Sie sich die Show sparen. Ich habe Rose nur begleitet, weil ich ihr diesen Besuch nicht ausreden konnte und weil es sie ein wenig beruhigt hat. Aber ich kenne Typen wie Sie. Vielleicht sind Sie cleverer als die üblichen Betrüger – Sie wissen schon: ‚Senden Sie mir zwanzig Dollar und ich verändere Ihr Leben', diese Sorte." Sie schwenkte die Limo-Flasche in seine Richtung. „Sie sind nicht der Kleingeld-Typ, Sie arbeiten mehr in der Champagner-und-Kaviar-Klasse. Vielleicht holen Sie sich ja Ihren Kick, indem Sie in der Verbrechensaufklärung herumlungern, vielleicht sind Sie ja sogar so gut, dass Sie sich in Ihrer ‚Trance' sogar ein paar nützliche Hinweise einfallen lassen, aber ich sage Ihnen – bei Rose und Stan werden Sie sich keinen Kick holen. Sie werden weder Kapital aus deren Unglück schlagen noch Ihrem Ego schmeicheln."

Er war nur leicht verärgert. Sagte Sebastian sich zumindest. Es war ihm herzlich egal, was dieses grünäugige, ignorante Mauerblümchen von ihm hielt. Hier ging es nur um David Merrick.

Trotzdem umklammerten seine Finger den Flaschenhals viel zu fest, und seine Stimme klang viel zu ruhig, als er ansetzte: „Sie haben mich durchschaut, nicht wahr, Sutherland?"

„Darauf können Sie Ihren Hintern verwetten." Sie sandte haushohe Wellen der Arroganz aus. „Also, verschwenden wir nicht unnötig Zeit. Wenn Sie Rose eine Rechnung ausstellen wollen, dann tun Sie das. Ich werde zusehen, dass Sie bekommen, was Ihnen zusteht."

Er schwieg. Ihm fiel auf, dass er bisher noch nie das Bedürfnis gehabt hatte, eine Frau zu erwürgen. Nun, seine Cousine Morgana vielleicht. Aber jetzt stellte er sich vor, wie er seine Hände um Mels schlanken Hals legen und zudrücken würde. Eine sehr lebhafte und befriedigende Vorstellung.

„Sollte mich wundern, wenn Sie noch nie über Ihre Vorurteile gestolpert wären." Er setzte die halb leere Flasche ab und kramte plötzlich auf ihrem Schreibtisch nach Papier und Bleistift.

„Was machen Sie da?"

„Ich zeichne Ihnen ein Bild. Sie scheinen der Typ zu sein, der visuelle Eindrücke braucht."

Mel runzelte die Stirn. Während sie zusah, wie seine Hand den Bleistift leicht und schwungvoll über das weiße Blatt Papier führte, wurde die Falte auf ihrer Stirn noch tiefer. Schon immer hatte sie Leute beneidet, die scheinbar mühelos zeichnen konnten. Sie trank einen Schluck und sagte sich, dass es sie nicht interessierte. Doch sie betrachtete gebannt das Gesicht, das auf dem Papier entstand.

Gegen ihren Willen beugte sie sich vor. Irgendwo in ihrem Hinterkopf wurde ihr gewahr, dass Sebastian nach Pferden und Leder roch. Nach edlen Rassepferden und geöltem Leder. Das tiefe Violett des Amethysts an seinem kleinen Finger zog ihre Aufmerksamkeit auf sich, wie hypnotisiert sah sie ihn funkeln.

Künstlerhände, dachte sie. Stark und schlank und elegant. Wahrscheinlich waren sie sanft und konnten unglaubliche Dinge anstellen. Hände, die es gewöhnt waren, Champagner zu entkorken. Oder sich fingerfertig an den Knöpfen einer Frauenbluse zu schaffen machten.

„Oft tue ich beides gleichzeitig."

„Wie bitte?“ Verwirrt wurde ihr bewusst, dass er nicht mehr zeichnete, sondern sie anstarrte. Er stand einfach nur da, viel näher, als sie bemerkt hatte.

„Nichts.“ Seine Lippen verzogen sich zu einem Lächeln, aber er war wütend auf sich, weil er sich hatte hinreißen lassen. „Manchmal sollte man eben nicht zu laut denken.“ Während sie noch den Sinn der Worte zu verstehen suchte, reichte er ihr die Zeichnung. „Das ist der Mann, der David entführt hat.“

Sie wollte sich weder für das Bild noch für den Künstler interessieren. Aber irgendetwas an diesem Bild fesselte sie. Sie ging um den Schreibtisch herum und schlug Davids Akte auf, nahm die vier Phantombilder heraus, die der Polizeizeichner nach Zeugenaussagen gemacht hatte, und verglich sie mit Sebastians Zeichnung.

Sein Bild war wesentlich detaillierter. Den Zeugen war die kleine Narbe unter dem linken Auge nicht aufgefallen, auch nicht der abgebrochene Vorderzahn. Der Polizeizeichner hatte dem Gesicht nicht diesen Ausdruck der Angst verleihen können, aber ansonsten war es der gleiche Mann.

Na schön, er kannte also jemanden auf dem Revier. Das war die logische Erklärung, die ihre Nerven beruhigen sollte. Mel ließ sich auf den alten Stuhl fallen. „Wieso ausgerechnet der? Wie kommen Sie darauf, dass er so aussehen könnte?“

„Weil ich ihn gesehen habe. Er fuhr einen braunen Mercury, mit beigem Innenraum. Links auf dem Rücksitz ist ein Riss im Polster. Er hört gern Country-Musik. Zumindest hatte er einen Country-Sender im Radio eingestellt, als er mit dem Kind davonfuhr. Richtung Osten.“ Seine Augen wurden plötzlich für einen Sekundenbruchteil scharf wie ein Rasiermesser. „Süd-Ost.“

Einer der Zeugen hatte ein braunes Auto gesehen, unauffällig, aber unbekannt, direkt vor Roses Wohnung. Mehrere Tage hintereinander.

Sebastian hätte auch diese Information ohne Probleme von jemandem auf der Wache bekommen können, wie Mel sich ermahnte, und jetzt drückte er nur die richtigen Knöpfe.

Aber wenn dem nicht so war … wenn auch nur die geringste Chance bestand, dass …

„Ein Gesicht und ein Auto also.“ Sie zwang sich, gleichgültig zu klingen, aber das leichte Zittern verriet sie. „Kein Name, keine Adresse, keine Sozialversicherungsnummer?"

„Sie sind wirklich ein harter Brocken, Sutherland." Es wäre sehr einfach gewesen, sie unsympathisch zu finden, würde er nicht sehen, fühlen, wie verzweifelt sie war.

Ach, zum Teufel. Er würde sie eben aus Prinzip nicht mögen.

„Hier geht es um das Leben eines Kindes."

„Er ist in Sicherheit", sagte Sebastian. „Und wird gut versorgt. Er ist verwirrt, weint häufiger als sonst, aber niemand tut ihm weh."

Der Atem stockte ihr. Wie gerne wollte sie das glauben, wenn sie schon nichts anderes glaubte. „Sie dürfen nicht mit Rose darüber reden", sagte Mel. „Es würde sie um den Verstand bringen."

Er ignorierte ihren Einwand und sprach weiter. „Der Mann, der David mitgenommen hat, hatte Angst. Man roch es. Er hat ihn zu einer Frau gebracht ... nach Osten." Mehr würde kommen. „Sie hat ihm einen Oshkosh-Overall angezogen und ein rot gestreiftes Hemd. David hat in einem Autositz gesessen, einen Plastikring mit Schlüsseln in der Hand zum Spielen. Sie sind fast den ganzen Tag gefahren, haben in einem Motel übernachtet. Vor dem Motel steht ein Dinosaurier. Die Frau hat David gebadet und gefüttert. Hat ihn im Kinderwagen spazieren gefahren, bis er eingeschlafen ist. Weil er geweint hat."

„Wo?", fragte sie.

„Utah." Er runzelte die Stirn. „Vielleicht auch Arizona, aber eher Utah. Am nächsten Tag sind sie weitergefahren. Die Frau hat keine Angst, für sie ist es eine geschäftliche Angelegenheit. Sie gehen in ein Einkaufszentrum, irgendwo in Texas. Überall Menschen. Die Frau setzt sich auf eine Bank. Ein Mann nimmt neben ihr Platz, legt einen Briefumschlag neben sie, schiebt dann den Kinderwagen davon. Noch ein Tag im Auto. David ist müde vom Reisen, all die vielen fremden Gesichter. Er will nach Hause. Er wird zu einem Haus gebracht. Ein großes Haus aus Ziegeln, mit einem Garten, in dem Bäume stehen. Irgendwo im Süden. Es sieht aus wie Georgia. Er wird einer Frau gegeben, die ihn hält und eine Träne vergießt. Neben ihr ein Mann, der beide umarmt. David hat dort ein Zimmer, mit blauen Segelbooten auf der Wand und einem Mobile mit Zirkustieren über dem Bett. Er wird jetzt Eric genannt."

Mel war weiß wie ein Laken. „Ich glaube Ihnen kein Wort."

„Mag sein, aber Sie fragen sich, ob nicht vielleicht doch etwas dran sein könnte. Vergessen Sie mal, was Sie über mich denken, Sutherland, und denken Sie an David."

„Ich denke ständig an David!" Sie sprang auf, die Zeichnung in ihrer Hand. „Dann nennen Sie mir einen Namen. Geben Sie mir einen verdammten Namen!"

„Bilden Sie sich etwa ein, das ginge so leicht?", knurrte er. „Frage und Antwort? Es ist eine Kunst, keine Quizshow."

Sie ließ die Zeichnung auf den Schreibtisch zurücksegeln. „Ja, natürlich."

„Jetzt hören Sie mal zu." Er schlug mit der flachen Hand auf das Metall. Bei dem lauten Knall zuckte Mel zusammen. „Ich war gerade drei Wochen in Chicago, wo irgendein Monster sich einen Spaß daraus gemacht hat, Menschen in kleine Stücke zu schneiden. Ich habe diese Bilder in meinem Kopf gesehen, habe seine perverse Befriedigung verspürt, während er es tat. Ich habe alles gegeben, alles, was ich bin und kann, um diesen Mann zu stoppen, bevor er sich ein neues Opfer sucht. Wenn ich Ihnen nicht schnell genug arbeite, Sutherland – damit werden Sie leben müssen."

Mel wich zurück. Nicht, weil sie Angst wegen seines plötzlichen Ausbruchs bekommen hatte, sondern weil sie die Erschöpfung auf seinem Gesicht sah, den Schrecken, den er durchlebt hatte.

„Na schön." Sie atmete tief durch. „Um eines gleich klarzustellen: Ich glaube nicht an Hexen und Zauberer und übersinnliche Kräfte, okay?"

Er konnte nicht anders, er grinste. „Sie müssen irgendwann mal meine Familie kennenlernen."

„Aber", fuhr sie ungerührt fort, „ich werde alles versuchen, meinetwegen sogar Voodoo, wenn es hilft, David zurückzubringen." Sie nahm die Zeichnung wieder zur Hand. „Ich habe also ein Gesicht. Damit fange ich an."

„Wir fangen damit an."

Bevor sie eine passende Antwort darauf geben konnte, klingelte das Telefon. „Sutherland Investigations", meldete sie sich. „Ja, sicher, ich bin's, Mel. Was geht ab, Rico?"

Sebastian beobachtete, wie ihre Miene sich veränderte. Sie konzentrierte sich, lauschte aufmerksam, ein kleines Lächeln auf den Lippen. Sie ist ja doch hübsch, stellte er überrascht und unwillig fest.

„He, du weißt, dass du mir vertrauen kannst, oder?“ Sie kritzelte hastig etwas auf einen Zettel. „Ja, ich weiß, wo das ist. Passt genau.“ Wieder hörte sie zu, dann nickte sie. „Komm schon, ist mir alles klar. Ich kenne dich nicht, hab nie von dir gehört. Ich lasse dein Honorar bei O'Riley.“ Sie hielt inne und lachte dann. „Davon träumst du aber auch nur, Schätzchen.“

Als sie auflegte, konnte Sebastian die Erregung in ihr fast mit Händen greifen. „Okay, Donovan, Sie können sich verflüchtigen. Ich muss an die Arbeit.“

„Ich werde Sie begleiten.“ Er hatte es aus einem Impuls heraus gesagt und bereute es sofort. Er hätte sich auch zurückgezogen, wäre ihre Reaktion nicht so herablassend gewesen. Sie lachte.

„Hören Sie, Mann, das ist nichts für Amateure. Ich kann keinen Klotz am Bein gebrauchen.“

„Wir werden zusammenarbeiten müssen, hoffentlich nur für kurze Zeit. Ich weiß, was ich mir zutrauen kann, Sutherland. Aber ich habe keine Ahnung, wie Sie vorgehen. Ich würde Sie ganz gerne in Aktion sehen.“

„Sie wollen Action?“ Sie nickte langsam. „Also gut, Sie Ass. Warten Sie hier. Ich muss mich erst umziehen.“

3. KAPITEL

Mel hat sich nicht umgezogen, sie hat sich völlig verändert, dachte Sebastian zehn Minuten später. Die Frau, die aus dem Hinterzimmer kam, in einem orange-roten Ledermini, hatte nichts mehr gemein mit der, die den Raum verlassen hatte.

Diese Beine ... nun, man konnte sie durchaus als Wunderwerk bezeichnen.

Sie hatte auch irgendetwas mit ihrem Gesicht angestellt. Die Augen waren auf einmal unglaublich groß, die Lider irgendwie schwer ... Ein Schlafzimmerblick, das war das Wort, das sich ihm aufdrängte. Dunkler Lippenstift, großzügig aufgetragen, machte ihren Mund voll und sinnlich. Und ihr Haar. Es sah nicht mehr nachlässig aus, sondern lässig gestylt, so als wäre sie gerade aus dem Bett gestiegen und wollte jedem zeigen, dass sie jederzeit bereitwillig wieder dorthin zurückkehren würde.

Zwei riesige Kreolen baumelten an ihren Ohren, berührten fast ihre Schultern, die das enge schwarze Top freiließ. Ein Top, das jedem Mann, der nicht gerade im Koma lag, deutlich suggerierte, dass darunter nichts anderes als pure Weiblichkeit war.

Sex! Dieses Wort leuchtete in großen Lettern in seinem Kopf auf. Ein Sinnbild für wilden, ungehemmten und leicht zu habenden Sex.

Er war sicher, sobald er den Mund aufmachte, würde ein bissiger Kommentar herauskommen oder vielleicht sogar etwas sehr Anzügliches. Doch stattdessen hörte er sich sagen: „Wo, in Finns Namen, wollen Sie sich so zeigen?!"

Mel hob eine nachgezogene Augenbraue. „In wessen Namen?"

Sebastian winkte nur ab und bemühte sich, den Blick von diesen umwerfenden Beinen loszureißen. Wie immer dieses Parfüm heißen mochte, das sie aufgetragen hatte – es ließ ihm das Wasser im Munde zusammenlaufen. „Sie sehen aus wie eine ..."

„Ja, nicht wahr?" Zufrieden mit sich, drehte sie sich einmal um die eigene Achse. „Das ist mein ‚Leichtes-Mädchen'-Look. Funktioniert garantiert. Den meisten Männern ist es egal, wie man aussieht, solange man nur genug Haut zeigt."

Er schüttelte den Kopf, versuchte erst gar nicht, den Sinn ihrer

Worte zu begreifen. „Warum haben Sie sich so zurechtgemacht?"

„Das gehört in dem Fall zum Handwerkszeug, Donovan." Mel schob sich die große Umhängetasche über die Schulter. Darin lag noch ein anderes Werkzeug. „Wenn Sie also unbedingt mitkommen wollen, sollten wir uns auf den Weg machen. Ich erkläre Ihnen dann unterwegs, um was es geht. In Ordnung?"

Was sie jetzt ausstrahlte und was er von ihr empfing, als sie in den alten MG stiegen, war nicht Aufregung oder Anspannung, sondern freudige Erwartung. Die Art Lebenslust, so vermutete er, die die meisten anderen Frauen verspürten, wenn sie sich zu einem ausgiebigen Einkaufsbummel aufmachten.

Aber Mel glich ja auch keiner der Frauen, die er je kennengelernt hatte.

„Also, es geht um Folgendes." Sie lenkte den Wagen geschickt von der Bordsteinkante, und ihre Erklärung war genauso flott und geübt wie ihr Fahrstil.

In den letzten sechs Monaten häuften sich Einbrüche in der Umgebung. Gestohlen wurden hauptsächlich elektronische Geräte, Fernseher, Stereoanlagen, Videorecorder. Der Großteil der Geschädigten waren bei „Underwriter's" versichert. Die Polizei hatte ein paar Hinweise, aber mehr nicht. Und da in jedem Haus nur Dinge im Wert von ein paar Hundert Dollar gestohlen worden waren, stand diese Angelegenheit nicht gerade ganz oben auf der Prioritätenliste.

„,Underwriter's' ist eine ganz normale, durchschnittliche Versicherungsgesellschaft", erklärte Mel weiter, während sie Gas gab, um noch unter der auf Gelb umspringenden Ampel durchzurasen. „Was bedeutet, dass sie äußerst ungern Schadenszahlungen leisten. Also arbeite ich seit einigen Wochen an dem Fall."

„Ihr Wagen muss dringend zur Inspektion", sagte Sebastian nur, als der Motor kurz stotterte.

„Ja, ich weiß. Auf jeden Fall ... ich habe mich also ein bisschen umgehört, und was finde ich heraus? Ein paar Typen fahren mit einem Laster herum und ziehen einen ganz großen Verkauf von Fernsehern und Ähnlichem auf. Natürlich nicht hier, nein, sie fahren zwischen Salinas und Soledad hin und her."

„Wie haben Sie das herausgefunden?"

Sie lächelte ihn milde an. „Beinarbeit, Donovan. Meile um Meile Beinarbeit."

Wider besseres Wissen starrte er auf besagte lange, gebräunte Oberschenkel. „Kann ich mir vorstellen."

„Ich habe da diesen Informanten. Er ist ein paarmal mit den Cops zusammengestoßen, deswegen ist er ein bisschen nervös. Aber mich mag er anscheinend. Wahrscheinlich, weil ich Privatdetektivin bin."

Sebastian räusperte sich vielsagend. „Sicher, das wird es sein."

„Er hat Verbindungen, hat selbst einige Zeit wegen Einbruchs abgesessen."

„Sie haben faszinierende Freunde."

„Ja, das Leben meint es gut mit mir." Sie lachte leicht. „Er spielt mir ein paar Informationen zu, ich lasse ihm ein kleines Entgelt zukommen. Immerhin hält ihn das davon ab, Schlösser aufzubrechen. Er hängt unten bei den Docks herum, da, wo die Touristen sich nicht hintrauen. Es gibt da eine Bar, er war gestern da, um sich ein paar Drinks zu genehmigen. Hat sich mit diesem Typen angefreundet, der schon ziemlich besäuselt war. Mein Freund zieht es vor, wenn andere für seine Drinks zahlen, und dieser Typ war offensichtlich in Spendierlaune. Die beiden haben sich zusammen betrunken, und da sie so die besten Freunde geworden sind, hat dieser Typ meinen Freund dann in die Lagerhalle hinter der Bar mitgenommen. Und raten Sie mal, was da in dieser Halle gestapelt war."

„Eine Menge gebrauchter elektronischer Geräte zu Discountpreisen?"

Sie gluckste vergnügt. „Sie kapieren schnell, Donovan."

„Warum benachrichtigen Sie nicht die Polizei?"

„He, das ist vielleicht nicht der große Fang, aber es ist mein Fang."

„Sicher haben Sie auch schon in Betracht gezogen, dass diese Gang nicht unbedingt sehr … kooperativ sein könnte?"

Mel lächelte, und etwas Feuriges und sehr Schönes leuchtete in ihren Augen auf. „Keine Angst, Donovan, ich beschütze Sie."

Als sie etwas später den Wagen vor der Bar parkte, hatte Mel Sebastian ins Bild gesetzt. Ihm gefiel der Plan nicht, aber er hatte ihn verstanden. Da er anderes gewöhnt war, betrachtete er argwöhnisch die zerfallene, fensterlose Fassade.

Schmierig, war sein Urteil, aber wahrscheinlich sahen eine Menge Bars bei Tageslicht heruntergekommen aus. Allerdings würde dieses Etablissement sogar im Dunkeln mehr als dubios wirken. Es war noch nicht Mittag, aber schon jetzt standen gut ein Dutzend Autos auf dem Kiesparkplatz.

Mel steckte die Autoschlüssel ein und warf Sebastian einen Seitenblick zu. „Versuchen Sie doch bitte, nicht so …"

„Menschlich auszusehen?", schlug er vor.

„Elegant", war das Wort, das sie im Sinn gehabt hatte, aber sie würde sich eher die Zunge abbeißen, als es auszusprechen. „Weniger so auszusehen, als wären Sie gerade einem Männermagazin entstiegen. Und bestellen Sie um Himmels willen bloß keinen Weißwein."

„Ich werde mich zusammenreißen."

„Halten Sie sich einfach an den Plan, dann kommen Sie bestens zurecht."

Als er ihr jetzt folgte und ihre schwingenden Hüften sah, war er allerdings nicht sicher, ob er wirklich so gut zurechtkommen würde.

Der Geruch der Kneipe rief ein Ekelgefühl in ihm hervor, sobald Mel die Tür aufzog. Abgestandener Rauch, abgestandenes Bier, abgestandener Schweiß. Die Jukebox plärrte, und obwohl Sebastian viele Musikrichtungen mochte, konnte er nur hoffen, dass er diesem blechernen Krach nicht lange ausgesetzt sein würde.

Männer standen an der Bar – die Sorte Männer mit stämmigen Unterarmen voller Tätowierungen, hauptsächlich Schlangen und Totenschädel. Köpfe drehten sich, als Mel und Sebastian eintraten, betrachteten Sebastian hämisch und herablassend, Mel länger und anerkennend. Sebastian fing einen Gedanken auf – was nicht schwierig war, da der durchschnittliche Intelligenzquotient der Anwesenden sich unterhalb der dreistelligen Ziffer bewegte. Seine Lippen zuckten kurz. Er hatte nicht gewusst, dass es so viele Arten gab, um … um eine Dame zu beschreiben.

Besagte Dame stolzierte hüftschwingend zur Bar und ließ sich provozierend auf einem Hocker nieder. Die aufreizend geschminkten Lippen waren zu einem sinnlichen Schmollmund verzogen.

„Du kannst mir wenigstens ein Bier ausgeben."

Ihre rauchige Stimme verwirrte ihn für einen Moment, aber sie zog warnend die Augen zusammen, und er besann sich auf seine Rolle.

„Süße, es ist nicht meine Schuld."

Süße? Mel hielt sich gerade noch zurück. „Das kennen wir schon, es ist nie deine Schuld. Du lässt dich erwischen und wirst eingebuchtet, aber es ist nicht deine Schuld. Du verlierst hundert Dollar beim Pokern mit deinen abartigen Kumpeln, aber es ist nicht deine Schuld. Ein Bier für mich, ja?", rief sie dem Barkeeper zu.

Sebastian beschloss, sich in Pose zu stellen, zeigte dem Barkeeper an, dass er zwei Bier daraus machen solle, und setzte sich auf den nächsten Barhocker. „Ich hab's dir doch zigmal erklärt. Warum lässt du mich nicht endlich damit in Ruhe?"

„Ja, natürlich." Sie gab einen verächtlichen Laut von sich. Zwei Gläser wurden auf die Bar gestellt, und Sebastian griff automatisch an seine hintere Jeanstasche, um sein Portemonnaie zu zücken. Mel dachte daran, dass allein die Brieftasche wahrscheinlich mehr wert war als die gesamte Spirituosensammlung auf dem Regal hinter der Theke, ganz zu schweigen von dem Inhalt.

Sie zischte ihm kurz zu, und er verstand sofort. Seine Hand fiel schlaff herab. Darüber würde sie später noch mal gründlicher nachdenken müssen.

„Wohl mal wieder pleite, was?", meinte sie verächtlich. „War ja nicht anders zu erwarten." Mit augenscheinlichem Missmut kramte sie aus ihrer Handtasche zwei mitgenommen wirkende Dollarnoten hervor. „Du bist ein echter Versager, Harry."

Harry? Sein Stirnrunzeln war echt. „Ich bin bald wieder flüssig. Ich habe da noch ein paar Außenstände."

„Ja, sicher. Bald wirst du die Taschen voll haben, was?" Sie drehte ihm den Rücken zu und sah sich im Raum um.

Rico hatte ihr eine genaue Beschreibung gegeben. In weniger als zwei Minuten hatte sie den Mann erkannt, den Rico Trinkkumpan Eddie genannt hatte. Eddie war derjenige, der tagsüber den Verkauf übernahm. Außerdem hatte Eddie laut Rico eine Schwäche für die holde Weiblichkeit.

Also schlug Mel die langen Beine übereinander und wippte mit dem Fuß zum Takt der Musik, darauf bedacht, dass Eddie es auf jeden Fall merkte. Sie lächelte, klimperte mit den Wimpern und sandte Eddie einen eindeutigen Blick: Hallo, starker Mann, auf so einen wie dich habe ich mein ganzes Leben gewartet.

Sebastian allerdings, der sich kurz erlaubt hatte nachzusehen, hörte laut und deutlich: fetter, kahler Idiot.

Kahl, das stimmte. Fett war jedoch nicht unbedingt richtig. Das ärmellose T-Shirt bedeckte keineswegs nur Fett, da war eine ganz schöne Menge Muskelmasse mit eingepackt.

„Hör zu, Süße." Sebastian legte Mel eine Hand auf die Schulter, die sie unwillig abschüttelte.

„Ich bin die ewigen Entschuldigungen leid, Harry. Ich habe wirklich die Nase voll davon. Du bist ständig abgebrannt, gibst mein Geld aus und bringst noch nicht einmal die fünfzig Dollar zusammen, die es kostet, den Fernseher reparieren zu lassen. Dabei weißt du genau, wie sehr ich die Nachmittagsshows liebe."

„Du guckst sowieso zu viel fern."

„Na, das ist ja wirklich toll!" Sie wirbelte herum und ließ sich von ihrer Rolle mitreißen. „Ich arbeite mich die halbe Nacht als Kellnerin krumm, und du gönnst es mir noch nicht einmal, dass ich nachmittags mal die Füße hochlegen und entspannen möchte. Das kostet nämlich nichts!"

„Doch, es kostet fünfzig Dollar."

Sie schubste ihn weg und glitt vom Hocker. „Was nur die Hälfte von dem ist, was du beim Pokern verloren hast! Und übrigens war das mein Geld!"

„Hör endlich auf damit." Langsam machte ihm dieses Spiel fast Spaß. Immerhin hatte sie ihm gesagt, er solle ein wenig gröber werden. „Alles, was du kannst, ist Jammern." Er griff ihren Arm, um die Show noch ein bisschen überzeugender zu machen.

Ihr Kopf fiel zurück, ihre Augen glänzten trotzig. Dieser – sexy? Oh ja, sehr sexy sogar – Mund zeigte jetzt ein aufsässiges Schmollen, das es Sebastian schwer machte, nicht aus der Rolle zu fallen.

Mel sah etwas in seinen Augen aufblitzen, kurz nur, aber sehr kraftvoll. Prompt setzte ihr Herz einen Schlag lang aus.

„Ich muss mir diesen Blödsinn von dir nicht länger gefallen lassen." Er schüttelte sie, sowohl für die Wirkung als auch, um sich selbst zu beruhigen. „Wenn es dir nicht passt, kannst du ja gehen."

„Nimm gefälligst die Hände von mir." Sie ließ ihre Stimme absichtlich zittern, es war zwar peinlich, aber es musste sein. „Du weißt genau, was passiert, solltest du mich noch ein einziges Mal schlagen. Ich lasse mir das nicht mehr von dir gefallen."

Schlagen? Du liebe Güte! „Halt den Mund und beweg einfach deinen Hintern nach draußen, Crystal." Er wollte sie unsanft zur Tür schieben und fand sich von einer massiven Brust aufgehalten, bedeckt von einem verschwitzten T-Shirt, auf dem zu lesen stand, dass sein Träger ein „Ganzer Kerl" war.

„Die Dame hat dich gebeten, die Hände von ihr zu nehmen, Weichei."

Sebastian sah auf in Eddies breites Grinsen. Mel neben ihm kostete ihre Rolle jetzt so richtig aus, sie schluchzte und wimmerte erstickt vor sich hin. Sebastian wollte vom Hocker aufstehen, damit er wenigstens auf Augenhöhe mit dem selbst ernannten Ritter war. „Kümmer dich um deinen eigenen Dreck."

Ein einziger Stoß, und Sebastian landete wieder auf dem Barhocker. Er war sicher, dass er diesen Schlag noch monatelang auf seiner Brust fühlen würde.

„Herzchen, soll ich ihn mit nach draußen nehmen und ihm für dich ein paar Manieren beibringen?"

Mel tupfte mit einem Tuch ihre Wimpern trocken und schien dieses Angebot ernsthaft in Betracht zu ziehen. „Nein", sagte sie dann und legte eine zitternde Hand auf Eddies Arm. „Er ist die Mühe nicht wert." Sie lächelte Eddie bewundernd an. „Das ist sehr nett von Ihnen. Heutzutage gibt es kaum noch Gentlemen, die einem Mädchen zur Hilfe kommen würden."

„Warum setzt du dich nicht zu mir an den Tisch, Kleine?" Er legte einen Arm, dick wie ein Baumstamm, um ihre Taille. „Ich spendiere dir einen Drink, und du kannst dich ein bisschen entspannen."

„Das ist wirklich sehr süß, danke."

Mel ließ sich von ihm fortführen. Sebastian tat so, als würde er hinterherstiefeln wollen, aber einer der Männer am Billardtisch grinste in seine Richtung und schlug sich vielsagend mit dem Queue in die Handfläche. Also setzte Sebastian sich mit grimmiger Miene an die Bar und nippte stumm an seinem Bier.

Und dort saß er nun schon geschlagene anderthalb Stunden. Da er sich noch nicht einmal ein zweites Bier bestellen konnte, ohne die Tarnung auffliegen zu lassen, wurden die Schlucke immer kleiner, das Bier immer wärmer und der Barkeeper hinter der Theke immer unfreundlicher.

Es war absolut nicht seine Vorstellung von einem angenehmen Tag, in einer muffigen Bar zu sitzen und zuzusehen, wie dieser Sumo-Ringer ständig die Frau begrapschte, mit der er hergekommen war. Selbst wenn ihn nichts Gefühlsmäßiges mit dieser Frau verband. Und auch wenn diese Frau jedes Mal, wenn Eddie mit seinen Pranken über ihre Schenkel strich, ein affektiertes, albernes Kichern hören ließ, als würde es ihr gefallen.

Würde ihr recht geschehen, wenn er einfach aufstehen und sich ein Taxi nach Hause nehmen würde.

Mels Meinung nach jedoch lief alles wie am Schnürchen. Sir Eddie, wie sie ihn zu seiner großen Freude nannte, wurde langsam, aber stetig immer betrunkener. Nicht völlig besinnungslos, sondern schön angenehm und somit auch sehr mitteilsam. Männer liebten es nun mal, vor einer sie bewundernden Frau anzugeben, und Eddie fühlte sich maßlos geschmeichelt und wurde immer gesprächiger.

Er hätte da gerade ein Bombengeschäft gemacht und etwas Kleingeld in der Tasche. Ob sie nicht Lust hätte, ihm dabei zu helfen, ein wenig davon für ein bisschen Vergnügen auszugeben?

Natürlich hatte sie Lust dazu, aber sie würde bald zur Arbeit müssen. Allerdings endete ihre Schicht um eins, und dann … Eddies Augen wurden immer größer – was für ein Glückstag.

Als sie ihn genügend umgarnt hatte, tischte Mel ihm ihre herzzerreißende Geschichte auf: Sie und Harry seien jetzt schon sechs Monate zusammen, sechs lausige Monate, in denen er das Geld verpulverte und ihr jeden Spaß vermieste. Dabei brauche sie doch gar nicht viel. Nur ein paar hübsche Kleider und ein bisschen Lachen. Und jetzt sei es ganz schlimm, weil der Fernseher kaputt war. Sie habe für einen Videorecorder gespart, aber das Geld hatte Harry ja beim Kartenspielen durchgebracht, sodass sie jetzt noch nicht einmal den Fernseher reparieren lassen konnte.

„Dabei sehe ich so gern fern." Sie drehte ihr zweites Glas Bier zwischen den Fingern. Eddie hatte bereits sein siebtes geleert. „Am

Nachmittag zeigen sie immer die besten Shows. Die Frauen haben alle so schicke Kleider an." Sie lehnte sich vor, dass ihre Brüste wie unabsichtlich Eddies Arm berührten. „Wissen Sie, da gibt es manchmal Sexszenen in den Serien, die machen mich ganz heiß ..."

Eddie starrte wie gebannt auf Mels Lippen, die sie jetzt mit der Zungenspitze befeuchtete. Er glaubte sich im siebten Himmel.

„Natürlich macht es viel mehr Spaß, wenn man sie mit jemandem zusammen anschauen kann." Sie schenkte ihm einen Blick, dass er der einzige Jemand auf der ganzen weiten Welt war, der dafür überhaupt infrage kam. „Wenn mein Fernseher doch nur funktionieren würde ... Mir gefällt es am Tag, wissen Sie? Wenn alle anderen arbeiten oder einkaufen müssen und man selbst die Zeit im ... im Bett verbringen kann."

„Jetzt ist Tag."

„Sicher, aber mein Fernseher ist kaputt." Sie kicherte wie über einen vorzüglichen Witz.

„Vielleicht kann ich dir helfen, Baby."

Sie riss die Augen auf, schlug dann raffiniert die Wimpern nieder. „Das ist wirklich süß von Ihnen, Eddie, aber ich kann die fünfzig Dollar unmöglich annehmen. Das wäre nicht recht."

„Warum gutes Geld alten Geräten nachschmeißen, wenn du ein funkelnagelneues haben kannst? Na, wäre es nicht besser, ein neues Gerät zu kaufen?"

„Ja sicher", schnaubte sie spöttisch. „Ich könnte ja auch eine Diamantenkrone haben."

„Damit kann ich dir nicht dienen, mit einem Fernseher schon."

Sie sah ihn ungläubig an und legte eine Hand auf sein Knie. „Und wie soll das gehen?"

„Zufälligerweise habe ich mit Fernsehern zu tun."

„Was denn, Sie verkaufen Fernsehgeräte? Sie nehmen mich doch auf den Arm, oder?"

„Später vielleicht." Er grinste selbstgefällig. „Aber im Moment noch nicht."

Mel lachte herzhaft. „Ach, Sie sind mir schon einer, Sir Eddie." Sie trank von ihrem Bier, seufzte schwer. „Ich wünschte, Sie würden sich nicht über mich lustig machen. Aber wenn Sie mir einen Fernseher beschaffen könnten ... Ich wäre Ihnen ewig dankbar."

Er lehnte sich zu ihr, sie konnte seinen Bieratem riechen. „Wie dankbar?"

Mel flüsterte Eddie kichernd etwas ins Ohr, das sogar den erfahrenen Sebastian in Verlegenheit gebracht hätte.

Auch dem guten Eddie blieb die Luft weg. Er trank sein Bier in einem Schluck aus und nahm Mels Hand. „Komm mit, du süßes Ding. Ich will dir was zeigen."

Mel hoffte inständig, dass es sich dabei um einen Fernseher handelte. Sie würdigte Sebastian keines Blickes, als sie sich von Eddie zum Hinterausgang ziehen ließ.

„Wohin gehen wir denn?"

„In mein Büro, Baby." Er blinzelte ihr zu. „Ich und meine Partner haben hier hinten ein kleines Geschäft aufgezogen."

Er ging mit ihr über einen deprimierenden Hinterhof zu einem niedrigen Bau. Nach dem dritten Klopfen wurde die Tür aufgezogen, und ein schlaksiger junger Mann mit dicker Hornbrille, ein Klemmbrett in der Hand, erschien.

„Eddie. Was gibt's?"

„Die Lady hier braucht einen Fernseher." Er legte Mel einen Arm um die Schultern und drückte sie an sich. „Crystal, das ist Bobby."

„Hallo." Bobby nickte ihr kurz zu, dann wandte er sich wieder an Eddie. „Ich glaube nicht, dass das eine gute Idee ist, Eddie. Wenn Frank das herausfindet, wird er stinksauer."

„He, mir stehen die gleichen Rechte zu wie Frank." Eddie schob Bobby einfach beiseite und zog Mel hinter sich her.

Die Neonröhre an der Decke beleuchtete mehr als ein Dutzend Fernseher. Daneben standen Türme von CD-Spielern, Videorecordern und Stereoanlagen. Auf der anderen Seite befanden sich Spielekonsolen, PCs, Anrufbeantworter und ein einsamer Mikrowellenherd.

„Wow!", stieß Mel aus und klatschte in die Hände. „Das ist ja ein richtiger Großhandel."

Eddie war sehr zufrieden mit sich und versuchte den nervösen Bobby mit einem Wink zu beruhigen. „Wir sind das, was man Lieferanten nennt. Das hier ist so was wie unser Warenlager. Sieh dich nur in Ruhe um."

Getreu ihrer Rolle, schlenderte Mel zwischen den Geräten umher und strich über die Oberflächen, als wäre es kostbarer Nerz.

„Frank wird das nicht gefallen“, brummte Bobby.

„Was er nicht weiß, macht ihn nicht heiß, oder, Bobby?“

Bobby, mit guten hundert Pfund Körpergewicht unterlegen, nickte ergeben. „Richtig, Eddie. Aber eine Braut hierher mitzubringen ...“

„Sie ist in Ordnung, glaub mir. Klasse Beine und wenig Hirn. Ich werde ihr einen Fernseher schenken und habe damit das große Los gezogen.“ Er ging zu Mel. „Hast du einen gesehen, der dir gefällt, Baby?“, fragte er gönnerhaft.

„Sie meinen, ich darf mir so einfach einen aussuchen?“

„Klar.“ Er drückte sie fest an sich. „Wir haben da diese Versicherung. Bobby wird eben den Fernseher als gestohlen melden, und alles ist in Butter.“

„Wirklich?“ Sie warf den Kopf zurück und machte sich von Eddie frei, gerade genug, dass sie mit der Hand in ihre Tasche fassen konnte. „Das ist toll, Eddie, wirklich ganz toll. Aber ‚gestohlen‘ ist hier wohl das Stichwort.“

Sie zog die verchromte 38er hervor.

„Ein Cop!“, schrie Bobby schrill auf, dann sah er seinen Kumpan vorwurfsvoll an. „Herrgott, Eddie, du hast uns einen Cop angeschleppt.“

„Schön ruhig bleiben. Und das sollten Sie besser lassen.“ Mel wedelte warnend mit der Waffe, als Bobby Anstalten machte, sich zu verdrücken. „Setz dich hin, Bobby, auf den Boden. Das ist das Beste für dich.“

„Du Miststück.“ Eddie sprach so ruhig, dass Mel sofort auf der Hut war. „Normalerweise rieche ich einen Cop auf zweihundert Meter.“

„Ich arbeite auf eigene Rechnung“, sagte sie knapp. „Vielleicht liegt es daran.“ Sie deutete mit der Waffe zur Tür. „Gehen wir, Eddie.“

„Keine Frau trickst mich aus, ob mit Waffe oder ohne.“

Damit sprang er auf sie zu.

Mel wollte ihn nicht erschießen. Er war nur ein zweitklassiger fetter Dieb, er hatte die Kugel nicht verdient. Also wich sie ihm blitzschnell aus und verließ sich auf ihre Schnelligkeit und seine trunkene Schwerfälligkeit.

Er verfehlte sie und stürzte kopfüber in einen großen Bildschirm.

Das Glas zerbarst mit dem Knall eines Pistolenschusses, und Eddie sackte leblos in die Knie.

Hinter sich hörte sie ein Geräusch. Als sie herumwirbelte, sah sie Sebastian, der Bobby einen Arm um die Kehle gelegt hatte. Schon nach dem ersten Anziehen ließ Bobby den Hammer fallen, den er in der hoch erhobenen Hand über Mels Kopf hielt.

„Wahrscheinlich hätten Sie nicht einmal eine Beule gehabt“, knurrte Sebastian und blickte auf Bobby, der zu Boden sank wie ein nasser Sack. „Sie haben mir nicht gesagt, dass Sie eine Pistole haben.“

„Ich hielt es nicht für nötig. Sie können doch Gedanken lesen.“

Sebastian hob den Hammer auf und wog ihn in der Hand. „Machen Sie nur weiter so, Sutherland.“

Sie zuckte lässig mit einer Schulter und sah sich in der Halle um. „Warum rufen Sie nicht die Polizei an und sagen denen Bescheid? Ich behalte die beiden hier im Auge.“

„Na schön.“ Es war sicherlich zu viel erwartet, dass sie sich bei ihm bedanken würde, weil er ihr das Leben gerettet hatte. Um sich abzureagieren, ließ er die Tür laut hinter sich zuschlagen.

Eine gute Stunde später konnte Sebastian beobachten, wie Mel einem säuerlich dreinblickenden Detective ihre Geschichte zu Protokoll gab.

Haverman. Sebastian kannte den Mann. Er war ihm schon zweimal begegnet.

Er richtete seine Aufmerksamkeit von Detective Haverman auf Mel.

Sie hatte die Clips abgenommen und rieb sich die Ohrläppchen. Den größten Teil des Make-ups hatte sie mit Papiertaschentüchern abgewischt, nur die Augen waren immer noch geschminkt und stachen übergroß aus dem Gesicht heraus.

Hatte er gedacht, sie sei hübsch? Verflucht, sie sah umwerfend aus. Im richtigen Licht, im richtigen Blickwinkel, war sie einfach phänomenal. Dann drehte sie sich ein wenig und wirkte wieder völlig unscheinbar.

Das war auch eine Art Magie. Und sehr beunruhigend.

Aber was ging es ihn an, wie sie aussah? Ihm war das völlig gleichgültig, denn er war sauer. Stinksauer. Sie hatte ihn in diese Sache hineingezogen. Dass er freiwillig mitgemacht hatte, war hier nebensächlich. Denn sobald er seine Zusage gegeben hatte, musste er ihre Regeln befolgen.

Was ihm überhaupt nicht gefallen hatte. Schon gar nicht, dass sie mit diesem Schrank von Mann allein losgezogen war. Und dass sie eine Pistole mit sich herumschleppte. Keine kleine, nein, sondern ein großes Kaliber.

Wie wäre die Sache ausgegangen, wenn sie die Waffe hätte benutzen müssen? Oder wenn der Zweihundert-Kilo-Romeo sich versetzt gefühlt hätte?

„Sie haben Ihre Quellen", sagte Mel gerade zu Haverman, „ich habe meine. Ich habe einen Tipp gekriegt und bin ihm nachgegangen." Sie zuckte scheinbar unbeteiligt die Achseln, aber es machte ihr einen Heidenspaß. „Mir können Sie nichts vorwerfen, Leutnant."

„Ich will wissen, wer Ihnen den Tipp gegeben hat, Sutherland." Das war eine Sache des Prinzips. Er war ein Cop. Ein echter Cop. Schlimm genug, dass ein Privatdetektiv den Fall geknackt hatte, aber auch noch ein weiblicher Privatdetektiv …! Er fühlte sich zutiefst in seiner Ehre verletzt.

„Und ich muss es Ihnen nicht sagen." Plötzlich verzogen sich ihre Lippen, weil die Idee einfach so wunderbar war. „Aber da wir sozusagen gute Freunde sind, werde ich es Ihnen verraten." Sie zeigte mit dem Daumen auf Sebastian. „Er war's."

„Sutherland …", setzte Sebastian an.

„Kommen Sie schon, Donovan, was kann es schon schaden?" Sie lächelte und übernahm die Vorstellung. „Das ist Leutnant Haverman."

„Wir kennen uns."

„Ja." Jetzt war Haverman nicht nur schlechter Laune, sondern regelrecht erledigt. Wie weit war es schon mit der Welt gekommen? Frauen und Leute mit übernatürlichen Kräften, um das Gesetz zu schützen … „Ich wusste gar nicht, dass Sie sich auch für gestohlene Fernseher interessieren, Donovan."

„Eine Vision ist eben eine Vision", sagte Sebastian ganz ruhig und sah, wie Mel sich den Bauch hielt.

„Warum sind Sie damit zu ihr gegangen?" Das wurmte Haverman am meisten. „Sie kommen doch sonst zu uns."

„Stimmt." Sebastian sah über die Schulter zu Mel. „Aber sie kann die besseren Beine vorweisen."

Mel, die auf der Motorhaube ihres Wagens saß, lachte so laut los, dass sie fast heruntergefallen wäre. Haverman brummte etwas Unverständliches in sich hinein und stapfte davon. Immerhin, so dachte er mürrisch, hatte er zwei Verdächtige in Gewahrsam genommen, und wenn er sich mit Donovan anlegte, würde ihm der Chief aufs Dach steigen.

„Ganz schön lässig." Immer noch lachend, knuffte Mel Sebastian auf die Schulter. „Habe gar nicht gewusst, was so alles in Ihnen steckt."

Er zuckte mit keiner Wimper. „Sie würden überrascht sein."

„Mag sein." Sie sah sich nach Haverman um, der gerade in seinen Wagen stieg. „Er ist nicht übel, nur eben der Meinung, dass Privatdetektive nur in Romanen vorkommen und Frauen in die Küche gehören." Und weil die Sonne so schön warm schien, gefiel es ihr, einfach noch ein paar Minuten sitzen zu bleiben und ihren Triumph auszukosten. „Das haben Sie gut hingekriegt ... Harry."

„Danke, Crystal." Er hatte Mühe, sich das Grinsen zu verkneifen. „Allerdings würde ich es lieber sehen, wenn Sie mich das nächste Mal in den ganzen Plan einweihen."

„Ich glaube nicht, dass es so bald ein nächstes Mal geben wird. Aber das hier hat wirklich Spaß gemacht."

„Spaß also, ja?" Er sprach langsam, begriff, dass sie es genau so meinte, wie sie es sagte. „Sich aufzutakeln wie ein Flittchen, Männer zu taxieren, eine Szene in einer Kneipe machen, mit einem sabbernden Riesen-Gorilla zu flirten ..."

Sie lächelte harmlos. „Ich habe doch wohl das Recht auf ein paar Vergünstigungen im Beruf, oder?"

„Und dass Ihnen fast der Schädel eingeschlagen worden wäre, gehört mit dazu?"

„‚Fast' ist hier das entscheidende Wort." Sie war freundlich gesinnt und tätschelte seinen Arm. „Kommen Sie schon, Donovan, regen Sie sich wieder ab. Ich habe doch gesagt, dass Sie gut waren."

„Das soll wohl so eine Art Dank sein, weil ich Ihren Dickschädel gerettet habe."

„He, ich wäre auch so bestens mit Bobby fertig geworden. Aber danke für die Rückendeckung, okay?"

„Nein, nicht okay." Er stützte sich mit beiden Händen zu ihren Seiten auf die Motorhaube auf. „Wenn das Ihr Verständnis von Spaß ist, werden wir ein paar Regeln aufstellen müssen."

„Ich habe Regeln. Meine Regeln." Seine Augen sind grau wie Rauch, dachte sie. Rauch, wie er in der Nacht von einem Lagerfeuer in den dunklen Himmel aufsteigt. „Und jetzt lassen Sie mich in Ruhe, Donovan."

Bring mich doch dazu. Er verabscheute sich dafür, dass dieser kindische Spruch das Erste war, was ihm automatisch einfiel. Schließlich war er kein Kind mehr. Sie auch nicht – wie sie dasaß und ihn anfunkelte, mit dem herausfordernd vorgeschobenen Kinn und dem selbstgefälligen kleinen Grinsen auf dem wunderschönen Mund.

Er zog sie so schnell von der Motorhaube herunter, dass sie nicht einmal dazu kam, auch nur an eine Verteidigung zu denken. Sie blinzelte immer noch, als er seine Arme um sie legte.

„Was, zum Teufel, soll das …?"

Mehr sagen konnte sie nicht. Ihr Verstand setzte aus, als er den Mund auf ihre Lippen presste. Weder versuchte sie sich zur Seite zu drehen und ihn über ihre Schulter zu werfen, noch dachte sie daran, das Knie ruckartig anzuheben und ihn atemlos zu Boden zu schicken. Stattdessen ließ sie es zu, dass sein Mund hungrig von ihrem Besitz ergriff.

Schlimmer noch – willig öffnete sie ihre Lippen für ihn. Und er wollte mehr.

Sie schmeckte so süß. Wie wilder Honig, der einen dazu brachte, sich die Finger abzulecken. Die Art Honig, der er schon als Kind nie hatte widerstehen können.

Seine Hände waren nicht zart. Das war der erste zusammenhängende Gedanke, den sie hatte. Seine Hände waren hart und stark und ein bisschen rau. Sie fühlte seine Finger in ihrem Nacken. Ihre Haut dort brannte wie Feuer.

Er zog sie näher, sodass ihre beiden Körper einen einzigen Schatten auf dem Kies bildeten. Während die Hitze durch ihren Körper kroch, schlang sie die Arme um seinen Nacken und küsste ihn ebenso leidenschaftlich zurück.

Es war jetzt anders. Sie glaubte ihn leise fluchen zu hören, als sie den Kopf ein wenig drehte und den Winkel änderte. Als seine Zähne über ihre Lippen schabten, hätte sie vor Lust bald aufgestöhnt. Ihr Herz klopfte zum Zerspringen, der harte Rhythmus hallte in ihren Ohren wider, kraftvoll und donnernd wie ein Schnellzug …

„He!"

Der Ruf wurde nicht registriert, nur Sebastians Lippen zählten.

„He!"

Sebastian hörte den Ruf und das Knirschen auf dem Kies, als Schritte sich näherten. Er hätte glatt ohne die geringsten Gewissensbisse zum Mörder werden können. Einen Arm um Mels Hüfte, die andere Hand in ihrem Nacken, drehte er den Kopf und sah ein mürrisches Gesicht vor sich.

„Warum gehen Sie nicht einfach? Am besten sofort und sehr weit weg."

„Hören Sie, Kumpel, ich will ja nur wissen, warum die Bar geschlossen ist."

„Denen ist der Wodka ausgegangen." Sebastian spürte, wie Mel sich zurückzog, und hätte am liebsten geflucht, hätte es denn genützt.

„Dabei wollte ich doch nur ein lausiges Bier." Nachdem er die Stimmung gründlich verdorben hatte, kletterte der enttäuschte Zecher in seinen Pick-up und fuhr davon.

Mel stand da, die Arme um sich geschlungen, als wehe ein eisiger Wind.

„Mary Ellen …"

„Nenn mich nicht so." Sie wich überstürzt zurück und prallte hart an den Wagen. Ihre Lippen zitterten, ihr Puls raste. Du lieber Himmel, sie hatte sich ihm praktisch hemmungslos an den Hals geworfen, hatte zugelassen, dass er sie anfasste …

Jetzt berührte er sie nicht mehr, aber es sah so aus, als würde er das jeden Moment ändern wollen. Der Stolz verbot es ihr zurückzuscheuen, aber sie wappnete sich für einen erneuten Anschlag auf ihre Sinne.

„Warum hast du das getan?"

Er widerstand dem Drang, einzutauchen und nachzusehen, was sie wirklich fühlte. Es zu vergleichen mit dem, was in ihm vorging. Aber das wäre unfair. „Ich habe nicht die leiseste Ahnung."

„Nun, dann solltest du es besser nicht noch einmal versuchen.“ Die Antwort tat weh, und das erstaunte sie. Was hatte sie denn erwartet? Dass er sie unwiderstehlich fand und sich nicht mehr hatte zurückhalten können? Dass ihn die Leidenschaft übermannt hatte?

Sie hob das Kinn. „Wenn ich während der Arbeit betatscht werde, kann ich damit umgehen. Schließlich ist es mein Job. Aber nicht, wenn ich nicht im Dienst bin, klar?“

Seine Augen blitzten auf, kurz nur, dann hob er die Hände. „Glasklar.“

„Na schön.“ Nur nichts unnötig aufbauschen, beschloss sie, während sie in ihrer Tasche nach dem Autoschlüssel kramte. Es war geschehen, vorbei, und es hatte nichts zu bedeuten, für keinen von ihnen beiden. „Fahren wir zurück. Da sind noch ein paar Dinge, die ich erledigen muss.“

4. KAPITEL

Mel verbrachte den größten Teil des nächsten Morgens damit, in Roses Nachbarschaft von Tür zu Tür zu gehen, Sebastians Zeichnung in der Hand. Endergebnis war, sie hatte drei wasserdichte Identifizierungen, vier Einladungen zum Kaffee und ein schlüpfriges Angebot.

Einer von den Leuten, die den Mann auf der Zeichnung erkannt hatten, hatte auch eine Beschreibung des Wagens gegeben, bis hin zu der eingedellten Tür. Das wiederum verursachte bei Mel ein mulmiges Gefühl im Magen.

Außerdem stand da dieser eine Name auf ihrer Liste von Befragten, der sie nicht zur Ruhe kommen ließ. Mel hatte das eindeutige Gefühl, dass Mrs. O'Dell aus Apartment 317 mehr wusste, als sie bisher gesagt hatte.

Also klopfte Mel zum zweiten Mal an diesem Tag an die Wohnungstür. Hinter der Tür konnte sie das Weinen eines Babys hören und den Fernseher.

Wie schon zuvor, so wurde die Tür auch jetzt nur einen Spalt breit geöffnet, und Mel sah hinunter auf das schokoladenverschmierte Gesicht eines kleinen Jungen.

„Hi. Ist deine Mom da?"

„Sie sagt, ich darf nicht mit Fremden sprechen."

„Da hat sie recht. Könntest du sie bitte holen?"

Der Junge hielt die Tür mit dem Fuß zu. „Wenn ich eine Pistole hätte, würde ich dich erschießen."

„Da habe ich heute wohl besonderes Glück, dass du keine hast, was?" Mel ging in die Hocke, um dem Jungen in die Augen sehen zu können. „Schokoladenpudding, stimmt's? Du hast bestimmt den Löffel abgeschleckt, nachdem deine Mom den Pudding gekocht hat."

„Ja." Immerhin hatte sie seine Neugier geweckt. „Woher weißt du das?"

„Das war leicht, Puddinggesicht. Dein Schokoladenmund ist noch ganz frisch, und es ist zu kurz vor dem Lunch, als dass deine Mom dich eine ganze Portion hätte essen lassen."

Der Junge legte den Kopf schief. „Könnte ja auch sein, dass ich mir was stibitzt habe."

„Könnte sein, ja", stimmte Mel zu. „Aber dann wäre es doch ganz schön dumm von dir, die Beweise nicht abzuwaschen, oder?"

Er begann zu grinsen, als seine Mutter hinter ihm auftauchte und ihn mit einer Hand von der Tür wegzog. „Billy! Habe ich dir nicht gesagt, du sollst nicht an die Tür gehen?" Auf dem anderen Arm trug sie ein kleines Mädchen, das sich weinend sträubte. Mrs. O'Dell warf Mel einen unwirschen Blick zu. „Was wollen Sie denn schon wieder? Ich habe Ihnen alles gesagt."

„Und Sie waren wirklich eine große Hilfe, Mrs. O'Dell." Mel erstickte fast an den Worten. Mrs. O'Dell war abweisend, mürrisch und unfreundlich gewesen. „Es tut mir wirklich leid, Sie noch mal zu stören, aber ich versuche eine gewisse Ordnung in die Dinge zu bringen." Noch während sie sprach, schlüpfte Mel unauffällig in die Wohnung. „Ich kann mir vorstellen, wie lästig es für Sie ist, unterbrochen zu werden, wenn Sie doch so beschäftigt sind." Mel machte einen großen Schritt über die Spielzeugsoldaten, die auf dem Teppich verstreut lagen. „Aber mir ist aufgefallen, dass Ihr Fenster direkt auf die Straße hinausgeht, wo der mutmaßliche Täter mit seinem Auto parkte."

Mrs. O'Dell setzte ihre kleine Tochter ab, die sofort zum Fernseher krabbelte und sich davor setzte. „Und?"

„Nun, ich habe bemerkt, wie sauber Ihre Fenster sind, die saubersten überhaupt im ganzen Gebäude. Wenn man von der Straße hochschaut, blitzen sie wie Diamanten."

Immerhin glättete dieses Kompliment die tiefen Falten auf Mrs. O'Dells Stirn. „Ich lege großen Wert auf Sauberkeit. Unordnung lässt sich nicht vermeiden bei zwei kleinen Kindern, aber Schmutz toleriere ich nicht."

„Das verstehe ich voll und ganz, Ma'am. Um so saubere Fenster zu haben, muss man sie sicher häufig putzen, nicht wahr?"

„Das können Sie laut sagen. Jeden Monat. Immer, regelmäßig. Der Dreck und Staub von der Straße machen das nötig."

„Sie können praktisch die ganze Nachbarschaft von hier aus übersehen."

„Ich habe keine Zeit, um die Nachbarn auszuspionieren."

„Nein, Ma'am, das wollte ich damit auch nicht andeuten. Ich

meine nur, dass Ihnen vielleicht zufällig etwas aufgefallen ist."

„Nun, ich bin nicht blind. Ich habe diesen Mann hier herumlungern sehen, das habe ich Ihnen schon gesagt."

„Ja, natürlich. Ich dachte mir nur, Ihnen könnte noch mehr aufgefallen sein, beim Fensterputzen vielleicht. Es dauert doch bestimmt eine Stunde, bis Sie ..."

„Fünfundvierzig Minuten."

„Aha. Nun, wenn dieser Mann da so lange in seinem Wagen gesessen hat, ist Ihnen das nicht komisch vorgekommen?"

„Er ist ausgestiegen und herumgelaufen."

„So?" Mel fragte sich, ob sie wohl ihren Notizblock herausholen durfte. Aber dann entschied sie, dass sie sich das Aufschreiben besser für später aufbewahren würde.

„An beiden Tagen", fügte Mrs. O'Dell noch hinzu.

„An beiden Tagen?"

„Ja, als ich die Fenster geputzt habe und an dem Tag, als ich die Vorhänge gewaschen habe. Aber ich habe mir nichts dabei gedacht. Es ist nicht meine Art, meine Nase in anderer Leute Angelegenheiten zu stecken."

„Nein, da bin ich mir sicher." Aber ich tue es, dachte Mel mit klopfendem Herzen. „Wissen Sie zufällig noch, wann genau das war?"

„Die Fenster wasche ich immer am Ersten des Monats. Und die Vorhänge habe ich ein paar Tage später abgenommen. Da habe ich ihn gesehen, wie er die Straße auf und ab gegangen ist."

„David Merrick ist am vierten Mai entführt worden."

„Ich weiß." Mrs. O'Dell runzelte wieder die Stirn und sah dann auf ihre Kinder. „Es bricht mir das Herz. Ein kleines Baby, praktisch den Armen der Mutter entrissen. Ich lasse Billy nicht mehr allein nach draußen."

Mel legte ihr eine Hand auf den Arm, eine Verbindung, von Frau zu Frau. „Sie müssen Rose Merrick nicht persönlich kennen, um zu wissen, was sie durchmacht. Sie sind selbst Mutter."

Das berührte Mrs. O'Dell, Mel konnte sehen, wie ihr die Tränen in die Augen stiegen. „Ich wünschte, ich könnte helfen. Aber ich habe wirklich nichts gesehen. Ich habe immer gedacht, unsere Kinder seien in dieser Gegend sicher. Dass man keine Angst haben muss, wenn sie über die Straße gehen, um mit ihren Freunden zu spielen. Dass man nicht fürchten muss, dass man sie einfach in ein Auto zerrt. Dass sie wieder nach Hause kommen."

„Ja, es ist nicht richtig, so etwas sollte man nicht fürchten müssen. Rose und Stan Merrick sollten auch keine Angst haben müssen, ob sie ihren kleinen David je wieder zurückbekommen. Mrs. O'Dell, dieser Jemand, der David entführt hat, hat genau unter Ihrem Fenster geparkt. Vielleicht, wenn Sie genauer nachdenken, wenn Sie sich zurückbesinnen ... Ist Ihnen nichts an dem Auto aufgefallen?"

„An diesem Schrotthaufen? Nein."

Mel wagte sich einen Schritt weiter vor. „Ich nehme an, das Nummernschild war aus einem anderen Bundesstaat?"

Mrs. O'Dell dachte einen Moment nach und schüttelte dann den Kopf. „Nein. Ich habe mir nämlich zuerst noch gedacht, dass er vielleicht jemanden besucht und deshalb wartet. Aber dann fiel mir auf, dass er wohl doch nicht von weither gekommen sein konnte, weil es eine kalifornische Nummer war."

In Gedanken drückte Mel sich die Daumen und versuchte ihre Aufregung zu überspielen. „Während Sie da so die Fenster geputzt haben, haben Sie sich nicht zufällig die Nummer genauer angesehen? Ich meine, ohne dass es Ihnen so recht bewusst geworden ist."

Mel sah an Mrs. O'Dells Gesicht, dass sie sich bemühte. Die Lippen geschürzt, die Augen leicht zusammengekniffen, aber dann wedelte sie ungeduldig mit dem Staubtuch, das sie hielt.

„Ich habe wichtigere Dinge zu tun. Wie gesagt, es war eine kalifornische Nummer, aber mehr kann ich Ihnen nicht sagen, so gern ich auch helfen möchte, Miss ..."

„Sutherland", half Mel bereitwillig.

„Miss Sutherland, mir blutet das Herz für die armen Eltern, aber ich habe es mir wirklich zur Angewohnheit gemacht, mich um meine eigenen Dinge zu kümmern. Also, da es nichts mehr gibt, was ich Ihnen noch sagen könnte ... Ich bin wirklich beschäftigt."

Hier war gerade die endgültige Grenze gezogen worden. Mel reichte Mrs. O'Dell ihre Visitenkarte. „Wenn Ihnen doch noch etwas einfallen sollte wegen des Nummernschilds, würden Sie mich bitte anrufen?"

„Es war eine Katze", ließ Billy sich vernehmen.

„Billy, du sollst nicht dazwischenreden, wenn Erwachsene sich unterhalten.“

Der Junge zuckte nur die Schultern und fuhr mit dem Feuerwehrauto am Bein seiner Schwester hoch, um sie zum Lachen zu bringen.

„Was war eine Katze?“, fragte Mel.

„Das Auto.“ Billy ahmte die Sirene der Feuerwehr nach. „Da stand K-A-Z-E drauf, wie Katze.“

Aufgeregt ging Mel vor dem Jungen in die Hocke. „Du meinst das Auto, in dem der Mann gesessen hat? Hast du es gesehen?“

„Klar. Als ich von der Schule nach Hause kam, stand es da. Freddys Mom hatte Fahrdienst.“

„Wir wechseln uns ab, um die Kinder zur Schule zu bringen“, sagte Mrs. O’Dell leise.

„Sie hat mich direkt hinter dem Auto aussteigen lassen. Ich fahr nicht gern mit Freddy, er kneift. Aber ich mag es, mir Nummernschilder anzusehen. Manchmal kann man nämlich Wörter aus den Buchstaben machen.“

„Und du bist sicher, dass es das braune Auto war, nicht ein anderes, das du vielleicht auf der Fahrt gesehen hast?“

„Ganz sicher. Weil es nämlich jeden Tag auf der Straße stand, manchmal auch auf der anderen Seite. Als Mom Fahrdienst hatte, war es nicht mehr da.“

„Kannst du dich an die Zahlen erinnern, Billy?“

„Ich mag keine Zahlen, Buchstaben gefallen mir besser. Wie K-A-Z-E.“

Mel drückte ihm einen dicken Kuss auf die schokoladenverschmierte Wange. „Danke, Billy, ich bin froh, dass dir Buchstaben so gut gefallen.“

Als sie das Büro von „Sutherland Investigations“ betrat, hätte Mel fast gejubelt. Sie hatte eine Spur. Na schön, es war nur die Hälfte eines Nummernschildes und die Information stammte von einem Sechsjährigen, aber endlich hatte sie einen Anhaltspunkt.

Sie hörte die Nachrichten auf dem Anrufbeantworter ab und ging in die Küche, um sich etwas zu trinken zu holen. Die ganze Zeit über hielt sich das zufriedene Lächeln auf ihrem Gesicht.

Gute, solide, wasserdichte Nachforschungen. Nur damit konnte man etwas erreichen. Hartnäckigkeit schadete auch nichts. Wahrscheinlich war die Polizei nicht einmal bis zu Billy O'Dell vorgedrungen, und selbst wenn, dann wäre er für sie nie als zuverlässiger Zeuge in Betracht gekommen.

Nachforschungen, Beharrlichkeit und manchmal auch der eine oder andere Kniff. Gerade diese Kniffe gehörten oft mit zur Arbeit, wie auch Verkleidungen. Aber das war weit entfernt vom Übersinnlichen.

Ihr Lächeln wurde ironisch, als sie an Sebastian dachte. Vielleicht hatte er mit der Zeichnung und der Wagenbeschreibung einen Treffer gelandet, aber vielleicht war es auch so, wie sie angenommen hatte – dass er Verbindungen zur Polizei hatte.

Auf jeden Fall würde es ihr diebischen Spaß machen, ihm diese neue Information unter die Nase zu reiben.

Na ja, dachte sie voller Großmut, so übel ist er eigentlich gar nicht. Gestern Abend, als sie zusammen noch einen Hamburger gegessen hatten, hatte er nicht noch einmal versucht, sich an sie heranzumachen. Er hatte auch keine geheimnisvolle Show abgezogen. Sie hatten sich unterhalten, hauptsächlich über Bücher und Filme, die typischen Themen. Trotzdem war es interessant gewesen. Und seine Stimme mit dem leichten Hauch des irischen Singsangs war eigentlich recht angenehm gewesen.

Ein Akzent, der stärker geworden war, als er an ihren Lippen etwas gemurmelt hatte.

Verärgert schüttelte sie den Gedanken ab. Sie war schon früher geküsst worden und hatte noch nie etwas dagegen einzuwenden gehabt. Allerdings zog sie es vor, Ort und Zeitpunkt selbst zu bestimmen. Und wenn sie noch nie so auf einen Kuss reagiert hatte, dann lag das nur daran, dass Sebastian sie völlig überrumpelt hatte.

Das würde allerdings auch nicht mehr passieren.

Um genau zu sein ... so, wie die Dinge im Moment lagen, konnte es gut möglich sein, dass sie Sebastian Donovan und seinen ganzen Hokuspokus überhaupt nicht mehr brauchte. Sie hatte ein paar Kontakte bei der Kfz-Anmeldestelle, und wenn sie erst die Buchstaben des Nummernschildes durchgegeben hatte, würde sie ...

Ihre Gedanken wurden unterbrochen, als Sebastians Stimme auf dem Anrufbeantworter ertönte.

„Sutherland, schade, dass ich dich verpasst habe. Machst wohl gerade wieder die Straßen unsicher, was?"

Sie streckte dem Apparat die Zunge heraus. Eine kindische Reaktion, aber das Lachen in seiner Stimme verlangte geradezu danach.

„Ich dachte mir, du hättest vielleicht Interesse an ein paar neuen Informationen. Ich habe mich auf den Wagen konzentriert. Der linke Hinterreifen ist abgefahren, was unserem Mann sehr bald Schwierigkeiten einbringen könnte. Sein Reserverad ist nämlich auch platt."

„Übertreib's nicht, Donovan", murmelte sie. Sie erhob sich, entschlossen, das Gerät und damit auch die Stimme auszuschalten.

„Ach ja, das Nummernschild stammt übrigens aus Kalifornien. K-A-Z-E 2544."

Mel hielt regungslos den Finger über den „Aus"-Knopf.

„Lass mich wissen, ob du mit deinem Detektivzauber mehr darüber in Erfahrung bringen kannst, ja? Ich bin heute Abend zu Hause. Also dann, Waidmanns Heil, Mary Ellen."

„Verdammter ..." Sie fluchte nicht zu Ende, aber dafür schaltete sie die Maschine endlich aus.

Es gefiel ihr nicht. Nein, ganz und gar nicht. Trotzdem schaltete Mel den Gang herunter und fuhr den schmalen Weg zu Sebastians Haus empor. Nicht eine Sekunde lang glaubte sie, dass er das Nummernschild „gesehen" hatte, oder wie auch immer er das nennen mochte. Aber da er ihr den Tipp gegeben hatte, hatte sie sich verpflichtet gefühlt, dem nachzugehen.

Als sie vor seinem Haus ankam, schwankte sie zwischen freudiger Erregung, weil sie weitergekommen war, und dem Ärger, Sebastian schon wieder gegenübertreten zu müssen. Sie würde sich also ganz professionell geben, versprach sie sich und parkte ihren Wagen zwischen einer wuchtigen Harley und dem neuesten Modell eines Minivans.

Mel betätigte den Türklopfer – ein Wolfskopf aus Messing, der die Zähne bleckte – und wartete. Als sich nichts rührte, trat sie an die Fenster und lugte neugierig hinein. Auf der einen Seite das geräumige Wohnzimmer, auf der anderen eine Bibliothek, aber von Sebastian keine Spur.

Eigentlich hätte sie sich jetzt davonmachen sollen, aber erstens ließ ihr Gewissen das nicht zu, und zweitens wäre es feige gewesen. Also stieg sie die Stufen wieder hinab und ging ums Haus herum.

Da sah sie ihn. Er stand auf einer Weide und hatte die Arme um eine zierliche Blondine in engen Jeans gelegt. Die beiden lachten zusammen, ein Laut der Vertrautheit, genauso wie ihre Stellung.

Der heiße Stich überraschte sie. Es war ihr völlig egal, ob er eine Freundin hatte. Von ihr aus hätte er einen ganzen Harem haben können. Hier ging es nur ums Geschäft. Was Sebastian privat machte, war ihr vollkommen egal.

Die Tatsache, dass er an einem Tag eine Frau besinnungslos küssen konnte und am nächsten eine andere umarmte, zeigte Mel nur ganz deutlich, was für ein Mann Sebastian Donovan war.

Ein Mistkerl.

Trotzdem würde sie professionell bleiben. Die Hände in den Taschen, marschierte sie auf den verwitterten Zaun zu.

„He, Donovan."

Die beiden Gestalten drehten sich gleichzeitig zu ihr um. Mel erkannte, dass die Blondine nicht nur zierlich und schlank war, sondern auch hübsch. Sehr hübsch sogar, mit ruhigen grauen Augen und einem weichen, vollen Mund, der jetzt zu einem leichten Lächeln verzogen war.

Mel kam sich vor wie ein struppiger Straßenköter gegenüber einem reinrassigen Zuchthund. Ihr Magen zog sich leicht zusammen.

Stirnrunzelnd sah sie, wie Sebastian der Blondine etwas zuflüsterte, sie auf die Schläfe küsste und dann zum Zaun kam.

„Wie geht's, Sutherland?"

„Ich habe deine Nachricht erhalten."

„Das dachte ich mir. Ana, das ist Mel Sutherland, ihres Zeichens Privatdetektivin. Mel, Anastasia Donovan, meine Cousine."

„Freut mich, Sie kennenzulernen." Ana streckte Mel die Hand entgegen. „Sebastian hat mir von dem Fall erzählt, an dem Sie zusammen arbeiten. Hoffentlich finden Sie den Kleinen bald."

„Danke." Mel ergriff die dargebotene Hand. Etwas in der Stimme der Frau, in der Berührung war so beruhigend, dass ihr Ärger schon halb verflogen war.

„Die Eltern müssen außer sich vor Sorge sein."

„Ja, aber sie halten durch."

„Ich bin sicher, es hilft ihnen, dass jemand sich so für sie einsetzt." Anastasia trat zurück und wünschte, sie könnte helfen. Aber wie Sebastian hatte auch sie gelernt zu akzeptieren, dass sie nicht immer allen Menschen helfen konnte. „Sie haben sicher etwas Geschäftliches zu besprechen."

„Ich werde nicht lange stören." Sie warf Sebastian einen Blick zu, sah dann an ihm vorbei zu den Pferden. Beim Anblick der edlen Tiere leuchtete kurz Begeisterung in ihrem Gesicht auf. „Es dauert nur eine Minute."

„Nein, lassen Sie sich ruhig Zeit." Graziös wie eine Gazelle schwang Ana sich über den Zaun. „Ich wollte sowieso gehen. Kommst du morgen ins Kino, Sebastian?"

„Wer ist dran?"

„Morgana. Sie sagt, sie braucht etwas Brutales, also wird es wohl ein Thriller werden." Ana lächelte Sebastian vielsagend an.

„Wir sehen uns dort." Er beugte sich über den Zaun, um ihr noch einen Kuss zu geben. „Danke für das Wurmkraut."

„Keine Ursache. Und willkommen zu Hause. War nett, Sie zu sehen, Mel."

„Ganz meinerseits." Mel strich sich das Haar aus den Augen und sah Ana nach, wie sie über den Rasen davonging.

„Ja, sie ist hübsch, nicht wahr?", sagte Sebastian neben ihr. „Ihr Inneres ist noch besser als ihr Äußeres."

„Ihr scheint euch ziemlich nahezustehen, für Cousins, meine ich."

Er grinste. „Allerdings. Ana, Morgana und ich haben unsere Kindheit zusammen verbracht. Hier und drüben in Irland. Wenn man etwas gemeinsam hat, etwas, das einen von dem so genannten Normalen unterscheidet, hält man nur noch mehr zusammen."

Mel hob eine Augenbraue. „Ist sie etwa auch übersinnlich veranlagt?"

„Nicht unbedingt. Anas Gabe ist anders geartet." Jetzt strich er ihr das Haar aus der Stirn. „Aber du bist sicher nicht hier, um über meine Familie zu plaudern, oder?"

„Nein." Sie wich zurück, nur ein wenig, um aus seiner Reichweite zu kommen, und dachte über den am wenigsten erniedrigenden Weg nach, wie sie ihm danken könnte. „Ich habe das Kennzeichen überprüft. Ich hatte bereits selbst die Hälfte herausgefunden, als ich deine Nachricht bekam."

„So?"

„Ich habe einen Zeugen aufgetrieben." Niemals würde sie zugeben, wie schwer es gewesen war, die vier kleinen Buchstaben zu erfahren. „Ich habe meinen Kontaktmann bei der Zulassungsstelle gebeten, das Nummernschild zu überprüfen."

„Und?"

„Der Wagen ist registriert auf einen gewissen James T. Parkland, wohnhaft in Jamesburg." Mel stellte einen Fuß auf die unterste Zaunlatte und sog tief die Luft ein. Sie mochte den Geruch der Pferde, allein sie anzusehen beruhigte sie. „Ich bin hingefahren. Er hat sich abgesetzt. Die Vermieterin war sehr mitteilsam, vor allem, da er noch mit zwei Monatsmieten im Rückstand ist."

Die Stute kam herüber und stupste Mel mit der Schnauze an. Mel streichelte die weiche Blesse. „Ich habe mir so einiges über den guten Jimmy anhören müssen. Offensichtlich der Typ, der Schwierigkeiten anzieht. Sieht angeblich ganz gut aus, aber – ich zitiere – immer abgebrannt. Für ein Sechserpack Bier schien er jedoch immer genug zu haben. Die Vermieterin behauptet, er hätte … hätte ihre mütterliche Ader angesprochen, aber ich vermute viel eher, diese Beziehung war alles andere als platonisch. Sonst wäre die Frau nicht so sauer gewesen."

„Immerhin, zwei Monatsmieten."

Mel schüttelte den Kopf. „Nein, das war was Persönliches. Sie hatte diesen verbitterten Unterton in der Stimme, den Frauen haben, wenn sie sitzen gelassen worden sind."

Sebastian vertraute auf Mels Intuition. „Was sie umso gesprächiger gemacht hat, da sie einen mitfühlenden Zuhörer hatte."

„Genau. Er wettete. Meistens Sport, aber ihm war jede Wette recht. Muss sich wohl in den letzten Monaten ziemlich tief reingeritten haben, denn er bekam häufiger Besuch – von Leuten mit gebrochenen Nasen und ausgebeulten Jacketts, da, wo die Pistole sitzt. Der gute Jimmy hat versucht, seine Vermieterin anzupumpen, aber sie hat ihm nichts geliehen. Als sie ihn zum letzen Mal gesehen hat, soll er angeblich sehr nervös gewesen sein. Das war eine Woche vor Davids Entführung."

„Und was jetzt?“

„Nun, es hat wehgetan, aber es war nötig: Ich habe die Geschichte an die dortige Polizei weitergegeben. Je mehr Leute nach Jimmy suchen, desto besser.“

Sebastian streichelte über Psyches Flanke. „Er ist auf dem Weg nach Neuengland.“ Er sah Mel durchdringend an. „Zu nervös, um sich irgendwo lange aufzuhalten.“

„Sieh mal, Donovan ...“

„Als du sein Zimmer durchsucht hast, ist dir da aufgefallen, dass der Knopf der zweiten Schublade von oben an seiner Kommode locker war?“

Ja, sie hatte es bemerkt, aber sie sagte nichts.

„Mel, ich veranstalte hier keine Varieté-Show“, setzte Sebastian gereizt an. „Ich will diesen Jungen finden, und zwar schnell. Rose verliert die Hoffnung. Wenn sie die erst einmal verloren hat, könnte sie etwas äußerst Unüberlegtes tun.“

Angst griff ihr mit eiskalten Fingern an die Kehle. „Was meinst du damit?“

„Du weißt, was ich meine. Nutze allen Einfluss, den du hast. Die Polizei in Vermont und New Hampshire soll nach James suchen. Er fährt jetzt einen roten Toyota, aber mit den gleichen Nummernschildern.“

Sie wollte es als Unsinn abtun, konnte es aber nicht. „Ich werde zu Rose fahren.“

Bevor sie sich vom Zaun wegbewegen konnte, nahm Sebastian ihre Hand. „Ich habe Rose vorhin angerufen. Für eine Weile wird sie in Ordnung sein.“

„Ich sagte doch schon, ich will nicht, dass du sie mit diesem Hokuspokus fütterst.“

„Du arbeitest auf deine Weise, ich auf meine.“ Er drückte ihre Finger. „Sie brauchte etwas. Etwas, das ihr hilft, eine weitere Nacht durchzuhalten, wenn sie an das leere Kinderbett tritt. Das habe ich ihr gegeben. Das, was sie so dringend gebraucht hat.“

Sie spürte etwas, das von ihm ausging. Etwas, das ihrer Traurigkeit und Frustration so ähnlich war. Und gab nach. „Na schön, vielleicht war es genau das Richtige. Aber wenn du recht hast und er tatsächlich in Neuengland ist ...“

„Wirst du ihn nicht zuerst in die Finger bekommen, und das frisst an dir, nicht wahr?"

„Du hast den Nagel auf den Kopf getroffen." Sie zögerte, holte tief Luft und beschloss, alles zu sagen. „Ich habe eine Kontaktperson in Georgia."

„Du hast wirklich weit reichende Beziehungen."

„Ich bin zwanzig Jahre durch die Lande gezogen ... Auf jeden Fall, es gibt da einen Anwalt, der wiederum hat mir einen Privatdetektiv genannt, dem er vertraut. Er wird sich umhören und die Augen offen halten."

„Du akzeptierst also, dass David in Georgia ist?"

„Ich will nur keine Möglichkeit auslassen. Wenn ich sicher wäre, würde ich selbst hinfahren."

„Wenn es so weit ist, werde ich mit dir kommen."

„Natürlich." Eher würde dic Hölle gefrieren. Heute Abend konnte sie nichts mehr tun, aber sie hatte einen guten Anfang gemacht. Und das war mehr, musste sie vor sich selbst zugeben, als sie geschafft hatte, ehe Sebastian dazugestoßen war. „Diese Geschichte mit dem Gedankenlesen, ist das so was Ähnliches wie das, was sie an der Universität von Columbia untersuchen?"

Unwillkürlich grinste er. Sie musste immer nach einer logischen Erklärung suchen. „Nein, nicht ganz. Du beziehst dich auf den so genannten sechsten Sinn, den die meisten Leute haben und normalerweise ignorieren. Ahnungen, plötzliches Begreifen, Déjà-vu. Ich bin sowohl weniger als auch viel mehr."

Sie wollte etwas Deutlicheres, etwas Handfesteres, aber sie bezweifelte, dass sie etwas Derartiges bekommen würde. „Für mich hört sich das ziemlich seltsam an."

„Meist haben Menschen Angst vor dem, was sie als seltsam ansehen. In früheren Zeiten war die Angst so groß, dass man die, die anders waren, verbrannt, gehängt oder ertränkt hat." Er musterte sie genau, ihre Hand immer noch in seiner. „Aber du hast keine Angst, nicht wahr?"

„Was denn, vor dir?" Sie lachte trocken auf. „Nein, ich habe keine Angst vor dir, Donovan."

„Vielleicht wirst du die noch bekommen, bevor das alles hier vorbei ist", sagte er mehr zu sich selbst. „Aber wie ich immer sage:

Man sollte in der Gegenwart leben, ganz gleich, was man auch über das Morgen wissen mag."

Mel spürte die plötzliche Hitze, die von seiner Hand auf ihre übersprang. Doch sein Gesicht blieb völlig regungslos.

„Du magst Pferde."

Sie zog ihre Hand zurück und spreizte die Finger. „Wie? Oh ja, natürlich. Man muss diese herrlichen Tiere einfach mögen."

„Reitest du?"

Sie rollte unauffällig die Schulter. Die Hitze war verschwunden, aber ihre Hand fühlte sich an, als sei sie damit zu nah an eine offene Flamme geraten. „Ich habe mal auf einem Pferd gesessen. Aber das ist Jahre her."

Sebastian sagte nichts, aber der Hengst hob den Kopf, als hätte er ein Signal gehört, und kam zum Zaun getrabt. Unruhig tänzelte er.

„Der sieht aus, als hätte er ein Problem mit seinem Temperament." Doch noch während sie es sagte, lachte sie und streckte die Hand aus, um das Tier zu streicheln. „Du weißt genau, wie schön du bist, nicht wahr?"

„Er hat so seine Launen", bemerkte Sebastian. „Aber er kann auch sehr sanft sein, wenn er will. Psyche fohlt in ein paar Wochen, also kann man sie nicht reiten. Aber wenn du Lust hast, kannst du es ja mal mit Eros versuchen."

„Später vielleicht." Mel ließ die Hand fallen, bevor die Versuchung zu stark wurde und sie das Angebot auf der Stelle annahm. „Ich sollte jetzt besser gehen."

Er nickte, bevor er wiederum der Versuchung nicht widerstehen würde, sie zum Bleiben zu überreden. „Parkland so schnell aufzufinden war ziemlich gute Arbeit, Sutherland."

Sie war so überrascht über das Kompliment, dass sie sogar ein wenig rot wurde. „Routine. Wenn ich David finde, das wird dann gute Arbeit sein."

„Wie steht's mit Kino?"

Mel blinzelte. „Wie bitte?"

„Ich sagte, wie steht's mit Kino?" Er rückte näher an sie heran, nur ein winziges bisschen. Mel hätte nicht sagen können, warum es so bedrohlich wirkte – oder so aufregend. „Morgen Abend", fuhr er fort. „Meine Cousinen und ich gehen ins Kino. Ich dachte mir, du würdest meine Familie vielleicht interessant finden."

„Ich gehe nicht oft aus."

„Es würde sich aber lohnen." Er sprang so geschmeidig über den Zaun wie Ana vor ihm, aber dieses Mal musste Mel nicht an eine Gazelle denken, sondern an einen Wolf. Nun, da der Zaun nicht mehr zwischen ihnen war, wuchsen die Bedrohung und die Aufregung nur noch. „Zwei Stunden abschalten und entspannen, um wieder einen klaren Kopf zu bekommen. Danach, so glaube ich, werden du und ich irgendwohin gehen müssen."

„Wenn du weiterhin in Rätseln sprichst, werden wir nicht weit kommen."

„Vertrau mir einfach." Er legte seine Hand an ihre Wange, und es war ihr nicht möglich, diese sanften Finger fortzuschieben. „Ein Abend mit den Donovans wird uns beiden guttun."

Noch bevor sie sprach, wusste sie, dass ihre Stimme atemlos klingen würde, und sie verfluchte ihn dafür. „Ich bin mir ziemlich sicher, dass nichts von oder an dir mir guttun könnte."

Er lächelte und dachte, wie schmeichelhaft das Licht der Dämmerung ihre Haut betonte, wie Vorsicht und Argwohn ihre Augen faszinierend machten. „Das ist eine Einladung ins Kino, Mel, kein Antrag. Schon gar kein so unsittlicher wie der von dem einsamen Mann in Roses Wohnhaus heute Morgen."

Beunruhigt trat sie von ihm ab. Es konnte auch einfach nur eine Vermutung gewesen sein, ein Schuss ins Blaue. „Woher weißt du davon?"

„Ich hole dich zur Neun-Uhr-Vorstellung ab. Vielleicht erkläre ich es dir dann." Er hob abwehrend die Hand, bevor sie etwas sagen konnte. „Du hast behauptet, du hättest keine Angst vor mir, Sutherland. Beweise es."

„Aber ich zahle selbst. Das ist kein Date."

„Nein, natürlich nicht."

„Na schön, morgen Abend also." Sie drehte sich um, weil sie sich einbildete, es sei einfacher, nicht in diese amüsierten Augen blicken zu müssen. „Wir sehen uns."

„Ja", murmelte er. „Mit Sicherheit."

Während er ihr nachsah, schwand das Lächeln langsam von seinem Gesicht. Nein, es war kein Date. Etwas so Simples würde es in ihrer Beziehung nicht geben. Ganz gleich, wie wenig ihm die Vorstellung auch gefiel, er wusste, dass sie eine Beziehung haben würden.

Er sah zum Haus hoch, wo die Fenster in der untergehenden Sonne aufblitzten. Dort hinter dem großen Fenster stand das Bett, in dem er schlief, in dem er träumte. Das Bett, das er, noch bevor der Sommer vorbei war, mit Mel teilen würde.

5. *KAPITEL*

Mel hatte den ganzen Tag über genug zu tun. Ein Vermisstenfall konnte zu den Akten gelegt werden, sie musste einige Nachforschungen in einem Versicherungsbetrug bei „Underwriter's" anstellen, und dann war da noch der kleine Junge, der sie damit beauftragt hatte, seinen Hund wiederzufinden.

Sie hatte den Fall des verloren gegangenen Haustiers übernommen und ein Honorar von sage und schreibe zwei Dollar und sieben Cents akzeptiert. Einfach, weil es ihr guttat zu sehen, wie der Junge beruhigt davonging, in dem Wissen, die Angelegenheit in kompetente Hände gegeben zu haben.

Sie aß das, was am Schreibtisch als Abendessen durchging – saure Gurken und Kartoffelchips –, und hängte sich ans Telefon. Sie rief die hiesige Polizei an, die Beamten in Vermont und New Hampshire, ihren Berufskollegen in Georgia.

Jeder suchte nach James T. Parkland und David Merrick. Und niemand konnte den einen oder den anderen finden.

Sie sah auf ihre Armbanduhr und rief im städtischen Hundezwinger an, beschrieb das entlaufene Tier und nannte Namen und Adresse ihres jungen Klienten. Viel zu rastlos, um im Büro zu bleiben, machte sie sich auf die Suche nach dem besten Freund des Menschen.

Drei Stunden später hatte sie Kong, auf den der Name bestens passte, gefunden – im Lagerraum eines kleinen Supermarkts am Fisherman's Wharf.

Mit einem Seil, das der Ladenbesitzer nur zu gern zur Verfügung stellte, zerrte Mel den riesigen Hund schließlich zu ihrem Wagen und auf den Beifahrersitz.

„Du hast Nerven", redete sie mit dem Tier. Weil sie befürchtete, Kong könnte während der Fahrt noch einen Ausbruch versuchen und aus dem Wagenfenster springen, schnallte sie ihn mit dem Sicherheitsgurt an. „Meinst du, ich weiß nicht, dass du nur ausgerissen bist, um dir eine Freundin für heute Nacht zu suchen? Dein Herrchen kommt vor Sorge fast um, und wo treibst du dich herum? Im Wurstlager und stopfst dich voll!"

Ihre Worte brachten ihr einen feuchten Hundekuss ein.

„Weißt du denn nicht, was Treue bedeutet?“, fragte sie, während sie sich in den Verkehr einfädelte. Kong legte den schweren Kopf auf ihre Schulter. „Oh ja, sicher, Typen wie dich kenne ich. Wer gerade da ist, kann auch deine Liebe haben, was? Aber bei mir funktioniert das nicht.“

Trotzdem hob sie die Hand und kraulte Kong hinter dem Ohr.

Sebastian stieg gerade von seinem Motorrad, als Mel mit dem Wagen vor ihrem Büro vorfuhr. Als er das riesige Fellbündel neben ihr im Auto erblickte, begann er zu grinsen.

„Typisch Frau. Das bilde ich mir ein, wir haben eine Verabredung, und sie taucht mit einem anderen auf.“

„Er ist mehr mein Typ.“ Sie wischte sich mit dem Unterarm die Spuren der Hundeküsse von der Wange und suchte nach dem Seilende. „Was machst du überhaupt hier? Ach ja, Kino“, beantwortete sie ihre Frage selbst. „Hatte ich glatt vergessen.“

„Du weißt, wie man einem Mann schmeicheln muss, Sutherland.“ Er ging ein Stück zurück, als sie den Sicherheitsgurt von dem Hund löste. „Nettes Tierchen.“

„Ja, nicht wahr? Komm schon, Kong, der Ausflug ist vorbei.“ Sie zog und zerrte, aber Kong rührte sich keinen Millimeter. Er saß einfach da, hechelnd und grinsend, wie es schien, und verteilte gelbe Hundehaare auf dem Sitz.

Sebastian amüsierte sich bestens. Mit verschränkten Armen lehnte er sich an die Motorhaube. „Schon mal an Hundeschule gedacht?“

„Er gehört nicht mir“, murmelte sie gepresst und zog weiter mit aller Kraft, „sondern einem Klienten. Verflucht, Kong, beweg deinen Hintern endlich aus meinem Auto!“

Als hätte er nur auf den entsprechenden Befehl gewartet, folgte der Hund der Aufforderung und sprang auf Mel, sodass sie mit dem Rücken gegen Sebastian prallte, der sie an der Taille festhielt, bevor sie fallen konnte.

Wütend starrte Mel den Hund an, der jetzt ganz friedlich auf dem Bürgersteig saß und erwartungsvoll zu ihr hochschaute. „Du bist ein richtiger Clown, Kong, weißt du das?“

Als wolle er ihre Aussage bestätigen, wartete der Hund mit seinem Repertoire auf. Er rollte sich auf dem Bürgersteig, machte Männchen und gab Pfötchen.

Mel lachte herzhaft, bevor ihr klar wurde, dass sie immer noch mit dem Rücken an Sebastians Brust gepresst stand. Übrigens einer sehr muskulösen Brust.

Abrupt schob sie seine Hände weg. „Lass mich los."

„Wir sind heute aber gereizt, Sutherland, was?"

Sie warf herausfordernd den Kopf zurück. „Kommt ganz auf den Reiz an." Um ihrem Pulsschlag Zeit zu geben, sich wieder zu beruhigen, wischte sie sich die Hundehaare von der Jeans. „Tu mir den Gefallen und bleib mit diesem Fellbündel hier draußen, ja? Ich muss einen Anruf machen. Es ist mir zwar unbegreiflich, aber da ist ein kleiner Junge, der dieses Untier tatsächlich zurückhaben will."

„Klar, kein Problem." Sebastian hockte sich vor den Hund und kraulte dem Tier beide Ohren.

Nur Minuten später, nachdem Mel wieder aus dem Büro herausgekommen war, kam der Junge auf sie zugelaufen, eine rote Hundeleine hinter sich herziehend.

„Kong! Oh, wow!"

Als Antwort bellte der Hund laut, sprang auf und rannte seinen jungen Herrn um. Glücklich rollten sich die beiden auf dem Bürgersteig.

Einen Arm um Kongs Hals gelegt, strahlte der Junge Mel an. „Mann, das haben Sie echt toll hingekriegt. Wie ein richtiger Privatdetektiv im Film. Danke. Vielen Dank!"

Mel nahm die hingehaltene Hand und schüttelte sie feierlich. „Keine Ursache. Und vielen Dank für das Kompliment."

„Schulde ich Ihnen noch was?"

„Nein, wir sind quitt. Aber du solltest Kong eine Hundemarke besorgen, mit seinem Namen und deiner Adresse. Nur für den Fall, dass er sich noch einmal dazu entschließt, allein loszuziehen."

„Ja, das mache ich." Der Junge hakte die Leine am Halsband ein. „Warte nur, bis wir das Mom erzählen. Komm, Kong, lass uns nach Hause gehen."

Lächelnd sah Sebastian den beiden nach, wie sie davonstürmten, der Hund voran, der den Jungen zog. „Ich wette, du hast ein Vermögen bei diesem Fall eingeheimst."

„He, ich habe zwei Dollar und sieben Cents verdient. Das müsste mehr als genug sein, um eine Tüte Popcorn im Kino zu kaufen."

Er unterbrach ihr Lachen, indem er ihre Lippen mit seinen berührte. Es war eigentlich kein richtiger Kuss, es war … irgendwie wärmer, freundlicher.

„Wofür war das?“, fragte sie.

„Ach, nur so.“ Sebastian stieg auf sein Motorrad und warf ihr einen Helm zu. „Sitz auf, Sutherland. Ich hasse es, den Anfang des Films zu verpassen.“

Alles in allem war es nicht schlecht, um sich zu entspannen. Mel hatte Kinos immer gemocht, schon als Kind. Wenn das Licht im Vorführraum ausging, war es nicht mehr wichtig, ob man die Neue an der Schule war oder nicht. Die Kinosäle im ganzen Land waren alle angenehm vertraut, weil fast immer gleich. Der Geruch von Popcorn und Süßigkeiten, die verklebten Böden, die Menschen, die sich in die Sitzreihen schoben und nach ihrem Platz suchten. Wenn ein Film in El Paso lief, dann vergnügten sich mit dem gleichen Film auch die Leute in Tallahassee.

Während der Zeit, als sie mit ihrer Mutter durchs Land gezogen war, hatte sie sich immer von Kinos angezogen gefühlt. Weil sie in den zwei Stunden nicht daran denken musste, wer sie war und was sie war.

Auch hier spürte sie wieder diese Anonymität. Die Spannung, die auf dem Bildschirm aufgebaut wurde, die Musik, die aus den Lautsprechern drang. Ein Mörder machte die Straßen unsicher, und Mel, wie auch die anderen Zuschauer, konnte sich entspannt zurücklehnen und dem ewigen Kampf des Guten gegen das Böse zusehen.

Sie saß zwischen Sebastian und seiner Cousine Morgana. Seiner umwerfend aussehenden Cousine, wie Mel aufgefallen war.

Natürlich hatte sie die Gerüchte gehört, die über Morgana Donovan-Kirkland im Umlauf waren. Angeblich sollte sie eine Hexe sein. Mel hatte das schon immer für lächerlich gehalten, und jetzt, nachdem sie Morgana gesehen hatte, erst recht. Morgana war alles andere als die buckelige Alte, die sich irre kichernd auf einen Besenstiel schwang. Aber wahrscheinlich gab dieses Gerücht dem Umsatz ihres Ladens erheblichen Auftrieb.

An Morganas anderer Seite saß ihr Mann Nash. Mel wusste, dass er ein erfolgreicher Drehbuchautor war, der sich auf Horrorfilme spezialisiert hatte. Auch Mel hatte schon in seinen Filmen gesessen und den einen oder anderen erschreckten Aufschrei unterdrückt – und dann über sich selbst lachen müssen.

Nash Kirkland war so gar nicht der Hollywood-Typ. Im Gegenteil, er schien offen, herzlich, völlig natürlich – und wahnsinnig verliebt in seine Frau. Mel war sogar ein bisschen neidisch auf die tiefe Vertrautheit, die die beiden so offensichtlich verband.

An Sebastians anderer Seite saß Anastasia. Mel fragte sich, warum eine so hübsche und liebenswerte Frau ohne männliche Begleitung war. Aber dann ermahnte sie sich, dass das ein chauvinistisches, dummes Vorurteil war. Nicht jede Frau – einschließlich sie selbst – fand es nötig, sich überall am Arm eines Mannes sehen zu lassen.

Mel griff in die Popcorntüte und setzte sich bequemer hin, um den Film zu genießen.

„Isst du das alles allein?"

„Hm?" Geistesabwesend drehte sie den Kopf – und fand sich nur wenige Millimeter von Sebastians Gesicht entfernt. „Wie bitte?"

„Teilst du oder nicht?"

Sie starrte ihn einen Moment lang an. Seltsam, aber seine Augen schienen im Dunkeln zu leuchten. Als er mit dem Finger an die Popcorntüte auf ihrem Schoß tippte, blinzelte sie.

„Oh. Ja, sicher. Bedien dich nur."

Was er auch sofort tat. Und er genoss ihre Reaktion auf ihn genau so sehr wie das Popcorn, das er aus ihrer Tüte genommen hatte.

Sie roch so … so frisch. Es gefiel ihm, hier im Kino mit seinen Gerüchen zu sitzen und ihren Duft wahrzunehmen. Wenn er es sich erlaubte, konnte er ihren Herzschlag hören, stark und regelmäßig – dann ein wenig schneller, als die Handlung auf der Leinwand spannender wurde.

Wie würde ihr Puls gehen, wenn er sie jetzt berührte? Wenn er sich drehen und diesen weichen, ungeschminkten Mund ohne Vorwarnung in Besitz nehmen würde?

Er glaubte es zu wissen. Er glaubte auch, abwarten zu können.

Allerdings konnte er nicht widerstehen. Leicht, nur ganz oberflächlich, sah er in ihren Gedanken nach …

Närrin! Wenn ich weiß, dass jemand hinter mir her ist, gehe ich doch nicht allein im Dunklen durch den Park! Warum sind Frauen in Filmen eigentlich immer blöd oder hilflos? Und da rennt sie auch schon … Klar, es macht unheimlich Sinn, sich im Gestrüpp zu verstecken. Damit der Mörder ihr dann in aller Ruhe die Kehle durchschneiden kann. Wetten, sie stolpert gleich? Da, ich wusste es doch!

Sie stopfte sich eine Hand voll Popcorn in den Mund, und Sebastian hörte ihren Wunsch, sie hätten mehr Salz darüber gestreut.

Ihre Gedanken begannen zu stottern und stolpern. Was sie jetzt dachte, konnte er auf ihrem Gesicht ablesen.

Sie hatte es gespürt. Sie war verwirrt, wusste nicht, was es war, aber sie hatte das Eindringen gefühlt und blockte es instinktiv ab.

Die Tatsache, dass sie es schaffte, verblüffte ihn. Es geschah äußerst selten, dass jemand, der nicht zur Familie gehörte, sein Sehen überhaupt bemerkte.

Da gibt es also eine Macht, sinnierte er. Ungebraucht und mit Sicherheit ignoriert. Vielleicht sollte er ein wenig tiefer dringen, nur um …

Anastasia lehnte sich in ihrem Sitz zu ihm herüber. „Sei nicht taktlos, Sebastian", flüsterte sie.

Unwillig entspannte er sich wieder und konzentrierte sich auf das Geschehen im Film. Er griff in Mels Popcorntüte und berührte dabei unabsichtlich ihre Finger. Sie zuckte zusammen. Und er grinste in sich hinein.

„Pizza!", verkündete Morgana laut, als sie aus dem Kino traten.

Nash strich ihr zärtlich über das Haar. „Sagtest du nicht, du hättest Lust auf Mexikanisch?"

Sie zeigte lachend auf ihren gewölbten Bauch. „Wir haben es uns anders überlegt."

„Also dann, Pizza", stimmte Ana zu und lächelte Mel aufmunternd an. „Wie wär's damit?"

Mel fühlte sich im Kreis dieser herzlichen Leute wohl. „Hört sich wunderbar …"

„Wir können leider nicht mitkommen", unterbrach Sebastian und legte Mel eine Hand auf die Schulter.

Morgana sah ihn erstaunt an. „Liebster Cousin, seit wann schlägst du Essen aus?" Sie warf Mel einen belustigten Blick zu.

„Sie müssen wissen, Cousin Sebastian ist für seinen gesunden Appetit bekannt. Sie wären verblüfft."

„Mel denkt viel zu pragmatisch, um verblüfft zu sein", hielt Sebastian eingeschnappt dagegen. „Alles, was andere verwirrt, tut sie einfach ab."

„Er will Sie nur provozieren." Ana stieß ihm den Ellbogen in die Rippen. „Wir haben dich in letzter Zeit kaum gesehen. Kannst du uns nicht einmal eine Stunde deiner Zeit gewähren?"

„Heute Abend nicht."

„Nun, ich kann schon …", setzte Mel an.

„Ich bringe die Lady dann nach Hause." Nash zwinkerte Mel zu. „Ich habe überhaupt keine Probleme damit, mit drei schönen Frauen allein auszugehen."

„Ach Darling, du bist ein so großmütiger Mann." Morgana tätschelte Nashs Wange. „Aber ich glaube, Sebastian hat andere Pläne mit seiner Freundin."

„Ich bin nicht seine …"

„Genau." Sebastians Griff an Mels Schulter wurde fester. „Das nächste Mal." Er küsste beide Cousinen zum Abschied auf die Wange und zog Mel hinter sich her zu seinem Motorrad.

„Donovan, wir waren uns einig, dass es kein Date ist. Vielleicht würde ich gern mit den dreien mitgehen. Ich habe nämlich Hunger."

Er nahm ihren Helm und setzte ihn ihr auf den Kopf. „Ich werde dich schon füttern."

„Ich bin kein Pferd", murmelte sie empört und schloss den Helm unter dem Kinn. „Ich kann selbst für mein Essen sorgen." Missmutig sah sie dem Trio nach, während sie hinter Sebastian aufs Motorrad stieg. Es kam selten vor, dass sie mit einer Gruppe ausging, vor allem mit einer Gruppe, in der sie sich so wohl gefühlt hatte. Aber anstatt über Sebastian verärgert zu sein, dass er den Abend so früh beendet hatte, sollte sie ihm lieber danken, dass er sie überhaupt mitgenommen hatte.

„Schmoll nicht."

„Ich schmolle nie."

Mel hielt sich an Sebastian fest, als er losfuhr. Ihr gefiel das Gefühl des Windes auf ihrem Gesicht, das Gefühl der Freiheit. Vielleicht, wenn ihre finanziellen Möglichkeiten es ihr in Zukunft erlauben sollten, würde sie sich auch ein Motorrad zulegen. Sicher, es wäre vernünftiger, erst den Wagen in Stand setzen zu lassen. Außerdem waren im Bad ein paar Reparaturen angesagt, und sie könnte auch neue Geräte für ihre Ausrüstung gebrauchen. Jeder wusste, wie teuer diese Hightech-Sachen waren.

Aber vielleicht in einem Jahr. Im Moment schrieb sie jeden Monat schwarze Zahlen. Und da sie den Einbrecherring hatte auffliegen lassen, war ihr eine ansehnliche Prämie von „Underwriter's" sicher.

Außer dem Wind auf ihrer Haut gefiel ihr noch etwas – obwohl sie alles andere als stolz auf sich war: die Art, wie ihr Körper so perfekt zu Sebastians passte, während das Motorrad unter ihnen satt dröhnte. Sie betrachtete Sebastian verstohlen von hinten.

Er hatte einen sehr ... interessanten Körper. Es wäre schwierig, das nicht zu bemerken, da sie so eng aneinandergeschmiegt saßen. Sie konnte seine Rückenmuskeln unter der weichen Lederjacke spüren. Seine Schultern waren eigentlich ziemlich breit – oder vielleicht schien es auch nur so, weil er so schmale Hüften hatte.

Sein Bizeps war auch nicht zu verachten, obwohl Mel auf solche Dinge keinen allzu großen Wert legte. Nein, es überraschte sie einfach nur, dass ein Mann mit seinem Beruf – sozusagen – so gut gebaut war.

Eher wie ein Tennisspieler, nicht wie ein Seher.

Aber andererseits musste er wohl genügend Zeit haben, um zu trainieren, zu reiten, welchen Sport auch immer er betrieb. Zwischen den Visionen.

Sie fragte sich, wie es wohl sein mochte, ein eigenes Pferd zu haben.

Erst als er auf die Autobahn auffuhr, wurde ihr bewusst, dass sie die ganze Zeit Tagträumen nachgehangen hatte.

„He!" Sie klopfte mit den Knöcheln leicht auf seinen Helm. „Wir sind falsch. Mein Haus liegt in der anderen Richtung, ungefähr zehn Meilen hinter uns."

„Ich weiß, wo du wohnst."

Sie schnaubte empört und sprach lauter, um das Dröhnen des Motorrads zu übertönen. „Was machen wir dann hier?"

„Es ist doch ein schöner Abend für eine kleine Spritztour."

Mochte ja sein, aber niemand hatte sie um ihr Einverständnis gebeten. „Ich will aber nicht ziellos durch die Gegend fahren."

„Dahin willst du auf jeden Fall fahren."

„So? Und wohin fahren wir?"

Sebastian überholte eine Limousine und drehte den Gasgriff auf. „Nach Utah."

Es dauerte gut zehn Meilen, bevor Mel den Mund wieder geschlossen hatte.

Um drei Uhr morgens, im grellen Licht eines Tankshops, hatte Mel das Gefühl, ihr Hinterteil würde nicht mehr zu ihrem Körper gehören.

Aber ihr Geist war keineswegs betäubt. Nach Stunden auf dem Motorrad mochte sie vielleicht müde und mürrisch sein, aber ihr Verstand arbeitete auf Hochtouren.

Und zwar an dem Plan, das perfekte Verbrechen zu begehen und Sebastian Donovan zu ermorden.

Zu schade aber auch, dass sie ihre Waffe nicht mitgebracht hatte. Dann könnte sie ihn jetzt einfach erschießen. Sauber und schnell. Irgendwo an den einsamen Straßen, über die sie gefahren waren, würde sie seinen leblosen Körper in den Graben werfen. Es würde Wochen dauern, bevor man ihn fand. Vielleicht sogar Jahre.

Mel streckte sich und lief über den Parkplatz, um die Beine zu lockern. Ein Lkw ratterte vorbei, benutzte die Umgehungsstraßen, um die Wiegestationen zu vermeiden. Ansonsten war es stockduster und absolut still.

Oh, er ist ja so gerissen, dachte sie und kickte wütend gegen eine leere Cola-Dose. Zum ersten Mal hatte Sebastian angehalten, da waren sie schon hinter Fresno gewesen. Nicht unbedingt die Strecke, die man zu Fuß nach Monterey zurücklegen konnte.

Sie war abgestiegen, hatte ihm einen kräftigen Fausthieb auf den Arm versetzt und eine Reihe Flüche losgelassen, dass ihm eigentlich die Ohren hätten abfallen müssen. Aber er hatte nur dagestanden, bis ihre erste Wut verraucht war, und dann hatte er ihr erklärt, dass er der Spur von James T. Parkland folgte.

Er müsse sich das Motel ansehen, in dem David der ersten Frau übergeben worden war.

Als ob es hier ein Motel geben würde! Sie trat nochmals kräftig gegen die unschuldige Dose. Erwartete er wirklich, sie würde ihm das abnehmen? Ein Motel mit einem Gipsdinosaurier auf dem Parkplatz?

Aber genau das tat er.

Hier saß sie also nun, müde, hungrig und taub von der Hüfte abwärts, irgendwo auf einer Nebenstraße, mit einem verrückten Typen, der sich für übersinnlich hielt. Zweihundertfünfzig Meilen weit weg von zu Hause und mit genau elf Dollar und sechsundachtzig Cents in der Tasche.

„Sutherland."

Mel wirbelte herum und fing reflexartig den Schokoriegel auf, den er ihr zuwarf. Bevor sie Sebastian verfluchen konnte, folgte eine Dose Limo.

„Sieh mal, Donovan ..." Sie riss das Papier des Riegels auf und ging zu ihm herüber, als er die Maschine voll tankte. „Ich habe ein Geschäft zu führen, ich habe Kunden. Ich kann nicht die halbe Nacht herumfahren, weil du Hirngespinsten nachjagst."

„Hast du schon mal gezeltet?"

„Was? Nein."

„Ich habe mal oben in der Sierra Nevada gecampt. Gar nicht weit von hier. Sehr friedlich."

„Wenn du dieses Motorrad nicht sofort herumdrehst und mich zurückbringst, kannst du bis in alle Ewigkeit friedlich sein. Und zwar ab sofort."

Er wandte ihr sein Gesicht zu, und ihr fiel auf, dass er überhaupt nicht müde aussah. Anstatt dass Spuren der vierstündigen anstrengenden Fahrt an ihm zu bemerken gewesen wären, sah er aus, als hätte er gerade eine Woche Aufenthalt in einem luxuriösen Kurort hinter sich, ruhig, gelassen, völlig entspannt.

Und das wiederum versetzte Mels Puls in Aufruhr. Es ärgerte sie maßlos. „Du bist völlig verrückt. Du gehörst eingewiesen. Wir können doch nicht einfach so nach Utah fahren. Weißt du eigentlich, wie weit es bis nach Utah ist?"

Da es kälter geworden war, zog Sebastian seine Jacke aus und gab sie Mel. „Bis zu dem Ort, wohin wir wollen? Von Monterey ungefähr fünfhundert Meilen." Er hängte den Tankstutzen wieder in die Säule. „Sieh's doch mal positiv, Sutherland. Wir haben mehr als die Hälfte hinter uns."

Sie gab auf. „Irgendwo hier muss es eine Busstation geben", murmelte sie in sich hinein, zog die Jacke an und stapfte auf den hell erleuchteten Shop zu.

„Hier hat er mit David angehalten." Sebastian hatte leise gesprochen, aber sie erstarrte mitten im nächsten Schritt. „Er ist nicht so schnell vorangekommen wie wir. Zu viel Verkehr, zu nervös, immer in den Rückspiegel blickend, ob die Cops ihm nicht auf den Fersen sind. Die Übergabe war für acht Uhr geplant."

„Blödsinn!" Aber ihre Kehle war trotzdem zugeschnürt.

„Der Mann von der Nachtschicht hat ihn auf der Zeichnung wiedererkannt. Jimmy ist ihm aufgefallen, weil er ganz hinten auf dem Parkplatz parkte, obwohl es direkt vor dem Laden genügend Plätze gab. Und er war nervös. Deshalb hat der Nachtschichtmann ihn im Auge behalten, weil er vermutete, Jimmy könnte vielleicht etwas mitgehen lassen. Aber er hat bezahlt."

Mel streckte die Hand aus. „Gib mir die Zeichnung."

Ohne den Blick von ihr zu wenden, griff Sebastian in die innere Tasche seiner Jacke, um das zusammengefaltete Blatt herauszuziehen. Dabei berührten seine Finger leicht ihre Brust, verhielten dort einen Herzschlag lang.

Sie wusste, sie atmete viel zu schnell. Sie wusste, dass dieser kurze, unbeabsichtigte Kontakt mehr in ihr ausgelöst hatte, als er sollte. Um sich abzureagieren, riss sie ihm das Blatt aus der Hand und marschierte auf den Laden zu.

Während sie auf dem Weg war, sich diese Geschichte bestätigen zu lassen, schraubte er in aller Ruhe den Tankverschluss zu.

Es dauerte keine fünf Minuten. Als Mel zurückkam, war sie bleich wie ein Laken, nur ihre Augen funkelten übergroß in der Dunkelheit.

Ihre Hand war ruhig, als sie die Zeichnung in die Tasche zurücksteckte. Sie wollte nicht nachdenken. Noch nicht. Manchmal war es besser zu handeln als zu denken.

„Also gut, fahren wir weiter."

Im Süden Utahs, nicht weit von der Grenze zu Arizona – und nahe genug an Las Vegas, um ein Monatsgehalt aufs Spiel zu setzen –, tauchten Häuser auf. Die kleine Stadt, wenn man die Ansammlung von Geschäften und Läden denn so nennen wollte, konnte mit einer Tankstelle, einem winzigen Café, das Maistortillas als Spezialität anbot, und einem Motel aufweisen, auf dessen Parkplatz ein Brontosaurus aus Gips stand.

„Du meine Güte", entfuhr es Mel, kaum dass sie den erbarmungswürdig verwitterten Saurier sah. „Das ist unmöglich." Als sie vom Motorrad stieg, zitterten ihre Beine nicht nur wegen der langen Reise.

„Lass uns herausfinden, ob schon jemand wach ist." Sebastian nahm ihren Arm und zog sie zum Eingang.

„Du hast es gesehen, nicht wahr?"

„Scheint so, oder?" Als sie schwankte, fasste er sie stützend mit einem Arm um die Taille. Seltsam, dass sie plötzlich so verletzlich wirkte. „Wir besorgen dir ein Bett, wenn wir schon hier sind."

„Nein, mir geht es gut." Den Schock würde sie sich für später aufbewahren. Im Moment war es besser, wenn sie sich bewegte. Zusammen gingen sie durch die Halle mit dem großen Deckenventilator und zur Rezeption.

Sebastian schlug auf die Tischklingel. Augenblicke später hörten sie schlurfende Schritte, dann wurde ein verwaschener Vorhang hinter dem Tresen beiseitegeschoben. Ein Mann in weißem T-Shirt und weiten Jeans erschien. Seine Augen waren noch vom Schlaf verquollen, er war unrasiert. Gähnend wandte er sich Mel und Sebastian zu.

„Kann ich Ihnen helfen?"

„Ja." Sebastian zückte seine Brieftasche. „Wir brauchen ein Zimmer. Nr. 15." Er legte ein paar Dollarnoten auf den Tisch.

„Ist gerade frei." Der Motelangestellte griff nach dem Schlüssel am Schlüsselbrett. „Achtundzwanzig pro Nacht. Im Café nebenan gibt's Frühstück, vierundzwanzig Stunden lang. Wenn Sie sich hier eintragen wollen ..."

Nachdem er unterschrieben hatte, legte Sebastian eine weitere Zwanzig-Dollar-Note auf den Tisch und Davids Foto obenauf. „Haben Sie diesen Jungen gesehen? Es müsste jetzt etwa drei Monate her sein."

Der Angestellte sah nur den Geldschein, Davids Bild hätte genauso gut aus Glas sein können. „Ich kann mich nicht an jeden erinnern, der hier durchkommt."

„Er war bei einer Frau, Anfang dreißig, attraktive Rothaarige. Fuhr einen Chevy."

„Vielleicht sind sie hier gewesen, aber ich kümmere mich nicht um anderer Leute Angelegenheiten."

Mel schob Sebastian zur Seite. „Sie sehen mir wie ein recht vernünftiger Mann aus. Ich kann mir nicht vorstellen, dass Ihnen eine gut aussehende Lady mit einem süßen Baby nicht auffällt. Vielleicht haben Sie ihr einen Tipp gegeben, wo sie Windeln kaufen kann oder frische Milch."

Der Mann kratzte sich am Kopf. „Wie ich schon sagte, mit den Problemen anderer habe ich nichts zu tun."

„Vielleicht werden Sie bald selbst Probleme bekommen." Mels Stimme war autoritärer geworden, nicht viel, aber genug, um den Mann argwöhnisch aufblicken zu lassen. „Sehen Sie, guter Mann, Agent Donovan hier ... ich meine, Mr. Donovan ..." Mels kleiner Trick zeigte Wirkung. Die Augen des Mannes wurden groß. „Als Mr. Donovan Sie nach dem kleinen Jungen fragte, sah es ganz so aus, als würden Sie sich erinnern."

Der Angestellte leckte sich nervös über die Lippen. „Sind Sie Cops? Vom FBI oder so was?"

Mel lächelte nur. „‚So was' trifft es ziemlich genau."

„Ich lege Wert darauf, dass das hier ein ruhiges und anständiges Motel ist."

„Das sieht man. Deshalb können Sie sich auch daran erinnern, ob dic Frau mit dem Kind hier übernachtet hat."

„Sie ist nur eine Nacht geblieben. Hat im Voraus bezahlt, den Kleinen ruhig gehalten und ist direkt am nächsten Morgen weitergefahren."

Mel riss sich zusammen, um nicht durch die aufkeimende Hoffnung zu eifrig zu klingen. „Wir brauchen einen Namen."

„Wie soll ich mich denn an jeden Namen erinnern können!"

„Sie haben doch Gästelisten." Mel schob den Zwanziger mit dem Zeigefinger zu ihm hin. „Und Aufzeichnungen von jedem einzelnen Anruf, der von den Zimmern aus getätigt wird. Warum suchen Sie das nicht für uns heraus? Mein Partner hat sicher noch einen kleinen Bonus für Ihre Mühe."

Der Mann fluchte leise vor sich hin, während er einen Karton unter dem Tresen hervorholte. „Hier. Das sind die Anrufe. Das Gästebuch können Sie selbst durchsehen."

Mel drehte das Gästebuch zu sich, dann legte sie die Hände hinter den Rücken und machte Platz für Sebastian. Sie war so weit zuzugeben, dass Sebastian schneller finden würde, wonach sie suchten.

Er sah den Namen auch sofort. „Susan White? Hat sie einen Ausweis vorgelegt?"

„Hat bar bezahlt", kam die gemurmelte Antwort. „Herrgott, was hätte ich denn tun sollen? Sie filzen? Hat einen Anruf gemacht. Ferngespräch. Ist über die Anmeldung gekommen."

Mel zückte ihren Notizblock. „Datum und Uhrzeit?", wollte sie wissen und schrieb es sich auf. „Jetzt hören Sie mal gut zu, mein Freund, denn hier geht es um die Bonusfrage. Würden Sie unter Eid bezeugen, dass dieses Kind – ja, sehen Sie sich das Foto ruhig noch einmal an – im Mai in diesem Motel war?"

Der Angestellte zappelte unruhig. „Wenn ich müsste, würde ich. Aber ich will nichts mit dem Gericht zu tun haben. Ja, sie hat ihn hergebracht. Ich erinnere mich daran, weil er dieses Grübchen hatte und dieses rötliche Haar."

„Gut." Oh nein, sie würde nicht weinen, nein, das nicht. Aber sie ging hinaus, sie brauchte frische Luft, während Sebastian noch einen Zwanziger über den Tresen schob und Davids Foto wieder an sich nahm.

„Alles in Ordnung?", fragte er, als er zu ihr trat.

„Ja, sicher, alles bestens."

„Ich muss das Zimmer sehen, Mel."

„Ja, klar."

„Du kannst so lange draußen warten."

„Nein. Ich komme mit."

Mel sagte kein Wort, als sie nebeneinander über den schmalen Weg gingen. Auch nicht, als Sebastian die Tür aufschloss und sie das muffige Zimmer betraten. Sie setzte sich auf das Bett und versuchte einen klaren Kopf zu bekommen, während Sebastian seinen benutzte, um das zu tun, was er am besten konnte.

Er konnte das Baby sehen, schlafend, auf einer Decke auf dem Boden. Dann und wann wimmerte es leise auf, wenn die unruhigen

Träume zu beängstigend wurden.

Die Frau hatte das Licht im Bad angelassen, um das Baby beobachten zu können. Sie hatte ihren Anruf getätigt und ferngesehen.

Aber ihr Name war nicht Susan White. Über die Jahre hatte sie so viele Namen benutzt, dass es schwierig für Sebastian war, ihren wahren Namen zu erkennen. Erst glaubte er „Linda", doch dann schüttelte er leicht den Kopf.

Und nur ein paar Wochen vorher hatte sie ein anderes Baby transportiert.

Das würde er Mel sagen müssen. Sobald sie sich ein wenig ausgeruht hatte.

Er setzte sich neben sie aufs Bett und legte ihr eine Hand auf die Schulter. Sie starrte nur weiter vor sich hin.

„Ich will jetzt nicht wissen, wie du das gemacht hast. Später vielleicht, aber nicht jetzt, einverstanden?"

„Einverstanden."

„Sie war mit ihm hier in diesem Raum."

„Ja."

„Und er ist nicht verletzt?"

„Nein."

Mel fuhr sich mit der Zunge über die Lippen. „Wohin hat sie ihn gebracht?"

„Nach Texas, aber sie weiß nicht, wohin er von dort aus gebracht wurde. Sie war nur für einen bestimmten Abschnitt des Plans verantwortlich."

Mel atmete tief durch. „Nach Georgia, oder? Du bist sicher, dass er nach Georgia gebracht wurde."

„Ja."

Sie ballte die Fäuste in ihrem Schoß. „Weißt du, wohin genau?"

Er war müde, viel müder, als er zugeben wollte. Es würde ihn noch mehr erschöpfen, wenn er nachsehen würde. Doch sie brauchte seine Antwort jetzt. Aber nicht hier, nicht in diesem Zimmer. Hier gab es zu viele Schwingungen, die störten.

„Ich muss nach draußen gehen. Lass mich eine Minute allein."

Sie nickte nur. Die Zeit verstrich, und sie war froh, dass auch das Bedürfnis zu weinen verging.

Mel betrachtete Tränen nicht unbedingt als Schwäche. Nur als völlig sinnlos. So waren ihre Augen trocken, als Sebastian zurück in den Raum kam.

Ihr fiel auf, wie blass er aussah. Seltsam, dass ihr die Ringe unter seinen Augen nicht schon vorher aufgefallen waren. Aber sie hatte auch nicht besonders darauf geachtet. Jetzt aber musterte sie ihn zum ersten Mal sehr genau, und sie gab dem Bedürfnis nach, zu ihm zu gehen. Vielleicht lag es daran, dass sie nie eine Familie gehabt hatte, weshalb sie sich mit Zuneigungsbekundungen zurückhielt. Sie war auch nie jemand gewesen, dem Körperkontakt leichtfiel, aber jetzt streckte sie die Arme aus und nahm seine Hände in ihre.

„Du siehst aus, als würdest du das Bett nötiger brauchen als ich. Warum legst du dich nicht für eine Stunde hin? Danach überlegen wir uns, was wir als Nächstes tun."

Er antwortete nicht, drehte nur Mels Hände um und starrte auf ihre Handflächen. Ob sie ahnte, was er dort alles sehen konnte?

„Hinter einer harten Schale verbirgt sich oft ein weicher Kern", sagte er leise und sah ihr in die Augen. „Du hast einen solchen weichen Kern, Mel. Das ist sehr anziehend."

Und dann tat er etwas, das sie sprach- und atemlos machte: Er führte ihre Hände an seine Lippen. Nie zuvor hatte jemand das bei ihr gemacht. Sie empfand diese Geste, die sie bisher als albern abgetan hatte, als höchst sinnlich und anrührend.

„David ist in Forest Park, einem Vorort südlich von Atlanta."

Sie drückte wortlos seine Finger. Wenn sie jemals in ihrem Leben an etwas hatte glauben wollen, dann an das hier.

„Komm, leg dich hin." Ihre Stimme klang brüsk, ihre Hände ließen keinen Widerstand zu, während sie ihn zum Bett führte. „Ich werde das FBI informieren und den nächstliegenden Flughafen anrufen."

6. KAPITEL

Mel schlief wie ein Stein. Sebastian nippte an seinem Weinglas, wippte mit dem Stuhl und betrachtete sie. Sie lag auf dem Sofa in der Kabine seines Privatflugzeugs ausgestreckt. Sie hatte tatsächlich nichts gegen seinen Vorschlag einzuwenden gehabt, seinen Piloten nach Utah zu beordern, damit er sie nach Osten fliegen konnte. Sie hatte nur zerstreut genickt und etwas in ihr allgegenwärtiges Notizbuch gekritzelt.

Sobald sie mit dem Flugzeug an Höhe gewannen, hatte sie sich auf dem Sofa zusammengerollt und war sofort eingeschlafen, wie ein erschöpftes Kind. Ihm war klar, dass Energie, wie jede andere Kraft, neu aufgetankt werden musste, und deshalb ließ er sie in Ruhe.

Sebastian hatte sich eine lange Dusche gegönnt, frische Kleidung, die er im Flugzeug aufbewahrte, angezogen und einen leichten Lunch zu sich genommen. Außerdem hatte er ein paar Telefonate geführt. Jetzt konnte er nur noch warten.

Es war eine bizarre Reise. Die schlafende Frau und er, die jetzt von der Sonne wegflogen, nachdem sie ihr die ganze Nacht nachgejagt waren. Wenn das hier vorbei war, würde es gebrochene und geheilte Herzen geben. Das Schicksal verlangte immer einen Tribut.

Und er hatte einen Kontinent durchquert mit einer Frau, die ihn faszinierte, ihn verärgerte und die ein völliges Rätsel für ihn war.

Sie rührte sich im Schlaf, murmelte etwas Unverständliches, schlug dann die Augen auf. Er beobachtete, wie ihr Blick sich klärte. Sie streckte sich, dann setzte sie sich auf.

„Wie lange noch?“ Ihre Stimme klang rau vom Schlaf, aber er konnte sehen, wie die Energie in sie zurückfloss.

„Keine Stunde mehr.“

„Gut.“ Mit den Fingern versuchte sie ihr Haar zu kämmen, dann schnupperte sie. „Rieche ich da etwa Essen?“

Er lächelte. „In der Bordküche. Im Steuerbord gibt es eine Dusche, wenn du dich etwas frisch machen willst.“

„Danke.“

Sie entschied sich, erst zu duschen. Es war harte Arbeit, nicht beeindruckt zu sein, dass ein Mann nur mit den Fingern zu schnippen brauchte und ihm dann ein eigenes Flugzeug zur Verfügung stand.

Ein Flugzeug, ausgestattet mit dickem Teppich, einer anheimelnden Schlafkabine und einer Küche, die ihre zu Hause wie eine winzige Abstellkammer erscheinen ließ. Offensichtlich lief das Geschäft mit dem Übersinnlichen ziemlich gut.

Ich hätte seinen Hintergrund überprüfen sollen, dachte Mel, als sie, eingewickelt in einen Bademantel, ins Schlafzimmer huschte. Aber sie war so sicher gewesen, dass sie es Rose ausreden könnte, sich an diesen Telepathen zu wenden, dass sie sich gar nicht erst die Mühe gemacht hatte. Und jetzt war sie hier, zehntausend Meter über der Erde, mit einem Mann, von dem sie so gut wie nichts wusste.

Das würde sie ändern, und zwar, sobald sie wieder in Monterey waren. Aber eigentlich bestand dafür keine Notwendigkeit mehr, wenn alles so lief, wie es sollte. David würde zurück bei seinen Eltern sein, und sie müsste Sebastian Donovan nie wiedersehen.

Trotzdem, vielleicht würde sie ihrer Neugier nachgeben …

Mit nachdenklich geschürzten Lippen öffnete sie den Kleiderschrank. Aha, er bevorzugte also Seide, Kaschmir und Leinen. Als sie ein Jeanshemd erspähte, riss sie es vom Bügel. Wenigstens ein praktisches Teil.

Sie zog das Hemd über und wirbelte zur Tür herum. Einen Moment lang hatte sie doch tatsächlich geglaubt, er wäre hier im Raum. Aber das lag sicher nur an seinem Duft, der in den Kleidern und überall im Raum hing.

Was für ein Duft war das eigentlich genau? Sie konnte es nicht ausmachen. Irgendetwas Wildes, Erotisches. Ein Hauch, den man im Wald über dem Meer bei Mondschein erhaschen würde.

Wütend auf sich selbst, zog sie ihre Jeans an. Wenn das so weiterging, würde sie noch anfangen, an Hexen und Zauberer zu glauben.

Mel krempelte die viel zu langen Ärmel bis zu den Ellbogen auf und machte sich auf die Suche nach der Bordküche. Sie nahm sich eine Banane, ignorierte geflissentlich die Schale mit echtem Kaviar und bereitete sich ein Sandwich mit Käse und Schinken zu.

„Gibt es hier auch Senf?“, rief sie über die Schulter und zuckte zusammen, als sie gegen Sebastian rempelte. Er bewegte sich leise wie ein Geist.

Er griff in ein Regal über ihr und reichte ihr das Senfglas. „Möchtest du etwas Wein?“

„Ja, warum nicht." Sie strich Senf auf das Sandwich und wünschte sich verzweifelt, es gäbe mehr Platz in diesem Raum, um sich bewegen zu können. „Ich hab mir ein Hemd ausgeliehen. Ich hoffe, das ist in Ordnung; ich hatte ja nichts anderes."

„Sicher." Er schenkte ein Glas Wein für sie ein und seines nach. „Du hast tief geschlafen."

„Es hilft einem, damit die Zeit schneller vorbeigeht."

Das Flugzeug schlingerte plötzlich, und Sebastian griff nach Mels Arm. „Der Pilot meinte, es wird noch ein paar Turbulenzen geben." Versuchsweise rieb er mit dem Daumen über die Innenseite ihres Ellbogens. Der Puls schlug schnell und stark. „Wir werden bald mit dem Landeanflug beginnen."

„Dann sollten wir uns wohl besser setzen und anschnallen."

„Ich nehme dein Glas."

Mit einem erleichterten Seufzer griff sie den Sandwichteller und folgte ihm. Als sie herzhaft in das Brot biss, sah sie, wie er sie anlächelte. „Stimmt was nicht?"

„Ich dachte nur gerade daran, dass ich dir wohl ein richtiges Essen schulde."

„Du schuldest mir gar nichts." Sie nippte an dem Wein, und da er so anders war, köstlicher als alles, was sie bisher kannte, nahm sie noch einen Schluck. „Ich zahle lieber selbst."

„Das ist mir schon aufgefallen."

Mel neigte den Kopf. „Manche Männer finden das einschüchternd."

„Wirklich?" Ein Lächeln umspielte seine Lippen. „Nun, ich gehöre nicht dazu. Wenn wir alles erledigt haben, vielleicht lässt du dich dann von mir zum Essen einladen. Als kleine Feier für gute Arbeit."

„Vielleicht", stimmte sie mit vollem Mund zu. „Wir können eine Münze werfen, wer die Rechnung übernimmt."

„Du bist wirklich äußerst charmant." Er lächelte vergnügt in sich hinein und streckte die langen Beine aus. „Warum eine Detektei?"

„Hm?"

„Meinst du nicht auch, es ist an der Zeit, dass ich erfahre, warum du dich für diesen Beruf entschieden hast?"

„Mir macht es Spaß, Dinge auszutüfteln." Sie stand auf, um den Teller in die Küche zurückzutragen, aber Sebastian nahm ihn und brachte ihn selbst zurück.

„So simpel ist das?"

„Ich glaube an den Sinn von Regeln." Die Sitze waren so groß und bequem, dass sie die Beine unterschlagen konnte. Doch, sie fühlte sich wohl. Erfrischt vom Schlaf und von der Hoffnung, die bis jetzt noch nicht verblasst war. Und von Sebastians Gesellschaft. Erstaunlicherweise.

„Wenn also jemand die Regeln bricht, dann sollte man ihn dafür auch zur Rechenschaft ziehen." Sie spürte die leichte Neigung. Das Flugzeug setzte zur Landung in Atlanta an. „Ich liebe es, Dinge ausfindig zu machen. Allein. Deshalb war ich auch nur ein halbwegs guter Cop, während ich eine verdammt gute Privatdetektivin bin."

„Du spielst also nicht gerne im Team."

„Nein." Sie legte den Kopf schief. „Und du?"

„Nein." Er lächelte in seinen Wein. „Wahrscheinlich nicht." Dann hob er abrupt den Kopf und schaute sie so durchdringend an, dass sie glaubte, er würde in sie hineinsehen. „Aber Regeln ändern sich oft, Mel. Falsch und Richtig überlappen sich, die Grenze verschwimmt. Wie entscheidest du das?"

„Mit dem Wissen, welche Dinge sich nicht ändern sollten, welche Grenzen nicht überschritten werden dürfen. Man fühlt es einfach."

„Ja ..." Die Kraft war wieder eingedämmt, und Sebastian nickte. „Man fühlt es."

„Dazu braucht man keine übersinnlichen Kräfte." Sie ahnte, in welche Richtung er sie lenken wollte, aber sie war nicht bereit, ihm so viel Spielraum zu gewähren. „Ich halte nichts von Visionen oder Eingebungen oder wie immer du das nennen willst."

Er hob sein Glas und prostete ihr zu. „Aber du bist doch hier, oder?"

Sie hielt seinem herausfordernden Blick stand. „Ja, ich bin hier, Donovan. Weil ich nicht riskieren will, auch nur den kleinsten Hinweis auszulassen, ganz gleich wie dünn oder wie bizarr."

Sebastian lächelte immer noch. „Und?"

„Und weil ich bereit bin, in Betracht zu ziehen, dass du vielleicht wirklich etwas gesehen oder gefühlt haben könntest. Oder dass du einfach nur eine ausgeprägte Intuition hast. Ich selbst vertraue viel auf Intuition."

„Ich auch, Mel." Das Flugzeug setzte auf die Landebahn auf. „Ich auch."

Es war nie leicht, die Zügel in andere Hände zu übergeben. Es machte Mel nichts aus, mit den zuständigen Behörden oder dem FBI zu kooperieren, aber sie tat das lieber zu ihren eigenen Bedingungen. Nur um Davids willen hielt sie sich während des Gesprächs mit Federal Agent Thomas A. Devereaux zurück.

„Ich habe die Berichte über Sie gelesen, Mr. Donovan. Sie werden nicht nur als vertrauenswürdig bezeichnet, sondern man schreibt Ihnen regelrechte Wundertaten zu."

Mel kam Sebastian in diesem kleinen, unpersönlichen Zimmer wie ein König auf seinem Thron vor, der Hof hielt. Auf Devereauxs Bemerkung nickte er nur knapp.

„Ich habe bei mehreren Untersuchungen mitgewirkt, ja."

„Erst kürzlich in Chicago." Devereaux blätterte in einer Akte. „Ziemlich schlimm, die Sache. Umso schlimmer, dass wir dem nicht früher ein Ende setzen konnten."

„Ja." Mehr konnte Sebastian nicht sagen. Die schrecklichen Bilder verfolgten ihn noch immer.

„Was Sie betrifft, Miss Sutherland ..." Devereaux schob sich die Brille höher auf die Nase. „Die kalifornischen Behörden sind der Ansicht, Sie seien recht kompetent."

„Da kann ich ja endlich ruhig schlafen." Mel ignorierte Sebastians warnenden Blick und lehnte sich vor. „Können wir das Geplänkel jetzt lassen, Agent Devereaux? Ich habe Freunde in Kalifornien, die völlig verzweifelt sind. David Merrick ist nur ein paar Meilen von hier entfernt, und ..."

„Das wird noch herauszufinden sein." Devereaux legte eine Akte beiseite und griff nach einer anderen. „Nach Ihrem Anruf hat man uns alle relevanten Informationen zugefaxt. Einer unserer Agenten hat Ihren Zeugen in dem ... ‚Dunes Motel' in Utah befragt." Die Brille war wieder gerutscht, und wieder schob er sie nach oben. „Der Mann hat David Merrick eindeutig identifiziert. Wir arbeiten daran, die Identität der Frau festzustellen."

„Warum sitzen wir dann noch hier?"

Devereaux sah über den Rand seiner Brille. „Erwarten Sie von uns, dass wir an jede Tür in Forest Park klopfen und fragen, ob sich vielleicht ein gestohlenes Baby im Haus befindet?" Er hob abwehrend den Zeigefinger, bevor Mel etwas sagen konnte. „Im Moment erhalten wir Daten über alle Kinder männlichen Geschlechts im Alter von sechs bis neun Monaten. Adoptionen, Geburtsurkunden, Leute, die in den letzten drei Monaten in die Gegend gezogen sind, mit Kindern. Bis morgen früh haben wir die Möglichkeiten auf ein überschaubares Maß eingeschränkt."

„Morgen früh? Hören Sie, Devereaux, wir haben gerade vierundzwanzig Stunden damit zugebracht herzukommen. Und jetzt sagen Sie uns, wir müssen noch einen Tag warten?"

Devereaux sah Mel direkt in die Augen. „Genau. Lassen Sie mir den Namen Ihres Hotels da, dann werde ich Sie auf dem Laufenden halten."

Mel sprang aus ihrem Stuhl auf. „Ich kenne David, ich kann ihn identifizieren. Wenn ich mich umsehe ..."

„Das ist jetzt ein Fall der Bundespolizei", fiel Devereaux ihr ins Wort. „Wir werden Sie sicher brauchen, um den Jungen zu identifizieren." Devereaux sah zu Sebastian. „Agent Tucker aus Chicago, den ich seit mehr als zwanzig Jahren kenne, hat Sie empfohlen, deshalb mache ich hier mit. Und weil ich einen Enkel in Davids Alter habe."

„Vielen Dank für Ihre Hilfe, Agent Devereaux." Sebastian griff mit festen Fingern Mels Ellbogen, bevor sie die beleidigende Bemerkung, die ihr auf der Zunge lag, aussprechen konnte. „Wir haben im ‚Doubletree' reserviert. Wir warten dort auf Ihren Anruf."

„Ich hätte es sagen sollen", knurrte Mel wenige Augenblicke später, als sie hinaus in die sengende Hitze des Nachmittags traten. „Diese Typen vom FBI behandeln Privatdetektive immer wie räudige Hunde."

„Er wird seinen Job machen."

„Klar." Sie war so verärgert, dass sie gar nicht merkte, wie er ihr die Tür des Mietwagens aufhielt. „Nur weil einer seiner Kumpel aus Chicago einen Narren an dir gefressen hat. Was hast du da eigentlich getan?"

„Nicht genug." Sebastian schlug die Tür zu und stieg auf der Fahrerseite ein. „Du hast wohl keine Lust auf einen gemütlichen Drink in der Hotelbar und ein angenehmes Dinner?"

„Ganz bestimmt nicht." Sie ließ den Verschluss des Sicherheitsgurts einschnappen. „Ich brauche ein Fernglas. Hier muss es doch irgendwo ein Sportgeschäft geben?"

„Ich kann bestimmt eins finden."

„Und eine Kamera mit Teleobjektiv." Sie schob die Ärmel des geliehenen Hemdes hoch. „Ein Fall für die Bundespolizei", äffte sie Agent Devereaux nach. „Nun, es gibt doch kein Gesetz, das mir verbietet, ein wenig durch die Wohngegenden der Vororte zu fahren, oder?"

„Mir ist keines bekannt." Sebastian fädelte sich in den Verkehr ein. „Vielleicht auch ein kleiner Spaziergang. Es gibt nichts Schöneres, als an einem warmen Abend durch die Nachbarschaft zu schlendern."

Sie drehte den Kopf und lächelte ihn strahlend an. „Eigentlich bist du ganz in Ordnung, Donovan."

„Dieses Kompliment wird mir bis an mein Lebensende reichen."

„Kannst du ...?" Mel brach ab und schluckte die Frage hinunter, während sie langsam durch die von Bäumen bestandenen Straßen von Forest Park fuhren.

„Ob ich sagen kann, welches Haus es ist?", beendete Sebastian die Frage für sie. „Oh, irgendwann schon."

„Wie ...?" Auch diese Frage sprach sie nicht aus, sondern hob stattdessen das Fernglas an die Augen.

„Wie es funktioniert, willst du wissen?" Sebastian bog nach links ab. „Das ist ein bisschen kompliziert. Aber vielleicht erkläre ich es dir mal, wenn du dann noch interessiert bist."

Als er an den Bürgersteig fuhr und anhielt, runzelte sie die Stirn. „Was machst du?"

„Sie gehen hier oft abends mit ihm spazieren."

„Wie?"

„Nach dem Abendessen fahren sie ihn mit dem Kinderwagen aus, vor seinem Bad."

Bevor ihr noch klar wurde, was sie da tat, legte Mel die Hand an seine Wange und zog sacht sein Gesicht zu sich herum. Sie blinzelte, verwirrt über die Kraft, die aus seinen Augen sprach. Wie dunkel sie geworden sind, dachte sie, fast schwarz. Als sie endlich wieder sprechen konnte, kam nur ein Flüstern über ihre Lippen.

„Wo ist er?"

„In dem Haus auf der anderen Straßenseite. Das mit den blauen Rollläden und dem großen Baum im Vorgarten." Er packte ihr Handgelenk, bevor sie nach dem Türgriff fassen konnte. „Nicht."

„Wenn er da drinnen ist, werde ich ihn holen. Lass mich gefälligst los!"

„Denk nach, Mel." Weil er verstand, was sie fühlte, lange bevor sie sich dessen bewusst geworden war, drückte er sie mit den Schultern in den Sitz zurück. Keine einfache Aufgabe, dachte er grimmig. Sie mochte rank und schlank sein, aber sie hatte erstaunliche Kraft. „Zur Hölle, hör mir zu! Er ist in Sicherheit. David ist da drinnen in Sicherheit. Du wirst die Dinge nur unnötig verkomplizieren, wenn du jetzt in das Haus stürmst und versuchst, ihn wegzuholen."

Ihre Augen funkelten, als sie sich gegen ihn wehrte. Für ihn sah sie aus wie eine Göttin, aus deren Fingerspitzen gleich Blitze fahren würden. „Sie haben ihn gestohlen."

„Nein. Sie waren es nicht. Sie wissen nicht einmal, dass er gestohlen wurde. Für sie ist er ein Kind, das weggegeben wurde. Das sie an Kindes statt angenommen haben, weil sie sich so sehr ein Kind wünschten."

Wütend schüttelte sie den Kopf. „Aber er ist nun mal nicht ihr Kind."

„Nein." Seine Stimme wurde sanfter, wie auch sein Griff. „Aber seit drei Monaten ist er das für sie. Für sie ist er Eric, und sie lieben ihn sehr. So sehr, dass sie sich überzeugt haben, er wäre ihr eigenes Kind."

Sie atmete aufgeregt. „Wie kannst du von mir verlangen, dass ich ihn da drinnen lassen soll? Dass ich warten soll, nachdem ich ihn endlich gefunden habe?"

„Nur noch ein Weilchen." Er streichelte ihr über die Wange. „Ich schwöre dir, Rose wird ihn schon morgen Abend zurückhaben."

Sie schluckte und nickte. „Lass mich los." Als er es tat, nahm sie mit fahrigen Fingern das Fernglas auf. „Du hattest recht damit, mich aufzuhalten. Es ist wichtig, ganz sicher zu sein."

Mel richtete den Feldstecher auf das große Wohnzimmerfenster. Durch die leichten Vorhänge erkannte sie pastellfarbene Wände. Eine

Kinderschaukel hing in einer Ecke des Raumes, auf dem Sofa lagen Spielzeuge verstreut. Eine Frau in Shorts und Bluse kam ins Bild. Ihr Haar umspielte anmutig ihr Gesicht, als sie den Kopf drehte und jemanden anlachte, der nicht zu sehen war.

Dann streckte die Frau die Arme aus.

„Oh Gott. David."

Als Mel sah, wie ein Mann David in die wartenden Arme der Frau übergab, klammerten sich ihre Finger so fest um das Fernglas, dass die Knöchel weiß hervortraten. Durch die Vorhänge sah sie David lächeln.

„Lass uns ein Stück gehen", sagte Sebastian leise, aber Mel schüttelte den Kopf.

„Ich muss erst Fotos machen." Jetzt zitterten ihre Hände nicht mehr. Mel legte das Glas beiseite und nahm die Kamera mit dem Teleobjektiv auf. „Wenn wir Devereaux nicht dazu bringen können, sich zu bewegen, vielleicht können die Bilder es."

Sie verbrauchte die halbe Filmrolle, wartete, bis die drei Menschen hinter den Vorhängen gut zu erkennen waren. Ihr Herz schmerzte. So heftig, dass sie sich mit dem Handballen über die Brust rieb.

„Jetzt lass uns ein Stück gehen." Sie legte die Kamera auf den Boden. „Sie werden ihn sicher bald hinausbringen."

„Wenn du vorhast, ihn ..."

„Ich bin nicht dumm", unterbrach sie ihn scharf. „Vorhin habe ich nicht richtig nachgedacht, aber jetzt weiß ich, was getan werden muss."

Sie stiegen aus dem Wagen und standen auf dem Bürgersteig.

„Es sieht weniger verdächtig aus, wenn du meine Hand nimmst." Sebastian bot ihr seine Hand an. Sie musterte ihn argwöhnisch, dann zuckte sie die Achseln und überließ ihm ihre Fingerspitzen.

„Kann wohl nichts schaden."

„Du bist ja so romantisch, Sutherland." Er zog ihre Finger an seine Lippen und küsste sie. Das Schimpfwort, mit dem sie ihn bedachte, ließ sein Lächeln nur noch breiter werden. „Mir haben solche Gegenden immer gefallen, ohne dass ich je in ihnen leben wollte. Die gepflegten Vorgärten, die grünen Rasenflächen, der Nachbar, der seine Rosen schneidet." Er deutete mit dem Kopf auf einen Jungen auf seinem Fahrrad. „Spielende Kinder, der Duft von Gegrilltem und Kinderlachen, das in der Luft schwingt."

Auch sie hatte sich immer nach einem solchen Ort gesehnt. Aber da sie es weder vor ihm noch vor sich selbst zugeben wollte, zuckte sie verächtlich die Achseln. „Klatsch, neugierige Nachbarn, die durch die Jalousien spionieren. Kläffende Hunde …"

Als hätte sie ihn herbeigerufen, kam ein Hund an den Zaun gerannt und bellte drohend, um sein Territorium zu verteidigen. Sebastian wandte kaum merklich den Kopf und starrte den Hund an. Winselnd und mit eingezogenem Schwanz drehte das Tier ab.

Mel schürzte beeindruckt die Lippen. „Netter Trick."

„Es ist eine Gabe." Sebastian ließ ihre Hand los und legte den Arm um ihre Schultern. „Entspann dich", murmelte er, „du brauchst dir keine Sorgen um ihn zu machen."

„Mir geht's gut."

„Du bist gespannt wie eine Geigensaite. Hier, lass mich mal." Er massierte sanft ihren Nacken, aber Mel versuchte, seine Hand abzuschütteln.

„Donovan …"

„Schsch … auch das ist eine Gabe." Er tat irgendetwas, selbst als sie sich wand, und in Sekundenschnelle spürte sie, wie ihre verspannten Muskeln sich lockerten.

„Oh", brachte sie gerade noch heraus.

„Besser?" Er hakte sich bei ihr ein. „Wenn ich mehr Zeit hätte … wenn ich dich nackt vor mir hätte, würde ich alle diese Verspannungen wegarbeiten." Er grinste in ihr verblüfftes Gesicht. „Es ist doch nur fair, dich auch mal meine Gedanken wissen zu lassen, oder? Ich denke eigentlich ziemlich oft daran, wie du nackt aussiehst." Mit solch einer Unverblümtheit hatte Mel nicht gerechnet.

„Ich bin nicht so fürs Flirten, Donovan", presste sie atemlos hervor.

„Meine liebe Mary Ellen, da ist ein Riesenunterschied zwischen Flirten und einer direkten Bekundung von Verlangen. Wenn ich gesagt hätte, dass deine Augen wunderschön sind und mich an die Hügel meiner Heimat erinnern – das wäre Flirten. Oder wenn ich erwähnen würde, dass dein Haar den gleichen Goldton wie ein Botticelli-Gemälde besitzt – das wäre Flirten. Oder dass deine Haut so weich und samten scheint wie die Wolken am Abendhimmel – das könnte man als Flirten werten."

In ihrem Magen begann es zu flattern. Ein unwillkommenes Gefühl. Sie wollte, dass es aufhörte. „Wenn du auch nur etwas davon sagtest, würde ich denken, du hast den Verstand verloren."

„Siehst du, deshalb dachte ich mir, der direkte Ansatz sei besser. Ich will dich. In meinem Bett." Er hielt unter den ausladenden Ästen einer Eiche an und zog Mel zu sich heran, bevor sie auch nur die Chance hatte zu protestieren. „Ich will dich ausziehen. Dich berühren. Ich will zusehen, wie dein Feuer auflodert, wenn ich in dir bin." Er beugte den Kopf und biss sie leicht in die Unterlippe. „Und dann will ich noch einmal von vorn anfangen." Er spürte, wie sie plötzlich erschauerte, und ließ aus dem spielerischen Knabbern einen tiefen, verlangenden Kuss werden. „Direkt genug?"

Ihre Hände lagen auf seiner Brust, die Finger gespreizt. Mel hatte keine Ahnung, wie sie dorthin gekommen waren. Ihre Lippen waren geschwollen und verlangten nach mehr. „Ich denke ..." Aber sie konnte nicht denken. Ihr Herz schlug so schnell und laut, dass sie sich wunderte, warum die Nachbarn nicht aus den Häusern kamen, um zu sehen, was dieser Lärm zu bedeuten hatte. „Du bist verrückt."

„Weil ich dich will? Oder weil ich es sage?"

„Weil ... weil du denkst, ich wäre an einem schnellen Schäferstündchen mit dir interessiert. Ich kenne dich ja kaum."

Er hielt sanft ihr Kinn fest. „Du kennst mich. Und von schnell war nie die Rede."

Bevor sie etwas erwidern konnte, merkte sie, wie er sich verspannte. „Sie sind auf dem Weg nach draußen."

Über seine Schulter hinweg konnte sie sehen, wie sich die Haustür öffnete. Die hübsche Frau schob einen Buggy über die Stufe.

„Lass uns auf die andere Straßenseite gehen. Dann kannst du besser sehen, wenn sie vorbeigehen."

Auch Mel verspannte sich wieder. Sebastian ließ den Arm auf ihrer Schulter liegen, sowohl als Warnung wie auch zur Stütze. Sie hörte den Mann und die Frau reden. Sie schnappte nur Wortfetzen auf, aber es war die unbeschwerte Unterhaltung junger, glücklicher Eltern mit einem gesunden Baby. Unwillkürlich schlang sie den Arm um Sebastians Hüfte und hielt sich fest.

Oh, David war so gewachsen! Sie fühlte, wie ihr Tränen in die Augen traten, und drängte sie zurück. Er trug winzige rote Lauflernschuhe, die an den Spitzen abgeschabt waren, so als hätte er bereits die ersten unbeholfenen Schritte versucht. Sein Haar war länger geworden und ringelte sich in weichen Locken um das runde Gesichtchen …

Sie musste an sich halten, um nicht seinen Namen zu rufen. Er sah sie an, als er in dem blauen Buggy an ihr vorbeirollte – und lachte. Er hatte sie erkannt. Er begann zu schreien, streckte die Arme nach ihr aus …

„Schon jetzt hat mein Sohn ein Auge für hübsche Frauen", sagte der Mann mit einem stolzen Lächeln, als sie mit David an Sebastian und Mel vorbeigingen.

Mel stand regungslos da, konnte sich einfach nicht bewegen, während David sich in dem Buggy nach ihr umdrehte. Seine Lippen verzogen sich zu einem enttäuschten Schrei, und die Frau beugte sich über ihn, um ihn zu beruhigen.

„Er kennt mich noch", flüsterte Mel. „Er erinnert sich an mich."

„Ja. Man vergisst nicht, wenn man geliebt wird." Sebastian hielt sie zurück, als sie vorstolpern wollte. „Nicht jetzt, Mel. Wir werden Devereaux Bescheid sagen. Er muss nun den nächsten Schritt tun."

„Er hat mich erkannt", wiederholte sie erschüttert und fühlte ihren Kopf sanft an eine breite Brust gedrückt. „Ich bin in Ordnung", versicherte sie, aber sie versuchte nicht, sich aus der Umarmung zu lösen.

„Ich weiß." Er küsste sie auf die Schläfe, strich ihr über das Haar und wartete darauf, dass sie aufhören würde zu zittern.

Es war das Schwerste, was sie je in ihrem Leben getan hatte. Einfach auf dem Bürgersteig vor dem Haus mit den blauen Rollläden und dem großen Baum im Vorgarten zu stehen und zu warten. Devereaux und eine Polizistin waren im Haus. Mel hatte gesehen, wie sie hineingegangen waren. Die junge Frau hatte die Tür geöffnet, noch im Morgenmantel. Mel hatte die Angst in ihren Augen aufblitzen sehen. Oder das Wissen.

Jetzt drang Weinen aus dem Haus. Zutiefst unglückliche Tränen. Mel wollte ihr Herz dagegen verschließen, aber es gelang ihr nicht.

Wann würden sie endlich herauskommen? Die Hände in den

Hosentaschen, marschierte sie unruhig auf dem Bürgersteig auf und ab. Es dauerte schon so lange. Agent Devereaux hatte darauf bestanden, bis zum Morgen zu warten, und Mel hatte eine schlaflose Nacht in einem Hotelzimmer hinter sich.

Vor über einer Stunde waren die beiden Polizisten hineingegangen.

„Warum setzt du dich nicht ins Auto?“, schlug Sebastian vor.

„Ich kann nicht still sitzen. Ich wünschte, ich könnte irgendetwas tun.“

„Sie werden uns ihn sowieso noch nicht mitnehmen lassen. Devereaux hat die Vorgehensweise doch erklärt: Erst werden ein Bluttest gemacht und die Fingerabdrücke überprüft.“

„Sie werden mich bei ihm bleiben lassen. Sie werden mich verdammt noch mal zu ihm lassen! Er bleibt nicht allein bei Fremden!“ Sie presste die Lippen zusammen. „Erzähl mir von ihnen. Bitte!“

Er hatte diese Frage erwartet. Sebastian schaute ihr direkt in die Augen und begann zu sprechen. „Sie ist Lehrerin, aber sie hat die Stellung aufgegeben, als David zu ihnen kam. Es war wichtig für sie, sich voll und ganz um das Kind zu kümmern. Ihr Mann ist Ingenieur. Sie sind seit acht Jahren verheiratet und wollten von Anfang an ein Kind haben, aber es funktionierte nicht. Es sind gute Leute, sie lieben einander sehr, und in ihren Herzen ist Platz für eine große Familie. Sie waren leichte Beute, Mel.“

In ihrem Gesicht konnte er den Kampf zwischen Wut und Mitgefühl verfolgen, zwischen Richtig und Falsch. „Sie tun mir leid“, flüsterte sie schließlich. „Es ist schrecklich, dass jemand die Sehnsucht nach einer Familie auf diese Weise ausnutzt. Was haben diese gewissenlosen Leute nur allen Beteiligten angetan.“

„Das Leben ist nicht immer fair.“

„Das Leben ist meistens unfair“, korrigierte sie.

Wieder lief sie unruhig hin und her, sah immer wieder zu dem großen Wohnzimmerfenster hinüber. Als die Haustür aufging, hielt sie sich bereit, um loszuspurten.

Devereaux kam auf sie zu. „Der Junge kennt Sie?“

„Ja, ich habe Ihnen doch schon gestern gesagt, dass er mich erkannt hat.“

Devereaux nickte. „Er ist ziemlich aufgeregt, heult herzzerreißend, auch weil Mr. und Mrs. Frost völlig aufgelöst sind. Wir müssen den Jungen mitnehmen, bis wir die Ergebnisse überprüft und den ganzen Papierkram erledigt haben. Es ist sicher besser für ihn, wenn Sie mitkommen. Sie können bei Agent Barker mitfahren."

„Natürlich." Ihr Herz schlug ihr in der Kehle. „Donovan?"

„Ich fahre hinter euch her."

Mel ging ins Haus, wappnete ihr Herz und ihren Geist gegen das hemmungslose Weinen, das hinter der Schlafzimmertür hervordrang. Sie ging den Korridor hinunter zum Kinderzimmer.

Das Kinderzimmer mit den hellblauen Wänden und den aufgemalten Segelbooten. Mit dem Zirkus-Mobile über dem Kinderbettchen am Fenster. Ein wohliger Babygeruch strömte ihr entgegen.

Genau, wie er gesagt hat, dachte Mel. Ihr Mund wurde trocken. Ganz genau so.

Dann verdrängte sie jeden Gedanken und beugte sich über das Bettchen zu dem weinenden David.

„Ach, Baby." Sie drückte ihre Wange an sein heißes, feuchtes Gesichtchen und wischte sanft die Tränen fort. „David, süßer kleiner David." Sie sprach beruhigend auf ihn ein und strich ihm das verschwitzte Haar aus der Stirn, froh darum, dass sie mit dem Rücken zu dem Polizisten stand und er so ihre eigenen Tränen nicht sehen konnte.

„He, Großer." Sie küsste ihn auf die zitternden Lippen. Er hatte Schluckauf und rieb sich mit den Fäustchen die verweinten Augen, dann ließ er den Kopf an ihre Schulter fallen und seufzte tief. „Ja, das ist mein großer Junge. Komm, wir fahren nach Hause, ja? Mom und Dad warten schon auf dich."

7. KAPITEL

Ich weiß." Mel legte ihr den Arm um die Schultern. Schweigend sahen sie zu, hörten David lachen. Rose nahm Mels Hand und drückte sie fest. „Die beiden sehen gut zusammen aus!"

„Ja, perfekt." Rose tupfte sich mit einem Taschentuch die Tränen aus den Augen. „Wenn ich daran denke, wie viel Angst ich hatte, ich würde David nie …"

„Denk nicht mehr daran. David ist wieder da, wo er hingehört."

„Dank dir und Mr. Donovan." Rose trat vom Fenster zurück, aber immer wieder ging ihr Blick dorthin. Mel fragte sich, wie lange es wohl dauern mochte, bis Rose es wieder ertragen würde, David nicht in ihrem Blickfeld zu haben. „Kannst du mir nicht irgendwas über die Leute erzählen, bei denen er war? Die vom FBI waren zwar sehr freundlich, aber …"

„Verschlossen wie eine Auster", beendete Mel den Satz für Rose. „Es waren gute Menschen, Rose. Menschen, die sich nach einer Familie sehnten. Sie haben einen Fehler gemacht, haben jemandem vertraut, dem sie nicht hätten vertrauen dürfen. Aber David hat es gut bei ihnen gehabt."

„Er ist so groß geworden. Er macht schon die ersten Schritte." Man hörte die Bitterkeit in Roses Stimme, das Gefühl des Verlusts, weil man ihr drei kostbare Monate im Leben ihres Sohnes geraubt hatte. Aber da schwang auch Mitleid und Verständnis für eine andere Mutter mit, die nun vor einem leeren Kinderbett stand. „Ich weiß, dass sie ihn geliebt hat. Und ich weiß, wie sie sich jetzt fühlt – unglaublich verletzt und traurig und verängstigt. Für sie ist es schlimmer, als es für mich gewesen ist. Sie weiß, dass sie ihn nie zurückbekommen wird." Rose schlug mit der Faust auf die Anrichte. „Wer hat uns das angetan, Mel? Wer wagt es, uns so etwas anzutun?"

„Ich weiß es nicht. Noch nicht."

„Wirst du mit Mr. Donovan zusammenarbeiten? Ich weiß, wie sehr ihn diese Sache beschäftigt."

„Sebastian?"

„Ja, wir haben uns darüber unterhalten, als er hier vorbeigekommen ist."

„Oh?" Mel war stolz auf sich, dass sie es schaffte, sich so unbeeindruckt zu zeigen. „Er hat dich besucht?"

Roses Gesicht wurde weich. Sie sah fast so gelöst und sorglos aus wie in den Tagen vor Davids Entführung. „Er hat Davids Teddybär zurückgebracht und ihm dieses hübsche Segelboot geschenkt."

Ein Segelboot. Ja, er würde daran gedacht haben. „Das war sehr nett von ihm."

„Er versteht beide Seiten, weißt du. Das, was Stan und ich durchgemacht haben, und wie diese armen Leute in Atlanta sich jetzt fühlen. Und das alles nur, weil da draußen jemand herumläuft, den andere Menschen nicht im Geringsten interessieren. Sie kümmern sich weder um Babys noch um Mütter oder Familien. Alles, was die wollen, ist Geld." Ihre Lippen begannen zu zittern, aber sie presste sie fest aufeinander. „Wahrscheinlich hat Mr. Donovan deshalb nichts von uns annehmen wollen."

„Er hat kein Honorar verlangt?" Mel bemühte sich ernsthaft, gleichgültig zu klingen.

„Nein, keinen einzigen Cent." Rose erinnerte sich an ihre anderen Pflichten und überprüfte den Braten im Ofen. „Er schlug vor, dass Stan und ich einem der Obdachlosenheime eine Spende zukommen lassen sollen, wenn wir es uns leisten können."

„Aha."

„Er hat auch gesagt, dass er weiter an diesem Fall arbeiten wird."

„Welchem Fall?"

„Er meinte, es sei nicht richtig, dass Babys aus ihren Bettchen gestohlen und wie junge Hunde verkauft werden ... so was in der Art. Dass es Grenzen gibt, die man nicht überschreiten darf."

„Die gibt es tatsächlich." Mel griff nach ihrer Handtasche. „Ich muss gehen, Rose."

Überrascht schloss Rose die Ofentür wieder und drehte sich mit enttäuschtem Blick zu Mel um. „Du bleibst nicht zum Dinner?"

„Ich kann nicht." Mel zögerte, und dann tat sie etwas, von dem sie sich wünschte, sie könnte es mit größerer Selbstverständlichkeit tun: Sie umarmte Rose. „Ich muss dringend etwas erledigen."

Natürlich hätte Mel es schon längst tun können. Aber sie waren ja auch erst seit zwei Tagen wieder in Monterey. Mel fuhr durch tief hängende Wolken den Weg zum Hügel hinauf. Schließlich war Sebastian ja auch nicht zu ihr gekommen, oder? Er hatte Rose besucht, aber das kurze Stück bis zu ihrem Haus war er nicht gefahren.

Also war es doch alles nur leeres Gerede gewesen. Dass er sie angeblich attraktiv fand, dass er sie wollte. Dieser ganze Quatsch über ihre Augen und ihr Haar und ihre Haut.

Mel trommelte mit den Fingern auf dem Schaltknüppel. Wenn er auch nur ein Wort davon ernst gemeint hätte, hätte er doch sicher etwas unternommen, oder? Sie wünschte, er hätte es getan. Wie sollte sie denn entscheiden, ob sie etwas abblocken musste oder ob er einfach keine Lust mehr hatte?

Also würde sie den Stier bei den Hörnern packen. Es gab noch Verpflichtungen zu erfüllen, Erklärungen abzugeben, Fragen zu beantworten.

Überzeugt, dass sie bestens vorbereitet war, bog Mel endlich auf den holprigen Feldweg ein, der zu Sebastians Haus führte. Und trat hart auf die Bremse, als ein schwarzer Hengst und sein Reiter direkt vor ihr quer über den Weg galoppierten. Kies spritzte auf, Muskeln schimmerten im Sonnenlicht. Angesichts von Pferd und Reiter, dessen Haare im Wind flatterten, fühlte Mel sich wie ins tiefste Mittelalter versetzt, als es noch Drachen zu töten gab und die Luft angefüllt war mit geheimnisvoller Magie und Zauber.

Mit offenem Mund sah Mel den beiden nach, wie sie den felsigen Abhang hinunterdonnerten, eingehüllt wurden von einer Dunstwolke, dann wieder ins Sonnenlicht kamen und davongaloppierten.

Als das Echo der Hufschläge verklang, hatte Mel sich wieder gefasst. Das hier war die Wirklichkeit. Sie brauchte nur auf das Stottern und Röhren des Motors zu hören, während der Wagen sich die letzte Strecke zum Haus hinaufquälte.

Wie sie erwartet hatte, fand sie Sebastian auf der Koppel. Er rieb Eros ab. Auch mit den Füßen auf dem Boden sah er nicht weniger beeindruckend, nicht weniger mystisch aus.

Mel war überzeugt, wenn sie ihn jetzt berührte, würde sie sich die Finger verbrennen.

„Der richtige Tag für einen Ausritt, was?“

Sebastian sah über Eros’ Schulter und lächelte Mel an. „Fast alle Tage sind richtig dafür. Entschuldige, dass ich dich nicht begrüßt habe, aber ich hasse es, Eros zu zügeln, wenn er sich austoben will.“

„Kein Problem." Sie war froh, dass er es nicht getan hatte. Sie hätte nicht mehr als ein unbeholfenes Stottern herausgebracht. „Ich bin nur vorbeigekommen, um ein paar Dinge zum Abschluss zu bringen. Hast du ein paar Minuten Zeit?"

„Ich bin sicher, ich kann etwas Zeit für dich aufbringen." Er hob Eros' Lauf an und begann den Huf zu säubern. „Hast du Rose schon gesehen?"

„Ja, ich komme gerade von ihr. Sie sagte mir, dass du da gewesen seist. Du hast David ein Segelboot geschenkt."

Sebastian sah kurz auf, dann widmete er sich dem nächsten Huf. „Ich dachte mir, es würde ihm ein wenig helfen, das ganze Durcheinander besser zu verarbeiten. Wenn er etwas hat, das ihm während der letzten Monate vertraut geworden war."

„Das war … sehr nett von dir."

Er richtete sich auf und ging zum nächsten Lauf. „Manchmal habe ich eben so meine Momente."

Mel stellte einen Fuß auf die unterste Zaunlatte. „Rose erzählte mir auch, dass du kein Honorar annehmen wolltest."

„Ich denke, ich habe bereits deutlich gemacht, dass ich Geld nicht unbedingt brauche."

„Ja, das weiß ich inzwischen auch." Mel beugte sich vor und streichelte Eros über den Hals. Hier gab es keine Magie, wie sie sich beruhigte. Nur eine wunderbare Kreatur im Zenit ihrer Kraft. Genau wie ihr Herr. „Ich habe ein bisschen nachgeforscht, Donovan. Du hast deine Finger wirklich überall drin."

„Nun, wenn du es so ausdrücken möchtest …"

„Wahrscheinlich ist es einfacher, Geld zu scheffeln, wenn man von zu Hause bereits einen netten Batzen mitbekommt."

Er kümmerte sich um den letzten Huf. „Ja, vermutlich. Aber unter diesen Umständen ist es auch sehr viel leichter, Geld zu verlieren."

„So gesehen hast du recht." Sie legte den Kopf schief und betrachtete ihn, als er sich aufrichtete. „Diese Sache in Chicago … War ziemlich schlimm, was?"

Sie sah, wie seine Miene sich änderte, und es tat ihr leid. Weder nahm er es leicht noch hatte er es verwunden. „Es war schwierig, ja. Sind Misserfolge immer."

„Aber du hast ihnen geholfen, ihn zu finden. Ihn aufzuhalten."

„Fünf Menschenleben als Preis ist nicht das, was ich Erfolg nenne." Er schlug Eros mit der flachen Hand auf die Flanke, und der Hengst trabte davon. „Warum kommst du nicht mit rein? Ich muss mich waschen."

„Sebastian."

Es war das erste Mal, dass sie ihn mit seinem Vornamen ansprach. Es überraschte ihn so, dass er stehen blieb, eine Hand auf dem Zaun, sein Körper wie erstarrt.

„Fünf Menschen verloren ihr Leben", sagte sie leise. „Aber weißt du, wie viele du gerettet hast?"

„Nein." Er sprang behände und geschmeidig über das Gatter. „Nein, aber es hilft, dass du danach fragst." Er nahm ihren Arm. „Komm mit hinein."

Es gefiel ihr hier draußen. Hier gab es ausreichend Platz für Ausweichmanöver – sollten solche überhaupt nötig werden. Aber es schien albern und feige, nicht mit ins Haus zu gehen.

„Ich möchte mit dir über etwas reden."

„Das dachte ich mir. Hast du schon zu Abend gegessen?"

„Nein."

„Gut. Wir reden beim Essen."

Sie gingen an der Seite des Hauses entlang bis zu einer Terrasse, auf der in großen Terrakottatöpfen üppiges Springkraut blühte. Durch eine deckenhohe Glasschiebetür betraten sie die Küche, ganz in Blau und Weiß gehalten und perfekt eingerichtet wie aus einem exklusiven Wohnmagazin. Sebastian ging zum Kühlschrank, holte eine Flasche Wein hervor und nahm zwei Gläser aus dem Regal.

„Setz dich ruhig." Er deutete auf einen hohen Hocker an der gefliesten Arbeitsfläche in der Mitte des Raumes und goss zwei Gläser ein. „Ich werde eben duschen und mich umziehen. Fühl dich ganz wie zu Hause."

„Sicher."

Kaum hatte er die Küche verlassen, rutschte sie vom Hocker. Mel hätte es nie als unhöflich betrachtet. Sie folgte nur ihrer natürlichen Neugier. Am besten konnte man Menschen kennenlernen, wenn man ein wenig in ihren persönlichen Sachen herumstöberte. Und sie wollte unbedingt einen Einblick bekommen, was den Menschen Sebastian Donovan antrieb.

Die Küche war makellos sauber, blitzblanke Schränke und Geräte. Trotzdem roch der Raum nicht nach Putzmitteln, sondern eher nach … Sie schnupperte und entschied, dass es frisch roch und leicht nach Kräutern.

Da hingen auch getrocknete Kräuter, kopfüber, im Fenster über der Spüle. Mel roch an ihnen und empfand das Aroma als angenehm und geheimnisvoll.

Sie zog eine Schublade auf und fand darin Backutensilien. In einer anderen noch mehr Dinge, die in einer Küche nötig waren, ordentlich sortiert.

Wo ist der Krimskrams?, fragte sie sich. Die Unordnung, in der sich oft des Rätsels Lösung finden ließ?

Weniger entmutigt denn verwundert, glitt sie wieder auf den Hocker und nippte gerade an ihrem Wein, als Sebastian in die Küche zurückkam.

Er trug jetzt Schwarz – schwarze Jeans und ein schwarzes Hemd, die Ärmel aufgekrempelt. Er war barfuß. Als er nach seinem Glas griff, fiel Mel auf, dass er wie der aussah, der er angab zu sein.

Ein Zauberer.

Lächelnd stieß er mit ihr an und schaute ihr in die Augen. „Vertraust du mir?"

„Was?"

Sein Lächeln wurde breiter. „Bei der Wahl des Menüs."

Sie blinzelte und trank hastig noch einen Schluck. „Sicher. Ich esse sowieso fast alles."

Als er Zutaten und Töpfe und Pfannen herauszuholen begann, stieß sie erleichtert und kaum hörbar den Atem aus. „Du kochst?"

„Ja. Warum?"

„Ich dachte, du würdest etwas bestellen." Sie runzelte die Stirn, als er Öl in eine kleine Schale goss. „Das ist doch ziemlich viel Aufwand."

„Ich koche gern." Er schnitt Kräuter hinzu. „Es entspannt mich."

Mel kratzte sich verlegen am Knie. „Brauchst du Hilfe?"

„Du kannst nicht kochen."

Sie hob eine Augenbraue. „Woher weißt du das?"

„Ich habe deine Küche gesehen. Knoblauch?"

„Ja, gern."

Sebastian zerdrückte die geschälte Zehe. „Worüber wolltest du mit mir sprechen, Mel?"

„Über mehrere Dinge." Sie stützte die Hand aufs Kinn. Komisch, aber es machte ihr Spaß, ihm beim Kochen zuzusehen. „Für Stan und Rose und David ist alles wieder in Ordnung gekommen. Was gibst du denn jetzt noch dazu?"

„Rosmarin."

„Das riecht gut." Genau wie er, dachte sie. Der erregende Geruch nach Leder, Schweiß und Pferd war verschwunden und durch einen anderen, nicht minder sinnlichen und männlichen Duft ersetzt worden. Erneut nippte sie an ihrem Wein. Mittlerweile fühlte sie sich so entspannt, dass sie die Stiefel von den Füßen streifte. „Für Mr. und Mrs. Frost unten in Georgia aber sehen die Dinge weit weniger rosig aus."

Sebastian rührte die Masse und gab Tomatenwürfel hinzu. „Wenn jemand gewinnt, muss logischerweise ein anderer verlieren."

„Das ist mir auch klar. Wir haben getan, was getan werden musste, aber wir sind noch nicht fertig."

Er bestrich Hähnchenbrustfilets mit der Marinade und legte sie in die Pfanne. Er mochte es, wie sie dasaß und mit den Beinen schlenkerte, während sie seinen kulinarischen Vorbereitungen genauestens folgte. „Ja? Und?"

„Wir haben den, auf den es ankommt, nicht gefunden. Den Drahtzieher, der, der alles arrangiert. Wir haben David zurück, und das war vorerst das Wichtigste, aber die Angelegenheit ist noch nicht beendet. David ist nicht das einzige Kind, das gestohlen wurde."

„Woher weißt du das?"

„Es ist eine logische Schlussfolgerung. Eine Operation, die so gut vorbereitet ist und so reibungslos abläuft, deutet auf eine Organisation hin, die sich nicht mit einem einzigen Deal begnügt."

„Nein." Er schenkte ihre Gläser nach und goss Wein über das Hühnchen. „Du hast recht."

„Ich stelle mir das folgendermaßen vor: Die Frosts hatten eine Kontaktperson. Entweder sie haben die Bundesbeamten auf seine Spur gesetzt, oder aber er ist längst untergetaucht. Ich bin sicher, Letzteres ist der Fall."

Sebastian nickte. „Mach weiter."

„Also, das ist eine bundesweite Sache. Wie eine richtige Firma. Man braucht einen Anwalt, der sich um die Adoptionspapiere kümmert. Vielleicht auch einen Arzt, oder zumindest jemanden, der Verbindungen zu den Kliniken hat, die Fruchtbarkeitstests machen. Die Frosts zum Beispiel haben zahllose solcher Tests hinter sich. Ich hab's nachgeprüft."

Sebastian rührte und würzte und schmeckte ab. „Ich bin sicher, das FBI hat auch Nachforschungen angestellt."

„Sicher. Unser Freund Devereaux ist voll bei der Sache. Aber ich schließe gern ab, was ich angefangen habe. Stelle dir vor – da sind überall diese Paare, die eine Familie gründen wollen. Sie würden alles dafür tun. Sie haben Sex nach Plan, essen nur noch bestimmte Sachen, tanzen sogar bei Vollmond nackt auf der Waldlichtung. Und sie zahlen. Zahlen für Medikamente, Hilfsmittel, Operationen, Tests. Wenn alles nichts hilft, zahlen sie auch für das Baby." Mel kam an die Anrichte und schnupperte an dem Topf. „Riecht gut. Ich weiß", fuhr sie fort, „der größte Teil geht den legalen Weg. Eine renommierte Adoptionsagentur, ein renommierter Anwalt. In den meisten Fällen ist es auch eine gute Sache. Das Baby bekommt ein liebevolles Zuhause, die leibliche Mutter eine zweite Chance und die Adoptiveltern ihr kleines Wunder. Aber dann gibt es da noch die miese Kanaille, die aus dem Unglück anderer Profit schlagen will."

„Warum deckst du nicht den Tisch am Fenster? Ich höre dir zu."

„Gut." Mel folgte Sebastians stummen Hinweisen und holte Teller, Besteck und Servietten aus den Schränken, während sie ihre Theorie weiter ausbaute. „Aber dieser Typ ist nicht irgendein kleiner Gauner, sondern sehr clever. Clever genug, um eine Organisation aufzubauen, die ein Kind an der Küste verschwinden lässt und wie ein Paket weiterreichen kann, bis es schließlich Tausende von Meilen entfernt irgendwo in einem netten sauberen Heim wieder auftaucht."

„Bis jetzt habe ich dem nichts hinzuzufügen."

„Er ist derjenige, den wir finden müssen. Parkland haben sie zwar noch nicht festgesetzt, aber sie werden ihn sicher bald erwischen. Er ist kein Professioneller, nur ein kleiner Stümper, der wahrscheinlich dringend Geld brauchte, um Schulden abzuzahlen und seine Kniescheiben zu retten. Er wird nicht viel wissen, aber es ist immerhin ein Ansatzpunkt. Ich nehme an, das FBI wird ihn bald hinter Gitter bringen."

„Gegen deine Annahme ist nichts einzuwenden. Nimm die Flasche und setz dich an den Tisch."

Mel tat, wie ihr geheißen. „Es ist nicht sehr wahrscheinlich, dass die Bundesbeamten einem Privatdetektiv einen Tipp geben."

„Nein, eher unwahrscheinlich." Sebastian servierte das Essen – Pasta mit Tomaten-Kräuter-Sauce, in Wein gebratene Hühnchenbrust und dicke Scheiben frischen Brots.

„Bei dir ist das etwas anderes. Sie schulden dir was."

„Schon möglich."

„Dir würden sie eine Kopie von Parklands Aussage geben. Vielleicht lassen sie dich sogar mit ihm reden. Wenn du ihnen sagst, dass du an dem Fall interessiert bist, werden sie dich sämtliche Akten einsehen lassen."

„Mag sein." Sebastian probierte und befand das Essen für gelungen. „Aber bin ich denn an dem Fall interessiert?"

Mel fasste sein Handgelenk, bevor er sich noch ein Stück von dem butterweichen Hühnchen abschneiden konnte. „Bringst du nicht gern zu Ende, was du angefangen hast?"

Er blickte auf und sah sie so durchdringend an, dass ihre Finger zu zittern begannen, bevor sie ihre Hand wegzog. „Doch."

Plötzlich nervös geworden, brach sie ein Stück Brot ab. „Also?"

„Ich helfe dir. Ich werde meine Verbindungen spielen lassen."

„Danke." Obwohl sie darauf achtete, ihn nicht mehr zu berühren, schenkte sie ihm ein warmes Lächeln. „Wirklich. Dafür bin ich dir jetzt was schuldig."

„Nein, ich denke nicht. Und du auch nicht, wenn du erst meine Bedingungen gehört hast. Wir werden zusammenarbeiten."

Das Brot fiel ihr aus der Hand. „Donovan, ich weiß dein Angebot zu schätzen, aber ich arbeite allein. Und überhaupt … deine Vorgehensweise, die Visionen und das ganze Zeug, macht mich nervös."

„Dann sind wir ja quitt. Denn deine Vorgehensweise, Pistolen und das ganze Zeug, macht mich nervös", benutzte er ihre Worte. „Also werden wir einen Kompromiss schließen. Wir arbeiten zusammen und akzeptieren die jeweiligen … exzentrischen Allüren des anderen. Schließlich geht es hier um ein gemeinsames Ziel."

Mel stocherte mit der Gabel in ihrem Essen. „Vielleicht ... aber auch nur vielleicht, habe ich schon daran gedacht, als Paar aufzutreten. Als kinderloses Paar." Argwöhnisch sah sie zu ihm. „Aber wenn wir uns auf diesen Kompromiss einigen, werden vorher ein paar Regeln aufgestellt."

„Oh, auf jeden Fall."

„Grinse nicht so überheblich, wenn du das sagst." Sie konzentrierte sich auf ihr Essen. „Das ist gut." Sie nahm noch einen Bissen. „Wirklich gut. Dabei war das gar nicht so viel Arbeit."

„Du schmeichelst mir."

„Nein, ich meine ..." Sie musste lachen und zuckte die Schultern. „Ich wollte damit sagen, dass ich immer geglaubt habe, gutes Essen verlangt viel Vorbereitung. Meine Mutter hat früher oft als Bedienung gejobbt, und dann brachte sie immer Essen mit nach Hause, aus Fast-Food-Restaurants oder Diners. Nicht so was wie das hier."

„Geht es deiner Mutter gut?"

„Oh, bestens. Sie hat mir gerade eine Postkarte aus Nebraska geschickt. Sie fährt viel herum. Ist eher der rastlose Typ."

„Und dein Vater?"

Nur ein winziges Zögern, nur ein kaum merklicher Schatten, der über ihr Gesicht huschte. „Ich erinnere mich nicht an ihn."

„Wie denkt deine Mutter über deinen Beruf?"

„Sie hält es für aufregend. Das liegt nur daran, weil sie zu viel fernsieht. Und deine Eltern? Was halten sie davon, dass ihr Sohn der Hexenmeister von Monterey ist?"

„So würde ich es nicht unbedingt bezeichnen", sagte Sebastian. „Aber ich kann mir vorstellen, dass sie sehr zufrieden sind, dass ich die Familientradition fortführe."

Mel schnaubte leise in ihren Wein. „Was denn, seid ihr ein Geheimbund oder so was?"

„Nein." Er war nicht im Mindesten beleidigt. „Wir sind eine Familie."

„Weißt du, wenn ich es nicht mit eigenen Augen gesehen hätte, würde ich es nicht glauben. Aber ich war dabei. Trotzdem heißt das nicht, dass ich dir alles anstandslos abkaufe." Sie sah ihn abwägend an. „Ich habe mir die einschlägige Literatur angesehen. Über Tests in der medizinischen Forschung. Eine Menge anerkannter Wissenschaftler glauben an übersinnliche Phänomene. Immerhin hat man bisher nur einen Bruchteil des menschlichen Gehirns erforscht. Sie machen EEGs und Computertomografien und Tests mit Leuten, die den Spielwert einer Karte erraten können, ohne sie zu sehen. Solche Sachen eben. Aber das bedeutet nicht, dass sie an Hexerei oder Orakel oder Elfenstaub glauben."

„Ein bisschen Elfenstaub könnte dir nicht schaden. Ich werde Morgana mal darauf ansprechen."

„Nun mal im Ernst ...", setzte Mel an, doch Sebastian unterbrach sie.

„Im Ernst", wiederholte er. „Ich wurde mit Elfenblut geboren. Ich bin ein Zauberer von Geburt, der seine Vorfahren bis zu Finn, dem Kelten, zurückverfolgen kann. Meine Gabe ist die des Sehens. Ich habe weder darum gebeten noch sie mir gewünscht. Es ist ein Geschenk. Und es hat weder mit Wissenschaft noch mit Logik oder Tanzen bei Vollmond zu tun. Es ist mein Erbe. Und mein Schicksal."

„Nun ..." Mehr brachte Mel trotz langen Schweigens nicht heraus. „Nun ...", wiederholte sie und räusperte sich. „In diesen Studien haben sie Test mit Telekinese und Telepathie gemacht."

„Willst du Beweise, Mel?"

„Nein ... ja. Ich meine, wenn wir zusammenarbeiten sollen, dann hätte ich gern eine gewisse Vorstellung von dem Ausmaß deiner ... Fähigkeiten."

„Das sehe ich ein. Denk dir eine Zahl zwischen eins und zehn. Sechs", sagte er, bevor sie überhaupt den Mund aufgemacht hatte.

„Ich war noch nicht so weit."

„Aber das war die erste Zahl, die dir eingefallen ist."

Stimmte, aber sie schüttelte den Kopf. „Ich war noch nicht fertig." Sie schloss die Augen. „Jetzt."

Sie ist gut, dachte er. Sehr gut sogar. Sie benutzte ihre ganze Willenskraft, um ihn zu blockieren. Um sie abzulenken, knabberte er an der Hand, die er immer noch hielt. „Drei."

Sie schlug die Lider auf. „Richtig. Wie machst du es?"

„Von deinen Gedanken zu meinen Gedanken. Manchmal sind es Worte, manchmal Bilder, dann wieder ein Gefühl, das sich unmöglich beschreiben lässt. Im Moment fragst du dich gerade, ob du nicht zu viel getrunken hast. Dein Puls geht zu schnell, deine Haut ist warm, und in deinem Kopf dreht sich alles ein wenig."

„Meinem Kopf geht es gut." Sie zog ruckartig ihre Hand fort. „Oder zumindest würde es ihm gut gehen, wenn du dich aus ihm heraushalten würdest. Ich kann fühlen, wie du ..."

„Ich weiß, dass du es kannst." Zufrieden lehnte er sich zurück und hob sein Glas. „Das kommt sehr selten vor, wenn es sich nicht um Blutsverwandte handelt, vor allem bei einem solch sachten Abtasten. Du hast Potenzial, Sutherland. Wenn du möchtest, helfe ich dir dabei, es genauer zu untersuchen."

Sie konnte den leichten Schauder nicht verbergen, der sie durchlief. „Nein, danke. Mir gefällt mein Kopf genau so, wie er ist." Sie führte die Hand an die Schläfe, während sie Sebastian beobachtete. „Mir gefällt die Vorstellung nicht, dass jemand meine Gedanken liest. Wenn wir eine Partnerschaft eingehen, ist das Regel Nummer eins."

„Einverstanden. Ich schaue nicht in deinen Kopf, es sei denn, du forderst mich dazu auf." Er musste lächeln, als er ihren zweifelnden Blick sah. „Ich lüge nicht, Mel."

„Hexerehre?"

„Sozusagen."

Richtig überzeugt war sie nicht, aber sie würde sich wohl auf sein Wort verlassen müssen. „Na schön. Als Nächstes: Wir teilen alle Informationen. Es wird nichts zurückgehalten."

Sebastians Lächeln war sehr charmant – und irgendwie auch sehr bedrohlich. „Ich bin sowieso der Meinung, dass wir uns schon viel zu lange zurückhalten."

„Wir sind professionell. Also benehmen wir uns auch so."

„Der Situation entsprechend." Er stieß leise an Mels Glas. „Fällt ein gemeinsames Dinner auch unter die Kategorie ‚professionell'?"

„Übertreib nicht. Was ich meine, ist, wenn wir schon als verheiratetes Paar auftreten, das sich ein Kind wünscht, sollte diese Tarnung nicht ..."

„Über die von dir gesteckten Grenzen gehen, ich verstehe. Hast du schon einen Plan?"

„Es könnte nichts schaden, wenn das FBI uns in dieser Sache unterstützen würde."

„Überlass das mir."

Mel grinste. Das war genau das, was sie sich erhofft hatte. „Sie können uns eine wasserdichte Identität beschaffen. Papiere, Unterlagen, Hintergrund, eben alles. Wir müssen diese Organisation auf uns aufmerksam machen. Wir sollten wohlhabend sein, aber nicht so reich, dass wir sie verschrecken. Keine Verwandtschaft, keine alten Bindungen. Unser Name muss schon seit längerem auf den Wartelisten der anerkannten Adoptionsagenturen stehen, Unterlagen müssen vorhanden sein von Kliniken und Ärzten. Wenn sie erst in die Hände von Parkland oder einem der anderen gelangt sind, werden wir klarer sehen, wie es weitergehen muss."

„Es gibt vielleicht einen einfacheren Weg."

„Und der wäre?"

„Ein Kompromiss. Ich finde heraus, wo, wann und wie wir beginnen, und du übernimmst von da an."

Mel zögerte. Sie war nicht besonders gut im Kompromisse schließen. „Du wirst schon entsprechende Gründe für das ‚Wo, Wann und Wie' anführen müssen, um mich zu überzeugen."

„Natürlich."

„Na gut." Es hörte sich so unkompliziert und einfach an. Der Schauer, der sie durchlief, war mit Sicherheit nur auf die Aufregung zurückzuführen, dass sie einen neuen Job anging. „Ich sollte dir wohl mit dem Geschirr helfen."

Mel erhob sich und begann das kostbare Porzellan mit der Geschicklichkeit zu stapeln, die ihre als Bedienung erfahrene Mutter ihr beigebracht hatte. Sebastian legte seine Hand auf ihren Arm, und diese Berührung schickte eine Hitzewelle durch ihren ganzen Körper.

„Lass."

„Du hast gekocht." Viel zu hastig ging sie mit den Tellern zur Spüle. Abstand, dachte sie. Sie brauchte Abstand und Ablenkung, um nicht den Boden unter den Füßen zu verlieren. „So, wie die Küche aussieht, bist du nicht der Typ, der schmutziges Geschirr herumstehen lässt."

Als sie sich umdrehte, stand Sebastian hinter ihr. Er hielt sie an den Schultern fest, sodass sie ihm nicht ausweichen konnte. „Dann werde ich eben mal eine Ausnahme machen."

„Du könntest zum Aufräumen natürlich auch ein paar Wichtel anheuern“, murmelte sie.

„Ich habe keine Wichtel, die für mich arbeiten – zumindest nicht hier in Kalifornien.“ Er sah ihren misstrauischen Blick und begann leicht ihre Schultern zu massieren. „Du verspannst dich schon wieder, Mel. Während des Essens warst du völlig locker. Du hast mich sogar ein paarmal angelächelt. Was ich als angenehme Abwechslung empfunden habe.“

„Ich mag es nicht, wenn Leute mich anfassen.“ Aber sie rührte sich nicht. Wie hätte sie auch an ihm vorbeischlüpfen sollen?

„Wieso nicht? Es handelt sich nur um eine andere Ausdrucksform von Kommunikation. Davon gibt es so viele. Stimme, Augen, Hände.“ Jetzt streichelte er ihren Nacken. „Gedanken. Eine Berührung muss nicht zwingend bedrohlich sein.“

„Kann sie aber sein.“

Sebastians Lippen verzogen sich zu einem breiten Lächeln, während er Mel über den Rücken strich. „Du bist kein Feigling. Im Gegenteil, eine Frau wie du stellt sich der Gefahr.“

Ihr Kinn schoss hoch – wie er geahnt hatte. „Ich bin nur gekommen, um mit dir zu reden.“

„Und wir haben geredet.“ Er zog sie ein wenig näher zu sich heran, sodass er nur den Kopf zu beugen brauchte, um dieses ausgeprägte Grübchen an ihrem Kinn küssen zu können. „Ich habe unsere Unterhaltung sehr genossen.“

Sie würde sich nicht verführen lassen. Sie war eine erwachsene Frau mit einem eigenen Kopf, und Verführung war etwas, das für sie einfach nicht infrage kam, unter keinen Umständen.

Sie legte eine Hand auf seine Brust, eine Geste, die weder abwehrend noch einladend war. „Ich bin nicht gekommen, um Spielchen zu spielen.“

„Zu schade.“ Sebastian berührte nur flüchtig mit den Lippen die Haut unterhalb ihres Kinns. „Spiele genieße ich nämlich auch. Aber dann heben wir uns das eben für später auf.“

Das Atmen fiel Mel immer schwerer. „Sieh mal, vielleicht fühle ich mich tatsächlich zu dir hingezogen, aber das heißt nicht …“

„Nein, natürlich nicht. Deine Haut ist unglaublich weich, Mary Ellen. Gerade hier, in dieser Mulde. Wenn dein Puls weiter so hämmert, wirst du noch einen blauen Fleck am Hals bekommen."

„So ein Unsinn!"

Doch als er seine Hände zärtlich unter ihre Bluse gleiten ließ, um die zarte Haut ihres Rückens zu streicheln, bog sie sich ihm mit einem Laut zwischen Seufzer und Stöhnen entgegen.

„Meine Geduld war schon fast aufgebraucht", flüsterte er an ihrem Hals. „Das Warten darauf, dass du zu mir kommst."

„Nein, ich bin nicht …" Aber anstatt weiterzureden, schlang Mel die Arme um seinen Nacken. „Deshalb bin ich nicht hier."

Aber hatte sie es nicht gewusst? Irgendwo ganz tief in sich?

„Ich muss unbedingt nachdenken. Das hier könnte ein kapitaler Fehler sein." Doch während sie sprach, suchte sie hungrig nach seinem Mund. „Ich hasse es, Fehler zu begehen."

„Tun wir das nicht alle?" Sebastian legte ihr die Hände in die Taille, und willig folgte sie dem Druck und schlang die Beine um seine Hüften. „Es ist kein Fehler."

„Darüber denke ich später nach", murmelte sie, als er sie zur Küche hinaustrug. „Ich will nichts komplizieren, nur weil ich … Ich will, dass wir den Fall lösen, dass wir unsere Arbeit machen …" Mit einem lauten Stöhnen presste sie ihren Mund auf seinen Hals. „Himmel, ich will dich. Ich will dich so sehr."

Ihre Worte setzten einen donnernden Trommelwirbel in seinem Kopf in Gang. Langsam, rhythmisch, unglaublich verführerisch. Er bog ihren Kopf zurück, um sie gierig zu küssen. „Das eine hat mit dem anderen nichts zu tun."

„Aber es könnte so sein." Ihr Atem ging hastig und unregelmäßig. „Es sollte so sein."

„Dann wird es auch so passieren." Mit einem Fuß trat er die Tür zu seinem Schlafzimmer auf. „Lass uns ein paar Regeln brechen."

8. KAPITEL

Mel war nicht der Typ, der jede Vorsicht fahren ließ. Natürlich ging sie Risiken ein, aber nie, ohne sich der Konsequenzen bewusst zu sein. Aber mit Sebastian war es unmöglich, die Folgen abzuwägen. Obwohl ihr Verstand ihr befahl, das Risiko einzuschränken und die Beine in die Hand zu nehmen, war da ein anderer Teil in ihr, der sie drängte zu bleiben.

Zu vertrauen.

Es war nicht Zurückhaltung, die Mel dazu veranlasste, Sebastian ein letztes Mal anzusehen, als er sie vor dem großen Bett absetzte. Sie betrachtete sich weder als übermäßig schön noch übermäßig erotisch, aber sie hatte auch keinen Grund, schüchtern zu sein. Nein, es war die plötzliche Erkenntnis, dass hier etwas sehr Wichtiges, etwas sehr Wesentliches geschah.

Was sie sah, war genau das, was sie sich immer gewünscht hatte.

Sie stand an den Bettpfosten gelehnt, spürte das glatte Holz in ihrem Rücken und Sebastians Hände, die über ihre Hüfte fuhren, über ihre Seiten, ihren Hals, ihre Schläfen. Sie erschauerte, als seine Finger sich in ihrem Haar verkrallten und sein Mund fordernd von ihrem Besitz ergriff.

Er presste seinen Körper an ihren, sodass sie jeden Muskel spüren konnte. Die Kraft, die sie in ihm fühlte, war die eines Wolfes, der sich darauf vorbereitete, seine Kette zu zerreißen. Aber es war sein Mund, der sie an den Rand des Wahnsinns trieb. Unersättlich, Besitz ergreifend, führte dieser Mund sie durch alle Nuancen von Emotionen. Lust, Verlangen, Zweifel, Angst, Sehnsucht. Und Mels Geist floss zu Sebastian über, wie ein Geschenk.

Er erkannte den Moment der Hingabe, als ihr Körper gegen seinen sank, als ihre Lippen erzitterten, dann mehr von dem verlangten, was er ihr zu geben bereit war. Verlangen schnitt durch seinen Körper wie eine Stahlklinge, durchtrennte die Bande zur Zivilisation, ließ nur das Ursprüngliche zurück, das Wesentliche.

Er warf den Kopf zurück, und Mel sah, wie dunkel seine Augen geworden waren. Wie die Nacht, voll von Begierde und hemmungslosem Verlangen. Und Macht. Sie erschauerte. Erst aus Angst, dann aus grenzenloser Verzückung.

Das war die Antwort, die Sebastian sah. Und es war die Antwort, die er brauchte.

Mit einem Ruck riss er ihre Bluse in Fetzen. Ihr Aufstöhnen wurde von seinen Lippen erstickt. Zusammen fielen sie auf das Bett, und seine Hände waren überall, forschten, drückten, massierten fieberhaft.

Als Antwort zerrte Mel rastlos an seinem Hemd, bis die Knöpfe nachgaben. Und als sie seine Haut endlich auf ihrer spürte, stieß sie einen triumphierenden kleinen Schrei aus.

Er ließ ihr keine Zeit zu denken, geschweige denn Fragen zu stellen. Er trieb mit ihr dahin, getragen von einem heulenden Sturm, wild, rasend, ungebändigt. Sie wusste, es war körperlich, seine meisterhaften Hände, seine exquisiten Liebkosungen, sein trunken machender Mund hatten nichts mit Zauberei zu tun. Und doch hatte es etwas Magisches an sich, wie sie mitgerissen wurden, von einer Kraft jenseits des Normalen, Bekannten, jenseits der Schönheit der Dämmerung und dem ersten Abendgesang der Nachtvögel.

Dort, wohin er sie brachte, herrschte wirbelndes Tempo und unaussprechliche Lust. Ein Flüstern in einer Sprache, die sie nicht verstand. Eine Beschwörung? Das Versprechen eines Liebhabers? Allein der Klang reichte aus, um sie zu verführen. Jede Berührung, ob zärtlich oder wild, wurde angenommen. Sebastians Duft, sein Geschmack erregten sie, beruhigten sie wieder, um sie dann umso mehr nach ihm verlangen zu lassen.

Oh, sie war so freigebig, so großzügig. So stark und lebendig. Ihre erhitzte Haut schimmerte wie die Rüstung einer Kriegsgöttin, die in den Kampf zog. Sie war schlank und rank, beweglich wie eine Fantasie, erfüllend wie ein Traum. Sebastian hörte Mels schweren Atem an seinem Ohr, fühlte, wie sie die Fingernägel in seinen Rücken krallte, als ihr Körper den Gipfel erstürmte, den er sie hinaufgetrieben hatte.

Selbst als ihre Hände herabfielen, feuerte er sie weiter an. Er wollte ihr Blut wieder rauschen hören, wollte sich an ihrem keuchenden Atem laben, wie sie seinen Namen ausstieß.

„Komm mit mir", murmelte er atemlos und blickte tief in ihre Augen.

Und als sie die Arme um ihn schlang, nahm er sie.

Mel glaubte Musik zu hören. Wunderschön, unglaublich lieblich. Musik, die aus dem Herzen kommt.

Sie wusste nicht, woher dieser Gedanke kam, aber sie lächelte im Halbschlaf und drehte sich um.

Doch da war nur ein leerer Platz.

Sofort hellwach, setzte sie sich im Dunkeln auf. Sie wusste, dass sie allein im Zimmer war. In Sebastians Schlafzimmer. Das Zusammensein mit ihm war kein Traum gewesen. Genauso wenig wie es ein Traum war, dass sie jetzt allein in seinem Bett lag.

Sie tastete nach der Nachttischlampe und schaltete das Licht ein. Seinen Namen rief sie nicht. Sie wäre sich albern vorgekommen. Stattdessen rappelte sie sich aus dem Bett hoch. Sein Hemd lag noch auf dem Boden. Sie zog es über und folgte der Musik.

Eigentlich gab es keine genaue Richtung. Leise, wie ein Flüstern nur, schien der Klang die Luft um sie herum zu erfüllen. Sie glaubte, Gesang wahrzunehmen, Streicher, Flöten und Hörner, doch sie hätte es nicht sicher sagen können. Es war mehr wie ein Vibrieren in der Luft, geheimnisvoll und doch wunderschön.

Mel ließ sich von dem Klang führen, folgte ihrem Instinkt. Die Musik wurde weder lauter noch leiser, doch schien sie irgendwie flüssiger zu werden, strich über ihre Haut, drang in ihren Geist, während sie dem Gang folgte, der nach links abbog, und dann in eine Treppe mündete.

Mel sah das Schimmern von Kerzenlicht, ein ätherisches Flackern, das zu einer goldenen Flut wurde, je näher sie dem Raum am Ende des Korridors kam. Sie roch Kerzenwachs, der Duft von Sandelholz lag in der Luft.

Sie merkte nicht, dass sie den Atem anhielt, als sie auf die Schwelle trat.

Der Raum war nicht groß. Das Wort „Kammer“ schien besser zu passen, und Mel fragte sich, warum ihr ausgerechnet eine solch altmodische und wunderliche Beschreibung eingefallen war. Die Wände waren mit Holz verkleidet, auf die die Flammen von Dutzenden von Kerzen ein warmes Licht warfen.

Da waren Fenster, drei an der Zahl, in der Form eines Halbmondes. Mel erinnerte sich daran, dass sie ihr aufgefallen waren, als sie das Haus von außen betrachtet hatte. Ihr wurde klar, dass sie sich im höchsten Teil des Hauses befand.

Der Nachthimmel mit seinen Millionen Sternen funkelte durch das Oberlicht, das Sebastian geöffnet hatte. Stühle und Tischchen und Truhen standen in dieser Kammer. Sie sahen eher aus, als gehörten sie in ein mittelalterliches Schloss denn in ein modernes Zuhause. Mel erkannte Kristallkugeln, bunte Schalen, filigrane Silberspiegel, Stäbe aus Kristall und Kelche, besetzt mit funkelnden Steinen.

Sie glaubte nicht an Zauberei. Sie wusste genau, dass es immer einen doppelten Boden in der Truhe des Magiers gab, dass er immer einen Trick im Ärmel hatte. Doch während sie hier stand, in der Tür zu diesem Raum, fühlte sie die Luft vibrieren, als wäre sie lebendig, als würden Tausende von Herzschlägen sie erfüllen.

Und sie wusste, das hier war mehr. Mehr, als sie je zu träumen gewagt hätte. In einer Welt, die sie zu kennen glaubte.

Sebastian saß in der Mitte der Kammer, in einem Pentagramm, eingelassen in den Holzboden. Mit dem Rücken zu ihr und völlig regungslos. Ihre Neugier war immer die stärkste treibende Kraft in ihr gewesen, aber sie entdeckte etwas, das noch stärker war: ihr Bedürfnis, seine Privatsphäre nicht zu stören.

Sie zog sich lautlos zurück, doch da sprach er.

„Ich wollte dich nicht wecken."

„Das hast du nicht." Sie nestelte an einem Knopf seines Hemdes. „Ich hörte die Musik. Ich habe mich gefragt …" Sie brach ab und sah sich verwirrt um. Hier gab es keine Stereoanlage, kein Gerät, das Musik abspielen könnte. „Ich fragte mich, woher sie wohl kommen mag."

„Es ist die Musik der Nacht." Sebastian stand auf. Obwohl Mel sich nie für schamhaft gehalten hatte, wurde sie rot, als er nackt im Kerzenlicht vor ihr stand, ihr seine Hand bot.

„Ich wollte nicht stören."

„Das tust du nicht." Als er ihr Zögern bemerkte, hob er eine Augenbraue, trat einen Schritt vor und nahm ihre Hand. „Ich musste meinen Geist reinigen. Neben dir konnte ich das nicht." Er küsste ihre Handfläche. „Zu viele Gedanken, die das Wesentliche trübten."

„Ich hätte wohl besser nach Hause fahren sollen."

„Nein." Er beugte sich zu ihr und küsste sie zärtlich. „Nein, auf keinen Fall."

„Weißt du, eigentlich …" Sie wich ein wenig zurück, wusste

nicht, wohin mit ihren Händen. „Ich meine, normalerweise tue ich solche Dinge nicht."

Sie sah so jung aus, so zerbrechlich, in seinem ihr viel zu großen Hemd, mit den übergroßen Augen, die Haare wirr von Liebesspiel und Schlaf. „Muss ich jetzt sagen, dass, da du für mich anscheinend eine Ausnahme gemacht hast, es dir sehr gut gelungen ist?"

„Nein, nicht unbedingt." Dann lächelte sie spontan. Doch, sie war zufrieden mit sich. Sie beide hatten ihre Sache gut gemacht. „Aber es ist nett, es zu hören. Sitzt du eigentlich öfter nackt bei Kerzenlicht auf dem Boden, hier in dieser Kammer?"

„Wenn der Geist mich ruft, ja."

Sie fühlte sich jetzt wohler, weniger gehemmt und begann, im Raum umherzugehen. Mit geschürzten Lippen nahm sie einen Silberspiegel zur Hand. „Ist das hier etwa Zauberkram?"

Er fand sie anbetungswürdig, wie sie dastand und mit kritischem Blick die jahrhundertealte, unbezahlbare Kostbarkeit beäugte. „Es heißt, er gehörte Ninian."

„Wem?"

„Ah, Sutherland, dein Wissen lässt wirklich zu wünschen übrig. Ninian war die Fee, der es gelang, Merlin seiner Kräfte zu berauben und ihn in dem Kristallkäfig gefangen zu setzen."

„So?" Sie betrachtete den Spiegel genauer, fand ihn hübsch. Dann legte sie ihn ab und studierte eine große Kugel aus Rauchquarz. „Wozu benutzt du diese Dinge?"

„Zum Vergnügen." Er brauchte keine Zauberspiegel und keine Kristallkugeln, um zu sehen. Er sammelte diese Dinge nur aus einem Sinn für Ästhetik und Tradition. Es amüsierte ihn, wie Mel mit zusammengekniffenen Augen und gerunzelter Stirn diese mächtigen Werkzeuge untersuchte.

Sebastian wollte ihr etwas schenken. Er hatte die flüchtige Trauer in ihren Augen nicht vergessen, als die Sprache auf ihren Vater gekommen war und sie gesagt hatte, sie erinnere sich nicht mehr.

„Möchtest du sehen?"

„Was sehen?"

„Einfach sehen", sagte er sanft und ging zu ihr. „Komm." Er nahm die Kugel in eine Hand, ihre Hand in die andere und zog Mel in die Mitte des Raumes.

„Ich glaube nicht, dass …"

„Knie dich hin." Er zog sie mit sich auf den Boden. „Vergangenheit oder Zukunft? Was wählst du?"

Sie lachte nervös und ging in die Hocke. „Solltest du jetzt nicht einen Turban tragen?"

„Benutze deine Vorstellungskraft." Er berührte sacht ihre Wange. „Ich denke, Vergangenheit. Um deine Zukunft kümmerst du dich lieber selbst."

„Damit zumindest hast du recht, aber …"

„Lege deine Hände um die Kugel, Mel. Es gibt nichts, wovor du Angst haben müsstest."

„Ich habe keine Angst." Sie rutschte unruhig hin und her, stieß langsam den Atem aus. „Es ist schließlich nur Glas, nicht wahr? Es ist nur komisch", murmelte sie und berührte die Glaskugel. Sebastian legte seine Hände ebenfalls an die Kugel und lächelte Mel an.

„Meine Tante Bryna, Morganas Mutter, schenkte mir diese Kugel zu meiner Taufe. Für mich war es so was Ähnliches wie Stützräder an einem Fahrrad, wenn man das Radfahren erst lernen muss."

Die Kugel lag kühl und glatt in ihren Händen, wie Wasser. „Als Kind hatte ich mal so eine Kugel. Sie war schwarz. Man musste eine Frage stellen und sie dann schütteln, und dann würde eine geschriebene Antwort erscheinen. Meist stand da immer nur: ‚Frage unklar. Wiederholen.'"

Er fand ihre Befangenheit rührend. Die Macht strömte ihm zu, erfüllte ihn, süß wie Wein, erfrischend wie eine Frühlingsbrise. Es war etwas Einfaches, das er ihr zeigen wollte.

„Blicke hinein", sagte er, und seine Stimme hallte fremd von den Wänden wider. „Und sehe."

Sie folgte seiner Aufforderung. Zuerst erkannte sie nichts anderes als eine hübsche Glaskugel, in deren Innern sich das Licht zu den Farben des Regenbogens brach. Doch dann trübte sich das Glas langsam, wurde dunkler. Schatten in Schatten, Farben, die zusammenschmolzen, Formen, die Gestalt annahmen.

„Oh", entfuhr es ihr, als die Kugel in ihren Händen nicht mehr kühl war, sondern warm wurde wie ein Sonnenstrahl.

„Sehe", sagte er noch einmal, und seine Stimme schien direkt in ihrem Kopf zu sein. „Mit deinem Herzen."

Da war ihre Mutter, so jung, so hübsch, auch wenn der Eyeliner viel zu dick war und der Lippenstift viel zu hell. Ihr Lachen war es, das sie trotz des Make-ups hübsch machte. Ihr blondes Haar, schulterlang, wehte im Wind. Sie lachte zu einem jungen Mann auf, in einer weißen Uniform, die Matrosenmütze keck in die Stirn gezogen.

Der Mann hielt ein Kind auf dem Arm, ein Mädchen, ungefähr zwei Jahre alt, in einem rosa Rüschenkleidchen und mit schwarzen Lackschuhen.

Das ist nicht nur irgendein Mädchen, dachte Mel. Das Herz klopfte ihr bis zum Hals. Das bin ich. Ich bin dieses Kind.

Im Hintergrund war ein Schiff zu sehen, ein großes graues Marineschiff. Eine Militärkapelle spielte einen Marsch, Menschen drängten sich auf dem Pier, umarmten einander. Mel konnte keine Worte verstehen, hörte nur das allgemeine Gemurmel.

Sie sah, wie der Mann das kleine Mädchen lachend in die Luft warf. Und hier, in der Kammer, spürte sie das Gefühl in ihrem Magen. Und noch etwas spürte sie. Liebe und Vertrauen und Unschuld. Seine Augen strahlten gut gelaunt vor Stolz und Aufregung. Starke Hände, die sie sicher hielten. Der Hauch eines Aftershaves. Das Kichern, das in ihrer Kehle kitzelte.

Die Bilder veränderten sich auf einmal. Ihre Eltern küssten sich. Lang, innig. Dann salutierte der junge Mann, der ihr Vater war, warf sich den Seesack über die Schulter und stieg die Gangway hinauf.

Die Kugel in ihrer Hand wurde wieder klar, war nur Glas, das das Prisma des Lichts zurückwarf.

Hätte Sebastian den Glasball nicht gehalten, wäre er Mel aus der Hand und zu Boden gefallen.

„Mein Vater. Das war mein Vater. Er ... war bei der Marine. Er wollte die Welt kennenlernen. Er stach damals nach Norfolk in See. Ich war erst zwei, ich erinnere mich nicht mehr. Meine Mutter erzählte mir immer, dass wir ihn damals zum Schiff gebracht haben und wie aufgeregt er war." Ihre Stimme brach, und sie nahm sich Zeit, um sich wieder zu sammeln. „Einige Wochen später gab es einen Sturm auf dem Mittelmeer. Er ist auf See verschollen. Er war erst zweiundzwanzig, ein halbes Kind noch. Mutter hat Fotos, aber Fotos geben nicht viel her." Sie starrte auf die Glaskugel, dann sah sie auf in Sebastians Gesicht. „Ich habe seine Augen. Mir war nie klar, dass ich meine Augen von ihm geerbt habe.“ Sie schloss eben jene Augen, bis sie sich wieder einigermaßen unter Kontrolle hatte. „Ich habe gesehen, nicht wahr?“

„Ja.“ Sebastian streichelte ihr über das Haar. „Aber ich habe es dir nicht gezeigt, um dich traurig zu machen, Mary Ellen.“

„Nein, das bin ich nicht. Es tut mir nur leid.“ Mit einem Seufzer schlug sie die Augen nun wieder auf. „Leid, weil meine Mutter sich an zu viel erinnert und ich es nie verstanden habe. Leid, weil ich mich nicht an ihn erinnern kann. Und es hat mich glücklich gemacht, ihn zu sehen, uns alle zusammen zu sehen, dieses eine Mal.“ Sie ließ die Kugel los, in seinen Händen zurück. „Danke.“

„Es ist nicht viel, nach dem, was du mir heute Nacht gegeben hast.“

„Was ich dir gegeben habe?“, wiederholte sie verständnislos.

„Dich selbst.“

„Oh, das ...“ Sie räusperte sich. „Ich weiß nicht, ob mir gefällt, wie du es beschreibst.“

„Wie würdest du es denn ausdrücken?“

Sie sah ihm nach, wie er die Kugel auf ihren Platz zurückstellte. „Ich weiß auch nicht. Aber wir beide sind erwachsen.“

„Stimmt.“ Er kam auf sie zu, und sie war überrascht, dass sie zurückwich.

„Ungebunden.“

„So scheint es, ja.“

„Verantwortungsbewusst.“

„Ganz erheblich.“ Sanft griff er in ihr Haar. „Ich wollte dich im Kerzenschein sehen, Mary Ellen.“

„Fang nicht schon wieder damit an.“ Sie stieß seine Hand fort.

„Womit?“

„Nenn mich nicht Mary Ellen, und hör endlich mit diesem romantischen Unsinn auf.“

Ohne den Blick von ihren Augen zu lösen, strich er über ihren Hals. „Du magst keine Romantik?“

„Das nicht, aber ...“ Ihre Gefühle lagen viel zu dicht an der Oberfläche, liefen Gefahr, ans Licht zu treten, nachdem sie in die Kugel geschaut hatte. Sie musste sicherstellen, dass sie beide die grundlegenden Regeln einhalten würden. „Ich brauche es nur nicht. Ich wüsste gar nicht, was ich damit anfangen sollte. Und ich bin sicher, dass wir beide wesentlich besser zurechtkommen, wenn wir wissen, wo wir stehen."

„Wo stehen wir denn?" Er legte seine Hände um ihre Taille.

„Wie ich schon sagte, wir sind verantwortungsbewusste, ungebundene Erwachsene, die sich zueinander hingezogen fühlen."

Er küsste sie verführerisch auf die Schläfe. „Dagegen habe ich ja nichts einzuwenden."

„Solange wir mit dieser Beziehung vernünftig umgehen …"

„Oh, da sehe ich Schwierigkeiten."

„Wieso?"

Sebastian glitt mit den Händen an ihren Seiten hoch, bis seine Finger die schwellende Rundung ihrer Brust streicheln konnten. „Ich fühle mich nämlich im Moment keineswegs vernünftig."

Mels Knie gaben nach, ihr Kopf fiel in den Nacken. „Es ist nur eine Sache der … der Prioritäten."

„Meine Prioritäten stehen absolut fest." Er spielte mit seiner Zunge an ihren geöffneten Lippen. „Ganz oben auf der Liste steht: Ich will mit dir schlafen, bis wir beide nur noch ein atemloses, zuckendes Bündel Fleisch sind."

„Gut." Willig ließ sie sich von ihm auf den Boden ziehen. „Das ist ein ausgezeichneter Anfang."

Mel arbeitete einfach effektiver mit Listen.

Am nächsten Abend saß sie an ihrem Schreibtisch und versuchte eine solche zusammenzustellen. Es war die erste freie Stunde, seit sie Sebastians Haus um zehn Uhr morgens verlassen hatte, bereits gehetzt und hinter ihrem Zeitplan zurück.

Dabei war sie noch nie ihrem Zeitplan hinterhergehinkt. Allerdings hatte sie auch noch nie eine Beziehung mit einem Zauberer gehabt. Es gab anscheinend immer ein erstes Mal.

Hätte sie nicht ein Treffen mit einem Klienten, Papierkram zu erledigen und einen Gerichtstermin wahrzunehmen gehabt, wäre sie vielleicht gar nicht von Sebastian weggekommen. Er hatte wahrlich alles in seiner Macht Stehende versucht, um sie davon abzubringen.

In Erinnerungen schwelgend, tippte sie sich lächelnd mit dem Bleistift an die Lippen.

Aber Arbeit ist Arbeit, ermahnte sie sich. Sie hatte ein Geschäft zu führen.

Die besten Neuigkeiten des Tages waren, dass die Polizei von New Hampshire James T. Parkland festgenommen hatte. Außerdem gab es da einen Sergeant, der sehr dankbar für ihren Tipp war und zudem sehr verstimmt, weil das FBI übernommen hatte. Was ihn wiederum sehr kooperationsbereit machte.

Er hatte Mel eine Kopie von Parklands Aussage gefaxt. Das war ein guter Anfang.

Sie hatte jetzt den Namen des Geldeintreibers, der Parklands Schuldschein besaß. Daraus würde sich bestimmt mehr machen lassen. Mit ein bisschen Glück würde Mel wohl ein paar Tage in Lake Tahoe verbringen.

Sie musste mit Devereaux reden. Sicher wollte er seine eigenen Leute für diesen Fischzug einsetzen, und Mel würde sehr gute und stichhaltige Gründe vorbringen müssen, um ihn zu überzeugen, dass sie und Sebastian einfach die besseren Köder waren.

Ihre Kooperationsbereitschaft im Merrick-Fall sprach für sie, aber das würde nicht ausreichen. Die Partnerschaft mit Sebastian gereichte ihr auch zum Vorteil. Außerdem war sie bereit, den Löwenanteil der Bundespolizei zu überlassen, damit die sich mit den Federn schmücken konnten, was ebenso ein Pluspunkt für sie war.

„Ist der Laden noch offen?“ Sebastian trat durch die Tür.

Sie ignorierte das Flattern in ihrem Magen geflissentlich und lächelte ihm zu. „Ehrlich gesagt, wollte ich in fünf Minuten schließen.“

„Das trifft sich ja bestens. Was ist das denn?“ Er nahm ihre Hand und zog Mel von ihrem Stuhl hoch, um das pfirsichfarbene enge Kostüm zu bewundern, das sie trug.

„Ein Gerichtstermin heute Nachmittag.“ Sie bewegte unruhig die Schultern, als er mit der Perlenkette an ihrem Hals spielte. „Scheidungsfall. Hässliche Geschichte. Da ist es besser, wenn man wie eine Lady aussieht.“

„Das ist dir gelungen.“

„Du hast leicht reden. Man braucht doppelt so lange, um sich als Lady fertig zu machen denn als Normalbürger.“ Mel lehnte sich mit der Hüfte an die Schreibtischkante und reichte Sebastian ein Blatt Papier. „Parklands Aussage.“

„Schnelle Arbeit."

„Er ist ein erbärmlicher kleiner Gauner. Wie du lesen kannst, war er nur völlig verzweifelt, er wollte niemanden verletzen. Versank bis über beide Ohren in Spielschulden und fürchtete um sein Leben." Sie gab eine schnelle, wenig damenhafte Einschätzung seiner Ausreden an. „Wundert mich, dass er nicht noch eine schwere Kindheit hinzugefügt hat und wie sehr er sein ganzes Leben darunter gelitten hat, dass sein Vater ihm nie das rote Feuerwehrauto zu Weihnachten geschenkt hat."

„Er wird bezahlen", sagte Sebastian. „Ob erbärmlich oder nicht."

„Stimmt, denn er ist zudem ziemlich beschränkt. Dass er David über die Staatsgrenze gebracht hat, hat ihn so richtig reingerissen." Sie streifte den Pumps von einem Fuß und rieb sich über die Wade. „Er behauptet, er hätte den Auftrag per Telefon bekommen."

„Hört sich doch logisch an."

„Sicher. Möchtest du etwas trinken?"

„Ja, gern." Während Mel in der Küche verschwand, las Sebastian die Aussage noch einmal.

„Fünftausend Dollar, um ein Kind zu entführen. Ziemlich mickrige Summe im Vergleich zu der Haftstrafe, die ihm bevorsteht." Sie drehte sich um, sah Sebastian im Türrahmen und reichte ihm das Glas Limonade. „Er schuldet einem Casino in Tahoe dreieinhalbtausend Dollar, und er wusste, wenn er nicht bald bezahlte, würde man ihm eine mit Sicherheit unangenehme Gesichtsbehandlung verpassen. Also hat er nach einem Kind gesucht." Mel nahm auch einen Schluck Limo.

„Warum gerade David?" Sebastian folgte ihr in den angrenzenden Raum.

„Das habe ich herausgefunden. Stan hat vor ungefähr fünf Monaten Parklands Auto repariert. Stan zeigt jedem, der nicht sofort die Flucht ergreift, Fotos von David. Also hat Parkland sich wohl gedacht, es ist einfacher, ein Kind zu entführen, als unerwünschte Gesichtschirurgie über sich ergehen zu lassen. David ist ein süßes Baby. Selbst ein Widerling wie Parkland wusste, dass ein süßes Baby den Käufer beeindrucken würde."

„Hm." Sebastian rieb sich übers Kinn und studierte Mels Schlafzimmer. Er nahm an, dass es ein Schlafzimmer war, da in der Mitte ein ungemachtes schmales Bett stand. Aber es schien auch ein Wohnraum zu sein, denn auf einem Sessel stapelten sich Bücher und Zeitschriften, außerdem gab es einen tragbaren Fernseher auf einem wackligen Pflanzenständer und eine Tischlampe in Form einer Forelle. „Hier lebst du also?"

„Ja." Mel kickte einen Stiefel aus dem Weg. „Die Haushälterin hat Urlaub. Also", fuhr sie ungerührt fort und setzte sich auf eine Truhe, auf der Sticker nahezu sämtlicher Bundesstaaten klebten, „nahm er den Job an, bekam per Telefon Instruktionen von Mr. X und hat David am vereinbarten Treffpunkt mit der Rothaarigen gegen einen Briefumschlag mit Bargeld ausgetauscht." Sie beobachtete, wie Sebastian im Zimmer umherging und ihren Krimskrams, von dem es reichlich gab, begutachtete. „Hörst du mir überhaupt zu?"

Er drehte sich lächelnd zu ihr. „Weißt du eigentlich, dass es eine sehr mutige Seele braucht, um Orange und Violett als Farben in ein und demselben Raum zu benutzen?"

„Ich mag eben fröhliche Farben."

„Und rot gestreifte Bettwäsche."

„War ein Sonderangebot", erwiderte Mel ungeduldig. „Außerdem schließt man die Augen, wenn man schläft. Hör mal, Donovan, wie lange sollen wir noch über meine Einrichtung reden?"

„Oh, nur noch eine Minute. Oder vielleicht zwei." Sebastian nahm eine Schale auf, die wie eine Katze geformt war. Darin befanden sich etwas Kleingeld, eine Sicherheitsnadel, ein paar abgerissene Knöpfe, eine einzelne Patrone, Pfandwertmarken der Limonade, von der sie überwiegend zu leben schien, und ein professioneller Dietrich.

„Du gehörst nicht unbedingt zu den Leuten, die penibel Ordnung halten, was?"

„Mein Organisationstalent setze ich für meine Arbeit ein."

„Aha." Sebastian setzte die Schale ab und nahm ein Buch auf. „‚Das Handbuch des Übersinnlichen'?", las er amüsiert den Titel.

„Recherche." Sie runzelte die Stirn. „Ich habe es mir aus der Bücherei geliehen."

„Und? Was hältst du davon?"

„Es hat nicht viel mit dir zu tun."

„Das denke ich auch." Er legte das Buch wieder ab. „Dafür hat dieser Raum sehr viel mit dir zu tun. Genau wie dein karges, zweckmäßiges Büro. Dein Verstand arbeitet sehr diszipliniert und ordentlich. So ordentlich wie dein Aktenschrank."

Mel war nicht sicher, ob sie das als Kompliment auffassen sollte. „Donovan, ich ..."

„Aber deine Gefühle", fuhr er fort, ohne sich unterbrechen zu lassen, und kam auf sie zu, „sind sehr chaotisch, sehr farbenfroh und lebendig."

Sie schlug seine Hand fort, als er wieder mit ihrer Perlenkette spielte. „Ich versuche hier ein sachliches Gespräch mit dir zu führen."

„Hast du nicht gesagt, das Geschäft sei für heute geschlossen?"

„Ich arbeite nicht zu festen Zeiten."

„Ich auch nicht." Er knöpfte den obersten Knopf ihres Blazers auf. „Seit ich dich heute Morgen das letzte Mal geliebt habe, denke ich an nichts anderes mehr als daran, dich wieder zu lieben."

Mels Haut begann zu brennen, und sie wusste, dass man ihre Versuche, ihn davon abzuhalten, ihr die Jacke auszuziehen, nicht einmal mehr als halbherzig bezeichnen konnte. „Anscheinend hast du nichts anderes, an das du denken kannst."

„Ich muss sagen, du reichst mir völlig. Übrigens habe ich bereits ein paar Schritte unternommen – professionell gesehen –, die dir sicher zusagen werden. Du siehst, ich habe auch gearbeitet."

Sie drehte den Kopf, um seinem Mund auszuweichen. „Was für Schritte?"

„Nun, da wäre zum einen eine sehr lange und ergiebige Unterhaltung mit Agent Devereaux und seinem Vorgesetzten."

Sie riss die Augen wieder auf und versuchte sich seinen Händen zu entziehen. „Wann? Was haben sie gesagt?"

„Man könnte sagen, es ist alles in die Wege geleitet, es dauert noch ein paar Tage. Du wirst dich gedulden müssen."

„Ich will mit ihm reden. Ich denke, er sollte ..."

„Das wirst du auch. Morgen. Übermorgen spätestens." Mit einer Hand fasste er ihre Handgelenke und legte ihr die Arme auf den Rücken. „Was geschehen soll, wird früh genug geschehen. Ich weiß es. Das Wann und das Wo."

„Dann ..."

„Heute Abend sind nur du und ich wichtig."

„Sag mir wenigstens ..."

„Ich werde es dir zeigen", murmelte er. „Wie einfach es ist, alles zu vergessen, an nichts anderes mehr zu denken. Nichts anderes mehr zu wollen." Er sah ihr in die Augen und knabberte an ihren Lippen. „Ich bin nicht sehr sanft mit dir umgegangen."

„Das macht nichts."

„Ich bedaure es auch nicht. Aber dich in diesem kleinen Kostüm zu sehen, weckt in mir den Wunsch, dich wie eine Lady zu behandeln. Bis es dich um den Verstand bringt."

Mels Lachen klang atemlos, als Sebastian mit seiner Zunge ihren Hals liebkoste. „Du bist auf dem besten Wege."

„Dabei habe ich noch nicht einmal angefangen."

Mit der freien Hand streifte er Mel die Jacke von den Schultern. Die pastellfarbene Bluse, die sie darunter trug, ließ ihn an elegante Teepartys in gepflegten Gärten denken. Und während sein Mund ihr Gesicht und ihren Hals liebkoste, widmeten sich seine Finger mit Hingabe der Spitze, die unter dem seidigen Stoff verborgen war.

Mel begann zu zittern. Sie dachte kurz daran, wie albern es war, dass Sebastian ihre Arme festhielt. Und dass sie es zuließ. Aber es war eine zu köstliche Empfindung, seine Berührungen zu spüren, langsam, vorsichtig, wie zögernd und doch entschlossen.

Sie spürte seinen Atem auf ihrer Haut, als er ihre Bluse zur Seite schob, seine Zunge, die die schwellenden Rundungen über der Spitze erkundete. Sie wusste, dass sie immer noch stand, beide Füße auf dem Boden, und doch war ihr, als würde sie schweben.

Ihr Rock glitt zu Boden. Sebastian ließ die Hände über ihre Seiten zu ihren Schenkeln fahren. Sie gab einen kleinen Laut von sich, als er verführerisch mit ihrem Strumpfband spielte.

„Das ist so erstaunlich, so unerwartet, Mary Ellen, du überraschst mich."

Sie schnappte leise nach Luft, als er geschickt den Verschluss öffnete. „Nur praktisch. Ich zerreiße mir immer die Strümpfe ..."

„Betörend praktisch."

Er kämpfte gegen das Verlangen an, das ihn drängte zu nehmen, was er brauchte. In Finns Namen, wie hätte er auch ahnen können, dass der Anblick dieses wunderbar schlanken, muskulösen Körpers in Spitze seine Selbstbeherrschung völlig untergraben würde?

Er wollte nichts anderes als verschlingen, erobern, besitzen.

Aber er hatte ihr Zärtlichkeit versprochen.

Sanft drückte er Mel auf das schmale Bett, sein Mund an ihrem, kniete sich über sie und hielt Wort.

Sebastian hatte recht. In kurzen Momenten blitzte die Erkenntnis in ihr auf, dass er recht hatte. Es war so einfach, an nichts anderes als an ihn zu denken. Nichts anderes zu wollen als ihn.

Seine Zärtlichkeit hüllte sie ein, ihr Körper erwachte zu wildem, ungebändigtem Leben wie in der Nacht zuvor, nur dass dieses Mal das Gefühl hinzukam, dass sie wegen ihrer Weiblichkeit, die sie so oft vergaß, begehrt wurde.

Sebastian huldigte ihr und schickte sie damit auf eine wunderbare Reise. Er erforschte und zeigte ihr ihre eigenen Geheimnisse. Das Rasende und Wilde der letzten Nacht wurde ersetzt durch eine schwebende Welt, in der die Luft mild war, die Leidenschaft herrlich träge, lasziv.

Und als Mel sein Herz immer wilder an ihrem schlagen spürte, als sein Atem immer heftiger ging, verstand sie, dass er genauso verführt wurde wie sie, von dem, was sie zusammen erschufen.

Sie öffnete sich ihm, zog ihn an sich, erhitzte Haut an erhitzter Haut, rasender Puls an rasendem Puls. Und als der Schauer Sebastian erfasste, war Mel es, die ihn hielt.

9. KAPITEL

„Was denn, indem wir einen Einkaufsbummel machen?" Mel schnaubte abfällig und hakte die Daumen in die Gürtelschlaufen. „Den ganzen Tag?"

„Meine liebe Sutherland, ich finde es reizend, wie du in Jeans aussiehst, aber als Ehefrau eines wohlhabenden Geschäftsmannes brauchst du entsprechend teure Garderobe."

„Ich habe bereits so viele Klamotten anprobiert, dass es für drei Ehefrauen reicht. Man wird die Sachen mit einem Anhänger liefern müssen."

Er sah sie ausdruckslos an. „Das FBI zur Kooperation zu bewegen war einfacher."

Da sie sich plötzlich undankbar und kleinlich vorkam, rollte sie verlegen mit den Schultern. „Ich kooperiere doch, schon seit Stunden. Aber jetzt müsste es eigentlich genug sein."

„Noch nicht ganz." Er zeigte auf ein Kleid im Fenster. „Das da würde was hergeben."

Mel kaute an ihrer Unterlippe. „Das hat Pailletten."

„Hast du irgendwelche religiösen oder politischen Vorbehalte gegen Pailletten?"

„Nein, aber ich bin einfach nicht der Glitzertyp. Ich käme mir vor wie ein Idiot. Außerdem ist da ja kaum Stoff." Sie begutachtete das schulterfreie Kleid, das der Schaufensterpuppe gerade knapp über die bleichen Oberschenkel reichte. „Wie soll man sich denn damit hinsetzen?"

„Wenn ich mich recht entsinne, hast du nicht viel mehr getragen, als du dich vor ein paar Wochen auf einen Barhocker gesetzt hast."

„Das war was anderes. Da habe ich gearbeitet." Als sie sein vielsagendes Lächeln sah, zog sie eine Grimasse. „Schon gut, Donovan, du hast mich überzeugt."

Er tätschelte grinsend ihre Wange. „Sei ein guter Soldat und probier es an."

Sie brummte mürrisch in sich hinein und fluchte mit angehaltenem Atem, aber sie ergab sich in ihr Schicksal.

Mode ist ihr völlig gleichgültig, dachte Sebastian, während er unterdessen Accessoires in der exklusiven Boutique für sie zusammensuchte. Es machte sie eher verlegen, dass sie Garderobe tragen sollte, um die jede Frau sie beneidet hätte. Sie würde ihre Rolle spielen, und sie würde sie gut spielen. Sie würde die Kleider tragen, die er für sie aussuchte, völlig unempfänglich für die Tatsache, wie phänomenal sie darin aussah.

Dann würde sie so schnell wie möglich wieder in Jeans und verwaschene T-Shirts und Stiefel schlüpfen. Und ebenso wenig ahnen, wie umwerfend sie aussah.

Bei Merlins Bart, dachte er jetzt, als er eine silberne Abendtasche aussuchte, dich hat es voll erwischt, Donovan. Seine Mutter hatte ihm einmal gesagt, dass die Liebe umso schmerzhafter, wunderbarer und unentrinnbarer war, wenn sie unerwartet kam.

Wie recht sie doch gehabt hatte.

Er hätte nie geglaubt, mehr als amüsierte Faszination für eine Frau wie Mel empfinden zu können. Sie war stur, eigensinnig, ungehobelt und geradezu radikal unabhängig. Nicht gerade die Eigenschaften, die eine Frau attraktiv machten.

Aber sie war auch warmherzig und großzügig, treu und mutig, ehrlich und offen.

Welcher Mann könnte einer Frau mit einer bissigen Zunge, einem endlos weiten Herzen und einer bemerkenswerten Intelligenz widerstehen?

Sebastian Donovan zumindest nicht.

Zeit und Geduld würden nötig sein, um Mel zu gewinnen. Sie war viel zu vorsichtig und trotz ihres burschikosen Auftretens viel zu unsicher, als dass sie ihr Herz verschenkte, ohne sich nicht vorher absolut sicher zu sein, dass dieses Geschenk auch entsprechend gewürdigt werden würde.

Nun, er hatte Zeit und er war geduldig. Wenn er nicht nachsehen wollte, dann deshalb, weil er es für unfair hielt. Und weil er irgendwo in einer tiefen Kammer seines Herzens befürchtete, er könnte Mel weggehen sehen.

„Ich habe mich hineingezwängt“, knurrte Mel hinter ihm. „Aber ich bezweifle, dass es lange oben bleiben wird.“

Er drehte sich um. Und starrte sie an.

„Was ist?“ Alarmiert legte sie eine Hand auf den Ansatz ihrer Brüste, die aus der glitzernden Korsage schwellten, und sah an sich herab. „Habe ich es etwa verkehrt herum angezogen?"

Immerhin, das Lachen setzte seinen Herzschlag wieder in Gang. „Nein, es steht dir wunderbar. Es gibt nichts, was einen Mann so aufreizt wie der Körper einer großen schlanken Frau in einem kleinen Schwarzen."

Sie schnaubte. „Quatsch!"

„Perfekt. Einfach perfekt." Die Verkäuferin kam herüber und zog und zupfte den Stoff noch ein bisschen zurecht. Mel schlug ergeben die Augen zur Decke auf. „Es sitzt wie ein Traum."

„Ja", stimmte Sebastian leise zu, „wie ein Traum."

„Ich habe da noch eine Hose aus roter Seide. Die würde bestimmt zauberhaft an ihr aussehen."

„Donovan", rief Mel flehentlich hinter ihm her, doch er folgte schon der diensteifrigen Verkäuferin und ignorierte ihre Proteste.

Eine halbe Stunde später marschierte Mel aus dem Laden. „Jetzt reicht's", knurrte sie energisch. „Der Fall ist abgeschlossen."

„Nur noch ein Halt."

„Donovan, ich werde keine Kleider mehr anprobieren. Eher setze ich mich in einen Ameisenhaufen."

„Keine Kleider mehr", versprach er.

„Gut! Ich könnte Jahre in diesem Fall verdeckt ermitteln und würde immer noch nicht alles wenigstens ein Mal getragen haben."

„Zwei Wochen", sagte er. „Es wird nicht länger als zwei Wochen dauern. Bis wir erst alle Casinos durchgemacht und ein paar der entsprechenden Partys besucht haben, wirst du auch diese Garderobe gebraucht haben."

„Zwei Wochen?" Mel spürte, wie die Aufregung sie erfasste und die Langeweile verdrängte. „Bist du sicher?"

„Nenn es ein Gefühl aus dem Bauch heraus." Sebastian nahm ihre Hand. „Was wir in Lake Tahoe anfangen, wird einen Domino-Effekt in Gang setzen."

„Du hast mir nie erzählt, wie du das FBI dazu bewegen konntest, uns das machen zu lassen."

„Ich kann auf eine lange Zusammenarbeit mit ihnen zurückblicken. Sagen wir einfach, ich habe einen Gefallen eingefordert."

Mel blieb vor einem Schaufenster stehen, aber nicht, um sich die Auslagen anzusehen, sondern weil sie Ruhe brauchte, um ihre nächsten Worte zu wählen.

„Mir ist klar, dass sie mich das ohne dich nie übernehmen lassen würden. Und ich weiß auch, dass es dich eigentlich gar nichts angeht."

„Mich geht es genauso viel an wie dich, Sutherland." Er drehte sich zu ihr, um sie anzuschauen. „Es gibt keinen offiziellen Klienten, du wirst kein Honorar bekommen."

„Das ist unwichtig."

„Nein, ist es nicht." Er küsste sie lächelnd auf die Augenbraue. „Manchmal tut man etwas, nur weil man die Möglichkeit hat, die Dinge zu verbessern."

„Anfangs dachte ich, ich würde es für Rose tun", sagte Mel langsam. „Im Grunde ist es auch so, aber ich tue es auch für Mrs. Frost. Ich höre sie immer noch weinen, als wir ihr David weggenommen haben."

„Ich weiß."

Plötzlich war sie verlegen. „Aber das hat nichts damit zu tun, dass ich ein Weltverbesserer bin."

Er küsste sie noch einmal. „Ich weiß. Da sind diese Regeln." Er nahm ihre Hand, und sie gingen weiter.

Mel ließ sich Zeit, hielt ihre Stimme bewusst nichts sagend, als sie das Thema ansprach, das schon seit Tagen an ihr nagte.

„Wenn wir diese Tarnung echt aussehen lassen wollen, werden wir wohl eine Zeit lang zusammenwohnen müssen, oder?"

„Stört dich das?"

„Nicht unbedingt. Ich meine, wenn es dich nicht stört." Mel kam sich wie eine alberne Närrin vor, aber es war wichtig für sie, Sebastian verständlich zu machen, dass sie nicht zu den Frauen gehörte, die Fantasie und Realität vermischten. „Ich meine, wir werden so tun, als wären wir verheiratet. Dass wir einander lieben und so ..."

„Es hilft, sich zu lieben, wenn man verheiratet ist."

„Sicher." Sie stieß den Atem aus. „Ich will nur, dass du weißt, dass ich diese Show durchziehen kann. Ich werde meine Rolle spielen, gut sogar. Also solltest du nicht denken, dass ... Ich meine, es gibt Leute, die lassen sich vielleicht zu weit mitreißen und verlieren dann den Überblick, weil sie sich mit ihrer Rolle zu stark identifizieren. Ich möchte nur, dass du nicht nervös wirst, weil du glaubst, ich würde so was tun."

„Oh, meine Nerven halten es bestimmt aus, wenn du so tust, als seist du verliebt in mich."

Er sagte es so leicht dahin, dass sie mit gerunzelter Stirn auf den Bürgersteig starrte. „Fein. Gut. Ich wollte das nur klären."

„Sollen wir nicht ein bisschen üben?" Er drehte sie so schwungvoll herum, dass sie gegen ihn prallte.

„Wie?"

„Üben", wiederholte er. „Damit wir sicher sein können, dass wir unsere Rollen auch gut spielen." Er zog sie eng zu sich heran. „Die Rolle der liebenden Ehefrau, des Ehemannes. Küss mich, Mary Ellen."

„Wir stehen mitten auf der Straße ..."

„Genau aus diesem Grund. Was wir im Privaten machen, sieht doch keiner. Du wirst ja rot."

„Stimmt gar nicht."

„Doch. Darauf wirst du achten müssen. Eine Frau wird nicht verlegen, wenn sie ihren Mann, mit dem sie seit – wie lange war es wieder? – fünf Jahren verheiratet ist, küsst. Und laut unserer sehr gut durchdachten Geschichte haben wir schon ein ganzes Jahr vorher zusammengelebt. Du warst zweiundzwanzig, als du dich in mich verliebt hast."

„Ich kann rechnen", murmelte sie.

„Klar. Du wäschst schließlich meine Socken."

Ihre Lippen zuckten. „Von wegen. Wir haben eine moderne Beziehung. Du übernimmst die Wäsche."

„Mag sein, aber du hast deine Karriere als Assistentin der Geschäftsleitung aufgegeben, um dich ganz um unser Zuhause kümmern zu können."

„Ich hasse diesen Teil." Mel schlang die Arme um seinen Nacken. „Was soll ich denn den ganzen Tag machen?"

„Du beschäftigst dich eben mit diesem und jenem." Sebastian grinste. „Offiziell machen wir ja Urlaub, richten unser neues Zuhause ein. Das heißt, wir werden also viel Zeit im Bett verbringen."

„Ja, natürlich." Sie grinste zurück. „Aber nur für den guten Zweck." Sie küsste ihn, lang und anhaltend, bis ihrer beider Herzen den gleichen, rasenden Takt schlugen. Dann löste sie sich von ihm.

„Vielleicht würde ich dich nach fünf Jahren nicht mehr so küssen."

„Oh doch, ganz bestimmt." Er nahm sie beim Ellbogen und führte sie in den Laden seiner Schwester.

„Sieh mal einer an." Morgana stellte das Malachit-Ei zurück in seinen Halter. Von diesem Platz aus hatte sie die perfekte Aussicht durch ihr Ladenfenster gehabt. „Noch eine Minute und ihr hättet einen Verkehrsstau verursacht."

„Nur ein kleines Experiment", versicherte Sebastian. „Morgana weiß alles über den Fall." Während Mel misstrauisch die Brauen runzelte, fuhr er fort: „Ich habe keine Geheimnisse vor meiner Familie."

Morgana legte eine Hand auf Sebastians Arm, aber ihr Blick ruhte auf Mel. „Nein, wir verheimlichen einander nichts, aber wir sind erfahren in Diskretion, wenn es … um Außenstehende geht."

„Tut mir leid, ich bin es einfach nur nicht gewöhnt, andere ins Vertrauen zu ziehen."

„Ja, damit geht man immer ein Risiko ein", stimmte Morgana zu. „Sebastian, Nash ist hinten im Lager und müht sich mit dem Auspacken einer Lieferung ab. Könntest du ihm nicht ein bisschen behilflich sein?"

„Wenn du es wünschst."

Als Sebastian im Hinterzimmer verschwunden war, ging Morgana zur Ladentür und drehte das „Geschlossen"-Schild um. Sie wollte einen Moment mit Mel allein sein. „Nash hat diesen Beschützerinstinkt entwickelt. Er will nicht, dass ich Kisten und Kartons hebe."

„Das macht ja auch Sinn. In Ihrem Zustand."

„Ich bin immer noch stark wie ein Ochse." Morgana lächelte. „Außerdem gibt es andere Möglichkeiten, um schwere Waren zu sortieren."

„Hm", war alles, was Mel dazu einfiel.

„Wir protzen nicht mit dem, was wir sind. Sebastian benutzt seine Gabe zwar öffentlich, aber die Leute denken darüber, wie sie über einen Bericht in irgendeiner Klatschzeitung denken. Sie verstehen weder, was er ist, noch, welche Gabe er besitzt. Was mich betrifft, so sind die Gerüchte über mich nur förderlich fürs Geschäft. Und Ana … nun, Ana hat ihren eigenen Weg, um ihre Gabe einzusetzen."

„Tja, ich weiß nicht, was ich sagen soll." Mel hob die Hände und ließ sie hilflos wieder sinken. „Ich weiß nicht, ob ich das je begreifen werde. Als Kind hatte ich schon Schwierigkeiten damit, an den Weihnachtsmann zu glauben."

„Das ist wirklich sehr schade. Auf der anderen Seite scheint es mir unwahrscheinlich, dass ein logischer Verstand Beweise nicht anerkennen und Wissen nicht akzeptieren sollte."

„Ich kann nicht leugnen, dass Sebastian anders ist. Dass er über Fähigkeiten verfügt … eine Gabe. Und dass …" Frustriert hielt sie inne. „Nie zuvor ist mir jemand wie er begegnet."

Morgana lachte leise. „Selbst unter denen, die anders sind, ist Sebastian einzigartig. Eines Tages werden wir vielleicht genug Zeit haben, damit ich Ihnen ein paar Anekdoten erzählen kann. Er war schon immer sehr ehrgeizig. Es ärgert ihn heute noch, dass es ihm nicht gelingt, einen anständigen Zauberspruch zu Stande zu bringen."

Fasziniert machte Mel einen Schritt vor. „Wirklich?"

„Oh ja. Allerdings binde ich ihm auch nicht unbedingt auf die Nase, dass ich alle möglichen Vorbereitungen treffen muss, um nur einen Bruchteil von dem sehen zu können, was er in Sekundenschnelle erfasst." Morgana winkte ab. „Das sind alte Familienrivalitäten, das war schon immer so. Aber ich wollte einen Moment mit Ihnen allein sein, weil ich sehe, dass Sebastian Ihnen so sehr vertraut und sich auch offensichtlich so viel aus Ihnen macht, dass er diesen Teil seines Lebens vor Ihnen offen gelegt hat."

„Ich …" Mel stieß den Atem aus. Was kam als Nächstes? „Wir arbeiten zusammen", setzte sie vorsichtig an. „Und man könnte auch sagen, wir haben eine persönliche Beziehung."

„In diese persönliche Beziehung werde ich mich nicht einmischen. Aber er gehört zur Familie, und ich liebe ihn sehr. Deshalb möchte ich Sie nur bitten … Benutzen Sie die Macht nicht, die Sie über ihn haben, um ihn zu verletzen."

Mel war völlig überrumpelt. „Aber Sie sind doch die Hexe", schoss es aus ihr heraus. Sie blinzelte verlegen. „Ich meine …"

„Sie haben gesagt, was Sie meinen. Ja, ich bin eine Hexe. Aber ich bin auch eine Frau. Und wer könnte Macht besser verstehen?"

Mel schüttelte den Kopf. „Ich weiß wirklich nicht, was Sie damit sagen wollen. Vor allen Dingen weiß ich nicht, wie ich Sebastian überhaupt verletzen könnte. Ich werde darauf achten, dass er sich keinem unnötigen Risiko aussetzt, wenn wir an dem Fall …"

„Nein, das meinte ich nicht." Nachdenklich musterte Morgana Mel. „Sie verstehen wirklich nicht." Dann lächelte sie. Es war so bezaubernd klar, dass Mel nicht die geringste Ahnung hatte, wie verliebt Sebastian in sie war. „Es ist faszinierend", murmelte sie. „Unglaublich reizend."

„Morgana, wenn Sie sich vielleicht etwas klarer ausdrücken wollten …"

„Oh nein, das tue ich äußerst ungern." Sie nahm Mels Hände. „Verzeihen Sie mir, wenn ich Sie verwirrt habe. Wir Donovans wollen einander immer beschützen. Ich mag Sie, sehr. Ich hoffe, wir können Freundinnen werden." Sie drückte Mels Finger. „Ich möchte Ihnen etwas schenken."

„Das ist doch nicht nötig."

„Ich weiß", gab Morgana zu und ging zu einer Glasvitrine. „Aber als ich diesen Stein ausgewählt habe, war mir klar, dass er für eine bestimmte Person sein würde. Hier." Sie nahm einen Anhänger an einer feinen Silberkette aus dem Schaukasten.

„Das kann ich wirklich nicht annehmen. Der ist doch bestimmt sehr wertvoll."

„Wert ist relativ. Sie tragen keinen Schmuck." Morgana legte Mel die Kette um den Hals. „Sehen Sie es als Talisman an. Ein Werkzeug, wenn Sie so möchten."

Obwohl Mel nie besonders von den Dingen fasziniert gewesen war, die andere Leute sich in die Ohren hängten oder über die Finger zogen, fasste sie den Anhänger und hielt ihn auf Augenhöhe, um ihn anzusehen. Der Stein war nicht klar, aber man konnte Lichtreflexe durch ihn sehen. Er war nicht größer als ihr Daumennagel, die Farbe variierte von hellblau bis Indigo. „Was ist das?"

„Ein blauer Turmalin. Eine exzellente Hilfe bei Stress." Und ein perfekter Katalysator, um Liebe und Weisheit zu einen. Aber das sagte Morgana nicht. „Ich kann mir vorstellen, dass Sie reichlich davon in Ihrem Job ertragen müssen."

„Ich bekomme mein Pensum an Stress ab, stimmt. Vielen Dank. Er ist hübsch."

„Morgana ..." Nash steckte den Kopf zum Lagerraum heraus. „Oh, Mel. Hi."

„Hallo."

„Schatz, da ist ein Spinner am Telefon und faselt irgendwas über Kupfersmaragde auf dem vierten Chakra."

„Kunde", verbesserte Morgana resigniert. „Es handelt sich um einen Kunden, Nash."

„Wie auch immer. Auf jeden Fall will er sein Zentrum erweitern." Nash zwinkerte Mel zu. „Hörte sich nach einem wirklich dringenden Fall an."

„Ich übernehme das." Morgana winkte Mel, ihr zu folgen.

„Wissen Sie irgendwas über Chakren?", fragte Nash leise, als sie an ihm vorbeiging.

„Kann man das essen oder tanzt man dazu?"

Er klopfte ihr grinsend auf die Schultern. „Sie gefallen mir."

Mel sah zu der Kochnische hinüber, in der Sebastian es sich mit einem Bier gemütlich gemacht hatte.

„Willst du auch eins?"

„Gern." Der Duft von Kräutern hing auch hier in der Luft, dann sah Mel die Tontöpfe auf der Fensterbank stehen. Morganas Stimme drang gedämpft aus dem Nebenraum. „Ein interessanter Laden."

Sebastian reichte ihr die Flasche. „Wie ich sehe, hast du dir schon was ausgesucht."

„Oh." Unwillkürlich griff sie nach dem Stein. „Ein Geschenk von Morgana. Hübsch, nicht wahr?"

„Sehr."

„Also." Mel wandte sich an Nash. „Ich hatte noch gar keine Gelegenheit, Ihnen zu sagen, wie sehr mir Ihre Filme gefallen. Vor allem ‚Shape Shifter'. Der hat mich wirklich umgehauen."

„Wirklich?" Nash suchte in jedem vorhandenen Schrank nach mehr Keksen. „Auch mir liegt er besonders am Herzen. Es gibt nichts Besseres als einen attraktiven Werwolf mit einem Gewissen."

„Ich mag es, wie bei Ihnen das Unlogische logisch wird." Sie nippte an ihrem Bier. „Ich meine, Sie stellen die Regeln auf – ziemlich ungewöhnliche Regeln zwar –, und dann halten Sie sich daran."

„Mel hat eine hohe Meinung von Regeln", warf Sebastian grinsend ein.

„Entschuldigt." Morgana kam zurück. „Ein Notfall. Nash, du hast bereits alle Kekse vertilgt."

„Ehrlich?" Enttäuscht schloss der Angesprochene die Schranktür.

„Bis auf den letzten Krümel." Sie wandte sich an Sebastian. „Wahrscheinlich fragst du dich, ob das Paket angekommen ist."

„Genau."

Sie griff in die Tasche ihres Kleides und holte ein kleines silbernes Kästchen hervor. „Ich denke, du wirst es passend finden."

Er stand auf, um es entgegenzunehmen. Ihre Blicke hielten einander fest. „Ich vertraue auf dein Urteil."

„Und ich auf deines." Sie umfasste sein Gesicht und drückte ihm einen herzhaften Kuss auf die Lippen. „Alles Gute, Cousin." Dann schwang ihre Stimmung plötzlich um. „Nash, komm und hilf mir draußen im Laden. Ich will ein paar Dinge umstellen."

„Aber Mel lässt doch gerade meinem Ego ein paar Streicheleinheiten zukommen ..."

„Schwere Dinge", betonte sie und zog an seiner Hand. „Hoffentlich sehen wir uns bald wieder, Mel."

„Ja. Nochmals danke." Kaum dass die Tür hinter Morgana und Nash ins Schloss fiel, sah Mel Sebastian fragend an. „Was sollte das denn?"

„Morgana versteht, dass ich dies lieber im Privaten machen möchte." Er rieb mit dem Daumen über das Kästchen und beobachtete sie.

Mels Lächeln wurde leicht nervös. „Es tut doch nicht weh, oder?"

„Absolut schmerzlos", versprach er. Wenigstens für sie. Er ließ den Deckel aufschnappen und reichte ihr das Etui. Gespannt wartete er auf ihre Reaktion.

Sie warf nur einen kurzen Blick darauf und wäre zurückgewichen, hätte sie nicht bereits mit dem Rücken am Küchenschrank gestanden. Ein Ring. Wie schon die Kette, die Morgana ihr geschenkt hatte, war auch der Ring aus Silber. Filigrane Fäden zu einem komplizierten Muster verwoben, hinführend zu einem Stein in der Mitte, blass pink schimmernd mit grünen Einlagerungen am Rand.

„Was ist das?"

„Auch ein Turmalin", erklärte Sebastian. Er nahm den Ring heraus, hielt ihn gegen das Licht. „Manche behaupten, der Stein könne Energien zwischen zwei Leuten transportieren, die einander wichtig sind. Auf einer mehr praktischen Ebene, an der du sicher mehr interessiert bist, wird er in der Industrie für elektrische Schaltrelais benutzt. Sie zerbrechen bei höheren Frequenzen nicht so leicht wie andere Kristalle."

„Das alles ist sehr interessant." Ihre Kehle war staubtrocken. „Aber wofür soll er sein?"

Auch wenn das nicht die Atmosphäre war, die er sich vorgestellt hatte ... im Moment musste es reichen. „Ein Ehering", sagte er und legte ihr den Ring in die Hand.

„Wie bitte?"

„Wir können doch nicht seit fünf Jahren verheiratet sein, und du trägst keinen Ring."

„Oh." Bestimmt bildete sie sich nur ein, dass das Schmuckstück in ihrer Handfläche vibrierte. „Ja, natürlich. Aber warum kein einfacher Goldreif?"

„Weil mir das hier mehr zusagt." Mit den ersten Anzeichen von Ungeduld nahm er den Ring aus ihrer Hand und steckte ihn ihr an den Finger. Mel sah zögernd auf den Ring an ihrer Hand.

„Schon gut, schon gut, du brauchst nicht so gereizt zu sein. Es scheint mir nur eine Menge unnötiger Mühe zu sein. Wir hätten auch genauso gut ins nächste Kaufhaus gehen können und ..."

„Halt den Mund."

Sie hatte den Blick auf ihre Hand gehalten und mit dem Ring gespielt, aber jetzt ruckte ihr Kopf hoch, und ihre Augen verengten sich. „Hör zu, Donovan ..."

„Ein Mal." Er hob sie einfach vom Boden hoch. „Nur ein einziges Mal tu etwas, ohne zu widersprechen, nachzufragen, anzuzweifeln oder in mir das Bedürfnis zu wecken, dir den Hals umzudrehen."

Ihre Augen begannen zu funkeln. „Ich habe lediglich meine Meinung geäußert. Eines sage ich dir: Wenn das hier funktionieren soll, dann geht es nicht auf deine Art, es geht auch nicht auf meine Art, sondern es wird ein ‚Unsere Art' geben."

Da Sebastian trotz intensiver Suche mit keinem Gegenargument aufwarten konnte, gab er Mel wieder frei. „Meine Selbstbeherrschung ist bemerkenswert“, sagte er mehr zu sich selbst. „Ich brause nur selten auf, denn Macht und Temperament sind eine gefährliche Mischung.“

Mel schmollte und rieb sich die Oberarme, dort, wo er sie festgehalten hatte. „Da kann ich nur zustimmen.“

„Es gibt eine Regel in meiner Welt, Sutherland. Eine Regel, nach der ich lebe: ‚Auf dass niemand zu Schaden komme‘. Ich nehme das sehr ernst. Und zum ersten Mal in meinem Leben bin ich einer Person begegnet, die mich unaufhörlich reizt, mit irgendeiner Formel herauszukommen, um besagter Person sämtliche möglichen Übel anzutun.“

Sie schnaubte höhnisch und trank von ihrem Bier. „Alles nur heiße Luft, Donovan. Deine Cousine hat mir anvertraut, dass du miserabel mit Zaubersprüchen bist.“

„Oh, es gibt da einen oder auch zwei, wo ich einigen Erfolg verbuchen konnte.“ Er konzentrierte sich. Intensiv.

Mel verschluckte sich, schnappte nach Luft und griff sich an die Kehle. Der große Schluck Bier, den sie gerade getrunken hatte, brannte in ihrer Kehle, als hätte sie eine halbe Flasche hochprozentigen, selbst gebrannten Whisky heruntergespült.

„Vor allem Sprüche, die den Geist betreffen“, fügte Sebastian selbstgefällig an, während sie noch um Luft rang.

„Süß. Wirklich herzallerliebst.“ Obwohl das Brennen nachgelassen hatte, stellte sie das Bier beiseite. Wozu sich auf unnötige Risiken einlassen? „Ehrlich gesagt, ich habe keine Ahnung, worüber du dich so aufregst, Donovan. Außerdem würde ich es zu schätzen wissen, wenn du dir deine Tricks für Halloween oder den ersten April aufhebst. Oder an welchem Tag auch immer ihr zusammenkommt und euch gegenseitig eure Tricks vorführt.“

„Tricks?“ Er sagte es viel zu sanft und machte einen Schritt auf sie zu. Mel machte ebenfalls einen Schritt vor, und wer weiß, was noch hätte werden können, wenn nicht genau in diesem Augenblick die Hintertür aufgeschoben worden wäre.

„Oh.“ Anastasia, die Haare ins Gesicht geweht, versetzte der Tür mit der Hüfte einen Stoß, während sie ein Tablett mit getrockneten Blumen in den Händen hielt. „Entschuldigt.“ Sie brauchte nicht näher zu kommen, um die gekreuzten Klingen in der Luft vibrieren zu spüren. „Ich komme nachher wieder."

„Sei nicht albern." Sebastian schob Mel aus dem Weg – nicht gerade sanft – und nahm seiner Cousine das Tablett ab. „Morgana ist im Laden."

Hastig strich Anastasia sich das Haar aus der Stirn. „Ich werde ihr schnell sagen, dass ich hier bin. Nett, Sie wiederzusehen, Mel." Sie lächelte freundlich, ihre Manieren ließen sie selten im Stich. Dann fiel ihr Blick auf den Ring, den Mel trug. „Oh. Wie schön. Der sieht aus wie …" Sie hielt zögernd inne, warf einen kurzen Seitenblick auf Sebastian. „Als ob er für Sie gemacht worden wäre."

„Ich leihe ihn mir sozusagen für die nächsten Wochen."

Ana betrachtete Mel mit sanften Augen. „Ich verstehe. Ich glaube, für mich wäre es schwierig, etwas so Schönes nach ein paar Wochen wieder zurückzugeben. Darf ich?" Sie nahm Mels Hand und erkannte den Stein als den, den Sebastian den größten Teil seines Lebens besessen und wie einen kostbaren Schatz gehütet hatte. „Ja", sagte sie, „er passt genau zu Ihnen."

„Danke."

„Tja, ich habe nicht viel Zeit … Ich sollte euch wohl besser euren Streit austragen lassen." Mit einem flüchtigen Lächeln war sie auch schon nach vorn im Laden verschwunden.

Mel saß auf der Tischkante und neigte abwartend den Kopf. „Willst du weiter streiten?"

Er griff sich ihre halb volle Bierflasche. „Scheint nicht viel Zweck zu haben."

„Stimmt. Und weißt du, warum? Weil ich gar nicht wütend auf dich bin. Ich bin nur nervös. So was Großes habe ich bis jetzt noch nie gemacht. Es ist aber nicht so, dass ich Angst hätte, ich würde es nicht schaffen."

Er setzte sich neben sie auf den Tisch. „Aber?"

„Ich denke, es ist das Wichtigste, das ich je angefangen habe, und mir liegt wirklich viel daran. Dann ist da noch diese andere Sache."

„Welche andere Sache?"

„Das zwischen dir und mir. Das ist auch wichtig."

Er nahm ihre Hand in seine. „Ja, das ist es."

„Ich will nicht, dass die Grenzen zwischen beidem unscharf werden oder sich irgendwie vermischen. Weil … es ist wichtig für mich."

Er brachte ihre Finger an seinen Mund und küsste leicht die Spitzen. „Für mich auch."

Da die Stimmung wieder entspannt war, lächelte Mel. „Weißt du, was ich am meisten an dir mag, Donovan?"

„Nein."

„Du bringst solche Sachen wie einen Handkuss fertig, ohne total idiotisch dabei zu wirken."

„Das ist zu großzügig von dir, Sutherland. Du beschämst mich."

Stunden später, als die Nacht still und das Mondlicht fahl war, drehte Mel sich im Schlaf zu Sebastian hin, schlang einen Arm um seine Hüfte und schmiegte sich an ihn. Er strich ihr das Haar aus der Stirn, als sie den Kopf an seine Schulter bettete. Nachdenklich rieb er mit dem Daumen über den Ring an ihrem Finger. Wenn er wollte, könnte er zusammen mit ihr den Traum erleben, den ihr Herz jetzt träumte. Die Versuchung war groß, fast so groß, wie sie aufzuwecken. Er lauschte ihrem regelmäßigen Atem und sinnierte

Doch bevor Sebastian sich für eine Wahl entscheiden konnte, nahm er den Geruch der Ställe wahr, hörte das aufgeregte leise Wiehern der Stute.

Mel blinzelte schlaftrunken, als sie seinen Körper nicht mehr neben sich spürte. „Was ist denn? Wohin gehst du mitten in der Nacht?"

„Schlaf weiter", sagte er leise und griff nach seinem Hemd.

„Wohin gehst du?"

„Psyche wird gleich fohlen. Ich gehe zu den Ställen."

„Oh." Ohne zu zögern schwang Mel die Beine aus dem Bett und suchte nach ihren Sachen. „Ich komme mit dir. Sollten wir nicht den Tierarzt anrufen?"

„Ana wird kommen."

Sie nestelte an den Knöpfen ihrer Bluse. „Soll ich sie anrufen?"

„Sie wird kommen", sagte er nur noch einmal und verließ den Raum.

Mel rannte ihm nach, zog im Laufen die Stiefel über. „Soll ich vielleicht Wasser abkochen oder so was?"

„Ja." Schon zur Hälfte die Treppe hinunter, drehte er sich um und küsste sie. „Für Kaffee."

„Sie kochen doch immer Wasser ab", murmelte sie vor sich hin und ging in die Küche. Als das Aroma von frischem Kaffee sich in der Küche verteilte, hörte sie einen Wagen vorfahren. „Also drei Tassen", entschied Mel und sagte sich, dass es völlig nutzlos sei, jetzt zu fragen, woher Ana gewusst hatte, dass sie herkommen sollte.

Mel fand Cousin und Cousine im Stall. Ana kniete bei der Stute und murmelte auf sie ein. Neben ihr lagen zwei lederne Beutel und ein zusammengerolltes Tuch.

„Sie ist doch in Ordnung, oder?", fragte Mel, als sie hinzutrat. „Ich meine, sie ist gesund?"

„Oh ja." Ana streichelte Psyches Hals. „Sie ist gesund und in Ordnung." Ihre Stimme war beruhigend wie eine kühle Brise in der Wüste. Die Stute antwortete mit einem leisen Wiehern. „Es wird nicht lange dauern. Entspann dich, Sebastian. Es ist nicht das erste Fohlen, das geboren wird."

„Aber es ist ihr erstes", knurrte er zurück und kam sich albern vor. Er wusste doch, dass alles gut gehen würde. Er hätte ihnen sogar das Geschlecht des Fohlens sagen können. Aber das machte es trotzdem nicht einfacher, dabeizustehen und zu warten, während seine geliebte Psyche Qualen durchlitt.

Mel reichte ihm einen Becher. „Hier, Daddy, trink einen Kaffee. Du könntest natürlich auch mit Eros zusammen in der nächsten Box auf und ab marschieren."

„Das würde ihn beruhigen, Sebastian", sagte Ana über die Schulter. „Es würde helfen."

„Also gut."

„Kaffee?" Mel schob sich in die Box und bot Ana ebenfalls einen Becher an.

„Ja, danke." Ana setzte sich auf die Fersen.

„Entschuldigung", lächelte Mel zerknirscht, als sie Ana nach dem ersten Schluck die Augen aufreißen sah. „Ich mache ziemlich starken Kaffee."

„Ist schon in Ordnung. Das reicht mir dann für die nächsten zwei Wochen." Ana öffnete einen der Lederbeutel und legte getrocknete Blätter in ihre Hand.

„Was ist das?"

„Nur ein paar Kräuter", antwortete sie, während sie der Stute die

Blätter ins Maul gab. „Das wird ihr bei den Wehen helfen." Sie nahm drei Kristalle aus dem anderen Beutel, legte sie auf die zitternde Seite des Tieres und murmelte dabei auf Gälisch.

Die Kristalle müssten eigentlich rutschen. Mel starrte auf die Steine. Allen Regeln der Physik zufolge müssten diese Steine zu Boden fallen. Aber sie blieben liegen, selbst als kraftvolle Wehen den Körper des Pferdes durchliefen.

„Sie haben gute Hände", sagte Ana leise. „Streicheln Sie einfach ihren Kopf."

Mel tat, wie ihr geheißen. „Ich weiß eigentlich nichts über Geburtshilfe. Ich meine, während der Ausbildung zum Cop wurden wir zwar in den Grundbegriffen unterwiesen, aber ich habe noch nie ... Vielleicht sollte ich ..."

„Streicheln Sie ihr einfach den Kopf", wiederholte Ana sanft. „Der Rest ist das Natürlichste von der Welt."

Vielleicht ist es natürlich, dachte Mel später, als sie, Ana und Sebastian daran arbeiteten, das Fohlen auf die Welt zu bringen. Aber es war auch etwas unvergleichlich Wunderbares. Sie war schweißbedeckt, mit ihrem eigenen Schweiß und dem der Stute, aufgekratzt vom starken Kaffee und wie berauscht von der Vorstellung, einem neuen Leben ans Licht zu helfen.

Und während sie zusammen arbeiteten, fiel ihr immer wieder auf, wie Anas Augen sich veränderten. Von einem kühlen, ruhigen Grau bis zu einem rauchigen, dunklen Anthrazit. Von amüsierter Wärme bis zu einem so tiefen, so endlosen Mitgefühl, dass Mel Tränen in den Augen brennen spürte.

Einmal war sie sicher, in Anas Blick Schmerz zu erkennen, eine wilde, tiefe Qual, die erst verschwand, als Sebastian sie scharf anherrschte.

„Ich wollte ihr nur für einen Moment Erleichterung verschaffen", hatte Ana daraufhin gesagt, und Sebastian hatte den Kopf geschüttelt.

Danach war alles sehr schnell gegangen. Und Mel hatte ihr Bestes gegeben, um zu helfen.

„Wow", war alles, was sie herausbrachte, als die Stute sich daranmachte, ihren neugeborenen Sohn trockenzulecken. „Ich kann's nicht glauben. Er ist da. Einfach so." Mel betrachtete gerührt das junge Leben.

„Es ist immer wieder ein Wunder." Ana schnürte ihre Beutel zu und sammelte ihre Instrumente ein. „Psyche geht es gut, dem Fohlen auch. Ich komme heute Abend noch mal vorbei und sehe mir die beiden an, aber so wie ich es sehe, sind Mutter und Sohn bei bester Gesundheit."

„Danke, Ana." Sebastian zog seine Cousine in die Arme und drückte sie fest an sich.

„Keine Ursache. Sie waren wirklich gut, Mel. Für Ihre erste Geburt."

„Es war einfach unglaublich."

„Ich werde mich waschen gehen und dann nach Hause fahren. Morgen werde ich bis Mittag schlafen." Ana küsste Sebastian auf die Wange und mit der gleichen Selbstverständlichkeit auch Mel. „Herzlichen Glückwunsch."

„Was für eine Nacht", murmelte Mel und lehnte den Kopf an Sebastians Schulter.

„Ich bin froh, dass du hier warst."

„Ich auch. Ich war noch nie bei einer Geburt dabei. Da wird einem erst richtig bewusst, wie fantastisch die ganze Sache ist." Sie gähnte ausgiebig. „Und wie anstrengend. Ich wünschte, ich könnte auch bis Mittag schlafen."

„Warum solltest du das nicht tun können?" Er beugte den Kopf, um sie zu küssen. „Warum schlafen wir nicht einfach beide so lange?"

„Ich habe ein Geschäft zu führen. Und da ich die nächsten beiden Wochen nicht zu erreichen sein werde, muss ich vorher noch ein paar Dinge erledigen."

„Du hast hier auch noch was zu erledigen."

„So?"

„Aber natürlich." Er hob sie schwungvoll auf seine Arme, trotz des blutverkrusteten Hemds und der verschmierten Hände. „Es ist noch gar nicht so lange her, da lag ich im Bett und überlegte mir, ob ich mich in deinen Traum schleichen oder dich aufwecken sollte."

„Dich in meinen Traum schleichen?" Da Sebastian sie trug, schob Mel die Stalltür auf. „Kannst du denn so was?"

„Sutherland, bitte. Du kannst mir ruhig etwas mehr zutrauen.

Nun, auf jeden Fall", er trug sie durch die Küche und den Korridor hinunter, „da wir unterbrochen wurden, konnte ich weder das eine noch das andere tun. Also, bevor du in dein Büro gehst und dort Dinge erledigst, wirst du erst hier die angefangenen Sachen zu Ende bringen."

„Interessanter Vorschlag. Nur ... vielleicht ist es dir noch nicht aufgefallen, aber wir beide sind fürchterlich verdreckt."

„Doch, ist mir aufgefallen." Er war jetzt im Schlafzimmer angelangt und ging direkt weiter ins Bad. „Deshalb werden wir vorher auch duschen."

„Gute Idee. Ich glaube, wir ... Sebastian!"

Sie quietschte lachend, als er mit ihr in die Duschkabine stieg, beide in voller Montur, und das Wasser andrehte.

„Du Trottel. Ich habe noch meine Stiefel an!"

Er grinste. „Aber nicht mehr lange."

10. KAPITEL

Mel war sich keineswegs sicher, ob es ihr zusagte, Mrs. Donovan Ryan zu sein. Denn Mary Ellen Ryan, die Identität, in die sie geschlüpft war, schien ihr eine äußerst oberflächliche und zudem langweilige Person zu sein, deren einziges Interesse in Mode und Maniküre lag.

Natürlich war es die perfekte Tarnung, wie sie zugeben musste, als sie auf die Terrasse des großen Hauses am Lake Tahoe trat und über die im Mondlicht schimmernde Wasseroberfläche blickte.

Das Haus dagegen war wahrlich nicht zu verachten. Zwei geräumige Geschosse modernsten Komforts, geschmackvoll eingerichtet und in klaren Farben gehalten, um den Stil seiner Besitzer widerzuspiegeln.

Denn Mary Ellen und Donovan Ryan aus Seattle waren ein modernes Paar, das genau wusste, was es wollte.

Und was sie am meisten wollten, war ein Kind. Natürlich.

Bei ihrer Ankunft war Mel beeindruckt von dem Haus gewesen. So beeindruckt, dass sie sich zu einem Kommentar hatte hinreißen lassen. Nie hätte sie vom FBI erwartet, so schnell mit einer solchen Villa aufwarten zu können. Erst da hatte Sebastian ihr wie nebenbei mitgeteilt, dass es eines seiner Häuser sei, gekauft aus einer Laune heraus vor ungefähr sechs Monaten. Sebastian hatte dabei keine Miene verzogen.

Zufall oder Hexerei?, fragte Mel sich jetzt mit einem schiefen Lächeln.

„Bereit, dich in das Nachtleben der Stadt zu stürzen, Liebling?"

Das schiefe Lächeln verschwand und machte einem bösen Stirnrunzeln Platz, als sie sich zu Sebastian umdrehte. „Du wirst auf keinen Fall damit anfangen, mich mit diesen lächerlichen Kosenamen zu belegen, nur weil wir angeblich verheiratet sind."

„Der Himmel bewahre!" Er trat neben sie auf die Terrasse. Und sah so gut aus – wie Mel sich eingestehen musste –, wie ein Mann in einem Smoking nur aussehen konnte. „Lass dich mal ansehen."

„Ich habe alles angezogen." Sie bemühte sich redlich, nicht zu schmollen. „Bis hin zu den Dessous, die du ausgesucht hast."

„Ach, Sutherland, auf dich kann man sich eben verlassen." Die

Ironie war leicht und freundschaftlich und brachte immerhin ein kleines Lächeln auf Mels Lippen. Er nahm ihre Hand und drehte sie einmal um die eigene Achse. Ja, die rote Abendhose war eine exzellente Wahl gewesen. Der silberne Bolero passte hervorragend dazu, so wie auch die hängenden Rubinohrringe. Er hauchte ihr einen zärtlichen Kuss auf die Stirn. „Du siehst großartig aus. Versuch nur noch so auszusehen, als würdest du auch daran glauben."

„Ich hasse hohe Absätze. Hast du eigentlich eine Ahnung, was sie alles mit meinem Haar angestellt haben?"

Er lächelte, als er die Hand hob und ihr leicht über den kühn gestylten Bob strich. „Sehr schick."

„Du hast leicht reden. Du musstest ja auch keine Irre mit französischem Akzent ertragen und dir klebriges Zeug ins Haar schmieren, an dir zerren und ziehen lassen, bis du am liebsten laut geschrien hättest."

„Harter Tag, was?"

„Und das ist nicht einmal die Hälfte. Ich musste mir die Nägel machen lassen. Du ahnst nicht, wie das ist. Sie kommen mit diesen kleinen Scheren und Nagelfeilen und Polierfeilen und scharf riechenden Tinkturen, und dann erzählen sie dir bis ins Detail von ihren Freunden und fragen dich nach deinem Sexleben. Das Schlimmste ist, du musst auch noch so tun, als würde dir das alles ungeheuren Spaß machen. Fast hätten sie mir eine Gesichtsbehandlung aufgedrängt." Mel schüttelte sich entsetzt. „Ich will gar nicht wissen, was sie alles mit mir gemacht hätten. Ich bin geflüchtet, mit der Ausrede, dass ich nach Hause muss, um das Abendessen vorzubereiten."

„Knapp entkommen."

„Wenn ich jede Woche regelmäßig in einen Schönheitssalon gehen müsste, würde ich mich umbringen."

„Halt die Ohren steif, Sutherland. Du schaffst das schon."

„Ja." Mel seufzte und fühlte sich besser. „Nun, auf jeden Fall war es nicht schwer, meine Geschichte anzubringen. Dass ich diesen wunderbaren Mann habe, dieses große neue Haus und wie wir uns seit Jahren ein Kind wünschen, um das Glück vollkommen zu machen. Die verschlingen solches Zeug geradezu. Dann habe ich schön berichtet, wie wir die Tests durchgemacht und alle möglichen Medikamente ausprobiert haben, die fördernd für die Empfängnis sein sollen, und wie schrecklich lang die Wartelisten der Adoptionsagenturen sind. Alle waren sehr mitfühlend."

„Gute Arbeit."

„Es kommt noch besser. Ich habe die Namen von zwei Anwälten und einem Arzt. Dieser Arzt soll ein wahrer Wunderwirker auf dem Gebiet der Gynäkologie sein. Einer der Anwälte ist der Cousin der Maniküre. Der andere hat im letzten Jahr der Schwägerin der Frau, die sich die Dauerwelle hat legen lassen, geholfen, zwei rumänische Kinder zu adoptieren."

„Das werde ich mir mal genauer ansehen", sagte Sebastian nach einem Moment des Nachdenkens.

„Ich dachte mir, dass wir dem nachgehen sollten. Morgen gehe ich zu der Beauty-Farm. Und während sie an mir herumfummeln, werde ich wieder meine Story zum Besten geben."

„Es gibt kein Gesetz, das dir verbietet, Sauna und Massage zu genießen."

Sie fühlte sich unsicher und verlegen und war froh darum, dass die großen Taschen der Abendhose ihr genügend Platz ließen, um die Hände zu verstecken. „Ich komme mir dabei vor wie ... Ich weiß, dass du eine Menge Geld in diese Sache investierst."

„Ich habe ja auch genug." Er hob ihr Kinn mit einem Finger an. „Wenn ich mein Geld nicht für diese Sache ausgeben wollte, würde ich es nicht tun. Ich erinnere mich nur zu gut daran, wie Rose ausgesehen hat, als du sie zu mir brachtest, Mel. Und an Mrs. Frost. Das hier machen wir beide zusammen."

„Ich weiß." Sie fasste sein Handgelenk. „Ich sollte dir danken, anstatt ständig zu nörgeln."

„Aber du nörgelst so unheimlich süß." Als sie zu grinsen begann, küsste er sie. „Komm, Sutherland, lass uns ins Casino gehen. Ich habe das Gefühl, dass mir das Glück heute hold ist."

Der „Silver Palace" war das feudalste Hotelcasino in Lake Tahoe. Weiße Schwäne glitten über den kleinen See in der Lobby dahin, exotische Pflanzen und Blüten ergossen sich aus mannshohen Urnen, das Personal lief geschäftig in weißen Smokings mit silbernem Kummerbund umher, um jedem Gast eilfertig zu Diensten zu sein.

Mel und Sebastian gingen an einer Reihe von Läden vorbei, in denen alles, von Juwelen und Pelzen bis hin zu T-Shirts, angeboten wurde. Mel fand die Lage strategisch perfekt: Die Geschäfte waren in direkter Nähe des Casinos, sodass jeder glückliche Gewinner sofort versucht war, sein Geld wieder ins Hotel zurückfließen zu lassen.

Das Casino selbst war vom typischen Klimpern der Münzen, dem Gewirr von Stimmen und dem Surren der Roulette-Räder erfüllt. Es roch nach Rauch und Alkohol und Parfüm. Und nach Geld.

„Was für ein Ort", kommentierte Mel und betrachtete die mittelalterlichen Ritter und holden Damen, die auf die fensterlosen Wände gemalt waren.

„Was spielst du am liebsten?"

Sie zuckte die Schultern. „Es sind alles Spiele für Einfaltspinsel. Der Versuch, gegen das Haus zu gewinnen, ist das Gleiche, als würde man versuchen, mit einem Paddel gegen den Stromlauf anzurudern. Man schafft vielleicht sogar ein Stück, aber die Strömung wird einen unweigerlich wieder zurückreißen."

Sebastian knabberte an ihrem Ohrläppchen. „Du bist nicht hier, um vernünftig zu sein. Wir machen gerade unsere zweite Hochzeitsreise, erinnerst du dich? Liebling?"

„Igitt", sagte sie mit einem bewusst strahlenden und liebevollen Lächeln. „Also dann, lass uns ein paar Chips besorgen."

Sie entschied sich für die Spielautomaten, in der Hoffnung, dass sie bei diesem geistlosen Spiel genügend Muße hätte, um sich umzusehen und Eindrücke zu sammeln. Sie waren hier, um Kontakt mit Jasper Gumm aufzunehmen, dem Mann, der Parklands Schuldschein in Händen hielt. Mel war sich klar darüber, dass es mehrere Abende in Anspruch nehmen könnte, bevor diese Kontaktaufnahme tatsächlich zu Stande kam.

Sie verlor ständig, gewann dann ein paar Dollar, mit denen sie den Apparat wieder fütterte. Das Zischen der Maschinen, das gelegentliche Aufjubeln eines anderen Spielers, das Klingeln der Münzen, wenn der Apparat Geld ausspuckte, das alles empfand sie als seltsam wohltuend. Dann wurde ihr klar, dass es sie tatsächlich entspannte. Sie warf Sebastian ein Lächeln über die Schulter zu.

„Ich glaube nicht, dass die Hausbank sich wegen mir Sorgen zu machen braucht."

„Vielleicht, wenn du das Ganze etwas weniger … verbissen angehen würdest.“ Sebastian legte seine Hand auf ihre, als sie den Hebel herunterzog. Lichter blinkten auf. Glocken schlugen an.

„Oh!“ Ihre Augen wurden groß, als die Münzen zu purzeln begannen. „Das sind fünfhundert Dollar!“ Sie tanzte aufgeregt auf der Stelle, dann warf sie die Arme um Sebastians Nacken. „Ich habe gerade fünfhundert Dollar gewonnen!“ Sie drückte ihm einen herzhaften Kuss auf die Lippen, dann plötzlich erstarrte sie. „Donovan, du hast gemogelt.“

„Also wirklich, wie kannst du so etwas sagen? Nur weil man eine Maschine überlistet, hat das nichts mit Mogeln zu tun.“ Er merkte, wie Mels Sinn für Fairness ihre Freude dämpfte. „Komm mit, du kannst es ja beim Black Jack wieder verlieren.“

„Ich denke, es ist okay, oder? Schließlich haben wir ja einen guten Grund, nicht wahr?“

„Auf jeden Fall.“

Sie schlenderten zu den Tischen, nippten an Champagner und spielten ihre Rolle als zärtliches Paar. Mel bemühte sich, das alles nicht zu ernst zu nehmen, die Aufmerksamkeit, mit der Sebastian sie behandelte, die Tatsache, dass seine Hand immer da war, wenn sie danach griff.

Sie spielten die Liebenden, aber sie waren es nicht. Sie mochten und respektierten einander, aber bis zum „Glücklich bis ans Ende ihrer Tage“ war es mehr als nur ein langer Weg. Der Ring, den sie an ihrem Finger trug, war nur Maskierung, das Haus, das sie teilten, nur Tarnung.

Irgendwann würde sie ihm den Ring zurückgeben und aus dem Haus ausziehen müssen. Vielleicht trafen sie sich danach noch, für eine Zeit. Bis seine und ihre Arbeit sie in verschiedene Richtungen davonziehen ließen.

In Mels Leben blieben die Menschen nicht. Sie hatte es längst akzeptiert. Oder hatte es, bis jetzt. Wenn sie jetzt daran dachte, allein, ohne Sebastian, in eine bestimmte Richtung davonzugehen, spürte sie eine schier unerträgliche Leere in sich.

„Was ist los?“ Sebastian hatte instinktiv gespürt, dass sie sich verspannte, und rieb ihr mit einer Hand den Nacken.

„Nichts. Gar nichts.“ Auch mit der Regel, dass er nicht in ihren

Gedanken las, war er viel zu einfühlsam. „Wahrscheinlich bin ich einfach nur ungeduldig. Lass uns mal diesen Tisch versuchen."

Er hakte nicht weiter nach, obwohl er ziemlich sicher war, dass etwas anderes als der Fall sie beschäftigte. Als sie sich an einem Tisch mit fünf Dollar Einsatz niederließen, legte er den Arm um ihre Schultern, sodass sie die Karten zusammen spielten.

Sie spielte gut, wie ihm auffiel. Ihre pragmatische Natur und ihre Intelligenz hielten sie die erste Stunde im Gleichstand mit dem Haus. Er bemerkte die Art, wie sie unauffällig den Raum überblickte, alles in sich aufnahm, jedes Detail registrierte. Die Sicherheitsleute, die Kameras, das Spiegelglas auf der Empore.

Sebastian bestellte mehr Champagner und machte sich an seine eigene Überprüfung.

Der Mann neben ihm schwitzte über der Entscheidung, ob er eine Karte anfordern sollte oder nicht. Außerdem beunruhigte es ihn, dass seine Frau etwas über seine Affäre herausgefunden haben könnte. Seine Gattin zu seiner Seite rauchte Kette und versuchte sich vorzustellen, wie der junge Croupier wohl nackt aussehen mochte.

Hastig zog Sebastian sich zurück und überließ sie allein dieser Fantasie.

Neben Mel saß ein Cowboy-Typ, der den Bourbon wie Wasser herunterkippte und beständig kleine Summen gewann. Sein Geist war ein einziges Wirrwarr von Aktien, Wertpapieren, Viehbestand und der Kalkulation von Karten auf dem Tisch. Außerdem wünschte er sich, das hübsche junge Fohlen neben ihm wäre ohne männliche Begleitung an den Tisch gekommen.

Sebastian grinste in sich hinein und fragte sich, wie Mel wohl darauf reagieren würde, als „junges Fohlen" bezeichnet zu werden.

Während er die Leute am Tisch überprüfte, sammelte er Eindrücke von Langeweile, Aufregung, Verzweiflung und Gier. In dem jungen Paar, das ihm direkt gegenübersaß, fand er, was er gesucht hatte.

Die beiden waren aus Columbus, verbrachten hier den dritten Abend ihrer Hochzeitsreise und waren gerade alt genug, um überhaupt am Tisch sitzen zu dürfen. Sie waren bis über beide Ohren ineinander verliebt und hatten beschlossen, nach vielem Nachrechnen, dass sie sich hundert Dollar leisten konnten, um ein einziges Mal die Aufregung beim Glücksspiel zu erfahren.

Mittlerweile waren sie runter bis auf fünfzig, und sie amüsierten sich königlich.

Sebastian sah, dass Jerry, der junge Mann, zögerte, die nächste Karte zu nehmen. Also gab er ihm einen kleinen Schubs. Jerry hob die Hand, verlangte eine weitere Karte und riss die Augen auf, als er genau die bekam, die er brauchte.

Mit ein wenig Magie hatte Sebastian Jerry bald geholfen, seinen Einsatz zu verdoppeln, dann zu verdreifachen, während das junge Paar aufgeregt über seine Glückssträhne jubelte.

„Die sahnen ja richtig ab", bemerkte Mel leise.

„Mhm", war alles, was Sebastian erwiderte.

Nichts ahnend von der sanften Manipulation, setzte Jerry immer größere Summen. Schon bald machte die Neuigkeit die Runde, dass an Tisch drei ein Gewinner saß. Menschen sammelten sich um den Tisch, applaudierten und klopften dem überraschten Jerry auf die Schulter, als sein Gewinn die Dreitausend-Dollar-Marke überschritt.

„Oh, Jerry!" Karen, seine junge Frau, warf sich ihm an den Hals. „Vielleicht sollten wir aufhören. Das würde fast schon als Anzahlung für ein Haus reichen. Wirklich, vielleicht sollten wir aufhören."

Tut mir leid, dachte Sebastian und versetzte ihr einen kleinen geistigen Stupser.

Karen kaute an ihrer Lippe. „Nein", sagte sie dann entschieden. „Mach weiter." Sie legte den Kopf an Jerrys Schultern und lachte. „Das ist fast wie Zauberei."

Es war dieses Wort, das Mel aufblicken und die Augen zusammenkneifen ließ. „Donovan."

„Pst." Er tätschelte ihre Hand. „Ich habe meine Gründe."

Mel begann diese Gründe zu verstehen, als Jerrys Gewinn sich auf fast zehntausend Dollar belief und ein eleganter Mann in einem schwarzen Smoking sich dem Tisch näherte. Er strahlte eine unglaubliche Souveränität aus, die von der gebräunten Haut und dem gepflegten Oberlippenbärtchen nur noch unterstrichen wurde. Mel war überzeugt, dass die meisten Frauen diesen Mann durchaus mit mehr als nur einem Blick bedenken würden.

Aber seine Augen missfielen ihr sofort. Von einem blassen Blau, eiskalt und kalkulierend, obwohl er lächelte.

Die Zuschauertraube jubelte, weil Jerry wieder die richtigen Karten hatte.

„Das scheint heute Ihre Glücksnacht zu sein."

„Mann, das kann man wohl sagen!" Jerry sah dem Neuankömmling mit verwunderten Augen entgegen. „Dabei habe ich noch nie im Leben etwas gewonnen."

„Sie sind hier im Hotel untergebracht?"

„Ja, meine Frau und ich." Er drückte Karens Hand. „Es ist unser erster Abend überhaupt in einem Casino."

„Dann möchte ich Ihnen persönlich gratulieren. Ich bin Jasper Gumm. Ich leite dieses Hotel."

Mel warf Sebastian einen Seitenblick zu. „Ziemlich krumme Tour, um ihn hervorzulocken."

„Ein Umweg vielleicht", stimmte Sebastian zu. „Aber doch ein ganz erbaulicher, oder?"

„Hm ... Haben dein junger Held und seine Heldin ihren Zweck für heute Abend erfüllt?"

„Oh, ich denke ja."

„Na schön. Dann entschuldige mich bitte eine Minute." Mel nahm ihr Glas und schlenderte um den Tisch herum. Sebastian hatte recht gehabt. Das junge Paar sammelte bereits die Chips ein und bedankte sich überschwänglich beim Hotelbesitzer.

„Sie sind uns immer willkommen", hörte Mel Gumm sagen. „Wir legen Wert darauf, dass alle Gäste das Hotel als Gewinner verlassen und zurückkommen."

Als Gumm sich umdrehte, stand Mel ihm – wie zufällig – genau im Weg. Eine schnelle Bewegung, und ihr Champagner ergoss sich über seine Smokingjacke.

„Oh, das tut mir so leid!" Sie wischte über seinen feuchten Ärmel. „Wie ungeschickt von mir."

„Aber nein, es war allein meine Schuld." Er trat zurück und zog ein Taschentuch hervor, um ihre Hand abzutrocknen. „Ich fürchte, ich habe nicht aufgepasst." Er sah auf ihr leeres Glas. „Und ich schulde Ihnen einen Drink."

„Das ist wirklich nett von Ihnen, aber es war sowieso nicht mehr viel drin." Sie lächelte ihn gekonnt an. „Was ein Glück für Ihren Anzug war. Ich wollte einfach mal nur diese vielen Chips sehen. Mein Mann und ich saßen dem jungen Paar direkt gegenüber. Allerdings haben wir nicht so viel Glück gehabt."

„Dann schulde ich Ihnen auf jeden Fall einen Drink." Gumm nahm gerade ihren Ellbogen, als Sebastian zu ihnen trat.

„Darling, du solltest den Champagner trinken, nicht über Leute gießen."

Verlegen lachend, fuhr sie mit der Hand über seinen Arm. „Ich habe mich bereits entschuldigt."

„Nichts passiert", versicherte Gumm und bot Sebastian die Hand. „Jasper Gumm."

„Donovan Ryan. Meine Frau, Mary Ellen."

„Es ist mir ein Vergnügen. Sie sind Gäste des Hotels?"

„Nein. Um genau zu sein, wir sind gerade erst nach Lake Tahoe gezogen." Sebastian schaute mit liebevollem Blick auf Mel. „Wir gönnen uns eine Art zweite Hochzeitsreise, bevor wir wieder an die Arbeit müssen."

„Herzlich willkommen in unserer Gemeinde. Jetzt muss ich diesen Champagner aber erst recht ersetzen." Gumm winkte einem Kellner. Er lächelte Mel und Sebastian offen an.

„Das ist wirklich sehr nett von Ihnen." Mel sah sich bewundernd um. „Ein tolles Hotel, das Sie hier haben."

„Da wir jetzt ja praktisch Nachbarn sind, hoffe ich, dass Sie uns öfter beehren. Unser Restaurant ist wirklich ganz ausgezeichnet." Während er redete, nahm Gumm aufmerksam alle Einzelheiten in sich auf. Der Schmuck der Frau war dezent und teuer, der Smoking des Mannes maßgeschneidert. Beide strahlten die ruhige Selbstsicherheit der Wohlhabenden aus. Genau die Art von Klientel, die er für sein Hotel bevorzugte.

Als der Kellner eine neue Flasche Champagner und Gläser brachte, schenkte Gumm selbst ein. „Was machen Sie geschäftlich, Mr. Ryan?"

„Immobilien. Mary Ellen und ich haben die letzten Jahre in Seattle gelebt, aber wir haben beschlossen, dass es Zeit war, mal etwas Neues anzufangen. Glücklicherweise bin ich durch meinen Beruf nicht an einen Ort gebunden."

„Und Sie?“, wandte Gumm sich an Mel.

„Oh, ich habe mich aus dem Berufsleben zurückgezogen. Zumindest für eine Weile. Ich dachte mir, es wäre mal ganz schön, sich nur ums Heim zu kümmern.“

„Ah. Und um die Kinder.“

„Nein.“ Ihr Lächeln wurde unsicher, als sie in ihr Glas starrte. „Nein, noch nicht. Aber ich hoffe, dass die Luft hier, die Sonne, der See ... Es ist ein wunderbarer Ort, um eine Familie großzuziehen.“ Eine winzige Spur von Trauer und Verzweiflung ließ sich in ihrer Stimme hören, die ein wenig zitterte.

„Da bin ich ganz sicher. Bitte, genießen Sie das, was Ihnen das ‚Silver Palace‘ zu bieten hat. Machen Sie sich nicht rar, lassen Sie sich öfter sehen.“

„Oh, wir werden bestimmt wiederkommen“, versicherte Sebastian freundlich. „Gut gemacht“, flüsterte er Mel ins Ohr, sobald sie allein waren.

„Das denke ich auch. Was meinst du, sollen wir an den Tisch zurückkehren oder ein wenig herumschlendern und uns mit großen Kuhaugen anhimmeln?“

Er gluckste vergnügt und wollte sie für einen Kuss zu sich heranziehen, als er plötzlich innehielt. „Sieh mal an. Manchmal kommt eben alles genau so, wie es sein muss.“

„Was ist denn?“

„Trink deinen Champagner, meine Liebe, und lächle.“ Er legte den Arm um ihre Hüfte und führte sie an den Roulettetisch. „Sieh mal da rüber. Die Frau, mit der Gumm spricht. Die Rothaarige auf der Treppe.“

„Ich sehe sie.“ Mel legte den Kopf verträumt an Sebastians Schulter. „Knappe einssiebzig, fünfundfünfzig Kilo, helle Haut, Ende zwanzig bis Anfang dreißig.“

„Ihr Name ist Linda. So nennt sie sich jetzt zumindest. Als sie mit David in das Motel eingecheckt ist, hieß sie Susan.“

„Sie ...“ Mel hielt sich gerade noch zurück, fast wäre sie vorgestürmt. „Was tut sie hier?“

„Sie ist Gumms Geliebte. Und wartet auf den nächsten Job.“

„Wir müssen herausfinden, was sie wissen. Auf welchem Rang sie in der Organisation stehen.“ Grimmig trank Mel ihren Champagner leer. „Du gehst auf deine Weise vor, ich auf meine."

„Einverstanden."

Als Mel sah, dass Linda sich zu den Waschräumen aufmachte, drückte sie Sebastian das Glas in die Hand. „Hier, halt mal."

„Aber natürlich, Darling", murmelte er und sah nur noch ihren Rücken.

Mel ließ sich Zeit. Sie setzte sich an einen der geschwungenen Marmorwaschtische und frischte ihren Lippenstift auf. Puderte ihre Nase nach. Richtete die Frisur. Als Linda sich neben sie setzte, begann sie die Prozedur von vorn.

„Mist", fluchte Mel leise auf, „jetzt ist mir schon wieder ein Nagel eingerissen."

Linda schenkte ihr ein mitfühlendes Lächeln. „Ist das nicht immer wieder scheußlich?"

„Allerdings. Vor allem, da ich gerade erst heute Morgen bei der Maniküre war. Meine Nägel sind einfach zu weich." Sie suchte in ihrer Tasche nach der Nagelfeile, von der sie wusste, dass sie gar nicht existierte. „Sie dagegen haben wunderbare Nägel."

„Danke." Die Rothaarige betrachtete mit gespreizten Fingern ihre manikürten Nägel. „Meine Maniküre versteht etwas von ihrem Geschäft."

„Wirklich?" Mel drehte sich auf dem Hocker und schlug die Beine übereinander. „Ich frage mich gerade ... Mein Mann und ich sind gerade von Seattle hierhergezogen. Ich muss unbedingt die richtige Kosmetikerin, den richtigen Fitnessclub, solche Sachen eben, finden."

„Sie werden nichts Besseres finden als hier im Hotel. Der Mitgliedsbeitrag für Nicht-Gäste ist zwar ein bisschen hoch, aber es lohnt sich, glauben Sie mir." Sie blies sich den Pony aus der Stirn. „Und der Schönheitssalon hat Weltklasseformat."

„Vielen Dank für den Tipp. Ich werde mir den Salon bestimmt ansehen."

„Sagen Sie einfach, Linda hätte Sie geschickt. Linda Glass."

„Ja, das mache ich." Mel erhob sich. „Wirklich, vielen Dank."

„Keine Ursache." Linda trug Lipgloss auf. Wenn diese Frau in den Club eintreten sollte, war ihr eine nette kleine Kommission sicher. Geschäft war schließlich Geschäft.

Wenige Stunden später lag Mel ausgestreckt mitten auf dem Bett und schrieb an einer Liste. Sie trug ein viel zu weites Pyjama-Oberteil und hatte die elegante Frisur mit den Fingern in einen wirren Igellook umgewandelt.

Na schön, sie würde also die Angebote des „Silver Palace" nutzen. Morgen würde sie Mitglied des Fitnessclubs werden und den Schönheitssalon besuchen. Und, der Himmel möge ihr beistehen, sie würde sich sogar einen Termin bei der Kosmetikerin geben lassen, welche Foltern auch immer sie dort erwarteten.

Mit ein bisschen Glück würde sie sich an Linda Glass heranmachen können, und in vierundzwanzig Stunden könnten sie bereits über diskrete Frauensachen reden.

„Was treibst du da, Sutherland?"

„Ich stelle Plan B auf. Für den Fall, dass Plan A platzen sollte, habe ich gerne eine Alternative zur Verfügung. Meinst du, Enthaarungswachs tut sehr weh?"

„Ich wage es nicht einmal, eine Vermutung anzustellen." Er strich mit einem Finger ihre Wade herab. „Also, ich finde deine Haut eigentlich sehr weich."

„Aber ich brauche etwas, das mich den halben Tag in diesem Salon hält, und deshalb muss ich ihnen ja sagen können, was sie mit mir anstellen sollen." Sie hob den Kopf und sah zu ihm hoch. Er stand neben dem Bett, trug das Unterteil des Pyjamas und schwenkte einen Cognac im Glas.

Wir sehen aus wie eine Einheit, dachte sie. Wie ein richtiges Paar, das sich vor dem Zu-Bett-Gehen noch ein paar Minuten unterhält.

Allein bei dem Gedanken begann sie, unruhig auf dem Notizblock zu kritzeln. „Magst du das Zeug wirklich?"

„Welches Zeug?"

„Cognac. Für mich schmeckt er wie ekelige Medizin."

„Vielleicht, weil du noch nie richtigen Cognac getrunken hast. Hier, probier mal." Er reichte ihr den Schwenker, setzte sich dann rittlings auf ihren Rücken und begann ihre Schultern zu massieren. „Du bist verspannt."

„Ja, mag sein. Wahrscheinlich, weil ich langsam anfange zu glauben, dass es funktionieren wird. Das mit dem Fall, meine ich."

„Es wird funktionieren, das versichere ich dir. Und während du dir deine unglaublich langen Beine enthaaren lässt, gehe ich Golf spielen – zufälligerweise in demselben Club, in dem auch Gumm spielt."

Weit davon entfernt, ihre Meinung über Cognac geändert zu haben, sah sie ihn über ihre Schulter an. „Dann werden wir ja sehen, wer mehr herausfindet, oder?"

„Ja, das werden wir."

„Da ist eine Stelle genau über meiner Schulter ... Ja, da ... Ich wollte dich noch etwas zu unserem jungen Glückspaar fragen."

„Was ist mit ihnen?" Er schob das Pyjama-Oberteil höher und genoss es, sich mit ihrem Rücken zu beschäftigen.

„Ich weiß, das war deine Art, um Gumm an den Tisch zu holen, aber meinst du, es war richtig? Sie zehntausend Dollar gewinnen zu lassen?"

„Ich habe lediglich Jerrys eigene Entscheidung ein wenig beeinflusst. Ich bin sicher, Gumm hat mit dem Verkauf von Kindern wesentlich mehr für sich hereingeholt."

„Ja, sicher, ich sehe sogar eine gewisse Gerechtigkeit darin. Aber dieses Pärchen ... was ist, wenn sie es noch mal versuchen? Vielleicht können sie nicht rechtzeitig aufhören und verlieren wieder alles?"

Er lächelte und presste seine Lippen auf die Mulde in ihrem Rücken. „Ich gehe viel vorsichtiger vor, als du mir offensichtlich zutraust. Unser junger Jerry und seine Karen werden das Geld als Anzahlung für ein nettes kleines Haus in einem Vorort benutzen und ihren Freunden von ihrem Glück erzählen. Sie beide werden zu der Überzeugung kommen, dass sie ihr Glück nicht in Versuchung führen wollen, und nie wieder spielen oder wetten, abgesehen von privaten Kartenspielen. Sie werden drei Kinder haben. Und eine Krise in ihrer Ehe, im sechsten Jahr, aber sie werden sich zusammenraufen und glücklich weiterleben."

„Na ja." Mel fragte sich, ob sie sich je daran gewöhnen würde. „Dann ..."

„Genau." Er strich mit den Lippen über ihr Rückgrat und schob ihr Oberteil noch ein Stück höher. „Warum vergisst du es dann nicht endlich und konzentrierst dich auf mich?"

Verschmitzt lächelnd setzte sie den Cognacschwenker auf dem Nachttisch ab. „Vielleicht sollte ich das." Mit einer schnellen Drehung wand sie sich unter ihm und packte fest zu. Und schon lag er mit dem Rücken auf dem Bett, und sie saß triumphierend auf ihm, ihre Nasenspitze an seiner. „Hab dich!“

Er knabberte an ihrer Unterlippe. „Stimmt.“

„Vielleicht behalte ich dich sogar für eine Weile.“ Sie küsste seine Nasenspitze, seine Wangen, sein Kinn, seinen Mund. „Der Cognac schmeckt viel besser an dir als aus dem Glas.“

„Dann probier doch noch mal, nur um sicher zu sein.“

Mit einem Lachen in den Augen presste sie ihren Mund auf seine Lippen, kostete lang und tief. „Mmm. Viel besser. Dein Geschmack gefällt mir, Donovan.“ Sie verschränkte ihre Finger mit seinen und genoss es, dass er sich nicht wehrte, als sie langsam mit Lippen und Zunge an seinem Hals hinabglitt.

Sie reizte ihn, spielte mit seinem Verlangen und mit ihrem eigenen, nahm seinen Duft und Geschmack in sich auf. Warm hier, kühler dort, der kräftige Schlag seines Pulses an ihren Lippen. Sie liebte seinen Körper, die Breite seiner Schultern, die muskulöse, glatte Brust, das Zucken seines flachen Bauches unter ihren Fingerspitzen.

Sie liebte es zuzusehen, wie ihre Hand über seine Haut glitt. Als sie mit ihrer Wange über seine Brust fuhr, empfand sie nicht nur Leidenschaft, sondern ein tiefes, trunken machendes Gefühl, das in ihr anschwoll und ihre Sinne wie süßer Wein benebelte.

Dieses Gefühl machte ihre Kehle rau, ihre Augen brennen und ihr Herz überfließen.

Mit einem leisen Seufzer suchte sie seinen Mund.

Heute Nacht ist sie die Hexe, dachte Sebastian und versank in Mel. Sie war diejenige mit der Macht und der Gabe. Sie hielt sein Herz, seine Seele, seine Zukunft in ihren Händen.

Er flüsterte ihr Worte der Liebe zu, immer und immer wieder. Aber die Sprache seines Herzens war Gälisch, und sie verstand die Worte nicht.

Sie bewegten sich gemeinsam, glitten über das Bett, als wäre es ein verzauberter See. Als der Mond zu verblassen begann, der Tag näher war als die Nacht, waren sie ineinander verloren, eingehüllt in die Magie, die sie dem jeweils anderen bescherten.

Als Mel sich auf ihn setzte, ihr Körper schimmernd im Schein der Lampe, ihre Augen dunkel vor Verlangen, dachte Sebastian, dass sie nie schöner gewesen war. Oder mehr die seine.

Er streckte die Arme nach ihr aus, und sie antwortete. Ihre Körper verschmolzen. Der Moment war süß und wild und wundervoll. Eine leichte Windbrise zog durch das geöffnete Fenster.

Sie bog sich zurück, nahm ihn noch tiefer in sich auf, von glückseligen Schauern geschüttelt.

Ihre Hände fanden sich, hielten einander fest, als sie gemeinsam zum nächsten Gipfelsturm aufbrachen.

Als sie beide nicht mehr höher klimmen konnten, als er sich in ihr verströmt hatte und ihre Körper feucht und erschöpft waren, legte sie sich auf ihn, nicht wissend, dass ihr Tränen über die Wangen liefen. Sie schmiegte ihr Gesicht an seinen Hals, zitternd, als er seine Arme um sie legte.

„Halt mich", murmelte sie. „Die ganze Nacht. Lass mich die ganze Nacht nicht los."

„Nein, das werde ich nicht."

Und er hielt sie, während ihr Herz mit der Erkenntnis kämpfte, dass es liebte, bis ihr Körper sich der Erschöpfung ergab und in den Schlaf sank.

11. KAPITEL

Es war gar nicht so schwierig, Einsicht in die Terminkalender des Schönheitssalons und des Fitness-Clubs des „Silver Palace“ zu bekommen. Wenn man nur oft genug strahlend lächelte und großzügiges Trinkgeld verteilte, konnte man eigentlich alles erreichen. Da Mel besonders großzügig mit dem Trinkgeld war, gelang es ihr mühelos, ihre Termine wie zufällig mit denen von Linda Glass zusammenfallen zu lassen.

Das war der leichte Teil der Arbeit. Der schwierige stand ihr noch bevor: einen ganzen Tag lang in einem Body mit Leopardenmuster herumzulaufen.

Als Mel mit einem Dutzend anderer Frauen im Aerobic-Kurs Aufstellung nahm, lächelte sie Linda freundlich zu.

„Ah, Sie wollen es also versuchen.“ Die Rothaarige überprüfte, ob ihre Mähne immer noch attraktiv genug von dem Haarband zusammengehalten wurde.

„Vielen Dank noch mal für den Tipp“, erwiderte Mel. „Durch den Umzug habe ich mehr als eine Woche verpasst. Man kann ja so rasant die Form verlieren.“

„Wem sagen Sie das! Wann immer ich geschäftlich reisen muss …“ Linda brach ab, als die Trainerin das Tonband einschaltete und eine mitreißende Rockballade ertönte.

„Zeit fürs Aufwärmen, Ladys.“ Die junge Frau, die hauptsächlich aus einem strahlenden Lächeln und festen Muskeln bestand, drehte sich zur Spiegelwand um. „Und strecken!“, feuerte sie ihre Klasse an und machte es voller Energie vor.

Mel folgte den Anweisungen zum Aufwärmen, Strecken und dann den anstrengenderen Teilen. Obwohl sie immer geglaubt hatte, in bester Verfassung zu sein, benötigte sie all ihre Kondition, um bei den Übungen mithalten zu können. Offensichtlich hatte sie sich in den Fortgeschrittenen-Kurs eingeschrieben.

Knapp nach der Hälfte der Stunde begann sie einen tiefen Hass auf die springlebendige Animateurin mit ihrem hüpfenden Pferdeschwanz zu entwickeln.

„Noch ein Beinheben und ich versetze ihr mit eben diesem Bein einen Tritt“, murmelte Mel atemlos. Obwohl sie es gar nicht hatte aussprechen wollen, war dieser laut gedachte Kommentar anscheinend genau die richtige Taktik gewesen. Linda lächelte ihr grimmig zu.

„Ich mache mit." Sie keuchte nach Luft und vollführte die nächste Übung. „Das Mädel kann nicht älter als zwanzig sein. Sie gehört geprügelt."

Mel kicherte und keuchte ebenfalls. Als die Musik aussetzte, sackten die Frauen völlig verschwitzt in sich zusammen.

Nach Pulsüberprüfen und Abkühlen und Entspannen ließ sich Mel erschöpft neben Linda auf dem Boden nieder und hielt sich das Handtuch vors Gesicht. „Das habe ich nun davon, dass ich zehn Tage nichts getan habe." Stöhnend nahm sie das Handtuch wieder herunter. „Was hat mich denn da bloß geritten? Ich habe mich für den ganzen Tag eingeschrieben."

„Ich weiß, wie Ihnen zu Mute ist. Ich habe als Nächstes Krafttraining."

„Wirklich?" Mel lächelte überrascht. „Ich auch."

„So ein Zufall." Linda tupfte sich mit ihrem Handtuch den Schweiß vom Nacken. „Dann können wir uns ja genauso gut zusammen quälen."

Sie zogen von den Gewichten zu den Standrädern, von den Standrädern zu den Laufbändern. Je mehr sie schwitzten, desto freundschaftlicher gingen sie miteinander um. Die Gespräche begannen bei Fitnesstraining, gingen über zu Männern und schließlich erzählten sie einander ihre Lebensgeschichte.

Sie gingen gemeinsam in die Sauna, saßen zusammen im Whirlpool und beendeten die Session mit einer Massage.

„Ich kann nicht glauben, dass Sie Ihre Karriere aufgegeben haben, um sich nur noch um Haus und Haushalt zu kümmern." Ausgestreckt auf der gepolsterten Liege, hatte Linda ihr Kinn auf die verschränkten Arme gestützt. „Ich könnte mir das nicht vorstellen."

„Ich habe mich auch noch nicht so recht daran gewöhnt." Mel seufzte zufrieden, als die Masseuse ihren Rücken knetete. „Um ganz ehrlich zu sein, ich habe bis jetzt noch nicht so ganz herausgefunden, was ich den ganzen Tag mit mir allein anfangen soll. Aber es ist im Moment so eine Art Experiment."

„So?"

Mel zögerte, gerade lange genug, um Linda zu verstehen zu geben, dass dies ein heikles Thema war. „Sehen Sie, mein Mann und ich versuchen seit Jahren erfolglos, eine Familie zu gründen. Und da wir die ganze Prozedur mit Tests und Untersuchungen ohne Ergebnis durchlaufen haben, dachte ich mir, dass ... nun, wenn ich den ganzen Karrierestress für eine Weile hinter mir lasse ... dass es dann vielleicht klappen könnte."

„Es muss schwer sein."

„Ja, das ist es auch. Da wir beide Einzelkinder sind und niemanden mehr haben außer uns, wünschen wir uns eine große Familie. Es ist so unfair. Da haben wir dieses wunderbare Haus, sind finanziell mehr als abgesichert und führen eine glückliche Ehe. Aber wir können keine Kinder bekommen."

Falls die Rädchen sich in Lindas Kopf drehten, versteckte sie dies hinter einem mitfühlenden Lächeln. „Sie versuchen es wohl schon eine ganze Weile?"

„Seit Jahren. Es liegt an mir. Die Ärzte haben uns bereits mitgeteilt, wie gering die Chancen sind, dass ich je schwanger werde."

„Ich will Ihnen nicht zu nahetreten, aber haben Sie je an eine Adoption gedacht?"

„Daran gedacht?" Mel brachte ein trauriges Lächeln zu Stande. „Ich kann Ihnen gar nicht mehr sagen, auf wie vielen Wartelisten wir stehen. Wir wissen, dass wir ein Kind lieben können, auch wenn es nicht unser eigenes ist ..." Sie seufzte erneut. „Vielleicht ist es eigennützig, aber wir wollen ein noch ganz junges Baby haben. Ein älteres Kind zu adoptieren würde einfacher sein und schneller gehen, aber wir halten durch. Man hat uns gesagt, dass es Jahre dauern könnte. Ich weiß nicht, wie wir in dieser Zeit die leeren Räume ertragen sollen." Sie brachte es fertig, dass ihr Tränen in die Augen traten, und blinzelte sie tapfer fort. „Entschuldigen Sie, ich sollte nicht darüber reden. Ich werde dann immer sentimental."

„Das ist schon in Ordnung." Linda streckte den Arm aus und drückte Mels Hand. „Ich denke, nur eine Frau kann so etwas verstehen."

Sie tranken zusammen ein eisgekühltes Mineralwasser, aßen einen Salat im Bistro. Mel ließ zu, dass Linda das Thema behutsam auf Persönlicheres lenkte. Als treuherzige und tief emotionale Mary Ellen Ryan schüttete sie der neu gewonnenen Freundin ihr Herz über ihre Ehe, ihre Hoffnungen und Ängste aus, mixte ein paar Tränen hier und da hinzu und riss sich tapfer wieder zusammen.

„Haben Sie nie an Heirat gedacht?“, fragte Mel dann.

„Ich? Oh nein.“ Linda lachte. „Das habe ich einmal versucht, ist schon etwas her. Jasper und ich haben ein für beide Seiten angenehmes Arrangement getroffen. Wir mögen einander, aber es darf auf keinen Fall zum Störfaktor fürs Geschäftliche werden. Ich ziehe es vor, kommen und gehen zu können, wie es mir beliebt.“

„Ich bewundere Sie dafür.“ Kaltschnäuziges, kalkulierendes Weibsbild. „Bevor ich Donovan traf, habe ich auch immer gedacht, dass ich meinen eigenen Weg durchs Leben gehen würde. Nicht dass ich es bedaure, mich verliebt und geheiratet zu haben, aber ich denke, wir alle bewundern die Frauen, die es allein schaffen.“

„Es passt einfach besser zu mir. Aber Ihnen geht es doch auch gut. Sie haben einen Mann, der Sie abgöttisch liebt, und er ist erfolgreich genug, um Ihnen ein angenehmes Leben bieten zu können. Es ist fast perfekt.“

Mel starrte nachdenklich in ihr leeres Glas. „Ja, fast.“

„Wenn Sie erst einmal dieses Baby haben, wird es perfekt sein.“ Linda tätschelte Mels Hand. „Glauben Sie mir.“

Mel schleppte sich nach Hause. Kaum zur Tür herein, ließ sie die Sporttasche fallen und kickte die Schuhe von den Füßen. Wie schön wäre jetzt ein heißes Entspannungsbad.

„Da bist du ja.“ Sebastian sah von der Galerie herunter. „Ich wollte schon einen Suchtrupp losschicken.“

„Hol lieber ein paar Sanitäter mit einer Trage.“

Sein Lächeln schwand sofort. „Bist du verletzt?“ Er war schon auf der Treppe. „Ich wusste doch, dass ich dich nicht hätte allein lassen dürfen.“

„Verletzt?“, knurrte sie. „Du hast ja nicht die geringste Ahnung. Ich hatte die Aerobic-Trainerin aus der Hölle. Ihr Name ist Penny, und sie ist jung und süß und absolut topfit. Dann wurde ich an diese Amazonenkönigin mit Namen Madge weitergereicht, die mich mit Gewichten behängt und an all diese chromblitzenden Maschinen gekettet hat.“ Sie legte eine Hand auf ihren hohlen Magen. „Und den ganzen Tag habe ich nichts anderes gegessen als elendes Kaninchenfutter."

„Ah, mein armer Liebling." Er küsste sie auf die Stirn.

Sie kniff die Augen zusammen. „Ich habe gute Lust, jemanden zusammenzuschlagen. Reiz mich nicht, Donovan, sonst könnte ich es mit dir ausprobieren."

„Warum mache ich dir nicht schnell etwas zu essen, hm? Was meinst du?"

Sie zog einen Schmollmund. „Haben wir eine tiefgefrorene Pizza da?"

„Das bezweifle ich ernsthaft. Komm", er legte ihr einen Arm um die Schultern und führte sie in die Küche, „du kannst mir beim Essen alles erzählen."

Sie ließ sich willig zu dem Rauchglastisch führen und setzte sich. „So weit war es eigentlich ein ruhiger Tag. Weißt du eigentlich, dass sie, ich meine Linda, das zweimal die Woche durchzieht?" Einer plötzlichen Eingebung folgend, sprang Mel wieder auf und begann die Schränke nach Kartoffelchips zu durchstöbern. „Ich verstehe wirklich nicht, warum jemand so gesund sein will." Sie hatte eine Tüte gefunden und kaute genüsslich. „Sie scheint eigentlich ganz in Ordnung zu sein, ich meine, wenn man so mit ihr redet, dann erscheint sie einem wie eine ganz normale, freundliche Person." Ihr Blick wurde härter, als sie sich wieder setzte. „Wenn man allerdings länger mit ihr redet, stellt man fest, dass sie ziemlich clever ist. Und eiskalt."

„Ihr habt wohl sehr lange miteinander geredet?" Sebastian blickte von seiner Konstruktion eines Mega-Sandwiches auf.

„Zum Teufel, und ob. Ich habe ihr mein ganzes Herz ausgeschüttet. Sie weiß von mir, dass ich mit zwanzig meine Eltern verloren und dich zwei Jahre später kennengelernt habe. Die ganze Geschichte mit diesem ‚Liebe-auf-den-ersten-Blick' und so. Und natürlich, dass du sehr romantisch warst." Sie stopfte sich eine Hand voll Chips in den Mund.

„War ich das?" Er stellte das Riesensandwich und ein Glas ihrer Lieblingslimonade vor sie hin.

„Du hast mich mit Rosen überhäuft, mich zum Tanzen ausgeführt und auf lange Mondscheinspaziergänge eingeladen. Du warst verrückt nach mir."

Er grinste, als er sie hungrig in das Sandwich beißen sah. „Ich wette, das war ich."

„Du hast mich angefleht, dich zu heiraten. Oh Gott, das ist gut." Sie schloss die Augen und kaute. „Wo war ich stehen geblieben?"

„Dass ich dich angefleht habe, mich zu heiraten."

„Ach ja." Sie hob ihr Glas. „Aber ich war vorsichtig. Erst bin ich bei dir eingezogen, und dann habe ich dir gestattet, mich zu überzeugen. Seitdem reißt du dir ein Bein aus, um das Leben für mich zu einem Märchen zu machen."

„Ich scheine ein äußerst netter Typ zu sein."

„Natürlich, ich musste doch dick auftragen. Wir sind nämlich das glücklichste Paar überhaupt auf der ganzen Welt. Bis auf dieses eine Manko. Unser gemeinsames Herzeleid." Sie runzelte die Stirn, doch das hielt sie nicht davon ab weiterzuessen. „Weißt du, am Anfang, da habe ich regelrecht Gewissensbisse bekommen, ihr einen solchen Bären aufzubinden. Sicher, es ist ein wichtiger Job, aber sie schien so nett und freundlich und mitfühlend." Sie griff zur Abwechslung nach den Chips. „Aber als ich dann das Baby erwähnte, konnte ich praktisch mitverfolgen, wie es in ihrem Kopf anfing zu arbeiten. All das Weiche, Nette fiel von ihr ab. Sie lächelte immer noch und war auch immer noch sehr freundlich, aber ich konnte direkt sehen, wie sie sofort alles durchkalkulierte. Deshalb hat es mir auch nichts ausgemacht, sie mit noch mehr Informationen über mich zu füttern. Ich will diese Frau, Donovan."

„Trefft ihr euch wieder?"

„Übermorgen. Im Schönheitssalon. Für die Restaurierungsarbeiten." Mel stöhnte und schob ihren Teller fort. „Sie glaubt, ich sei eine Frau, die ihre Zeit mit irgendwelchen Dingen füllen muss." Mel schnitt eine Grimasse. „Sie schlug einen Einkaufsbummel vor."

„Ach ja, die Dinge, die man für den Beruf über sich ergehen lassen muss."

„Sehr lustig. Vor allem, da du den Morgen damit verbracht hast, einen kleinen weißen Ball durch die Gegend zu schlagen."

„Hatte ich nicht erwähnt, wie sehr ich Golf verabscheue?"

Sie grinste. „Nein, hast du nicht. Aber es beruhigt mich ungemein, das zu erfahren. Erzähl."

„Wir sind uns ganz zufällig beim vierten Loch begegnet."

„Ganz zufällig, natürlich."

„Also haben wir den Rest der Runde zusammen beendet." Sebastian nippte an ihrem Drink. „Er findet meine Frau charmant."

„Sicher."

„Wir haben übers Geschäft gesprochen, seins und meins. Er will ein paar Investitionen tätigen, deshalb habe ich ihm den Vorschlag gemacht, sein Geld in Immobilien anzulegen."

„Sehr clever."

„Ich habe in Oregon einige Immobilien, die ich sowieso abstoßen wollte. Wie auch immer, nach dem Spiel haben wir zusammen einen Drink genommen und uns über Sport und andere typische Männerthemen unterhalten. Dabei habe ich auch einfließen lassen, wie sehr ich mir einen Sohn wünsche."

„Nicht nur einfach ein Kind?"

„Wie gesagt, es war ein Männergespräch. Ein Sohn, der den Familiennamen weiterträgt, mit dem man Dinge unternehmen kann, ließ sich besser in die Konversation einflechten."

„Mit Mädchen kann man auch Dinge unternehmen", murmelte sie eingeschnappt. „Egal ... Ist er darauf eingegangen?"

„Er hatte überhaupt keine Gelegenheit dazu. Ich habe ein bisschen gestottert, bedrückt ausgesehen und dann das Thema gewechselt."

„Warum?" Sie setzte sich gerade auf. „Wenn du ihn schon köderst, warum lässt du ihn dann wieder vom Haken?"

„Weil es mir für den Moment das Richtige schien. Du wirst mir vertrauen müssen, Mel. Gumm würde misstrauisch werden, wenn ich ihn so schnell ins Vertrauen ziehe. Mit dir und der Frau ist das anders. Selbstverständlicher. Frauen erzählen sich solche Dinge sofort, Männer tun das nicht so schnell."

Sie dachte darüber nach und nickte, obwohl sie immer noch die Stirn gerunzelt hatte. „Wahrscheinlich hast du recht. Das Fundament ist auf jeden Fall gelegt."

„Bevor du zurückkamst, habe ich mit Devereaux gesprochen. Bis morgen haben sie Linda Glass überprüft, und sie werden uns wissen lassen, sollte Gumm auf die Idee kommen, uns zu überprüfen."

„Das ist gut."

„Außerdem haben wir eine Einladung zum Dinner am Freitag.

Bei Gumm und seiner Freundin."

Mel hob eine Augenbraue. „Es wird immer besser." Sie lehnte sich vor und küsste ihn. „Du leistest wirklich gute Arbeit."

„Ich würde sagen, wir sind ein ebenbürtiges Team. Bist du fertig mit Essen?"

„Für den Moment."

„Dann sollten wir uns jetzt auf Freitag vorbereiten."

„Was denn vorbereiten?" Sie musterte ihn argwöhnisch, als er sie auf die Füße zog. „Wenn du dir einbildest, du kannst jetzt schon damit anfangen, die Garderobe zu durchwühlen und beschließen, was ich am Freitag anziehen soll, dann ..."

„Daran hatte ich überhaupt nicht gedacht. Es ist doch so", setzte er an, als sie Arm in Arm zur Küche hinausgingen, „wir sind ein überglücklich verheiratetes Ehepaar ..."

„Ja. Und?"

„... das völlig verliebt und total verrückt nacheinander ist, oder?"

„Ich kenne die Story, Donovan."

„Nun, ich bin der Überzeugung, dass man Meisterschaft nur durch entsprechende Übung erreicht. Deshalb, denke ich, sollten wir unsere Vorführung perfektionieren, indem wir so viel Zeit wie möglich damit verbringen, uns zu lieben."

„Ich verstehe." Sie drehte sich ein wenig, schlang die Arme um seinen Hals und zog ihn ins Schlafzimmer. „Wie du schon sagtest: die Dinge, die man für seinen Beruf über sich ergehen lassen muss ..."

Mel war sicher, eines Tages würde sie zurückblicken und lachen können. Oder zumindest stolz darauf sein, dass sie es überlebt hatte.

Auf der Polizeischule war sie herumgestoßen, mit Schimpfnamen belegt, beleidigt worden. Man hatte ihr Türen vor der Nase zufallen lassen oder schwere Akten auf den Fuß. Sie war bedroht worden, hatte sich anzügliche Bemerkungen anhören müssen, und einmal war sogar auf sie geschossen worden.

Aber das war nichts im Vergleich zu dem, was man ihr im „Silver Woman" antat, was sie sich für ihren Beruf antun lassen musste.

Der exklusive Schönheitssalon des Hotels bot alles – vom simplen Haarewaschen bis hin zur Ganzkörper-Thermopackung.

Dafür brachte Mel zwar nicht den Mut auf, aber sie bekam die

Komplettbehandlung – angefangen von den Zehen bis zu den Haarspitzen.

Sie war vor Linda angekommen und fiel automatisch in ihre Rolle, als Linda dazu stieß. Sie begrüßte die andere Frau wie eine gute alte Freundin.

Während der Enthaarungsprozedur – es tat grässlich weh, das wusste Mel jetzt mit Bestimmtheit – redeten sie über Mode und Frisuren. Und während Mel mit wie eingefrorenen Wangenmuskeln lächelte, war sie doch froh, dass sie gestern Abend noch die Modemagazine durchgelesen hatte und auf dem neuesten Stand war.

Später, während die Paste, die die Kosmetikerin ihr aufs Gesicht geschmiert hatte, immer härter wurde, plauderte Mel begeistert davon, wie sehr ihr das Leben in Lake Tahoe gefiel.

„Unser Ausblick auf den See ist einfach fantastisch. Ich kann es gar nicht mehr abwarten, endlich ein paar Leute kennenzulernen. Ich liebe es, Gesellschaften zu geben."

„Durch das Hotel kennen Jasper und ich eigentlich jeden, den man kennen muss", meinte Linda, während die Pediküre an ihren Zehen arbeitete. „Wenn Sie möchten, können wir Sie ja ein wenig in die Gesellschaft einführen."

„Das wäre einfach wunderbar." Mel sah an sich herunter und schaffte es mit übermenschlicher Anstrengung, begeistert und nicht entsetzt auszusehen, als sie feststellte, dass ihre Zehennägel in kräftigem Pink leuchteten. „Donovan hat mir übrigens erzählt, dass Jasper und er sich im Golfclub getroffen haben. Donovan ist ein passionierter Golfspieler." Sie hoffte, dass sie ihm mit dieser Bemerkung noch mehr Stunden auf dem Golfplatz eingebracht hatte. „Es ist schon fast eine Besessenheit und kein Hobby mehr."

„Jasper ist genauso. Ich kann diesem Spiel jedoch nichts abgewinnen." Linda plauderte über die Leute, die Mel unbedingt kennenlernen müsse und ob sie sich nicht irgendwann mal zum Tennis oder zum Segeln treffen sollten.

Mel stimmte begeistert zu und sorgte sich im Stillen, ob man wohl vor Langeweile sterben konnte. Nie würde sie mit so einem Leben tauschen wollen.

Dann wurde ihr Gesicht von der krustigen Paste befreit und mit einer dicken Schicht Creme belegt. Irgendein Öl wurde ihr aufs Haar gegossen und verteilt, dann ein Turban aus Zellophanfolie straff darum gewickelt.

„Ich liebe es, so verwöhnt zu werden“, murmelte Linda mit einem Seufzer. Beide Frauen lagen jetzt auf Liegen, während ihre Fingernägel an die Reihe kamen.

„Ja, es ist herrlich, nicht? Ich könnte hier ewig so liegen bleiben“, stimmte Mel zu und flehte inständig, dass das Programm bald zu Ende sei.

„Wahrscheinlich passt mein Job deshalb so gut zu mir. Ich arbeite nachts, und am Tag kann ich tun und lassen, was ich will, und die Anlagen des Hotels benutzen.“

„Arbeiten Sie schon lange hier?“

„Seit fast zwei Jahren.“ Linda seufzte zufrieden. „Nicht eine Minute davon war langweilig.“

„Vermutlich treffen Sie alle möglichen interessanten Leute.“

„Ja, und zwar die, die ganz oben stehen. Das gefällt mir ja so. Aber nach dem zu urteilen, was Sie mir letztens erzählt haben, gehört Ihr Mann auch nicht unbedingt zu denen, die am Hungertuch nagen.“

Mel hätte am liebsten breit gegrinst, aber sie hielt ein bescheidenes Lächeln für angebrachter. „Oh, er ist ziemlich erfolgreich, ja. Auf seinem Gebiet ist er ein richtiger Zauberer.“

Die Kurpackung wurde ausgespült, die Kopfhaut massiert – etwas, das Mel ausnahmsweise als angenehm empfand –, und schon war es Zeit für die letzten Handgriffe. Wenn Linda nicht bald auf das Thema zu sprechen kam, würde Mel sich einen entsprechenden Ansatzpunkt suchen müssen …

„Wissen Sie, Mary Ellen, das, was Sie mir neulich erzählt haben, hat mich die ganze Zeit beschäftigt.“

„Oh.“ Mel spielte die peinlich Berührte. „Dafür muss ich mich entschuldigen, Linda. Dass ich Sie damit belästigt habe, obwohl wir uns doch erst so kurz kennen. Wahrscheinlich habe ich mich einfach verloren gefühlt und ein wenig Heimweh gehabt.“

„Aber nein, Sie haben mich doch gar nicht belästigt.“ Linda winkte großmütig ab. „Ich denke, wir hatten einfach auf Anhieb einen Draht zueinander. Sie konnten sich mir gegenüber frei äußern.“

„Ja, das stimmt. Trotzdem ist es mir peinlich, dass ich Sie mit all diesen Offenbarungen aus meinem persönlichen Leben gelangweilt habe."

„Sie haben mich nicht gelangweilt, im Gegenteil. Es ist mir nahegegangen." Lindas Stimme war so weich, so gekonnt mitfühlend, dass sich Mel die Nackenhaare sträubten. „Es hat mich zum Nachdenken gebracht. Verzeihen Sie mir, wenn ich zu persönlich werde ... aber haben Sie je an eine private Adoption gedacht?"

„Sie meinen, über einen Anwalt, der unverheiratete Mütter vertritt?" Mel seufzte lange und tief. „Um ehrlich zu sein, wir haben es versucht. Ein Mal, vor ungefähr einem Jahr. Wir waren uns eigentlich nicht ganz sicher, ob wir das Richtige taten. Um das Geld ging es nicht, aber wir machten uns Gedanken um die moralische Seite. Aber alles schien perfekt. Wir hatten ein Gespräch mit der Mutter, und wir hatten solch große Hoffnungen. Viel zu große Hoffnungen. Wir haben Namen ausgesucht und sind Babysachen einkaufen gegangen. Es schien wirklich alles so zu laufen, wie wir es uns wünschten. Und in der letzten Minute hat sie dann einen Rückzieher gemacht." Mel kaute an ihrer Unterlippe, als müsse sie gegen die Tränen ankämpfen.

„Das muss schrecklich für Sie gewesen sein."

„Für uns beide. Wir waren so nahe dran, und dann ... Seitdem ist diese Möglichkeit zwischen uns nie wieder erwähnt worden."

„Verständlich. Aber ich kenne da zufällig jemanden, der schon mehrere solcher Adoptionen in die Wege geleitet und Babys bei Adoptiveltern untergebracht hat."

Mel schloss die Augen, weil sie fürchtete, Linda könnte die Verachtung darin sehen. „Einen Anwalt?"

„Ja. Ich meine, ich kenne ihn nicht persönlich, aber ich habe von ihm gehört. Wie ich schon sagte, man trifft eine Menge Leute im Hotelgeschäft. Ich kann Ihnen natürlich nichts versprechen und will Ihnen auch keine Hoffnung machen, aber wenn Sie möchten, kann ich mich ja bald mal genauer umhören."

„Ich wäre Ihnen unendlich dankbar dafür." Mel öffnete die Augen wieder und begegnete Lindas Blick im Spiegel. „Sie ahnen gar nicht, wie."

Eine Stunde später verließ Mel das Hotel und lief in Sebastians ausgebreitete Arme. Lachend bog sie den Kopf zurück, als er sie mit einem überschwänglichen Kuss begrüßte.

„Was machst du denn hier?"

„Ich spiele den pflichtbewussten, liebeskranken Ehemann, der seine Frau abholt." Er hielt sie auf Armeslänge von sich ab und lächelte. „In Finns Namen, Sutherland, was haben sie denn mit dir gemacht?"

„Mach dich nicht über mich lustig."

„Nein, nein. Du siehst großartig aus. Umwerfend. Nur eben nicht wie meine Mel." Er hob ihr Kinn an und küsste sie erneut. „Wer ist diese elegante, wunderschöne Frau in meinen Armen?"

Lange nicht so verärgert, wie sie eigentlich hatte sein wollen, zog sie eine Grimasse. „Halte dich mit deinen Kommentaren zurück. Nach allem, was ich durchgemacht habe! Ich musste sogar eine Wachsenthaarung der Bikini-Zone über mich ergehen lassen. Es war barbarisch!" Sie schlang ihm die Hände um den Hals. „Und meine Zehennägel sind pink."

„Ich kann's gar nicht erwarten, das alles zu bewundern." Noch ein Kuss. „Ich habe Neuigkeiten. Es gibt einiges, was ich dir erzählen muss."

„Ich auch."

„Warum gehe ich dann nicht mit meiner grandiosen Ehefrau ein wenig spazieren und berichte ihr, wie Gumm seine Fühler nach den ehrenwerten Ryans aus Seattle ausgestreckt hat?"

„Sehr schön." Sie verschränkte ihre Finger mit seinen. „Dann kann ich dir erzählen, dass Linda Glass, allein aus der schieren Güte ihres Herzens, versuchen wird, für uns die Verbindung zu einem Anwalt herzustellen. Einer, der auf private Adoptionen spezialisiert ist."

„Wir arbeiten wirklich gut zusammen."

„Ja, Donovan, das tun wir. Das tun wir wahrlich."

Aus der Penthouse-Suite des „Silver Palace" waren zwei Augenpaare auf die unten liegende Straße gerichtet.

„Ein charmantes Pärchen", bemerkte Gumm.

„Sie sind völlig vernarrt ineinander." Linda nippte an ihrem Champagner, während Sebastian und Mel Hand in Hand davonschlenderten. „Wie sie manchmal dreinschaut, wenn sie seinen Namen sagt …

Fast frage ich mich, ob die beiden wirklich schon so lange verheiratet sind."

„Ich habe Kopien der Heiratsurkunde und anderer Unterlagen zugefaxt bekommen. Scheint alles in Ordnung zu sein." Er tippte sich mit dem Zeigefinger an die Lippen. „Wenn sie uns untergeschoben worden wären, würden sie bestimmt nicht so vertraut miteinander umgehen."

„Untergeschoben?" Linda sah ihn fragend an. „Komm schon, Jasper, wieso glaubst du so was? Es gibt nicht die geringste Verbindung zu uns."

„Diese Sache mit den Frosts beunruhigt mich."

„Pech, dass sie das Kind wieder zurückgeben mussten. Aber wir haben unser Geld, und wir haben keine Spuren zurückgelassen."

„Da ist Parkland. Ich habe ihn bis jetzt nicht auftreiben können."

„Also ist er eben abgetaucht." Sie schmiegte sich verführerisch an ihn. „Da brauchen wir uns überhaupt keine Sorgen zu machen. Du hast doch seinen Schuldschein."

„Er hat dich gesehen."

„So in Panik, wie dieser Mann war, hat er gar nichts gesehen. Außerdem habe ich einen Schal getragen. Parkland ist völlig unwichtig." Sie küsste ihn sinnlich. „Wir haben's geschafft, Baby. In einer Organisation wie dieser gibt es so viele Hintertüren und Identitäten, dass sie nicht einmal in unsere Nähe kommen werden. Und was das Honorar angeht ..." Linda lockerte seine Krawatte. „Denk nur daran, wie viel wir damit verdienen."

„Geld gefällt dir, nicht wahr?" Gumm zog den Reißverschluss ihres Kleides auf. „Das haben wir gemeinsam."

„Wir haben vieles gemeinsam. Und das hier könnte uns einen Riesenbatzen einbringen. Wir empfehlen die Ryans weiter und nehmen eine nette Kommission dafür entgegen. Ich garantiere dir, die zahlen alles für ein Kind. Die Frau ist völlig fixiert darauf, endlich Mutter zu sein. Ein Kind ist das Einzige, was ihr zu ihrem Glück fehlt."

„Ich werde die beiden lieber noch genauer überprüfen." Immer noch nachdenklich, sank Jasper mit Linda auf die Couch.

„Dagegen ist nichts einzuwenden, aber ich sage dir, diese beiden sind sichere Beute. Da können wir gar nicht verlieren. Niemals."

Mel, Sebastian, Linda und Jasper wurden ein unzertrennliches Kleeblatt. Sie gingen zusammen aus zum Essen, trafen sich im Casino, aßen gemeinsam Lunch im Club und spielten Doppel im Tennis.

Zehn Tage dieses Luxuslebens hatten Mel rastlos und nervös gemacht. Mehrere Male hatte sie bei Linda wegen des Anwalts nachgefragt, wurde aber jedes Mal vertröstet, wenn auch sehr nett und verständnisvoll, denn Linda schien Mels Ungeduld zu verstehen.

Sie wurden Dutzenden von Leuten vorgestellt. Manche fand Mel sogar interessant und attraktiv, andere wiederum viel zu gelackt und unsympathisch. Tagsüber spielte sie die Rolle der wohlhabenden Ehefrau, die mehr als genug Zeit und Geld zur Verfügung hatte.

Die Nächte verbrachte sie mit Sebastian.

Was ihr Herz anbelangte ... nun, damit wollte sie sich vorerst nicht beschäftigen. Schließlich hatte sie einen Job zu erledigen, und wenn sie sich während dieses Auftrags verliebt hatte, dann war das ihr Problem, mit dem sie fertig werden musste.

Sie wusste, dass ihm an ihr lag, genauso wie sie wusste, dass er sie begehrte. Allerdings sorgte es sie, dass er die Frau, in deren Rolle sie geschlüpft war, so bewunderte – denn das war eine Frau, deren Existenz in dem Moment endete, in dem auch dieser Fall gelöst war.

„Nur eben nicht meine Mel." Meine Mel, hatte er gesagt. Darin lag eindeutig ein Hoffnungsschimmer, und sie war sich nicht zu schade dazu, sich daran zu klammern.

So sehr sie sich auch wünschte, dass der Fall endlich gelöst und abgeschlossen sei, so sehr fürchtete sie sich doch vor dem Tag, wenn sie wieder nach Hause zurückkehren würde. Nicht mehr verheiratet.

Auf einen Vorschlag Lindas hin organisierte Mel eine Party. Schließlich hatte sie von sich behauptet, gerne Gesellschaften zu geben, die perfekte Hausfrau zu sein und eine strahlende Gastgeberin. Und Mel versprach sich eine Menge von der Party ...

Während sie versuchte, sich in das kleine Schwarze zu zwängen, schickte sie ein Stoßgebet zum Himmel, dass sie keinen gesellschaftlichen Fauxpas begehen würde, der sie enttarnte.

Als Sebastian ins Schlafzimmer kam, fluchte sie gerade leise vor sich hin.

„Probleme, Darling?"

„Der Reißverschluss klemmt." Sie steckte nur halb in dem Kleid, erhitzt, gehetzt und gereizt wie eine Katze. Sebastian war versucht, ihr dabei zu helfen, das knappe Teil aus- anstatt anzuziehen.

Doch er zog den Reißverschluss in die Richtung, die angebracht war. Nach oben. „Da, fertig." Er griff über ihre Schulter und berührte den Anhänger an ihrem Hals. „Du trägst den Turmalin."

„Morgana hat gesagt, er ist gut gegen Stress. Und ich kann wirklich alle Hilfe gebrauchen, die ich heute Abend kriegen kann." Mit einer Grimasse schlüpfte sie in die Abendsandaletten mit den hohen Absätzen und konnte Sebastian nun fast auf gleicher Höhe in die Augen sehen. „Es ist albern, aber ich bin schrecklich nervös. Auf den Partys, die ich schmeiße, gibt es Pizza und Bier. Hast du dir mal das Zeug angesehen, das da unten aufgetischt ist?" Mel rollte ihre grünen Augen.

„Ja, und ich habe auch die Kellner des Partyservice gesehen, die sich um alles kümmern werden."

„Aber ich bin die Gastgeberin. Ich sollte über alles Bescheid wissen."

„Nein. Du bist diejenige, die den anderen sagt, was sie zu tun haben, und die dann das Lob dafür einstreicht."

Sie lächelte schwach. „Das hört sich gar nicht so schwierig an. Aber etwas muss passieren, sonst werde ich noch verrückt. Linda ergeht sich in rätselhaften Andeutungen, aber ich habe das Gefühl, dass ich seit über einer Woche nicht einen Schritt weitergekommen bin."

„Geduld. Heute Abend werden wir diesen nächsten Schritt tun."

„Was meinst du damit?" Sie hielt ihn am Ärmel fest. „Wir haben gesagt, dass wir nichts vor dem anderen zurückhalten. Wenn du etwas weißt, dann sage es mir."

„Es funktioniert nicht immer wie das perfekte Abbild der Geschehnisse. Aber ich weiß, dass die Person, nach der wir suchen, heute Abend hier sein wird. Ich werde erkennen, wer es ist. Bis jetzt haben wir das Spiel gut gespielt, Mel. Wir werden es bis zum letzten Vorhang spielen."

„Okay." Sie atmete tief durch. „Wie sieht's aus, Schmusebärchen? Sollen wir jetzt nach unten gehen und unsere Gäste begrüßen?"

Er zuckte entsetzt zusammen. „Nenn mich bloß nicht ‚Schmusebärchen'."

„Nicht? Und ich dachte, ich hätte den Bogen endlich raus." Sie stieg die ersten Stufen hinab, als die Klingel ertönte. „Oh Gott, da sind sie", flüsterte sie und presste eine Hand auf den Magen.

Ist gar nicht so wild, dachte Mel, als die Party in vollem Gange war. Jeder schien sich prächtig zu amüsieren. Im Hintergrund spielte angenehme klassische Musik – Sebastians Wahl –, die Nacht war warm und mild, sodass die großen Flügeltüren zur Terrasse offen standen und die Gäste sich in Haus und Garten verteilten. Das Büfett war köstlich, und es machte nichts, dass sie bei der Hälfte der Canapés gar nicht wusste, um was es sich handelte. Die Komplimente, die ihr gemacht wurden, nahm sie galant entgegen.

Amüsiertes Gelächter und geistreiche Konversation hallte durch alle Räume. Was wohl eine gute Party ausmachte, wie Mel annahm. Und es war schön, Sebastians Blick aufzufangen, wenn er bei den Gästen stand und zu ihr herüberblickte. Oder wenn er sie anlächelte und zu ihr herüberkam, um ihr etwas ins Ohr zu flüstern und sie dann zärtlich in den Arm zu nehmen.

Jeder, der uns sieht, kauft es uns bedingungslos ab, dachte sie. Wir sind das glücklichste Paar der Welt und unbändig verliebt ineinander.

Fast hätte sie es selbst geglaubt. Wenn sein Blick mal wieder bewundernd auf ihr lag und seine warmen Augen diese Signale aussandten, die ihr den Rücken hinaufkrochen.

Linda schwebte auf sie zu, atemberaubend in ihrem schulterfreien weißen Abendkleid. „Dieser Mann kann seine Augen einfach nicht von Ihnen lassen. Wenn er einen Zwilling hätte, würde ich meine Einstellung zur Ehe vielleicht überdenken und es noch mal auf einen Versuch ankommen lassen."

„Jemanden wie ihn gibt es nicht noch einmal." Diesmal meinte Mel es ernst. „Glauben Sie mir, Donovan ist einzigartig."

„Nun, außer dass Sie so wahnsinnig verliebt sind, geben Sie auch noch wunderbare Partys. Ihr Haus ist einfach großartig." Und gut eine halbe Million wert, wie Linda in Gedanken überschlug.

„Eigentlich verdanke ich das Ihnen. Wenn Sie mir nicht diesen hervorragenden Partyservice empfohlen hätten …"

„Ich helfe doch gern." Sie drückte Mels Hand und blinzelte ihr verschwörerisch zu. „Das meine ich ernst."

Mel verstand schnell. „Haben Sie ... ich meine ... konnten Sie schon ... Oh, entschuldigen Sie. Aber ich kann seit Tagen an nichts anderes mehr denken."

„Versprechen kann ich nichts." Sie blinzelte wieder. „Ich möchte Ihnen jemanden vorstellen. Sie hatten doch gesagt, ich könnte jemanden einladen."

„Ja, natürlich." Jetzt war sie wieder ganz perfekte Gastgeberin. „Ich habe das Gefühl, dass dies hier genauso Ihre Party ist wie meine. Sie und Jasper sind uns in der kurzen Zeit so gute Freunde geworden."

„Wir mögen Sie beide auch sehr gern. Kommen Sie, damit ich Sie vorstellen kann." Geschickt bahnte Linda sich einen Weg durch die Menge, Mel an der Hand hinter sich herziehend. „Ah, da sind Sie ja, Harriet. Meine Liebe, ich möchte Ihnen unsere Gastgeberin und meine Freundin vorstellen, Mary Ellen Ryan. Mary Ellen, das ist Harriet Breezeport."

„Freut mich, Sie kennenzulernen." Mel schüttelte die schmale weiße Hand vorsichtig. Die Frau war weit über sechzig und zierlich, fast gebrechlich, ein Eindruck, der durch das schlohweiße Haar und die Halbbrille nur noch verstärkt wurde.

„Ich bin entzückt. Es ist ja so nett von Ihnen, uns einzuladen." Die Stimme der alten Dame war kaum mehr als ein Flüstern. „Linda hat mir schon viel von Ihnen erzählt. Das ist mein Sohn Ethan."

Er war so blass wie seine Mutter und dürr wie ein Strich. Sein Handschlag war brüsk, seine Augen schwarz und klein. Wie Vogelaugen. „Eine nette Party."

„Danke. Warum setzen Sie sich nicht, Mrs. Breezeport?" Mel führte die alte Dame zu einem Stuhl. „Darf ich Ihnen etwas zu trinken bringen?"

„Oh, ein kleines Glas Wein vielleicht. Aber ich möchte keine Umstände machen. Ethan wird mir ein Glas holen. Nicht wahr, Ethan?"

„Natürlich. Ich hole dir sofort etwas. Entschuldigen Sie mich bitte."

„Er ist ein guter Junge", sagte Mrs. Breezeport, als Ethan sich zum Büfett durchschlug. „Er kümmert sich so rührend um mich." Sie lächelte Mel an. „Linda hat mir erzählt, dass Sie erst kürzlich hierhergezogen sind."

„Ja, mein Mann und ich haben vorher in Seattle gelebt. Es ist ganz anders."

„In der Tat. Ethan und ich fahren öfter dorthin. Wir haben dort eine kleine Eigentumswohnung."

Sie plauderten freundlich, bis Ethan mit einem Teller ausgewählter Canapés und einem Glas Wein zurückkam. Linda hatte sich bereits diskret zurückgezogen, als Sebastian auf die drei zutrat.

„Ah, da kommt mein Mann." Mel hakte sich bei ihm ein. „Donovan, das sind Harriet und Ethan Breezeport."

Harriet reichte ihm ihre Hand. „Sie müssen entschuldigen, ich habe Ihre charmante Frau ganz für mich allein mit Beschlag belegt."

„Ich kenne dieses Bedürfnis ziemlich gut, ich tue es auch immer wieder. Um genau zu sein, ich muss Sie Ihnen für einen Moment entführen. Es gibt da ein kleines Problem in der Küche."

Er führte Mel am Ellbogen fort und, da kein einziger Ort zu finden war, wo sie hätten allein sein können, schob er sie ohne großes Aufhebens in den begehbaren Kleiderschrank.

„Donovan, was soll …?"

„Pst." In dem schwachen Licht schimmerten seine Augen sehr hell. „Das ist sie", sagte er leise.

„Wer ist was, und warum stehen wir in einem Schrank?"

„Die alte Frau. Sie ist es."

Mels Mund stand offen. „Entschuldige, aber erwartest du wirklich von mir, dass ich dir glaube, diese zierliche alte Dame sei der Kopf eines Verbrecherrings, der Babys entführt?"

„Genau." Er küsste sie auf den erstaunten Mund. „Wir sind ganz nahe dran, Sutherland."

12. KAPITEL

Mel traf in den nächsten zwei Tagen noch zweimal mit Harriet Breezeport zusammen, einmal zum Tee und einmal auf einer anderen Party. Wenn sie nicht an Sebastian glauben würde, hätte Mel wahrscheinlich laut aufgelacht bei der Vorstellung, dass die zurückhaltende Dame mit der leisen Stimme der Kopf einer Verbrecherorganisation war. Die Idee erschien ihr absurd.

Aber sie glaubte ihm, und deshalb beobachtete sie mit Argusaugen und spielte ihre Rolle.

Devereaux hatte ihnen inzwischen die Information zukommen lassen, dass weder eine Harriet noch ein Ethan Breezeport eine Adresse in Seattle hatten, noch dass diese beiden Personen überhaupt existierten.

Doch als der lang erwartete Kontakt endlich zu Stande kam, war es keiner von beiden, der ihn herstellte, sondern ein braun gebrannter junger Mann mit einem Tennisschläger in der Hand. Mel hatte gerade ein Spiel mit Linda hinter sich und wartete über einem Glas Eistee darauf, dass Sebastian seine Golfrunde mit Gumm beendete. Der Mann kam auf sie zu, in blendendem Tennisweiß und mit einem ebenso blendenden Lächeln.

„Mrs. Ryan?“

„Ja?“

„Mein Name ist John Silbey. Eine gemeinsame Bekannte hat mir gesagt, wer Sie sind. Haben Sie vielleicht eine Minute Zeit für mich?“

Mel zögerte, so wie ihrer Meinung nach eine verheiratete Frau wohl zögern würde, wenn ein fremder Mann sie ansprach. „Worum geht es denn?“

Er setzte sich und legte sich den Tennisschläger über die braunen Schenkel. „Mir ist klar, es ist etwas unorthodox, Mrs. Ryan, aber, wie ich schon sagte, wir haben gemeinsame Bekannte. Man hat mir angedeutet, dass Sie und Ihr Mann vielleicht an meinen Diensten interessiert seien.“

„So?“ Sie hob scheinbar gleichgültig eine Braue, aber ihr Herz begann wie wild zu klopfen. „Sie sehen nicht aus wie ein Gärtner, Mr.

Silbey, obwohl mein Mann und ich verzweifelt jemanden suchen."

„Nein, wahrlich nicht." Er lachte herzhaft. „Ich fürchte, mit Ihrem Garten kann ich Ihnen nicht helfen. Ich bin Anwalt, Mrs. Ryan."

„Oh." Sie bemühte sich um hoffnungsvolle Verwirrung, und offenbar gelang ihr dieser Ausdruck.

Silbey lehnte sich zu ihr vor und sprach jetzt sehr viel leiser. „Das ist sicherlich nicht der normale Weg, wie ich meine Klienten vertrete, aber man hat Sie mir gerade erst gezeigt. Deshalb dachte ich, es wäre eine gute Gelegenheit, um sich miteinander bekannt zu machen. Man sagte mir, Sie und Ihr Mann seien an einer privaten Adoption interessiert."

Mel befeuchtete ihre Lippen und schwenkte das Eis in ihrem Glas, bevor sie erwiderte: „Ich … wir haben gehofft. Wir haben alles versucht. Es ist sehr schwierig. Alle Agenturen haben endlose Wartelisten."

„Ich verstehe."

Ja, das konnte sie sehen. Auch, dass er sehr zufrieden war, sie in diesem angeblich hoffnungslosen und aufgerüttelten emotionalen Zustand vorzufinden. Mitfühlend legte er seine Hand auf ihre.

„Wir haben es schon über einen Anwalt versucht, aber dann hat es sich in letzter Minute zerschlagen." Mel presste die Lippen zusammen. „Ich glaube nicht, dass ich das noch einmal überstehen würde."

„Es muss Sie sehr mitgenommen haben. Deshalb möchte ich auch keine Hoffnungen in Ihnen wecken, bevor wir nicht alle Details besprochen haben. Aber ich kann Ihnen sagen, dass ich bereits mehrere Frauen vertreten habe, die, aus verschiedenen Gründen, ihre Kinder in anderen Familien unterbringen wollten. Diese Frauen wünschen sich ein gutes Heim und liebende Eltern für ihre Babys. Meine Aufgabe ist es, eben solche zu finden, Mrs. Ryan. Wenn mir das gelingt, ist es eine der erfüllendsten Erfahrungen, die ein Mann überhaupt machen kann."

Sicherlich auch eine der lukrativsten, dachte Mel, aber sie setzte ein zitterndes Lächeln auf. „Wir wollen einem Kind ein liebevolles Zuhause bieten, Mr. Silbey. Wenn Sie uns helfen könnten … Ich kann Ihnen gar nicht sagen, wie dankbar wir Ihnen wären."

Wieder berührte er ihre Hand. „Dann, wenn es Ihnen recht ist, sollten wir uns zusammensetzen und uns näher unterhalten."

„Wir könnten bald in Ihre Kanzlei kommen, jederzeit, wann es Ihnen passt."

„Eigentlich würde ich Sie und Ihren Mann lieber in einer weniger formellen Umgebung treffen. Bei Ihnen zu Hause wäre es am besten, dann könnte ich meiner Klientin auch direkt berichten, wie Sie leben, wie Sie als Paar sind."

„Ja, natürlich." Sie spielte die Begeisterte, während sie insgeheim dachte: Da ist gar keine Kanzlei, nicht wahr, du Ratte? „Wann immer es Ihnen recht ist ..."

„Tja, für die nächsten beiden Wochen ist mein Terminkalender leider voll ..."

„Oh." Diesmal brauchte sie die Enttäuschung nicht vorzutäuschen. „Nun, wir haben schon so lange gewartet ..."

Er unterbrach sie mit einem milden Lächeln. „Aber heute Abend könnte ich noch eine Stunde erübrigen."

„Wirklich?" Sie griff nach seiner Hand. „Das wäre wundervoll. Ich bin Ihnen ja so dankbar. Donovan und ich ... Danke, Mr. Silbey."

„Ich hoffe, ich kann Ihnen helfen. Passt es um sieben Uhr?"

„Ja, natürlich." Sie presste eine Träne der Dankbarkeit hervor.

Als er sie verließ, spielte sie ihre Rolle weiter. Sie war sicher, dass sie beobachtet wurde. Sie tupfte sich mit einer Serviette die Augen und hielt sich die Hand vor die zitternden Lippen. Sebastian fand sie, als sie gerade in ihren Eistee schluchzte.

„Mary Ellen." Beim Anblick ihrer verweinten Augen und der zitternden Lippen war er sofort besorgt. „Darling, was ist denn passiert?"

Kaum hatte er ihre Hände gefasst, als ihn ein Energiestoß aus purer Aufregung fast von den Füßen geworfen hätte. Nur mit seiner immensen Willenskraft gelang es ihm, sich die Überraschung nicht anmerken zu lassen.

„Oh, Donovan." Sie rappelte sich aus dem Liegestuhl hoch und erblickte dabei Gumm, der sich ihnen näherte. „Ich mache wohl eine Szene." Lachend wischte sie sich die Tränen fort. „Entschuldigen Sie, Jasper."

„Aber nein." Galant bot er ihr sein seidenes Taschentuch. „Hat jemand Sie aufgeregt, Mary Ellen?“

„Nein, nein.“ Sie schluchzte ein letztes Mal auf. „Es sind gute Neuigkeiten. Ganz wunderbare Neuigkeiten. Ich reagiere einfach nur übertrieben. Würden Sie uns bitte entschuldigen, Jasper? Sagen Sie bitte Linda, dass es mir leidtut, aber ich muss mit Donovan reden. Ich möchte ihm sofort alles erzählen.“

„Selbstverständlich.“ Er ließ sie allein, und Mel barg ihr Gesicht an Sebastians Schulter.

„Was, zum Teufel, ist hier eigentlich los?“, fragte er murmelnd.

„Unser Kontakt.“ Sie bog den Kopf zurück, ihr Gesicht ganz tränenfeuchte Augen und zitternde Lippen. „Dieser schleimige Anwalt – falls er überhaupt Anwalt ist! – hat sich neben mich gesetzt und mir angeboten, bei einer privaten Adoption behilflich zu sein. Er sah sehr zufrieden aus.“

„Das bin ich auch.“ Er küsste sie, weil er es wollte und weil sie ein Publikum zu bedienen hatten. „Wie geht es jetzt weiter?“

„Er will heute Abend zu uns kommen und die Details besprechen. Natürlich nur aus der Güte seines Herzens und aus Mitgefühl für eine verzweifelte Frau.“

„Das ist wirklich sehr selbstlos von ihm.“

„Oh ja. Ich habe vielleicht nicht deine Gabe, aber ich konnte es in seinem Kopf arbeiten sehen. Er hält mich für die perfekte Beute. Ich konnte regelrecht die Kasse in seinem Kopf klingeln hören. Lass uns nach Hause gehen. Die Luft hier ist widerlich.“

„Also?“, wandte sich Linda an Gumm, als sie den beiden nachsahen, wie sie Arm in Arm davongingen.

„Das ist wie Fische in einem Eimer angeln.“ Zufrieden rief Gumm einen Kellner herbei. „Die beiden sind so aufgedreht, dass sie ein Minimum an Fragen stellen und das Maximum an Honorar bezahlen werden. Er wird vielleicht ein bisschen vorsichtiger sein, aber er ist so verrückt nach ihr, dass er alles tun wird, um sie glücklich zu machen.“

„Ach ja, die Liebe.“ Linda lächelte verächtlich. „Das ist wie eine Schlinge um den Hals. Ist die Ware schon lieferbar?“

Gumm bestellte zwei Drinks und steckte sich genüsslich eine Zigarette an. „Er will einen Jungen, also werde ich ihm den kleinen Gefallen tun, da er ja auch genug dafür bezahlt. Wir haben eine

Krankenschwester in New Jersey, die darauf wartet, einen kräftigen Jungen direkt aus der Babystation auszusuchen."

„Gut. Weißt du, ich mag Mary Ellen. Vielleicht sollte ich eine Babyparty für sie organisieren."

„Nette Idee. Würde mich nicht wundern, wenn sie sich in ein oder zwei Jahren wieder auf dem Markt umsehen." Er blickte auf seine Armbanduhr. „Ich muss Harriet anrufen, damit sie alles in die Wege leiten kann."

„Ja, mach du das." Linda zog eine Grimasse. „Bei der alten Schachtel kriege ich immer Gänsehaut."

„Diese alte Schachtel leitet ein sehr einträgliches und absolut reibungsloses Unternehmen", erinnerte er sie.

„Stimmt. Und Geschäft ist Geschäft." Linda hob das Glas, das der Kellner für sie gebracht hatte. „Auf die zukünftigen glücklichen Eltern."

„Auf einfach verdiente fünfundzwanzigtausend Dollar."

„Darauf trinke ich noch lieber."

Mel wusste, wie sie sich zu verhalten hatte, und war bestens vorbereitet, als Silbey um Punkt sieben erschien. Ihre Hand zitterte leicht, als sie seine zur Begrüßung schüttelte. „Ich bin so froh, dass Sie kommen konnten. Mein Mann wartet schon nebenan."

Sie führte ihn in das geräumige Wohnzimmer, plauderte zwanglos. „Wir sind erst zwei Wochen in diesem Haus. Ich habe noch so viele Pläne. Oben ist ein Zimmer, das sich bestens als Kinderzimmer eignet. Ich hoffe wirklich … Donovan." Sebastian stand am Barschrank und goss gerade einen Drink in ein Glas. „Mr. Silbey ist hier."

Auch Sebastian kannte seinen Part. Er gab sich reserviert und schien nervös, als er Silbey ebenfalls einen Drink anbot. Nach ein paar Höflichkeitsfloskeln setzte man sich, Mel und Sebastian nebeneinander auf das Sofa, die Finger ineinander verschlungen.

Ganz der korrekte Anwalt, ließ Silbey lässig einen ledernen Aktenkoffer aufschnappen. „Wenn ich Ihnen ein paar Fragen stellen dürfte? Um Sie besser kennenzulernen. Ist Ihnen das recht?"

Also gaben Mel und Sebastian bereitwillig Auskunft, während Silbey sich Notizen machte. Aber es war ihre Körpersprache, die mehr sagte als jedes Wort. Die schnellen, hoffnungsvollen Blicke, die kurzen Berührungen. Silbey fuhr mit seiner Befragung fort, völlig ahnungslos, dass eine Etage höher jedes Wort von zwei FBI-Beamten aufgezeichnet wurde.

Zufrieden mit dem, was er erreicht hatte, bedachte Silbey das Paar mit einem aufmunternden Blick. „Ich hoffe, ich darf das sagen, aber … meiner Meinung nach, meiner beruflichen und auch persönlichen, sind Sie die perfekten Eltern. Das Finden eines Zuhauses für ein Kind ist immer eine heikle Angelegenheit."

Er erging sich in einem Vortrag über Stabilität, Verantwortungsbewusstsein, die nötigen Voraussetzungen, um ein adoptiertes Kind großzuziehen. Mel lagen Steine im Magen, doch sie lächelte unaufhörlich.

„Ich merke, dass Sie beide sich sehr viele und sehr genaue Gedanken über einen solchen Schritt gemacht haben. Einen Punkt haben wir allerdings noch nicht angesprochen. Die Kosten. Ich weiß, es hört sich schrecklich an, einen Preis für ein Kind anzusetzen, aber das ist eine Realität, die leider akzeptiert werden muss. Es sind medizinische Rechnungen zu begleichen, ebenso eine Entschädigung für die Mutter, meine Gebühr, Gerichts- und Behördenkosten … aber darum kümmere ich mich."

„Das verstehen wir", sagte Sebastian und wünschte sich, er könnte Silbey an die Gurgel gehen.

„Es muss eine Anzahlung in Höhe von fünfundzwanzigtausend Dollar geleistet werden, danach noch einmal eine Summe von hundertfünfundzwanzigtausend. Das beinhaltet auch alle Kosten für die leibliche Mutter."

Sebastian setzte an, um etwas zu erwidern, schließlich war er der Geschäftsmann, aber Mel griff nach seiner Hand und warf ihm einen flehentlichen Blick zu.

„Das Geld wird kein Problem sein", sagte er und berührte zärtlich Mels Wange.

„Schön." Silbey lächelte. „Ich habe da eine Klientin, sehr jung und ledig. Sie will unbedingt das College zu Ende machen und hat sich zu der schwierigen Entscheidung durchgerungen, dass ein Kind zum jetzigen Zeitpunkt ihr diese Möglichkeit zerstören würde. Ich kann Ihnen den medizinischen Hintergrund der jungen Frau zukommen lassen, genauso wie den des Vaters. Sie versichert, dass nichts zurückgehalten wurde. Mit Ihrer Erlaubnis werde ich ihr von Ihnen erzählen und Sie empfehlen."

„Oh." Mel presste die Hand auf den Mund. „Oh ja, bitte."

„Um ganz offen zu sein, Sie sind genau die Eltern, die sie sich für ihr Kind gewünscht hat. Ich bin sicher, wir werden es schon bald zu einem für alle befriedigenden Abschluss bringen."

„Mr. Silbey." Mel schmiegte sich eng an Sebastians Schulter. „Wann, glauben Sie, werden Sie es sicher wissen? Und das Kind … wann können Sie uns etwas sagen?"

„Ich würde achtundvierzig Stunden ansetzen." Er lächelte milde. „Meine Klientin steht kurz vor der Niederkunft. Mein Anruf wird sie sicher sehr beruhigen."

Bevor sie Mr. Silbey gemeinsam zur Tür begleiteten, vergoss Mel noch ein paar Tränen der Rührung. Sobald sie mit Sebastian allein war, brannten ihre Augen allerdings vor Wut.

„Dieser abartige, schleimige, widerliche Mistk…"

„Ich weiß." Sebastian legte ihr seine Hände auf die Schultern. „Wir kriegen sie, Mel. Alle."

„Oh ja, das werden wir", stimmte sie inbrünstig zu. „Du weißt, was das bedeutet, nicht wahr?" Sie tigerte unruhig im Zimmer auf und ab. „Sie werden irgendwo ein Baby stehlen, vielleicht sogar direkt aus einem Krankenhaus."

„Logisch wie immer", murmelte er und beobachtete sie aufmerksam.

„Das halte ich nicht durch." Sie presste die Hand auf den Magen, weil ihr übel wurde. „Ich ertrage es nicht, dass irgendwo eine arme Frau in einem Wöchnerinnenbett liegt und sich sagen lassen muss, dass ihr Baby verschwunden ist."

„Es wird ja nicht für lange sein." Er wäre zu gern in ihre Gedanken eingetaucht, um zu erfahren, was sich in ihrem Kopf abspielte, aber er hatte sein Wort gegeben. „Uns bleibt nichts anderes, als es durchzuziehen."

„Ja." Und genau das würde sie tun. Er würde es nicht gutheißen, genauso wenig wie die FBI-Leute. Aber es gab Zeiten, da musste man einfach seinem Herzen folgen. Sie atmete tief durch. „Lass uns nachsehen, ob die Jungs oben auch alles schön aufgenommen haben. Und dann lass uns das tun, was ein glückliches Paar in einer solchen Situation tun würde."

„Was denn?"

„Wir gehen aus und laden unsere besten Freunde ein, um die guten Neuigkeiten gebührend zu feiern."

Mel saß in der Lounge des „Silver Palace", ein Glas Champagner in der Hand und ein Lächeln auf den Lippen. „Auf neue und hoch geschätzte Freunde."

Linda stieß lachend an. „Aber nein, auf die zukünftigen glücklichen Eltern."

„Wir werden Ihnen nie genug danken können." Mel sah von Linda zu Gumm. „Ihnen beiden nicht."

„Unsinn." Gumm tätschelte ihre Hand. „Linda hat doch lediglich einen Bekannten angesprochen. Wir freuen uns beide, dass eine solch kleine Geste so wunderbare Folgen hat."

„Da sind immer noch die Papiere, die unterzeichnet werden müssen", merkte Sebastian an. „Die leibliche Mutter muss noch ihr Einverständnis geben. Ganz sicher ist die Sache noch nicht."

„Aber darüber werden wir uns heute keine Sorge machen." Linda wischte diese unwichtigen Details mit einer Handbewegung fort. „Stattdessen sollten wir eine Baby-Party planen. Ich würde sehr gern als Gastgeberin für Sie im Penthouse fungieren, Mary Ellen."

Obwohl ihr diese ständige Heulerei langsam wirklich auf die Nerven ging, brachte Mel auf Kommando Tränen in ihre Augen. „Oh, das ist so ..." Die Tränen rollten, und sie stand hastig auf. „Entschuldigt mich." Völlig aufgelöst, als emotionales Wrack – eine wahre Meisterleistung! –, eilte Mel zum Waschraum. Wie sie gehofft hatte, folgte Linda ihr keine Minute später.

„Ich bin einfach eine Närrin."

„Aber nein." Linda schlang den Arm um Mels Taille. „Man sagt doch, werdende Mütter seien immer den Tränen nahe."

Mit einem zittrigen Lachen tupfte Mel sich die Augen trocken. „Wahrscheinlich. Würde es Ihnen etwas ausmachen, mir ein Glas Wasser zu besorgen, während ich in Ruhe den angerichteten Schaden wieder repariere?"

„Setzen Sie sich, ich bin gleich wieder zurück."

Mel wusste, ihr blieben knapp zwanzig Sekunden. Also handelte sie schnell. In Lindas Abendtasche kramte sie hektisch zwischen Lippenstift, Puderdose und Parfüm nach dem Schlüssel zum Penthouse. Sie ließ ihn in ihrer Hosentasche verschwinden, gerade rechtzeitig, bevor Linda mit dem Glas Wasser zurückkam.

„Danke." Mel lächelte zu Linda auf. „Vielen Dank."

Der nächste Schritt war, sich für zwanzig Minuten von der Gruppe zu entfernen, ohne Verdacht zu erregen. Mel schlug eine kleine Runde durch das Casino vor, sozusagen als Vorspeise für das Dinner. Gumm bestand darauf, die Vorbereitungen im Speisesaal selbst zu überwachen. Nach einem Blick auf ihre Uhr schaffte Mel es, sich am Würfeltisch unter die Menge zu mischen und aus Sebastians und Lindas Sichtfeld zu verschwinden.

Sie nahm den schnelleren Außenlift, darauf bedacht, ihren Rücken zur Glaswand zu halten. Das oberste Stockwerk lag ruhig da, als sie auf den Korridor trat. Noch ein Blick auf ihre Uhr, bevor sie den Schlüssel in das Schlüsselloch der Penthouse-Wohnung steckte.

Sie brauchte nicht viel. Unter den Beweisen, die sie schon gesammelt hatten, fehlte nur noch die Verbindung von Gumm und Linda zu Silbey und den Breezeports. Sie schätzte Gumm als einen Mann ein, der über alles genaue Aufzeichnungen machte – und diese irgendwo sehr clever versteckte.

Vielleicht ist es überstürzt, dachte sie, als sie auf den großen Ebenholzschreibtisch zueilte. Aber die Vorstellung, dass diese miesen Verbrecher ein Baby stehlen wollten, war ihr einfach unerträglich. Niemand sollte das durchmachen müssen, was Stan und Rose zugestoßen war. Nicht, solange sie die Möglichkeit hatte, es zu verhindern.

Im Schreibtisch fand sich nichts Interessantes. Fünf Minuten ihrer Zeit waren also vergeudet. Unbeirrt suchte sie weiter, suchte nach doppelten Böden in Schubladen, fand einen Wandsafe hinter einem präparierten Bücherregal. Wie gern hätte sie sich an dem Zahlenschloss versucht, aber dazu fehlten ihr sowohl Zeit als auch Erfahrung.

Als ihr nur noch drei Minuten blieben, fand sie, wonach sie suchte. Ganz offen und für jedermann sichtbar.

Das zweite Schlafzimmer der Suite diente Linda als repräsentativ eingerichtetes Büro. Und hier, mitten auf dem Schreibtisch, lag ein in Leder gebundenes Kontenbuch.

Auf den ersten Blick schien es nichts anderes zu sein als ein penibel geführtes Lieferregister für die Läden des Hotels. Mel hätte es fast angewidert aus der Hand gelegt, als ihr die Daten auffielen.

Ware erstanden 21.1., Tampa. Übergeben 22.1., Little Rock. Geliefert 23.1., Louisville. Nachnahme 25.1., Detroit. Kommission $ 10.000.

Mit flachem Atem blätterte Mel durch die Seiten.

Ware erstanden 4.5., Monterey. Übergeben 6.5., Scuttlefield. Geliefert 8.5., Lubbock. Nachnahme 11.5., Atlanta. Kommission $ 12.000.

David, dachte sie. Sie bemühte sich erst gar nicht, die Reihe Flüche zurückzuhalten. Da stand es, schwarz auf weiß, alle Daten, alle Städte. Babys, die wie Nachnahme-Pakete versandt wurden.

Mit zusammengepressten Lippen las sie weiter und stieß zischend den Atem aus, als sie beim letzten Eintrag angelangt war.

H. B. hat neues blaues Paket bestellt, West Blomfield, New Jersey. Abzuholen zwischen dem 22.8. und 25.8., Standardversandweg, Annahme und Restzahlung bis 31.8. Zu erwartende Kommission $ 25.000.

„Du Miststück", stieß Mel hervor und klappte das Buch zu. Sie hielt sich zurück, um nicht irgendeinen Gegenstand zu nehmen und gegen die Wand zu werfen. Stattdessen sah sie sich sorgfältig um, ob auch alles an seinem Platz stand. Sie wollte zur Tür gehen, als sie Stimmen hörte.

„Ach, wahrscheinlich frönt sie irgendwo ihrem nächsten Heulkrampf", sagte Linda, als sie durch die Wohnungstür hereinkam. „Er wird sie schon finden."

Mel sah sich fieberhaft um und entschied sich für den Schrank.

„Ich bin nicht unbedingt wild darauf, den ganzen Abend mit ihr zu verbringen", war jetzt Gumms Stimme zu hören. „Sie wird über nichts anderes als Windeln und Babynahrung reden."

„Das werden wir überleben, mein Lieber. Denk an das doppelte Honorar." Lindas Stimme wurde schwächer, weil sie in das gegenüberliegende Schlafzimmer ging. „Es war eine gute Idee, das Essen hier oben zu arrangieren. Je dankbarer sie sind, desto weniger werden sie nachdenken. Wenn sie das Kind erst einmal haben, werden sie sowieso keine Fragen mehr stellen."

„Das meinte Harriet auch. Sie hat Ethan beauftragt, alles Nötige in Gang zu setzen. Wunderte mich, dass sie höchstpersönlich hergekommen ist, um sich die Leute anzusehen. Aber seit der Frost-Affäre ist sie vorsichtiger geworden."

Mel versuchte gleichmäßig und ruhig zu atmen. Sie legte die Fingerspitzen auf den Stein ihres Rings und konzentrierte sich. Ein Energietransport zwischen zwei Leuten, die einander wichtig sind, das hatte er gesagt. Nun, einen Versuch war es wert. Komm schon, Donovan, beweg deinen Hintern hierher und bring am besten gleich die Kavallerie mit.

Es war riskant, das wusste sie, aber so, wie die Dinge standen, wohl die beste Lösung. Sie griff in ihre Tasche und fühlte beruhigt die Waffe darin. Nein, nicht so. Sie atmete tief durch, steckte das Kontobuch hinein, anstatt die Waffe herauszunehmen, stellte die Tasche ab und öffnete leise die Schranktür. Aufmerksam lauschte sie Lindas und Gumms Stimme.

„Sie werden die Ware in Chicago an unsere Kontaktperson übergeben", sagte Gumm jetzt.

„Ich würde ihn gern in Albuquerque übernehmen", schlug Linda vor. „Für unterwegs werde ich wohl zweitausend extra brauchen." Sie drehte abrupt den Kopf, als Mel absichtlich an einen Stuhl stieß. „Was, zum Teufel …? Was ist hier los?"

Gumm war in Sekundenschnelle in dem Raum und drehte einer sich ungelenk wehrenden Mel den Arm auf den Rücken. „Lassen Sie mich los! Jasper, Sie tun mir weh!"

„Das passiert oft mit Leuten, die in das Zuhause anderer einbrechen."

„Ich … ich wollte mich nur eine Weile hinlegen." Sie ließ ihren Blick wild hin und her schießen. „Ich dachte, es würde Ihnen bestimmt nichts ausmachen."

„Was haben wir denn hier?" Linda kam dazu.

„Eine Falle. Ich hätte es wissen müssen. Hätte es riechen müssen."

„Cops?", überlegte Linda.

„Cops?" Mit schreckgeweiteten Augen wand Mel sich. „Ich weiß nicht, wovon Sie sprechen. Ich wollte mich nur ausruhen."

„Wie ist sie überhaupt hereingekommen?“, fragte Gumm, und Mel ließ den Schlüssel aus ihrer Hand gleiten.

„Das ist meiner.“ Fluchend bückte Linda sich, um den Schlüssel aufzuheben. „Sie hat ihn mitgehen lassen.“

„Ich weiß wirklich nicht, was das alles ...“

Jasper beendete Mels Protest durch einen Schlag mit dem Handrücken, bei dem ihr Kopf zurückflog. Sie beschloss, dass es Zeit war, die eine Rolle mit der anderen zu vertauschen.

„Schon gut, schon gut, Sie müssen ja nicht gleich brutal werden.“ Sie schluckte laut. „Ich mache hier nur meinen Job.“

Jasper schob sie unsanft in den Salon und auf das Sofa. „Und der wäre?“

„Ich bin Schauspielerin. Donovan hat mich angeheuert. Er ist Privatdetektiv.“ Zeit schinden, war alles, was Mel denken konnte. Denn er war auf dem Weg hierher. Sie wusste es einfach. „Ich habe nur das gemacht, was er wollte. Mir ist völlig schnuppe, was Sie hier abziehen.“

Gumm nahm eine Pistole aus der Schreibtischschublade. „Was wollten Sie hier?“

„He, Mann, das Ding brauchen Sie nun wirklich nicht. Er sagte, ich solle die Schlüssel besorgen und mich hier oben umsehen. Er meinte, da seien Papiere drin.“ Sie deutete mit dem Kopf auf den Schreibtisch. „Das Ganze war mal was anderes für mich, wissen Sie. Außerdem zahlt er mir fünftausend Dollar dafür.“

„Eine drittklassige Schauspielerin und ein Privatdetektiv.“ Linda schäumte vor Wut. „Was machen wir jetzt mit ihnen?“

„Das, was gemacht werden muss.“

„He, hören Sie, lassen Sie mich einfach gehen, ja? Ich meine, ich muss ja nicht in diesem Bundesstaat bleiben, oder?“ Mel versuchte es mit plumpem Charme. „Sicher, es war toll, solange es gedauert hat, die Kleider, die Umgebung und alles, aber alle guten Dinge haben mal ein Ende, und ich will keinen Ärger haben. Ich habe nichts gehört und nichts gesehen, einverstanden?“

„Sie haben genug gehört und gesehen.“

„Ich habe ein schrecklich schlechtes Gedächtnis.“

„Halten Sie den Mund“, fauchte Linda.

„Wir müssen Harriet sofort kontaktieren. Sie ist in Baltimore und kümmert sich um die letzten Details." Gumm fuhr sich nervös durchs Haar. „Sie wird nicht sehr glücklich sein. Sie wird der Krankenschwester absagen müssen. Mit einem Kind ohne einen Käufer können wir nichts anfangen."

„Fünfundzwanzigtausend Dollar in den Sand gesetzt." Linda warf Mel einen vernichtenden Blick zu. „Wissen Sie, ich mochte Sie sogar, Mary Ellen." Sie ging zu Mel, legte ihr eine Hand an den Hals und drückte zu. „Aber jetzt wird es mir Vergnügen bereiten zu wissen, dass Jasper sich um Sie kümmert."

„He, Moment mal ..."

„Mund halten." Linda schubste Mel aufs Sofa zurück. „Du solltest besser noch heute Abend jemanden besorgen, der das erledigt. Den Privatdetektiv auch. Ich denke, wir sollten uns etwas in ihrem Haus einfallen lassen. Eine hübsche Mord-Selbstmord-Kombination vielleicht."

„Ich kümmere mich darum."

Als ein Klopfen an der Tür ertönte, versuchte Mel sich aufzurappeln, doch wie erwartet legte Linda ihr sofort eine Hand über den Mund.

„Zimmerservice, Mr. Gumm."

„Das verfluchte Dinner", murmelte er. „Bring sie ins andere Zimmer und sorge dafür, dass sie still ist. Ich übernehme das hier."

„Mit Vergnügen." Linda nahm die Pistole, die Gumm ihr reichte, und winkte Mel damit ins Schlafzimmer.

Gumm öffnete die Tür und deutete dem Kellner, den Rollwagen hereinzufahren. „Sie brauchen nicht aufzutragen. Unsere Gäste sind noch nicht eingetroffen."

„Oh doch, sind sie." Sebastian schlenderte lässig herein. „Jasper, ich möchte Ihnen Special Agent Devereaux vom FBI vorstellen."

Im angrenzenden Raum fluchte Linda laut, und Mel grinste.

„Entschuldigen Sie", sagte sie, trat der abgelenkten Linda hart auf den Fuß und schlug ihr die Waffe aus der Hand. Mel atmete tief durch.

„Sutherland", Sebastian erschien im Türrahmen, „du wirst einiges erklären müssen."

„Sofort." Sie hatte schon lange ein Bedürfnis unterdrückt, das sie nun endlich befriedigen konnte. Sie holte aus und versetzte Linda eine schallende Ohrfeige. „Die ist für Rose."

Nein, Sebastian war alles andere als zufrieden mit Mel. Das machte er den restlichen Abend über sehr klar, trotz all ihrer Erklärungen. Devereaux war auch nicht gerade begeistert, obwohl Mel das für recht kleinlich hielt. Schließlich hatte sie ihm sämtliche Beweise übergeben. Alles, was fehlte, waren Geschenkpapier und Schleife.

Vermutlich hatte Sebastian sogar ein Recht darauf, sauer zu sein. Sie war allein vorgeprescht, ohne ihn. Aber schließlich war das ihr Beruf, und sie war erfahren genug. Außerdem war doch alles genau so gelaufen, wie sie sich das vorgestellt hatte. Wo also lag das Problem? Worüber regte er sich noch so auf?

Genau diese Frage hatte sie ihm mehrfach gestellt, als sie nach Monterey zurückgeflogen waren und er sie vor ihrem Büro abgesetzt hatte.

Als Antwort hatte sie lediglich finstere Blicke von ihm erhalten. Und das Letzte, was er zu ihr gesagt hatte, ließ sie sich mies vorkommen und hatte sie endgültig zum Schweigen gebracht: „Ich habe mein Wort gehalten, Mary Ellen. Du deines nicht. Es geht hier um Vertrauen."

Das war vor zwei Tagen gewesen. Jetzt saß Mel an ihrem Schreibtisch und brütete vor sich hin. Von Sebastian hatte sie nicht einmal ein „Piep" gehört.

Sie hatte ihren Stolz überwunden und angerufen, aber nur den Anrufbeantworter erreicht. Nein, sie glaubte nicht, dass sie zu einer Entschuldigung verpflichtet war, aber immerhin wollte sie ihm die Chance geben, vernünftig zu sein.

Sie überlegte, ob sie bei Morgana oder Ana vorbeischauen sollte. Vielleicht könnten sie ja vermitteln. Aber das wäre schwach. Sie wollte die Dinge zwischen Sebastian und sich wieder ins rechte Lot bringen.

Nein, so stimmte das nicht. Sie wollte viel mehr.

Sie stieß sich im Stuhl vom Schreibtisch ab. Sie würde Sebastian auftreiben und nötigenfalls an der Wand festnageln. Er würde ihr zuhören.

Auf der gewundenen Straße hinauf zu seinem Hügel ging sie in

Gedanken immer wieder durch, was sie ihm sagen wollte und wie sie es ihm sagen wollte. Sie versuchte es auf die entschlossene Art, auf die ruhige, ernste und spielte sogar kurz mit der betretenen, reumütigen. Da ihr das alles nicht passend erschien, entschied sie sich schließlich für die aggressive. Sie würde an seine Tür hämmern und ihm klipp und klar zu verstehen geben, dass sie sein Schweigen unmöglich fand. Dass sie keine Lust mehr hatte, sich weiter von ihm schneiden zu lassen.

Und sollte er nicht zu Hause sein, würde sie eben warten.

Sebastian war zu Hause. Allerdings war er nicht allein, wie Mel feststellen musste, sobald sie vor seinem Haus vorfuhr. Da standen bereits drei andere Autos, eines davon musste die längste Limousine sein, die die Welt je gesehen hatte.

Mel stieg aus, blieb neben ihrem Wagen stehen und fragte sich, was jetzt wohl zu tun sei.

„Habe ich es dir nicht gesagt?"

Mel drehte sich um und erblickte eine hübsche rundliche Frau in einem Cocktailkleid.

„Eine Blondine mit grünen Augen." Die Befriedigung in der Stimme der Frau war nicht zu überhören. „Ich wusste, dass ihn etwas beschäftigt."

„Stimmt, meine Liebe." Der Mann neben ihr war groß und hager, dramatische Geheimratsecken verliehen ihm eine hohe Stirn. Eine auffallende Erscheinung in Reiterhosen und kniehohen Stiefeln. Ein Monokel baumelte um seinen Hals und blitzte im Licht auf. „Aber ich war es, der dir gesagt hat, dass es um eine Frau geht."

„Wie auch immer." Die Frau kam mit ausgestreckten Händen auf Mel zugeeilt. „Hallo, hallo und willkommen. Wie geht es Ihnen?"

„Danke. Ich … äh … suche nach …"

„Aber natürlich", unterbrach die Frau mit einem heiteren Lächeln. „Das kann jeder sehen, nicht wahr, Douglas?"

„Hübsch", antwortete er stattdessen. „Und nicht so leicht aus der Fassung zu bringen." Er musterte sie aus Augen, die so sehr Sebastians ähnelten, dass Mel zwei und zwei zusammenzuzählen begann. „Er hat uns nichts von Ihnen erzählt. Das allein besagt genug."

„Ja, wahrscheinlich", sagte Mel nach einem Moment. Ihr Mut sank. Ein Familientreffen war nicht der richtige Augenblick für eine

Konfrontation. „Ich möchte nicht stören, wenn er Besuch hat. Wenn Sie ihm bitte nur sagen würden, dass ich hier war."

„Unsinn. Ach, übrigens, ich bin Camilla, Sebastians Mutter." Sie hakte Mel unter und ging mit ihr in Richtung Haus. „Ich kann verstehen, dass Sie sich in ihn verliebt haben. Ich meine, ich liebe ihn ja selbst schon seit Jahren."

In Panik suchte Mel nach einer Fluchtmöglichkeit. „Nein, ich … Das hat nichts … Ich glaube wirklich, ich sollte später wiederkommen."

„Es gibt keinen besseren Zeitpunkt als das Jetzt." Douglas versetzte ihr einen freundlichen Schubs zur Tür hinein. „Sebastian, sieh, was wir dir mitgebracht haben." Er klemmte das Monokel ins Auge und sah sich mit dem einen Eulenauge um. „Wo steckt dieser Junge nur wieder?"

„Oben." Morgana kam aus der Küche. „Er wird wohl … Oh, hallo."

„Hi." Der frostige Unterton in Morganas Stimme bestätigte Mel nur, dass sie besser nicht hätte kommen sollen. „Ich wollte sowieso wieder gehen. Ich wusste nicht, dass die Familie zu Besuch ist."

„Manchmal schneien sie einfach unangemeldet herein." Nach einem genaueren Blick in Mels Augen wurde Morganas Lächeln herzlicher. „Wohl voll ins Fettnäpfchen getreten, was?", murmelte sie ihr zu. „Das passiert manchmal. Er wird sich schon wieder beruhigen."

„Ich denke, ich sollte wirklich …"

„Den Rest der Familie kennenlernen", mischte Camilla sich fröhlich ein und hielt Mels Arm mit eisernem Griff, während sie sie zur Küche zog.

Wohlgerüche lagen in der Luft, der Raum war voller Leben und Menschen. Eine würdevolle große Frau stand am Herd und rührte in einem Topf. Nash saß auf einem Hocker neben einem schlanken Mann mit stahlgrauem Haar. Als der Mann den Kopf hob und sie anschaute, kam Mel sich vor wie eine aufgespießte Motte.

„Hallo, Mel." Nash winkte ihr zu, und dann gab es kein Entrinnen mehr. Camilla übernahm die Vorstellung.

„Mein Schwager Matthew", sagte sie und deutete auf den Mann neben Nash. „Meine Schwester Maureen am Herd." Maureen hob kurz die Hand und schnupperte an ihrem Eintopf. „Und meine Schwester Bryna."

„Hallo." Die Frau, die genauso umwerfend aussah wie Morgana, kam auf sie zu und nahm ihre Hand. „Ich hoffe, Sie sind nicht zu überrumpelt von all dem hier. Wir haben heute Morgen ganz spontan beschlossen zu kommen."

„Nein, nein ... Ich will nicht stören. Am besten sollte ich ..."

Doch da war es zu spät. Sebastian kam herein, flankiert von Ana und einem kleinen untersetzten Mann mit lustig funkelnden Augen.

„Ah, Sebastian." Bryna hielt immer noch Mels Hand. „Sieh nur, noch mehr Besuch. Mel, das ist Padrick, Anas Vater."

Es war sehr viel einfacher, Anas Vater anzusehen als Sebastian. „Freut mich, Sie kennenzulernen."

Padrick kam schnurstracks auf sie zu und kniff sie leicht in die Wange. „Bleiben Sie zum Essen. Sie müssen ein bisschen Fleisch auf die Knochen kriegen. Maureen, meine Mondblume, was gibt es denn Gutes?"

„Ungarisches Gulasch."

Padrick zwinkerte lustig. „Und garantiert kein einziges Molchauge darin."

„Nun, ich danke für die Einladung, aber ich kann wirklich nicht bleiben." Mel nahm ihren Mut zusammen und sah Sebastian an. „Es tut mir leid ..." Sie begann zu stottern, als er sie nur aus diesen ruhigen, undurchdringlichen Augen anstarrte. „Ich meine ... ich hätte vorher anrufen sollen. Tja, dann werde ich mich wohl besser auf den Weg machen ..."

„Entschuldigt uns." Sebastian griff ihren Arm, als sie an ihm vorbeihuschen wollte. „Mel hat das Fohlen seit der Geburt nicht mehr gesehen."

Es war feige, das wusste sie. Trotzdem warf sie einen Blick auf die vielsagend lächelnde Gruppe zurück. „Aber deine Gäste ..."

Besagte Gäste drängten sich bereits sämtlich ans Küchenfenster, um alles genauestens mitverfolgen zu können.

„Familie bezeichnet man nicht als Gäste. Und da du den ganzen Weg hierhergekommen bist, kann ich mir vorstellen, dass du etwas zu sagen hast."

„Das würde ich auch, wenn du endlich aufhören könntest, an

mir herumzuzerren."

„Fein." Er hielt kurz vor der Weide an, auf der das Fohlen eifrig säugte. „Also, spuck's aus."

„Ich wollte … Ich habe mit Devereaux geredet. Linda hat sich auf einen Deal eingelassen und ausgesagt. Sie haben genug Beweise, um Gumm und die Breezeports für eine lange Zeit hinter Gittern verschwinden zu lassen. Und sie haben auch noch andere, die mitgemacht haben, so wie Silbey."

„Das weiß ich."

„Oh … nun ja … ich war nicht sicher." Sie vergrub die Hände in den Hosentaschen. „Es wird dauern, bis man alle Kinder ausfindig gemacht hat und zurückbringen kann, aber … Es hat funktioniert!", sprudelte sie hervor. „Ich weiß nicht, warum du so sauer bist!"

Seine Stimme war trügerisch ruhig. „Wirklich nicht?"

„Ich habe getan, was ich für das Beste hielt." Sie kickte einen imaginären Ball und lehnte sich an den Zaun. „Sie hatten alles vorbereitet, um noch ein Kind zu stehlen. Es stand in dem Buch."

„Das Buch, das du gefunden hast, als du allein in das Penthouse eingedrungen bist."

„Wenn ich dir gesagt hätte, dass ich da reingehe, hättest du versucht, mich aufzuhalten."

„Falsch. Ich hätte dich ganz bestimmt aufgehalten."

Sie sah ihn mit gerunzelter Stirn an. „Na bitte. Mit meiner Art habe ich eine Menge Kummer verhindert."

„Und bist ein viel größeres Risiko eingegangen." Der Ärger, den er bis jetzt hatte zurückhalten können, loderte auf. „Du hast einen Bluterguss an der Wange."

„Das ist einkalkuliertes Berufsrisiko", fauchte sie zurück. „Außerdem ist es meine Wange."

„Herrgott, Sutherland! Sie hatte eine Waffe auf dich gerichtet."

„Nicht einmal eine Minute lang. Verflucht, Donovan, wenn der Tag kommt, an dem ich mit verweichlichten Weibsbildern wie Linda Glass nicht mehr fertig werde, gehe ich in Rente! Ich habe es dir zigmal erklärt: Ich konnte nicht zulassen, dass sie noch ein Baby stehlen, deshalb habe ich gehandelt." Ihre Augen sprachen Bände, und sein Ärger flachte etwas ab. „Ich weiß, was ich tue. Ich weiß auch, dass es scheint, als hätte ich dich ausgeschlossen. Aber das stimmt nicht. Ich habe dich gerufen."

Er wollte sich durch tiefes Atemholen beruhigen, aber es zeigte keine sehr große Wirkung. „Was, wenn ich zu spät gekommen wäre?"

„Du bist aber nicht zu spät gekommen. Also, wo ist das Problem?"

„Das Problem ist, dass du mir nicht vertraust."

„So ein Quatsch! Wem anders habe ich denn vertraut als dir, als ich in diesem Schrank stand und mit dem Ring versucht habe, dich und das FBI zu rufen? Wenn ich dir nicht vertraut hätte, hätte ich versucht, mich mit dem Buch zur Tür hinauszuschleichen." Sie griff ihn am Hemdkragen und schüttelte ihn. „Nur weil ich dir vertraut habe, habe ich das getan. Da zu bleiben, mich entdecken zu lassen. Weil ich wusste, dass du kommen würdest. Ich habe schon einmal versucht, dir das zu erklären. Ich wusste, dass sie in dieser Situation Dinge vor mir zugeben würden, die Devereaux nützen. Mit dem Buch als Beweis haben wir sie."

Er drehte sich um, versuchte, ruhiger zu werden. So verärgert er auch war, er sah die Wahrheit darin. Vielleicht war es nicht die Art Vertrauen, die er erwartet hatte, aber es war Vertrauen. „Du hättest verletzt werden können."

„Ich kann jederzeit verletzt werden, wenn ich einen Fall übernehme. Aber das ist es, was ich tue. Das ist es, was ich bin." Sie schluckte, wollte den Kloß aus ihrer Kehle verschwinden lassen. „Ich muss dich akzeptieren, so wie du bist. Und glaub mir, das ist nicht einfach. Wenn wir ... Freunde bleiben wollen, gilt das Gleiche auch für dich."

„Schon möglich. Aber ich mag deinen Stil nicht."

„Und ich deinen nicht!" Sie blinzelte wütend die unwillkommenen Tränen weg.

Derweil schüttelte Camilla am Küchenfenster den Kopf. „Er war schon immer so unglaublich dickköpfig."

„Zehn Pfund, dass sie ihn weich klopft." Padrick kniff seiner Frau liebevoll ins Hinterteil. „Zehn Pfund – und keine Tricks."

„Pst", mischte Ana sich ein. „Wir hören doch sonst nichts."

Mel stieß ein unsicheres kleines Lachen aus. „Na ja, zumindest wissen wir jetzt, woran wir sind. Und es tut mir leid."

„Wie bitte?“ Er drehte sich zu ihr und war überrascht über die Tränen, die über ihre Wangen liefen. „Mary Ellen ... Was ist denn ...“

„Nein!“ Mit dem Handrücken wischte sie die Tränen unwirsch fort. „Ich muss tun, was ich für richtig halte, aber es tut mir leid, dass du so wütend auf mich bist, weil ich ... Oh, wie ich das hasse!“ Sie wich ihm aus, als er ihr Gesicht in seine Hände nehmen wollte. „Ich bin überzeugt, das Richtige getan zu haben. Und ich will auch nicht getröstet werden, nur weil ich mich wie ein kleines Kind benehme. Du bist stinksauer, und ich versteh das sogar. Ich nehme es dir auch nicht übel, dass du mich wie eine heiße Kartoffel hast fallen lassen.“

„Fallen lassen?“ Fast hätte er gelacht. „Ich habe mich von dir ferngehalten, weil ich mir erst sicher sein musste, mich wieder so weit unter Kontrolle zu haben, dass ich dir bei unserem nächsten Treffen nicht sofort den Hals umdrehe oder dir ein Ultimatum stelle, das du mir nur ins Gesicht zurückgeschleudert hättest.“

„Egal.“ Sie schniefte und verfügte wieder über etwas mehr Fassung. „Ich vermute, ich habe dich verletzt. Das wollte ich nicht.“

Er lächelte ein wenig. „Dito.“

„Okay.“ Es musste doch einen Weg geben, sich einen Rest an Würde zu bewahren ... „Ich wollte das eigentlich nur klären und dir sagen, dass ich glaube, wir haben gute Arbeit geleistet. Jetzt, da alles erledigt ist, sollte ich das hier wohl besser wieder zurückgeben.“ Es war das Schwerste, was sie je getan hatte – sich seinen Ring vom Finger zu ziehen. „Sieht aus, als würden die Ryans sich scheiden lassen.“

„Ja.“ Er nahm den Ring von ihr und hielt ihn in der Hand, während er überlegte. Er brauchte nicht in ihren Kopf einzutauchen, um zu sehen, dass sie litt. Es mochte nicht sehr edelmütig sein, aber es befriedigte ihn doch erheblich, dass dem so war. „Schade eigentlich.“ Er fuhr mit den Fingerknöcheln über ihre Wange. „Aber wenn ich es mir recht überlege, du gefällst mir besser als sie.“

Sie blinzelte. „Wirklich?“

„Ja, viel besser sogar. Sie begann mich zu langweilen. Sie hat sich nie mit mir gestritten, und ständig ließ sie sich die Nägel maniküren.“ Zart legte er die Hand in ihren Nacken. „In diesen Jeans hätte sie sich bestimmt nie in der Öffentlichkeit gezeigt.“

„Eher wäre sie tot umgefallen.“ Mel ließ es geschehen, dass er sie zu sich heranzog, sie küsste. Sie begann zu zittern, fühlte die Tränen wieder aufsteigen, als sie die Arme um ihn schlang. „Sebastian, ich brauche ...“ Sie schmiegte sich fester an ihn, als sie ihre Lippen auf seinen Mund presste.

„Sag es mir.“

„Ich will ... Oh Himmel, du machst mir Angst.“ Sie lehnte den Kopf zurück, ihre Augen waren feucht und blickten gehetzt. „Kannst du nicht einfach meine Gedanken lesen? Bitte? Sieh einfach nach, was ich fühle.“

Seine Augen wurden dunkel, er umfasste ihr Gesicht mit beiden Händen und sah. Sah alles, worauf er gehofft und gewartet hatte. „Noch mal“, murmelte er, doch dieses Mal war der Kuss sanft und zärtlich. „Warum kannst du es mir nicht sagen? Wieso kannst du die Worte nicht aussprechen? Sie sind die reinste Magie von allem.“

„Ich will nicht, dass du dich gedrängt fühlst. Es ist nur so, dass ich ...“

„Dass du mich liebst“, beendete er den Satz für sie.

„Ja.“ Sie brachte ein schwaches Lächeln zu Stande. „Du kannst mir vorwerfen, dass ich die Grenzen verwischt habe. Eigentlich wollte ich das gar nicht ansprechen, aber dann schien es mir doch angebracht. Es ist nur fair, wenn ich den ersten Schritt mache. Allerdings ein schlechter Zeitpunkt, wenn du das Haus voller Leute hast.“

„Die sich alle die Nase am Küchenfenster platt drücken und es mit der gleichen Freude verfolgen, die ich empfinde.“

„Wen meinst ...“ Sie wirbelte herum, lief rot an und stolperte ein paar Schritte rückwärts. „Oh Gott, ich kann nicht glauben, dass ich das getan habe! Ich muss gehen. Wirklich.“ Sie fuhr sich durch das Haar. Und sah den Ring an ihrem Finger. Während sie noch fassungslos darauf starrte, trat Sebastian zu ihr heran.

„Ich habe diesen Stein an Morgana gegeben. Ein Stein, den ich mein ganzes Leben wie einen Schatz gehütet habe. Ich bat sie, einen Ring daraus machen zu lassen. Für dich. Weil du die einzige Frau bist, die diesen Stein tragen soll. Du bist die einzige Frau, mit der ich mein Leben teilen will. Zweimal habe ich dir diesen Ring jetzt an den Finger gesteckt, und beide Male war es eine Bitte an dich.“ Er bot ihr seine Hand. „Niemand, zu keiner Zeit, wird dich je mehr lieben als ich.“

Die Tränen waren längst getrocknet, und plötzlich war Mel ganz ruhig. „Meinst du das ernst?"

Sebastian begann zu grinsen. „Nein, Sutherland, ich habe gerade das Blaue vom Himmel heruntergelogen."

Lachend warf sie sich in seine Arme. „Das ist wirklich Pech für dich. Ich habe nämlich Zeugen." Der Applaus von der Küche her ließ sie noch lauter lachen. „Oh, Donovan, wenn du wüsstest, wie sehr ich dich liebe. Und ich werde mein Bestes geben, um dein Leben so interessant wie möglich zu machen."

Er drehte sich mit ihr im Kreis. „Das weiß ich schon." Nach einem langen Kuss nahm er sie bei der Hand. „Komm und lerne meine Familie noch einmal kennen. Wir alle haben auf dich gewartet."

– ENDE –

Nora Roberts

Das geheime Amulett

Roman

Aus dem Amerikanischen von
Sonja Sajlo-Lucich

MIRA®

PROLOG

Magie existiert. Wer sollte das anzweifeln, wenn es einen Regenbogen und wilde Blumen, die Musik des Windes in den Bäumen und die stille Erhabenheit der Sterne gibt?

Jeder, der liebt, spürt, wie die Magie ihn berührt. Es ist ein so selbstverständlicher und doch so außergewöhnlicher Teil unseres Lebens.

Dann gibt es jene, die mehr besitzen. Die auserwählt wurden, ein Erbe zu empfangen, seit endlosen Zeiten über die Jahrhunderte weitergereicht. Ihre Vorfahren waren Merlin, der Zauberer, Ninian, die Fee, Rhiannon, die Elfenkönigin, die Wegwarte aus Deutschland, jene jungfräuliche Maid, die, zur Blume verwandelt, nach ihrem Liebsten Ausschau hält, die Dschinns aus Arabien. In diesen Auserwählten pulsiert das Blut von Finn, dem Kelten, der ehrgeizigen Morgan le Fay und anderer, deren Namen nur im Geheimen geflüstert werden. Ihre Kräfte sind wunderbar und durchdringen alles.

Als die Welt noch jung war und Magie so selbstverständlich wie der Regen und die Sonne, wie der Tag und die Nacht, tanzten Elfen in den Wäldern und vereinten sich – manchmal aus Mutwilligkeit, manchmal aus Liebe – mit den Sterblichen. Sie tun es heute noch.

Ihre Linie reichte weit zurück. Ihre Kraft war uralt. Schon als Kind verstand sie, dass es einen Preis für solche Gaben zu zahlen gab. Ihre liebenden Eltern konnten diesen Preis weder mindern noch selbst bezahlen, konnten nur lieben, unterweisen und zusehen, wie das junge Mädchen zur jungen Frau heranwuchs. Die Eltern konnten nur dabeistehen und hoffen, während sie die Freuden und Leiden dieser faszinierendsten aller Reisen durchmachte.

Und da sie mehr als andere fühlte, weil es das war, was ihre Gabe ihr abverlangte, lernte sie den Frieden zu schätzen und zu lieben.

Als erwachsene Frau lebte sie ein ruhiges, abgeschiedenes Leben, war oft allein, doch ohne den Schmerz der Einsamkeit zu verspüren.

Als Hexe akzeptierte sie ihr Geschenk und vergaß nie die Verantwortung, die mit dieser Gabe einherging.

Manchmal. Nur manchmal sehnte sie sich, so wie Sterbliche und andere seit Anbeginn der Zeiten, nach der einen, der wahren, bedingungslosen Liebe. Denn sie wusste besser als die meisten, dass es keine Macht, keine Beschwörung und keinen Zauber gab, die mächtiger und wirkungsvoller waren als die Liebe eines reinen und weiten Herzens.

1. KAPITEL

Als Anastasia das kleine Mädchen neugierig durch die Heckenrosen lugen sah, ahnte sie nicht, dass dieses Kind ihr Leben verändern würde. Sie arbeitete in ihrem Garten, wie so oft, und summte vor sich hin, genoss den Duft der Blumen und die Wärme der Erde. Die Septembersonne schien, das leise Rauschen der Wellen, die an die Felsen am Ende des abfallenden Hangs schlugen, war sanfter Hintergrund für das Summen der Bienen und den Gesang der Vögel. Der große graue Kater lag ausgestreckt dösend neben ihr, die Schwanzspitze zuckte ab und an, wohl in einem angenehmen Katzentraum. Über all dem lag eine fast träumerische Idylle.

Ein Schmetterling landete auf ihrer Hand, und sacht streichelte sie mit einer Fingerspitze über die hauchfeinen blauen Ränder der Flügel. Als der Falter sich wieder in die Lüfte erhob, hörte sie das Rascheln. Und als sie hinüberblickte, entdeckte sie ein kleines Gesicht, das durch die Hecke aus Rosen spähte.

Ana musste lächeln. Ein hübsches Gesicht mit einem kleinen, aber energischen Kinn, einer vorwitzigen Stupsnase und großen Augen, von der gleichen Farbe wie der Spätsommerhimmel. Ein seidig glänzender brauner Haarschopf vervollständigte das Bild.

Das Mädchen lächelte zurück, der Schalk blitzte in den blauen Augen.

„Hallo“, sagte Ana freundlich und mit einer Selbstverständlichkeit, als würden jeden Tag kleine Mädchen durch die Rosenhecke auftauchen.

„Hi.“ Die Stimme des Mädchens war hell und klar und klang ein wenig atemlos. „Du kannst Schmetterlinge fangen? Ich habe noch nie einen so streicheln können.“

„Es wäre auch sehr unhöflich, sie zu streicheln, wenn sie dich vorher nicht dazu einladen würden, oder?“ Ana strich sich mit dem Arm das Haar aus der Stirn. Am Tag zuvor hatte sie einen Umzugswagen ein Stück weiter oben an der Straße gesehen. Sie nahm an, dass sie gerade einen ihrer neuen Nachbarn kennenlernte. „Seid ihr nebenan eingezogen?“

„Ja. Wir werden jetzt hier wohnen. Ich mag das. Vom Fenster

meines Zimmers kann ich direkt auf das Wasser blicken. Ich habe sogar schon eine Robbe gesehen. In Indiana gab's die nur im Zoo. Darf ich zu dir rüberkommen?"

„Aber natürlich." Ana legte die kleine Gartenschaufel beiseite, während das Mädchen sich durch die Hecke zwängte. „Wen haben wir denn hier?", fragte sie und deutete auf das zappelnde Fellbündel, das das Mädchen im Arm hielt.

„Das ist Daisy." Das Kind drückte dem Welpen einen liebevollen Kuss auf den Kopf. „Sie ist ein Golden Retriever. Ich durfte sie mir aussuchen, bevor wir aus Indiana weggegangen sind. Sie ist mit uns im Flugzeug geflogen, und wir hatten beide überhaupt keine Angst. Ich muss auf sie aufpassen und sie füttern und ihr frisches Wasser geben und sie bürsten und alles so was, denn ich habe die Verantwortung für sie."

„Sie ist sehr hübsch", sagte Ana ernsthaft. Und sicher sehr schwer für ein Mädchen von fünf oder sechs. Sie streckte die Arme aus. „Darf ich?"

„Magst du Hunde?" Das Mädchen plapperte munter weiter, während es den Hund in Anas Arme legte. „Ich mag Hunde und Katzen und alle Tiere. Sogar die Hamster von Billy Walker. Irgendwann werde ich vielleicht sogar ein eigenes Pferd kriegen. Wenn ich ein paar Jahre älter bin. Wir werden sehen. Das sagt mein Daddy immer: ‚Wir werden sehen'."

Ana streichelte den Welpen und wurde mit einem begeisterten feuchten Hundekuss übers ganze Gesicht belohnt. Sie war hingerissen von dem Kind. „Ich mag Hunde auch, und Katzen und alle Tiere", sagte sie lächelnd. „Mein Cousin hat Pferde. Zwei ganz große und außerdem auch ein neues Fohlen."

„Wirklich?" Das Mädchen setzte sich ins trockene Gras und begann, den großen Kater zu streicheln. „Ob ich sie sehen darf?"

„Er wohnt nicht weit von hier entfernt, vielleicht klappt es ja. Du musst aber vorher deine Eltern fragen."

„Meine Mommy ist im Himmel. Sie ist jetzt ein Engel."

Mitgefühl versetzte Anas Herz einen Stich. Sie strich der Kleinen über den Kopf und öffnete sich. Aber da war kein Schmerz, und das war eine Erleichterung. Da waren nur gute Erinnerungen. Bei der Berührung sah das Mädchen auf und lächelte.

„Ich heiße Jessica. Aber du kannst mich ruhig Jessie nennen."

„Ich bin Anastasia." Und weil sie nicht widerstehen konnte, beugte sie sich vor und setzte einen kleinen Kuss auf die vorwitzige Stupsnase. „Aber du kannst mich ruhig Ana nennen."

Nachdem die offizielle Vorstellung also erledigt war, bombardierte Jessie Ana mit Fragen und gab mit ihrem munteren Geplauder großzügig Auskunft über sich selbst. Sie hatte gerade Geburtstag gehabt und war sechs geworden. Nächsten Dienstag würde sie in die erste Klasse der neuen Schule kommen. Lila war ihre Lieblingsfarbe, und Bohnen konnte sie überhaupt nicht ausstehen.

Ob Ana ihr beibringen könnte, wie man Blumen pflanzte? Wie hieß denn die Katze? Ob sie auch ein kleines Mädchen hätte? Und warum nicht?

So saßen sie gemeinsam im Sonnenschein, ein kleiner Kobold in pinkfarbenen Shorts und eine junge Frau mit Erde an den Händen und auf den gebräunten Beinen, während Kater Quigley Hund Daisys tollpatschige Aufforderungen zum Spiel hoheitsvoll ignorierte.

Anas langes, weizenblondes Haar wurde von einem Band im Nacken zusammengehalten, aus dem sich einige Strähnen gelöst hatten, die der Wind um ihr Gesicht spielen ließ. Sie war ungeschminkt. Ihre überwältigende, zarte Schönheit war so natürlich wie ihre Macht. Eine Kombination aus keltischen Gesichtszügen, grauen Augen, dem vollen, schön geschwungenen Mund der Donovans – und noch etwas anderes, etwas Geheimnisvolles, das sich nur erahnen ließ. Ihr Gesicht war das Spiegelbild ihres weiten Herzens.

Der Welpe marschierte zu einem Kräuterbeet und schnüffelte aufgeregt, Ana lachte über etwas, das Jessie gerade erzählte.

„Jessie!" Der Ruf klang über die Rosenhecke. Die Stimme eines Mannes, tief, voll und eindeutig voller Ärger und Sorge. „Jessica Alice Sawyer! Kannst du mir mal erklären, was du da machst?"

„Oh, oh. Er hat meinen vollen Namen benutzt." Doch Jessies Augen funkelten verschmitzt, als sie auf die Füße sprang. Ganz augenscheinlich fürchtete sie keine Schelte.

„Ich bin hier, Daddy! Hier bei Ana. Komm doch bitte auch mal her."

Nur einen Augenblick später ragte ein Mann über die Hecke. Es benötigte keiner besonderen Gabe, um die Wellen der Erleichterung und des Ärgers zu spüren. Ana blinzelte kurz, überrascht, dass dieser raubeinig wirkende Mann der Vater der quicklebendigen kleinen Elfe sein sollte, die jetzt neben ihr auf und ab hüpfte.

Vielleicht liegt es an dem Zweitagebart, dass er so gefährlich aussieht, dachte sie. Aber nein, korrigierte sie sich. Selbst unter dem dunklen Schatten war ein markantes Gesicht mit scharfen Konturen und harten Linien zu erkennen, volle Lippen, die jetzt ärgerlich zusammengepresst waren. Nur die Augen waren die gleichen wie die seiner Tochter, von einem strahlenden hellen Blau, jetzt allerdings hatte die Ungeduld sie düsterer werden lassen. Im Sonnenlicht blitzten satte Rottöne in dem dunklen, wirren Haar auf, durch das er sich jetzt seufzend fuhr.

Von ihrem Platz auf dem Rasen wirkte der Mann riesig auf Ana. Durchtrainiert und beunruhigend kräftig, in einem zerrissenen T-Shirt und ausgewaschenen Jeans, deren Naht an einer Seite aufgeplatzt war.

Er warf einen langen, verärgerten und augenscheinlich misstrauischen Blick auf Ana, bevor er sich Jessie zuwandte. „Jessica, hatte ich dir nicht gesagt, du sollst im Garten bleiben?"

„Stimmt schon", gab Jessie bereitwillig zu. „Aber Daisy und ich haben Ana singen gehört, und als wir nachgesehen haben, da hatte sie diesen Schmetterling auf ihrer Hand. Und sie hat uns erlaubt, herüberzukommen. Sie hat eine Katze, siehst du? Und ihr Cousin hat Pferde. Und ihr Cousine hat eine Katze und einen Hund."

Ganz offensichtlich an Jessies unaufhörliches Geplapper gewöhnt, wartete ihr Vater auf das Ende des Wortschwalls. „Wenn ich dir sage, du sollst im Garten bleiben, und du dann nicht da bist, mache ich mir Sorgen."

Es war eine einfache Feststellung, in ruhigem Ton gemacht. Ana respektierte den Mann dafür, dass er weder seine Stimme anhob noch mit Strafe drohte, um seinen Standpunkt klarzumachen. Und sie fühlte sich genauso gescholten wie Jessie.

„Es tut mir leid, Daddy", murmelte die Kleine mit hängendem Kopf.

„Ich muss mich wohl auch entschuldigen, Mr. Sawyer." Ana erhob sich und legte Jessie eine Hand auf die Schulter. Sah ganz so aus, als steckten sie gemeinsam in dieser Patsche. „Ich habe sie eingeladen herüberzukommen, und ich habe ihre Gesellschaft so genossen, dass ich mir keine Gedanken darüber gemacht habe, jemand könnte sie vielleicht suchen."

Er sagte nichts, musterte sie nur durchdringend mit diesen hellen Augen, bis sie sich am liebsten unter diesem Blick gewunden hätte. Als er sich wieder Jessie zuwandte, wurde Ana klar, dass sie den Atem angehalten hatte.

„Du solltest jetzt zurückkommen und Daisy füttern."

„Okay." Jessie hob den sich wehrenden Welpen auf die Arme und hielt mitten im Schritt inne, als ihr Vater sie eindringlich ansah.

„Und du solltest Mrs. …?"

„Miss", half Ana aus. „Donovan. Anastasia Donovan."

„… Miss Donovan danken, dass sie dich ertragen hat."

„Danke, dass du mich ertragen hast, Ana." Jessies Ton war sehr, sehr höflich, aber ihr Lächeln verschwörerisch. „Darf ich wiederkommen?"

„Das hoffe ich doch."

Mit einem fröhlichen Lächeln trat Jessie durch die Rosenhecke zu ihrem Vater. „Ich wollte dir keine Sorgen machen, Daddy."

Er beugte sich vor und versetzte ihrer Nase einen zärtlichen Stüber. „Freche Göre." Ana hörte die grenzenlose Liebe, die in diesem entnervten Tadel lag.

Kichernd rannte Jessie mit dem Welpen auf dem Arm davon. Und Anas Lächeln erstarb, sobald sie den Kopf wandte und den Blick aus den kühlen blauen Augen auf sich liegen sah.

„Sie ist ein wunderbares Kind", setzte Ana an und wurde sich verwundert bewusst, dass sie ihre feuchten Handflächen an den Shorts abwischen musste. „Ich entschuldige mich dafür, nicht darauf geachtet zu haben, dass Sie wissen, wo sie ist. Aber ich hoffe wirklich, Sie erlauben ihr, mich wieder zu besuchen."

„Es oblag nicht Ihrer Verantwortung." Seine Stimme war sachlich, weder freundlich noch unfreundlich. Ana hatte die unangenehme Gewissheit, genauestens abgeschätzt zu werden, von Kopf bis Fuß. „Jessie ist sehr neugierig und offen. Manchmal übertreibt sie in beidem. Ihr ist noch nicht bewusst, dass es Menschen auf dieser Welt gibt, die das ausnützen könnten."

Jetzt in dem gleichen kühlen Ton, erwiderte Ana: „Ich weiß, was

Sie meinen, Mr. Sawyer. Allerdings kann ich Ihnen versichern, dass es nicht meine Angewohnheit ist, kleine Mädchen zum Frühstück zu verspeisen."

Er lächelte. Langsam, träge. Eine Bewegung der Lippen, die seinem Gesicht alle Härte nahm und es überwältigend attraktiv machte. „Nun, Miss Donovan, Sie entsprechen keineswegs meiner Vorstellung von einem Ungeheuer. Außerdem muss ich mich für das unhöfliche Benehmen entschuldigen. Ich hatte Angst um Jessie, daher war ich so unfreundlich. Es ist noch nicht einmal alles ausgepackt, und schon habe ich sie verloren."

„Nur verlegt." Ana wagte ein neuerliches vorsichtiges Lächeln. Sie sah zu dem zweigeschossigen Holzhaus hinüber, dessen weiße Fensterrahmen in der Sonne funkelten. Obgleich sie ihre Privatsphäre liebte, war sie doch froh, dass das Haus nicht lange leer geblieben war. „Es ist schön, ein Kind in der direkten Nachbarschaft zu haben, vor allem eines, das so nett und lebendig ist wie Jessie. Ich hoffe wirklich, sie darf wieder herkommen. Ich würde mich über ihre Gesellschaft freuen."

„Manchmal frage ich mich, ob es überhaupt einen Unterschied macht, was ich ihr erlaube und was nicht." Er schnippte leicht gegen eine der zarten Rosenblüten. „Solange Sie diese hier nicht durch eine drei Meter hohe Ziegelsteinwand ersetzen, wird sie wieder kommen." Zumindest wusste er jetzt, wo er Jessie zu suchen hatte, sollte sie wieder verschwinden. „Und schicken Sie sie ruhig nach Hause, wenn sie Ihre Gastfreundschaft zu sehr strapaziert." Er steckte die Hände in die Hosentaschen. „Jetzt sollte ich besser zum Haus zurückgehen, bevor sie unser Dinner an Daisy verfüttert."

„Mr. Sawyer?", rief Ana hinter ihm her, als er sich schon umgedreht hatte. „Willkommen in Monterey. Ich hoffe, Sie werden sich hier wohl fühlen."

„Danke." Mit langen Schritten ging er über den Rasen zurück zu der breiten Veranda und verschwand im Haus.

Ana blieb noch einen Moment regungslos stehen. Sie konnte sich nicht entsinnen, jemals eine solche Energie in der Luft gespürt zu haben. Mit einem langen Seufzer sammelte sie schließlich ihre Gartengeräte zusammen, während Quigley ihr um die Beine strich.

Auch hatte sie noch nie feuchte Hände bekommen, nur weil ein

Mann sie angesehen hatte.

Allerdings hatte sie auch noch nie ein Mann auf diese Art angesehen. Als würde er sie ansehen, in sie hineinsehen und sie durchschauen, alles gleichzeitig. Ziemlich guter Trick, dachte sie, während sie die Geräte in ihr Gewächshaus zurückstellte.

Ein interessantes Paar, Vater und Tochter. Nachdenklich blickte sie durch die Glasscheiben des Treibhauses zu dem Nachbargebäude, das in der Mitte des angrenzenden großen Grundstücks gelegen war. Als direkter Nachbar war es nur natürlich, dass sie sich Gedanken machte und Fragen stellte. Aber Ana war auch gescheit genug, hatte durch eigene schmerzliche Erfahrungen gelernt, darauf zu achten, dass diese Gedanken einen gewissen Grad der normalen Freundlichkeit nicht überschritten.

Es gab nur wenige, die das akzeptierten, was nicht zum Normalen gehörte. Der Preis für ihre Gabe war ein sehr empfindsames und verletzliches Herz, das bereits die grausame Kälte der Zurückweisung hatte erleiden müssen.

Aber damit hielt sie sich nicht mehr auf. Nein, als sie an den Mann und sein Kind dachte, musste sie sogar lächeln. Was er wohl getan hätte, fragte sie sich mit einem leisen Lachen, wenn ich ihm gesagt hätte, dass ich zwar kein Ungeheuer bin, aber dafür eine Hexe?

In der sonnigen Küche, inmitten eines schrecklichen Durcheinanders, wühlte Boone Sawyer sich durch einen Karton, bis er die Bratpfanne fand, nach der er gesucht hatte. Der Umzug nach Kalifornien war der richtige Schritt gewesen – davon war er überzeugt, aber er hatte eindeutig den Zeitaufwand und die Unannehmlichkeiten unterschätzt, die es verursachte, wenn man ein Heim so einfach von einem Ort an einen anderen verlegen wollte.

Was kam mit, was konnte man zurücklassen? Eine Speditionsfirma finden, sein Auto war ebenfalls geliefert worden, während er mit Jessie und dem Hund, in den sie sich auf Anhieb verliebt hatte, geflogen waren. Die passenden Gründe finden, um den Umzug vor Jessies besorgten Großeltern zu rechtfertigen. Der Papierkram für die Anmeldung in der neuen Schule. Erst einmal eine passende Schule finden …!

Nun, das Schlimmste lag hinter ihm. Hoffte er zumindest. Jetzt musste er nur noch die Kartons auspacken und einen Platz für all die Dinge und den Krimskrams finden, um aus diesem fremden Haus ein Heim zu machen.

Jessie war glücklich hier. Das war die Hauptsache, war immer die Hauptsache gewesen. Andererseits, dachte er, während er Hackfleisch für Chili con Carne in der Pfanne briet, ist Jessie überall glücklich. Ihr sonniges Gemüt und ihre erstaunliche Fähigkeit, überall Freunde zu finden, waren ein Segen, aber sie verwirrten ihn immer wieder. Wie schaffte es ein Kind, das im zarten Alter von zwei Jahren seine Mutter verloren hatte, so ausgeglichen, so unbeschwert und so absolut normal zu sein?

Wäre da nicht Jessie – er wäre nach Alices Tod längst verrückt geworden.

Er dachte nicht mehr so oft an Alice. Häufig ertappte er sich dabei, dass er sich deshalb schuldig fühlte. Er hatte sie geliebt – Gott, wie hatte er sie geliebt! –, und das Kind, das sie gemeinsam gezeugt hatten, war der lebende Beweis dieser Liebe. Aber mittlerweile hatte er mehr Zeit ohne Alice leben müssen, als er mit ihr verbracht hatte. Und obwohl er entschlossen gewesen war, sich an die Trauer zu klammern, als Beweis seiner Liebe, war eben diese Trauer immer schwächer geworden, langsam dahingeschmolzen unter den Anforderungen, die das tägliche Leben an ihn stellte.

Alice weilte nicht mehr unter den Lebenden. Jessie dagegen lebte und wurde mit jedem Tag, den sie heranwuchs, quicklebendiger. Diese Menschen, beide, hatten den Ausschlag zu der schwierigen Entscheidung gegeben, nach Monterey zu ziehen. In Indiana, in dem Haus, das Alice und er zusammen gekauft hatten, hatte es zu viele Erinnerungen gegeben. Sowohl seine Eltern als auch seine Schwiegereltern wohnten keine zehn Minuten Autofahrt entfernt. Als einziges Enkelkind war Jessie für beide Großelternpaare der Mittelpunkt gewesen – und oft der Grund für kleine Eifersüchteleien.

Und Boone selbst ... Nun, er konnte gar nicht mehr zählen, wie oft er sich mehr oder weniger diskrete Ratschläge hinsichtlich der Erziehung seiner Tochter hatte anhören müssen – bis hin zu vehementer Kritik. Außerdem waren da noch diese, manchmal recht plumpen, Kuppelversuche gewesen. Ein Kind braucht eine Mutter, ein Mann braucht eine Frau. Und entsprechend diesem Leitsatz hatte seine Mutter es sich zur Lebensaufgabe gemacht, die perfekte Frau zu finden, die diese Stelle ausfüllen könnte, die eine hervorragende Ehefrau und Mutter sein würde.

Das war es, was ihn am meisten aufgeregt hatte. Und die Einsicht, wie einfach es wäre, sich im Haus zu verkriechen und sich in Erinnerungen zu ergehen. Deshalb die Entscheidung umzuziehen.

Arbeiten konnte er überall. Die Wahl war hauptsächlich wegen des Klimas, des beschaulichen Lebensstils und der Schulen auf Monterey gefallen. Und, wie er sich nur selbst eingestand, weil eine kleine Stimme ihm eingeflüstert hatte, dass dieser Ort genau richtig war. Für Jessie und ihn.

Es gefiel ihm, dass er nur ans Fenster treten musste und das Meer sehen konnte. Oder diese hohen, schlanken Zypressen. Noch besser gefiel ihm, dass er nicht von Nachbarn umgeben war. Alice war diejenige von ihnen beiden gewesen, die gern in Gesellschaft war. Und an diesem Ort kam noch hinzu, dass der Verkehrslärm von der Straße nicht bis hierher drang.

Es hatte sich einfach richtig und gut angefühlt. Und Jessie gab dem Ganzen bereits ihre persönliche Note. Es stimmte schon, als er hinausgesehen und seine Tochter nirgendwo hatte sehen können, hatte die Angst ihm den Magen zusammengezogen. Er hätte wissen sollen, dass sie bereits jemanden kennengelernt hatte, mit dem sie sich unterhalten konnte. Jemanden, den sie mit ihrem kindlichen Charme bezaubern konnte.

Diese Frau.

Mit einer tiefen Falte auf der Stirn setzte Boone den Deckel auf die Pfanne, um das Chili köcheln zu lassen. Er goss sich eine Tasse Kaffee ein und trat auf die Veranda. Schon seltsam. Er hatte die Frau gesehen und sofort gewusst, dass Jessie bei ihr sicher war. In diesen grauen Augen stand nichts als Güte und Sanftmut zu lesen. Es war seine eigene Reaktion, eine sehr primitive Reaktion, die seine Muskeln verkrampft und seine Stimme hatte rau werden lassen.

Verlangen. Prompt, schmerzhaft und höchst unangebracht. Eine solche Reaktion auf eine Frau hatte er nicht mehr verspürt, seit … Er musste über sich selbst grinsen. Nie wieder. Mit Alice war es wie eine stille Vollkommenheit gewesen. Ein sanftes und unabänderliches Zusammenkommen, das er immer wie einen Schatz in der Erinnerung hüten würde.

Aber das hier ... das war wie eine Strömung gewesen, die einem den Boden unter den Füßen wegriss und einen immer weiter abtrieb, während man sich verzweifelt bemühte, das Ufer zu erreichen.

Es ist auch lange her, erinnerte er sich selbst und sah einer Möwe nach, die über das weite Wasser glitt. Eine völlig normale Reaktion auf eine schöne Frau, also eine durchaus akzeptable Erklärung. Denn schön war sie unbestreitbar, auf eine ruhige, klassische Art – wobei man seine heftige Reaktion auf sie wohl als das genaue Gegenteil bezeichnen musste. Und das verabscheute er. Er hatte weder Zeit noch Lust, sich mit Reaktionen auf gleich welche Frau zu beschäftigen.

Da war Jessie, an die er denken musste.

Er griff in die Tasche, zog ein Zigarettenpäckchen hervor und steckte sich eine Zigarette an, sich kaum der Tatsache bewusst, dass er die ganze Zeit zu der Rosenhecke hinübersah.

Anastasia also. Der Name passte zu ihr. Wunderbar altmodisch, elegant, ungewöhnlich.

„Daddy!"

Boone zuckte zusammen, wie ein Teenager, den der Direktor auf der Jungentoilette auf frischer Tat beim Rauchen ertappt hatte. Er räusperte sich und lächelte seine streng dreinblickende Tochter schief an.

„Jetzt stell dich nicht gleich so an, Jess. Ich rauche doch immerhin nur noch ein halbes Päckchen pro Tag."

Sie verschränkte die Arme vor der schmalen Brust. „Die sind schlecht für dich. Die machen deine Lungen schwarz."

„Ich weiß." Er trat die Zigarette aus, ohne noch einen letzten Zug getan zu haben. Unter diesen weisen jungen Augen war ihm das einfach nicht möglich. „Ich höre ja auf, ganz bestimmt."

Jessie lächelte – eines von diesen erschreckend wissenden „Naklar-doch"-Lächeln –, und er steckte die Hände in die Hosentaschen und imitierte James Cagney. „Nicht doch, Sie werden mich doch nicht wegen eines einzigen Zugs in Einzelhaft stecken, oder?"

Sie hatte ihm längst vergeben, und kichernd kam sie zu ihm, um ihn zu umarmen. „Du bist albern, Daddy. Damit du's nur weißt."

„Stimmt." Er stemmte sie an den Ellbogen hoch und gab ihr einen herzhaften Kuss. „Und du bist eigentlich ziemlich klein."

„Bald werde ich genauso groß sein wie du." Sie schlang die Beine um seine Hüften und ließ sich hintenüberfallen, bis ihr Haar fast den Boden berührte. Das war eine ihrer Lieblingsbeschäftigungen.

„Keine Chance." Er hielt sie sicher und fest und schlenkerte sie ein wenig hin und her. „Ich werde immer größer sein als du." Er zog sie wieder hoch. „Und klüger und stärker." Mit seinen Bartstoppeln rieb er spielerisch über ihre Wange, bis sie vor Vergnügen jauchzte und atemlos lachte. „Und ich werde auch immer besser aussehen."

„Und kitzliger sein!", rief sie triumphierend und steckte ihre Finger in seine Seiten.

In diesem Punkt hatte sie auf jeden Fall recht. Er fiel mit ihr auf die Bank. „Okay, okay. Ich gebe auf!" Er holte tief Atem und zog sie fest an sich heran. „Du wirst immer mehr Tricks auf Lager haben."

Mit rosigen Wangen und leuchtenden Augen hüpfte sie auf seinem Schoß herum. „Unser neues Haus gefällt mir."

„Wirklich?" Er strich mit der Hand über ihren Kopf und genoss, wie immer, das seidige Gefühl an seiner Handfläche. „Mir auch."

„Können wir nach dem Dinner an den Strand gehen und Robben suchen?"

„Klar."

„Kann Daisy mitkommen?"

„Sicher." Da er bereits ausreichend Erfahrung mit Pfützen auf dem Teppich und zerkauten Socken gemacht hatte, sah er sich argwöhnisch um. „Wo ist Daisy eigentlich in diesem Moment?"

„Sie macht ein Nickerchen." Jessie legte den Kopf an die Schulter des Vaters. „Sie war sehr müde."

„Kann ich mir denken. Es war ja auch ein anstrengender Tag." Lächelnd küsste er Jessie aufs Haar, hörte sie gähnen und spürte, wie sie auf seinem Schoß schwerer wurde.

„Es war mein erster Tag. Heute habe ich Ana getroffen." Weil ihre Lider so schwer waren, schloss sie sie einfach, eingelullt durch den rhythmischen Herzschlag ihres Vaters. „Sie ist nett. Sie hat gesagt, sie zeigt mir, wie man Blumen pflanzt."

„Hm."

„Sie kennt alle Blumennamen." Jessie gähnte noch einmal, und als sie wieder sprach, klang ihre Stimme bereits schläfrig. „Daisy hat ihr übers ganze Gesicht geleckt, und sie hat nicht geschimpft, nur gelacht. Es hat sich hübsch angehört. Wie das Lachen einer Fee“, murmelte sie und war schon eingeschlafen.

Boone saß still da, hielt Jessie fest und sicher in seinen Armen und lächelte vor sich hin. Die Vorstellungskraft seiner Tochter. Er bildete sich gerne ein, dass sie das von ihm hatte.

Rastlos, dachte Ana, während sie in der Dämmerung über den felsigen Strand wanderte. Sie konnte einfach nicht im Haus bleiben, sich um ihre Pflanzen und Kräuter kümmern, wenn sie diese innere Unruhe verspürte.

Die Brise vom Meer her würde die Ruhelosigkeit verscheuchen, dessen war sie sicher. Sie hielt ihr Gesicht in den Wind. Ein schöner, langer Spaziergang, und dann würde sie auch die Ausgeglichenheit wiederfinden, den Frieden und die Ruhe, die zu ihrem Leben gehörten wie das Atmen.

Unter anderen Umständen hätte sie ihren Cousin und ihre Cousine angerufen und vorgeschlagen, etwas zusammen zu unternehmen. Aber Morgana hatte es sich bestimmt schon mit Nash gemütlich gemacht. Außerdem brauchte sie in diesem späten Stadium der Schwangerschaft so viel Ruhe wie möglich. Und Sebastian war noch nicht von seiner Hochzeitsreise zurück.

Es hatte Ana noch nie gestört, allein zu sein. Sie genoss die Einsamkeit der Bucht, den Strand, das leise Geräusch der Wellen, wenn sie gegen die Steine schlugen, die Schreie der Möwen, die sich fast wie Lachen anhörten.

So wie sie auch das Lachen des Kindes genossen hatte. Und das des Mannes, das der Wind am Nachmittag zu ihr herübergetragen hatte. Ein schöner Laut. Es war nicht nötig gewesen, dabei zu sein, um sich darüber zu freuen.

Jetzt, während die Sonne langsam versank und den Horizont in glühende Farben tauchte, spürte Ana, wie die Ruhelosigkeit verflog. Wie hätte sie etwas anderes fühlen können als Harmonie, hier, allein, während sie den Zauber des ausklingenden Tages beobachtete?

Sie kletterte auf ein Stück Treibholz, einen dicken Baumstamm, nahe genug am Wasser, dass die feine Gischt ihr Gesicht benetzte. Abwesend fühlte sie den Stein in ihrer Jackentasche und nahm ihn hervor, rieb ihn zwischen den Fingern, während sie der Sonne zusah, die wie ein glühender Ball im Meer versank.

Der Stein in ihrer Hand wurde warm. Ana sah auf das kleine Juwel herab, dessen perlmutterner Glanz in der Dämmerung erstrahlte. Mondstein. Sie lächelte über sich selbst. Mond-Magie. Schutz für den nächtlichen Wanderer. Eine Hilfe zur Selbstanalyse. Und natürlich ein Talisman, dem Kräfte innewohnten, die der Liebe förderlich waren.

Welche von diesen Eigenschaften wohl heute Abend wichtig war?

Noch während sie über sich selbst leise lachte und den Stein wieder in ihre Tasche gleiten ließ, hörte sie, wie ihr Name gerufen wurde.

Da kam auch schon Jessie auf sie zugerannt, den tapsigen Welpen auf den Fersen. Und ihr Vater, etliche Meter hinter ihr, so als zögere er, näher zu kommen. Ana überließ sich einen Moment der Frage, ob die überschäumende Energie und Offenheit des Kindes den Vater vielleicht umso distanzierter wirken ließen.

Sie kletterte von dem Baumstamm herunter und breitete die Arme aus. Es war das Natürlichste der Welt, dass Jessie sich von ihr auffangen und im Kreis herumwirbeln ließ. „Hallo, Sonnenschein. Suchst du mit Daisy etwa nach Elfenmuscheln?“

Jessies Augen wurden groß. „Elfenmuscheln? Wie sehen die denn aus?“

„Genauso, wie man sie sich vorstellt. Entweder bei Sonnenaufgang oder -untergang. Nur dann kann man sie finden.“

„Mein Daddy hat gesagt, dass Elfen im Wald leben und sich meistens verstecken, weil die Menschen nicht so genau wissen, wie man mit ihnen umgehen muss.“

„Das stimmt.“ Sie lachte und stellte das Mädchen wieder auf die Füße. „Aber Elfen mögen auch das Wasser und die Berge.“

„Ich würde zu gern mal eine kennenlernen, aber Daddy sagt, dass sie fast nie mit Menschen reden, weil niemand mehr so richtig an sie glaubt. Nur Kinder.“

„Das kommt daher, weil Kinder der Magie noch so viel näher sind.“ Ana schaute auf, während sie sprach. Boone war zu ihnen getreten, und die Sonne, die hinter seinem Rücken unterging, warf dunkle Schatten auf sein Gesicht, die bedrohlich und gleichzeitig sehr anziehend wirkten. „Wir sprachen gerade von Elfen", teilte sie ihm mit.

„Ich hab's gehört." Er legte eine Hand auf Jessies Schulter. Auch wenn die Geste sehr unaufdringlich war, die Bedeutung war unmissverständlich. Mein.

„Ana sagt, dass es hier am Strand Elfenmuscheln gibt und dass man sie nur bei Sonnenaufgang oder -untergang finden kann. Wirst du eine Geschichte darüber schreiben?"

„Wer weiß?" Das Lächeln, das er seiner Tochter schenkte, war warm und voller Zärtlichkeit. Als sein Blick jedoch über Ana fuhr, rann ihr ein Schauer über den Rücken. „Wir haben Ihren Abendspaziergang gestört."

„Nein." Gereizt zuckte Ana die Achseln. Sie wusste genau, was er meinte: Sie hatte seinen und Jessies Spaziergang gestört! „Ich wollte nur noch einen Blick aufs Meer werfen, bevor ich hineingehe. Es wird langsam kühl."

„Wirst du mir denn helfen, Elfenmuscheln zu finden?", fragte Jessie bittend.

„Irgendwann einmal, sicher." Wenn der Vater nicht wie ein Wachhund daneben stand und sie mit seinem Blick durchbohrte. „Jetzt ist es schon zu dunkel, und ich muss ins Haus zurück." Sie versetzte Jessie einen sanften Nasenstüber. „Gute Nacht." Den Vater bedachte Ana mit einem knappen Nicken.

Boone sah ihr nach, wie sie davonging. Vielleicht wäre ihr nicht so kalt geworden, dachte er, wenn sie etwas tragen würde, das ihre Beine warm hielt. Diese schlanken, wohlgeformten Beine. Er stieß ungeduldig den Atem aus.

„Komm, Jess, rennen wir um die Wette nach Hause."

2. KAPITEL

Ich würde ihn zu gern kennenlernen." Ana sah von dem Potpourri aus getrockneten Blütenblättern auf, das sie zusammenstellte, und blickte Morgana mit gerunzelter Stirn an. „Wen?"

„Den Vater dieses kleinen Mädchens, das dich so bezaubert hat." Erschöpfter, als sie zuzugeben bereit war, strich Morgana sich mit der Hand über ihren Bauch. „Du sprudelst über mit Informationen über die Kleine und bist geradezu verdächtig einsilbig, wenn es um Daddy geht."

„Weil er mich nicht so sehr interessiert", erwiderte Ana leichthin. Sie mengte dem Potpourri Zitrone hinzu. Sie wusste genau, wie besorgt Morgana war. „Der Mann ist so kühl und distanziert, wie Jessie herzlich und offen ist. Wenn nicht so offensichtlich wäre, wie sehr er sie liebt, wäre er mir wahrscheinlich sogar unsympathisch. So ist er mir einfach nur gleichgültig."

„Sieht er gut aus?"

Ana hob fragend eine Augenbraue. „Im Vergleich zu?"

„Zu einer Kröte." Morgana lachte und beugte sich vor. „Komm schon, Ana. Spann mich doch nicht so gemein auf die Folter."

„Nun, hässlich ist er nicht." Ana stellte die Schale mit dem Potpourri beiseite und suchte auf dem Regal nach dem richtigen Öl, das sie dazugeben wollte. „Man kann wohl sagen, dass er ein markantes Gesicht hat. Sieht irgendwie fast gefährlich aus. Durchtrainierte Figur, aber nicht wie ein Gewichtheber." Sie las mit gerunzelter Stirn die Etiketten auf zwei Ölfläschchen und versuchte zu entscheiden. „Eher wie ein Langstreckenläufer. Drahtig, erschreckend fit."

Genießerisch lächelnd stützte Morgana ihr Kinn in die Hand. „Weiter, erzähl mir mehr."

„Also wirklich! Und das von einer verheirateten Frau, die noch dazu bald mit Zwillingen niederkommt." Ana lachte und entschied sich schließlich für Rosenöl, um der Mischung Eleganz zu verleihen. „Also, wenn du unbedingt etwas Positives hören musst … Er hat unglaublich schöne Augen. Sehr klar, sehr blau. Wenn diese Augen Jessie ansehen, sind sie einfach umwerfend. Wenn sie mich anschauen, sehr misstrauisch."

„Aber wieso denn?“

„Ich habe nicht die leiseste Ahnung.“

Morgana schüttelte den Kopf. „Anastasia, das interessiert dich doch sicher genug, um es herauszufinden, oder? Du brauchst doch nur mal ganz vorsichtig einen Blick zu riskieren.“

Mit geübter Hand ließ Ana etwas Rosenöl auf die Blätter fallen. „Du weißt, wie ungern ich mich aufdränge.“

„Also wirklich …“

Bei Morganas enttäuschter Miene musste Ana lächeln. „Selbst wenn ich neugierig wäre … ich glaube nicht, dass ich sehen möchte, was da im Herzen von Mr. Sawyer so alles vor sich geht. Ich habe das unbestimmte Gefühl, dass es recht unangenehm werden könnte, sich mit ihm zu verbinden. Selbst wenn es nur ein paar Momente sind.“

„Du bist die Empathin.“ Morgana zuckte die Schultern. „Wenn Sebastian hier wäre, könnte er dir sofort sagen, was sich im Kopf dieses Mannes abspielt.“ Sie nippte an dem Elixir, das Ana für sie gemixt hatte. „Ich könnte es für dich tun. Ich habe schon seit Wochen keinen Grund mehr gehabt, die Kristallkugel zu benutzen. Ich komme noch aus der Übung.“

„Nein.“ Ana küsste ihre Cousine auf die Wange. „Danke.“ Sie gab das Potpourri in einen kleinen Netzbeutel. „Hier, ich möchte, dass du dies immer bei dir trägst. Und den Rest der Mischung verteilst du in Schalen im Haus und im Laden. Du arbeitest doch nur noch zwei Tage in der Woche?“

„Zwei, manchmal auch drei.“ Morgana lächelte beruhigend, weil Ana so besorgt um sie war. „Ich übertreibe es nicht, wirklich nicht, Liebes. Nash lässt es gar nicht dazu kommen.“

Mit einem abwesenden Nicken verschloss Ana den Beutel. „Trinkst du den Tee, den ich dir gegeben habe?“

„Jeden Tag. Und ja, ich benutze auch dein Öl regelmäßig. Außerdem trage ich immer einen Rhyolith gegen emotionalen Stress, einen Topas gegen äußere Stresseinflüsse, einen Zirkon für positive Einstellung und einen Bernstein für die gute Laune bei mir.“ Sie drückte Anas Hand. „Glaub mir, ich bin von allen Seiten wirklich bestens geschützt.“

„Es ist nur natürlich, dass ich mich so anstelle.“ Ana stellte das

Säckchen mit dem Potpourri neben Morganas Handtasche, dann überlegte sie es sich anders und ließ den Beutel selbst in die Tasche gleiten. „Schließlich ist es unser erstes Baby."

„Babys", verbesserte Morgana.

„Also noch mehr Grund, um ein wenig achtsamer zu sein. Zwillinge kommen immer früher, diese Erfahrung habe ich jedenfalls gemacht."

Morgana gestattete sich einen kleinen Seufzer. „Ich hoffe wirklich, dass diese beiden es tun. Nicht mehr lange, und ich brauche einen Lastkran, um mich zu setzen und wieder aufzustehen."

„Du brauchst mehr Ruhe. Und leichte Bewegungsübungen", wies Ana an. „Was sowohl das Herumwuchten und Auspacken von Kisten ausschließt sowie auch das stundenlange Stehen, um Kunden zu bedienen!"

„Jawohl, Ma'am. Ich werde mich bemühen, mich genauestens an die Anweisungen zu halten."

„Und jetzt lass uns nachsehen." Sanft legte Ana beide Hände auf den gewölbten Leib ihrer Cousine, spreizte langsam die Finger und öffnete sich für das Wunder.

Im gleichen Moment spürte Morgana, wie ihre Müdigkeit verflog. Stattdessen fühlte sie sich wunderbar wohl und ausgeglichen. Durch ihre halb geschlossenen Lider erkannte sie, dass Anas Augen dunkel geworden waren, die Farbe von Zinn angenommen hatten. Der Blick war starr auf etwas gerichtet, das nur Ana sehen konnte.

Während ihre Finger über den Bauch ihrer Cousine strichen, knüpfte Ana das Band. Sie spürte das Gewicht und für einen unglaublich intensiven Moment das Leben, das in diesem Leib pulsierte. Dann die Erschöpfung, die Müdigkeit, die Schwere. Aber auch die glückliche Erwartung, die wachsende Vorfreude und das ehrfurchtsvolle Staunen, dass sie dieses neue Leben in sich trug.

Dann öffnete sich Anas Herz noch mehr, ein Ziehen erfasste ihren Körper. Und sie begann zu lächeln.

Jetzt war sie dieses Leben, erst das eine, dann das andere. Traumlos in dem dunklen, warmen Leib gebettet, versorgt und beschützt von der Mutter, bis der Moment kommen würde, sich der Außenwelt zu stellen. Zwei Herzen, die kraftvoll unter dem Herzen der Mutter schlugen. Winzige Finger, die sich streckten, ein träger Tritt.

Ana kam wieder zu sich zurück. Allein. „Dir geht es gut. Euch allen geht es gut."

„Ich weiß." Morgana verschränkte ihre Finger mit Anas. „Aber ich fühle mich trotzdem beruhigter, wenn du es mir sagst. Genau wie das Wissen mich beruhigt, dass du da sein wirst, wenn es so weit ist."

„Du weißt, dass ich nirgendwo anders sein würde." Ana zog ihrer beider verschränkten Hände an ihre Wange. „Aber ist Nash mit mir als Hebamme einverstanden? Was denkt er darüber?"

„Er vertraut dir – genauso sehr, wie ich dir vertraue."

Anas Blick wurde weich. „Du hast wirklich Glück gehabt, Morgana, einen Mann zu finden, der akzeptiert und versteht, ja, sogar schätzt, was du bist."

„Ich weiß. Die Liebe zu finden ist schon wunderbar genug, aber die Liebe mit ihm zu finden ..." Morganas Lächeln erstarb. „Ana, Liebes, das mit Robert ist schon so lange her."

„Ich denke nicht mehr an ihn. Zumindest nicht an ihn als Person. Irgendwo auf einer unwegsamen Straße habe ich eben eine falsche Abbiegung genommen."

Entrüstung ließ Morganas Blick hart werden. „Er war ein Narr und deiner nicht wert."

Statt Trauer verspürte Ana eher den Drang zu kichern. „Du hast ihn nie gemocht, Morgana. Von Anfang an nicht."

„Stimmt." Morgana setzte ihr Glas ab. „Sebastian übrigens auch nicht, wenn du dich erinnerst."

„Oh ja. Aber ich erinnere mich auch, dass Sebastian Nash gegenüber äußerst misstrauisch war."

„Das war etwas ganz anderes. Doch", bestärkte sie, als sie Ana grinsen sah. „Sebastian wollte mich beschützen. Bei Robert war er so höflich, dass es schon beleidigend war."

„Ja, ich weiß es noch." Ana zuckte die Schultern. „Was mich wiederum erst recht herausgefordert hat. Ich war eben jung", sagte sie mit einer abwinkenden Geste, „und so naiv zu glauben, dass, nur weil ich verliebt war, es auf der anderen Seite auch so sein müsste. Dumm genug, um ehrlich zu sein. Und dumm genug, völlig am Boden zerstört zu sein, als diese Offenheit erst mit Unglauben und dann mit Zurückweisung belohnt wurde."

„Ich weiß, wie verletzt du warst, aber ich weiß auch, dass du es besser machen könntest."

„Ganz sicher", stimmte Ana bereitwillig zu, denn auch sie hatte ihren Stolz. „Aber manchen von uns ist es eben nicht bestimmt, sich mit Außenstehenden zusammenzutun."

Morgana wurde ungeduldig. „Da hat es genügend Männer gegeben, mit und ohne Elfenblut, die sich für dich interessiert haben, Cousine."

„Schade nur, dass ich mich nicht für sie interessiert habe." Ana lachte. „Ich bin schrecklich wählerisch, Morgana. Und mir gefällt mein Leben so, wie es ist."

„Wenn ich nicht genau wüsste, dass das stimmt, würde ich mir wahrscheinlich einen kleinen Liebeszauber für dich einfallen lassen. Nichts Ernstes, natürlich", fügte Morgana mit einem amüsierten Blitzen in den Augen hinzu. „Nur, um dich ein wenig abzulenken."

„Danke, aber ich kann für meine eigene Ablenkung sorgen."

„Das weiß ich ebenso gut wie die Tatsache, dass du vor Wut platzen würdest, sollte ich es wagen, mich einzumischen." Sie schob sich mit dem Stuhl vom Tisch ab und erhob sich, nur einen Sekundenbruchteil darüber betrübt, ihre sonstige Anmut verloren zu haben. „Lass uns einen kleinen Spaziergang durch den Garten machen, bevor ich nach Hause fahre."

„Aber nur, wenn du versprichst, die Füße hochzulegen, sobald du bei dir bist."

„Einverstanden."

Die Sonne schien warm, die Brise war mild. Beides würde ihrer Cousine guttun, dachte Ana. Genauso wie die Tatsache, dass Nash darauf bestehen würde, dass seine Frau sich für ein Nickerchen hinlegte, sobald sie zu Hause war.

Gemeinsam bewunderten sie den spät blühenden Rittersporn, die kräftigen Farben der Astern und die großen, prunkvollen Zinnien.

„Hast du schon etwas für den Abend vor Allerheiligen geplant?", fragte Morgana.

„Nein, eigentlich nichts."

„Wir hatten gehofft, du würdest zu uns kommen. Zumindest für ein paar Stunden. Nash macht schon jetzt einen riesigen Aufruhr und tut schrecklich geheimnisvoll."

Ana lachte auf. „Wenn ein Mann seinen Lebensunterhalt mit dem Schreiben von Horrorfilm-Drehbüchern verdient, kann man doch wohl davon ausgehen, dass er sich einiges für Halloween einfallen lässt. Das werde ich mir auf keinen Fall entgehen lassen."

„Schön. Vielleicht wird sich Sebastian ja danach für unsere eigene kleine Feier zu dir und mir gesellen." Morgana beugte sich gerade ungelenk vor, um den Thymian und die Zitronenmelisse zu begutachten, als sie das kleine Mädchen und den jungen Hund durch die Rosenhecke schlüpfen sah. Sie richtete sich wieder auf. „Wir bekommen Gesellschaft."

„Jessie." Erfreut über den Besuch, blickte Ana doch besorgt zum Nachbarhaus hinüber. „Weiß dein Vater, wo du bist?"

„Er hat gesagt, ich darf herkommen, wenn ich dich draußen sehe und du nicht beschäftigt bist. Du bist doch nicht beschäftigt, oder?"

„Nein." Sie konnte nicht widerstehen, beugte sich zu Jessie und gab ihr einen Kuss auf die Wange. „Das ist meine Cousine Morgana", sagte sie dann. „Ich habe ihr schon erzählt, dass du meine neue Nachbarin bist."

„Ich weiß. Sie sind die mit dem Hund und der Katze. Ana hat's mir gesagt." Jessies Neugier war sofort geweckt und wurde nur noch größer, als ihr Morganas Leibesumfang auffiel. „Haben Sie da ein Baby drin?"

„Ja. Um genau zu sein, zwei Babys."

„Zwei?" Jessie riss die Augen auf. „Woher wissen Sie das?"

„Ana hat's mir gesagt." Lachend legte sich Morgana die Hand auf den Bauch. „Und weil da drinnen so viel Bewegung ist, dass es unmöglich nur ein Baby sein kann."

„Die Mommy von meiner Freundin Missy, Mrs. Lopez, hatte nur ein Baby in ihrem Bauch. Aber sie ist so dick geworden, dass sie kaum noch laufen konnte." Aus ihren blauen Augen warf sie einen hoffnungsvollen Blick zu Morgana. „Mrs. Lopez hat mich fühlen lassen, wie das Baby sich da drinnen bewegt hat."

Morgana war von dem Kind entzückt. Sie nahm die Hand der Kleinen und legte sie sich auf den Leib, während Ana Daisy davon abhielt, weiter Blumen aus den Beeten zu graben.

„Fühlst du es?“

Jessie nickte begeistert, als sie die Bewegung unter ihrer Handfläche spürte. „Oh ja! Bumms! Ein richtiger Tritt! Tut das eigentlich weh?“

„Nein.“

„Meinen Sie, sie kommen bald raus?“

„Das hoffe ich.“

„Daddy sagt, die Babys wissen genau, wann sie rauskommen müssen, weil ihnen ein kleiner Engel das ins Ohr flüstert.“

Dieser Sawyer mochte vielleicht kühl und distanziert sein, aber er war auch sehr weise. Und anscheinend sehr süß. „Da kann ich deinem Daddy nur zustimmen“, sagte Morgana mit einem Lächeln.

„Und dieser Engel bleibt dann für immer und ewig bei dem Baby.“ Jessie presste vorsichtig ihr Ohr an Morganas Bauch. Vielleicht würde sie ja etwas hören können. „Wenn man sich ganz schnell umdreht, dann kann man seinen eigenen Engel hinter sich sehen. Manchmal versuche ich es, aber ich bin wohl nicht schnell genug.“ Sie sah zu Morgana auf. „Engel sind nämlich sehr schüchtern.“

„Ja, das habe ich auch schon gehört.“

„Ich aber nicht.“ Jessie drückte einen kleinen Kuss auf Morganas Bauch, bevor sie davonhüpfte. „In meinem ganzen Körper ist nicht ein Quäntchen Schüchternheit. Das sagt Grandma Sawyer immer.“

„Grandma Sawyer muss eine sehr weise Frau sein“, ließ Ana sich vernehmen, während sie Daisy gerade noch davon abhalten konnte, Quigleys Nachmittagsschläfchen zu stören.

Beide Frauen freuten sich über die quicklebendige Gesellschaft, während sie zusammen durch die Blumenbeete schlenderten – nun, Ana und Morgana schlenderten, Jessie hüpfte, rannte und tanzte.

Als sie langsam zurück zum Haus und zu Morganas Auto gingen, legte Jessie vertrauensvoll ihre Hand in Anas. „Ich habe keine Cousins oder Cousinen. Ist es schön, wenn man welche hat?“

„Sehr schön sogar. Morgana, Sebastian und ich sind zusammen groß geworden. So wie richtige Geschwister.“

„Ich weiß, wie man ein Brüderchen oder ein Schwesterchen bekommt, weil mein Daddy mir das erklärt hat. Aber wie bekommt man einen Cousin oder eine Cousine?“

„Nun, wenn dein Vater einen Bruder oder eine Schwester hat

und die dann Kinder bekommen, dann sind diese Kinder deine Cousins oder Cousinen."

Jessie konzentrierte sich, um diese Information zu verdauen. „Und wie ist das bei euch?"

„Oh, das ist ein bisschen kompliziert." Morgana lachte und lehnte sich für einen Moment an ihren Wagen. „Anas, Sebastians und mein Vater sind Brüder. Und unsere Mütter sind alle Schwestern. Sozusagen sind wir also doppelte Cousins."

„Das ist ja toll. Wenn ich schon keine Cousins haben kann, dann kriege ich vielleicht wenigstens ein Geschwisterchen. Aber mein Daddy sagt immer, ich allein halte ihn genügend auf Trab."

„Das kann ich mir vorstellen", stimmte Morgana ernst zu, während Ana sich das Grinsen verkniff. Als sie sich das Haar aus der Stirn strich, sah Morgana auf. Dort oben, an einem Fenster im zweiten Stock des Nachbarhauses, stand ein Mann. Zweifelsohne Jessies Vater.

Anas Beschreibung passt, überlegte Morgana nachdenklich. Allerdings war er sehr viel attraktiver und ganz bestimmt auch sehr viel sexier, als sie zugegeben hatte. Es war diese kleine Unterlassung, die Morgana zum Lächeln brachte. Sie hob die Hand und winkte freundlich. Nach einem kurzen Zögern erwiderte Boone den Gruß.

„Das ist mein Daddy." Jessie fuchtelte wild mit den Armen in der Luft. „Da oben arbeitet er, aber wir haben noch nicht alles ausgepackt."

„Was macht dein Daddy denn?", fragte Morgana, da klar war, dass Ana diese Frage nicht stellen würde.

„Oh, er schreibt Geschichten. Wirklich ganz tolle Geschichten, über Hexen und Elfenprinzessinnen und Drachen und Zauberberge. Manchmal darf ich ihm helfen. Aber jetzt muss ich gehen. Morgen ist mein erster Schultag, und Daddy hat gesagt, ich soll nicht zu lange bleiben. Bin ich zu lange geblieben?"

„Aber nein." Ana küsste sie auf die Wange. „Und du kannst jederzeit wiederkommen."

„Bye!" Damit stürmte sie auch schon davon, über den Rasen, den tapsigen Hund auf den Fersen.

„Ich war selten so bezaubert. Und selten so ausgelaugt." Morgana schob sich hinter das Lenkrad ihres Wagens. „Dieses Mädchen ist ein entzückender Wirbelwind." Sie lehnte sich aus dem Fenster und klimperte mit dem Autoschlüssel. „Der Vater ist auch nicht zu verachten."

„Es muss schwierig für einen Mann sein, ein Mädchen allein großzuziehen."

„So wie ich das mit einem kurzen Blick abschätzen kann, scheint er mir durchaus fähig dazu zu sein." Morgana startete den Motor. „Er schreibt also Geschichten über Hexen und Drachen. Interessant. Wie hieß er noch, sagtest du? Sawyer?"

„Ja." Ana blies sich das Haar aus der Stirn. „Muss dann wohl Boone Sawyer sein."

„Es könnte ihn interessieren zu erfahren, dass du Bryna Donovans Nichte bist – immerhin arbeiten sie ja im gleichen Genre. Ich meine, wenn du Lust hast, einen Kontakt herzustellen."

„Habe ich aber nicht", erwiderte Ana entschieden.

„Ah … nun, vielleicht hast du das bereits." Morgana legte den Rückwärtsgang ein. „Alles Gute, Cousine."

Ana kämpfte immer noch mit ihrem Stirnrunzeln, als Morgana längst von der Auffahrt gefahren war.

Nachdem Ana bei Sebastian die Pferde versorgt hatte, verbrachte sie den folgenden Vormittag damit, ihre Potpourris und Duftöle, die Heilkräuter und Tinkturen auszuliefern. Manche wurden in Kisten und Kartons verpackt und postalisch verschickt. Obwohl sie mehrere große Abnehmer für ihre Produkte in der näheren Umgebung hatte – Morganas Laden „Wicca" war einer davon –, belieferte sie einen großen Kundenstamm auch außerhalb.

Ihr geschäftlicher Erfolg befriedigte Ana. Vor sechs Jahren hatte sie mit dem Geschäft begonnen, ein Projekt, das ihren Bedürfnissen und ihrem Ehrgeiz entsprach und ihr zudem den Luxus garantierte, von zu Hause aus zu arbeiten. Es ging ihr nicht um das Geld. Das Donovan-Vermögen hätte ausgereicht, um sie und ihre Familie für den Rest des Lebens in Wohlstand leben zu lassen. Aber genau wie Morgana mit ihrem Laden und Sebastian mit seinen Investitionen in verschiedene Projekte brauchte sie einfach das Gefühl, etwas Produktives zu tun.

Sie war eine Heilerin. Aber es war unmöglich, jeden zu heilen. Schon vor langem hatte sie lernen müssen, dass es nur zerstörerische Auswirkungen hatte, wollte man alle Übel auf der Welt bekämpfen. Ein Preis für ihre Gabe war das Wissen, dass es Schmerzen gab, die sie nicht lindern konnte. Aber sie konnte ihre Gabe auch nicht verneinen, daher gebrauchte sie sie nach bestem Wissen und Gewissen.

Die Lehre von den Heilkräutern hatte sie schon immer fasziniert, und sie wusste, dass sie den sprichwörtlichen „grünen Daumen" für Pflanzen hatte. Vor Jahrhunderten wäre sie wahrscheinlich die weise alte Frau im Dorf gewesen. Eine Vorstellung, die sie immer wieder amüsierte. Heute, in der modernen Welt, war sie eine Geschäftsfrau, die Badeessenzen und Tinkturen zusammenstellte und dafür ihr Geld bekam.

Und wenn sie es für angebracht hielt, fügte sie auch noch ein kleines bisschen Magie hinzu. Aber das blieb allein ihr überlassen.

Sie war glücklich. Glücklich mit dem, was das Schicksal bisher für sie bereitgehalten und was sie selbst aus ihrem Leben gemacht hatte.

Selbst wenn ich schlechte Laune gehabt hätte, dachte sie jetzt, dieser Tag hätte die trübe Stimmung vertrieben. Der milde Sonnenschein, die sanfte Brise, der Hauch des sich ankündigenden Regens in der Luft. Aber es würde noch Stunden dauern, ehe der Regen kam, und wenn er kam, dann würde er sanft und erfrischend sein.

Um diesen wunderbaren Tag auszukosten, beschloss sie, draußen zu arbeiten und neue Kräuter auszusäen.

Boone beobachtete Ana. Schon wieder. Noch eine schlechte Angewohnheit, dachte er und schnitt eine Grimasse, während er auf die Zigarette zwischen seinen Fingern schaute. Er schien nicht viel Glück damit zu haben, sich diese Marotten abzugewöhnen. Und mit der Arbeit kam er auch nicht voran – seit er einen Blick aus dem Fenster geworfen und sie da draußen gesehen hatte.

Sie wirkte immer so … so elegant, entschied er. Eine Art natürliche Eleganz, die von innen kam und weder durch die mit Grasflecken übersäten abgeschnittenen Jeans noch von dem mit Erde beschmutzten T-Shirt gemindert wurde.

Es lag an der Art, wie sie sich bewegte. Als wäre die Luft süßer Wein, an dem sie sich labte, während sie hindurchschwebte.

Sehr poetisch. Er ermahnte sich, sich die Poesie für seine Bücher aufzubewahren.

Vielleicht lag es auch einfach nur daran, dass sie so sehr seinem Bild der Elfenprinzessin entsprach, von der er so oft schrieb. Etwas Ätherisches, eine Aura wie aus einer anderen Welt umgab sie. Und dann diese ruhige Stärke in ihren Augen. Boone war nie der Meinung gewesen, Elfenprinzessinnen würden sich leicht unterkriegen lassen.

Und doch war da ihr graziler Körper … Himmel, er hätte besser nicht damit anfangen sollen, an ihren Körper zu denken. Diese Zartheit hatte nichts mit Verletzlichkeit zu tun, sondern mit der Personifizierung des Weiblichen. Einer Weiblichkeit, die jeden Mann, der auch nur einen Funken Leben in sich verspürte, verwirrte, reizte, lockte – einfach umhaute.

Und Boone Sawyer war ein sehr lebendiger Mann.

Was machte sie da nur? Ungeduldig drückte er die Zigarette aus und trat näher ans Fenster. Sie war in dem Gartenhäuschen verschwunden und kam jetzt wieder raus, einen haushohen Stapel Blumentöpfe auf dem Arm.

Typisch Frau, dachte er. Immer trauen sie sich mehr zu, als sie in Wirklichkeit tragen können.

Noch während er dies dachte und sich in seiner männlichen Überlegenheit sonnte, sah er Daisy über den Rasen rennen. Der Hund jagte eine große graue Katze.

Er hatte die Hand schon am Fenster, bereit, es aufzustoßen und den Hund zurückzupfeifen. Aber da war es auch schon zu spät.

In Zeitlupe hätte man es für modernen Tanz halten können, mit einer höchst interessanten Choreografie.

Die Katze schoss wie ein grau gestromter Blitz zwischen Anas Beinen hindurch. Ana schwankte. Die Tontöpfe, die sie hielt, wackelten. Boone fluchte, atmete aber sofort erleichtert auf, als Ana im selben Moment die Balance wiedergewann.

Doch noch bevor alle Luft aus seinen Lungen gewichen war, kam Daisy. Auch sie flitzte durch Anas Beine, und dieses Mal gelang es Ana nicht, das Gleichgewicht zu halten. Der Hund hatte sie im wahrsten Sinne des Wortes von den Füßen gefegt. Ana ging zu Boden, die Töpfe flogen in die Luft.

Noch durch sein eigenes lautes Fluchen hörte Boone das Klirren, als er die Treppe hinunter- und so schnell wie möglich auf die Veranda stürmte.

Als er bei Ana ankam, murmelte sie leise etwas vor sich hin, das sich wie ein exotischer Fluch anhörte. Er konnte es ihr weiß Gott nicht verübeln. Ihre Katze saß auf einem Baum und fauchte den kleinen kläffenden Hund bitterböse an, der um den Stamm herumhüpfte. Keiner der Tontöpfe, die sie getragen hatte, war heil geblieben, Hunderte von Scherben lagen überall verstreut.

Boone krümmte sich innerlich und räusperte sich. „Alles in Ordnung mit Ihnen?"

Auf allen vieren, das lange Haar im Gesicht, warf sie den Kopf zurück und sah zu ihm hoch. „Oh, alles bestens."

„Ich stand am Fenster." Das war sicher nicht der geeignete Zeitpunkt, um ihr zu gestehen, dass er sie beobachtet hatte. „Ich meine, ich kam gerade am Fenster vorbei", verbesserte er also. „Da habe ich die Jagd und den Zusammenstoß gesehen." Er ging in die Hocke und half, die Scherben einzusammeln. „Ich muss mich wirklich für Daisy entschuldigen. Wir haben sie erst seit ein paar Tagen, und wir haben bisher noch keine große Möglichkeit gehabt, sie zu trainieren."

„Sie ist noch ein Baby. Es ist völlig zwecklos, einen Hund für etwas zu bestrafen, das seiner Natur entspricht."

„Ich werde Ihnen die Töpfe ersetzen." Warum nur fühlte er sich so linkisch?

„Ich habe noch andere." Da das Fauchen und Bellen immer hektischer wurde, setzte Ana sich auf die Fersen. „Daisy!" Der Befehl kam ruhig, aber entschieden und wurde sofort befolgt. Mit wild wedelndem Schwanz kam der Welpe zu Ana herübergetapst, um ihr ausgiebig das Gesicht zu lecken. Ana weigerte sich allerdings, sich davon umstimmen zu lassen. Sie legte die Finger um Daisys Schnauze. „Sitz!", ordnete sie an, und der junge Hund ließ sich gehorsam auf sein Hinterteil fallen. „Jetzt benimm dich." Mit einem leisen Fiepen legte Daisy sich hin und stützte reumütig den Kopf auf die Pfoten. Anas Lektion wirkte.

Boone war genauso beeindruckt, wie er verdutzt war. „Wie haben Sie das denn um alles in der Welt geschafft?“, fragte er kopfschüttelnd.

„Zauberei“, erwiderte sie knapp, dann überlegte sie es sich und lächelte schwach. „Ich konnte schon immer gut mit Tieren umgehen. Daisy ist einfach nur glücklich und aufgeregt und will unbedingt spielen. Sie werden ihr beibringen müssen, dass nicht alles, was Spaß macht, auch erlaubt ist.“ Ana kraulte Daisy den Kopf und erntete dafür einen verehrungsvollen Blick aus treuen Hundeaugen.

„Ich hab's schon mit Bestechung versucht.“

„Auch eine Möglichkeit.“ Sie streckte sich nach einer Scherbe aus, die unter dem Stock einer üppig blühenden Klematis lag.

In diesem Moment sah er den tiefen Kratzer an ihrem Arm. „Sie bluten ja!“

Sie sah hinab. An ihren Beinen waren auch ein paar kleinere Schnittwunden. „Lässt sich nur schwer vermeiden, wenn Scherben auf einen herunterregnen.“

Er kam blitzschnell auf die Füße und zog Ana hoch. „Verflucht, ich hatte Sie gefragt, ob Sie in Ordnung sind.“

„Nun, ich …“

„Das muss gereinigt werden.“ Jetzt sah er auch, dass Blut an ihrem Schenkel hinablief, und er reagierte, wie er bei Jessie reagiert hätte. Er geriet in Panik. „Oh, mein Gott!“ Er hob die verdutzte Ana ohne großes Aufheben auf seine Arme und rannte zur nächstgelegenen Tür.

„Wirklich, es gibt keinen Grund …“

„Das kommt alles wieder in Ordnung, Baby. Keine Bange. Es wird alles wieder gut.“

Halb belustigt, halb verärgert, schnaubte Ana, als er mit ihr in die Küche stürmte. „In diesem Fall können wir wohl auf den Notarzt verzichten. Wenn Sie mich nur endlich …“ Er ließ sie eher unsanft auf einen der hellen Küchenstühle fallen. „… runterlassen würden.“

Hektisch eilte er zur Spüle und ließ kaltes Wasser über ein Tuch laufen. Schnell, effektiv und heiter, das waren die Codeworte, auf die es in einem solchen Moment ankam, das wusste er aus Erfahrung.

Also atmete er tief durch, um sich zu beruhigen.

„Wenn wir das erst mal gesäubert haben, ist es gar nicht mehr so schlimm. Sie werden sehen." Boone setzte bewusst ein Lächeln auf, ging zu Ana zurück und kniete sich vor sie hin. „Ich werde ganz vorsichtig sein." Sacht begann er das Blut abzutupfen, das auf Anas Wade getrocknet war. „Gleich haben wir es. Schließen Sie einfach die Augen und entspannen Sie sich." Noch ein tiefer Atemzug. „Ich kannte mal einen Mann", begann er eine Geschichte zu improvisieren, wie er es immer in solchen Fällen bei seiner Tochter tat. „Der lebte in einem kleinen Dorf, das hieß Briarwood. Und da gab es hoch oben auf dem Hügel ein verwunschenes Schloss."

Ana, die ihm gerade sehr entschieden hatte sagen wollen, dass sie durchaus in der Lage sei, sich selbst um ihre Wunden zu kümmern, überlegte es sich anders und stellte fest, dass sie sich tatsächlich entspannte. Sie ließ es geschehen.

„Die Mauer des Schlosses war ganz überwachsen mit einer Dornenhecke, lange, rasiermesserscharfe Dornen, und seit Jahren hatte niemand das Schloss gesehen, weil keiner es wagte, über diese Dornenhecke zu klettern. Aber der Mann lebte allein, und er war sehr neugierig. Jeden Tag würde er von seinem Haus zu der Mauer gehen und sich auf die Zehenspitzen stellen, denn dann konnte er die Türmchen und Erker und den hohen Turm sehen, die in der Sonne funkelten."

Boone schlug das feuchte Tuch um und tupfte vorsichtig über den Schnitt. „Er konnte niemandem sagen, was er tief in seinem Herzen fühlte, wann immer er dort stand. Er wollte so gern über die Mauer klettern. Manchmal, wenn er nachts im Bett lag und schlief, träumte er davon. Aber die Angst vor den dicken Dornen hielt ihn immer zurück. Dann, eines Tages, es war Hochsommer, als der Duft der Blumen so schwer war, dass man ihn fast trinken konnte, reichte es ihm nicht mehr, sich die Türme nur anzusehen. Irgendetwas flüsterte ihm zu, dass das, was er sich am meisten auf dieser Welt wünschte, hinter dieser mit Dornen bewachsenen Mauer lag. Also machte er sich daran hinüberzuklettern. Aber immer wieder fiel er hinunter auf den Boden, seine Hände und Arme waren schon ganz zerkratzt und teilweise blutig. Trotzdem versuchte er es immer wieder."

Seine Stimme klang so beruhigend – seine Berührungen allerdings waren alles andere als das. Ein leises Ziehen breitete sich in Ana aus, behutsam, warm, begann im Zentrum ihres Körpers, dehnte sich immer weiter, bis in die letzten Nervenzellen. Boone strich jetzt über ihren Oberschenkel, wo der scharfe Rand einer Scherbe die Haut aufgeritzt hatte. Ana ballte die Faust, während sich ihr Magen verkrampfte.

Sie wollte, dass er aufhörte. Sie wollte, dass er weitermachte. Sie wusste nicht, was sie wollte.

„Es dauerte den ganzen Tag", fuhr Boone mit der vollen, hypnotisierenden Stimme des Geschichtenerzählers fort. „In der Hitze mischte sich das Blut mit Schweiß, aber er gab nicht auf. Konnte einfach nicht aufgeben, weil er sicher wusste, wie er noch nie etwas gewusst hatte, dass seine Erfüllung, seine Zukunft und sein Schicksal auf der anderen Seite der Mauer lag. Seine Hände waren zerschnitten und bluteten, aber er zog sich an den dornigen Kletterpflanzen hoch. Erschöpft und unter großen Schmerzen schaffte er es, gelangte auf die Mauer und fiel dann, tiefer und tiefer, auf das dichte weiche Gras, das bis an die Mauer des verzauberten Schlosses heranwuchs.

Der Mond stand hoch am Himmel, als er wieder erwachte. Er war verwirrt und wusste nicht, wo er war. Mit letzter Kraft schleppte er sich über den dichten Rasen, über die Zugbrücke und betrat die große Halle des Schlosses, das ihn seit seiner Kindheit in seinen Träumen verfolgt hatte. Sobald er die Schwelle überschritt, flammten hundert Fackeln an den Wänden auf. Im gleichen Moment waren auch all seine Wunden und Schnitte geheilt. Und in der Mitte des Kreises, den die Fackeln bildeten, in der Halle aus weißem Marmor, stand die schönste Frau, die er je gesehen hatte. Ihr Haar hatte die Farbe des Sonnenlichts und ihre Augen die von Rauch. Noch bevor sie die schönen Lippen zu einem Lächeln verzog und sprach, wusste er, dass sie es war, für die er sein Leben riskiert hatte. Sie trat vor und reichte ihm ihre Hand. Und alles, was sie sagte, war: ‚Ich habe auf dich gewartet.'"

Während er die letzten Worte sprach, hob Boone den Blick zu Anas Gesicht. Er war so verwirrt und desorientiert wie der Mann in der Geschichte, die er gerade erfunden hatte. Wann hatte sein Herz so wild zu schlagen begonnen? Wie konnte er überhaupt denken, wenn das Blut heiß in seinen Ohren und seinen Lenden rauschte? Während er um Fassung rang, starrte er sie an.

Ihr Haar hatte die Farbe des Sonnenlichts und ihre Augen die von Rauch.

Dann wurde ihm bewusst, dass er vor ihr kniete, eine Hand weit oben auf ihrem Schenkel, die andere erhoben, um dieses wunderbare Haar wie Sonnenschein sanft zu berühren.

Boone richtete sich so hastig auf, dass er fast den Tisch umgeworfen hätte. „Sie müssen entschuldigen", sagte er, weil ihm nichts Besseres einfiel. Als sie ihn nur weiter anstarrte, die Ader an ihrem Hals pochte hart und deutlich sichtbar, setzte er noch mal an. „Ich habe mich mitreißen lassen, als ich sah, dass Sie bluteten. Es gelingt mir nie, ruhig zu bleiben, wenn Jessie mit Kratzern nach Hause kommt." Um sich nicht völlig zum Narren zu machen, warf er ihr das feuchte Tuch zu. „Hier. Ich denke, Sie können jetzt selbst weitermachen."

Sie nahm das Tuch. Sie brauchte einen Moment Ablenkung, bevor sie es wagen konnte, wieder zu sprechen. Wie war es möglich, dass ein Mann sie mit einer Geschichte und dem Verarzten von kleinen Schnitten so anrühren konnte, dass sie verzweifelt um Beherrschung ringen musste, obwohl er sich entschuldigt hatte?

Selbst schuld, dachte Ana und rieb – viel heftiger als nötig – über den Schnitt an ihrem Arm. Es war ihre Gabe und ihr Fluch, dass sie so viel mehr fühlte.

„Sie sehen eigentlich aus, als müssten Sie sich dringend setzen", sagte sie brüsk, stand dann auf, um eine ihre eigenen Tinkturen aus dem Schrank zu nehmen. „Möchten Sie vielleicht etwas Kaltes zu trinken?"

„Nein ... Ja, doch." Auch wenn er ernsthaft bezweifelte, dass selbst ein ganzer Eimer eiskalten Wassers das Feuer in seinem Körper löschen könnte. „Sobald ich Blut sehe, gerate ich immer in Panik."

„Panik oder nicht, Sie haben sich wacker geschlagen." Sie schenkte ein Glas Limonade aus der Karaffe ein, die sie aus dem Kühlschrank holte. „Und es war eine hübsche Geschichte." Sie lächelte jetzt.

„Die Geschichten dienen dazu, Jessie und mich zu beruhigen,

wenn wir eine solche Jod-und-Pflaster-Sitzung haben müssen."

„Jod brennt so schrecklich." Sie trug braune Flüssigkeit auf ihre gesäuberten Schrammen auf. „Ich kann Ihnen etwas mitgeben, das auf keinen Fall wehtut. Für Ihre nächste Sitzung."

„Was ist das?" Misstrauisch schnupperte er an dem Fläschchen. „Riecht nach Blumen." Genau wie sie, stellte er angenehm berührt fest.

„Besteht auch zum größten Teil daraus. Kräuter, Blumen, eine Prise hiervon, ein bisschen davon." Sie verschloss die Flasche und stellte sie beiseite. „Es ist ein natürliches Desinfektionsmittel. Ich bin Herbalistin."

„Oh."

Bei seiner skeptischen Miene musste sie lachen. „Ich weiß. Die meisten Leute vertrauen nur der Medizin, die sie in der Apotheke bekommen. Dabei vergessen sie, dass die Menschen sich jahrhundertelang mit dem geholfen haben, was die Natur ihnen bot."

„Ja, sicher. Aber sie sind auch an Blutvergiftung gestorben, weil sie sich an einem rostigen Nagel geritzt hatten."

„Stimmt", gab sie zu. „Wenn kein kundiger Heiler aufzutreiben war." Da sie nicht vorhatte, Bekehrungsarbeit zu leisten, wechselte sie das Thema. „Wie war Jessies erster Schultag?"

„Oh, sie konnte es gar nicht erwarten. Ich war derjenige, in dessen Magen Steine lagen." Er lächelte, nur kurz. „Ich möchte Ihnen danken, dass Sie so großzügig mit ihr sind. Sie hat die Tendenz, sich regelrecht auf die Menschen zu stürzen. Es käme ihr gar nicht in den Sinn, dass sie vielleicht lästig fallen könnte."

„Aber sie ist mir überhaupt nicht lästig." Ana holte einen Teller und legte Kekse auf. „Im Gegenteil, sie ist mir sehr willkommen. Sie ist sehr süß, völlig natürlich und hellwach. Außerdem vergisst sie nie ihre Manieren. Sie haben wunderbare Arbeit mit ihrer Erziehung geleistet."

Er nahm sich einen Keks und sah Ana nachdenklich an. „Jessie macht es mir sehr leicht."

„Aber so unbeschwert sie auch ist – es kann nicht einfach sein, ein Kind allein großzuziehen. Selbst wenn beide Elternteile da wären, bezweifle ich, dass es leicht ist, mit einem solchen Energiebündel wie Jessie fertigzuwerden." Ana wählte einen Keks aus, deshalb entging ihr, wie Boone argwöhnisch die Augen zusammenkniff. „Ihre Fantasie muss sie von Ihnen geerbt haben. Es muss herrlich für ein Kind sein, einen Vater zu haben, der solch wunderbare Geschichten erzählen kann."

Sein Blick wurde scharf. „Woher wissen Sie, was ich tue?"

Das Misstrauen überraschte sie zwar, aber sie lächelte. „Ich bin ein Fan, ein sehr großer Fan übrigens, von Boone Sawyer."

„Ich kann mich nicht entsinnen, Ihnen meinen Vornamen genannt zu haben."

„Nein, haben Sie auch nicht", gab Ana bereitwillig zu. „Sind Sie einem Kompliment gegenüber immer so negativ eingestellt, Mr. Sawyer?"

„Ich hatte meine Gründe, weshalb ich mich hier niedergelassen habe." Er setzte sein Glas mit leisem Klirren ab. „Die Vorstellung, dass eine Nachbarin meine Tochter verhört und ihre Nase in meine Angelegenheiten steckt, gefällt mir nicht."

„Verhören?" Ana verschluckte sich fast an dem Wort. „Ich soll Jessie verhören? Wie käme ich dazu?"

„Um mehr über den reichen Witwer zu erfahren, der im Nachbarhaus wohnt."

Für einen langen, einen sehr langen Moment konnte sie nur mit offenem Mund starren. „Wie unglaublich eingebildet und arrogant! Glauben Sie mir, ich mag es, Jessie um mich zu haben. Von Ihrer Gesellschaft war nie die Rede!"

Da er fest davon überzeugt war, ihre Empörung wäre nur gespielt, lächelte er verächtlich. Er kannte diesen Typ zur Genüge, aber für Jessie würde es eine Enttäuschung sein. „Dann ist es doch höchst verwunderlich, dass Sie meinen Vornamen kennen, wissen, dass ich allein erziehender Vater bin und wie ich mein Geld verdiene, nicht wahr?"

Sie wurde nur sehr selten wütend. Es lag einfach nicht in ihrer Natur. Aber jetzt musste sie sich teuflisch beherrschen, um nicht überzukochen. „Um ehrlich zu sein, ich bin nicht der Meinung, dass Sie eine Erklärung verdient haben, aber ich werde Ihnen trotzdem eine geben. Nur um zu sehen, wie Sie sich wieder aus dem Fettnäpfchen herausziehen wollen." Sie drehte sich um. „Kommen Sie mit."

„Ich will aber nicht …"

„Ich sagte, kommen Sie mit." Sie verließ die Küche, ohne sich nach ihm umzudrehen, absolut sicher, dass er ihr folgen würde.

Was er auch tat. Unwillig und zögernd zwar, aber er folgte ihr. Sie gingen unter einem Bogen hindurch in einen sonnendurchfluteten Raum mit weißen Korbmöbeln, deren Chintzpolster im Licht schimmerten. Überall lagen glitzernde Kristalle, Statuen von Elfen und Zauberern und Feen standen dekorativ auf Regalen und Tischchen. Unter einem weiteren Bogen in ein gemütliches Bücherzimmer mit einem offenen Kamin und noch mehr mystischen Figuren.

Ein himbeerrotes Sofa mit weichen Kissen stand am Fenster, lud zu einem nachmittäglichen Schläfchen ein. Hauchfeine Spitzenvorhänge an hohen Fenstern wehten in der leichten Brise, und der typische Geruch nach Büchern mischte sich mit dem Aroma der Blumen im Garten, das durch die offenen Flügeltüren strömte.

Ana ging schnurstracks auf ein Regal zu und stellte sich auf die Zehenspitzen, um einige Bücher vom obersten Brett herauszuziehen.

„‚Der Wunsch des Milchmädchens'", las sie laut vor und griff nach dem nächsten Buch. „‚Der Frosch, die Eule und der Fuchs'. ‚Mirandas dritter Wunsch.'" Sie warf ihm einen Blick über die Schulter zu. „Es ist eine Schande, dass ich Ihnen beweisen muss, wie sehr mir Ihre Arbeit gefällt."

Betreten steckte er die Hände in die Hosentaschen. Er war längst zu der Überzeugung gelangt, dass er sich mächtig geirrt hatte, und überlegte, wie er sich am besten aus der Affäre ziehen konnte. „Es kommt nicht oft vor, dass erwachsene Frauen Märchen lesen."

„Das ist äußerst schade. Auch wenn Ihnen dieses Lob eigentlich gar nicht zusteht, werde ich Ihnen trotzdem sagen, dass Ihre Werke sehr lyrisch und wertvoll sind, sowohl für Kinder als auch für Erwachsene." Sie war noch lange nicht versöhnt und stellte zwei der Bücher wieder zurück ins Regal. „Aber vielleicht liegt es auch daran, dass es in meinem Blut liegt. Oft hat mich eine der Geschichten meiner Tante in den Schlaf gewiegt. Meiner Tante Bryna Donovan", fügte sie betont hinzu und genoss es, seine Augen vor Erstaunen groß werden zu sehen. „Ich nehme stark an, der Name sagt Ihnen etwas."

Zurechtgestutzt stieß Boone den Atem aus. „Ihre Tante also." Er sah zu dem Regal und erkannte die Gesamtausgabe der Geschichten von Bryna Donovan über Zauberei und magische Märchenländer direkt neben seinen Büchern. „Wir haben ein paarmal miteinander korrespondiert. Ich bewundere ihre Werke seit Jahren."

„Ich auch. Und da Jessie erwähnte, dass ihr Vater Geschichten über Elfenprinzessinnen und Drachen schreibe, schloss ich, dass der Mr. Sawyer von nebenan wohl Boone Sawyer sein müsse. Es war nicht nötig, eine Sechsjährige zu verhören."

„Es tut mir leid." Nein, er war mehr verlegen denn beschämt, aber es würde reichen müssen. „Ich habe schon einmal eine … unangenehme Erfahrung machen müssen. Noch gar nicht so lange her." Er nahm eine Elfenstatue zur Hand und drehte sie gedankenverloren, während er weitersprach. „Jessies Kindergärtnerin … Sie hat alle möglichen Informationen aus der Kleinen herausgeholt. Wobei das ja nun wirklich nicht schwer ist. Jessie ist immer bereit, alles sofort frei heraus zu erzählen."

Er stellte die Statue wieder auf ihren Platz zurück und wurde noch verlegener, weil er sich zu einer Erklärung verpflichtet fühlte. „Diese Frau hat Jessies Gefühle manipuliert, ihr Bedürfnis nach einer Mutterfigur ausgenutzt. Sie hat ihr viel zusätzliche Aufmerksamkeit zukommen lassen, hat mich zu Gesprächen über Jessie zu sich bestellt, ist sogar so weit gegangen, für eine diese Unterredungen ein Dinner zu arrangieren, bei dem … Nun, belassen wir es dabei zu sagen, dass sie mehr an dem ungebundenen Mann mit der ansehnlichen Karriere interessiert war als an Jessies Wohlergehen. Jessie ist durch das Ganze sehr verletzt worden."

Ana tippte mit dem Finger auf sein Buch, bevor sie es zurück ins Regal schob. „Ich kann mir vorstellen, wie schwierig das für Sie beide war. Aber ich kann Ihnen versichern, ich bin nicht auf der Suche nach einem Mann. Selbst wenn ich es wäre, würde ich nie solche Taktiken anwenden."

„Nochmals, es tut mir leid. Nachdem ich jetzt nicht mehr im Fettnäpfchen stehe, fällt mir vielleicht noch eine bessere Entschuldigung ein."

Ihr kühler Blick mit den hochgezogenen Augenbrauen sagte ihm deutlich, dass er noch lange nicht aus dem Schlimmsten heraus war.

„Ich denke, es reicht, wenn wir beide wissen, woran wir sind. Nun, ich bin sicher, Sie wollen wieder an Ihre Arbeit zurück. Und ich muss auch noch etwas tun."

Sie ging an ihm vorbei in die geflieste Halle und zog die Haustür auf. „Sagen Sie Jessie, Sie möchte doch nachher vorbeikommen und mir von ihrem ersten Schultag berichten."

Ein Rausschmiss, höflich, aber unmissverständlich. „Ich werde es ihr ausrichten." Boone trat nach draußen. „Und verarzten Sie Ihre Kratzer regelmäßig."

Aber da hatte sie ihm schon mit einem kräftigen Schwung die Tür vor der Nase zugeschlagen.

3. KAPITEL

Wirklich toll hingekriegt, Sawyer. Mit einem tiefen Seufzer setzte Boone sich kopfschüttelnd an seinen PC. Erst rennt sein Hund sie in ihrem eigenen Garten um, dann hat der große starke Held seinen Auftritt und fummelt ihr unaufgefordert an den Schenkeln herum, und zu guter Letzt beleidigt er sie, zweifelt ihre Integrität an und beschuldigt sie mehr oder weniger offen, seine Tochter zu benutzen, um ihn einzufangen.

Und das alles an einem einzigen kurzen Nachmittag, dachte er angewidert von sich selbst. Ein Wunder, dass sie ihn nicht am Kragen gepackt und mit einem Tritt hinausbefördert hatte, anstatt ihm nur die Tür vor der Nase zuzuschlagen.

Warum, um alles in der Welt, hatte er sich so blödsinnig benommen? Sicher, er hatte einschlägige Erfahrungen gemacht. Aber das war nicht der ausschlaggebende Grund, und er wusste es.

Hormone. Das war es. Er lächelte bitter. Jene Art von überschäumenden Hormonen, die eher bei einem Teenager zu vermuten waren denn bei einem erwachsenen Mann und mit denen er nicht gerechnet hatte.

Er hatte in Anas Gesicht geschaut, in dieser sonnendurchfluteten Küche. Hatte ihre warme Haut unter den Händen gefühlt und den verführerischen Duft gerochen, den sie ausströmte – und das Verlangen gefühlt. Unerhört heftiges Verlangen. Für einen verrückten Moment hatte er mit erschreckender Klarheit vor sich gesehen, wie er sie von diesem Stuhl hoch und in seine Arme riss, um diesen unglaublich weichen Mund in Besitz zu nehmen und alles um sich herum zu vergessen.

Dieses Verlangen war so heftig und so unerwartet gekommen, dass er einfach nach einem anderen Grund hatte suchen müssen. Nach irgendeinem perfiden Plan, einer Taktik, deren Opfer er geworden war.

Der leichteste Weg, dachte er mit einem schweren Seufzer. Ihr die Schuld dafür zu geben. Ihr den Vorwurf zu machen, sich in sein Leben zu drängen.

Natürlich hätte er die ganze Sache auch einfach verdrängen können, vergessen, nie wieder dran denken, wenn da nicht … ja, wenn er nicht den gleichen Hunger in ihren Augen gesehen hätte.

Sicher, er verfügte über eine ausgesprochen ausgeprägte Einbildungskraft, aber das, was er da gesehen hatte, was er gefühlt hatte, war real gewesen.

Für einen kurzen Moment hatte die Luft vor Verlangen geradezu gesummt, wie eine gespannte Harfensaite. Dann hatte er sich zurückgezogen, so, wie es auch angebracht war. Ein Mann sollte seine Nachbarin nun wirklich nicht in der Küche verführen.

Wahrscheinlich hatte er damit jede Chance zerstört, sie überhaupt näher kennenzulernen – in dem Augenblick, da ihm klar geworden war, wie gern er Miss Anastasia Donovan näher kennenlernen würde.

Er holte eine Zigarette aus dem Päckchen und zog sie zwischen zwei Fingern hindurch, während er überlegte, wie er es wiedergutmachen könnte. Als ihm die Erleuchtung kam, war die Lösung so einfach, dass er laut herauslachte. Hätte er nach einem Weg gesucht, das Herz einer schönen Jungfer zu erobern – was er natürlich nicht tat! –, hätte es nicht perfekter sein können.

Äußerst zufrieden mit sich selbst, arbeitete er am Computer, bis es Zeit war, Jessie von der Schule abzuholen.

Eingebildeter Affe!

Ana fand das Ventil für ihre Wut in der Arbeit mit Mörser und Stößel. Es war sehr befriedigend, etwas zu zermalmen, selbst wenn es sich dabei nur um unschuldige getrocknete Kräuter handelte, die sie zu einem feinen Puder verarbeitete. Man stelle sich vor! Allein die Idee, dass sie, ausgerechnet sie, auf Männerfang sei! Als wenn er so unwiderstehlich wäre! Als würde sie sich in ihrem Turm nach dem Prinzen in schimmernder Rüstung verzehren! Der Mann hatte vielleicht Nerven!

Immerhin hatte sie den Triumph auskosten können, ihm eine Abfuhr zu erteilen. Und wenn es auch völlig untypisch für sie war, jemandem die Tür vor der Nase zuzuknallen – es war ein großartiges Gefühl gewesen. So großartig, dass sie sich überlegte, ob sie es nicht mal öfter tun sollte.

Eine Schande, dass er so talentiert war. Man konnte auch nicht leugnen, dass er ein wundervoller Vater war. Das waren Eigenschaften, die man leider bewundern musste. Außerdem konnte niemand bestreiten, dass er attraktiv war und eine fast magnetische Anziehungskraft ausstrahlte, die zusammen mit einem kleinen Touch Schüchternheit und einem großen Anteil von wilder, ungezähmter Männlichkeit äußerst verlockend wirkte.

Und dann diese Augen. Diese unglaublichen Augen, die einem den Atem raubten, wenn sie einen anblickten.

Ana runzelte verärgert die Stirn und packte den Stößel fester. An so etwas hatte sie nun wahrlich kein Interesse.

Es hatte da einen Moment in der Küche gegeben, als er so sanft über ihre Haut gestrichen war und seine angenehme Stimme alle anderen Geräusche abgeblockt hatte, da hatte sie sich zu ihm hingezogen gefühlt.

Na schön, sich von ihm erregt gefühlt. Das war schließlich kein Verbrechen.

Aber dann hatte er diese Stimmung zerstört, und das war ihr nur recht. Von jetzt an würde sie in ihm nichts anderes als Jessies Vater sehen. Sie würde auf Distanz achten, und wenn es sie umbrachte. Freundlichkeit war nur so weit erlaubt, wie es die Beziehung zu diesem reizenden, außergewöhnlichen Kind erleichterte.

Es machte ihr große Freude, Jessie um sich zu haben, und sie würde diese Freude nicht für eine spontane, wenn auch durchaus berechtigte Abneigung gegenüber dem Vater des Kindes opfern.

„Hi!“

Da tauchte das kleine Koboldgesicht an der Fliegentür auch schon auf. Und Ana merkte, wie schwer es war, den Ärger aufrechtzuerhalten, wenn man sich diesen lachenden Augen gegenübersah.

Ana legte Mörser und Stößel beiseite und lächelte zurück. Wahrscheinlich musste sie dankbar sein, dass Boone die Auseinandersetzung zwischen ihnen nicht als Anlass genommen hatte, um Jessie von ihr fernzuhalten.

„Sieht so aus, als hättest du den ersten Schultag überlebt. Hat die Schule den ersten Tag mit dir auch überlebt?“

„Klar. Meine Lehrerin heißt Mrs. Farrell. Sie hat ganz graue Haare und riesengroße Füße. Aber sie ist nett. Und ich habe Marcie und Todd und Lydia und Frankie kennengelernt und noch ganz viele andere. Am Morgen haben wir …“

„Stopp!“ Lachend hob Ana die Hände. „Vielleicht solltest du erst einmal hereinkommen, bevor du mir von deinem aufregenden Tag berichtest.“

„Ich krieg die Tür von allein gar nicht auf, weil ich die Hände voll habe.“

„Oh.“ Entgegenkommend öffnete Ana die Gittertür. „Was hast du denn da alles?“

„Geschenke.“ Atemlos stellte Jessie ein Paket auf dem Tisch ab. Dann hielt sie ein großes Blatt mit einer Zeichnung hoch. „Wir durften heute Bilder malen. Ich habe zwei gemacht, eines für Daddy und eines für dich.“

„Für mich?“ Gerührt nahm Ana das farbenfrohe Bild entgegen. Erinnerungen an ihre eigene Schulzeit stiegen in ihr auf. „Das ist wunderschön, Sonnenschein.“

„Sieh, das hier bist du.“ Jessie deutete auf eine Figur mit gelben Haaren. „Und das hier ist Quigley.“ Mit kindlicher Hand gezeichnet, aber eindeutig erkennbar. „Und all die Blumen. Die Rosen und Margeriten und dieses ganze Ritterzeugs …“

„Rittersporn“, murmelte Ana gerührt.

„Genau. Und die anderen auch“, fuhr Jessie ohne Luft zu holen fort. „Ich kann mich nicht mehr an alle Namen erinnern, aber du hast gesagt, du wirst sie mir beibringen.“

„Ja, das werde ich auch. Das Bild ist ganz toll, wirklich, Jessie.“

„Ich hab Daddy auf der Veranda vor unserm neuen Haus gemalt. Da steht er nämlich am liebsten. Er hat sich wirklich sehr über das Bild gefreut und es an den Kühlschrank gehängt.“

„Das ist eine großartige Idee.“ Ana ging zu ihrem Kühlschrank und befestigte die Zeichnung mit Magneten in der Mitte der Tür.

„Ich male gern. Mein Daddy kann ganz toll malen, und er hat mir erzählt, dass meine Mommy es noch besser konnte. Deshalb ist es nur natürlich für mich, gern zu malen, sagt er immer.“ Jessie legte ihre kleine Hand in Anas und schaute zu ihr hoch. „Bist du böse auf mich?“

„Nein, Herzchen, warum sollte ich?“

„Daddy hat mir erzählt, dass Daisy dich umgerannt hat und alle deine Töpfe kaputt gemacht hat und dass du ganz viele Kratzer abbekommen hast.“ Sie studierte die Schramme auf Anas Arm und setzte dann einen vorsichtigen Kuss darauf. „Es tut mir sehr leid."

„Ist schon in Ordnung. Daisy hat es ja nicht absichtlich getan."

„Sie hat auch bestimmt nicht mit Absicht Daddys Schuhe zerkaut und ihn dazu gebracht, ganz viele böse Wörter zu sagen."

Ana musste sich auf die Lippen beißen, um nicht zu grinsen. „Nein, ganz bestimmt nicht."

„Daddy hat fürchterlich laut geschrien, und Daisy hat vor lauter Angst mitten auf den Teppich gemacht. Da hat er sie durch das ganze Haus gejagt, immer wieder, und das sah so lustig aus, dass ich lachen musste und gar nicht mehr aufhören konnte. Dann hat Daddy auch gelacht und gesagt, dass er bald eine Hundehütte im Garten bauen wird und Daisy und mich da hineinsteckt."

Ana hatte längst alle Hoffnung aufgegeben, ernst zu bleiben. Lachend hob sie Jessie auf die Arme. „Ich kann mir vorstellen, dass du und Daisy viel Spaß zusammen in der Hundehütte haben werdet. Aber wenn du deines Vaters Schuhe retten willst, warum lässt du mich nicht ein bisschen mit Daisy arbeiten?"

„Weißt du denn, wie das geht? Kannst du ihr Tricks beibringen und das alles?"

„Oh, ich denke schon." Sie setzte sich Jessie auf die Hüfte und rief nach Quigley, der unter dem Küchentisch ein Nachmittagsschläfchen gehalten hatte. Der Kater erhob sich nur sehr unwillig, streckte sich ausgiebig und kam schließlich unter dem Tisch hervor.

„Jetzt pass auf, Jessie." Ana sah zu dem Kater hinunter. „Sitz, Quigley." Man merkte dem armen Kater an, wie er mit einem Seufzer gute Miene zum bösen Spiel machte. „Mach Männchen, Quigley." Ergeben setzte der Kater sich auf die Hinterpfoten und hob die Vorderpfoten in die Luft wie ein Zirkustiger. „Sehr schön. Wenn du einen Salto machst, spendiere ich dir nachher eine Dose Tunfisch."

Quigley schien zu überlegen. Was war schon ein Salto im Vergleich zu einer Dose Tunfisch? Das kleine Kunststück war so einfach und Tunfisch … Das lohnte sich. Also sprang Quigley, drehte sich einmal in der Luft und landete wieder elegant auf den Pfoten. Als Jessie begeistert applaudierte, ließ er sich nieder und putzte sich bescheiden.

„Ich wusste gar nicht, dass Katzen auch Kunststücke können."

„Quigley ist auch eine ganz besondere Katze." Ana stellte Jessie wieder auf den Boden, um Quigley zu streicheln. Er schnurrte laut wie ein Güterzug und rieb den Kopf an ihrem Bein. „Seine Familie ist in Irland, wie auch der größte Teil meiner Familie."

„Ist er da denn nicht einsam?"

Lächelnd kraulte Ana den Kater unterm Kinn. „Wir haben doch einander. Sag, möchtest du vielleicht etwas zu knabbern, während du mir von deinem Tag erzählst?"

Das Angebot war verlockend, aber Jessie zögerte. „Ich glaube nicht, dass ich das sollte. Es ist doch schon fast Zeit fürs Dinner, und Daddy ... Oh, fast hätte ich es vergessen!" Sie rannte zum Tisch zurück, um ein in Geschenkpapier eingewickeltes Päckchen zu holen. „Das ist für dich, von Daddy."

„Von ..." Ohne dass es ihr bewusst wurde, verschränkte Ana die Hände hinter dem Rücken. „Was ist es denn?"

„Ich weiß es." Jessies Augen glitzerten vor Aufregung. „Aber ich darf es nicht sagen, sonst ist es ja keine Überraschung mehr. Du musst es selbst öffnen." Sie nahm das Päckchen und drückte es Ana in die Arme. „Magst du keine Geschenke?", fragte die Kleine, als Ana die Hände immer noch hinter dem Rücken hielt. „Mir gefallen Geschenke, und Daddy macht immer ganz tolle ..."

„Ich bin sicher, dass er das tut, aber ..."

„Magst du Daddy nicht?" Jessie schob die Unterlippe vor. „Bist du böse auf ihn, weil Daisy deine Blumentöpfe zerbrochen hat?"

„Nein. Nein, natürlich bin ich nicht böse auf ihn." Zumindest nicht wegen der zerbrochenen Töpfe. „Es war nicht seine Schuld. Und natürlich mag ich ihn ... Ich meine, ich kenne ihn ja nicht so gut, aber ich ... nun ..." In die Enge getrieben, lächelte Ana und setzte neu an. „Ich bin einfach nur überrascht, dass er mir etwas schenkt, obwohl ich doch gar nicht Geburtstag habe." Um dem Kind den Gefallen zu tun, nahm sie das Päckchen und schüttelte es nahe an ihrem Ohr. „Da klappert nichts", sagte sie, und Jessie klatschte aufgeregt in die Hände und kicherte.

„Rate! Rate, was es ist!"

„Äh ... eine Posaune?"

„Nein, eine Posaune ist doch viel größer." Vor Aufregung hüpfte Jessie auf und ab. „Mach es auf und sieh nach!"

Es lag nur an der freudigen Spannung des Kindes, dass ihr Herz schneller schlug, redete Ana sich ein. Um Jessie den Gefallen zu tun, riss sie das Papier mit Schwung ab. „Oh.“ Mehr konnte sie nicht sagen.

Es war ein Buch, ein großes Kinderbuch mit einem schneeweißen Einband. Auf dem Buchdeckel prangte die wunderschöne Illustration einer Frau in einem fließenden blauen Kleid, mit einer Krone auf dem goldblonden Haar.

„‚Die Elfenkönigin‘“, las Ana laut vor. „Von Boone Sawyer.“

„Es ist funkelnagelneu“, wurde ihr von Jessie mitgeteilt. „Man kann es noch gar nicht im Laden kaufen, aber Daddy kriegt immer die ersten Ausgaben geliefert.“ Die Kleine strich mit der Hand vorsichtig über das Bild. „Ich habe ihm gesagt, sie sieht aus wie du.“

„Ein wunderbares Geschenk“, sagte Ana mit einem Seufzer. Und ein hinterlistiges. Wie sollte sie jetzt noch wütend auf ihn sein können?

„Er hat auch was für dich reingeschrieben.“ Viel zu ungeduldig, um noch abwarten zu können, klappte Jessie den Buchdeckel auf. „Siehst du, genau hier.“

Für Anastasia, in der Hoffnung, dass ein Märchen den gleichen guten Zweck erfüllt wie eine weiße Fahne. Boone

Anas Lippen verzogen sich zu einem Lächeln, unmöglich, es zu verhindern. Wie hätte jemand eine so charmante Bitte um Waffenstillstand ablehnen sollen?

Genau darauf zählte Boone natürlich. Während er einen Umzugskarton mit dem Fuß aus dem Weg trat, sah er durchs Fenster hinüber zum Nachbarhaus. Nichts regte sich.

Er ging davon aus, dass es sicher einige Tage dauern würde, bis Ana sich wieder beruhigt hatte, aber er war auch sicher, einen Riesenschritt in die richtige Richtung gemacht zu haben. Schließlich wollte er keine Unstimmigkeiten zwischen sich und Jessies neuer Freundin bestehen lassen.

Er ging zurück zum Herd und drehte die Hitze unter der Pfanne mit den Hähnchenbrustfilets herunter, dann machte er sich daran, die Kartoffeln zu pürieren.

Jessies Leibgericht – Kartoffelpüree. Ginge es nach Jessie, würden sie jeden Tag nichts anderes als Püree essen. Natürlich oblag es ihm, auf eine gesunde und abwechslungsreiche Ernährung zu achten.

Boone goss etwas mehr Milch in den Topf und gab einen Stich Butter hinzu. Wenn es einen Teil des Vaterseins gab, den er sofort und ohne Bedenken aufgeben würde, dann den Druck, jeden Tag zu entscheiden, was er zum Dinner servieren sollte.

Das Kochen selbst war gar nicht so schlimm, nein, es war die tägliche Wahl zwischen Braten, gegrilltem Hähnchen, Kotelett und all dem anderen. Kam noch hinzu, was dazu serviert werden sollte. Aus schierer Verzweiflung hatte er angefangen, Rezepte aus Zeitschriften auszuschneiden – natürlich hinter verschlossenen Türen –, um für mehr Abwechslung zu sorgen.

Er hatte sogar auch schon mal ernsthaft daran gedacht, eine Haushälterin einzustellen. Sowohl seine Mutter als auch seine Schwiegermutter hatten ihn dazu gedrängt, und dann hatten sie mit ihrem ehrgeizigen kleinen Konkurrenzkampf begonnen, wer wohl die Erste wäre, die die passende Frau fände, um diese Stelle auszufüllen. Aber die Vorstellung, dass jemand in seinem Haus lebte, jemand, der vielleicht sogar bei seiner Tochter das Sagen übernehmen würde, hatte ihn von dieser Idee abgebracht und dazu veranlasst, alles beim Alten zu lassen.

Jessie war seine Tochter. Einhundert Prozent. Trotz Essensauswahl und Einkäufen im Supermarkt war das genau so, wie es ihm am besten gefiel.

Trippelnde Schritte auf der Veranda unterbrachen seine Gedanken.

„Gutes Timing, Froschgesicht. Ich wollte gerade nach dir rufen." Er drehte sich um, leckte sich einen Klecks Püree vom Finger und erblickte Ana in der Tür, eine Hand auf Jessies Schulter. Sein Magen zog sich so abrupt zusammen, dass Boone sich fast gekrümmt hätte. „Oh, hallo. Mit ihnen hatte ich nicht gerechnet."

„Ich wollte Sie nicht stören", setzte Ana an. „Ich wollte Ihnen nur für das Buch danken. Es war sehr nett von Ihnen, es mir zu schenken."

„Freut mich, dass es Ihnen gefällt." Ihm fiel auf, dass immer noch das Küchenhandtuch im Hosenbund steckte, und hastig zog er es fort. „Es war das beste Friedensangebot, das mir eingefallen ist."

„Es hat funktioniert." Sie fand das Bild, wie er da so geschäftig am Herd stand, sehr einnehmend, und lächelte. „Danke. Aber jetzt werde ich Sie wohl besser wieder Ihren kulinarischen Vorbereitungen überlassen."

„Kann sie nicht hereinkommen, Daddy?" Jessie zog bereits an Anas Hand. „Bitte."

„Ja, natürlich." Er versetzte einem weiteren Karton einen Stoß und schaffte ihn so aus dem Weg. „Wir haben immer noch nicht alles ausgepackt. Es dauert länger, als ich mir das vorgestellt hatte."

Aus Höflichkeit – und Neugier – trat Ana ein. An den Fenstern hingen noch keine Vorhänge, und mehrere Kartons standen immer noch auf dem grauen Fliesenboden. Aber auf der königsblauen Arbeitsplatte stand bereits ein glänzendes Keramikgefäß in Form des weißen Kaninchens aus „Alice im Wunderland" für Kekse, eine Teekanne wie die des verrückten Hutmachers und ein Zuckertopf in Form einer Haselmaus. Topflappen hingen an kleinen Messinghaken neben dem Ofen, und die Kühlschranktür war über und über bedeckt mit Jessies Zeichnungen. In einem Körbchen in der Ecke döste Daisy friedlich vor sich hin.

Noch nicht ausgepackt und recht chaotisch, dachte Ana, aber schon ein Heim. „Ein wunderbares Haus", sagte sie laut. „Kein Wunder, dass es so schnell einen Käufer gefunden hat."

„Willst du mein Zimmer sehen?" Jessie zog wieder an Anas Hand. „Ich habe ein Bett mit einem Dach darüber, und ganz viele Stofftiere."

„Du kannst Ana später nach oben mitnehmen", warf Boone ein. „Jetzt solltest du dir erst mal die Hände waschen."

„Okay." Jessie sah flehend zu Ana hoch. „Aber nicht weggehen, ja?"

„Möchten Sie vielleicht ein Glas Wein?", bot Boone an, als Jessie davonstürmte. „Um den Waffenstillstand zu besiegeln?"

„Ja, gern." Die Blätter mit den Zeichnungen raschelten, als Boone die Kühlschranktür aufzog. „Jessie ist eine richtige kleine Künstlerin. Es war sehr süß von ihr, mir ein Bild zu malen."

„Lassen Sie sie das nur nicht hören, sonst werden Sie Ihre Wände damit tapezieren müssen." Mit der Weinflasche in der Hand zögerte er. Wo hatte er die Weingläser hingestellt? Hatte er sie überhaupt schon ausgepackt? Ein Blick in die Schränke sagte ihm, dass sie noch in irgendeinem Karton sein mussten. „Können Sie Chardonnay auch aus einem Bugs-Bunny-Glas trinken?"

Ana lachte. „Kein Problem." Sie wartete, bis er ihr und sich eingeschenkt hatte – sein Wein floss in ein Elmer-Fudd-Glas. „Willkommen in Monterey", sagte sie und hob Bugs Bunny zu einem Toast.

„Danke." Als sie ihn so anlächelte und ihre Lippen an dem Weinglas ansetzte, um zu trinken, verlor er den Faden. „Ich … äh, leben Sie schon lange hier?"

„Mein ganzes Leben, mit Unterbrechungen." Der Duft des brutzelnden Hähnchens und die fröhliche Unordnung in der Küche machten es so behaglich, dass sie sich tatsächlich entspannte. „Meine Eltern hatten ein Haus hier und eines in Irland. Jetzt leben sie die meiste Zeit in Irland, aber meine Cousins und ich haben uns hier niedergelassen. Morgana wurde in dem Haus geboren, in dem sie jetzt wohnt, am Seventeen Mile Drive. Sebastian und ich wurden in Irland geboren, auf Schloss Donovan."

„Schloss Donovan", murmelte er.

Sie lachte leise. „Das hört sich prahlerisch an, aber so ist es. Ziemlich alt, ziemlich abgelegen und sehr hübsch. Und seit Jahrhunderten im Besitz der Donovan-Familie."

„In einem irischen Schloss geboren", meinte er versonnen. „Vielleicht erklärt das, warum ich beim ersten Mal, als ich Sie sah, überzeugt war, dass da eine Fee hinter den Rosenbüschen lebt." Sein Lächeln verschwand, und er sprach weiter, ohne nachzudenken. „Ihr Anblick hat mir den Atem geraubt."

Ihre Hand mit dem Glas blieb mitten in der Luft hängen, ihre Lippen öffneten sich überrascht und verwirrt. „Ich …" Um sich einen Moment Zeit zu geben und wieder klar denken zu können, nippte sie erst einmal an ihrem Wein. „Ich nehme an, ein Teil Ihres Talents liegt in der Fähigkeit, Feen hinter Büschen, Elfen im Garten und Zauberer in den Baumkronen zu erblicken."

„Ja, wahrscheinlich." Sie roch so gut. Wie die frische Brise, die den Duft der Blumen und den Geruch des Meers durch seine Fenster heranbrachte. Er machte einen Schritt auf sie zu, überrascht und keineswegs bekümmert darüber, den plötzlich wachsamen Ausdruck in ihren Augen zu sehen. „Was machen die Kratzer, Frau Nachbarin?"

Sanft legte er seine Hand auf ihren Arm und fuhr mit dem Daumen darüber, bis er den heftig schlagenden Puls in ihrer Armbeuge fühlen konnte. Was immer ihn da gepackt hatte, hatte die gleiche Wirkung auf sie. „Tut es noch weh? Ich hoffe, Sie haben keine Schmerzen mehr."

„Nein." Ihre Stimme klang heiser, erstaunte sie selbst, erregte ihn. „Nein, schon lange nicht mehr. Das war doch nur ein kleiner Ausrutscher."

„Sie riechen nach Blumen."

„Das ist die Salbe ..."

„Nein." Er legte einen Finger der anderen Hand unter ihr Kinn. „Sie riechen immer nach Blumen. Wilde Blumen und Meeresgischt."

Wie war es geschehen, dass sie plötzlich an der Anrichte lehnte, sein Körper den ihren – nur leicht – berührte? Sein Mund, der ihren Lippen so nahe war, so verführerisch nahe, dass sie ihn fast schmecken konnte?

Und sie sehnte sich danach, ihn zu schmecken, verlangte danach mit einer plötzlichen Intensität, die jeden anderen Gedanken aus ihrem Kopf vertrieb. Langsam, ohne den Blick von ihm zu wenden, hob sie die Hand und legte sie auf seine Brust, auf die Stelle, wo sie den kräftigen Herzschlag fühlen konnte. Kräftig, wild und ungestüm.

So würde auch der Kuss sein, das wusste sie.

Als hätte Boone ihre Gedanken erraten und wolle sie bestätigen, griff er in ihr Haar und zog sie unmerklich näher heran. Es war warm, er hatte gewusst, dass es warm sein würde. So wie das Sonnenlicht, dessen Farbe es hatte. Für einen Moment dachte er nur an den Kuss, der kommen würde, den unermesslichen Genuss, den dieser Kuss schenken würde. Sein Mund war nur ein Atemhauch von ihrem entfernt, als er die Schritte seiner Tochter auf den Treppenstufen hörte.

Boone zuckte von Ana zurück, als hätte er sich verbrannt. Sprachlos starrten sie einander an, beide überwältigt und verwirrt von der Kraft dessen, was beinahe passiert wäre.

Was mache ich hier eigentlich?, fragte Boone sich entsetzt. Greife mir einfach eine Frau in der Küche, während die Hähnchen in der Pfanne verkohlen, das Püree im Topf kalt wird und meine Tochter durchs Haus hüpft.

„Ich sollte gehen.“ Ana stellte ihr Glas ab, bevor es ihr aus den zitternden Fingern fallen konnte. „Ich wollte eigentlich nur eine Minute vorbeischauen.“

„Ana.“ Er stellte sich ihr in den Weg, nur für den Fall, dass sie auf die Tür zusprinten wollte. „Ich habe den Eindruck, dass das, was hier gerade zwischen uns passiert ist, völlig untypisch für uns beide ist. Meinen Sie nicht auch?“

Sie sah ihn mit ernsten grauen Augen an. „Ich kenne Sie doch gar nicht. Daher weiß ich nicht, was typisch für Sie ist und was nicht.“

„Nun, ich habe noch nie die Angewohnheit gehabt, Frauen in der Küche zu verführen, während meine Tochter oben ist. Und ganz bestimmt ist es nicht meine Gewohnheit, mich vom ersten Anblick an nach einer Frau zu verzehren.“

Ana wünschte, sie hätte das Glas nicht abgesetzt. Ihre Kehle war staubtrocken. „Wahrscheinlich wollen Sie jetzt hören, dass ich Ihnen das abnehme. Aber das tue ich nicht.“

Ärger funkelte in seinen Augen auf. „Dann werde ich es Ihnen wohl beweisen müssen, oder?“

„Nein, Sie …“

„Meine Hände sind quietschsauber!“ Völlig arglos gegenüber der Spannung, die in der Luft lag, kam Jessie in die Küche getanzt, die Hände vor sich ausgestreckt in Erwartung der kommenden Inspektion. „Warum muss ich mir eigentlich die Hände waschen? Ich esse doch gar nicht mit den Fingern.“

Boone nahm sich zusammen und kniff seiner Tochter leicht in die Nase. „Weil die fiesen kleinen Bakterien es lieben, sich von den Fingern kleiner Mädchen in deren Kartoffelbrei zu schleichen.“

„Iiih!“ Jessie zog eine angeekelte Grimasse, dann lachte sie. „Daddy macht den besten Kartoffelbrei auf der ganzen Welt. Willst du nicht auch mal probieren? Ana kann doch mit uns essen, oder, Daddy?“

„Ich sollte jetzt wirklich lieber …“

„Aber natürlich kann sie zum Essen bleiben.“ Sein Lächeln glich dem seiner Tochter, allerdings lag da etwas sehr viel Gefährlicheres in seinem Blick, als Boone Ana musterte. „Wirklich, wir würden uns freuen, wenn Sie blieben. Zu Essen ist genug da. Und es wäre doch eine gute Gelegenheit, sich besser kennenzulernen. Vorher.“

Ana brauchte nicht zu fragen, was er mit „vorher“ meinte. Das war eindeutig. Aber so sehr sie auch versuchte, ihren Ärger die Oberhand über die plötzliche Erregung gewinnen zu lassen, es gelang ihr nicht. „Es ist sehr nett, dass Sie mich einladen wollen“, sagte sie mit bewundernswerter Ruhe, „aber ich kann wirklich nicht.“ Sie lächelte Jessie an, die ein enttäuschtes Gesicht zog. „Ich muss noch zum Haus meines Cousins fahren und die Pferde versorgen.“

„Nimmst du mich mal mit, damit ich sie auch sehen kann?“

„Wenn dein Vater es dir erlaubt.“ Ana beugte sich vor und küsste Jessie auf den Schmollmund. „Danke für das schöne Bild.“ Vorsichtshalber trat sie einen Schritt zurück. „Und für das Buch“, sagte sie in Boones Richtung. „Ich weiß, dass ich es gern lesen werde. Gute Nacht.“

Ana rannte zwar nicht, aber sie gestand sich ein, dass sie flüchtete. Wieder zu Hause, öffnete sie für Quigley erst die versprochene Dose Tunfisch, dann zog sie sich um, um in Jeans und Jeanshemd zu Sebastian zu fahren.

Ich muss nachdenken, beschloss sie, als sie sich die Stiefel anzog. Wirklich gründlich überlegen, das Pro und Kontra genau abwägen, alle Konsequenzen in Betracht ziehen. Sie musste lachen, als sie sich vorstellte, wie Morgana reagieren würde: Sie würde die Augen zur Decke aufschlagen und Ana beschuldigen, sich mal wieder wie die typische Waage zu benehmen.

Vielleicht lag es an ihrem Sternzeichen, dass Ana keine Schwierigkeiten hatte, immer beide Seiten zu verstehen. Allerdings verkomplizierte das die Dinge häufiger, als dass es Lösungen brachte. In diesem speziellen Fall war sie allerdings sicher, dass Besonnenheit und ein klarer Kopf die richtige Antwort waren.

Na schön, vielleicht fühlte sie sich wirklich ausgesprochen stark von Boone angezogen. Gerade der körperliche Aspekt kam sehr plötzlich und völlig unerwartet. Natürlich hatte sie schon vorher Verlangen nach einem Mann gespürt, aber nie so jäh und so heftig. Üblicherweise würde das tiefe Wunden reißen.

Und das war auf jeden Fall etwas, das zu bedenken war. Die Stirn in tiefe Falten gelegt, griff sie nach ihrer Jeansjacke und ging nach unten.

Sicher, sie war erwachsen, frei und ungebunden, und daher wäre es nur völlig selbstverständlich, würde sie sich eine Beziehung zu einem ebenso erwachsenen, freien und ungebundenen Mann erlauben.

Allerdings wusste sie auch, wie zerstörerisch Beziehungen sein konnten, wenn es einem Partner nicht möglich war, den anderen so zu akzeptieren, wie er war, mit allen Eigenheiten, die ihn ausmachten.

Immer noch mit sich debattierend, verließ sie das Haus. Sie schuldete Boone keine Erklärung. Es gab keine Verpflichtung, ihn über ihr Erbe aufzuklären, so wie sie es vor Jahren bei Robert versucht hatte. Selbst wenn sich zwischen ihnen eine Beziehung entwickeln sollte, brauchte sie ihm gar nichts zu sagen.

Ana stieg in ihren Wagen und setzte rückwärts zur Auffahrt hinaus. Es hatte nichts mit Betrug zu tun, wenn man einen Teil von sich zurückhielt. Das war Selbsterhaltungstrieb und Selbstschutz. Diese Lektion hatte sie auf die harte Art lernen müssen. Außerdem war es albern, diesen Punkt überhaupt in Betracht zu ziehen, wenn sie ja noch nicht einmal wusste, ob sie eine Beziehung mit Boone eingehen wollte.

Gelogen. Sie wollte. Es hatte mehr damit zu tun, ob sie es sich erlauben konnte.

Immerhin war er ihr direkter Nachbar. Wenn die Beziehung schieflief, würde es sehr schwer werden, auf Jahre nebeneinander zu leben.

Und nicht zuletzt war da noch Jessie. Ana hatte sich schon in das Mädchen verliebt. Sie wollte diese Freundschaft nicht riskieren, nur weil sie ihren eigenen Bedürfnissen nachgab. Rein körperlichen Bedürfnissen, sagte Ana sich, während sie die kurvige Straße entlangfuhr.

Gut, Boone würde ihr bestimmt einiges an körperlichen Freuden bieten können, daran zweifelte sie keinen Moment. Aber der emotionale Preis könnte für alle Beteiligten viel zu hoch sein.

Nein, da war es doch besser, wenn sie Jessies Freundin blieb und zu dem Vater der Kleinen einen vernünftigen Abstand hielt.

Das Dinner war vorüber und eine nicht sehr erfolgreiche Übungsstunde mit Daisy abgehalten – immerhin setzte sie sich, wenn man ihr das Hinterteil herunterdrückte. Danach hatte es viel Geplansche in der Badewanne gegeben, ein wenig Toben für Vater und seine saubere Tochter. Und dann die obligatorische Gutenachtgeschichte und das ebenso rituelle letzte Glas Wasser.

Jetzt, nachdem Jessie eingeschlafen war und das Haus still dalag, gönnte Boone sich einen Brandy auf der Veranda. Da stapelten sich Formulare der neuen Schule auf seinem Schreibtisch, die noch ausgefüllt werden mussten, aber das würde er später machen.

Diese eine Stunde, diese ruhige Stunde, wenn der Himmel schon dunkel war und der Mond aufging, gehörte ihm.

Boone sah den Wolken nach, die Regen versprachen, lauschte dem hypnotischen Schlagen der Wellen, dem Zirpen der Grillen im Gras – das er übrigens bald würde mähen müssen – und sog tief den würzigen Duft der Blumen ein.

Kein Wunder, dass er sofort zugegriffen hatte, als er das Haus zum ersten Mal sah. An keinem anderen Ort war er je so entspannt gewesen, hatte er diesen inneren Frieden gespürt und einfach das Gefühl, dass alles seine Richtigkeit hatte. Der Ort inspirierte ihn. Die geheimnisvollen Zypressen, die magischen Pflanzen, die auf den Klippen wuchsen, die leeren Strände bei Nacht.

Die ätherisch schöne Frau nebenan. Sie war wie eine wundervolle Erscheinung aus einer seiner Geschichten.

Er lächelte in sich hinein. Für jemanden, der seit ewig langer Zeit nicht mehr an Frauen als solche gedacht hatte, verwandte er jetzt wirklich eine ganze Menge Gedanken auf diese eine.

Es hatte lange gedauert, bis er Alices Tod verkraftet hatte. Obwohl er während der letzten Jahre nicht unbedingt wie ein Mönch gelebt hatte, so empfand er sich doch nicht mehr als auf dem Heiratsmarkt verfügbar. Sein Leben war nicht leer, und nach dem Verarbeiten des Schmerzes hatte Boone akzeptiert, dass es weiterging und gelebt werden musste.

Er nippte an seinem Brandy und genoss einfach die Nacht, als er Anas Wagen hörte. Natürlich hatte er nicht darauf gewartet, versicherte er sich, als er auf seine Armbanduhr sah. Trotzdem verschaffte es ihm eine gewisse Befriedigung, dass sie so früh zurückkam. Viel zu früh, als dass sie von einer Verabredung hätte kommen können.

Nicht, dass es ihn irgendetwas anginge, wie und mit wem sie ihre Zeit verbrachte.

Er konnte ihre Auffahrt nicht einsehen, aber da die Nacht so still war, hörte er das Schlagen der Wagentür, dann das der Haustür. Er legte die Füße aufs Verandageländer und versuchte sich vorzustellen, wie sie sich durch das Haus bewegte.

Erst würde sie in die Küche gehen. Richtig, das Licht ging an, und er erkannte ihre Gestalt durchs Fenster. Wahrscheinlich brühte sie sich einen Tee, oder vielleicht schenkte sie sich auch ein Glas Wein ein.

Dann ging das Licht wieder aus, und in Gedanken folgte er ihr durchs Haus. Die Treppen hoch, wieder Licht. Aber diesmal schien es Boone eher der Schein von Kerzen zu sein, keine Lampe. Augenblicke später hörte er leise Musik. Harfenklänge. Eindringlich, romantisch, melancholisch.

Kurz, ganz kurz nur, tauchte ihre Silhouette am Fenster auf. Boone konnte ihre feminine Figur deutlich erkennen, als sie sich das Hemd auszog.

Hastig schluckte er den Brandy hinunter und wandte den Kopf ab. So verlockend es auch sein mochte, so weit würde er nicht sinken. Allerdings überkam ihn das überwältigende Bedürfnis nach einer Zigarette, und mit einer gemurmelten Entschuldigung an seine schlafende Tochter steckte er sich eine an.

Der Rauch hing in der Luft, und der erste tiefe Zug beruhigte seine Nerven. Boone gab sich damit zufrieden, den Harfenklängen zu lauschen.

Erst lange Zeit später ging er ins Haus und zu Bett, schlief schließlich ein mit dem sanften Tröpfeln von Regen auf dem Dach und dem Nachhall von Harfenklängen in seinem Kopf.

4. KAPITEL

Die Cannery Road war erfüllt von Geräuschen. Vorbeischlendernde Menschen, die sich unterhielten und lachten, das helle Schrillen einer Fahrradklingel, die spitzen Schreie der Möwen, die darauf hofften, ein paar Krümel zu ergattern. Ana gefiel der Trubel ebenso, wie sie die Ruhe und den Frieden ihres Gartens genoss.

Geduldig schob sie sich mit dem Wochenendverkehr vor. Als sie zum ersten Mal an Morganas Laden vorbeifuhr, ergab sie sich in die Tatsache, dass das königliche Wetter Touristen und Ansässige aus ihren Häusern gelockt hatte. Ein Parkplatz war heute wohl Mangelware. Anstatt sich darüber zu ärgern, dass sie ihren Wagen nie vor Morganas Laden würde abstellen können, bog sie drei Häuserblocks weiter in eine Seitenstraße ein.

Als sie gerade den Kofferraum öffnete, hörte sie das quengelige Weinen eines Kindes und das entnervte Zischeln der müden Eltern.

„Wenn du nicht sofort damit aufhörst, Timothy, gibt es heute gar nichts mehr. Das ist mein Ernst. Es reicht jetzt. Los, lauf endlich weiter, wir wollen ja heute noch weiterkommen, hörst du?"

Die Antwort des kleinen Timothy auf diese Aufforderung war, dass er wie ein Sack auf dem Bürgersteig zusammenfiel, und auch das Zerren der Mutter an dem schlaffen Arm half überhaupt nichts. Ana verkniff sich ein Lächeln, denn es war offensichtlich, dass die Eltern im Moment kein Auge für die Komik der Situation hatten. Die Arme voller Pakete und Einkaufstüten, waren ihre Mienen alles andere als belustigt.

Der arme Timothy steht kurz davor, sich eine Tracht Prügel einzufangen, dachte Ana, auch wenn es höchst unwahrscheinlich ist, dass er dadurch kooperativer wird. Daddy schob seine Pakete bereits Mommy in den Arm und bückte sich mit verkniffenem Mund.

Es ist ja nichts Großes, dachte Ana. Und sie sehen alle so müde und unglücklich aus. Zuerst knüpfte sie das Band zum Vater, fühlte die Liebe, den Ärger und die Verlegenheit. Dann zum Kind – hier Verwirrung, Müdigkeit und tiefes Unglücklichsein, weil es den großen Stoffelefanten im Schaufenster gesehen und nicht bekommen hatte.

Ana schloss die Augen. Die Hand des Vaters holte aus, um dem Jungen einen Klaps auf den dick gepolsterten Windelpo zu geben, der Junge hielt die Luft an, bereitete sich darauf vor, einen gellenden Schrei ob dieser Erniedrigung auszustoßen.

Plötzlich seufzte der Vater, und seine Hand sank schlaff an seine Seite. Timothy blickte vorsichtig auf, mit rotem Gesicht und Tränen auf den heißen Wangen.

Der Vater ging in die Hocke und breitete die Arme aus. „Du bist müde, hm?“

Unter Schluckauf rappelte Timothy sich auf und schmiegte sich seinem Daddy in die Arme. „Durst“, brachte er stockend hervor.

„Na schön, mein Großer.“ Die Hand des Vaters schwenkte zum Po des Kindes, aber nur, um ihn liebevoll zu tätscheln. „Warum gehen wir nicht alle zusammen in ein Café und trinken etwas Kühles?“ Er warf seiner Frau, die am Ende ihrer Kräfte schien, ein aufmunterndes Lächeln zu. „Ihm fehlt nur sein Mittagsschläfchen, der braucht einfach mal eine kleine Pause.“

Zusammen gingen sie davon, müde, aber entspannter.

Vor sich hin lächelnd, hob Ana den Kofferraumdeckel an. So ein Familienurlaub konnte ganz schön anstrengend sein. Beim nächsten Mal, wenn sie sich wieder anfauchen wollten, wäre Ana nicht in der Nähe, um zu helfen. Aber sie war ganz sicher, sie würden sich auch so irgendwie durchschlagen.

Ana warf sich die Schultertasche auf den Rücken und begann die Kisten auszuladen, Waren, die sie für Morgana zusammengestellt hatte – Potpourris, Duftöle, Körpercremes, winzige Duftkissen, Tonika, persönliche Parfüms.

Sechs Kartons insgesamt. Zuerst überlegte Ana, ob sie zweimal laufen sollte, doch dann entschied sie, dass sie, wenn sie die Kisten nur sorgfältig genug ausbalancierte, auch alles auf einmal tragen konnte.

Sie stapelte, schichtete, richtete aus. Es gelang ihr auch, mit dem Ellbogen den Deckel des Kofferraums zu schließen. Sie war einen halben Häuserblock weit gekommen, als sie anfing, sich zu verwünschen. Warum nur machte sie das immer wieder? Zweimal bequem gelaufen wäre viel einfacher gewesen als einmal schwierig. Die Kartons waren nicht unbedingt schwer, aber sperrig. Auf den Bürgersteigen tummelten sich die Ausflügler, und der Wind blies ihr das Haar ins Gesicht. Nur durch ein hektisches Ausweichmanöver gelang es ihr, eine Kollision mit einer Gruppe von Teenagern zu vermeiden. Ana fluchte innerlich über ihre Sturheit.

„Brauchen Sie Hilfe?"

Wütend auf sich selbst und unhöfliche Teenager im Allgemeinen, drehte sie sich um. Und da stand Boone. In lässiger Baumwollhose und Polohemd sah er einfach großartig aus. Jessie saß auf seinen Schultern und klatschte lachend in die Hände.

„Wir sind Karussell gefahren und haben ein Eis gegessen, und dann haben wir dich gesehen."

„Sieht aus, als würden Sie immer noch zu viel auf einmal tragen", bemerkte Boone trocken.

„Die Kisten sind nicht schwer. Das sieht nur so aus. In Wirklichkeit sind sie kinderleicht."

Er klopfte auf Jessies Schenkel, und auf das Zeichen hin glitt sie seinen Rücken hinunter. „Wir werden Ihnen ein paar davon abnehmen."

„Danke, aber es geht schon." Es war dumm und albern, Hilfe abzulehnen, die sie gut gebrauchen konnte. Aber sie hatte Boone die ganze Woche über erfolgreich gemieden, und es war ihr sogar – mehr oder weniger – gelungen, nicht an ihn zu denken. „Ich möchte Ihnen keine Umstände machen und Ihre Pläne durcheinanderbringen, Sie hatten sicher etwas anderes vor."

Boone sah seine Tochter an. „Wir haben eigentlich gar keine genauen Pläne, oder, Jessie?"

„Nöö. Wir bummeln nur ein bisschen. Heute ist nämlich unser freier Tag."

Ana konnte das Lächeln nicht zurückhalten, genauso wenig wie den besorgten Ausdruck in den Augen, als sie zu Boone sah. Er musterte sie in der für ihn typischen durchdringenden Art. Das Lächeln, das um seine Mundwinkel spielte, hatte weniger mit Humor, sondern eher mit einer Herausforderung zu tun.

„Ich hab's nicht mehr so weit", setzte Ana an und griff hastig nach einem Paket, das rutschen wollte. „Ich kann … wirklich, das geht schon …"

„Sehr schön." Ohne auf ihren Widerspruch einzugehen, nahm Boone ihr die Kartons aus dem Arm. Sein Blick ruhte auf ihr. „Wozu sind Nachbarn da?"

„Ich kann auch was tragen." Jessie wollte unbedingt helfen und hüpfte aufgeregt auf und ab.

„Danke." Ana händigte ihr die leichteste Kiste aus. „Die Sachen sind für den Laden meiner Cousine, nur ein Stückchen die Straße hinunter."

„Hat sie ihre Babys schon bekommen?", fragte Jessie, während sie gemeinsam weitergingen.

„Nein, noch nicht."

„Ich habe Daddy gefragt, wie es kommt, dass sie zwei Babys in ihrem Bauch hat, und er hat gesagt, dass es manchmal eben doppelt so viel Liebe gibt."

Wie soll irgendjemand einem solchen Mann widerstehen, fragte Ana sich. Ihre Augen waren warm und freundlich, als sie seinem Blick begegneten. „Ja, manchmal ist das so. Sie scheinen immer die richtige Antwort zu haben", murmelte sie Boone zu.

„Nicht immer." Er hätte nicht sagen können, ob er erleichtert oder verärgert war, dass er die Hände voller Kisten und Pakete hatte. Denn wären sie frei gewesen, hätte er dem Drang, Ana zu berühren, kaum widerstehen können. „Aber man sollte versuchen, die passende für den Moment zu finden. Wo haben Sie sich versteckt, Anastasia?"

Die Wärme in ihrem Blick verschwand. „Versteckt?"

„Ja, ich habe Sie seit Tagen nicht in Ihrem Garten gesehen. Sie schienen mir nicht der Typ zu sein, der sich so leicht einschüchtern lässt."

Da Jessie direkt vor ihnen herhüpfte, verkniff Ana sich die bissige Erwiderung, die ihr auf der Zunge lag. „Ich weiß nicht, was Sie meinen. Ich habe zu arbeiten. Wie so viele andere übrigens auch." Sie deutete mit dem Kopf auf die Kisten in seinem Arm. „Sie tragen gerade einiges von meiner Arbeit."

„So ist das also. Na, da bin ich ja froh, dass ich mich nicht habe hinreißen lassen, an Ihre Tür zu klopfen und zu fragen, ob Sie mir eine Tasse Zucker leihen können. Fast hätte ich es getan, aber dann schien es mir doch zu plump."

Sie warf ihm einen schiefen Seitenblick zu. „Ich weiß Ihre Zurückhaltung zu schätzen."

„Das sollten Sie auch."

Ana blies sich nur das Haar aus der Stirn und rief nach Jessie. „Gehen wir hier entlang, damit wir zur Hintertür herein können. An Samstagen herrscht normalerweise immer reger Betrieb im Laden, und ich möchte nicht durch den ganzen Laden laufen und die Kunden stören müssen."

„Was für ein Laden ist das eigentlich?", wollte Boone wissen.

„Oh." Ana lächelte wieder. „Dort wird alles Mögliche verkauft. Ich kann mir denken, dass Sie das Warensortiment interessant finden. Da sind wir schon." Sie deutete auf eine Tür, die von Terrakottatöpfen mit überquellenden blutroten Geranien flankiert war. „Kannst du bitte die Tür aufhalten, Jessie?"

„Klar." Ganz versessen darauf, herauszufinden, was hinter dieser Tür lag, schob Jessie die Tür auf und ließ ein begeistertes Jauchzen hören. „Sieh nur, Daddy!" Jessie setzte ihr Paket auf dem ersten sich bietenden freien Platz ab und stürzte auf die große weiße Katze zu, die auf einem Stuhl saß und sich putzte.

„Jessica!" Boones Ruf war knapp und entschieden und ließ seine Tochter mitten in der Bewegung innehalten. „Was habe ich dir über Tiere gesagt, die du nicht kennst?"

„Aber Daddy, er ist doch so schön. Ich will sie doch nur ein bisschen streicheln."

„Sie", verbesserte Ana und stellte ihre Kisten ab. „Dein Vater hat recht, Jessie. Nicht alle Tiere mögen kleine Kinder."

Jessie juckte es in den Fingern, dieses dichte weiße Fell zu streicheln. „Mag sie denn Kinder?"

„Manchmal mag Luna überhaupt niemanden." Lachend kraulte Ana die Katze hinter den Ohren. „Aber wenn du sehr respektvoll zu ihr bist, gibt sie vielleicht ihr königliches Einverständnis, und dann kommt man sehr gut mit ihr aus." Ana lächelte Boone zuversichtlich zu. „Luna kratzt nicht. Wenn sie genug hat, stolziert sie einfach davon."

Heute war Luna offensichtlich in der Stimmung, sich ein paar Aufmerksamkeiten gefallen zu lassen. Sie rieb ihren Kopf an Jessies ausgestreckter Hand.

„Sie mag mich!" Jessie lachte glücklich. „Daddy, sieh, sie mag mich!"

„Ja, ich sehe es."

„Morgana hat normalerweise immer etwas Kühles zu trinken hier hinten." Ana öffnete den kleinen Kühlschrank. „Möchten Sie etwas?"

„Gern." Eigentlich hatte er keinen Durst, aber das Angebot bot ihm die Chance, noch länger zu bleiben. Er lehnte sich an die Küchenanrichte und betrachtete Ana, die Gläser hervorholte. „Zum Laden geht's da durch?"

Er zeigte auf eine Tür, und Ana nickte. „Und der Lagerraum ist da. Das Meiste von dem, was Morgana verkauft, sind Einzelstücke, ihr Lager ist nicht groß."

Boone griff über Anas Schulter nach der Rosmarinpflanze, die in einem Topf auf der Fensterbank wuchs, und rieb die aromatischen Blätter zwischen den Fingern. „Sie verkauft also Kräuter und solches Zeug?"

Ana ignorierte bemüht die Tatsache, dass er ihr viel zu nahe war. Sie konnte den Duft der See an ihm riechen, wahrscheinlich hatte er mit seiner Tochter die Möwen gefüttert. „So ungefähr." Sie drehte sich um und drückte ihm ein Glas in die Hand. „Hier. Limonade. Morgana hat sie selbst gemacht."

„Danke." Er wusste, es war nicht gerade fair und wahrscheinlich höchst unvernünftig, aber er blieb stehen, wo er war, und rührte sich nicht vom Fleck. Ana musste den Kopf in den Nacken legen, um ihn ansehen zu können. „Das wäre vielleicht auch ein gutes Hobby für Jessie und mich. Vielleicht könnten Sie uns zeigen, wie man Kräuter anbaut."

„Es ist nicht anders als bei allen anderen lebenden Dingen." Es kostete sie Mühe, ihre Stimme neutral und fest zu halten, wenn das Atmen so schwierig war. „Man braucht Sorgfalt, Umsicht und Aufmerksamkeit. Boone, Sie stehen mir im Weg."

„Das hoffe ich doch." Die Augen intensiv auf ihr Gesicht gerichtet, legte er eine Hand an ihre Wange. „Anastasia, ich denke wirklich, wir müssen miteinander …"

„Abgemacht ist abgemacht, Schatz." Eine energische Stimme drang von der Tür herüber, als diese geöffnet wurde. „Alle zwei

Stunden regelmäßig eine Viertelstunde hinsetzen."

„Aber das ist doch lächerlich", kam die Erwiderung. „Himmel, du tust gerade so, als wäre ich die einzige Frau auf der Welt, die je schwanger war." Mit einem Seufzer trat Morgana in den Raum. Sie zog die Brauen hoch, als sie das Trio erblickte – vor allem über die Art, wie Boone Sawyer ihre Cousine in eine Zimmerecke gedrängt hatte. Kaum zu glauben.

„Du bist die einzige schwangere Frau in meiner Welt ..." Nash brach ab. „He, Ana, du kommst genau richtig. Sag du Morgana, dass sie es langsam angehen lassen soll. Und wenn du schon mal hier bist, kannst du auch gleich ..." Er warf einen Blick auf den Mann neben ihr, dann erschien ein breites Grinsen auf seinem Gesicht. „Boone? Das gibts doch nicht! Boone Sawyer, du verdam..."

Er hielt sich gerade noch rechtzeitig zurück, hauptsächlich wohl deshalb, weil Morgana ihm mit Hinblick auf die Anwesenheit eines kleinen Mädchens den Ellbogen in die Rippen gestoßen hatte. Also durchschritt Nash mit großen Schritten den Raum, griff Boones Hand und versetzte ihm in typisch männlicher Art einen satten Schlag auf die Schulter. „Was machst du denn hier?"

„Ich bringe eine Warenlieferung vorbei, glaube ich." Grinsend drückte Boone Nashs Hand. „Und du?"

„Ich versuche, meine Frau zu bändigen. Gott, wie lange ist das jetzt her? Vier Jahre?"

„So in etwa."

Morgana legte beide Hände auf ihren Leib. „Ihr zwei kennt euch anscheinend."

„Und ob wir das tun. Boone und ich haben uns auf einer Autorenkonferenz kennengelernt. Das war vor ungefähr zehn Jahren, stimmt's? Mensch, ich hab dich nicht mehr gesehen, seit ..." Seit Alices Beerdigung, hatte Nash sagen wollen. Er erinnerte sich nur zu gut an die Verzweiflung, die Trauer, die Fassungslosigkeit in Boones Blick, als er neben dem Grab seiner Frau stand. „Wie geht es dir denn?"

„So weit ganz gut." Boone hatte verstanden. „Uns beiden geht es gut."

„Das ist schön." Eine Hand auf Boones Schulter, drückte er noch einmal fest die Hand seines Freundes und drehte sich dann zu Jessie um. „Du musst Jessica sein.“

„Ja.“ Die Kleine, immer begeistert, neue Menschen kennenzulernen, strahlte Nash an. „Und wer bist du?“

„Ich bin Nash.“ Er ging vor ihr in die Hocke. Außer den Augen war Jessica das Spiegelbild ihrer Mutter. Unbeschwert und heiter, hübsch wie eine kleine Elfe. Er hielt ihr ganz formell die Hand hin. „Freut mich, dich kennenzulernen.“

Sie kicherte und schüttelte die dargebotene Hand. „Hast du die Babys in Morganas Bauch getan?“

Für einen Moment war er sprachlos, dann lachte er. „Du hast es erraten. Aber ich überlasse es Ana, sie da rauszuholen. Also, erzählt mal, was macht ihr zwei denn in Monterey?“

„Wir leben jetzt hier“, klärte Jessie ihn auf. „In dem Haus direkt neben Ana.“

„Im Ernst?“ Nash grinste breit in Boones Richtung. „Seit wann das denn bloß?“

„Jetzt knapp über eine Woche. Ich hatte schon gehört, dass du hergezogen seist. Ich hätte mich bei dir gemeldet, wenn die Umzugskartons alle ausgepackt gewesen wären. Allerdings wusste ich nicht, dass du die Cousine meiner Nachbarin geheiratet hast.“

„Die Welt ist klein und voller Überraschungen, nicht wahr?“ Morgana sah mit schief gelegtem Kopf zu Ana. Es war ihr nicht entgangen, dass ihre Cousine bisher kein einziges Wort gesagt hatte. „Da anscheinend niemand mich vorstellen will, werde ich es wohl selbst tun müssen. Ich bin Morgana.“

„Entschuldige, Schatz.“ Nash schob Jessie bequemer auf seine Hüfte. „Komm, setz dich.“

„Ich kann durchaus …“

„Setz dich.“ Das kam von Ana, die einen Stuhl hervorzog.

„Überstimmt.“ Seufzend ließ sich Morgana auf dem Stuhl nieder. „Gefällt es Ihnen in Monterey?“, fragte sie Boone.

„Sehr.“ Boones Blick glitt automatisch zu Ana. „Mehr, als ich erwartet hatte.“

„Ich finde es schön, wenn ich mehr bekomme, als ich erwarte.“ Lachend rieb Morgana über ihren gewölbten Leib. „Wir müssen uns bald alle mal zusammensetzen. Dann können Sie mir Dinge über Nash erzählen, von denen er nicht will, dass ich sie erfahre.“

„Schatz, du weißt doch, ich bin ein offenes Buch." Nash küsste seine Frau aufs Haupt und blinzelte Ana zu. „Sind das die Sachen, auf die Morgana gewartet hat?"

„Ja, alles da."

Froh, endlich etwas zu haben, mit dem sie sich ablenken konnte, wandte Ana sich zu dem Stapel Kisten um. „Ich pack's für dich aus, Morgana. Hier, probier diese Veilchen-Körperlotion aus, bevor du sie in den Laden stellst. Ich habe auch extra mehr von dem Seifenkraut-Shampoo mitgebracht."

„Gut, denn es ist alles ausverkauft." Morgana nahm die Körperlotion und drehte den Verschluss auf. „Hm, herrlicher Duft." Sie gab sich etwas auf den Handrücken und verrieb es. „Fühlt sich gut auf der Haut an."

„Aus Veilchen und Irisch Moos." Ana sah von der Kiste auf. „Nash, warum zeigst du Jessie und Boone nicht den Laden?"

„Gute Idee. Ich denke, du wirst hier vieles finden, das dich interessieren wird", sagte Nash zu Boone.

Boone warf Ana noch einen Blick über die Schulter zu. „Anastasia, nicht wegrennen."

„Na, da schau her." Morgana lehnte sich auf dem Stuhl zurück und blickte so zufrieden drein wie die Katze, die den Sahnetopf ausschleckt. „Willst du mich aufklären?"

Heftiger als nötig riss Ana an dem Klebeband des nächsten Kartons. „Worüber?"

„Über dich und diesen umwerfenden Nachbarn, natürlich. Kannst du dir das nicht denken?"

„Da gibt es nichts aufzuklären."

„Liebes, ich kenne dich. Als ich diesen Raum betrat, warst du so von ihm hypnotisiert, dass ich einen Tornado hätte heraufbeschwören können, und dir wäre es nicht einmal aufgefallen."

Ana holte geflissentlich Fläschchen und Tiegel aus der Kiste. „Mach dich nicht lächerlich. Du hast keinen Tornado mehr heraufbeschworen, seit wir den ‚Zauberer von Oz' das erste Mal gesehen haben."

„Ana." Morganas Stimme war warm und fest. „Ich liebe dich."

„Ich weiß. Ich liebe dich auch."

„Du warst noch nie nervös. Vielleicht fasziniert es mich deshalb so sehr zu sehen, wie fahrig du bist. Und es sorgt mich auch."

„Ich bin nicht nervös." Sie ließ zwei Fläschchen fallen und zog eine Grimasse. „Okay, okay, ich geb's zu. Ich muss einfach nur gründlich nachdenken." Sie drehte sich zu Morgana um. „Ja, er macht mich nervös. Das liegt daran, dass ich mich zu ihm hingezogen fühle. Aber ich muss nachdenken."

„Worüber?"

„Wie ich damit umgehe. Mit ihm, meine ich. Ich habe nicht vor, den gleichen Fehler noch einmal zu begehen, besonders da alles, was sich zwischen mir und Boone abspielt, auch Jessie betrifft."

„Ach, Liebes, bist du etwa dabei, dich in ihn zu verlieben?"

„Das ist doch absurd." Zu spät bemerkte Ana, dass sie diese Möglichkeit viel zu heftig abgestritten hatte, um noch glaubwürdig zu wirken. „Ich bin eben nur aufgekratzt, das ist alles. Es hat schon lange keinen Mann mehr gegeben, der so auf mich wirkt. So körperlich, meine ich. Seit ..." Noch nie, nie zuvor. Und sie fürchtete, dass es auch nie wieder so passieren würde. „Seit ... langer Zeit eben."

Morgana streckte ihrer Cousine die Hände entgegen. „Sebastian und Mel kommen in zwei Tagen aus den Flitterwochen zurück. Warum bittest du Sebastian nicht, nachzusehen? Es würde dich bestimmt beruhigen, wenn du es weißt."

Entschieden schüttelte Ana den Kopf. „Nein. Nicht, dass ich nicht auch schon daran gedacht hätte. Aber ich will, dass das, was auch immer geschehen mag, zu fairen Bedingungen geschieht. Das Wissen würde mir einen Vorteil über Boone verschaffen, und das wäre unfair. Ich habe das Gefühl, dass faire Bedingungen wichtig sind, für uns beide."

„Du wirst es am besten wissen. Aber lass mich dir etwas sagen, von Frau zu Frau." Um ihre Lippen spielte ein Lächeln. „Und von Hexe zu Hexe. Es macht keinen Unterschied, ob man das Wissen besitzt oder nicht, wenn ein Mann erst einmal dein Herz berührt hat. Nicht den geringsten."

Ana nickte. „Dann werde ich darauf achten müssen, dass er meines nicht anrührt, bis ich bereit bin."

„Das ist unglaublich", stieß Boone aus und ließ seinen Blick durch „Wicca" schweifen. „Einfach unglaublich."

„Genau das habe ich auch gedacht, als ich das erste Mal hier hereinkam." Nash nahm einen Kristallstab auf, an dessen Ende ein Amethyst aufgesetzt war. „Ich vermute, Leute aus unserem beruflichen Umfeld sind besonders für dieses Zeug hier zu begeistern."

„Märchen." Boone nahm den Stab von Nash entgegen und wandte seine Aufmerksamkeit dann der Bronzestatue zu, die einen zähnebleckenden Wolf darstellte. „Oder diejenigen, die sich mit dem Okkulten beschäftigen. Dazwischen liegt nur eine sehr feine Trennlinie. Dein letzter Film hat mir übrigens eine Gänsehaut verpasst, genau wie er mich zum Lachen gebracht hat."

Nash grinste. „Es liegt immer auch Humor im Horror."

„Niemand kann das besser als du." Boone sah zu Jessie hinüber. Sie stand vor einem silbernen Miniaturschloss, über dem sich ein Regenbogen aus klarem Kristall spannte und das Licht in allen Farben reflektierte. Sie rührte sich nicht, stand nur andächtig da und hatte die Hände hinter dem Rücken verschränkt. „Hier komme ich nicht heraus, ohne etwas mitzunehmen."

„Sie ist wunderhübsch", sagte Nash und dachte, wie so oft, an die Kinder, die er bald selbst haben würde.

„Sie sieht aus wie ihre Mutter." Boone sah die Frage im Blick seines Freundes. „Trauer vergeht, Nash, ob du es willst oder nicht. Alice war ein wunderbarer Teil meines Lebens, und sie hat mir das größte Geschenk überhaupt gemacht. Ich bin dankbar für jeden einzelnen Moment, den ich mit ihr verbringen durfte." Er legte den Kristallstab ab. „Aber jetzt will ich wissen, wie es kommt, dass der eingefleischteste Junggeselle der Welt verheiratet ist und auf die Geburt von Zwillingen wartet."

„Forschungsarbeit." Nash wippte grinsend auf den Fersen vor und zurück. „Ich wollte aus L.A. raus, aber in erträglicher Entfernung zum Pendeln. Ich war erst kurz hier, als ich Informationen für mein Skript brauchte. Ich kam in diesen Laden, und da war sie."

Natürlich war das lange nicht alles. Es gab noch viel mehr. Aber es lag nicht bei Nash, Boone über das Erbe der Donovans aufzuklären. Selbst dann nicht, wenn die Chance bestanden hätte, dass Boone ihm das abnehmen würde.

„Wenn du dich entschließt, von der Klippe zu springen, dann hält dich wohl nichts zurück, was?"

„Dich doch aber auch nicht, oder? Indiana ist ziemlich weit weg, soweit ich weiß."

„Ich wollte ja auch nicht pendeln", bemerkte Boone mit einem schiefen Grinsen. „Meine Eltern, Alices Eltern ... Jessie und ich wurden immer mehr zu ihrer Lebensaufgabe. Deshalb wollte ich etwas verändern, für uns beide."

„Und ziehst direkt neben Ana ein, was?" Nash kniff die Augen zusammen. „Das große Holzhaus, mit all dem Glas und der riesigen Veranda?"

„Genau das."

„Großartige Wahl." Nash sah wieder zu Jessie hinüber. Sie war durch den ganzen Laden geschlendert und wieder bei dem kleinen Schloss angelangt. Sie hatte kein Wort gesagt, nicht einen Ton davon, wie sehr sie es haben wollte, und das machte die Sehnsucht in ihrem Blick umso wirkungsvoller. „Wenn du es nicht für sie kaufst, werde ich es tun."

Als Ana in den Laden kam, um die Regale aufzufüllen, sah sie, wie nicht nur das silberne Schloss, sondern auch ein Kristallstab, die fast ein Meter hohe Statue einer geflügelten Fee – auf die sie selbst schon ein Auge geworfen hatte –, ein kristallener Sonnenfänger in Form eines Einhorns, ein Zauberer aus Zinn, der eine Kristallkugel in seiner Hand hielt, und eine Geode von der Größe eines Baseballs an der Kasse abgerechnet wurden.

„Wir sind schwach", sagte Boone mit einem schiefen Grinsen auf Anas erstaunt hochgezogene Augenbrauen hin. „Absolut keine Willenskraft."

„Aber einen äußerst erlesenen Geschmack." Sie strich mit den Fingern über die Flügel der Fee. „Sie ist doch wunderbar, nicht wahr?"

„Die Beste, die ich je gesehen habe. Ich denke mir, ich stelle sie in mein Arbeitszimmer, als Inspiration. Sie wird ihre Schönheit dort entfalten."

„Eine gute Idee." Sie schaute in die kleine Schale, die alle möglichen Kristalle enthielt. „Malachit, für klares Denken." Mit dem Finger rührte sie vorsichtig in den geschliffenen Steinen, überlegte, verwarf, traf eine Wahl. „Sodalith gegen Verwirrung, Mondstein für die Sensibilität. Und natürlich Amethyst, für die Intuition."

„Natürlich."

Sie ignorierte ihn. „Ein Kristall für alle guten Dinge." Sie neigte leicht den Kopf und studierte ihn. „Jessie sagte, Sie wollen mit dem Rauchen aufhören?"

Er zuckte die Achseln. „Ich versuche, es nach und nach einzuschränken."

Sie gab ihm einen Kristall. „Hier, tragen Sie den in Ihrer Tasche. Die Steine gehen aufs Haus." Als sie mit ihren Fläschchen und Tiegeln weiterging, rieb er den Stein zwischen den Fingern. Na schön. Schaden würde es wohl nicht. Und es war ein Geschenk von ihr.

Er glaubte weder an magische Kristalle noch an eine Kraft in Steinen – obwohl sich sicherlich eine gute Geschichte daraus machen lassen würde. Boone musste auch zugeben, dass sie eigentlich ganz nett aussahen, wie sie da so in einer kleinen Schale auf seinem Schreibtisch standen. Atmosphäre, dachte er, genau wie die Geode, die er als Briefbeschwerer benutzte.

Alles in allem war es ein sehr ergiebiger und angenehmer Nachmittag gewesen. Er und Jessie hatten sich prächtig amüsiert. Karussell, Eiscreme, auf der Cannery Row und am Fisherman's Wharf entlangschlendern. Dass sie Ana getroffen hatten, war ein zusätzlicher Bonus gewesen. Und herauszufinden, dass Nash praktisch nur einen Steinwurf entfernt lebte, war einfach unbezahlbar.

Ihm fehlte männliche Gesellschaft. Komisch, das war ihm gar nicht so richtig bewusst geworden. Die letzten Monate waren mehr als hektisch gewesen, mit der Planung und dem tatsächlichen Umzug. Mit dem Einleben an einem neuen Ort. Und Nash, obwohl ihre Freundschaft während der letzten Jahre hauptsächlich über Korrespondenz weitergeführt worden war, war genau die Art Mann, die Boone bevorzugte. Unbeschwert, lässig, loyal, einfallsreich – sie hatten sich auf Anhieb verstanden.

Es würde ihm diebischen Spaß machen, Nash ein paar Ratschläge zu geben, wenn seine Zwillinge auf der Welt waren – sozusagen von Vater zu Vater.

Oh ja, dachte er und fischte den Mondstein aus der Schale, um ihn gegen das Licht zu halten, die Welt war wirklich klein und voller Überraschungen. Sein ältester und bester Freund, verheiratet mit der Cousine der Nachbarin. Jetzt würde es sehr schwierig für Ana werden, ihm aus dem Weg zu gehen.

Denn ganz gleich, was sie auch behauptete – genau das hatte sie getan. Er hatte das sichere Gefühl – er gestand sich ein, dass er sehr zufrieden darüber war –, dass er die holde Maid von nebenan verdammt nervös machte.

Er hatte schon fast vergessen, wie es war, wenn eine Frau leicht errötete oder verlegen den Blick abwandte. Oder wenn der Puls an ihrem Hals deutlich sichtbar zu pochen begann. Die meisten Frauen, deren Begleitung er in den letzten Jahren genossen hatte, waren allesamt sehr gewandt und elegant gewesen – und daher absolut ungefährlich, fügte er mit einem stillen Lächeln hinzu. Er hatte sich in ihrer Gesellschaft wohl gefühlt, aber da war nichts Geheimnisvolles gewesen.

Wahrscheinlich war er einfach ein Mann, den die altmodische Art mehr anzog. Der Rosen-und-Mondschein-Typ, dachte er mit einem leisen Lachen.

Und dann sah er sie, und das Lachen blieb ihm im Hals stecken.

Sie war in ihrem Garten, ging, nein, schwebte durch das silbrige Licht, die graue Katze neben sich, die immer wieder in die Schatten eintauchte. Das Haar fiel ihr offen über die bloßen Schultern, schimmerte wie Goldstaub auf dem blassblauen Kleid. Sie trug einen Korb an ihrem Arm, und er glaubte, sie singen zu hören, als sie Blumen schnitt und in den Korb legte.

Sie sang ein uraltes Lied, das von Generation zu Generation weitergegeben wurde. Es war nach Mitternacht, und Ana glaubte sich allein und unbeobachtet. Die erste Vollmondnacht im Herbst war die Nacht, um zu ernten. So wie die erste Vollmondnacht im Frühling die Nacht war, um zu säen. Sie hatte bereits den Kreis gezogen, der das Areal reinigte.

So sanft und vorsichtig, als wären es Kinder, legte sie Blumen und Kräuter in den Korb.

In ihren Augen war Magie. In ihrem Blut war Magie.

„Im Mondschein, in Schatten und Licht, es sind diese Blüten, die ich erwähle, weil sie die Kraft in sich hüten. Die Kraft zu heilen und die Macht zu befrei'n. Genau wie ich, denn so soll es sein."

Sie pflückte Betonie und Vanille, grub Alraunen aus und wählte Wurmkraut und Balsam, Rosen und dann noch etwas Salbei.

„Heut' Nacht, um zu ernten, morgen Nacht, um zu säen. Nur das nehmen, was durch meiner Hände Arbeit entstand. Immer im Gedenken, zu welchem Zweck. Auf dass niemand zu Schaden komme."

Nachdem sie die Beschwörung gesprochen hatte, vergrub sie das Gesicht in den Blumen und atmete tief den würzigen Duft ein.

„Ich habe mich ernsthaft gefragt, ob Sie echt sind."

Ihr Kopf zuckte hoch, und dann sah sie ihn, nur ein Schatten bei der dunklen Hecke. Er trat durch diese Hecke und wurde zu einem Mann.

Ihr Herz, das ihr bis zum Hals schlug, beruhigte sich langsam wieder. „Sie haben mich erschreckt."

„Das tut mir leid." Es musste am Mondlicht liegen, dass sie so … so wie verzaubert aussah. „Ich habe noch spät gearbeitet, und als ich aus dem Fenster sah, erkannte ich Sie. Ein bisschen spät, um Blumen zu pflücken."

„Der Mond scheint doch hell." Ana lächelte. Er hatte nichts gesehen, was er nicht hätte sehen dürfen. „Ich hätte erwartet, Sie wüssten, dass allem, was im Mondlicht gepflückt wird, Zauberkräfte innewohnen."

Er erwiderte ihr Lächeln. „Haben Sie vielleicht auch Rapunzeln dabei?"

Sie lachte über die Anspielung auf das Grimm'sche Märchen. „Um genau zu sein, ja. Rapunzeln dürfen in keinem Zaubergarten fehlen. Ich werde Ihnen ein paar Pflanzen eintopfen, wenn Sie möchten. Sie können sich gerne auch andere Pflanzen aussuchen."

„Zu Magie sage ich nie Nein." Die Brise spielte so verführerisch mit ihrem Haar. Er ergab sich dem Moment und griff mit den Fingern hinein. Er sah, wie das Lachen in ihren Augen erstarb, Platz für etwas anderes machte, das sein Blut zum Sieden brachte.

„Sie sollten besser zurückgehen. Jessie ist doch allein im Haus."

„Sie schläft." Er kam näher, gerade so, als wäre ihr Haar ein Seil, an dem er zu ihr herangezogen wurde. Er war jetzt in dem Kreis, innerhalb der Magie, die sie beschworen hatte. „Die Fenster stehen offen, ich kann es hören, sollte sie mich rufen."

„Es ist spät." Ana umfasste den Korb so fest, dass die Weiden in ihre Hände stachen. „Ich muss …"

Sanft nahm er ihr den Korb ab und stellte ihn auf die Erde. „Ich auch.“ Mit einer Hand strich er ihr über Haar und Gesicht. „Dringend sogar.“

Als er den Kopf beugte und seinen Mund näher und näher an ihren heranbrachte, erschauerte sie und versuchte ein letztes Mal, die Kontrolle zu behalten. „Boone, wenn Sie und ich etwas miteinander beginnen, könnte das die Dinge für uns alle komplizieren.“

„Vielleicht bin ich es ja leid, dass alles so einfach ist.“ Er drehte den Kopf, nur ein wenig, strich mit den Lippen über ihre Wange, hinauf zu ihrer Schläfe. „Es überrascht mich, dass Sie es nicht wissen. Einem Mann bleibt gar keine andere Wahl, als eine Frau zu küssen, wenn sie im Mondlicht Blumen pflückt.“

Sie spürte, wie ihr Widerstand dahinschmolz. „Und sie hat keine andere Wahl, als ihn gewähren zu lassen und sich zu ergeben.“

Ihr Kopf fiel zurück, sie lud ihn ein. Er hatte sich vorgenommen, sacht zu sein, sanft das zu nehmen, was sie ihm darbot. Die Nacht schien dafür wie geschaffen, mit ihren Aromen und Düften und der leisen Musik des Wassers, das an die Felsen schlug. Die Frau in seinen Armen war schlank und zart, und die feine Seide ihres Kleides streichelte kühl die samtweiche Haut.

Doch als er fühlte, wie er in dem weichen, üppigen Mund versank, als ihr Duft ihn verführerisch einhüllte, da zog er sie hart an sich und ergriff fordernd Besitz.

Leidenschaft, Verlangen, Hunger. Sie kamen so prompt, von einem Sekundenbruchteil zum anderen. Nicht ein vernünftiger Gedanke drang durch diesen dichten Dunst aus Gefühlen, den sie ihm brachte. Die scharfe Spitze der Begierde durchstieß ihn, ließ ihn einen Laut ausstoßen, der nur teilweise Wonne ausdrückte.

Schmerz. Er spürte ihn wie tausend Nadeln. Und doch konnte er sich nicht von ihr lösen, konnte sich nicht dazu bringen, den Mund von ihren Lippen zu nehmen. Er hatte Angst. Angst, sie würde sich in Rauch auflösen, wenn er sie losließ. Angst, er würde nie wieder so fühlen.

Sie konnte es nicht besänftigen, nicht lindern. Ein Teil von ihr wollte ihn beruhigend streicheln, wollte es ihm leichter machen und ihm versprechen, dass alles in Ordnung kommen würde, für sie beide. Aber sie konnte nicht. Er hatte sie völlig niedergeschmettert.

Ob es ihr eigenes Begehren war, der Widerhall seiner Leidenschaft, der sie einhüllte, oder beides, sie wusste es nicht. Doch das Resultat war der komplette Verlust von Vernunft und Willenskraft.

Sie hatte es gewusst. Ja, vom ersten Augenblick an war sie sicher gewesen, dass diese erste Zusammenkunft wild und ungestüm sein würde. Sie hatte sich danach gesehnt, so wie sie sich davor gefürchtet hatte. Jetzt befand sie sich jenseits von Angst. So wie auch er, konnte sie dieser Mischung aus Schmerz und Lust nicht widerstehen.

Ihre zitternden Hände glitten zu seinem Gesicht, höher zu seinem Haar, griffen hinein. Ihr Körper, von Schauern gepackt, presste sich an seinen. Als sie seinen Namen an seinen Lippen hauchte, war sie atemlos.

Aber er hörte sie, hörte sie, als tönte ihre sanfte Stimme direkt in seinem Kopf. Sie zitterte, aber vielleicht war auch er es, der zitterte. Diese Ungewissheit irritierte ihn, und langsam, vorsichtig, machte er sich von ihren Lippen los.

Er hielt sie fest, seine Hände auf ihren Schultern, sein Blick auf ihrem Gesicht. Im Mondlicht konnte sie sich in seinen Augen erkennen, in diesen blauen Meeren. Gefangen in ihnen.

„Boone …“

„Nein, nicht.“ Er brauchte den Moment, um sich zu fassen. Mein Gott, er hätte sie fast ganz genommen. „Noch nicht.“ Er küsste sie, ein zärtlicher, langer Kuss, der das, was immer von ihrem Widerstand übrig geblieben sein mochte, endgültig zerstörte. „Ich wollte dir nicht wehtun.“

„Das hast du nicht.“ Sie presste die Lippen zusammen. „Du hast mich verwirrt.“

„Ich hatte geglaubt, vorbereitet zu sein.“ Er strich mit der Hand über ihren Arm, bevor er sie freigab. „Jetzt frage ich mich, ob man überhaupt je auf so etwas vorbereitet sein kann.“ Weil er nicht sicher war, was passieren würde, wenn er sie wieder berührte, vergrub er beide Hände in den Hosentaschen. „Vielleicht liegt es am Mond, vielleicht an dir. Ich will offen sein, Anastasia. Ich habe keine Ahnung, wie ich damit umgehen soll. Ich bin einfach nur vollkommen verwirrt.“

„Nun.“ Sie schlang die Arme um ihren Körper. „Dann sind wir schon zu zweit.“

„Wenn Jessie nicht wäre, würdest du heute nicht allein in dieses Haus zurückgehen. Und ich gehe nie leichtfertig mit Intimität um."

Etwas ruhiger, nickte sie. „Wenn Jessie nicht wäre, würde ich dich bitten, heute Nacht bei mir zu bleiben." Sie holte tief Luft. Es war wichtig, ehrlich zu sein. „Es wäre das erste Mal für mich."

„Dein erstes ..." Bei dem Gedanken an ihre Unschuld überkam ihn Angst – und eine unglaubliche Erregung.

Ihr Kinn schoss hoch. „Ich schäme mich nicht deswegen."

„Nein, das meinte ich nicht ..." Sprachlos, fassungslos, fuhr er sich durch das Haar. Unschuldig. Eine Jungfrau mit goldenen Haaren in einem seidenen Kleid, einen Korb mit Blumen zu ihren Füßen. Und diesem Bild sollte ein Mann widerstehen und allein nach Hause gehen. „Ich nehme an, du hast keine Ahnung, was das einem Mann antut."

„Nein, ich bin schließlich kein Mann." Ana bückte sich nach ihrem Korb. „Aber ich weiß, dass ich bald erfahren werde, was es für eine Frau heißt, sich zum ersten Mal hinzugeben. Deshalb scheint es mir angebracht, dass wir beide sehr genau darüber nachdenken." Sie lächelte, versuchte es zumindest. „Es ist sehr schwer, klar zu denken, wenn Vollmond ist und die Blumen in voller Blüte stehen. Deshalb sage ich jetzt Gute Nacht, Boone."

„Ana." Er berührte ihren Arm, aber er hielt sie nicht. „Nichts wird geschehen, wenn du es nicht willst."

Sie schüttelte den Kopf. „Doch. Aber nichts wird geschehen, wenn es nicht sein soll."

Das Kleid wehte hinter ihr her, als sie mit schwebenden Schritten auf ihr Haus zueilte.

5. KAPITEL

Der Schlaf hatte lange nicht kommen wollen. Boone wälzte sich nicht im Bett, er starrte im Dunkeln an die Decke. Er hatte zugesehen, wie das Mondlicht verblasste und der Dämmerung des neuen Morgens Platz machte.

Jetzt, da die Sonne hoch am Himmel stand und Lichtbänder auf das Bett warf, lag er ausgestreckt auf dem Bauch, das Gesicht in den Kissen, und schlief tief und fest. Im Traum hob er Ana auf seine Arme, trug sie eine schier endlose weiße Wendeltreppe aus Marmor empor. Oben, über bauschigen weißen Wolken, schwebte ein riesiges Bett, umgeben von Kaskaden aus weißem Satin. Hunderte von langen, schlanken Kerzen flackerten, strömten ihren Duft aus. Vanille, Jasmin … er konnte es riechen. So wie er ihren Duft wahrnahm, diesen stillen, verführerischen Duft, der ihr folgte, wo immer sie auch hinging.

Sie lächelte. Das Haar wie Sonnenlicht. Die Augen wie Rauch. Als er sie auf das Bett legte, sanken sie zusammen tief ein, als lägen sie auf Wolken. Harfentöne erklangen, romantisch, ergreifend, und ein leises Flüstern, hauchzart wie die Wolken selbst …

„Daddy!"

Boone erwachte mit einem Schlag, als seine Tochter sich auf seinen Rücken warf. Sein unverständliches Knurren brachte sie zum Kichern. Sie beugte sich vor und pflanzte einen dicken Kuss auf seine stoppelige Wange.

„Daddy, wach endlich auf. Ich habe schon Frühstück für dich gemacht."

„Frühstück?" Er brummte ins Kissen, versuchte den Schlaf abzuschütteln und die Bilder des Traums zu verscheuchen. „Wie spät ist es?"

„Der kleine Zeiger steht auf der Zehn, und der große Zeiger auf der Drei. Ich habe Zimttoast gemacht und Orangensaft in die kleinen Gläser eingeschüttet. Das schmeckt dir doch immer."

Brummend drehte er sich auf den Rücken und schaute Jessie aus verschlafenen Augen an. Sie sah frisch aus wie der junge Morgen, in ihrer pinkfarbenen Bluse und den pinkfarbenen Shorts. Die Knöpfe waren falsch geknöpft, aber sie hatte sich gekämmt. „Wie lange bist du denn schon auf?“

„Schon Stunden! Ich habe Daisy nach draußen gelassen und sie gefüttert. Dann habe ich mich angezogen und mich gewaschen und mir die Zähne geputzt und mich gekämmt. Dann habe ich mir Cartoons angesehen. Und als ich hungrig geworden bin, habe ich Frühstück gemacht.“

„Du warst also schon richtig fleißig.“

„Ja, und ich war auch ganz leise, damit du ganz bestimmt ausschlafen kannst.“

„Stimmt.“ Boone machte sich daran, ihre Knöpfe zu richten. „Dafür hast du eine Belohnung verdient.“

„Wirklich?“ Ihre Augen leuchteten auf. „Was kriege ich denn?“

„Wie wär’s mit einem pinkfarbenen Bauch?“ Boone rollte sich mit ihr auf dem Bett herum, bis sie vor lauter Lachen und Quietschen ganz außer Atem war. Er ließ sie gewinnen, täuschte völlige Erschöpfung vor, als sie auf seinem Rücken saß und auf und ab hüpfte. „Gegen dich habe ich einfach keine Chance.“

„Weil ich mein Gemüse immer aufesse und du nicht.“

„Wenn du dreiunddreißig bist, musst du den Rosenkohl auch nicht mehr aufessen.“

„Aber mir schmeckt Rosenkohl.“

Er grinste ins Kissen. „Das kommt daher, weil ich ein so guter Koch bin. Meine Mutter war eine lausige Köchin.“

„Jetzt kocht sie gar nicht mehr. Sie und Grandpa Sawyer gehen immer aus zum Essen.“

„Weil Grandpa Sawyer ein kluger Mann ist.“

„Du hast gesagt, wir können sie heute anrufen, und Nana und Pop auch. Können wir?“

„Sicher. Nachher.“ Er drehte sich wieder um und musterte seine Tochter. „Vermisst du sie, Baby?“

„Ja.“ Jessie steckte die Zunge zwischen die Zähne und schrieb konzentriert mit einem Finger den Namen „Sawyer“ auf seine Brust. „Es ist schon komisch, dass sie nicht hier sind. Werden sie uns besuchen kommen?“

„Auf jeden Fall.“ Das Schuldgefühl gehörte wohl mit zum Elternsein. „Wärst du lieber in Indiana geblieben?“

„Nie!“ Ihre Augen wurden groß. „Da gibt es keinen Strand und keine Robben und auch nicht das große Karussell und keine Ana. Das hier ist der schönste Ort der Welt!"

„Ja, mir gefällt es hier auch." Boone setzte sich auf und gab seiner Tochter einen Kuss. „Und jetzt zisch ab, damit ich mich anziehen kann."

„Kommst du gleich runter?"

„Aber ja. Ich habe so großen Hunger, dass ich bestimmt Hunderte von Zimttoasts verschlingen könnte."

Entzückt hüpfte sie zur Tür. „Dann mache ich gleich noch viel mehr."

Da er wusste, dass sie ihn beim Wort nehmen würde, beeilte Boone sich mit dem Duschen und verzichtete aufs Rasieren. Über den Traum wollte er nicht nachdenken. Er war sowieso einfach genug zu durchschauen. Er wollte Ana, das war keine neue Eröffnung, und das ganze Weiß in den Bildern stand für ihre Unschuld.

In abgeschnittenen Jeansshorts und einem T-Shirt, das so zerschlissen war, dass es eigentlich besser als Putzlumpen gedient hätte, beeilte er sich, in die Küche zu kommen und nach dem Rechten zu sehen.

Jessie verteilte gerade großzügig Butter auf einem Toast. Sie war sehr in ihre Beschäftigung vertieft. Auf dem Tisch stand ein Teller, mit einem ganzen Haufen von Toasts, nicht wenige davon verbrannt. Der Geruch nach Zimt hing in der Luft.

Boone setzte Kaffee auf, bevor er sich vorsichtig eine Scheibe Toast nahm. Kalt, hart wie Stein und mit einer dicken Kruste von Zimt und Zucker überzogen. Anscheinend hatte Jessie das Talent zum Kochen von ihrer Großmutter geerbt.

„Schmeckt toll", sagte er und schluckte bemüht. „Mein Sonntagmorgenlieblingsfrühstück."

„Darf Daisy auch etwas davon haben?"

Boone besah sich den Stapel Toastscheiben, blickte auf die kleine Hündin, die erwartungsvoll hechelnd vor ihm saß. Mit etwas Glück konnte er mindestens die Hälfte des Frühstücks dem Hund überlassen. „Ich denke schon." Er nahm eine Scheibe, hielt sie vor Daisys Augen hoch und befahl knapp: „Sitz."

Daisy hechelte weiter mit heraushängender Zunge und wedelte mit dem Schwanz.

Er drückte ihr Hinterteil hinunter und wiederholte den Befehl. Daisy verschlang den Toast und war äußerst zufrieden mit sich.

„Sie hat's geschafft, Daddy."

„So ungefähr." Er richtete sich auf, um sich eine Tasse Kaffee zu holen. „Nachher gehen wir mit ihr raus und wiederholen die Lektion."

„Gut." Jessie kaute fröhlich an ihrem Toast. „Vielleicht kann Ana uns ja helfen, wenn ihr momentaner Besuch weg ist."

„Besuch?", fragte Boone, während er nach der Tasse griff.

„Ich habe sie draußen mit einem Mann gesehen. Sie hat ihn ganz fest umarmt und ihm einen dicken Kuss gegeben."

„Sie …" Die Tasse fiel scheppernd um.

„Du hast fettige Finger, Daddy", sagte Jessie kichernd.

„Ja." Er hielt den Rücken zu Jessie gewandt, während er die Tasse wieder hinstellte und sich Kaffee eingoss. „Äh, was für ein Mann war es denn?" Er war sicher, dass seine Stimme unbeteiligt klang – zumindest für eine erst Sechsjährige.

„Er ist unheimlich groß und hat ganz dunkle Haare. Sie haben zusammen gelacht und sich an den Händen gehalten. Vielleicht ist es ja ihr Freund."

„Freund", wiederholte Boone zwischen zusammengepressten Zähnen.

„Was ist denn, Daddy?"

„Nichts. Der Kaffee ist heiß." Er trank ihn schwarz. Händchen halten also. Sich küssen. Diesen Kerl wollte er sich selbst ansehen. „Warum setzen wir uns nicht einfach auf die Veranda und versuchen jetzt noch mal, Daisy zu trainieren, Jess?"

„Fein." Das neue Lied, das sie in der Schule gelernt hatte, vor sich hin summend, nahm Jessie den Teller mit Toast. „Ich esse gern draußen, wenn es so schön ist."

Aber Boone setzte sich nicht auf einen der Verandasessel, sondern stellte sich, den Kaffeebecher in der Hand, an das Geländer. Im angrenzenden Garten war niemand zu sehen, und das machte es nur noch schlimmer. So blieb es seiner Fantasie überlassen, sich auszumalen, was Ana und ihr großer dunkelhaariger Freund im Haus trieben. Allein.

Er aß drei Scheiben Toast, ohne es zu merken, und spülte sie mit heißem Kaffee hinunter, während er genauestens plante, was er zu Miss Anastasia Donovan sagen würde, wenn er sie das nächste Mal traf.

Wenn sie sich einbildete, sie könnte ihn in der einen Nacht küssen, dass ihm Hören und Sehen verging, und dann am nächsten Tag mit irgendeinem fremden Kerl herummachen, dann hatte sie sich schon getäuscht.

Er würde ihr schon zeigen, wo es langging. Sobald er sie zwischen die Finger bekam, würde er …

Seine Gedanken wurden unterbrochen, als Ana aus ihrer Küchentür trat und nach jemandem im Haus rief.

„Ana!“ Jessie sprang von der Bank auf und winkte wild. „Hallo, Ana!“

Mit zusammengekniffenen Augen beobachtete Boone, wie Ana sich in ihre Richtung umdrehte. Ihr Winken kam zögernd, und ihr Lächeln schien ihm gezwungen. Da war doch etwas faul.

Sicher, ich wäre auch nervös, wenn ich einen fremden Kerl im Haus hätte, dachte Boone grimmig.

„Darf ich zu ihr gehen und ihr zeigen, was wir mit Daisy machen, Daddy?“

„Sicher.“ Er stellte den leeren Kaffeebecher auf dem Geländer ab. „Geh nur.“

Jessie griff sich einen weiteren Toast, rief nach Daisy und zu Ana, sie möge doch warten, dann rannte sie davon.

Boone dagegen wartete, bis er den Mann aus dem Haus kommen sah. Oh ja, er war groß, fast zwei Meter. Boone stellte sich automatisch aufrechter hin. Und sein Haar war wirklich schwarz. Und lang. Floss in – romantischen, wie jede Frau es mit Sicherheit bezeichnen würde – Locken über den Hemdkragen.

Der Kerl war braun gebrannt, schien äußerst fit zu sein und wirkte höchst elegant. Boone stieß zischend den Atem aus, als der Fremde seinen Arm ganz selbstverständlich um Anas Schultern legte.

Das werden wir noch sehen, entschied Boone verbissen und stieg die Verandastufen hinunter, die Hände in die Hosentaschen vergraben.

Bis er bei der Rosenhecke angekommen war, plapperte Jessie bereits aufgeregt über Daisys Erfolge, und Ana lachte herzlich, den

Arm um die Hüfte des Fremden gelegt.

„Ich würde mich auch setzen, wenn ich dafür einen Zimttoast bekomme", sagte der Mann gerade und zwinkerte Ana zu.

„Du würdest doch alles tun, solange dir nur jemand was zu essen vorsetzt", neckte Ana gutmütig, bevor sie Boone bei der Hecke bemerkte. „Oh." Es war sinnlos, das Erröten verhindern zu wollen. „Guten Morgen."

„Wie geht's?" Boone nickte ihr kurz zu, dann wanderte sein Blick sofort misstrauisch zu dem Mann an ihrer Seite. „Wir wollten nicht stören, solange du … Besuch hast."

„Nein, ist schon in Ordnung, ich …" Ana brach ab, verwirrt durch die Spannung, die plötzlich in der Luft surrte. „Sebastian, das ist Jessies Vater, Boone Sawyer. Boone, mein Cousin Sebastian Donovan."

„Cousin?", wiederholte Boone verdutzt, und Sebastian machte sich nicht einmal die Mühe, sein wissendes Grinsen zu verbergen.

„Nur gut, dass Ana uns so schnell miteinander bekannt gemacht hat. Ich mag meine Nase nämlich genau so, wie sie ist." Sebastian streckte die Hand aus. „Freut mich. Ana hat uns schon erzählt, dass sie neue Nachbarn hat."

„Er hat die Pferde, Daddy."

„Ich erinnere mich." Sebastians Händedruck war fest und kräftig, und hätte er nicht das amüsierte Funkeln in den Augen gesehen, wäre Boone dieser Mann wahrscheinlich auf Anhieb sympathisch gewesen. „Sie haben gerade geheiratet, nicht wahr?"

„Stimmt genau. Meine …" Sebastian drehte sich um. „Ah, da ist sie ja, meine Angebetete, die Sonne meines Lebens."

Eine große schlanke Frau mit wirren kurzen Haaren kam in staubigen Stiefeln zu ihnen herüber. „Lass den Unsinn, Donovan."

„Ah, meine schüchterne Braut." Für jedermann war sichtbar, dass sie sich neckten. Sebastian nahm ihre Hand und führte sie an seine Lippen. „Anas Nachbarn, Jessie und Boone Sawyer. Meine ewige Liebe, Mary Ellen."

„Mel", verbesserte sie hastig. „Nur Donovan wagt es, mich Mary Ellen zu nennen. Wunderbares Haus", fügte sie anerkennend hinzu und deutete mit dem Kopf auf das Nachbargebäude.

„Mr. Sawyer schreibt Märchen, Kinderbücher. Ähnlich wie Tante Bryna", erklärte Ana.

„Wirklich? Toll.“ Mel lächelte Jessie zu. „Ich wette, das gefällt dir.“

„Mein Daddy schreibt die besten Geschichten auf der ganzen Welt. Und das ist Daisy. Wir haben ihr beigebracht, wie sie sich hinsetzen muss. Darf ich zu euch kommen und mir eure Pferde ansehen? Ana hat mir schon ganz viel von ihnen erzählt.“

„Natürlich.“ Mel ging in die Hocke und streichelte dem Welpen das Fell. Während Mel sich mit Jessie unterhielt, sah Sebastian zurück zu Boone.

„Ein schönes Haus.“ Er hatte sogar selbst mit dem Gedanken gespielt, es zu kaufen. Das Funkeln trat wieder in Sebastians Augen. „Und eine exzellente Lage.“

Es wäre albern, so zu tun, als hätte er die Anspielung nicht verstanden. „Ja, uns gefällt es sehr gut.“ Mutwillig streckte Boone die Hand aus und strich Ana mit einem Finger über die Wange. „Du siehst etwas blass aus heute Morgen, Anastasia.“

„Mir geht es gut.“ Es war leicht, die Stimme ruhig zu halten, aber Ana wusste auch, wie leicht es für Sebastian war, ihre Gedanken zu lesen. Sie fühlte auch schon, wie er es sanft versuchte, und sie war ziemlich sicher, dass er seine neugierige mentale Nase bereits in Boones Kopf steckte. „Entschuldige mich bitte einen Moment, ich habe Sebastian etwas Weißdorn versprochen.“

„Hattest du denn gestern Nacht keinen geschnitten?“

Ihr Blick traf auf Boones, hielt ihn fest. „Den brauche ich für etwas anderes.“

„Wir wollen euch nicht länger aufhalten. Komm, Jess.“ Boone griff nach Jessies Hand. „War nett, Sie beide kennenzulernen. Ana, wir sehen uns bald.“

Sebastian besaß so viel Takt, dass er wartete, bis Boone außer Hörweite war. „Sieh mal einer an. Kaum bin ich zwei Wochen weg, und schon bringst du dich in ernsthafte Schwierigkeiten.“

„Mach dich nicht lächerlich.“ Ana wandte sich ab und marschierte auf ein Kräuterbeet zu. „Ich stecke nicht in Schwierigkeiten.“

„Darling. Liebste Ana. Dein Nachbar stand kurz davor, mir an die Gurgel zu springen, hättest du mich nicht als deinen Cousin vorgestellt.“

„Ich hätte dich beschützt“, sagte Mel ganz ernst.

„Ach, meine Retterin."

„Also", fuhr Mel fort, „für mich sah es eher so aus, als wollte er Ana bei den Haaren fortschleifen."

„Ihr beide redet völligen Unsinn." Ana schnitt Weißdorn, ohne sich umzusehen. „Er ist ein sehr netter Mann."

„Dessen bin ich sicher", murmelte Sebastian. „Aber weißt du, mit Männern ist das so eine Sache – sie verteidigen ihr Territorium. Etwas, das Frauen sehr oft nicht verstehen."

„Oh, bitte." Mel stieß ihm den Ellbogen in die Seite.

„Das ist nun mal eine Tatsache, liebste Mary Ellen. Ich bin in sein Territorium eingedrungen. Zumindest nahm er das an. Und ich würde wesentlich weniger von ihm halten, hätte er nicht versucht, es zu verteidigen. Sag mal, Ana, wie wichtig ist er dir?"

„Das geht dich nicht das Geringste an." Ana richtete sich auf und fasste die Pflanzenstiele viel zu fest. „Und ich würde es zu schätzen wissen, Cousin, wenn du dich da heraushalten würdest."

„Deshalb hast du mich ja auch abgeblockt. Dein Nachbar war allerdings nicht so erfolgreich."

„Es ist einfach unhöflich", murmelte Ana. „Unhöflich und impertinent, wie du einfach so in anderer Leute Köpfe schaust."

„Er gibt eben gerne an", kam Mel zustimmend zu Hilfe.

„Stimmt überhaupt nicht." Sebastian schüttelte beleidigt den Kopf. „Ich sehe nie ohne Grund nach. In diesem Fall bin ich der einzige männliche Verwandte, den du auf diesem Kontinent hast. Daher ist es meine Pflicht, mich über die Lage zu informieren. Und auch über die Mitspieler."

Mel konnte nur kopfschüttelnd mit den Augen rollen, während Ana sich versteifte.

„Ach ja?" Mit funkelndem Blick stach sie Sebastian den Zeigefinger in die Brust. „Dann lass mich dir eines erklären: Nur weil ich eine Frau bin, bedeutet das nicht automatisch, dass ich Schutz oder Hilfe oder irgendwas anderes von einem Mann brauche, verwandt oder nicht. Ich komme seit sechsundzwanzig Jahren bestens allein zurecht, oder hast du das vergessen?"

„Nächsten Monat sind es siebenundzwanzig", bot Sebastian hilfreich an.

„Halt einfach den Mund, Sebastian."

„So redet sie nur, wenn sie nicht mehr weiter weiß“, informierte Sebastian Mel sachlich. „Normalerweise ist sie nämlich sehr sanft und äußerst höflich.“

„Sei vorsichtig, oder ich gebe Mel einen Trank, den sie in deine Suppe mischen kann und der deine Stimmbänder für Tage funktionsunfähig macht.“

„Oh.“ Mel horchte interessiert auf. „Kannst du ihn mir nicht auch so geben?“

„Was solltest du schon damit anfangen? Immerhin bin ich derjenige von uns, der kocht“, stellte Sebastian fest. Dann zog er Ana in seine Arme. „Komm schon, Liebes, sei nicht böse. Ich muss mir doch Sorgen um dich machen. Das ist mein Job.“

„Es gibt keinen Grund, sich zu sorgen.“ Aber sie gab langsam nach.

„Hast du dich in ihn verliebt?“

Sofort versteifte sie sich wieder. „Also nun wirklich, Sebastian. Ich kenne ihn doch kaum eine Woche.“

„Was heißt das schon?“ Über Anas Schulter warf er Mel einen langen Blick zu. „Bei mir hat es nicht so lange gedauert, bis ich erkannte, dass der einzige Grund, warum Mel mir so auf die Nerven ging, der war, dass ich völlig verrückt nach ihr war. Sie hat natürlich wesentlich länger gebraucht, um zu akzeptieren, dass sie ebenso verrückt nach mir war. Aber sie ist ja auch ausgesprochen stur.“

„Ich will diesen Trank, Ana“, ließ Mel sich vernehmen und sah ihren Mann spöttisch an.

Sebastian ignorierte die Bedrohung und hielt Ana auf Armeslänge von sich ab, um sie zu betrachten. „Ich frage nur, weil er auf jeden Fall mehr als nur nachbarschaftliches Interesse an dir hat. Um genau zu sein, er …“

„Das reicht. Was immer du in seinem Kopf gesehen hast, behalte es für dich. Ich meine es ernst, Sebastian“, fuhr sie fort, bevor er ihr ins Wort fallen konnte. „Ich ziehe es vor, die Dinge auf meine Art zu erledigen.“

„Wenn du darauf bestehst“, seufzte er.

„Ja, das tue ich. Und jetzt nimm deinen Weißdorn und geh nach Hause und benimm dich wie ein frisch verheirateter Ehemann.“

„Das ist überhaupt der beste Vorschlag, den ich den ganzen Tag gehört habe." Mel fasste ihren Mann mit festem Griff am Arm und zog. „Lass sie in Ruhe, Donovan. Ana ist ein großes Mädchen und kann sich selbst um ihre Angelegenheiten kümmern."

„Aber sie sollte zumindest wissen …"

„Raus." Mit einem erstickten Lachen versetzte Ana ihm einen leichten Schubs. „Raus aus meinem Garten, ich muss noch arbeiten. Und wenn ich einen Telepathen brauche, werde ich dich anrufen."

Er gab nach und küsste sie auf die Wange. „Sieh zu, dass du das auch tust." Dann bildete sich langsam ein listiges Lächeln auf seinem Gesicht, als er mit seiner Frau davonging. „Weißt du, eigentlich bleibt uns noch Zeit, bei Morgana und Nash vorbeizuschauen."

„Einverstanden." Mel sah über ihre Schulter zurück zu Ana. „Ehrlich gesagt, ich will auch wissen, was die beiden von diesem Typen halten."

Für die nächsten Tage beschäftigte Ana sich im Haus. Es war nicht so, als würde sie Boone aus dem Weg gehen wollen. Nein, sie hatte einfach viel zu tun. Ihr Vorrat neigte sich dem Ende zu und musste dringend aufgefüllt werden.

In dem kleinen Raum neben der Küche bewahrte sie Destilliergefäße und Glasfläschchen auf, Phiolen und Silberschalen. Die Blumen und Wurzeln und Kräuter, die sie im Mondlicht geerntet hatte, waren alle fein säuberlich in Morgentau gewaschen und für die jeweilige Verwendung sortiert worden.

Da war Mohnsirup zu kochen und Ysop zu trocknen. Sie brauchte bestimmte Essenzen und Öle, und sie musste noch Aufgüsse und Sude fertig stellen.

Es gab also genug zu tun. Ana liebte ihre Arbeit, liebte die Gerüche und Aromen, die ihre Küche und ihren Arbeitsraum erfüllten, sie erfreute sich an den Blumen, den hübschen rosa Blüten des Majorans, dem kräftigen Violett des Fingerhuts, dem sonnigen Gelb des Goldlacks.

Sie schmeckte gerade die verdünnte Lösung von Enzianessenz ab und verzog bei dem bitteren Geschmack das Gesicht, als Boone an die Fliegentür klopfte.

„Diesmal brauche ich wirklich eine Tasse Zucker", sagte er mit einem charmanten Lächeln, bei dem ihr Herz doppelt so schnell zu schlagen begann. „Ich habe diese Woche die Aufsicht in der Frühstückspause, und ich muss für morgen Kekse backen."

Mit geneigtem Kopf musterte sie ihn. „Du könntest auch welche kaufen."

„Also wirklich, welche Pausenaufsicht, die etwas auf sich hält, bringt gekaufte Kekse für Erstklässler mit?"

Das Bild, wie er Teig rührte, ließ sie lächeln. „Komm herein, eine Tasse kann ich wohl erübrigen. Aber lass mich das hier eben zu Ende machen."

„Es riecht wundervoll hier." Er beugte sich über einen Topf, der auf dem Herd köchelte. „Was machst du hier eigentlich?"

„Nicht!" Ihre Warnung kam rechtzeitig, bevor er den Finger in die dunkle Flüssigkeit tunken konnte. „Das ist Belladonna. In dieser Form unter gar keinen Umständen zum Verzehr bestimmt."

„Belladonna." Er zog die Brauen enger zusammen. „Heißt das etwa, du mischst Gift?"

„Ich stelle eine Salbe her. Gegen Entzündungen und Rheuma. Außerdem ist es nicht giftig, wenn es richtig verarbeitet wird. Es ist ein Beruhigungsmittel."

Mit noch immer gerunzelten Brauen blickte er in den Nebenraum, der einem Chemielabor glich. „Brauchst du dafür nicht eine Lizenz oder so was?"

„Ich bin ausgebildete Herbalistin, mit einem Diplom in Pharmakognosie, falls dich das beruhigt." Sie schlug seine Hand von einem anderen Topf weg. „Und das da ist nichts für neugierige Anfänger."

„Hast du was gegen Schlaflosigkeit? Außer diesem Belladonna?"

Sie war sofort besorgt. „Du kannst nicht schlafen? Hast du Fieber?" Sie fühlte seine Stirn und stand reglos da, als er ihre Hand fasste.

„Beide Fragen muss ich mit Ja beantworten. Und man kann sagen, dass du die Ursache und das Heilmittel bist." Er führte ihre Hand von seiner Stirn an seine Lippen. „Vielleicht bin ich eine Pausenaufsicht, aber ich bin auch ein Mann, Ana. Ich kann nicht mehr aufhören, an dich zu denken." Er drehte ihre Hand um, presste seine Lippen auf die Stelle am Gelenk, wo der Puls wild hämmerte. „Und ich kann nicht damit aufhören, mich nach dir zu sehnen."

„Es tut mir leid, wenn ich dir schlaflose Nächte bereite. Das ist nicht meine Absicht."

Er hob eine Augenbraue. „Wirklich? Das kann ich dir jetzt fast nicht glauben."

Sie konnte das Lächeln nicht ganz zurückhalten. „Nun, natürlich fühle ich mich ein wenig geschmeichelt, dass ich dich wach halte. Und es ist sehr schwer zu wissen, was dagegen zu tun ist." Sie wandte sich um und schaltete die Herdplatte aus. „Ich selbst fühle mich auch etwas rastlos." Sie schloss die Augen, als sie seine Hände auf ihren Schultern fühlte.

„Schlaf mit mir." Er strich mit den Lippen sanft über ihren Nacken. „Ich werde dir nicht wehtun, Ana."

Nein, nicht absichtlich, dachte sie, das nicht. Dazu besaß er zu viel Wärme. Aber würden sie einander wehtun, wenn sie ihrem Bedürfnis nach Liebe nachgab und gleichzeitig das vor ihm zurückhielt, was sie wirklich war?

„Das ist ein großer Schritt für mich, Boone."

„Für mich auch." Sanft drehte er sie zu sich herum, damit sie ihn ansehen konnte. „Seit Alices Tod hat es niemanden für mich gegeben. Da war die eine oder andere Frau, aber es bedeutete uns beiden nicht mehr als das Füllen einer körperlichen Leere. Mit keiner von ihnen wollte ich mehr Zeit verbringen, reden. Ana, ich mag dich sehr gern." Er beugte den Kopf und küsste sie sehr zärtlich, sehr vorsichtig. „Ich weiß nicht, wie es passiert ist, so schnell, so tief, aber es stimmt. Ich hoffe wirklich, du glaubst meinen Worten."

Selbst ohne direkte Verbindung konnte sie es fühlen. Und irgendwie machte es die Dinge nur noch komplizierter. „Ich glaube dir."

„Ich habe nachgedacht. Da ich nicht schlafen konnte, blieb mir ausreichend Zeit dazu." Abwesend steckte er eine lockere Haarnadel zurück in ihr Haar. „In jener Nacht habe ich dich gedrängt, ja sogar erschreckt."

„Nein." Sie zuckte die Achseln und wandte sich wieder ihren Mixturen zu, um sie in Flaschen einzufüllen. „Doch, wahrscheinlich hast du das."

„Wenn ich gewusst hätte, dass du … Wenn ich geahnt hätte, dass du noch nie …"

Mit einem Seufzer verschloss sie die Flasche. „Meine Jungfräulichkeit ist eine bewusste Entscheidung, Boone, und nichts, dessen ich mich schäme."

„Ich wollte damit nicht sagen …“ Er stieß zischend die Luft aus. „Na, so dumm stelle ich mich selten an.“

Sie nahm einen anderen Trichter, füllte eine weitere Flasche. „Du bist nervös.“

Neiderfüllt stellte er fest, dass ihre Hände völlig ruhig waren, als sie die nächste Flasche verschloss. „Ich denke, zu Tode verängstigt trifft es besser. Ich war grob zu dir, das hätte ich nicht sein dürfen. Aus vielen Gründen. Dass du unerfahren bist, ist nur einer davon.“

„Du warst nicht grob.“ Sie fuhr mit ihrer Arbeit fort, es beruhigte ihre Nerven, die genauso gespannt waren wie seine. Solange sie sich auf etwas konzentrieren konnte, konnte sie sich auch den Anschein geben, gelassen zu sein. „Du bist ein leidenschaftlicher Mann. Dafür musst du dich nicht entschuldigen.“

„Aber dafür, dass ich dich gedrängt habe. Und weil ich heute hier herübergekommen bin, in der vollen Absicht, die Dinge heiter und unbeschwert zu halten, und dich wieder bedränge.“

Ein Lächeln spielte um ihre Lippen, als sie zum Spülbecken ging, um die Schalen auszuwaschen. „Ist es das, was du tust?“

„Ich hatte mir fest vorgenommen, dich nicht zu fragen, ob du mit mir schlafen willst. Ich wollte dich nur einladen, ein wenig Zeit mit mir zu verbringen. Dinner vielleicht, oder ausgehen. Oder was immer Leute machen, die sich kennenlernen wollen.“

„Ja, das würde mir gefallen. Was auch immer.“

„Schön.“ Das war doch gar nicht so schwer gewesen. „Vielleicht am Wochenende. Freitagabend. Ich werde wohl einen Babysitter finden.“ Sein Blick wurde ernster. „Jemanden, dem ich vertrauen kann.“

„Ich dachte, du würdest für Jessie und mich ein nettes Abendessen kochen.“

Eine Zentnerlast fiel von seinen Schultern. „Es würde dir nichts ausmachen?“

„Es würde mir Spaß machen.“

„Also gut.“ Er nahm ihr Gesicht in seine Hände. „Ja, sehr gut sogar.“ Der Kuss war so süß, und falls da etwas in seinem Innern zerriss, so, wie es sich anfühlte, dann würde er schon damit fertig werden. „Am Freitag dann.“

Das Lächeln fiel ihr leicht, auch wenn ihr Körper sich anfühlte, als hätte er soeben ein Erdbeben überstanden. „Ich bringe den Wein mit."

„Einverstanden." Er hätte sie zu gern noch einmal geküsst, aber er fürchtete, sie zu verschrecken. „Bis dann."

„Boone." Sie holte ihn bei der Tür ein. „Willst du nicht den Zucker mitnehmen?"

Er grinste. „Ich habe gelogen."

Sie kniff die Augen zusammen. „Du hast keine Pausenaufsicht, und du backst keine Kekse?"

„Doch, das schon. Aber ich habe mindestens drei Kilo Zucker im Vorratsschrank. He, es hat doch funktioniert, oder?"

Er pfiff fröhlich vor sich hin, als er wieder zu seinem Haus hinüberging.

6. KAPITEL

Warum ist Ana denn noch nicht hier? Wann kommt sie denn endlich?"

„Bald", antwortete Boone seiner Tochter wohl zum zehnten Mal. Viel zu bald, fügte er in Gedanken hinzu. Er hinkte seinem Zeitplan hinterher. Die Küche sah aus wie ein Schlachtfeld. Er hatte zu viele Töpfe benutzt. Obwohl ... das tat er eigentlich immer. Er verstand nicht, wie jemand kochen konnte, ohne nicht jeden verfügbaren Topf und jede Pfanne aus dem Schrank zu holen.

Das „Hähnchen cacciatore" roch eigentlich ganz gut, aber er war nicht sicher, ob es auch gelingen würde. Dumm, tadelte er sich selbst, ausgerechnet jetzt ein neues Rezept auszuprobieren. Aber er war einfach der Meinung gewesen, Ana hätte etwas Besseres verdient als den üblichen Freitagshackbraten.

Jessie trieb ihn zum Wahnsinn, was an sich eine Seltenheit war. Die Kleine war so aufgeregt wegen Anas Besuch, dass sie ihn, seit er sie aus der Schule abgeholt hatte, ständig mit denselben Fragen löcherte.

Der Hund hatte sich natürlich genau diesen Nachmittag ausgesucht, um Boones Kissen im Schlafzimmer zu zerfetzen, und Boone hatte wertvolle Zeit damit zubringen müssen, Hund und Federn nachzujagen.

Sein Agent hatte angerufen, um ihm mitzuteilen, dass aus „Mirandas dritter Wunsch" nun ein Zeichentrickfilm werden sollte. Eines der großen Fernsehstudios hatte sich gemeldet. Das war zwar eine äußerst erfreuliche Nachricht, aber jetzt musste er sehen, dass er irgendwie einen Trip nach L.A. in seinen Terminkalender hineinquetschen konnte.

Jessie wollte unbedingt bei der Mädchengruppe mitmachen und hatte ihn großzügigerweise als Gruppenleiter vorgeschlagen. Die Vorstellung, sechs- und siebenjährigen Mädchen beizubringen, wie man aus Eierkartons Schmuckkästchen bastelte, ließ ihm das Blut in den Adern gefrieren. Wenn er es richtig anpackte, würde es ihm vielleicht mit viel Erfindergeist hinsichtlich der Ausreden gelingen, sich aus der Schlinge zu ziehen.

„Bist du auch ganz sicher, dass sie kommt, Daddy?"

„Jessica." Der strenge Tonfall reichte aus, dass sie schmollend die

Unterlippe vorschob. „Weißt du, was mit kleinen Mädchen passiert, die immer die gleichen Fragen stellen?“

„Nöö.“

„Mach nur weiter so, und du wirst es herausfinden. Und jetzt geh und pass auf, dass Daisy nicht die Möbel zerkaut.“

„Bist du sehr böse auf sie?“

„Ja. Achte du darauf, dass du nicht die Nächste bist, auf die ich böse bin.“ Er schwächte die Drohung mit einem sanften Klaps auf den Po ab. „Lauf, bevor ich dich in die Kasserolle packe und in den Ofen schiebe.“

Zwei Minuten später ertönte unglaublicher Lärm, der bewies, dass Jessie Daisy aufgespürt hatte und die beiden jetzt miteinander tobten. Das helle, laute Bellen und das übermütige Quietschen von Jessie taten ein Übriges, um den Kopfschmerz zu potenzieren.

Ein Aspirin, das war es, was er brauchte. Oder besser noch – einen Urlaub auf einer einsamen Insel. Ganz allein – ohne eine Menschenseele.

Er wollte gerade losbrüllen – wahrscheinlich wäre sein Kopf dann endgültig explodiert –, als Ana an die Tür klopfte.

„Hallo. Das riecht aber gut.“

Er konnte nur hoffen, dass dem wirklich so war. Sie sah mehr als gut aus. Ihr locker schwingendes Seidenkleid stellte wundervolle Dinge mit ihrem Körper an. Wie zum Beispiel das Betonen der sanften Schultern unter den dünnen Trägern. An einer langen Kette hing ein goldenes Amulett, gerade knapp über Anas Brüsten. Kristalle blitzten darin auf, die von den passenden tropfenförmigen Ohrringen reflektiert wurden.

Ana lächelte. „Du hattest doch Freitag gesagt, oder habe ich mich geirrt?“

„Ja. Freitag.“

„Dann ... wirst du mich hereinbitten?“

„Entschuldige.“ Himmel, er kam sich tölpelhaft vor wie ein Teenager. Nein, verbesserte er sich, ein Teenager würde nie so unbeholfen sein. „Tut mir leid, aber heute ist nicht mein Tag.“

Ana hob die Augenbrauen, als sie das Durcheinander von Töpfen und Schüsseln überblickte. „Ich sehe schon. Brauchst du Hilfe?“

„Ich denke, ich habe alles unter Kontrolle.“ Er nahm die Flasche entgegen, die sie ihm reichte. Ihm fiel auf, dass da kein Etikett war, aber Verzierungen in dem hellgrünen Glas. „Selbst gemacht?"

„Ja, mein Vater macht so was. Er hat …", sie zögerte, „… ein magisches Händchen dafür."

„Gebraut in den Kellern von Schloss Donovan."

„Um genau zu sein, ja." Sie beließ es dabei und ging zum Herd, während Boone Kristallgläser aus dem Schrank nahm. „Heute kein Bugs Bunny?"

„Nein, der arme Kerl hatte einen tödlichen Unfall in der Spülmaschine." Er goss goldfarbenen Wein in die Gläser. „Kein sehr schöner Anblick."

Ana lachte und hob ihr Glas. „Auf Nachbarn."

„Ja, auf Nachbarn", stimmte er zu und stieß mit ihr an. „Wenn sie alle so aussehen würden wie du, wäre ich verloren." Er nippte und zog eine Augenbraue in die Höhe. „Der nächste Toast geht auf deinen Vater. Der Wein ist einfach unglaublich."

„Das ist eines von seinen vielen Hobbys, könnte man vielleicht sagen."

„Was ist da drin?"

„Apfel, Geißblatt, Sternfrucht. Du kannst ihm das Kompliment persönlich aussprechen, wenn du möchtest. Er und der Rest der Familie kommen am Abend vor Allerheiligen zu mir."

„Deine Eltern überqueren den Atlantik und kommen extra für Halloween in die Staaten?"

„Ja. Es ist so eine Art Familientradition." Sie konnte nicht widerstehen, nahm den Deckel von der Pfanne und schnupperte. „Mhm, ich bin beeindruckt."

„So war das ja auch gedacht." Ebenso unfähig zu widerstehen, nahm er eine Strähne ihres Haars in seiner Hand. „Erinnerst du dich noch an die Geschichte, die ich dir an dem Tag erzählte, als Daisy dich umgerannt hat? Ich habe das Gefühl, ich sollte sie niederschreiben. Dieser Drang war so stark, dass ich das, woran ich gerade arbeite, erst einmal zur Seite gelegt habe."

„Es war eine wunderschöne Story."

„Normalerweise hätte ich damit warten können. Aber ich muss unbedingt erfahren, warum diese Frau all die Jahre allein in dem Schloss lebt. War es ein Fluch? Oder hat sie es selbst so gewählt? War es ein Zauber, der den Mann dazu gebracht hat, über diese Dornenmauer zu klettern?"

„Das zu entscheiden liegt bei dir."

„Nicht entscheiden. Herausfinden."

„Boone ..." Sie fasste seine Hand, sah darauf, runzelte die Stirn. „Was hast du dir denn da angetan?"

„Die Haut über den Fingerknöcheln abgeschürft." Er zuckte die Schultern, spreizte die Finger, machte eine Faust. „Ich musste die Waschmaschine reparieren."

„Du hättest zu mir kommen sollen und mich das versorgen lassen." Sie strich vorsichtig mit einem Finger über die Wunde, wünschte sich, es wäre ihr möglich, das zu heilen. „Es ist sehr schmerzhaft."

Er wollte es leugnen, bemerkte seinen Fehler rechtzeitig. „Ich gebe Jessie immer einen Kuss, um es besser zu machen."

„Ein Kuss kann wahre Wunder bewirken", stimmte sie zu und drückte ihre Lippen auf die Wunde. Kurz, nur ganz kurz erlaubte sie sich die Verbindung, nur um sicherzugehen, dass sich da keine Entzündung entwickelte. Sie fand heraus, dass die Knöchel zwar wund waren, aber der Schmerz erträglich. Der wahre Schmerz saß hinter seinen Augen, ein Druck in seinem Kopf. Wenigstens dabei konnte sie ihm helfen.

Mit einem Lächeln strich sie ihm das Haar aus der Stirn. „Du arbeitest zu viel. Das Haus in Ordnung bringen, an der Geschichte schreiben, dir Sorgen machen, ob du die richtige Entscheidung getroffen hast, hierherzuziehen. Vor allem wegen Jessie."

„Mir war bis zu diesem Augenblick nicht klar, dass ich so leicht zu durchschauen bin."

„Das ist nicht schwierig zu erraten." Sie legte die Finger an seine Schläfen und begann in leichten Kreisen zu massieren. „Und jetzt machst du dir auch noch die Mühe, für mich zu kochen."

„Ich wollte ..."

„Ich weiß." Sie hielt inne, als sie den stechenden Schmerz hinter ihren eigenen Augen fühlte. Um ihn abzulenken, berührte sie seine Lippen mit ihren, absorbierte den Schmerz und ließ ihn langsam abebben. „Danke, das war wirklich sehr aufmerksam."

„Gern geschehen", murmelte er und vertiefte den Kuss.

Ihre Hände glitten von seinen Schläfen, hinunter zu seinen Schultern. Dieser Schmerz war wesentlich schwieriger zu absorbieren – das schmerzende Sehnen, das sie durchflutete. Pulsierend. Pochend. Lockend.

Viel zu verlockend.

„Boone." Beklommen machte sie sich von ihm los. „Es geht viel zu schnell."

„Ich habe dir versprochen, dass ich nicht drängen werde. Aber nichts wird mich davon abhalten, dich zu küssen, wann immer ich kann." Er nahm seinen Wein und reichte Ana ihr Glas. „Weiter wird es nicht gehen, bis du bereit dazu bist."

„Ich bin mir nicht sicher, ob ich dir dafür danken muss oder nicht. Wahrscheinlich sollte ich es."

„Nein. Dazu besteht kein Grund. Du brauchst mir auch nicht dafür zu danken, dass ich dich will. Es ist einfach so. Manchmal denke ich daran, wie Jessie immer größer und älter wird. Und ich weiß, dass, würde ein Mann sie zu etwas drängen, zu dem sie nicht bereit ist … ich würde ihn umbringen." Er nippte, grinste dann. „Und sollte sie sich einbilden, dass sie dazu bereit ist, bevor sie … nun, sagen wir, vierzig ist, werde ich sie in ihr Zimmer einsperren, bis sie es sich anders überlegt hat."

Ana lachte, und plötzlich wurde ihr bewusst, als sie ihn da so stehen sah, mit dem Rücken zu der chaotischen Anrichte, ein Küchenhandtuch in den Bund seiner Hose gesteckt, dass sie kurz, ganz kurz davor war, sich in ihn zu verlieben.

Wenn das geschehen würde, dann wäre sie auch bereit. Und nichts würde dieses Gefühl verhindern können.

„Da spricht der paranoide Vater."

„Paranoia und Vaterschaft sind Synonyme, glaub mir. Warte ab, bis Nash seine Zwillinge hat. Er wird sich nur noch mit Krankenversicherungen und Zahnhygiene beschäftigen. Ein Niesen wird ihn in Panik versetzen."

„Und Morgana wird ihn wieder auf den Teppich holen. Ein paranoider Vater braucht nur eine vernünftige Mutter an seiner Seite, um …" Sie brach ab und verfluchte sich in Gedanken selbst. „Tut mir leid."

„Ist schon in Ordnung. Es ist einfacher, wenn die Leute nicht wie auf Eierschalen um das Thema herumschleichen. Alice ist jetzt seit vier Jahren nicht mehr da. Wunden heilen, vor allem, wenn man gute Erinnerungen hat." Aus dem Zimmer nebenan ertönte ein Rums, dann das Getrippel von kleinen Füßen. „Außerdem bringt eine Sechsjährige dich auch dazu, einen kühlen Kopf zu behalten."

Im gleichen Moment kam Jessie in die Küche gestürmt und warf sich Ana in die Arme.

„Du bist da! Ich hab schon Angst gehabt, du würdest nicht kommen."

„Aber natürlich. Ich würde doch nie eine Einladung zum Dinner bei meinen Lieblingsnachbarn ausschlagen."

Während Boone die kleine Szene beobachtete, wurde ihm bewusst, dass seine Kopfschmerzen verschwunden waren. Seltsam, dabei hatte er noch nicht einmal ein Aspirin genommen.

Nun, als romantisches Dinner würde er es nicht gerade bezeichnen. Sicher, da standen Kerzen auf dem Tisch und Blumen aus dem Garten in der Vase. Sie saßen in der gemütlichen runden Nische an dem großen Bogenfenster, das direkt aufs Meer hinauszeigte. Das Rauschen der Wellen und die Schreie der Möwen drangen zu ihnen.

Die perfekte Szenerie für Romantik.

Aber da gab es weder gemurmelte Geständnisse noch geflüsterte Versprechen. Stattdessen fröhliches Gelächter und die aufgeregt plappernde Stimme eines Kindes. Da wurde nicht beschrieben, was das Kerzenlicht mit seidiger Haut anstellte, kein Wort davon, wie die flackernden Flammen das Grau ihrer Augen noch intensiver machten. Nein, das Gespräch drehte sich um die aufregenden Dinge, die man in der ersten Klasse erlebte, um den Unsinn, den Daisy heute angestellt hatte, und das Märchen, das noch aus Boones Gedanken herausgefiltert werden musste.

Als das Dinner beendet war und Ana restlos alles über Jessies Klasse und ihre neue beste Freundin Lydia wusste, erhob Ana sich und verkündete, dass sie und Jessie für den Küchendienst verantwortlich seien.

„Lasst nur, das mache ich später." Boone fühlte sich einfach zu wohl in diesem Moment. Außerdem stand ihm nur zu deutlich vor Augen, wie es in der Küche aussah. „Das schmutzige Geschirr rennt nicht weg. Damit habe ich so meine Erfahrungen."

„Du hast gekocht." Ana stapelte bereits Teller. „Wenn mein Vater kocht, kümmert sich meine Mutter ums Aufräumen, und umgekehrt. Das ist alte Donovan-Tradition. Außerdem ist die Küche immer der beste Platz, an dem Mädels sich unterhalten können, nicht wahr, Jessie?"

Jessie hatte zwar keine Ahnung, was das bedeutete, aber ihr Interesse war sofort geweckt. „Ich helfe. Ich mache nicht mehr viel Geschirr kaputt."

„Männer sind in der Küche nicht erlaubt, wenn Mädchen sich unterhalten." Ana lehnte sich mit einem verschwörerischen Blinzeln zu Jessie. „Sie stören dann nur." Zu Boone sagte sie: „Ich denke, du und Daisy, ihr könntet einen kleinen Spaziergang am Strand gebrauchen."

„Ich meine nicht ..." Ein Strandspaziergang. Allein. In völliger Ruhe. „Wirklich?"

„Ja, und lass dir ruhig viel Zeit. Jessie, als ich neulich in der Stadt war, habe ich das hübscheste aller Kleider gesehen. Blau, die gleiche Farbe wie deine Augen, mit einer großen Schleife." Ana hielt inne, einen Stapel Teller in der Hand. „Bist du immer noch hier?"

„Ich bin schon weg."

Als er in die Dämmerung eintauchte, Daisy um seine Beine springend, hörte er die sanfte Musik von weiblichem Lachen aus den Fenstern seines Hauses dringen.

„Daddy hat erzählt, du bist in einem Schloss geboren worden", sagte Jessie, als sie Ana half, das Geschirr in die Spülmaschine zu laden.

„Ja, das stimmt. In Irland."

„In einem richtigen Schloss?"

„Ja, direkt am Meer. Es hat Türmchen und Erker, Geheimgänge und sogar eine Zugbrücke."

„Genau wie in Daddys Büchern."

„Sehr ähnlich, ja. Es ist ein verzauberter Palast. Mein Vater und seine Brüder wurden dort geboren, und davor ihr Vater, und davor dessen Vater. Es geht viel weiter zurück, als ich es sagen könnte."

„Wäre ich in einem Schloss geboren worden, würde ich immer dort leben." Jessie stand ganz nahe bei Ana, erfreute sich, ohne genau zu wissen, warum, an dem weiblichen Duft, der weiblichen

Stimme. „Warum bist du von dort weggegangen?"

„Oh, es ist immer noch mein Zuhause, aber manchmal muss man weggehen, um sein eigenes Zuhause zu schaffen. Deinen eigenen Zauber."

„So wie Daddy und ich es getan haben, als wir hierhergezogen sind."

„Ja." Ana schloss die Tür der Spülmaschine und ließ heißes Wasser ins Spülbecken laufen, um Töpfe und Pfannen einzuweichen. „Wie geht es dir hier? Gefällt es dir in Monterey?"

„Oh ja. Nana hat gesagt, ich werde Heimweh bekommen, sobald der Reiz des Neuen vergeht. Was bedeutet das?"

Nicht gerade eine sehr überlegte Äußerung gegenüber einem leicht zu beeindruckenden Kind. Sie war sicher, dass Nana da wohl eher an sich selbst gedacht hatte. Laut sagte sie: „Weißt du, wenn du Heimweh bekommst, dann solltest du daran denken, dass der schönste Platz immer der ist, an dem du gerade bist."

„Ich mag es dort, wo Daddy ist, und wenn es in Timbuktu wäre."

„Bitte?"

„Grandma Sawyer hat gesagt, er hätte genauso gut nach Timbuktu ziehen können." Jessie nahm den Topf, den Ana ihr hinhielt, und begann ihn mit konzentrierter Miene abzutrocknen. „Gibt es diesen Ort wirklich?"

„Doch. Aber man sagt es auch, wenn man einen weit entfernten Ort meint. Deine Großeltern vermissen dich, Sonnenschein, das ist alles."

„Mir fehlen sie auch, aber ich rede mit ihnen am Telefon, und Daddy hat mir geholfen, einen Brief auf dem Computer zu schreiben. Glaubst du, du könntest Daddy heiraten, damit Grandma Sawyer ihm nicht mehr im Nacken sitzt?"

Die Pfanne, die Ana gerade abspülte, rutschte ihr aus der Hand und beschwor eine kleine Flutwelle herauf, als sie zurück ins Spülbecken fiel. „Ich denke nicht, dass das geht."

„Ich habe gehört, wie er zu Grandma Sawyer gesagt hat, dass sie ihm ständig im Nacken sitzt, dass er sich eine neue Frau suchen soll, damit er nicht einsam ist und ich nicht ohne Mutter aufwachsen muss. Seine Stimme hatte diesen ärgerlichen Klang, so wie bei mir, wenn er richtig böse auf mich ist. Oder als Daisy sein Kissen zerbissen hat. Und dann hat er gesagt, dass er verflucht sein will, sich noch mal zu binden, nur um Frieden zu kriegen."

„Ich verstehe." Ana presste angestrengt die Lippen aufeinander, um ein ernstes Gesicht zu wahren. „Ich glaube nicht, dass er es gerne hört, wenn du das wiederholst, Jessie, und solche Wörter benutzt."

„Denkst du, Daddy ist einsam?"

„Nein. Nein, das glaube ich nicht. Ich denke, er ist sehr glücklich mit dir und Daisy. Wenn er eines Tages wieder heiraten sollte, dann nur, weil er jemanden gefunden hat, den ihr alle sehr lieb habt."

„Ich liebe dich."

„Ach, Sonnenschein." Die Hände voller Schaum, ging Ana vor Jessie in die Hocke und umarmte sie fest. „Ich liebe dich auch."

„Liebst du Daddy?"

Ich wünschte, ich wüsste es, dachte sie. „Das ist anders", sagte Ana laut. Sie bewegte sich auf unsicherem Grund. „Wenn du größer bist, wirst du erfahren, dass es verschiedene Arten von Liebe gibt. Aber ich bin sehr glücklich, dass ihr hierhergezogen seid und wir alle Freunde sein können."

„Daddy hat in letzter Zeit nie eine Lady zum Dinner eingeladen."

„Nun, ihr seid ja auch erst wenige Wochen hier."

„Nein, ich meine nie, auch nicht in Indiana. Deshalb dachte ich, das heißt vielleicht, dass ihr heiratet, und dann könnte Grandma Sawyer ihn endlich in Ruhe lassen, und ich wäre kein armes mutterloses Kind mehr. Habe ich recht damit?"

„Nein." Ana bemühte sich redlich, nicht laut herauszulachen. „Es bedeutet nur, dass wir uns alle mögen und zusammen essen wollten." Sie sah aus dem Fenster, um sicherzugehen, dass Boone nicht schon wieder zurückkam. „Kocht er eigentlich immer so?"

„Er macht immer ganz schlimme Unordnung, und manchmal sagt er auch diese Wörter … du weißt schon … die man nicht sagen soll."

„Ja, ich weiß."

„Die sagt er dann, wenn er aufräumen muss. Und heute hatte er ganz schlechte Laune, weil Daisy sein Kissen zerrissen hat und überall Federn herumflogen. Und dann ist auch noch die Waschmaschine explodiert, und vielleicht muss er auf Geschäftsreise gehen."

„Das ist ziemlich viel an einem Tag, was?" Ana biss sich auf die

Lippe. Sie wollte das Mädchen nicht ausfragen, aber sie war einfach neugierig. „Er muss verreisen?"

„Vielleicht. Dahin, wo sie Filme machen, weil die Leute jetzt aus einem seiner Bücher einen großen Film machen wollen."

„Das ist ja toll."

„Er sagt, er muss darüber nachdenken. Das sagt er immer, wenn er nicht Ja sagen will, aber schon weiß, dass er es tun wird."

Dieses Mal strengte Ana sich nicht an, um sich das Lachen zu verbeißen. „Du kennst deinen Daddy ziemlich genau, was?"

Als die Küche aufgeräumt und sauber war, gähnte Jessie ausgiebig. „Willst du dir mein Zimmer ansehen? Ich habe auch aufgeräumt, so wie Daddy mir gesagt hat, weil wir Besuch bekommen."

„Aber gern."

Keine Umzugskartons mehr, stellte Ana fest, als sie in das geräumige Wohnzimmer mit der hohen Decke und der Galerie gingen, zu der eine geschwungene Treppe hinaufführte. Die Möbel wirkten gemütlich, die farbenfroh gemusterten Polster schienen robust genug, um die Hände und Füße eines lebhaften Kindes auszuhalten.

Ein paar Zimmerpflanzen fehlen vielleicht am Fenster, überlegte Ana. Einige Duftkerzen in Messinghaltern auf dem Kaminsims, hier und da noch ein paar bunte Kissen. Aber da waren durchaus die typischen Kleinigkeiten und Krimskrams, die ein Heim ausmachten. Familienfotos in Silberrahmen, das Ticken der alten Standuhr, ein Drachenkopf aus Messing, der neben dem Feuerbock Wache hielt, das Schaukelpferd, das eigentlich ein Einhorn war, in einer Zimmerecke.

Und wenn eine dünne Schicht Staub auf dem Treppengeländer lag, dann machte es das nur umso sympathischer in ihren Augen.

„Ich durfte mir mein Bett selbst aussuchen", erzählte Jessie fröhlich. „Und wenn erst mal alles ausgepackt ist, darf ich mir auch meine Tapete aussuchen. Hier schläft Daddy." Sie zeigte nach rechts, und Ana erhaschte einen Blick auf ein großes Bett mit einer jadegrünen Tagesdecke – keine Kissen! –, eine altmodische Kommode, an deren einer Schublade ein Griff fehlte, und vereinzelte Daunenfedern, die der Aufräumaktion entwischt waren.

„Er hat auch ein eigenes Bad, mit einer riesigen Badewanne mit Düsen und einer Dusche mit Glaswänden, aus denen Wasser von allen Seiten kommt. Ich benutze das andere Bad, das mit den zwei

Waschbecken und diesem Ding, das aussieht wie eine Toilette, aber keine ist.“

„Du meinst ein Bidet.“

„Ich glaub schon. Daddy sagt, das ist etwas ganz Feines und meistens für Ladys. Das hier ist mein Zimmer.“

Es war der Traum eines jeden kleinen Mädchens, von einem Mann erfüllt, der offensichtlich verstand, dass die Kindheit viel zu kurz und sehr wertvoll war. Ganz in Pink und Weiß gehalten, stand das Bett in der Mitte, ein Zentrum, umgeben von Regalen, vollgestopft mit Puppen und Büchern und Spielzeug. Eine schneeweiße Kommode mit einem runden Spiegel und ein Kinderschreibtisch, über und über mit verschiedenfarbigem Zeichenpapier und Buntstiften bedeckt.

An der Wand hingen hübsch gerahmte Illustrationen aus Märchen. Aschenbrödel, wie sie die Prunktreppe vor dem Schloss hinunterhastete und dabei ihren Schuh verlor. Rapunzel, die ihr goldenes Haar aus dem Turmfenster zu ihrem angebeteten Prinzen herunterließ. Die listige Elfe, eine Hauptfigur aus einem von Boones Büchern, und – Ana war völlig verblüfft – eine der preisgekrönten Illustrationen ihrer Tante. Sie konnte es kaum fassen, das Bild hier zu sehen.

„Das ist aus ‚Der goldene Ball‘“, entfuhr es ihr.

„Die Lady, die es geschrieben hat, hat es Daddy geschickt. Für mich, als ich noch ganz klein war. Außer Daddys Geschichten mag ich ihre am liebsten.“

„Ich hatte ja keine Ahnung“, murmelte Ana. So viel sie wusste, hatte ihre Tante sich nie von ihren Zeichnungen getrennt, es sei denn, sie blieben in der Familie.

„Daddy hat die Elfe gemacht. Die anderen Bilder hat meine Mutter gemalt.“

„Sie sind wunderschön.“ Vielleicht nicht so gewitzt wie Boones Elfe und auch nicht so edel wie die Zeichnungen ihrer Tante, aber wunderschön, mit dem ursprünglichen, wahren Geist von Märchen und Magie.

„Sie hat sie für mich gemacht, als ich noch ein Baby war. Nana sagt, Daddy sollte sie wegnehmen, damit sie mich nicht traurig machen. Aber das tun sie gar nicht. Ich sehe sie mir gerne an.“

„Du musst froh sein, dass du etwas so Schönes hast, das dich an sie erinnert."

Jessie rieb sich schläfrig die Augen und versuchte das Gähnen zu unterdrücken. „Ich habe auch Puppen, aber ich spiele nicht oft mit ihnen. Meine Großmütter schenken mir immer welche, aber mir gefallen die Stofftiere besser. So wie das Walross, das Daddy mir geschenkt hat. Gefällt dir mein Zimmer?"

„Es ist sehr, sehr hübsch."

„Ich kann von hier aus das Wasser sehen, und deinen Garten auch." Jessie zog die sich bauschenden Fenstervorhänge beiseite. „Und das da ist Daisys Bett." Sie deutete auf einen Hundekorb mit einem pinkfarbenen Kissen. „Aber sie schläft lieber bei mir. Daddy mag das nicht, aber er tut so, als wisse er es nicht."

„Vielleicht möchtest du dich hinlegen, bis Daisy zurückkommt?"

„Vielleicht." Jessie warf Ana einen abschätzenden Blick zu. „Eigentlich bin ich gar nicht richtig müde. Kennst du denn ein paar Geschichten?"

„Ich könnte mir eine ausdenken." Ana hob Jessie hoch und setzte sich mit ihr auf das Bett. „Welche würdest du denn gerne hören?"

„Eine mit Zauberei."

„Das sind immer die besten." Ana überlegte kurz, dann lächelte sie. „Irland ist ein Land, das es schon sehr lange gibt", begann sie und legte dem Mädchen einen Arm um die Schultern. „Ein sehr altes Land voller Geheimnisse, dunkler Hügel und grüner Felder. Mit Seen, die so blau sind, dass dir die Augen wehtun, wenn du zu lange darauf schaust. Und seit Jahrhunderten gibt es dort Magie, denn es ist immer noch ein sicherer Ort für Elfen und Kobolde und Hexen."

„Gute Hexen oder böse?"

„Für beide, aber es hat immer mehr gute Hexen als böse gegeben. Überhaupt bei allen, nicht nur bei Hexen."

„Gute Hexen sind immer hübsch." Jessie strich mit ihrer Hand über Anas Arm. „Daran kann man es erkennen. Ist die Geschichte von einer guten Hexe?"

„Genau, sie handelt von einer guten und sehr schönen Hexe."

„Männer sind keine Hexen", teilte Jessie ihr naseweis mit. „Die sind Zauberer."

„Wer erzählt hier die Geschichte, hm?" Ana küsste Jessie aufs Haar. „Also, eines Tages, vor gar nicht allzu langer Zeit, machte sich eine junge, schöne Hexe mit ihren beiden Schwestern auf die Reise, um ihren alten Großvater zu besuchen. Er war ein sehr mächtiger Zauberer, aber mit dem Alter war er sehr brummig geworden. Er langweilte sich. Nicht weit von dem Haus, in dem er lebte, stand ein Schloss. Und in dem Schloss lebten drei Brüder. Sie waren Drillinge und auch sehr mächtige Zauberer. Solange man sich zurückerinnern konnte, bestand zwischen dem alten Zauberer und der Familie der drei Brüder eine Fehde. Keiner kannte mehr den Grund für diesen Streit, aber die Fehde bestand weiter. Das tun Fehden oft. Also sprachen die beiden Familien kein noch so kleines Wort mehr miteinander."

Ana zog Jessie auf ihren Schoß und streichelte ihr übers Haar, während sie weiter erzählte.

„Die junge Hexe war genauso dickköpfig, wie sie schön war. Und sehr neugierig. Und so schlüpfte sie an einem schönen sonnigen Tag aus dem Haus und wanderte über die Felder zu dem Schloss, in dem die Feinde ihres Großvaters wohnten. Auf dem Weg war ein Teich, bei dem hielt sie an, um sich die Füße im Wasser zu kühlen und das Schloss aus der Ferne zu betrachten. Während sie dasaß, mit nassen Füßen und Haaren, die ihr bis weit über die Schulter fielen, sprang ein Frosch aus dem Wasser und begann, zu ihr zu sprechen.

‚Holde Maid', sagte er zu ihr, ‚wieso seid Ihr auf meinem Land?'

Die junge Hexe war gar nicht erstaunt, dass ein Frosch sprechen konnte, schließlich verstand sie sich auf Magie, aber sie fühlte auch im selben Moment, dass es sich hier um einen Trick handelte.

‚Euer Land?' fragte sie zurück. ‚Frösche haben nur das Wasser und das Ufer. Ich gehe da, wo es mir beliebt.'

‚Aber Eure Füße sind in meinem Wasser. Also müsst Ihr Wegzoll zahlen.'

Sie aber lachte nur und schalt ihn einen gewöhnlichen Frosch, dem gar nichts gehörte. Der Frosch war natürlich sehr verwirrt über ihre Haltung. Immerhin passierte es nicht jeden Tag, dass er aus dem Wasser sprang und mit einer hübschen Maid redete, und er hatte zumindest einen erschreckten Schrei und etwas mehr Respekt erwartet. Er liebte es, andere mit seinen Tricks zu überraschen, und er war sehr enttäuscht, dass es diesmal nicht geklappt hatte. Er erklärte der jungen Hexe, dass er kein gewöhnlicher Frosch sei, und wenn sie den Wegzoll nicht bezahlen würde, dass er sie dann bestrafen müsse. Auf die Frage, welchen Wegzoll er denn erwarte, antwortete der Frosch, einen Kuss. Das hatte die Hexe natürlich schon geahnt, denn sie war zwar jung, aber nicht dumm. So sagte sie ihm, dass sie es stark bezweifelte, er würde sich in einen jungen hübschen Prinzen verwandeln, und deshalb wollte sie sich ihre Küsse für jemand anderen aufbewahren.

Jetzt war der Frosch erst recht verärgert. Er begann zu zaubern, ließ Wind aufkommen, dass die Blätter an den Bäumen raschelten, aber sie gähnte nur gelangweilt. Weil er nicht mehr wusste, was er noch tun sollte, sprang der Frosch direkt in ihren Schoß und begann, sie heftig auszuschimpfen. Um ihm eine Lektion zu erteilen, nahm die junge Hexe den Frosch und warf ihn zurück ins Wasser. Aber als er wieder auftauchte, da war er gar kein Frosch mehr, sondern ein junger Mann, sehr nass und sehr wütend. Er schwamm ans Ufer zurück, und da standen sie nun und schrien sich gegenseitig an, drohten sich mit Zaubersprüchen und Flüchen, sandten Blitze über den Himmel und ließen Donner grollen. Obwohl sie ihm mit den schlimmsten Höllenflüchen gedroht hatte, bestand der junge Mann weiterhin auf seinen Wegzoll, denn es waren sein Land, sein Wasser und sein gutes Recht. Deshalb küsste er sie herzhaft.

Und es brauchte nur diesen einen Moment, um den Ärger in ihrem Herzen in Wärme zu verwandeln und die Wut in seiner Brust in Liebe. Denn auch bei Hexen und Zauberern wirkt der stärkste aller Zauber. Sie heirateten einen Monat später, am Ufer des Teichs. Und sie lebten glücklich und zufrieden. Und jedes Jahr, an genau dem Tag im Hochsommer, geht die Hexe, obwohl sie längst nicht mehr jung ist, an den Teich, lässt ihre Füße im Wasser baumeln und wartet darauf, dass der Frosch zu ihr kommt."

Jessie war längst eingeschlafen. Da hatte Ana die Geschichte wohl für sich selbst zu Ende erzählt – zumindest dachte sie das. Aber als sie die Bettdecke zurückschlug, lag auf einmal Boones Hand auf ihrem Arm.

„Keine schlechte Geschichte für einen Amateur. Muss irisch sein."

„Eine alte Familiengeschichte." Wie oft hatte sie sich erzählen lassen, wie ihre Mutter und ihr Vater sich kennengelernt hatten.

Geschickt zog Boone seiner Tochter die Schuhe aus. „Vorsicht. Vielleicht stehle ich mir ein paar Ideen davon."

Kaum hatte er Jessie zugedeckt, sprang Daisy mit einem Satz auf das Fußende des Betts.

„Wie war der Spaziergang?"

„Großartig. Nachdem ich über mein Schuldgefühl hinweg war, dass ich dich mit dem Aufräumen allein gelassen habe – was ungefähr neunzig Sekunden gedauert hat." Er strich Jessie das Haar aus der Stirn und gab ihr einen Gutenachtkuss. „Das Beneidenswerteste an der Kindheit ist, dass man von einer Sekunde auf die andere einschlafen kann."

„Hast du immer noch Probleme damit?"

„Mir geht ziemlich viel im Kopf herum." Er nahm Ana bei der Hand und zog sie aus dem Zimmer, ohne die Tür zu schließen. „Ein großer Teil davon dreht sich um dich, aber da gibt es auch noch andere Sachen."

„Nicht schmeichelhaft, aber ehrlich." Sie blieb auf dem Treppenabsatz stehen. „Ehrlich, Boone, ich könnte dir etwas geben." Röte stahl sich auf ihre Wangen, und sie gluckste vergnügt, als sie seine Miene sah. „Ein sehr mildes, völlig unbedenkliches Schlafmittel auf Kräuterbasis. Willst du?"

„Sex wäre mir lieber."

Kopfschüttelnd stieg sie die Treppe nach unten. „Du nimmst mich nicht ernst."

„Im Gegenteil."

„Ich meine als Herbalistin."

„Ich verstehe nicht das Geringste davon, aber das heißt nicht, dass ich es abtue." Allerdings würde er sich deshalb noch lange nichts von ihr verschreiben lassen. „Warum hast du dich eigentlich dafür entschieden?"

„Es hat mich schon immer interessiert. In meiner Familie gibt es seit Generationen Heiler."

„Ärzte?"

„Nein, nicht direkt."

Boone nahm den Wein und zwei Gläser mit, als sie auf dem Weg zur Veranda durch die Küche kamen. „Wolltest du keine Ärztin werden?"

„Ich habe mich einfach nicht in der Lage gefühlt, in die Medizin zu gehen."

„Also, so etwas von einer modernen, emanzipierten Frau zu hören, ist schon sehr seltsam."

„Das eine hat mit dem anderen nichts zu tun." Sie nahm das Glas an, das er ihr hinhielt. „Es ist nicht möglich, jeden zu heilen. Und ich ... habe Schwierigkeiten damit, Leiden zu ertragen. Das, was ich tue, erfüllt sowohl meine Bedürfnisse als es mich auch schützt." Mehr konnte sie ihm nicht sagen. „Außerdem gefällt es mir, allein zu arbeiten."

„Das Gefühl kenne ich. Meine Eltern hielten mich für völlig verrückt. Das Schreiben an sich war ja okay, aber sie hätten erwartet, dass ich den klassischen Bestseller schreibe. Mindestens. Märchen waren für sie anfangs sehr schwer zu akzeptieren."

„Sie müssen stolz auf dich sein."

„Auf ihre Art. Es sind gute, herzliche Menschen", sagte er lang gezogen, als ihm bewusst wurde, dass er noch nie mit jemand anderem als mit Alice über seine Eltern gesprochen hatte. „Sie lieben mich, und der Himmel weiß, wie sehr sie Jessie vergöttern. Aber sie haben Probleme damit zu akzeptieren, dass ich für mein Leben nicht unbedingt das will, was sie sich wünschen. Ein Haus am Stadtrand, ein anständiges Golfspiel und eine Ehefrau, die zu mir steht."

„Nichts davon ist schlecht."

„Nein, und ich hatte es auch einmal – bis auf das Golfen. Ich möchte nicht den Rest meines Lebens damit verbringen, sie zu überzeugen, dass mir mein Leben so gefällt, wie es ist." Er wickelte sich eine Strähne von Anas Haar um einen Finger. „Hörst du so was nicht auch von deinen Eltern? ‚Ana, wann findest du endlich einen netten Mann und gründest eine Familie?'"

„Nein." Sie lachte in ihren Wein. „Nein, nie." Allein die Vorstellung, dass ihre Mutter oder ihr Vater so etwas sagten, brachte sie erneut zum Lachen. „Ich nehme an, man könnte meine Eltern als ... exzentrisch bezeichnen." Mit sich und der Welt im Reinen, legte sie den Kopf in den Nacken und sah zu den Sternen auf. „Ich glaube, sie wären entsetzt, würde ich mich mit ‚nett' zufrieden geben. Du hast mir gar nicht gesagt, dass du eine Zeichnung von Tante Bryna dein Eigen nennst."

„Als die Beziehung zu deiner Familie zur Sprache kam, sahst du aus, als würdest du mir am liebsten an die Gurgel gehen. Deshalb hielt ich es für angebrachter, nichts davon zu erwähnen. Und danach habe ich nicht mehr daran gedacht."

„Sie muss hohe Stücke auf dich halten. Nach der Hochzeit hat sie Nash nur eine geschenkt, und er bettelt schon seit Jahren."

„Wirklich? Oh, das werde ich ihm nächstens unter die Nase reiben." Er legte einen Finger unter ihr Kinn und hob es leicht an. „Es ist schon Jahre her, dass ich im Dunkeln auf einer Veranda gesessen und geknutscht habe. Ich frage mich, ob ich das noch kann."

Mit den Lippen strich er zart über ihren Mund, einmal, zweimal, bis er sich zitternd und einladend öffnete. Er nahm ihr das Glas aus der Hand, stellte es ab und ließ seinen Mund nehmen, was sie ihm bot.

Süß, so unglaublich süß. Es wärmte ihn, beruhigte ihn, erregte ihn. Weich, so weich. Lockte ihn, verführte ihn, bezauberte ihn. Und lautlos, so lautlos, dieser erstickte Seufzer, der seinen Körper wie ein Blitz in Brand setzte.

Aber er war kein unerfahrener hitziger Junge. Er wusste den Vulkan, der in seinem Innern brodelte, zu kontrollieren. Wenn er ihr nicht die Gänze seiner Leidenschaft geben konnte, so wollte er ihr doch die durch Erfahrung erlernte Beherrschung zukommen lassen.

Und während er von ihrem Mund trank und sich mit ihrem Sein erfüllte, langsam, Schritt für Schritt, gab er ihr so viel Zärtlichkeit und Zuneigung, dass sie hilflos und schwankend auf dem schmalen Grad zur Liebe wanderte.

Er spürte, wie sie sich ihm ergab, spürte es so deutlich wie den Abendwind auf seiner Haut. Wohl wissend, dass es ihn nur näher an die Grenze seiner Beherrschung treiben würde, ließ er sich von dem fiebrigen Verlangen, zu berühren, vorantreiben.

Sie war so zart, so wunderbar weich. Ihr Herz schlug wie wild unter seiner Hand. Er konnte sie fast schmecken, ihre heiße, seidene Haut, auf seinen Lippen, in seinem Mund, tief in seiner Kehle. Es war wie eine Folter, ihr nicht das Kleid von den Schultern zu streichen, dieser Vorstellung nicht Taten folgen zu lassen. Als er die hart aufgerichteten Knospen ihrer Brüste unter der Seide fühlte, entfuhr ihm ein raues Stöhnen, und erneut suchte er ihren Mund.

Der den seinen genauso willig, genauso fordernd begrüßte. Ihre Hände strichen ebenso ungestüm wie seine über seine Haut. Ana wusste, wenn sie sich jetzt diesem einen Moment hingab, würde es kein Zurück mehr geben. Aber jetzt konnte es nicht sein. Nicht hier, auf einer Veranda unter Sternen, mit einem schlafenden Kind im Haus, das jederzeit aufwachen und nach dem Vater suchen konnte.

Doch schon jetzt gab es kein Zurück mehr vorm Verliebtsein. Nicht für sie. Sie konnte diese Flutwelle an Gefühlen nicht aufhalten, genauso wenig wie sie ändern konnte, welches Blut in ihren Adern floss.

Deshalb würde die Zeit kommen, schon bald, da sie ihm geben würde, was sie bisher noch keinem anderen gegeben hatte.

Überwältigt wandte sie den Kopf und lehnte ihr Gesicht an seine Brust. „Du weißt ja nicht, was du mit mir anstellst."

„Dann sage es mir." Er liebkoste ihr Ohrläppchen, sandte damit einen Schauer durch ihren Körper. „Ich will die Worte von dir hören."

„Du weckst ein Verlangen in mir, eine unbeschreibliche Sehnsucht." Und Hoffnung, fügte sie still hinzu. „Das hat noch niemand getan." Mit einem tiefen Seufzer zog sie sich von ihm zurück. „Und das ist es, wovor wir beide Angst haben."

„Ich kann es nicht leugnen." Seine Augen schimmerten wie Kobalt im schwachen Licht. „Genauso wenig wie ich leugnen kann, dass ich dich auf die Arme nehmen und nach oben tragen will, in mein Bett. Es ist mir ein Bedürfnis, so wie das Atmen."

Ihr Herz schlug einen wilden Trommelwirbel. „Glaubst du an das Unvermeidliche, Boone?"

„Ich musste es."

Sie nickte. „Ich glaube auch daran. Ich glaube an Bestimmung, an die Launen des Schicksals, die Streiche jener, die die Menschen früher Götter nannten. Wenn ich dich ansehe, sehe ich das Unvermeidliche." Sie stand auf, legte ihm eine Hand auf die Schulter, damit er sitzen blieb. „Wirst du akzeptieren können, dass ich Geheimnisse habe, die ich dir nicht anvertrauen kann? Dass es Dinge an mir gibt, die ich nicht mit dir teilen kann?" Sie sah die Verwirrung und das Unverständnis in seinen Augen. Sie schüttelte den Kopf, bevor er etwas erwidern konnte. „Sag jetzt nichts. Überlege es dir gut, denn du musst sicher sein. So wie ich auch."

Sie beugte sich vor und küsste ihn, stellte für einen Augenblick das Band her und spürte seine Verblüffung, bevor sie sich zurückzog. „Ruhe wohl heute Nacht", sagte sie, wohl wissend, dass er Schlaf finden würde. Und dass ihr eine schlaflose Nacht bevorstand.

7. KAPITEL

Das Geschenk, das Ana sich immer selbst zu ihrem Geburtstag machte, war ein kompletter Tag zur freien Verfügung. Sie konnte faulenzen oder fleißig sein, ganz wie sie wollte. Sie konnte im Morgengrauen aufstehen und sich mit Eiscreme vollstopfen, oder sie konnte bis Mittag im Bett bleiben und sich einen alten Film im Fernsehen ansehen.

Das war ja das Besondere an diesem Tag – überhaupt nichts zu planen.

Heute war sie früh aufgestanden und gönnte sich ein langes heißes Bad im wohligen Duft ihrer Lieblingsöle und eines Säckchens, dessen Kräutermischung entspannende Wirkung hatte. Um sich zu verwöhnen, hatte sie eine Gesichtsmaske aus Holunderblüten und Jogurt angerührt, und so lag sie nun in der Wanne, schlürfte eisgekühlten Fruchtsaft und lauschte der Harfenmusik, die aus der Stereoanlage drang.

Die Haut prickelnd und das Haar vom Kamilleshampoo weich und glänzend, rieb sie sich mit dem eigens nur für sie hergestellten Körperöl ein und schlüpfte dann in einen seidenen Morgenmantel, der die Farbe des Mondes hatte.

Während sie in ihr Schlafzimmer zurückkehrte, überlegte sie, ob sie nicht einfach wieder ins Bett kriechen sollte, um diesen wunderbar faulen Morgen zu krönen. Doch in der Mitte des Raumes, wo nichts anderes als ein antiker Gebetsteppich gelegen hatte, als sie ins Bad gegangen war, stand nun eine massive Truhe. Das war zu schön, um wahr zu sein!

Ana stieß einen freudigen Schrei aus und rannte zu der Truhe, um die Schnitzereien mit den Händen zu betasten. Das Holz war auf Hochglanz poliert und roch nach Bienenwachs und Rosmarin. Es fühlte sich an wie Seide unter ihren Fingern.

Die Truhe war alt, uralt. Schon als Kind auf Schloss Donovan hatte sie sie bewundert. Man sagte, die Truhe sei aus Camelot, in Auftrag gegeben von dem jungen König Artus für Merlin.

Glücklich seufzend ließ Ana sich davor nieder. Sie schafften es immer wieder, sie zu überraschen. Ihre Eltern, ihre Tanten und Onkel … so weit weg, doch immer in ihrem Herzen.

Die vereinte Kraft von sechs Hexen und Zauberern hatte diese Truhe von Irland hierher transportiert, durch die Lüfte, durch Raum und Zeit, auf eine Art, die alles andere als konventionell war.

Langsam hob sie den Deckel an, und der Geruch von alten Visionen, urzeitlichen Beschwörungen, Zauber aus früher Zeit stieg zu ihr auf, aromatisch, trocken, rauchig von dem kalten Feuer, das ein Zauberer in der Nacht entfacht. Ana war entzückt.

Sie kniete sich hin, hob die Arme, dass die Seide zu den Ellbogen rutschte, und legte die Hände zusammen, mit den Handflächen zum Gesicht.

Macht. Eine Macht, die respektiert und akzeptiert werden musste. Die Worte, die sie sprach, entstammten einer alten Sprache, die Sprache der Weisen. Der Wind, den sie heraufbeschwor, zerrte an den Vorhängen, ließ ihr Haar um ihr Gesicht flattern. Die Luft sang, tausend Harfensaiten wurden angeschlagen, dann wurde es still.

Ana ließ die Arme wieder sinken und griff in die Truhe. Ein Heliotrop-Amulett, das Rot des Blutsteins lief in die tiefgrünen Ränder. Sie wusste, es war seit Generationen in der Familie ihrer Mutter, ein Heilstein von enormer Kraft und größtem Wert. Tränen brannten in ihren Augen, als ihr klar wurde, dass er an sie weitergereicht wurde, wie es nur alle halbe Jahrhunderte geschah, um sie in die höchsten Ränge der Heiler aufzunehmen.

Das ist mein Geschenk, dachte sie und rieb den Stein zwischen ihren Fingern, wie schon andere vor ihr, zu anderen Zeiten, es getan hatten. Ihr Erbe.

Vorsichtig legte sie ihn zurück in die Truhe und nahm das nächste Geschenk. Eine Kugel aus Sardonyx. Die fast durchsichtige Oberfläche würde ihr einen Blick auf das Universum erlauben, wenn sie es denn wollte. Von Sebastians Eltern. Sie spürte es, als sie die Hände über die Kugel legte. Und dazu ein Schaffell, auf dem etwas in der uralten Sprache geschrieben stand. Eine Elfengeschichte, merkte sie, als sie las, und lächelte. So alt wie die Zeit, so verheißungsvoll wie das Morgen. Tante Bryna und Onkel Matthew, dachte sie, als sie es zurücklegte und voller Dankbarkeit auf ihre Geschenke hinabsah.

Obwohl das Amulett von ihrer Mutter war, so wusste Ana doch, dass noch etwas Besonderes von ihrem Vater dabei sein würde. Als sie es fand, lachte sie herzlich auf. Ein Frosch, nicht größer als ihr Daumennagel, meisterhaft geschnitzt aus grüner Jade.

„Gleicht dir aufs Haar, Dad", sagte sie lachend. Sie legte auch dieses Geschenk wieder zurück, schloss den Deckel der Truhe und erhob sich. In Irland war es jetzt Nachmittag, und sechs Leute warteten darauf zu erfahren, ob ihr ihre Geschenke gefallen hatten.

Sie war auf dem Weg zum Telefon, als es an der Hintertür klopfte. Ihr Herz machte einen kleinen Sprung, dann beruhigte es sich wieder. Irland würde noch ein Weilchen warten müssen.

Boone hielt das Geschenk hinter seinem Rücken versteckt. Zu Hause stand noch ein zweites Paket, etwas, das Jessie und er zusammen ausgesucht hatten. Aber dieses Geschenk hier hatte er Ana geben wollen. Allein.

Er hörte sie kommen und grinste, die Begrüßung und die kleine vorbereitete Rede lagen ihm bereit auf der Zunge. Er konnte von Glück sagen, dass er nicht an diesen Worten erstickte, als er sie erblickte.

Sie war eine strahlende Erscheinung, ihr Haar ein Goldregen, der sich über die silberne Robe ergoss. Ihre Augen schienen dunkler, irgendwie tiefgründiger. Wie konnte es sein, dass sie klar wie das Wasser eines Sees waren und doch wirkten, als würden sie tausend Geheimnisse verbergen? Und dieser überwältigende weibliche Duft, der sie einhüllte, hätte ihn fast in die Knie gezwungen.

Als Quigley ihm zur Begrüßung um die Beine strich, zuckte Boone zusammen, als hätte ihn gerade der Blitz getroffen.

„Boone." Ein stilles Lachen in ihrer Kehle, legte Ana die Hand auf das Fliegengitter. „Ist alles in Ordnung?"

„Äh ... ja ... sicher. Ich ... Habe ich dich etwa geweckt?"

„Nein." In dem gleichen Maße gelassen, wie er nervös war, öffnete sie einladend die Tür. „Ich bin schon eine ganze Weile auf. Ich faulenze." Da er regungslos stehen blieb, neigte sie den Kopf. „Willst du nicht einen Moment hereinkommen?"

„Ja ... natürlich." Er trat ein, hielt aber vorsichtshalber Abstand.

Während der letzten zwei Wochen hatte er sich zurückgehalten wie nur irgend möglich und der Versuchung widerstanden, zu oft mit ihr allein zu sein. Und wenn sie einmal allein waren, hatte er darauf geachtet, die Stimmung unbeschwert zu halten. Jetzt wurde ihm klar, dass er das nicht nur für Ana, sondern auch für sich getan hatte.

Sie war einfach unwiderstehlich, selbst wenn sie im hellen Sonnenlicht standen, sich über Jessie, den Garten oder beider Arbeit unterhielten.

Aber das hier, vor ihr zu stehen, eingefangen in dem exotischen Parfüm, das seine Sinne quälte, zu wissen, dass das Haus leer war ... das war geradezu unerträglich.

„Stimmt irgendwas nicht?“, fragte sie, aber sie lächelte, als wüsste sie es genau.

„Nein ... nein, alles in Ordnung. Äh ... wie geht es dir?“

„Gut.“ Ihr Lächeln wurde breiter, wärmer.

„Schön.“ Er war überzeugt, wenn er sich noch mehr verspannte, würde er zu Stein werden.

„Ich wollte mir gerade einen Tee machen. Tut mir leid, ich habe keinen Kaffee im Haus, aber vielleicht möchtest du ja auch eine Tasse?“

„Tee.“ Er atmete leise aus. „Großartig.“ Er sah ihr nach, als sie zum Herd ging, mit der Katze, die sich an ihre Beine schmiegte. Ana stellte den Kessel auf, dann schüttete sie Quigleys Frühstück in seine Schale, ging in die Hocke, um ihn zu streicheln, während er fraß. Der Morgenmantel rutschte und gab den Blick auf einen samtenen Oberschenkel frei.

„Was macht der Waldmeister? Und der Ysop?“

„Äh ...“

Sie warf ihr Haar zurück und lächelte zu ihm auf. „Die Kräuter, die ich dir für deinen Garten gab.“

„Ach ja, die. Sie wachsen ...“

„Ich habe Salbei und Thymian in Töpfe umgepflanzt. Vielleicht möchtest du welche mitnehmen, für die Fensterbank in der Küche? Du kannst sie beim Kochen verwenden.“ Sie erhob sich, als der Kessel zu pfeifen begann. „Frische Kräuter sind immer aromatischer.“

„Ja, gern.“ Er hatte sich fast schon wieder entspannt. Hoffte er zumindest. Es war beruhigend, ihr beim Teeaufschütten zuzusehen, wie sie die Porzellankanne vorwärmte, lose Teeblätter hineingab. Bisher hatte er nicht geahnt, dass eine Frau beruhigend und erregend zugleich sein konnte. „Jessie gluckt über die Goldlacksamen, die du ihr gegeben hast, wie eine Henne über ihre Eier."

„Sie darf sie nur nicht zu oft gießen." Ana stellte die Kanne beiseite, um den Tee ziehen zu lassen. „Nun?"

Er blinzelte. „Nun – was?"

„Boone, wirst du mir nun zeigen, was du da hinter deinem Rücken versteckst oder nicht? Ich sehe doch, dass du etwas in den Händen hältst."

„Täuschen kann man dich also nicht, was?" Er hielt ihr eine in hellblaues Papier gewickelte Schachtel hin. „Herzlichen Glückwunsch zum Geburtstag."

„Woher wusstest du, dass ich heute Geburtstag habe?"

„Nash hat's mir verraten. Willst du es nicht öffnen?"

„Doch, natürlich." Ana riss das Papier herunter, und eine Schachtel mit dem Logo von Morganas Laden kam zum Vorschein. „Eine exzellente Wahl", sagte sie. „Mit nichts, was du bei ‚Wicca' kaufst, könntest du verkehrt liegen." Sie hob den Deckel und hielt den Atem an.

Die zierliche Statue einer Zauberin kam zum Vorschein, wundervoll geschnitzt aus Bernstein. Ihr Kopf lag im Nacken, das lange Haar fiel ihr prachtvoll über das Gewand. Die schlanken Arme erhoben, leicht gebeugt an den Ellbogen, die Hände zusammengelegt, mit den Handflächen zum Gesicht – ein Spiegelbild der uralten Haltung, die Ana vor der Truhe heute Morgen eingenommen hatte.

„Sie ist wunderschön", murmelte sie ergriffen. „Unglaublich schön."

„Ich war letzte Woche in dem Laden. Morgana hatte gerade eine neue Lieferung bekommen. Die Statue erinnerte mich an dich."

„Danke." Die Bernsteinfigur in einer Hand, legte sie die andere an seine Wange. „Du hättest nichts Perfekteres finden können."

Sie beugte sich vor, stellte sich auf die Zehenspitzen, um seine Lippen zu berühren. Sie wusste genau, was sie tat, wusste, als er den Kuss erwiderte, dass er sich an der Kette, die die Selbstbeherrschung ihm angelegt hatte, fast erstickte. Macht, frisch und klar wie Regenwasser, strömte in sie.

Das war es, worauf sie gewartet hatte. Das war der Grund, weshalb sie den Morgen mit dem ewig währenden weiblichen Ritual von Ölen und Lotionen und Parfüms verbracht hatte.

Für ihn. Für sie. Für das erste Mal zusammen.

Dornen zerrissen seinen Magen, dröhnend wie Amboss und Hammer schlug das Verlangen den Takt in seinem Kopf. Obwohl ihre Lippen nur leicht auf seinen lagen, betäubte ihn ihr Geschmack, verwandelten sich Zurückhaltung und Selbstbeherrschung in unklare, völlig nichtige Konzepte. Er versuchte sich zurückzuziehen, doch ihre Arme schlangen sich weich um seinen Nacken.

„Ana …"

„Schsch …" Sie beruhigte und erregte ihn mit dem Spiel ihrer Lippen auf seinem Mund. „Küss mich einfach."

Wie sollte er es nicht, wenn ihre Lippen so einladend geöffnet waren? Er legte beide Hände an ihr Gesicht, während er einen unmenschlichen inneren Kampf mit sich ausfocht, diese Umarmung nicht zu weit gehen zu lassen.

Als das Telefon klingelte, stieß er ein lautes Stöhnen aus, aus Frustration und Erleichterung. „Ich sollte besser auf der Stelle gehen."

„Nein." Sie wollte lachen, konnte aber nur leise lächeln, während sie sich aus seinen Armen löste. Nie zuvor hatte sie eine so köstliche Macht erfahren. „Bitte, bleib. Warum gießt du nicht Tee in die Tassen, während ich ans Telefon gehe?"

Tee einschenken, dachte er. Wenn er Glück hatte, schaffte er es, die Kanne anzuheben. Sein gesamter Körper war in Aufruhr.

„Mama!" Jetzt lachte sie doch, und Boone hörte die überschäumende, ehrliche Freude. „Oh, danke! Danke euch allen. Ja, ich hab's bekommen, heute Morgen. Eine wunderbare Überraschung." Sie lachte wieder, lauschte. „Aber natürlich, es geht mir bestens. Ich … Dad!" Sie gluckste vergnügt, als ihr Vater sich am Hörer meldete. „Ja, ich weiß, was der Frosch bedeutet. Ich liebe ihn. Dich liebe ich auch. Nein, der ist mir lieber als ein echter." Sie lächelte Boone an, als er ihr eine Tasse Tee reichte. „Tante Bryna! Ja, es ist eine wunderschöne Geschichte. Ja, sicher. Morgana geht es gut, und den Zwillingen auch. Nicht mehr lange … Ja, natürlich werdet ihr rechtzeitig hier sein."

Rastlos wanderte Boone im Raum umher, nippte an dem Tee, der erstaunlich gut schmeckte. Er fragte sich, was, zum Teufel, sie da wohl hineingegeben haben mochte. Was, zum Teufel, hatte sie in ihn hineingegeben? Allein ihre Stimme zu hören, löste ein unbändiges Sehnen in ihm aus.

Er würde schon damit fertig werden, sagte er sich. Sie würden gemeinsam eine Tasse Tee trinken – ganz zivilisiert –, und er würde gefälligst die Finger von ihr lassen. Dann würde er die Flucht ergreifen und sich in seiner Arbeit vergraben, um den restlichen Tag nicht mehr an sie denken zu müssen.

Die Geschichte war fast fertig, und schon bald würde er mit den Illustrationen beginnen können. Er wusste bereits, was er wollte.

Ana.

Er schüttelte heftig den Kopf und trank einen großen Schluck Tee. Es hörte sich an, als würde sie mit jedem Einzelnen ihrer Verwandten reden. Umso besser. Das ließ ihm Zeit, sich wieder zu sammeln.

„Ihr fehlt mir, alle. Wir sehen uns dann in zwei Wochen. Seid gesegnet."

Ihre Augen schwammen leicht in Tränen, aber sie lächelte, als sie sich zu Boone umdrehte. „Das war meine Familie."

„Das dachte ich mir."

„Sie haben mir heute Morgen eine Truhe mit Geschenken geschickt. Ich hatte noch keine Gelegenheit, sie anzurufen und ihnen zu danken."

„Das ist nett. Ana, ich sollte wirklich ... Heute Morgen? Ich habe keinen Lieferwagen gesehen. Das muss mir völlig entgangen sein."

„Er war sehr früh da." Sie sah weg und setzte die Tasse ab. „Sonderlieferung, sozusagen. Sie können es gar nicht mehr abwarten, Ende des Monats zu kommen."

„Du freust dich auf sie."

„Immer. Sie waren im Sommer kurz hier, aber mit der ganzen Aufregung um Sebastians Hochzeit blieb kaum Zeit, um einfach nur in Ruhe zusammenzusitzen." Sie öffnete die Hintertür, um Quigley hinauszulassen, wandte sich dann wieder zu Boone. „Noch etwas Tee?"

„Nein, danke, wirklich nicht. Ich muss gehen. Die Arbeit ruft." Er bewegte sich übertrieben unauffällig auf die Tür zu. „Nochmals herzlichen Glückwunsch, Ana."

„Boone." Sie legte eine Hand auf seinen Arm, spürte seine Muskeln zittern. „Jedes Jahr an meinem Geburtstag schenke ich mir etwas. Ein sehr einfaches Geschenk – einen Tag lang nur das tun, was ich will, was immer sich gut anfühlt.“ Sie schloss die Tür und stand zwischen ihm und dem Ausgang. „Ich will dich. Das heißt, wenn du mich noch willst.“

Ihre Worte hallten in seinen Ohren, als er sie anstarrte. Sie war so ruhig, so gelassen. Sie hätte genauso gut übers Wetter reden können. „Du weißt, dass ich dich will.“

„Ja.“ Sie lächelte, die Verkörperung der Ruhe, wie das Zentrum eines Hurrikans. „Ja, ich weiß es.“ Als sie einen Schritt vor machte, machte er einen zurück. Ist es das, was sie Verführung nennen?, fragte sie sich, ohne den Blick von ihm zu nehmen. „Ich kann es sehen, wann immer ich dich ansehe, kann es fühlen, wann immer du mich berührst. Du warst sehr geduldig, sehr zärtlich und zurückhaltend. Du hast dein Wort gehalten. Nichts würde zwischen uns passieren, bis ich es will.“

„Ich habe mich bemüht.“ Er trat noch einen Schritt zurück. „Es war nicht einfach.“

„Für mich auch nicht.“ Sie blieb stehen, wo sie war, der silberne Morgenmantel schimmerte im Sonnenlicht. „Du brauchst nur zu akzeptieren, das annehmen, was dir zu geben ich bereit bin, und es dabei bewenden lassen.“

„Was möchtest du von mir?“

„Dass du der Erste bist“, sagte sie offen. „Dass du mir zeigst, wie die Liebe sein kann.“

Er wagte es, die Hand auszustrecken und ihr Haar zu berühren. „Bist du sicher?“

„Absolut.“ Sie bot ihm ihre Hände. „Wirst du mit mir zu Bett gehen und mich lieben?“

Wie konnte er antworten? Was konnte er antworten? Es gab keinen Ausdruck, um das zu beschreiben, was in diesem Moment in ihm passierte. So suchte er erst gar nicht nach Worten, sondern hob sie auf seine Arme.

Er trug sie so vorsichtig, als sei sie zerbrechlich wie die Zauberin aus Bernstein, die er ihr geschenkt hatte. Und tatsächlich dachte er so über sie. Panik flammte in ihm auf bei dem Gedanken, dass er vielleicht nicht vorsichtig genug sein würde, nicht zärtlich genug.

Wie leicht konnte man Graziles zerbrechen …

Als er am unteren Treppenansatz angelangt war, hämmerte sein Herz vor Erwartung und Furcht. Oben fragte er nur: „Wo?“, und Ana zeigte kurz auf die Tür zu ihrem Schlafzimmer.

Ihr Duft erfüllte den Raum, sehr weiblich, Parfüm und Puder – und da war noch etwas, das er nicht genau bestimmen konnte. Wie Blumen und Rauch. Die Sonne fiel durch die Vorhänge und tauchte das große alte Bett mit dem geschnitzten Kopfende in goldenes Licht.

Er wich der Truhe aus, bezaubert von dem Licht, das sich in den Kristallen brach, die an durchsichtigen Fäden vor den Fenstern hingen. Regenbogen statt Mondlicht, dachte er, als er Ana auf dem Bett niederlegte und sie zärtlich betrachtete.

Albern, jetzt nervös zu werden, ermahnte sie sich, aber ihre Hände zitterten, als sie ihn zu sich heranzog und festhielt. Sie wollte dies. Wollte ihn. Und doch, die Sicherheit, die sie noch vor wenigen Minuten verspürt hatte, hatte sich aufgelöst unter dem Ansturm der Sehnsucht.

Er sah das Verlangen, die Nervosität in ihren Augen. Verstand sie, dass diese ein Spiegelbild seiner eigenen Gefühle waren? Sie war so zart, so wunderschön. Frisch und unberührt. Sein. Und er wusste um die Wichtigkeit, sie zärtlich zu nehmen.

„Anastasia.“ Er verdrängte seine Ängste, hob ihre Hand, drückte seine Lippen auf ihre Handfläche. „Ich werde dir nicht wehtun. Ich schwöre es.“

„Das weiß ich.“ Sie verschränkte ihre Finger mit den seinen. Wünschte, sie wüsste, ob es die Angst vor dem einen Moment im Leben einer Frau war oder die Angst vor der unglaublichen Intensität ihrer Liebe zu ihm, die sie so zittern ließ. „Zeige es mir.“

Regenbogenfarben tanzten um sie herum, als er seinen Mund auf ihren legte. Ein langer, betörender Kuss, der die Zeit stillstehen ließ.

Er spielte mit ihrem Haar, seine Finger griffen in die seidige Flut. Zu seinem eigenen Vergnügen breitete er die Strähnen über dem Kissen aus, wie Gold auf feinem irischen Leinen.

Sein Mund löste sich von ihrem, aber nur, um eine langsame Reise an ihrem Hals hinab zu ihren Schultern anzutreten, bis er das nervöse Zittern zu einem verlangenden werden fühlte. Selbst als sie ihre Ängste unter dem Ansturm der Empfindungen ablegte, liebkoste

Boone sie weiter langsam, zart, träge.

Sie hörte ihn murmeln, Versicherungen, Versprechen. Der tiefe Klang seiner Stimme ließ sie schweben, sie lächelte leise, als seine Lippen wieder auf die ihren trafen.

Sie hätte wissen müssen, dass es mit ihm so sein würde. Er ließ sie sich geliebt fühlen, geschätzt, geborgen. Als er den Morgenmantel von ihren Schultern streifte, fürchtete sie sich nicht mehr, sondern hieß seinen Mund auf ihrer Haut willkommen. Fiebrig zerrte sie an seinem Hemd, und er zögerte nur einen unmerklichen Moment, bevor er ihr half, es ihm auszuziehen.

Ihre Haut war wie Samt. Unglaublich weich und duftend, zog ihn an wie Nektar, lud ihn ein, zu kosten und zu schmecken. Als er die Lippen über ihrer Brust schloss, entfuhr ihrer Kehle ein erstickter Seufzer, der wie Donner in seinem Kopf hallte.

Er benutzte Lippen und Zunge, um sie langsam zur nächsten Stufe der Leidenschaft zu führen, während seine eigene Begierde ihn dazu anfeuerte, sich zu beeilen.

Anas Lider wurden schwer, viel zu schwer, um die Augen noch offen zu halten. Woher wusste er, wo er sie berühren musste, um ihr Herz in ihrer Brust erschauern zu lassen? Und doch tat er es, und ihr Atem ging in kleinen Stößen, als er ihr mehr offenbarte.

Leises Flüstern, zarte Berührungen. Der schwere Duft von Lavendel und Rosen in der Luft. Seidige Laken, zerwühlt, Haut, feucht von Leidenschaft. Ein Wasserfall von Regenbogenfarben auf ihrem Gesicht.

Sie schwebte, emporgehoben durch die Magie, die sie gemeinsam schufen.

Da war plötzlich Hitze, lodernd, verzehrend. In ihr. So schnell, so wild, dass sie aufschrie und sich gegen ihn sträubte. „Nein, Boone, ich …“ Dann ein Blitz, ein heller Speer der Lust, der sie durchfuhr, sie schwach und erschlafft zurückließ.

„Ana.“ Er verkrallte die Finger im Laken, musste sich zurückhalten, um nicht in sie einzudringen, sie zu nehmen und an einen Ort zu führen, von dem er wusste, dass dort die Erlösung lag. „Süß, so süß. Hab keine Angst. Ich werde dir nicht wehtun.“

„Nein.“ Erschüttert bis ins Zentrum ihres Wesens, hielt sie ihn fest. Sein Herz schlug wild an ihrem, sein Körper war angespannt wie eine Violinsaite. „Nein. Zeige es mir. Zeige mir mehr.“

Ihre Augen waren jetzt geöffnet, sahen ihm zu, wie er ihren nackten Körper im Sonnenlicht betrachtete. Unter der erwachten Leidenschaft lag so viel Vertrauen. Ein Vertrauen, das ihn demutsvoll werden ließ.

Und so zeigte er ihr mehr. Alle Ängste schwanden, es war kein Raum mehr für sie, wenn ihr Körper vor tausend anderen Gefühlen erschauerte. Als Boone Ana erneut auf den Gipfel führte, ließ sie sich mitreißen, genoss das Feuer, verlangte verzweifelt nach mehr.

Überwältigt von ihrer Reaktion auf jede seiner Berührungen, auf jeden seiner Küsse, hielt er sich zurück, solange er konnte. Das Atmen fiel ihm schwer, das Blut pochte hinter seinen Schläfen, als er langsam in sie eindrang, darauf vorbereitet, sie würde aufschreien und sich versteifen. Er würde aufhören müssen, ganz gleich, wie sehr sein Körper auch nach Erlösung verlangte, wenn sie ihn darum bat.

Doch sie versteifte sich nicht, hauchte nur seinen Namen, während sie die Arme um ihn legte. Der kurze Schmerz wurde noch im selben Augenblick gelöscht durch eine Lust, die stärker und mächtiger war, als sie es sich je hätte träumen lassen.

Sein, dachte sie. Sie war sein. Und sie bog sich ihm entgegen mit dem Instinkt aus uralten Zeiten.

Tiefer, immer tiefer glitt er in sie, füllte sie aus, trieb sie vorsichtig immer höher, hinauf auf den Gipfel. Und als sie aufschrie, als ihr Körper von Schauern geschüttelt wurde, barg er sein Gesicht in ihrem Haar und folgte ihr.

Boone beobachtete das Sonnenlicht, das auf den Wänden tanzte, und lauschte auf Anas Herzschlag, jetzt wieder ruhig. Sie lag dicht an seiner Seite, einen Arm auf ihm, und streichelte ihm übers Haar.

Er hatte nicht gewusst, dass es so sein konnte. Er hatte Frauen gehabt. Mehr noch, er hatte geliebt, so tief, wie es ein Mensch nur konnte. Und doch … diese Vereinigung war mehr gewesen, als er je in seinem Leben erwartet oder erfahren hatte.

Und er konnte es ihr nicht erklären, denn er verstand es selbst nicht.

Er küsste sie auf die Schulter und sah sie an. Ihre Augen waren geschlossen, ihr Gesicht von einem zarten Hauch überzogen, ihre

Züge gänzlich entspannt. Er fragte sich, ob sie wusste, wie viel sich für sie beide an diesem Morgen geändert hatte.

„Alles in Ordnung mit dir?"

Sie schüttelte den Kopf, ließ Alarmsirenen in ihm aufschrillen. „Nein, ich bin nicht in Ordnung." Ihre Stimme kam tief aus ihrer Kehle. „Mir geht es wunderbar. Du warst wunderbar. Überhaupt ist einfach alles wunderbar. Ich kann gar nicht sagen, wie wunderbar."

„Du hast mir einen ganz schönen Schrecken eingejagt." Er strich ihr eine Strähne von der Wange. „Ich kann mich nicht erinnern, je so nervös gewesen zu sein." Ihre Lippen warteten schon auf ihn, als er den Kopf beugte und sie küsste. „Und du bereust es nicht?"

Sie hob eine Augenbraue. „Wirke ich wie jemand, der bereut?"

„Nein." Er nahm sich Zeit, ihr Gesicht zu betrachten, zeichnete mit einem Finger die Konturen sanft nach. „Eigentlich siehst du wie jemand aus, der sehr zufrieden mit sich ist." Und dass es so war, verschaffte auch ihm immense Befriedigung.

„Du hast recht, genauso fühle ich mich, und unglaublich faul und träge." Sie reckte sich ein wenig und legte den Kopf an seine Schulter.

„Herzlichen Glückwunsch zum Geburtstag."

Sie gluckste an seiner Brust. „Das war das … einzigartigste Geschenk, das ich je bekommen habe."

„Das Schöne daran ist, du kannst es immer wieder benutzen."

„Stimmt." Sie hob den Kopf, und ihre Augen waren ernst. „Du warst sehr gut zu mir, Boone. Sehr gut für mich."

„Nun, ich habe es nicht aus reiner Nächstenliebe getan, weißt du? Ich wollte dich, vom ersten Augenblick an, als ich dich sah."

„Ich weiß. Es machte mir Angst – und erregte mich." Sie streichelte seine Brust, wünschte sich für einen Moment, sie könnten für immer hier liegen bleiben, sicher und eingehüllt im Sonnenlicht.

„Das ändert alles."

Ihre Hand verharrte regungslos. „Nur, wenn du es willst."

„Dann will ich es." Er setzte sich auf und zog sie mit sich hoch, damit sie sich ansehen konnten. „Ich möchte, dass du ein Teil meines Lebens wirst, Ana. Ich möchte mit dir zusammen sein, so oft es geht. Und nicht nur auf diese Weise."

Sie fühlte die alte Angst, die an ihr zu nagen begann. Zurückweisung. In diesem Falle würde es sie zerstören. „Ich gehöre doch schon zu deinem Leben."

Er erkannte etwas in ihrem Blick, spürte die plötzliche Spannung im Raum. „Aber?"

„Kein Aber", sagte sie hastig und schlang die Arme um ihn. „Nichts, nur dieses." Sie küsste ihn, legte alles in diesen einen Kuss, während sie wusste, dass sie sie beide betrog, indem sie etwas zurückhielt. Weil sie nicht wusste, wie sie es ihm darbieten sollte, ohne ihn zu verlieren. „Ich bin hier, wenn du mich willst, solange du mich willst. Das verspreche ich."

Er drängte sie schon wieder, tadelte er sich in Gedanken. Wie konnte er von ihr erwarten, verliebt zu sein, nur weil sie sich gerade geliebt hatten? Er war ja nicht einmal sicher, was genau er selbst fühlte. Es war alles so schnell gegangen, und er ließ sich von seinen momentanen Gefühlen hinreißen. Er erinnerte sich daran, während er Ana hielt, dass es hier nicht nur um seine eigenen Bedürfnisse ging.

Da war auch noch Jessie.

Was mit Ana passierte, würde auch seine Tochter betreffen. Deshalb durfte er sich keine Fehler erlauben, kein impulsives Handeln, keine Versprechen, bis er sich absolut sicher war.

„Wir werden es langsam angehen lassen", sagte er laut und kam sich schäbig vor. „Aber sollte irgendjemand an deine Tür klopfen, der dir Geschenke bringt oder dich um eine Tasse Zucker bittet ..."

„Werde ich ihn am Kragen packen und hinauswerfen." Sie drückte ihn fest. „Es gibt niemanden außer dir." Sie küsste ihn auf den Hals. „Du machst mich glücklich."

„Ich kann dich auch noch glücklicher machen."

Sie neigte lachend den Kopf und sah ihn abschätzend an. „Wirklich?"

„Nicht so." Belustigt und geschmeichelt biss er ihr leicht in die Lippe. „Zumindest jetzt noch nicht. Nein, ich dachte mehr daran, hinunterzugehen und einen kleinen Lunch für uns zuzubereiten, während du dich faul im Bett rekeln kannst. Und dann werde ich dich wieder lieben. Und noch mal, und noch mal ..."

„Nun ..." Eine verlockende Aussicht, aber sie erinnerte sich nur zu gut daran, wie die Küche aussah, nachdem er eine Mahlzeit zubereitet hatte. Außerdem gab es bei ihr zu viele Flaschen und Gläser, deren Inhalt er besser nicht benutzen sollte. „Warum machen wir es nicht umgekehrt? Du wartest, während ich uns einen kleinen Lunch zusammenstelle."

„Es ist dein Geburtstag."

„Genau." Sie küsste ihn und schlüpfte aus dem Bett. „Deswegen geht ja heute auch alles nach meinem Willen. Es dauert nicht lange."

Es bräuchte schon einen sehr dummen Mann, um ein solches Angebot auszuschlagen, dachte Boone und verschränkte die Arme hinter dem Kopf. Er lauschte dem Wasserrauschen im angrenzenden Bad und stellte sich dann vor, wie es wohl wäre, den ganzen Tag mit ihr im Bett zu verbringen.

Auf dem Weg nach unten verknotete Ana den Gürtel des Morgenmantels. Liebe, so überlegte sie, tat wahre Wunder für die Stimmung. Besser, viel besser als jeder Trank, den sie brauen könnte. Vielleicht, mit der Zeit, mit genügend von dieser Liebe, könnte sie ihm auch den Rest offenbaren.

Boone war nicht Robert, und sie schämte sich dafür, die beiden miteinander verglichen zu haben. Aber das Risiko war so groß, und der Tag war so schön.

Vor sich hin summend, hantierte sie in der Küche.

Sandwiches wären am besten, wenn sie im Bett essen wollten. Zwar nicht gerade exklusiv, aber praktisch. Sandwiches und der Wein ihres Vaters. Sie tanzte zum Kühlschrank, von dessen Tür mittlerweile jeder Zentimeter mit Jessies Zeichnungen bedeckt war.

„Noch nicht einmal angezogen", erklang Morganas Stimme gespielt tadelnd hinter ihrem Rücken. „Das hatte ich schon erwartet."

Eine kalte Hühnchenbrust in der Hand, drehte Ana sich um. Es stand nicht nur Morgana an ihrer Hintertür, nein, auch Nash, Mel und Sebastian waren da.

„Oh." Sie spürte, wie ihr die Röte in die Wangen stieg, als sie das Fleisch beiseitelegte. „Ich habe gar keinen Wagen kommen gehört."

„Wahrscheinlich warst du einfach zu sehr mit dir selbst beschäftigt, mit deinem Geburtstag und so", konstatierte Sebastian.

Sie alle drängten herein, mit Küssen und Umarmungen und Geschenken. Nash öffnete bereits eine Flasche Champagner. „Mel, hol doch mal Gläser, damit wir mit der Party beginnen können." Er blinzelte seiner Frau zu, als sie ächzend auf einen Stuhl sank. „Du bekommst nur Apfelsaft."

„Ich bin einfach zu dick, um mich zu streiten." Sie versuchte ihr Gewicht bequemer zu verlagern. „Und? Hast du schon aus Irland gehört?"

„Ja, heute Morgen stand eine Truhe da. Sie ist einfach großartig. Gläser sind im Schrank daneben", sagte Ana in Mels Richtung. „Und die Geschenke lagen darin. Ich habe schon mit ihnen allen in Irland gesprochen ..." Kurz bevor sie und Boone sich geliebt hatten. Wieder wurde sie rot. „Ich ... äh ... ich muss noch mal ..." Mel drückte ihr ein Glas Champagner in die Hand.

„Stoß erst mal mit uns an", forderte Sebastian sie auf. Dann legte er den Kopf schief. „Anastasia, liebste Cousine, du siehst blendend aus. Siebenundzwanzig zu werden bekommt dir anscheinend bestens."

„Raus aus meinem Kopf", fauchte sie leise und nippte an ihrem Glas, um etwas Zeit zu gewinnen, damit sie sich überlegen konnte, wie sie es am besten erklären sollte. „Ich kann euch gar nicht genug danken, dass ihr so unverhofft vorbeigekommen seid. Wenn ihr mich für eine Minute entschuldigen wollt ..."

„Wegen uns brauchst du dich nicht anzuziehen." Nash schenkte die restlichen Gläser ein. „Sebastian hat recht, du siehst großartig aus."

„Danke, aber jetzt muss ich wirklich ..."

„Ana, mir ist was Besseres eingefallen."

Boones Stimme aus der Diele brachte jedermann zum Schweigen. „Warum gehen wir nicht ..." Barfuß, mit bloßer Brust und wirren Haaren, kam Boone in die Küche und erstarrte.

„Hoppla." Mel grinste in ihr Glas.

„Sehr passend ausgedrückt." Ihr Mann musterte Boone mit zusammengekniffenen Augen. „Auf einen kurzen nachbarschaftlichen Besuch vorbeigekommen?"

„Halt den Mund, Sebastian." Das kam von Morgana, die die Hände auf dem Bauch verschränkt hatte und lächelte. „Wir scheinen hier etwas unterbrochen zu haben."

„Wären wir früher gekommen, wäre das wohl der Fall gewesen", flüsterte Nash Mel zu, die prompt zu glucksen anfing.

Ana warf ihm einen vernichtenden Blick zu, bevor sie sich Boone zuwandte. „Meine Familie hat wohl eine kleine Überraschungsparty für mich im Sinn gehabt, und sie alle finden es ausgesprochen amüsant, dass ich auch ein Privatleben habe." Sie sah über die Schulter zurück. „Das sie nichts angeht."

„Sie ist immer schlecht gelaunt, wenn sie gerade aus dem Bett kommt", merkte Sebastian an und ergab sich in die Vorstellung, Boone zu akzeptieren. Für den Moment. „Mel, sieht aus, als bräuchten wir noch ein Glas."

„Schon passiert." Mit einem Lächeln reichte sie Boone die Champagnerflöte. „‚Wenn du sie nicht besiegen kannst, verwirr sie'", flüsterte sie ihm den alten Spruch als Rat zu, und er nickte.

„Also dann." Boone trank einen großen Schluck, um sich zu stärken. „Hat jemand Kuchen mitgebracht?"

Mit einem erlösenden Lachen deutete Morgana auf die große Schachtel. „Nash, gib Ana ein Messer, damit sie die Torte anschneidet. Auf die Kerzen können wir wohl verzichten. Es scheint, als hätte sie sich schon eine Kleinigkeit gewünscht."

8. KAPITEL

Ana war einfach zu sehr an ihre Familie gewöhnt, als dass sie lange verärgert oder beschämt sein könnte. Und zu glücklich mit Boone, als dass sie ihm hätte böse sein können. Während die Tage vergingen, festigte sie langsam, aber stetig, ihre Beziehung.

Sie vertraute ihm ihr Herz und ihren Körper an, aber ihr Geheimnis vertraute sie ihm noch nicht an.

Obwohl seine Gefühle für sie immer stärker wurden, zu einer Liebe gewachsen waren, von der er nie gedacht hatte, dass er sie noch einmal erleben würde, war er doch genauso zurückhaltend wie sie, wenn es darum ging, den letzten Schritt zu einem gemeinsamen Leben zu machen.

Denn im Zentrum dieser Entscheidung stand ein Kind, das keiner von ihnen wegen der eigenen Bedürfnisse verletzen wollte.

Sie stahlen Zeit für sich, ein paar Stunden am Nachmittag, ein paar Stunden an einem verregneten Morgen. In der Nacht lag Ana allein in ihrem Bett und fragte sich, wie lange dieses magische Zwischenspiel wohl andauern würde.

Als Halloween immer näher kam, waren sie und Boone mit ihren eigenen Vorbereitungen beschäftigt. Manchmal wollten Ana schier die Nerven durchgehen, wenn sie daran dachte, dass er ihre ganze Familie an dem Feiertag kennenlernen würde. Dann lachte sie über sich selbst, weil sie sich schon fast wie ein Teenager benahm, der die erste Verabredung den Eltern vorstellte.

Schon am Mittag des einunddreißigsten Oktobers war sie bei Morgana, um der hochschwangeren Cousine bei den Vorbereitungen für das Halloween-Fest zu helfen.

„Ich könnte Nash das machen lassen." Morgana stützte mit beiden Händen ihren Rücken und setzte sich dann, um den Brotteig weiter zu kneten.

„Nash würde alles für dich tun, du müsstest ihn nur fragen." Ana schnitt Lammfleisch für den traditionellen Irish Stew in kleine Würfel. „Aber er hat diebischen Spaß dabei, seine Tricks vorzubereiten."

„Ein Amateur, der sich einbildet, die Profis ausstechen zu können.“ Morgana zuckte zusammen und stöhnte auf.

Ana war sofort bei ihr. „Liebes?“

„Nein, keine Sorge, es sind nicht die Wehen. Obwohl ich mir wünsche, sie wären es. Ich kann mich ja kaum noch bewegen.“ Als ihr der wehleidige Ton in ihrer Stimme auffiel, zog sie eine Grimasse. „Und ich verabscheue Leute, die ständig jammern.“

„Jammer, soviel du willst. Hier sind nur wir beide.“ Immer gut vorbereitet, goss Ana einen Trank in ein Glas. „Hier, trink das.“

„Ich fühle mich, als würde ich nur noch gleiten können. Wie Kleopatras Schiff. Breit genug bin ich ja.“ Sie trank, die Finger um das Amulett an ihrem Hals gelegt.

„Und du hast auch schon zwei Crewmitglieder.“

Immerhin brachte das Morgana zum Lachen. „Lass uns über etwas anderes reden“, bat sie. „Alles, was mich davon ablenkt, dass ich fett und unleidlich bin.“

„Du bist nicht fett und nur ein ganz kleines bisschen unleidlich.“ Trotzdem suchte Ana nach einem anderen Thema. „Wusstest du übrigens, dass Mel und Sebastian wieder zusammen an einem Fall arbeiten?“

„Nein.“ Diese Information reichte aus, um ihr Interesse zu wecken. „Ich bin überrascht. Mel ist doch so eigen, wenn es um ihre Arbeit als Privatdetektivin geht.“

„Tja, sieht so aus, als hätte sie die Mauer eingerissen. Ein Junge, der von zu Hause weggerannt ist, gerade mal zwölf. Die Eltern sind völlig am Ende. Als ich gestern Abend mit ihr telefonierte, sagte sie, sie hätten bereits eine Spur. Deshalb entschuldigt sie sich auch, dass sie heute nicht helfen kann.“

„Mel in der Küche ist keine Hilfe, sondern eine Katastrophe.“ Aus jeder Silbe, die Morgana sprach, klang Zuneigung für ihre angeheiratete Verwandte. „Sie ist wunderbar für Sebastian, nicht wahr?“

„Ja.“ Ana lächelte vor sich hin, während sie Kartoffeln und Zwiebeln über das Lammfleisch im Tontopf schichtete. „Eigensinnig und stur und mit einem weichen Herzen. Sie ist genau das, was er braucht. Ein Glück, dass die beiden sich getroffen haben.“

„Hast du gefunden, was du brauchst?“

Zuerst erwiderte Ana nichts, konzentrierte sich darauf, Kräuter über Fleisch und Gemüse zu streuen. Sie hatte geahnt, dass Morgana einen Weg finden würde, um auf das Thema zu kommen. „Ich bin sehr glücklich."

„Ich mag ihn. Ich hatte sofort ein gutes Gefühl."

„Das freut mich."

„Sebastian auch, obwohl erst mit einigen Einschränkungen." Morgana runzelte leicht die Stirn, aber ihre Stimme klang weiterhin unbeschwert. „Vor allem auch, nachdem er in Boones Kopf herumgewühlt hat."

Anas Lippen wurden dünn. „Das habe ich ihm noch immer nicht so richtig verziehen."

„Nun", Morgana legte den Teig in eine Schüssel, um ihn gehen zu lassen, „Boone hat's nicht gemerkt, und Sebastians Nackenhaare haben sich wieder gelegt. Er war nicht gerade begeistert, als er dich an deinem Geburtstag frisch aus dem Bett antraf."

„Das geht ihn nicht das Geringste an."

„Sebastian liebt dich." Morgana drückte Anas Arm, als diese zum Ofen ging. „Um dich wird er sich immer Sorgen machen, weil du die Jüngste von uns bist – und weil deine Gabe dich so verletzlich macht."

„Ich bin nicht völlig wehrlos, Morgana. Auch nicht dumm."

„Das weiß ich. Liebes, ich …" Unwirsch wischte sie sich die Tränen aus den Augen. „Es war dein erstes Mal. Ich wollte nicht neugierig sein, aber … Himmel, so sentimental war ich in meinem ganzen Leben nicht."

„Du konntest es nur besser verheimlichen." Ana kam zu Morgana herüber, um sie in die Arme zu nehmen. „Es war wunderbar, er war so zärtlich und sanft. Ich wusste immer, dass es einen Grund gab, warum ich wartete, und er ist dieser Grund." Sie richtete sich lächelnd auf. „Boone hat mir mehr gegeben, als ich mir je erträumt habe."

Mit einem Seufzer legte Morgana ihre Hände an Anas Gesicht. „Du liebst ihn."

„Ja. Ich liebe ihn sehr."

„Und er?"

Ihr Blick wurde unstet. „Ich weiß es nicht."

„Ach, Ana."

„Ich werde mich nicht auf diese Weise mit ihm verbinden." Ihre

Stimme wurde wieder fester. „Es wäre unehrlich, wenn ich ihm noch nicht gesagt habe, was ich bin. Und noch nicht den Mut aufgebracht habe, ihm zu sagen, was ich für ihn fühle. Ich weiß, dass ihm viel an mir liegt. Dazu brauche ich meine Gabe nicht, um das zu merken. Das reicht. Wenn da mehr ist, wird er es mir sagen, da bin ich sicher."

„Es überrascht mich immer wieder, wie dickköpfig du bloß bist."

„Ich bin eine Donovan", gab Ana zurück. „Und das mit Boone ist wichtig für mich."

„Schön. Aber du solltest es ihm sagen." Morgana hielt Ana am Arm fest, bevor sie sich abwenden konnte. „Ja, ich weiß, ich hasse es auch, wenn mir jemand ungebeten einen Rat gibt, den ich nicht hören will. Aber du musst die Vergangenheit loslassen und dich der Zukunft zuwenden."

„Ich stelle mich ja der Zukunft. Und ich wünsche, dass Boone in ihr eine Rolle spielt. Ich brauche einfach mehr Zeit." Sie presste die Lippen zusammen, bis sie ihre Stimme wieder unter Kontrolle hatte. „Morgana, er ist ein guter Mann. Er besitzt Mitgefühl und Fantasie und eine Großzügigkeit, derer er sich gar nicht bewusst ist. Und er hat ein Kind."

„Ist es das, was dir Angst macht? Das Kind einer anderen zu übernehmen?"

„Oh nein. Ich liebe sie. Wie sollte man sie nicht lieben? Noch bevor mir klar war, dass ich Boone liebe, hatte ich mich schon in Jessie verliebt. Sie ist der Angelpunkt seines Lebens, so, wie es sein sollte. Es gibt nichts, absolut nichts, was ich nicht für die beiden tun würde. Diese zwei Menschen sind ganz nah an meinem Herzen."

„Was ist es dann?"

Ana stockte, beschäftigte sich damit, die Eier für den Salat abzuschrecken. „Hast du ein bisschen Dill da? Du weißt doch, Onkel Douglas mag seinen Dill."

Mit einem Schnauben setzte Morgana ein Glas auf die Anrichte. „Anastasia, lenke nicht ab."

Viel zu heftig drehte Ana den Wasserhahn ab. „Du weißt ja gar nicht, wie viel Glück du mit Nash hast. Jemanden, der einen liebt, ganz gleich, was sein mag."

„Sicher weiß ich das", erwiderte Morgana warm. „Aber was hat Nash damit zu tun?"

„Wie viele Männer gibt es, die eine von uns so bedingungslos akzeptieren? Wie viele wagen eine Ehe und Kinder mit einer Hexe?"

„In Finns Namen! Anastasia!" Die Empörung in ihrer Stimme wurde entkräftet durch die Tatsache, dass sie sich wieder setzen musste. „Du redest gerade so, als wären wir warzenübersäte, hässliche alte Vetteln, die irre kichernd auf ihren Besenstielen reiten und die Muttermilch noch in der Brust sauer werden lassen!"

Ana fand das nicht komisch. „Denken nicht die meisten genau das über uns? Robert ..."

„Ach, Robert ... Soll ihn der Blitz treffen!"

„Gut, vergiss Robert", winkte Ana ab. „Aber wie oft sind wir über die Jahrhunderte verfolgt, gejagt, gefürchtet, ausgegrenzt worden, nur weil wir sind, was wir sind? Ich schäme mich meines Blutes nicht, ich bedaure nicht, diese Gabe geerbt zu haben. Aber ich könnte es nicht ertragen, dass, würde ich ihm die Wahrheit über mich sagen, er mich ansieht wie ...", sie lachte bitter auf, „... wie einen Kessel voller Kröten und Molche."

„Wenn er dich liebt ..."

„Wenn", betonte Ana vieldeutig. „Wir werden sehen. Aber jetzt, denke ich, solltest du dich für eine Stunde hinlegen."

„Du lenkst schon wieder ab", setzte Morgana an, als Nash hereingestürmt kam. Er hatte Spinnweben im Haar – künstliche –, und ein diabolisches Funkeln stand in seinen Augen.

„Das müsst ihr euch ansehen. Es ist absolut fantastisch! Ich bin ja soooo gut! Ich hätte mich fast selbst erschreckt." Er schnappte sich eine Selleriestange und biss herzhaft hinein. „Kommt schon, steht da nicht einfach so rum!"

„Amateure", seufzte Morgana und rappelte sich auf.

Die beiden Frauen bewunderten Nashs holographische Gespenster in der Eingangshalle gebührend, als man draußen einen Wagen vorfahren hörte.

„Sie sind da!" Voller Vorfreude sprang Ana auf die Haustür zu, dann erstarrte sie plötzlich. Noch während sie sich umdrehte, sank Morgana gegen Nash.

Der wiederum weiß wie seine Gespenster wurde. „Baby? Geht es los? Jetzt? Oh Gott!“

„Schon in Ordnung.“ Morgana atmete tief durch, und Ana stützte ihren anderen Arm. „Nur ein Ziehen, wirklich.“ Sie lächelte Ana zu. „Schon sehr passend, die Zwillinge ausgerechnet an Halloween zu bekommen.“

„Kein Grund zur Aufregung“, versicherte Douglas Donovan Nash immer wieder. Wie sein Sohn war auch er ein großer Mann, allerdings war das dunkle Haar, das er Sebastian vererbt hatte, tiefen Geheimratsecken gewichen. Für den Anlass hatte er einen schwarzen Frack gewählt, zu dem die knallorangefarbenen Turnschuhe in scharfem Kontrast standen – zumal sie auch noch im Dunkeln fluoreszierten. „Eine Geburt ist das Natürlichste von der Welt. Ist ja auch die perfekte Nacht dafür. Du wirst sehen, deine Zwillinge kommen ganz von alleine.“

„Richtig.“ Nash schluckte den Kloß in seiner Kehle hinunter. Sein Haus war voll – Hexen und Zauberer, wenn man es genau nehmen wollte –, und seine Frau saß auf dem Sofa und sah aus, als würde es ihr nicht das Geringste ausmachen, dass sie seit drei Stunden Wehen hatte. „Vielleicht war es ja falscher Alarm.“

Camilla rauschte in einem Abendkleid voll aufgenähter Münzen vorbei und klopfte Nash mit ihrem Federfächer auf die Schulter. „Überlass das nur Ana, mein Junge. Sie wird sich bestens um alles kümmern. Ich weiß noch, als ich Sebastian bekam, habe ich dreizehn Stunden in den Wehen gelegen. Wir haben Witze darüber gemacht, erinnerst du dich, Douglas?“

„Ja, nachdem du endlich aufgehört hast, mich mit Flüchen zu belegen, mein Herz.“

„Natürlich.“ Sie schwebte in Richtung Küche davon, um noch einmal den Stew zu überprüfen. Ana nahm nie genug Salbei.

„Sie hätte mich in einen Igel verwandelt, wäre sie nicht anderweitig beschäftigt gewesen“, gestand Douglas Nash im Vertrauen.

„Na, da fühl ich mich doch gleich besser“, murmelte Nash und sah Douglas skeptisch an.

Douglas entging die Ironie völlig. Herzlich klopfte er Nash auf die Schultern. „Ich bin immer froh, wenn ich helfen kann. Dafür sind wir ja hier, Dash.“

„Nash."

Douglas lächelte milde. „Ja, natürlich."

„Mama." Morgana drückte die Hand ihrer Mutter. „Bitte, rette den armen Nash vor Onkel Douglas. Er sieht so blass um die Nase aus."

Bryna legte den Zeichenblock zur Seite. „Soll dein Vater einen kleinen Spaziergang mit ihm machen? Ich werde ihn gleich darum bitten."

„Das wäre wundervoll." Sie seufzte dankbar, als Ana ihre Schultern rieb. „Im Moment kann er hier im Haus sowieso nichts tun."

Padrick, Anas Vater, ließ sich auf dem Stuhl nieder, sobald Bryna aufgestanden war. „Wie geht's unserem Mädchen?"

„So weit ganz gut, es ist noch ziemlich schwach. Aber wahrscheinlich wird es bald richtig losgehen." Sie beugte sich vor und küsste ihn auf eine Pausbacke. „Ich bin froh, dass ihr alle hier seid."

„Ich möchte nirgendwo anders sein." Er legte die mollige Hand auf ihren Bauch, um den Schmerz zu besänftigen, und lächelte seiner Tochter mit dem ihm eigenen verschmitzten Lächeln an. „Und mein kleiner Liebling – hübscher denn je. Du kommst ganz nach deinem Dad, wenn ich das recht betrachte."

„Nach wem sonst?" Ana fühlte die nächste Wehe kommen und hielt ihre Hände fest auf Morganas Schultern. „Immer schön tief durchatmen, Liebes."

„Willst du ihr nicht Wiesenkraut geben?", fragte er.

Ana überlegte, dann schüttelte sie den Kopf. „Nein, noch nicht. Sie hält sich gut. Aber du könntest mir meinen Beutel bringen. Ich werde Kristalle benutzen."

„Schon erledigt." Padrick erhob sich und ließ die geschlossene Faust kreisen. Als er die Finger wieder öffnete, lag ein Zweig blühender Glockenheide auf seiner Handfläche. „Wo kommt das denn jetzt her?", sagte er mit der gleichen Stimme, die er benutzt hatte, als die erwachsene Frau in den Wehen selbst noch ein Kind gewesen war. „Passt du bitte für mich darauf auf? Ich habe einen Auftrag zu erledigen."

Morgana strich sich mit dem Zweiglein über die Wange. „Er ist der liebenswürdigste Mann der Welt."

„Wenn du nicht aufpasst, wird er diese beiden schrecklich verwöhnen. Dad ist völlig vernarrt in Kinder.“ Durch das Band spürte Ana, dass Morgana sich wesentlich unwohler fühlte, als sie sich anmerken ließ. „Bald werde ich dich nach oben bringen müssen, Morgana.“

„Noch nicht.“ Sie legte ihre Hand auf Anas. „Es ist so schön, hier unten mit euch allen zusammen zu sein. Wo ist eigentlich Tante Maureen?“

„Mama ist in der Küche und streitet wahrscheinlich mit Tante Camilla, wie man den besten Stew macht.“

Morgana schloss die Augen und stöhnte. „Himmel, ich könnte jetzt einen ganzen Topf davon essen.“

„Später“, versprach Ana und sah auf, als Kettengerassel und lautes Gejammer ertönte. „Da ist jemand an der Tür.“

„Der arme Nash. Er kann es einfach nicht erwarten, seine Arbeit auszuprobieren. Ist es Sebastian?“

Ana reckte den Hals. „Sieht so aus. Er und Mel begutachten gerade die Hologramme. Hoppla, das war’s dann wohl für die Rauchmaschine und die Fledermäuse.“

Sebastian kam herein. „Was für Amateure“, war sein einziger Kommentar.

„Lydia hat die ganze Zeit geschrien“, erzählte die begeisterte Jessie von den Schrecken des Spukhauses in der Grundschule. „Und Frankie hat so viele Bonbons gegessen, dass er sich übergeben hat.“

„Das hört sich ja wirklich nach einem denkwürdigen Tag an.“ Um genau das zu vermeiden, hatte Boone vorsorglich die Hälfte von den Süßigkeiten, die Jessie gesammelt hatte, weggeräumt.

„Mein Kostüm war das Schönste.“ Als sie vor Morganas Laden aus dem Wagen stiegen, drehte Jessie sich einmal um die eigene Achse, dass der bauschige pinkfarbene Rock mit den silbernen Sternchen nur so flog. Ganz stolzer Vater und sehr zufrieden mit sich, ging Boone in die Knie, um die Flügel aus Aluminiumfolie zu richten. Es hatte ihn zwei volle Tage gekostet, um das Elfenkostüm anzufertigen. Aber es hatte sich gelohnt.

Jessie tippte ihrem Vater mit dem Zauberstab aus Pappe auf die Schulter. „Jetzt bist du ein schöner Prinz.“

„Und was war ich vorher?“

„Ein hässlicher Frosch." Sie kicherte laut, als er ihr leicht in die Nase kniff. „Meinst du, Ana erkennt mich so überhaupt?"

„Niemals. Ich erkenne dich ja kaum." Sie hatten auf eine Maske verzichtet, dafür hatte Boone seiner Tochter Wangen und Lippen rot gemalt, und ihre Lider erstrahlten in glitzerndem Gold.

„Wir lernen ihre ganze Familie kennen", sagte sie zu ihrem Vater – als ob man ihm das sagen müsste. Schon die ganze Woche hatte er deswegen Magenkrämpfe. „Und ich sehe endlich Morganas Katze und ihren Hund wieder."

„Ja." Er bemühte sich, sich wegen des Hundes keine Sorgen zu machen. Pan mochte zwar aussehen wie ein Wolf, aber beim letzten Besuch war er sanft und freundlich zu Jessie gewesen.

„Das wird die beste Halloween-Party der Welt!" Jessie stellte sich auf die Zehenspitzen und klingelte an der Haustür. Sie sperrte den Mund auf, als die Tür langsam von allein aufging und Kettengerassel und Stöhnen die Luft füllte.

Ein untersetzter Mann mit lustigen Augen warf einen Blick auf Jessie und sprach dann in bester Gespenstermanier mit tiefer Stimme: „Willkommen im verwunschenen Schloss. Tretet ein, auf eigene Gefahr."

Jessies Augen standen wie zwei große blaue Untertassen in ihrem Gesicht. „Ist es wirklich verwunschen?"

„Kommt herein und findet es heraus … wenn ihr euch traut." Er ging vor Jessie in die Hocke und zog ein Plüschkaninchen aus seinem Ärmel.

„Ooh." Jessie schmiegte die Wange an das Stofftier. „Sind Sie ein Zauberer?"

„Was sonst. Ist das nicht jeder?"

„Nein. Ich bin eine Elfenprinzessin."

„Das geht auch. Ist das deine Eskorte für den Abend?", fragte er und sah zu Boone.

„Nein." Jessie lachte fröhlich. „Das ist mein Daddy. Und eigentlich bin ich Jessie."

„Na, eigentlich bin ich Padrick." Er richtete sich wieder auf, und obwohl seine Augen immer noch lustig funkelten, hatte Boone das sichere Gefühl, dass er hier gerade abgeschätzt wurde.

„Sawyer." Er streckte die Hand aus. „Boone Sawyer. Wir sind

Anastasias Nachbarn."

„Nachbarn, sagen Sie? Ich bezweifle, dass das alles ist." Nach dem Handschlag nahm Padrick Jessie bei der Hand. „Komm, lass uns nachsehen, was euch alles erwartet."

„Geister!" Jessie zuckte ehrlich erschreckt zusammen. „Daddy, sieh nur! Geister!"

„Ja, für einen Laien gar nicht schlecht gemacht", stimmte Padrick gönnerhaft zu. „Ach übrigens, Ana ist gerade mit Morgana und Nash nach oben gegangen. Wir kriegen heute Abend nämlich Zwillinge. Maureen, meine Passionsblume, komm und lerne Anas Nachbarn kennen." Er drehte sich um, als eine bemerkenswerte Amazone mit einem scharlachroten Turban in die Halle kam.

„Sie können sicher einen Drink gebrauchen", sagte Padrick zu Boone.

Der stieß langsam die Luft aus. „Ja, Sir, gute Idee – das könnte ich wirklich."

Zögernd klopfte Mel an die Tür zu Morganas Schlafzimmer und steckte vorsichtig den Kopf herein. Sie war sich überhaupt nicht sicher, was sie zu erwarten hatte – die klinische Atmosphäre eines Kreißsaals oder den ätherischen Schimmer eines magischen Kreises.

Weder noch. Morgana war in halb sitzender Stellung auf ihrem gemütlichen Bett, Kerzen und Blumen um sie herum, Harfen- und Flötenmusik klang durch den Raum. Sie sah erhitzt aus, Nash dagegen war weiß wie ein Laken, aber alles, was sie sah, einschließlich Anas aufforderndem Winken, wirkte völlig normal, was ihr die Entscheidung, einzutreten, erheblich erleichterte.

„Komm herein, Mel. Du solltest dich doch auskennen. Schließlich hast du Sebastian und mir geholfen, das Fohlen auf die Welt zu bringen."

„Ich fühle mich zwar wie ein Pferd", knurrte Morgana leise, „aber das heißt nicht, dass ich gerne mit einem verglichen werde." Dann begann sie in Stößen zu atmen, als eine neue Wehe einsetzte.

„Okay, okay." Nash griff ihre Hand und hielt die Stoppuhr. „Es geht schon. Wir machen das großartig, ganz großartig."

„Wir?", presste Morgana zwischen den Zähnen hervor. „Zur Hölle, ich möchte dich hier sehen und ..."

„Atme." Anas Stimme war sanft, als sie Kristalle über Morganas Bauch positionierte. Die Steine blieben in der Luft hängen und strahlten ein überirdisches Licht aus. Mel starrte mit offenem Mund, dann erinnerte sie sich daran, dass sie selbst seit zwei Monaten mit einem Zauberer verheiratet war.

„Geh nicht." Morgana lockerte den Klammergriff um Nashs Hand, als die Wehe nachließ. „Bleib hier."

„Ich gehe nirgendwohin, Schatz. Du bist einfach wunderbar." Wie wünschte er sich, der Schmerz hätte endlich ein Ende für sie. Er tupfte mit einem feuchten kalten Tuch den Schweiß von ihrer Stirn. „Ich liebe dich, Schönheit."

„Das will ich dir auch geraten haben." Sie brachte ein Lächeln zu Stande und lehnte sich erschöpft mit geschlossenen Augen zurück. Sie wusste, dass sie noch einen langen Weg vor sich hatte. „Wie mache ich mich, Ana?"

„Sehr gut. Vielleicht zwei Stunden noch. Länger wird es nicht dauern."

„Zwei Stunden?!" Nash presste die Lippen zusammen, rang sich dann ein Lächeln ab, auch wenn es sehr schief ausfiel. „Na, das ist doch wunderbar."

Mel räusperte sich, und Ana sah zu ihr hinüber. „Ich wollte dir nur sagen, dass Boone hier ist, mit Jessie."

„Oh." Ana wischte sich mit dem Ärmel den Schweiß von den Brauen. „Das hatte ich ganz vergessen. Ich komme gleich nach unten. Könntest du bitte Tante Bryna heraufschicken?"

„Mache ich. He, Morgana, wir sind alle bei dir."

Morganas Lächeln zeigte einen leicht boshaften Anflug. „Wie nett. Möchtest du vielleicht mit mir tauschen?"

„Ich denke, dieses Mal werde ich passen, danke." Mel zog sich eilends zurück.

Als Ana auf der Schwelle zum Wohnzimmer stand, fiel ihr als Erstes auf, dass Jessie sich köstlich amüsierte. Anas Mutter lachte ihr volles, herzliches Lachen, während Jessie ihr alle Ereignisse der Halloween-Party in der Schule erzählte. Und da Jessie bereits zwei Plüschtiere im Arm hielt, ging Ana davon aus, dass ihr Vater seine Tricks auch schon vorgeführt hatte.

Sie konnte nur hoffen, dass er diskret vorgegangen war.

„Wie sieht es oben aus?“, fragte Bryna leise, als sie an Ana vorbeiging.

„Alles bestens. Du wirst noch vor Mitternacht Großmutter werden.“

„Danke, Anastasia.“ Bryna küsste sie auf die Wange. „Und dein junger Mann gefällt mir.“

„Er ist nicht …“ Aber ihre Tante war bereits halb die Treppe hinauf.

Und da stand Boone, neben dem offenen Kamin, in dem fröhliche Flammen flackerten – einen Drink in der Hand, mit Sicherheit ein Gebräu ihres Vaters – und hörte mit fasziniertem Gesicht einer von Onkel Douglas' Geschichten zu.

„Also haben wir die arme Seele für die Nacht aufgenommen, schließlich stürmte und gewitterte es draußen wie verrückt. Und was tut dieser Mensch am Morgen? Rennt laut schreiend davon und schimpft über Geister und Hexen.“ Douglas tippte sich vielsagend mit dem Finger an die Schläfe. Auf dem Kopf saß jetzt ein orangefarbener Zylinder. „Wirklich bedauernswert.“

„Vielleicht hatte es etwas damit zu tun, dass du in dieser alten Ritterrüstung herumstolziert bist“, gab Matthew Donovan zu bedenken, während er den Cognac in seinem Glas schwenkte.

„Aber nein, ein Ritter ähnelt doch in keinster Weise einer Hexe. Ich glaube vielmehr, dass es an dem Jammern von Maureens Katzen lag.“

„Meine Katzen jammern nicht“, kam es beleidigt von Maureen. „Sie sind sehr gut erzogen.“

„Ich habe einen Hund“, mischte Jessie sich ein, „aber ich mag Katzen auch.“

„Wirklich?“ Padrick war nur zu willig. Er griff zwischen die Aluminiumflügel und zog eine kleine Plüschkatze hervor. „So wie die hier?“

„Ja!“ Jessie war begeistert. Und entzückte Padrick damit, dass sie auf seinen Schoß kletterte und ihm einen Kuss auf die rosige Wange drückte.

„Dad.“ Ana kam auf ihren Vater zu und blickte ihn liebevoll an. „Du änderst dich nie.“

„Ana!“ Jessie hüpfte auf Padricks Knie auf und ab, die ganze Menagerie an die Brust gepresst. „Dein Daddy ist der lustigste Mann auf der ganzen Welt! Und er kann ganz toll zaubern!"

„Ja, ich mag ihn auch." Dann legte sie den Kopf schief. „Aber wer bist du?"

„Aber ich bin doch Jessie." Kichernd hüpfte sie auf den Boden und drehte sich einmal im Kreis. Sie war völlig fasziniert von dieser Party.

„Nein, wirklich?"

„Doch, ehrlich. Daddy hat aus mir für Halloween eine Elfenprinzessin gemacht."

„Deine Stimme hört sich auf jeden Fall wie die von Jessie an." Ana ging vor ihr in die Hocke. „Gib mir einen Kuss, dann weiß ich es sicher."

Jessie presste ihre roten Lippen auf Anas Mund, selig über den Erfolg ihres Kostüms. „Hast du mich wirklich nicht erkannt?"

„Nein, ich war felsenfest davon überzeugt, du seist eine echte Elfenprinzessin."

„Dein Daddy hat gesagt, dass du seine Elfenprinzessin warst, weil deine Mama die Königin war."

Maureen lachte herzhaft auf und blinzelte ihrem Mann zu. „Ach, mein Froschkönig."

„Du musst entschuldigen, aber ich kann nicht lange bleiben und mit dir reden", sagte Ana zu Jessie.

„Ich weiß. Du hilfst Morgana dabei, ihre Babys zu bekommen. Kommen sie eigentlich beide gleichzeitig heraus oder einzeln?"

„Sie kommen nacheinander. Hoffe ich wenigstens." Sie lachte und wuschelte Jessie durchs Haar, dann sah sie zu Boone. „Bleibt, solange ihr wollt. Zu essen ist genug da."

„Mach dir um uns keine Gedanken. Wie geht es Morgana?"

„Sie hält sich sehr gut. Ehrlich gesagt, ich werde Cognac für Nash mitnehmen. Er ist mit den Nerven am Ende."

Mit einem verstehenden Nicken hielt Matthew ihr eine Karaffe und einen Schwenker hin. „Ich weiß, was er durchmacht." Als er ihr die Sachen reichte, verspürte sie seine Macht wie einen Blitzschlag und wusste, dass er in Gedanken und mit seinem Herzen, trotz seiner äußeren Gelassenheit, oben bei seiner Tochter war.

„Keine Sorge, Onkel Matthew, ich kümmere mich um sie."

„Niemand könnte es besser. Du bist die Beste, von allen, die ich kenne, Anastasia." Er sah ihr in die Augen, als er mit einem Finger über das Blutsteinamulett fuhr, das sie um den Hals trug. „Und ich habe viele gekannt." Dann erschien ein Lächeln auf seinen Lippen. „Boone, warum bringen Sie Ana nicht nach oben zurück?"

„Gern." Boone nahm Ana Karaffe und Glas ab, bevor sie den Raum verließen.

„Deine Familie", setzte er an und schüttelte den Kopf, nicht merkend, wie Ana sich versteifte.

„Ja?"

„Sie sind unglaublich. Alle. Einmalig. Schließlich geschieht es nicht jeden Tag, dass ich mich mitten zwischen Fremden wiederfinde, während eine Frau im Obergeschoss Zwillinge zur Welt bringt, ein Wolf – ich schwöre, dieser Hund ist kein Hund – unter dem Küchentisch an einem riesigen Knochen, der von einem Mammut stammen könnte, nagt, während in der Halle mechanische Fledermäuse herumflattern und Ketten rasseln. Ich bin vollkommen begeistert."

„Nun, es ist Halloween. Was hattest du denn an diesem Tag anderes erwartet?"

„Ich glaube nicht, dass das viel damit zu tun hat." Er blieb auf dem oberen Treppenabsatz stehen. „Ich kann mich nicht entsinnen, mich je so gut amüsiert zu haben. Sie sind einfach wunderbar, Ana. Dein Vater mit seinen Tricks – ich komme ihm einfach nicht auf die Schliche, wie er es macht."

„Nein, das wirst du bestimmt auch nicht. Er ist sehr ... talentiert."

„Er könnte damit auftreten. Ich muss dir einfach sagen, dass ich diese Party um nichts in der Welt hätte verpassen wollen." Er legte die freie Hand in ihren Nacken. „Das Einzige, was fehlt, bist du."

„Ich hatte befürchtet, du würdest dich vielleicht unwohl fühlen."

„Nein. Nur bringt das meine Pläne ein wenig durcheinander. Ich hatte vor, dich in dunkle Ecken zu ziehen und dir Schauergeschichten zu erzählen, die dir das Blut in den Adern gefrieren lassen, bis du dich vor Angst schlotternd an mich schmiegst."

„So leicht bin ich nicht zu ängstigen. Da musst du dir schon ein bisschen mehr einfallen lassen." Lächelnd schlang sie die Arme um seinen Hals. „Ich bin praktisch mit solchen Geschichten aufgewachsen."

„Mit Onkeln, die nachts in Ritterrüstungen umherstiefeln", murmelte er an ihren Lippen.

„Oh, das war noch das Wenigste." Sie schmiegte sich enger an ihn. „Als Kinder haben wir immer im Verlies gespielt. Einmal habe ich sogar eine ganze Nacht im Spukturm verbracht, wegen einer von Sebastians Mutproben."

„Wirklich sehr tapfer."

„Nein, dumm. Es war schrecklich unbequem und kalt. Zumindest hat Morgana ein Kissen und eine Decke für mich hochgezaubert."

„Gezaubert, meine Prinzessin?", wiederholte er. Das Wort amüsierte ihn.

„Hochgebracht", verbesserte sie sich und schmiegte sich noch enger in seine Arme, damit er an nichts anderes mehr dachte als an sie.

Als die Tür neben ihnen aufgezogen wurde, stoben sie auseinander wie schuldbewusste Teenager. Bryna hob eine Augenbraue, erfasste die Situation und lächelte.

„Entschuldigt, wenn ich störe, aber ich denke, Boone ist genau der Mann, den wir brauchen."

Seine Finger klammerten sich unwillkürlich fester um die Karaffe. „Ich? Da drinnen?"

Bryna lachte. „Nein, das nicht. Aber wenn ich Ihnen Nash herausschicken darf ... Er könnte ein aufmunterndes Gespräch mit einem Mann gebrauchen."

„Aber nur für ein paar Minuten", schränkte Ana ein. „Morgana braucht ihn neben sich."

Bevor Boone zustimmen oder ablehnen konnte, waren die beiden Frauen schon wieder in das Zimmer verschwunden. Mit einem resignierten Seufzer schenkte er sich einen Cognac ein, trank einen kräftigen Schluck und füllte das Glas nach, als Nash auf den Flur herauskam.

„Hier, das beruhigt die Nerven."

„Ich hätte nicht gedacht, dass es so lange dauert." Nash stieß den Atem aus und trank. „Oder dass sie so dabei leiden muss. Ich schwöre dir, sobald das hier vorbei ist, rühre ich sie nicht mehr an."

„Ja, sicher."

Obwohl Nash wusste, dass es das Klischee eines werdenden Vaters war, begann er, systematisch den Gang auf- und abzulaufen.

„Nash, ich will mich ja nicht einmischen, aber ... Würdest du dich nicht besser fühlen, sicherer, wenn Morgana in einem Krankenhaus wäre, mit einem Arzt und allen medizinischen Möglichkeiten?"

„Eine Klinik? Nein." Nash rieb sich über das Gesicht. „Morgana wurde in diesem Bett geboren. Sie würde die Zwillinge nirgendwo anders zur Welt bringen wollen."

„Dann wenigstens einen Arzt ..."

„Ana ist die Beste." Der Gedanke daran beruhigte ihn wieder ein bisschen. „Glaub mir, Morgana ist bei ihr in den besten Händen."

„Ich weiß, dass es exzellente Hebammen gibt, und natürlicher ist es auch, denke ich." Boone lockerte die Schultern. Wenn Nash zufrieden mit der Situation war, dann war es nicht an ihm, den werdenden Vater zu beunruhigen. „Tja, ich denke, sie hat es schon öfter gemacht."

„Nein, es ist das erste Mal für Morgana."

Boone gluckste. „Ich bezog mich eigentlich auf Ana. Dass sie Babys auf die Welt holt."

„Oh, ja, natürlich. Sie weiß genau, was sie tut. Ich glaube sogar, wenn sie nicht dabei wäre, würde ich wahnsinnig werden. Aber ..." Nash trank noch einen Schluck, marschierte noch eine Länge auf und ab. „Das geht jetzt schon seit Stunden. Ich weiß nicht, wie sie das aushält. Ich weiß nicht, wie überhaupt eine Frau das aushält. Ich meine, sie könnte doch etwas tun ... Verflucht, sie ist eine Hexe."

Boone verkniff sich das Grinsen und klopfte Nash aufmunternd auf die Schultern. „Nash, das ist kein guter Zeitpunkt, um seine Frau zu beschimpfen. Frauen können nun mal giftig werden, wenn sie in den Wehen liegen. Sie haben auch das Recht dazu."

„Nein, ich meinte ..." Nash brach gerade noch rechtzeitig ab, als ihm klar wurde, dass er zu weit ging. „Ich muss mich zusammenreißen."

„Stimmt genau."

„Ich weiß, dass alles gut gehen wird. Ana wird nicht zulassen, dass etwas passiert. Aber es ist so schwer zu sehen, wie sie leidet."

„Wenn man jemanden liebt, dann ist es das Schwerste der Welt. Aber du wirst es überleben. Und in diesem Falle wirst du sogar mit dem Fantastischsten überhaupt belohnt."

„Ich hätte nie gedacht, dass ich einmal so fühlen würde. Für niemanden."

„Ich weiß, was du meinst."

Nash fühlte sich erheblich besser und gab Boone den Cognacschwenker zurück. „Ist das für dich so bei Ana?"

„Könnte durchaus möglich sein. Sie ist etwas ganz Besonderes in meinem Leben."

„Oh ja, das ist sie." Nash zögerte, und als er sprach, wählte er seine Worte sehr sorgfältig. Loyalität beiden Seiten gegenüber war eine schwere Last. „Du wirst sie verstehen lernen, Boone. Mit deiner Vorstellungskraft, mit deiner Fähigkeit, auch hinter das zu sehen, was allgemein als Realität bezeichnet wird. Sie ist eine sehr spezielle Lady, mit Eigenschaften, die sie von anderen unterscheiden. Wenn du sie liebst und willst, dass sie ein Teil von deinem und Jessies Leben werden soll, lasse dich nicht von diesen Eigenschaften abschrecken."

Boone zog die Brauen zusammen. „Ich kann dir nicht ganz folgen."

„Behalte einfach im Kopf, was ich gesagt habe. Danke für den Drink." Nash atmete noch einmal tief durch, dann ging er zu seiner Frau zurück.

9. KAPITEL

Atme. Tief und ruhig atmen. Komm schon, Schatz, atme!"

„Was, glaubst du, tue ich denn?", stieß Morgana hervor und schaffte es nicht ganz, Nash so richtig wütend anzufunkeln.

Nash schätzte, dass er den Höhepunkt seiner Krise wohl hinter sich hatte. Morgana hatte ihn mit jedem erdenklichen Schimpfnamen belegt und noch ein paar neue dazu erfunden. Ana hatte versichert, dass sie es fast geschafft hatte, und daran klammerte er sich, so wie Morgana sich an seine Finger klammerte. Also lächelte er seine verschwitzte Frau nur an und kühlte ihr weiter geduldig die Stirn.

„Spucken, beißen, kratzen." Er gab ihr einen sanften Kuss und war dankbar, dass sie ihn nicht in die Lippe biss. „Du wirst mich doch nicht in eine Kröte verwandeln oder einen zweiköpfigen Molch oder so was, hm?"

Morgana lachte, stöhnte und stieß die Luft aus den Lungen. „Mir fällt bestimmt etwas Originelleres ein. Ana, ich muss mich mehr aufsetzen."

„Nash, setz dich hinter sie aufs Bett. Stütze sie. Jetzt wird es schnell gehen." Ana spürte Morganas Schmerzen in ihrem eigenen Rücken und reckte sich, während sie sich noch einmal umdrehte und überprüfte, ob alles bereitstand. Ja, da waren die warmen Decken am Kamin, das heiße Wasser, sterilisierte Zangen und Scheren, das pulsierende Leuchten der Kristalle.

Bryna stand neben ihrer Tochter, die Augen hell und strahlend vor Mitgefühl und Verständnis. Bilder von damals, als sie in demselben Bett gelegen hatte, um ein neues Leben auf die Welt zu bringen, schossen durch ihren Kopf. In demselben Bett, in dem jetzt ihr Kind in den letzten Wehen lag.

„Erst pressen, wenn ich es sage. Hecheln, ja so. Hecheln", wiederholte Ana. Sie fühlte, wie die Presswehe sich in ihrem eigenen Leib aufbaute und ihr den Schweiß auf die Stirn trieb. „Ja, Darling, du hast es gleich geschafft, versprochen. Ja, gut. Habt ihr schon Namen ausgesucht?"

„Ich hatte an Stan und Olli gedacht." Nash hechelte im Takt mit

Morgana, bis sie ihm den Ellbogen – kraftlos – in den Magen stieß. „Na schön, Lisl und Karl, wenn es ein Mädchen und ein Junge werden."

„Bring mich nicht zum Lachen, du Idiot." Aber sie lachte trotzdem, und der Schmerz ließ ein wenig nach. Dann, in einer plötzlichen Bewegung, riss sie die Arme nach hinten und schlang sie um Nashs Hals. „Himmel, Ana, ich muss …"

„Dann drück", stieß Ana aus. „Los, pressen. Hab noch ein bisschen Geduld. Gleich ist es vorbei."

Zwischen Lachen und Weinen warf Morgana den Kopf zurück und stellte sich dem Kampf, neues Leben in die Welt zu bringen. „Oh Gott!"

Draußen zuckte ein Blitz über den wolkenlosen Himmel, und Donner rollte über das Firmament.

„Tolle Effekte", setzte Nash an, aber dann schien jeder klare Gedanke aus seinem Kopf verschwunden zu sein. „Himmel, seht euch das an! Mein Gott!"

Am Fußende des Bettes hielt Ana vorsichtig ein kleines Köpfchen in ihren Händen. „Halte dich etwas zurück, Liebes. Ich weiß, es ist schwer, aber nur eine Minute. Atme. Ja, das ist es, genau so. Beim nächsten geht es leichter."

„Es hat ja Haare", murmelte Nash ergriffen. Sein Gesicht war so schweiß- und tränenüberströmt wie Morganas. „Sieh nur. Was ist es denn?"

„Der Teil ist noch nicht draußen." Ana lächelte ihrer Cousine strahlend zu. „Also gut, jetzt kommt die Preisfrage. Eine Lisl oder ein Karl."

Lachend brachte Morgana ihr Kind zur Welt. Als der erste laute Schrei ertönte, barg Nash das Gesicht im wirren Haar seiner Frau.

„Morgana, Herr im Himmel, Morgana. Unser Kind. Es ist endlich da."

„Ja, unser Kind." Der Schmerz war bereits vergessen. Mit leuchtenden Augen hielt Morgana die Arme auf, damit Ana das kleine Bündel hineinlegen konnte. In der Sprache ihres Blutes murmelte sie ihrem Baby etwas zu, während ihre Hände den kleinen Leib willkommen hießen.

„Ein Junge oder ein Mädchen?" Nash strich mit einer zitternden Hand über den kleinen Kopf.

„Du hast einen Sohn, Nash", teilte Ana ihm mit.

Dieser erste kräftige Schrei oben aus dem Schlafzimmer ließ alle Gespräche unten im Wohnzimmer verstummen, jeder hielt inne, jedes Augenpaar ging in Richtung Treppe. Absolute Stille im Raum. Boone sah gerührt auf seine Tochter, die friedlich auf dem Sofa eingeschlafen war, ihren Kopf auf Padricks Schoß gebettet.

Er spürte das Beben unter seinen Füßen, sah den Wein in seinem Glas schwappen. Bevor er etwas sagen konnte, nahm Douglas seinen Zylinder ab und schlug Matthew herzhaft auf den Rücken. „Ein neuer Erbe für das ehrwürdige Haus der Donovans."

Mit Tränen in den Augen ging Camilla zu ihrem Schwager und küsste ihn auf die Wange. „Gesegnet seist du."

Boone wollte gerade gratulieren, als Sebastian durch das Zimmer ging. Er entzündete erst eine weiße Kerze, dann eine goldene. Nahm eine Flasche Wein, entkorkte sie und schenkte die goldfarbene Flüssigkeit in einen Silberkelch.

„Ein Stern funkelt auf in der Nacht. Leben, von Leben gegeben. Die Liebe gab ihm die Kraft zu werden, vom ersten Atemzug bis zum Tod wird er wandeln auf Erden. Das andere Geschenk bekam er mit seinem Blut, auf dass es zu nutzen er finde den Mut. Zauber des Mondes, Macht der Sonne und nie vergessend, dass niemand zu Schaden komme."

Sebastian reichte Matthew den Kelch, der den ersten Schluck nahm. Fasziniert beobachtete Boone, wie die Donovans den Kelch von einem zum anderen weitergaben und davon tranken. Eine irische Tradition?

Als ihm der Kelch hingehalten wurde, war er sowohl geehrt wie auch überrascht. Er hatte kaum die Lippen an den Rand gelegt, als ein weiterer Schrei von oben ertönte und das zweite neue Leben ankündigte.

„Zwei Sterne." Matthews Stimme war belegt. „Zwei Geschenke."

Und dann brach die ehrfurchtsvolle Stimmung, weil Padrick Luftschlangen und einen Konfettiregen aus der Luft gezaubert hatte. Als er vergnügt in eine Tröte blies, lachte seine Frau laut auf.

„Frohes Neues Jahr!“, rief sie und deutete zur Wanduhr, die zwölf zu schlagen begann. „Das ist der beste Abend vor Allerheiligen, seit Padrick damals die Schweine fliegen ließ.“ Sie grinste Boone strahlend an. „Er ist schon immer ein Possenreißer gewesen.“

„Schweine flie...“ Weiter kam Boone nicht, weil jeder sich umdrehte, als Bryna den Raum betrat. Sie ging direkt zu ihrem Mann, der die Arme fest um sie schloss.

„Alle sind wohlauf.“ Sie wischte sich die Freudentränen aus den Augen. „Wir haben einen Enkel und eine Enkelin, Liebster. Und unsere Tochter hat uns alle eingeladen, nach oben zu kommen, um sie in unserer Mitte zu begrüßen.“

Da Boone nicht stören wollte, hielt er sich zurück, während die Gruppe aus dem Raum drängte. Sebastian blieb auf der Schwelle stehen und hob fragend eine Augenbraue. „Kommen Sie?“

„Ich denke, die Familie ...“

„Sie sind akzeptiert worden“, sagte Sebastian kurz angebunden, nicht sicher, ob er dem Rest der Donovans da zustimmte. Er hatte nicht vergessen, wie tief Ana einmal verletzt worden war.

„Eine seltsame Art, es auszudrücken.“ Boone achtete darauf, dass seine Stimme ganz ruhig blieb – im Gegensatz zu der plötzlichen Wut, die in ihm aufloderte. „Vor allem, da Sie sich dieser Meinung offenbar nicht angeschlossen haben.“

„Das tut nichts zur Sache.“ Sebastian legte leicht den Kopf schief, eine Warnung und eine Herausforderung, wie Boone empfand. Doch als Sebastians Blick zum Sofa ging, wurde seine Miene nachgiebiger. „Jessie wäre bestimmt enttäuscht, wenn Sie sie nicht aufwecken und mit nach oben nehmen.“

„Aber Sie möchten es eigentlich lieber nicht.“

„Ana möchte es“, gab Sebastian zurück. „Und darum geht es hier.“ Er wandte sich ab, drehte sich aber noch einmal um. „Sie werden sie verletzen. Anastasia weint nie, aber wegen Ihnen wird sie weinen. Weil ich sie liebe, werde ich einen Weg finden müssen, Ihnen dafür zu vergeben.“

„Ich sehe nicht ...“

„Aber ich sehe.“ Sebastian nickte kurz mit dem Kopf. „Holen Sie das Mädchen, Sawyer, und kommen Sie mit. Es ist eine Nacht der Güte und der kleinen Wunder.“

Ohne zu wissen, warum Sebastians Worte ihn so aufgebracht hatten, starrte Boone auf den jetzt leeren Türrahmen. Er musste sich nicht vor einem gluckenhaften Cousin rechtfertigen, der sich in Sachen einmischte, die ihn nichts angingen. Als Jessie sich bewegte und verschlafen blinzelte, verdrängte Boone den Gedanken an Sebastian.

„Daddy?"

„Ich bin hier, Froschgesicht." Er hob sein Kind auf die Arme. „Rate mal."

Sie rieb sich die Augen. „Ich bin so müde. Ich glaube, ich will schlafen gehen. Auch wenn das hier meine schönste Halloween-Party war."

„Wir gehen auch gleich nach Hause, mein Schatz, aber ich denke, da gibt es etwas, das du erst sehen solltest." Während sie gähnte und den Kopf an seiner Schulter bettete, stieg er mit ihr die Treppe hinauf.

Sie standen alle zusammen und veranstalteten sehr viel mehr Lärm, als Boone in einem Geburtszimmer erwartet hätte. Nash saß neben Morgana auf dem Bett, hielt ein winziges Bündel im Arm und grinste von einem Ohr bis zum anderen wie ein ausgemachter Trottel.

„Sieht er nicht aus wie ich?", fragte er in die Runde. „Die Nase. Er hat eindeutig meine Nase."

„Das ist Allysia", teilte Morgana ihm mit und strich dem Sohn, den sie hielt, mit einem Finger über die weiche Wange. „Ich halte Donovan."

„Ach ja, schön. Dann hat sie meine Nase." Nash blickte auf seinen Sohn. „Und er hat mein Kinn."

„Eindeutig ein Donovan-Kinn", protestierte Douglas. „Das kann doch jeder sehen."

„Hah!" Maureen stellte sich in Positur. „Die beide schlagen ganz nach den Corrigans. Unsere Seite der Familie hatte immer die stärkeren Gene."

Und während sie hitzig debattierten, schüttelte Jessie den Schlaf ab und lehnte sich vor. „Sind das die Babys? Sie sind geboren? Kann ich sie sehen?"

„Macht Platz für das Kind." Padrick stieß seinen Bruder mit dem

Ellbogen aus dem Weg. „Lasst sie durch."

Jessie hielt sich am Hals ihres Vaters fest und streckte sich. „Oh!" Die eben noch müden Augen wurden klar und blickten hellwach, als Ana die beiden Babys auf die Arme nahm und sie so hielt, dass Jessie sie sehen konnte. „Sie sehen aus wie kleine Elfen." Ganz vorsichtig berührte sie mit einem Finger erst die Wange des einen, dann die des anderen Babys.

„Das sind sie ja auch." Padrick küsste Jessie auf die Nasenspitze. „Ein ganz neuer Elfenprinz und eine ganz neue Elfenprinzessin."

„Sie haben aber doch gar keine Flügel", kicherte Jessie.

„Manche Elfen brauchen keine." Padrick blinzelte seiner Tochter zu. „Weil ihr Herz schon Flügel hat."

„Nun, diese Elfen hier brauchen jetzt ihre Ruhe." Ana legte die Babys zurück in Morganas wartende Arme. „Die Mutter übrigens auch."

„Mir geht's großartig."

„Trotzdem." Ana warf einen warnenden Blick über ihre Schulter, bei dem alle Donovans sich sofort anschickten, wenn auch widerwillig, den Raum zu verlassen.

„Boone", rief Morgana. „Würden Sie bitte auf Ana warten und sie nach Hause bringen? Sie ist ausgelaugt."

„Ich bin völlig in Ordnung. Er sollte ..."

„Das mache ich gern." Er setzte sich die gähnende Jessie auf die Schultern. „Wir sind unten, wann immer du so weit bist, Ana."

Es dauerte noch eine Viertelstunde, bis Ana davon überzeugt war, dass Nash all ihre Anweisungen auch tatsächlich verstanden hatte. Morgana war schon fast eingeschlafen, als Ana die Tür hinter sich schloss und die junge Familie allein ließ.

Sie war ausgelaugt, und die Kraft der Kristalle in ihrem Beutel war fast aufgebraucht. Fast zwölf Stunden lang hatte sie zusammen mit ihrer Cousine Wehen ausgestanden. Sie hatte das Band so eng wie nur möglich geknüpft. Ihr Körper war schwer wie Blei, ihr Verstand wie benebelt. Ein häufiges Resultat bei einer engen empathischen Verbindung.

Oben an der Treppe schwankte sie ein wenig. Sie fing sich aber und griff schnell nach dem Blutstein, um seinen letzten Rest an Kraft zu empfangen.

Als sie ins Wohnzimmer kam, fühlte sie sich etwas besser. Boone saß auf einem Sessel neben dem Feuer, mit geschlossenen Augen, Jessie schlafend auf seinem Schoß. Langsam öffnete er die Lider und lächelte Ana voller Zärtlichkeit zu.

„Hallo. Ich muss zugeben, diese ganze Szenerie hier hat auf mich einen ziemlich verrückten Eindruck gemacht, aber du hast da oben verdammt gute Arbeit geleistet."

„Es ist immer überwältigend, Leben auf die Welt zu bringen", sagte sie leise. „Du hättest nicht die ganze Zeit zu warten brauchen."

„Ich wollte warten." Er küsste Jessie leicht aufs Haar. „Und sie auch. Am Montag wird sie mit dieser Geschichte der Star in der Schule sein."

„Es war eine lange Nacht für sie, eine, die sie nie vergessen wird." Ana rieb sich die Augen, fast so wie Jessie, bevor sie eingeschlafen war. „Wo sind die anderen?"

„In der Küche. Sie plündern den Kühlschrank und betrinken sich. Gerade bei Letzterem wollte ich nicht mitmachen, ich hatte schon mehr als genug von dem Wein." Er grinste schief. „Vorhin hätte ich schwören können, dass das Haus wackelte, deshalb habe ich beschlossen, auf Kaffee umzusteigen." Er deutete auf die Tasse neben sich auf dem Tischchen.

„Jetzt wirst du die halbe Nacht nicht schlafen können. Ich will nur den anderen Bescheid sagen, dass ich nach Hause gehe. Wenn du Jessie schon ins Auto bringen willst …"

Draußen atmete Boone tief durch. Ana hatte recht, er war hellwach. Es würde bestimmt Stunden dauern, bis die Wirkung des Kaffees nachließ. Morgen früh würde er dafür zahlen müssen, aber das war die Sache wert gewesen. Er sah hoch zu Morganas schwach erleuchtetem Schlafzimmerfenster. Oh ja, ganz bestimmt war es die Sache wert gewesen.

Er zog Jessie die Flügel von den Schultern und legte sie vorsichtig auf die Rückbank des Wagens.

„Eine wunderbare Nacht", murmelte Ana hinter ihm. „Jeder Stern steht am Himmel."

„Zwei neue Sterne." Nachdenklich hielt Boone die Beifahrertür auf. „Matthew sagte das. Es war wunderschön. Sebastian hat einen Trinkspruch ausgebracht, über das Leben und Geschenke und

Sterne, und sie haben einen Kelch mit Wein herumgereicht. Ist das eine irische Tradition?“

„So könnte man sagen.“ Sie lehnte den Kopf nach hinten an die Kopfstütze und war innerhalb von Sekunden eingeschlafen.

Als Boone vor seinem Haus vorfuhr, beschäftigte er sich mit dem Problem, wie er die beiden ins Bett tragen sollte. Aber da blinzelte Ana auch schon.

„Lass mich erst Jessie hineinbringen, dann helfe ich dir.“

„Nein, ich komme schon allein zurecht.“ Mit glasigen Augen stieg Ana aus dem Wagen. „Ich helfe dir mit ihr.“ Sie lachte leise, als sie die ganze Wagenladung Stofftiere einsammelte. „Dad übertreibt immer ein bisschen. Ich hoffe, du bist deswegen nicht verärgert.“

„Soll das ein Witz sein? Er ist großartig. Komm, Schatz.“ Er nahm Jessie auf die Arme, und wie Kinder es oft tun, wachte sie nicht auf. „Sie war auch völlig hingerissen von deiner Mutter und dem Rest der Familie, aber dein Vater ist mit Sicherheit ihr Held. Wahrscheinlich wird sie mir von nun an in den Ohren liegen, nach Irland zu fliegen, um ihn auf dem Schloss zu besuchen.“

„Er würde sich sehr freuen.“ Sie nahm auch noch die silbernen Flügel und folgte Boone ins Haus.

„Leg das Zeug einfach irgendwo ab. Möchtest du noch einen Cognac?“

„Nein, danke.“ Ana ließ Plüschtiere und Flügel aufs Sofa fallen und lockerte ihre Schultern. „Aber ein heißer Tee wäre nicht schlecht. Ich bereite ihn zu, während du Jessie ins Bett bringst.“

„Gut. Es wird nicht lange dauern.“

Unter Jessies Bett drang ein Knurren hervor, als Boone sie in ihr Zimmer trug. „Na, du bist mir der richtige Wachhund“, meinte er ironisch. „Wir sind’s doch nur, du kleiner Angsthase.“

Unendlich erleichtert kam Daisy schwanzwedelnd unter dem Bett hervorgekrochen. Sie wartete, bis Boone Jessie ausgezogen und ins Bett gesteckt hatte, dann sprang sie aufs Bett und kuschelte sich zu Jessies Füßen ein.

„Wage es, mich morgen früh wach zu machen, und ich werde dir die Lefzen zuklammern.“

Daisy klopfte erfreut mit dem Schwanz aufs Bett und schloss beruhigt die Augen.

„Ich weiß nicht, warum wir uns nicht einen intelligenten Hund aussuchen konnten, wenn wir uns schon unbedingt ein Tier zulegen mussten“, sagte Boone, als er in die Küche zurückkam. „Es wäre doch …“ Mitten im Satz brach er ab.

Der Kessel stand auf dem Herd und brodelte vor sich hin, Tassen waren auf dem Tisch bereitgestellt, die Teekanne war vorbereitet. Ana saß am Tisch, hatte den Kopf auf die Arme gelegt und schlief tief und fest. Sie war völlig erschöpft von den letzten Stunden.

In der hellen Küche warfen ihre Wimpern Schatten auf ihre Wangen. Boone konnte nur hoffen, dass es an dem grellen Licht lag, dass Ana so blass aussah. Das Haar floss über ihre Schultern, ihre Lippen waren im Schlaf leicht geöffnet.

Er musste an die schöne Prinzessin denken, die von der bösen Fee in einen hundertjährigen Schlaf versetzt worden war und nur von der wahren Liebe erster Kuss aufgeweckt werden konnte.

„Anastasia, du bist so unglaublich schön.“ Er berührte ihr Haar, erlaubte es sich, die seidigen Strähnen zu ertasten. Er hatte sie im Schlaf gesehen, und das plötzliche Bedürfnis, sie in sein Bett zu tragen, morgen früh die Augen aufmachen und sie betrachten zu können, zerriss ihn schier. „Was soll ich bloß tun?“

Seufzend ließ er die Hand fallen und ging zum Herd, um den Kessel herunterzunehmen. So sanft, wie er Jessie getragen hatte, hob er Ana auf seine Arme, und wie Jessie wachte auch sie nicht auf. Mit zusammengebissenen Zähnen und verkrampftem Magen trug er sie nach oben und legte sie auf sein Bett nieder.

„Du ahnst nicht, wie sehr ich mir gewünscht habe, dich hier zu haben“, murmelte er, als er ihr die Schuhe auszog. „In meinem Bett, in der Nacht. Die ganze Nacht.“ Er zog die Decke über sie und hörte den Seufzer, mit dem sie sich auf dem Kissen zusammenrollte. Trotz ihrer Erschöpfung lag ein Lächeln auf ihrem Gesicht.

Der Krampf in seinem Magen löste sich langsam wieder, er beugte sich zu ihr und küsste sie sanft auf die Lippen. „Gute Nacht, Prinzessin.“

In Unterhose und T-Shirt tappte Jessie im Morgengrauen in das Schlafzimmer ihres Vaters. Sie hatte einen Traum gehabt, einen bösen Traum, über das Spukhaus in der Schule. Sie suchte die Wärme und den Trost des Vaters.

Er vertrieb die Monster immer ganz schnell.

Sie flitzte zum Bett und kletterte hinein, schmiegte sich an den warmen Körper. Aber das war ja gar nicht ihr Vater, das war Ana.

Fasziniert spielte sie vorsichtig mit Anas Haar. Ana murmelte etwas im Schlaf, streckte den Arm aus und zog Jessie nah zu sich heran. Seltsame Gefühle überkamen Jessie, es kitzelte in ihrem Bauch. Ana roch anders, und sie fühlte sich auch anders an. Und doch kam Jessie sich beschützt und geborgen vor, genau wie bei ihrem Vater. So legte sie den Kopf vertrauensvoll an Anas Seite und schlief wieder ein.

Als Ana erwachte, fühlte sie einen Arm auf sich liegen. Einen kleinen, schlaffen Arm. Verwirrt schaute sie auf Jessie herunter, dann sah sie sich im Zimmer um.

Es war nicht ihr Zimmer. Jessies auch nicht. Es war Boones.

Sie hielt das Kind an sich gedrückt, während sie sich zu erinnern versuchte.

Das Letzte, was sie wusste, war, dass sie den Kessel aufgestellt und sich dann an den Tisch gesetzt hatte. Sie war so müde gewesen. Sie hatte den Kopf auf die Arme gelegt und … musste offensichtlich eingeschlafen sein. So musste es gewesen sein, dachte sie.

Wo war Boone?

Vorsichtig drehte sie den Kopf. Und wusste dann nicht, ob sie erleichtert oder enttäuscht sein sollte, dass der Platz neben ihr leer war. Unter den gegebenen Umständen wäre es unangebracht gewesen, sicher, aber doch auch so schön, sich an ihn zu kuscheln, wie das Kind sich an sie kuschelte.

Als sie den Kopf wieder zurückdrehte, sah Jessie sie an.

„Ich habe schlecht geträumt", flüsterte das Mädchen. „Vom kopflosen Reiter. Er hat gelacht und gelacht und mich gejagt."

Ana küsste Jessie auf die Braue. „Aber er hat dich nicht gefangen, nicht wahr?"

„Nein. Ich bin aufgewacht und wollte Daddy holen. Er kann nämlich alle Monster verscheuchen. Die im Schrank und die unter dem Bett und die hinter dem Fenster und überhaupt alle."

„Ja, Daddys können das gut." Sie erinnerte sich an ihren eigenen, der jede Nacht während ihres gesamten sechsten Lebensjahrs die Ungeheuer mit einem „magischen Besen“ vertrieben hatte.

„Aber du lagst hier im Bett, und bei dir habe ich auch keine Angst. Wirst du jetzt immer in Daddys Bett schlafen?“

„Nein.“ Ana strich Jessie übers Haar. „Ich glaube, du und ich, wir beide sind eingeschlafen, und dein Vater hat uns beide zu Bett gebracht.“

„Aber es ist doch so ein großes Bett“, hielt Jessie dagegen. „Platz gibt es hier aber doch genug. Ich habe Daisy, die bei mir schläft, aber Daddy hat niemanden. Schläft Quigley bei dir?“

„Manchmal.“ Ana war sehr erleichtert über den Themenwechsel. „Wahrscheinlich fragt er sich schon, wo ich bin.“

„Er weiß es“, verkündete Boone von der Tür her. Er trug nur Jeans und sah unausgeschlafen und gehetzt aus. Der graue Kater strich ihm um die Beine. „Er hat miaut und an der Hintertür gekratzt, bis ich ihn schließlich ins Haus gelassen habe.“

„Oh.“ Ana versuchte, ihr Haar mit den Fingern zu glätten, während sie sich aufsetzte. „Tut mir leid. Ich vermute, er hat dich geweckt.“

„Richtig geraten.“ Boone steckte die Daumen in die Gürtelschlaufen. Quigley sprang aufs Bett und gab Laute von sich, als würde er sich beschweren.

Die Magenkrämpfe waren wieder da, doppelt so stark wie vorher. Wie sollte er erklären, was dieses Bild, Ana und sein kleines Mädchen da zusammen in dem Bett zu sehen, mit ihm anstellte? „Jessie, wie bist du denn dorthin gekommen?“

„Ich hatte einen bösen Traum.“ Sie lehnte den Kopf an Anas Arm und streichelte Quigley. „Deshalb wollte ich zu dir ins Bett kriechen, aber Ana war da. Sie hat die Monster auch verscheucht, genau wie du.“ Quigleys anklagendes Maunzen brachte Jessie zum Kichern. „Er hat Hunger. Ich werde ihn füttern. Darf ich?“

„Ja, natürlich, wenn du möchtest.“

Jessie war schon aus dem Bett gehüpft und rief der Katze zu, ihr in die Küche zu folgen.

„Entschuldige, dass sie dich geweckt hat.“ Boone zögerte, setzte sich dann aber doch auf die Bettkante.

„Das hat sie nicht. Anscheinend ist sie hereingeschlüpft und sofort wieder eingeschlafen. Ich muss mich bei dir entschuldigen, dass ich dir so viel Umstände mache. Du hättest mich wachrütteln und nach Hause schicken sollen."

„Du warst erschöpft." Er berührte ihr Haar. „So völlig erschöpft und so wunderschön."

„Babys zu gebären ist anstrengende Arbeit." Sie lächelte. „Wo hast du geschlafen?"

„Im Gästezimmer." Er verzog schmerzhaft das Gesicht, als er sich zu recken versuchte. „Als Erstes werde ich ein anständiges Bett dort hineinstellen."

Ana legte automatisch eine Hand auf die Mulde in seinem Rücken, um den Schmerz zu lindern. „Du hättest mich dort ablegen sollen. Ich glaube nicht, dass ich den Unterschied zwischen einem Bett und einer Holzplanke bemerkt hätte."

„Ich wollte dich aber in meinem Bett." Sein Blick hielt ihren gefangen. „Du ahnst nicht, wie sehr." Er zog sie an einer Haarsträhne sanft näher zu sich heran. „Diesen Wunsch verspüre ich immer noch."

Sein Mund lag auf ihrem, diesmal nicht so geduldig, nicht so sanft. Ana spürte Erregung in sich aufflammen – und Unruhe, als er sie langsam in die Kissen zurückdrückte.

„Nur eine Minute." Seine Stimme klang fast verzweifelt. „Ich brauche nur eine Minute mit dir."

Er legte seine Hand auf ihre Brust, fühlte die weiche Rundung durch die dünne Seide ihrer Bluse. Während seine Hände fieberhaft über ihren Körper strichen, trank sein Mund unablässig von ihren Lippen, labte sich an ihrem erstickten lustvollen Stöhnen. Er presste sich an sie, hart, hungrig, ja, wild. Wollte nehmen, von dem er nun wusste, dass sie es ihm geben konnte.

„Ana." Er knabberte an ihrem Hals, dann zog er sie an sich und hielt sie einfach nur fest. Ihm war klar, dass das nicht fair war. Unfair ihnen beiden gegenüber. Nur ungern gab er sie frei. „Wie lange dauert es, eine Katze zu füttern?"

Ana lachte unsicher und legte den Kopf an seine Schulter. „Nicht lange genug."

„Das hatte ich befürchtet." Er ließ seine Hände an ihren Armen hinuntergleiten, und nahm dann ihre Hände. „Jessie liegt mir seit Tagen in den Ohren, dass sie bei Lydia übernachten will. Wenn ich es arrangieren kann, wirst du dann zu mir kommen und bleiben?

Hier, in meinem Bett?“

„Ja.“ Sie führte seine Hand an ihre Wange. „Wann?“

„Heute Nacht.“ Er zwang sich dazu, sie loszulassen, von ihr zurückzutreten. „Ich rufe Lydias Mutter an. Flehe sie an, wenn es nötig sein sollte.“ Er riss sich zusammen. „Ich habe Jessie versprochen, ein Eis mit ihr essen zu gehen, vielleicht auch einen kleinen Lunch unten am Wharf. Möchtest du mit uns kommen? Wenn es klappt, können wir sie vielleicht direkt bei Lydia absetzen und dann zum Dinner ausgehen.“

Sie stand auf und versuchte – ohne die geringsten Aussichten auf Erfolg –, die Falten in ihrem Rock glatt zu streichen. „Hört sich gut an.“

„Schön. Tut mir leid wegen deiner Sachen, aber ich hatte nicht den Mut, dich auszuziehen.“

Das Bild, wie er, über sie gebeugt, die Knöpfe ihrer Bluse öffnete, jagte ihr einen erregenden Schauer über den Rücken. Sie räusperte sich. „Das lässt sich herausbügeln. Aber ich muss mich erst umziehen und nach Morgana und den Zwillingen sehen.“

„Ich fahre dich.“

„Nein, danke, ist nicht nötig. Mein Vater holt mich ab, damit ich auch meinen Wagen zurückbekomme. Um wie viel Uhr willst du mit Jessie los?“

„Ungefähr in zwei Stunden. So gegen Mittag.“

„Perfekt. Wir treffen uns dann hier.“

Er hielt sie fest, bevor sie zur Tür hinausging, und brachte ihr Herz mit einem hungrigen Kuss zum Stillstand. „Vielleicht könnten wir uns auch einfach was mitbringen und hier essen.“

„Das hört sich noch besser an“, murmelte sie an seinen Lippen. „Oder wir könnten uns auch eine Pizza kommen lassen, sollten wir Hunger bekommen.“

„Das ist überhaupt die beste Idee.“

Um vier Uhr nachmittags stand Jessie auf den Stufen vor Lydias Haus und winkte ihnen fröhlich zum Abschied zu. Der pinkfarbene Rucksack riss fast, so vollgestopft war er. Erstaunlich, was Sechsjährige so alles für eine Übernachtung bei der Freundin für unbedingt notwendig hielten. Und die Krönung war, dass Daisy mit zu der Partie gehörte.

„Sag mir, dass es keinen Grund gibt, mich schuldig zu fühlen", bat Boone düster nach einem letzten Blick in den Rückspiegel.

„Schuldig? Weshalb?"

„Weil ich mich darüber freue, dass meine Tochter heute Nacht nicht zu Hause schläft."

„Ach, Boone." Er war einfach zu süß. Ana gab ihm einen Kuss auf die Wange. „Du weißt doch, Jessie konnte es gar nicht erwarten, bis wir uns verabschiedeten, damit sie endlich zusammen mit Lydia auf große Abenteuerfahrt gehen kann."

„Ja, schon, aber ... Dass ich sie woanders untergebracht habe, ist ja nicht so schlimm. Aber ich habe Hintergedanken dabei gehabt."

Da sie genau wusste, um welche Art Hintergedanken es sich handelte, verspürte sie ein heißes Ziehen im Magen. „Deshalb wird sie sich aber nicht weniger gut mit Lydia amüsieren. Vor allem nicht, da du ihr versprochen hast, dass sie ihre Freundinnen in zwei Wochen zu einer Pyjama-Party einladen darf. Wenn du dich immer noch schuldig fühlst, dann stelle dir einfach vor, wie es sein wird, wenn du übernächsten Samstag den größten Teil der Nacht damit verbringst, fünf oder sechs Sechsjährige zu hüten. Hast du jetzt immer noch ein schlechtes Gewissen?"

Er warf ihr einen Seitenblick zu. „Eigentlich hatte ich damit gerechnet, dass du mir ein wenig unter die Arme greifst – da du ja schließlich auch Hintergedanken hast, da bin ich nicht der Einzige."

„So, das hast du also erwartet, ja?" Dass er sie damit mehr oder weniger gebeten hatte, freute sie riesig. „Vielleicht tue ich das sogar." Sie legte ihre Hand auf seine. „Für einen paranoiden Vater, der von Schuldgefühlen aufgefressen wird, hältst du dich gar nicht so schlecht."

„Mach weiter so. Ich fühle mich schon besser."

„Zu viel Schmeichelei schadet nur."

„Dann werde ich dir eben auch nicht sagen, wie viele Kerle sich bei unserem Spaziergang auf dem Wharf fast den Hals verrenkt haben, um dir nachzusehen."

„Wirklich? Waren es viele?"

„Hängt davon ab, was du so unter ‚viele' verstehst. Außerdem ...", kam die Retourkutsche, „Schmeichelei schadet nur. Ich weiß nicht, wie du es schaffst, so gut auszusehen, nach dem gestrigen Tag."

„Wahrscheinlich, weil ich wie ein Stein geschlafen habe." Sie reckte sich genüsslich, ein Armband mit Achaten funkelte an ihrem Handgelenk auf. „Morganas Zustand ist eher verblüffend. Als ich heute Vormittag bei ihr war, stillte sie gerade die Zwillinge und sah aus, als hätte sie eben erst eine Woche in einem Luxuskurort verbracht."

„Geht es den Babys gut?"

„Oh ja, gesund und putzmunter. Nash ist schon ein richtiger Profi, wenn's ums Windelnwechseln geht. Er behauptet steif und fest, dass die beiden ihn jedes Mal anlächeln."

Boone kannte dieses Gefühl, und ihm war gerade klar geworden, dass es ihm eigentlich fehlte. „Nash ist in Ordnung."

„Nash ist ein ganz besonderer Mann."

„Ich muss zugeben, es hat mich überrascht, als ich hörte, dass er verheiratet ist. Nash war eigentlich ein eingefleischter Junggeselle."

„Die Liebe ändert alles", sagte Ana leise, hielt aber bewusst jeden Anflug von Trauer aus ihrer Stimme heraus. „Tante Bryna nennt es die reinste Form der Magie."

„Eine passende Beschreibung. Wenn es dich einmal richtig erwischt hat, fängst du an zu glauben, dass nichts unmöglich ist. Warst du schon einmal richtig verliebt?"

„Ein Mal." Ana wandte das Gesicht ab und betrachtete die Pflanzen am Wegrand. „Es ist schon lange her. Aber es stellte sich heraus, dass die Magie nicht stark genug war. Schließlich wurde mir irgendwann klar, dass mein Leben deshalb nicht zu Ende ist und ich auch allein glücklich sein konnte. Also kaufte ich mir ein Haus am Meer, pflanzte einen Garten und fing wieder von vorn an."

„Tja, das ist wohl kein Einzelfall." Er bog auf ihre Straße ein. „Wenn du allein glücklich sein kannst, bedeutet das, dass du nicht daran glaubst, auch mit einem anderen Menschen glücklich sein zu können?"

Furcht und Hoffnung flossen durch sie hindurch. „Ich denke, das bedeutet, dass ich glücklich sein kann, bis ich jemanden finde, der mir die Magie nicht nur bringt, sondern sie auch versteht."

Er stellte den Motor ab. „Ana, zwischen uns gibt es etwas Besonderes."

„Ich weiß."

„Ich hätte nie gedacht, dass ich noch einmal so stark fühlen könnte. Es ist anders als das, was ich früher hatte. Und ich weiß nicht, was das bedeutet. Ich weiß nicht einmal, ob ich es wissen will."

„Das ist unwichtig." Sie nahm wieder seine Hand. „Manchmal muss man eben akzeptieren, dass das Heute genug ist."

„Nein, ist es nicht." Boone drehte sich zu ihr hin, die Augen dunkel und der Blick durchdringend. „Nicht für mich, nicht mit dir."

Sie holte vorsichtig Luft. „Ich bin nicht das, wofür du mich hältst oder wie du mich gerne hättest, Boone."

„Du bist genau das, was ich will." Seine Hände waren rau, als er sie zu sich heranzog. Ihren erstaunten Ausruf erstickte er mit seinen Lippen.

10. KAPITEL

Erregung und Panik zugleich durchzuckten sie wie ein Peitschenschlag. Boone löste mit ruckartigen Bewegungen ihren Sicherheitsgurt und zog sie auf seinen Schoß. Das war nicht der Boone, der sie so zärtlich geliebt hatte, der sie so sanft und geduldig in die Geheimnisse der körperlichen Liebe eingeweiht hatte. Ihr Liebhaber der stillen Morgen und trägen Nachmittage hatte sich verwandelt, in etwas Wildes, Gefährliches, in jemanden, dem sie nicht widerstehen konnte.

Ana fühlte das Blut unter ihrer Haut kochen, während seine Hände ungestüm und rau ihren Körper streichelten. Das war die ungezähmte Wildheit, die sie beim ersten Mal geahnt hatte, in einem mondbeschienenen Garten mit dem schweren Duft der Blumen in der Luft. Dieser Ausbruch von Leidenschaft und Begierde hatte immer unter all der Geduld und Selbstbeherrschung gelauert, hatte darauf gewartet, endlich freigelassen zu werden.

Ohne nachzudenken folgte sie ihm, schmiegte sich an ihn, willig und bereit, ihm auf dem Weg zu folgen, den er wählte.

Er spürte das Erschauern ihres Körpers, erstickte ihr Stöhnen mit seinen Lippen, fühlte ihre Finger, die sich in seine Schultern krallten. Der Gedanke schoss ihm durch den Kopf, dass er sie nehmen könnte, jetzt, sofort, gleich hier im Wagen, bevor die Vernunft wieder die Oberhand gewann.

Er zerrte an ihrer Bluse, verlangte danach, ihre Haut zu schmecken. Das Reißen des Stoffes wurde übertönt, als sie nach Luft schnappte. Unter seinem gierigen Mund hämmerte ihr Puls wie wild, unregelmäßig, erotisierend. Sie schmeckte nach süßer Leidenschaft, nach williger Hingabe.

Mit einem unterdrückten Fluch stieß er die Tür auf, zog Ana mit sich aus dem Wagen. Ohne auf die offen stehende Tür zu achten, trug und zog er Ana halb über den Rasen hinter sich her.

„Boone." Sie stolperte, versuchte, mit ihm Schritt zu halten, verlor ihre Schuhe. „Boone, das Auto ... der Schlüssel steckt noch."

Er griff in ihr Haar, bog ihren Kopf zurück, starrte sie an. Seine Augen, war alles, was sie denken konnte. Die Hitze in seinem Blick brannte sich bis in ihre Seele.

„Zum Teufel mit dem Auto." Er presste seinen Mund auf ihren, nahm, gab, lockte, bis sie zitternd und schwankend und atemlos vor ihm stand. „Weißt du eigentlich, was du mit mir machst?", knurrte er zwischen zwei rasselnden Atemzügen. „Jedes Mal, wenn ich dich ansehe." Er zog sie weiter, die Treppe zum Haus hinauf. „So weich, so heiter und gelassen, und dann brennt da etwas hinter deinen Augen ..."

Er drückte sie gegen die Haustür, eroberte hungrig die vollen Lippen. Jetzt stand noch etwas anderes in ihren Augen. Er konnte sehen, dass sie Angst hatte. Und dass sie erregt war. Gerade so, als ob ihnen beiden klar war, dass das wilde Tier in ihm, das er seit Wochen an der Kette hielt, sich losgerissen hatte.

Der Atem kam hart über seine Lippen, als er ihr Gesicht mit seinen Händen umschloss. „Sage es mir, Ana. Sage mir, dass du mich willst. Jetzt. Auf meine Art."

Sie fürchtete, die Stimme könnte ihr versagen, ihre Kehle war ausgetrocknet, dieses nie gekannte Verlangen viel zu mächtig. „Ich will dich." Ihre heiser vorgebrachten Worte ließen die Flammen in seinem Körper auflodern. „Jetzt. Auf jede Art."

Er griff mit den Händen unter ihre Bluse, sah, wie ihre Augen dunkel wurden wie Rauch. Als er die Tür auftrat, wankte sie zurück, doch bevor sie das Gleichgewicht verlieren konnte, riss er sie in seine Arme. Wie ihre Bluse, so lag auch jetzt seine Selbstbeherrschung in Fetzen da. Die Hände fest um ihre Hüften geklammert, hob er sie hoch, um eine der seidenbedeckten Brustspitzen mit seinem Mund zu umschließen. Er war ungezähmt, wild, und sie bog sich ihm entgegen, vergrub ihre Finger in seinem Haar.

„Boone. Bitte." Ein Schluchzen nur, ohne zu wissen, worum sie bat. Um mehr.

Er setzte sie wieder ab, aber nur, um ihren Mund erneut in Besitz zu nehmen. Als sie fiebrig an seinem Hemd zu zerren begann, meinte er, sein Herz müsse explodieren.

Er stolperte auf die Treppe zu, riss sich auf dem Weg das Hemd vom Körper. Knöpfe flogen durch die Luft, fielen klappernd zu Boden. Mit gierigen Händen griff er erneut nach ihr, riss ihr den feinen Body bis zur Taille hinunter und drückte sie auf die Stufen nieder. „Hier. Genau hier und jetzt."

Endlich, endlich ließ er seiner Lust freien Lauf, fuhr mit heißen Lippen über ihren zitternden Körper. Zog sie erbarmungslos mit sich in den Strudel, zu dem Ort, an den er sie so dringend führen wollte. Dort gab es keine Geduld, keine eiserne Selbstbeherrschung um ihrer Zerbrechlichkeit willen. Und die Frau, die sich auf den Treppenstufen unter ihm wand, war alles andere als zerbrechlich und zurückhaltend. Ihre Hände zeugten von Kraft, als sie ihn an sich zog, ihr Mund kündete von Macht, als sie den seinen erforschte, sich ihm biegsam wie eine Gerte entgegenbog.

Sie fühlte sich unbesiegbar, unsterblich, unglaublich frei. Ihr Körper war nie lebendiger gewesen, Hitze durchströmte sie, machte sie trunken. Die Welt drehte sich, in einem Wirbel von Farben, schneller, immer schneller, und sie musste sich am Treppengeländer festhalten, um nicht vom Rand der Erde zu fallen.

Ihre Fingerknöchel malten sich weiß gegen das Holz des Geländers ab, als er ihr die Hose von den Beinen riss, dann das kleine Stückchen Spitze, das darunter zum Vorschein kam. Sein Mund … gierig, ungestüm, hitzig. Ana hielt den Schrei zurück, als er sie in den endlosen, unerforschten Raum katapultierte.

Sie murmelte in einer Sprache, die er nicht verstehen konnte, aber er wusste, dass er sie jenseits der Grenzen der Vernunft, des Rationalen geführt hatte. Dorthin, wo er sie hatte haben wollen, mit ihm, in den Wahnsinn der absoluten, puren Leidenschaft, dorthin, wo es keine Regeln mehr gab.

Er hatte gewartet, so lange gewartet. Jetzt lag ihr Körper unter ihm, zuckend, sich aufbäumend. Er drang in sie ein, ließ sich ganz von ihr aufnehmen, gemeinsam rasten sie weiter und weiter, unaufhaltsam, unentrinnbar, unabwendbar …

Anas Hand fiel schlaff herab. Sie spürte noch nicht einmal den Schmerz, als sie zusammen auf die Treppen zurückfielen. Sie wollte nichts anderes als Boone halten, aber ihre Kraft war aufgebraucht. Ihr Verstand konnte nicht erfassen, was gerade geschehen war. Nur aufblitzende Bilder, Bruchteile von brodelnden Gefühlen.

Wenn das die dunkle Seite der Liebe war, so hätte nichts sie darauf vorbereiten können. Wenn diese verzehrende Begierde in ihm wohnte, verstand sie nicht, wie er diese bisher hatte zügeln können.

Für sie. Sie barg ihr Gesicht an seinem Hals. Er hatte es nur für sie getan.

Boone versuchte den Weg zurück in die Realität zu finden. Er musste sich bewegen. Nach allem, was er ihr angetan hatte, erdrückte er sie jetzt wahrscheinlich auch noch. Als er sich bewegte, gab sie einen kleinen Laut von sich, der an sein schlechtes Gewissen rührte.

„Hier, Baby, lass mich dir helfen."

Er richtete sich auf, zog unbeholfen den zerfetzten Ärmel ihrer Bluse hoch zu ihren Schultern, um sie zu bedecken. Mit einem gemurmelten Fluch ließ er ihn los. Um Gottes willen, dachte er angewidert, er hatte sie genommen wie in einem Ringkampf, hier mitten auf der Treppe.

„Ana." Er fand das, was von seinem eigenen Hemd übrig geblieben war, und legte es ihr um die Schultern. „Anastasia, ich weiß nicht, wie ich es erklären soll."

„Erklären?" Das Wort war kaum zu verstehen. Ihre Kehle brannte höllisch vor Durst, sie fühlte sich zu schwach, um aufzustehen.

„Es ist ... Komm, ich helfe dir auf." Ihr Körper war nachgiebig wie Wachs. „Ich hole dir etwas zum Anziehen. Oder ... Ach, zur Hölle."

„Ich glaube nicht, dass ich aufstehen kann." Sie leckte sich über die Lippen, schmeckte ihn dort. „Bestimmt nicht für die nächsten zwei Tage. Aber das macht nichts. Ich bleibe einfach hier sitzen."

Mit gerunzelter Stirn schaute er auf sie herab und versuchte zu begreifen, was er in ihrer Stimme wahrgenommen hatte. Da war keine Wut, keine Angst. Das hörte sich nach Befriedigung an – sehr sogar. „Du bist nicht wütend?"

„Hm? Sollte ich das denn sein?"

„Nun, ich meine ... ich habe dich praktisch überfallen. Nein, ich habe dich bestimmt überfallen. Schon im Auto, und dann habe ich dich ins Haus gezerrt und dich auf den Stufen genommen."

Mit geschlossenen Augen holte sie tief Luft und stieß sie mit einem Lächeln wieder aus. „Das hast du. Ich glaube, von jetzt an werde ich jede Treppe mit ganz anderen Augen betrachten."

Er legte einen Finger unter ihr Kinn und hob es sanft an. „Ich hatte eigentlich vorgehabt, es bis zum Schlafzimmer zu schaffen."

„Nun, irgendwann werden wir wohl dort landen." Da sie Sorge bemerkte, legte sie ihre Finger an sein Handgelenk. „Boone, denkst du wirklich, ich könnte wütend sein, weil du mich so sehr begehrst?"

„Ich dachte, vielleicht, weil es nicht das ist, was du gewohnt bist."

Mit Anstrengung setzte sie sich auf und verzog das Gesicht. Die Druckstellen auf ihrem Körper würden bald zu blauen Flecken werden, dessen war sie sicher. „Ich bin nicht aus Glas. Es gibt keine Art, in der wir uns lieben, die nicht richtig sein könnte. Aber …" Sie schlang die Arme um seinen Nacken und lächelte durchtrieben. „Unter diesen Umständen bin ich froh, dass wir es noch bis ins Haus geschafft haben."

Er glitt mit den Händen zu ihrer Hüfte und zog sie eng zu sich heran. „Meine Nachbarin ist eigentlich recht tolerant."

„Das habe ich auch gehört." Sie biss ihn leicht in die Unterlippe. Und weil sie sich daran erinnerte, wie viel Genuss es ihr bereitet hatte, seine Lippen auf ihrem Gesicht und ihrem Hals zu spüren, begann sie eine laszive Wanderung über seine Haut. „Glücklicherweise ist mein Nachbar ein sehr verständiger Mann, wenn es um Leidenschaft geht. Ich denke oft an ihn, wenn ich des Nachts allein in meinem Bett liege."

Eigentlich war es unmöglich – er fühlte die Erregung wieder in sich aufsteigen. „Wirklich? Was für Fantasien sind das denn?"

„Ich stelle mir vor, wie er zu mir kommt." Ihr Atem ging schneller, als sein Mund ihre Schulter erkundete. „Wie er an mein Bett tritt, wie ein Nachtalb, wenn der Sturm durch die Nacht fegt. Ich sehe seine Augen, leuchtendes Kobaltblau, wie der Blitz, der das Dunkel durchschneidet, und ich weiß, dass er nach mir verlangt, wie noch nie jemand nach mir verlangt hat und nie jemand nach mir verlangen wird."

Wohl wissend, dass sie hier auf den Treppen bleiben würden, wenn er nicht sofort etwas unternahm, hob er sie hoch. „Mit Blitzen kann ich dir nicht dienen."

Sie lächelte strahlend, als er sie nach oben trug. „Aber das hast du doch schon."

Stunden später saßen sie auf dem zerwühlten Bett und aßen Pizza bei Kerzenlicht. Ana hatte jegliches Zeitgefühl verloren. War es Mitternacht oder zog der neue Morgen schon herauf? Sie hatten sich geliebt und geredet und gelacht und sich wieder geliebt. Keine andere Nacht in ihrem Leben war bisher so perfekt gewesen. Was kümmerte sie da die Zeit?

„Ginevra war keine Heldin." Ana leckte sich Tomatensauce von den Fingern. Sie hatten über epische Poesie, moderne Zeichentrickfilme, alte Legenden und klassische Horrorgeschichten geredet. Wie sie zu Artus und Camelot zurückgekehrt waren, konnte sie nicht mehr nachvollziehen, aber was Artus' Königin anbetraf, rückte Ana keinen Millimeter von ihrem Standpunkt ab. „Und schon gar keine tragische."

„Sollte eine Frau, vor allem eine mit deinem großen Mitgefühl, nicht mehr Verständnis für ihre Lage aufbringen?" Boone stritt mit sich, ob er das letzte Stück Pizza aus der Schachtel nehmen sollte oder nicht.

„Wieso denn?" Ana kam ihm zuvor und fütterte ihn. „Sie hat ihren Mann betrogen und das Königreich zu Fall gebracht, und das alles nur, weil sie schwach und ichbezogen war."

„Sie war verliebt."

„Liebe ist keine Entschuldigung für alle Handlungen." Amüsiert legte sie den Kopf schief und betrachtete ihn in dem flackernden Licht. Er wirkte wunderbar männlich in Trainingsshorts, mit dem wirren Haar und dem ersten dunklen Schatten auf dem Kinn. „Das ist wieder mal typisch Mann. Ausreden für die Untreue einer Frau zu finden, nur weil das angeblich unter Romantik fällt."

Es war nicht direkt eine Beleidigung, aber er wand sich. „Ich meine nur, sie hatte einfach keine Kontrolle über die Situation."

„Aber natürlich. Sie hatte die Wahl, und sie hat die falsche getroffen. Genau wie Lancelot. Dieses ganze pompöse Getue mit Galanterie und Ritter- und Heldentum und Treue. Und dann gehen die beiden hin und betrügen ausgerechnet den Mann, der sie beide liebt, weil sie sich angeblich nicht beherrschen können?" Sie warf ihr Haar zurück. „Das ist ausgemachter Blödsinn. Du kannst nicht wirklich dieser Ansicht sein."

Er lachte und nippte an seinem Wein. „Du erstaunst mich immer wieder. Da denke ich, du bist eine unverbesserliche Romantikerin, eine Frau, die im Mondschein Blumen pflückt und überall Feen-

und Elfenstatuen herumstehen hat, und dann verurteilst du die arme Ginevra, weil sie sich in den falschen Mann verliebt."

„Arme Ginevra?", brauste Ana empört auf, doch Boone wehrte lachend ab.

„Moment!" Er amüsierte sich prächtig. Ihnen beiden machte es anscheinend nichts aus, dass sie sich über fiktive Charaktere stritten. „Wie war das denn mit den anderen? Merlin sollte doch aufpassen. Warum ist er dann nicht eingeschritten?"

Geflissentlich wischte sie sich ein paar Krümel vom Bein. „Es liegt nicht in der Hand eines Zauberers, sich in den Lauf des Schicksals einzumischen."

„Komm schon, wir reden hier über den Zauberer überhaupt. Ein kleiner Spruch, und er hätte alles in Ordnung gebracht."

„Und damit unzählige Lebensläufe verändert", argumentierte sie. „Nein, er konnte es nicht tun, nicht einmal für Artus. Alle, ganz gleich, ob Zauberer, Könige, Sterbliche, sind verantwortlich für ihr eigenes Los."

„Er hatte aber keine Skrupel, Ehebruch zu unterstützen, als er Uther als Duke of Cornwall nach Tintagel schickte, damit Ygraine überhaupt empfangen konnte."

„Weil das Schicksal war", sagte sie geduldig, so wie sie mit Jessie sprechen würde. „Das war ja das Ziel. Bei aller Macht, die Merlin besaß, bei aller Größe – die wichtigste Tat, die er mit seiner Magie vollbracht hat, war, Artus auf die Welt zu bringen."

„Das ist doch Haarspalterei." Er schluckte den letzten Bissen Pizza. „Der eine Zauberspruch ist okay, der andere aber nicht?"

„Wenn man ein solches Geschenk erhält, dann liegt es in der eigenen Verantwortung, wie und wann man es benutzt und wann nicht. Kannst du dir nicht vorstellen, wie er gelitten hat, zusehen zu müssen, wie der Mensch, den er liebt, zerstört wird? Zu wissen, schon als Artus empfangen wurde, wie es enden wird? Magie schützt dich nicht vor Gefühlen und Schmerz. Sie schützt überhaupt nur selten den, der sie besitzt."

„Ja, mag sein." In seinen Geschichten litten Hexen und Zauberer eigentlich immer. Es verlieh ihnen etwas Menschliches, das sie leichter zu akzeptieren machte. „Als Kind habe ich immer davon geträumt, wie es wäre, in jenen Zeiten zu leben."

„Holde Jungfrauen vor bösen Drachen zu retten?“

„Natürlich. Auf Kreuzzüge gehen, den schwarzen Ritter beim Turnier schlagen ... Aber als ich größer wurde, fand ich heraus, wie ich das Beste aus beiden Welten haben konnte. Nämlich in jener Welt leben, wenn ich schreibe“, er tippte sich mit dem Finger an die Schläfe, „und doch die Annehmlichkeiten des zwanzigsten Jahrhunderts genießen zu können.“

„Wie Pizza?“

„Genau, wie zum Beispiel Pizza. Oder ein Computer anstatt Feder und Tintenfass. Baumwollunterwäsche. Fließend Heißwasser. Da wir gerade davon reden ...“ Er fasste den Saum des T-Shirts, das er ihr gegeben hatte, dann bewegte er sich so rasch, dass sie lachend einen Schrei ausstieß, als er sie packte, sie sich über die Schulter warf und aus dem Bett kletterte.

„Was soll das?“

„Fließend Heißwasser“, sagte er noch einmal. „Ich will dir zeigen, was ich alles in einer Dusche tun kann.“

„Wirst du etwa singen?“

„Später vielleicht.“ Im Bad schob er die Glastüren der Duschkabine zur Seite und drehte dann das Wasser auf. „Hoffentlich duschst du gern heiß.“

„Nun, ich ...“ Sie lag immer noch auf seiner Schulter und war sofort nass bis auf die Haut. „Boone, du ertränkst mich ja.“

„Entschuldige.“ Er griff nach dem Seifenstück und begann ihre Waden einzuseifen. „Weißt du, eigentlich habe ich dieses Haus nur wegen der Dusche gekauft. Sie ist so schön groß. Außerdem ist es ziemlich toll, zwei Duschköpfe zu haben.“

Trotz des heißen Wassers zitterte Ana, weil Boone die Seife mit langsamen Bewegungen in ihren Kniekehlen kreisen ließ. „Ehrlich gesagt, es ist etwas schwierig, von meiner Position aus ein Urteil abzugeben.“ Sie hob sich das triefende Haar aus dem Gesicht und bemerkte, dass der Boden aus Spiegelfliesen bestand. „Ach du meine Güte!“

Er grinste und fuhr mit dem Seifenstück höher zu ihrem Oberschenkel hinauf. „Sieh dir mal die Decke an. Was sagst du jetzt?“

Sie drehte den Kopf und starrte auf ihr eigenes Spiegelbild. „Äh ... Beschlägt das nicht?“

„Spezialglas. Wird ein bisschen trüber, wenn man lange genug hier drinnen bleibt." Und er hatte vor, sehr lange zu bleiben. Er ließ Ana langsam an seinem Körper zurück auf den Boden gleiten, Zentimeter für Zentimeter. „Aber das schafft Atmosphäre." Er umfasste ihre Brüste und drückte Ana sacht gegen die Wand. „Willst du eine von meinen Fantasien hören?"

„Das … oh …", sie schnappte nach Luft, als er mit dem Daumen über ihre Brustspitzen strich, „… scheint mir nur fair zu sein."

„Ich weiß etwas Besseres." Er berührte ihre Lippen, neckte, lockte, bis ihr Atem schneller ging. „Ich werde es dir zeigen."

Sie wusste, für sie würden Duschen zusammen mit Treppen von nun an einen festen Platz in den Tiefen ihrer erotischen Fantasien haben. Sie hielt sich an seinen Hüften fest, während er mit eingeseiften Händen ihre Brüste liebkoste.

Dampf. Überall war Dampf. Um sie herum, in ihr. Die feuchte Luft machte das Atmen schwer. Wie ein tropisches Gewitter. Das Wasser prasselte, die Hitze stieg an. Haut an Haut, als ihre Körper sich aneinanderrieben.

So wie er brannte auch sie. Macht traf auf Macht. Es gab keine Zweifel mehr in ihr, dass sie ihm die wilde Lust zurückgeben konnte, die er ihr gezeigt hatte. Eine Lust, die umso süßer, umso reicher und tiefer war, weil sie aus der Liebe erwuchs.

Sie wollte es ihm zeigen. Sie würde es ihm zeigen.

Von diesem neuen Wissen erfüllt, küsste sie ihn wild und verlangend, liebkoste ihn, bis sie seinen Atem hart und rau an ihrem Ohr hörte. Ein Triumphgefühl brandete in ihr auf, dann die Begierde wie ein Blitz, ihn in sich zu spüren.

„Ana, ich …" Er fühlte, wie er den Halt verlor.

„Du willst mich." Erfüllt von berauschender Macht, warf sie den Kopf zurück. Ihre Augen waren eine einzige Herausforderung. „Dann nimm mich. Jetzt."

Sie sah aus wie eine Meeresgöttin, das Haar wie dunkles Gold auf ihren Schultern, die Haut schimmernd und übersät mit Wassertropfen. In ihren Augen standen Geheimnisse, die nie ein Mann herausfinden würde.

Als er sie auf seine Hüften hob und ihre Beine um sich schlang, behielt sie die Augen offen. Sie hauchte seinen Namen, als er in sie eindrang. Das Wasser prasselte auf sie beide herunter, und in dem aufsteigenden Dampf konnte sie ihrer beider Reflektion sehen – unmöglich zu sagen, wo der eine Körper aufhörte und der andere begann.

Mit einem lustvollen Stöhnen ließ sie ihren Kopf auf seine Schulter fallen. Sie war verloren. Verloren. Dem Himmel sei Dank dafür. „Ich liebe dich." Sie wusste nicht, ob die Worte nur in ihrem Kopf aufgeblitzt oder ob sie tatsächlich über ihre Lippen gekommen waren. Aber sie wiederholte sie wieder und wieder, bis ihre Körper von wohligen Schauern erfasst wurden.

Boone musste sich an der Wand abstützen, als die letzte Energie aus ihm herausströmte. Der Puls rauschte ihm in den Ohren, und er legte die Hände auf ihre Schultern. „Sage es mir jetzt."

Ihre Lippen waren zu einem Lächeln verzogen, sie schwankte ein wenig und sah ihn mit verhangenen Augen an. „Was soll ich dir sagen?"

Der Griff seiner Finger wurde fester, ihr Blick klärte sich. „Dass du mich liebst."

„Ich ... Sollten wir uns nicht erst abtrocknen? Wir stehen schon eine ganze Weile unter dem Wasser."

Mit einer ungeduldigen Bewegung drehte er den Hahn zu. „Ich will dich ansehen, wenn du es sagst, und zumindest einen einigermaßen klaren Kopf dabei haben. Wir werden hierbleiben, bis du es mir gesagt hast."

Sie zögerte. Er konnte nicht ahnen, dass er sie damit zwang, den nächsten Schritt zu machen – um ihn zu halten oder ihn zu verlieren. Schicksal. Entscheidungen. Es war an der Zeit, dass sie die ihre traf. „Ich liebe dich. Ich wäre nicht hier, könnte nicht hier sein, wenn ich es nicht täte."

Seine Augen waren sehr dunkel, sein Blick durchdringend. Langsam lockerte er den Griff. „Ich habe das Gefühl, als hätte ich Jahre warten müssen, dich das sagen zu hören."

Sie strich ihm das feuchte Haar aus der Stirn. „Du brauchtest nur zu fragen."

Er hielt ihre Hand fest. „Das brauchst du nicht." Er zog sie aus der Kabine und wickelte sie in ein großes Badelaken ein, und da sie immer noch zitterte, legte er die Arme um sie und drückte sie wärmend an sich. „Anastasia“, murmelte er und spürte die Zärtlichkeit für sie ihn überwältigen, als er leicht ihren Mund, ihre Wange, ihr Haar küsste. „Du brauchst nicht zu fragen. Ich liebe dich. Du hast mir etwas gegeben, von dem ich nie geglaubt hätte, dass es das noch einmal in meinem Leben geben würde.“

Mit einem Seufzer presste sie ihr Gesicht an seine Brust. Das hier ist echt, dachte sie. Und es gehörte ihr. Sie würde einen Weg finden, es zu behalten. „Du bist alles, was ich je gewollt habe. Höre nie auf, mich zu lieben, Boone. Höre niemals auf.“

„Ich könnte es nicht.“ Er schob sie ein wenig von sich ab. „Nicht weinen.“

„Ich weine nie.“ Tränen schimmerten in ihren Augen, doch sie flossen nicht.

Anastasia weint nie, aber wegen Ihnen wird sie weinen.

Sebastians Worte hallten in Boones Kopf. Entschieden verdrängte er sie. Das war doch lächerlich. Er würde nie etwas tun, um sie zu verletzen. Er öffnete den Mund, schloss ihn wieder. Ein Badezimmer voller Dampf war nicht der geeignete Ort, um das zu sagen, was er ihr sagen wollte. Außerdem gab es da noch einige Dinge über ihn selbst, die er ihr erklären musste.

„Lass uns etwas zum Anziehen für dich finden. Wir müssen reden.“

Sie war viel zu glücklich, um auf seine Befangenheit zu achten. Sie lachte, als er sie ins Schlafzimmer zurückführte und ihr eines seiner T-Shirts über den Kopf zog. Verträumt lächelnd goss sie Wein in ihre Gläser, während er schnell eine alte Jeans überzog.

Er hielt ihr die Hand hin, und sie legte willig ihre hinein, um sich von ihm führen zu lassen.

„Wohin gehen wir?“

„Ich möchte dir etwas zeigen.“ Er führte sie durch die dunkle Halle in sein Arbeitszimmer. Entzückt drehte Ana sich einmal um die eigene Achse.

„Hier arbeitest du also.“

Große Fenster ohne Vorhänge, mit Rahmen aus warmem Kirschholz, ein paar ausgebleichte Läufer auf dem Boden aus Holzbohlen. Sterne blinkten zu den beiden Oberlichtern herein. Ein hochmoderner Computer, Papier und volle Bücherregale wiesen diesen Raum als Arbeitsplatz aus. Doch Boone hatte charmante Akzente gesetzt. Gerahmte Illustrationen und eine Sammlung von Drachen und Ritterfiguren. Die geflügelte Fee, die er in Morganas Laden erstanden hatte, hatte einen Ehrenplatz auf einem geschnitzten Hocker.

„Du brauchst noch ein paar Pflanzen", entschied sie sofort und dachte an die Narzissen und Osterglocken, die sie in ihrem Gewächshaus zog. „Wahrscheinlich verbringst du mehrere Stunden am Tag in diesem Raum." Sie sah auf den leeren Aschenbecher neben der Tastatur.

Er war ihrem Blick mit gerunzelter Stirn gefolgt. Seltsam, dachte er, seit Tagen hatte er keine Zigarette mehr geraucht, hatte sie praktisch völlig vergessen. Er würde sich später dafür gratulieren.

„Manchmal sehe ich aus dem Fenster, wenn du im Garten bist. Dann fällt mir das Konzentrieren schwer, und die Arbeit rückt in weite Ferne."

Sie lachte und setzte sich auf eine Schreibtischecke. „Wir werden dir Jalousien besorgen."

„Kommt gar nicht infrage." Er lächelte, aber nervös steckte er die Hände in die Taschen. „Ana, ich muss dir von Alice erzählen. Ich hoffe, dass es der richtige Zeitpunkt ist und ich die richtigen Worte finde."

„Boone." Mitgefühl veranlasste sie, sich wieder zu erheben und ihn zu berühren. „Ich verstehe auch so. Es ist nicht nötig für mich, dass du es mir erklärst."

„Aber für mich." Ihre Hand in seiner, drehte er sich und deutete auf eine Zeichnung an der Wand. Ein schönes junges Mädchen kniete neben einem Bach, schöpfte mit einem goldenen Eimer von dem klaren Wasser. „Sie hat das gemalt, bevor Jessie geboren wurde. Sie hat es mir an unserem ersten Jahrestag geschenkt."

„Es ist wunderschön. Sie war sehr talentiert."

„Ja, sehr talentiert und etwas ganz Besonderes." Er nippte an seinem Wein und brachte einen stummen Toast auf eine verlorene Liebe aus. „Ich kannte sie den größten Teil meines Lebens. Die hübsche Alice Reeder."

Er muss reden, dachte Ana. Also würde sie zuhören. „Habt ihr euch auf der Schule ineinander verliebt?"

„Nein." Die Vorstellung brachte ihn zum Lachen. „Wir kannten uns nicht einmal. Alice war Cheerleader, Schulsprecherin und überhaupt das netteste Mädchen, das immer alle Ehrenwürden einheimste. Wir hingen mit ganz verschiedenen Cliquen zusammen, und sie war zwei Klassen tiefer als ich. Ich durchlief gerade die obligatorische Rebellionsphase, war gegen alles und jeden, lungerte auf den Gängen herum und versuchte, so cool wie möglich zu wirken."

Ana lächelte. „Das hätte ich zu gern gesehen."

„Ich rauchte unerlaubterweise auf der Toilette, Alice malte die Bühnendekoration für die Theatergruppe. Wir kannten uns vom Sehen, mehr nicht. Ich ging aufs College, landete schließlich in New York. Damals schien es mir unerlässlich, da ich ja schreiben wollte, in einem Loft zu wohnen und am Hungertuch zu nagen."

Sie legte einen Arm um seine Hüfte, wartete instinktiv ab, bis er die richtigen Worte gefunden hatte.

„Eines Morgens ging ich zu der kleinen Bäckerei in unserer Nachbarschaft, und da stand sie, an einem der Bistro-Tische, bestellte sich Kaffee und ein Croissant. Wir unterhielten uns ... du weißt schon: ‚Was machst du denn hier?' Wie es den anderen ergangen ist, wo sie jetzt sind, was zu Hause so passiert ist, solche Sachen eben. Es war schön, beruhigend und aufregend zugleich. Zwei junge Leute aus der Kleinstadt, die es mit dem großen Moloch New York aufnehmen wollten."

Das Schicksal hat sie zusammengeführt, dachte Ana, in einer Millionenstadt.

„Sie studierte Kunst", erzählte Boone weiter, „und teilte sich eine Wohnung mit zwei anderen Mädchen, nur ein paar Straßen von meiner Wohnung entfernt. Ich brachte sie zur U-Bahn. Und dann sind wir irgendwie aufeinander zugedriftet. Wir gingen zusammen in den Park, verglichen Zeichnungen, konnten stundenlang miteinander reden. Alice war so voller Leben, so voller Energie und Ideen. Wir haben uns nicht Hals über Kopf ineinander verliebt, sind eher langsam hineingerutscht, Stück für Stück." Seine Augen wurden sanft, als er die Zeichnung betrachtete. „Sehr langsam, sehr zart. Wir haben geheiratet, kurz bevor ich mein erstes Buch verkaufen konnte. Sie war immer noch auf der Uni."

Er musste die Erzählung unterbrechen, weil die Erinnerungen ihn zu sehr mitnahmen. Seine Hand drückte Anas fester, und sie öffnete sich, um ihm Trost und Beistand zu geben.

„Auf jeden Fall ... alles schien perfekt. Wir waren jung, glücklich, verliebt. Sie hatte bereits den ersten Auftrag für ein Bild. Dann fanden wir heraus, dass sie schwanger war. Also zogen wir zurück nach Hause, wollten das Kind in einer netten und sicheren Nachbarschaft in der Nähe unserer Familien aufziehen. Als Jessie kam, sah es so aus, als könnte nichts mehr schiefgehen. Nur dass Alice nach der Geburt nie wieder ihre alte Energie zurückgewann. Jeder sagte, das sei normal. Sie musste ja müde sein, mit dem Baby und ihrer Arbeit. Sie nahm ab. Ich machte immer Witze darüber, dass sie eines Tages noch ganz verschwinden würde." Boone schloss für einen Moment die Augen. „Genau das hat sie getan. Sie verging. Als es lange genug angedauert hatte, dass wir uns Sorgen zu machen begannen, wurden Tests gemacht. Bis man herausgefunden hatte, dass sie Krebs hat, war es zu spät, um den Krebs noch aufzuhalten."

„Oh Boone, es tut mir so leid."

„Sie litt. Sie litt entsetzlich, und ich konnte nichts dagegen tun. Ich musste zusehen, wie sie dahinsiechte. Und ich dachte, ich würde auch sterben. Aber da war noch Jessie. Alice war erst fünfundzwanzig, als ich sie begrub. Jessie war gerade zwei geworden." Er holte tief Luft, bevor er sich zu Ana umdrehte. „Ich liebte Alice. Ich werde sie immer lieben."

„Ich weiß. Wenn jemand dein Leben auf diese Weise berührt, wirst du es nie verlieren."

„An jenem Tag, als ich sie verlor, hörte ich auf, an das ‚Glücklich-bis-an-ihr-Lebensende' zu glauben, außer in Büchern. Ich wollte mich nie mehr verlieben, nie wieder diesen Schmerz durchmachen müssen – weder ich noch Jessie. Aber ich habe mich wieder verliebt. Was ich für dich fühle, ist so stark, dass es mich wieder glauben lässt. Es ist nicht das Gleiche, was ich schon einmal gefühlt habe. Es ist nicht weniger. Es ist einfach ... das sind wir."

Sie legte ihre Hand an seine Wange. Sie glaubte zu verstehen. „Boone, meinst du, ich würde es über mich bringen, dich zu fragen, dass du sie vergessen sollst? Dass ich eifersüchtig sein könnte auf das, was ihr beide hattet? Dafür liebe ich dich nur umso mehr. Sie hat dich glücklich gemacht. Sie hat dir Jessie geschenkt. Ich wünschte nur, ich hätte sie kennenlernen dürfen."

Unermesslich gerührt, legte er seine Stirn an ihre. „Heirate mich, Ana."

11. KAPITEL

Sie erstarrte. Ihre Hände, die sie hatte heben wollen, um ihn zu sich heranzuziehen, blieben mitten in der Luft hängen. Der Atem stockte ihr in den Lungen. Selbst ihr Herz setzte einen Schlag lang aus, voller Hoffnung, während ihr Verstand sie warnte, abzuwarten.

Sehr, sehr langsam zog sie sich aus seiner Umarmung zurück. „Boone, ich denke … ich weiß nicht, was ich sagen soll … lass mir Zeit …“

„Sage jetzt nicht, dass ich dich dränge.“ Es erstaunte ihn, wie ruhig er war, jetzt, da er den Schritt gemacht hatte. Einen Schritt, den er in seinem Kopf eigentlich schon vor Wochen unternommen hatte, wie ihm jetzt klar wurde. „Mir ist gleich, ob ich zu schnell voranpresche. Ich brauche dich in meinem Leben, Ana.“

„Ich bin doch in deinem Leben.“ Sie lächelte, versuchte, die Stimmung leicht und unbeschwert zu halten. „Das habe ich dir bereits gesagt.“

„Es war hart genug, als ich dich begehrte, noch härter wurde es, als ich begann, mir etwas aus dir zu machen. Aber es ist unerträglich, seit ich dich liebe. Ich will nicht im Haus neben dir wohnen, ich will nicht mein Kind über Nacht wegschicken müssen, um mit dir zusammen sein zu können. Du hast gesagt, du liebst mich.“

„Das tue ich.“ Sie gab dem verzweifelten Verlangen nach und schmiegte sich an ihn. „Das weißt du auch. Mehr, als ich je gedacht habe, dass ich lieben könnte. Mehr, als ich je lieben wollte. Aber eine Heirat ist …“

„Richtig.“ Er strich über ihr feuchtes Haar. „Genau richtig für uns. Ana, ich habe dir einmal gesagt, dass ich nicht leichtfertig mit Intimität umgehe, und damit habe ich mich nicht nur auf Sex bezogen.“ Er hielt sie auf Armeslänge von sich ab, wollte ihr Gesicht sehen, wollte, dass sie seines sah. „Ich habe davon geredet, was in mir passiert, jedes Mal, wenn ich dich anschaue. Bevor ich dich traf, war ich zufrieden mit meinem Leben, so, wie es war. Aber das reicht mir jetzt nicht mehr. Ich will mich nicht mehr durch Hecken zwängen, um bei dir zu sein. Ich will dich hier bei mir wissen, bei uns.“

„Boone, so einfach ist das nicht.“ Sie wandte sich ab, suchte verzweifelt nach der richtigen Antwort.

„Es kann aber so einfach sein." Er verdrängte den Anflug von Panik. „Als ich heute Morgen ins Schlafzimmer kam und dich sah, mit Jessie … Ich kann dir gar nicht sagen, was in diesem Moment mit mir geschehen ist. Ich erkannte, dass es genau das ist, was ich will. Dass du da bist. Einfach nur da bist. Zu wissen, dass wir beide uns um sie kümmern können, weil du sie auch liebst. Dass da noch andere Kinder kommen können. Eine Zukunft mit neuen Perspektiven."

Sie musste die Augen schließen, weil dieses Bild so wunderbar, so perfekt war. Und sie verweigerte ihnen beiden, dieses Bild Realität werden zu lassen, weil sie Angst hatte. „Würde ich jetzt Ja sagen, bevor du mich verstehst, bevor du mich kennst, wäre es nicht fair."

„Ich kenne dich." Er zog sie wieder zu sich herum. „Ich weiß, wie leidenschaftlich und mitfühlend du bist, dass du loyal und großzügig bist, dass du ein weites Herz hast. Dass du an die Familie glaubst, dass du romantische Musik und Apfelwein magst. Ich weiß, wie dein Lachen klingt, wie du riechst und schmeckst. Und ich weiß, dass ich dich glücklich machen kann, wenn du erlaubst."

„Du machst mich glücklich, und es gibt nichts, was ich nicht für dich tun würde." Sie machte sich los, musste sich bewegen, um die Anspannung zu mildern. „Ich hatte keine Ahnung, dass es so bald geschehen würde. Ich schwöre dir, hätte ich gewusst, dass du an Heirat denkst …"

Seine Frau werden. Eine ewige Bindung. Sie konnte sich kein anderes Zugehörigkeitsgefühl vorstellen, das ihr mehr bedeutete.

Sie musste es ihm sagen, damit er die Chance hatte zu akzeptieren oder sich zurückzuziehen. „Du bist ehrlicher zu mir gewesen als ich zu dir."

„Worüber?"

„Darüber, wer und was du bist." Sie schloss seufzend die Lider. „Ich bin ein Feigling, leicht zu zerstören durch unangenehme Gefühle, habe geradezu panische Angst vor Schmerzen, physischen und psychischen. Erbärmlich verletzlich durch Dinge, die andere völlig kalt lassen, sie nicht einmal berühren."

„Ich weiß nicht, wovon du redest, Ana."

„Nein, wie solltest du auch." Sie presste die Lippen zusammen. „Kannst du dir vorstellen, dass manche empfänglicher für Gefühle sind als andere? Dass es manche gibt, die einen Schutzmechanismus entwickeln müssen, um sich gegen die Schwingungen, die um sie herumwirbeln, zu verteidigen? Weil sie sonst nicht überleben könnten?"

Boone hielt seine Ungeduld im Zaum und versuchte zu lächeln. „Gibst du dich jetzt geheimnisvoll?"

Sie lachte und presste die Hände auf die Augen. „Du ahnst nicht einmal die Hälfte. Ich muss erklären, und ich weiß nicht, wie ich es anfangen soll."

Vielleicht war es Schicksal.

Sie wich einen Schritt zurück und stieß eine Mappe vom Schreibtisch. Automatisch ging sie in die Hocke, um die Mappe aufzuheben.

Eine Zeichnung, erst kürzlich fertiggestellt. Eine sehr gute Zeichnung, dachte Ana und atmete tief durch, während sie das Bild studierte. Die boshaften Züge im Gesicht der Hexe unter der schwarzen Kapuze starrten sie an. Das personifizierte Böse, dachte Ana. Boone hatte es mit dem Stift perfekt eingefangen.

„Lass nur", sagte Boone jetzt, aber Ana schüttelte den Kopf.

„Ist das für deine Geschichte?"

„Ja, für ‚Das silberne Schloss'. Aber lenk nicht vom Thema ab."

„So weit ist das gar nicht vom Thema entfernt", murmelte sie. „Gewähre mir eine Minute, erzähl mir über die Zeichnung."

„Ana, verdammt noch mal ..."

„Bitte."

Frustriert fuhr er sich durchs Haar. „Es ist genau das, wonach es aussieht. Die böse Hexe hat die Prinzessin und das Schloss mit einem Fluch belegt. Ich bin zu dem Entschluss gekommen, dass es ein Fluch sein musste, der jeden davon abgehalten hat, in das Schloss hinein- oder hinauszukommen."

„Und du hast eine Hexe gewählt. Das kam dir also ganz automatisch in den Sinn."

„Es lag nahe, meinst du nicht? Die Story verlangte geradezu danach. Die rach- und eifersüchtige Hexe, wütend auf die liebliche und schöne Prinzessin, belegt sie mit einem Fluch, damit die Prinzessin vom Leben und von der Liebe und vom Glück für ewig ausgeschlossen bleibt. Aber als die wahre Liebe den Fluch besiegt, löst sich auch die Hexe auf, und sie leben glücklich bis an ihr Ende. So wie es sein soll."

„Für dich sind Hexen also böse und eiskalt kalkulierend." Kalkulierend, das war eines der Worte, die Robert ihr entgegengeschleudert hatte. Und noch schlimmere.

„Das versteht sich doch wohl von selbst, oder nicht? Macht korrumpiert."

Sie legte das Blatt beiseite. „Das denken so manche." Es ist nur eine Zeichnung, sagte sie sich still. Nur Teil einer Geschichte, die er erfunden hatte. Und doch zeigte es ihr, wie groß die Kluft war, die sie zu überbrücken hatte. „Boone, ich möchte dich um etwas bitten."

„Vermutlich kannst du mich am heutigen Abend um alles bitten."

„Ich bitte dich um Zeit", sagte sie. „Und um Vertrauen. Ich liebe dich, Boone. Aber ich brauche Zeit. Und du auch. Eine Woche", fuhr sie fort, bevor er protestieren konnte. „Nur eine Woche. Bis Vollmond. Dann gibt es Dinge, die ich dir sagen muss. Danach, so hoffe ich von ganzem Herzen, wirst du mich noch einmal bitten, deine Frau zu werden. Wenn du das tust, wenn du es tun kannst, werde ich Ja sagen."

„Sag jetzt Ja." Er zog sie zärtlich an sich heran, bedeckte ihren Mund mit seinen Lippen. „Welchen Unterschied macht denn das?"

„Jeden", flüsterte sie sehr leise und schmiegte sich an ihn. „Oder keinen."

Ihm gefiel das Warten nicht. Es machte ihn nervös, ungeduldig, gereizt. Die Tage schienen dahinzukriechen. Endlos langsam. Er versuchte sich damit zu beruhigen, dass nach dieser einen Woche sein Leben eine wunderbare Wendung nehmen würde.

Nie wieder einsame Nächte. Anstatt sich wie jetzt rastlos zu wälzen, würde er sich an sie schmiegen können. Das Haus würde von ihr erfüllt sein, ihrem Duft, den Wohlgerüchen ihrer Öle und Kräuter. Abends würden sie zusammen auf der Veranda sitzen und über die Geschehnisse des vergangenen Tages reden, über die Geschehnisse der kommenden Tage.

Vielleicht wäre es ihr auch lieber, dass sie in ihrem Haus lebten. Das war unwichtig. Dann würden sie zusammen durch ihren Garten wandern, unter den Ranken, und sie würde versuchen, ihm alle Pflanzennamen beizubringen. Sie könnten zusammen nach Irland fliegen, und Ana würde ihm alle Plätze ihrer Kindheit zeigen, Geschichten erzählen, so wie die Geschichte von der Hexe und dem Frosch, und er würde sie dann niederschreiben. Eine wunderbare Zukunft lag vor ihnen.

Irgendwann würden auch mehr Kinder kommen, und er würde sie betrachten, wie sie ihr eigenes Kind hielt, so wie sie Morganas und Nashs Zwillinge gehalten hatte, an dem Tag, als sie geboren wurden. Dieses Bild machte ihn unsagbar glücklich.

Kinder. Bei diesem Gedanken zuckte sein Kopf hoch. Boone starrte auf das gerahmte Foto von Jessie.

Sein Baby. Einzig seins und sein Einziges, schon so lange. Ihm war nie bewusst gewesen, dass er mehr Kinder haben wollte. Dass er unendlich viel Spaß am Vatersein hatte, dass es ihn befriedigte und erfüllte. Dass das er war.

Ein Sohn. Wäre es nicht umwerfend, einen Sohn zu haben? Oder auch eine Schwester für Jessie … Mehrere Schwestern und Brüder für Jessie. Sie wäre begeistert. Bei dem Gedanken begann er zu grinsen. Er wäre begeistert.

Dabei hatte er Ana noch gar nicht danach gefragt, was sie davon hielt, die Familie zu vergrößern. Das mussten sie auf jeden Fall noch ansprechen. Aber vielleicht drängte er sie dann wieder nur.

Doch er sah wieder das Bild vor sich, wie Ana im Schlaf den Arm sicher um Jessie gelegt hatte. Dieses strahlende Leuchten auf ihrem Gesicht, als sie die Zwillinge hielt, damit seine Tochter besser sehen konnte.

Nein, beschloss er. Er kannte sie. Sie würde genauso begeistert mit ihrer Liebe Leben schaffen wollen.

Und Ende der Woche würden sie damit beginnen, Pläne für die gemeinsame Zukunft zu machen.

Für Ana vergingen die Tage viel zu schnell. Sie brachte Stunden damit zu, nach der richtigen Gangart zu suchen, wie sie Boone alles sagen könnte. Dann wieder würde sie ihre Meinung ändern und sich für eine andere Art entscheiden.

Da gab es zum einen den brüsken Weg.

Sie stellte sich vor, wie sie in ihrer Küche saßen, zwei Tassen mit dampfendem Tee vor sich. „Boone“, würde sie sagen, „ich bin eine

Hexe. Wenn dich das nicht stört, können wir mit den Hochzeitsplanungen anfangen.“

Dann war da der vorsichtige Anlauf.

Sie würden auf ihrer Veranda sitzen, mit einem Glas Wein den Sonnenuntergang betrachten und sich gegenseitig von ihrer Kindheit erzählen.

„In Indiana aufzuwachsen ist sicherlich ganz anders, als in Irland groß zu werden. Die Iren nehmen es als selbstverständlich hin, wenn eine Hexe in der Nachbarschaft wohnt.“ Dann würde sie ihn anlächeln. „Noch etwas Wein, Liebster?“

Oder der intellektuelle Ansatz.

„Sicher stimmst du mir zu, dass den meisten Legenden eine Tatsache zugrunde liegt.“ Dieses Gespräch würde am Strand stattfinden, mit dem Rauschen der Wellen und den Schreien der Möwen als Hintergrundmusik. „Deine Bücher zeigen großes Einfühlungsvermögen und Respekt für das, was allgemein als Folklore oder Mythen bezeichnet wird. Als Hexe weiß ich deine positive Einschätzung zu Elfen und Magie zu schätzen. Vor allem, wie du die Zauberin in ‚Mirandas dritter Wunsch‘ porträtiert hast.“

Ana wünschte nur, ihr wäre genug Humor verblieben, dann hätte sie über jedes dieser bemitleidenswerten Szenarien lachen können. Sie musste sich einfach etwas einfallen lassen, vor allem, da ihr nur noch weniger als vierundzwanzig Stunden blieben.

Boone hatte schon mehr Geduld bewiesen, als sie das Recht hatte, von ihm zu verlangen. Es gab keine Entschuldigungen mehr, ihn noch länger warten zu lassen.

Zumindest würde sie heute Abend moralische Unterstützung haben. Morgana und Sebastian waren mit ihren jeweiligen Ehepartnern auf dem Weg zu ihr, für das freitägliche gemeinsame Grillen. Also wenn ihr das keinen Auftrieb für das morgige Zusammentreffen mit Boone gab, konnte ihr nichts mehr helfen. Sie trat auf die Terrasse und klammerte gedankenverloren die Finger um den klaren Zirkon, den sie um den Hals trug.

Jessie musste wohl mit Argusaugen auf diesen Moment gewartet haben, denn schon sprang sie aus der Hecke, die bellende Daisy hinter sich.

„Wir kommen nachher zum Dinner zu dir“, verkündete Jessie

laut. „Die Babys kommen auch. Vielleicht darf ich ja eins halten. Ich bin auch ganz, ganz vorsichtig."

„Das lässt sich sicher machen." Unwillkürlich suchte Ana den Nachbargarten nach Boone ab. „Wie war es heute in der Schule, Sonnenschein? Erzähle mal, was du so alles erlebt hast."

„Es war ziemlich gut. Ich kann meinen Namen schreiben und Daddys und deinen. Deiner ist am einfachsten. Quigleys Namen konnte ich nicht schreiben, deshalb habe ich einfach ‚Katze' geschrieben. Die Lehrerin hat uns nämlich gesagt, wir sollen unsere ganze Familie aufschreiben." Sie hielt inne, zum ersten Mal sah Ana sie verlegen. „War das in Ordnung, dass ich gesagt habe, du gehörst zu meiner Familie?"

„Aber ja, mehr als das." Ana drückte Jessie an sich. Und wie in Ordnung das ist, dachte sie und presste die Augen fest zusammen. Das ist es, was ich will, was ich brauche. Ich könnte ihm eine Frau sein und dem Kind eine Mutter. Bitte, bitte, lass mich einen Weg finden, damit ich das haben kann. „Ich habe dich unheimlich gern, Jessie."

„Du gehst doch nicht weg, oder?"

Weil sie so eng beisammen waren und weil sie es nicht verhindern konnte, berührte Ana das Herz des Kindes und verstand, woran Jessie dachte. An ihre Mutter. „Nein, mein Schatz." Sie gab Jessie frei und wählte ihre Worte sehr sorgfältig. „Ich will nicht weggehen. Aber wenn ich das müsste, dann würde ich dir immer ganz nah sein."

„Wie soll denn das gehen?"

„Weil ich dich in meinem Herzen tragen werde. Hier." Ana nahm die feine Goldkette von ihrem Hals und streifte sie über Jessies Kopf.

„Oh, wie der glänzt!"

„Ja, es ist etwas ganz Besonderes. Wann immer du dich einsam oder traurig fühlst, dann denke an mich. Ich werde es wissen und dir Freude schenken."

Verwundert drehte Jessie den Kristall in ihren Fingern. Er schien vor Farben und Licht zu explodieren. „Ist das ein Zauberkristall?"

„Ja."

Jessie nahm die Antwort mit der Selbstverständlichkeit eines Kindes hin. „Das will ich Daddy zeigen." Sie wollte schon losspurten, als sie sich an ihre Manieren erinnerte. „Danke."

„Gern geschehen. Ist ... äh, ist Boone im Haus?"

„Nein, er sitzt auf dem Dach."

„Auf dem Dach?"

„Nächsten Monat ist doch schon Weihnachten, und Daddy bringt die Lichterkette an, damit er sehen kann, ob auch alle Birnen brennen. Er will das ganze Haus aufleuchten lassen, weil er sagt, dass diese Weihnachten ganz besondere Weihnachten werden."

„Das hoffe ich auch." Ana hielt die Hand über die Augen und sah hoch. Ihr Herz machte einen Sprung, als sie die Gestalt auf dem Dach erblickte. Wie immer. Sie winkte lächelnd, während ihre andere Hand auf Jessies Schulter ruhte.

Alles würde gut gehen, sagte sie sich. Es musste einfach gut gehen.

Boone ließ Arbeit Arbeit sein und begnügte sich damit, den beiden zuzusehen, bis Jessie in den Garten zurückgerannt kam und Ana wieder ins Haus ging.

Alles würde gut gehen, sagte er sich. Es musste einfach gut gehen.

Sebastian stibitzte eine schwarze Olive und steckte sie sich in den Mund. „Wann essen wir?"

„Du isst doch schon", spottete Mel.

„Ich meine richtiges Essen." Er blinzelte Jessie zu. „Die Hot Dogs."

„Das Kräuterhähnchen", verbesserte Ana und drehte einen brutzelnden Hühnerschenkel auf dem Grill um.

Sie saßen alle auf Anas Terrasse, Jessie auf einem großen Korbsessel, mit einer glücklich krähenden Allysia auf dem Schoß. Boone und Nash waren in ein Gespräch über Babypflege vertieft, während Morgana Donovan stillte und sich von Mel das glückliche Ende des Ausreißer-Falls berichten ließ.

„Der Junge wusste nicht, was er machen sollte", sagte sie gerade. „Auf der einen Seite tat es ihm wahnsinnig leid, dass er ausgerissen war, auf der anderen hatte er panische Angst, zurückzugehen. Als wir ihn aufspürten, hatte er keinen Cent mehr in der Tasche, war durchgefroren und hungrig und völlig erschöpft. Als er dann erfuhr, dass seine Eltern mehr Angst hatten als wütend auf ihn waren, konnte er es gar nicht mehr abwarten, nach Hause zu kommen. Ich glaube, der arme Kerl hat Hausarrest, bis er dreißig ist, aber damit wird er wohl leben können.“ Sie wartete, bis Morgana ihrem Sohn ein lautes Bäuerchen entlockt hatte. Es kribbelte ihr in den Fingern. „Soll ich ihn für dich hinlegen?“

„Danke.“ Morgana betrachtete Mels Gesicht, als sie das Baby nahm. „Denkst du nicht daran, dir ein eigenes anzuschaffen? Oder vielleicht auch zwei?“

„Um ehrlich zu sein ...“ Mel schnupperte diesen wunderbaren Geruch und fühlte ihre Knie weich werden. „Ich glaube, es ist gut möglich, dass ich ...“ Sie warf einen schnellen Blick zu ihrem Mann, der ganz damit beschäftigt war, Jessie zu necken. „Ich bin noch nicht sicher, aber vielleicht habe ich schon damit angefangen.“

„Oh, Mel, das ist ja ...“

„Pst.“ Sie beugte sich verschwörerisch vor. „Ich will nicht, dass er es auch nur ahnt, sonst werde ich ihn nie davon abhalten können, selbst nachzusehen. Ich will es ihm sagen können.“ Sie grinste. „Das wird ihn umhauen.“

Sanft legte Mel den Kleinen auf seine Seite in den doppelten Kinderwagen.

„Allysia ist auch eingeschlafen“, meldete Jessie sich jetzt leise und fuhr dem Baby zart mit einem Finger über die Wange.

„Möchtest du sie neben ihren Bruder legen?“, fragte Sebastian. Er half ihr und stützte das Baby, während Jessie Allysia hinlegte. „Eines Tages wirst du eine ganz tolle Mutter sein.“

„Vielleicht kriege ich ja auch Zwillinge.“ Jessie drehte sich tadelnd zu Daisy um, die zu bellen begonnen hatte. „Pst! Du weckst die Babys auf.“

Doch Daisy hatte das Jagdfieber gepackt. Auf der Flucht und empört miauend, schoss Quigley durch die Hecke in den angrenzenden Garten. Daisy fand dieses Spiel äußerst kurzweilig und raste dem Kater hinterher.

„Ich hole die beiden, Daddy.“ Mit noch mehr Lärm als die beiden Tiere zusammen, rannte jetzt auch Jessie los.

„Ich glaube, Hundeschule nützt da nichts mehr“, meinte Boone ergeben und trank den Rest seines Biers. „Eine Irrenanstalt wäre eher angebracht.“

Atemlos folgte Jessie dem Gebell und Gefauche, über den Rasen, die Veranda, um das Haus herum. Als sie Daisy eingeholt hatte, stützte sie entrüstet die Hände in die Hüften und schaute den Hund mit gerunzelter Stirn an.

„Ihr sollt doch Freunde sein. Ana wird es nicht gefallen, wenn du Quigley immer ärgerst."

Daisy wedelte mit dem Schwanz und bellte noch einmal. Auf der Leiter, die Boone benutzt hatte, um aufs Dach zu kommen, saß Quigley auf halber Höhe und fauchte und zischte.

„Und ihm gefällt es auch nicht, Daisy." Mit einem schweren Seufzer hockte sie sich neben Daisy und streichelte sie. „Er weiß doch nicht, dass du nur spielen willst und ihm nie wehtun würdest. Aber du machst ihm Angst." Sie sah die Leiter hoch. „Komm, Pussykatze, komm runter, es ist alles in Ordnung."

Quigley knurrte nur und kniff die Augen zusammen. Als Daisy allerdings wieder zu bellen begann, sprang er die Leiter noch weiter hinauf.

„Jetzt sieh nur, was du getan hast, Daisy." Am Fuß der Leiter zögerte Jessie. Ihr Vater hat ihr verboten, auf die Leiter zu steigen. Aber da hatte er ja auch nicht gewusst, dass Quigley solche Angst haben würde. Vielleicht würde Quigley vom Dach fallen und dann tot sein. Jessie trat zurück, weil sie schnell ihren Vater holen wollte. Aber da miaute Quigley so jämmerlich.

Sie war verantwortlich für Daisy. So war es doch. Und wenn Quigley sich wehtun würde, dann wäre es ihre Schuld.

„Ich komme schon, Kätzchen. Hab keine Angst." Die Zunge zwischen die Lippen geklemmt, erklomm Jessie die ersten Sprossen. Sie hatte ihrem Vater zugeschaut, wie er es gemacht hatte, und das hatte gar nicht schwer ausgesehen. So wie das Klettern auf der Sprossenwand in der Schule. Oder wenn man die Metallleiter der Rutsche Schritt für Schritt hinaufkletterte.

„Miez-Miez", lockte sie, kletterte immer höher und kicherte, als Quigley den Kopf übers Dach hinaussteckte. „Du dumme Pussykatze, Daisy will doch nur spielen. Komm, ich trage dich nach unten, keine Sorge."

Jessie stand fast auf der höchsten Sprosse, als ihr kleiner Fuß plötzlich abrutschte.

„Mhm, riecht das gut", murmelte Boone. Allerdings schnupperte er an Anas Hals, nicht etwa an dem gegrillten Hühnchen, das sie auf einer Servierplatte auf den Tisch stellte. „Da könnte ich schon dran naschen."

Nash stieß ihm den Ellbogen in die Rippen. „Wenn du nur küssen willst, dann mach gefälligst Platz. Wir anderen sind nämlich hungrig."

„Kein Problem." Boone schlang die Arme um Anas Hüfte – eine rot angelaufene Ana – und zog sie ein wenig zur Seite, bevor er ihren Mund mit seinen Lippen verschloss. „Die Zeit ist fast um", murmelte er nach einem sehnsüchtigen Kuss. „Du könntest mich doch auch jetzt schon aus meinem Elend erlösen, und dann ..."

Da ertönte Jessies Schrei. Das Herz schlug ihm bis zum Hals, als er über den Rasen hastete und ihren Namen rief. Er sprang über die Hecke, rannte weiter.

„Oh Gott! Oh, mein Gott!"

Alles Blut wich aus seinem Gesicht, als er die gekrümmte kleine Gestalt auf dem Boden liegen sah, ihr Arm in einem unnatürlichen Winkel abgespreizt, ihr Gesicht totenblass.

„Baby!" In Panik kniete er neben ihr nieder. Sie lag so still – selbst in seiner Panik registrierte er diese erschreckende Tatsache. Als er sie aufheben wollte, war da plötzlich überall Blut. Ihr Blut.

„Nicht! Bewege sie nicht!", befahl Ana und ging neben ihm auf die Knie. Sie atmete schwer, kämpfte mit der kalten Angst, aber ihre Hände legten sich mit eisernem Griff um seine Handgelenke. „Du weißt nicht, welche Verletzungen sie hat. Du könntest ihr mehr schaden, wenn du sie bewegst."

„Sie blutet." Vorsichtig legte er die Hände um das Gesicht seiner Tochter. „Jessie, komm schon." Mit zitternden Fingern suchte er nach dem Puls an ihrem Hals. „Bitte, das kannst du nicht tun. Großer Gott, das darfst du nicht tun. Wir müssen den Notarzt rufen."

„Das mache ich", sagte Mel hinter ihnen.

Ana schüttelte den Kopf. „Boone." Ruhe kam über sie, als sie mit Klarheit wusste, was sie zu tun hatte. „Boone, hör mir zu." Sie griff ihn bei den Schultern. Fester, als er ihre Hände abschütteln wollte. „Du wirst jetzt zur Seite gehen, damit ich ihr helfen kann."

„Sie atmet nicht." Fassungslos starrte er auf sein kleines Mädchen.

„Ich glaube, sie atmet nicht mehr. Ihr Arm. Er ist gebrochen."

Es war viel mehr als nur ein gebrochener Arm, das wusste Ana, auch ohne das Band. Und es blieb keine Zeit mehr für den Notarzt. „Ich kann ihr helfen, aber du musst aus dem Weg gehen."

„Sie braucht einen Arzt. Um Himmels willen, ruf doch endlich jemand den Notarzt an!"

„Sebastian", sagte Ana leise. Ihr Cousin trat vor und nahm Boone beim Arm.

„Lass mich gefälligst los!" Boone wollte sich losreißen und fand sich zwischen Nash und Sebastian eingekesselt wieder. „Was, zum Teufel, ist eigentlich los mit euch? Wir müssen sie in ein Krankenhaus bringen!"

„Lass Ana tun, was sie kann." Nash kämpfte mit seiner eigenen Panik und seinem Freund, der sich nicht halten lassen wollte. „Du musst ihr vertrauen, um Jessies willen, lass sie es versuchen, Boone."

„Ana." Blass und erschüttert gab Morgana eines ihrer Babys an Mel weiter. „Es ist vielleicht schon zu spät. Du weißt, was mit dir passiert, wenn ..."

„Ich muss es versuchen."

Zart, ach so zart legte Ana ihre Hände an Jessies Kopf. Sie wartete, bis ihre Atmung tief und ruhig ging. Es war schwer, sehr schwer, Boones Schrecken und Angst zu durchdringen, diese wilden Gefühle zu überkommen, aber sie konzentrierte sich auf das Kind. Allein auf das Kind. Und öffnete sich.

Schmerz. Heiß, brennend, scharf, wie Speere, unendlich viele, schossen in ihren Kopf. Viel zu viel Schmerz für ein kleines Kind. Ana zog ihn aus Jessie heraus, absorbierte ihn, ließ ihren eigenen Körper damit umgehen. Als er selbst für sie zu viel wurde, als er ihre Arbeit zu gefährden drohte, wartete sie, bis er vorbeigegangen war. Dann erst machte sie weiter.

So viele Verletzungen, so viel Schaden, dachte sie, als sie mit den Händen langsam an Jessies Körper herunterstrich. Ein so tiefer Sturz. Ein klares Bild entstand in ihrem Geist. Der Boden, der immer näher kam, die Angst, der plötzliche, harte Aufprall.

Ihre Finger fuhren über die tiefe Wunde in Jessies Schulter, vor ihrem geistigen Auge sah sie das Blut, Unmassen von Blut ... Dann verschwanden die Bilder wieder im Dunkeln.

„Mein Gott." Boone wehrte sich nicht mehr, er fühlte sich wie betäubt. „Was macht sie da?"

„Sie braucht Ruhe", murmelte Sebastian. Er ließ Boone los, trat zurück und fasste Morganas Hand. Sie konnten nichts anderes tun als warten.

Die inneren Verletzungen waren massiv. Schweiß trat auf Anas Stirn, als sie untersuchte, absorbierte, heilte. Sie murmelte einen Singsang vor sich hin, während sie arbeitete, wissend, dass sie die Trance vertiefen musste, wollte sie das Kind retten. Und sich selbst.

Diese Schmerzen! Sie schnitten durch sie, scharf und unbarmherzig, ließen sie erzittern. Ihr Atem wurde flacher, während sie darum kämpfte, zurückzukommen. Unwillkürlich griff sie nach dem Zirkon, den Jessie trug, legte die andere Hand auf das Herz des Kindes.

Als sie den Kopf hob, hatten ihre Augen die Farbe von Gewitterwolken und blickten leer.

Das Licht. Es blendete so. Sie konnte das Kind kaum erkennen, das vor ihr herlief. Sie rief, schrie, wollte rennen, wusste, dass ein winziger Fehler jetzt das Ende bedeuten würde. Für das Kind und für sie.

Sie starrte in das helle Licht und fühlte, wie Jessie ihr immer weiter entglitt.

„Die Gabe ist mein, um zu akzeptieren oder abzulehnen. Die Wahl war mein, vom ersten Tag meines Lebens. Was dieses Kind verletzt, übertragt es mir. So soll es sein."

Sie schrie auf, spürte, wie sie zerrissen wurde, der Preis, den sie zahlen musste, weil sie sich angeschickt hatte, den Tod zu überlisten. Sie fühlte ihr eigenes Leben schwächer werden, fühlte sich von dem gleißenden Licht angezogen, näher, immer näher. Und dann begann Jessies Herz unter ihrer Hand stockend wieder zu schlagen.

Sie kämpfte, für sie beide, mit aller Macht, die sie besaß.

Boone sah, wie seine Tochter sich regte, sah, wie ihre Wimpern flatterten, während Ana zurücktaumelte.

„Jess... Jessie?" Er sprang vor, riss die Kleine in seine Arme. „Ist alles in Ordnung mit dir?"

„Daddy?" Ihr verwirrter Blick klärte sich. „Bin ich gefallen?"

„Ja." Schwach vor Erleichterung und Dankbarkeit barg er sein

Gesicht an ihrem Hals und wiegte sie in seinen Armen. „Ja, du bist gefallen."

„Weine doch nicht, Daddy." Sie streichelte seinen Rücken. „Ich bin doch okay."

„Lass uns mal nachsehen." Er holte zitternd Luft, bevor er mit den Händen ihren kleinen Körper abtastete. Da war kein Blut. Kein Blut, kein blauer Fleck, nicht einmal die kleinste Schramme. Wieder drückte er Jessie an sich, während er zu Ana sah, der Sebastian aufstehen half. „Tut dir irgendwas weh, Jessie?"

„Nein …" Sie gähnte und legte den Kopf an seine Schulter. „Ich bin zu Mommy gegangen. Sie sah so hübsch aus in dem Licht. Aber sie sah auch traurig aus, als würde sie gleich weinen, weil ich kam. Und dann war Ana da. Sie nahm mich bei der Hand, und Mommy sah glücklich aus, als sie uns zum Abschied zugewinkt hat. Daddy, ich bin so müde."

Das Herz schlug ihm im Hals, machte ihm das Sprechen schwer. „Ja, sicher, Baby."

„Ich werde sie zu Bett bringen", bot Nash an. Als Boone zögerte, fügte er leise hinzu: „Jessie geht es gut, Ana nicht." Er nahm das fast schon schlafende Kind auf seine Arme. „Lass die Logik nicht im Weg stehen, alter Freund", sagte er noch, bevor er mit Jessie im Haus verschwand.

„Ich will wissen, was hier los war." Da er fürchtete, er könnte hysterisch werden, zwang Boone sich, ganz ruhig und deutlich zu sprechen. „Ich will ganz genau wissen, was hier abgelaufen ist."

„Also gut." Ana drehte sich zu ihrer Familie um. „Wenn ihr uns einen Augenblick allein lassen würdet … Ich möchte Boone …" Weiter kam sie nicht, die Welt um sie herum wurde schwarz. Fluchend fing Boone sie auf, bevor sie zu Boden fallen konnte.

„Was, zum Teufel, geht hier vor?" Er hielt Ana auf den Armen, erschreckt, wie blass und gläsern ihr Gesicht wirkte. „Was hat sie mit Jessie gemacht? Und was hat sie sich selbst angetan?"

„Sie hat das Leben Ihrer Tochter gerettet", sagte Sebastian. „Und ihr eigenes riskiert."

„Sei still, Sebastian", murmelte Morgana. „Er hat schon genug durchgemacht."

„Er?"

„Ja, er." Sie legte ihrem Cousin eine Hand auf den Arm, um ihn zurückzuhalten. „Boone, Ana braucht jetzt sehr viel Ruhe. Wenn Sie möchten, können Sie sie nach Hause bringen. Einer von uns wird bei ihr bleiben und sich um sie kümmern."

„Sie bleibt hier bei mir." Er drehte sich um und trug Ana vorsichtig ins Haus.

Sie schwebte, wandelte zwischen Welten ohne Farbe. Da war jetzt kein Schmerz mehr, da war überhaupt kein Gefühl mehr. Sie war körperlos wie Nebel. Ein- oder zweimal hörte sie Sebastian und Morgana, die in ihren Geist geglitten waren, um ihr Halt und Zuversicht zu geben. Andere waren dazugekommen, ihre Eltern, ihre Tanten und Onkel. Und noch andere. Doch sie hatte keine wirklichen Empfindungen zu all dem.

Nach einer langen, langen Reise spürte sie, wie sie zurückkam. Farbtupfer, Konturen erschienen in der öden Welt. Reize begannen auf ihrer Haut zu prickeln. Sie seufzte – der erste Laut, den sie in den letzten vierundzwanzig Stunden von sich gegeben hatte. Dann öffnete sie die Augen.

Boone beobachtete sie, wie sie zurückkam. Automatisch erhob er sich von dem Stuhl neben ihrem Bett, um die Medizin zu holen, die Morgana ihm dagelassen hatte. „Hier." Er stützte Ana und hielt ihr die Tasse an die Lippen. „Trink das."

Sie gehorchte, als sie den Geruch und den Geschmack erkannte. „Jessie?"

„Ihr geht es gut. Nash und Morgana haben sie vorhin abgeholt. Jessie bleibt über Nacht bei ihnen."

Sie nickte und trank noch einen Schluck. „Wie lange habe ich geschlafen?"

„Geschlafen?" Dieser sehr verharmlosende Ausdruck ließ ihn trocken auflachen. Konnte man diesen komaähnlichen Zustand, in dem sie sich befunden hatte, überhaupt schlafen nennen? „Du warst für sechsundzwanzig Stunden bewusstlos." Er sah auf seine Uhr. „Und dreißig Minuten."

Die längste Reise, die sie je zurückgelegt hatte. „Ich muss meine Familie anrufen und ihr Bescheid sagen, dass alles in Ordnung mit mir ist."

„Das kann ich machen. Möchtest du etwas essen?“

„Nein.“ Sie versuchte sich nicht von seinem distanzierten, höflichen Ton verletzen zu lassen. „Dieser Tee hier ist im Moment alles, was ich brauche.“

„Ich komme in einer Minute wieder zurück.“

Kaum dass sie allein war, schlug sie die Hände vors Gesicht. Es war ihre eigene Schuld. Sie hatte ihn nicht vorbereitet, hatte es schleifen lassen, und dann hatte das Schicksal übernommen. Mit einem müden Seufzer quälte sie sich aus dem Bett und zog sich an.

„Was, zum Teufel, machst du da?“, wollte Boone ärgerlich wissen, als er zurückkam. „Du sollst dich ausruhen.“

„Ich habe genug geruht.“ Ana starrte auf ihre Finger, die sorgfältig jeden einzelnen Knopf der Bluse schlossen. „Außerdem wäre ich sowieso bald auf den Beinen, wenn wir darüber reden wollen.“

Seine Nerven begannen zu vibrieren, aber er nickte nur. „Schön. Wie du willst.“

„Können wir nach draußen gehen? Ich brauche frische Luft.“

„Sicher.“ Er nahm ihren Arm und führte sie die Stufen hinunter und auf die Veranda hinaus. Sobald er ihr in den Stuhl geholfen hatte, holte er eine Zigarette hervor und zündete sie sich an. Seit er Ana nach oben getragen hatte, hatte er kein Auge zugetan und hauptsächlich von Zigaretten und Kaffee gelebt. „Wenn du dich kräftig genug dazu fühlst, hätte ich gern eine Erklärung.“

„Ich werde versuchen, dir eine zu geben. Es tut mir leid, dass ich es dir nicht früher gesagt habe.“ Ana verschränkte die Hände im Schoß. „Ich wollte es, aber ich habe nie den richtigen Weg gefunden. Vielleicht ist jetzt der Zeitpunkt gekommen.“

„Geradeheraus ist immer am besten“, sagte er und inhalierte tief den Rauch.

„Nun gut. Ich stamme von einer sehr alten Linie ab, sowohl mütterlicher- als auch väterlicherseits. Eine andere Kultur, wenn du so möchtest. Weißt du, was ‚Wicca‘ bedeutet?“

Etwas Kaltes strich über seine Haut, aber es konnte nur die Nachtluft sein. „Hexerei.“

„Genau genommen heißt es ‚weise‘. Aber Hexerei erklärt es auch.“ Sie sah auf, ihr klarer grauer Blick traf auf seinen müden aus umschatteten Augen. „Ich bin eine geborene Hexe, von Geburt an mit empathischen Kräften befähigt, die es mir gestatten, ein emotionales und physisches Band zu anderen zu knüpfen. Meine Gabe ist die des Heilens."

Boone tat einen langen Zug von seiner Zigarette. „Du sitzt also da, siehst mir ins Gesicht und willst mir erzählen, dass du eine Hexe bist."

„Ja."

Wütend warf er die Zigarette fort. „Was für ein Spielchen ist das, Ana? Nach allem, was hier gestern Abend passiert ist, verdiene ich da nicht eine vernünftige Erklärung?"

„Du verdienst die Wahrheit. Du magst es nicht für vernünftig halten." Sie hob abwehrend die Hand, bevor er sprechen konnte. „Wie würdest du es denn erklären?"

Er öffnete den Mund, schloss ihn wieder. Darüber zerbrach er sich jetzt schon seit über vierundzwanzig Stunden den Kopf und hatte keine befriedigende Antwort gefunden. „Ich kann es nicht erklären. Aber das heißt nicht, dass ich dir diesen Unsinn abkaufe."

„Nun gut." Sie stand auf, legte eine Hand auf seine Brust. „Du bist erschöpft. Du hast kaum geschlafen. In deinem Kopf hämmert es unerträglich, und dein Magen fühlt sich an, als lägen Steine darin."

Er hob verächtlich eine Augenbraue. „Man muss keine Hexe sein, um sich das denken zu können."

„Nein." Bevor er zurückweichen konnte, legte sie eine Hand an seine Stirn, die andere auf seinen Magen. „Besser?", fragte sie nach einem kurzen Augenblick.

Er musste sich setzen, aber er fürchtete, nie wieder aufstehen zu können. Sie hatte ihn nur berührt, mehr nicht, aber jeglicher Schmerz und alles Unwohlsein waren verschwunden. „Was ist das? Hypnose?"

„Nein. Boone, sieh mich an."

Er tat es, und was er sah, war eine Fremde mit blondem Haar, das der Wind ihr aus dem Gesicht wehte. Die Zauberin aus Bernstein, dachte er wie betäubt. Kein Wunder, dass ihn die kleine Statue an sie erinnert hatte.

Ana sah den Schock in seinen Augen, sah, dass er begann zu glauben. „Als du mich batest, dich zu heiraten, habe ich mir Zeit von dir ausgebeten. Damit ich mir überlegen kann, wie ich es dir sagen soll. Ich hatte Angst." Sie ließ die Hände sinken. „Angst davor, du würdest mich ansehen, wie du mich jetzt ansiehst. Als würdest du mich nicht kennen."

„Das ist doch alles Quatsch. Sieh mal, ich schreibe dieses Zeugs und verdiene gut damit, aber ich kann Märchen und Realität unterscheiden."

„Meine Gabe fürs Zaubern ist sehr begrenzt." Trotzdem griff sie in ihre Tasche, in der sie immer Kristalle bei sich trug. Ohne den Blick von Boone zu nehmen, hielt sie sie auf der ausgestreckten Handfläche. Langsam, ganz langsam begannen sie zu glühen. Das Violett des Amethyst wurde tiefer, das Pink des Rosenquarz leuchtender, das Grün des Malachits intensiver. Dann hoben sie sich von der Handfläche ab, stiegen höher, Zentimeter um Zentimeter, drehten sich wie hell leuchtende Planeten im Raum. „Morgana ist in diesen Dingen bewanderter als ich."

Boone starrte auf die kreisenden Steine und suchte nach einer logischen Erklärung. „Morgana ist auch eine Hexe?"

„Wir sind Cousinen", sagte Ana einfach.

„Was Sebastian als deinen Cousin ..."

„Sebastians Gabe ist die des Sehens."

Er wollte nicht glauben. Aber er konnte auch nicht abtun, was er mit eigenen Augen sah. „Deine Familie ...", setzte er an. „Die Zaubertricks deines Vaters ..."

„Nichts anderes als Magie." Sie pflückte die Kristalle aus der Luft und ließ sie in ihre Tasche zurückgleiten. „Ich sagte dir doch, er ist sehr talentiert. So wie alle von ihnen, jeder auf seine Weise. Wir sind Hexen und Zauberer, wir alle." Sie wollte seine Hand nehmen, doch er zuckte zurück. „Tut mir leid."

„Es tut dir leid?" Bis ins Mark erschüttert, fuhr er sich mit beiden Händen durchs Haar. Das musste ein Traum sein. Ein Albtraum. Aber er stand doch hier, auf seiner Veranda, spürte den Wind auf der Haut, hörte das Rauschen des Meeres. „Das ist gut. Wirklich gut. Was tut dir leid, Ana? Dass du das bist, was du bist? Oder weil du es nicht für nötig befunden hast, dieses kleine Detail zu erwähnen?"

„Ich schäme mich nicht für das, was ich bin." Der Stolz half ihr, sich gerade zu halten. „Es tut mir leid, dass ich mir Ausreden habe einfallen lassen, anstatt es dir gleich zu Beginn zu sagen. Und am meisten tut es mir leid, dass du mich nicht mehr so ansehen kannst, wie du mich noch vor einem Tag angesehen hast."

„Was hattest du denn erwartet? Soll das einfach so an mir abperlen, als sei es unwichtig? Soll ich so weitermachen, als sei nichts geschehen? Mir nichts, dir nichts akzeptieren, dass die Frau, die ich liebe, eine Figur aus den Geschichten ist, die ich mir einfallen lasse?"

„Ich bin genau die Gleiche, die ich auch gestern war und die ich morgen sein werde."

„Eine Hexe."

„Ja." Sie verschränkte die Arme vor der Brust. „Eine Hexe, geboren mit der Gabe. Weder vergifte ich Äpfel noch locke ich Kinder in mein Pfefferkuchenhaus."

„Das soll mich wohl beruhigen."

„Diese Kraft habe nicht einmal ich. Wir alle sind verantwortlich für unser eigenes Schicksal." Sie sagte es, obwohl sie wusste, dass er ihr Schicksal in seinen Händen hielt. „Die Wahl liegt allein bei dir."

Er bemühte sich, die Neuigkeit zu erfassen, irgendwie zu verarbeiten, aber er konnte nicht. „Du brauchtest Zeit, um es mir zu sagen. Nun, bei Gott, ich brauche Zeit, um herauszufinden, was ich jetzt tun soll." Er begann auf und ab zu marschieren, blieb dann wie vom Donner gerührt stehen. „Jessie. Jessie ist bei Morgana."

Ana spürte, wie ihr Herz noch ein Stückchen mehr brach. „Oh ja, bei meiner Cousine, der Hexe." Eine einzelne Träne lief aus ihrem Auge, über ihre Wange. „Was, denkst du wohl, wird Morgana tun? Sie mit einem Fluch belegen und sie in einen Turm einsperren?"

„Ich weiß nicht mehr, was ich denken soll. Herrgott im Himmel, ich befinde mich mitten in einem Märchen! Was soll ich denn da denken!"

„Was immer du willst", erwiderte Ana resigniert. „Ich kann nicht ändern, was ich bin, und ich werde es auch nicht. Nicht einmal für dich. Aber ich werde nicht hier stehen bleiben und deinen Blick auf mir ertragen, als wäre ich irgendwie monströs und abscheulich."

„Das stimmt doch gar ni..."

„Soll ich dir sagen, was du fühlst?" Eine weitere Träne fiel. „Du fühlst dich betrogen, wütend, verletzt. Und misstrauisch. Dieses

Misstrauen lässt dich fragen, was ich bin, was ich tun kann, was ich tun werde."

„Meine Gefühle gehen nur mich etwas an", knurrte er. „Ich will nicht, dass du auf diese Art in mich blickst."

„Ich weiß. Aber wenn ich jetzt einen Schritt vor machen würde, als Frau, würdest du nur einen Schritt zurückweichen. Das werde ich uns beiden ersparen. Gute Nacht, Boone."

Als sie die Verandastufen hinunterlief und nach und nach in der Dunkelheit verschwand, brachte er es nicht über sich, sie zurückzurufen.

12. KAPITEL

Ich kann mir vorstellen, dass du ein wenig durcheinander warst." Nash lehnte lässig am Geländer von Boones Veranda, genoss das Bier und die kühle Abendbrise.

„‚Ein wenig durcheinander' reicht da wohl kaum aus", brauste Boone auf. „Weißt du, vielleicht bin ich einfach zu kleingeistig und engstirnig, aber … herauszufinden, dass die Lady von nebenan eine Hexe ist, hat mich aus den Schuhen gehauen."

„Vor allem, weil du in diese Lady von nebenan verliebt bist."

„Stimmt. Ich hätte es nicht geglaubt, wer würde das schon? Aber ich habe gesehen, was sie mit Jessie gemacht hat. Und dann habe ich zurückgeblickt und zwei und zwei zusammengezählt." Boone lachte trocken auf. „Manchmal wache ich mitten in der Nacht auf und denke mir, ich habe das alles nur geträumt." Er ging zum Geländer und lauschte auf die Wellen. „Das kann alles nicht wahr sein, es ist einfach unvorstellbar."

„Warum denn nicht? Komm schon, Boone, es ist doch unser Geschäft, den Rahmen ein wenig zu dehnen."

„Das hier sprengt den Rahmen aber in kleinste Fetzen! Was wir tun, Nash, gehört in Bücher, in Filme. Nicht ins wahre Leben."

„Aber jetzt ist es mein Leben."

Boone stieß laut die Luft aus den Lungen. „Ja, wahrscheinlich. Aber hast du dich nie … ich meine, machst du dir nie Gedanken deswegen? Das kannst du mir doch nicht ernsthaft erzählen."

„Doch, habe ich, anfangs. Zuerst dachte ich, sie nimmt mich auf den Arm, bis ich in der Luft schwebte." Bei der Erinnerung grinste Nash vor sich hin, während Boone die Augen schloss. „Morgana ist nicht unbedingt der subtile Typ. Nachdem mir erst einmal klar geworden war, dass alles im grünen Bereich liegt, war es richtig spannend, das kann ich dir sagen."

„Spannend also", wiederholte Boone ohne rechte Überzeugung in der Stimme.

„Ja. Ich meine, mein ganzes Leben erfinde ich Geschichten über solche Sachen, und dann heirate ich eine waschechte Hexe, mit Elfenblut und allem Drum und Dran."

„Elfenblut." Allein das Wort setzte einen Wirbel von Gedanken in Boones Kopf in Gang. „Und das stört dich nicht?"

„Wieso sollte es? Das ist es doch, was sie ausmacht, und ich liebe sie. Bei den Kindern mache ich mir allerdings doch ein paar Gedanken. Ich meine, wenn die erst mal so weit sind, bin ich in der Minderheit. Und das kann dann ganz schön anstrengend werden."

„Die Zwillinge." Boone zwang sich, den Mund nicht offen stehen zu lassen. „Du meinst, diese Babys sind auch ..."

„Aber ja. Also wirklich, Boone, sie werden schon keine Warzen bekommen. Sie werden einfach nur ein kleines Extra haben. Mel ist übrigens auch schwanger. Sie hat es gerade erst bestätigt bekommen. Und sie ist die realistischste und nüchternste Frau, der ich je begegnet bin. Dabei weiß sie Sebastian zu nehmen, als hätte sie ihr ganzes Leben nur mit Telepathen zu tun gehabt."

„Was willst du mir damit sagen, Nash? ‚Stell dich nicht so an, Boone, nimm's locker'?"

Nash ließ sich auf der Bank nieder. „Ich weiß, dass es einfach ist."

„Eines möchte ich dich noch fragen ... Wie lange wart ihr zusammen, als Morgana dir von ihrem – wie soll man es nennen? – ihrem Erbe erzählt hat?"

„Eigentlich direkt von Anfang an. Ich betrieb Nachforschungen für mein Skript und hatte von ihr gehört. Du weißt doch, die Leute kommen mit ihren seltsamen Geschichten immer zu mir. Natürlich glaubte ich kein Wort davon, aber ich dachte mir, es würde ein gutes Interview abgeben. Und als ..."

„Und wie war das bei Mel und Sebastian?"

„So genau weiß ich das nicht, aber sie traf ihn, weil eine Klientin darauf bestand, einen Telepathen anzuheuern." Nash starrte nachdenklich in sein Bier. „Ich weiß, worauf du hinauswillst, und da hast du nicht ganz unrecht. Vielleicht hätte sie es dir eher sagen sollen."

Boone lachte bitter. „Vielleicht?"

„Na schön, sie hätte es eher tun müssen. Aber du kennst nicht die ganze Geschichte. Morgana hat mir erzählt, dass Ana sich vor ein paar Jahren in diesen Typen verliebt hatte, da muss sie ungefähr Anfang zwanzig gewesen sein. Sie war völlig verrückt nach ihm. Er war wohl Assistenzarzt an irgendeinem Krankenhaus, und sie glaubte, sie könnten zusammenarbeiten, dass sie ihm helfen könnte. Also hat sie ihm alles gesagt. Woraufhin er ihr den Laufpass gab, und zwar ziemlich brutal. Da sie durch ihre empathischen Fähigkeiten sehr heftig auf – nun, sagen wir mal – schlechte Schwingungen reagiert, war sie ziemlich fertig. Sie beschloss, ihren Weg allein zu gehen." Als Boone beharrlich schwieg, explodierte Nash. „He, Mann, ich kann dir weder sagen, was du tun sollst, noch, was du fühlen sollst. Aber ich kann dir versichern, dass Ana nie etwas tun würde, das Jessie oder dich verletzt. Dazu wäre sie gar nicht in der Lage."

Boone sah zum Nachbarhaus hinüber. Die Fenster waren nicht erleuchtet, schon seit einer Woche brannte kein Licht mehr. „Wo ist sie?"

„Sie brauchte Abstand, wollte mal raus. Wollte jedem genug Raum zum Atmen geben."

„Seit jenem Abend, an dem sie es mir gesagt hat, habe ich sie nicht mehr gesehen. Die ersten Tage danach dachte ich, es wäre besser, wenn ich ihr eine Weile aus dem Weg gehen würde." Das schlechte Gewissen meldete sich. „Ich habe sogar Jessie von ihr ferngehalten. Dann, vor ungefähr einer Woche, ist sie verschwunden."

„Sie ist in Irland. Aber sie hat gesagt, sie kommt vor Weihnachten wieder zurück."

Weil er sich seiner Gefühle immer noch nicht sicher war, nickte Boone nur. „Ich habe mir gedacht, ich könnte mit Jessie für ein paar Tage nach Indiana fahren. Vielleicht kriege ich diese Sache irgendwie in meinen Kopf, bis wir wieder zurück sind."

„Heiligabend." Padrick schmeckte den Punsch ab, schnalzte anerkennend mit der Zunge und seufzte. „Es gibt keine schönere Nacht im ganzen Jahr." Er füllte einen Becher und reichte ihn seiner Tochter. „Das bringt Farbe auf deine Wangen, mein Liebling."

„Und Feuer in mein Blut, so, wie du ihn immer machst." Sie lächelte und probierte. „Ist es nicht unglaublich zu sehen, wie groß die Zwillinge in der kurzen Zeit schon geworden sind?"

„Aye." Er ließ sich von ihrer heiteren Stimme nicht täuschen. „Ich kann es einfach nicht ertragen, meine Prinzessin so traurig zu sehen."

„Ich bin nicht traurig." Ana drückte seine Hand. „Wirklich, Dad, mir geht es gut."

„Wenn du möchtest, verwandle ich ihn in einen violetten Esel für dich. Es wäre mir ein Vergnügen."

Da sie wusste, dass er das Angebot durchaus ernst meinte, küsste sie ihn auf die Nasenspitze. „Du hast mir versprochen, nicht mehr darüber zu reden, wenn wir erst hier sind."

„Aye, aber ..."

„Ein Versprechen", erinnerte sie ihn und ging zum Herd, um ihrer Mutter zu helfen.

Sie war froh, dass ihr Haus voll mit den Menschen war, die sie liebte, mit dem Lärm des Familienlebens. Gerüche hingen in der Luft, die sie immer mit den festlichen Tagen in Verbindung gebracht hatte – Zimt, Muskat, Preiselbeeren, Tannenduft. Als sie vor ein paar Tagen wieder nach Hause gekommen war, hatte sie sich in die Vorbereitungen gestürzt. Der Baum musste geschmückt, Geschenke eingepackt, Kekse gebacken werden. Alles, was ihre Gedanken von der Tatsache ablenkte, dass Boone nicht da war.

Dass er seit über einem Monat kein Wort mit ihr gesprochen hatte.

Sie würde überleben. Sie hatte ihre Entscheidung bereits getroffen. Und sie weigerte sich, sich die Festtage mit ihrer Familie verderben zu lassen.

„Wir freuen uns darauf, dich wieder bei uns in Irland zu haben, Ana." Maureen küsste ihre Tochter auf die Stirn. „Wenn es das ist, was du wirklich willst."

„Ich habe Irland vermisst", sagte sie nur. „Die Gans müsste fast fertig sein." Ana öffnete die Ofentür und schnupperte. „Zehn Minuten vielleicht noch. Ich sehe nach, ob der Tisch fertig gedeckt ist."

„Sie will nicht einmal darüber reden", sagte Maureen besorgt zu ihrem Mann, als Ana zur Küche hinausgeschlüpft war.

„Ich würde diesen jungen Mann am liebsten auf eine nette kleine Insel schicken – irgendwo in der Arktis. Nur für einen Tag, vielleicht auch zwei. Vielleicht kommt er dann zur Vernunft."

„Wenn Ana nicht so empfindlich in diesen Dingen wäre, könnte ich auch einen Trank brauen, der ihn ihr auf ewig ergeben macht."

Padrick tätschelte seiner Frau liebevoll den Po. „Ach, dafür hast du schon immer ein Händchen gehabt, meine Liebste. Der Junge wüsste gar nicht, wie ihm geschieht – wobei das eigentlich das Beste wäre, was ihm und seinem süßen Kind passieren könnte." Er seufzte und arbeitete sich mit kleinen Küssen den Arm seiner Frau hinauf. „Ana würde uns das nie verzeihen. Wir werden es sie wohl auf ihre eigene Weise machen lassen müssen. Unsere Tochter weiß schon, was sie will."

Frustriert von einem langen Tag mit verspäteten Flügen und endlosen Wartezeiten, knallte Boone die Wagentür zu. Er wünschte sich nichts weiter als ein heißes Bad und mindestens acht Stunden Schlaf.

Aber sollte der Weihnachtsmann vor dem Morgen noch auftauchen, hatte Boone Sawyer noch eine ganze Menge zu tun.

„Komm, Jess." Er rieb sich übers Gesicht. Seit zwölf Stunden waren sie jetzt unterwegs, davon sechs Stunden Däumchen drehen auf Flughäfen. „Lass uns die Koffer hineinbringen."

„Ana ist zu Hause." Jessie zog an seinem Arm und zeigte auf die hell erleuchteten Fenster. „Sieh nur, Daddy. Da ist Morganas Auto und Sebastians, und da steht außerdem auch ein ganz großes schwarzes Auto. Alle sind sie bei Ana."

„Ich sehe es." Und sein Herz schlug ein wenig schneller. Als er jedoch das „Zu Verkaufen"-Schild auf dem Rasen vor dem Haus sah, stockte sein Herzschlag.

„Können wir nicht rübergehen und frohe Weihnachten wünschen? Bitte, Daddy. Ana fehlt mir." Sie legte die kleinen Finger um den Zirkon, den sie trug. „Bitte, Daddy."

„Sicher." Wütend starrte er auf das Schild und fasste seine Tochter bei der Hand. „Ja, wir werden frohe Weihnachten wünschen. Und zwar jetzt sofort."

So. Sie wollte also wegziehen, ja? Das Haus verkaufen, wenn er nicht hinschaute, und davonlaufen, ja? Einfach so. Na, das würden sie ja sehen!

„Daddy, du läufst viel zu schnell." Jessie musste rennen, um mit ihm Schritt zu halten. „Und du zerquetschst meine Hand."

„Entschuldige." Boone atmete tief durch. Er hob Jessie schwungvoll auf seine Arme und hastete weiter, nahm zwei Stufen auf einmal zur Haustür hoch. Sein Klopfen an der Tür war äußerst gebieterisch.

Padrick war derjenige, der die Tür aufzog, das Gesicht mit einem langen weißen Rauschebart bedeckt, eine rote Zipfelmütze auf dem fast kahlen Kopf. Sobald er Boone erblickte, erstarb das lustige Funkeln in seinen Augen.

„Sieh an, was man so alles vor der Haustür findet. Sind Sie mutig genug, um es mit uns allen aufzunehmen? Wir sind nämlich lange nicht so höflich wie Ana."

„Ich möchte sie gern sehen."

„Ach, wirklich? Rühren Sie sich nicht von der Stelle." Jessie schenkte er sein freundlichstes Lächeln. „Sieht aus, als hätte ich endlich meine Elfe gefunden. Ich sag dir was, Mädchen. Renn schnell hinein und sieh mal unter dem Christbaum nach, ob da nicht vielleicht ein Päckchen mit deinem Namen liegt."

„Darf ich?" Jessie umarmte Padrick stürmisch, dann sah sie zu ihrem Vater. „Darf ich? Bitte?"

„Natürlich." Wie auch bei Padrick erstarb Boones Lächeln in dem Moment, als Jessie außer Sichtweite war. „Ich kam, um mit Ana zu reden, Mr. Donovan."

„Sie können mit mir reden. Was würden Sie davon halten, wenn jemand das Herz Ihrer Jessie stehlen und dann so einfach in der Hand zerdrücken würde?" Obwohl er gut einen Kopf kleiner war als Boone, hob Padrick die Fäuste und machte einen Schritt auf Boone zu. „Ich werde nichts anderes als diese hier benutzen. Sie haben mein Ehrenwort als Zauberer. Und jetzt stellen Sie sich endlich dem Kampf."

Boone wusste nicht, ob er lachen oder zurückweichen sollte. „Mr. Donovan ..."

„Hier kommt der erste Hieb." Padrick reckte das bärtige Kinn vor und erinnerte an einen sehr wütenden Weihnachtsmann. „Sie kriegen nur, was Sie verdienen. Ich habe mir anhören müssen, wie meine Tochter über Typen wie Sie geweint hat, nächtelang, und es hat mein Blut zum Brodeln gebracht. Da habe ich mir gesagt: ‚Padrick, wenn du diesem Wurm jemals von Angesicht zu Angesicht gegenüberstehen solltest, wirst du ihn fertigmachen.' Das ist eine Sache der Ehre." Er holte aus, schlug zu, drehte sich einmal um die eigene Achse und verfehlte Boone um gute dreißig Zentimeter. „Sie hat nicht zugelassen, dass ich dem anderen schleimigen Kerl was angetan habe, als er ihr Herz gebrochen hat. Aber dafür habe ich jetzt ja Sie!"

„Mr. Donovan." Boone versuchte es erneut und wich den Schlägen aus. „Ich will Ihnen nicht wehtun."

„Tun Sie mir weh! Los, tun Sie mir weh." Padrick tänzelte, angefeuert durch die Beleidigung. Die Zipfelmütze rutschte ihm über die Augen. „Ich könnte Ihnen die Haut über die Ohren ziehen. Ich könnte Ihnen einen Eselskopf anhexen. Ich könnte ..."

„Daddy!"

Mit diesem einen Wort unterbrach Ana die wütenden Drohungen ihres Vaters.

„Geh wieder rein zu den anderen, Prinzessin. Das hier ist Männersache."

„Ich werde nicht zulassen, dass du dich am Heiligen Abend auf meiner Türschwelle prügelst. Daddy, geh einfach zurück zu den anderen."

„Dann schicke ich ihn eben zum Nordpol. Nur für eine Stunde oder zwei. Das wäre sehr passend."

„Das wirst du nicht tun." Sie trat hinter ihren Vater und legte eine Hand auf seine Schulter. „Geh hinein und benimm dich, oder ich werde Morgana zur Hilfe holen."

„Pah! Mit einer Hexe, die nur halb so alt ist wie ich, werde ich noch lange fertig."

„Du weißt, wie hinterhältig sie sein kann." Ana küsste ihn auf die Wangen. „Bitte, Dad. Tu es für mich."

„Ich konnte dir noch nie etwas abschlagen", murmelte er. Dann wandte er sich wieder mit funkelnden Augen an Boone. „Wenn Sie sich mit einem Donovan anlegen, legen Sie sich mit allen Donovans an." Mit einem hoheitsvollen Schnauben ging er ins Haus.

„Tut mir leid", begann Ana und setzte ihr liebenswürdigstes Lächeln auf. „Er hatte schon immer einen ausgeprägten Beschützerinstinkt."

„Das war zu sehen." Da er sich nun doch nicht prügeln musste, fiel ihm nichts anderes ein, als die Hände in die Taschen zu stecken. „Ich wollte ... wir wollten fröhliche Weihnachten wünschen."

„Das hat Jessie schon getan." Schweigen. „Du kannst gern hereinkommen, einen Becher Punsch trinken."

„Ich will nicht stören. Deine ganze Familie ist da." Er verzog die Lippen, und fast konnte man es als Grinsen durchgehen lassen. „Außerdem habe ich keine Lust, mein Leben zu riskieren."

Jetzt schwand das Lächeln innerhalb einer Sekunde aus ihren Augen. „Er hätte dich nie wirklich verletzt. Das ist nicht unsere Art."

„So meinte ich das nicht ..." Was sollte er nur zu ihr sagen? „Ich kann es ihm nicht verübeln, dass er wütend ist, und ich möchte weder dich noch deine Familie stören. Wenn du es lieber sähst, dass ich ..." Er wandte den Kopf, und sein Blick fiel auf das Schild auf dem Rasen. Was ihn daran erinnerte, weshalb er hier war. „Was, zum Teufel, soll das?"

„Ist das nicht ersichtlich? Ich verkaufe das Haus. Ich habe beschlossen, nach Irland zurückzukehren."

„Irland? Du glaubst, du kannst einfach alles hinschmeißen und sechstausend Meilen weit wegziehen?"

„Ja, das glaube ich. Boone, tut mir leid, aber das Dinner ist fast fertig, und ich muss jetzt wieder hinein. Wenn du möchtest, kannst du gerne mit uns essen."

„Wenn du nicht sofort mit dieser verdammten Höflichkeit aufhörst, werde ich ..." Er hielt sich zurück. „Ich will nicht essen", presste er zwischen den Zähnen hervor. „Ich will mit dir reden."

„Dazu ist nicht die Zeit."

„Dann nehmen wir uns die Zeit."

Er schob sie über die Schwelle ins Haus hinein. Im gleichen Moment kam Sebastian in die Diele.

Er legte Ana eine Hand auf die Schulter und warf Boone einen warnenden Blick zu. „Gibt es hier ein Problem, Anastasia?"

„Nein. Ich habe Boone und Jessie zum Dinner eingeladen, aber er kann nicht bleiben."

„Zu schade aber auch." Sebastian lächelte tückisch. „Nun, Sawyer, wenn Sie uns dann entschuldigen wollen ..."

Boone schlug die Tür hinter sich zu. Der Knall ließ jegliches Gelächter und Gespräch verstummen. Alle Augenpaare starrten in ihre Richtung. Boone bemerkte es kaum, genauso wenig wie er bemerkte, dass Sebastians Augen jetzt vor Heiterkeit geradezu leuchteten.

„Geht mir aus dem Weg", sagte Boone ganz leise. „Jeder von euch. Mir ist egal, wer oder was ihr seid." Er war bereit, eine ganze Flottille von Drachen zum Kampf herauszufordern, als er Anas Hand griff. „Du kommst mit mir. Und zwar jetzt sofort, auf der Stelle."

„Meine Familie ..."

„Kann verdammt noch mal warten!" Und damit riss er die Tür auf und Ana nach draußen.

Unter einem Zweig des Weihnachtsbaumes saß Jessie und schaute mit erschreckten Augen auf. „Ist Daddy böse auf Ana?"

„Nein." Was sie gesehen hatte, reichte Maureen aus, um das kleine Mädchen glücklich in ihre Arme zu schließen. „Ich glaube, die beiden überlegen sich gerade ein weiteres Weihnachtsgeschenk für dich. Und ich glaube auch, dass dir das am allerbesten gefallen wird. Hab nur ein bisschen Geduld."

Draußen musste Ana sich anstrengen, um mitzuhalten. „Hör auf, mich herumzuzerren, Boone!"

„Ich zerre dich nicht herum", knurrte er und zog sie unsanft weiter.

„Ich will nicht mit dir gehen." Sie fühlte Tränen aufsteigen, obwohl sie davon überzeugt gewesen war, keine mehr übrig zu haben. „Ich mache diesen Unsinn nicht noch einmal durch."

„Du bildest dir ein, du kannst so ein blödes Schild im Garten aufstellen und damit ist alles gelöst?" Das Mondlicht zeigte ihm den Weg zu den Stufen im Fels, die hinunter zum Strand führten. „Erst lässt du die Bombe platzen, und dann trittst du den Rückzug nach Irland an?"

„Ich kann tun und lassen, was ich will."

„Hexe oder nicht, das solltest du dir besser noch mal überlegen."

„Du hast doch gar nicht mehr mit mir reden wollen."

„Jetzt rede ich doch, oder?"

„Aber ich will nicht mehr mit dir reden." Sie riss sich los und begann den Aufstieg zurück.

„Dann wirst du mir zuhören." Er erwischte sie an der Hüfte und warf sie sich unzeremoniell über die Schulter. „Und das machen wir schön weit vom Haus entfernt, damit deine Familie mir nicht im Nacken sitzt." Als er unten angekommen war, stellte er sie auf die Füße. „Einen Schritt", warnte er, „nur ein Schritt, und ich zerre dich zurück."

„Diese Befriedigung gönne ich dir nicht." Um Tränen zu bekämpfen, war Wut das beste Mittel. „Du willst reden? Fein. Sag, was du sagen musst, und dann bin ich an der Reihe. Ich verstehe deine Haltung, was unsere Beziehung angeht. Aber es bekümmert mich zutiefst, dass du es für notwendig ansiehst, Jessie von mir fernzuhalten."

„Das habe ich nie ..."

„Streite es nicht ab. Du hast sie tagelang zu Hause gehalten." Ana hob eine Hand voll Kiesel auf und warf sie weit hinaus ins Meer. „Du willst ja schließlich nicht, dass deine kleine Tochter zu viel mit einer Hexe zu tun hat, was?" Sie wirbelte zu ihm herum. „Herrgott, Boone, was glaubst du denn von mir? Meinst du, ich mäste sie und reibe mir heimlich die Hände, weil ich sie in den Ofen schieben will? Und den kleinen Hund am besten gleich mit?"

Seine Lippen zuckten. Er streckte die Hand aus, wollte sie berühren, aber sie wich zurück. „Du kannst mir ruhig etwas mehr zutrauen, Ana."

„Das hatte ich. Vielleicht später, als ich hätte sollen, aber ich habe dir mehr zugetraut. Doch du hast dich abgewandt. Genau so, wie ich es vorausgesehen hatte."

„Vorausgesehen?" Auch wenn es ihn zu langweilen begann – er zog sie wieder zu sich herum. „Woher wusstest du, wie ich reagieren würde? Hast du in deine Kristallkugel geguckt? Oder hast du deinen Cousin gebeten, einen kleinen Spaziergang durch meinen Kopf zu machen?"

„Weder noch", brachte sie mit dem letzten Rest von Haltung heraus. „Das wäre unfair gewesen. Ich wusste, dass du dich abwenden würdest, weil ..."

„Jemand anders es schon einmal getan hat."

„Das ist unwichtig. Tatsache bleibt, du hast dich abgewendet."

„Ich musste es erst Mal verdauen."

„Ich habe deinen Blick an jenem Abend gesehen. Wie du mich angestarrt hast." Sie schloss die Augen. „Diesen Blick kenne ich. Oh, du warst nicht so grob und gemein wie Robert. Keine Beschimpfungen, keine Beschuldigungen, aber unterm Strich kommt das Gleiche heraus: ‚Halt dich von mir und den meinen fern.'" Sie schlang die Arme um sich.

„Ich werde mich nicht für etwas entschuldigen, das ich für eine sehr normale Reaktion halte. Verflucht, Ana, ich war müde und halb wahnsinnig. Die ganze Nacht habe ich dich angesehen, wie du blass und völlig regungslos in meinem Bett lagst. Ich hatte Angst, du würdest nie mehr zurückkommen. Als du erwachtest, wusste ich nicht, wie ich mich verhalten sollte. Und dann erzählst du mir all das."

Sie mühte sich um Ruhe, denn sie wusste, das war der beste Weg. „Das Timing war einfach schlecht. Ich war nicht stark genug, um mit deinen Gefühlen fertig zu werden."

„Wenn du es mir früher gesagt hättest ..."

„Hättest du anders reagiert?" Sie warf ihm einen Blick zu. „Nein, ich glaube nicht. Aber du hast recht, ich hätte es dir früher sagen müssen. Ich hätte es nicht so lange verschweigen dürfen."

„Lege mir keine Worte in den Mund, Ana. Es sei denn, du hast ... Wie nennst du es? Das Band knüpfen? Also, wenn du das Band nicht geknüpft hast, weißt du auch nicht, was ich fühle. Es tat weh, dass du mir nicht vertrautest."

Sie wischte sich eine Träne von der Wange und nickte. „Ich weiß. Es tut mir leid."

„Du hattest Angst?"

„Ich sagte dir doch, dass ich ein Feigling bin."

Er runzelte die Stirn, sah zu, wie der Wind mit ihren Haaren spielte, während sie auf die dunkle See hinausschaute. „Ja, stimmt. An dem Abend, als du meine Zeichnung fandest. Die von der Hexe. Das hat dich gekränkt."

Sie zuckte die Achseln. „Manchmal bin ich überempfindlich. Es lag nur daran, weil ich dir gerade ..."

„Weil du es mir an jenem Abend sagen wolltest, und dann habe ich dich mit meiner bösen Hexe verschreckt."

„Es schien schwierig, es dir in diesem Augenblick zu sagen."

„Weil du ein Feigling bist", sagte er sanft, ohne sie aus den Augen zu lassen. „Ana, ich möchte dich etwas fragen. An dem Tag, als Jessie stürzte, was genau hast du da gemacht?"

„Ich habe die Verbindung hergestellt. Ich bin eine Empathin."

„Ich habe gesehen, wie es dir Schmerzen zugefügt hat." Er griff nach ihrem Arm und drehte sie zu sich herum. „Einmal hast du aufgeschrien, als ob du es nicht mehr ertragen könntest. Danach bist du in Ohnmacht gefallen und hast wie eine Tote dagelegen, für mehr als einen vollen Tag."

„Das gehört dazu." Sie versuchte, seine Hand abzuschütteln. Es tat weh, berührt zu werden, wenn ihre Schutzmauer in Trümmern lag. „Wenn die Verletzungen so ernst sind, ist immer ein Preis zu zahlen."

„Ja, ich habe Morgana gefragt. Sie sagte mir, dass du hättest sterben können. Sie sagte, das Risiko bestand, weil Jessie …" Er brachte es nicht über sich, die Worte auszusprechen. „Sie war schon fort. Oder fast. Du hast nicht nur einfach ein paar gebrochene Knochen geheilt, du hast sie von der Grenze zur anderen Seite zurückgeholt. Morgana hat mir erklärt, dass ein Heiler dort sehr leicht selbst zum Opfer werden kann."

„Was hätte ich denn tun sollen? Sie sterben lassen?"

„Ein Feigling hätte es getan. Ich denke, deine und meine Definition von ‚feige' sind unterschiedlich. Nur weil du Angst hast, bist du noch lange kein Feigling. Du hättest dich selbst retten und sie gehen lassen können."

„Ich liebe sie."

„So wie ich. Du hast sie mir zurückgebracht, Ana. Und ich habe dir noch nicht einmal gedankt."

„Du glaubst, ich wollte deine Dankbarkeit?" Das war einfach zu viel. Als Nächstes würde er ihr sein Mitgefühl anbieten. „Ich will keinen Dank von dir. Was ich getan habe, habe ich aus freien Stücken getan. Weil ich es nicht ertragen hätte, sie zu verlieren. Und ich hätte es für dich nicht ertragen können …"

„Für mich?", hakte er leise nach.

„Dass du noch jemanden verlierst, den du liebst. Dafür will ich keinen Dank. Das ist es, was mich und meine Kräfte ausmacht."

„Du hast das schon vorher getan? Was du für Jessie getan hast?"

„Ich bin Heilerin. Ich heile. Sie war …" Noch immer schmerzte es sie, daran zu denken. „Sie wollte entgleiten. Ich musste alle meine Kräfte einsetzen, um sie von der Grenze zurückzuholen."

„So einfach ist das nicht." Seine Hände lagen jetzt auf ihren Armen, streichelten sanft. „Nicht einmal für dich. Du fühlst mehr als andere. Das hat Morgana mir auch gesagt. Wenn du deinen Schutzschild fallen lässt, bist du empfänglicher für Gefühle. Schmerz, Elend, alles. Und verletzbarer. Deshalb weinst du auch nie." Sacht, ganz sacht hob er die Träne von ihrer Wange auf seine Fingerspitze.

„Aber du weinst jetzt.“

„Du weißt alles, was es zu wissen gibt. Was soll das Ganze also dann noch?“

„Wir sollten einen Schritt zurück machen. Zu dem Abend, als du mir alles erklärt hast. Der Sinn liegt darin, dass du mir noch eine Chance gibst und dich öffnest. Für mich.“

„Du verlangst zu viel.“ Sie schluchzte auf und schlug die Hände vors Gesicht. „Oh, lass mich in Ruhe. Lass mir meinen Frieden. Siehst du nicht, wie sehr du mich verletzt?“

„Doch, das sehe ich.“ Er umarmte sie, fest, fester, als sie sich wehrte, um sie zu beruhigen, zu trösten. „Du hast abgenommen, du bist blass. Wenn ich in deine Augen sehe, sehe ich auch den Schmerz, den ich dir zugefügt habe. Ich weiß nicht, wie ich es ungeschehen machen kann. Und ich weiß auch nicht, wie dein Vater sich beherrschen konnte, nicht sein ganzes Arsenal an Flüchen auf mich niederprasseln zu lassen.“

„Wir benutzen unsere Gabe nicht, um zu schaden. Das ginge gegen alles, was wir sind. Bitte, lass mich gehen.“

„Ich kann nicht. Ich dachte, ich könnte es. ‚Sie hat mich angelogen‘, sagte ich mir. ‚Sie hat mein Vertrauen missbraucht. Sie ist nicht wahr, nicht ehrlich.‘“ Er hielt sie bei den Armen, als sie sich losreißen wollte. „Aber das ist unwichtig. Nichts davon ist wichtig. Wenn es Magie ist, dann will ich es nicht verlieren. Ich will dich nicht verlieren. Ich liebe dich, Ana. Alles an dir, alles, was du bist. Bitte.“ Er berührte ihre Lippen, schmeckte die salzigen Tränen. „Bitte, komm zu mir zurück. Ich kann nicht ohne dich leben und ich will es nicht.“

Der Hoffnungsstrahl war fast schmerzhaft. Sie klammerte sich an ihn, wie sie sich an Boone klammerte. „Ich würde so gern glauben.“

„Ich auch.“ Er nahm ihr Gesicht in seine Hände, küsste sie noch mal. „Und ich glaube. Glaube an dich, an uns. Wenn dies hier mein Märchen ist, dann will ich es zu Ende leben.“

Sie schaute zu ihm auf. „Du kannst das alles akzeptieren? Uns alle?“

„Ich denke, ich habe die besten Voraussetzungen dazu, als Märchenbuchautor. Allerdings wird es wohl eine Weile dauern, bis ich deinen Vater davon überzeugt habe, nicht drastisch etwas an meiner Anatomie zu verändern.“ Mit einem Finger zeichnete er ihre

Lippen nach, als sie sich zu einem Lächeln verzogen. „Ich war mir nicht sicher, ob du je wieder für mich lächeln würdest. Sag mir, dass du mich noch liebst. Bitte, gewähre mir das."

„Ja, ich liebe dich." Ihre Lippen erzitterten unter den seinen. „Immer."

„Ich werde dich nicht mehr verletzen." Er wischte ihr die Tränen mit dem Daumen von den Wangen. „Ich werde es wiedergutmachen."

„Das hast du schon." Sie hielt seine Hände. „Es ist vorbei. Wir haben das Morgen."

„Weine nicht mehr."

Sie lächelte und rieb sich übers Gesicht. „Nein. Ich weine nie."

Er nahm ihre jetzt feuchten Hände und küsste sie. „Du sagtest, ich solle dich noch einmal fragen. Es ist viel länger als eine Woche, aber ich hoffe, du hast nicht vergessen, was du über deine Antwort gesagt hast."

„Nein, ich weiß es noch."

Er legte ihre Hand auf sein Herz. „Ich will, dass du fühlst, was ich fühle." Seine andere Hand hielt ihre. „Der Mond ist fast voll. Als ich dich das erste Mal küsste, war es ebenfalls im Mondlicht. Ich war bezaubert, betört, bestrickt. Das werde ich immer sein. Ana, ich brauche dich."

Sie fühlte, wie die Macht seiner Liebe in sie strömte. „Ich gehöre dir."

„Ich möchte, dass du mich heiratest. Das Kind mit mir teilst, das du mir zurückgegeben hast. Sie ist genauso dein wie mein. Lass uns gemeinsam mehr Kinder ins Leben bringen. Ich akzeptiere dich so, wie du bist, Ana. Ich schwöre, ich werde dich ehren und lieben, solange ich lebe."

Sie schlang die Arme um ihn. Haare wie Sonnenlicht, Augen wie Rauch. Mondlicht umgab sie in leuchtenden Strahlen.

„Ich habe auf dich gewartet."

EPILOG

Hoch oben auf windzerklüfteten Klippen stand stolz Schloss Donovan. Blitze erhellten die dunkle Nacht, der Wind brauste um die Fenster und ließ die bleigerahmten Rauten erzittern.

Im Haus flackerten wärmende Feuer in offenen Kaminen und Öfen. Hexen, Zauberer und Normalsterbliche waren zusammengekommen und warteten auf den ersten ungeduldigen Schrei, mit dem das neue Leben sich ankündigen würde.

„Schummelst du etwa, Grandad?", fragte Jessie tadelnd, als Padrick seine Karten sortierte.

„Schummeln?" Er lachte fröhlich und wackelte mit den Augenbrauen. „Aber natürlich! Komm, zieh eine Karte."

Sie kicherte und nahm eine Spielkarte vom Stock. „Granny Maureen sagt, dass du immer schummelst." Sie legte den Kopf schief. „Warst du wirklich ein Frosch?"

„Und ob, Darling. Und ein sehr hübscher grüner dazu."

Jessie akzeptierte es, mit der gleichen Selbstverständlichkeit, mit der sie die anderen Wunder in ihrem Leben mit der Donovan-Familie akzeptierte. Sie kraulte Daisys Ohren, die ihren großen Kopf vertrauensvoll auf Jessies Schoß gelegt hatte. „Wirst du wieder mal ein Frosch sein, damit ich es sehen kann?"

„Lass dich überraschen." Er blinzelte und verwandelte die Karten in ihrer Hand im selben Moment in Dauerlutscher.

„Oh, Grandad." Jessie lachte.

„Sebastian?" Mel kam die Treppe herunter und rief nach ihrem Mann, der mit einem Cognac in der Hand dem Kartenspiel zusah. „Shawn und Keely sind wach. Ich habe alle Hände voll zu tun, um bei Ana zu helfen."

„Komme schon." Der stolze Papa von drei Monate alten Zwillingen stellte den Schwenker ab und erhob sich, um Windeln zu wechseln.

Nash ließ die einjährige Allysia auf seinem Schoß hüpfen, während Donovan auf Matthews Schoß saß und mit der Taschenuhr seines Großvaters spielte.

„Vorsicht, dass er sie nicht verschwinden lässt", warnte Nash. „Wir haben ein paar Probleme damit, ihn unter Kontrolle zu halten."

„Ach, der Junge muss eben seine Kräfte ein bisschen ausprobieren."

„Mag sein. Aber als ich ihn letztens von seinem Mittagsschläfchen holen wollte, war das Bett voller Kaninchen. Lebender Kaninchen, wohlbemerkt."

„Ganz die Mama", sagte Matthew stolz. „Sie hat uns zum Wahnsinn getrieben."

Allysia kuschelte sich mit dem Rücken an die Brust ihres Vaters und lächelte. Innerhalb von Sekunden kam jeder Hund und jede Katze im Haus angelaufen.

„Ally." Nash seufzte schwer. „Weißt du nicht mehr, dass wir gesagt haben, immer nur einer?"

„Hündchen." Jauchzend zog Ally Matthews großem silbernen Wolfshund an den Ohren. „Miezekatzen."

„Das nächste Mal bitte nur ein Tier, ja?" Nash hob eine Katze am Nackenfell von seiner Schulter, schob eine andere von der Armlehne des Sessels. „Vor zwei Wochen hat sie jeden Hund im Umkreis von zehn Meilen zum Heulen gebracht. Kommt, ihr Monster." Er stand auf, klemmte sich erst Allysia, dann Donovan wie einen Fußball unter den Arm. Sie strampelten und kicherten. „Ich denke, es ist Zeit fürs Bett."

„Geschichte", verlangte Donovan. „Onkel Boone."

„Er ist beschäftigt. Heute werdet ihr wohl oder übel mit einer Geschichte von eurem alten Herrn vorlieb nehmen müssen."

Oh ja, er war beschäftigt. Beschäftigt damit, das Wunder zu erleben. Der Raum war von Kerzenlicht und Kräuterdüften erfüllt, das Feuer im Kamin strahlte behagliche Wärme aus.

Er hielt Ana in seinen Armen, während sie ihren gemeinsamen Sohn zur Welt brachte.

Dann ihre Tochter.

Dann noch einen Sohn.

„Drei." Er sagte es immer wieder, dieses eine Wort, selbst als Bryna ihm ein Baby in den Arm legte. „Drei." Sie hatten ihm gesagt, dass es Drillinge sein würden, er hatte es irgendwie nicht geglaubt.

„Mehrlingsgeburten liegen in der Familie." Erschöpft und unendlich glücklich nahm Ana eines der Bündel von Morgana entgegen. Sanft presste sie die Lippen auf die weiche Wange. „Jetzt haben wir zwei Jungen und zwei Mädchen."

Er grinste, als Mel das zweite Bündel in Anas Arm legte. „Wir brauchen ein größeres Haus."

„Wir werden anbauen."

„Soll ich die anderen rufen?", fragte Bryna lächelnd. „Oder möchtest du dich erst noch ein wenig ausruhen?"

„Nein." Ana legte ihren Kopf auf Boones Arm. „Bitte, sie sollen kommen."

Alle drängten sich in das Zimmer und veranstalteten unglaublichen Lärm. Ana rutschte in ihrem Bett ein wenig zur Seite, damit Jessie sich zu ihr setzen konnte.

„Das ist dein Bruder Trevor. Deine Schwester Mauve. Und hier dein anderer Bruder, Kyle."

„Ich werde gut auf sie aufpassen. Immer. Ganz bestimmt. Sieh nur, Grandad, wir sind jetzt eine richtig große Familie."

„Oh ja, mein kleines Lämmchen." Er schnäuzte laut und herzhaft in sein kariertes Taschentuch und tupfte sich dann über die Augen. Mit tränenglänzendem Blick sah er zu Boone. „Nur gut, dass ich dich damals nicht fertiggemacht habe."

Boone reichte ihm das schreiende Baby. „Hier, halte deinen Enkel."

„Ach, Maureen, mein Sahnetörtchen, er hat genau meine Augen."

„Nein, mein Froschkönig, das sind meine Augen."

Sie stritten sich gutmütig und debattierten, wie der Rest der Donovans. Boone legte den Arm um seine Frau und hielt seine Familie sicher und fest.

Blitze zuckten hinter dem Fenster, der Wind heulte ums Haus, und die Flammen im Kamin loderten hoch auf. Irgendwo tief im Wald, hoch auf den Hügeln, tanzten die Elfen. Und von dieser Zeit an lebten sie glücklich bis an ihr Lebensende.

– ENDE –

Nora Roberts

Der verzauberte Fremde

Roman

Aus dem Amerikanischen von
Sonja Sajlo-Lucich

MIRA®

PROLOG

Schwarz wie die Nacht und hurtig wie der Wind, preschte der Wolf durch die Vollmondnacht. Er rannte, weil er es genoss, allein zwischen hoch aufragenden Stämmen von mächtigen Bäumen, in den dunklen Schatten des Waldes, durch den Zauber und die Geheimnisse der Nacht.

Der Wind wehte vom Meer herüber und strich durch die Fichten, entlockte ihnen leise Töne, die von uralten Zeiten berichteten, ließ sie ihren würzigen Duft in die Nacht verströmen. Kleine Kreaturen, die Augen im Dunkeln leuchtend, zogen sich zurück, um aus dem sicheren Versteck der kraftvollen schwarzen Gestalt nachzusehen, die den feinen Nebelschleier zerteilte, der über dem Waldboden waberte.

Er wusste, dass sie da waren, konnte ihre Anwesenheit riechen, hörte das angstvolle Schlagen ihrer kleinen Herzen. Aber heute Nacht jagte er nichts, außer der Nacht selbst.

Er gehörte keinem Rudel an. Sein einziger Begleiter war die Einsamkeit.

Doch selbst grenzenlose Freiheit und berauschende Geschwindigkeit vermochten die Unruhe nicht zu stillen, die in ihm schwelte. Auf der Suche nach innerem Frieden hatte er den Wald durchquert, war über die Klippen gelaufen, hatte die Lichtungen aufgesucht, aber nichts hatte ihn beruhigen, besänftigen können, nichts ihm seinen Frieden geben können.

Als der Pfad weniger steil anstieg und der Wald sich zu lichten begann, verfiel er in einen langsameren Trott. Sog die Luft ein, witterte. Da war etwas … es lag in der Luft. Etwas, das ihn dazu antrieb, die Klippen hoch über dem Pazifik zu erklimmen. Mit geschmeidigen, kraftvollen Bewegungen stieg er hinauf auf den höchsten Punkt der Felsen, die goldenen Augen leuchteten, die feine Nase schnuppernd in den Wind gehalten.

Dort oben auf dem höchsten Punkt, wo der silbrige Mond zum Greifen nahe schien, während tief unten die Brandung mit Wucht gegen die Felsen schlug, hob er den Kopf und stieß seinen Ruf aus. Den Ruf an das Meer, an den Himmel, an die samtschwarze Nacht.

An die Magie.

Das Echo des Heulens drang durch die Nacht, fragend, nach Antworten verlangend. Mit einer Macht, die so natürlich war wie das Atmen.

Doch das leise Flüstern, das ihm antwortete, sagte ihm nicht mehr, als dass Veränderungen sich ankündigten. Anfang und Ende. Schicksal.

Sein Schicksal wartete auf ihn.

Erneut warf der einsame Wolf mit den goldenen Augen den Kopf zurück und rief. Da war noch mehr, und er würde es erfahren. Jetzt bebte die Erde, das Wasser begann zu wirbeln. Weit hinten am Horizont zuckte ein gleißender Blitz über das dunkle Meer. In dem Schein, der kurz den Himmel erhellte, nicht länger als ein Herzschlag, war die Antwort zu sehen.

Die Liebe wartet.

Und die Magie ließ die Luft erzittern, tanzte über dem Meer. Winzige Lichtfunken hüpften auf dem Wasser, drehten sich im Kreis, wurden zu einer Spirale, stiegen in den sternenübersäten Himmel auf und zerstoben zu einer leuchtenden Wolke.

Der Wolf beobachtete, lauschte. Selbst als er in die Schatten des Waldes zurückkehrte, hallte die Antwort in ihm nach.

Die Liebe wartet.

Seine Unruhe nahm zu, mit jedem Schlag, den sein Herz tat. Er jagte über den Pfad, mit kraftvollen Sprüngen, zerriss die Nebelschwaden zu spinnwebzarten Gebilden. Sein Blut erhitzte sich durch die Geschwindigkeit, pulsierte in ihm. Er drehte nach links ab, brach aus dem Wald heraus, in den warmen Lichtschein, der von dort schimmerte. Ein Blockhaus, solide gebaut, die erleuchteten Fenster hießen ihn willkommen. Das Flüstern der Nacht verstummte.

Als er die Stufen erreichte, stieg weißer Rauch auf, blaues Licht erstrahlte. Und der Wolf wurde zum Mann.

1. KAPITEL

Als Rowan Murray den ersten Blick auf die Hütte warf, verspürte sie sowohl Erleichterung als auch ein gewisses Unbehagen. Erleichterung, weil sie die lange Reise von San Francisco zu diesem abgeschiedenen Ort an der Küste Oregons endlich hinter sich hatte. Das Unbehagen allerdings entstammte genau dem gleichen Grund.

Sie war hier. Sie hatte es tatsächlich getan.

Was jetzt?

Der logische nächste Schritt war natürlich, erst einmal aus dem Geländewagen auszusteigen, die Haustür aufzuschließen und sich in dem Blockhaus umzusehen, das für die nächsten drei Monate ihr Zuhause sein sollte. Koffer und mitgebrachte Vorräte auspacken. Sich eine Tasse Tee aufbrühen. Eine heiße Dusche nehmen.

Ja, das waren alles sehr praktische, sehr vernünftige Überlegungen.

Stattdessen blieb sie sitzen, wo sie war, auf dem Fahrersitz ihres zwei Wochen alten Range Rovers, die Finger so fest um das Lenkrad geklammert, dass die Knöchel weiß hervortraten.

Sie war allein. Absolut allein.

Das war es doch, was sie gewollt hatte. Was sie gebraucht hatte. Wofür sie sich seit Monaten angetrieben hatte, um es zu erreichen. Seit sie das Angebot bekommen hatte, die Hütte zu nutzen. Ein Angebot, das sie ergriffen hatte, als sei es der rettende Ast, an den sie sich klammern konnte, während sie Gefahr lief, im Treibsand zu versinken.

Und jetzt, da sie endlich an diesem Ziel angekommen war, konnte sie es nicht einmal über sich bringen, aus dem Wagen auszusteigen.

„Du bist eine Närrin, Rowan." Sie flüsterte es vor sich hin, lehnte sich zurück und schloss für einen Moment die Augen. „Ein regelrechter Feigling."

Sie saß da, sammelte ihre restlichen Energien. Eine kleine, zierliche Frau mit heller Haut, deren rosiger Schimmer verloren gegangen war. Das glatte Haar hatte die Farbe von polierter Eiche und war zu einem dicken Zopf zusammengebunden, damit es nicht störte, auch wenn der Zopf lange nicht mehr so straff saß wie anfangs noch. Die Nase war gerade und fein geschnitten, die Lippen eine Spur zu voll für das herzförmige zarte Gesicht. Ihre Augen, jetzt müde von den langen Stunden hinter dem Steuer, waren von einem tiefen Dunkelblau, mit dichten, langen Wimpern und leicht mandelförmig.

Elfenaugen, wie ihr Vater immer sagte. Als sie daran dachte, traten ihr Tränen in die Augen.

Sie hatte ihn enttäuscht. Wie auch ihre Mutter. Die Schuld lastete unendlich schwer auf ihrem Herzen. Sie war nicht in der Lage gewesen zu erklären, zumindest nicht klar, nicht verständlich genug, warum sie den Weg nicht weitergehen konnte, den die beiden mit so viel Sorgfalt und Umsicht für sie vorbereitet und geebnet hatten. Jeder Schritt, den sie auf diesem Weg gegangen war, war eine Qual gewesen und hatte sie weiter und weiter von dem Ort fortgeführt, an dem sie sein wollte. Wo sie sein musste.

Was sie sein musste.

Also war sie davongerannt. Oh nein, nicht wirklich natürlich. Sie war viel zu vernünftig, um sich wie ein Dieb in der Nacht davonzustehlen. Sie hatte Pläne gemacht, war systematisch Schritt für Schritt vorgegangen. Aber unterm Strich kam das Gleiche heraus: Sie war davongelaufen, von zu Hause, vor ihrem Beruf, vor ihrer Familie. Vor der Liebe, die sich ihr wie eine Schlinge um den Hals gelegt hatte und ihr die Luft zum Atmen raubte.

Hier, so hatte sie sich versprochen, würde sie Zeit und Muße finden, um über alles in Ruhe nachzudenken. Um wieder atmen zu können und Entscheidungen zu treffen. Und vielleicht, aber auch nur vielleicht, würde sie sogar begreifen, warum sie nicht das annehmen konnte, was die anderen für sie wollten. Und sollte sie am Ende zu dem Schluss kommen, dass die anderen recht und sie unrecht gehabt hatten, dann würde sie eben damit umgehen müssen. Aber die nächsten drei Monate gehörten vorerst ihr, ihr allein, damit sie sich in Ruhe entscheiden konnte.

Rowan öffnete die Augen wieder und sah sich um. Und langsam entspannte sie sich. Es war so schön hier draußen. Die hohen, majestätischen Bäume, die sich in den Himmel reckten und in der lauen Brise raschelten, das zweigeschossige Blockhaus, in das abgeschiedene sanfte Tal geschmiegt, das kleine Flüsschen, das sich silbern durch die Wiesen nach Westen schlängelte.

Das Blockhaus selbst schimmerte wie dunkles Gold im Sonnenlicht. Glattes Holz, blinkende Fenster. Die schmale Veranda sah einladend aus, wie geschaffen dafür, die Morgen und Abende dort zu sitzen und zu faulenzen. Von ihrem Platz im Wagen aus glaubte Rowan, die ersten grünen Spitzen von Frühlingsblumen aus dem Boden brechen zu sehen.

Diese Mutigen werden nur herausfinden, dass es noch zu kalt ist, dachte sie. Belinda hatte ihr geraten, sich Flanellschlafanzüge zu besorgen, weil der Frühling in diesem Winkel der Welt erst sehr spät Einzug hielt.

Nun, wie man ein Feuer im Kamin entfachte, das wusste sie. Sie sah zu dem gemauerten Kamin auf dem Dach empor. Wie oft hatte sie in ihrem Elternhaus direkt neben dem lustig prasselnden Feuer im Wohnzimmer gesessen. Es war ihr Lieblingsplatz gewesen, weil dort die feuchte Kälte der Stadt nicht hinreichte.

Sobald sie ausgepackt hatte, würde sie ein Feuer machen. Sozusagen, um sich selbst willkommen zu heißen.

Etwas beruhigter öffnete sie die Wagentür und stieg aus. Mit ihren schweren Stiefeln trat sie auf einen trockenen Ast, der auf dem Boden lag. Er brach unter ihren Füßen, mit einem lauten Knacken, wie ein Schuss. Rowan zuckte erschreckt zusammen und lachte dann verlegen. Das Stadtmädchen hat neues Schuhwerk, dachte sie und schüttelte ihren Schlüsselbund, nur um ein Geräusch zu hören, während sie zu der Hütte ging. Sie stieg die Stufen zur Veranda empor, steckte den Schlüssel ins Schloss, atmete tief durch und schob die Tür auf.

Und verliebte sich sofort.

„Oh, sieh sich das nur einer an!" Ein Lächeln breitete sich auf ihrem Gesicht aus. „Belinda, du bist einfach ein Schatz!"

Die Wände hatten die Farbe von golden gebräuntem Toast, abgesetzt mit dunklen Holzbohlen. Farbtupfer lieferten die zauberhaften Illustrationen, für die ihre Freundin berühmt war. Im aus Natursteinen gemauerten Kamin lagen schon die Holzscheite aufgeschichtet, bereit für ein fröhlich flackerndes Feuer. Bunte Läufer bedeckten hier und dort den polierten Holzboden, verliehen Behaglichkeit. Das Mobiliar war einfach und mit klaren Linien, tiefe Polster und viele Kissen nahmen die Farben wieder auf. Smaragdgrün, Saphirblau, Rubinrot.

Wie um den märchenhaften Charakter abzurunden, waren überall kleine Statuen von Drachen und Zauberern zu finden. Schalen mit Kristallen und getrockneten Blumen standen auf Tischchen und Stellflächen, aufgeschnittene und polierte Geoden glitzerten von Regalen. Voller Entzücken schlang Rowan die Arme um sich, eilte dann die Treppe hinauf, um sich die beiden Räume im Obergeschoss anzusehen.

Der eine, lichtdurchflutet mit einer Reihe Fenster, durch die die Sonne hereinschien, diente ganz offensichtlich als Studio für die Freundin, wenn sie sich hier in der Hütte aufhielt. Leinwände, Farbtuben und Pinsel waren ordentlich bereitgestellt. Ein Stativ stand leer in einer Ecke, ein Malerkittel hing an einem Kleiderhaken aus Messing.

Auch hier gab es eine kleine Sammlung von märchenhaften Gegenständen – dicke weiße Kerzen in silbernen Haltern, Sterne aus Kristall, eine Kugel aus Rauchglas.

Das Bett im Schlafzimmer begeisterte Rowan sofort – groß und einladend, mit blütenweißem Leinen bezogen. Ein Schrank aus Rosenholz bot Platz für Kleidung und Wäsche. Der kleine offene Kamin würde für anheimelnde Wärme sorgen.

Alles strahlt eine so … so friedliche Atmosphäre aus, dachte Rowan. Gemütlich, behaglich, einladend. Ja, hier würde sie endlich wieder atmen können. Und nachdenken. Aus irgendeinem unerfindlichen Grund fühlte sie sich, als gehöre sie hierher.

Jetzt darauf erpicht, sich einzurichten, eilte sie wieder nach unten und zur Haustür hinaus, um den Wagen auszupacken. Sie schnappte sich den erstbesten Karton aus dem Kofferraum, als sie spürte, wie ihre Nackenhärchen sich aufrichteten. Das Herz schlug ihr plötzlich bis zum Hals, ihre Handflächen wurden feucht.

Sie wirbelte herum. Der erschreckte Schrei blieb ihr in der Kehle stecken.

Der Wolf war pechschwarz, mit Augen, die wie Goldmünzen funkelten. Er stand am Waldrand, unter den Bäumen, still und regungslos wie eine Statue. Sah sie an, beobachtete sie. Rowan konnte nichts anderes tun als zurückstarren, völlig unbewegt, während ihr Herz wild gegen ihre Rippen hämmerte. Warum schrie sie nicht auf? Warum rannte sie nicht sofort wie von Teufeln gehetzt ins Haus?

Wieso war sie eigentlich mehr überrascht als verängstigt?

Hatte sie von ihm geträumt? Konnte sie sich vielleicht an Fetzen eines Traumbildes erinnern, wie er durch den Nebel auf sie zugerannt kam? War er ihr deshalb etwa so vertraut? Fast, als hätte sie auf ihn gewartet?

Aber das war ja absolut lächerlich. Außer im Zoo hatte sie noch nie einen Wolf in freier Wildbahn gesehen. Und ganz sicher nicht einen, der sie so durchdringend anstarrte, als könnte er in sie hineinsehen.

„Hallo." Ihre Stimme klang belegt, irgendwie heiser, es war wie ein Schock für Rowan. Sie lachte nervös. Als sie blinzelte, war der Wolf verschwunden.

Sie schwankte leicht, wie jemand, der aus einer Trance erwacht. Sie schüttelte sich, um wieder ganz zu sich zu kommen, sah dann hinüber zum Waldrand, um irgendetwas zu sehen, irgendeine Bewegung auszumachen, einen Schatten vielleicht.

Doch da war nur Stille.

„Jetzt bildest du dir schon wieder Dinge ein", tadelte sie sich selbst und hob den Karton an. „Wenn da überhaupt etwas war, dann höchstens ein Hund."

Sie würde sich das bestimmt noch einmal genauer ansehen, aber sie war sicher, dass es sich nur um einen Hund gehandelt haben konnte. Wölfe waren Nachttiere, oder etwa nicht? Sie tauchten nicht einfach im hellen Sonnenschein auf, betrachteten sich die Menschen eine Weile und verschwanden dann wieder. Außerdem hatte Belinda nichts davon erwähnt, dass es hier Wölfe in dieser Gegend gab. Allerdings hatte Belinda auch nichts von Nachbarn oder anderen Blockhäusern gesagt. Und seltsamerweise hatte Rowan auch nicht danach gefragt.

Nun, irgendwo musste es wohl einen Nachbarn geben. Und der hatte einen riesigen, wunderschönen schwarzen Hund. Es gab hier wohl genug Landschaft, dass man sich nicht ständig über den Weg laufen würde.

Der Wolf beobachtete sie von seinem Platz im Schatten der Bäume. Wer war diese Frau? Was suchte sie hier? Sie bewegte sich fahrig, ein wenig nervös. Sah immer wieder über die Schulter zurück, während sie Sachen aus dem Wagen ins Haus brachte.

Er hatte ihre Witterung schon aus einer halben Meile Entfernung aufgenommen. Ihre Ängste, ihre Aufregung, ihre Sehnsüchte waren ihm zugeflossen. Und hatten ihn zu ihr gezogen.

Verärgert kniff er die Augen zusammen und fletschte die Zähne. Den Teufel würde er tun! Verflucht wäre er, sollte er sie anrühren! Verflucht, sollte er ihr gestatten zu ändern, was er war oder was er wollte.

Mit lautloser Geschmeidigkeit wandte er sich ab und verschwand im Dickicht.

Rowan machte Feuer. Entzückt beobachtete sie, wie die Flammen an den Scheiten aufzüngelten, dann machte sie sich systematisch ans Auspacken. Viel zu verstauen gab es nicht. Ein paar Kleidungsstücke, einige Vorräte. Die meisten Kartons, die sie mitgebracht hatte, enthielten Bücher. Die Bücher, ohne die sie nicht leben konnte. Bücher, die sie schon immer hatte lesen wollen, wenn sie endlich die Zeit dazu fand. Sachbücher, Bücher zur Entspannung. Von klein auf hatte sie eine starke Leidenschaft fürs Lesen entwickelt. Liebte es, die Welt durch Worte zu erforschen und zu erkunden. Gerade wegen dieser Liebe zum Lesen fragte sie sich immer wieder, wie es kam, dass das Lehren sie nicht erfüllte.

Es hätte doch der perfekte Beruf für sie sein müssen, so, wie ihre Eltern es immer behaupteten. Lernen hatte ihr immer Spaß gemacht, und sie hatte schnell und gut gelernt. Sie hatte studiert und ihr Lehrerstudium abgeschlossen. Mit siebenundzwanzig war sie bereits seit über vier Jahren Lehrerin.

Und eine gute Lehrerin dazu, dachte sie jetzt, während sie vor dem Kamin an ihrem Tee nippte. Sie hatte ein untrügliches Gespür für die Talente und Schwächen ihrer Schüler, wusste sofort, wie sie sie an Lerninhalte heranführen musste, um ihr Interesse zu wecken, um sie herauszufordern und zu fördern.

Und doch zögerte sie es immer wieder hinaus, ihren Doktortitel zu machen. Jeden Morgen wachte sie irgendwie unbefriedigt auf und kam abends genauso unerfüllt wieder nach Hause.

Weil sie nie wirklich mit dem Herzen dabei gewesen war.

Als Rowan das denjenigen, die sie liebten, zu erklären versucht hatte, waren alle wie erschlagen gewesen. Ihre Schüler verehrten sie, die Schulverwaltung hielt große Stücke auf sie. Warum beendete sie nicht ihre Dissertation, heiratete Alan und führte das nette, angesehene Leben, das ihr zustand und das sich gehörte?

Ja, warum eigentlich nicht, fragte sie sich jetzt selbst. Weil die einzige Antwort, die sie hatte, für sich und die anderen, in ihrem Herzen lag.

Aber zum Grübeln war sie nicht hergekommen, sondern zum Nachdenken, erinnerte sie sich. Sie würde einen kleinen Spaziergang machen, sich ein wenig umsehen, die Gegend auskundschaften. Sie wollte die Klippen sehen, von denen Belinda ihr so viel vorgeschwärmt hatte.

Aus reiner Gewohnheit schloss sie die Tür ab und atmete tief die würzige Meeresluft ein. Das schnell dahingekritzelte Bild von der Landschaft, das Belinda für sie gezeichnet hatte, tauchte wieder vor ihr auf, und so schlug Rowan, ihre Unsicherheit ignorierend, den Pfad in westlicher Richtung ein.

Sie hatte noch nie außerhalb der Stadt gelebt. In San Francisco großzuwerden hatte sie nicht auf die schier endlose Weite der Wälder Oregons vorbereitet, auf die Gerüche, auf die verschiedenen Laute. Und doch wich ihre Nervosität langsam, machte Platz für das Erstaunen über die wunderbare Natur.

Es war wie ein Buch, eine unglaublich reiche Story, angefüllt mit Farben und Texturen. Die gigantischen Douglasfichten, unter deren ausladenden Ästen Rowan wandelte, ließen das Sonnenlicht auf den Waldboden fallen, der mit dickem dunkelgrünem Moos bewachsen war. Im Schatten der Bäume war es kühler, das würzig-herbe Aroma erfüllte die Luft. Farne wuchsen zwischen den Wurzeln, manche kräftig und gerade wie Schwerter, andere feingliedrig und filigran. Wie Elfen, dachte Rowan mit einem Anflug von Romantik, die nur bei Nacht tanzen.

Der Fluss schlängelte sich dahin, das Wasser ergoss sich fröhlich murmelnd über Kiesel und Steine, fiel dann donnernd und rauschend über eine Ansammlung von Felsbrocken und bildete weißen

Schaum, der sich im weiteren Verlauf wieder auflöste. Rowan ließ sich von der Musik des Windes führen.

Etwas weiter flussaufwärts gab es eine Biegung, das wusste Rowan, und dort würde ein alter Baumstumpf stehen, der an das Gesicht eines alten Mannes erinnerte. Fingerhut wuchs hier, im Sommer würden die Stauden hoch und stark werden und in ihrer violetten Blütenpracht prangen. Ein guter Platz, um sich hinzusetzen und auszuspannen, dem Wald dabei zuzusehen, wie er zu neuem Leben erwachte.

Erstaunt blieb sie stehen, als sie um die Biegung kam und der alte Baumstumpf mit der rissigen Rinde tatsächlich wie das Gesicht eines alten Mannes aussah. Woher hatte sie gewusst, dass es so sein würde? Sie rieb sich mit dem Handballen über die Brust, dort, wo ihr Herz plötzlich schneller schlug. Das war nicht auf Belindas Zeichnung gewesen, wie also hatte sie das wissen können?

„Weil Belinda es bestimmt irgendwann mal erwähnt hat. Sie hat's mir erzählt, das ist es. Denn es ist genau die Art von Detail, die sie mir beschreiben und die ich sofort wieder vergessen würde."

Doch Rowan setzte sich nicht hin, beobachtete nicht, wie der Wald um sie herum zu Leben erwachte. Irgendwie schien er schon lebendig zu sein. Verzaubert, dachte sie mit einem Lächeln auf den Lippen. Der Zauberwald, von dem jedes kleine Mädchen träumt, wo Elfen und Feen tanzen und der junge Prinz darauf wartet, die schöne Prinzessin aus den Klauen der bösen Hexe oder des bösen Zauberers zu befreien.

Hier gab es nichts, wovor sie Angst haben müsste. Dieser Wald war ihrer, solange sie es wollte. Hier gab es niemanden, der tadelnd den Kopf schüttelte, wenn sie wieder einmal ihren Tagträumen nachhing, sich in einer Märchenwelt verlor. Ihre Träume gehörten auch ihr.

Wenn sie einem kleinen Mädchen eine Geschichte erzählen wollte, so würde es eine Geschichte über einen verwunschenen Wald sein. Und den Prinzen, der darin umherirrte, auf der Suche nach der einen, der wahren Liebe. Natürlich war der Prinz verzaubert, er war gefangen in der Form eines schlanken, kräftigen schwarzen Wolfes. Bis die schöne Maid kam und ihn von dem Fluch befreite, mit ihrem Mut, ihrer Klugheit und mit ihrer Liebe.

Rowan seufzte. Sie wünschte, sie hätte das Talent zum Geschichtenerzählen. Die Themen flogen ihr nur so zu, aber die Details … Sie konnte sie nie ausarbeiten, um eine spannende Geschichte zu erfinden und sie in allen Einzelheiten zu erzählen.

Deshalb las sie und bewunderte diejenigen, die diese Fähigkeit besaßen.

Sie vernahm leises Meeresrauschen, wie der Nachhall einer Erinnerung, und schlug ohne zu zögern den linken Pfad der Weggabelung ein. Was erst wie ein Flüstern geklungen hatte, wurde zu einem gewaltigen Donnern, und Rowan beschleunigte ihre Schritte. Fast rannte sie, als sie aus dem Wald hervorbrach und die Klippen erblickte.

Die festen Wanderstiefel klickten hart auf den Felsen, als sie die Klippen erklomm. Der Wind zerrte und riss an dem, was von ihrem Zopf noch übrig war, und schon bald flatterte ihr Haar offen und frei und lang. Lachen brodelte in ihr, quoll über, aus ihrer Kehle, voller Entzücken, als sie atemlos oben auf den Klippen stand.

Es war mit Abstand der überwältigendste Anblick, den sie je gesehen hatte. Der endlose blaue Ozean, gesäumt von weißen Schaumkronen, wenn das Wasser sich mit Wucht an den Felsen brach. Die Nachmittagssonne tauchte die Szenerie in goldenes Licht, durchsetzte die blaue Fläche mit funkelnden Lichtdiamanten.

In der Ferne erkannte sie Boote und Schiffe, die den Wellen trotzten, und eine vorgelagerte kleine Insel, die wie eine geballte Faust aus dem Wasser ragte.

An den Felsen unter ihr konnte sie schwarz schimmernde Miesmuscheln hängen sehen, und als sie genauer hinblickte, bemerkte sie ein Vogelnest, das in eine kleine Nische gebaut worden war. Vorsichtig ließ sie sich auf den Bauch nieder und wurde dafür mit dem Anblick von Vogeleiern belohnt.

Rowan stützte das Kinn auf die Hände und sah den Booten nach, bis sie hinter dem Horizont verschwunden waren und das Meer leer dalag. Die Schatten waren lang geworden.

Sie richtete sich auf, blieb in der Hocke und sah zum Himmel auf. „Das ist das erste Mal seit viel zu langer Zeit, dass ich einen ganzen Nachmittag gar nichts getan habe.“ Sie seufzte zufrieden. „Und es war einfach herrlich.“

Sie stand auf, streckte die Arme in die Luft, drehte sich einmal um die eigene Achse. Und wäre fast über den Rand der Klippen gefallen, hätte er sie nicht zurückgehalten und auf sicheren Boden zurückgezogen.

„Vorsicht“, sagte er ruhig. Es klang eher wie ein Befehl denn wie ein guter Rat.

Er hätte durchaus als die Verkörperung des Märchenprinzen durchgehen können, in den Träumen gleich welcher Frau. Oder als dunkler Engel. Sein Haar war schwarz wie eine mondlose Nacht und umspielte locker sein Gesicht. Ein Gesicht mit markanten Konturen, kräftigen Knochen und einem festen Mund, der nicht lächelte. Ein makelloses Bildnis männlicher Schönheit.

Er war groß. Rowan hatte nur eine Ahnung davon, denn es waren seine Augen, die ihre ganze Aufmerksamkeit auf sich zogen. Die Augen des Wolfs, den sie gesehen hatte – wachsam und golden, mit durchdringendem Blick, unter Brauen, die ebenso schwarz waren wie sein Haar. Diese Augen blickten jetzt direkt und unablässig in ihre, ließen ihr Blut heißer durch ihre Adern fließen. Sie spürte die Kraft seiner Hände, denn noch immer hatte er sie nicht losgelassen, obwohl sie sowohl Ungeduld als auch Neugier in seiner Miene erkannte.

„Ich wollte nur … Sie haben mich erschreckt. Ich habe Sie nicht gehört. Auf einmal waren Sie einfach da.“ Sie merkte, dass sie sinnloses Zeug daherplapperte, und wand sich.

Es war seine Schuld, dessen war er sich bewusst. Er hätte sie auf seine Anwesenheit vorbereiten können. Aber wie sie da so gelegen hatte, auf den Felsen, mit diesem verträumten Lächeln auf dem Gesicht, das hatte etwas mit ihm angestellt, dass er nicht mehr überlegt hatte.

„Sie haben mich nicht gehört, weil Sie geträumt haben.“ Er hob eine schwarze Augenbraue. „Und mit sich selbst gesprochen haben.“

„Oh. Das ist eine schlechte Angewohnheit von mir, diese Selbstgespräche.“

„Sind Sie nervös?“

„Nein, bin ich nicht. War ich nicht, meine ich.“ Himmel, in einer Sekunde würde sie zu zittern anfangen, wenn er sie nicht bald losließ. Es war lange her, dass sie einem anderen Mann als Alan so nahe gewesen war. Und noch länger, seit sie eine solche Reaktion auf die Nähe eines Mannes gespürt hatte. Nein, eigentlich hatte sie noch nie eine solche Reaktion verspürt, nicht so stark, nicht so intensiv, nicht so verwirrend. Und schon gar nicht direkt am Rande einer Klippe.

„Sie waren also nicht nervös." Er ließ seine Finger zu ihren Handgelenken gleiten, dort, wo ihr Puls hämmerte. „Aber jetzt sind Sie es."

„Sie haben mich erschreckt, das sagte ich doch schon." Es kostete Anstrengung, aber sie sah über ihre Schulter zurück und den Abhang hinunter. „Ich wäre tief gefallen."

„Allerdings." Er zog sie noch zwei Schritte zurück. „Besser?"

„Ja, danke ... Ich heiße übrigens Rowan Murray. Belinda Malone hat mir ihr Blockhaus für eine Weile überlassen." Sie hätte ihm ja gern ihre Hand geboten, aber das war unmöglich, da er immer noch ihre Handgelenke umklammert hielt.

„Donovan. Liam Donovan", stellte er sich vor und ließ dabei seine Daumen sanft über ihre Haut kreisen. Was ihren Puls seltsamerweise beruhigte.

„Sie sind nicht von hier."

„So? Bin ich nicht?"

„Ich meine ... Ihr Akzent. Irisch."

Als seine Lippen sich zu einem Lächeln verzogen und sich dieses Lächeln auch in seinen Augen widerspiegelte, hätte sie fast aufgeseufzt wie ein Teenager. „Ich komme aus Mayo, aber ich lebe jetzt schon seit fast einem Jahr hier in dieser Blockhütte. Belindas Haus liegt knapp eine halbe Meile entfernt."

„Also kennen Sie sie?"

„Ja, gut sogar. Wir sind sozusagen entfernte Verwandte." Er lächelte nicht mehr. Ihre Augen hatten das gleiche Blau wie die wilden Glockenblumen, die auf den sonnigen Lichtungen im Wald wuchsen. Und sie waren völlig klar und ohne Argwohn. „Sie hat mir nichts davon gesagt, dass ich einen Nachbarn zu erwarten habe."

„Wahrscheinlich hat sie einfach nicht daran gedacht. Mir hat sie davon ja auch nichts gesagt." Rowans Hände waren jetzt frei, auch wenn sie noch immer die Wärme seiner Finger fühlen konnte. Wie unsichtbare Armbänder. „Was tun Sie hier oben?"

„Das, was ich will. Ihnen wird es genauso ergehen. Es ist mal eine angenehme Abwechslung."

„Wie bitte?"

„Sie haben doch bestimmt schon oft genug Dinge getan, die Sie eigentlich nicht tun wollten, nicht wahr, Rowan Murray?"

Sie schüttelte sich leicht und steckte die Hände in die Taschen. Die Sonne versank am Horizont, es wurde langsam kühl. Das musste wohl der Grund für den plötzlichen Kälteschauer sein. „In Zukunft werde ich mehr darauf achten, dass ich keine Selbstgespräche führe, wenn ein so leichtfüßiger Nachbar in der Nähe wohnt."

„Eine halbe Meile Distanz zwischen uns müsste genug sein. Ich schätze nämlich meine Privatsphäre." Er sagte es bestimmt, Rowan schien es, als sagte er es nicht zu ihr, sondern zu jemand anderem, dort in der Dunkelheit des Waldes. Dann glitt sein Blick wieder zu ihrem Gesicht zurück, blieb darauf haften. „Und ich werde Ihre nicht stören."

„Ich wollte nicht unhöflich erscheinen." Sie versuchte zu lächeln, wünschte, sie hätte nicht so brüsk und abweisend mit ihm gesprochen. „Ich habe bisher immer in der Stadt gelebt. Da gab es so viele Nachbarn, dass ich sie überhaupt nicht wahrgenommen habe."

„Das passt gar nicht zu Ihnen."

„Wie?"

„Die Stadt. Das Leben in der Stadt passt nicht zu Ihnen. Sonst wären Sie nicht hier, oder?" Und was, zum Teufel, ging ihn das an, ob es zu ihr passte oder nicht? Sie bedeutete ihm nichts, bis er etwas anderes beschloss.

„Ich … ich brauchte nur eine kleine Auszeit."

„Da sind Sie hier gerade richtig. Finden Sie den Weg zurück?"

„Zu der Hütte? Ja, natürlich. Ich muss nur dem Flusslauf folgen und rechts abbiegen."

„Bleiben Sie nicht mehr zu lange." Er drehte sich um und begann den Abstieg, drehte sich nur noch einmal kurz zu ihr um, um sie anzusehen. „Die Nacht fällt hier schnell ein, und im Dunkeln verläuft man sich leicht, wenn man sich nicht gut genug auskennt."

„Ja, ich werde bald zurückgehen. Mr. Donovan … Liam …"

Er hielt wieder an, Ungeduld flackerte in seinem Blick auf. „Ja?"
„Ich habe mich nur gefragt ... Wo ist Ihr Hund?"

Sein Lächeln kam so spontan, so strahlend und so ehrlich amüsiert, dass sie automatisch zurücklächelte. „Ich habe keinen Hund."

„Aber ich dachte ... Gibt es hier noch andere Blockhütten in der Nähe?"

„Nicht im Umkreis von drei Meilen. Hier gibt es nur uns, Rowan, und die Wälder und was in ihnen lebt." Er sah den beunruhigten Blick, den sie zum Waldrand hin warf. „Hier droht Ihnen keine Gefahr. Genießen Sie Ihren Spaziergang und den Abend. Und Ihre freie Zeit."

Bevor Rowan noch ein Grund einfiel, Liams Weggehen weiter hinauszuzögern, hatte der Schatten der Bäume ihn verschluckt. Erst jetzt fiel ihr auf, wie schnell die Dämmerung hereingebrochen, wie plötzlich der scharfe Wind aufgekommen war. Ihren Stolz aufgebend, eilte sie die Felsen hinunter und rief nach ihm.

„Liam! Warten Sie eine Minute! Ich laufe ein Stück mit Ihnen ..."

Doch sie hörte nur das Echo ihrer eigenen Stimme. Mit trockener Kehle lief sie zu der Stelle, wo sie ihn hatte verschwinden sehen, aber da war keine Spur mehr von ihm.

„Nicht nur geräuschlos", murmelte sie in sich hinein, „sondern auch schnell. Na schön." Um sich zu wappnen, atmete sie tief durch. „Es gibt nichts hier im Wald, das nicht auch vorhin schon hier gewesen wäre, als es noch hell war. Also geh jetzt einfach den gleichen Weg zurück, den du gekommen bist, und hör auf, dich wie eine Närrin zu fürchten."

Doch je tiefer Rowan in den Wald hineinging, desto düsterer und bedrohlicher wurden die Schatten. Dünner Nebel tanzte über dem Waldboden, und sie hätte schwören mögen, dass sie leise Musik hörte – wie Glockentöne. Oder Lachen. Es harmonierte mit dem Murmeln und Rauschen des Wassers, passte zu dem Pfeifen und Seufzen des Windes. Wie eine Melodie.

Das muss ein Radio sein, dachte sie. Oder ein Fernseher. Wenn es so still war, konnte man Klänge meilenweit hören. Wahrscheinlich hatte Liam Musik in seiner Hütte angestellt. Seltsam nur, dass der Klang direkt vor ihr zu sein schien, also aus Richtung ihres eigenen

Blockhauses kam. Nun, der Wind spielte ihr wahrscheinlich einen Streich und trug die Klänge herüber.

Der erleichterte Seufzer, den sie ausstoßen wollte, als sie schließlich an der letzten Flussbiegung ankam, blieb ihr in der Kehle stecken, als sie plötzlich ein goldenes Augenpaar im Dickicht auffunkeln sah. Dann raschelte es im Unterholz, und die blitzenden Augen waren wieder verschwunden.

Rowan beschleunigte ihre Schritte, bis sie fast rannte. Sie verlangsamte ihr Tempo erst wenige Meter vor der Haustür. Und Atem holte sie erst wieder, als sie schon im Haus und die Tür sicher verschlossen war.

Hastig streifte sie durchs Haus, schaltete alle Lampen ein, auch im Obergeschoss. Dann schenkte sie sich ein Glas von dem Wein ein, den sie mitgebracht hatte, und sprach einen Toast aus: „Auf einen seltsamen Anfang, geheimnisvolle Nachbarn und nicht existente Hunde."

Um sich heimischer zu fühlen, wärmte sie eine Dosensuppe für sich auf und aß im Stehen am Küchenfenster. Gedankenverloren sah sie hinaus in die Dunkelheit, so wie sie es oft in ihrer Wohnung in der Stadt tat.

Aber die Tagträume hier waren weicher, sanfter und doch klarer und deutlicher. Da waren die hohen Bäume, das Schlagen der Wellen und das letzte Licht des Tages.

Ein gut aussehender Mann mit goldenen Augen, der auf den windzerklüfteten Klippen stand und sie anlächelte.

Sie seufzte still. Warum hatte sie nicht geschliffen und weltgewandt sein können? Ein wenig flirten, sich lässig geben ... Dann hätte er sie vielleicht mit Interesse betrachtet statt mit Ungeduld und leichter Verärgerung.

Lächerlich, ermahnte sie sich. Da Liam Donovan mit Sicherheit nicht eine Sekunde damit verschwendete, an sie zu denken, war es auch absolut unsinnig, dass sie an ihn dachte.

Mit automatischen Bewegungen schaltete sie die Lampen aus, während sie nach oben ging. Sie hatte vor, sich mit einem langen Bad in der gusseisernen, vierfüßigen Badewanne zu verwöhnen und sich ein zweites Glas Wein zu gönnen.

Ein Luxus, den sie sich viel zu selten gestattete.

„Das wird sich ändern", sagte sie laut, als sie in das duftende Wasser glitt. „Viele Dinge werden sich ändern. Ich muss mich nur immer wieder daran erinnern."

Als das Wasser zu kühl wurde, stieg Rowan aus der Badewanne und schlüpfte in den warmen Flanell-Pyjama, den sie neu erstanden hatte. Das Kaminfeuer im Schlafzimmer flackerte fröhlich, und mit einem zufriedenen Seufzer kroch Rowan unter das dicke Federbett, um sich ihr Buch zur Hand zu nehmen.

Zehn Minuten später war sie eingeschlafen. Die Lesebrille rutschte ihr von der Nase, das Licht brannte noch, und der Wein im Glas wurde warm.

Sie träumte von einem schwarzen Wolf, der auf leisen Pfoten in ihr Zimmer kam und sie mit neugierigen goldenen Augen betrachtete, während sie schlief. Ihr war, als würde er mit ihr reden, nicht mit Worten, sondern durch seine Gedanken.

Ich habe nicht nach dir gesucht. Ich habe nicht auf dich gewartet. Ich will nicht, was du mir bringst. Geh zurück in deine Welt, Rowan Murray, deine sichere Welt. Meine Welt ist nichts für dich.

Ihre Antwort war nur gedacht: Ich brauche doch nur Zeit für mich. Ich suche nichts anderes als Zeit.

Er kam näher an das Bett heran, sodass ihre Hand fast seinen Kopf berühren konnte. Wenn du hierbleibst, könnte das für uns beide Folgen haben. Wir könnten beide gefangen werden. Bist du bereit, dieses Risiko einzugehen?

Oh, sie wollte so gern berühren, fühlen. Mit einem leisen Seufzer ließ sie ihre Hand über das warme seidige Fell gleiten, vergrub ihre Finger darin. Es ist an der Zeit, dass ich einmal ein Risiko eingehe.

Und unter ihrer Hand wurde der Wolf zu einem Mann. Sie spürte seinen Atem an ihrem Gesicht, als er noch näher kam und sich über sie beugte. „Wenn ich dich jetzt küssen würde, Rowan, was würde dann geschehen?"

Ihr ganzer Körper schien plötzlich vor Verlangen zu glühen. Sie wälzte sich, bog sich dem Mann mit einem Seufzer entgegen, griff nach ihm, um ihn zu sich zu ziehen.

Liam legte ihr einen Finger auf die Lippen. „Schlaf", flüsterte er und nahm ihr die Brille herunter. Er drehte das Licht aus und ballte die Fäuste, als das Verlangen, sie zu berühren, ihn zu überwältigen drohte. „Verflucht, ich will das nicht. Ich will sie nicht."

Er warf die Arme in die Höhe und löste sich in Luft auf.

Später, viel später, träumte Rowan von einem Wolf, schwarz wie die Nacht, der auf den Klippen über dem Meer saß. Den Kopf hatte er weit in den Nacken gelegt, während er den schimmernden Vollmond anheulte, seine Augen leuchteten in der Dunkelheit.

2. *KAPITEL*

In den nächsten Tagen wurde es Rowan zur Angewohnheit, nach dem Wolf Ausschau zu halten. Meist sah sie ihn früh am Morgen oder in der Abenddämmerung, direkt am Waldrand, im Schatten der Bäume.

Er beobachtet das Haus, dachte sie.

Ihr wurde klar, dass das, was sie empfand, wenn sie ihn einmal nicht sah, Enttäuschung war. Sie stellte sogar Teller mit Essensresten hinaus, in der Hoffnung, ihn mit diesem Futter anzulocken, ihn zu einem regelmäßigen Besucher werden zu lassen, den sie als Mitbewohner ihrer kleinen Welt hier draußen betrachtete, der schon fast zu ihrem Leben gehörte.

Überhaupt dachte sie viel an den Wolf. Fast jeden Morgen erwachte sie und konnte sich an Traumfetzen erinnern, in denen Bilder von dem Wolf auftauchten, wie er in der Nacht an ihrem Bett gesessen, wie sie die Hand ausgestreckt und sein seidiges Fell gestreichelt hatte.

Manchmal vermischten sich die Grenzen, und im Traum wurde der Wolf zu ihrem Nachbarn. Dann wachte sie morgens auf, zitternd vor sexueller Frustration und Scham über sich selbst.

Wenn sie es logisch betrachtete, so war Liam Donovan das einzige menschliche Wesen, zu dem sie in den letzten Wochen Kontakt gehabt hatte. Daher war es nicht verwunderlich, dass er, noch dazu als ausgesprochen ansehnlicher Vertreter der männlichen Spezies, sich für erotische Träume geradezu anbot.

Lieber beschäftigte sie sich jedoch mit dem Wolf, erfand eine Geschichte um ihn. Sie bildete sich gern ein, dass er ihr Wächter sei und sie vor allen bösen Geistern beschützte, die dort im Wald leben mochten.

Die meiste Zeit verbrachte sie mit Lesen, Zeichnen oder langen Spaziergängen. Und versuchte dabei zu verdrängen, dass es bald an der Zeit war, den versprochenen wöchentlichen Anruf bei ihren Eltern zu absolvieren.

Oft hörte sie Musik, die durch ihre Fenster drang oder durch die Luft im Wald schwang. Flöten, Glocken und Streicher. Einmal glaubte sie eine Harfenmelodie zu hören, so süß und rein, dass es ihr das Herz zusammenzog.

Und während sie die Ruhe und den Frieden genoss, während sie auskostete, dass niemand Anforderungen an sie stellte, niemand ihre Zeit in Anspruch nahm, durchlebte sie doch auch Momente solch intensiver Einsamkeit, dass es sie geradezu körperlich schmerzte. Aber auch wenn das Verlangen danach, eine menschliche Stimme zu hören, menschlichen Kontakt zu haben, an ihr zerrte, so brachte sie es nicht über sich, Liam aufzusuchen.

Ihn vielleicht auf eine Tasse Kaffee einladen, dachte sie, als sie beobachtete, wie die Dämmerung sich über den Wald senkte und der Wolf sich immer noch nicht hatte blicken lassen. Oder vielleicht zu einem gemeinsamen Abendessen. Eine kleine, unverbindliche Unterhaltung. Abwesend drehte sie eine Haarsträhne um ihre Finger.

„Ist er denn nie einsam?“, fragte sie sich. „Was macht er denn nur den ganzen Tag, die ganze Nacht?“

Der Wind heulte auf, in der Ferne grollte Donner. Ein Gewitter, dachte Rowan. Sie ging zur Tür und zog sie auf, um die kühle Luft hereinzulassen. Am Himmel konnte sie die sich auftürmenden Wolken sehen, am Horizont zuckte ein Blitz durch die Nacht.

Es würde wunderbar werden, mit dem rhythmischen Getrommel des Regens auf dem Dach einzuschlafen. Oder noch besser, sich mit einem guten Buch ins Bett zu verkriechen, die halbe Nacht durchzulesen und dem Regen und dem Wind zu lauschen, der ums Haus heulte.

Bei dem Gedanken musste sie lächeln. Sie wandte den Blick – und sah direkt in die leuchtenden Augen des Wolfs.

Sie wich einen Schritt zurück und presste eine Hand an die Kehle. Ihr Puls hämmerte erschreckt. Der Wolf war schon in der Mitte der Lichtung, näher, als er je gekommen war. Nervös rieb sie sich die Handflächen an der Jeans und trat auf die Veranda.

„Hallo.“ Sie lachte leise, hielt aber den Türknauf mit einer Hand fest umklammert. Nur für alle Fälle ... „Du bist so schön“, murmelte sie, mehr zu sich selbst, während der Wolf dastand, regungslos wie eine Statue. „Ich warte jeden Tag auf dich. Aber nie frisst du das Essen, das ich für dich bereitstelle. Auch kein anderes Tier. Wahrscheinlich bin ich einfach keine gute Köchin. Ich wünschte, du würdest näher kommen.“ Als ihr Puls sich wieder ein wenig beruhigt hatte, ging sie langsam in die Hocke. „Ich werde dir nichts tun", murmelte sie. „Ich habe über Wölfe gelesen. Ist es nicht seltsam, dass ich ein Buch über dich mitgebracht habe? Dabei erinnere ich mich nicht einmal daran, es überhaupt eingepackt zu haben. Aber andererseits … ich habe so viele Bücher hierher mitgebracht. Du dürftest gar nicht so neugierig auf mich sein." Sie seufzte tief. „Du solltest bei deinem Rudel sein, bei deinem Weibchen."

Die Traurigkeit kam unerwartet und heftig. Rowan schloss die Augen, von dem Gefühl überwältigt. „Ein Wolfspaar bleibt für immer zusammen", sagte sie leise und zuckte zusammen, als ein Blitz über den Nachthimmel fuhr. Lauter Donner ertönte, der die Erde zum Beben zu bringen schien.

Die Lichtung war leer. Der schwarze Wolf war fort. Rowan setzte sich in den alten Schaukelstuhl auf der Terrasse, schlug die Beine unter und sah zu, wie der Regen übers Land zog.

Liam dachte viel zu viel und viel zu oft an Rowan. Es ärgerte ihn maßlos. Er war ein Mann, der stolz auf seine Selbstbeherrschung war. Wenn jemand außergewöhnliche Macht besaß, musste auch außergewöhnliche Selbstkontrolle damit einhergehen. Unkontrollierte Macht korrumpierte. Sie konnte zerstörerisch sein.

Von Geburt an waren ihn sowohl seine Verantwortung als auch seine Vorteile gelehrt worden. Seine Gabe wie auch sein Fluch. Die Einsamkeit war seine Art, um dem allem zu entfliehen. Zumindest für kurze Zeitspannen.

Doch er wusste nur zu gut, dass man seinem Schicksal nicht auf Dauer entfliehen konnte. Von einem Fürstensohn erwartete man eben, dass er sein Schicksal akzeptierte.

Allein in seiner Blockhütte, dachte er an sie. Wie sie ausgesehen hatte, als er auf die Lichtung herausgetreten war. Wie die Angst in ihrer Miene gestanden hatte, selbst als sie nach draußen gekommen war.

Da war so viel Güte in ihr, so viel Unschuld. Das war es, was ihn anzog, obwohl er mit aller Kraft versuchte, Abstand zu halten. Sie glaubte, es würde ihn beruhigen, sie wollte ihn an sich gewöhnen, indem sie Essen für ihn hinstellte, indem sie mit dieser ruhigen Stimme mit ihm sprach, in der so viel Furcht mitschwang.

Wie viele Frauen gab es wohl, die den Mut besaßen, mitten in der Wildnis – denn das war es praktisch hier – mit einem Wolf zu reden? Und ihm dann auch noch gut zuzureden?

Sie glaubte ein Feigling zu sein – er hatte sich nur ganz kurz ein Eintauchen in ihren Geist erlaubt, um ihre Gedanken zu lesen. Und sie hatte nicht die geringste Ahnung, was in ihr steckte. Sie hatte es nie ausgekundschaftet, man hatte es ihr nie erlaubt.

Ein starker Familiensinn, große Loyalität und ein bemitleidenswert geringes Selbstwertgefühl.

Er schüttelte leicht den Kopf, während er an seinem Kaffee nippte. Was, in Finns Namen, sollte er jetzt mit ihr anfangen?

Wenn es sich nur darum gehandelt hätte, ihr einen kleinen Anstoß zu geben, um sich selbst zu erforschen, ihre Kräfte zu entdecken, das wäre vielleicht … interessant gewesen. Diese Aufgabe hätte ihm vermutlich sogar Spaß gemacht. Doch ihm war klar, dass es sich hier um wesentlich mehr handelte.

Er hatte gerade genug gesehen, dass es ihm Sorgen bereitete.

Wenn sie zu ihm geschickt worden wäre und er sie akzeptieren würde, sie nehmen würde, dann wäre die Entscheidung, ein Heim und eine Familie zu gründen, für ihn getroffen, ihm aus den Händen genommen worden.

Sie war nicht wie er.

Und doch rührte sich bereits das Verlangen. Immerhin war sie eine bezaubernde Frau, verletzlich, ein wenig verloren. Dieses Verlangen war also ganz natürlich. Vor allem nach der langen, selbst auferlegten Einsamkeit.

Mann und Frau brauchten sich, das Männliche suchte das Weibliche.

Aber dieses Verlangen war anders geartet, ging tiefer und war drängender als alles, was er bisher erfahren hatte. Nicht, dass er sich diese neue Erfahrung gewünscht hätte. Wenn Gefühle zu stark wurden, verlor man die Kontrolle. Und ohne Kontrolle hatte man keine Wahl mehr. Er hatte sich dieses Jahr genommen, um eine Wahl zu haben und Entscheidungen zu treffen, die schwierig werden würden.

Und doch konnte er nicht von ihr fernbleiben. Immerhin war er vernünftig genug gewesen, sich in menschlicher Gestalt von ihr fernzuhalten – zumindest, wenn sie wach war, bei vollem Bewusstsein.

Aber es zog ihn immer wieder in den Wald, um sie zu beobachten, um ihren Gedanken zu lauschen. Oder hier allein in diesem Zimmer zu sitzen, in die Flammen zu starren und ihre Gestalt zu sehen.

Die Liebe wartet.

Er biss die Zähne zusammen, setzte seine Tasse mit einem leisen Klirren ab, als das Flüstern um ihn herum immer deutlicher wurde. „Verdammt. Ich werde damit fertig. Mit ihr. Und zwar wie und wann es mir passt. Auf meine Art. Lasst mich in Ruhe."

Sein Spiegelbild im dunklen Fenster verschwand, wurde ersetzt durch die Reflexion einer Frau mit langen goldenen Haaren und Augen derselben reichen Farbe, die sanft lächelte.

„Liam", sagte sie milde, „du bist nur starrsinnig. Du warst schon immer stur und dickköpfig."

Er zog eine Braue in die Höhe. „Mom, das ist sehr leicht, wenn man von den Besten gelernt hat."

Sie lachte, ihre Augen leuchteten im Dunklen. „Das stimmt wohl – wenn du dich damit auf deinen Vater beziehst. Ein Sturm kommt auf. Wirst du sie das allein durchstehen lassen?"

„Das ist besser für uns beide. Sie ist keine von uns."

„Liam, wenn du so weit bist, wirst du in ihr Herz sehen. Und in dein eigenes. Vertraue dem, was du dort findest." Sie seufzte schwer, denn sie wusste, dass ihr Sohn genau das tun würde, was er wollte. Wie immer. „Ich werde deinem Vater deine Grüße ausrichten."

„Tu das. Ich liebe dich, Mom."

„Ich weiß. Komm bald nach Hause, Liam Donovan. Wir vermissen dich."

Als ihr Bild im Fenster schwächer wurde, schoss ein Blitz aus den Wolken, traf die Erde wie ein Speer, doch hinterließ weder Spur noch Zeichen. Und als der Donner direkt darauf folgte, wusste Liam, dass dies sein Vater gewesen war, um die Worte seiner Frau zu bekräftigen.

„Also schön. Ich werde mich vergewissern, wie sie den Sturm übersteht."

Er drehte sich um, sein Blick wurde fest, dann machte er eine Drehung mit der Hand, richtete den Zeigefinger auf den offenen Kamin. Flammen loderten auf, obwohl weder Reisig noch Holz im Kamin lagen.

„Flackernde Flammen und prasselnder Regenguss, zeigt mir, was ich sehen muss. Loderndes Feuer, grollender Donner, lasst die Frau mich sehen, sie ist allein. Und so soll es sein."

Er steckte die Hände in die Taschen, als die Flammen gleichmäßig, ruhiger wurden. Schatten erschienen in dem goldenen Licht, teilten sich, wurden deutlicher. Ein Bild entstand.

Er sah, wie sie eine Kerze trug, ihr Gesicht war blass in der Dunkelheit, ihre Augen groß. In der Küche zog sie eine Schublade auf, dann noch eine. Sie suchte etwas und führte Selbstgespräche. Wie so oft. Zuckte zusammen wie ein verängstigtes Reh, als der nächste Blitz die Nacht erhellte.

Zugegeben, daran hatte er nicht gedacht. Frustriert fuhr Liam sich durchs Haar. Der Strom in ihrer Hütte war ausgefallen, sie war allein und fürchtete sich halb zu Tode. Hatte Belinda ihr denn nicht gesagt, wo der Notgenerator stand und wo die Taschenlampe und die Gaslaternen lagen? Offensichtlich nicht.

Er konnte sie unmöglich so allein lassen, oder? Zitternd und verängstigt im Dunkeln. Und genau damit hatte seine durchtriebene Cousine, die in alles ihre Nase stecken musste, gerechnet, nicht wahr?

Na schön. Er würde ihr dieses eine Mal helfen, damit sie wieder Strom und Wärme hatte, aber das wär's dann auch schon. Länger würde er auf keinen Fall bleiben.

Er war ein Zauberer, aber er war auch nur ein Mann. Und diese beiden Seiten in ihm wollten diese Frau in der Nachbarhütte viel zu sehr.

„Nur ein Gewitter. Mehr nicht. Nur ein bisschen Regen und Wind. Ist bald vorbei. Also kein Grund zur Aufregung." Rowan wiederholte die Worte immer wieder, wie eine Beschwörungsformel.

Eigentlich hatte sie keine Angst im Dunkeln. Aber diese Nacht hier war wirklich extrem schwarz, und außerdem war irgendwo ganz in der Nähe der Blockhütte der Blitz eingeschlagen. Der Donner grollte so laut, dass sie sicher war, die Fensterscheiben würden jeden Moment bersten.

Hätte sie nicht draußen gesessen und ihren Tagträumen nachgehangen, würde sie zumindest ein Feuer im Kamin gemacht haben. Dann wäre es jetzt warm und hell im Haus, sogar gemütlich. Nun, so richtig überzeugt war sie davon auch nicht.

Der Strom war ausgefallen, das Telefon funktionierte nicht, und der Sturm schien sich ausgerechnet ihre kleine Hütte ausgesucht zu haben, um sich direkt darüber so richtig auszutoben.

Hier gibt es überall Kerzen, erinnerte sie sich. Dutzende, Hunderte von Kerzen. Weiße, blaue, rote, grüne. Belinda musste ein ganzes Kerzengeschäft aufgekauft haben. Manche von ihnen waren sehr hübsch, mit Symbolen verziert. So hübsch, dass Rowan es nicht wagte, sie anzuzünden. Außerdem flackerten bereits mindestens fünfzig im Raum, spendeten Licht und verströmten wunderbar beruhigende Aromen.

„Fein, alles in Ordnung." Sie stellte noch eine letzte Kerze auf den niedrigen Wohnzimmertisch vor der Couch und rieb sich die klammen Hände. „Ich müsste eigentlich genug sehen können, um ein Feuer zu machen. Und dann setze ich mich aufs Sofa und warte, bis es vorbei ist. Es wird alles in Ordnung kommen."

Doch als sie vor der Feuerstelle hockte und Reisig aufschichtete, heulte der Wind gespenstisch durch den gemauerten Kamin. Hinter ihr flog die Haustür mit einem lauten Knall auf. Mindestens die Hälfte der Kerzen erlosch.

Liam stand im Türrahmen, der Wind zerrte an seinen Haaren, in seinen Augen spiegelten sich die verbliebenen Kerzenflammen. Rowan ließ vor Schreck brennenden Reisig auf ihren Fuß fallen, schrie leise auf und setzte sich auf einen Stuhl.

„Ich scheine Sie schon wieder erschreckt zu haben", sagte er mit der ihm eigenen, sanften Stimme. „Tut mir leid."

„Ich … Sie sind es! Himmel! Die Tür …"

„Sie war offen." Er drehte sich um und schob sie zu, schloss Wind und Regen aus.

Rowan war sicher, die Tür abgeschlossen zu haben, als sie vor dem Gewitter von der Veranda geflohen war. Offensichtlich nicht, dachte sie jetzt und bemühte sich, wieder etwas ruhiger zu werden.

„Ich dachte, Sie könnten vielleicht Probleme bei dem Gewitter haben." Er trat vor. Mit der geschmeidigen Eleganz eines Tänzers. Oder eines lauernden Wolfs. „Sieht aus, als hätte ich recht gehabt."

„Kein Strom mehr", brachte sie nur heraus.

„Ja, das ist mir schon aufgefallen. Und Sie frieren." Er hob die verstreuten Reisigzweige auf und begann ein Feuer im Kamin zu machen. Mit Streichhölzern. Er war sicher, dass Rowan für heute genügend Überraschungen erlebt hatte, auch wenn es so etwas länger dauerte.

„Ich wollte erst für Licht sorgen, bevor ich den Kamin entzünde. Belinda hat Unmengen an Kerzen, in jedem Raum sind welche."

„Sicher." Die ersten Flammen leckten bereits an den Holzscheiten, die er aufgestapelt hatte. „Gleich wird es warm. Hinter dem Haus steht ein kleiner Generator. Ich kann ihn in Gang setzen, wenn Sie möchten. Aber das Gewitter ist bald vorbei, und der Strom wird wieder eingeschaltet."

Liam blieb, wo er war, die Flammen warfen Schatten auf sein Gesicht. Und während Rowan ihn anschaute, verschwanden alle Ängste, sie vergaß den Sturm und das Gewitter. Stattdessen fragte sie sich, ob dieses wunderbare Haar, das ihm fast bis auf die Schultern reichte, wirklich so weich sein mochte, wie es aussah. Fragte sich, warum sie meinte, es bereits zwischen ihren Fingern fühlen zu können. Warum sie seine Nähe zu spüren glaubte, wie er sich zu ihr beugte und seine Lippen ganz nah an die ihren heranbrachte, nur einen Hauch entfernt.

„Sie träumen schon wieder, Rowan."

„Oh." Sie blinzelte verlegen und schüttelte sich leicht, um einen klaren Kopf zu bekommen. „Tut mir leid. Das Gewitter ... es setzt mir etwas zu. Möchten Sie vielleicht ein Glas Wein?" Sie rappelte sich auf und trat den Rückzug in die Küche an. „Gerade gestern habe ich eine Flasche italienischen Weißweins geöffnet. Er ist sehr gut. Ich schenke Ihnen ein Glas ein. Es dauert keine Minute."

Herrgott noch mal. Herrgott noch mal! Sie verfluchte sich, als sie in die Küche hastete, wo ein halbes Dutzend Kerzen auf der Anrichte brannte. Wieso war sie in seiner Gegenwart so nervös und unbeholfen? Sie war schon vorher mit attraktiven Männern allein gewesen. Sie war doch eine erwachsene Frau!

Sie holte die Weinflasche aus dem Kühlschrank, fand zwei Gläser und füllte sie. Als sie sich umdrehte, die beiden Gläser in der Hand, stand Liam direkt hinter ihr. Rowan zuckte zusammen, Wein schwappte über den Rand der Gläser, benetzte ihre Finger.

„Müssen Sie das unbedingt tun!", fauchte sie, bevor sie sich zurückhalten konnte. Und sah dann dieses umwerfende Lächeln auf seinem Gesicht aufleuchten, so strahlend und blendend hell wie der Blitz in der Nacht.

„Nein, müssen muss ich nicht." Ach, zum Teufel damit, dachte er. Warum sollte ihm nicht auch ein wenig Abwechslung und Spaß zustehen? Ohne den Blick von ihren Augen zu wenden, beugte er den Kopf und leckte den Wein von ihren Fingern.

Alles, was sie über die Lippen brachte, war ein kleines Stöhnen.

„Sie haben recht, ein sehr guter Wein." Er nahm ihr das Glas aus der Hand, und als diese freie Hand schlaff an ihre Seite fiel, lächelte er und nippte. „Sie haben ein unglaublich hübsches Gesicht, Rowan Murray. Ich habe ständig an dieses Gesicht denken müssen, seit ich Sie zuletzt gesehen habe."

„Wirklich?"

„Ja. Hatten Sie geglaubt, ich würde das nicht?"

Sie war so offensichtlich verwirrt, dass es für ihn ein Leichtes gewesen wäre, diesen Vorteil auszunutzen. Dem drängenden Bedürfnis nachzugeben und sich zu nehmen, was er wollte, bevor sie noch ahnte, wonach ihn verlangte. Nur ein Schritt näher, dachte er. Seine Finger in ihrem Nacken, dort, wo die Haut warm und seidig war. So zart, so verletzlich. Sein Mund auf ihrem, während der Wein noch auf ihren Lippen zu schmecken war.

Und er würde sich nicht mit etwas so Einfachem, so Unschuldigem begnügen.

„Kommen Sie zum Feuer." Er trat zurück, um ihr Platz zu machen. „Da ist es wärmer."

Rowan kannte dieses Sehnen, das sich in ihr ausbreitete. Es war das gleiche, das sie nach dem Aufwachen spürte, wenn sie in der Nacht von ihm geträumt hatte. Sie ging an ihm vorbei ins Wohnzimmer und flehte inständig, ihr würde etwas einfallen, bei dem sie nicht wie eine absolute Närrin dastand.

„Wenn Sie hergekommen sind, um Ruhe und Entspannung zu finden, fangen Sie das nicht sonderlich geschickt an." In seiner Stimme war der kleinste Anflug von Ungeduld zu hören. „Setzen und beruhigen Sie sich endlich. Das Gewitter dauert nicht mehr lange, und ich bleibe auch nicht länger."

„Ich mag Gesellschaft. Ich bin es nicht gewöhnt, so lange ganz allein zu sein.“ Sie setzte sich und brachte ein Lächeln zustande. Liam blieb stehen, lehnte am Kaminsims und betrachtete sie. Auf eine Weise, die sie an den …

„Aber deshalb sind Sie doch hier, oder nicht?“, unterbrach er ihre Gedanken, bevor sie der Wahrheit, für die sie nicht vorbereitet war, zu nahe kam. „Um Zeit für sich allein zu haben?“

„Stimmt. Und es gefällt mir. Trotzdem ist es ungewohnt. Ich war lange Zeit Lehrerin. Da ist es normal, viele Menschen um sich zu haben.“

„Mögen Sie sie?“

„Wen? Meine Schüler?“

„Nein, Menschen.“ Er machte eine umfassende Handbewegung mit einer eleganten Hand. „Im Allgemeinen.“

„Ja … natürlich.“ Sie lachte leise und lehnte sich in den Stuhl zurück. Es war ihr nicht bewusst, dass sich die Anspannung in ihren Schultern gelöst hatte. „Sie etwa nicht?“

„Nicht unbedingt. In der Regel.“ Nachdenklich trank er einen Schluck Wein. „Die meisten von ihnen sind zu anspruchsvoll, zu verwöhnt, zu ichbezogen und von sich selbst eingenommen. Aber damit nicht genug, sie müssen einander auch noch verletzen, manchmal absichtlich, manchmal aus Achtlosigkeit. Dabei sollte man ganz gewiss nie stolz darauf sein, wenn man anderen Schaden zufügt.“

„Die meisten Menschen wollen das gar nicht.“ Sie sah die Skepsis in seinen Augen auffunkeln und schüttelte den Kopf. „Ach so, Sie sind ein Zyniker. Ich kann diese Denkweise nicht verstehen.“

„Weil Sie eine Romantikerin sind, noch dazu eine ziemlich naive. Aber es steht Ihnen.“

„Muss ich mich jetzt geschmeichelt oder beleidigt fühlen?“, wunderte sie sich laut und lächelte mit einer neuen Ungezwungenheit, selbst dann noch, als er sich bequem auf der Ottomane gegenüber von ihrem Stuhl niederließ.

„Die Wahrheit kann auch ohne Schmeicheleien oder Beleidigungen akzeptiert werden. Was unterrichten Sie?“

„Literatur – habe ich zumindest unterrichtet.“

„Das erklärt die vielen Bücher.“ Er hatte die Stapel gesehen – in der Küche, auf dem Kaffeetisch, im Karton neben der Couch. Außerdem wusste er, wie viele Stapel es im Schlafzimmer gab.

„Lesen ist mein größtes Vergnügen. Ich liebe es, in die Geschichten einzutauchen."

„Aber das hier …" Er lehnte sich ein wenig zurück, hob ein Buch auf und las den Titel. „‚Wölfe, ihre Entwicklungsgeschichte und ihr Verhalten'. Das ist doch nicht unbedingt eine Geschichte, oder?"

„Nein. Ich habe das irgendwann aus einem Impuls heraus gekauft und wusste nicht einmal, dass ich es eingepackt hatte. Aber jetzt bin ich froh darum." Sie steckte sich eine Strähne, die sich aus dem Zopf gelöst hatte, hinters Ohr. „Sie müssen ihn doch auch gesehen haben." Sie lehnte sich vor, das begeisterte Leuchten in den dunkelblauen Augen unwiderstehlich. „Den schwarzen Wolf, der sich hier herumtreibt."

Er sah ihr direkt in diese Augen, genoss es, wie er den Wein genoss. „Nein, kann ich nicht sagen."

„Oh, aber ich habe ihn fast jeden Tag gesehen, seit ich hier bin. Ein wunderschönes Tier, und er scheint keine Scheu vor Menschen zu haben. Bevor das Gewitter losbrach, ist er auf die Lichtung gekommen. Manchmal kann ich auch sein Geheul hören. Sie nicht?"

„Meine Hütte liegt näher am Meer, ich lausche dem Meeresrauschen. Ein Wolf ist ein wildes Tier, Rowan. Ich bin sicher, das steht auch in Ihrem Buch. Und ein Einzelgänger, der zu keinem Rudel gehört, ist noch wilder als die anderen."

„Ich will ihn ja auch nicht zähmen. Ich sage nur, dass wir irgendwie neugierig aufeinander sind." Sie sah zum Fenster, fragte sich, ob der Wolf für heute Nacht wohl ein trockenes und warmes Plätzchen gefunden hatte. „Sie jagen nicht aus reiner Lust am Töten." Abwesend warf sie ihren Zopf über die Schulter zurück. „Oder aus Bösartigkeit. Sie jagen, um sich zu ernähren. Meist leben sie in Rudeln, mit ihren Familien. Beschützen ihre Jungen und …" Sie brach ab, zuckte ein wenig zusammen, als ein heller Blitz über den Himmel zuckte und wieder verlosch.

„Die Natur lässt sich nur sehr schwer einschätzen und ist oft grausam. Sie toleriert uns nur. Sie kann freigiebig oder skrupellos sein." Liam legte das Buch beiseite. „Man muss vorsichtig mit ihr umgehen, und man wird sie wohl nie verstehen."

Ihre Knie berührten sich, weil sie einander so nahe waren. Rowan erhaschte seinen Duft, sehr männlich, fast animalisch und mit Sicherheit gefährlich.

Seine Lippen verzogen sich zu einem Lächeln, als er nickte. „Genau das meinte ich." Er stellte sein Glas ab und erhob sich. „Ich werde den Generator für Sie anwerfen. Mit Strom fühlen Sie sich bestimmt wohler."

„Ja, wahrscheinlich haben Sie recht." Sie erhob sich ebenfalls und fragte sich, warum ihr Herz wie wild klopfte. Es hatte nichts mit dem Sturm zu tun, der da draußen vor den Fenstern wütete, sondern mit dem, der sich in ihrem Innern zusammenbraute. „Danke für Ihre Hilfe."

„Kein Problem." Er würde es nicht zu einem Problem werden lassen. „Dauert nur ein paar Minuten." Ganz kurz und flüchtig streifte er mit seinen Fingern ihre Hand. „Der Wein war wirklich gut", murmelte er und ging zur Küche hinaus.

Es dauerte volle zehn Sekunden, bevor sie wieder atmen konnte. Sie nahm ihre Hand von der Wange, an die sie sie gehalten hatte, und folgte ihm. Gerade als sie die Küche betrat, flammte die Lampe über ihr wieder auf und erschreckte sie so, dass sie einen kleinen Schrei ausstieß. Noch während sie über sich selbst lachte, fragte sie sich, wie dieser Mann es schaffte, sich so schnell zu bewegen. Die Küche war leer. Das Licht brannte wieder, und es war, als wäre er nie hier gewesen.

Rowan zog die Hintertür auf und wich zurück, als Regen und Wind auf sie einprasselten. Zitternd beugte sie sich zur Tür hinaus. „Liam?" Doch keine Antwort kam auf ihr Rufen, nichts als Regen und Dunkelheit. „Geh nicht", murmelte sie. Sie lehnte sich an den Rahmen und kümmerte sich nicht darum, dass ihr Hemd vom Regen völlig durchnässt wurde. „Lass mich nicht allein."

Der nächste Blitz erhellte den Wald und die ganze Szenerie. Und ließ das schwarze Fell des Wolfs aufleuchten, der am Ende der Stufen mitten im strömenden Regen stand.

„Himmel." Rowan griff mit fahrigen Händen nach dem Lichtschalter, ließ das Außenlicht aufflammen. Der Wolf stand immer noch da, der Regen perlte von seinem nassen Fell, seine Augen schauten wachsam und geduldig. Rowan leckte sich über die trockenen Lippen und trat langsam einen Schritt zurück. „Du kannst ins

Haus kommen, aus dem Regen raus."

Ein Schauer lief ihren Rücken hinunter, als der Wolf mit einem lautlosen Satz auf die Veranda sprang. Sie merkte gar nicht, dass sie den Atem anhielt, bis sein nasses Fell ihr Bein streifte und er ins Haus lief. Erst dann atmete sie aus.

„Tja ..." Sie drehte sich um, und so schauten sie einander an. „Sieht aus, als hätte ich da einen Wolf im Haus. Einen ausgesprochen schönen Wolf", murmelte sie. Allerdings dachte sie gar nicht daran, die Tür hinter sich zuzumachen und damit den Wolf und sich im Haus einzuschließen. „Ich ... äh ... ich werde also jetzt auch hereinkommen ..." Sie machte eine unbestimmte Geste. „Hier drinnen ist es nämlich wärmer. Du kannst ja ..."

Sie hielt inne, entzückt und verblüfft, als der Wolf den kleinen Korridor entlang und ins Wohnzimmer ging, um sich vor dem Kaminfeuer niederzulassen. Er sah zu ihr hin, als würde er auf sie warten. Seine goldenen Augen schauten sie auffordernd an.

„Ganz schön clever, was?", murmelte sie. Seine Augen folgten jeder ihrer Bewegungen, als sie langsam näher kam und sich auf der Ottomane niederließ. „Gehörst du jemandem?" Sie hob die Hand, es juckte sie in den Fingern, sein Fell zu berühren. Sie erwartete ein Knurren zu hören, ein Zähnefletschen zu sehen, doch nichts dergleichen geschah, und so legte sie vorsichtig die Hand auf seinen Kopf. „Nein, du gehörst bestimmt niemandem außer dir selbst. So ist es immer bei den Mutigen und den Schönen."

Als sie seinen Nacken kraulte, kniff er halb die Augen zusammen. Sie glaubte Vergnügen in ihnen zu erkennen und lächelte.

„Das gefällt dir wohl, hm? Mir auch. Streicheln ist genauso schön wie gestreichelt werden. Allerdings hat mich schon seit Ewigkeiten keiner mehr berührt. Aber du hast bestimmt keine Lust, dir meine Lebensgeschichte anzuhören. Sie ist sowieso nicht sehr interessant. Du hättest bestimmt viel faszinierendere Dinge zu erzählen."

Er roch nach Wald und Regen. Animalisch und irgendwie ... seltsam vertraut. Sie wurde mutiger, strich mit beiden Händen über seinen Rücken, über seine Flanken, zurück zu seinem Kopf. „Du kannst hier beim Feuer sitzen bleiben, bis du trocken bist ..." Sie hielt mitten in der Bewegung inne und runzelte die Stirn.

„Er war nicht nass", sagte sie nachdenklich. „Er ist durch den Regen gekommen, aber er war nicht nass." Mit verwirrter Miene starrte sie zum Fenster. Liams Haar war genauso schwarz wie das Fell des Wolfs, aber es hatte nicht vor Nässe geglänzt. Oder?

„Wie kann das sein? Selbst wenn er mit dem Wagen herübergekommen ist, muss er doch vom Wagen bis zur Haustür gelaufen sein, und dann ..."

Ihre Worte erstarben, als der Wolf näher kam und seinen Kopf an ihrem Bein rieb. Mit einem entzückten Murmeln begann sie wieder, sein Fell zu streicheln und lächelte, als das tiefe Grollen in seiner Kehle sie an das menschliche, sehr männliche Stöhnen eines zufriedenen Mannes erinnerte.

„Vielleicht bist du ja auch einsam."

Und so saß sie mit dem Wolf vor dem Feuer, während das Gewitter aufs Meer hinauszog, der Wind abflaute und der Regen schwächer wurde.

Sie war nicht überrascht, als der Wolf mit ihr durchs Haus ging. Es schien ihr völlig natürlich, dass er ihr folgte, während sie Kerzen ausblies und Lichter ausschaltete. Er folgte ihr, als sie die Treppen zum Schlafzimmer hinaufstieg, und blieb an ihrer Seite, als sie Feuer in dem kleinen Kamin entzündete. Gebannt sah er ihr dabei zu.

„Ich liebe es hier", sagte sie leise und setzte sich auf die Fersen, um dem Feuer zuzusehen, wie es an den Holzscheiten leckte. „Selbst wenn ich einsam bin, so wie heute Abend, scheint es mir richtig, hier zu sein. Als ob ich immer darauf gewartet hätte, hierherzukommen."

Sie drehte den Kopf, lächelte. Der Wolf und sie waren auf Augenhöhe, blaue Augen blickten in goldene. Rowan streckte die Hand aus und kraulte den Wolf unterm Kinn, ließ die Finger über seinen kraftvollen Hals gleiten. „Niemand würde mir das glauben. Keiner, den ich kenne, würde mir abnehmen, dass ich in einem Blockhaus in Oregon mit einem großen, schwarzen, wunderschönen Wolf rede. Vielleicht träume ich ja auch nur. Das tue ich oft", fügte sie hinzu, als sie sich aufrichtete. „Vielleicht haben die anderen ja recht und ich träume zu viel."

Sie ging zu der Kommode und holte einen gefalteten Pyjama hervor. „Man muss es wohl als traurig bezeichnen, wenn Träume das Interessanteste im Leben sind. Und genau das will ich ändern. Ich meine nicht, dass ich jetzt anfange, Berge zu besteigen oder

Fallschirm zu springen …"

Er hörte nicht mehr zu – dabei hatte er bis jetzt jedem Wort genauestens gelauscht. Aber jetzt, während sie sprach, zog sie sich das dunkelblaue Sweatshirt über den Kopf und begann, das karierte Flanellhemd aufzuknöpfen.

Als sie das Hemd von den Schultern streifte, hörte er ihre Worte längst nicht mehr. Sie stand da und legte Shirt und Hemd zusammen, nur in weißem Spitzen-BH und Jeans.

Sie war zart gebaut und sehr schlank, ihre Haut weiß wie Milch. Als sie mit den Fingern nach dem Knopf griff, um den Verschluss der Jeans zu öffnen, hätte der Mann im Wolf fast aufgestöhnt. Sein Blut erhitzte sich, sein Puls beschleunigte sich, als sie die Jeans achtlos an den Beinen herunterschob.

Ein Hauch von Weiß bedeckte die Haut unterhalb ihrer Hüftknochen. Er wollte sie dort mit dem Mund berühren, genau auf dieser reizvollen Rundung. Wollte den Geschmack auf der Zunge spüren, den Geschmack der Haut unter diesem dünnen weißen Stoff, bis ihr ganzer Körper vor Verlangen zitterte.

Sie setzte sich, um sich die dicken Wollsocken von den Füßen zu ziehen und die Jeans ganz abzuschütteln. Es machte ihn fast verrückt, wie sie dastand und die Jeans beiseitelegte.

Das tiefe Grollen in seiner Kehle nahm keiner von ihnen beiden wahr, als sie den Verschluss des BHs öffnete und den unschuldigen Striptease vollendete. Er fühlte, wie seine Beherrschung ihm endgültig zu entgleiten drohte, als er sich vorstellte, wie er die Hand auf die weiße Brust legen würde, sein Daumen auf der rosigen Spitze, den Kopf beugte, bis er den Mund auf …

Der unerwartete und heftige Blitz ließ Rowan zusammenzucken. Sie unterdrückte einen Schrei. „Himmel! Das Gewitter kommt zurück. Ich dachte …" Sie brach mitten im Satz ab, als sie zu dem Wolf blickte und die goldenen Augen blitzen sah. Instinktiv legte sie schützend die Arme über die bloße Brust. Sie konnte ihren Herzschlag spüren, wie den Herzschlag eines verängstigten Kaninchens.

Er sieht so … so menschlich drein, dachte sie mit einem Anflug von Panik. Der Ausdruck in diesen Augen war eindeutig Lust. „Warum nur komme ich mir plötzlich vor wie Rotkäppchen?" Sie atmete tief durch, ließ die Luft langsam aus den Lungen entweichen. „Das ist ja lächerlich."

Trotzdem klang ihre Stimme unsicher, als sie nach dem Pyjamaoberteil griff. Sie schrie erstaunt auf, als der Wolf den einen Ärmel mit seinen Zähnen festhielt und es ihr aus der Hand riss.

Das Lachen ließ sich nicht zurückhalten. Rowan griff den Kragen des Oberteils und zog. „Du hältst das wohl für komisch, was?", sagte sie tadelnd. Sie war überzeugt, ein amüsiertes Funkeln in seinem Blick zu erkennen. „He, den habe ich gerade erst gekauft. Ist zwar nicht schön, aber auf jeden Fall warm. Und hier in der Gegend braucht man etwas Warmes. Also lass gefälligst los."

Er tat es so abrupt, dass sie zwei Schritte zurücktaumelte, bevor sie ihr Gleichgewicht wiedergefunden hatte, ihre wunderbare Nacktheit nur von dem weißen Dreieck an ihrem Unterkörper verdeckt. „Du bist ja ein richtiger Komödiant." Sie hielt das Oberteil vor sich hin und überprüfte es auf Risse oder Bisslöcher, konnte aber keine finden. „Immerhin hast du es nicht aufgefressen."

Er sah ihr zu, wie sie es überzog, die Knöpfe verschloss. Selbst in dieser völlig natürlichen Geste lag etwas Erotisches, die Art, wie der farbenfrohe Flanellsaum ihre Oberschenkel umschmeichelte. Bevor sie allerdings in die Hose steigen konnte, erlaubte er es sich, mit der Zunge von ihrer Ferse bis zu ihrer Kniekehle zu fahren.

Sie gluckste vergnügt und beugte sich vor, um ihm das Ohr zu kraulen, so als wäre er seit Jahren der Familienhund. „Ich mag dich auch."

Sie zog die Schlafanzughose an, löste ihren Zopf und bürstete vor dem Spiegel ihr langes Haar. Der Wolf tappte zum Bett hinüber, sprang hinauf und machte es sich am Fußende gemütlich.

„Oh nein, kommt nicht infrage." Amüsiert drehte sie sich um. „Nein, das geht nicht. Wirklich nicht. Ein Wolf gehört nicht ins Bett."

Er sah unverwandt zu ihr hin. Rowan hätte schwören mögen, dass er grinste. Mit einem leisen Schnauben warf sie ihr Haar zurück, legte die Bürste ab und ging zum Bett. Mit ihrer besten Lehrerinnen-Stimme tadelte sie den Wolf und wies ihn an, sofort vom Bett herunterzukommen.

Dieses Mal war sie sicher, dass er grinste.

„Du wirst nicht in meinem Bett schlafen!“ Sie griff nach ihm, wollte ihn herunterziehen, doch er bleckte lautlos die Zähne. Sie räusperte sich. „Na schön, eine Nacht kann wohl nicht schaden.“

Ohne ihn aus den Augen zu lassen, kroch Rowan unter die Bettdecke. Er lag einfach nur da, den Kopf auf die Vorderpfoten gelegt. Sie setzte ihre Brille auf, nahm ihr Buch zur Hand und zuckte die Schultern, als der Wolf still liegen blieb. Zufrieden stopfte sie sich die Kissen hinter den Rücken und begann zu lesen.

Augenblicke später rutschte der Wolf an ihre Seite und legte den Kopf auf ihren Schoß. Automatisch senkte sie die Hand, streichelte ihn und las laut vor, bis ihre Lider schwer wurden, ihre Stimme schleppend und das Buch ihr aus der Hand rutschte.

Die Luft vibrierte, als aus dem Wolf ein Mann wurde. Liam berührte ihre Stirn mit einem Finger. „Träume, Rowan“, murmelte er und spürte, wie sie tiefer in den Schlaf sank. Er legte das Buch zur Seite, zog ihr die Brille von der Nase und die Kissen vorsichtig hinter dem Rücken hervor.

„Du musst doch jeden Morgen steif wie ein Brett aufwachen“, flüsterte er, „wenn du jedes Mal aufrecht sitzend einschläfst.“ Seufzend strich er ihr mit der Hand über die Wange.

Ihr Duft allein, so frisch, so fein, so weiblich, reichte aus, um ihn halb verrückt zu machen. Jeder Atemzug, der über die vollen weichen Lippen strömte, war wie eine Herausforderung für ihn.

„Verdammt, Rowan, du liegst im Regen mit mir zusammen im Bett und liest mir Yeats mit dieser sanften Stimme vor. Wie soll ich dem widerstehen können? Früher oder später werde ich dich besitzen müssen. Später wäre besser für uns beide. Aber ich brauche heute Nacht noch etwas.“

Er nahm ihre Hand, legte seine Handfläche an ihre, verschränkte ihre Finger miteinander und schloss die Augen. „Komm mit mir, zwei Geister, ein Traum. Schlaf ist nicht immer, was er scheint. Gib mir, was ich brauche, und nimm dir, so viel du willst und was dein ist. Denn so soll es sein.“

Rowan stöhnte leise im Schlaf und bewegte sich. Den freien Arm legte sie hoch über ihren Kopf auf die Kissen, ihre Lippen öffneten sich und ließen einen zitternden Atemzug hören, der Liam bis ins Innerste drang. Sein Puls beschleunigte sich, als er sie mit seinem

Geist liebte. Sie mit seinen Gedanken berührte, sie schmeckte, sich ihr hingab.

In Träumen verloren, erschauerte ihr Körper unter den Phantomhänden. Sie konnte ihn riechen, nahm den würzigen, halb animalischen Duft wahr, der sie mehr als einmal in ihren Träumen erregt hatte. Bilder, Empfindungen, Verlangen, alle vermischt und wirr durcheinander stachelten ihre Leidenschaft jenseits jeglicher Vorstellungskraft an. Verzweifelte Begierde, unerträgliche Sehnsucht, dann die erlösende Erfüllung.

Er saß da, die Augen immer noch geschlossen, seine Hand immer noch mit ihrer verschränkt, und lauschte dem Regen. Lauschte ihrem jetzt regelmäßigen, ruhigen Atem. Er widerstand der Versuchung, sich neben sie zu legen und sie mit konkreteren Mitteln zu lieben als mit seinen Gedanken.

Er warf den Kopf zurück. Und verschwand.

3. KAPITEL

Rowan erwachte früh und wunderbar entspannt. Ihr ganzer Körper schien zu glühen. Ihr Geist war voller Frieden, klar und unbeschwert. Sie war schon aus dem Bett und unter der Dusche, bevor sie sich überhaupt an etwas erinnerte. Mit einem gemurmelten Fluch sprang sie aus der Duschkabine, wickelte sich ein Handtuch um und rannte ins Schlafzimmer zurück.

Das Bett war leer. Kein wunderschöner Wolf, weder am Fußende noch vor dem kalten Kamin. Ohne auf die Wassertropfen zu achten, die sie hinterließ, ging sie nach unten, um sich im Wohnzimmer umzuschauen.

Die Küchentür stand offen und ließ die morgendliche Kälte herein. Rowan trat auf die Veranda hinaus, auch wenn ihr bloßer Körper gegen die Temperatur aufbegehrte, während sie den Waldrand absuchte.

Wie war er aus dem Haus gekommen? Wohin war er bloß gegangen? Seit wann konnten Wölfe Türen öffnen?

Sie hatte sich das nicht nur eingebildet. Das konnte einfach nicht sein. So stark war ihre Einbildungskraft nicht, dass sie solch klare Bilder und Empfindungen erschaffen konnte. Solche Erlebnisse. Das würde bedeuten, dass ich nicht mehr ganz richtig im Kopf bin, dachte sie mit einem stillen Lachen, trat wieder ins Haus zurück und schloss die Tür.

Der Wolf war hier gewesen, hier im Haus. Hatte mit ihr zusammengesessen, war bei ihr geblieben. Hatte sogar auf ihrem Bett geschlafen. Die Erinnerung an sein seidiges Fell war zu klar, der Geruch des Regens zu stark, der Ausdruck in seinen Augen zu deutlich. Und die Wärme, der Trost, die Geborgenheit, als er den Kopf auf ihren Schoß gelegt hatte.

So ungewöhnlich der Abend auch gewesen sein mochte, er war passiert. So seltsam ihre eigenen Reaktionen gewesen sein mochten, ihn einzulassen, ihn zu streicheln, sie hatte es getan.

Und wenn sie auch nur eine einzige Gehirnzelle in ihrem Kopf gehabt hätte, hätte sie die Kamera hervorgeholt und Fotos gemacht.

Um was zu beweisen? Um wem diese Bilder zu zeigen? Der Wolf, so wurde ihr mit plötzlicher Klarheit bewusst, gehörte ganz allein ihr, war ihr ganz persönliches Vergnügen. Sie wollte ihn mit niemandem teilen.

Sie ging zurück nach oben, zurück ins Bad und fragte sich, wie lange es wohl dauern würde, bis er zurückkam.

Sie ertappte sich dabei, wie sie vergnügt vor sich hin summte, und grinste. Sie konnte sich nicht entsinnen, je glücklicher und unbeschwerter aufgewacht zu sein. Und ist das nicht genau das, wonach du gesucht hast?, fragte sie sich still, als sie das Gesicht in den warmen Wasserstrahl hielt. Etwas, das dich glücklich machen kann? Wenn es eine gemeinsame regnerische Nacht mit einem Wolf war – was war falsch daran?

„Versuch das mal jemandem zu erklären, Rowan." Sie lachte laut auf und drehte das Wasser ab. Mit dem Handtuch wischte sie den Dampf vom Wandspiegel und betrachtete aufmerksam ihr Konterfei.

Hatte sie sich verändert? Sie lehnte sich weiter vor, um ihr Gesicht zu studieren, das sanfte Schimmern ihrer Haut, die Strähnen nassen Haars und vor allem das Leuchten in ihren Augen.

Was hatte dieses Leuchten verursacht? Sie hob eine Hand, fuhr mit einem Finger über ihre Wange, knapp unter dem Auge.

Träume. Ihre Finger zitterten leicht, als sie die Hand wieder sinken ließ. Heiße, ungestüme Träume. Farben und Formen tauchten vor ihrem geistigen Auge auf, schienen durch ihren Körper zu rinnen. So erstaunlich, so ... erotisch. Hände, die auf ihren Brüsten lagen, aber nicht wirklich. Ein Mund, der von ihrem Besitz ergriff, aber ihre Lippen nie wirklich berührte. Der Geschmack von männlicher Haut auf ihrer Zunge, das Gefühl von feuchter Haut auf ihrer. Sehnsüchte und Verlangen, wie Blitze durch ihre Gedanken, um auf andere Sehnsüchte und Gedanken zu treffen, bis die reine Schönheit und überwältigende Intensität zu Tränen rührte.

So etwas hatte sie noch nie in ihrem ganzen Leben verspürt. Wie konnte sie es dann im Traum erleben?

Und warum lag sie mit einem Wolf im Bett und träumte von einem Mann?

Von Liam.

Sie wusste, dass es Liam gewesen war. Fast konnte sie seine Lippen auf ihrem Mund spüren. Aber wie kann das sein?, fragte sie sich und zog mit einer Fingerspitze die Konturen ihres Mundes nach.

Wie konnte sie so sicher sein, wie sich sein Kuss anfühlen würde?

„Weil du es willst", sagte sie zu ihrem Spiegelbild. „Weil du ihn willst, nie jemanden so sehr gewollt hast wie ihn. Und weil du, Rowan, du Närrin, nicht die geringste Vorstellung hast, wie du es angehen sollst, damit es Wirklichkeit werden kann. Deshalb verrennst du dich in Träume. Das ist es. Grundkurs Psychologie, total simples Zeug, für jedermann eindeutig."

Nicht sicher, ob sie amüsiert oder angewidert von sich selbst sein sollte, zog sie sich an und ging hinunter, um frischen Kaffee aufzubrühen. Jetzt im warmen Pullover, riss sie das Fenster auf, um die klare Morgenluft nach der Regennacht hereinzulassen.

Ohne rechte Begeisterung dachte sie über ihre Frühstücksauswahl nach. Müsli, Jogurt oder Toast. Eigentlich hatte sie unbändige Lust auf Schokoladenkekse, aber das war nun wirklich absurd, um acht Uhr morgens! Also öffnete sie den Schrank und wollte schon die Müslipackung hervorholen, als sie die Schranktür laut wieder zuwarf.

Wenn sie Kekse wollte, dann würde sie auch Kekse bekommen! Mit einem verschmitzten Grinsen holte sie Zutaten aus Schränken und Regalen. Mehl stäubte auf die Anrichte, Zucker rieselte auf den Boden, Rowan schlug und rührte mit Elan weiter. Niemand sah sie, als sie sich Teig von den Fingern leckte, niemand war da, um sie daran zu erinnern, zwischen jedem Arbeitsschritt aufzuräumen und sauber zu machen.

Die Küche sah aus wie ein Schlachtfeld.

Vor Ungeduld trippelnd, wartete sie darauf, dass der Backofen anzeigte, wann das erste Keksblech fertig gebacken war. „Komm schon, wie lange dauert das denn noch? Ich muss unbedingt probieren."

Im gleichen Augenblick, als die Glocke ertönte, riss Rowan die Ofentür auf und das Backblech heraus, kippte die Kekse auf die Anrichte und nahm einen Keks mit dem Backspachtel auf. Sie pustete, um zu kühlen, trotzdem verbrannte sie sich den Mund, als sie heiße Schokolade auf der Zunge zergehen ließ. Sie verdrehte übertrieben die Augen und stieß ein genüssliches Stöhnen aus.

„Mhm ... gut! So gut! Mehr!"

Sie stopfte sich mit einem halben Dutzend Keksen voll, bevor das nächste Blech fertig war. Sie kam sich dekadent und kindisch vor und fühlte sich einfach großartig.

Sie schob gerade die nächste Ladung in den Ofen, als das Telefon klingelte. Mit teigverschmierten Fingern griff sie nach dem Hörer. „Hallo?“

„Rowan? Guten Morgen.“

Im ersten Moment erkannte sie die Stimme nicht, dann wurde ihr voller Schuld bewusst, dass es Alan war.

„Ich hoffe doch, ich habe dich nicht aus dem Bett geholt?“

„Nein … nein, ich bin schon eine ganze Weile auf. Ich …“ Sie grinste und biss in den nächsten Keks. „Ich frühstücke gerade.“

„Freut mich, das zu hören. Du lässt zu viele Mahlzeiten aus und isst nicht regelmäßig genug.“

Rowan steckte sich den restlichen Keks in den Mund. „Nun, jetzt nicht mehr. Das muss an der frischen Luft liegen …“ Sie schluckte den Bissen hinunter. „Die regt den Appetit an.“

„Du hörst dich irgendwie so anders an, Rowan, so kenne ich dich nicht.“

„Wirklich?“ Ich habe mich auch verändert, hätte sie am liebsten gesagt. Ich bin schon viel besser geworden. Und es gibt noch viel zu tun.

„Du hörst dich so überdreht an. Geht es dir auch gut?“

„Mir geht es sehr gut sogar, einfach wunderbar.“ Wie konnte sie diesem ernsten und bodenständigen Mann mit der besorgten Stimme erklären, dass sie gerade Kekse essend durch die Küche tanzte, nachdem ein Wolf die Nacht über bei ihr im Bett geschlafen und sie erotische Träume von einem Mann gehabt hatte, den sie kaum kannte?

Und dass sie diese Erfahrung für keinen Preis der Welt aufgeben wollte?

„Ich komme endlich dazu, in Ruhe zu lesen“, sagte sie stattdessen. „Mache lange Spaziergänge, zeichne. Ich hatte ganz vergessen, wie gern ich zeichne. Es ist ein wundervoller Morgen, der Himmel ist hier unglaublich blau.“

„Ich habe gestern den Wetterbericht gehört. Für eure Gegend waren schwere Gewitter und Sturm angesagt. Ich habe versucht, dich anzurufen, aber die Leitungen waren tot.“

„Ja, hier gab es gestern ein Gewitter. Wahrscheinlich ist deswegen die Luft heute Morgen so klar.“

„Ich habe mir Sorgen gemacht, Rowan. Wenn ich dich jetzt nicht erreicht hätte, hätte ich einen Platz in der nächsten Maschine nach Portland gebucht und wäre zu dir herausgefahren."

Allein der Gedanke daran, dass Alan hier in ihre kleine magische Welt eindringen würde, versetzte sie in Panik. Sie musste sich zusammennehmen, damit man es ihrer Stimme nicht anhörte. „Oh Alan, es gibt absolut keinen Grund zur Sorge. Mir geht es bestens, wirklich. Eigentlich war das Gewitter sogar aufregend. Außerdem gibt es hier einen Notgenerator und Gasleuchten."

„Mir gefällt die Vorstellung nicht, dass du da oben ganz allein bist, in dieser Hütte mitten im Nirgendwo. Was, wenn du dich verletzt oder krank wirst? Oder einen platten Reifen hast?"

Ihre gute Laune begann abzuflauen, sie spürte es, Grad um Grad. Er hatte die gleichen Worte schon vorher zu ihr gesagt, genau wie ihre Eltern, in genau dem gleichen Tonfall, in dem völliges Unverständnis, leichter Tadel über eine solche Verrücktheit und Sorge mitschwang.

„Alan, es ist ein sehr solides und geräumiges Blockhaus und keine heruntergekommene Hütte. Die nächste Stadt, übrigens eine sehr hübsche kleine Stadt, liegt gerade mal fünf Meilen entfernt. Sollte ich krank werden, gehe ich zum nächsten Arzt. Und bei einem platten Reifen werde ich wohl herausfinden können, wie man ihn wechselt."

„Trotzdem, du bist allein, Rowan. Und gestern Nacht hat bewiesen, wie leicht du völlig von der Außenwelt abgeschnitten werden kannst."

„Wieso? Das Telefon funktioniert doch wieder", sagte sie mit zusammengepressten Zähnen. „Außerdem habe ich ein Autotelefon im Rover. Zusätzlich kann ich mich auf eine recht hohe Intelligenz verlassen und erfreue mich bester körperlicher Gesundheit. Alan, ich bin siebenundzwanzig Jahre alt, und der Grund, warum ich hier bin, ist genau der, allein zu sein."

Am anderen Ende blieb es still, gerade lange genug, damit sie merken konnte, dass sie seine Gefühle verletzt hatte. Und länger als nötig, um ihr ein schlechtes Gewissen einzuflößen.

„Alan …"

„Ich hatte wirklich gehofft, dass du bereit bist, nach Hause zu kommen, aber das ist anscheinend nicht der Fall. Du fehlst mir, Rowan. Deine Eltern vermissen dich. Ich wollte dich das nur wissen lassen."

„Es tut mir leid." Wie oft in ihrem Leben hatte sie diese Worte schon gesagt? Sie presste eine Hand gegen die Schläfe, hinter der sich ein dumpfer Schmerz bildete. „Ich wollte nicht unhöflich sein, Alan. Wahrscheinlich habe ich einfach das Gefühl, mich verteidigen zu müssen. Nein, ich bin noch nicht bereit zurückzukommen. Wenn du noch mit meinen Eltern sprechen solltest, sage ihnen bitte, dass es mir gut geht und ich sie heute Abend anrufen werde."

„Ich treffe mich später mit deinem Vater." Seine Stimme klang jetzt steif, es war seine Art, sie wissen zu lassen, dass sie ihn verletzt hatte. „Ich werde es ihm ausrichten. Lass von dir hören. Wir wollen doch wissen, wie es dir geht."

„Natürlich. Es war nett von dir, anzurufen. Ich … äh … werde dir diese Woche noch einen langen Brief schreiben."

„Das würde mich sehr freuen. Auf Wiederhören, Rowan."

Als sie den Hörer auflegte, war ihre gute Laune endgültig dahin. Sie betrachtete das Chaos in der Küche. Reumütig machte sie sich ans Aufräumen und packte die Kekse in eine Dose, um sie in den Schrank zu stellen.

„Nein, ich werde nicht mit dem Grübeln anfangen. Absolut nicht."

Sie holte die Keksdose wieder hervor, füllte die Hälfte in eine Plastikbox um, griff ihre Jacke vom Garderobenhaken und verließ das Haus.

Sie wusste nicht, wo Liams Haus lag, aber er hatte gesagt, dass er näher am Meer wohnte. Es war nur vernünftig, wenn sie herausfand, wo seine Hütte war. Falls mal ein Notfall eintreten sollte … Sie würde eben einen Spaziergang machen, und wenn sie die Hütte nicht fand … Sie rüttelte die Keksdose. Nun, verhungern würde sie auf jeden Fall nicht.

Rowan ging in den Wald hinein, erneut fasziniert davon, wie viel kühler und grüner es hier war. Vogelgezwitscher war zu hören, die Blätter raschelten, und der Duft von Tannen lag in der Luft. Wo das Sonnenlicht durch die dichten Baumkronen gelangte, warf es goldene Punkte auf den Waldboden und ließ das Wasser des kleinen Flusses aufblitzen.

Je weiter sie in den Wald hineinging, umso mehr hob sich ihre

Stimmung wieder. Sie blieb kurz stehen, schloss die Augen und ließ den Wind mit ihren Haaren spielen. Ihre Wangen streicheln. Wie sollte sie dieses Gefühl je einem Mann wie Alan erklären? Alan, bei dem jeder Gedanke von Vernunft bestimmt, jeder Schritt wohlüberlegt und abgewogen war.

Wie konnte sie ihm oder irgendjemandem aus der Welt, aus der sie fortgelaufen war, verständlich machen, was es hieß, sich nach etwas so Körperlosem wie der Musik des Waldes, dem Duft des Meeres zu sehnen? Frieden zu empfinden, wenn man einfach nur dastand, in etwas so Großem und so Lebendigem?

„Ich gehe nicht mehr dorthin zurück."

Die Worte, ihre eigene Stimme ließen sie überrascht die Augen aufreißen. Ihr war nie bewusst gewesen, dass sie überhaupt eine Entscheidung getroffen hatte, geschweige denn eine so gewaltige. Das leise Lachen, das ihr entfuhr, enthielt eindeutig Triumph. „Ich werde nicht zurückkehren", bekräftigte sie noch einmal und lachte wieder, diesmal länger, anhaltender und herzlicher, und wirbelte einmal um die eigene Achse. Ihre Schritte waren jetzt viel beschwingter, als sie weiterging und den Pfad nach rechts einschlug. Plötzlich erhaschte sie aus dem Augenwinkel eine Bewegung zu ihrer Seite, wie ein weißer Blitz. Sie drehte sich um und starrte mit offenem Mund voller Staunen auf das weiße Reh.

So sahen sie einander über den dahinfließenden Fluss an, das Reh mit goldenen Augen und einem schneeweißen Fell und die Frau mit vor Bewunderung und Ehrfurcht geröteten Wangen.

Fasziniert trat Rowan näher. Das Reh blieb stehen, würdevoll und elegant wie eine Statue aus Eis. Dann hob es den Kopf, drehte sich geschmeidig um und verschwand zwischen den Bäumen. Ohne einen Moment zu zögern, beeilte Rowan sich, den Fluss zu überqueren, benutzte rund gewaschene Felsblöcke als Trittsteine. Sie erkannte den Pfad sofort, dann sah sie das Reh, wie ein springender weißer Lichtblitz zwischen den Bäumen.

Sie eilte dem Tier nach, folgte ihm auf Schritt und Tritt. Doch das Reh hielt den Vorsprung. Und dann stand Rowan plötzlich auf einer Lichtung, ein perfekter Kreis von weicher Erde, umgeben von majestätischen Bäumen. In diesem Kreis gab es einen weiteren, kleineren Kreis, gebildet aus dunkelgrauen Steinblöcken, der kleinste gerade schulterhoch, der größte ragte über Rowans Kopf hinaus.

Erstaunt berührte sie den Stein, der ihr am nächsten war, mit den Fingerspitzen. Und meinte eine Vibration zu verspüren, wie Harfensaiten, die gezupft wurden. Irgendwo ganz hinten in ihrem Kopf hörte sie den Klang, der Antwort gab.

Ein Steinkreis in Oregon? Höchst unwahrscheinlich. Und doch war er hier. Er wirkte keineswegs neu, aber anders konnte es doch gar nicht sein. Würde er aus grauer Vorzeit stammen, hätte man bestimmt längst von ihm gewusst. Zeitungen hätten darüber berichtet, Touristen wären gekommen, Forscher, Historiker …

Neugierig trat sie zwischen zwei Steinblöcken hindurch, wich aber sofort wieder zurück. Die Luft in dem Ring schien zu vibrieren, das Licht war anders, irgendwie intensiver, klarer und das Rauschen des Meeres näher.

Rowan versuchte sich davon zu überzeugen, dass sie ein rational denkender Mensch war, dass Steine nicht lebten und dass Luft und Licht sich nicht veränderten, sobald sie in den Steinkreis hineintrat. Aber ob nun rational oder nicht, sie ging lieber um ihn herum, als dass sie ihn durchquerte.

Es schien auch so, als hätte das Reh auf der anderen Seite des Kreises auf Rowan gewartet, auf einem schmalen, schattigen Pfad, der durch die Bäume führte. Es sah Rowan verstehend und gleichzeitig amüsiert an, bevor es mit graziösen Sprüngen voranlief.

Rowan verlor jegliches Richtungsgefühl, als sie dem Reh folgte. Sie hörte das Meer, hätte aber nicht bestimmen können, von woher das Rauschen kam. Von vorn? Von links oder rechts? Der Weg machte eine Biegung, wurde immer schmaler, bis er nur noch ein Trampelpfad war. Rowan kletterte über einen umgestürzten Stamm und rutschte einen kleinen Abhang hinunter. Als es um sie herum immer dunkler und schattiger wurde, die Baumkronen und das Unterholz immer dichter wurden und schließlich auch kein Trampelpfad mehr zu erkennen war, verfluchte Rowan laut sich selbst. Sie drehte sich um, wollte denselben Weg zurückgehen und musste feststellen, dass der Pfad sich gabelte. Sie hätte nicht sagen können, aus welcher Richtung sie gekommen war.

Dann sah Rowan wieder Weiß aufleuchten, nur flüchtig, zu ihrer Linken. Sie holte tief Luft und bahnte sich einen Weg durch das dornige Unterholz. Ihr Fuß verfing sich in einer Wurzel, sie stolperte, versuchte das Gleichgewicht wiederzuerlangen – und stand unter freiem Himmel.

Das Blockhaus lag nah bei den Klippen, an drei Seiten von Bäumen umringt, die vierte Seite in die Felsen geschmiegt. Rauch quoll aus dem Kamin und wurde von der Meeresbrise vertrieben.

Rowan strich sich das wirre Haar aus der Stirn und wischte sich einen Blutstropfen von der Hand, wo ein harter Dorn die Haut aufgeritzt hatte. Die Hütte war aus Stein gebaut und kleiner als Belindas. Die Veranda war breit, aber nicht überdacht. Im ersten Stock ragte ein hübscher Balkon unter einem großen Fenster hervor.

Als sie den Blick wieder vom Balkon zur Veranda wandte, stand Liam draußen vor der Tür. Seine Daumen in die Gürtelschlaufen seiner Jeans gehakt, die Ärmel des schwarzen Sweatshirts bis zu den Ellbogen hochgeschoben, sah er nicht besonders begeistert aus, sie hier zu sehen.

Aber er nickte. „Kommen Sie herein, Rowan, auf eine Tasse Tee."

Er ging ins Haus, ohne ihre Antwort abzuwarten, und ließ die Tür hinter sich offen. Als sie näher kam, hörte sie Musik, Flöten und Streicher, vereint in einer melancholischen Melodie. Nervös rieb Rowan sich die Hände, als sie ins Haus trat.

Der Wohnraum war größer, als sie erwartet hatte, aber das lag wahrscheinlich daran, dass das Mobiliar recht spärlich war. Ein einzelner Ohrensessel, ein großes Sofa, beide in warmen Rosttönen gehalten. Ein helles Feuer prasselte im Kamin, auf dem Sims stand ein faustgroßer grüner Stein, daneben eine Frauenstatue aus Alabaster, die Arme hoch über den Kopf gereckt, der unbekleidete Körper schlank und wunderbar weiblich. Rowan wäre gern näher herangegangen, um das Gesicht genauer zu betrachten, doch sie wollte nicht unhöflich sein. Stattdessen folgte sie Liam in die kleine, blitzsaubere Küche, wo bereits ein Kessel mit Teewasser auf dem Herd kochte und Tassen aus feinem Porzellan auf dem Tisch standen.

„Ich war nicht sicher, ob ich Sie überhaupt finden würde", setzte sie zögernd an und konnte nicht mehr weitersprechen, als er sich umdrehte und sie durchdringend anblickte.

„Wirklich nicht?"

„Nein, ich hoffte es natürlich, aber … ich war nicht sicher." Ihre

Nerven waren zum Zerreißen gespannt, ihre Kehle wie zugeschnürt. „Ich habe Kekse mitgebracht. Als kleines Dankeschön für die Hilfe gestern Abend."

Er lächelte leicht und goss kochendes Wasser in die Teekanne. „Was für Kekse?", fragte er, obwohl er es wusste. Er hatte sie gerochen – und sie, noch bevor sie aus dem Wald gestolpert war.

„Schokoladenkekse." Sie schaffte es, das Lächeln zu erwidern. „Gibt es denn überhaupt andere Kekse?" Sie beschäftigte ihre Hände, indem sie den Deckel von der Plastikdose zog. „Sie sind ziemlich gut geworden. Ich habe eben schon mindestens ein Dutzend selbst verputzt."

„Dann setzen Sie sich. Sie können sie mit Tee herunterspülen. Sie sind bestimmt durchgefroren nach Ihrem Spaziergang. Es weht ein scharfer Wind heute."

„Ja, kann man wohl sagen." Sie setzte sich an den kleinen Tisch, an dem gerade Platz für zwei war. „Ich weiß nicht einmal, wie lange ich unterwegs war", begann sie und fuhr sich durch das wirre Haar, während er die Kanne auf den Tisch stellte. „Ich wurde von einem …" Sie brach ab, als er mit einem Daumen über ihre Wange fuhr.

„Ihr Gesicht ist zerkratzt." Er sagte es mit leiser, sanfter Stimme und betrachtete den kleinen Blutstropfen, der auf seinem Finger zurückgeblieben war.

„Oh, ich … ich bin in Dornen hängen geblieben." Sie verlor sich in seinen Augen, ertrank in ihnen. Wollte in ihnen ertrinken. „Liam …"

Er berührte ihre Wange noch einmal, nahm der Wunde den Schmerz, ohne dass Rowan es überhaupt bemerkte. „Sie wurden abgelenkt." Er trat von ihr zurück und setzte sich auf den anderen Stuhl. „Dort im Wald."

„Äh … ja. Von einem weißen Reh."

Er hob eine Augenbraue, während er Tee eingoss. „Ein weißes Reh? Sind Sie etwa auf einem Kreuzzug, Rowan?"

Sie lächelte verlegen. „Ein weißes Reh oder ein Vogel oder ein Pferd – Symbole, die in der Literatur benutzt werden, wenn man auf der Suche nach etwas ist. Nun, immerhin habe ich Ihr Blockhaus gesucht. Aber ich habe das Tier wirklich gesehen. Es war ganz deutlich zu erkennen."

„Das bezweifle ich auch nicht", erwiderte er leise. Seine Mutter liebte traditionelle Symbole.

„Haben Sie es auch schon gesehen?"

„Ja." Er trank von seinem Tee. „Allerdings ist das schon länger her."

„Es ist wunderschön, nicht wahr?"

„Oh ja, das ist es. Aber wärmen Sie sich jetzt erst einmal auf. Sie sind so zart, Sie frösteln."

„Ich bin in San Francisco aufgewachsen, ich bin Frösteln gewohnt. Auf jeden Fall, ich habe es gesehen, und ich konnte nicht anders, als ihm zu folgen. Dabei bin ich auf dieser Lichtung gelandet, mit dem Steinring."

Sein Blick wurde schärfer, die Augen blitzten auf. „Das Reh hat Sie dorthin geführt?"

„So könnte man es sehen. Kennen Sie diesen Ort? Ich hätte nie erwartet, hier so etwas zu finden. In Irland vielleicht oder in England, Wales oder Cornwall, aber doch nicht hier, in Oregon."

„Man findet sie, wo sie erwünscht sind. Oder gebraucht werden. Sind Sie in den Kreis getreten?"

„Nein. Es ist albern, ich weiß, aber es war mir irgendwie unheimlich, deshalb bin ich nur um ihn herumgelaufen. Und habe mich dann gründlich verlaufen."

Er sollte sich eigentlich erleichtert fühlen, stattdessen verspürte er ein schwaches Gefühl von Enttäuschung. Allerdings machte er sich auch bewusst, dass er es sofort gespürt hätte, wäre sie in den Kreis getreten. „So schlimm können Sie sich nicht verlaufen haben, Sie haben schließlich hierhergefunden."

„Der Pfad endete plötzlich, und ich hatte jegliche Orientierung verloren. Mein Orientierungssinn ist sowieso nicht der beste. Aber der Tee ist wunderbar", fügte sie an. Heiß und stark und mild zugleich, mit einem Hauch von Süße.

„Eine alte Familienmischung", bemerkte er mit dem Anflug eines Lächelns und biss hungrig in einen ihrer Kekse. „Die schmecken gut. Sie können also kochen und backen, Rowan?"

„Sicher, nur die Resultate sind unterschiedlich." Die überschäumende gute Laune von heute Morgen kam zurück. „Die Kekse gehen auf das ‚Gelungen'-Konto. Ihr Haus gefällt mir. Es ist, als stamme es aus einem Buch, wie es hier an die Klippen geschmiegt steht, umgeben vom Glitzern des Meeres."

„Für mich reicht es. Für den Moment."

„Dieser Ausblick ..." Sie erhob sich und ging zum Fenster, sah hinaus. „Einfach atemberaubend. Bei einem Sturm wie gestern Nacht muss es bezaubernd schön sein."

Bezaubernd, wiederholte er in Gedanken. Er kannte die Vorliebe seines Vaters, das Wetter für seine Zwecke zu manipulieren. Denn nichts anderes war dieser Sturm gewesen. „Haben Sie gut geschlafen?"

Rowan spürte, wie ihr Gesicht heiß wurde. Sie konnte ihm unmöglich erzählen, dass sie davon geträumt hatte, wie er sie liebte. „Ich kann mich nicht erinnern, je besser geschlafen zu haben."

Lachend stand er auf. „Das ist schmeichelhaft. Zu wissen, dass meine Gegenwart Sie so beruhigt hat."

„Hm." Sie bemühte sich, das Gefühl abzuschütteln, dass er ihre Gedanken erahnte, und drehte sich auf ihrem Stuhl zu der offenen Tür und dem Lichtschein, der aus dem Zimmer fiel. Sie sah die Umrisse eines Schreibtischs, auf dem ein schwarzer Computer stand. „Ist das Ihr Arbeitszimmer?"

„Sozusagen."

„Ich störe Sie bei der Arbeit ..."

„Es ist nichts Dringendes." Er schüttelte leicht den Kopf. „Warum fragen Sie nicht offen, wenn Sie es sich ansehen wollen?"

„Ich würde es gern sehen", gab sie zu. „Wenn Sie nichts dagegen haben."

Als Antwort bedeutete er ihr, vor ihm in das Zimmer zu treten.

Es war klein, aber mit einem riesigen Fenster, das einen beeindruckenden Blick auf die Klippen bot. Sie fragte sich, wie sich ein Mensch überhaupt konzentrieren konnte, wenn dieser Blick doch so sehr zum Träumen einlud. Dann lachte sie auf, als sie auf den Computerbildschirm blickte.

„Sie spielen Computerspiele? Das hier kenne ich auch. Meine Schüler sind ganz wild darauf. ‚Das Geheimnis von Myor'."

„Spielen Sie denn nicht?"

„Ich bin grässlich schlecht, besonders bei solchen wie diesem hier, weil ich mich so sehr in sie vertiefe. Jeder Schritt ist für mich so real, und dann halte ich die Spannung einfach nicht mehr aus." Lachend beugte sie sich vor und studierte die Szene auf dem Bildschirm mit dem hohen Schloss und den Elfen genauer. „Ich bin nur bis zum dritten Level gekommen, wenn Brinda, die Feenkönigin, verspricht, die Zaubertür zu öffnen, wenn man die drei Steine gefunden hat. Einen finde ich, aber dann falle ich mit schöner Regelmäßigkeit in die Vergessenheitsgrube."

„Es gibt mehr als genug Fallen auf dem Weg zur Erfüllung. Sonst wäre es ja auch verdammt uninteressant, sie zu finden. Wollen Sie es denn nicht noch einmal versuchen?"

„Nein, ich bekomme davon immer ganz feuchte Handflächen. Es ist einfach peinlich."

„Manche Spiele nimmt man ernst, andere nicht."

„Ich nehme sie alle viel zu ernst." Sie sah auf das CD-Cover und bewunderte die Illustration. Dann blinzelte sie auf einmal, als ihr die leuchtenden Buchstaben ins Auge fielen: „Copyright by The Donovan Legacy". „Das ist Ihr Spiel?" Entzückt richtete sie sich auf. „Sie entwickeln Computerspiele? Das ist ja toll!"

„Es ist auf jeden Fall abwechslungsreich."

„Für jemanden, der gerade die ersten tapsigen Schritte ins Internet macht, ist es das Werk eines Genies. ‚Myor' ist eine faszinierende Geschichte. Die Grafik ist umwerfend, aber noch besser gefällt mir die Story selbst. So bezaubernd und voller Magie. Ein anspruchsvolles Märchen mit Belohnungen und Konsequenzen."

Ihm fiel auf, dass kleine silberne Punkte in ihren Augen tanzten, wenn sie glücklich war. Und ihr Duft wurde intensiver, wenn ihre Begeisterung stieg. Er wusste, wie er diese Begeisterung weiter in die Höhe treiben konnte, wie er noch mehr von diesen silbernen Punkten in ihren Augen heraufbeschwören konnte, die dann in einem Meer von Blau untergingen.

„In allen Märchen kommt beides vor. Mir gefällt Ihr Haar, so wie es jetzt ist." Er machte einen Schritt auf sie zu, schob die Finger in Rowans Haare, fühlte. „So wirr."

Ihre Kehle war wie zugeschnürt. „Ich habe mir heute Morgen keinen Zopf geflochten."

„Der Wind hat mit den Strähnen gespielt." Liam nahm vorsichtig eine Hand voll und hob sie an sein Gesicht. „Ich kann ihn riechen. Und das Meer." Es war gewagt, das wusste er, aber auch er hatte geträumt. Und er erinnerte sich an jede einzelne Szene. „Ich könnte beides auf Ihrer Haut schmecken."

Ihre Knie waren weich geworden. Das Blut rauschte ihr in den Ohren. Sie konnte sich nicht bewegen, konnte kaum atmen, nur dastehen und in seine Augen schauen, abwartend.

„Rowan Murray mit den Elfenaugen. Willst du, dass ich dich berühre?" Er legte eine Hand auf ihr Herz, spürte jeden einzelnen kräftigen Schlag zwischen den sanften Rundungen ihrer Brüste. „So?" Er spreizte die Finger, umfasste einen der festen Hügel.

Ihr war, als würde sie dahinschmelzen. Ihr Blick wurde verhangen, ihr Atem kam nur noch als leiser Seufzer über ihre Lippen. Die Berührung seiner Finger war leicht, sanft, aber Rowan spürte die Hitze durch ihren ganzen Körper strömen, fühlte sich, als würde sie verbrennen. Noch immer rührte sie sich nicht, entzog sich ihm nicht, schmiegte sich nicht enger an ihn.

„Du musst nur Nein sagen", murmelte er. „Wenn ich dich frage, ob ich dich schmecken soll."

Doch ihr Kopf fiel zurück in den Nacken, sie schloss die Augen, als er sich zu ihr beugte und ihren Hals liebkoste. „Den Wind und das Meer", murmelte er. „Und Unschuld." Seine Begierde ließ seine Stimme heiser werden. „Wirst du sie mir geben, wirst du nichts unternehmen, um mich zurückzuhalten?" Er zog sich zurück, wartete darauf, dass sie die Augen öffnete und ihn ansah. „Wenn ich dich jetzt küssen würde, Rowan, was würde passieren?"

Zitternd öffneten sich ihre Lippen, als die Erinnerung wie ein Blitz durch ihren Kopf schoss. Diese Frage war in ihrem Traum gestellt worden, und sie war nie dazu gekommen, sie zu beantworten. Doch dann lagen Liams Lippen schon auf ihrem Mund, und jeder andere Gedanke verflüchtigte sich. Lichter. Ein Strudel davon tanzte hinter ihren geschlossenen Lidern. Verzehrende Flammen, die in ihrer Mitte aufloderten. Der erste Laut, der ihrer Kehle entfuhr, war ein Wimmern, das auch Furcht hätte ausdrücken können. Der zweite Laut war eindeutig ein lustvolles Stöhnen.

Liam war zärtlicher, als sie erwartet hatte, vielleicht mehr, als er vorgehabt hatte. Sein Mund neckte, lockte, liebkoste, bis ihre Lippen weich und nachgiebig unter den seinen wurden. Sie lehnte sich gegen ihn, ergab sich und forderte.

Oh ja, sie wollte es. Wie sehr sie es wollte!

Ein Schauer rann über ihren Körper, als er die Hand in ihren Nacken legte, ihren Kopf zurückbog und den Kuss vertiefte. Ein Duell der Zungen, ein Geben und Nehmen, beider Atem, der sich vermischte, schneller wurde. Rowan klammerte sich an Liams Schultern, zuerst auf der Suche nach Halt, dann aus schierer Freude, diese harten Muskeln unter ihren Fingern zu spüren, die gefährliche Stärke.

Ihre Hände glitten in sein Haar, wühlten in seiner langen Mähne.

Ein Bild blitzte vor ihren geschlossenen Augen auf, das Bild eines Wolfs, mit schwarzem, glänzendem Fell, dann das eines Mannes, der auf ihrem Bett saß und ihre Hand hielt, während ihr Körper von Schauern geschüttelt wurde.

Die Erinnerung an das, was ein Traum gewesen war, focht einen Kampf mit den Empfindungen dessen, was war.

Und Rowan explodierte. Ihr Mund forderte wild von seinen Lippen, zerrte und riss an Liams Selbstbeherrschung. Ihre Hingabe war süß und weich gewesen, aber ihre Forderungen waren überwältigend. Er zog sie näher zu sich heran, während sein Blut zu kochen begann. Sein Kuss wurde hungriger, verlangender, fast wild.

Und sie trieb ihn immer weiter an, riss ihn mit sich, bis er sein Gesicht in ihre Halsmulde legte und gegen den Drang ankämpfen musste, dort seine Zähne zu benutzen.

„Du bist nicht bereit für mich." Er atmete schwer, bis er sich einigermaßen unter Kontrolle hatte, dann stieß er sie von sich, hielt sie aber an den Oberarmen und schüttelte sie leicht. „In Finns Namen, ich bin nicht bereit für dich. Vielleicht kommt die Zeit, wo das unwichtig ist, aber jetzt ist es wichtig." Er lockerte den Griff, seine Stimme klang ruhiger. „Geh nach Hause, Rowan Murray, dort bist du in Sicherheit."

In ihrem Kopf drehte sich alles, ihr Puls schlug ein wildes Crescendo. „Niemand hat mich je so etwas fühlen lassen. Ich wusste nicht, dass es so etwas überhaupt gibt."

Etwas in seinen Augen funkelte auf, sodass sie erwartungsvoll erschauerte. Aber dann murmelte er etwas in einer Sprache, die sie nicht verstand, und legte seine Stirn an ihre. „Offenheit kann manchmal gefährlich sein. Ich benehme mich nicht immer zivilisiert, Rowan, aber ich arbeite daran, fair zu sein. Achte darauf, wie viel du geben willst, denn ich werde mit Sicherheit mehr nehmen."

„Ich kann nicht gut lügen."

Er lachte auf, sein Blick war jetzt wieder ruhig, als er sich aufrichtete. „Dann sei lieber still. Jetzt geh zurück. Nicht so, wie du gekommen bist. Du wirst den Weg sehen, wenn du zur Vordertür hinausgehst. Folge ihm, und du wirst direkt zu deiner Blockhütte kommen."

„Liam, ich möchte …"

„Ich weiß, was du dir wünschst." Mit festem Griff nahm er sie beim Arm und führte sie zur Tür. „Wenn es so einfach wäre, wenn es nur darum ginge, auf ein Schäferstündchen nach oben zu gehen, lägen wir längst zusammen im Bett." Sie suchte noch nach Worten, als sie schon bei der Haustür angekommen waren. „Aber du bist nicht so unkompliziert, wie man dich hat denken lassen. Und der Himmel weiß, dass ich es nicht bin. Und jetzt sieh zu, dass du nach Hause kommst, Rowan."

Er schob sie praktisch zur Tür hinaus. Ihr Temperament, das nur selten aufflammte, aber dann umso heftiger, kam zum Vorschein, als der Wind über ihre erhitzten Wangen strich.

„Du sollst wissen, Liam, dass ich es nicht mehr unkompliziert und einfach haben will." Ihre Augen schossen wütende Blitze, sie warf ihr Haar zurück. „Ich bin es leid, mich mit dem Einfachen zufriedenzugeben. Also merke dir: Fasse mich nie wieder an, es sei denn, du hast vor, die Dinge zu verkomplizieren."

Der Ärger gab ihr Kraft, sie wirbelte herum und fragte erst gar nicht, wieso der Weg jetzt so offen vor ihr lag. Mit energischen Schritten stapfte sie davon.

Liam stand auf der Veranda und sah ihr nach, bis sie verschwunden war. Er lächelte leise, als er aus der Entfernung sehen konnte, wie sie bei ihrem Blockhaus ankam und die Tür heftig hinter sich ins Schloss warf.

„Recht hast du, Rowan Murray."

4. KAPITEL

Der Mann hatte sie doch tatsächlich hinausgeworfen! Rowan war außer sich. In der einen Minute küsste er sie, dass ihr Hören und Sehen verging, und in der nächsten setzte er sie vor die Tür. Als wäre sie eine aufdringliche Vertreterin, die billigen Tand verkaufen wollte.

Oh, das war einfach die Höhe!

Es wütete immer noch so in ihr, dass ihr Rauch aus den Ohren zu kommen schien. Sie tigerte im Wohnzimmer auf und ab. Er war doch derjenige, der sie zuerst angefasst hatte, er hatte doch den ersten Schritt gemacht. Er hatte sie geküsst, verdammt noch mal, nicht umgekehrt! Sie hatte nur dagestanden.

Ja, wie ein Trottel, wurde ihr bewusst, als der Ärger langsam abzuflauen begann und Verlegenheit und Scham sich breitmachten. Einfach dagestanden, wiederholte sie in Gedanken und ging in die Küche. Hatte zugelassen, dass er sie berührte, sie küsste. Sie hätte ihm praktisch alles erlaubt, so hingerissen war sie gewesen.

„Oh, du bist eine solche Idiotin, Rowan." Sie ließ sich auf einen Stuhl fallen und schlug mit dem Kopf immer wieder leicht auf den Küchentisch. „Eine Närrin. So dumm."

Sie war zu ihm gegangen, oder? Wie Gretel im Wald herumgestolpert, nur dass sie Kekse dabeihatte anstatt Brotkrumen. Auf der Suche nach der Magie, dem Zauber. Sie hörte auf, sich zu geißeln, und legte die Wange auf die kühle Tischplatte. Immer auf der Suche nach dem Märchen, nach dem Wunderbaren, gestand sie sich seufzend ein. Und dieses Mal, wenn auch nur für einen kurzen Moment, hatte sie es gefunden.

Es ist noch schlimmer, dachte sie zerknirscht, wenn einem die Tür vor der Nase zugeknallt wird, nachdem man einen Blick erhaschen durfte.

Himmel, war sie denn schon so verzweifelt, dass sie einem Mann zu Füßen sank, den sie nur zweimal gesehen hatte und über den sie absolut nichts wusste? War sie schon so schwach und verwirrt, dass sie Luftschlösser und Tagträume aufbaute, nur weil er ein attraktives Gesicht hatte?

Nein, nicht nur sein Gesicht war attraktiv, es war seine … seine

Ausstrahlung. Diese geheimnisvolle Aura, die Romantik der ganzen Situation hatten sie verhext. Verhext. Es gab kein anderes Wort, das das, was er mit ihr gemacht hatte, besser beschreiben könnte.

Ganz offensichtlich war es ihr deutlich anzusehen gewesen.

Und als er sie berührt hatte, weil er ihren jämmerlichen Vorwand, ihn aufzusuchen, um ihm zu danken, sofort durchschaut hatte, hatte sie sich ihm an den Hals geworfen.

Kein Wunder, dass er sie hinausgeworfen hatte.

Allerdings hätte er nicht so gemein zu sein brauchen. Der Ärger flammte wieder auf. Er hatte sie erniedrigt.

„Du bist nicht bereit für mich", äffte sie ihn nach. „Woher, zum Teufel, will er das wissen, wenn ich selbst nicht einmal weiß, für was ich bereit bin und für was nicht? Er kann doch keine Gedanken lesen. Wieso bildet er sich ein, dass er so viel von mir weiß?"

Trotzig riss sie den Deckel von der Keksdose und nahm sich einen Keks. Sie biss hinein, mit einer tiefen Falte auf der Stirn, als sie die Szene an sich vorbeiziehen ließ und ihr all das einfiel, was sie hätte sagen können, um ihn auf seinen Platz zu verweisen.

„So, er will mich also nicht", murmelte sie. „Habe ich das etwa verlangt? Ich werde ihn einfach schneiden, ihm aus dem Weg gehen. Völlig. Wie vom Erdboden verschluckt." Sie schob sich noch einen Keks in den Mund. „Ich bin hergekommen, um zu mir selbst zu finden, nicht um mir Gedanken über einen irischen Einsiedler zu machen."

Von den vielen Keksen war ihr leicht übel, also verschloss sie die Dose sorgfältig. Als Erstes würde sie jetzt in die Stadt fahren und einen Buchladen auftreiben. Sie würde sich entsprechende Do-it-yourself-Literatur zulegen, damit sie beim nächsten Mal nicht wieder hilflos dastand. Sie würde lernen, wie man Dinge selbst reparierte. Und sollte Liam an ihre Tür klopfen und ihr Hilfe anbieten, würde sie ihn hoheitsvoll wissen lassen, dass sie sich selbst darum kümmern konnte.

Sie verließ das Haus, ging zum Rover und startete den Motor. Und wenn sie schon dabei war, würde sie sich auch ein Buch über Autoreparaturen besorgen.

Rowan holperte über den Feldweg und beherrschte den Drang, ihrem Ärger ein Ventil zu bieten und aufs Gaspedal zu treten. Gerade als sie ans Ende des Weges kam und auf die Hauptstraße einbiegen wollte, sah sie den silbernen Vogel.

Er war riesig groß, unglaublich schön. Ein Adler, dachte sie und trat automatisch auf die Bremse, um ihn genauer betrachten zu können. Auch wenn sie nicht wusste, ob es Adler gab, die ein so schimmerndes und ebenmäßiges silbernes Federkleid aufweisen konnten oder sich auf Verkehrsschildern niederließen, um den vorbeifahrenden Autos – verächtlich, so beschloss sie – nachzustarren.

Sie haben eine wundervolle und erstaunliche Fauna hier in Oregon, dachte sie und nahm sich vor, die Bücher über die hiesige Tier- und Pflanzenwelt, die sie mitgebracht hatte, noch einmal genauer zu lesen. Sie konnte nicht widerstehen und rollte das Seitenfenster herunter.

„Du bist so schön." Sie lächelte, als der Vogel seine Federn richtete und sich in die Brust warf. „So königlich und erhaben. Ich wette, in der Luft siehst du großartig aus. Ich frage mich, wie es wohl sein mag zu fliegen? Als Herrscher der Lüfte. Du weißt es bestimmt."

Er hatte grüne Augen, wie ihr auffiel. Ein silbergrauer Adler mit den grünen Augen einer Katze. Für einen Moment glaubte sie Gold an seiner Brust aufblitzen zu sehen, so als würde er ein Amulett um den Hals tragen. Muss wohl eine Lichtspiegelung gewesen sein, dachte sie und lehnte sich dann wieder zurück in den Fahrersitz.

Wölfe und Rehe und Adler. Wer vermisst da die Stadt? „Auf Wiedersehen, Euer Hoheit."

Als der Rover nicht mehr zu sehen war, spreizte der Adler die Flügel, stieg mit einem triumphierenden Schrei majestätisch in die Lüfte. Er kreiste hoch über Hügeln und Bäumen und dem Meer, dann stieß er hinab. Weißer Rauch lag plötzlich in der Luft, Licht flackerte blau wie ein Blitz.

Und er landete auf dem weichen Waldboden, auf zwei Füßen, die in hohen Lederstiefeln steckten.

Der Mann war groß, fast zwei Meter, eine silberne Mähne wallenden Haars lag um seine Schultern, die Augen von schimmerndem Grün und ein Gesicht, so markant, als wäre es aus dem Marmor gemeißelt, den man in den grünen Hügeln Irlands fand. Eine dicke Goldkette lag um seinen Hals, an der ein Amulett baumelte, das seinen Rang auswies.

„Rennt wie ein verschrecktes Kaninchen und gibt sich selbst die Schuld für den Fuchs", murmelte er.

„Sie ist jung, Finn." Die Frau, die aus den Schatten trat, war schön, mit goldenem Haar, das ihr über den Rücken floss, sanften Augen und weißer, schimmernder Haut wie Alabaster. „Weder weiß sie, was in ihr steckt, noch ahnt sie, was es mit Liam auf sich hat."

„Sie braucht mehr Rückgrat, ein bisschen mehr von dem Mut, den sie zeigte, als sie ihm so temperamentvoll ihre Wut ins Gesicht gespien hat." Seine gemeißelte Miene wurde weich, als er lächelte. „Ein Mangel an Rückgrat oder Temperament war nie dein Problem, Arianna."

Sie lachte und legte die Hände an die Wangen ihres Mannes. An einem Ringfinger blitzte der Goldreif auf, das Symbol ihrer Ehe, am anderen ein Rubin. „Bei jemandem wie dir brauchte ich beides. Der Anfang ist gemacht, Finn. Nun müssen wir sie ihren Weg selbst gehen lassen."

„Und wer hat das Mädchen erst zu dem Steinkreis und dann zu dem Jungen geführt?", fragte er mit einer skeptisch hochgezogenen Augenbraue.

„Nun ..." Sie strich mit einem Finger über seine Wange. „Ich habe nie gesagt, dass wir ihnen nicht von Zeit zu Zeit einen kleinen Schubs geben könnten. Das Mädchen hat Sorgen, und Liam ... Liam ist ein schwieriger Mann. Wie sein Dad."

„Ich würde sagen, er kommt eher nach seiner Mutter." Immer noch lächelnd, beugte Finn sich vor, um seine Frau zu küssen. „Wenn das Mädchen sich selbst gefunden hat, wird der Junge alle Hände voll zu tun haben. Er wird demütig die Wahrheit anerkennen müssen, und sie wird verletzt werden, bevor sie ihre volle Kraft akzeptiert."

„Wenn es vorbestimmt ist, werden sie zueinanderfinden. Du magst sie." Arianna legte ihre Hand in Finns Nacken. „Sie hat ja auch deiner Eitelkeit geschmeichelt, als sie dich so angehimmelt hat und sagte, du seist schön."

Diesmal zuckten beide Augenbrauen in die Höhe, ein breites Grinsen erschien auf seinem Gesicht. „Aber ich sehe doch wirklich gut aus – das sagst du auch. Wir werden die beiden ein wenig allein lassen." Er legte den Arm um ihre Hüfte. „Lass uns heimkehren. Irland fehlt mir."

Weißer Rauch quoll auf, ein Blitz zuckte durch die Luft, und sie waren zu Hause.

Bis Rowan zu Hause angekommen war, sich eine Dosensuppe aufgewärmt und mehrere Kapitel über Rohrverlegen und -reparaturen gelesen hatte, ging die Sonne unter. Zum ersten Mal seit ihrer Ankunft blickte sie nicht verträumt aus dem Fenster, um dem eindrucksvollen Schauspiel zuzusehen, sondern vertiefte sich noch weiter in das nächste Kapitel.

Fast wünschte sie sich, eine Leitung würde platzen, damit sie ihr neues Wissen ausprobieren konnte. Sie fühlte sich bestens vorbereitet und absolut zuversichtlich und beschloss, als Nächstes die Elektroinstallationen anzugehen. Vorher jedoch würde sie den Anruf machen, den sie bisher aufgeschoben hatte. Sie überlegte, ob sie sich erst mit einem Glas Wein stärken sollte, doch das wäre eine feige Geste gewesen.

Sie nahm die Lesebrille ab, legte ein Lesezeichen ein, schloss das Buch und erhob sich, um zum Telefon zu gehen.

Warum nur war es so furchtbar schwer, Leute, die man liebte, anzurufen?

Sie verzögerte es noch ein Weilchen, indem sie erst die Bücher ordentlich stapelte, die sie gekauft hatte. Mehr als ein Dutzend waren es, und sie konnte immer noch nicht so recht glauben, dass mehrere davon Bücher über Märchen und Mythen waren.

Das wird unterhaltsam werden, dachte sie und verschwendete noch ein wenig Zeit, um das herauszusuchen, welches sie heute Abend im Bett lesen wollte.

Dann musste noch Feuerholz hereingeholt werden, der Suppenteller musste gespült und abgetrocknet werden. Blieb noch ihre allabendliche Ausschau nach dem Wolf, der sich heute den ganzen Tag nicht hatte blicken lassen.

Als es nichts mehr gab, was ihr noch mehr Aufschub gewährt hätte, nahm Rowan endlich den Hörer auf und wählte die Nummer.

Zwanzig Minuten später saß sie auf der Treppe zur Hintertür, das Licht der Küche im Rücken. Und weinte.

Fast wäre sie unter dem liebevollen Druck zusammengebrochen, hätte dem verwirrten, verletzten Ton ihrer Mutter nachgegeben und alle Zugeständnisse gemacht, die man von ihr hören wollte. Ja, sie würde zurückkommen. Sie würde ihren Posten als Lehrerin wieder aufnehmen, ihre Dissertation schreiben, Alan heiraten, eine Familie gründen und in einer netten, ruhigen Nachbarschaft wohnen. Sie würde alles tun, was von ihr erwartet wurde, wenn es ihre Eltern nur endlich glücklich machte.

Es nicht zu sagen, es nicht zu tun war so schwer. Und absolut notwendig.

Die Tränen rannen heiß über ihre Wangen. Sie wünschte, sie wüsste, warum es sie ständig in eine andere Richtung gezogen hatte, ihr ganzes Leben lang. Warum sie unbedingt erfahren musste, was da so verschwommen an den Rändern ihres Bewusstseins existierte.

Denn da war etwas, das auf sie wartete. Etwas, das sie war oder werden musste. Das war alles, was sie wusste.

Als der Wolf seinen Kopf unter ihre Hand schob, schlang sie die Arme um seinen Hals und schmiegte die tränenfeuchte Wange an seinen Hals.

„Ich hasse es, wenn ich andere verletze. Ich ertrage es nicht und kann es doch nicht ändern. Was ist nur verkehrt mit mir?“

Ihre Tränen benetzten sein Fell. Und rührten an sein Herz. Um sie zu trösten, rieb er den Kopf an ihrer Wange, ließ sie weinen. Und dann gab er ihr einen Gedanken ein.

Verrate dich selbst, und du verrätst alles, was sie dir gegeben haben. Die Liebe öffnet Türen, sie verschließt sie nicht. Wenn du durch diese Tür gehst und dich selbst findest, werden sie immer noch da sein.

Sie atmete schwer aus, schmiegte ihr Gesicht an sein Fell. „Ich kann nicht zurückgehen, auch wenn ein Teil von mir es will. Denn wenn ich es tun würde, würde etwas in mir einfach … aufhören zu existieren.“ Sie lehnte sich zurück, hielt seinen Kopf mit beiden Händen und sah ihn an. „Ginge ich zurück, würde ich nie wieder etwas wie dich finden. Selbst wenn es da wäre, würde ich es nicht bemerken. Ich würde nie mehr einem weißen Reh folgen oder mit einem silbernen Adler reden.“

Seufzend streichelte sie seine kraftvollen Schultern, kraulte seine Ohren. „Ich würde nie wieder einem umwerfend aussehenden Iren mit schlechtem Benehmen erlauben, mich zu küssen. Oder etwas so

Lustiges und Unvernünftiges tun wie Schokoladenkekse zum Frühstück zu backen."

Getröstet legte sie ihre Stirn an seine. „Ich muss diese Dinge einfach tun, die Person sein, die solche Dinge tut. Deshalb können sie es auch nicht verstehen, und es verletzt und besorgt sie, weil sie mich lieben."

Sie seufzte noch einmal und richtete den Blick auf den dunklen Wald, der so viele Geheimnisse zu bergen schien. „Also muss ich zusehen, dass alles klappt, damit sie nicht mehr verletzt sind und aufhören können, sich Sorgen zu machen. Ein Teil von mir hat Angst, dass ich es schaffe, und eine anderer, dass ich es nicht schaffe." Sie zog eine Grimasse. „Ich bin ein solcher Feigling."

Der Wolf kniff finster die Augen zusammen und ließ ein tiefes Knurren hören. Ihre Gesichter waren so nah beieinander, und sie konnte seine tödlichen Zähne sehen. Rowan schluckte und streichelte ihn mit zitternden Fingern.

„Ruhig, ganz ruhig. Hast du etwa Hunger? Ich habe noch Kekse." Mit pochendem Herzen erhob sie sich langsam, ohne ihn aus den Augen zu lassen. Er knurrte immer noch. Vorsichtig bewegte sie sich rückwärts, die Stufen hinauf, während er ihr nachkam.

Als sie die Tür erreicht hatte, schrie eine Stimme in ihr auf, diese Tür so schnell wie möglich zuzuschlagen und zu verriegeln. Er war ein Wolf, ein wildes Tier, dem man nicht trauen konnte. Doch die Augen auf ihn gerichtet, konnte sie nur noch daran denken, wie er seine Schnauze unter ihre Hand geschoben hatte, wie still er gehalten hatte, als sie an seinem Hals weinte.

Sie ließ die Tür offen.

Ihre Hand zitterte zwar, doch sie öffnete die Keksdose und holte einen Keks heraus, den sie ihm hinhielt. „Wahrscheinlich ist das gar nicht gut für dich, aber die meisten Dinge, die gut schmecken oder Spaß machen, sind nicht gut für einen." Sie unterdrückte einen kleinen Aufschrei, als er ihr den Keks mit erstaunlicher Sanftheit aus den Fingern nahm.

Sie hätte schwören mögen, dass er sie mit den Augen anlachte.

„Nun wissen wir wenigstens, dass Zucker genauso gut ist wie Musik, um wilde Tiere zu besänftigen. Einen kannst du noch haben, aber dann ist Schluss."

Als er auf die Hinterbeine stieg, mit bewundernswerter Leichtigkeit und Eleganz, und ihr die Vorderpfoten auf die Schultern legte, schnappte sie erschreckt nach Luft. Ängstlich starrte sie in seine blitzenden Augen. Und dann fuhr er ihr mit der Zunge vom Schlüsselbein bis zum Ohr und brachte sie damit zum Lachen.

„Wir sind schon ein Paar", murmelte sie und presste ihre Lippen auf das Fell an seinem Hals.

Er ging genauso elegant und graziös wieder auf alle viere, nahm ihr auf dem Weg den Keks aus den Fingern.

„Sehr clever gemacht." Sie stellte die verschlossene Keksdose auf den Kühlschrank. „Was ich jetzt brauche, ist ein heißes Bad und ein gutes Buch. Und das Glas Wein, das ich mir vorhin versagt habe. Ich werde einfach nicht mehr daran denken, was andere wollen", fuhr sie abwesend fort und öffnete die Kühlschranktür. „Ich werde auch nicht mehr an den sexy Nachbarn mit seinem wunderbaren Mund denken. Ich denke nur daran, wie schön es ist, all diese Zeit für mich zu haben."

Sie schenkte das Glas voll und hob es zum Toast, während der Wolf sie beobachtete. „Auf dich. Warum kommst du nicht mit nach oben und leistest mir Gesellschaft, während ich in der Badewanne sitze?"

Der Wolf fuhr sich mit der Zunge über die Zähne und stieß einen Laut aus, der an ein Lachen erinnerte. Ja, warum eigentlich nicht, dachte er bei sich.

Sie faszinierte ihn. Keine sehr angenehme Situation, aber er konnte nichts daran ändern. Ganz gleich, wie oft er sich auch daran erinnerte, dass sie eine einfache Frau war und zu viel mit sich herumschleppte, als dass er sich mit ihr einlassen wollte.

Er konnte einfach nicht fernbleiben.

Dabei war er so sicher gewesen, dass er nicht mehr an sie denken würde, nachdem er gesehen hatte, wie sie die Tür hinter sich zugeschlagen hatte. Zwar hatte ihn dieser kleine Temperamentsausbruch begeistert, die Art, wie sie die Lippen entschlossen zusammengepresst hatte, wie ihre Augen wütend geblitzt hatten, aber er wollte ihr Bild wirklich für ein paar Tage ausblenden.

Das war vernünftiger. Sicherer.

Doch er hatte sie weinen gehört. In seinem kleinen Arbeitszimmer, vor dem Computer, wo er an einem Fortsetzungsspiel für „Myor" arbeitete, hatte er diese herzzerreißenden Schluchzer gehört, trotz der Blockade, die er errichtet hatte. Ihre Schuldgefühle und ihre Traurigkeit hatten sein Herz angerührt.

So sehr, dass er es nicht ignorieren konnte. Also war er losgezogen, um ihr ein wenig Trost zu spenden. Und dann hatte sie ihn wütend gemacht, weil sie sich als Feigling bezeichnete. Und auch noch fest davon überzeugt war.

Und was hatte dieser Feigling getan, als ein Wolf ihn anknurrte? Rowan hatte ihm einen Schokoladenkeks angeboten.

Einen Keks, in Finns Namen!

Sie war einfach bezaubernd.

Es war Vergnügen und Folter zugleich für ihn gewesen, ihr beim Ausziehen zuzusehen. Himmel, diese Frau hatte eine Art, ihre Kleider abzulegen, die einen Mann unendlich verwirrte. Und dann hatte sie in einem roten Morgenmantel, den sie gar nicht erst zugebunden hatte, die altmodische Wanne mit einem Schaumbad volllaufen lassen, das den Duft von Jasmin ausströmte.

Sie hatte Kerzen aufgestellt. Eine sehr weibliche Angelegenheit. Musik aufgelegt. Als sie den Bademantel von den Schultern hatte gleiten lassen, spielte dieses verträumte Lächeln um ihre Lippen. Er verbot es sich, in ihre Gedanken einzudringen und nachzusehen, was diesen Ausdruck in ihre Augen gezaubert hatte.

Ihr Körper faszinierte ihn. So schlank, so weich, mit samtig schimmernder Haut und all den delikaten Rundungen an den richtigen Stellen.

Er wollte schmecken, wollte seine Zunge über sie gleiten lassen.

Es irritierte und faszinierte ihn, dass sie überhaupt nicht von sich eingenommen war, keine Ahnung von ihrer Wirkung hatte. Sie steckte ihr Haar in verführerischer Unordnung hoch, ohne auch nur einen Blick in den Spiegel zu werfen.

Stattdessen redete sie mit ihm, belangloses Geplauder, stieß dann den Atem aus, als sie langsam in das heiße Wasser glitt. Dampf stieg auf, umhüllte sie, bis der duftende Schaum ihre festen kleinen Brüste umspielte.

Bis er seine menschliche Gestalt annehmen und zu ihr in die

Wanne steigen wollte.

Sie lachte leise, als er schließlich näher kam, um an ihr zu schnuppern, streckte abwesend die eine Hand aus, um ihn zu streicheln, während sie mit der anderen nach dem Buch griff.

„Alles über richtige Haushaltsführung für den Unerfahrenen".

Der Titel brachte ihn zum Lachen, in Wolfsgestalt klang es wie ein leises „Wuff". Sie kraulte ihm noch einmal die Ohren, dann nahm sie das Weinglas zur Hand.

„Hier steht, dass man immer eine Grundausstattung an Werkzeugen im Haus haben sollte. Ich meine, alle diese Dinge hinten im Vorratsraum schon gesehen zu haben, aber ich sollte wohl besser eine Liste zum Abhaken aufstellen. Wenn das nächste Mal der Strom ausfällt, braucht mich niemand mehr zu retten, vor allem nicht Liam Donovan."

Sie schnaubte empört, dann gluckste sie vergnügt, als der Wolf seine Zunge in ihr Glas steckte und von dem Wein trank. „He! Das ist ein sehr guter Sauvignon, und der ist nicht für dich bestimmt, mein Freund." Sie stellte das Glas außer Reichweite. „Hier wird erklärt, wie man Kabel verlegt", fuhr sie fort. „Nicht, dass ich vorhabe, neue Kabel zu legen, aber so kompliziert sieht es gar nicht aus. Ich bin sehr gut darin, Anweisungen zu befolgen."

Rowan hielt inne und runzelte die Stirn. „Viel zu gut." Sie nippte an ihrem Wein und rutschte tiefer in die Wanne. „Das ist ja genau das Problem. Ich bin so daran gewöhnt, Anweisungen zu befolgen, dass jetzt jeder glaubt, ich hätte mich völlig verändert und schlage den verkehrten Weg ein."

Sie legte das Buch beiseite, hob ein Bein aus dem Wasser und strich mit der Hand über ihre Wade.

Innerlich stöhnte er gequält auf.

„Dabei ist keiner überraschter als ich, zu entdecken, dass ich das Ungewöhnliche liebe. Das Abenteuer", fügte sie hinzu und lächelte zu dem Wolf hinüber. „Eigentlich ist das hier mein erstes richtiges Abenteuer." Sie schob sich wieder aus dem Wasser hoch, Schaum haftete an ihren Brüsten, den sie mit der hohlen Hand aufnahm und über ihren Arm verteilte.

Als er mit der Zunge langsam von ihrem Ellbogen bis zu ihrer Schulter fuhr, lachte sie auf. „Aber bis jetzt war es ein wirklich großartiges Abenteuer."

Sie verbrachte eine gute halbe Stunde in der Wanne und wusste nicht, wie sehr sie ihn damit entzückte. Ihr Duft, als sie sich in ein Badelaken einwickelte, schürte die Sehnsucht in ihm. Und als sie schließlich in ihren Flanell-Pyjama schlüpfte, fand er sie nicht minder verführerisch.

Während sie im Schlafzimmerkamin Holz aufschichtete, um Feuer zu machen, knabberte er an ihr, stupste sie an und brachte sie damit zum Lachen. Das Nächste, was sie wusste, war, dass sie mit einem Wolf auf dem Teppich vor dem Feuer herumbalgte. Sie rieb ihm über den Bauch und lachte hell auf, als er ihr mit der Zunge übers ganze Gesicht fuhr. Schließlich schlang sie die Arme um seinen Hals und schmiegte sich an ihn.

„Ich bin so glücklich, dass du hier bist. So glücklich, dass ich dich gefunden habe." Sie grub die Finger tief in sein seidiges Fell. „Aber vielleicht warst du es ja, der mich gefunden hat. Doch das ist unwichtig. Es ist gut, einen Freund zu haben, der nicht mehr von einem erwartet als Freundschaft."

Sie kuschelte sich an ihn und betrachtete die Bilder, die die Flammen erscheinen ließen. „Weißt du, das habe ich immer gern getan. Als kleines Mädchen war ich sicher, Dinge im Feuer zu sehen." Sie bettete den Kopf auf seinen Hals. „Wunderschöne Dinge. Schlösser und Wolken und Klippen." Ihre Stimme wurde undeutlich, ihre Lider schwer. „Prinzen und verzauberte Hügel. Ich war immer überzeugt, dass ich dorthin gehen könnte, durch den Rauch und das Feuer." Sie seufzte schläfrig. „Jetzt weiß ich, dass es nur Schatten und Licht sind."

Und schlief ein.

Er erlaubte es sich, zu Liam zu werden, während sie schlief. Strich ihr zart übers Haar und starrte in die Flammen. Es gab einen Weg durch den Rauch in die Magie. Was würde sie sagen, wenn er es ihr zeigte? Wenn er sie dorthin mitnahm?

„Aber du müsstest wieder zurückkehren, Rowan. Ich kann dich nicht behalten. Ich will dich nicht behalten", korrigierte er sich hastig. „Aber Himmel, wie ich dich besitzen will."

Sie seufzte im Schlaf und drehte sich auf die andere Seite. Ihr Arm fiel auf ihn. Liam schloss die Augen.

„Du solltest dich besser beeilen", flüsterte er ihr zu. „Finde schnellstens heraus, wer du bist und was du willst. Früher oder später werde ich nach dir schicken."

Er stand auf und trug sie zu ihrem Bett. „Wenn du dann zu mir kommst, Rowan Murray, werde ich dir die Magie zeigen." Er deckte sie zu und küsste sie leicht auf die Lippen. „Träume von den Dingen, die du begehrst. Und träume allein." Er küsste sie noch einmal.

Als Mann verließ er sie und rannte durch die Nacht als Wolf.

Rowan verbrachte die nächste Woche voller Tatendrang. Sie war entschlossen, jede einzelne Minute jedes einzelnen Tages mit etwas Neuem zu füllen. Sie durchstreifte die Wälder, kletterte über die Klippen und zückte ihren Zeichenblock, wann immer ihr ein Motiv besonders gut gefiel.

Es wurde immer wärmer, und die ersten grünen Spitzen, die sie bei ihrer Ankunft gesehen hatte, begannen bereits zu knospen. Die Nächte waren noch kühl, aber der Frühling hielt unzweifelhaft Einzug. Entzückt riss sie alle Fenster auf, um ihn willkommen zu heißen.

In der ganzen Woche war der Wolf ihr einziger Gesellschafter. Mindestens für eine Stunde am Tag blieb er bei ihr, begleitete sie auf ihren Streifzügen durch den Wald, wartete geduldig auf sie, während sie die Knospen einer Wildblume bewunderte, die ersten Pilzköpfe, die aus dem Boden brachen, untersuchte, oder anhielt, um eine Baumgruppe zu skizzieren.

Ihr wöchentlicher Anruf zu Hause machte ihr das Herz schwer, aber sie sagte sich, dass sie es durchstehen würde. Pflichtbewusst schrieb sie einen langen Brief an Alan, erwähnte darin aber mit keinem Wort ihre Rückkehr.

Jeden Morgen wachte sie zufrieden und voller Energie auf. Der einzige Wermutstropfen in ihrem Glück war, dass sie bisher immer noch nicht entschieden hatte, was zu tun sei. Manchmal dachte sie, dass sie hier draußen allein leben sollte, allein mit ihren Büchern, ihren Zeichnungen und dem Wolf.

Sie hoffte, dass da noch mehr war.

Liam dagegen wachte keineswegs jeden Morgen mit solch guter Laune auf. Auch ging er abends nicht zufrieden ins Bett. Er machte

Rowan dafür verantwortlich, obwohl er wusste, dass es ungerecht war.

Wäre sie weniger unschuldig, hätte er sich längst genommen, was sie ihm einst so willig angeboten hatte. Das körperliche Verlangen wäre befriedigt worden. Und damit, so versicherte er sich, wäre die emotionale Anziehung verschwunden.

Er weigerte sich, anzunehmen, was das Schicksal für ihn bereithalten mochte, um ihrer beider willen, bis er völlige Kontrolle über seinen Geist und seinen Körper erlangt hatte.

Er stand hoch auf den Klippen über dem Meer, der Nachmittag war klar und der Wind warm. Frühling lag in der Luft.

Er war hier herausgekommen, um einen klaren Kopf zu bekommen. Mit seiner Arbeit kam er nicht so recht voran. Und obwohl er immer behauptete, es sei mehr ein Hobby, ein kleiner, unwichtiger Zeitvertreib, so war er doch stolz auf die Geschichten, die er entwickelte.

Gedankenverloren spielte er mit dem kleinen Kristall in seiner Tasche. Der Flussspat hätte ihn beruhigen, seinen Geist klären sollen. Stattdessen ging es in seinem Kopf so wild zu wie auf dem Meer im Wind, das er betrachtete.

Er spürte Ungeduld in der Luft, hauptsächlich seine eigene. Doch da war auch die Erwartung anderer. Welches Ziel auch immer für ihn vorbestimmt war, die Schritte dorthin lagen allein bei ihm. Jene, die warteten, fragten, wann er sie endlich machen würde, wann er die Entscheidung treffen würde.

„Wenn ich, verflucht noch mal, bereit dafür bin“, knurrte er. „Mein Leben gehört mir. Man hat immer eine Wahl. Selbst bei aller Verantwortung und dem Schicksal, es bleibt einem die Wahl. Liam, Sohn des Finn, wird seine eigene Wahl treffen.“

Es überraschte ihn nicht, die weiße Möwe über seinem Kopf zu erblicken. Ihre Flügel fingen das Sonnenlicht ein, neigten sich elegant, als sie zur Landung ansetzte. Und ihre Augen blitzten golden, wie seine eigenen, als sie den Boden berührte.

„Sei gegrüßt, Mutter.“

Mit ein wenig mehr Aufsehen, als nötig gewesen wäre, verwandelte sich der Vogel in eine Frau. Sie lächelte, breitete ihre Arme aus. „Sei gegrüßt, mein Herz.“

Er ging zu ihr, umarmte sie, presste sein Gesicht in ihr Haar. „Ich habe dich vermisst. Oh, du riechst nach Heimat."

„Wo du ebenfalls jedem fehlst." Sie trat einen Schritt zurück, hielt sein Gesicht mit beiden Händen. „Du siehst müde aus. Du schläfst nicht gut."

Er lächelte zerknirscht. „Nein. Erwartest du das denn überhaupt?"

„Nein." Sie lachte, küsste ihn auf beide Wangen, bevor sie sich dem Meer zuwandte. „Dieser Ort, den du dir ausgesucht hast, um Zeit zu haben, ist wunderschön. Du hast immer gut gewählt, Liam, und du wirst immer eine Wahl haben." Sie warf ihm einen Seitenblick zu. „Diese Frau ist hübsch und hat ein reines Herz."

„Hast du sie zu mir geschickt?"

„An jenem Tag? Ja, ich habe ihr den Weg gezeigt." Arianna zuckte die Schultern und ging zu einem Felsbrocken, um sich zu setzen. „Aber ob ich sie hierhergeschickt habe? Nein. Es gibt Kräfte, die mächtiger sind als ich und du, die Ereignisse geschehen lassen. Das weißt auch du." Sie schlug die Beine übereinander, und das lange weiße Gewand, das sie trug, raschelte. „Du findest sie attraktiv."

„Wie sollte ich nicht?"

„Sie entspricht nicht dem Typ, zu dem du dich üblicherweise hingezogen fühlst. Zumindest nicht, um dir die Zeit zu vertreiben."

Er biss die Zähne zusammen. „Ein erwachsener Mann bespricht sein Sexleben nicht mit seiner eigenen Mutter."

„Oh." Sie winkte mit einer schlanken Hand ab. „Sex, wenn in ihm Respekt und Zuneigung enthalten ist, ist gesund. Und ich wünsche mir Gesundheit für meinen einzigen Sohn. Mit ihr spielst du nicht, weil du Angst hast, dass es mehr als Sex und Zuneigung sein könnte."

„Und was dann?" Ärger klang aus seinen Worten, aus seiner Stimme. „Soll ich sie nehmen, ihr Herz berühren, nur um sie dann zu verletzen? ‚Auf dass keiner zu Schaden komme.' Gilt das nur in der Magie?"

„Nein." Sie sprach sanft, streckte ihm die Hand hin. „Das gilt für das ganze Leben. Wieso nimmst du an, du würdest sie verletzen?"

„Ich werde es nicht vermeiden können."

„Nicht mehr, als jeder andere Mann eine Frau verletzt, wenn

zwei Herzen aufeinandertreffen. Du gehst mit ihr dasselbe Risiko ein.“ Sie neigte den Kopf und studierte sein Gesicht. „Glaubst du wirklich, dein Vater und ich hätten uns seit über dreißig Jahren geliebt, ohne je eine Schramme davonzutragen?“

„Sie ist nicht wie wir.“ Er drückte die Hand, die er hielt, dann ließ er sie los. „Wenn ich den Schritt mache, wenn ich uns beiden erlaube, mehr zu fühlen, als wir es bereits tun, werde ich entweder sie oder meine Verpflichtungen aufgeben müssen. Verpflichtungen, wegen der, wie du weißt, ich hierhergekommen bin, um mir darüber klar zu werden.“ Wütend auf sich selbst, wandte er sich zum Meer. „Nicht einmal das habe ich getan. Ich weiß, mein Vater will, dass ich seinen Platz einnehme.“

„Nun, noch nicht“, sagte Arianna lachend. „Aber ja, wenn die Zeit gekommen ist, sollst du das Oberhaupt der Familie werden, Liam Donovan, und die Führung übernehmen.“

„Das ist eine Stellung, die ich an einen anderen weitergeben kann.“

„Ja, Liam.“ Jetzt besorgt, glitt sie von dem Fels und trat neben ihn. „Es ist dein Recht, darauf zu verzichten, einen anderen das Amulett tragen zu lassen. Ist es das, was du willst?“

„Ich weiß es nicht.“ Frustration schwang in seiner Stimme mit. „Ich bin nicht mein Vater. Ich kann nicht mit anderen umgehen, wie er es kann. Ich habe nicht seine Geduld, seine Urteilskraft, sein Verständnis und Mitgefühl.“

„Nein, du hast deine eigene Art.“ Sie legte eine Hand auf seine Schulter. „Wärest du der Verantwortung nicht gewachsen, würde man sie dir nicht anbieten.“

„Den Gedanken hatte ich auch, habe versucht, ihn zu akzeptieren. Und ich weiß, wenn ich einer Frau ohne Elfenblut gegenüber Verpflichtungen eingehe, verneine ich das Recht, die Verantwortung zu übernehmen. Wenn ich mir gestatte, sie zu lieben, werde ich den Verpflichtungen meiner Familie gegenüber den Rücken zukehren.“

Ariannas Blick wurde schärfer, als sie sein Gesicht studierte. „Das würdest du tun? Du hast lange genug darüber nachgedacht?“

„Wenn ich es mir gestattete, sie zu lieben, würde ich allem den Rücken zukehren, nur ihr nicht.“

Sie schloss die Augen, spürte die Tränen hinter den Lidern brennen. „Oh, es macht mich unendlich stolz, das zu hören, Liam.“ Sie schaute ihn aus tränenfeuchten Augen an und legte ihre Hand auf sein Herz. „Es gibt keine Magie, keinen Zauber, keine Macht, die stärker wäre als die Liebe. Das war es, was ich dich immer verstehen, wissen, fühlen lassen wollte."

Sie ballte die Faust so schnell, ihre Stimmung änderte sich so abrupt, dass er nur nach Luft schnappen konnte, als sie ihm mit der Faust auf die Brust schlug. „Und in Finns Namen, warum hast du nicht nachgesehen? Deine Macht ist deine Gabe, dein Geburtsrecht und stärker als bei jedem anderen, außer deinem Vater. Was hast du nur die ganze Zeit über getan?", verlangte sie zu wissen. „Durch die Wälder strolchen, den Mond anheulen, über deinem Spiel brüten. Und grübeln." Sie stieß ihm den Zeigefinger auf die Brust. „Oh ja, Grübeln konntest du schon immer gut ... Leugne es nicht! Du wirst dich damit quälen, sie zu wollen, du wirst ihr auch Gesellschaft während eines Gewitters leisten ..."

„Das Dad zusammengebraut hat, ich weiß es ganz genau!"

„Darum geht es hier nicht!", fauchte sie und bedachte ihn mit einem strengen Blick, an den er sich nur zu gut aus seiner Kindheit erinnerte. „Wenn du keine Zeit mit dem Mädchen verbringst, dann denkst du nur an Sex, nicht wahr? Aber er ist nicht die Lösung für alles, du Esel. Oh, das ist typisch Mann, so zu denken."

„Falls es dir entgangen sein sollte, ich bin ein Mann!"

„Du bist nichts anderes als ein Hohlkopf. Und wage es nicht, deine Stimme gegen mich zu erheben, Liam Donovan!"

Auch er warf die Hände in die Luft, stieß einen deftigen Fluch auf Gälisch aus. „Ich bin keine zwölf mehr!"

„Es ist mir egal. Und wenn du hundertundzwölf wärst ... Du wirst deiner Mutter Respekt zollen, wie es ihr zusteht!"

Er kochte innerlich, aber er kämpfte um Beherrschung. „Jawohl, Ma'am."

„Ja." Sie nickte einmal. „So ist schon besser. Also ... hör endlich auf damit, dich mit dem zu quälen, was sein könnte, und sieh dir genau an, was ist. Und wenn deine hehren Prinzipien dich davon abhalten, tiefer einzutauchen, frage sie einfach nach der Familie ihrer Mutter." Arianna stieß heftig die Luft aus und strich sich das Haar glatt. „Und nun gib mir einen Kuss zum Abschied, wie es sich für einen guten Sohn gehört. Sie wird jeden Augenblick hier sein."

Da er immer noch die Stirn runzelte, küsste sie ihn auf die Wange, dann grinste sie unvermittelt. „Manchmal gleichst du deinem Vater aufs Haar. Jetzt sieh nicht so düster drein, sonst verschreckst du das Mädchen noch. Sei gesegnet, Liam", sagte sie noch, dann, mit einem schimmernden weißen Licht, breitete sie die Flügel aus und stieg in die Lüfte auf.

5. KAPITEL

Liam hatte Rowans Anwesenheit nicht gespürt, und das irritierte ihn. Er war wütend, und deshalb waren seine Instinkte blockiert gewesen. Als er sich jetzt umdrehte, nahm er ihren Duft wahr – weiblich, unschuldig, mit einem Hauch von Jasmin.

Er sah, wie sie aus dem Wald trat. Sie hatte ihn nicht erblickt – nicht gleich. Die Sonne stand in seinem Rücken, und sie war in die andere Richtung gegangen, von ihm abgewandt, als sie sich daranmachte, die rauen Klippen zu besteigen.

Sie hatte ihr Haar zu einem losen Zopf zurückgebunden, ein warmes Braun, das im Sonnenlicht schimmerte, als der Wind mit dem Haar spielte. Um ihre Schulter hing eine flache Ledertasche. Die graue Hose war abgetragen, ihre Bluse hatte die Farbe von blassen Narzissen.

Ihr Mund war ungeschminkt, ihre Nägel kurz gehalten, ihre Stiefel, die so offensichtlich neu waren, wiesen eine lange Schramme auf der linken Schuhspitze auf. Ihr Anblick, wie sie vor sich hin murmelnd auf die Felsen kletterte, entspannte und verärgerte ihn zugleich. Dann wandelten beide Empfindungen sich in pures Vergnügen, als sie ihn erblickte, zusammenzuckte und tief die Stirn runzelte, bevor sie sich wieder unter Kontrolle hatte und eine unbeteiligte Miene aufsetzte.

„Guten Morgen, Rowan."

Sie nickte, umklammerte mit beiden Händen den Gurt ihrer Tasche, als wüsste sie nicht, was sie sonst mit ihnen tun sollte. Der eisige Blick aus ihren Augen stand in direktem Kontrast zu ihren fahrigen Fingern, und jetzt schaute sie bewusst an ihm vorbei.

„Hallo. Hätte ich gewusst, dass du hier bist, hätte ich einen anderen Weg gewählt. Ich nehme an, du willst allein sein."

„Nicht unbedingt."

Sie sah ihn an, wandte den Blick dann wieder ab. „Nun, ich aber", sagte sie entschieden, drehte sich um und ging über die Felsen in die entgegengesetzte Richtung.

„Nachtragend, was, Rowan Murray?"

Sie versteifte sich und ging weiter. „Sieht wohl so aus."

„Das hältst du nicht lange durch, das ist nicht deine Natur."

Sie zuckte nur mit der Schulter, obwohl sie wusste, dass es eine trotzige und kindische Geste war. Sie war hergekommen, um das Meer zu malen, die kleinen Boote, die Vögel, die ihre Schreie in die Lüfte stießen. Und ja, verflucht noch mal, sie wollte in dem Gelege nachschauen, ob schon Junge aus den Eiern geschlüpft waren.

Ihn wollte sie nicht sehen. Wollte nicht an das, was zwischen ihnen vorgefallen war, erinnert werden. Welche Gefühle sich in ihr geregt hatten. Aber sie würde auch nicht vor ihm die Flucht ergreifen wie die Maus vor der Katze. Also setzte sie sich auf einen Felsen und öffnete ihre Tasche. Holte eine Flasche Wasser hervor, stellte sie neben sich, zog Zeichenblock und Bleistift hervor.

In Gedanken befahl sie sich, sich zu konzentrieren und ein Motiv zu erfassen. Sah übers Wasser, ließ sich Zeit, um die Bilder in sich aufzunehmen. Sie begann zu zeichnen und schwor sich, nicht zu ihm hinüberzublicken. Oh, er war noch da, dessen war sie sicher. Warum sonst sollte jeder einzelne Muskel in ihrem Körper in Alarmbereitschaft sein, warum sonst sollte ihr Herz wie wild schlagen?

Aber sie würde nicht hinschauen.

Natürlich schaute sie hin. Und er war immer noch da, nur wenige Schritte entfernt, die Hände lässig in die Taschen gesteckt, das Gesicht dem Meer zugewandt. Es ist einfach nur Pech, dachte sie, dass er so gut aussieht. Dass er dastehen konnte, den Wind in dieser wundervollen seidigen Mähne, das Profil so scharf und markant, dass sie an Heathcliff oder Byron oder irgendeinen poetischen Helden denken musste.

Ein Ritter vor der Schlacht. Ein Prinz, der sein Königreich überblickt.

Oh ja, er hätte all das sein können. So romantisch in Jeans und Sweatshirt wie der stolze Krieger in schimmernder Rüstung.

„Ich habe nicht vor, mit dir zu kämpfen, Rowan."

Sie glaubte ihn das sagen zu hören, aber das war natürlich Unsinn. Er stand viel zu weit weg, als dass sie diese leisen Worte hätte vernehmen können. Sie bildete sich nur ein, dass das seine Antwort gewesen wäre, hätte sie ihre Gedanken laut ausgesprochen. Also schnaubte sie nur und starrte auf ihren Zeichenblock. Entsetzt stellte sie fest, dass sie unbewusst begonnen hatte, sein Porträt zu zeichnen.

Irritiert und wütend schlug sie die Seite um.

„Es hat wenig Sinn, böse auf mich zu sein. Oder auf dich selbst."

Dieses Mal war sie sicher, dass er gesprochen hatte. Sie blickte auf und musste gegen das Sonnenlicht anblinzeln, das hinter seinem Rücken schien und seine Schultern und seinen Kopf mit einem Ring von Licht umgab.

„Es ist auch fruchtlos, darüber zu diskutieren."

Sie schnaubte, als er sich friedfertig neben ihr niederließ. Er verfiel in Schweigen, er schien tatsächlich vorzuhaben, hier sitzen zu bleiben. Ungeduldig tippte sie mit ihrem Bleistift auf den Zeichenblock und starrte wütend vor sich hin.

„Der Küstenstreifen hier ist endlos. Würde es dir etwas ausmachen, dir einen anderen Platz zu suchen?"

„Hier gefällt's mir aber." Als sie nur ein Zischeln hören ließ und aufstehen wollte, zog er sie unsanft am Arm zurück auf den Fels. „Sei nicht albern."

„Sag mir nicht, dass ich albern bin! Ich bin es leid, aber so richtig leid, mir ständig anhören zu müssen, ich sei albern!" Sie riss ihren Arm los. „Dabei kennst du mich nicht einmal!"

Er drehte sich ein wenig, sodass sie sich von Angesicht zu Angesicht gegenüberstanden. „Daran liegt es wahrscheinlich auch. Was zeichnest du denn da eigentlich?"

„Wie man sieht, zeichne ich nicht." Missmutig steckte sie den Block zurück in die Tasche. Wieder wollte sie aufstehen, wieder zog er sie herunter.

„Na schön", fauchte sie. „Reden wir also darüber. Ich gebe zu, ich habe mich durch die Wälder geschlagen, weil ich dich sehen wollte. Ich fand dich anziehend – ich bin sicher, du bist daran gewöhnt, dass Frauen dich anziehend finden. Ich wollte dir für deine Hilfe danken, auch wenn das nur ein Teil davon ist. Ich bin zu dir gekommen, kein Zweifel, aber du bist derjenige, der mich geküsst hat."

„Ja, das habe ich tatsächlich getan", murmelte er. Er würde es zu gern wieder tun, jetzt, hier, wenn ihre Lippen sich zu diesem hinreißenden Schmollen verzogen hatten und Nervosität und Wut in ihren Augen standen.

„Und ich habe völlig überreagiert." Allein bei der Erinnerung wurde sie rot. „Du hattest allen Grund, mich aus dem Haus zu weisen, aber du hattest kein Recht, so grob und herzlos dabei zu sein. Und es ist wohl klar, dass deine Reaktion völlig anders als meine war und du daher Abstand wahren möchtest." Sie schob die Strähnen zurück, die sich aus dem Zopf gelöst hatten und um ihr Gesicht flatterten. „Warum also bist du hier?"

„Eins nach dem anderen", wehrte er ab. „Also ... ja, ich bin es gewöhnt, dass Frauen mich attraktiv finden. Und da ich Frauen mag, weiß ich diese Tatsache zu schätzen." Das kleine Lächeln um seine Lippen entlockte ihr ein verächtliches Schnauben. „Ich bin sicher, du würdest es lieber hören, wenn ich es abstritte, aber ich halte falsche Bescheidenheit für unangebracht und heuchlerisch. Und obwohl ich es meist vorziehe, allein zu sein, betrachte ich deinen Besuch nicht als aufdringlich. Geküsst habe ich dich, weil ich es wollte, weil du einen so verlockenden Mund hast."

Er bemerkte ihre erstaunte Miene, bevor sie das Gesicht abwandte. Niemand hatte ihr das bisher gesagt, wie ihm klar wurde. Er schüttelte den Kopf über die Dummheit des männlichen Geschlechts.

„Weil du Augen hast, die mich an die Elfen erinnern, wenn sie auf den grünen Hügeln meiner Heimat tanzen. Haare wie poliertes Eichenholz, schimmernd und seidig. Und Haut, so sanft, dass meine Hand hindurchgleiten müsste, wenn ich sie berühre."

„Lass das." Ihre Stimme zitterte, und sie schlang die Arme um sich. „Das ist nicht fair."

Vielleicht war es das nicht. Solche Worte zu einer Frau zu sagen, die nicht daran gewöhnt war, sie zu hören. Aber er zuckte nur die Achseln. „Es ist nur die Wahrheit. Und meine Reaktion auf dich war ... impulsiver, als ich erwartet hatte. Deshalb war ich so unhöflich. Ich entschuldige mich dafür, Rowan. Aber nur dafür."

Sie war völlig erfüllt von ihm und wünschte sich, diese Qual wäre nicht so reizvoll. „Entschuldigst du dich dafür, dass du grob warst oder weil du auf mich reagierst?"

Eine kluge Frau, dachte er bei sich und entschloss sich für die Wahrheit. „Um ehrlich zu sein, für beides. Ich sagte schon, dass ich nicht vorbereitet war auf dich. Und das meinte ich ernst."

Es war die Tatsache, dass er die Wahrheit offen aussprach, die sie besänftigte und sie ein wenig erschauern ließ. Sie schwieg eine Weile, starrte nur auf ihre verschränkten Finger, während unten die Wellen an die Felsen krachten und oben die Möwen kreischten.

„Vielleicht kann ich das sogar verstehen. Ich stehe momentan an einem schwierigen Punkt in meinem Leben“, sagte sie schließlich langsam. „Eine Kreuzung, sozusagen. Ich denke, die Menschen sind dann am verletzlichsten, wenn sie am Ende eines Weges angelangt sind und nicht genau wissen, welchen neuen Anfang sie wählen sollen. Ich kenne dich nicht, Liam.“ Sie blickte zu ihm. „Und ich weiß nicht, was ich zu dir sagen soll. Oder was ich tun soll.“

Welcher Mann könnte dieser so unverfälschten Wahrheit widerstehen? „Du könntest mir eine Tasse Tee anbieten.“

„Wie bitte?“

Er nahm lächelnd ihre Hand. „Lade mich auf einen Tee ein. Es wird gleich ein bisschen regnen, wir sollten zurückgehen.“

„Regen? Aber die Sonne ...“ Noch während sie sprach, veränderte sich der Himmel. Dunkle Wolken zogen sich zusammen, und die ersten sanften Tropfen fielen.

Sein Vater war nicht der Einzige, der das Wetter für seine Zwecke einzusetzen wusste.

„Aber es sollte doch den ganzen Tag schön sein.“ Rowan packte die Wasserflasche zurück in ihre Tasche und schnappte nach Luft, als er sie mit einer Mühelosigkeit auf die Füße zog, die sie atemlos und schwach machte.

„Nur ein Schauer, noch dazu ein warmer.“ Er führte sie über die Felsen, hinunter zum Weg. „Zu Hause nennen wir das ‚sanftes Wetter‘. Hast du etwas gegen Regen, Rowan?“

„Nein, ich mag es. Weil ich dann immer träumen kann.“ Sie reckte das Gesicht gen Himmel, ein paar Tropfen benetzten ihre Wangen und Lider. „Die Sonne scheint immer noch.“

„Dann wird es einen Regenbogen geben“, versprach er und zog sie in den Schutz der Bäume. Die Luft hier war warm und feucht, Schatten lagen auf dem grünen Waldboden. „Also, bekomme ich den Tee?“

Sie warf ihm einen Seitenblick zu und ein kleines Lächeln. „Ja, wahrscheinlich.“

„Siehst du, ich habe es dir doch gesagt. Du kannst nicht nachtragend sein.“

„Ich brauche nur etwas Übung“, erwiderte sie und brachte ihn damit zum Lachen.

„Wahrscheinlich werde ich dir genügend Möglichkeiten zum Üben bieten, bevor wir zu Ende sind."

„Genießt du es, die Leute zu ärgern?"

„Oh, ja. Ich bin ein schwieriger Mann." Sie gingen am Fluss entlang, wo üppige Farne und dichtes Moos wuchsen. Fingerhut wartete darauf, endlich seine Blüten entfalten zu können. „Meine Mutter behauptet, ich sei ein Grübler, und mein Vater sagt, ich hätte einen Kopf hart wie ein Fels. Sie müssen es wissen, schließlich kennen sie mich sehr gut."

„Sind die beiden in Irland?"

„Mhm." Er konnte nicht sicher sein, es sei denn, er würde nachsehen. Allerdings hatte er nicht die geringste Lust herauszufinden, dass die beiden sich hier irgendwo in der Nähe befanden.

„Fehlen sie dir?"

„Oh ja, das tun sie. Aber wir ... stehen immer in Verbindung." Die Melancholie in ihrer Stimme ließ ihn zu Boden schauen. „Und du? Vermisst du deine Familie?"

„Ich habe ein schlechtes Gewissen, weil ich sie nicht so stark vermisse, wie ich wohl sollte. Ich war noch nie allein weg, und es ..."

„Gefällt dir", beendete er den Satz für sie.

„Und wie!" Sie lachte leise und holte den Schlüssel aus ihrer Tasche hervor.

„Dafür musst du dich aber nicht schämen." Er neigte leicht den Kopf, als sie die Tür aufschloss. „Wen willst du denn aussperren?"

„Alte Angewohnheit. Ich werde Teewasser aufsetzen. Ich habe Zimtschnecken gebacken, aber der Boden ist leider verbrannt. Einer meiner Versuche, die nicht gelungen sind."

„Ich nehme trotzdem gern eine." Er folgte ihr in die Küche.

Der Raum war sauber und, wie ihm auffiel, hatte ein paar Akzente hinzubekommen. Akzente, die er in die Kategorie „Nestbau" einteilte. Ein Weibchen, das ein Heim herrichtete. Hübsche Zweige standen in einer von Belindas vielen bunten Flaschen auf dem Küchentisch, daneben eine weiße Schüssel mit grünen Äpfeln.

Er erinnerte sich an den Tag, als Rowan die Zweige gesammelt hatte. Der Wolf hatte sie begleitet – und sich strikt geweigert, ihre Versuche zu verstehen, ihm das Apportieren beizubringen.

Jetzt saß er entspannt am Küchentisch und lauschte auf das Tröpfeln des Regens an den Fensterscheiben. Und musste an die Worte seiner Mutter denken. Nein, so tief würde er nicht eintauchen. Er hatte nichts dagegen, hin und wieder einen oberflächlichen Blick zu riskieren, aber eine so bewusste Suche betrachtete er als Missbrauch seiner Macht.

Ein Mann, der seine Privatsphäre als heilig ansah, musste Respekt vor der anderer haben.

Aber nachfragen konnte er ohne Skrupel.

„Deine Eltern leben also in San Francisco?"

„Ja." Sie begutachtete Belindas zahlreiche hübsche Teekannen und versuchte sich zu entscheiden. „Sie sind beide Collegeprofessoren. Mein Vater ist Dekan der Englischfakultät."

„Und deine Mutter?" Wie zufällig zog er den Zeichenblock aus ihrer Ledertasche, die auf dem Tisch lag.

„Sie unterrichtet Geschichte." Sie hatte ihre Wahl getroffen – eine Teekanne in Form einer Elfe, die Flügel waren der Henkel. „Sie sind beide brillant", fuhr sie fort, während sie Tee abmaß. „Und großartige Lehrer. Meine Mutter hat letztes Jahr den Posten als Vizedekan übernommen, sie …" Rowan brach ab, leicht entsetzt, als sie sah, wie Liam ihre Skizzen von dem Wolf betrachtete.

„Die sind sehr gut." Er sah nicht einmal auf, schlug nur die nächste Seite um und kniff konzentriert die Augen zusammen, als er auf die Zeichnung des kleinen Hains mit seinen Farnen sah. Aus den fächrigen Blättern lugten vorwitzig lachende Augen, waren die Andeutungen von Flügeln zu erkennen.

Sie kann die Elfen sehen, dachte er und lächelte.

„Das sind nur Kritzeleien." Es juckte ihr in den Fingern, ihm den Block zu entreißen, aber ihre Manieren hielten sie zurück. „Es ist nur ein Hobby."

Als sein Blick zu ihr flog, wäre sie beinahe davor zurückgezuckt.

„Warum sagst du so etwas und willst es auch noch glauben, wenn du sowohl Talent als auch Freude daran hast?"

„Es ist etwas, das ich in meiner Freizeit tue. Ab und zu."

Er blätterte auf die nächste Seite. Sie hatte eine Skizze von dem Blockhaus gefertigt, ließ es aussehen wie eine verwunschene Hütte aus einem Märchen, mit den Bäumen ringsum und der einladenden Veranda. „Und dann bist du beleidigt, wenn dich jemand albern nennt?", murmelte er. „Es ist albern und dumm, dass du nicht das tust, was dir Freude macht, und stattdessen verzweifelt die Hände ringst."

„Aber das ist doch Unsinn. Ich ringe nicht verzweifelt die Hände." Sie wandte ihre ganze Aufmerksamkeit dem Kessel zu, um sich genau davon abzuhalten – die Hände zu ringen. „Es ist nur ein Hobby, wie gesagt. Die meisten Leute haben eines. Warum sollte mein Hobby nicht Zeichnen sein?"

„Es ist deine Gabe", verbesserte er sie. „Und du hast sie missachtet."

„Seinen Lebensunterhalt kann man sich nicht mit Zeichnen verdienen."

„Was hat das denn mit Lebensunterhalt zu tun?"

Er klang so arrogant, dass sie lachen musste. „Oh, eigentlich nichts, außer Essen, ein Dach über dem Kopf, Verantwortlichkeiten." Sie kam zum Tisch, stellte die Teekanne ab, ging zurück, um Tassen zu holen. „Nur Kleinigkeiten aus dem wahren Leben."

„Dann verkaufe deine Zeichnungen, wenn du unbedingt einen Lebensunterhalt brauchst."

„Niemand kauft Bleistiftzeichnungen von einer Englischlehrerin."

„Ich kaufe diese hier." Er stand auf und hielt die Zeichnung von dem Wolf hoch. Der Wolf schaute den Betrachter von dem Blatt mit dem gleichen herausfordernden Blick an, der auch jetzt in Liams Augen lag. „Wie viel?"

„Ich verkaufe es nicht, und du kaufst es nicht, nur um etwas zu beweisen." Sie nahm ihn nicht ernst und winkte ihn auf den Stuhl zurück. „Setz dich und trink deinen Tee."

„Dann schenke mir die Zeichnung." Er betrachtete das Bild erneut mit schief gelegtem Kopf. „Es gefällt mir. Und dieses hier auch." Er blätterte auf die Seite mit dem Hain und den Farnelfen. „So etwas könnte ich gebrauchen, für das Spiel, an dem ich arbeite. Ich habe absolut kein Talent fürs Zeichnen."

„Wer macht dann die Illustrationen für deine Spiele?" Sie hoffte inständig, das Thema wechseln zu können, und holte die verbrannten Zimtschnecken hervor.

„Ich habe verschiedene Leute für die unterschiedlichen Stimmungen." Er setzte sich wieder, nahm ein Gebäckteil vom Teller. Es war hart und die Unterseite unverkennbar verbrannt, aber davon abgesehen herrlich süß und großzügig gefüllt mit Johannisbeeren.

„Und wie …"

„Zeichnen deine Eltern auch?", unterbrach er sie.

„Nein." Allein bei der Vorstellung musste sie kichern. Das Bild, wie ihre geschäftigen, sachlichen Eltern sich mit Papier und Bleistift hinsetzten und mit offenen Augen träumten. „Sie haben mir Unterricht gegeben, als ich noch ein Kind war und mein Interesse offensichtlich wurde. Meine Mutter hat sogar eine kleine Zeichnung von mir in ihrem Büro in der Uni aufgehängt."

„Also weiß sie dein Talent zu schätzen."

„Sie liebt ihre Tochter", verbesserte Rowan und schenkte Tee ein.

„Dann sollte sie auch verstehen können, dass die Tochter, die sie liebt, ihr Talent ausbauen will", sagte er leichthin, hielt aber an dem Thema ihrer Familiengeschichte fest. „Vielleicht war einer deiner Großeltern Künstler?"

„Nein. Mein Großvater väterlicherseits war Lehrer. Das scheint in der Familie ganz selbstverständlich zu sein. Seine Frau war das, was man wohl eine typische Hausfrau und Mutter der Epoche nennen würde. Sie ging ganz darin auf, ein hübsches Heim für ihre Familie zu schaffen."

Er kämpfte gegen die Ungeduld an – und gegen die Grimasse, die auf seinem Gesicht erscheinen wollte, als sie drei Löffel Zucker in ihre Teetasse gab. „Und auf der Seite deiner Mutter?"

„Oh, mein Großvater mütterlicherseits ist jetzt pensioniert. Sie leben in San Diego. Meine Großmutter macht wunderschöne Handarbeiten. Ich nehme an, das könnte man als Kunst bezeichnen." Sie rührte in ihrer Tasse und schürzte plötzlich die Lippen. „Wenn ich es recht bedenke … ihre Mutter, meine Urgroßmutter, malte. Bei uns zu Hause hängen sogar noch zwei ihrer Ölbilder. Ich glaube, meine Großmutter und ihr Bruder haben die anderen. Sie war … nun, exzentrisch", fügte Rowan grinsend an.

„Inwiefern?"

„Ich habe sie nie kennengelernt, aber Kinder schnappen nun mal hier und da Gesprächsfetzen auf, wenn Erwachsene sich unterhalten. Sie las aus der Hand und redete mit Tieren – sehr zum Unmut ihres Mannes, der ein sehr pragmatischer, sehr nüchterner Engländer war.

Und sie war eine verträumte Irin."

„So, sie kam also aus Irland?" Liam spürte ein ahnungsvolles Prickeln über seinen Rücken laufen, eine Warnung, die Ankündigung von Macht. „Wie lautete denn ihr Mädchenname?"

„Äh ..." Rowan dachte angestrengt nach. „O'Meara. Ich wurde nach ihr benannt", fuhr sie fort und trank entspannt ihren Tee, während alles in Liam in Alarmbereitschaft war. „Meine Mutter behauptet, mich in einem Anfall von Gefühlsüberschwang so genannt zu haben. Wahrscheinlich hat meine Urgroßmutter mir deshalb auch ihren Anhänger vermacht. Ein wunderschönes altes Stück. Ein ovaler Mondstein, in gehämmertes Silber gefasst."

Mit einer sehr langsamen und sehr bewussten Bewegung setzte Liam seine Tasse ab. Der Tee schmeckte ihm nicht mehr. „Sie war Rowan O'Meara."

„Ja, stimmt. Wenn ich mich recht erinnere, gibt es da auch noch diese wunderbar romantische Geschichte, wie meine Urgroßeltern sich kennenlernten. Mein Urgroßvater fuhr in Urlaub nach Irland. Urgroßmutter malte auf den Klippen – in Clare. Seltsam, ich weiß nicht, warum ich so sicher bin, dass es in Clare war." Sie dachte einen Moment mit gerunzelter Stirn darüber nach, dann zuckte sie die Schultern. „Wie auch immer ... Sie verliebten sich sofort ineinander. Sie ging mit ihm nach England, verließ ihre Heimat und ihre Familie. Sie sind dann in die Staaten emigriert und ließen sich in San Francisco nieder."

Rowan O'Meara aus Clare. Bei der Göttin, welche Falle hatte das Schicksal für ihn da zurechtgezimmert? Er nahm seine Teetasse wieder auf, seine Kehle war staubtrocken.

„Der Mädchenname meiner Mutter ist O'Meara." Er sprach mit flacher, distanzierter Stimme. „Deine Urgroßmutter ist dann wohl eine entfernte Cousine meiner Familie."

„Nein, wirklich?" Erstaunt und entzückt strahlte Rowan ihn an. „Du machst Witze."

„Ich scherze grundsätzlich nicht bei dieser Art von Familienangelegenheiten."

„Aber das ja wunderbar! Wie klein die Welt doch ist!" Sie lachte und prostete ihm mit ihrer Tasse zu. „Nett, dich kennenzulernen, Cousin Liam."

Bei der Göttin, dachte er fatalistisch und stieß mit ihr an. Die Frau, die ihm da gegenübersaß und ihn aus großen blauen Augen anlachte, hatte Elfenblut in den Adern, und sie wusste es nicht.

„Da ist dein Regenbogen, Rowan." Sein Blick haftete weiter auf ihr, aber er wusste, dass die Farben sich draußen auf dem Himmel ausbreiteten. Er hatte den Regenbogen nicht gemacht – aber gespürt, dass sein Vater das übernommen hatte.

„Oh!" Rowan sprang auf und, nach einem schnellen Blick zum Fenster hinaus, zur Tür. „Komm mit nach draußen, um ihn anzusehen. Er ist wunderschön."

Und schon war sie die Stufen hinunter und schaute in den Himmel.

Nie zuvor hatte sie so intensive, so leuchtende Farben gesehen, nie zuvor einen so kompletten Halbbogen. Auf dem hellblauen Himmel stach jede einzelne Farbe heraus, schimmerte am Rand wie Gold, verschmolz mit dem nächsten Ton des Spektrums, hoch über den Baumwipfeln.

„Ich habe noch nie einen so schönen Regenbogen gesehen."

Als er neben sie trat, war er sowohl verwirrt als auch gerührt, als sie nach seiner Hand griff. Er sah zu dem beeindruckenden Farbspiel am Himmel auf und schwor sich, dass er sich nur dann in sie verlieben würde, wenn er selbst es so wollte.

Er würde sich weder manipulieren noch in etwas hineinzwingen und sich auch nicht verführen lassen. Er würde seine eigene Entscheidung treffen, mit einem klaren Kopf.

Aber das bedeutete nicht, dass er sich in der Zwischenzeit nicht etwas von dem erlauben konnte, wonach er sich sehnte.

„Und das ist genau das hier", sagte er laut.

„Wie bitte?"

„Das hier", wiederholte er, nahm ihr Gesicht in seine Hände und küsste sie.

Sanft wie Seide, weich wie der Regen, der immer noch im perlmutternen Sonnenschein fiel. Er würde den Kuss so belassen, um ihrer beider willen, und damit die Sehnsüchte und Bedürfnisse verschlossen halten, die tiefer gingen, hungriger waren, als es die Vernunft erlaubte.

Nur ein Hauch dieser Unschuld, ein kurzer Blick auf das zarte

Herz, das sie nicht zu verteidigen wusste, sagte er sich. Er würde alles in seiner Macht Stehende tun, um dieses Herz davon abzuhalten, sich zu tief zu verlieren, denn sonst könnte er sich gezwungen sehen, es zu brechen.

Doch als sie die Hand auf seine Schulter legte, als ihre Lippen sich unter den seinen hingebungsvoll öffneten, spürte er, wie die dunkleren Begierden mit Klauen und Krallen um ihre Freiheit kämpften.

Sie konnte nichts zurückhalten, musste geben, bei solcher Zärtlichkeit. Selbst als seine Finger sich fester um ihr Gesicht klammerten, blieb sein Mund doch zart, weich, so als wolle er den ihren lehren, was es zu erkunden gab, was es zu erkunden geben würde. Instinktiv strich sie mit den Händen über seine Schultern und schmiegte sich fester an ihn.

Er machte sich von ihr frei, bevor die Leidenschaft die Oberhand über die Vernunft gewinnen konnte. Als sie ihn nur stumm anblickte, aus diesen außergewöhnlichen Augen, die jetzt verhangen waren, die Lippen leicht geöffnet, ließ er sie los.

„Muss wohl … reine Chemie sein." Ihr Herz hämmerte wild, hüpfte in ihrer Brust.

„Chemie", sagte er heiser, „ist eine sehr gefährliche Angelegenheit."

„Man macht keine neuen Entdeckungen, wenn man nicht willens ist, ein gewisses Risiko einzugehen." Es hätte sie schockieren sollen, eine solche Bemerkung aus ihrem Mund, eine so offensichtliche Einladung, weiterzumachen, bis zum Ende. Aber es schien so natürlich. Und so richtig.

„In einem solchen Falle ist es allerdings wichtig, alle Elemente zu kennen, mit denen man es zu tun hat. Wie viel bist du gewillt herauszufinden?"

„Ich kam her, um alle möglichen Dinge herauszufinden", sagte sie leise. „Ich hatte nicht erwartet, dich hier zu finden."

„Nein, du hast vor allem nach Rowan gesucht." Er steckte die Hände in die Hosentaschen, wippte auf den Absätzen. „Wenn ich jetzt mit dir hineinginge, würdest du einen Teil von ihr sehr schnell erkennen. Ist es das, was du willst?"

„Nein." Noch eine Überraschung – diese Absage, obwohl jede Faser ihres Körpers sich danach verzehrte. „Das wäre zu einfach, wie du schon früher gesagt hast. Aber ich suche nicht das Einfache. Ich bin nicht der Typ, der es sich so leicht macht."

„Trotzdem werde ich dich küssen, wenn mir danach ist."

Sie neigte den Kopf, ignorierte das erwartungsvolle Flattern in ihrem Magen. „Ich werde dich mich küssen lassen, wenn mir danach ist."

Sein Grinsen kam prompt und war voller Anerkennung. „Du hast einiges von deiner irischen Ahnin in dir, Rowan aus der Familie der O'Mearas."

„Vielleicht." Der Gedanke gefiel ihr außerordentlich. „Aber vielleicht muss ich noch mehr davon in mir finden."

„Das wirst du bestimmt." Sein Grinsen verblasste. „Und wenn du das tust, hoffe ich, dass du wissen wirst, was du damit anfangen sollst. Suche dir einen Tag nächste Woche aus und komme zu mir. Bring deinen Zeichenblock mit."

„Wozu?"

„Ich habe da so eine Idee ... Wir werden sehen, ob sie uns beiden zusagt."

Schaden kann es ja nichts, dachte sie. Und sie würde Zeit haben, um darüber nachzudenken, was am Morgen passiert war. „Fein, aber ein Tag ist so gut wie der andere. Mein Terminkalender ist dieser Tage nicht sehr voll."

„Du wirst wissen, wenn der richtige Zeitpunkt gekommen ist." Er streckte die Hand aus und spielte gedankenverloren mit dem Ende ihres Zopfs. „Und ich auch."

„Das muss wohl einer von diesen typisch irischen Mystizismen sein."

„Du ahnst nicht einmal die Hälfte", murmelte er, dann drehte er sich um und ging davon.

Nun, dachte sie bei sich, der Tag ist gar nicht mal so schlecht gelaufen.

Als er in ihren Träumen zu ihr kam, empfing sie ihn mit Freuden. Als sein Geist sich mit ihrem verband, sie verführte, sie berührte und erregte, seufzte sie auf, bot sich ihm dar, gab willig.

Sie erschauerte vor Lust, hauchte seinen Namen und spürte, dass er genauso verletzlich war wie sie. Für diesen einen kurzen Moment, in dieser kurzen, verschwommenen Zeitspanne war er eins mit ihr, konnte ihr nicht verweigern, um was sie bat.

Wenn sie doch nur die Bitte kennen würde.

Selbst als ihr Körper glühte, als ihr Geist in höchsten Sphären schwebte, gab es noch immer einen Teil in ihr, der grübelte.

Worum sollte sie ihn bitten? Was sollte sie ihn fragen? Was musste sie wissen?

In der Dunkelheit, während der Halbmond silbrige Lichtfäden durch das offene Fenster fließen ließ, wachte sie allein auf. Sie barg das Gesicht in den Kissen und hörte mit schmerzendem Herzen dem nächtlichen Heulen des Wolfes zu.

6. KAPITEL

Rowan konnte zusehen, wie der Frühling sich zu seiner vollen Pracht entfaltete. Und während sie zusah, erwachte auch etwas in ihr zu neuem Leben. Narzissen und Windröschen wetteiferten mit ihren Blüten, der kleine Birnbaum vor dem Küchenfenster erstrahlte in schimmerndem Weiß.

Tief im Wald zeigten die wilden Azaleen zarte rosa und weiße Spitzen, am Fingerhut brachen die Knospen auf. Es gab so viele Wildblumen, dass Rowan sich fest vornahm, bei ihrer nächsten Fahrt in die Stadt auch ein Buch über die einheimische Flora zu besorgen. Sie wollte sie alle kennenlernen, ihre Namen wissen und sie studieren.

Irgendwie schien sie auch aufzublühen. War ihr Teint nicht rosiger geworden, ihre Augen nicht leuchtender? Eines wusste sie sicher: Sie lächelte viel öfter, genoss das simple Gefühl, wenn ihre Lippen sich verzogen, auf einem Spaziergang, beim Zeichnen oder wenn sie abends in der milden Abendluft auf der Veranda saß und stundenlang las.

Die Nächte waren nicht mehr einsam. Wenn der Wolf kam, redete sie mit ihm über alles, was ihr gerade durch den Kopf ging. Kam er nicht, war sie auch zufrieden damit, den Abend allein zu verbringen, in der Gewissheit, dass er wiederkommen würde.

Sie hätte nicht genau bestimmen können, was anders geworden war, nur, dass sich etwas verändert hatte. Und dass noch größere Veränderungen in der Luft lagen.

Vielleicht lag es an ihrer Entscheidung, nicht nach San Francisco zurückzukehren, oder zu ihrem Lehrerinnenposten, oder zu dem praktischen kleinen Apartment, nur Minuten vom Haus ihrer Eltern entfernt.

Mit Geld war sie immer vorsichtig umgegangen. Sie verspürte kaum Bedürfnis, sich mit Dingen zu umgeben oder ihren Schrank mit Garderobe zu füllen oder exotische Reisen zu machen. Eine kleine Erbschaft von der Seite ihrer Mutter war hinzugekommen, die sie solide angelegt hatte und die über die letzten Jahre stetig gewachsen war.

Genug als Anzahlung für ein kleines Häuschen irgendwo.

Irgendwo, wo es hübsch und ruhig ist, dachte sie, während sie mit einer Tasse dampfenden Kaffees auf der Veranda stand und den anbrechenden Tag begrüßte. Nein, es musste schon ein Haus sein. Nie wieder in einer Wohnung leben. Und irgendwo auf dem Land. Sie würde nie wieder in der Geräuschkulisse einer Stadt glücklich sein können. Sie würde einen selbst angelegten Garten haben – das würde sie schon noch lernen – und vielleicht sogar einen kleinen Teich dabei.

Es musste auch nahe genug am Meer liegen, damit sie Spaziergänge am Strand machen konnte und das Rauschen hören würde. Vielleicht, aber nur vielleicht, würde sie beim nächsten Mal in der Stadt einen Makler aufsuchen, sich informieren, was angeboten wurde.

Es war ein Riesenschritt – den richtigen Platz finden, das richtige Haus. Es einzurichten, es zu unterhalten. Gedankenverloren wickelte sie sich das Ende ihres Zopfs um den Finger, dann ließ sie die Hand fallen. Sie war bereit, diesen Schritt zu unternehmen. Sie würde ihn machen.

Und sie würde Arbeit finden, die sie befriedigte, sie ausfüllte. Sie wäre glücklich und zufrieden damit für den Rest ihres Lebens, in ihrem kleinen Häuschen Skizzen anzufertigen und zuzusehen, wie der Garten immer prächtiger wurde.

Wenn sie etwas hier in der Nähe finden konnte, würde sie auch den Wolf nicht verlassen müssen.

Oder Liam.

Bei diesem Gedanken schüttelte sie den Kopf. Nein, Liam durfte sie bei dieser Entscheidung nicht als Faktor hinzuziehen. Er war sein eigener Herr, konnte kommen und gehen, wie es ihm beliebte.

Genau wie der Wolf, wurde ihr plötzlich gewahr, und sie seufzte. Schließlich gehörte keiner von beiden ihr. Beide waren Einzelgänger, beide schöne Wesen, aber niemandes Eigentum. Sie waren in ihr Leben getreten und hatten wahrscheinlich sogar ein paar Veränderungen bewirkt, wie Rowan annahm, aber die größte Veränderung würde sie selbst unternehmen müssen.

Nach drei Wochen in dem kleinen Blockhaus auf der Lichtung hatte es den Anschein, dass sie bereit dazu war. Nicht nur ziellos herumwandern, nicht nur ständig Fragen stellen, nein, es war an der

Zeit, definitive Schritte zu unternehmen.

Irgendetwas erregte ihre Aufmerksamkeit, fast so, als würde eine Stimme in ihrem Kopf ihren Namen rufen.

Er hatte gesagt, sie solle zu ihm kommen, erinnerte sie sich. Dass sie wissen würde, wenn die Zeit gekommen war. Nun, es gab keinen besseren Zeitpunkt als die Gegenwart, in der entschlussfreudigen Stimmung, in der sie war. Und nach dem Besuch bei ihm würde sie in die Stadt fahren und ein Maklerbüro suchen.

Er wusste, dass sie unterwegs zu ihm war. In der letzten Zeit hatte Liam darauf geachtet, den Kontakt zu ihr begrenzt zu halten. Na schön, er hatte nicht ganz wegbleiben können. Schließlich sorgte er sich um sie, dass sie so ganz allein war und weiter von ihrer gewohnten Welt entfernt, als sie ahnte.

Es war ja auch einfach genug, nach ihr zu sehen. Zu ihrer Tür zu laufen und diese offen zu finden, wann immer der Wolf auf ihrer Schwelle auftauchte. Er konnte auch nicht leugnen, dass es ihm Spaß machte, wenn sie ihn begrüßte, seinen Kopf streichelte, ihre Wange an seinen Hals legte.

Vor dem Wolf hatte sie keine Angst, es war der Mann, der sie beunruhigte.

Aber jetzt kam sie zu dem Mann und würde sich mit ihm auseinandersetzen müssen. Er war überzeugt, dass sein Plan gut war, für sie beide. Ein Plan, der ihr Gelegenheit geben würde, ihre eigenen Talente auszuloten, und ihnen beiden die Chance bot, mehr über einander zu erfahren.

Er würde sie nicht mehr berühren, das hatte er sich selbst versprochen. Es war zu schwierig, zu kosten und nicht alles zu nehmen. In jenen Nächten, in denen er sie mit dem Geist genommen hatte, war sie glücklich und erschöpft gewesen, ihn aber hatte es nur seltsam unerfüllt zurückgelassen.

Und doch war sie es, die auf ihn vorbereitet werden musste, auf die Nacht, in der er jene Träume Realität werden lassen würde. Für die Nacht, in der er sie mit seinem Körper, nicht nur mit seinem Geist lieben würde.

Bei dem Gedanken verkrampfte sich sein Magen. Wütend über die eigene Reaktion, befahl er seinem Verstand, sich zu klären, seinem Körper, sich zu entspannen. Doch es machte ihn nur noch wütender, dass nicht einmal seine Kräfte ihm halfen, die Anspannung zu lösen.

„So weit ist es noch nicht, dass ich die physische Reaktion auf eine hübsche Halbhexe nicht unter Kontrolle bekommen kann", knurrte er erbost und ging zurück in die Hütte.

Den Teufel würde er tun und hier auf der Veranda stehen, wie ein verliebter Jüngling, der auf die Ankunft seiner Liebsten wartete! Also tigerte er im Wohnzimmer auf und ab und stieß deftige gälische Flüche aus, bis er das Klopfen an der Tür vernahm.

Mit aus unerklärlichem Grund übelster Laune riss er die Tür auf. Und da stand sie, die Sonne im Rücken, ein Lächeln auf den Lippen, die gelösten Haarsträhnen seidig im Sonnenlicht aufleuchtend. Und sie hielt einen kleinen Strauß Blumen in der Hand.

„Guten Morgen. Ich glaube, das sind wilde Veilchen, aber ich bin mir nicht sicher. Ich muss mir erst ein Buch besorgen."

Er konnte nur starren. Nur wollen.

Als er nichts sagte, ließ sie die Hand sinken. „Magst du keine Blumen?"

„Wie? Oh doch, natürlich. Tut mir leid, ich war abgelenkt." Bei der Göttin, reiß dich zusammen, Donovan! Trotzdem stand das tiefe Stirnrunzeln in direktem Kontrast zu seinen Worten. „Komm herein, Rowan Murray. Sei willkommen, und deine wunderschönen selbst gepflückten Blumen auch."

„Wenn ich ungelegen komme", setzte sie an, doch er trat schon zurück, um sie einzulassen. „Ich wollte auf dem Weg in die Stadt nur mal vorbeischauen."

„Noch mehr Bücher?" Er ließ die Tür offen, wie ein Symbol für eine Fluchtmöglichkeit.

„Ja, deshalb, und weil ich mit jemandem über Immobilien reden will. Ich denke daran, mir hier etwas in der Gegend zu kaufen."

„So?" Er zog die Augenbrauen in die Höhe. „Ist das die richtige Lage für dich?"

„Es scheint so. Könnte sein." Sie rollte mit den Schultern. „Irgendwo muss es ja sein."

„Und hast du schon entschieden, wie du für deinen … Lebensunterhalt, wie du es nennst, sorgen willst?"

„Nein, noch nicht." Das Leuchten in ihren Augen schwächte sich ein wenig ab. „Aber mir fällt schon noch was ein."

Es tat ihm leid, dass er diesen sorgenvollen Ausdruck auf ihr Gesicht gebracht hatte. „Gerade hinsichtlich dieser Angelegenheit habe ich eine Idee. Komm mit in die Küche, wir suchen etwas, um deine Blumen ins Wasser zu stellen."

„Bist du schon im Wald gewesen? Alles sprießt und grünt und blüht. Es ist unglaublich schön. Und diese wunderbaren Pflanzen und Blumen in Belindas Garten. Die meisten kenne ich gar nicht. Die hier um deine Hütte stehen, übrigens auch nicht."

„Die meisten sind sehr anspruchslos und außerdem nützlich für das eine oder andere." Er kramte eine kleine blaue Vase für die Veilchen aus dem Schrank, während Rowan aus dem Fenster schaute.

„Oh, hier hinten stehen ja auch noch so viele Pflanzen in deinem Garten." Sie stellte sich auf die Zehenspitzen. „Sind das Kräuter?"

„Ja, Kräuter."

„Zum Kochen."

„Dafür auch." Seine Mundwinkel zuckten leicht. „Und für alle möglichen anderen Sachen. Legst du dir jetzt auch ein Buch über Kräuter zu?"

„Wahrscheinlich." Sie lachte, landete wieder auf dem ganzen Fuß. „Es gibt so vieles, worüber ich mir nie Gedanken gemacht habe. Und jetzt scheine ich gar nicht genug Neues herausfinden zu können."

„Dich miteingeschlossen, nicht wahr?"

Sie blinzelte. „Ja, wahrscheinlich."

„So ..." Liam konnte nicht widerstehen und spielte mit ihrem Zopf. „Was hast du denn über Rowan herausgefunden?"

„Dass sie gar nicht so unfähig ist, wie sie immer dachte."

Sein Blick wurde schärfer, hielt ihren fest. „Und was hat dich überhaupt erst auf diese Idee gebracht?"

„Oh, ich meine damit nicht alles. Ich weiß, wie man lernt und wie man das Gelernte anwenden muss. Ich bin ein sehr organisierter und praktischer Mensch, und ich verfüge über genügend Intelligenz. Es waren immer die kleinen Dinge und die wirklich großen, mit denen ich nichts anzufangen wusste. Alles, was dazwischen liegt, damit bin ich gut fertig geworden. Ich habe einfach das getan, was die anderen von mir erwarteten."

„Ich werde dir gleich einen Vorschlag über eines dieser großen Dinge machen. Und ich erwarte, dass du genau das tust, was du willst."

„Was ist es denn?"

„Geduld", sagte er mit einer vagen Handbewegung. „Komm hier herein und sieh dir an, woran ich gerade arbeite."

Verwirrt folgte sie ihm in das angrenzende Arbeitszimmer. Der Computer lief, der Screensaver bestand aus schwebenden Monden und Sternen und Symbolen, die sie nicht kannte. Liam drückte eine Taste, und Text erschien auf dem Bildschirm.

„Was hältst du davon?", fragte er, und sie beugte sich vor, um zu lesen. Einen Augenblick später begann sie zu lachen.

„Ich fürchte, ich kann das nicht lesen, weil es entweder Computerzeichen sind oder eine Sprache ist, deren Buchstaben ich nicht kenne."

Er sah auf den Schirm und schnaubte ungeduldig. Er war so in die Geschichte vertieft gewesen, dass er es nicht beachtet hatte. Nun, das ließ sich leicht ändern. Fast hätte er die entsprechende Formel mit einem Wink gemurmelt. Er hielt sich gerade noch rechtzeitig zurück und drückte ein paar Tasten.

„Da." Der Bildschirm schaltete sich aus, und als er wieder aufflackerte, lag der Text gut lesbar da. „Setz dich und lies."

Nichts hätte sie mehr entzücken können. Sie brauchte nur die ersten Zeilen zu lesen, um zu verstehen. „Das ist die Fortsetzung von ‚Myor'." Begeistert sah sie zu ihm auf. „Das ist großartig. Du lässt die Geschichte weitergehen. Ist sie schon fertig? Wie soll es denn weitergehen?"

„Lies, dann wirst du es selbst herausfinden."

„Ja, natürlich." Diesmal war sie es, die ihn beiseiteschob, um sich ganz auf das Vergnügen konzentrieren zu können. „Oh! Entführt! Sie ist entführt worden, und der böse Hexenmeister hat sie mit einem Fluch belegt, um sie ihrer Kräfte zu berauben. Hat alle ihre Gaben in einer Kiste eingesperrt. Das tut er alles nur, weil er in sie verliebt ist, nicht wahr?"

„Wie?"

„So muss es sein", bekräftigte Rowan. „Brinda ist so schön und stark und voller Licht. Da muss er sie doch wollen, und das ist die einzige Art, auf die er sie zwingen kann, ihm zu gehören."

Liam dachte darüber nach und steckte die Hände in die Tasche. „Ist das so, ja?"

„Aber ja doch. Siehst du, hier ist der gut aussehende Zauberer, der mit dem bösen um die Kiste mit den Kräften kämpfen wird. Das ist einfach toll!"

Sie war mit ihrer Nase ganz nahe an den Bildschirm herangegangen, ärgerte sich, weil sie ihre Lesebrille nicht mit dabeihatte. „Sieh dir nur all die Fallen und Hindernisse an, die er überwinden muss, um überhaupt zu Brinda zu kommen. Und wenn er sie dann befreit hat, kann sie ihm nicht einmal mit ihrer Magie helfen. Sie muss sich allein auf ihren Verstand verlassen", murmelte Rowan vor sich hin, von der Story fasziniert. „Gemeinsam stellen sie sich der Aufgabe, riskieren es sogar, dabei vielleicht umzukommen. Wow, das Tal der Stürme. Hört sich geheimnisvoll an, leidenschaftlich. Das genau war es, was beim ersten Spiel noch fehlte."

Mehr verdattert als beleidigt, starrte er sie an. „Entschuldige?"

„Im ersten Spiel gab es viel Magie und wunderbare Abenteuer, aber keine Romantik. Ich freue mich so, dass du diesmal eine Liebesgeschichte mit hast einfließen lassen. Rilan wird sich unsterblich in Brinda verlieben und sie sich in ihn, während sie ihre gemeinsame Aufgabe angehen und allen Gefahren trotzen." Ihre Augen glühten vor Begeisterung, als sie sich zurücklehnte und Liam anstrahlte. „Wenn sie dann den bösen Zauberer besiegt und die Kiste gefunden haben, sollte es ihre Liebe sein, die den Fluch bricht und Brinda ihre Kräfte zurückgibt. Und dann leben sie glücklich bis an ihr Lebensende." Sie lächelte zögernd, als sie seiner perplexen Miene gewahr wurde. „Das werden sie doch, oder?"

„Ja, das werden sie." Mit ein paar Korrekturen im Text ... sicher, beschloss er still. Aber das war seine Aufgabe. Später. Bei Finn, die Frau hatte recht. „Was hältst du von den Zauberdrachen im Land der Spiegel?"

„Zauberdrachen?"

„Hier." Er beugte sich hinunter und ließ den Text auf dem Schirm vorbeirollen. „Lies das", sagte er. Sein Atem streifte warm ihre Wange. „Und sag mir, was du denkst."

Sie musste sich angestrengt konzentrieren, um das Emporschnellen ihres Pulses zu ignorieren, aber sie schaffte es schließlich. „Großartig, ganz wunderbar. Ich kann es direkt vor meinem geistigen Auge sehen, wie die beiden auf dem Rücken eines Drachen davonfliegen, über das rote Meer hinweg und die nebelverhangenen Hügel."

„Das kannst du? Zeig mir, wie du es siehst. Zeichne es für mich." Er zog ihren Block aus ihrer Tasche. „Ich habe nämlich kein klares Bild davon."

„Wirklich nicht? Ich verstehe nicht, wie du so etwas dann schreiben kannst, ohne es dir vorstellen zu können." Sie nahm einen Bleistift zur Hand und ließ ihn übers Papier fliegen. „Der Drache sollte wirklich beeindruckend sein. Kraftvoll und schön, mit goldenen Flügeln und Augen wie funkelnde Rubine. Groß und schlank und stark", murmelte sie vor sich hin. „Wild und Furcht erregend."

Es war genau das, was er gewollt hatte. Liam beobachtete, wie die Zeichnung unter Rowans Händen Leben annahm. Kein zahmes Kuscheltier, kein gezähmtes Monstrum. Sie hatte es genau erfasst: den stolzen Kopf, den langen, kraftvollen Körper mit den majestätischen Flügeln, der mächtige Schwanz, die Ausstrahlung von Kraft, Eleganz und Geschmeidigkeit.

„Zeichne noch eins." Ungeduldig riss er das erste Blatt vom Block, legte es beiseite. „Male das Meer und die Hügel."

„Na schön." Sie nahm an, dass der Skizzenentwurf ihm dabei helfen würde, seine Geschichte detaillierter zu entwickeln. Sie schloss die Augen für einen Moment, um das Bild in sich zu erkennen, das weite Meer mit den schaumgekrönten Wellen, die zerklüfteten Felsen, die hoch aus dem silbernen Nebel aufragten, das Sonnenlicht, das die Ränder streichelte, und die Schatten der majestätischen Berge im Hintergrund, das Licht, das sich in den Wellen brach.

Als Rowan damit fertig war, riss Liam auch dieses Blatt vom Block und forderte sie auf, noch eine Zeichnung zu entwerfen, diesmal von Yilard, dem bösen Zauberer.

Gerade diese Skizze machte ihr ungeheuren Spaß, sie lächelte still vor sich hin, während sie arbeitete. Er muss attraktiv sein, beschloss sie. Verboten attraktiv. Kein buckeliger Gnom mit Warzen, sondern ein großer, atemberaubender Mann mit wallender Mähne und harten dunklen Augen. Sie entwarf einen Umhang für ihn in Rot, wie der eines Fürsten.

„Warum hast du ihn nicht hässlich gemacht?“, fragte Liam.

„Weil er das unmöglich sein kann. Wenn er es wäre, würde es so aussehen, als hätte Brinda ihn wegen seines Aussehens abgelehnt. Was sie aber nicht getan hat – es ist sein dunkles Herz, das sie verabscheut. Diese Dunkelheit kann man in seinen Augen erkennen.“

„Aber der Held, er muss doch hübscher sein.“

„Natürlich. Wir erwarten das, ja, verlangen das. Aber er wird nicht einer von diesen Schönlingen mit goldenen Locken sein.“ Sie ging völlig in der Geschichte auf, riss das fertige Blatt selbst herunter, um mit der nächsten Skizze zu beginnen. „Ein dunkler Typ, auch gefährlich. Mutig, ja, aber auch mit Fehlern. Ich mag es, wenn meine Helden kleine Fehler haben, das macht sie menschlicher. Immerhin riskiert er sein Leben, um Brinda zu retten. Erst wegen der Ehre, dann aus Liebe.“

Sie lachte, als sie sich von der Zeichnung aufrichtete. „Er sieht ein bisschen wie du aus. Aber warum auch nicht? Es ist schließlich deine Geschichte. Jeder will doch der Held seiner eigenen Geschichte sein.“ Sie lächelte ihn an. „Und es ist eine wunderbare Story, Liam. Darf ich den Rest lesen?“

„Noch nicht.“ Es gab ein paar Dinge zu erledigen. Er fuhr den Computer herunter.

„Oh.“ Sie war ehrlich enttäuscht, was seinem Ego schmeichelte. „Ich wollte doch nur wissen, was passiert, nachdem ihnen die Flucht aus dem Land der Spiegel gelungen ist.“

„Wenn du das wissen willst, musst du meinen Vorschlag akzeptieren.“

„Einen Vorschlag?“

„Ein Geschäft. Übernimm die Illustrationen für mich. Alle. Es ist eine Riesenaufgabe, da sämtliche Level ziemlich komplex sind. Ich will eine genaue Auflistung der Details für die Grafik, und ich bin nicht leicht zufriedenzustellen.“

Sie hob abwehrend die Hand. Sie wollte ihn aufhalten, sich Zeit geben, um ihre Stimme wiederzufinden. „Du willst, dass ich die Geschichte illustriere?“

„So simpel ist das nicht. Ich brauche Hunderte von Skizzen jeder Art, aus allen möglichen Blickwinkeln und Perspektiven.“

„Ich habe doch keinerlei Erfahrung.“

„Wirklich nicht?“ Er hielt die Zeichnung mit dem Drachen hoch.

„Diese Bilder habe ich alle nur schnell hingekritzelt. Ich habe überhaupt nicht nachgedacht.“

„So?“ Sehr interessant. „Einverstanden. Dann denk nicht, kritzle einfach.“

Sie konnte nicht mithalten, konnte kaum atmen. „Das kannst du nicht ernst meinen.“

„Todernst sogar.“ Er legte die Zeichnung ab. „Warst du es nicht, die gerade gesagt hat, sie will nur noch das tun, was ihr gefällt?“

„Ja …“ Sie rieb sich mit dem Handballen über das Herz, ohne es zu merken.

„Dann arbeite mit mir zusammen, wenn es dir gefällt. Du verdienst dir deinen Lebensunterhalt, ‚Donovan Legacy‘ wird sicherstellen, dass du großzügig entlohnt wirst. Die Entscheidung liegt bei dir, Rowan.“

„Warte!“ Mit immer noch erhobener Hand stand sie auf und ging zum Fenster. Der Himmel war blau wie immer, der Wald immer noch grün und der Wind blies mit der gleichen Stärke.

Es war nur ihr Leben, das sich veränderte. Wenn sie es zuließ.

Etwas, das sie über alles liebte, tun, um Geld zu verdienen? Es völlig frei und mit Freude zu benutzen und dafür alles zu bekommen, was sie brauchte? War das überhaupt möglich? Konnte das wahr sein?

Im gleichen Augenblick wurde ihr klar, dass es nicht Panik war, die da heiß in ihrer Kehle aufstieg. Es war überschäumende Aufregung. „Und du meinst es wirklich ernst? Meine Skizzen würden zu deiner Story passen?“

„Ich hätte es nicht gesagt, wenn es anders wäre. Du musst dich nur entscheiden.“

„Mich entscheiden“, wiederholte sie leise, nur ein Hauch. „In diesem Falle … Ja, es würde mir gefallen.“ Sie sprach langsam, nachdenklich. Doch als sie die volle Tragweite seines Vorschlags erkannte, wirbelte sie mit strahlenden Augen herum. Die silbernen Pünktchen waren wieder da, wie er erkannte. „Und wie es mir gefallen würde! Wann fangen wir an?“

Er nahm die Hand, die sie ihm bot, schlug mit festem Griff ein. „Das haben wir doch gerade.“

Später, als Rowan in ihrer Küche mit einem Glas Wein und einem Käsesandwich feierte, kramte sie in ihrer Erinnerung, ob sie je so glücklich gewesen war.

Sie fand nichts.

Die Immobiliensuche und die Bücher waren vorerst aufgeschoben, aber nicht aufgehoben. Das würde noch kommen. Doch im Moment dachte sie darüber nach, dass sich ihr ein neuer Berufsweg eröffnet hatte. Einer, der sie faszinierte und begeisterte.

Jetzt hatte sie eine Chance, eine echte und greifbar nahe Chance, eine völlig neue Richtung in ihrem Leben einzuschlagen.

Liam Donovan würde es ihr sicher nicht leicht machen. Im Gegenteil, dachte sie, während sie sich einen Krümel Käse vom Daumen schleckte. Er war anspruchsvoll, manchmal geradezu unerträglich und auf jeden Fall durch und durch ein Perfektionist.

Sie hatte ganze zwölf Skizzen von den Zwergen von Firth angefertigt, jene, die am Meeresarm lebten, bevor ihm eine davon zugesagt hatte. Und sein einziger Kommentar war ein Knurren und ein bejahendes Nicken gewesen.

Nun, auch gut. Man musste ihr nicht den Kopf tätscheln, sie brauchte kein überschwängliches Lob. Dass er sie als gut erachtete, dass es für ihn bereits selbstverständlich war, dass sie als erfolgreiches Team zusammenarbeiten würden, genügte ihr.

Ein Team. Am liebsten hätte sie dieses Wort umarmt. Jetzt war sie ein Teil von etwas. Nach all den langen Jahren des Wünschens und Sehnens konnte sie nun endlich Geschichten erzählen. Nicht mit Worten, nein, sie hatte nie die richtigen Worte gefunden, aber mit ihren Zeichnungen und Skizzen. Das, was sie am liebsten tat und von dem sie sich all die Jahre überzeugt hatte, dass es nicht mehr als ein Hobby sei.

Jetzt gehörte es ihr.

Trotzdem war sie eine praktisch veranlagte Frau. Sie würde ihre Begeisterung ein wenig zur Seite stellen und mit ihm die genauen Konditionen verhandeln müssen. Schade nur, dass sie nicht durchtrieben genug gewesen war, ihr Erstaunen zu verbergen, als er ihr die Summe genannt hatte, mit der ihre Arbeit honoriert werden würde.

Damit kann ich das Haus haben, dachte sie und lachte in sich hinein, während sie sich ein zweites Glas Wein einschenkte. Sie würde sich mit Farben und Papier eindecken. Mehr Bücher kaufen. Pflanzen und Blumen. Sie würde die Antiquitätenläden durchstöbern, um ihr neues Heim einzurichten.

Und glücklich bis an ihr Lebensende leben.

Allein.

Sie schüttelte den kleinen Stich ab. Sie gewöhnte sich daran, allein zu sein. Es gefiel ihr sogar. Mochte schon sein, dass sie dann und wann Liams Anziehungskraft spürte, aber ihr war auch klar, dass sie dem nicht nachgeben durfte, jetzt, da sie zusammenarbeiteten.

Er hatte auf jeden Fall keinerlei Zeichen mehr gezeigt, dass er eine persönlichere Beziehung wünschte. Und wenn das an ihrem Stolz kratzte, nun, daran hatte sie sich auch gewöhnt.

Früher einmal war sie bis über beide Ohren in den Seminarleiter an der Highschool verknallt gewesen. Sie konnte sich nur zu gut an die Schmetterlinge im Bauch erinnern, jedes Mal, wenn sie ihn sah. Wie verzweifelt sie sich damals gewünscht hatte, offener, unbeschwerter, selbstsicherer und hübscher zu sein, so wie das Mädchen, mit dem er ging.

Im College war es dann ein Student im Englischseminar gewesen, ein Dichter mit seelenvollen Augen und einer düsteren Weltanschauung. Sie war sicher gewesen, sie würde ihn inspirieren können, seiner Seele Frieden bringen. Als er dann schon fast ganz am Ende des Semesters diese glutvollen Augen endlich auf sie richtete, war sie wie eine reife Pflaume vom Baum gefallen.

Sie bereute es nicht, auch wenn nach zwei kurzen Wochen eben jene seelenvollen Augen auf einer anderen Frau lagen. Immerhin hatte sie zwei Wochen Bilderbuchromantik erlebt und ihre Jungfräulichkeit an einen unglaublich empfindsamen Mann verloren, auch wenn er nicht gerade der Monogamie huldigte.

Sie brauchte nicht lange, um zu verstehen, dass sie nicht ihn liebte, sondern das, was er repräsentierte. Deshalb tat es auch nicht sonderlich weh, als er sie fallen ließ.

Sie wirkte nun mal eben weder unwiderstehlich noch sexy oder geheimnisvoll auf Männer. Aber leider waren die Männer, zu denen sie sich am meisten hingezogen fühlte, eben genau das.

Liam war das alles und noch mehr.

Natürlich war da Alan gewesen. Der nette, solide, bodenständige Alan. Obwohl sie ihn gern mochte, hatte sie in dem Moment, als sie ein Paar geworden waren, gewusst, dass sie mit ihm nie diese leidenschaftliche Aufregung, diese erdrückende Sehnsucht oder dieses unerträgliche Verlangen verspüren würde.

Sie hatte es versucht. Für ihre Eltern war Alan der perfekte Schwiegersohn, also schien es nur logisch, dass sie ihn mit der Zeit auch lieben lernen und ein sicheres, beschauliches Leben mit ihm führen würde.

Aber war es nicht genau diese Vorstellung gewesen, der Gedanke an ein ruhiges Leben, der ihr schließlich genügend Angst eingejagt hatte, um die Flucht zu ergreifen?

Jetzt konnte sie behaupten, dass sie richtig gehandelt hatte. Es wäre falsch gewesen, sich damit zufrieden zu geben. Mit weniger, als sie bis jetzt schon gefunden hatte. Ihren Platz, ihre Wünsche, ihre Makel und ihre Talente.

Sie würden das nicht verstehen – noch nicht. Aber mit der Zeit. Dessen war Rowan sicher. Wenn sie erst in einem eigenen Haus lebte, Karriere machte, dann würden sie es sehen. Und vielleicht würden sie sogar ein kleines bisschen stolz auf sie sein.

Rowan sah zum Telefon hinüber, überlegte, dann schüttelte sie den Kopf. Nein, noch war es zu früh. Sie würde ihren Eltern noch nicht erzählen, was sie vorhatte. Sie wollte die Zweifel, die Sorgen, die sorgfältig maskierte Ungeduld in ihren Stimmen nicht hören müssen. Das würde nur diesen glorreichen Moment verderben.

Und es war doch ein so glorreicher, so wundervoller Moment.

Sie zuckte zusammen, als sie das Klopfen an der Tür vernahm. Das war Liam, musste Liam sein. Oh, es war einfach perfekt. Er hatte mehr Arbeit für sie, sie würden zusammen in der Küche sitzen und Gedanken austauschen, mit Ideen spielen, diskutieren.

Sie würde Tee machen müssen. Anderthalb Gläser Wein waren genug, ihr Verstand musste klar bleiben. Ihr war noch etwas eingefallen zu dem Land der Spiegel, auf dem Weg zurück zu ihrer Hütte.

Sie eilte durch das Haus, um die Tür zu öffnen, sie konnte es kaum erwarten, ihm von ihrer Idee zu erzählen.

Ihr Lächeln erstarrte und wich plötzlich einem schockierten Ausdruck.

„Rowan, du solltest nie die Tür öffnen, bevor du nicht nachgesehen hast, wer da draußen auf deiner Schwelle steht."

Alan trat ein und brachte die Frühlingsbrise von draußen mit.

7. KAPITEL

Alan, was machst du denn hier?“ Rowan bereute die Frage sofort. Ihr Ton war knapp und wenig willkommen heißend gewesen. Vielmehr anschuldigend. Sie sah es an Alans verletztem Gesichtsausdruck.

„Es sind jetzt über drei Wochen, Rowan. Wir dachten uns, du könntest dich über ein wenig Gesellschaft vielleicht freuen. Und, ehrlich gesagt …“, er strich sich das dichte blonde Haar aus der Stirn, „… dein letzter Anruf bei deinen Eltern hat sie doch ein wenig beunruhigt.“

„Beunruhigt?“ Sie schnaubte und bemühte sich dann reumütig um ein Lächeln. „Ich sehe nicht, warum. Ich habe ihnen erzählt, dass ich mich hier häuslich eingerichtet habe und mich sehr wohl fühle.“

„Vielleicht ist es ja genau das, was ihnen Sorgen macht.“

Der ernste Blick aus seinen braunen Augen brachte ihr die ersten Gewissensbisse. Dann zog er seinen Mantel aus, legte ihn ordentlich über das Treppengeländer und löste eine ganze Lawine von Schuldgefühlen aus.

„Niemand von uns weiß, was du hier oben eigentlich tust. Oder was du dir davon erhoffst, dich hier abzukapseln.“

„Das habe ich doch alles schon erklärt.“ Jetzt mischte sich auch Entmutigung in die Schuld. Es waren ihre Hütte und ihr Leben. Und beide wurden mit Beschlag belegt und infrage gestellt. Doch Rowans gute Manieren ließen sie Alan automatisch auffordern, sich zu setzen. „Möchtest du vielleicht einen Tee? Oder Kaffee?“

„Nein, danke.“ Er setzte sich jedoch. Eine Gestalt, die seltsam steif und fehl am Platze wirkte, mit dem tadellos sitzenden grauen Anzug, dem weißen Hemd und der Krawatte. Welche makellos gebunden war. Alan wäre nie auf die Idee gekommen, sie zu lockern, nicht einmal für die lange Autofahrt hierher.

Er sah sich im Zimmer um, während er sich in einen Sessel beim Feuer setzte. Seiner Ansicht nach war das Blockhaus sehr rustikal und viel zu abgelegen. Wo war denn hier die Kultur? Die Museen, die Büchereien, die Theaterbühnen? Wie hielt Rowan es nur aus, sich wochenlang irgendwo in den einsamen Wäldern zu vergraben?

Er war sicher, sie brauchte nur einen kleinen Anstoß, und sie würde ihre Sachen zusammenpacken und mit ihm kommen. Ihre Eltern waren derselben Meinung gewesen.

Er lächelte sie an, dieses schiefe, leicht hilflose Lächeln, das seine Wirkung bei ihr nie verfehlt hatte. „Was, um alles in der Welt, machst du hier nur den lieben langen Tag?"

„Das habe ich dir alles in meinen Briefen berichtet, Alan." Sie saß ihm gegenüber, lehnte sich ein wenig vor. Dieses Mal würde sie es ihm so erklären, dass er verstand. „Ich nehme mir eine Auszeit, um nachzudenken, um ein paar Dinge zu klären. Ich mache lange Spaziergänge, lese, höre Musik. Ich zeichne viel. Um genau zu sein ..."

„Rowan, für ein paar Tage ist das sicherlich eine wunderbare Entspannung", unterbrach er sie. Geduld und Nachsicht trieften förmlich aus seiner Stimme, dass Rowan automatisch die Zähne zusammenbiss. „Aber das hier ist doch kein Ort für dich. Man kann in deinen Briefen zwischen den Zeilen leicht erkennen, wie du die Einsamkeit völlig romantisierst, das Leben in einer kleinen Hütte mitten in der Einöde." Er versuchte wieder sein Lächeln, doch diesmal zeigte es keine Wirkung.

„Ich bin glücklich hier, Alan."

Sie sah aber keineswegs glücklich aus, wie ihm auffiel. Vielmehr verärgert und gereizt. Zuversichtlich, dass er ihr helfen konnte, tätschelte er ihre Hand. „Im Moment vielleicht. Aber was ist in ein paar Wochen, wenn dir klar wird, dass das alles hier ...", er machte eine umfassende Handbewegung, „... nur ein Zwischenspiel ist? Dann wird es zu spät sein, um deine Stelle in der Schule wieder anzutreten, dich für die Sommerkurse einzutragen, die du für deine Doktorarbeit belegen musst. In zwei Monaten läuft außerdem dein Mietvertrag aus."

Rowan hatte die Hände in ihrem Schoß verschränkt, um sich davon abzuhalten, mit der geballten Faust frustriert auf die Sessellehne zu schlagen. „Das ist kein Zwischenspiel, sondern mein Leben."

„Genau." Er strahlte sie an, wie er immer einen besonders begriffsstutzigen Studenten anstrahlte, der endlich einen komplizierten Sachverhalt verstanden hatte. „Und dein Leben ist in San Francisco. Liebling, du und ich, wir beide wissen, dass du mehr intellektuelle Anregung brauchst, als sich hier finden lässt. Was ist mit deiner Büchergruppe? Die muss dir doch fehlen. Und die Kurse, die du nehmen wolltest? Deine Dissertation hast du bisher mit keinem Wort erwähnt."

„Weil ich sie nicht schreiben werde, deshalb." Es machte sie wütend, dass ihre Finger zu zittern begannen. Sie riss die Hände auseinander und sprang auf. „Nicht ich wollte diese Kurse machen, andere wollten, dass ich das tue. So, wie andere jeden Schritt vorgeplant haben, den ich zu nehmen habe. Ich will weder studieren noch will ich unterrichten. Ich will keine intellektuelle Anregung, die ich nicht selbst für mich ausgesucht habe. Das alles habe ich dir schon einmal gesagt, wie auch meinen Eltern. Aber ihr wollt mir einfach nicht zuhören."

Alan blinzelte, schockiert über ihren plötzlichen Ausbruch. „Weil uns viel an dir liegt, Rowan. Sehr viel." Auch er erhob sich. Seine Stimme klang jetzt beruhigend. Sie verlor nur äußerst selten die Beherrschung, aber wenn sie es tat, dann baute sie in Sekundenschnelle eine Mauer auf, die kein logisches Argument durchdringen konnte. Dann konnte man sie nur in Ruhe lassen.

„Ich weiß, dass du dir Sorgen machst. Deshalb möchte ich, dass du mir zuhörst, damit du verstehen kannst. Oder wenn verstehen zu viel verlangt ist, dass du es wenigstens akzeptierst. Ich tue das, was ich tun muss. Und, Alan ...", sie ließ die Hände fallen und schaute ihn direkt an, „... ich komme nicht mehr zurück."

Seine Miene wurde hart. Mit kaltem Blick sah er sie an, als hätte sie sich geweigert, eine logische Voraussetzung als richtig zu verstehen. „Ich hatte gehofft, du hättest diese alberne Laune längst ausgelebt und würdest heute Abend mit mir zurückkommen. Ich bin allerdings bereit, mir ein Hotel zu suchen und noch ein paar Tage zu warten."

„Nein, Alan, du missverstehst. Ich komme nicht mehr nach San Francisco zurück. Nicht heute, nicht in ein paar Tagen. Nie mehr."

Jetzt hatte sie es also ausgesprochen. Ein riesiges Gewicht schien ihr von den Schultern genommen zu sein. Ihr war so leicht ums Herz, dass selbst sein entsetzter Blick ihr nichts anhaben konnte.

„Das ist doch Unsinn, Rowan. Die Stadt ist dein Zuhause, natürlich kehrst du zurück."

„Es ist dein Zuhause. Und das meiner Eltern." Sie streckte die Hände aus, um seine zu nehmen. Er sollte so glücklich über ihre

Pläne sein, wie sie es war. „Bitte, versuch doch zu verstehen. Ich liebe das Leben hier. So habe ich nie zuvor gefühlt. Ich habe sogar einen Job gefunden, ich soll die Illustrationen für ein Computerspiel übernehmen. Es macht mir unheimlichen Spaß, Alan. Es ist so aufregend. Ich werde versuchen, ein Haus hier in der Gegend zu kaufen. Mein eigenes kleines Haus, direkt am Meer. Ich werde einen Garten anpflanzen und kochen lernen und …"

„Hast du ganz und gar den Verstand verloren?" Er drückte ihre Hände so fest, dass es fast wehtat. Nichts von der puren Freude auf ihrem Gesicht nahm er wahr, nur ihre Worte, die für ihn wie die einer Verrückten klangen. „Computerspiele? Gärten? Du solltest dich mal selbst hören!"

„Aber das ist doch genau das, was ich zum ersten Mal in meinem Leben tue. Alan, du tust mir weh."

„Ich tue dir weh?" Er stand so kurz davor loszubrüllen, wie sie ihn noch nie gesehen hatte, und verlagerte seinen Klammergriff von ihren Händen zu ihren Schultern. „Und was ist mit dem, was ich fühle, was ich mir wünsche? Verdammt, Rowan, ich war mehr als geduldig mit dir. Du bist doch diejenige, die urplötzlich und ohne erkennbaren Grund beschlossen hat, unser Verhältnis zueinander zu ändern. An einem Tag waren wir noch Geliebte, am nächsten wolltest du das nicht mehr. Ich habe keinen Druck ausgeübt, habe es akzeptiert. Ich versuchte zu verstehen, dass du auf diesem Gebiet einfach mehr Zeit brauchtest."

Sie hatte es gründlich vermasselt, das wurde ihr jetzt klar. Mit ihrer Unfähigkeit, die richtigen Worte zu finden, hatte sie ihn unnötig verletzt. Selbst jetzt fiel ihr nichts ein. „Alan, es tut mir wirklich leid, glaub mir. Es ging nie um Zeit, es …"

„Ich habe wirklich versucht, mit dieser mir völlig unverständlichen Grille von dir umzugehen", fuhr er fort. Er war so wütend, dass er sie schüttelte. „Ich habe dir mehr Spielraum gelassen, als jeder vernünftige Mensch erwarten würde, davon überzeugt, dass du nur etwas mehr Freiheit brauchtest, bis wir heiraten und uns niederlassen können. Und jetzt sind es Computerspiele? Spiele? Und eine Holzhütte im Wald?"

„Ja, das ist es. Alan …"

Sie war den Tränen nahe, hatte eine Hand auf seine Brust gelegt. Nicht, um ihn fortzustoßen, sondern um ihn zu beruhigen. Da sprang der Wolf mit einem wilden Heulen durch das offene Küchenfenster.

Seine Reißzähne blitzten auf, ein lautes, drohendes Knurren kam aus seiner Kehle, als er Alan mit den Vorderläufen ansprang und zurückwarf. Ein kleiner Tisch hielt das Gewicht der beiden nicht aus und ging zu Bruch. Und bevor Rowan überhaupt Luft holen konnte, lag Alan auf dem Boden, der Wolf war über ihm und schnappte nach seiner Kehle.

„Nein! Nein!“ Die Angst verlieh ihr erstaunliche Schnelligkeit und Kraft. Sie sprang zu den beiden und schlang die Arme um den Hals des Wolfs. „Nicht! Tu ihm nichts. Er hat mir nicht wehgetan.“

Sie spürte die Muskeln des Tieres unter ihren Fingern vibrieren, hörte das Knurren wie grollenden Donner. Ein schreckliches Bild von zerfetztem Fleisch, spritzendem Blut und lauten Schreien schoss ihr durch den Kopf. Ohne zu zögern schob sie ihr Gesicht zwischen Alan und den Wolf und sah dem Tier in die glühenden Augen.

Wo sie pure Wildheit erkannte.

„Er hat mir nicht wehgetan“, sagte sie ganz ruhig. „Er ist ein Freund. Er ist verärgert, aber er würde mir nie etwas tun. Er wollte mich nicht verletzen. Lass ihn jetzt aufstehen, bitte.“

Noch einmal knurrte der Wolf, und etwas … fast Menschliches blitzte in seinen Augen auf. Rowan konnte die Wildheit riechen, die er ausstrahlte, die in ihm war. Sehr sanft legte sie ihre Wange an seinen Kopf. „Alles ist gut.“ Ihre Lippen strichen über sein Fell. „Es ist alles in Ordnung.“

Nur äußerst widerwillig und sehr langsam zog der Wolf sich zurück. Aber er blieb an Rowan gelehnt zwischen ihr und Alan stehen. Zur Vorsicht griff sie nach seinem Nackenfell und hielt ihn fest.

„Es tut mir alles schrecklich leid, Alan. Bist du verletzt?“

„Um Himmels willen. Um Himmels willen …“, war alles, was Alan mit zitternder Stimme herausbrachte. Schiere Panik hatte ihn erfasst. Seine Lungen brannten bei jedem Atemzug, seine Brust schmerzte höllisch, dort, wo das Untier ihn angesprungen hatte. „Geh weg von ihm, Rowan.“ Obwohl er vor Schock zitterte, griff er nach einer Tischlampe und rappelte sich auf. „Rowan, geh endlich weg, geh nach oben!“

„Wage es ja nicht, ihn zu schlagen." Resolut riss sie Alan die Lampe aus der zitternden Hand. „Er wollte mich doch nur beschützen. Er dachte, du würdest mir Gewalt antun."

„Dich beschützen? Herrgott noch mal, Rowan, das ist ein Wolf!"

Sie wich zurück, als er nach ihr greifen wollte, und ihrem Instinkt folgend, log sie zum ersten Mal in ihrem Leben ganz bewusst. „Natürlich ist das kein Wolf. Mach dich nicht lächerlich. Es ist ein Hund." Ob dieser Bezeichnung glaubte sie den Wolf unter ihrer Hand zusammenzucken zu spüren. Aus den Augenwinkeln sah sie, wie er den Kopf hob und … nun, sie verärgert anfunkelte. „Mein Hund", log sie weiter. „Und er hat genau das getan, was man von einem gut trainierten Hund erwartet. Er beschützt mich mit aller Kraft vor jedem, den er als Bedrohung für mich ansieht."

„Ein Hund?" Verblüfft und keineswegs davon überzeugt, dass er nur knapp dem Schicksal entronnen war, die Kehle durchgebissen zu bekommen, blickte Alan zu ihr hin. „Du hast einen Hund?"

„Ja." Langsam glaubte sie an dieser Lüge ersticken zu müssen. „Und, äh, wie du siehst, kann ich mich hier absolut sicher fühlen. Mit ihm."

„Was für ein Hund ist das denn?"

„So genau weiß ich das nicht." Oh, sie war eine miserable Lügnerin. „Aber er ist ein wundervoller Gesellschafter, und ich brauche mich nicht zu fürchten, wenn ich allein bin. Wenn ich ihn nicht zurückgerufen hätte, hätte er dich gebissen."

„Er sieht aber wie ein Wolf aus."

„Also wirklich, Alan." Sie gab ihr Bestes, um ein Lachen hervorzubringen, aber es klang trotzdem dünn und schrill. „Hast du jemals davon gehört, dass ein Wolf durch ein Fenster springt, oder dass er einer Frau gehorcht? Ach, er ist so wunderbar." Sie schmiegte ihr Gesicht in das Fell. „Und so sanft zu mir wie ein Bernhardiner."

Der Wolf warf ihr einen angeekelten Blick zu, dann ging er hinüber zum Feuer und ließ sich auf dem Teppich nieder.

„Siehst du?" Zu gern hätte sie einen erleichterten Seufzer ausgestoßen, aber sie hielt sich zurück.

„Du hast nie etwas davon gesagt, dass du dir einen Hund anschaffen willst. Außerdem glaube ich, ich bin allergisch." Alan kramte ein Taschentuch hervor und nieste hinein.

„Ich habe viele Dinge nicht gesagt." Rowan ging zu ihm, legte eine Hand auf seinen Arm. „Und dafür muss ich mich entschuldigen. Ich muss mich entschuldigen, weil ich nie wusste, was ich hätte sagen sollen und wie ich es hätte sagen müssen. Bis jetzt."

Alans Blick wanderte immer wieder unstet zu dem Wolf hinüber. „Könntest du ihn vielleicht nach draußen bringen?"

Rowan fühlte ein zittriges Lachen in ihrer Kehle. Den Wolf konnte man nicht „nach draußen bringen". Er kam und ging, wie es ihm beliebte. „Er tut dir nichts, sei ganz beruhigt. Komm, setz dich, du bist immer noch mitgenommen."

„Kein Wunder", murmelte Alan. Er hätte ja gern um einen Brandy gebeten, aber er nahm an, dass Rowan dann das Zimmer verlassen musste, um ihn zu holen. Und er wollte es nicht riskieren, mit diesem riesigen schwarzen Untier allein im Raum zu bleiben, ohne dass Rowan eingreifen konnte.

Und wie um diese weise Entscheidung zu bestätigen, bleckte der Wolf die Zähne.

„Alan." Rowan setzte sich neben ihn auf die Couch, nahm seine Hände in ihre. „Es tut mir leid. Dass ich mich selbst nicht rechtzeitig verstanden habe, damit du verstehen kannst. Dass ich nicht das sein kann, was du dir erhofft hast. Aber das kann ich jetzt nicht mehr ändern, und ich kann auch nicht zu dem zurückkehren, was einmal war."

Alan strich sich erneut das volle Haar aus der Stirn. „Rowan, sei doch vernünftig."

„Ich bin so vernünftig, wie ich nur sein kann. Mir liegt viel an dir, Alan, so viel. Du warst immer ein wunderbarer Freund für mich. Dann sei jetzt bitte auch ein Freund und sei ehrlich. Du hast mich nie wirklich geliebt. Es war einfach nur selbstverständlich, dass es so sein müsste."

„Natürlich liebe ich dich, Rowan."

Ihr Lächeln war ein wenig traurig, als sie sich das Haar zurückstrich. „Würdest du mich wirklich lieben, hättest du nicht so vernünftig sein und es akzeptieren können, nicht mehr mit mir zu schlafen." Ihr Lächeln zeigte jetzt echte Zuneigung, als er unruhig auf seinem Sitz hin- und herrutschte. „Alan, wir waren sehr gute Freunde, aber nur mittelmäßige Liebhaber. Zwischen uns gab es keine Leidenschaft, kein sehnsüchtiges Verlangen."

Es war ihm offensichtlich peinlich, so offen über dieses Thema zu reden. Alan war aufgestanden, um im Zimmer auf und ab zu gehen, aber der Wolf knurrte leise. „Warum sollte das so sein müssen?"

„Warum, weiß ich nicht. Ich weiß nur, dass es so sein sollte." Gedankenverloren richtete sie seine Krawatte. „Du bist der Sohn, den meine Eltern immer haben wollten. Du bist liebenswürdig, klug und wunderbar zuverlässig. Sie lieben uns beide." Sie suchte seinen Blick, dachte – hoffte –, dort Verstehen zu finden. „Deshalb nahmen sie es als selbstverständlich an, dass wir uns zusammentun und heiraten werden. Und sie haben dich davon überzeugt, dass du das auch willst. Aber willst du das, Alan? Willst du das wirklich?"

Er sah auf ihre ineinander verschränkten Hände. „Ich kann mir ein Leben, in dem du nicht dazugehörst, nicht vorstellen."

„Ich werde immer ein Teil deines Lebens sein." Sie legte den Kopf schief, beugte sich vor und küsste Alan auf die Lippen. Der Wolf erhob sich, kam herüber und knurrte leise. Rowan legte eine Hand auf seinen Kopf, zog sich von Alan zurück und musterte sein Gesicht. „Rauscht dir das Blut in den Ohren? Rast dein Puls? Nein, natürlich nicht", murmelte sie, noch bevor er antworten konnte. „Du begehrst mich nicht, Alan. Nicht so, wie ein liebender Mann begehrt. Aber man kann Liebe und Leidenschaft nicht mit Vernunft angehen."

„Wir können es versuchen, wenn du nur zurückkommen würdest." Als sie nur stumm den Kopf schüttelte, drückte er fest ihre Hand. „Ich will dich nicht verlieren, Rowan. Du bedeutest mir viel, wir hatten doch eine gute Zeit zusammen."

„Dann lass mich glücklich sein. Zeig mir, dass wenigstens ein Mensch, dem ich etwas bedeute und der mir etwas bedeutet, akzeptieren kann, was ich mit meinem Leben anfangen will."

„Ich kann dich nicht zurückhalten." Resigniert zuckte er die Schultern. „Du hast dich verändert, Rowan. In drei kurzen Wochen. Vielleicht bist du wirklich glücklich, vielleicht tust du auch nur so. Wie auch immer, wir alle werden da sein, solltest du deine Meinung ändern."

„Ich weiß."

„Ich sollte aufbrechen. Bis zum Flughafen ist es eine weite Fahrt."

„Ich … ich kann dir etwas zu essen zubereiten. Du kannst auch über Nacht bleiben und morgen früh zurückfahren."

„Es ist besser, wenn ich jetzt gehe." Mit einem abschätzigen Blick auf den Wolf erhob Alan sich. „Ehrlich gesagt, ich weiß nicht, was ich davon halten soll. Und ich weiß auch nicht, was ich deinen Eltern sagen soll. Sie waren fest davon überzeugt, du würdest mit mir zurückkehren."

„Sage ihnen, dass ich sie liebe. Und dass ich glücklich bin."

„Ich werde es ihnen sagen. Aber ich weiß ja nicht einmal, ob ich dir glauben kann ..." Er nieste wieder, zog sich zurück. „Bleib nur sitzen." Es war bestimmt sicherer, wenn sie die Hand weiterhin auf dem Kopf dieses wilden Biests liegen ließ. „Ich finde allein hinaus. Du solltest zumindest ein Halsband für dieses Tier besorgen ... und es impfen lassen und ..." Ein Niesanfall ließ ihn erzittern. Das Taschentuch vor dem Gesicht, ging Alan zur Tür. Es hatte den Anschein, als würde dieser Hund ihn angrinsen, was natürlich kompletter Unsinn war. „Ich rufe dich an", brachte Alan noch hervor, bevor er nach draußen an die frische Luft flüchtete.

„Ich habe ihn verletzt." Rowan stieß einen schweren Seufzer aus und legte ihre Wange auf den Kopf des Wolfs. Sie hörte, wie draußen der Motor des Mietwagens ansprang. „Ich konnte es nicht verhindern. Genauso wie ich keinen Weg finden konnte, ihn zu lieben." Sie schmiegte das Gesicht in das dichte Fell, fand Trost darin. „Du bist so mutig, so stark", schmeichelte sie dem Wolf. „Und du hast den armen Alan halb zu Tode erschreckt."

Sie lachte leise, aber es kam einem Schluchzen verdächtig nahe. „Mich wohl auch. Du sahst beeindruckend aus, wie du da durchs Fenster gesprungen bist. So wild, so gefährlich. So schön. Mit gebleckten Zähnen und blitzenden Augen."

Sie glitt von der Couch und kniete sich neben ihn, schlang die Arme um seinen Hals. „Ich liebe dich", murmelte sie und fühlte seine Schauer, als sie sich an ihn schmiegte. „Bei dir ist das so leicht."

Sie verharrten eine lange Zeit so. Der Wolf starrte in das sterbende Feuer und lauschte auf Rowans gleichmäßigen Atem.

Während der nächsten drei Wochen hielt Liam Rowan vollauf beschäftigt und in seiner Nähe. Sie liebte die Arbeit – und das half ihm dabei, zu rechtfertigen, dass er so viel Zeit mit ihr verbrachte. Sicher, sie hätte die Skizzen auch genauso gut bei sich zu Hause machen können, aber sie äußerte nie Einwände, wenn er darauf bestand, dass sie zu ihm kommen sollte. Und das fast jeden Tag.

Er wollte sie einfach im Auge behalten. Sie beobachten. Es half ihm dabei, zu entscheiden, was als Nächstes zu tun sei. Und wann es zu tun sei.

Redete er sich ein. Denn schließlich war es nicht so, dass er sich nach ihrer Gesellschaft sehnte. Nein, er arbeitete lieber allein. Ganz sicher brauchte er keine Ablenkung durch ihren Duft, ihre Wärme. Oder durch das leichte Geplauder, anregend und aufheiternd. Und auf die kleinen Mitbringsel hätte er nun wirklich gut verzichten können. Kuchen, Kekse und Gebäck.

Mal waren sie entweder verbrannt oder zusammengefallen, mal gelungen. Auf jeden Fall waren sie immer unglaublich süß.

Es war weiß der Himmel nicht so, als würde er ohne sie nicht bestens zurechtkommen. Das sagte er sich jeden Tag, während er ungeduldig ihrer Ankunft entgegenfieberte.

Wenn er Nacht für Nacht in Wolfsgestalt zu ihr ging, dann nur, weil sie einsam war und auf diese Besuche wartete. Na schön, vielleicht lag er gern neben ihr auf dem großen Bett und ließ sich von ihr vorlesen, bis sie einschlief, die Brille auf der Nase, das Licht immer noch an.

Und wenn er sie dann noch lange betrachtete, in ihrem Schlaf, dann nicht etwa, weil sie so süß und verletzlich aussah, sondern weil sie ein Rätsel darstellte, das gelöst werden musste. Ein Problem, das logisch anzugehen war.

Sein Herz dagegen, so überzeugte er sich immer wieder, war bestens geschützt.

Er wusste, dass der nächste Schritt sich ankündigte. Der Zeitpunkt, an dem er die Entscheidung, was sie einander bedeuteten, in ihre Hände übergeben würde.

Bevor er das tat, würde sie allerdings erfahren müssen, wer er war. Und wer sie war.

Er könnte sie auch als Geliebte nehmen, ohne sich ihr zu offenbaren. Das hatte er vorher auch nicht getan, bei anderen Frauen. Was ging es sie auch an? Seine Kräfte, sein Vermächtnis, sein Leben gehörten ihm.

Bei Rowan könnte das jedoch anders sein. Sie hatte ihr eigenes Erbe, auch wenn sie nichts davon wusste. Eine Zeit würde kommen, da würde er es ihr sagen müssen, ihr endlich erklären müssen, was da auch in ihrem Blut floss.

Was sie dann damit tun würde, war ihre eigene Entscheidung. Die Wahl, sie davon zu unterrichten, war seine.

Aber er hielt sein Herz im Zaum. Verlangen war akzeptabel, Liebe dagegen ein viel zu großes Risiko.

Am Abend der Sonnenwende, die Luft durchtränkt mit Magie, bereitete er den Kreis vor. Tief in den Wäldern stand er in der Mitte des Steinrings. Um ihn herum erklang der süße Gesang aus uralten Zeiten, die fröhliche Melodie der Jugend, die verhaltenen Lieder jener, die zuschauten und warteten.

Und der süße Harfenklang der Hoffnung.

Die Kerzen waren schlank und weiß, weiß auch die Blumen, die zwischen ihnen lagen. Er trug den Umhang von der Farbe des Mondlichtes und den Edelsteingürtel, der seinen Rang auswies.

Der Wind verfing sich in seinem offenen Haar, als er das Gesicht der untergehenden Sonne entgegenhob. Die letzten Sonnenstrahlen fielen durch die Bäume, wie Lanzen aus schimmerndem Gold, lagen ihm wie geschmiedete Schwerter zu Füßen.

„Was ich hier tue, tue ich aus freien Stücken. Doch ich gebe kein Gelöbnis, weder der Frau noch meinem Blut. Keine Pflicht fesselt mich, kein Versprechen wird gegeben. Hört mich an, bevor dieser längste Tag vergeht. Ich werde sie rufen, und sie wird kommen, doch ich werde nichts benutzen, was jenseits des Rufes liegt. Was sie sieht, an was sie sich erinnert und was sie glaubt, liegt allein bei ihr."

Er sah die silberne Eule durch die Lüfte gleiten, in majestätischer Haltung ließ sie sich auf dem Königsfelsen nieder.

„Vater", grüßte er förmlich und verbeugte sich. „Deine Wünsche sind mir bekannt. Aber sollte ich mich von ihnen beherrschen lassen, wäre ich dann in der Lage, über andere weise zu herrschen?"

Diese Bemerkung würde irritieren, das wusste er. So drehte Liam sich ab, bevor das Lächeln seine Lippen erreichte. Wieder hob er das Gesicht gen Himmel. „Ich rufe die Erde." Er öffnete die Hand, in der er satte schwarze Erde hielt. „Und den Wind." Eine Brise kam auf, hob die Erde in einer Spirale in die Luft. „Und das Feuer."

Zwei eisblaue Lichttürme flammten zitternd auf. „Seid Zeugen für das, was das Schicksal bereithält." Seine Augen begannen zu glühen, zwei Flammen im Dunkeln. „Der Ruf des Blutes, die mir verliehene Macht in meiner Hand. Um beides zu ehren, bin ich gekommen in dieses Land. Beide werden sehen, falls sie ist mein. Denn so soll es sein."

Dann drehte er sich um, entzündete die Kerzen mit dem Wink seiner Hand, bis die Flammen golden und pfeilgerade aufzüngelten. Der Wind wurde stärker, heulte wie tausend Wölfe und blieb doch warm und mild, angereichert mit dem Duft des Meeres, der Tannen und wilden Blumen. Bauschte die weiten Ärmel des Umhangs, fuhr durch sein Haar. Und Liam schmeckte die Macht der Nacht, spürte, wie sie seine Gedanken erfüllte.

„Oh, Mond, so voll, so silbern, so voller Macht, leuchte ihr den Weg zu mir heute Nacht. Führe sie sicher über Stock und Stein. Denn so soll es sein."

Er ließ die erhobenen Hände an die Seite sinken, sah durch die Nacht, durch die Bäume und das Dunkel, bis zu ihr, die unruhig in ihrem Bett schlief.

„Rowan", sagte er, fast klang es wie ein Seufzen, „es ist so weit. Du wirst nicht zu Schaden kommen. Das ist das einzige Versprechen, das ich gebe. Du brauchst nicht aufzuwachen. Du kennst den Weg, in deinen Träumen. Ich warte auf dich."

Etwas ... rief sie. Sie konnte es hören, ein Murmeln in ihrem Kopf, eine Frage. Sich wälzend suchte sie nach der Antwort. Doch da war nur Erstaunen.

Sie stand auf, reckte sich ausgiebig, genoss das Gefühl des seidigen Nachthemds an ihren Schenkeln. Es war so schön, endlich etwas anderes als Flanell zu tragen. Lächelnd schlüpfte sie in den Umhang, der so blau war wie ihre Augen, stieg in die feinen Pantoletten.

Erregung lief über ihre Haut.

In diesem Zustand zwischen Wachen und Traum lief sie die Treppe hinunter, fuhr mit den Fingerspitzen zart über das Geländer. Das Licht in ihren Augen, das Lächeln auf ihren Lippen ... es waren die einer Frau, die sich auf den Weg machte, ihren Liebhaber zu treffen.

Sie dachte an ihn, an Liam. Den Liebhaber aus ihren Träumen, während sie das Haus verließ und in sich in dem aufsteigenden weißen Nebel verlor.

Wie ein Vorhang verdeckte der Nebel die Bäume, machte den Pfad unsichtbar. Die Luft, feucht und warm auf ihrer Haut, schien zu seufzen, teilte sich dann. Rowan tauchte in die samtene See aus Dunst ein ohne Furcht. Der Vollmond stand hoch am Himmel, die Sterne schimmerten wie Eiskristalle am dunklen Firmament.

Bäume umschlossen sie, wie Wächter. Farne bewegten sich, schüttelten Tau über sie. Sie hörte den lang gezogenen Ruf einer Eule und folgte dem Laut ohne Zögern. Einmal erhaschte sie einen Blick auf den Vogel, riesig, imposant und silbern wie der Nebel, erkannte das Aufblitzen von Gold auf seiner Brust und von dem Grün seiner Augen.

Es war, als liefe sie durch ein Märchen. Ein Teil von ihr erkannte die Magie und hieß sie willkommen, während ein anderer Teil schlief, noch nicht willig zu sehen, nicht bereit dazu zu wissen. Trotzdem schlug ihr Herz stark und regelmäßig, und ihre Schritte waren leicht und sicher.

Und wenn es da Augen geben sollte, die ihrem Pfad durch die Fächer der Farne folgten, wenn da entzücktes Lachen aus den Ästen der hohen Fichten erklingen sollte, so freute sie sich darüber. Mit jedem Schritt, bei jeder Gabelung teilte sich der Nebel, um ihr den Weg zu zeigen.

Und die Wasser sangen leise.

Sie sah das schimmernde Licht, kleine Flammen in der Nacht. Sie roch das Meer, Kerzenwachs, den Duft von Blumen. Ihr sanftes Lächeln wurde weiter, als sie auf die Lichtung trat, auf den Steinring zu.

Nebel war an seinem Rand, ein bauschiger Saum, ohne jedoch zwischen die Steine und die Kerzen und Blumen zu gleiten. In der Mitte des Ringes stand Liam, sein Mantel weiß wie Mondlicht, die Edelsteine seines Gürtels funkelnd, strahlend.

„Wirst du eintreten, Rowan?“, fragte er und bot ihr seine Hand.

Etwas in ihr verlangte so sehr danach. Etwas in ihr erschauerte. Aber ihr Lächeln blieb, als sie einen weiteren Schritt machte. „Natürlich trete ich ein.“ Und ging in den Kreis hinein.

Die Luft vibrierte, streichelte ihre Haut. Sie hörte das Flüstern der Steine. Die Kerzen flackerten auf, beruhigten sich wieder, brannten weiter.

Sie legten die Fingerspitzen aneinander. Rowan hielt den Blick auf ihn gerichtet, voller Vertrauen, als ihre Finger sich fest verschränkten. „Ich träume von dir. Jede Nacht." Sie seufzte die Worte, wollte sich an ihn schmiegen, doch er legte ihr eine Hand auf die Schulter. „Und sehne mich während des Tages nach dir."

„Du verstehst nicht. Weder die Privilegien noch die Konsequenzen. Und das musst du."

„Ich weiß, dass ich dich will. Du hast mich längst verführt, Liam."

Ein leiser Schauer kroch über seinen Rücken, ein Schuldgefühl. „Auch ich bin nicht ohne Bedürfnisse, Rowan, glaub mir."

Sie hob die Arme, schlang sie um seinen Hals. Und ihre Stimme war sanft, so wie seine heiser gewesen war. „Brauchst du mich?"

„Ich will dich." Sie zu brauchen wäre zu viel gewesen. Schwach. Zu riskant.

„Ich bin hier." Sie bot ihm ihre Lippen. „Willst du mich nicht küssen?"

„Ja." Er beugte den Kopf, hielt die Augen offen, um sie anzusehen. „Erinnere dich daran", murmelte er, als sein Mund nur noch ein Hauch von ihrem entfernt war. „Entsinne dich, Rowan, wenn du kannst." Dann strichen seine Lippen über ihre, dann noch einmal. Vorsichtig, verhalten.

Als er an ihren Lippen knabberte, erschauerte sie. Und als sie seufzte, in einem lang gezogenen Atemzug, nahm er ihren Mund in Besitz, kostete den Moment aus, die Magie, versank in der Wärme und samtigen Zartheit. Sein Puls beschleunigte sich, rief sein Erbe.

Neben ihnen brannte das eisblaue Feuer lichterloh auf.

„Halte mich, Liam. Berühre mich. Ich habe so lange gewartet."

Der Ton, der aus seiner Kehle kam, lag zwischen einem Knurren und einem Stöhnen, als er sie an sich zog und seinen Händen gestattete, ihren Körper zu erforschen.

Nimm sie, hier und jetzt, im Kreis, und wir werden für immer miteinander verbunden sein. Es wäre vollbracht. Dieser primitive Instinkt, sie zu besitzen, focht wilde Kämpfe mit seinem Ehrgefühl aus. Was machte es schon, was sie wusste, was sie wollte oder glaubte? Was machte es schon, was er gewann oder verlor? Es gab nur das Hier und Jetzt, mit ihr, weich und willig in seinen Armen, mit ihrem Mund an seinem, heiß wie eine Flamme.

„Komm zu mir." Sie löste die Lippen von seinem Mund, um eine stürmische Reise über sein Gesicht, seinen Hals anzutreten. „Liebe mich hier." Sie wusste, wie es sein würde. Traumbilder und Fantasien tanzten einen wilden Reigen in ihrem Kopf. Ungestüm, elementar, schnell und kraftvoll. Und sie wollte, oh, wie sie es wollte, diese irrsinnige, ekstatische Leidenschaft, jetzt, hier, in dieser wundervollen Nacht.

Mit einer einzigen Bewegung streifte Liam ihr das Nachtgewand von den Schultern und vergrub die Zähne in dem weichen weißen Fleisch. Der Geschmack ihrer Haut machte ihn trunken, wie schwerer Wein, benebelte seine Sinne. „Weißt du, wer ich bin?", verlangte er zu wissen.

„Liam." Sein Name hallte in ihrem Kopf nach.

Er hielt sie von sich ab, sah ihr durchdringend in die Augen. „Weißt du, was ich bin?"

„Anders." Das war alles, dessen sie sicher sein konnte, auch wenn noch viel, viel mehr am Rande ihres Bewusstseins lauerte.

„Du fürchtest dich immer noch, es zu erkennen." Und wenn sie davor Angst hatte, wie viel Angst würde sie erst vor ihrem eigenen Blut haben? „Wenn du es laut aussprechen kannst, wirst du bereit sein, dich mir hinzugeben. Und zu nehmen, was ich dir gebe."

Ihre Augen glühten, tief und blau. Ihr Zittern stammte nicht von der Angst her oder von Kälte, sondern von Verlangen, das der Erfüllung entgegenfieberte. „Warum reicht das denn nicht?"

Er strich mit einer Hand über ihr Haar, um sie zu beruhigen. Um sich zu beruhigen. „Magie bringt Verantwortung mit sich. Heute, in der kürzesten Nacht, tanzt sie in den Wäldern, singt in den Hügeln meiner Heimat, reitet auf den Wellen und fliegt durch die Lüfte. Heute feiert sie, aber morgen … morgen muss sie sich wieder an ihren Daseinsgrund erinnern. Fühle die Freude." Er küsste sie auf die Braue. „Heute Nacht, Rowan Murray aus der Linie der O'Mearas, wirst du dich an das erinnern, was du möchtest. Und morgen hast du eine Wahl."

Er trat zurück, breitete die Arme aus, sodass der Umhang ihn einhüllte. „Die kurze Nacht vergeht, das Dämmerlicht am Horizont steht. Wenn du den Ruf des Blutes vernimmst, dann komm zu mir und sei mein." Er hielt inne und schaute ihr in die Augen. „Denn so soll es sein."

Er bückte sich, nahm einen Strauß Margeriten und reichte ihn ihr. „Schlafe wohl, Rowan."

Die Ärmel seines Umhangs rutschten hoch, gaben harte Muskeln frei. Und mit einem Blitz der Macht aus seinen Händen sandte er Rowan fort.

8. KAPITEL

Helles Sonnenlicht fiel durch die Fenster. Mit einem Murren drehte Rowan sich in die entgegengesetzte Richtung, barg ihr Gesicht im Kissen. Schlaf, das war es, was sie wollte. Schlaf, mit dem all die wunderbaren Bilder und Träume kommen würden, Träume, in die sie ganz eintauchen konnte. Fetzen davon schwebten noch immer in ihrem Kopf.

Nebel. Blumen. Mondschein und Kerzenlicht. Das silberne Aufleuchten einer Eule, das leise Rauschen des Meeres. Und Liam, in einem weißen Umhang mit einem edelsteinbesetzten Gürtel, der sie hielt, inmitten eines Rings aus Steinen.

Sie konnte seinen männlichen Duft auf der Zunge schmecken, spürte die harten Muskeln, die unter der selbst auferlegten Kontrolle zitterten, fühlte seinen pulsierenden Herzschlag.

Sie musste nur wieder in die Welt des Schlafes gleiten, um all das erneut zu erleben.

Doch sie wälzte sich unruhig, konnte weder den Schlaf noch Liam finden.

Es war so real gewesen. Sie schmiegte die Wange in die Kissen und schaute ins Sonnenlicht. So real und so … so schön. Sie hatte oft seltsame und sehr real wirkende Träume gehabt, vor allem in ihrer Kindheit, daran konnte sie sich erinnern.

Ihre Mutter hatte es Fantasie genannt, und die von Rowan war nun einmal sehr lebhaft. Doch sie müsse eben zwischen Traum und Wirklichkeit unterscheiden lernen.

Viel zu oft allerdings hatte Rowan die Traumwelt vorgezogen. Und weil sie wusste, dass ihre Eltern sich deswegen Sorgen machten, hatte sie es verheimlicht und verdrängt. Dass diese Träume jetzt mit aller Macht zurückkamen, lag wahrscheinlich an ihrem Entschluss, von nun an ihren eigenen Weg zu gehen, ihr eigenes Leben zu leben.

Man brauchte kein Experte zu sein, um zu verstehen, warum ihre Träume so oft von Liam handelten. Und so erotisch waren. Wahrscheinlich wäre es am klügsten, sie einfach zu genießen und nicht zu vergessen, was wirklich war und was nicht.

Rowan reckte sich genüsslich und ließ lächelnd die Bilder an sich vorbeiziehen, an die sie sich erinnern konnte.

Eine Traumversion des Spiels, an dem wir arbeiten, dachte sie. Mit Liam und ihr selbst als Hauptfiguren. Magie und Nebel, Romantik und Zurückweisung. Ein Kreis aus Steinblöcken, ein Ring aus Kerzen, die Flammen hell und ruhig trotz des Winds. Lichtsäulen, blau wie Wasser. Nebel, der sich zerteilte, während sie durch ihn hindurchging.

So schön, dachte sie und schloss die Augen. Wollte dorthin zurückkehren und sich erinnern, was er zu ihr gesagt hatte. An die Art, wie er sie geküsst hatte, konnte sie sich sehr gut erinnern. Erst zärtlich und zurückhaltend, dann mit wachsender Begierde. Aber was hatte er zu ihr gesagt? Etwas über Entscheidungen, Wissen und Verantwortung.

Wenn sie es richtig ordnen konnte, würde sie ihm sicher eine Idee für ein weiteres Spiel geben können. Doch das Einzige, was wirklich klar vor ihr stand, war die Art, wie seine Hände über ihren Körper gefahren waren – und das Verlangen, das er in ihr entfacht hatte.

Wir arbeiten jetzt zusammen, ermahnte sie sich. Solche Fantasien über ihn zu haben war sowohl unangebracht wie auch dumm. Das Letzte, was sie tun wollte, war, sich einzubilden, dass er sich in sie verlieben könnte – allerdings war ihr sehr bewusst, wie leicht sie sich in ihn verlieben könnte.

Also würde sie besser an die Arbeit denken, an die Freude, die sie ihr machte. Sie würde an das Haus denken, das sie kaufen wollte. Sie würde Schritte in diese Richtung unternehmen müssen. Aber erst einmal würde sie aufstehen, sich Kaffee machen, ihren Morgenspaziergang absolvieren.

Sie wollte die Bettdecke beiseite werfen. Und erblickte den Strauß Margeriten, der neben ihr lag.

Ihr Herz machte einen Hüpfer und blieb ihr in der Kehle stecken, raubte ihr die Luft zum Atmen. Unmöglich. Unmöglich, war das Einzige, was ihr Verstand denken konnte. Doch selbst, als sie die Augen schloss, konnte sie noch den leisen Duft der Blumen wahrnehmen.

Sie musste sie gepflückt haben und hatte es einfach vergessen.

Aber sie wusste, dass weder in der Nähe der Blockhütte noch im Wald solche Blumen wuchsen. Blumen, die sie, wie sie sich jetzt erinnerte, in ihrem Traum gesehen hatte, ausgebreitet zwischen weißen Kerzen.

Aber das konnte nicht sein. Es war doch ein Traum gewesen, nur einer von den vielen, die sie nachts träumte, seit sie hergekommen war. Sie konnte unmöglich durch die Wälder gegangen sein, durch den Nebel. Sie war nicht zu dieser Lichtung gegangen, war nicht zu Liam in den Steinkreis getreten.

Es sei denn …

Schlafwandeln, dachte sie mit einem Anflug von Panik. War sie etwa geschlafwandelt?

Rowan schwang die Beine aus dem Bett und griff nach dem hauchdünnen Morgenmantel, ohne den Blick von den Blumen zu wenden.

Der Saum war ganz nass, so als wäre sie durch Tau gelaufen.

Sie presste den Umhang an die Brust, während einzelne Bilder ihres Traums klar und deutlich vor ihrem Auge abliefen.

„Das kann unmöglich real sein." Aber die Worte hallten hohl nach. In plötzlicher Hektik begann sie sich anzuziehen.

Sie rannte den ganzen Weg. Angst und Wut stiegen gleichzeitig in ihr auf. Liam war daran schuld, das war alles, was sie wusste. Vielleicht hatte er etwas in diesen Tee gemixt, den er ihr jeden Tag anbot. Irgendeine Droge, ein Halluzinogen.

Das war die einzige vernünftige Erklärung. Es musste einfach eine vernünftige Erklärung geben.

Atemlos und mit weit aufgerissenen Augen rannte sie die Treppen zu seiner Haustür hinauf, hämmerte mit einer Faust gegen die Tür, während sie mit der anderen Hand die Margeriten umklammerte.

„Was hast du mit mir gemacht?", fuhr sie ihn an, kaum dass er die Tür geöffnet hatte.

Liam musterte sie ruhig und trat einen Schritt zurück. „Komm herein, Rowan."

„Ich will wissen, was du mir angetan hast. Ich will wissen, was das zu bedeuten hat." Sie drückte ihm die Blumen in die Hand.

„Du hast mir einmal Blumen geschenkt", sagte er vollkommen ruhig. „Ich weiß, du hast eine besondere Vorliebe für sie."

„Hast du Drogen in den Tee gemischt?"

Jetzt wurde seine Ruhe beleidigend. „Wie bitte? Was sagst du da?"

„Das ist die einzige Möglichkeit." Sie wirbelte herum und begann im Zimmer auf und ab zu laufen. „Irgendetwas im Tee, damit ich mir Dinge einbilde, damit ich Dinge tue. Ich würde doch nie mitten in der Nacht im Wald herumlaufen."

„Mit solchen Tränken gebe ich mich nicht ab." Er zuckte nur abfällig mit der Schulter, und Rowan explodierte.

„Aha!" Sie wirbelte herum, um ihn ansehen zu können. Das Haar fiel ihr ungebändigt über die Schultern, ihre Augen funkelten wütend. „Welche Sorte bevorzugst du denn?"

„Die, die Schmerzen lindern, sowohl körperliche als auch seelische. Aber das ist auch nicht wirklich mein Spezialgebiet."

„So? Und was ist dein ... Spezialgebiet?"

Er warf ihr einen ungeduldigen Blick zu. „Wenn du endlich deinen Geist öffnen würdest, würde dir klar werden, dass du die Antwort darauf längst kennst."

Sie starrte ihn an. Als ihr das Bild des Wolfs durch den Kopf schoss, schüttelte sie sich leicht und trat zurück. „Wer bist du?"

„Du weißt, wer ich bin. Und, verdammt noch mal, ich habe dir genug Zeit gelassen, um dich mit dem Gedanken anzufreunden."

„Womit? Womit soll ich mich anfreunden?", wiederholte sie und presste ihren Zeigefinger auf seine Brust. „Ich weiß überhaupt nichts von dir." Sie drückte so fest zu, dass er einen Schritt zurücktaumelte, und das ließ sein Temperament nun ebenfalls aufflammen. „Ich habe keine Ahnung, was ich deiner Ansicht nach wissen müsste. Ich verlange eine Antwort, Liam. Entweder bekomme ich sie, oder du wirst mich in Ruhe lassen. Ich lasse nicht auf diese Art mit mir spielen und mich zum Narren halten. Also sage mir gefälligst, was das zu bedeuten hat." Sie riss die Margeriten wieder an sich. „Oder ich bin fertig mit dir."

„Fertig bist du also mit mir, ja? Eine Antwort willst du also, ja?" Wut und das Gefühl, beleidigt worden zu sein, gewannen Oberhand über die Vernunft, und er nickte. „Dann pass mal auf, hier ist deine Antwort."

Liam riss die Arme in die Höhe. Licht strömte eisblau aus seinen

Fingern, feiner Dunst stieg spiralförmig um seinen Körper herum auf, ließ nur noch diese goldenen Augen sehen.

Die zu den Augen des Wolfs wurden, der sie anfunkelte und die Zähne zu einem hämischen Grinsen bleckte, sobald der Nebel sich aufgelöst hatte.

Alles Blut wich aus Rowans Gesicht, ihrem Kopf, ließ sie leicht und schwindlig zurück. Wie aus weiter Ferne hörte sie ihren eigenen Atem, rau, röchelnd. Den Schrei, den sie ausstoßen wollte, hörte sie nur in ihrem Kopf. Sie taumelte zurück, stolperte. Alles verschwamm vor ihren Augen …

Als ihre Knie nachgaben, fluchte er deftig, und er fing sie auf, bevor sie fallen konnte.

„Wage es nicht, ohnmächtig zu werden, damit ich mir wie ein Monster vorkommen muss." Er schob sie auf einen Stuhl und drückte ihren Kopf zwischen ihre Knie. „Tief und ruhig atmen. Und das nächste Mal überlege dir genau, was du dir wünschst."

In ihrem Kopf summte es wie ein Bienenschwarm, hundert eisige Finger kratzten über ihre Haut. Sie murmelte etwas vor sich hin, als er ihren Kopf anhob. Sie wäre zurückgewichen, aber er hielt sie am Kinn fest. „Sieh mich an", sagte er jetzt leise. „Sieh mich einfach nur an und sei ruhig."

Jetzt wieder bei klarem Bewusstsein, spürte sie, wie sein Geist ihren berührte. Instinktiv wehrte sie sich dagegen, hob abwehrend die Hände.

„Nein. Kämpfe nicht gegen mich. Ich werde dir nicht wehtun."

„Ich … weiß." Sie wusste es wirklich, war völlig sicher. Unerklärlicherweise. „Könnte ich … könnte ich wohl ein Glas Wasser haben?"

Sie blinzelte, als er ihr ein Glas hinhielt, zögerte und bemerkte das ungeduldige Flackern in seinem Blick. „Es ist Wasser, nichts anderes. Du hast mein Wort darauf."

„Dein Wort." Sie nahm einen Schluck und atmete zittrig aus. „Du bist ein …" Es war absurd, aber sie hatte es mit eigenen Augen gesehen. „Du bist ein Werwolf."

„Ein Werwolf?" Er riss die Augen auf. Schockiert richtete er sich auf und starrte voll unterdrücktem Ärger auf sie herunter. „Bei Finn, wo holst du nur solche Ideen her? Ein Werwolf, also wirklich!" Unruhig lief er auf und ab. „Du bist einfach unglaublich stur. Es ist helllichter Tag, oder? Siehst du irgendwo einen Vollmond? Bin ich dir etwa an die Kehle gesprungen?"

Er murmelte gälische Flüche vor sich hin und drehte sich abrupt zu ihr um. „Ich bin Liam aus der Familie der Donovans", sagte er mit Stolz in der Stimme. „Und ich bin ein Hexenmeister."

„Oh, na dann ..." Sie kicherte hysterisch. „Dann ist ja alles okay."

„Zucke gefälligst nicht vor mir zurück", knurrte er, bis ins Innerste getroffen, als sie hilflos und verzweifelt die Arme um sich schlang. „Ich habe dir Zeit gegeben, um zu verstehen, um dich darauf einzustellen. Ich hätte es dir nicht gezeigt, wenn du mich nicht dazu gedrängt hättest."

„Zeit, um zu verstehen? Um mich einzustellen? Darauf?" Sie fuhr sich verwirrt durchs Haar. „Wer sollte das überhaupt verstehen können? Vielleicht träume ich ja auch nur", murmelte sie, dann sprang sie plötzlich auf. „Träume! Oh mein Gott!"

Er las ihre Gedanken und steckte die Hände in die Taschen. „Ich habe nichts genommen, was du nicht bereit warst zu geben."

„Du hast mit mir geschlafen. Du bist an mein Bett gekommen, als ich schlief, und ..."

„Mein Geist mit deinem Geist", unterbrach er sie. „Ich habe dich nicht mit den Händen berührt – größtenteils, wenigstens."

Das Blut war in ihr Gesicht zurückgekehrt und malte ihre Wangen flammend rot. „Es waren keine Träume."

„Doch, waren es. Du hättest mir mehr als das gegeben, Rowan. Wir beide wissen es. Ich werde mich nicht dafür entschuldigen, dass ich mit dir geträumt habe."

„Mit mir träumen", wiederholte sie. Sie befahl sich aufzustehen, doch sie musste sich an der Stuhllehne festhalten. „Und das soll ich dir glauben?"

„Ja." Die Andeutung eines Lächelns spielte um seinen Mund. „Das sollst du."

„Dir glauben, dass du ein Zauberer bist. Dass du dich in einen Wolf verwandeln und dich in meine Träume einschleichen kannst, wann immer du willst."

„Oder wann immer du willst." Vielleicht war es angebracht, die

Perspektive ein wenig zu ändern. Die Sache von einem Blickwinkel zu betrachten, der ihnen beiden behagte. „Du hast nach mir gerufen, Rowan." Er trat zu ihr und strich mit den Händen über ihre Arme. „Und du hast im Schlaf gelächelt, wenn ich dich verließ."

„Das, wovon du redest, geschieht nur in Büchern. In den Computerspielen, die du entwirfst."

„Und es geschieht auch in meiner Welt. Du warst in dieser Welt. Ich habe dich dorthin geholt. Du erinnerst dich gerade an letzte Nacht, ich sehe es in deinen Gedanken."

„Sieh gefälligst nicht in meinen Kopf." Sie zuckte zurück, erschreckt, weil sie wirklich glaubte, dass er es konnte. „Gedanken sind sehr privat."

„Deine sind oft so deutlich auf deinem Gesicht zu lesen, dass ich gar nicht weiter nachschauen muss. Ich werde auch nicht nachsehen, wenn es dich stört."

„Ja, es stört mich." Sie biss sich auf die Unterlippe. „Bist du ein Telepath?"

Er schnaubte gereizt. „Ich besitze die Gabe zu sehen, wenn du das meinst. Ich kann zaubern, den Donner rufen." Er zuckte lässig die Schultern. „Andere Gestalt annehmen, wann immer ich will."

Großer Gott. Sie hatte davon gelesen. Natürlich hatte sie davon gelesen – in Büchern über Sagen und Mythen. So etwas gab es doch gar nicht. Und doch ... wie konnte sie leugnen, was sie mit eigenen Augen gesehen hatte? Mit ihrem eigenen Herzen gefühlt hatte?

„Du bist also als Wolf zu mir gekommen." Wenn sie jetzt schon den Verstand verloren hatte, dann konnte sie auch verrückte Fragen stellen.

„Du hattest keine Angst vor mir. Andere hätten Angst gehabt, aber du nicht. Du hast mich ins Haus eingeladen, hast deine Arme um mich geschlungen, hast an meinem Hals geweint."

„Ich hatte doch keine Ahnung, dass du das warst. Wenn ich es gewusst hätte ..." Sie brach ab, als andere Erinnerungsfetzen zurückkamen. „Du hast mir zugesehen, als ich mich auszog! Du hast neben mir gesessen, als ich in der Badewanne war!"

„Du hast einen wunderschönen Körper, Rowan. Warum solltest du dich schämen, weil ich ihn gesehen habe? Vor ein paar Stunden hast du mich noch angefleht, dich zu berühren."

„Das ist etwas ganz anderes."

Etwas, das an Humor erinnerte, flackerte in seinem Blick. „Bitte mich jetzt, dich zu berühren, jetzt, da du erkannt hast, und es wird noch etwas anderes sein, das verspreche ich dir."

Sie schluckte. „Wieso hast du mich denn noch nicht berührt?"

„Du brauchtest Zeit, um mich zu erkennen. Und dich selbst. Ich habe kein Recht, Unschuld zu nehmen, wenn die Erkenntnis fehlt. Selbst wenn man sie mir anbietet."

„Ich bin nicht unschuldig. Ich war schon früher mit Männern zusammen."

Etwas in seinen Augen funkelte auf, etwas ganz und gar nicht Ruhiges, doch seine Stimme klang bedächtig, als er sprach. „Sie haben deine Unschuld nicht berührt, haben nichts geändert. Ich werde es. Wenn du mit mir zusammen bist, wird es wie das erste Mal sein. Ich werde dir Freuden zeigen, die dich verbrennen lassen ..."

Seine Stimme war tief geworden, heiser. Als er mit einem Finger über ihren Hals strich, erschauerte sie, wich aber nicht zurück. Wer auch immer – was auch immer er war, er rührte ihr Herz. Rief nach ihr. „Was wirst du fühlen?"

„Vergnügen", murmelte er und kam näher, um mit den Lippen über ihre Wange zu fahren. „Verlangen. Leidenschaft. Es ist diese Leidenschaft, die du willst, die du bei anderen nicht gefunden hast. Begehren, sagtest du. Und verzweifelte Sehnsucht. Das fühle ich für dich, ob ich will oder nicht. So viel Macht hast du über mich. Ist dir das genug?"

„Ich weiß es nicht. Niemand hat je so für mich gefühlt."

„Ich tue es." Er ließ seine Hand zu den Knöpfen ihres Baumwollhemdes gleiten, öffnete die ersten beiden Knöpfe. „Lass mich dich anschauen, Rowan. Hier, jetzt, bei hellem Tageslicht."

„Liam." Es war Wahnsinn. Konnte das alles überhaupt wahr sein? Und doch war alles, was sie fühlte, zu intensiv, zu wirklich, um etwas anderes zu sein. Nichts, so wurde ihr plötzlich klar, war je so real für sie gewesen. „Ich glaube es." Ihr Atem zitterte. „Ich will es."

Er sah in ihre Augen, sah dort die Furcht und das Akzeptieren. „Ich auch."

Als er mit den Knöcheln über ihre Haut streifte, hinterließ er dort eine brennende Spur. Er knöpfte ihr Hemd auf, strich es ihr von den Schultern. Ihr Herz setzte aus, als er sie anlächelte.

„Du scheinst es heute Morgen eilig gehabt zu haben", murmelte er, weil sie keinen BH trug.

Er gewährte sich den Genuss, über die sanfte Rundung zu streicheln, über die zarte Knospe, sah zu, wie Rowans Lider schwer wurden.

„Du weißt, dass ich dich nicht aufhalten kann", flüsterte sie.

„Doch, das kannst du." Mit aller Willenskraft hielt er seine Berührung leicht und zärtlich. „Es bedarf nur eines einzigen Wortes. Aber ich hoffe, du wirst es nicht aussprechen, denn es würde mich verrückt machen, wenn ich dich jetzt nicht haben kann. Willst du, dass ich dich berühre?"

„Ja." Mehr, als sie atmen wollte.

„Du sagtest einmal, dass du es nicht mehr einfach haben willst." Ohne den Blick von ihrem Gesicht zu nehmen, öffnete er den Verschluss ihrer Jeans. Erfahrene Finger streichelten, erweckten. „Das wird es nicht sein. Für uns beide nicht."

Wie ein Traum, ein wunderbarer, exquisiter Traum ... „Warum willst du es?"

„Weil du in meinen Gedanken bist, in meinem Blut." Es stimmte, aber er sagte sich immer noch, dass er sie aus seinem Herzen heraushalten konnte. Zärtlich biss er ihr ins Kinn. „Und ich bin in deinem."

Warum sollte sie es leugnen? Warum sollte sie diese unglaubliche Empfindung nicht begrüßen, die Hitze im Zentrum ihres Leibes, das Rasen ihres Pulses? Er war es, den sie wollte, mit einer Schwindel erregenden Begierde, die sie nie für einen anderen Mann empfunden hatte.

Dann nimm, riet eine Stimme in ihrem Kopf, und zahle gleich welchen Preis.

Ihre Finger zitterten leicht, als sie ihm das Hemd über den Kopf zog. Fast ehrfurchtsvoll legte sie dann die Hände auf seine bloße Brust.

Hart. Warm. Stärke, an der Grenze zur Gefährlichkeit, nur durch eisernen Willen im Zaum gehalten. Sie wusste es, während ihre eifrigen Finger über breite Schultern und stählerne Muskeln fuhren. Sie hörte ein katzenhaftes Schnurren und war erstaunt, dass es aus ihrer Kehle kam.

Sie hob den Blick, schockiert und entzückt zugleich. „Das habe ich schon öfter getan … in meinen Träumen."

„Mit dem gleichen Ergebnis. Wirst du nun über deine Träume hinausgehen und mit mir schlafen?"

Als Antwort stellte sie sich auf die Zehenspitzen und küsste ihn zart auf den Mund. Die Anmut dieser Geste überwältigte ihn, er schlang die Arme fest um sie. „Halte dich fest", murmelte er.

Sie spürte, wie die Luft vibrierte, hörte das Rauschen des Windes. Ein Gefühl, wie in die Luft gehoben, Schweben, dann Fallen, alles innerhalb eines einzigen Herzschlages. Bevor überhaupt Angst aufkommen konnte, bevor sie nach Luft schnappen konnte, lag sie neben ihm auf einem Bett, so weich wie Wolken.

Sie riss die Augen auf. Sie erkannte polierte Holzbalken einer Zimmerdecke, Sonnenstrahlen, die durch ein Fenster fielen. „Aber wie …?"

„Meine Magie für dich, Rowan." Sein Mund glitt an ihrem Hals entlang. „Alle Arten von Magie."

Sie lagen in seinem Bett. Innerhalb eines Sekundenbruchteils waren sie von dem einen Zimmer in ein anderes gelangt. Und jetzt ließ er seine Hände … oh Gott, wie konnte eine simple Berührung solche Lust hervorrufen?

„Gewähre mir deine Gedanken." Seine Stimme klang rau, seine Hände waren leicht wie Luft. „Lass mich sie berühren, lass mich dir zeigen."

Sie öffnete ihm ihren Geist, schnappte nach Luft, als sie nicht nur die Hitze seines Körpers fühlte, seiner Hände, sondern auch sah. Bilder, die wie aus einem Nebel auftauchten, sie beide, zusammen auf dem großen Bett, ineinander verschlungen, im Sonnenlicht des Frühsommertages.

Das Tier in seinem Blut wollte plündern, rücksichtslos nehmen. Doch er hielt es im Zaum und gab ihr nichts als Zärtlichkeit.

Sie bewegte sich unter ihm, leise Seufzer und wollüstiges Rekeln. Ihre Hände, rastlos, wagemutig, hinterließen kleine Feuer auf seinem Körper. Ihre Augen waren dunkel, als sie seinem Blick begegnete.

„Ich habe so lange darauf gewartet, so etwas zu fühlen." Sie hob eine Hand und strich ihm durchs Haar. „Ich wusste nicht einmal, dass ich wartete."

Die Liebe wartet.

Die Worte fielen ihm wieder ein, wie eine geflüsterte Warnung. Er ignorierte sie und nahm die rosige Spitze von Rowans Brust in den Mund. Sie bog sich ihm entgegen, schrie leise auf, Hitze durchfuhr sie wie ein Speer. Sie überließ sich dieser Wollust, überließ sich ihm, seinen hungrigen Liebkosungen.

Nie hatte jemand sie so berührt, so tief, so intensiv. Es schien, als kenne er alle ihre Bedürfnisse, alle ihre Geheimnisse besser als sie selbst. Ihr Herz zitterte, dann setzte es zu einem Flug in ungeahnte Höhen an. Und öffnete sich weit für ihn, um die Liebe in sich aufzunehmen.

Sie klammerte sich an ihn, stammelte unverständliche Worte, während sie zusammen über das Bett rollten, ihrer beider Haut feucht vor Ekstase, ihrer beider Geist schwindlig vor Entzücken.

Sie ist ... Herrlichkeit, dachte er, während er in einen Strudel geriet, wie er ihn nie zuvor mit einer anderen Frau empfunden hatte. Alle seine Sinne waren angefüllt von ihr. Ihr Duft wie eine würzige Brise, ihr Geschmack wie süßer Wein, ihre Haut wie glatte Seide. Worum immer er sie bat, sie gab es ihm. Eine Rose, die sich Blütenblatt um Blütenblatt entfaltete.

Sie hob sich ihm entgegen, als er nach ihr griff, ihr Körper wie flüssiges Glas, ihre Lippen wie Flammen auf seiner Schulter, seiner Brust, an seinem gierigen Mund.

Er hielt ihre Hände, der Atem brannte in seinen Lungen. Er wartete, bis sie ihre Augen öffnete und ihn ansah. „Jetzt."

Das Wort war wie ein Schwur, als er in sie eindrang. Dort innehielt, um ihren Blick leer werden zu sehen, in weite Fernen gerichtet. Wartete, bis das exquisite Gefühl, sie auszufüllen, sein Blut zum Kochen brachte.

Dann begann sie sich zu bewegen. Ein Auf und Nieder der Hüften, langsam, unerträglich langsam, mit einem tiefen, rauen Stöhnen bei jeder Bewegung.

Es war in seinen Augen, nur seine Augen sah sie noch, golden strahlend, so intensiv. Gemeinsam flogen sie zu einem geheimnisvollen Ort, wo die Luft wie Samt die Haut liebkoste. Ihre Finger mit seinen verschränkt, hielt sie die Augen offen. Jeder Pulsschlag ihres Körpers führte sie weiter, bis zu einem einzigen Dröhnen, das ihr Herz erfüllte.

Als es überfloss, und ihr Geist und ihr Körper dazu, rief sie laut seinen Namen. Und er murmelte ihren, barg das Gesicht in ihrem Haar und ließ sich zusammen mit ihr von dem Sog mitreißen.

Sie musste wohl geschlafen haben. Auch wenn sie sich an nichts anderes erinnerte, als dass sie sich nach dieser wilden Reise ins Paradies an ihn geschmiegt hatte. Sie drehte sich im Bett um und fand den Platz neben sich leer.

Der sonnige Morgen war zu einem verregneten Nachmittag geworden. Das rhythmische Tropfen, das warme Glühen in ihrem Körper drängten sie dazu, sich zusammenzurollen und weiterzuschlafen, aber die Neugier war stärker.

Das hier ist sein Bett, dachte sie und lächelte vor sich hin. Sein Zimmer. Sie strich sich das wirre Haar zurück und setzte sich auf, um sich umzusehen.

Dieses Bett war erstaunlich. Ein Meer von Federn, bedeckt mit glatter Seide, das Kopfteil aus glänzendem dunklen Holz, in das Sterne und Zeichen und Buchstaben eingeschnitzt waren, die sie nicht kannte. Gedankenverloren fuhr sie mit der Fingerspitze über die Rillen und Erhebungen.

Auch hier gab es einen kleinen Kamin in der gegenüberliegenden Wand, eingefasst mit einem reich schimmernden, grünen Stein, das Sims aus dem gleichen Material. Auf dem Sims waren farbenfrohe Kristalle aufgereiht. Rowan konnte sich vorstellen, wie sie das Sonnenlicht einfangen und auf den Wänden reflektieren würden. Ein dreiarmiger Leuchter hielt dicke weiße Kerzen.

Ein hoher Lehnstuhl stand in einer Ecke des Zimmers, aus dem gleichen dunklen Holz und mit den gleichen Symbolen wie das Kopfteil des Betts. Ein dunkelblauer Überwurf mit unzähligen Halbmonden lag über der Lehne.

Auf den Nachttischchen zu beiden Seiten des Betts standen Lampen, deren Füße Nixen darstellten. Entzückt strich sie mit den Fingern über die bronzenen Fischschwänze.

Nur wenig Möbel, wie sie feststellte, aber die Dinge, mit denen er sich umgab, waren sorgfältig ausgewählt.

Sie stand auf, reckte sich, schüttelte ihr Haar zurück. Der Regen ließ sie sich wunderbar träge fühlen. Anstatt nach ihren Kleidern zu suchen, tappte sie zu seinem Schrank, hoffte dort einen Bademantel zu finden, in den sie schlüpfen konnte.

Sie fand einen Mantel, oh ja. Ihre Finger verkrampften sich um den Knauf. Einen langen weißen Mantel mit weiten Ärmeln.

Er hatte ihn in der Nacht getragen. In dem Steinring, im Mondschein. Der Umhang eines Zauberers.

Rowan schlug die Schranktür zu und drehte sich abrupt um, hielt Ausschau nach ihren Sachen. Unten, fiel ihr ein. Er hatte sie unten ausgezogen, und dann …

Was tat sie hier eigentlich? Was dachte sie sich nur? War das hier real, oder hatte sie den Verstand verloren?

Hatte sie wirklich gerade Stunden mit ihm im Bett verbracht?

Und wenn es wirklich passiert war, wenn das, was sie immer für Fantasie gehalten hatte, wahr war, hatte er es etwa dazu benutzt, um sie hierherzulocken?

Weil sie nichts anderes fand, wickelte sie sich in den Überwurf ein. Sie hielt die Enden verkrampft fest, als sich die Tür des Schlafzimmers öffnete.

Liam hob eine Braue, als er sie sah, eingewickelt in das Tuch, das seine Mutter für ihn gewoben hatte, zu seinem einundzwanzigsten Geburtstag. Rowan sah so wunderbar zerzaust und hinreißend und unglaublich verführerisch aus. Er machte einen Schritt auf sie zu, bevor ihm das argwöhnische Funkeln in ihrem Blick auffiel.

Verärgert schob er sich an ihr vorbei und setzte das Tablett mit dem Tee auf ein Nachttischchen. „Was ist dir noch eingefallen, das ich dir noch nicht erklärt habe?"

„Wie kann man das erklären, was eigentlich unmöglich ist?"

„Es ist, wie es ist", sagte er nur. „Ich bin ein Zauberer von Geburt, ein Nachfahre von Finn, dem Kelten. Die Kräfte, die ich habe, sind mein Geburtsrecht."

Sie würde es akzeptieren müssen. Sie hatte es gesehen, sie hatte es gefühlt. Sie achtete darauf, ihre Schultern gerade und ihre Stimme fest zu halten. „Hast du diese Kräfte bei mir eingesetzt, Liam?"

„Du hast mich gebeten, aus deinem Kopf herauszubleiben und

deine Gedanken nicht zu lesen. Da ich deinen Wunsch voll und ganz respektiere, solltest du deine Frage genauer formulieren." Augenscheinlich irritiert, setzte er sich auf das Bett und nahm sich eine Tasse Tee.

„Ich habe mich zu dir hingezogen gefühlt, stark, vom ersten Augenblick an. Mit dir habe ich Dinge getan, die ich niemals, mit keinem anderen Mann zuvor, getan habe. Ich habe gerade mit dir geschlafen und Dinge gefühlt ..." Sie holte tief Luft, während er sie ansah, mit einem Leuchten in den Augen, das sie nur als triumphierend bezeichnen konnte. „Hast du mich verzaubert, damit ich mit dir ins Bett gehe?"

Das Leuchten erlosch, aus Triumph wurde Wut, so schnell, dass sie instinktiv einen Schritt zurückwich. Porzellan knallte laut auf Holz, als er die Tasse abstellte. Irgendwo ganz in der Nähe hörte sie ein dunkles Donnergrollen.

Aber er erhob sich langsam, geschmeidig wie ein Wolf, der seiner Beute auflauerte. „Liebesformeln? Liebestränke?" Er kam auf sie zu, sie wich weiter zurück. „Ich bin ein Hexenmeister, kein Scharlatan. Ich bin ein Mann, kein Blender. Glaubst du wirklich, ich würde meine Kräfte missbrauchen, meinen Namen beschmutzen für Sex?"

Er winkte verächtlich ab. Die Fensterscheibe erbebte, das Glas zersprang, gab ihr eine Vorstellung davon, wie gefährlich er in seiner Wut sein konnte. „Ich habe nicht um dich gebeten, Frau. Welche Rolle das Schicksal hier auch immer spielen mag, du bist hierhergekommen, zu mir gekommen, aus freien Stücken und aus deinem eigenen Willen. Und genauso kannst du auch wieder gehen."

„Wie kannst du erwarten, dass ich mir diese Frage nicht stelle?", spie sie zurück. „Ich soll also mit den Schultern zucken und das alles so einfach akzeptieren, ja? Liam ist ein Zauberer. Er kann sich in einen Wolf verwandeln und meine Gedanken lesen und uns mit einem Augenblinzeln von einem Raum in den anderen transportieren, wann immer es ihm beliebt. Ist das nicht praktisch?!"

Sie wirbelte herum, fort von ihm, der Überwurf bauschte sich um ihre bloßen Beine. „Ich bin eine vernünftige Frau, die gerade kopfüber in ein Märchen gefallen ist. Und ich werde jede erdenkliche Frage stellen, die mir in den Sinn kommt!"

„Es gefällt mir, wenn du wütend bist", murmelte er. „Warum nur?"

„Keine Ahnung!" Sie wandte sich wieder ihm zu. „Übrigens, ich werde nie wütend. Ich schreie auch nie, aber dich schreie ich jetzt an. Ich falle nicht so einfach mit einem Mann ins Bett, ich streite mich auch nicht mit Männern, wenn ich nichts anderes anhabe als ein Tuch. Wenn ich dich also frage, ob du etwas damit zu tun hast, dass ich mich so benehme, dann ist das eine durchaus logische Frage!"

„Vielleicht stimmt das sogar. Eine beleidigende Frage, aber eine logische. Nun, die Antwort ist Nein." Er sagte es fast resigniert, setzte sich wieder aufs Bett und nippte an seinem Tee. „Ich habe keine Beschwörungsformeln gemurmelt, keinen Zauberspruch aufgesagt. Ich gehöre dem magischen Geschlecht an, Rowan. Bei uns gibt es eine Regel, die niemand brechen kann. ‚Auf dass keiner zu Schaden komme.' Ich werde nichts tun, um dir zu schaden. Und mein Stolz erlaubt es mir nicht, deine Reaktion auf mich zu beeinflussen. Was du fühlst, kommt ganz allein von dir."

Als sie nichts darauf erwiderte, zuckte er scheinbar gleichgültig mit einer Schulter, ignorierte die eiserne Kralle, die sich in sein Herz grub. „Du willst sicher deine Sachen haben." Kaum hatte er die Worte ausgesprochen, erschienen ihr Hemd und ihre Jeans auf dem Stuhl.

Rowan lachte trocken auf, schüttelte den Kopf. „Und dann meinst du, ich solle nicht verwirrt sein? Du erwartest viel, Liam."

Er betrachtete sie, dachte daran, was auch in ihrem Blut floss. Weit davon entfernt, bereit zu sein, es zu erkennen, entschied er, verärgert über seine eigene Ungeduld. „Ja, wahrscheinlich tue ich das. In dir steckt so viel, Rowan, wenn du nur an dich glauben würdest."

„Niemand hat je an mich geglaubt." Sie kam auf ihn zu, jetzt wieder ruhig. „Das ist eine Art Magie, die du mir gegeben hast und die mir mehr bedeutet als alles andere. Ich werde einen Anfang machen – ich glaube, dass das, was ich für dich fühle, wahr ist. Reicht das für den Moment?"

Er hob eine Hand und legte sie auf ihre, mit der sie die Enden des Tuchs zusammenhielt. Die Zärtlichkeit, die ihn erfüllte, war neu, unerwartet und zu betörend, als dass er dagegen angehen könnte. „Ja, es ist genug. Komm, setz dich und trinke deinen Tee."

„Ich will keinen Tee." Es erregte sie, so freimütig zu sein, das Tuch einfach fallen zu lassen. „Ich will auch meine Sachen nicht. Ich will dich."

9. KAPITEL

Sie stand unter einem Bann. Keiner von denen, für die Beschwörungsformeln nötig sind, dachte Rowan verträumt. Keiner, bei dem magische Kräfte benutzt werden mussten. Nein, sie war verliebt, und das, so nahm sie an, war wohl die älteste und ursprünglichste Art von Magie.

Bei keinem anderen Mann hatte sie sich so wohl gefühlt, bei keinem anderen Mann hatte sie sich so beklommen gefühlt. War nie so schüchtern gewesen, auch nie so offen, wie bei Liam. Zurückblickend wurde ihr klar, dass sie unter diesen Bann gefallen war in dem Moment, als sie sich auf den Klippen umgedreht und ihn dort hatte stehen sehen, den Wind in seinen Haaren, den Argwohn in seinem Blick, seine irische Heimat, die in seiner Stimme mitschwang, dieser wunderbare muskulöse Körper, der seine Kraft eisern unter Kontrolle hielt.

Liebe auf den ersten Blick, dachte sie jetzt. Ein weiteres Kapitel in ihrem ganz eigenen Märchen.

Und nach der Liebe, ihrer Liebe, hatten sie zusammen einen Weg zu einer Freundschaft gefunden. Eine Freundschaft, die ihr genauso wichtig war. Kameradschaft, eine Leichtigkeit des Seins. Sie wusste, dass er ihre Gesellschaft sehr genoss, bei der gemeinsamen Arbeit, in Gesprächen oder beim Zusammensitzen und Zuschauen, wie der Himmel sich mit dem Einbruch der Nacht veränderte.

Sie konnte es erkennen, an der Art, wie er sie anlächelte, wie er lachte, wie er mit der Hand über ihr Haar fuhr.

In solchen Momenten konnte sie spüren, wie die Rastlosigkeit in ihm sich in Zufriedenheit verwandelte. So wie damals, als er als Wolf zu ihr gekommen war und sich neben sie gelegt hatte, um sich von ihr vorlesen zu lassen.

War es nicht seltsam, dass sie auf der Suche nach ihrem eigenen inneren Frieden ihm etwas von seinem gegeben hatte?

Das Leben ist wunderbar, dachte sie, als sie sich niederließ, um den Fingerhut zu zeichnen, der hier am Ufer des Flüsschens in einer Reihe wuchs. Und jetzt, endlich, konnte sie anfangen, es zu leben.

Es war einfach schön, etwas zu tun, das sie liebte, hier an einem Platz zu sitzen, der sie mit Glück erfüllte, die Zeit damit zu verbringen, ihre Talente zu erforschen und auszuleben, zu beobachten, wie die Sonne durch die Baumwipfel fiel, wie das silberne Band des Wassers sich durch die Wiese schlängelte.

All diese unterschiedlichen Grüntöne zu studieren, die verschiedenen Formen und Schattierungen, die unglaublich komplexe Maserung in der Rinde der Douglasfichten, die liebreizende Anmut eines üppigen Farns.

Für all diese Dinge gab es Zeit. Zeit für sie, Rowan.

Nicht länger musste sie morgens aufstehen und sich ein adrettes, konservatives Kostüm anziehen. Sich nicht durch den morgendlichen Berufsverkehr zwängen, im Regen, mit einem Aktenkoffer voller Papiere und Unterlagen für Projekte neben sich auf dem Beifahrersitz. Nie wieder musste sie vor der Klasse stehen, immer mit dem Gefühl, nicht wirklich gut genug zu sein, nie wirklich die motivierte Lehrerin zu sein, die ihre Schüler verdienten.

Sie würde auch nie wieder abends in eine Wohnung zurückkehren müssen, die nie wirklich ein Zuhause für sie gewesen war. Kein abendliches Erstellen von Lehrplänen mehr, keine einsamen Abendessen mehr. Außer mittwochs und sonntags, wenn sie bei ihren Eltern erwartet wurde. Dann würde über die jeweiligen Erlebnisse während der Woche gesprochen werden, und Rowan würde sich die gut gemeinten Ratschläge hinsichtlich ihrer weiteren Laufbahn anhören.

Woche für Woche, Monat für Monat, Jahr für Jahr. Verständlich, dass sie so schockiert und verletzt waren, weil Rowan mit der heiligen Routine gebrochen hatte. Wie sie wohl reagieren würden, wenn sie wüssten, dass Rowan weit über alle Grenzen des Vorstellbaren hinausgegangen und sich Hals über Kopf in einen echten Zauberer verliebt hatte? Einen Hexenmeister, einer, der sich in einen Wolf verwandeln konnte. Ein Wunder?

Bei dem Gedanken musste sie lachen, amüsiert schüttelte sie den Kopf. Nein, da war es sicher besser, wenn sie bestimmte Dinge aus ihrem Leben für sich behielt. Ihre geliebten Eltern, die bewusst mit beiden Beinen auf dem Boden der Tatsachen standen, würden ihr nie glauben, geschweige denn, sie verstehen.

Sie verstand es ja selbst kaum. Es war wahr, war nicht abzustreiten. Und doch … wie war es möglich, dass er das war, was er war?

Wie konnte er tun, was sie ihn hatte tun sehen?

Ihr Bleistift stand still, und sie spielte nervös mit dem Ende ihres Zopfes. Sie hatte es gesehen, kein Zweifel, vor knapp einer Woche. Und seither hatte es immer wieder kleine, verblüffende Episoden gegeben.

Sie hatte gesehen, wie er Kerzen anzündete, allein mit der Kraft seiner Gedanken. Wie er eine weiße Rose aus der Luft pflückte, und einmal – in einer seiner seltenen übermütigen Launen – hatte er ihr die Kleider vom Leib verschwinden lassen, mit nicht mehr als einem Grinsen.

Es verwunderte und entzückte sie. Erregte sie. Aber hier, in der Einsamkeit und mit sich allein, konnte sie sich auch eingestehen, dass es sie ängstigte.

Er hatte solche Macht. Über die Elemente – und über sie.

Er wird diese Macht nie benutzen, um dir zu schaden.

Die Stimme ertönte in ihrem Kopf und ließ sie so stark zusammenzucken, dass ihr der Zeichenblock aus den Fingern und zu Boden rutschte. Noch während sie die Hand auf ihr erschreckt schlagendes Herz presste, sah sie die silberne Eule aus der Luft herabstoßen. Der Vogel ließ sich auf einem tief hängenden Ast nieder und beäugte Rowan mit starren grünen Augen. Gold blinkte aus dem silbernen Federkleid der Brust auf.

Noch ein Kapitel in meinem Märchen, dachte Rowan und rappelte sich auf. „Hallo.“ Es war mehr ein Krächzen, das aus ihrer Kehle kam. „Ich bin Rowan.“

Sie hielt den leisen Aufschrei zurück, als die Eule ihre mächtigen Flügel ausbreitete, von dem Ast flog und vor Rowans Augen in silbernem Dunst zu einem Mann wurde.

„Ich weiß sehr gut, wer du bist, Mädchen.“ Musik und Magie klangen in seiner Stimme und das Echo von grünen Hügeln und nebelverhangenen Tälern.

Der Schrecken war längst vergessen, machte unbändiger Freude Platz. „Sie sind Liams Vater.“

„Das bin ich.“ Die strenge Miene wich einem charmanten Lächeln. Er kam auf sie zu, lautlos in weichen braunen Stiefeln. Nahm ihre Hand, um sie galant zu küssen. „Es ist mir ein Vergnügen, dich kennenzulernen, junge Rowan. Warum sitzt du hier allein und grübelst?“

„Ich mag es, manchmal allein zu sitzen. Und Grübeln gehört zu meinen ausgeprägtesten Fähigkeiten."

Er schüttelte den Kopf. Ein Fingerschnippen reichte, und ihr Zeichenblock flog durch die Luft und landete in seiner Hand. „Nein, das hier ist deine beste Fähigkeit." Er ließ sich bequem auf einem umgestürzten Baumstamm nieder, legte den Kopf leicht schief, sodass sein Haar wie flüssiges Silber auf seine Schulter fiel. „Du hast hier eine Gabe, und eine bezaubernde dazu." Er klopfte einladend mit der flachen Hand auf den Platz neben sich. „Setz dich zu mir", als sie sich nicht rührte, fügte er an: „Ich werde dich schon nicht fressen."

„Das alles ist so … so überwältigend."

Er sah sie mit ehrlich erstauntem Blick an. „Aber wieso denn?"

„Wieso?" Sie saß neben einem Zauberer auf einem Baumstamm, dem zweiten, den sie bisher getroffen hatte. „Sie mögen ja vielleicht daran gewöhnt sein, aber für uns Normalsterbliche ist es etwas verwirrend."

Er kniff die Augen zusammen, und hätte Rowan seine Gedanken lesen können, so wäre sie über den Ärger auf seinen Sohn erstaunt gewesen. Dieser junge Tölpel hat es ihr also immer noch nicht gesagt. Worauf wartet er noch?

Finn musste sich daran erinnern, dass es Liams Aufgabe war und nicht seine. Er lächelte Rowan an. „Du hast doch die Geschichten gelesen, nicht wahr? Hast die Legenden gehört, die von uns berichten."

„Ja, natürlich, aber …"

„Und woher, junge Rowan, glaubst du, sollten diese Geschichten und Legenden und Lieder kommen, wenn ihnen nicht eine Wahrheit zugrunde liegen würde?" Er tätschelte väterlich ihre Hand. „Auch wenn die Wahrheit so oft verdreht worden ist. Da gibt es angeblich Hexen, die unschuldige Kinder quälen und sie als Braten in den Ofen schieben wollen. Meinst du, wir wollen dich als Festessen verspeisen, Rowan?"

Der Humor in seiner Stimme war ansteckend. „Nein, natürlich nicht."

„Also dann … hör mit dem Grübeln auf." Mit einem Wink tat er all ihre Bedenken als unwichtig und albern ab, blätterte dann durch ihre Zeichnungen. „Du wirst hier gut zurechtkommen. Du kommst ja schon zurecht." Ein breites Grinsen tauchte auf seinem Gesicht auf, als er zu der Zeichnung mit den Elfen, die durch die Farnwedel lugten, kam. „Bestens sogar, Mädchen. Warum arbeitest du nicht mit Farben?"

„Ich bin nicht gut mit dem Pinsel", setzte sie an. „Aber ich habe schon mit dem Gedanken gespielt, mir Kreide zu besorgen. Ich dachte mir, es könnte vielleicht Spaß machen."

Er brummte zustimmend und besah weiter die Skizzen. Als er zu der Zeichnung von Liam kam, breitbeinig und stolz auf den Klippen, grinste Finn wie ein kleiner Junge. Und Stolz lag in seinen Augen, als er sagte: „Oh ja, das ist er. Du hast ihn genau getroffen."

„Habe ich das wirklich?", murmelte sie und bezog sich damit auf etwas anderes, was Finn nicht entging. Unter dem prüfenden Blick wurde sie prompt rot.

„Jede Frau hat Macht, Rowan. Sie muss nur lernen, sie zu gebrauchen. Bitte ihn um etwas."

„Worum denn?"

„Was immer dir gefällt." Er tippte mit dem Finger auf die Skizze. „Darf ich das da haben? Für seine Mutter."

„Ja, sicher." Doch als sie die Seite langsam und vorsichtig herausreißen wollte, verschwand das Bild einfach aus ihrer Hand.

„Sie vermisst ihn", sagte Finn nur. „Einen guten Tag, Rowan aus der Familie der O'Mearas."

„Oh, aber wollen Sie nicht ..." Er war fort, bevor sie ihn hatte fragen können, ob er sie nicht zu Liam begleiten wollte. „Es gibt Dinge zwischen Himmel und Erde ...", murmelte sie kopfschüttelnd und machte sich dann allein auf den Weg zu Liams Hütte.

Er wartete nicht auf sie. Zumindest sagte er sich das immer wieder. Er hatte genug zu tun, genug Dinge, an die er denken musste. Und ganz bestimmt wanderte er auch nicht rast- und ziellos durchs Haus, sehnte sich nicht nach ihr.

Hatte er ihr nicht gesagt, dass er heute nicht arbeiten wollte? Hatte er das nicht aus dem ganz bestimmten Grund gesagt, damit sie auch mal Zeit getrennt verbringen konnten? Sie beide brauchten Abstand voneinander, Zeit für sich selbst, allein, oder etwa nicht?

Wo, zum Teufel, steckte sie nur?

Er hätte nachsehen können, aber das wäre dann das endgültige Eingeständnis, dass er sie hier haben wollte. Außerdem hatte sie sich sehr klar ausgedrückt, was ihre Vorstellungen von Privatsphäre anbelangte. Niemand kannte und respektierte das Bedürfnis nach Privatsphäre mehr als er.

Und er hielt sich ja auch daran, oder nicht? Er gab dem Drang nicht nach, einen flüchtigen Blick in die Kugel zu werfen. Oder auch nur ganz kurz in ihre Gedanken einzutauchen.

Verflucht.

Er könnte sie rufen. Er hielt in seinem unruhigen Auf und Ab inne und überlegte. Nur das Wispern ihres Namens in der Luft. Das war ja wohl nicht aufdringlich, und sie hatte immer noch die Wahl, den Ruf zu ignorieren. Versucht, erschreckend versucht ging er zur Tür und trat hinaus in die laue Luft.

Aber sie würde es nicht ignorieren. Sie war zu großzügig, zu großherzig. Wenn er bat, würde sie kommen. Und wenn er sie bat, bekannte er damit seine Schwäche für sie.

Es war ein rein körperliches Bedürfnis, versicherte er sich. Die Sehnsucht nach ihrem Duft, ihrer Gestalt, ihrem Geschmack. Und wenn diese Sehnsucht schmerzhaft war, dann nur wegen der selbst auferlegten Zurückhaltung.

Er war immer zärtlich zu ihr gewesen. Ganz gleich, wie sein Blut auch brannte, er hatte sie mit Vorsicht und Fingerspitzengefühl behandelt. Auch wenn jede Faser in ihm danach schrie, mehr zu nehmen, er hatte sich eisern beherrscht.

Sie war so zart. Es oblag seiner Verantwortung, die Kontrolle bei ihrem Liebesspiel zu bewahren, die Gier an die Kette zu legen, weil er sie sonst verängstigen würde.

Aber er wollte mehr, verzehrte sich danach.

Und warum sollte er das nicht haben können?

Liam vergrub die Hände in den Taschen und marschierte auf der Veranda auf und ab. Warum, zum Teufel, sollte er mit ihr nicht genau das tun, was er wollte? Falls er sich dazu entschloss – und diese Entscheidung war erstens noch lange nicht gefallen und zweitens seine ureigene –, sie sich zur Partnerin zu nehmen, würde sie ihn so akzeptieren müssen wie er sie. Mit allen Seiten.

Er hatte genug davon, hier herumzulungern und zu warten, während sie sich irgendwo amüsierte und ihn ignorierte. Leidenschaft und Unruhe in ihm wuchsen, je länger er auf und ab tigerte. Und er hatte auch genug davon, sich ständig zusammennehmen zu müssen. Es wurde Zeit, dass ihr klar wurde, mit was und wem sie es zu tun hatte – in Bezug auf ihn und sie selbst.

„Rowan Murray", knurrte er leise, und sein Blick glitt gen Himmel. „Du solltest dich besser auf Leute wie mich einstellen."

Er warf die Arme in die Höhe. Der Lichtblitz, der aus ihnen schoss, erstarb, als er auf ihrer Veranda erschien.

Er wusste sofort, dass sie nicht zu Hause war.

Er fluchte, knurrte, tobte, wütend auf sich selbst. Nicht nur, weil er seiner Sehnsucht nachgegeben hatte, sondern vor allem deshalb, weil sie nicht genau da war, wo er erwartet hatte.

Bei der Göttin, aber das ließ sich korrigieren, nicht wahr?

Rowan lächelte, als sie aus dem Schatten der Bäume trat. Sie konnte es kaum abwarten, Liam zu erzählen, dass sie seinen Vater getroffen hatte. Sie stellte sich vor, wie sie in der Küche zusammensaßen und er ihr Geschichten über seine Familie erzählte. Er konnte wunderbare Geschichten erzählen mit seiner melodischen Stimme. Sie hätte ihm stundenlang zuhören können.

Und jetzt, da sie seinen Vater kennengelernt hatte, könnte sie Liam vielleicht auch fragen, ob sie nicht auch die anderen Mitglieder seiner Familie treffen könnte. Er hatte doch von Cousins und Cousinen gesprochen, also vielleicht …

Sie blieb abrupt stehen, überwältigt von der plötzlichen Erkenntnis. Belinda. Himmel, er hatte ihr doch direkt am ersten Tag gesagt, er und Belinda seien verwandt. Bedeutete das etwa, dass Belinda auch …?

„Oh!" Lachend drehte Rowan sich im Kreis. „Das Leben ist einfach erstaunlich."

Während sie es sagte, während ihr Lachen erschallte, begann die Luft um sie herum zu vibrieren. Der Zeichenblock fiel ihr zum zweiten Mal an diesem Tage aus der Hand, als sie sich an die Kehle griff. Ein Erdbeben, dachte sie in Panik.

Sie fühlte, wie sie in die Lüfte gehoben wurde, spürte den Wind an ihr zerren. Ein Licht, gleißend und blendend, leuchtete vor ihren

Augen. Sie wollte nach Liam rufen, aber die Worte blieben ihr in der Kehle stecken.

Und dann wurde sie gegen ihn gepresst, das Licht immer noch hell, der Wind immer noch tosend, während er seinen Mund gierig auf ihre Lippen drückte.

Sie konnte nicht atmen, konnte keinen klaren Gedanken fassen. Ihr Herz schlug wild in ihrer Brust, das Echo in ihrem Kopf. Plötzlich fühlten ihre Füße keinen Boden mehr, denn Liam hatte sie ruckartig hochgehoben, mit einer Mühelosigkeit, die geradezu beängstigend war.

Sein Mund war hart und grob, gierig schluckte er ihr Keuchen. Er war auch in ihrem Geist, verführte ihre Gedanken, hemmungslos, ungezügelt, ohne Skrupel, so wie er ihren Körper verführte. Nicht mehr fähig, beides klar auseinanderzuhalten, begann sie zu zittern.

„Liam, warte …"

„Nimm an, was ich dir gebe." Er zog ihren Kopf an den Haaren zurück, und sie erhaschte einen Blick auf das Furcht erregende Feuer in seinen Augen. „Wolle das, was ich bin."

Er küsste sie auf den Hals, biss, liebkoste sie mit seinen Zähnen. Mit seinem Geist trieb er sie erbarmungslos auf den Gipfel. Als sie aufschrie, fiel er mit ihr auf das Bett. Ihr Haar lag ausgebreitet auf den Kissen, so wie es ihm am besten gefiel, wie die Oberfläche eines schimmernden Sees. Ihre Augen waren groß und dunkel, dunkel vor Leidenschaft, in die auch Scheu gemischt war.

„Gib mir, was ich brauche."

Als ihr Geist Ja flüsterte, nahm er sie.

Hitze, in Schauern wie Wellen, Empfindungen, hart und überwältigend wie Faustschläge. Eine konfuse Masse von explodierenden Gefühlen. Jetzt ist er der Wolf, dachte sie noch, wenn nicht in Gestalt, so doch vom Wesen her. Wild und ungezähmt. Sie hörte sein Knurren, als sein Mund sich über ihrer Brust schloss.

Dann hörte sie ihren eigenen Schrei. Es war ein Schrei des Triumphs.

Seine Hände kneteten, massierten, seine Zähne bissen überall, jeder winzige Schmerz zeigte die dunkle Seite der Lust. Und von irgendwoher in ihrem Inneren kam die Antwort darauf. Sie wollte mehr.

Liam riss sie hoch, sie knieten jetzt auf dem Bett, damit seine Hände mehr finden konnten, mehr nehmen konnten. Das Tier in ihm war frei, losgelöst von der Kette. Auf der Jagd.

Sie wälzten sich auf dem Bett, eng umschlungen, feuchte Haut an feuchter Haut. Er trieb sie an, schnell, hart und erbarmungslos, bis sie seinen Namen schluchzte, erschauerte und ihre Nägel in seinen Rücken krallte. Sie bäumte sich unter ihm auf, ihr Kopf flog von einer Seite zur anderen, hilflos, atemlos, verloren in der Ekstase, bis sie den Gipfel erreichte und ihr Körper unter ihm erschlaffte, dahinschmolz wie Kerzenwachs.

„Jetzt wirst du mich begleiten", stieß er atemlos aus, hob ihre Hüften wieder an, drang erneut ein.

Heiß, lüstern, gierig. Ihre Körper und ihrer beider Geist. Er grub seine Zähne in ihrer Schulter, mit jedem langsamen, tiefen Stoß brachte er sie näher an die Grenze einer anderen Welt. Rowan klammerte sich an ihn, unglaubliche Energie durchpulste sie, wild und süß zugleich, und ihre Begier war ebenso stark wie seine.

Der Ruf des Blutes, der Herzen. Mit einem letzten wilden Stoß, mit einem rauen Schrei verströmte er sich in ihr. Und sie folgte ihm willig.

Liam war zu entsetzt, um ein Wort sagen zu können. Er wusste, sein Gewicht lag schwer auf Rowan, er konnte die Schauer unter sich fühlen, die ihren Körper schüttelten. Ihr Atem ging stoßweise und beschämte ihn.

Er hatte sie ohne jegliche Beherrschung benutzt.

Absichtlich, mutwillig, selbstsüchtig.

Er hatte sich Entschuldigungen einfallen lassen, um seine egoistischen Bedürfnisse auszuleben, ohne jede Rücksicht. Hatte ihr keine Wahl gelassen und sie genommen, wie ein wildes Tier im Wald es tun würde, ohne nachzudenken.

Er hatte das Mitgefühl der Leidenschaft geopfert, Zärtlichkeit für einen Moment körperlicher Erfüllung aufgegeben.

Jetzt musste er sich den Konsequenzen stellen. Ihrer Angst vor ihm, der Tatsache, dass er den eigenen, den ihm heiligen Schwur missachtet hatte.

Er rollte sich auf die Seite, konnte ihr nicht ins Gesicht sehen.

Aber er konnte sich vorstellen, wie bleich es war, die Augen voller Furcht und Entsetzen.

„Rowan …“ Er verfluchte sich erneut in Gedanken. Jede Entschuldigung wäre gegenstandslos, würde weniger wiegen als Luft.

„Liam.“ Ein Seufzer nur. Als sie sich umdrehte, um sich an ihn zu schmiegen, zog er sich abrupt zurück, stand auf und ging zum Fenster.

„Möchtest du ein Glas Wasser?“

„Nein.“ Ihr Körper glühte immer noch, als sie sich aufsetzte. Sie hielt sich das Laken nicht wie sonst vor die Brust, sondern ließ es zerwühlt zu ihren Füßen liegen. Das Leuchten erstarb, als sie auf seinen steifen Rücken starrte. Zweifel setzten ein.

„Habe ich etwas falsch gemacht? Ist mit dir alles in Ordnung, Liam?“

„Wie?“ Er sah zu ihr. Ihr Haar lag wirr um ihr Gesicht, ihre Schultern, eine üppige Masse schimmernden Brauns um diesen weißen Körper, der die Male seiner Hände und seiner Bartstoppeln trug.

„Ich dachte … nun, aber anscheinend war ich nicht … Ich meine, ich habe keinerlei Erfahrung mit dem, was gerade passiert ist“, sagte sie leicht gereizt. „Wenn ich etwas falsch gemacht haben sollte oder etwas nicht getan haben sollte, das du von mir erwartet hattest, dann kannst du es mir wenigstens sagen.“

Er konnte nichts anderes tun als ungläubig starren. „Hast du jetzt den Verstand verloren?“

„Ich bin durch und durch vernünftig.“ So sehr, dass sie am liebsten das Gesicht in den Kissen vergraben hätte, mit den Fäusten auf die Matratze trommeln und schreien würde. Und laut losheulen. „Vielleicht verstehe ich ja nicht viel von Sex, aber eines weiß ich ganz sicher: Ohne Kommunikation und Ehrlichkeit wird dieser Aspekt in einer Beziehung, wie auch jeder andere, unweigerlich scheitern.“

„Die Frau hält mir eine Gardinenpredigt“, murmelte er und fuhr sich mit beiden Händen fassungslos durchs Haar. „Ausgerechnet jetzt hält sie mir eine Standpauke.“

„Schön. Dann hör eben nicht zu.“ Beleidigt, bis ins Innerste getroffen, kletterte sie aus dem Bett. „Bleib nur da stehen und starre aus dem Fenster. Ich gehe jetzt nach Hause."

„Du bist zu Hause." Fast hätte er gegrinst. „Es ist dein Haus, dein Schlafzimmer und dein Bett, in dem ich dich gerade genommen habe."

„Aber …" Verwirrt, die Überreste ihres zerfetzten Hemdes in einer Hand, sah sie sich um. Ja, es war tatsächlich ihr Schlafzimmer. Das große Bett stand zwischen ihnen, der Spitzenvorhang an dem Fenster, an dem Liam stand, nackt und Aufsehen erregend, bewegte sich leise.

„Nun, dann." Sie klammerte sich an den Stofffetzen und an den Rest ihrer Würde. „Du kannst gehen."

„Du hast jedes Recht, wütend zu sein."

„So sehe ich das auch." Aber sie würde keinen Heulkrampf kriegen, nicht, wenn sie nichts anhatte. Sie marschierte zum Schrank und zog unwirsch ihren Morgenmantel heraus.

„Ich muss mich entschuldigen, Rowan, aber das ist bedeutungslos, nach dem, was ich dir angetan habe. Du hattest mein Wort, dass ich dir auf gar keinen Fall wehtun würde, und ich habe mein Versprechen gebrochen."

Verunsichert drehte sie sich zu ihm um, hielt den Morgenmantel vor die Brust, anstatt ihn anzuziehen. „Mir wehtun?"

„Ich wollte dich, an mehr habe ich nicht gedacht. Ganz bewusst. Ich habe mir rücksichtslos genommen, was ich wollte, und dich verletzt."

Das war gar kein Zorn in seinen Augen, wurde ihr klar. Es war Schuld. Und ein weiteres Wunder. „Aber du hast mir nicht wehgetan, Liam."

„Du trägst überall die Male, die ich dir gemacht habe. Du hast zartes Fleisch, Rowan, die blauen Flecke stammen von meiner Achtlosigkeit. Das kann ich leicht wieder richten, aber …"

„Moment, warte mal eine Minute." Sie hob die Hand, als er auf sie zukommen wollte. Er hielt mitten im Schritt inne, krümmte sich innerlich, bevor er es verhindern konnte.

„Ich werde dich nicht anrühren, ich will nur die blauen Flecke heilen."

„Lass meine Flecke genau da, wo sie sind." Um Zeit für sich selbst zu schinden, wandte sie sich ab und zog sich den Morgenrock über. „Du bist besorgt, weil du mich wolltest."

„Weil ich dich so sehr wollte, dass ich mich vergessen habe."

„Wirklich?" Sie lächelte, als sie sich wieder zu ihm umdrehte. Dass er seine Augen irritiert zusammenkniff, begeisterte sie noch mehr. „Nun, ich bin entzückt. Niemand hat mich je so sehr gewollt. In meinem ganzen Leben nicht. Ehrlich gesagt, ich hätte nie geglaubt, dass mich jemand so sehr will. So weit reicht meine Vorstellungskraft nun doch nicht."

Diesmal war sie es, die auf ihn zutrat. „Und jetzt muss ich es mir nicht mehr vorzustellen versuchen, denn jetzt kann ich mir sicher sein."

Er strich ihr durchs Haar, bevor ihm bewusst wurde, was er tat. Dass er es tun musste. „Ich habe mir deine Gedanken genommen, obwohl du mich gebeten hattest, es nicht zu tun."

„Du hast mir deine gegeben. Auf Grund der besonderen Umstände beschwere ich mich nicht." Sie umfasste ihre Ellbogen, weigerte sich, jetzt schüchtern zu sein. „Was da gerade zwischen uns passiert ist, war absolut traumhaft. Es war wunderbar. Ich habe mich begehrt gefühlt. Unermesslich begehrt. Das Einzige, was mich verletzen könnte, ist, wenn es dir jetzt leidtäte."

Sie war mehr, als er verstehen konnte. Und sie war vielleicht gar nicht so … zart besaitet. „Dann tut es mir nicht im Geringsten leid." Er nahm ihre Hand, schob den Ärmel hoch. „Lass mich diese Flecke wegmachen, Rowan. Es ist mir wichtig, dass ich dir kein Mal aufdrücke."

Er küsste ihre Finger, ließ ihr Herz damit einen Schlag lang aussetzen. Dann ihre Lippen, um es wieder zu beruhigen. Und dabei fühlte sie, wie etwas Kühlendes langsam über ihre Haut glitt. Der leichte Schmerz der Druckstellen, den sie kaum wahrgenommen hatte, verschwand.

„Werde ich mich je daran gewöhnen?"

„An was?"

„An die Magie."

Er wickelte sich eine ihrer Haarsträhnen um den Finger. „Ich weiß es nicht." Du würdest es wissen, wenn du nachschauen würdest, erklang eine leise Stimme in seinem Kopf.

„Ich hatte einen wahrlich magischen Tag." Sie lächelte. „Ich wollte gerade zu dir kommen, als du … nun, den Austragungsort gewechselt hast. Ich wollte dir erzählen, dass ich deinen Vater getroffen habe."

Er erstarrte. „Meinen Vater?"

„Ich war im Wald, um zu zeichnen, und plötzlich tauchte er auf. Nun, erst als Eule, aber ich glaube, ich habe es sofort gewusst. Ich habe ihn schon einmal gesehen", fuhr sie fort. „Aber als Adler. Er trägt ein goldenes Medaillon um den Hals."

„Ja." Eines, das Liam akzeptieren oder ablehnen musste.

„Dann wurde er … nun, er hat sich verwandelt, und wir haben uns unterhalten. Er sieht wirklich sehr gut aus und ist sehr nett."

Mehr als nur ein wenig argwöhnisch, wandte Liam sich ab und zog sich an. „Worüber habt ihr denn geredet?"

„Hauptsächlich über meine Skizzen. Er wollte eine davon für deine Mutter haben, die, die ich von dir gemalt habe. Ich hoffe, die Zeichnung wird ihr auch gefallen."

„Bestimmt. Sie ist nämlich sehr parteiisch, was mich angeht."

Seine Stimme war so liebevoll, und Rowan lächelte. „Er sagte, dass sie dich vermisst, aber ich glaube, er hat sich da mit eingeschlossen. Ich dachte eigentlich, er würde dich besuchen." Sie zog die Unterlippe zwischen ihre Zähne und schaute auf das zerwühlte Bett. „Ist wohl ganz gut so, dass er nicht vorbeigekommen ist."

„Er würde gewiss nicht zu Besuch in dein Schlafzimmer kommen." Jetzt erleichtert, konnte er auch wieder anzüglich grinsen. „Das steht allein mir zu."

„Aber du hättest ihn doch sicher gern gesehen."

„Wir halten ständig Kontakt", sagte er und amüsierte sich, dass sie doch tatsächlich zum Bett ging, um die Laken zu richten. Reine Zeitverschwendung, Rowan Murray, dachte er, denn es wird nicht lange dauern, bevor du dich darin wiederfindest.

„Er ist sehr stolz auf dich, und ich glaube, er mag mich. Er meinte … Wahrscheinlich sollte ich dir das gar nicht erzählen."

„Aber du wirst es." Liam warf sein Haar zurück und kam auf sie zu, während sie die Kissen aufschüttelte. „Du hast nämlich nicht einen Funken Verschlagenheit in dir."

„Das ist doch nichts Schlechtes." Sie hätte zu gern geschmollt, aber sie war viel zu glücklich. „Er meinte, ich solle dich um etwas bitten."

„So?“ Lachend setzte Liam sich auf das Bett. „Und um was wirst du mich bitten, Rowan Murray? Was soll ich für dich herzaubern? Vielleicht einen Saphir, der zur Farbe deiner Augen passt? Oder den Boden zu deinen Füßen mit funkelnden Diamanten bestreuen? Wenn du einen Dienst von mir willst, brauchst du nur zu fragen.“

Er grinste und betrachtete amüsiert, wie sie an ihrer Lippe kaute. Frauen mögen nun mal glitzernden Tand, dachte er bei sich und fragte sich, was er ihr wohl geben könnte.

„Ich möchte gern mehr Mitglieder deiner Familie kennenlernen.“ Sie sprach es hastig aus, bevor sie der Mut verlassen konnte.

Liam blinzelte. „Meine Familie?“

„Ja. Ich meine, ich habe jetzt deinen Vater kennengelernt, und Belinda ... Du sagtest doch, dass sie eine Verwandte sei, obwohl ich nicht wusste, dass sie ... Ich meine, ist sie denn?“

„Ja.“ Er antwortete geistesabwesend, versuchte seine Gedanken zu ordnen. „Das wäre dir lieber als Diamanten?“

„Was sollte ich denn mit Diamanten? Du hältst das sicher für albern, aber ich würde wirklich gern wissen, wie deine Familie ... lebt.“

Er dachte darüber nach, begann die Vorteile zu sehen – und den Weg, der sich abzeichnete. „Das würde es leichter für dich machen, das Leben mit der Magie zu verstehen.“

„Ja, es scheint zumindest so. Und ich bin neugierig“, gab sie zu. „Aber wenn du lieber nicht ...“

Er unterbrach sie mit einer Handbewegung. „Ich habe da ein paar Cousins, die ich schon lange nicht mehr gesehen habe.“

„In Irland?“

„Nein, in Kalifornien.“ Er war viel zu beschäftigt damit, über seinen Plan nachzudenken, als dass er die Enttäuschung auf ihrem Gesicht hätte aufflackern sehen.

Sie sehnte sich so danach, Irland zu sehen.

„Wir besuchen sie einfach“, entschied er spontan, stand auf und streckte einen Arm in die Luft.

„Jetzt?“

„Warum nicht?“

„Weil ich ...“ Sie hatte weder mit einer so raschen Zustimmung gerechnet noch mit einem sofortigen Aufbruch. Hilflos schaute sie an sich herunter. „Nun, zum einen muss ich mich erst mal anziehen."

Mit einem fröhlichen Lachen griff er ihre Hand. „Sei nicht albern", sagte er nur und war schon mit ihr verschwunden.

10. KAPITEL

Das Nächste, was Rowan wusste, war, dass sie dicht gepresst an Liam stand, die Arme fest um ihn geschlungen, ihr Gesicht an seine Schulter gepresst. Ihr Herz raste, ihr Magen fuhr Achterbahn, und sie hörte den Wind an ihren Ohren rauschen.

„Beam me up, Scotty“, war alles, was ihr dazu einfiel, und Liam lachte dröhnend.

„Das hier ist viel einfacher. Und zudem viel vergnüglicher“, entschied er und küsste sie lang und anhaltend.

„Nun, es hat sicher seine Vorteile.“ Ihre Stimme klang heiser, wie immer, wenn sie erregt war. Was Liam darüber nachdenken ließ, ob es nicht besser gewesen wäre, diese impulsiv beschlossene Reise noch ein wenig aufzuschieben.

Auch als sie ihren Griff lockerte, hielt er sie immer noch fest um die Taille. „Wo sind wir?“

„Im Garten meiner Cousine Morgana. Sie lebt hier mit ihrer Familie.“

Rowan trat abrupt von ihm weg und sah an sich herunter. Mit einer Mischung aus Schock und Erleichterung stellte sie fest, dass sie eine dunkle Hose und ein pfirsichfarbenes Seidenhemd trug.

Sie fühlte prüfend über ihr Haar, es war immer noch offen und ein wenig wirr. „Ob ich wohl eine Bürste haben könnte?“

„Ich mag dein Haar so, wie es ist.“ Er zog sie wieder zu sich heran und sog tief ihren Duft ein. „Dann kann ich besser hineinfassen und es zerzausen, ohne dass es dich stört.“

„Hm.“ Als sich ihre Körperfunktionen langsam wieder einpendelten, konnte sie die Blumen deutlich riechen. Wildrosen, Vanille, Lilien. Sie drehte sich ein wenig und sah sich um, sah die Sonnenstrahlen, die in schattige Nischen fielen. Rundbögen und Laubengänge unter üppigen Blüten, exotische Farbenpracht und Formen, schmale Kieswege, die sich scheinbar willkürlich durchschlängelten.

„Ist das schön hier. Oh, ich wünschte, ich könnte so etwas Zauberhaftes erschaffen.“ Sie entzog sich Liams Umarmung, um die knorrigen Bäume zu betrachten, denen der Wind über die Jahre bizarre Formen verliehen hatte. Und dann strahlte sie, als ein grauer

Wolf würdevoll und langsam auf dem Kiesweg auf sie zukam. „Oh. Ist das …?"

„Ein Wolfshund." Liam wusste, was sie hatte fragen wollen. „Kein Verwandter. Er gehört Morgana." Ein Kind mit dunklen Haaren und Augen blau wie Lapislazuli rannte dem Hund nach, hielt dann an und bedachte die beiden mit einem neugierigen und durchdringenden Blick. „Und er gehört auch Morgana. Sei gegrüßt, Cousin."

Liam spürte den Sog in seinem Geist, viel stärker, als er von einem Fünfjährigen erwartet hätte. Er hob streng eine Augenbraue. „Es ist sehr unhöflich, so tief einzutauchen oder es zu versuchen. Noch dazu ohne Erlaubnis."

„Du bist in meinem Garten", sagte der Junge simpel, aber dann lächelte er. „Du bist Cousin Liam."

„Und du bist Donovan. Sei gegrüßt, Cousin." Liam trat vor und reichte dem Kleinen sehr formell die Hand. „Ich habe eine Freundin mitgebracht. Das ist Rowan. Und sie zieht es vor, ihre Gedanken für sich zu behalten."

Der junge Donovan Kirkland legte den Kopf schief, erinnerte sich aber an seine Manieren und tat nicht mehr, als Rowans Gesicht zu studieren. „Sie hat gute Augen. Ihr könnt reinkommen. Mama ist in der Küche."

Der durchdringende Blick verschwand von dem jungen Gesichtchen, und jetzt war er nichts anderes als ein kleiner Junge, der vor ihnen her den Weg entlanghüpfte, den Hund an seiner Seite, um seiner Mutter zu sagen, dass Besuch gekommen sei.

„Ist er … ist er auch ein Zauberer?" Die Bedeutung ihrer Worte wurde Rowan erst bewusst, als sie sie aussprach. Ein Kind nur, ein erstaunlich hübsches Kind, dem der erste Milchzahn fehlte, und es hatte bereits unglaubliche Macht.

„Ja, natürlich. Sein Vater ist es nicht, aber das Blut in meiner Familie ist sehr stark."

„Da wette ich drauf." Rowan atmete tief durch. Hexen und Magier oder nicht, das hier war immer noch ein Heim, und Liam hatte sich nicht die Mühe gemacht, den Besuch … nun, anzukündigen. „Wir sollten nicht so einfach bei deiner Cousine hereinplatzen. Sie ist sicher beschäftigt."

„Wir sind willkommen."

„Typisch Mann, so etwas vorauszusetzen ..." Doch dann vergaß sie alles, als das Haus in Sicht kam. Groß, beeindruckend, schimmernd lag es im Sonnenlicht da, Türmchen und Erker ragten hoch in den blauen Himmel über Monterey. „Oh! Das ist ja wie aus dem Märchenbuch. Was für ein wunderbarer Ort, um hier zu leben."

Als die Hintertür aufging, wurde Rowan von einer Mischung aus Ehrfurcht und Neid überwältigt.

Es war allzu deutlich, woher der Junge sein Aussehen hatte, Rowan hatte nie eine schönere Frau gesehen. Schwarzes Haar fiel in Wellen über ihre Schultern, kobaltblaue Augen wurden von dichten dunklen Wimpern umrahmt. Ihre Haut war glatt und hell wie Porzellan, ihre Züge fein geschnitten und voller Anmut. Sie stand da, eine Hand auf der Schulter ihres Sohnes, die andere auf dem Kopf des Wolfshundes, während sich zu ihren Füßen eine weiße Katze an ihren Beinen rieb.

Und sie lächelte.

„Sei gegrüßt, Cousin. Du bist willkommen." Sie kam auf sie zu, küsste Liam auf beide Wangen. „Es tut gut, dich zu sehen. Und Sie auch, Rowan."

„Hoffentlich stören wir nicht ..."

„Familie ist immer willkommen. Kommt herein, lasst uns etwas Kühles trinken. Donovan, renn hinauf zu deinem Vater und sage ihm, dass wir Besuch haben." Sie drehte sich zu ihrem Sohn um und schaute ihn streng an. „Sei nicht so faul. Geh nach oben und sage es ihm anständig."

Mit einem entnervten Schulterzucken rannte der Junge los, laut nach seinem Vater rufend.

„Na ja, fast", murmelte Morgana ergeben.

„Die Gabe des Sehens ist stark in ihm."

„Und er wird lernen, gut und richtig damit umzugehen." Morganas Stimme hatte den Ton einer erfahrenen und leicht erschöpften Mutter. „Lasst uns einen Eistee trinken", sagte sie und führte die anderen in die geräumige, sonnige Küche. „Pan, setz dich."

„Er stört mich nicht", warf Rowan schnell ein und kraulte dem Hund die Ohren. „Er ist wunderschön."

„Ich nehme an, Sie sind mittlerweile an hübsche Wölfe gewöhnt, nicht wahr?“ Morgana warf Liam einen verschmitzten Blick zu und nahm eine Karaffe mit goldenem Tee aus dem Kühlschrank. „Ist es immer noch deine bevorzugte Gestalt, Liam?“

„Es passt zu mir.“

„Das stimmt.“ Sie sah auf, als Donovan, einen perfekten Doppelgänger an seiner Seite, hereingestürmt kam.

„Er kommt gleich. Er muss erst noch jemanden umbringen“, verkündete Donovan laut.

„Genau. Mit einem richtig großen, scharfen Messer“, ergänzte der Zwilling.

„Fein.“ Als Morgana Rowans schockiertes Gesicht sah, lachte sie auf. „Nash schreibt Drehbücher“, erklärte sie. „Auf dem Papier mordet er auf bestialischste Weise.“

„Ach so.“ Erleichtert nahm Rowan das Glas Eistee an. „Sicher.“

„Können wir Kekse haben?“, fragten die Zwillinge wie aus einem Mund.

„Ja. Aber setzt euch hin und benehmt euch.“ Morgana seufzte nur, als der Glasbehälter mit den Keksen von der Küchenanrichte durch die Luft schwebte und krachend und gefährlich wackelnd auf dem Tisch landete. „Allysia, du wartest gefälligst, bis ich unsere Gäste versorgt habe.“

„Ja, Mama“, sagte das Mädchen brav, aber sie grinste spitzbübisch, als ihr Zwillingsbruder kicherte.

„Ich werde mich auch besser hinsetzen …“ Mit weichen Knien ließ Rowan sich auf einen Stuhl fallen. „Tut mir leid, aber ich kann einfach nicht … Ich meine, ich bin an so etwas nicht gewöhnt.“

„Sie sind nicht …“ Morgana brach ab, schätzte blitzschnell die Situation ab und lächelte freundlich. „Ja, es braucht seine Zeit, bis man sich an meine Kinder gewöhnt hat.“ Sie griff mit einer Hand in den Schrank nach den Tellern und öffnete ihren Geist für ihren Cousin. Du hast es ihr immer noch nicht gesagt, du Einfaltspinsel?

Das ist meine Sache. Sie ist noch nicht so weit.

Verschweigen und Betrug stehen sich sehr nahe.

Ich weiß schon, was ich tue. Servier deinen Tee und verteil Kekse, Morgana, und lass mich diese Sache auf meine Weise erledigen.

Sturer Esel!

Liam grinste leicht. Er erinnerte sich daran, dass sie einmal gedroht hatte, ihn in eben einen solchen zu verwandeln, als sie sich als Kinder gestritten hatten. Sie hätte es höchstwahrscheinlich auch geschafft, dachte er jetzt. Ihre Macht auf diesem speziellen Gebiet war ungeheuerlich groß.

„Ich bin Ally. Und wer bist du?"

„Ich heiße Rowan." Die Angesprochene lächelte das kleine Mädchen an. Ein Mädchen also, dachte sie. Sie hatte sich von den aufgeschürften Ellbogen und Knien täuschen lassen und zuerst angenommen, dass es auch ein Junge sei. „Ich bin eine Freundin deines Cousins."

„Du wirst dich sicher nicht mehr an mich erinnern." Liam kam an den Tisch und setzte sich. „Aber ich erinnere mich gut an dich, Allysia. Und an deinen Bruder und an die Nacht, in der ihr geboren wurdet. Es gab ein schreckliches Gewitter, genau wie in jener Nacht, als eure Mutter geboren wurde, hier in diesem Haus und im selben Zimmer. Und über den Hügeln der Heimat funkelten die Sterne, und alle sangen, um eure Geburt zu feiern."

„Manchmal gehen wir nach Irland, um Granddad und Grandmama im Schloss zu besuchen", sagte Donovan. „Eines Tages werde ich mein eigenes Schloss haben, ganz oben auf den Klippen am Meer."

„Ich kann nur hoffen, bis dahin hast du gelernt, wie man sein Zimmer aufräumt."

Diese vernünftige Bemerkung kam von dem Mann, der jetzt mit zwei pausbäckigen Mädchen auf je einem Arm eintrat.

„Mein Mann Nash und unsere Töchter, Eryn und Moira. Nash, das ist Cousin Liam und seine Freundin Rowan."

„Freut mich. Die Mädchen sind von ihrem Mittagsschlaf aufgewacht, als sie den Duft der Kekse gerochen haben." Nash setzte die beiden ab. Eines watschelte auf den Wolfshund zu, der neben dem Tisch saß und darauf hoffte, dass etwas für ihn abfallen würde, und schlang die kleinen Ärmchen um das riesige Tier. Das andere Mädchen kam schnurstracks auf Rowan zugewackelt, kroch auf ihren Schoß und küsste sie auf beide Wangen, so wie seine Mutter es bei Liam gemacht hatte.

Hingerissen drückte Rowan die Kleine an sich und schmiegte ihre Wange an das feine goldene Haar. „Sie haben wirklich ganz bezaubernde Kinder."

Gleich und gleich gesellt sich gern, dachte Liam, als er sah, wie Moira es sich auf Rowans Schoß gemütlich machte.

„Ja, wir haben beschlossen, sie erst einmal zu behalten." Nash kitzelte die Zwillinge. „So lange, bis sich was Besseres findet."

„Daddy." Allysia himmelte ihren Vater an, ließ sich jedoch nicht dadurch ablenken, ihren Keks schnell in Sicherheit zu bringen, bevor er ihn sich greifen konnte.

„Du bist wirklich schnell." Nash kitzelte die Kleine noch mal und schnappte ihr den Keks aus den Fingern. „Aber ich bin cleverer."

„Gieriger", stellte Morgana klar. „Passen Sie auf Ihre Kekse auf, Rowan. Bei Süßigkeiten ist ihm nicht zu trauen."

„Welchem Mann könnte man da schon trauen?" Liam stibitzte sich einen Keks von Rowans Teller und entlockte Donovan damit ein lautes Kichern. „Was machen Anastasia und Sebastian mit ihren Familien denn so?"

„Weißt du was, du wirst sie selbst fragen können." Morgana beschloss spontan, Cousin und Cousine mit ihren Ehepartnern und Kindern ebenfalls einzuladen. „Wir werden ein Familien-Barbecue veranstalten, um dich und deine Freundin willkommen zu heißen."

Magie konnte verwirrend sein oder völlig selbstverständlich. Sie konnte überwältigend sein oder so normal wie Regen. Im Kreise der Donovans, eingehüllt in die Aromen aus Morganas Garten, begann Rowan zu glauben, dass nur wenig auf der Welt so natürlich und normal war.

Morganas Mann Nash, ihr Cousin Sebastian und Anastasias Mann Boone debattierten hitzig darüber, wie man am besten einen Grill anzündete. Anastasia saß in einem Korbstuhl und stillte ihren Neugeborenen, während ihre Drillinge mit den anderen Kindern und dem Hund durch den Garten tobten. Lautes Gelächter, Geschrei und Gebell begleitete die ausgelassene Meute.

Völlig entspannt kaute Morgana an einem Kanapee und unterhielt sich mit Sebastians Frau Mel über Gott und die Welt – Kinder, die Arbeit, Männer, das Wetter, all die üblichen Gesprächsthemen, über die Freunde und Familie an einem sonnigen Nachmittag so plauderten.

Rowan fiel auf, dass Liam sich ein wenig abseits hielt, und fragte sich, warum. Aber als Anas blonde Tochter vor ihm die Arme hochstreckte, lächelte er und folgte willig der Aufforderung, sie auf den Arm zu nehmen. Überrascht beobachtete sie, wie er die Kleine lässig auf der Hüfte herumtrug und sich interessiert anhörte, was sie ihm erzählte.

Er mag Kinder, dachte sie, und bei dem sehnsüchtigen Flattern in der Magengegend hätte sie fast laut aufgeseufzt.

Dies hier war ein Zuhause. Ganz gleich, welche Macht hier auch lebte, es war ein Heim, in dem Kinder lachten und tobten, wo sie sich stritten und hinfielen und weinten wie Kinder überall. Und die Männer diskutierten über Sport, die Frauen saßen zusammen und redeten über ihre Babys.

Und sie alle sahen so umwerfend gut aus. Morgana mit ihrer außergewöhnlichen dunklen Schönheit, Anastasia, so grazil und weiblich, die extravagante Mel, die in ihrer fortgeschrittenen Schwangerschaft nur noch mehr Sexappeal ausstrahlte. Ebenso die Männer. Einfach überwältigend, dachte Rowan. Alle. Nash, der dem Vergleich mit jedem Filmstar standhalten würde, Sebastian, romantisch wie der Prinz aus dem Märchenbuch, mit einem Touch Verwegenheit, und Boone, die Verkörperung der rauen Männlichkeit.

Und dann war da natürlich noch Liam. Liam, immer wieder Liam. Dunkel und grüblerisch, mit diesem amüsierten Blitzen in seinen wundervollen goldenen Augen.

Hätte sie es verhindern können, sich in ihn zu verlieben? Nein, nicht in einer Million Jahren, nicht mit allen Mächten zwischen Himmel und Erde.

„Meine Damen." Sebastian kam herübergeschlendert. Er lächelte Rowan an, aber da lag ein solch eindringlicher Ausdruck in seinen Augen, dass sie nervös auf ihrem Sitz hin- und herrutschte. „Die Männer brauchen ein Bier, um ihre männliche Arbeit verrichten zu können."

Mel schnaubte. „Dann solltest du auch Mann genug sein, dir selbst ein Bier aus dem Kühlschrank zu holen."

„Aber es ist doch viel schöner, wenn man bedient wird." Er strich mit einer Hand über ihren gewölbten Leib. „Sie ist unruhig", murmelte er. „Möchtest du dich vielleicht hinlegen?"

„Uns geht es gut." Mel tätschelte seine Hand. „Fang nicht an zu glucken."

Er beugte sich vor, flüsterte ihr etwas ins Ohr, und sie lächelte milde. „Hol dir rasch dein Bier, Donovan, und dann geh wieder mit deinen kleinen Freunden spielen."

„Du weißt doch, wie aufregend ich es finde, wenn du mich beleidigst." Er biss sie leicht ins Ohrläppchen und brachte sie damit zum Lachen, bevor er vier Flaschen Bier aus dem Kühlschrank holte und sich wieder davonmachte.

„Dieser Mann wird richtig sentimental, wenn es um Babys geht." Mel nahm sich Knabberzeug vom Teller. „Als Aiden auf die Welt kam, lief er herum, als wäre er derjenige, der die ganze Arbeit übernehmen müsste."

Sie sah zu, wie ihr Sohn sich an Sebastians Bein festklammerte und ihr eleganter Mann dann spielerisch humpelnd zu den Männern zurückkehrte, den Kleinen im Schlepptau.

„Er ist ein wundervoller Vater." Ana legte sich das satte und schläfrige Baby an die Schulter und streichelte über seinen Rücken. Sie lächelte, als ihre Stieftochter zu ihr herüberhüpfte.

„Darf ich ihn jetzt halten? Ich werde mit ihm spazieren gehen, bis er eingeschlafen ist, und dann lege ich ihn in den Laufstall im Schatten. Bitte, Mama, ich bin auch ganz vorsichtig."

„Das weiß ich doch, Jessie. Hier, nimm deinen Bruder."

Rowan betrachtete die kleine Szene. Jessie war zehn und Anas Stieftochter. Boone war kein … das hieß, Jessie also auch nicht. Und doch hatte das Mädchen keinerlei Probleme, mit ihren Cousins und Cousinen zurechtzukommen. Ganz im Gegenteil. Rowan konnte gerade beobachten, wie Jessie mit dem typisch ungeduldigen Tonfall des ältesten Kindes die Kleineren zurechtwies und Donovan regelrecht zusammenstauchte, als er sie zum x-ten Mal mit einem harten Ball bewarf.

„Möchten Sie vielleicht einen Wein, Rowan?" Ohne die Antwort abzuwarten, goss Morgana eine goldene Flüssigkeit in ein Glas.

„Danke. Es ist wirklich nett von Ihnen, dass Sie sich so viel Mühe machen, obwohl wir unangemeldet hereingeplatzt sind."

„Aber es ist uns doch ein Vergnügen. Liam besucht uns viel zu selten." Morganas Blick war warm und freundlich. „Warum erzählen Sie uns nicht, wie Sie es geschafft haben, ihn herzulotsen?“

„Ich habe ihn nur gefragt, ob ich nicht seine Familie kennenlernen könnte.“

„Nur gefragt also.“ Morgana und Ana tauschten einen bedeutungsvollen Blick aus. „Das ist wirklich interessant.“

„Ich hoffe, Sie bleiben für ein paar Tage.“ Unter dem Tisch kniff Ana ihre Cousine warnend. „Ich habe mein altes Haus behalten, wenn Freunde und Familie zu Besuch kommen. Sie können gerne darin bleiben. Wir wohnen direkt im Haus nebenan.“

„Danke, aber ich habe überhaupt nichts mitgebracht.“ Sie sah an sich herunter, auf die sportliche Hose und die elegante Bluse, und erinnerte sich daran, dass sie Oregon mit nichts anderem als einem Morgenrock verlassen hatte und in Monterey in diesem passenden Aufzug aufgetaucht war. „Aber ich nehme an, das ist unwichtig, nicht wahr?“

„Sie werden sich schon noch daran gewöhnen.“ Mel lachte und biss in ein Stück Möhre. „An das meiste zumindest.“

Rowan war da nicht so sicher, aber eines wusste sie: Sie fühlte sich wohl hier, im Kreise dieser Menschen. Sie nippte an ihrem Wein und sah zu Liam hinüber, der mit Sebastian zusammenstand. Sicher war es auch für ihn schön, mit seiner Familie zusammen zu sein, mit Leuten reden zu können, die ihn verstanden und unterstützten.

„Du bist ein ausgemachter Idiot“, sagte Sebastian kühl.

„Es ist meine Angelegenheit.“

„Das behauptest du doch immer.“ Sebastian leerte sein Bier und musterte seinen Cousin mit amüsierten grauen Augen. „Du änderst dich nie, Liam.“

„Warum sollte ich?“ Eine kindische Antwort, das wusste er, aber bei Sebastian fühlte er sich immer in die Defensive gedrängt.

„Was willst du eigentlich erreichen? Was musst du noch beweisen? Sie ist für dich bestimmt.“

Ein Schauer rann ihm über den Rücken, aber Liam weigerte sich, es als Angst anzuerkennen. „Ich habe trotzdem die Wahl.“

Sebastian hätte gelacht, doch er erkannte das unruhige Aufleuchten in Liams Augen, erinnerte sich an sein eigenes Dilemma. „Das glaubst auch nur du“, murmelte er, aber mit wesentlich mehr Verständnis. „Und wenn du so denkst, Cousin, warum hast du es ihr noch nicht gesagt?"

„Ich habe ihr gesagt, wer ich bin." Liam hielt seine Stimme bewusst ruhig, wollte nicht rechtfertigend klingen. „Es ihr gezeigt. Sie wäre fast in Ohnmacht gefallen." Er erinnerte sich zu gut an den Moment, an die Wut, das Schuldgefühl in ihm. „Sie ist dazu erzogen worden, nicht zu glauben."

„Aber sie glaubt doch. Was sie ist, war immer da. Bis du es ihr nicht sagst, hat sie keine Möglichkeit zu wählen. Und bist du es nicht, der immer so großen Wert darauf legt, die Wahl zu haben?"

Liam betrachtete Sebastians selbstzufriedenes kleines Lächeln mit der wilden Abneigung, die nur Familienmitglieder füreinander empfinden können. Als sie noch Jungen gewesen waren, hatte Liam einen verbissenen Konkurrenzkampf gegen den älteren Sebastian geführt, fest entschlossen, genauso schnell, genauso clever, genauso gewandt zu sein. Im Grunde genommen war es jedoch nichts anderes als eine umgekehrte Heldenverehrung gewesen. Und auch heute noch, als erwachsener Mann, wollte er Sebastians Respekt für sich.

„Wenn sie bereit ist, wird sie auch die Wahl haben. Und sie dann treffen."

„Du meinst, wenn du bereit bist", verbesserte Sebastian ungerührt. „Was ist es, Liam? Arroganz oder Angst?"

„Vernunft", knurrte Liam und kämpfte gegen sein Temperament an. „Sie hatte ja kaum genug Zeit, um zu verdauen, was ich ihr bisher eröffnet habe, geschweige denn zu verstehen. Ihr eigenes Erbe ist so tief verschüttet, dass nicht einmal ein Funke davon übrig geblieben ist. Sie hat gerade damit begonnen, sich als Frau zu entdecken, wie könnte ich also von ihr verlangen, dass sie ihre Gabe akzeptiert?"

Oder mich. Aber das sprach er nicht aus, war sogar wütend auf sich, dass er es überhaupt gedacht hatte.

Er liebt sie, wurde Sebastian klar, als Liam sich mit einem tiefen Stirnrunzeln zum Meer hindrehte. Er liebt sie und ist zu stur, um es sich einzugestehen. Und zum zweiten Mal spielte ein verständnisvolles Lächeln um seine Lippen, obwohl er am liebsten laut gelacht hätte. So gehen also auch die Mächtigen unter, dachte er, kämpfend bis zum bitteren Ende.

„Vielleicht traust du der Frau nicht genug zu, Liam." Sebastian sah zu Rowan hinüber, die mit seiner Frau zusammen am Tisch saß. „Sie ist wunderschön."

„Sie hält sich für unscheinbar, für uninteressant. Schlicht. Dabei ist sie nichts davon. Aber sie ist sensibel. Gut möglich, dass ich mehr von ihr verlange, als sie bereit ist zu geben."

Liebeskrank, dachte Sebastian, wenn auch nicht ohne Mitgefühl. Ihm war es ähnlich ergangen, als er Mel getroffen hatte. Und wahrscheinlich hatte er ähnlich dumme Fehler gemacht. „Mit dir zu leben ist für jede Frau zu viel." Er grinste, als Liam sich abrupt umdrehte und ihn mit einem eiskalten Blick aus harten goldenen Augen bedachte. „Sie tut mir ehrlich leid, wenn sie dein düsteres Gesicht jeden Tag ertragen muss."

Liams Lächeln war dünn und scharf wie eine Rasierklinge. „Und wie hält deine Frau das jeden Tag aus, Cousin?"

„Sie ist verrückt nach mir."

„Dabei macht sie doch eigentlich einen ziemlich intelligenten Eindruck."

„Ihr Intellekt ist messerscharf."

„Wie lange hast du gebraucht, um ihren Geist zu verhexen?"

Dieses Mal lachte Sebastian wirklich laut, und mit einer schnellen Drehung nahm er Liam in den Schwitzkasten. „Sehr viel kürzer, als du brauchen wirst, um deine Lady davon zu überzeugen, dass sich die Sache mit dir lohnt."

„Ach, küss mir doch die ..." Liam fluchte und wehrte sich erfolglos, als Sebastian ihn voll auf die Lippen küsste. „Dafür werde ich dich umbringen müssen", keuchte er lachend und hob eine Braue, als Aiden auf seinen Vater zugerannt kam. „Später", beschloss Liam und hob den Kleinen auf seine Arme.

Es war schon spät, als Liam Rowan in Anas Haus am Meer zurückließ und hinausging. Er war unruhig, aufgewühlt und erschreckt von dem Schmerz in seinem Herzen, der sich nicht legen wollte.

Er überlegte, ob er am Wasser entlangrennen sollte. Oder darüber hinwegfliegen. Geschwindigkeit, die ihn müde machen, ihn beruhigen würde, die ihn daran hindern würde, weiter zu grübeln.

Und er dachte an Rowan, die friedlich in dem stillen Haus schlief.

Er wandelte durch die Schatten und Aromen in Anas Garten, auf der Suche nach Seelenfrieden. Er trat durch die Rosenhecke, lief über den Rasen und zu der Veranda des Hauses, in dem Ana mit ihrer Familie lebte.

Er wusste, dass er sie dort finden würde.

„Du solltest längst schlafen."

Ana hielt ihm die Hand entgegen. „Ich dachte mir, dass du gern reden würdest."

Er nahm die dargebotene Hand, setzte sich und begnügte sich vorerst damit zu schweigen. Er kannte niemanden, mit dem man schweigend zusammensitzen und sich wohler fühlen konnte als mit Ana.

Über ihnen zogen Wolken vor den Mond, Sterne funkelten auf. Das Haus, in dem Rowan schlief, lag dunkel da und voller Träume.

„Mir war nicht bewusst, wie sehr ich euch alle vermisst habe, bis ich euch wiedersah."

Ana drückte tröstend seine Finger. „Du musstest eben für eine Weile allein sein."

„Ja. Aber ich habe euch nicht abgeblockt, weil ihr mir nicht wichtig seid." Er strich ihr übers Haar. „Sondern gerade weil ihr mir wichtig seid."

„Das weiß ich, Liam." Sie fuhr mit der Hand über seine Wange, fühlte seinen Zwiespalt in ihrem eigenen Herzen. „Dein Geist ist so voller Sorge." Ihre sanften grauen Augen blickten in seine, ihre Lippen verzogen sich zu einem warmen Lächeln. „Musst du denn immer über alles nachgrübeln?"

„Das ist der einzige Weg, den ich kenne." Und doch fühlte er bereits, wie die Anspannung in ihm wich, Stückchen für Stückchen, während er hier mit ihr saß. Das war Anas Gabe. „Du hast eine wunderbare Familie, Ana, und ein wunderschönes Zuhause. Dein Mann passt perfekt zu dir, deine Kinder bringen dir Freude. Ich sehe dir an, wie glücklich du bist."

„So wie ich sehen kann, wie unglücklich du bist. Ist es nicht das, was du willst, Liam? Ein Heim, eine Familie? Was würde dich glücklich machen? Es sind doch dieselben Dinge, die dich glücklich machen, oder?"

Er studierte ihre ineinander verschlungenen Finger, wusste, dass er Ana Dinge gestehen konnte, die er zu keinem anderen sagen würde. „Vielleicht bin ich nicht gut genug darin."

Ah, dachte sie, Liams Anforderungen an sich selbst waren schon immer höher, als andere je von ihm verlangen würden. „Wieso denkst du das?"

„Weil ich daran gewöhnt bin, mich nur um mich selbst zu kümmern. Nur genau das zu tun, wozu ich Lust habe. Und das gefällt mir." Er hob den Blick, lächelte. „Ich bin ein egoistischer Mann, und das Schicksal verlangt von mir, die Verantwortung zu übernehmen, die mein Vater bisher so gut erfüllt hat, und eine Frau zu nehmen, die nur Bruchstücke von dem versteht, was das bedeutet."

„Du unterschätzt euch beide." Gereiztheit schwang in Anas Stimme mit, umso wirkungsvoller, da sie nur sehr selten ungeduldig wurde. „Du warst schon immer dickköpfig, Liam, und stolz. Aber nie egoistisch. Du gehst einfach nur viel zu ernst an viel zu viele Dinge heran. Und deshalb entgeht dir der Spaß, den du haben könntest." Seufzend schüttelte sie den Kopf. „Rowan kann und wird viel mehr verstehen, als du glaubst."

„Ich gehe gern meinen eigenen Weg."

„Und es war dein eigener Weg, der dich zu ihr geführt hat, nicht wahr?" Ana lachte. Er sah so irritiert aus. Da hatte ihn die Logik doch mit seinen eigenen Waffen geschlagen. „Weißt du, was ich an dir immer am meisten bewundert habe? Deinen Drang, alles zu hinterfragen und auseinanderzupflücken. Ein faszinierender und gleichzeitig leidiger Charakterzug. Du tust es, weil dir viel an den Dingen liegt. Du würdest es viel lieber abstreiten, aber so ist es nun mal."

„Was würdest du tun, Ana? An meiner Stelle, in meiner Situation?"

„Oh, für mich wäre es ganz einfach." Ihre grauen Augen waren sanft, ihr Lächeln warm. „Ich würde auf mein Herz hören. Wie immer. Auch du wirst es tun, wenn du bereit bist."

„Nicht jedermanns Herz spricht eine so deutliche und verständliche Sprache wie deines, Ana." Wieder unruhig, trommelte er mit den Fingern auf der Armlehne des Stuhls. „Ich habe ihr gezeigt, wer ich bin, ihr aber nicht gesagt, was das für sie bedeuten könnte. Ich habe sie zu meiner Geliebten gemacht, aber ich habe ihr keine Liebe gegeben. Ich habe sie meiner Familie vorgestellt, sie aber nicht über ihre eigene aufgeklärt. Und ja, deshalb mache ich mir Sorgen."

„Das kannst du ändern. Es liegt in deiner Hand."

Er nickte, starrte in die Nacht hinaus. „Ich werde sie morgen zurückbringen, wenn sie aufgewacht ist. Und ich werde ihr zeigen, was in ihr liegt. Was den Rest anbelangt, so weiß ich es noch nicht."

„Zeige ihr nicht nur die Verpflichtungen, Liam, die Verantwortung. Zeige ihr auch die Freuden, das Vergnügen." Sie erhob sich, ohne seine Hand loszulassen. „Das Baby regt sich. Es ist hungrig. Ich werde den anderen morgen früh eure Grüße ausrichten, wenn du möchtest."

„Das wäre mir sehr recht." Er stand auf, umarmte sie. „Sei gesegnet, Cousine. Ich bin sehr froh, dass ich mit dir sprechen konnte."

„Bleib nicht wieder so lange fort." Sie küsste ihn auf beide Wangen, bevor sie zum Haus ging. An der Tür drehte sie sich noch einmal um und schaute zu ihm hin. Er stand regungslos im Mondlicht. Allein. „Die Liebe wartet", murmelte sie.

Ja, sie wartet, dachte Liam, als er neben Rowan ins Bett schlüpfte. Hier, in den Träumen. Würde sie auch am Morgen warten, wenn er in Rowan das wachrufen würde, was sie war?

Wie die Prinzessin im Märchen, dachte er, erweckt durch einen Kuss. Bei dem Gedanken, dass er in seiner Welt wirklich ein Prinz war, lächelte er humorlos in die Dunkelheit hinein.

Ironie des Schicksals.

Er lag wach, bis die Morgendämmerung hereinbrach. Beim ersten schwachen Tageslicht nahm er ihre Hand, verschränkte ihre Finger mit seinen und brachte sie beide zurück in Rowans eigenes Bett.

Sie murmelte etwas, bewegte sich, schlief dann ruhig weiter. Liam stand auf, zog sich an und betrachtete sie eine Weile, dann ging er hinunter in die Küche und setzte Kaffee auf.

Er machte ihn stark. Sie beide würden starken Kaffee brauchen.

Weil er seinen Geist auf sie ausrichtete, wusste er, wann sie erwachte. Er ging nach draußen, mit der Tasse Kaffee in der Hand. Sie würde zu ihm kommen. Mit Fragen.

Oben im Schlafzimmer blinzelte Rowan verwirrt. Hatte sie das alles nur geträumt? Das schien doch unmöglich, sie konnte sich an alles genauestens erinnern. Der blaue Himmel über Monterey, das helle Kinderlachen, die herzliche Begrüßung, das unbeschwerte Zusammensein.

Das musste einfach real sein.

Dann lachte sie leise und legte die Stirn auf die angezogenen Knie. Gar nichts musste real sein. Nicht mehr.

Sie stand auf, bereit, einen neuen, wunderbaren, magischen Tag zu erleben.

11. KAPITEL

Wie Rowan Liam da auf der Veranda stehen sah, überkam es sie wieder mit voller Wucht. Die Ekstase, die Liebe, das Wunder. Dass dieser umwerfende, außergewöhnliche Mann sie begehrte, machte sie sprachlos vor Glück.

Nur von ihren Gefühlen geleitet, eilte sie hinaus und schlang die Arme um ihn, schmiegte ihre Wange an seinen breiten Rücken.

Sie zogen ihm den Boden unter den Füßen weg, diese zärtlichen, süßen Gefühle, die so überschwänglich aus ihr herausströmten. Seine Reaktion darauf. Er wollte herumwirbeln, sie in seine Arme heben und sie irgendwohin bringen, wo es nichts und niemanden gab außer ihr.

Stattdessen legte er nur die freie Hand leicht auf ihre.

„Du hast uns zurückgebracht, bevor ich mich bei deiner Familie verabschieden konnte."

„Du wirst sie wiedersehen. Wenn du möchtest."

„Oh ja. Ich würde mir gern Morganas Laden anschauen. Was sie mir davon erzählt hat, hört sich großartig an. Und Sebastians und Mels Pferde. Ich fand es wunderbar, deine Cousins kennenzulernen." Sie rieb mit der Wange über sein Hemd. „Du weißt gar nicht, was für ein Glück du hast, eine so große Familie zu haben. Ich habe einige Cousins väterlicherseits, aber die leben im Osten. Ich habe sie schon seit der Kindheit nicht mehr gesehen."

Liam kniff die Augen zusammen. Konnte es ein besseres Stichwort geben für das, was er ihr sagen wollte? „Hol dir einen Kaffee, Rowan. Ich muss mit dir reden."

Ihre gute Laune geriet ins Wanken, als sie die Arme fallen ließ und zurücktrat. Sie war so sicher gewesen, dass er sich umdrehen und sie halten würde. Stattdessen hatte er sie nicht einmal angesehen, und seine Stimme klang kühl und gepresst.

Was hatte sie denn falsch gemacht? Mit leerem Blick starrte sie auf die Reihe fröhlich bunter Kaffeebecher. Hatte sie irgendetwas gesagt? Oder nicht gesagt? Oder vielleicht …

Angewidert von sich selbst, kniff sie die Augen zusammen. Warum tat sie das immer wieder? Warum ging sie immer davon aus, dass sie einen Fehler begangen hatte, dass sie es war, die unzulänglich war?

Nun, von jetzt an würde sie das nicht mehr tun. Nicht bei Liam, bei niemandem. Grimmig griff sie sich einen Becher und füllte heißen schwarzen Kaffee bis zum Rand.

Als sie sich umdrehte, stand er in der Tür und beobachtete sie. Rowan ignorierte das flaue Gefühl im Magen und bemühte sich, ihre Stimme neutral zu halten. „Worüber möchtest du mit mir reden?"

„Setz dich."

„Ich stehe gut." Sie strich sich das wirre Haar zurück, trank einen Schluck Kaffee und verbrannte sich die Zunge. „Falls du wütend auf mich sein solltest, dann sag mir, warum. Ich mag es nicht, wenn ich raten muss."

„Ich bin nicht verärgert über dich. Warum sollte ich das sein?"

„Ich weiß es nicht." Um sich abzulenken und beschäftigt zu halten, nahm sie den Brotlaib und schnitt eine Scheibe ab, um sie zu toasten. Sie konnte sich bestens vorstellen, dass ihr jeder Bissen in der Kehle stecken bleiben würde. „Aber warum sonst solltest du mich so grimmig ansehen?"

„Ich sehe dich nicht grimmig an."

Sie musterte ihn und schnaubte dann abfällig. „Und ob. Und ehrlich gesagt, es gefällt mir nicht."

Liam hob eine Augenbraue. Rowans Stimmung war ganz schön schnell von zärtlich und verschmust auf kalt und feindselig umgeschwenkt. „Nun, dann muss ich mich wohl dafür entschuldigen." Er zog einen Stuhl unter dem Tisch hervor und setzte sich rittlings darauf.

Nun fang schon endlich an, befahl er sich still.

„Ich habe dich mitgenommen, damit du meine Familie kennenlernst. Und Familie ist das Thema, über das ich mit dir reden möchte. Außerdem wäre es mir verdammt noch mal lieber, wenn du dich ebenfalls hinsetzen würdest, anstatt hier im Raum auf und ab zu rennen."

Bei dem aggressiven Ton zog sie unwillkürlich die Schultern in die Höhe. Sie zwang sich, sie wieder zu lockern und herunterzunehmen. „Ich mache Frühstück, wenn du nichts dagegen hast."

Er murmelte etwas Unverständliches, machte eine Drehung mit der Hand, und schon erschien ein Teller mit goldbraunem Toast vor ihr auf der Anrichte. „Da hast du dein Frühstück. Allerdings ist mir schleierhaft, wie man so etwas als Frühstück bezeichnen kann. Jetzt setz dich endlich."

„Ich bin durchaus in der Lage, mir meinen Toast selbst zu machen." Sie stellte den Teller zwar auf den Tisch, allerdings schien die Wahl der Frühstücksmarmelade aus dem Kühlschrank plötzlich unendlich Zeit zu kosten.

„Rowan, du stellst meine Geduld auf eine harte Probe. Ich habe dich lediglich gebeten, dich hinzusetzen und mit mir zu reden."

„Bitten ist genau das, was du bisher nicht getan hast. Aber jetzt hast du es ja, also werde ich mich setzen." Überrascht, wie gut sie sich bei diesem kleinen Triumph fühlte, kam sie an den Tisch und setzte sich. „Möchtest du auch einen Toast?"

„Nein." Als ihm klar wurde, wie grimmig das geklungen hatte, seufzte er. „Nein, danke."

Sie lächelte ihn plötzlich mit solch offener Begeisterung an, dass sein Herz einen Sprung machte. „Eigentlich gewinne ich bei einer Auseinandersetzung nie", teilte sie ihm fröhlich mit, während sie Marmelade auf ihrem Toast verteilte. „Vor allem, wenn ich keine Ahnung habe, worum es überhaupt geht."

„Nun, dieses Mal hast du auf jeden Fall gewonnen, oder?"

Ihre Augen funkelten, als sie in den Toast biss. „Gewinnen gefällt mir."

Er musste einfach lachen. „Mir auch." Er legte seine Hand auf ihren Arm, als sie den Kaffeebecher zum Mund führen wollte. „Du hast noch gar keine Milch und keinen Zucker hinzugegeben. Du weißt doch, dass du deinen Kaffee unter gar keinen Umständen schwarz trinkst."

„Aber nur, weil ich erbärmlichen Kaffee mache. Deiner ist gut. Also, du wolltest über deine Familie reden, ich höre dir zu."

„Über Familie." Er ließ sie los, wollte sie im Moment nicht berühren. „Dir ist klar, was meiner Familie zu eigen ist."

„Ja." Er musterte sie so eindringlich, dass sie sich zusammennehmen musste, um nicht nervös auf dem Stuhl hin- und herzurutschen. „Deine Gabe. Das Donovan-Vermächtnis." Sie lächelte. „Du hast deine Firma so benannt – ‚The Donovan Legacy'."

„Ja. Weil ich stolz auf meine Herkunft bin. Mit Macht gehen immer Verpflichtungen einher, sie bringt Verantwortung mit sich. Sie ist kein Spielzeug, aber man muss sich auch nicht vor ihr fürchten."

„Ich habe keine Angst vor dir, Liam, wenn es das ist, was dir Sorgen macht."

„Mag sein, zum Teil."

„Wirklich nicht. Ich könnte mich gar nicht vor dir fürchten." Sie wollte die Hand nach ihm ausstrecken, ihn berühren, ihm sagen, dass sie ihn liebte, aber er schob sich vom Tisch ab und tat genau das, was er sie gebeten hatte, nicht zu tun – im Raum auf und ab zu marschieren.

„Für dich ist das alles wie eine Geschichte aus dem Märchenbuch. Magie und Romantik und Happy End. Aber das hier ist das wahre Leben, Rowan, mit allen seinen unschönen Seiten und Fehlern, mit Notwendigkeiten und Anforderungen. Das Leben, Rowan", er wandte sich zu ihr um, „will gelebt werden."

„Du hast nur zum Teil recht", widersprach sie. „Ich kann nicht anders, als es als märchenhaft und romantisch zu betrachten, aber ich verstehe auch den Rest. Wie könnte ich nicht verstehen, nachdem ich gestern deine Cousins mit ihren Familien getroffen habe? Denn das ist es, was ich gestern sehen durfte – eine Familie, kein Bild aus einem Buch."

„Und du hast dich … wohl gefühlt?"

„Sehr sogar." Ihr Herz begann zu flattern. Es war wichtig für ihn, das konnte sie deutlich spüren. Wichtig, dass sie seine Familie akzeptierte, und ihn. Weil … War es möglich, dass er sie ebenfalls liebte? Dass er sie zu einem Teil seines Lebens machen wollte?

Sie hatte das Gefühl, in Glück zu baden.

„Rowan." Er kam an den Tisch zurück, setzte sich wieder, und sie versteckte ihre zitternden Hände zwischen den Knien. „Ich habe viele Cousins. Hier, in Irland, in Wales, in Cornwall. Manche aus der Linie der Donovans, manche sind Malones, andere Rileys. Und auch die O'Mearas gehören dazu."

„Stimmt, du sagtest ja, deine Mutter sei eine O'Meara." Rowan blickte verträumt. „Wir könnten sogar verwandt miteinander sein. Wäre das nicht toll? Dann wäre ich auch irgendwie mit Morgana und den anderen verwandt."

Er unterdrückte den Seufzer, griff dann ihre Hände und beugte sich zu ihr vor. „Rowan, ich meinte damit nicht, dass wir vielleicht verwandt sein könnten, sondern dass wir tatsächlich Cousins sind. Entfernt, stimmt, aber in uns fließt das gleiche Blut. Wir haben das gleiche Erbe."

Verdutzt über seine plötzliche Eindringlichkeit, runzelte sie die Stirn. „Könnte tatsächlich gut möglich sein. Irgendwie um sieben Ecken herum verwandt, angeheiratet oder so ... So genau kenne ich mich damit nicht aus. Das ist interessant, aber ..." Ihr Herz schien plötzlich stillzustehen. „Was willst du damit sagen?", fragte sie vorsichtig. „Dass wir das gleiche Erbe haben?"

„Deine Urgroßmutter, Rowan O'Meara, war eine Hexe. Wie ich. Wie du."

„Das ist doch lachhaft!" Sie wollte ihre Hände losreißen, aber er hielt sie fest. „Völlig absurd, Liam. Ich kannte sie nicht einmal, und du ganz bestimmt nicht."

„Aber ich habe von ihr erzählt bekommen." Er sprach jetzt ganz ruhig. „Rowan O'Meara aus Clare, die sich verliebte, dann geheiratet, ihre Heimat verlassen und ihrer Gabe abgeschworen hat. Sie tat es, weil der Mann, den sie liebte, sie darum bat. Und sie tat es aus freien Stücken, weil es ihr Recht war zu wählen. Und als sie Kinder gebar, erzählte sie ihnen nichts von ihrem Erbe, bis sie erwachsen waren."

„Du musst das mit jemand anderem verwechseln", war alles, was sie herausbrachte.

„Man hielt sie für exzentrisch, vielleicht ein bisschen weltfremd, aber sie glaubten ihr nicht. Und als diese Kinder selbst Kinder bekamen, sagten sie ihnen nur, dass Rowan O'Meara etwas seltsam war. Sanftmütig und liebevoll, aber eben seltsam. Und als die Tochter ihrer Tochter eine Tochter gebar, wurde dieses Kind großgezogen, ohne je zu erfahren, welches Blut in ihr fließt."

„So etwas muss man doch spüren. Wie sollte man das nicht fühlen können?" Dieses Mal ließ Liam los, als Rowan ihre Hände zurückzog. Erregt sprang sie auf. „So etwas würde man doch wissen."

„Und, hast du das nicht?" Auch er stand auf, wünschte sich, er könnte es ihr beibringen, ohne sie zu ängstigen. „Hast du es etwa nicht gefühlt? Immer wieder? Dieses Brennen in deinem Blut, hast du dich nie gefragt, woher das kommt?"

„Nein." Es war gelogen, sie wusste es und wich zurück. „Du irrst dich, Liam. Ich bin eine ganz normale Frau."

„Du hast Bilder in den Flammen gesehen, hast als Kind geträumt. Hast das Prickeln der Macht unter deiner Haut verspürt, in deinen Gedanken."

„Fantasie", widersprach sie. „Kinder haben eine rege Fantasie." Aber sie spürte dieses Prickeln jetzt, und zum Teil rührte es von der Angst her.

„Du hast gesagt, du fürchtest dich nicht vor mir." Er sprach so leise, wie er zu einem aufgeschreckten Reh im Wald sprechen würde. „Warum also solltest du vor dir selbst Angst haben?"

„Ich habe keine Angst. Ich weiß einfach nur, dass es nicht stimmt."

„Dann wärst du doch sicher bereit dazu, es auszuprobieren? Zu testen, wer von uns beiden recht hat?"

„Testen? Was denn? Wie denn?"

„Die erste Fähigkeit, die kommt, und die letzte, die geht, ist das Heraufbeschwören von Feuer. Was in dir liegt, weiß, wie es gemacht wird. Ich werde dich nur daran erinnern." Er trat auf sie zu, nahm ihre Hand, bevor sie ihm ausweichen konnte. „Du hast mein Wort darauf, dass ich es nicht selbst tun werde, so wie ich dein Wort erwarte, dass du es nicht blockieren wirst."

Ihr war, als würde ihre Seele zittern. „Ich brauche gar nichts zu blockieren, denn da wird absolut nichts passieren."

„Dann komm mit mir."

„Wohin?", verlangte sie zu wissen, als er sie nach draußen zog. Aber sie wusste es bereits.

„Zum Steinring", antwortete er knapp. „Du wirst noch keine Kontrolle haben, und da ist es sicher."

„Liam, das ist doch alles lächerlich. Ich bin eine normale Frau, und um Feuer zu machen, brauche ich Streichhölzer und Holz."

Er hielt gerade lange genug an, um sie anzufunkeln. „Du glaubst, ich lüge dich an?"

„Ich glaube, dass du dich irrst." Sie musste rennen, um mit ihm Schritt zu halten. „Wahrscheinlich gab es eine Rowan O'Meara, die eine Hexe war, Liam, aber das war bestimmt nicht meine Urgroßmutter. Meine Urgroßmutter war eine liebe, schrullige alte Dame, die wunderschön zeichnen konnte und Märchen von Elfen und Feen erzählte."

„Schrullig?" Die Beleidigung ließ ihn abrupt stehen bleiben. „Wer hat dir das gesagt?"

„Nun, meine Mutter."

„Aha." Er nickte, als hätte sie gerade alles bestätigt, was er ihr gesagt hatte. „Schrullig also", knurrte er und ging weiter. „Die Frau gibt alles auf für die Liebe, und dann nennt man sie verschroben und verrückt. Ja, vielleicht war sie das ja. Sie wäre besser dran gewesen, wäre sie in Irland bei ihresgleichen geblieben."

Aber dann würde er jetzt nicht hier mit Rowan über den Waldweg stapfen, dachte er. Er war sich nicht sicher, ob er diese Wendung des Schicksals willkommen heißen oder verfluchen sollte.

Beim Steinkreis angekommen, zog er sie ohne Umschweife direkt bis in die Mitte. Rowan war außer Atem, wegen des Gewaltmarsches und wegen dem, was sie in der Luft spürte.

„Der Ring schließe sich, lasst uns beginnen. Alles soll sicher sein hier drinnen. Diese Frau ist hier, um zu sehen, lasset sie ein. Denn so soll es sein."

Kaum dass Liam die Formel zu Ende gesprochen hatte, fegte der Wind durch die Steinblöcke, hüllte Rowan warm und sanft ein. Verstört verschränkte sie die Arme vor der Brust, griff sich an die Schultern. „Liam ..."

„Du kannst ganz beruhigt sein, auch wenn es dir schwerfällt. Nichts und niemand wird dir hier etwas tun, Rowan. Das schwöre ich dir." Er legte seine Hände auf ihre und küsste sie zärtlich, tief, bis ihre Anspannung sich löste. „Wenn du dir selbst nicht vertraust, dann vertraue wenigstens mir."

„Ich vertraue dir ja, aber das hier ... Ich habe Angst davor."

Er streichelte ihr beruhigend über das Haar. Es war, als würde man eine Jungfrau der Liebe zuführen, und er war sich bewusst, dass er sanft und geduldig vorgehen musste. Alle seine Gedanken durften nur ihr gelten.

„Sieh es einfach als Spiel an." Er lächelte und trat von ihr zurück, zog sie mit sich auf die Knie. „Atme tief und langsam, bis du deinen Herzschlag in deinem Kopf hörst. Wenn es dir hilft, kannst du auch die Augen schließen. Beruhige dich."

„Du erwartest von mir, dass ich ein Feuer aus dem Nichts heraufbeschwören soll, und dann verlangst du auch noch, dass ich mich beruhige?“ Trotzdem schloss sie die Augen. Je eher sie ihm bewies, dass er sich irrte, desto eher wäre diese ganze Sache vorbei.

„Ein Spiel also.“ Sie sog tief die Luft ein. „Na schön, nur ein einfaches Spiel, und wenn du feststellst, dass ich nicht gut darin bin, können wir zurückgehen, und ich kann mein Frühstück in Ruhe beenden.“

Erinnere dich an das, was dir niemand gesagt hat, was du aber immer wusstest. Liams Stimme war ein leises Murmeln in ihrem Kopf. Fühle, was du immer gefühlt, aber nie verstanden hast. Höre auf dein Herz. Vertraue deinem Blut.

„Öffne die Augen, Rowan.“

Sie fragte sich, ob das wohl so eine Art Hypnose war. So voll bei Bewusstsein zu sein, geradezu schmerzhaft, und doch irgendwie neben sich zu stehen. Sie tat wie geheißen, schaute in seine Augen, sah die Sonnenstrahlen, die zwischen ihnen auf den Boden fielen.

„Ich weiß nicht, was ich tun soll.“

„Wirklich nicht?“ Ein Anflug von Humor lag in seiner Stimme. „Öffne dich, Rowan. Glaube an dich selbst, nimm die Gabe an, die auf dich gewartet hat.“

Ein Spiel, dachte sie wieder. Nur ein Spiel. Und darin stammte sie aus einem alten Hexengeschlecht, mit Kräften, die in ihr schliefen. Um die Kräfte zu erwecken, musste man nur daran glauben, es wollen, es akzeptieren.

Sie streckte die Hände aus, starrte sie an, als gehörten sie einer anderen Person, nahm das leichte Zittern wahr. Schmale Hände, mit langen schlanken Fingern. Ohne Ringe, außergewöhnlich elegant. Diese Hände warfen ihren Schatten auf den Boden.

Sie hörte ihren Herzschlag, so, wie er ihr es gesagt hatte. Und ihren eigenen langsamen Atem, so als würde sie sich zuhören, wenn sie schlief.

Feuer, dachte sie. Für Licht, für Wärme. Für Behaglichkeit. Sie konnte es vor ihrem geistigen Auge sehen. Helle, goldene Flammen mit einem tiefroten Rand. Flackernd, erst niedrig, dann aufschießend, wie Strahlen gen Himmel, rauchlos und schön. Feuer, dachte sie erneut. Flammen, erwacht. Für Wärme und Licht, bei Tag und bei Nacht.

Ihr wurde schwindlig, sie schwankte leicht. Liam kämpfte mit aller Kraft gegen den Drang, ihr zu Hilfe zu kommen. Aber er wusste, dass sie es allein versuchen musste.

Dann ließ sie den Kopf in den Nacken fallen, ihre Augen wurden tiefblau. Die Luft schien stillzustehen, wartete. Und Liam sah zu, wie Rowan eine Art Unschuld verlor.

Die Macht durchströmte sie, wie der Wind, der plötzlich aufkam und an ihrem Haar zog. Die Hitze, die sie durchschoss, ließ sie nach Luft schnappen, erschauern. Mit unglaublicher Geschwindigkeit floss sie durch sie hindurch, durch ihre Arme, bis in ihre Fingerspitzen, ergoss sich in einem Lichtbündel.

Ungläubig sah Rowan auf das Feuer, das sie entfacht hatte. Auf dem Boden vor ihr tanzten kleine goldene Flammen mit rotem Rand. Es wärmte ihre Knie, dann ihre Hände, als sie diese zögernd darüber hielt. Als sie die Hände zurückzog, schossen die Flammen hoch auf.

„Oh! Oh nein!"

„Geh zurück, Rowan. Du musst noch lernen, wie man es kontrolliert." Liam ließ die Flammensäule ersterben, während Rowan nur stottern konnte.

„Wie … wie habe ich … wie konnte ich …" Sie sah zu ihm hin. „Du."

„Du weißt, dass ich es nicht war. Es ist dein Erbe, Rowan. Und deine Wahl, ob du es annehmen willst oder nicht."

„Ich habe das gemacht." Sie schloss die Augen, atmete ein und langsam wieder aus, bis sie sich so weit unter Kontrolle hatte, dass sie nicht mehr keuchte. „Das kam von mir", wiederholte sie und sah ihn hilflos an. Sie konnte es nicht mehr verleugnen, ein Teil von ihr wusste es jetzt mit Gewissheit. Hatte es vielleicht immer gewusst. „Ich habe es gefühlt, gesehen. Da haben sich Worte in meinem Kopf geformt, wie eine Beschwörungsformel. Ich weiß nicht, was ich denken oder tun soll."

„Wie fühlst du dich jetzt?"

„Überwältigt." Sie lachte zittrig auf und starrte auf ihre Hände. „Unheimlich aufgeregt. Begeistert und verwirrt und verängstigt und wundervoll. Ich kann zaubern." Die Magie in ihr schimmerte in ihren Augen, strahlte auf ihrem Antlitz. Und dieses Mal war ihr Lachen offen und fröhlich, als sie aufsprang und in dem Steinkreis um ihre eigene Achse wirbelte, ausgelassen und sehr zufrieden mit sich selbst.

Mit einem breiten Lächeln saß Liam im Schneidersitz da und beobachtete sie, wie sie sich selbst entdeckte. Es macht sie noch schöner, fiel ihm auf. Diese ungetrübte Freude verlieh ihr eine tiefe, strahlende Schönheit.

„Mein ganzes Leben lang war ich durchschnittlich, ja geradezu bedauernswert alltäglich, so entsetzlich normal."

Sie rannte einmal im Kreis herum, ließ sich dann atemlos neben ihm auf die Knie fallen und schlang die Arme um seinen Hals. „Und jetzt trage ich Magie in mir."

„Sie war immer in dir."

Sie kam sich vor wie ein Kind, dem man gerade Hunderte von bunt verpackten Geschenken überreicht hatte und das es gar nicht mehr abwarten konnte, sie alle zu öffnen. „Du kannst mir noch mehr beibringen."

„Gern." Er konnte sich vorstellen, wie es jetzt in ihr aussah, und strich ihr sanft mit einem Finger über die Wange. „Das kann ich und das werde ich. Aber nicht jetzt. Wir sind schon über eine Stunde hier, und jetzt hätte ich doch gern erst mein Frühstück."

„Eine Stunde." Sie blinzelte, während er aufstand und sie auf die Füße zog. „Es kommt mir vor wie ein paar Minuten."

„Es hat etwas gedauert, bis du wirklich eingetaucht warst. Das nächste Mal wird es schneller gehen." Mit einem lautlosen Befehl löschte er das Feuer. „Wir werden herausfinden, wo genau deine Fähigkeiten liegen. Nachdem ich gefrühstückt habe."

„Liam." Sie wandte sich ihm zu und presste ihre Lippen auf seinen Hals. „Danke."

Sie lernte schnell. Liam hätte sich nie als guten Lehrer angesehen, aber sicherlich hatte es auch etwas mit der Schülerin selbst zu tun.

Diese hier war vom ersten Augenblick an eifrig, wissbegierig und aufnahmefähig.

Es dauerte nicht lange, um zu bestimmen, auf welchem Gebiet

ihre Talente lagen – die Zauberei, so wie bei Morgana. Für das Sehen hatte sie keine Begabung. Sie konnte Liam zwar ihre Gedanken geben, konnte seine aber nur lesen, wenn er sie ihr telepathisch übermittelte.

Und auch wenn sie es nicht schaffte, selbst nach mehr als eine Stunde schweißtreibender Konzentration, sich eine andere Gestalt zu geben, so verwandelte sie doch einen Fußschemel mit einem entzückten Lachen im Nu in einen Rosenbusch.

Zeig ihr die Freuden, hatte Ana gesagt. Doch genau das tat sie für ihn, als sie über die Lichtung tanzte und die frühen Sommerblumen in einen Teppich aus Farben und Formen verwandelte. Felsen und Steine wurden zu glitzernden bunten Kristallen, Knospen explodierten wie Feuerwerke zu üppiger Blütenpracht in strahlenden Farben, der kleine Fluss ergoss sich plötzlich in einem wunderschönen Wasserfall in schimmerndem Tiefblau.

Liam hielt sie nicht zurück. Sie hatte es verdient, das Wunder auszukosten. Die Verantwortung, die Entscheidungen würden noch früh genug kommen. Bis dahin konnte sie ihre Gabe genießen.

Sie erschuf sich ihr eigenes Märchen. Es war plötzlich so einfach, sich alles genau vorzustellen. Und allein, indem sie es sich vorstellte, es wahr werden zu lassen. Da war das kleine Blockhaus mit dem Zaubergarten, dem Wasserfall, dem freien Wind.

Und der Mann.

Sie drehte sich zu ihm um, ohne zu ahnen, wie Aufsehen erregend sie aussah, mit dem offenen Haar, schimmernd und wirr, die Arme ausgebreitet und mit dem Leuchten der neu entdeckten Macht in ihren Augen.

„Nur heute. Ich weiß, es kann nicht so bleiben, aber bitte nur heute. Ich habe davon geträumt, an einem Ort wie diesem hier zu sein, mit dem brausenden Wind und dem Wasserfall und Blumen, die so bunt und prachtvoll sind, dass das Auge es kaum erfassen kann. Und ihr Duft …“ Ihre Stimme erstarb, als ihr klar wurde, dass sie tatsächlich diesen Traum gehabt hatte. Und sie hatte von ihm geträumt, von Liam Donovan, der die Verandatreppen eines hübschen Blockhauses herunter- und auf sie zukam, unter einem Bogen, von dem rosa Blütenblätter auf ihn herabregneten.

Er würde eine Rose, weiß wie Schnee, von einem mannshohen

Busch pflücken und sie ihr reichen.

„Ich habe geträumt“, sagte sie noch einmal. „Als ich ein kleines Mädchen war.“

Er pflückte eine Rose, weiß wie Schnee, und reichte sie ihr. „Wovon hast du geträumt, Rowan Murray?“

„Hiervon.“ Von dir. So oft von dir.

„Heute, nur heute, kannst du dir diesen Traum erfüllen.“

Sie seufzte und strich sich mit der Rose über die Wange. Nur heute, dachte sie, aber das war genug. „Ich trug ein langes blaues Kleid, eigentlich war es mehr ein Umhang. Und deiner war schwarz, mit goldenem Saumbesatz.“ Sie lachte, entzückt, als sie die Seide auf ihrer Haut fühlte. „Habe ich das gemacht oder du?“

„Ist das wichtig? Es ist dein Traum, Rowan. Ich hoffe nur, dass ich dich darin auch geküsst habe.“

„Oh ja.“ Noch ein Seufzer, als sie sich in seine Arme schmiegte. „Es war die Art Kuss, aus dem Träume gemacht sind.“

Er legte seine Lippen auf ihre, sanft zuerst. Dann tiefer, fester, als Rowan die Arme um ihn legte und die Finger träge in sein Haar schob.

Und während er sie an sich presste, regte sich eine Erinnerung in ihm. Ein Bild, das er einmal gesehen hatte oder das er sich gewünscht hatte. Als er sich dem öffnete, begann er in Träumen zu schweben, zusammen mit ihr. Und zog sie noch enger zu sich heran.

Gemeinsam drehten sie sich, ein anmutiger Tanz, zwei Herzen, die den gleichen Takt schlugen.

Ihre Füße berührten den Boden nicht mehr, als sie sich zusammen drehten. Die Träume eines romantischen jungen Mädchens leuchteten auf, veränderten sich und nahmen die Form der Bedürfnisse einer erwachsenen Frau an. Wärme lief über Rowans Haut, als sie sich fester an ihn klammerte, ihn in ihr Herz aufnahm. Ihm mehr anbot. Alles.

In ihrem Traum gab es Kerzen. Dutzende, die ihren Duft ausströmten, weiß und elegant in silbernen Leuchtern. Und ein Bett, in einem sanften Lichtschein, die Kissen in Weiß und Gold gehalten.

Als er sie auf dieses Bett zutrug, war ihr schwindlig vor Liebe und Glück.

„Wie hätte ich das wissen können?“ Sie zog ihn zu sich herab.

„Wie konnte ich das nur vergessen?“

Er stellte sich dieselbe Frage, aber nur kurz, denn sie war so weich, so anmutig, so großzügig, mit ihren geöffneten Lippen und dem freudigen Seufzer, mit dem sie ihn willkommen hieß und der ihn durchfuhr wie Wein aus einem goldenen Kelch.

Die Sonne versank hinter den Bäumen, tauchte sie in feuriges Licht, ließ den Himmel golden leuchten.

„Du bist so schön.“

Sie hätte es nicht geglaubt. Aber hier, jetzt, fühlte sie sich schön. Sie fühlte sich mächtig. Sie fühlte sich geliebt. Nur heute, dachte sie und bot ihm ihre Lippen.

Er trank von ihnen, durstig, doch ohne Gier. Er hielt sie fest, doch ohne Verzweiflung. Hier, das wussten sie beide, konnte die Zeit stillstehen. Ihre Bedeutung verlieren.

Sie ließ ihre Hände über die Seide seines Umhangs gleiten, dann darunter, um seine Haut zu spüren. So warm, so samten. Sein Mund lag an ihrem Hals, forderte sie stumm auf, den Kopf zurückzulehnen, damit er mehr nehmen, an der Stelle knabbern konnte, an der ihr Puls schlug. Als er das wilde Pochen spürte, konnte er nicht anders, er fuhr mit der Zunge über ihre Haut, um den Geschmack in sich aufzunehmen, der nur der ihre war.

Er öffnete ihre Robe, und als seine Hände, sein Mund von ihr Besitz ergriffen, bog sie sich ihm willig entgegen.

Genieße mich, schien sie zu sagen. Bezaubere mich.

Sie seufzte zusammen mit ihm, bewegte sich mit ihm, während der Wind warm ihre bloße Haut liebkoste und die Luft von Wohlgerüchen erfüllt war. Empfindungen brandeten auf, heftige und sanfte, und während sie sich ihnen hingab, rollte sie sich auf ihn.

Ihr Körper schimmerte wie Alabaster in dem sanften Licht. Der Wind fuhr durch ihr Haar, ihre Augen sprachen von Geheimnissen. Gefangen genommen von ihr, hob er die Arme, glitt mit den Händen über ihre Schenkel, ihre Hüften, ihren Leib, hinauf zu ihren Brüsten.

Und spürte ihren Herzschlag, der ebenso wild hämmerte wie sein eigener.

„Rowan“, murmelte er, „du bist ja wirklich eine Hexe.“

Sie lachte auf, triumphierend, lehnte sich dann vor, nahm gierig

Besitz von seinem Mund. Hitze, abrupt und erbarmungslos, schoss durch seine Adern, wie das Feuer, das sie vor wenigen Stunden gemacht hatte.

Auch sie fühlte die plötzliche Veränderung. Dass sie es gewesen war, die sie herbeigeführt hatte. Das ist Macht, dachte sie leidenschaftlich. Und im Bewusstsein ihrer Macht vereinigte sie sich mit ihm, nahm ihn, während über ihnen am dunklen Firmament die Sterne funkelten.

Noch nie hatte er es zugelassen, dass eine Frau die Führung übernahm. Jetzt, als Rowan zusammengesunken auf ihm lag, wurde ihm klar, dass er gar nichts dagegen hätte machen können. Nicht bei ihr. Überhaupt gab es einige Dinge, die er nicht aufhalten konnte, wenn es um sie ging.

Er schmiegte sein Gesicht in ihr Haar und fragte sich, was wohl als Nächstes kommen würde. Und als sie Sekunden später sprach, wusste er es.

„Ich liebe dich, Liam." Sie sagte es leise, ihre Lippen an seinem Herzen. „Ich liebe dich."

Die Panik, die in ihm aufschoss, nannte er Vernunft und Wirklichkeitssinn. „Rowan ..."

„Du musst mich nicht zurücklieben. Ich halte es nur einfach nicht mehr aus, es nicht zu sagen. Bis jetzt hatte ich Angst davor, es dir zu gestehen." Sie drehte sich ein wenig, sah ihn an. „Aber jetzt glaube ich, dass ich nie wieder vor etwas Angst haben werde. Und deshalb ... Ich liebe dich, Liam."

Er setzte sich auf. „Du weißt noch nicht alles, was es zu wissen gibt, deshalb kannst du auch nicht wissen, was du denkst und fühlst. Oder was du willst", fügte er noch hinzu. „Ich muss dir noch viele Dinge erklären, sie dir zeigen. Aber dazu sollten wir besser zu meiner Blockhütte gehen."

„Na gut."

Sie lächelte bewusst unbeschwert, selbst als die unheilvolle Ahnung ihr Herz überflutete. Der magische Tag war wohl zu Ende.

12. KAPITEL

Was sonst noch könnte er mir sagen, das mich überraschen oder schockieren könnte, fragte Rowan sich. Er hatte ihr eröffnet, dass er ein Magier war, hatte es ihr bewiesen und sie dazu gebracht, es zu akzeptieren. Er hatte siebenundzwanzig Jahre ihres Lebens einfach weggewischt und ihr klargemacht, dass sie selbst eine Hexe war. Und sie hatte es nicht nur akzeptiert, sondern war begeistert davon.

Was konnte denn da noch kommen?

Sie wünschte, er würde endlich etwas sagen. Doch er schwieg beharrlich, während sie im Mondlicht von ihrer zu seiner Hütte gingen. Und sie kannte ihn mittlerweile gut genug, um zu wissen, dass er nicht eher den Mund aufmachen und dieses Schweigen brechen würde, bis er bereit dazu war.

Bis sie bei seinem Blockhaus angekommen waren, waren ihre Nerven zum Zerreißen gespannt.

Woran hatte sie nicht gedacht, was hatte sie übersehen? Hüllte er sich etwa in Schweigen, weil sie ihm ihre Liebe gestanden hatte?

„Ist es denn wirklich so ernst?“ Sie wollte unbeschwert klingen, doch ihre Worte hörten sich fast wie ein Flehen an.

„Für mich, ja. Du wirst dich entscheiden können, ob es das für dich ist.“

Er ging ins Schlafzimmer und fuhr mit den Fingern über die Wand neben dem Kamin. Eine Tür öffnete sich, die Rowan bisher nie gesehen hatte, gab den Weg frei in einen Raum, von dem sie geschworen hätte, dass er nicht existierte.

Licht fiel aus dem Zimmer, blass und kühl wie Mondschein.

„Ein Geheimzimmer?“

„Nicht geheim“, verbesserte er. „Privat. Komm herein, Rowan.“

Es war ein Beweis ihres Vertrauens in ihn, dass sie über die Schwelle in dieses Licht trat. Der Boden war aus Stein, glatt und eben wie ein Spiegel, Wände und Decke aus poliertem Holz. Das Licht und der Schatten, den Rowan warf, spiegelten sich in allen Oberflächen wie in schimmerndem Wasser.

Auf einem mit reichen Schnitzereien verzierten Tisch standen eine Schale aus dickem blauen Glas, ein Becher aus gehämmertem

Zinn, und ein kleiner Silberspiegel mit einem schlanken Griff aus Amethyst lag dort. In einer anderen Schale befanden sich kleine bunte Kristalle. Eine Kugel aus Rauchquarz wurde von den Flügeln dreier aus Silber geschmiedeter Drachen gehalten.

Was mag er wohl sehen, wenn er da hineinblickt?, fragte Rowan sich. Was würde sie sehen?

Doch sie drehte sich um und sah zu, wie Liam die Kerzen anzündete, beobachtete, wie die Flammen in die bereits von Düften geschwängerte Luft aufschossen. Dann fiel ihr ein anderer Tisch auf, mit einer kleinen runden Platte auf einem einfachen Ständer. Liam öffnete das Kästchen, das darauf stand, und nahm ein silbernes Amulett an einer langen Kette heraus. Er hielt es für einen Moment hoch, dann legte er es mit einem leisen Klirren auf den Tisch.

„Ist das … eine Zeremonie?"

Er sah zu Rowan hinüber, sein Blick wirkte, als hätte er vergessen, dass sie da war. Aber er hatte sie nicht vergessen. Nichts hatte er vergessen.

„Nein. Du hast ziemlich viel hinter dir, nicht wahr, Rowan? Du hast mich gebeten, nicht in deine Gedanken zu schauen, daher weiß ich nicht, was jetzt in dir vorgeht, was du von all dem hältst." Er hatte nicht vorgehabt, sie zu berühren, doch seine Finger strichen wie von selbst über ihre Wange. „Vieles jedoch kann ich in deinen Augen lesen."

„Ich habe dir gesagt, was ich denke und fühle."

„Das hast du."

Aber du hast mir nichts erzählt, dachte sie, und weil es sie verletzte, wandte sie sich ab. „Wirst du mir erklären, wozu diese Dinge hier benutzt werden?", fragte sie und glitt mit einer Fingerspitze über den silbernen Spiegel.

„Es sind Werkzeuge. Hübsche Werkzeuge. Du wirst bald deine eigenen brauchen."

„Siehst du Dinge in der Kristallkugel?"

„Ja."

„Hast du nie Angst, nachzusehen?" Sie lächelte schwach und sah zu ihm. „Ich glaube, ich hätte sie."

„Was man darin sieht, sind nur … Möglichkeiten."

Sie wanderte umher, suchte Abstand zu ihm. Veränderungen kündigten sich an. Ob es ihr weiblicher Instinkt war oder ihre neu entdeckte Gabe, die ihr das sagte, sie wusste es sicher. Sie widmete sich den Kristallen, die sie in einer Glasvitrine erblickte, außergewöhnliche Geoden, Kristalle, die wie Speere in die Luft staken, runde Türme, edelsteinfarbene Kugeln.

Liam ließ sie sich in Ruhe umschauen, nicht geduldig, sondern weil er nicht wusste, wie er ansetzen sollte. Als sie sich wieder zu ihm umdrehte, die Hände nervös ineinander verschränkt, die Augen voller Zweifel, blieb ihm nichts anderes, als zu beginnen.

„Ich wusste genau, dass du eines Tages kommen würdest."

Er bezog sich nicht auf dieses Zimmer, auf heute Abend. Und er sah, dass sie verstand.

„Du wusstest ... dass es passieren würde?"

„Es war eine Möglichkeit. Aber man hat immer die Wahl. Wir beide haben unsere getroffen und werden noch weitere treffen müssen. Du hast einige Dinge über dein Erbe und meines erfahren, aber lange nicht alles. In meiner Heimat, in meiner Familie lebt noch die Tradition. Wahrscheinlich ist es am verständlichsten, wenn man es mit einer Art Rang bezeichnet, auch wenn es dem nur entfernt gleicht. Aber einer übernimmt die Position des Familienoberhaupts. Um zu führen und zu beraten. Um Streit zu schlichten, wenn einer ausbrechen sollte." Wieder nahm er das silberne Amulett zur Hand, wieder legte er es ab. Rowan musterte erst ihn, dann das Amulett.

„Dein Vater trägt ein solches Amulett aus Gold, nicht wahr?"

„Ja."

„Weil er das Familienoberhaupt ist?"

Sie begriff wirklich schnell. Wie dumm von ihm, das außer Acht zu lassen. „Ja, das ist er. Bis er beschließt, die Aufgabe an den Nächsten zu übergeben."

„An dich."

„Es ist Tradition, dass das Amulett an das älteste Kind weitergereicht wird. Aber man kann wählen, auf beiden Seiten. Und es gibt bestimmte Bedingungen. Um zu erben, muss man dessen wert sein."

„Aber natürlich bist du das!"

„Man muss es wollen."

Ihr Lächeln erstarb und machte einem verwirrten Blick Platz. „Willst du denn nicht?"

„Ich habe mich noch nicht entschieden." Er steckte die Hände in die Taschen, bevor er das Amulett noch einmal aufheben konnte. „Ich kam her, um Zeit zum Nachdenken zu haben. Wenn ich es übernehme, dann, weil ich mich voll und ganz dazu entschieden habe. Ich werde mich nicht vom Schicksal in eine Rolle drängen lassen."

Sein würdevoller Ton brachte sie wieder zum Lächeln. „Nein, natürlich nicht. Das ist ja auch ein weiterer Grund, warum du deine Sache gut machen würdest." Sie ging auf ihn zu, doch er hob die Hand.

„Es gibt auch noch andere Voraussetzungen. Sollte es eine Heirat geben, dann nur mit einer Partnerin mit Elfenblut, und die Ehe muss aus Liebe geschlossen werden, nicht aus Pflichtbewusstsein. Beide Partner müssen freiwillig in die Ehe einwilligen."

„Das hört sich doch durchaus verständlich an", begann sie, hielt dann inne. Wie Liam schon wusste, sie begriff schnell. „Ich habe Elfenblut in mir, und ich habe dir gerade gesagt, dass ich dich liebe."

„Und wenn ich dich als Partnerin nehme, schmälert sich meine Entscheidungsfreiheit erheblich."

Dieses Mal brauchte sie länger. Er hatte die Worte so kalt ausgesprochen, dass es ihr wie ein eisiges Schwert durchs Herz schnitt. „Deine Entscheidungsfreiheit also, ich verstehe." Sie nickte langsam, während ihr Herz in tausend Scherben zerbrach und sie sich bemühte, die erbärmlichen Reste ihres Stolzes zusammenzuklauben. „Deine Entscheidungen betreffen auch die Frage, ob du diesen Aspekt deines Erbes akzeptierst oder dich davon lossagst. Das nimmst du sehr, sehr ernst, nicht wahr, Liam?"

„Wie könnte ich es nicht ernst nehmen?"

„Meine Rolle dabei kommt praktisch mehr oder weniger einem Gewicht auf der Waagschale gleich. Du hast nur noch nicht entschieden, auf welcher Seite du mich einsetzen sollst. Das muss wirklich sehr … unangenehm für dich sein."

„So einfach ist das nicht, Rowan", knurrte er. Ihr beißender Ton hatte ihn aus dem Gleichgewicht gebracht. „Immerhin ist es mein Leben."

„Und meines", stellte sie fest. „Du sagtest, du hättest gewusst, dass ich komme. Aber ich wusste nichts von dir. Ich hatte also keine Wahl. Ich habe mich in der Minute in dich verliebt, als ich dich sah, aber du warst vorbereitet und hattest deine eigenen Pläne. Du wusstest, dass ich dich lieben würde."

Sie warf ihm diese bittere Anschuldigung an den Kopf, und er wusste nicht damit umzugehen. „Du irrst."

„Oh, wirklich? Wie oft bist du denn in meinen Kopf geschlüpft, um nachzusehen? Oder als Wolf zu mir gekommen und hast dir mein Geplapper angehört? Ohne mir die Wahl zu lassen, auf die du doch so viel Wert legst. Du wusstest, ich entspreche den Anforderungen, also hast du mich in aller Ruhe studiert und geprüft."

„Ich wusste es nicht!" Er schrie sie an, wütend darüber, dass sie ihn des Betrugs beschuldigte. „Ich wusste es nicht, bis du mir von deiner Urgroßmutter erzähltest."

„Aha, so ist das. Dann hast du bis zu dem Zeitpunkt also nur mit mir gespielt. Oder du hast mich als möglichen Ausweg aus deinem ganz eigenen Dilemma betrachtet, als den perfekten Grund, um deine Position abzulehnen."

„Das ist doch lächerlich."

„Nur, dann hast du plötzlich eine Hexe am Hals. Du begehrst sie – oh, ich zweifle nicht daran, dass du mich begehrt hast, und ich war ja auch jämmerlich einfach herumzukriegen. Ich habe alles genommen, was du mir großzügigerweise hast zukommen lassen, und war auch noch dankbar dafür."

Es erniedrigte sie zutiefst, wenn sie sich jetzt daran erinnerte, wie sie in seine Arme geflogen war, allein ihrem Herzen gefolgt war. Ihm vertraut hatte.

„Mir lag wirklich an dir, Rowan. Mir liegt immer noch an dir."

Ihr Gesicht wirkte gespenstisch bleich in dem flackernden Licht, ihre Augen lagen tief und dunkel in den Höhlen. „Hast du überhaupt eine Vorstellung, wie beleidigend das ist? Ahnst du auch nur, wie erniedrigend es ist zu wissen, dass ich in dich verliebt war, während du mich aus sämtlichen Blickwinkeln betrachtet hast und abwägen konntest, um deine Wahl zu treffen? Welche Wahl hatte ich denn? Welche Wahl hast du mir gelassen?"

„Jede, die ich dir geben konnte."

Sie schüttelte wild den Kopf. „Nein, nur die, die du mir geben wolltest", spie sie ihn an. „Du wusstest genau, wie verletzlich ich war, als ich herkam, wie verwirrt und ratlos."

„Ja, sicher. Deshalb habe ich ja auch …"

„Also bietest du mir an, mit dir zu arbeiten", fiel sie ihm ins Wort, „wohl wissend, wie fasziniert ich von dir war, dir voll bewusst, dass ich etwas brauchte, auf der Suche nach etwas war. Und dann, nach deinem eigenen Gutdünken, eröffnest du mir, wer du bist, wer ich bin. Immer genau nach deinem Plan, Liam, nicht wahr, wenn du es für richtig hieltest. Und jedes Mal bin ich schön den Weg gegangen, den du vorgeschrieben hast. Nur ein weiteres von deinen Spielen, nicht wahr?"

„Das stimmt nicht!" Erzürnt warf er die Arme in die Höhe. „Ich habe an dich gedacht, viel zu oft. Und habe getan, was ich für das Richtige hielt, das Beste."

Der Schlag, der in seine Fingerspitzen fuhr, durch seine Arme kroch, war so heiß und so mächtig, dass er zwei Schritte zurücktaumelte. Fassungslos starrte er Rowan an, bis ins Tiefste erschüttert, dass sie ihn so völlig unerwartet erwischt hatte.

„Verdammt, Rowan! Was soll das?" Seine Hände brannten immer noch von dem Stoß, den sie ihm mit ihrem Geist versetzt hatte.

„Ich lasse mich nicht herumschubsen." Ihre Knie waren weich geworden bei der Erkenntnis, dass sie nicht nur die Macht hatte, ihn allein mit ihren Gedanken zurückzustoßen, sondern auch wütend genug war, um es zu tun. „Damit hast du nicht gerechnet, nicht wahr? Das gehörte nicht zu deinen ‚Möglichkeiten', oder? Ich sollte heute Abend hierherkommen, dich ruhig anhören, brav die Hände falten und den Kopf beugen wie das folgsame kleine Mädchen, das ich bin, und alles dir überlassen." Ihre Augen waren jetzt tiefblau, ihre Wangen nicht mehr bleich, sondern flammend rot vor Wut, und zu seinem Ärger sah sie unbeschreiblich schön aus.

„Nun, ganz so ist es nicht. Aber es bleibt trotzdem mir überlassen."

„Von wegen! Dir bleibt die Entscheidung, was du tun willst, stimmt, aber erwarte nicht von mir, dass ich ruhig daneben sitze, während du dir überlegst, ob du mich erwählen oder abschieben sollst. Immer haben andere die Entscheidungen für mich getroffen, haben bestimmt, wie mein Leben aussehen soll. Und du hast auch nichts anderes gemacht. Ich dachte, mit dir würde es anders sein, aber das war es nicht."

„Ich bin weder dein Vater noch deine Mutter", fauchte er zurück. „Auch nicht dein Alan. Die Umstände sind hier völlig anders."

„Welche Umstände auch immer, du hast die Zügel in der Hand gehalten und mich am Gängelband geführt. Und ich werde das nicht mehr zulassen. Ich war durchschnittlich." Die Worte kamen mit tiefster Inbrunst über ihre Lippen. „Du kannst das vielleicht nicht verstehen, weil du nie so warst, aber ich habe mein ganzes bisheriges Leben so verbracht. Und ich werde nie wieder durchschnittlich sein."

„Rowan." Er würde es auf die ruhige Art versuchen, vernünftig sein. „Alles, was ich für dich wollte, war das, was du selbst wolltest."

„Und was ich am meisten wollte, war, dass du mich liebst. Mich, Liam, um meiner selbst willen, wer oder was ich auch sein mag. Ich habe es nicht als selbstverständlich vorausgesetzt, aber ich habe es mir gewünscht. Mein Fehler lag darin, dass ich immer noch nicht genügend Selbstbewusstsein hatte."

Tränen schimmerten jetzt in ihren Augen, setzten ihm zu. „Weine nicht, Rowan. Ich wollte dich nie verletzen." Er nahm ihre Hand, und sie lag schlaff in seiner.

„Ich bin sicher, dass du das nicht wolltest", sagte sie leise. Ihre Wut war verraucht, sie fühlte sich nur noch unendlich müde. „Das macht es umso trauriger. Und mich umso unglücklicher. Ich habe dir gesagt, dass ich dich liebe." Man hörte die Tränen in ihrer Stimme. „Du weißt, dass ich es tue. Aber du kannst mir nicht sagen, du kannst dich nicht entscheiden, ob … ob dir das passt."

Sie schluckte die Tränen herunter, besann sich auf ihren Stolz. „Von jetzt an werde ich über mein Leben bestimmen." Sie entzog ihm ihre Hand, trat zurück. „Und du über deins." Sie wandte sich ab und ging zur Tür.

Liam verspürte die neuerliche Welle der Panik. „Wohin gehst du?"

„Wohin immer es mir gefällt." Sie sah über die Schulter zurück. „Ich war deine Geliebte, Liam, aber niemals deine Partnerin. Und damit gebe ich mich einfach nicht zufrieden, nicht einmal für dich." Mit einem leisen Seufzer musterte sie ihn in den wechselnden Schatten. „Du hieltest mein Herz in deinen Händen", murmelte sie. „Und wusstest nicht, was du damit anfangen solltest. Auch ohne Kristallkugel, ohne die Gabe kann ich dir sagen, dass du nie wieder eines wie meins finden wirst."

Als sie zur Tür hinausschlüpfte, wusste er, das war keine bloße Prophezeiung, es war die reine Wahrheit.

Rowan benötigte eine Woche, um alles zu arrangieren. In San Francisco hatte sich in den Monaten ihrer Abwesenheit nichts geändert, auch nicht in den Tagen seit ihrer Rückkehr. Aber sie hatte sich verändert.

Sie konnte nun aus dem Fenster schauen und wusste, dass es nicht die Stadt gewesen war, die sie leer und unausgefüllt zurückgelassen hatte, sondern ihr Platz in dieser Stadt. Es war zweifelhaft, ob sie je wieder hier wohnen würde, aber sie konnte zumindest zurückschauen und Erinnerungen finden – gute und schlechte. Zum Leben gehörte nun mal beides.

„Bist du sicher, dass du das Richtige tust, Rowan?", fragte Belinda. Sie war eine elegante Frau, mit kurzen schwarzen Haaren und dunkelgrünen Augen.

Rowan sah von dem Koffer auf, den sie gerade packte, und in Belindas besorgtes Gesicht. „Nein. Aber ich werde es trotzdem tun."

Rowan ist anders geworden, dachte Belinda. Stärker, wenn auch mehr als nur ein wenig verwundet. Das schlechte Gewissen regte sich in ihr. „Irgendwie fühle ich mich verantwortlich für das alles."

„Nein", bestritt Rowan entschieden und strich den Pullover glatt, den sie in den Koffer gelegt hatte. „Das bist du nicht."

Rastlos ging Belinda zum Fenster hinüber. Das Schlafzimmer war mittlerweile fast leer. Rowan hatte viele Dinge einfach verschenkt, andere eingelagert. Am Morgen würde sie abreisen. „Aber ich habe dich dorthin geschickt."

„Nein, ich habe dich gefragt, ob ich eine Weile in deinem Blockhaus wohnen kann."

Belinda drehte sich um. „Ich hätte dir vorher einige Dinge sagen können."

„Das war nicht deine Aufgabe. Ich verstehe das jetzt, Belinda."

„Wenn ich gewusst hätte, dass Liam so ein sturer Idiot ist, dann ..." Belinda brach ab, runzelte die Stirn. „Ich hätte es wissen müssen, schließlich kenne ich ihn schon mein ganzes Leben. Ein dickköpfigerer, unnachgiebigerer, anstrengenderer Mann als er muss erst noch geboren werden." Sie seufzte. „Aber er ist dabei so sanft und gütig. Und seine Sturheit kommt nur daher, weil er sich um alles viel zu sehr sorgt."

„Du musst mir nicht Liams Wesen erklären. Wenn er mehr Vertrauen in mich gehabt hätte, an mich geglaubt hätte, wären die Dinge wahrscheinlich anders gelaufen." Rowan nahm die letzten Kleidungsstücke aus dem Schrank, trug sie zum Bett. „Wenn er mich lieben würde, wäre mit Sicherheit alles ganz anders geworden."

„Bist du dir so sicher, dass er dich nicht liebt? Woher willst du das wissen?"

„Das Einzige, dessen ich sicher sein kann, bin ich selbst. Das war das Schwierigste und Wichtigste, was ich in dieser Zeit gelernt habe. Sag mal, möchtest du vielleicht diese Bluse haben? Sie hat mir nie richtig gestanden."

„Die Farbe ist tatsächlich mehr etwas für mich als für dich." Belinda kam herüber und legte Rowan eine Hand auf die Schulter. „Hast du mit deinen Eltern gesprochen?"

„Ja. Nun, sagen wir, ich habe es versucht." Rowan faltete eine Hose, legte sie in den Koffer. „Auf der einen Seite ging es besser, als ich erwartet hätte. Zuerst waren sie bestürzt und perplex, dass ich weggehen will, dass ich das Unterrichten aufgeben will. Natürlich haben sie sofort alle Lücken in meinem Plan aufgelistet und vor den Konsequenzen gewarnt."

„Natürlich", bekräftigte Belinda so trocken, dass Rowan lächeln musste.

„Sie können einfach nicht anders. Aber wir haben uns lange unterhalten. Weißt du, ich glaube, das war das erste Mal überhaupt, dass wir so miteinander geredet haben. Ich habe erklärt, warum ich gehe, was ich vorhabe und warum. Nun, nicht das ganze Warum."

„Du hast deine Mutter nicht danach gefragt, was du bist?"

„Letztendlich konnte ich es nicht. Ich erwähnte meine Großmutter und Vermächtnisse und dass es so schön sei, nach meiner Urgroßmutter benannt worden zu sein. Meine Mutter winkte einfach ab. Nein", verbesserte Rowan sich und seufzte, „sie hat es abgeschlossen. So, als würde sie es abblocken – falls sie es überhaupt je gewusst oder vermutet hat. Das, was in meinem Blut fließt und konsequenterweise auch in ihrem, existiert für sie einfach nicht."

„Und du hast es dabei belassen?“

„Warum sollte ich sie dazu zwingen, über etwas zu reden, das für sie nur unangenehm ist?“ Rowan hob beide Hände. „Ich bin zufrieden damit, so, wie es ist. Wenn ich darauf bestehen würde, die Mauer, die sie um sich aufgebaut hat, wegzureißen, was würde damit erreicht werden?“

„Nichts. Du hast das Richtige getan, für dich und für deine Mutter.“

„Was zählt, ist doch, dass meine Eltern meine Entscheidung verstanden haben, soweit es ihnen möglich ist. Denn im Grunde wollen sie doch nur, dass ich glücklich bin.“

„Sie lieben dich.“

„Ja, vielleicht mehr, als ich je verstanden habe.“ Rowan lächelte. „Außerdem hat es ein bisschen nachgeholfen, dass Alan sich jetzt mit jemand anderem trifft. Einer Mathematiklehrerin. Meine Mutter ist schließlich weich geworden und hat mir gestanden, dass sie die beiden zum Dinner eingeladen hat. Ihrer Meinung nach geben die beiden ein wunderbares Paar ab.“

„Wünschen wir ihnen, dass sie glücklich werden.“

„Oh ja, das wünsche ich ihnen wirklich. Alan ist ein netter Mann, er hat es verdient, glücklich zu sein.“

„Du auch.“

„Du hast recht.“ Nach einem letzten prüfenden Blick ließ Rowan den Kofferdeckel zuschnappen. „Und das habe ich auch vor. Oh, Belinda, ich bin so aufgeregt. Nervös, aber aufgeregt. Ich reise nach Irland. Und nur mit einem Hinflugticket.“ Sie presste eine Hand auf ihren rotierenden Magen. „Nicht zu wissen, ob ich bleiben werde oder wohin ich gehe oder was ich tun werde. Das ist so spannend.“

„Du wirst erst zu Schloss Donovan in Clare fahren? Morganas, Sebastians und Anas Eltern besuchen?“

„Ja. Danke, dass du dich mit ihnen in Verbindung gesetzt hast. Und dass sie mich direkt eingeladen haben.“

„Du wirst sie mögen, und sie dich.“

„Hoffentlich. Ich will noch so viel lernen.“ Rowan schaute mit leerem Blick in die Ferne. „So viel mehr.“

„Das wirst du auch. Oh, Cousine, ich werde dich vermissen.“ Belinda umarmte Rowan impulsiv. „Ich gehe, bevor ich in Tränen aufgelöst bin. Ruf mich an", sagte sie, schnappte sich die Bluse und eilte aus dem Raum. „Schreib, trommel, pfeif, aber bleib mit mir in Verbindung."

„Ja, das werde ich." Rowan begleitete sie durch die leere Wohnung zur Tür und drückte Belinda noch einmal fest. „Wünsch mir Glück."

„Das und mehr. Sei gesegnet, Rowan." Belinda schnüffelte schon verdächtig und hastete davon.

Selbst den Tränen nahe, schloss Rowan die Tür. Hier gab es nichts mehr für sie zu tun. Am Morgen würde sie weiterziehen. Auf einem Weg, den sie nie für möglich gehalten hätte. Sie hatte Familie in Irland. Es war an der Zeit, diese Wurzeln zurückzuverfolgen und dabei mehr über sich selbst zu erfahren. Was sie bereits über sich gelernt hatte, gab ihr das Fundament, auf dem sie bauen konnte.

Und wenn sie immer wieder an Liam denken musste, wenn sie sich nach ihm sehnte – nun, dann war das eben so. Damit würde sie leben können, aber sie konnte und würde nicht mit Misstrauen leben.

Das Klopfen an der Tür überraschte sie, aber dann lächelte sie. Sicher Belinda, die noch nicht ganz bereit war, auf Wiedersehen zu sagen.

Doch die Frau, die vor der Tür stand, war eine Fremde. Schön und elegant in einem schlichten moosgrünen Kleid.

„Hallo, Rowan. Ich hoffe, ich störe Sie nicht."

Diese Stimme, dieser weiche Akzent, der an die irischen Hügel erinnerte. Diese Augen, warm und freundlich und golden. „Aber nein, ganz und gar nicht. Kommen Sie doch herein, Mrs. Donovan."

„Ich war nicht sicher, ob ich willkommen sein würde." Sie trat ein, lächelte. „Nachdem mein Sohn sich wie ein Idiot aufgeführt hat."

„Ich freue mich, Sie kennenzulernen. Sie müssen entschuldigen, ich kann Ihnen nicht einmal einen Stuhl anbieten."

„Sie gehen also fort. Nun, dann habe ich ein Abschiedsgeschenk für Sie." Sie reichte Rowan eine Schatulle aus Apfelholz mit reichen Schnitzereien. „Und als kleines Dankeschön für die Zeichnung von Liam. Es sind Pastellkreiden, die, die Sie sich wünschten."

„Danke." Rowan nahm das Kästchen, dankbar, etwas zu haben, mit dem sie ihre Hände beschäftigen konnte. „Ehrlich gesagt überrascht es mich, dass Sie mich tatsächlich sehen wollen, nachdem

Liam und ich … nach unserem Streit."

„Ach was." Die Frau winkte ab und ging in dem leeren Zimmer umher. „Ich habe mich schon oft genug mit ihm gestritten, um zu wissen, dass es unmöglich ist, sich nicht mit ihm zu streiten. Sein Schädel ist so hart wie ein Ziegelstein, aber sein Herz nicht." Als Rowan den Blick abwandte, seufzte sie. „Ich wollte Sie nicht in Verlegenheit bringen."

„Nein, ist schon in Ordnung." Rowan ging zu der kleine Theke, die die Küche vom Wohnraum trennte. „Er ist Ihr Sohn, und Sie lieben ihn."

„Ja, sehr. Mit all seinen Fehlern." Arianna legte ihre Hand auf Rowans Arm. „Er hat Sie verletzt, und das tut mir leid. Oh, am liebsten würde ich ihm etwas auf die Nase geben!", stieß sie ärgerlich aus. Ihre Laune war so blitzartig umgeschlagen, dass Rowan zögernd lächelte.

„Haben Sie das schon mal?"

„Was? Ihm was auf die Nase gegeben?" Arianna lachte wieder, herzlich und offen. „Welche Wahl bleibt einem denn bei Liam? Er war nie einfach. Die Geschichten, die ich Ihnen erzählen könnte … da würden sich Ihnen die Nackenhaare sträuben. Der Junge kommt ganz nach seinem Vater, er kann von einer Sekunde auf die andere einen Tobsuchtsanfall bekommen. Finn würde natürlich behaupten, dass Liam das Temperament von mir hat, und da hat er wahrscheinlich gar nicht mal so unrecht. Aber wenn eine Frau kein Temperament und Rückgrat hat, würden Männer wie diese sie glatt niederwalzen."

Sie hielt inne, studierte Rowans Gesicht, und ihre eigenen Augen füllten sich mit Tränen. „Sie lieben ihn immer noch. Entschuldigen Sie, ich wollte nicht nachsehen und Sie kränken. Aber ich kann es sehen. Ich sehe es Ihrem Gesicht an."

„Es ist nicht mehr wichtig."

Doch bevor Rowan sich abwenden konnte, griff Arianna nach ihren Händen, drückte sie fest. „Liebe ist das Einzige, was wichtig ist. Sie sind klug genug, um das zu wissen. Ich bin zu Ihnen als Mutter gekommen, nur als Mutter. Er leidet, Rowan."

„Mrs. Donovan …"

„Arianna. Die Entscheidung liegt bei Ihnen, aber Sie sollten es zumindest wissen. Auch er ist verletzt, und er vermisst Sie."

„Er liebt mich nicht."

„Wenn er das nicht täte, hätte er nicht so viele dumme Fehler gemacht. Ich kenne sein Herz, Rowan." Sie sagte es mit solcher Milde und solch unerschütterlicher Überzeugung, dass Rowan Magenflattern bekam. „Und es gehört Ihnen, wenn Sie es annehmen wollen. Ich sage das nicht, damit er in die Fußstapfen seines Vaters treten kann, auch wenn ich mir das wünsche. Wen immer er liebt, wird mit Freuden aufgenommen werden. Kehren Sie Ihrem eigenen Glück nicht den Rücken zu, nur um Ihren Stolz zu bewahren."

„Sie wollen, dass ich zu ihm gehe."

„Ich bitte Sie, auf Ihr Herz zu hören. Nicht mehr und nicht weniger."

Rowan verschränkte die Arme vor der Brust und rieb sich die Schultern, lief im leeren Zimmer auf und ab. „Ich liebe ihn immer noch, werde ihn immer lieben. Vielleicht hat ein Teil von mir das vom ersten Augenblick an erkannt. Ich habe ihm praktisch mein Herz zu Füßen gelegt."

„Und er hat es nicht so zu schätzen gewusst, wie er es hätte tun sollen. Weil er Angst davor hatte."

„Er hat mir nicht vertraut."

„Nein, Rowan, er hat sich selbst nicht vertraut."

„Wenn er mich liebt ..." Allein bei der Vorstellung fühlte sie die süße Schwäche, und so schüttelte sie den Kopf und streckte den Rücken durch. „Er wird es mir sagen müssen. Und er wird mich als gleichwertige Partnerin akzeptieren müssen. Mit weniger gebe ich mich nicht ab."

Ein Lächeln breitete sich auf Ariannas Gesicht aus, langsam und zuversichtlich. „Oh, Sie werden schon mit ihm fertig, Rowan Murray, und werden es erreichen. Für Sie und für ihn. Werden Sie also zurückgehen und es versuchen?"

„Ja." Sie stieß den Atem aus, von dem sie gar nicht gewusst hatte, dass sie ihn angehalten hatte. „Werden Sie mir helfen?"

Der Wolf rannte ziellos durch die Wälder, als wollte er versuchen, die Nacht einzuholen. Die schmale Sichel des Mondes spendete nur wenig Licht, aber seine Augen waren scharf.

Und sein Herz schwer.

Er mied den Schlaf, weil dann unweigerlich die Träume kamen, ganz gleich, wie sehr er sie auch zu verhindern suchte. Und alle handelten von Rowan.

Als er bei den Klippen ankam, warf er den Kopf in den Nacken und rief nach seiner Partnerin. Noch während der Laut in der Nacht verhallte, trauerte er um das, was er durch seine Achtlosigkeit verloren hatte.

Er versuchte, ihr die Schuld zuzuweisen. In welcher Gestalt auch immer, sein Verstand funktionierte messerscharf, fand Dutzende von Erklärungen und Rechtfertigungen, kleine und große, um die Last auf ihre Schultern abzuladen.

Sie war viel zu impulsiv gewesen, viel zu eifrig. Sie hatte seine Motive, seine Logik völlig verdreht. Absichtlich. Sie hatte sich willkürlich geweigert, den glasklaren Sinn in seinen Handlungen zu sehen.

Doch heute Nacht half es ihm nicht, die Last auf seinem Herzen zu erleichtern. Er wandte sich von den Klippen ab, außer sich, weil es ihm nicht gelang, sich nicht nach ihr zu sehnen. Als die Stimme flüsterte: „Die Liebe wartet", knurrte er bösartig und ignorierte sie.

Er streifte durch die Schatten. Schnupperte, knurrte noch mal. Er roch Rowan. Seine Sinne spielten ihm einen üblen Streich, und er war erbittert über sich selbst, über seine Schwäche. Sie hatte ihn verlassen. Schluss. Aus. Ende der Geschichte.

Dann sah er das Licht, ein goldener Schimmer zwischen den Bäumen. Er kniff die Augen zusammen, als er sich dem magischen Steinring näherte. Er trat zwischen den Steinen hindurch, sah sie in der Mitte des Kreises stehen. Und verharrte regungslos.

Sie trug eine lange Robe in der Farbe von Mondstaub, die sich zu ihren Füßen bauschte. Das lange Haar offen, floss es ihr über die Schultern. Kleine Juwelen glitzerten auf, die in ihr Haar eingeflochten waren. An ihren Handgelenken blitzten silberne Armbänder, an ihren Ohren silberne Ohrringe.

Und auf ihrer Brust, über der Robe, hing ein Amulett, ein ovaler Mondstein, gefasst in gehämmertes Silber.

Sie stand da, so schlank und würdevoll, hinter den Flammen des Feuers, das sie selbst entfacht hatte. Und lächelte.

„Wartest du darauf, dass ich dir die Ohren kraule, Liam?" Das kurze ärgerliche Aufblitzen in seinen Augen entging ihr nicht, aber sie lächelte weiter.

Der Wolf trat vor, wurde zum Mann. „Du bist ohne ein Wort weggegangen."

„Ich war der Meinung, zwischen uns wären genug Worte gefallen."

„Und jetzt bist du zurückgekommen."

„So scheint es." Mit gespielter Gelassenheit hob sie eine Augenbraue, auch wenn sich ihr der Magen vor Nervosität umdrehte. „Du trägst dein Amulett. Also hast du deine Entscheidung getroffen."

„Ja. Ich werde meine Pflichten übernehmen, wenn der Zeitpunkt kommt. Und du trägst deines."

„Das Vermächtnis meiner Urgroßmutter." Rowan legte die Finger um den Stein, fühlte, wie er ihre Nerven beruhigte. „Ich habe es akzeptiert. Und mich selbst."

Seine Hände brannten darauf, sie zu berühren. Er hielt sie, zu Fäusten geballt, an seinen Seiten. „Ich kehre nach Irland zurück."

„Oh, wirklich?" Rowan sagte es unbekümmert, als ob es ihr nichts bedeuten würde. „Ich habe übrigens auch vor, nach Irland zu gehen. Morgen früh schon. Deshalb dachte ich mir, ich sollte herkommen und die Sache zu Ende bringen."

„Nach Irland?" Er runzelte die Stirn. Wer ist diese Frau da nur, war alles, was er denken konnte. So kühl, so beherrscht.

„Ich möchte das Land sehen, aus dem ich stamme. Sicher, es ist ein kleines Land", sie zuckte gleichgültig mit den Schultern, „aber sicherlich groß genug, dass wir uns nicht über den Weg laufen müssen. Wenn es das ist, was du möchtest."

„Ich will dich zurück." Die Worte waren über seine Lippen gekommen, bevor er sie hatte zurückhalten können. Er stieß einen Fluch aus, vergrub die Hände in den Taschen. Also gut, er hatte es gesagt, sich mit seinen Worten und seinen Sehnsüchten erniedrigt. Und zum Teufel damit! „Ich will dich zurück", wiederholte er.

„Wozu?"

„Weil ..." Sie verdutzte ihn, mehr und mehr. Frustriert fuhr er sich durchs Haar. „Wozu meinst du wohl? Ich werde meinen Platz in der Familie einnehmen, und ich will dich neben mir haben."

„So einfach ist das nicht."

Er wollte etwas sagen, etwas äußerst Unangebrachtes und viel zu Hitziges, wie ihm rechtzeitig klar wurde. Er riss sich zusammen. Seine Selbstbeherrschung war angeschlagen – in Finns Namen, man brauchte sie ja nur anzusehen! –, aber sie war noch vorhanden. „Also schön. Ich habe dich verletzt, und ich entschuldige mich dafür. Es war nicht meine Absicht, es tut mir leid."

„So, es tut dir also leid, ja? Na, dann kann ich mich ja beruhigt in deine Arme stürzen. Das erwartest du doch sicher von mir."

Er blinzelte, zutiefst schockiert über ihren bissigen Ton. „Was willst du denn von mir hören? Ich habe einen Fehler gemacht. Mehr als einen Fehler. Und es fällt mir nicht leicht, das zuzugeben."

„Das wirst du aber müssen. Geradeheraus. Du hast dir genug Zeit gelassen, um zu entscheiden, ob ich zu dir passe – und zu deinen Absichten. Nachdem du dir über diese Absichten erst einmal klar geworden bist. Als du noch nichts über meine Herkunft wusstest, hast du dir überlegt, ob du mich nehmen sollst und dich damit deiner Familienpflicht entziehen kannst, von der du ja nicht einmal wusstest, ob du sie überhaupt wolltest. Als du es dann erfuhrst, ging es dir darum zu entscheiden, ob ich auch zu dir passen würde, solltest du deine Pflichten übernehmen."

„Es war nicht einfach nur schwarz und weiß." Er stieß den Atem aus, bereit, einzugestehen, dass Grauzonen nicht immer einen Unterschied machten. „Aber stimmt schon, so ungefähr ist es gewesen. So oder so wäre es ein großer Schritt gewesen."

„Für mich auch", hielt sie ihm vor. „Aber hast du das je bedacht?"

Sie wirbelte herum, und er lief ihr nach, bevor er noch wusste, dass er sich überhaupt bewegt hatte.

„Geh nicht."

Sie hatte gar nicht vorgehabt zu gehen, wollte nur ihrer aufgestauten Wut ein Ventil bieten und sich bewegen. Aber bei der Verzweiflung, die sie in diesen beiden Worten hörte, drehte sie sich zu ihm um.

„Hab Erbarmen und verlass mich nicht schon wieder. Weißt du eigentlich, wie es für mich war, als ich am nächsten Morgen zu dir kommen wollte und du verschwunden warst? Einfach weg." Er rieb sich das Gesicht, versuchte, den Schmerz unter Kontrolle zu halten.

„Das Haus war leer, und doch warst du überall. Ich wollte dir nachgehen, dich hierher zurückbringen, wo ich dich haben wollte. Wo ich dich brauchte."

„Aber du hast es nicht getan."

„Nein." Er wandte ihr sein Gesicht zu. „Weil du recht hattest. Ich war derjenige, der alle Entscheidungen getroffen hatte. Aber das war deine Entscheidung, und ich musste damit leben. Ich bitte dich jetzt, mich nicht zu verlassen, mich nicht damit leben zu lassen. Du bist mir wichtig."

Alles in ihr schrie danach, zu ihm zu gehen. Stattdessen hob sie nur eine Augenbraue. „Wichtig? Das ist ein unzureichendes Wort für eine so schwerwiegende Bitte."

„Du bedeutest mir etwas."

„Oh, der kleine Welpe, den die Tochter meiner Nachbarin hat, bedeutet mir auch etwas. Das reicht mir nicht von dir. Also, wenn das dann alles ist ..."

„Ich liebe dich doch. Verdammt, du weißt ganz genau, dass ich dich liebe." Er griff sie am Arm, damit sie nicht weggehen konnte. Sowohl sein Ton als auch seine Geste waren alles andere als liebevoll oder zärtlich.

Irgendwie gelang es ihr, ihre Stimme ruhig zu halten. „Wir hatten doch klargestellt, dass ich nicht über die Gabe des Sehens verfüge. Woher also sollte ich das wissen, wenn du es mir nicht sagst?"

„Ich sage es dir doch. Verflucht, Frau, hörst du nicht zu?" Seine Beherrschung gab gerade so weit nach, dass Funken durch die Luft stoben. „Du bist es, warst es von Anfang an. Ich sagte mir, dass ich dich nicht liebe – dass ich es nicht tun würde, bis ich mich entschieden habe. Ich habe mich selbst davon zu überzeugen versucht, habe es mir eingeredet. Es hat nie jemand anderen gegeben als dich."

Die Intensität der Worte, die Leidenschaft, diese Mischung aus Frustration, Wut und Liebe hüllten sie ein wie ein schillernder Regenbogen. Als sie den Mund öffnete und etwas sagen wollte, ließ Liam sie los und begann den Kreis abzulaufen, wie der Wolf es tun würde, den er als Gestalt so sehr bevorzugte.

„Und das gefällt mir nicht." Er sprach die Worte über die Schulter in ihre Richtung. „Ich bin auch nicht verpflichtet, es zu mögen."

„Nein.“ Sie fragte sich, wieso sie so begeistert war anstatt beleidigt. Und dann kam es ihr: Sie hatte völlig unerwartete, aber ach so süße Macht über ihn. „Nein, es muss dir ja überhaupt nicht gefallen. Mir übrigens auch nicht.“

Er wirbelte herum, starrte sie durchdringend an. „Ich war zufrieden mit meinem Leben, so wie es war, so wie es vor der Begegnung mit dir war.“

„Nein, warst du nicht.“ Ihre Erwiderung überraschte sie beide. „Du warst rastlos, unzufrieden und sogar ein wenig gelangweilt. Ich auch.“

„Du warst unglücklich. Und so, wie du darüber denkst, hätte ich das ausnutzen sollen. Dich sofort aufrichten, dir Dinge sagen, für die du nicht bereit warst, und dich nach Irland bringen. Nun, das habe ich nicht getan, und ich bereue es auch nicht. Ich konnte es nicht. Du glaubst, ich hätte dich getäuscht. Vielleicht habe ich das sogar.“ Er zuckte die Schultern. „Du brauchtest Zeit, und ich auch. Wenn ich in Wolfsgestalt zu dir kam, dann, um dich zu trösten. Als Freund. Und als ich dich nackt sah, habe ich es genossen. Warum sollte ich das nicht?“

„Ja, warum nicht?“, murmelte sie.

„Als ich dich im Traum geliebt habe, haben wir beide es genossen.“

Es war eine eindeutige Herausforderung. Rowan neigte ein wenig den Kopf. „Ich glaube nicht, dass ich je das Gegenteil behauptet hätte. Trotzdem war es immer deine Entscheidung.“

„Ja, und ich würde wieder so handeln, nur um dich berühren zu können, wenn auch nur mit meinem Geist. Es ist nicht einfach für mich, zugeben zu müssen, dass ich dich so sehr will. Oder dich um Verzeihung für etwas zu bitten, das ich für richtig halte.“

„Du hast mir immer noch nicht gesagt, was du jetzt von mir erwartest.“

„Ich habe mich doch wohl klar genug ausgedrückt, oder? Willst du, dass ich bettle?“

„Ja“, sagte sie nur.

Seine Augen wurden hell vor Schock, dann dunkel vor etwas, das sie als Wut interpretierte. Als er auf sie zukam, begannen ihre Knie zu zittern. Und plötzlich lag er vor ihr auf den eigenen Knien.

„Dann werde ich betteln." Er nahm ihre Hand. „Ich flehe und bettle um dich, Rowan, wenn das nötig ist, um dich für mich zu haben."

„Liam …"

„Wenn ich mich schon demütigen muss, dann lass mich das wenigstens durchziehen", schnitt er ihr das Wort ab. „Ich glaube nicht, dass du je durchschnittlich warst. Schwach ist etwas, das du nie sein könntest. Was ich in dir sehe, ist eine Frau mit einem großzügigen, weichen Herzen. Manchmal zu weich, als dass sie an sich selbst denken würde. Du bist die Frau, die ich haben will. Ich habe schon vorher begehrt, aber nie gebraucht. Ich brauche dich. Du bist diejenige, die mir wichtig ist. Andere haben mir etwas bedeutet, aber ich habe noch nie geliebt. Ich liebe dich. Und ich flehe dich an, dass dir das genug sein möge, Rowan."

Sie fand ihre Worte erst wieder, als sie die Hand auf seine Schulter legte. „Warum hast du mich nie vorher gefragt?"

„Fragen und Bitten fällt mir nicht leicht. Wenn es Arroganz sein sollte, dann bin ich eben arrogant. Verflucht, ich bitte dich darum, mich so zu nehmen, wie ich bin. Du liebst mich. Ich weiß, dass du es tust."

So viel also zum Flehen und Bitten, dachte sie und unterdrückte das Lächeln. Sogar kniend schaffte er es, arrogant und zornig auszusehen. „Ich habe nie gesagt, dass ich es nicht tue. Ist da noch mehr, um das du mich bitten möchtest?"

„Um alles. Ich bitte dich darum, mich zu nehmen, das, was ich bin, das, was ich tun werde. Ich bitte dich darum, meine Frau zu werden, dein Heim zu verlassen und meines als deines anzunehmen. Und zu verstehen, dass es für immer ist. Für immer, Rowan." Der Hauch eines Lächelns umspielte seine Lippen. „Wölfe bleiben ihr Leben lang mit einem Partner zusammen, und so will ich es auch. Ich bitte dich darum, dieses Leben mit mir zu teilen, mich dein Leben mit dir teilen zu lassen. Ich bitte dich hier darum, an diesem geheiligten Ort, zu mir zu gehören."

Liam presste seine Lippen zärtlich auf ihre Hand, bis seine Worte zu Gefühlen wurden, die sie durchliefen wie Magie.

„Ich werde nie eine andere haben wollen als dich", murmelte er. „Du hast zu mir gesagt, dass ich dein Herz in den Händen hielte und dass ich nie wieder ein solches finden würde. Ich sage dir, dass du jetzt mein Herz in deinen Händen hältst, Rowan, und nie ein anderes wie meines finden wirst. Niemand wird dich je mehr lieben als ich. Die Entscheidung liegt bei dir."

Rowan blickte auf ihn herunter, sah sein Gesicht, wie der Lichtschein des Feuers, das er sie gelehrt hatte zu entzünden, über seine Züge huschte. Sie brauchte seine Gedanken nicht, um zu sehen. Alles, was sie sich gewünscht hatte, konnte sie in seinen Augen lesen.

Sie traf ihre Wahl und ließ sich auf die Knie nieder, sodass sie mit ihm auf Augenhöhe war. „Ich nehme dich an, Liam, so wie du mich annimmst. Ich werde das Leben mit dir teilen, das wir zusammen schaffen werden. Ich werde dir gehören, so wie du mir gehörst. Das ist meine Wahl und mein Versprechen."

Von Gefühlen überwältigt, legte er seine Stirn an ihre. „Gott, wie habe ich dich vermisst. Jede Stunde von jedem Tag. Ohne dich gibt es keine Magie, keinen Sinn."

Er fand ihre Lippen, zog sie an sich, schwankte unter dem Ansturm der Gefühle. Sie schlang die Arme um ihn und gab ihm auf jede seiner stillen Fragen eine stille Antwort.

„Ich werde noch in dir ertrinken." Er erhob sich und zog sie mit sich hoch, hob sie in die Luft, und ihr Lachen klang hell und klar durch die Nacht, als sie die Arme hob.

Das Sternenlicht funkelte in ihren Augen. Eine Sternschnuppe schoss über den Himmel, hinterließ einen goldenen Schweif, einen Regen aus Silber. „Sag's mir noch einmal!", rief sie lachend. „Sag es mir! Jetzt!"

„Ich liebe dich. Jetzt …", er ließ sie an sich herabgleiten, bis ihre Münder sich trafen, „… und für immer."

Rowan hielt ihn fest, Herzschlag an Herzschlag. „Liam aus der Linie der Donovans." Sie lehnte sich zurück, lächelte ihn an. Ihr Prinz. Ihr Zauberer. Ihr Gemahl. „Wirst du mir einen Dienst erweisen?"

„Rowan aus der Linie der O'Mearas, du brauchst mich nur zu fragen."

„Bring mich nach Irland. Bring mich nach Hause."

Er strahlte vor Glück. „Jetzt, meine Geliebte?"

„Morgen früh." Sie schmiegte sich wieder an ihn. „Das ist früh genug."

Und als sie sich küssten, im Feuerschein und Sternenlicht, tanzten die Elfen in den Wäldern. In den Hügeln, weit entfernt, spielten Flöten auf, und Lieder wurden angestimmt, um zu feiern.

Die Liebe wartete nicht mehr, sie hatte ihre Erfüllung gefunden.

– ENDE –

Band-Nr. 95009
12,95 € (D)
ISBN: 978-3-89941-613-8
778 Seiten

Nora Roberts
Cordina's Royal Family

Die große Saga um das Adelsgeschlecht der Cordinas – erstmals in einem Band!

Eine Serie von Anschlägen erschüttert das Fürstentum Cordina und plötzlich befinden sich Kronprinz Alexander und seine Geschwister Gabriella und Bennett in tödlicher Gefahr. Und dann treffen sie auch noch auf Menschen, die ihr Leben völlig verändern könnten. Aber lassen sich Pflicht und Liebe vereinen? Denn jeder im Umkreis der Familie setzt sein Leben aufs Spiel. Ein Verrückter will die Cordinas auslöschen. Und die Bombe tickt bereits!

Auch die nächste Generation hat es nicht leicht. Camilla de Cordina will nur einmal wie eine normale Frau leben. Sie flieht und lernt den attraktiven Delaney kennen. Aber wie lange kann sie ihre Identität vor ihm geheim halten?

MIRA®

Nora Roberts
Die O'Haras 1
So nah am Paradies
Band-Nr. 25290
7,95 € (D)
ISBN: 978-3-89941-474-5
304 Seiten

Nora Roberts
Die O'Haras 2
Tanz der Sehnsucht
Band-Nr. 25307
7,95 € (D)
ISBN: 978-3-89941-495-0
304 Seiten

Nora Roberts
Die O'Haras 3
Hinter dunklen Spiegeln
Band-Nr. 25317
7,95 € (D)
ISBN: 978-3-89941-519-3
304 Seiten

Nora Roberts
Die O'Haras 4
Wohin die Zeit uns treibt
Band-Nr. 25318
7,95 € (D)
ISBN: 978-3-89941-520-9
304 Seiten

Debbie Macomber
Das Muster der Liebe
Band-Nr. 25313
7,95 € (D)
ISBN: 978-3-89941-501-8
480 Seiten

Deutsche Erstveröffentlichung
Platz 1 der New York Times Bestseller Liste

Debbie Macomber
Die Maschen des Schicksals
Band-Nr. 25341
7,95 € (D)
ISBN: 978-3-89941-557-5
448 Seiten

Deutsche Erstveröffent-lichung

Debbie Macomber
Der Garten des Lebens
Band-Nr. 25321
7,95 € (D)
ISBN: 978-3-89941-534-6
416 Seiten

Dieser Roman erscheint im April 2009

Debbie Macomber
Die Farben der Herzen
Band-Nr. 25398
7,95 € (D)
ISBN: 978-3-89941-651-0
464 Seiten